Waldtraut Lewin

FEDERICO

NEUES LEBEN

Unsere wahre Absicht ist, sichtbar zu machen die Dinge, die sind, wie sie sind.

Friedrich der Zweite von Hohenstaufen

Waldtraut Lewin

FEDERICO

Roman

Verlag
Neues Leben
Berlin

Zitate im Text aus: Die Chronik der Salimbene von Parma; Staatsbriefe Friedrichs des Zweiten; Dante Alighieri, La Divina Commedia; Hans Magnus Enzensberger, Der Untergang der Titanic; Pink Floyd, The Wall

ISBN 3-355-00244-5

4. Auflage, 1987
Lizenz Nr. 303 (305/206/87)
LSV 7001
Schutzumschlag und Einband: Achim Kollwitz
Schutzumschlag (Stammtafel): Karl-Heinz Döring
Typografie: Achim Kollwitz
Schrift: 9 p Garamond
Gesamtherstellung: Karl-Marx-Werk Pößneck V15/30
Bestell-Nr. 643 482 4
01480

PROLOG
Die weite Reise

Die Legende vom Unruhvollen Stamm

Als Gott Himmel und Erde gemacht hatte und alles sehr gut fand, nahm er fruchtbaren Schlamm vom Ufer des Flusses und hauchte seinen Geist darauf und bildete ein Wesen, das nannte er Adam, das heißt der Irdische, und schuf ihm eine Gefährtin, das war eine Herrin, genannt Hawa, die Mutter alles Lebenden, deren Zeichen war die Schlange.

Auch stellte er in seinen Garten einen Baum, dessen Früchte zu essen machte klug, darum hieß dieser der Baum der Erkenntnis des Sinnvollen und Sinnlosen.

Hawa beschwor ihre heiligen Schlangen, und die gaben ihr ein, von den Früchten des Baumes zu essen, auf daß sie klug würde, und sie gab auch Adam, dem Manne, davon. Dessen freute sich Gott, denn seine Geschöpfe waren nun wie er geworden, und er brauchte sie nicht mehr in seinem Garten zu hüten, sondern konnte ihnen als seinen Ebenbildern die Erde übergeben, auf daß sie von ihnen verwaltet würde. Und die beiden zogen aus, um sich zu vermehren, den Acker zu bebauen, zu leben und zu sterben und immer aufs neue von den Früchten jenes Baumes zu essen, deren Samen der Herr des Gartens ihnen mitgegeben hatte.

Und Gott erschuf noch andere Geschöpfe, die man seine Söhne nannte. Manche, die er Throne, Cherubim und Seraphim nannte, waren seine Gespielen, andere gaben Wolken, Luft und Winden die Wege, Lauf und Bahn, wieder andere lenkten die Gestirne des Himmels. Einige aber erschuf er zu Boten zwischen sich und den Irdischen, und sie gingen hin und her auf den Leitern und Stegen zwischen Himmel und Erde.

Einmal jedoch fanden diese Göttersöhne, daß die Töchter der Hawa schöner waren als Dämoninnen und Geisterfrauen, und sie gingen ein zu den irdischen Weibern. Die Göttersöhne aber waren nicht klug wie die Irdischen, und es mangelte ihnen an der Kunst, den Acker zu bebauen, Häuser zu errichten, den Lauf der Gestirne zu beobachten und Schrift zu schreiben. Da wurden auch ihre Kinder von Trägheit erfaßt, und sie vergaßen, vom Baum der Erkenntnis zu essen, und dünkten sich, da sie von den Himmlischen abstammten, besser als die Irdischen. Allerlei törichte Dinge formten sich in ihren Köpfen – so hielten sie die Männer für bedeutender als die Frauen, begannen, wenn sie etwas begehrten, ihre Brüder zu erschlagen, um es zu erhalten, und nannten sich ein Geschlecht von Helden.

Da erfaßte Gott ein großer Zorn, und er sprach: Ich habe keine Lust mehr an den Taten der Irdischen. Ein großes Wasser will ich kommen lassen und sie alle ersäufen.

Hawa, die heilige Mutter, aber hielt Zwiesprache mit ihren Schlangen, immer wenn der Mond voll war, und die verrieten ihr die Pläne des erzürnten Gottes.

Da trat sie hin vor ihn und sagte: Gott, Schöpfer, was ist das, daß du das vernichten willst, was du selber bewirkt hast? Siehe, auch mein Herz ist voll Trauer über die Taten jener, die sich Söhne der Götter oder Halbgötter nennen. Aber willst du wegen einer Handvoll Unbotmäßiger ein ganzes Geschlecht vernichten?

Gott aber erwiderte ihr und sprach: Ihre Trägheit und Bosheit haben bereits um sich gegriffen. Die meisten Irdischen vergessen, die Früchte vom Baum der Erkenntnis zu kosten. Ach, es reut mich, Adam gemacht zu haben.

Hawa jedoch bat für ihre Kinder.

Als Gott sie so vor sich stehen sah, überkam ihn das Verlangen, und er wollte zu ihr eingehen. Sie aber verweigerte sich ihm und sagte: Ich will keine Mutter von neuen Halbgöttern sein, während meine anderen irdischen Geschöpfe zugrunde gehen. Da schwur ihr der Schöpfer der Welt mit starkem Eide, die Menschen zu verschonen, und er umschlang sie mit Armen und Beinen und vereinte sich mit ihr.

Nachdem er von ihr abgelassen hatte, weinte sie und sprach: Weh mir, was für ein Geschöpf soll ich gebären, da schon die Söhne deiner Söhne solche Un-Wesen geworden sind, daß sie ihre Brüder morden und den Frauen für immer ihr heiliges Recht nehmen?

Gott aber antwortete: Mein Same ist in dich eingegangen in Gestalt eines starken Feuerfunkens, und das Geschlecht, das daraus hervorgehen wird, wird unruhvoll und bitter sein wie Salz. Es wird einen unstillbaren Hunger haben nach den Früchten des Baumes der Erkenntnis des Sinnvollen und Sinnlosen und wird fragend durch die Welt gehen, oft den anderen ein Greuel. Es wird Dinge sehen, die manchmal den anderen verborgen bleiben, und man wird es dafür hassen oder lieben. Es wird voller Wildheit sein, und das Glück der

Sterblichkeit wird teilweise von ihm genommen sein kraft der Macht des Gedächtnisses. Und es wird unermüdlich bestrebt sein, seine Brüder, den Samen Adams und der Engel, auch zu dem Baum zu führen, selbst wenn sie vergessen sollten, daß es diesen Baum überhaupt gibt. So daß man dieses Geschlecht Unruhvollen Stamm nennen wird oder Salz der Erde. Das ist der Fluch oder Segen, mit dem ich den Fortbestand deiner Kinder beschwere. Ziehe hin.

Und Hawa sprach: Weh mir. Aber sie lachte.

Ansprache

Als aus den Bäumen ein Wald wurde, traf mich der erste Ruf, so stürmisch, daß ich fast über das Ziel hinausgeschossen wäre, für immer auf die andere Seite des Spiegels.

Dabei war es nur ein einziger Baum gewesen, der auf mich zukam, als flöge er mir entgegen. Seine Rinde war tiefgrün und gekerbt wie eine verarbeitete Hand.

Als der Baum vor mir aufwuchs, wußte ich, daß es etwas mit Federico zu tun haben mußte. Einen Lidschlag lang war das Bild übermächtig in mir: Der Knabe von Apulien, bräunlich und schön, Locken von der Farbe des Feuers, seine Augen blickten geradeaus, er lächelte. Und heute war der zweite Weihnachtstag, sein Geburtstag. Aber als ich mein Pferd kurz vor dem Baum zum Stehen brachte und mir diese Rinde besah, allzu dicht vorm Auge, vergaß ich es wieder, so froh war ich zu leben.

Die Luft war milder, als man es zu dieser Jahreszeit erwarten konnte, doch die Dämmerung kam rasch mit den ersten Schneeflokken und blieb lange in der wäßrigen, nach Rauch schmeckenden Luft. Der Braune, ein verträgliches und gutartiges Wesen, zitterte nachträglich, wie ich. Was hatte ihn in diesen blinden Schrecken versetzt, der ihn losrasen ließ wie einen Rammbock? Zwar fürchtete er vieles, doch hatte ich weder Blätterrascheln noch spiegelnde Wasserlachen bemerkt.

Ich hätte umkehren müssen. Er war nicht vertraut mit dem Dunkel, hatte nicht die heilen Instinkte seiner Vorfahren, war angewiesen auf menschliche Leitung. Statt dessen lenkte ich ihn auf die Finsternis zwischen den anderen Bäumen zu, und gehorsam, mit dem sanft gleitenden Trab seiner Rasse, folgte er meinem Willen. Die großen Schneeflocken hafteten auf der weichen Mähne, schmolzen am Hals.

Nicht weit von hier stand das Ding, in dem ich wohnte: ein ausrangierter Bauwagen, aus dessen Flanke das Ofenrohr hakenförmig in die Luft stach. Jetzt würde der eiserne Ofen noch rote Wangen haben, ich müßte nicht aufs neue anheizen, wenn ich umkehrte. Meine Bücher warteten, diese alten Konvolute, die man mir bestaubt aus den Magazinen der Bibliotheken hervorholte, so lange war darin nicht mehr gelesen worden. Friedrich, Fridericus, Federico, Federigo, allzuviel war da zu lesen, und allzuviel Staub lag darauf. Mein Grübeln um ihn nahm nicht bei diesen Bänden seinen Anfang. Ich kannte ihn länger. Langsam lenkte ich meinen Braunen durch diese Ansammlung von Stämmen hindurch, die noch kein Wald war, von Lichtungen durchbrochen, von Büschen gescheckt.

Hier übten sie die schnellen Pferde, hierhin ritten auch jene aus, die, in einer Zeit der Erfindungen und Maschinen, sich die Lust bewahrt hatten, ab und zu auf einen Gaul zu steigen, wie damals, als es noch galt, die, während ringsum der Lärm stieg, nach der Stille des Grundes suchten. Der Stall lag auf der Grenze zwischen Stadt und Nicht-Stadt; die, die Kastanien und Linden um ihn herum gepflanzt hatten, waren schon lange tot. In den alten Boxen aus Eichenholz mit den verwaschenen Malereien standen die Tiere jener, die es sich leisten konnten, aus welchem Anlaß auch immer, das Spiel zu spielen. Ei, du feiner Reiter. Sie waren froh gewesen, als ich mich anbot, für nicht viel mehr als ein Butterbrot und einen Apfel die Stallarbeit zu machen, ihre viel zu selten gerittenen Pferde zu bewegen, während sie in ihren Büros, Praxen und Studios rackerten. Sie waren es auch zufrieden, als ich den Wagen, meine Wohnung, schräg hinterm Stall plazierte. Sie fragten niemals, woher ich kam und was ich eigentlich tat, noch, woher ich meine Kenntnisse im Umgang mit ihren großen Tieren hatte. Ihnen genügten die Bücher, die sich bei mir auf Tisch und Boden stapelten. Eine von diesen halbgebackenen Intellektuellen. Nun ja, du hast noch Pferdeverstand, Truda, man merkt, du stammst vom Lande. Beweg mir heut mal den Falben bitte, ich komme nicht raus, ich habe Überstunden zu machen.

So saß ich denn am Rande.

Es war leichter geworden mit den Jahrhunderten.

Daß ich als Frau in Hosen herumrannte, brachte niemanden mehr auf, mein rotes Haar, in mißtrauischeren Dezennien stets Anhaltspunkt erster Verdächtigungen, allzu deutliches Signum des Unruhvollen Stammes, ich konnte es jetzt frei hängenlassen, und niemanden mehr brachte meine Fähigkeit, zu lesen und zu schreiben, auf den Gedanken, ich sei eine Unbotmäßige.

Hingegen war das Amt des Boten jetzt wie eine Spur im Schnee, verwischt, kaum mehr kenntlich. Das heißt, es wäre schon möglich gewesen, etwas zu übermitteln. Da eine gute Botin aber wissen möchte, welche Botschaften sie trägt, und recht verstanden werden will, schwieg ich oft. Die Ätherwellen und die Bildschirme brachten mich zum Verstummen, die Kanäle voll Durcheinander und die verdrehten Wahrheiten, ein Chor, in dem sie gern auch meine Stimme gehört hätten. Das Lied genügte nicht mehr, um gegen die Lüge anzukämpfen.

Es war schwerer geworden mit den Jahrhunderten.

Manchmal gedachte ich mit Wehmut der Zeiten, als es genügte, List, Wahrheit und gute Waffen zu haben, um zu siegen. Mein Bruder Lancelot klappte das Visier seines Helmes herunter, zog das Schwert und ging los auf den Drachen. Meine Schwester d'Epinoy verteidigte ihre gute Stadt Tournai sechs Wochen gegen die Okkupanten. Manch einer schrieb ein Lied und starb, während Tausende siegten, mit seinen Worten auf den Lippen.

Ich aber bin keine Heroine. Als Botin und Führerin ist es meine Aufgabe zugleich, zu wissen und mein Wissen zu sagen.

Ich war in seinen Diensten damals, vor den Jahrhunderten. Danach in niemands Dienst wieder. Und, in Verfolgungen verstrickt mit den Verfolgten und in Heimsuchungen mit den Heimgesuchten, auf der Seite der Gejagten, Verfolgten, Vertriebenen, manchmal den Vormarsch der Feinde stoppend, jene kleine Zeit stoppend, die eine Mutter braucht, ihr Kind zu stillen, ehe es weitergeht auf der Flucht, manchmal einen Sieg erringend, manchmal der Wüste einen Fußbreit Boden abkämpfend für eine Dattelpalme, fragte ich mich doch immer und immer, ob ihm, Federico, zu dienen Irrtum war, Fehler oder große Tat, so wie ich jetzt über den Büchern sitze und sie frage, ob sein Leben und Tun Irrtum war, Teufelswerk oder große Tat.

Denn ich liebte ihn.

Langsam ließ mein Zittern nach. Der kleine Braune spürte den zweiten Wink früher. Er scharrte und wieherte zur Begrüßung, und erst durch ihn wurde ich darauf aufmerksam, daß da auf dem Hügel, gegen den graugefleckten Himmel, ein anderer Reiter war. Sein Pferd war mir seit alters bekannt, und ich war nahe genug, daß ich den buschigen Schweifansatz, die kupfernen Nüstern sehen konnte, und ich wußte auch den Namen: Tadsch-el-Muluk, Krone der Könige, einer jener pathetischen Namen, mit denen man in alten Zeiten die Legendenpferde belegte, die durch Klugheit, Liebe und Standhaftigkeit ausgezeichneten Hengste orientalischer Zucht.

Der große Hengst stand abwartend da, den Hals gebogen, sein Haar bewegte sich in der völligen Windstille, als wäre Sturm um ihn. Der Reiter ließ sein Pferd auf der Stelle drehen und folgte mir mit den Blicken.

Als wir fast an ihm vorbei waren, rief ich ihn an.

Das Pferd wendete, stieg und stob davon, als wäre kein Reiter auf ihm. Ich folgte, aber als ich die Hügelkuppe erreichte, war bereits nichts mehr da, nur die sanfte Blindheit der Schneeflocken. Tadsch war ein sehr schnelles Pferd.

Hoch über der leeren Ebene kreiste ein Jagdfalke. Sein Schrei ließ meinen Braunen erschrecken.

Dann verdichteten sich die Bäume zum Wald, die Dämmerung wurde schwärzlich. Ich erkannte die Gegend nicht mehr. Das Unterholz reichte dem Kleinen bis an den Bauch, er begann zu schwitzen. Sooft wir durchs Gesträuch brachen, schwirrte etwas auf, vielleicht Fledermäuse, vielleicht böse Träume. Äste streiften mein Haar, als berührte mich der obere Holm einer Jagdfalle. Mir schien, als zöge sich etwas um mich zusammen, ein Netz, dessen Maschen ich womöglich selbst gewirkt hatte. Ich würde in die Grube gehn oder mich aus ihr befreien. Jetzt, bald.

Zu Hause hatte ich, bevor ich den Braunen sattelte, jene Musik gehört, jenes fiebrige, teils flüsternde, teils schreiende Fragen der Stimmen von heute, die die Antworten von einst nicht mehr wissen und doch gierig sind nach ihnen. Nun, in mir oder außerhalb meiner, hörte ich sie wieder, sehr von heute, sehr von einst. Come on, it's time to go.

Ich gab Antwort, erklärte, zitternd zwischen Lust und Angst, daß ich komme, und wendete, um das Pferd zurückzubringen. Soviel Zeit blieb. Ich wußte, daß sich die Tür nicht wieder schließen würde.

„Es war in meines Lebensweges Mitte / als ich in einem dunkeln Wald mich fand."

Ich hatte nicht vor, alle Kreise zu durchschreiten und dann aufzusteigen zur Glorie. Mein Verlangen war irdischer und darum schwieriger. Wie der andere Wanderer da unten, Orpheus, wollte ich etwas finden. Nicht um es zurückzubringen, sondern um es zu befragen. Und mir schien, daß es mich rief.

Es war wie ein Schlaf, aus dem heraus ich vor der Stalltür erwachte, der Braune war naß und zitterte aufs neue.

Ich rieb ihn mit Stroh trocken, sprach ihm liebevoll zu, tränkte ihn, fütterte ihn, bis er vertrauensvoll in meine Hand schnob. Irgendwer kam und wünschte mir frohe Weihnachten, ein mit Goldlitze verschnürtes Päckchen war dabei, meist schenkten sie mir Bücher. Ich tat es nachher zu den anderen, ungeöffneten. Ich hatte jetzt keine Zeit für andere Dinge als für Federico.

Jemand wollte, daß ich sein Pferd morgen reite, da er keine Zeit habe. Morgen? Ich sagte alles zu. Natürlich, Doktor, Ihre Schimmelstute braucht Bewegung. Ich wußte nicht, was ich sagte, morgen war weit, ja, ich würde dasein.

In meinem alten Bauwagen schräg hinterm Stall war der Ofen erkaltet, wie ich erwartet hatte. Ich steckte drei Dinge zu mir: ein Stück Brot, ein Korn Salz und die Münze mit dem Bildnis, die ich mir unter die Zunge schob, wie sie den Toten mitgegeben wurde als Fährgeld.

Ich ließ alles offen, denn ich wollte zurückkommen. Die Bücherstapel streifte ich mit gleichgültigem Blick, andere Pfade der Suche taten sich nun auf, vielleicht neue Verwirrung.

Das Licht ließ ich brennen, aus dem Stall drang zufriedenes Schnauben. Wie ich wieder zu dem Wald gelangte, weiß ich nicht zu sagen, so tief war mein Schlaf.

Die Zweige peitschten mein Gesicht, bewegt von etwas anderem als Wind. Die Dunkelheit war nicht kompakt, sondern gleichsam klumpig, dazwischen schwammen Inseln grauen Lichts, die keine Helligkeit verbreiteten, sondern sie zu verschlucken schienen. Vielleicht war zwischen ihnen ein Platz frei. Aber vielleicht würden sie auch mich verschlucken. Ich mußte mich sehr festhalten.

Ich bin Truda, sagte ich mir. Ich habe Leben, so weit meine Erinnerung reicht. Ich bin Botin und Rebellin. Manchmal singe ich Lieder, manchmal schreibe ich Bücher, manchmal kämpfe ich auf der richtigen Seite. Einmal bin ich in Dienst getreten, weil mich mein aufrührerischer Sinn hinzog zu dem, von dem die einen sagten, er sei der Antichrist, und die anderen, er sei der Mahdi, der Erlöser. Nach Jahrhunderten ziehe ich aus, ihn zu finden und zu befragen. Denn ich weiß nicht, ob meine Dienste nicht vergeudet waren. Alles wurde zum Scherbenhaufen.

Unter meinen Füßen knirschen die Glasscherben und anderen Zufälligkeiten, die man heute in den Wald wirft. An einem Baumstamm lehnen die Eingeweide eines Klaviers, Zerrbilder von Harfen, die meisten Saiten zerrissen. Ich berühre sie mit den Fingern, und aus dem Scheppern der metallenen Stränge braust in mir, im Innern meiner Ohren, sogleich jener Tonsturm wieder auf, den ich verlassen hatte in meinem Quartier, dieses in ein unendliches Echo übergehende Flüstern der Stimme, die Frage, die ich zu der meinen gemacht hatte: Hello, is there anybody in there, mit dem Drumherum von Tönen, das mir einen Kanal durchs Dunkel zu bahnen schien.

Ohne zu erwachen, drang ich vorwärts.

So wie im Traum war ich damals gegangen, als wir die Burg stürmten und der Regenbogen über uns erschien, meine Gefährten in Niklashausen und ich, mit der Fahne, auf der der geschnürte Bauernschuh zu sehen war, sie sangen das Lied von Gott, der uns ein feste Burg ist, rechts und links von mir fielen sie, ich ging noch immer.

Nichts, denn die Gerechtigkeit Gottes.

War ich das wirklich, die da auszog, nach einem zu suchen, dessen Spuren verweht waren, so daß die Frage nach Gut oder Böse eigentlich niemanden mehr etwas anging? Zudem, so hätte er die Frage nie gestellt. Also, für dich, Federico: Sinnvoll oder sinnlos? So, und siehe, schon geht es weiter.

Ganz zuletzt öffnete sich vor mir der Pfad. Bei jedem Schritt, den ich tat, wich ein Stück Buschwerk zurück, schienen sich die Bäume neu zu arrangieren, wölbte sich über mir ein immer dichter werdendes Netz aus toten Zweigen. Ich mußte gebückt gehen. Tiere gab es keine, aber die vielfältigen Stimmen schienen wilden Wesen zu gehören, waren nicht menschlich.

„Deine Lippen bewegen sich, doch ich kann nicht hören, was du sagst. Als ich ein Kind war, da hatte ich ein Fieber, meine Hände fühlten sich an wie Luftballons; nun ist dies Gefühl wieder da ..."

So sang man auf dem Band in meinem Wagen hinterm Stall. Und so war es.

Die rothaarige Truda mit ihren Büchern da im Abseits, argwöhnisch und freundlich auf Distanz gehalten von den Leuten, die es zu etwas gebracht hatten, am ehesten noch im Einverständnis mit dem Alten, der das Heu bringt, und den Kerlen von der Rennbahn, mit denen sie die scharfen Schnäpse kippt, so eine Verrückte, die Bücher machen will und dazu selbst so viele liest, na ja, sie wird's schon noch zusammenschreiben.

An den Linien meines hageren sommersprossigen Gesichts erkannte man nicht mein Alter, es sah zu Federicos Zeiten schon so aus wie damals, als ich noch Trota, die Ärztin in Salerno, war, oder wie in jenen Tagen, als ich mit den Bauern zog oder im Sand der Wüste nach Wasser grub. Nun hat sie sich aus purer Wißbegier auf den Weg gemacht in eine Gegend, die in denkbar schlechtem Ruf steht. Zurückgekommen von dort, so heißt es, sind bisher überhaupt nur zwei, schon Benannte, sie heißen Orpheus und Dante Alighieri, und sie hatten die größten Schwierigkeiten. Keine Sorge, die werde ich auch bekommen.

Ich vertraue auf meine Abstammung. Zorn und Gewöhnung an Leiden werden mich wappnen, das Ungewöhnliche zu ertragen, da es für mich das Gewöhnliche wurde.

Ich will es wissen.

Ankunft

Wieder schwamm eine Lichtinsel auf mich zu. Etwas legte sich kissengleich unter meine Füße, ich begann zu gleiten, als segelte ich über eine Eisfläche.

Watte schien in meine Ohren zu dringen, kein Ton kam jetzt mehr an.

„Zu sagen weiß ich nicht, wie's zugegangen. Daß ich so weit den rechten Weg verlor / So tief war damals ich in Schlaf befangen."

In einer Hand das Salzkorn, in der anderen das Brot, fuhr ich dahin, es stand nicht mehr bei mir; wer bis hierher gekommen war, wurde abgeholt.

Ich wußte nicht, was mich erwartete, nur eins schien sicher zu sein: daß für mich das Ziel ganz anders aussehen würde als jene Reiche, in denen Orpheus, in denen Dante geweilt hatten. Jeder schuf seine Welten aufs neue, jedem öffneten die Träume andere Weiten nach seinem Bild. Mein Schlaf war wohl tief genug, um hinzugelangen.

Die Münze unter meiner Zunge schmeckte kalt und bitter. Obgleich ich bewegt wurde, lief ich weiter. Ich wollte nicht auf einem Leitstrahl hingelangen. Ich wollte selbst unterwegs sein, solange es nur ging. Wie lange es ging, war nicht abzusehen.

Die Erde trieb Blasen. Kuppeln wölbten sich auf, allmählich nahmen die Auswüchse Gestalt an.

Auf einem kahlen Hügel erhob sich die wohlbekannte Krone, das Achteck von Castello del Monte, im Helldunkel erkannte ich die von der Sonne verbrannte Erde, die abbröckelnden Mauern, das zu Schutt zermahlene Tor, die fast ausgelöschten Zierate. Es waren die Trümmer von heute, nicht das herrliche Schloß von einst.

Mit all meiner verbliebenen Kraft stemmte ich die Hacken in das Wolken- oder Luftkissen unter meinen Füßen, versuchte, mich zurückzuhalten. Das wollte ich nicht, nein! Das kannte ich. Die Trümmerwelt von Federicos Taten war mir nur allzu vertraut. Die waldreiche Landschaft war Wüste geworden, die Bauwerke Steinbrüche für die Nachwelt, sein Italien erst kein Land und dann eins des Chaos, sein Frieden den Räubern zur Beute, seiner Göttin Gerechtigkeit hatte man Nase und Hände abgehauen, und sie, die nicht blind gewesen war, sah nun augenlos in die verdorrte Terra di Lavoro von damals.

Wo alles geblieben war, wollte ich wissen, das Reich und die Kraft und die Herrlichkeit.

„Er lebt und lebt nicht“, hatten sie nach seinem Tode geschrieben, als seine Unruhe noch durch die Völker geisterte und sie auf der Nordseite der Alpen auf ihn und seine Herrschaft warteten, so sehnsüchtig, wie je ein Volk auf seinen Erlöser gewartet hat.

Sie warteten – je mehr man sie drückte, um so sehnsüchtiger. Er war wacher als alle, als ich noch mit ihm zusammen war. Er konnte vierundzwanzig Stunden zu Pferde sitzen und einen Gerichtstag abhalten danach, ohne gegessen und getrunken zu haben, oder eine Schlacht schlagen. Oder jemanden ein Gedicht vortragen lassen oder auch ihm mit einem Tritt seiner sporenbewehrten Stiefel den Leib aufreißen . . . Zu wem will ich da eigentlich? Ich will es wissen. Ich habe nur einmal gedient. Wem habe ich gedient?

Ich presse die Finger zu Fäusten. Ja, es ist wieder fort.

Die Erdhügel nahmen jetzt bekannte Formen an. Hallen, Gassen, die zerbrochenen Glasscheiben alter Gewächshäuser. Fahrzeugwracks. Fuhr ich etwa zurück in die ungestalte Wildnis hinter meinem Stall?

Ein schneidender Wind kam auf und ließ das alles unter meinen Füßen zerflattern. Es war auf eine helle Art dunkel. Meine Ohren schmerzten vom Nicht-Hören. Ich war da.

Erinnerung: Forderung

Sie hatten uns Geleitschutz zugesichert, um mit uns zu sprechen. Aber nun sah es eher wie eine Gefangennahme aus, nach der Art, wie sie uns auf die offene Ladefläche ihres Autos beförderten, und nach der Menge der Soldaten mit entsicherter MP, die uns da oben umstand.

Staubwolken hüllten uns ein während der Fahrt durch das Grasland.

Der Mann und die Frau saßen am Boden ohne ein Zeichen von Unruhe, sie waren ihrer selbst und ihrer Sache so sicher, daß Bedrohung sie nicht erreichte. Ich jedoch kannte zuviel Vergleichbares.

Niemand hatte erwartet, daß der Platz so voller Menschen sein würde. Die Bauern in ihren weißen Hosen und großen Strohhüten standen zu drei Seiten des Karrees, zwischen sich ihre Frauen und Kinder. Wir hielten im aufgewirbelten Staub auf der freien Mitte des Platzes, und als die Luft wieder klar wurde, sah ich mit stockendem Atem, daß sie völlig unbewaffnet waren. Nicht einmal an ihre Sensen oder Macheten hatten sie gedacht. Für sie war es ein Tag des Friedens, an dem ihre Parlamentäre einziehen würden in das Haus der anderen.

Es erhob sich auch keinerlei Zuruf oder Gelärme, als wir, mehr gestoßen als springend, die Plattform des Wagens verließen. Sie setzten ihre leisen und freundlichen Gespräche fort, Lachen klang auf, hier und da summte jemand ein Lied. Man entwaffnete nun auch uns, nahm dem Mann und der Frau die Macheten ab, mit denen sie in den Sümpfen und Bergen genauso unerschrocken gegen den Feind vorgegangen waren, wie sie damit die Ernte einbrachten. Sie ließen es arglos geschehen, schließlich waren wir Unterhändler, und was sollte man uns tun? Wir hatten gesiegt, sonst hätten sie sich nicht zu Verhandlungen bereit gefunden.

Ich gab meine Waffe mit dem größten Widerstreben aus den Händen; man soll sich nicht von seinen Waffen trennen, hatte ich gelernt. In meinem Nacken saß ein Druck, als wären die Mündungen ihrer MPs daraufgepreßt, dabei gingen sie hinter und neben uns, eine Ehreneskorte, konnte man denken, hin über den freien Teil des Platzes in der wildesten Sonne, auf das langgestreckte einstöckige Gebäude zu, das mit seiner Veranda und seinem Wellblechdach eine Mischung von Baracke und Kolonialpalast darstellte.

Vor mir liefen der Mann und die Frau, sie setzten ihre nackten

Füße leicht in den glühenden Staub, es schmerzte sie nicht, sie waren es gewohnt. Seine weiße Leinenhose, ihr helles, geblümtes Kleid mit den schwingenden Röcken und das geschlungene Kopftuch blendeten meine Augen. Ich stapfte hinter ihnen in meinen zerschlissenen Stiefeln daher, das Kampfhemd klebte an meinem Rücken, der Bauernhut, den sie mir geliehen hatten gegen die Sonne, war wie ein Reif um meinen Kopf.

Die Soldaten folgten. Sie waren stumm, gegen ihre Gewohnheit machte keiner von ihnen dreckige Bemerkungen über das Paar oder über mich, den „Engel der Guerilleros". Vielleicht waren es ihnen zu viele auf dem Platz.

Indessen tauchten wir ein in den tiefen Schatten der Veranda, gingen die Stufen hinauf, vorbei an salutierenden Leutnants, man öffnete uns die Tür.

Ihre Ventilatoren machten einen großen Wind. Sie ließen die Fahne eines Landes, das nicht dies Land war, hinter ihnen unruhig zischen und wehen, als wäre sie ein lebendiges Wesen. Der Mann, der sich abseits hielt, trug trotz der Hitze einen Rollkragenpullover, in den er seinen knochigen, kahlgeschorenen Schädel zu verbergen schien. Ebenfalls im Wind saß an ihrer klapprigen Protokollanten-Schreibmaschine die Sekretärin, ein Tuch um den Hals gegen die Zugluft. Eine Milchflasche, ein Paket mit Broten und ein paar Papiertaschentücher lagen neben ihrer Maschine auf dem Tisch, wie immer, wo sie sich auch befand.

Vorn, im Tribunal, saßen drei Uniformierte. Der eine trug eine dunkle Brille, der zweite einen Hörknopf im Ohr, der dritte streckte sein Holzbein weit von sich. Vor sie trat nun die Frau hin mit ruhiger Heiterkeit und begann zu sprechen.

„Ich bin Hawa", sagte sie ohne Umschweife, „und dies hier ist Adam, der Bauer. Wir sind gekommen, um von euch unser Land zurückzufordern, das uns von Gott verliehen wurde, und aus meinem Munde sprechen alle die, die dort auf dem Platz stehen, und die in den Bergen und im Sumpf. Wir tun euch nichts zuleide. Nehmt eure Habe und zieht nach Haus. Der Sieg ist unser, das Land ist unser. Geht in Frieden."

Anstelle der drei tat der Mann im Hintergrund in dem großen Wind seinen Mund auf. „Adam und Hawa", meinte er tückisch. „Und Gott hat euch das Land verliehen. Nun gut. Aber wer ist die da? Wer hat sie befugt, mit euch zu kämpfen, und wessen Land fordert sie, die ewig Landlose, denn eigentlich zurück? Der Engel, die

Botin von irgendwoher! Welche Macht hat sie geschickt, in eurem Spiel mitzuspielen?

„Truda hat mit uns gekämpft, und sie hat uns gesagt, wer gut ist und wer böse, was sinnvoll ist und was nicht. Sie gehört zu uns“, erwiderte Adam bedächtig.

„Sie gehört zu euch? Daß ich nicht lache. Seht sie euch an, die rote Wölfin mit den blassen Augen! Sie ist euch von weither gesandt worden, eure Sinne zu verwirren, damit ihr nicht mehr unterscheiden sollt zwischen Recht und Unrecht und nach verbotenen Früchten greift.“

Hawa lachte. „Das ist die alte Sprache, die wir nicht mehr reden wollen. Truda hat uns eine andere gelehrt. Sie hat mit uns gesiegt.“ Unvermittelt sprach sie direkt zu dem Tribunal, obwohl alle Fragen und Entgegnungen aus der Ecke des Geschorenen im Pullover kamen.

„Ihr habt gesiegt, ja“, sagte der Mann, „und mit euch wollen wir sprechen. Nicht mit ihr. Sie ist euer böser Geist. Gebt sie heraus, und wir werden verhandeln.“

Wir waren ohne Waffen. Ich kannte es schon, ich begriff eher als die beiden, daß wir verloren hatten. Einmal wieder verloren.

„Wir lachen über euch und eure Forderungen“, sagte Hawa.

Der Mann trat ans Fenster, winkte. Zur selben Zeit packten mich die Soldaten bei den Armen. Hawa und Adam wollten auf mich zu, es war zu spät, sie konnten auch sich selbst nicht mehr helfen.

„Welche Macht hat dich geschickt? Antworte!“ schrie mich der Mann an. Die Schreibmaschine klapperte.

Draußen begannen die Schüsse und die Schreie. Die im Tribunal rührten sich nicht.

Auftrag

Es wiederholte sich. Man strickte diese Muster nun mit anderem Garn, so war es.

Ich hatte gezahlt, mit dem Salzkorn und dem Brot, wie es Sitte war. Aber sie waren nicht mehr geübt in Empfängen nach alter Art. Sie hatten die Münze vergessen, und es gelang mir, während ich umringt wurde, die Augustale unter meiner Zunge hervorzuholen und in die Tasche zu stecken, so verlor sie ihren Wert als Gabe an die Unterwelt.

Als ich die Fahrt durch die Staubwolken wiedererkannte, die Bedrohung durch jene, die mich umringten, wurde ich zu der alten Abenteurerin, die Spielerei der Bücher fiel von mir ab. Furchtlos aus Furcht, standhaltend aus Neugier, erstand Truda die Botin wie einst, ohne die Botschaft, aber mit dem Wissenwollen.

Man schmiß mich in die Mitte des Raumes. Eine Frauenstimme sagte: „Das riecht ja lebendig." Eine Männerstimme erwiderte: „Das riecht lebendig, unbotmäßig und rundherum verdächtig."

Ich spürte den Wind. Ich sah deutlich, daß sie froren. Die Sekretärin saß hinter ihrer klapprigen Schreibmaschine, daneben auf dem Tisch die Milchflasche, das Stullenpaket und die Papiertaschentücher. Sie zog sich ihr Tuch fester um den Hals. Der Mann verbarg, wie bekannt, seinen knochigen, geschorenen Schädel tiefer im Rollkragen seines Pullovers. Sie hatten sich nicht an die Zugluft gewöhnen können.

Kurz vor mir hielt der Jeep, der auf mich zugeschossen kam – ich sah sehr wohl, daß der Mann die Hand gehoben hatte. Die tanzenden Scheinwerfer, die etwas beleuchteten, was an ein großes kaltes Gewächshaus erinnerte, blendeten mich unerträglich, jetzt, da sie so dicht vor mir waren. Es war wieder ein Moment wie zu Beginn, als der Baum auf mich zugerast kam, und zweifellos immer noch der Abend des zweiten Weihnachtstages, an dem ich ausgezogen war.

Basiliskenblicke des Lichts. Die hatte man ihm oft genug zugeschrieben, den ich hier unten zu suchen kam. Aber ich wußte, daß es zu früh war. So einfach würde ich ihn nicht finden. Jetzt kamen erst einmal die Schwierigkeiten.

Inzwischen sah ich nichts mehr vor Blendung und bat darum, die Scheinwerfer auszuschalten.

„Sofort", sagte der Mann. „Wir haben auch genug gesehen."

Langsam gewöhnten sich meine Augen wieder an diesen Ort, der zu nichts mehr nütze schien, als solche wie diese hier zu beherbergen. Sie waren im Toten, Abgetanen heimisch.

Der Mann redete weiter, ohne mich anzusehen. Er sagte das, was ich erwartet hatte. Daß ich erst auf der Hälfte des Weges sei, „in meines Lebensweges Mitte", und daß es keinen Einlaß gebe. Jener, so führte er aus, sei gerufen worden von einer aus höheren Regionen und habe den Führer bei sich gehabt. Ob ich mich nicht der Verse erinnere: „Von diesen fort, lebendige Seele! / Die hier beschlossen schon den Lebenslauf!" Oder: „Laßt, die ihr eingeht, alle Hoffnung fahren." Er zitierte flüssig und in der Originalsprache.

Ich konnte viel herumreden, daß auch ich gerufen sei und selbst ein Führer. Offenbar hörten sie nur Landstreicher heraus.

Daß ich vom Unruhvollen Stamm war, verschwieg ich. Offenbar waren sie von allein nicht so besonders informiert.

Es könne doch nicht sein wie zu den Zeiten des Dante! rief ich ungeduldig.

Die Sekretärin gähnte, als ich den hohen Namen aussprach, vielleicht aus Taktgefühl.

Der Mann öffnete die Motorhaube seines Wagens, nahm ein paar Werkzeuge aus einem alten Lappen und bearbeitete irgend etwas mit einem Schraubenschlüssel.

„Eben", sagte er. „Es ist nicht wie zu den Zeiten des Dante. Sie müssen das verstehen. Es war eine Ausnahme. Schließlich half er uns beim Sortieren, während ich von Ihnen eher vermute, daß Sie alles durcheinanderbringen wollen."

Ich war erstaunt, daß er so offen redete, anscheinend stürzte meine Anwesenheit das Hier ziemlich in Verwirrung.

„Wen suchen Sie denn?"

Ich nannte den Namen, und sofort begann die Schreibmaschine zu klappern. „Warum ihn?" fragte er eilig. „Nicht, daß es mich interessiert. Aber wir brauchen es für die Akten." Er wies lässig zu der Sekretärin hin.

Ich lächelte. Vorsichtig schloß ich meine Finger um die Augustale, die Münze mit Federicos Bild, die in meiner Tasche steckte. Ein Strom von eisigem Feuer ergoß sich durch den Arm in meinen Körper, ließ mein Lächeln zu einem Schmelzofen werden und mich in einem Gefühl erzittern, das der Liebe sehr nahe war.

„Reden Sie! Hat Sie eine fremde Macht geschickt?"

„Adam und Hawa", sagte ich, „die müßten Sie doch kennen."

„Wir haben keinen Sinn für Ihre Scherze", bemerkte er drohend. „Man stellt uns nach. Einige behaupten, unsere Ordnung sei überholt. Dabei ist sie für die Ewigkeit. Fragen Sie Dante. Das KZ der Hölle, das Besserungslager des Fegefeuers, der Garten für die Guten."

„Aber vielleicht sieht es ganz anders aus dahinten", sagte ich unbedacht. Sofort legte die Schreibmaschine wieder los.

„Haben wir denn den Vorgang noch da?" erkundigte sich der Mann. Er mußte die Frage wiederholen.

Die Frau stand auf und ging zu einer der Glaswände, unter der ein paar offene Bananenkartons voller Papiere standen, auch zwei, drei an den Ecken abgestoßene Koffer aus Vulkanfiber mit ramponierten Schlössern und ein deckelloser Reisekorb voller Ordner. Die Löschblattstreifen mit den Zahlen, die mit Büroklammern an den Behältnissen befestigt waren, wehten in der Zugluft.

Es sah aus, als sei es auf einer eiligen Flucht schnell zusammengerafft und mitgenommen worden. „Ist das alles?" fragte ich mißtrauisch.

Die Sekretärin zuckte die Achseln. „Jedenfalls alles, worüber wir noch verfügen", bemerkte sie träge.

„Und das andere?" fragte ich voller Unruhe.

„Ausgelagert", sagte er rasch, um ihr das Wort abzuschneiden. „Anderswo aufbewahrt, wo es sicher ist. Nichts geht verloren bei uns. Die Ordnung ist unverrückbar."

Die Frau hatte sich hingehockt und wühlte in dem Korb. „Hier ist nichts", sagte sie. „Es wird soviel verkramt. Bei den vielen Umzügen, die wir haben, überall entzieht man uns den Boden, Neubewertungen setzen ein, es ist schwer, zu bewahren . . ." Sie sprach hastig, und der Mann fiel ihr scharf ins Wort, sie solle gefälligst den Mund halten und ihre Arbeit tun. „Suche weiter, Clio, du warst schon immer eine Schlampe."

Er arbeitete wieder an seinem Automotor herum, seine Schultern bewegten sich unter dem Gestrick des Pullovers wie ein Nest junger Vögel.

Die Frau seufzte, kniete sich vor einen der Koffer und zerrte an den verrosteten Schließen.

Langsam begriff ich, daß sie Angst hatten. Angst vor mir, Angst vor jedem Eindringling, der etwas von ihnen wissen wollte. Mit ihrer Macht war es nicht weit getan. Offenbar hatte man sie schon öfter zum Weglaufen genötigt, um die Prozesse neu aufzurollen und Heiligsprechung oder Fluch zu überprüfen.

Ich ging zum Schreibtisch und beugte mich vor, um zu lesen, was Clio auf das eingespannte Blatt geschrieben hatte. „Truda liest zwischen den Zeilen", stand dort statt eines Protokolls, und: „Truda kommt von weit her und sucht." – „Die Tür ist für Fliegende offen." Wollte sie mir Zeichen geben?

„Achten Sie nicht darauf, was da steht", sagte der Mann und trat ebenfalls heran. „Es ist sowieso nur Nonsens, was sie schreibt." Mit seinem öligen Finger fuhr er über die Zeilen und löschte sie aus.

„Aber sie kennt meinen Namen. Woher weiß sie ..."

„Sie weiß gar nichts", sagte er hart, „sie schreibt nur vor sich hin. Niemand interessiert sich für Sie. Sie gehören nicht hierher und werden abgeschoben. Es ist Gesetz."

„Aber es gab Übertretungen."

„Es gab niemals Übertretungen. Es gab Ausnahmen. Aber das waren andere Zeiten, ich sagte es schon."

In dem Augenblick richtete sich die Frau auf und sagte gleichmütig: „Ich hab's."

Ich riß ihr die Mappe aus der Hand, auf der in großen Buchstaben sein Name stand, öffnete sie. Sie war leer.

Sie lachten nicht einmal.

„Ich wußte immer, daß es so ausgehen würde", sagte der Mann befriedigt. „Sie werden in Ihrem Bett aufwachen, und die Sache ist erledigt." Er hatte wirklich keine Ahnung.

Ich war schon weit weg von dem Bett in meinem Wagen und den Büchern und den Pferden der reichen Leute. Ich war aufgebrochen auf meinen alten Pfaden und schlief nun wieder in einer dreckigen sizilischen Hafenkneipe, den Kopf auf den Armen, um mich mehr Lärm als in einem Kesselhaus, auf meiner Brust ein Geheimschreiben Federicos an den Sultan Al-Kamil, dessen Inhalt, wäre er der Kirche bekannt gewesen, mich auf den Holzstoß und den Absender in den Bann gebracht hätte. Ich schlief im Stroh der Ställe neben dem königlichen Pferd Tadsch-el-Muluk, das mir sein Herr geliehen hatte für die wichtigen Dinge der Welt, und manchmal in einem stinkenden städtischen Kerker der feindlichen Lombardenkommunen und manchmal gar nicht. Und nun, da ich wissen wollte, ob das sinnlos oder sinnvoll gewesen war, wollte man mich mit einer alten Pappe abspeisen?

Noch einmal las ich die Aufschrift, die pedantisch und schluderig zugleich war. „Federico", stand da, „(Friedrich. Fridericus) Ruggiero (Roger) Imperator felix victor ac triumphator."

„Etwas fehlt", sagte ich. „Der Zweite. Daß Sie es überhaupt finden konnten so. Friedrich der Zweite von Hohenstaufen. Fridericus Secundus Caesar Romanorum semper Augustus."

„Clio", sagte der Mann, und sein Tadel klang unecht. „Nie stimmt es bei dir."

Die Sekretärin hüstelte und griff zur Milchflasche.

Schon bereit, die leere Hülle zurückzugeben, bedacht, auf einen anderen Weg vorzudringen, umfaßten meine Finger wieder die Augustale in meiner Tasche.

Plötzlich stand ich in einem blauen Lichtstrom. Funken knisterten, und ich fühlte, wie sich meine Füße vom Boden hoben.

Natürlich. Ich hatte die Akte zu füllen.

Die Frau kicherte.

Der Mann knallte sein Werkzeug zu Boden. „Verdammt noch mal, hat sie denn keiner durchsucht!“ rief er empört. „Kommen Sie sofort zurück, es ist verboten! Wir werden Sie finden!“

Ich schwebte schon, leuchtend wie ein Kugelblitz, in der einen Hand das Papier, in der anderen die Münze mit dem kaiserlichen Bildnis. Mir schien, daß meine Haare zu Berge standen.

Irgendwo heulte eine Sirene auf, während ich, im eigenen Licht leuchtend, fliegend das Gewächshaus und die anderen Ansammlungen von toten Dingen verließ und vordrang in die Dämmerung.

Bekanntschaft

Das jahrhundertealte Parkett knackt bei meinem Aufprall wie Scheite im Feuerofen, unendlich setzt sich das Geräusch fort, erstreckt sich der Raum, keiner ahnt die Wände, aber ich sehe die Säulen, manche sind hölzern, von Schimmelfäden umsponnen, manche aus Stein, mit Mosaiken inkrustiert, wieder andere sehen griechisch aus, alles ist zusammengewürfelt, wie's gerade kommt.

Er spricht mich sofort an, kaum daß das Krachen des Holzes im Weiten verebbt ist, ich vernehme seine Stimme dicht hinter meiner Schulter. „Du bist nicht Dante. Du bist jemand, der träumt, er sei Dante. Du bist . . .“ Erst jetzt schreie ich auf, da ich die Stimme erkannt habe. Er läßt sich nicht stören, skandiert klar und gemessen weiter: „Du bist Truda die Botin. Nein, du bist nicht Dante. – Ich hatte nämlich schon einmal Besuch.“

Ich wage nicht, mich umzusehen, aus Angst vor dem Anblick, der mich erwartet. Er ist es, der Verräter des Herrn, Piero, Pietro, Petrus de Vinea.

„Bist du allein?“ frage ich beklommen.

Er versteht mich sofort. „Wie sollte er bei mir sein?“ entgegnet er. „Ich bin der Verräter. Und selbst wenn er da wäre: Du weißt ja, daß ich ihn nicht sehen könnte. Schließlich hat er mich blenden lassen.“

Seine Stimme klingt gelassen. Anderes Ich des Kaisers, Logothet, Mann, der die Worte setzt, Oberster Diener der Justitia, Erster nach dem erhabenen Herrn, der die zwei Schlüssel zu seinem Herzen hatte, den, der öffnet, und den, der verschließt, Pier delle Vigne, angeklagt dunkelster, ungeheuerlichster Verräterei, die nie beim Namen genannt wurde. Petrus der Selbstmörder.

„Dreh dich um, Truda die Botin", fährt er fort. „Du hast Schlimmeres gesehn und wirst dich an den Anblick gewöhnen."

Ich tue es, und sofort beginnen meine Augen überzuströmen, wie damals, als ich ihn das letztemal sah: den Ersten Minister des Reichs ganz hinten im Troß Friedrichs auf dem Weg von Cremona in den Süden, verkehrt herum auf einem Esel, dessen Schwanz man ihm durch die gebundenen Hände gezogen hat, den Kopf mit der blutigen Binde über den Augenhöhlen tief gesenkt, in zerrissenen Kleidern. Jetzt ist er auf andere Weise entsetzlich. Er trägt die feine stolze Gelehrtentracht, in der er meistens einhergegangen ist, und seine wunden Augenhöhlen machen das Gesicht zu einer Entsetzenslarve des untersten Höllenkreises.

„Nicht schreien", sagt er mißbilligend. „Aber Truda, du wirst doch nicht schreien. Dante schrie nicht. Er fiel höchstens einmal in Ohnmacht. Ich muß dir sagen, daß mir dein Besuch lieber ist, um der alten Bekanntschaft willen, obgleich Dante versucht hat, mich dort zu rehabilitieren." Er lacht, es klingt ganz lebendig. „Ich wünsche nämlich nicht, rehabilitiert zu werden."

„Du weißt, daß ich damals für dich gebeten habe", sage ich, bemüht, mich zu fassen.

„Ja. Du fielst daraufhin in Ungnade, nicht wahr? Es war höchst töricht von dir. Als wenn sich jemals irgendwer die Vermittlung hätte anmaßen können zwischen ihm und mir. Niemand stand zwischen uns. Niemand. Ich war sein Mund, sein Herz und sein Hirn, sein anderes Ich. Was sich dieser Florentiner herausnahm! Ich und unschuldig!"

„So bist du denn schuldig, Pietro?"

„Ich bin nicht schuldig. Es geht keinen etwas an. Am Tor zu Capua, das der Justitia geweiht war, gab es drei Bildsäulen. Eine war die des Kaisers, Sohns und Vaters des Rechts, die andere die des im Kampf gefallenen Großhofjustitiars Thaddäus von Suessa, die dritte die meine. Er hat sie vollenden lassen."

Ich schließe die Augen. Mir schwindelt von dem Durcheinander.

„Petrus, wo ist dein Herr?"

„Ich weiß nicht. Ich kenne den Menschen nicht."

Die Hähne krähen nah und fern. Es können auch die Sirenen eines Suchtrupps sein.

Ich beiße die Zähne aufeinander. „Ich muß es wissen."

„Sie sind dir auf der Spur, Truda", bemerkt Pietro ruhig. „Sie waren dir übrigens fast immer auf der Spur. Manchmal half ich dir auch, meist auf sein Geheiß. Du hattest Geschick. Irgendwie entkamst du."

„Wie entkamst *du*?"

„Das weißt du nicht?" Er zitiert die Quellen. „Als Petrus de Vinea, der ehemalige Kanzler Kaiser Friedrichs, als ein geblendeter Verräter in den Süden geführt wurde, bewahrte man ihn unterwegs im Gefängnis zu San Miniato auf. Da fragte er seine Wächter: ‚Was ist zwischen mir und der Mauer?', und sie antworteten ihm: ‚Nichts.' Darauf rannte er mit seinem Kopf mit solcher Gewalt gegen die Wand, daß er tot zusammenbrach."

„Aber Pier, Piero, wem bist du denn damit entkommen? Deine Häscher blieben nur deshalb zurück, weil du dich in eine dunkle, eine vollkommene Gefangenschaft begeben hast, die außerhalb der Welt ist."

„Truda, du redest töricht. Meinst du, ich wollte meinen Häschern entkommen? Ihm, den du suchst, bin ich auf ewig entkommen."

Ja, es sind Sirenen. Er hebt lauschend den Kopf, sein Haar, halb grau, halb schwarz, liegt wohlgeordnet auf dem tadellosen Kragen, als sei alles, wie es sein müsse.

„Es gilt dir", spricht er, und auf einmal ist seine Stimme klanglos, hastig. „Du wirst verfolgt."

„Das sieht nur so aus", erwidere ich voller Trotz. „In Wirklichkeit bin ich die Verfolgerin. Man will mich nur an meiner Jagd hindern. Aber da du, Herr Kanzler, ihm ja auf ewig entkommen bist, brauche ich dich nicht zu belästigen, denn du kannst mir nicht helfen."

„Du willst doch nicht gehen, wie?" Seine Stimme klingt flehend. „Zu dieser Plauderei brauchtest du mich wahrhaftig nicht zu erwekken, nein. Es mißfiel mir damals oft, mit dir zu reden, aber jetzt . . ." Er wechselt den Ton. „Ich kann dir vieles erklären. Bitte, sei so freundlich, nimm Platz."

Der höfliche Stil der Kanzlei auf einmal, und in der Tat stehen da zwei Schemel, vielleicht haben sie schon immer da gestanden. Das

Parkett kracht weit in der Tiefe, und das Geheul der Sirenen entfernt sich.

Der Augenlose wendet mir das Gesicht zu, es ist groß und ernst, er spricht klar, leise, ohne Emotion, als diktiere er in seiner Kanzlei. Als sei es ein ganz alltäglicher Zustand, wie wir da sind, wie er aussieht, und er spricht jenes köstliche Latein, das er für seinen Herrn und für die Völker der Welt zubereitet hat, wie man eine Damaszener Klinge ziseliert, eine hymnisch rollende Sprache, die ihn für den ganzen Erdball zum Logotheten, zum „Mann, der die Worte setzt", machte.

Ich verstehe ihn nicht. Mir entschlüpft der Sinn dieser wie Glokkenklang tönenden Satzperioden, sosehr ich mich auch mühe.

Was, Piero, willst du mir sagen? Daß du ihn liebtest, ihn haßtest? Ihn verrietest, ihn nicht verrietest? Der Stil dieses Büros, von mir einst bewundert und belächelt, ist mir nun vollends unverständlich geworden. Er ist auch so etwas wie ein Verrat. Ein glanzvoller Verrat an dem Tropfen aufrührerischen Blutes in ihm, der ihn mir nahebrachte. Ich stehe auf, laufe hin und her. Er erhebt sich ebenfalls und geht mir nach, wie er beim Diktieren auf und ab gegangen ist. Diktatschule, Schola dictandi, so hat man eine ganze literarische Richtung nach seiner Kanzlei und ihrem Arbeitsstil benannt. Bleibe ich stehn, so auch er. Ich habe so ein Verlangen, ihn anzufassen, obwohl ich weiß, daß da nichts ist.

Pietro, ich kannte deine Mutter. Sie war von unserem Stamm, eine unzähmbare Hure in Capua, die in die Bürgerhäuser fuhr wie ein zerstörerischer Blitz, heitere Schlange im Paradies der Selbstzufriedenen. Manchmal tranken wir zusammen, und ich beschützte sie ein-, zweimal mit dem Dolch vor den Unflätigkeiten der besoffenen Jugend dieser Stadt. Ich weiß, daß du verkünden ließest, du stammest aus dem ehrbaren Schlafgemach eines Capuaner Richters — das stimmte auch, nur lag die wilde Linda dort statt seiner Gemahlin.

Wir erfreuten uns gemeinsam ihres wachsenden Leibes, lachten und suchten nach Namen für das Kind, und häufig machten wir uns den Spaß, gemeinsam auszugehen, ich als Kerl gekleidet, sie in sittsamem Kopftuch, und das Paar zu spielen, bis man uns verwirrt auf die Schliche kam in den Kneipen und Bodegas. Ach, was wir zusammen lachten!

Du wuchsest auf in den Gossen der Stadt und in den Weingärten ringsum, wohin dich deine Mutter zu Pflegeeltern brachte, wenn ihr Gewerbe ihr keine Zeit für dich ließ. Deshalb nanntest du dich später

Pietro delle Vigne – Petrus de Vinea, nein, das ist kein Adelstitel. So schmutzig und hungrig und wißbegierig warst du wie dein Herr in Palermo zur selben Zeit. Ja, zwei Gassenjungen haben sich gefunden, das Reich zu regieren. Piero Hurenkind als Diener von Federigo Ruggiero Esposito, was ausgesetzt bedeutet; so wertvoll und nutzlos wie ein Reichssiegel war er damals, wer ihn hatte, der hatte die Macht, aber allein war er nur ein Drecksjunge, den jeder andere Drecksjunge verprügeln konnte, vorausgesetzt, er war stärker. Kanzler und Kaiser – ein schönes Paar.

Ich bleibe stehen.

„Pietro, sprich Volgare zu mir, ich bitte dich. Rede in der Sprache der Gassen, aus denen du kommst. Dein Latein war mir immer fremd."

„Bist du nicht alt genug, es nun zu können?" Er wundert sich, und es klingt ein bißchen hämisch. „Oder gehört es sich für solche wie dich nicht, eine andere Zunge zu reden als die des Volkes?"

„Du weißt, wer ich bin?"

„Hier ist das leichter zu erkennen als Dort."

Das Geheul kommt wieder näher.

„Bleib bei uns, Truda, du kannst dich nicht verbergen." Er lacht wieder, ich presse die Hände über die Augen. „Diese Gestalt ist nur zufällig, laß dich nicht schrecken."

Zwischen den von dickem Schimmelfell überzogenen Holzsäulen sehe ich plötzlich so etwas wie eine große Faßöffnung, ein paar Dauben, die in der Luft zu schweben scheinen. Sie vergrößern sich, ohne daß man weiß, wie, nach jedem Lidschlag sind sie gewachsen. Ich trete ein.

Er folgt mir wie selbstverständlich.

Es ist ein Gang, als habe ein Riese einen zementierten Brunnenschacht mit zwei Fingern ausgehoben und waagerecht hingelegt. Zu meinen Füßen sammeln sich in der Rundung Abfälle, Plasttüten, zerknülltes fettiges Papier. Eine rostige Messerklinge.

„Laß liegen", höre ich die Stimme hinter mir, „es bringt Gefahr, etwas von hier aufzuheben." Ich nehme es trotzdem.

Der Brunnenschlund endet, ich betrete eine neblige Ebene, er hinter mir.

Das Unkraut ist leuchtend grün vor Feuchtigkeit. Ich lasse mich fallen, schließe die Augen. Meine Tränen quellen unaufhörlich unter den geschlossenen Lidern hervor.

Dann höre ich Pietros Stimme: „Wunderbar muß es sein, weinen zu können.“

Ich denke erst an seine Augen, aber dann begreife ich, daß es nichts mit der Gestalt, der Zufallsform zu tun hat. „Doch ihr könnt lachen“, sage ich.

„Lachen, ja“, bestätigt er trostlos, „lachen können wir alle.“

Als ich mich aufsetze, sehe ich sein großes blasses Gesicht zwischen den Nebeln, als schwimme es auf dem Wasser.

„Piero“, bitte ich, „sag mir alles. Sag es in der Sprache, in der deine Mutter mit mir redete. Vergiß die Kanzlei.“

„Die Kanzlei“, erwidert er. Sein Bart bebt. „Die Kanzlei kann ich nicht vergessen. Meine Mutter ja, die Kanzlei nicht. Aber ich werde die Sprache der Troubadoure nehmen, wie sie am Hofe geläufig war und in der König Enzio dichtete.“

„Und auch du.“

„Ach ja, auch ich.“

„Du erfandest das Sonett.“

„Wurde noch Unnützeres erfunden?“

„Pietro!“

„Ich weiß, du wirst nicht nachlassen. So seid ihr mit diesem trüben Wissen, daß die Menschen anders sein müßten, bloß wie? Diese Entsetzlichen, die angeblich nicht vergessen können, daß es auch anders ging, Goldnes Zeitalter, ewiger Frieden, entschuldige, ich verfalle schon wieder ins Latein. Um Gottes willen, an was erinnert ihr euch? An die Zukunft? Es gibt keine Überlieferung, in meiner Kanzlei nicht. Es existieren keine Aufzeichnungen, diese Weiberzeit muß eine Zeit des Mundes gewesen sein, nicht der Schrift, die erfand erst der Mann. Was sucht ihr nur, ihr, die manche die Kundigen nennen? Ihr wißt gar nichts. Fahrende, Verfehmte, Ungewollte.“

„Piero, auch du gehörst zum Unruhvollen Stamm.“

„Wozu ich gehöre, das weiß nur unser aller Herr, das Kind von Apulien, der Imperator invictus.“

Mitleid und Haß treiben mich zu sagen: „Alle Welt weiß, daß du zum Stamm der Verräter gehörst.“

In dem Augenblick tauchen sie lautlos aus dem Nebel auf. Pietro scheint nichts zu bemerken.

„Da ich ein Verräter bin, soll ich ihn an dich verraten, meinst du?“ fragt er sachlich. „Gut. Ich weiß alles. Ich wußte immer alles. Was trägt er mir ein, mein Verrat?“

„Piero, sie sind da", flüstere ich.

Plötzlich kommt es mir vor, als habe er sie gerufen. Steht er vielleicht in ihren Diensten? Will auch er verhindern, daß die Geschichten neu geschrieben werden, daß man Nachfrage hält?

„Und wie ein Mensch, dem Schlaf zudrückt die Lider / Sah ich nur Nacht um mich und stürzte nieder."

Erinnerung: Taufe

Vor allem erinnerte ich mich an die Brennesseln, die fast mannshoch waren. Sie überlebten alle Zerstörung, wuchsen aus der Asche, aus den Hauseingängen, zwischen den verkohlten Balken des Dorfes.

Das Kind lag in der Mitte des Platzes, und der es verraten hatte, hielt ihm eine hölzerne Klapper hin und spielte mit ihm. Die Beamten des Bischofs umstanden mich, sie hatten mich in die Knie gezwungen und mir die Hände mit einem Strick auf dem Rücken gefesselt, dessen anderes Ende der Büttel festhielt. Die Leute vom Nachbardorf hielten sich abseits.

Nach der großen bischöflichen Exekution des Ketzerdorfs, in dem sich alle für gleich hielten, das Sakrament der Ehe leugneten und Gott in der Natur anbeteten, war keine Seele übriggeblieben. Die meisten hatten sich singend in die Flammen ihrer Häuser gestürzt, um der Inquisition zu entgehen. Einzig dies Kind. Ich hörte die schwache, schon versiegende Stimme am Rande zwischen den Nesseln, und mir war auch klar, daß man ihm heimlich Nahrung gebracht hatte, sonst wäre es längst verschmachtet. Nun aber hielt wohl Furcht die Hilfe fern, denn unlängst hatte der Bischof Wachen um die Trümmer aufstellen lassen, weil es hieß, immer noch kämen Anhänger des Irrglaubens heimlich hierher, um der für sie heilig gewordenen Stätte des Märtyrertums Verehrung zu erweisen. Ich war unterwegs, sie zu warnen, als ich die Stimme hörte, und konnte nicht mehr fort.

Was sie von mir verlangten, war nicht viel. Ich hätte meiner Wege gehen können, wenn ich zugab, daß es nicht mein Kind war. Dann hätte der Bischof die Seele des ungetauften Ketzerkindes nach erfolgtem Sakrament der Taufe auch den läuternden Flammen übergeben. Und ich kniete auf dem Platz und sagte, es sei mein. Ja, die Milch sei mir versiegt ob des Schreckens dieser Stätte, die ich zufällig betrat. „Nein, ich habe nichts mit den Ketzern zu tun. Ich bin eine Hure und Landstreicherin. Ich schwöre . . ."

Eide von Huren und Landstreicherinnen werden nicht angenommen.

„Zum letztenmal: Ist es dein Kind, ja oder nein? Es ist es nicht, nein? Gestehe, rote Hexe, oder die Folter . . ."

Sie trat vor, ruhig, breithüftig, das Kopftuch hochgeknüpft über der Stirn. Sie und ihr Mann Adam dort, ein freier Bauer, beides gute Christenleute, seien bereit, zu beschwören, daß sie diese Landstreicherin vor Wochen schon in der Gegend erblickt hätten, und zwar zuerst gesegneten Leibes, später auch mit dem Kind im Arm. Sie sei eine Gauklerin und Sängerin, habe sie auch auf ihrem Gehöft mehrfach angebettelt und mit Liedern unterhalten. Sie selbst, Eva, habe ihr eine warme Suppe und ein Nachtquartier im Heu gewährt und ein zerrissenes Leintuch für Windeln geschenkt. „Laßt mich die Windeln ansehen. Ja, das ist meine Leinwand, auf meinem Hof gewebt. Es ist die Frau, es ist ihr Kind. Ich schwöre."

Der Verräter schlich abseits. Man entließ mich mit einer Strafe von dreißig Peitschenhieben wegen Landstörzerei und Betretens des verbrannten Ketzerdorfs.

Des Abends lag ich in dem einsamen Gehöft der Bauern, die den segensreichen Meineid geschworen hatten. Die Frau nahm das Kind zu sich und versprach, es mit den ihren aufzuziehen.

„Das sind die neuen Gesetze des Kaisers", sprach der Mann, „der aller Hoffnung ist, Herrn Friedrichs, des Kindes von Apulien."

„Das ist die Ausführung des verteufelten Bischofs", ächzte ich, „und wahrlich, sobald meine Haut wieder heil ist, wird es der Kaiser erfahren."

Sie lachten gutmütig. Auch Federico lachte mich damals aus. „Truda iustitia rediviva – Truda, das wiederbelebte Gesetz."

Die Frau wollte das Kind taufen mit dem Wasser ihres Brunnens.

„Du hast ihm das Leben geschenkt, gleichsam in einer zweiten Geburt", sagte sie. „So sollst du als seine Mutter auch den Namen bestimmen."

Es war ein Mädchen. Ich schlug vor, es Nessuna zu nennen, Niemandskind. Sie meinten, es habe mit den Nesseln zu tun, in denen ich die Kleine gefunden hatte, und stimmten mir zu.

Der Raum ist ein anderer. Nicht mehr jenes Gewächshaus, sondern eine Art Keller, in der Ecke ein Berg Schutt, an den unverputzten Wänden türmen sich die Bananenkartons mit den Akten. Ein gußeisernes Becken, über dem es keinen Wasserhahn gibt, vollgestellt mit verdreckten Kaffeetassen. Im übrigen ist alles da, die Schreibmaschine, die Frau, sogar das Stullenpaket und die Papiertaschentücher, auch die Zugluft, die alles in der leisen Bewegung von Spinnennetzen hält. Auf dem Schutt wachsen bereits Brennesseln.

„Daß Sie so leben mögen", sage ich wütend.

Der Mann zuckt die Schultern und grinst: „Leben? Ich verstehe, daß Sie wütend sind, weil es Ihnen mißglückt ist. Aber wir fahren Sie nach Dort, und die Sache ist ausgestanden. Sie haben mehr gesehen, als jemals gewünscht wurde."

„Von wem gewünscht?" frage ich und wische mir den Schweiß vom Hals.

Der Mann zuckt die Achseln. Ich fange einen Blick der Frau auf, er ist das erstemal mit Interesse auf mich gerichtet, und voll von einer dringlichen Mitteilung, die ich nicht verstehe. Als ich mich zu ihr umdrehe, senkt sie die Lider und beginnt auf der Maschine zu tippen.

„Setzen Sie sich", sagte er. Es klingt gebieterisch.

Ich sehe mich nach einer Sitzgelegenheit um, die gibt es nicht. Er weist auf den Schutthaufen. Ich hocke mich darauf. Immerhin, ich werde nicht gleich ausgefahren nach Dort. Es gibt Verhandlungen.

Plötzlich packt mich der brutale Zugriff des Lichts. Die Scheinwerfer des Jeeps haben mich voll erfaßt. Ich krümme und biege mich, hebe die Hand vor die Augen, blinzele.

Die Stimme des Mannes ist sanft. „Wir haben Erkundigungen eingezogen inzwischen. Warum haben Sie nicht gesagt, daß Sie vom Unruhvollen Stamm sind? Sie hätten niemals auch nur die Akte in die Hand bekommen."

Ich antworte nicht. Inzwischen gelingt es mir, die Augen offenzuhalten, obgleich sie tränen wie zwei Quellen. Auch meine Nase läuft. Ich wische sie mit dem Handrücken ab. Die gleißende Helligkeit nimmt mir alles Gefühl für den Raum. Mir ist, als schwimme ich, als fliege ich noch immer.

„Geben Sie mir meine Augustale zurück", sage ich schniefend.

Er unterbricht mich. „Sie haben kein Recht, überhaupt keins. Am wenigsten das, Hier zu sein. Ich weiß, daß die Angehörigen Ihres Stammes stets so tun, als sei es ihr Privileg, ihre Nase in alles zu stekken, was sie nichts angeht, und für Dinge zu kämpfen, die über die Reichweite ihrer Waffen weit hinausgehen. Dabei macht es sie nur suspekt, Hier wie Dort. Was meinen Sie, was Dort passieren würde, wenn man herausbekommt, daß Sie ein paar hundert Jahre länger leben können und sich sogar bei der Wiederkehr noch an Dinge vom vorigen Mal erinnern?"

„Es kam manchmal heraus", sage ich, fast gefühllos vom Licht.

„Ja", höhnt er. „Man hat euch dann verbrannt, gerädert, gesteinigt, füsiliert. Niemand benötigt euch alte Wirrwarrmacher."

„Aber manchmal wird die Tat getan, der Baum gepflanzt, das Buch geschrieben, oder es siegen die, deren Fahne mit eigenen Händen genäht wurde aus dem letzten Hemd."

„Von euch."

„Auch von uns. Wir gehen fort danach. Oft aber machen wir sie nur wissend."

„Ja, damit habt ihr's. Wozu? Es endet alles Hier."

Ich schweige. Es gibt nur noch eine Chance, es zu erfahren. Pietro, ich bin blind wie du. „Was ist zwischen mir und der Mauer dort?" stelle ich die alte Frage.

Wider Erwarten antwortet die Frau: „Nichts, aber das hilft nichts. Du bliebest zwar Hier, sicher. Aber du erführest nichts mehr, gar nichts."

Ich höre ihre Schritte, plötzlich steht ihr Körper zwischen mir und dem Licht. Es ist wie eine Umarmung.

„So hohen Einsatz, ja? Tut es so weh?" murmelt sie.

Ich beiße die Zähne zusammen. Es geht sie nichts an.

„Licht aus", befiehlt sie beiläufig.

Es geschieht so überwältigend, daß ich zurücksinke zwischen die Brennesseln. Sie setzt sich neben mich, pflückt eins der gezackten zarten Blätter und zerreibt es zwischen den Fingern.

„Ein unvergeßlicher Geruch", sagt sie leise und nachdenklich. „Und ein Schmerz, so brennend und süß und lang, daß man ihn immer wiedererkennt. Wie heißt die Pflanze gleich? Ach, egal. Jedenfalls unverwechselbar. Wenn selbst ein verachtetes Unkraut solche Male der Erinnerung hinterläßt, wie kommt es, daß Sie nicht wissen, einfach, indem Sie fühlen? Ich kenne mich Dort nicht aus, aber welches Wagnis, wegzugehen in eine Gegend, von der es gemeinhin heißt, es gäbe keine Wiederkehr, nur um etwas zu erfragen, was mehr gilt als Geruch und Gefühl von einer Pflanze. Was für seltsame, unverständliche Wesen ihr doch seid. Was treibt euch, was?"

Sie ergreift ein Büschel meines wirren Haares, legt ihr Gesicht daran. „Das rotflammende Haar des Unruhvollen Stammes", murmelt sie. „Wie sehr ich es liebe. Wie sehr ich euch liebe. Ohne euch, was meint ihr, wie langweilig es zuginge in meinem Beruf."

„Lassen Sie mich in Ruhe", sage ich leise und versuche, mich ihrem Griff zu entziehen. „Meinen Sie, wir tun das alles, um Ihnen die Langeweile zu vertreiben?"

„Nein, gewiß nicht." Sie läßt mein Haar los. „Ihr tut nur alles für euch. Als die größten Egoisten dieses Planetensystems unternehmt ihr Taten von unerhörter Kühnheit, durchdringt Räume und durchmeßt Zeiten, stürzt euch in die Tiefe der Erde hinab und fliegt auf zur Spange des Orions, alles nur, um euch selbst besser zu erkennen. Dabei, es ist nicht so schwierig. Himmlische Säugetiere, flügellose Luftgeister, verkrüppelte Genien. Es fanden schon viele einen Namen dafür."

„Lassen Sie mich", wiederhole ich.

Sie nähert eine Brennesselstaude meinem Gesicht. „Aber ich will dir helfen", gurrt sie.

Das Berühren ist wie unauslöschliches Feuer. Alles in mir ist bereit umzukehren, zurück zu den Gräsern, bis auf ein winziges Körnchen Eis, das noch standhält. In dem Moment schrillt die Klingel.

Ich habe sie vorher nicht bemerkt. Befestigt über dem Ausgußbekken voll schmutzigen Geschirrs, scheint sie Tassen, Untertassen und Löffel in Schwingungen zu versetzen, alles zu erfüllen mit einem Veitstanz des Lärms.

Niemand in diesem Keller rührt sich. Schließlich geht der Mann zögernd zu dem altmodischen Telefon, das an der Wand hängt, nimmt den Hörer ab und sagt leise in die wie ein Grammophontrichter gewölbte Sprechmuschel: „Wir sind hier."

Ein Schnarren, Krächzen, Zischen dringt aus dem Hörer, Getöse erfüllt den Keller bis zum letzten Winkel. Der Mann sagt: „Es ist viel zu leise. Viel, viel zu leise."

Einige Detonationen sprengen fast den Raum. Staub und Steinsplitter wirbeln auf. Ich beginne zu husten und halte mir Nase und Mund zu. Als sich die Schwaden legen, sehe ich in der Wand mir gegenüber, in jener, an der ich Pietro gleich meinen Kopf habe zertrümmern wollen, ein großes Mauerloch klaffen. Aus der dunklen Öffnung dringt Kühle.

Noch immer hustend, sehe ich mich um. Frau und Mann stehen unverändert an ihren Plätzen, er noch immer den Telefonhörer in der Hand, sie dicht neben mir; die Brennessel zwischen ihren Fingern ist verwelkt, versengt.

Wie beiläufig sagt er: „Ich wußte nicht, daß Sie Protektion haben."

Ich wußte es auch nicht, schweige aber still. Während ich aufstehe und mir den Dreck abklopfe, beginnt die Frau fieberhaft auf ihrer Schreibmaschine zu hämmern.

Fest steht, es geht weiter. Schon bereit, die Mauerbresche zu durchschreiten, erinnere ich mich.

„Meine Augustale. Die Münze, die Sie mir abgenommen haben", sage ich, ohne mich umzudrehen.

„Sie liegt da", bemerkt der Mann nebenbei.

In der Tat schimmert die abgegriffene Münze mit dem unkenntlichen Bildnis zwischen den Steinbrocken.

„Vergessen Sie nichts!" ruft Clio. Es klingt flehentlich.

Ich sehe mich nicht um.

Bündnis

Pietro steht am selben Platz wie vordem, und zu seinen Füßen liegt die ehemals leere Hülle, jetzt so dick wie ein Postsack, die Seiten quellen an den Rändern hervor wie Speckscheiben, so weiß und fett. Der Name prangt groß und vollständig darauf.

In den Lüften tönt eine Musik, ein lügnerisches Getön von Krummhorn, Handpauke und Laute, viel zu sanft, um hier beheimatet zu sein. Dem Geruch nach Grün mischt sich eine Süße bei wie von Jasmin, Myrten, Orangenblüten. Aber hier ist kein Garten. Hier ist nur das üppige Unkraut, klebrig, naß. Wenn man hindurchsieht auf den Boden, entdeckt man leere, verrostete Konservenbüchsen.

Ich begreife, daß Musik und Düfte Pietros unsterbliche Kanzlei umgeben, er hat wie sein Herr selbst auf Feldzügen in seinem Zelt eine Rose in einem venezianischen Glas gehabt und eine Musik zu seiner Ergötzung. Ich suche, er hat ausgesucht. Ich leide, er hat ausgelitten.

„Ich sehe, du hast dich hier eingerichtet. Gib mir das meine." Ich strecke die Hand nach der Mappe aus.

„Ich habe inzwischen ein paar Kleinigkeiten arrangiert", sagt er, „für uns beide."

„Ich sehe", wiederhole ich. „Was ist mit dieser Akte?"

„Es ist keine Akte mehr. Es ist ein Manuskript. Deins, wenn du willst, Truda. Ich schlage dir ein Bündnis vor: Die Kanzlei wird für dich arbeiten. Du weißt, daß noch nie ein unvollkommenes Schriftstück meinen Tisch passiert hat."

„Nein", sage ich hoheitsvoll, „aber viele Lügen."

„Ob es Lügen sein werden, das, Truda die Botin, hängt ganz allein von dir ab. Es ist dein Manuskript. Es werden deine Lügen sein."

„Was bietest du mir da?"

„Einen Vertrag. Fünf Bücher Friderici, eine Kindheitslegende. Eins nach dem anderen. Du kannst zu jedem die Zeugen befragen. Du kannst auch nur die Zeugen befragen, wenn du die Bücher nicht willst. Ich erwarte als Gegengabe . . ." Er stockt.

„Was?" frage ich scharf. Meine Gier auf die Bücher ist so groß wie mein Mißtrauen.

„Ich verlange drei Dinge in diesem Vertrag." Der Nebel nimmt zu. Keine Musik mehr, keine Blumendüfte. „Zum ersten, daß du nichts darüber sagst."

„Was, Petrus de Vinea, soll ich zu verschweigen mich verpflichten?"

„Du sollst nichts verschweigen. Du sollst nur nicht darüber urteilen, ob ich schuldig bin oder unschuldig. Davon will ich in diesen Schriften nichts lesen. Ich will nicht rehabilitiert und nicht verdammt sein. Es geht keinen was an."

„Ob deines Hochmuts haben dich keine Strafen getroffen, Herr Pietro?"

„Hier treffen keine Strafen mehr, und die Dort schlagen dich blind." Er hebt sein augenloses Gesicht, lächelt.

„Zum zweiten: Ich will dabeisein."

Ich verstehe nicht, und er beginnt zu erklären: „Der Florentiner hatte sich Vergilius erkoren, wie du weißt. Sie ergaben zusammen Dante. Ich will nichts mit dir zusammen ergeben. Ich will nichts machen, dich nicht führen, du bist diejenige, die immer führte. Du und ich, wir sind gar nichts. Dante gab sich auch nur für Dante aus. Alle außer ihm selbst hielten ihn für Dante . . ." Er verliert sich in fieberhaftem Reden, faßt sich wieder. „Ich will nur dabeisein. Du hast die Lizenz, ich weiß. Woher, tut nichts zur Sache. Du wirst umhergehen, sie fragen, vielleicht deine Träume träumen. Ich will nur daneben stehn."

Ich beginne zu begreifen – und der Jammer preßt mir die Kehle zusammen –, daß er sich nun mit einer verzweifelten List an mich hängen wird, die ich lebendig bin und sicher nicht aufgeben werde (er kennt mich ja von damals), nur um vielleicht bis zu ihm vorzudringen, den er verloren hat und aus eigener Kraft nicht erreichen kann. So ist es also beschaffen, sein großartiges Entkommensein für alle Ewigkeiten!

„Piero", frage ich leise, „wie soll ich deinen Anblick ertragen?"

Er lacht heiter, wie über eine gute Pointe. „Ich verstehe dich wahrhaftig nicht, Truda. Der Anblick eines Phantoms, das einem anderen Phantom nachjagt, kann er wirklich Schrecken bringen jemandem, der durch die Jahrhunderte gegangen ist und Blut und Elend um sich sah, je länger, desto mehr?"

„Dagegen konnte ich mich wehren."

„Du konntest dich wehren in Kerkern und Lagern und Folterhöllen?"

„Ja, Kanzler, ich wehrte mich, indem ich nein sagte zu dem, was geschah. Aber zu dir müßte ich ja sagen."

„Nein. Nur dulden, daß ich mitlaufe. Du wirst dich dran gewöhnen. Ich leide nicht. Ich litt viel, als mir der Florentiner den Ast abbrach damals, als ich ihm als Baum erschien. *Du* kannst mich ja nicht berühren."

Ich seufze.

„Aber du mischst dich ein. Du kannst es nicht lassen. Die Kanzlei hat sich immer eingemischt."

„Selbst wenn ich es wollte, Truda, was könnte ich ändern. Hier, wo alles unabänderlich ist? Ich will nur dabeisein." Seine Stimme hat einen Unterton von Flehen.

„Und zum dritten?"

„Zum dritten: Gib mir die Münze."

„Die Augustale?" frage ich, und meine Fingerspitzen werden kalt.

„Die Augustale", bestätigt er ruhig, „den Handel zu besiegeln."

„Muß denn gezahlt sein?" frage ich langsam, während die Empörung über seinen Vorschlag langsam mein Mitleid mit ihm verdrängt, „und ist es anders kein Verrat? Der Verratene hat es wohl trefflich geschrieben an Riccardo de Caserta, daß Petrus de Vinea, daß er Geldbeutel hätte oder sie füllte, der Gerechtigkeit Stab in eine Schlange wandelte."

„Er hat es trefflich geschrieben", entgegnet er hochmütig, „ich selbst hätte es nicht besser formulieren können." Seine Hände, weiß auf dem Samt des Talars, zittern, ich sehe es. „Truda, es ist nur eine Formalität, eine Klausel, lächerlich."

„Du willst mich verderben", sage ich fassunglos. „Diese Münze ist mein Paß zwischen Dort und Hier und mein Leitstern auf dem Weg. Sie ist mein Leben. Du bekommst sie nicht."

Damals, als ich noch im verschwitzten Lederwams Tag für Tag zu Pferde saß und mir der Wind kühlend unters Hemd fuhr, trug ich diese Münze an einer Schnur um den Hals, geprägt mit seinem Bild, es war übrigens unkenntlich, er hatte sie durchbohren lassen und selbst die geflochtene Seidenschnur durch die Öffnung gezogen und sie in meinem Nacken verknotet, nachdem er das Haar beiseite geschoben hatte, seine breiten Hände waren zernarbt von den Krallen und Schnäbeln der Greifvögel und verharrten einen Moment zwischen Hals und Schultern, ich wußte nicht, wollte er mich liebkosen oder würgen. Der Blick seiner Augen, der berühmte Basiliskenblick, ein Schielen, das keins war, einfach ein so vollkommen paralleles Stehen beider Pupillen, leidenschaftslos und saugend, machte mich schwach in den Knien.

Es war nicht meine Meinung, mich als Kerl zu verkleiden, aber immerhin war es nutzbringend, die Zöpfe unter der Kappe zu verbergen und die weite Lederschaube anzulegen, schließlich wollte ich ankommen mit meinen Botschaften. Wenn ich in den Herbergen übernachtete, oft im Stroh, hörte ich nebenan, zwei Strohballen weiter, die Katzen miteinander tollen oder Knecht und Magd sich lieben, mit einem Maunzen, das dem der Katzen gleichkam. In diesen Nächten umschloß meine Linke die Münze auf meiner Brust, und um mich selbst in den Schlaf zu singen, flüsterte ich den Namen. Federico Ruggiero. Vor allem die zweite, von ihm und allen anderen inzwischen vergessene Hälfte des Namens gab mir einen süßen Ruck auf den Schlaf zu, wie eine Verheißung, deren Worte man noch kennt, aber deren Sinn man nicht mehr versteht. Diese Augenblicke zwischen Schlaf und Wachen waren Majestätsbeleidigung und Liebesmoment in einem. Keine Zeit, da ich ihn sonst nicht Puer Apuliae genannt hätte oder Fridericus, immer erhaben.

„Er hat dich gerufen, nicht wahr?" fragt der Augenlose vertraulich. „Wen er ruft, der kann auch zu ihm vordringen. Ich kann nicht sehen, ob er da ist oder nicht. Ich möchte nur einmal die Münze in meiner Hand halten. Du bekommst sie zurück. Ich möchte sie auf meine leeren Augen legen. Nur einmal." Sein Bart bebt. Das schreckliche Lächeln auf seinem großen verstümmelten Gesicht hört nicht auf.

„Du bist ein Verräter, und du willst mich verderben, Herr Protonotar und Logothet des Großhofs, du hast längst vergessen, daß du einmal zum Unruhvollen Stamm gehörtest. Du willst nicht, daß etwas ans Licht kommt, und du willst nicht, daß ich wieder ans Licht komme. So wie du deine Treue oder Untreue verschweigen willst, so soll auch alles andere tot unter Toten ruhen und für immer verschwiegen sein. Es muß aber heraus, dir zuliebe oder zuleide. Ich soll hierbleiben für immer. Ist es so? Euch dürstet nach neuer Gesellschaft, die mit euch das alte Rad um und um wälzt, unwiederbringlich hin und zurück. Du sollst mich nicht überlisten."

„Geht es ums Zurückkommen?" fragt er zitternd. „Hab keine Furcht, Truda!"

„Doch, ich habe große Furcht. Aber es geht erst später ums Zurückkommen. Jetzt bin ich auf dem Weg hin."

„Es gibt keine Wege, jedenfalls nicht solche, die an ein Ziel kommen. Man kann nur hin und her gehen, vielleicht hat man Glück."

„Du lenkst ab, Piero. Zu deinen Bedingungen – oder dem Vertrag, wie du es nennst: Wie oder was ich über dich schreibe, geht allein mich selbst etwas an. Daß ich dich nicht verurteilen werde, so entsetzlich du sein magst, verspreche ich dir. Ich bin kein Richter, meine Herrin ist nicht Justitia. Da ich dich nicht loswerden kann, magst du mich begleiten, ich kenne das Mittel nicht, dich abzuschütteln. Die Münze jedoch – nein."

Er senkt den Kopf. Trotz der feinen Tracht und den wohlgelegten Locken ist er nun wieder der Mann, der, die Binde über den Augen, verkehrt sitzend auf dem Esel durch Italien gezerrt wird.

„Vielleicht", beginne ich.

Er hebt das schreckliche Gesicht mir entgegen. In seinen Zügen ist etwas, was ich bei einem Lebenden Hoffnung nennen würde. „Vielleicht, was?" fragt er.

„Vielleicht, wenn ich meine Furcht und mein Mißtrauen verliere – denn ich erwarte keine Treue von dir. Vielleicht, wenn wir am Ziel sind."

„Ich kenne Truda gut. Mit der unsinnigen Verwegenheit unseres Stammes ist sie wohl in der Lage, plötzlich alles von sich zu werfen, was ihr Stab und Stütze war, sich tollkühn und entflammt aufzugeben und so aufs neue gerettet zu sein. So könnte ich es wohl wagen auch auf dein Nein hin, es bedarf nicht einmal eines Vielleicht."

Das erstemal, seit ich die Fahrt angetreten habe, muß ich lachen. „O Logothet, Mann, der die Worte setzt, unvermindert zwingst du uns, deinen Reden zu lauschen. Du wirst es wagen, ja. Aber was ich von dir erhalte, weiß ich nicht."

„Was dir zukommt", sagt er ernst. „Betrittst du mit mir diese Wege, begegnet dir dies und das, und die Mappe dort trägt dir ein, was du wissen willst."

„Woher weißt du, was ich wissen will?"

„Ich weiß es nicht. Du weißt es."

„Keine Angst, es ist alles nur vorläufig. Gestalten, Träume. Alles schwimmt vorüber."

„Wo beginnt es?"

„Wir sind schon mittendrin."

Ich höre das Klappern der Schreibmaschine. „Etwa sie?" frage ich in einem letzten Aufbäumen von Trotz, „etwa diese Clio?"

„Natürlich sie. Es wird ihr diktiert. Wir wissen ja, daß sie von allein nichts Sinnvolles zustande bringt. Schlag die erste Seite ruhig schon auf. Es ist jene Zeit, in der wir beide ihn noch lieben können. Es ist nichts zu befürchten."

ERSTER TEIL
Die Chronik vom wundersamen Kind

Liber I
De falconis educatione

Erstes Buch
Falkenzucht

Flugversuche

Mama Matea an der Straßenecke in Palermo liebt ihr Kind. Sie säugt es an ihren Brüsten und trägt es in ihrem Tuch und verläßt es niemals. Es riecht ihren schweißigen warmen Leib und die Süße ihrer Milch.

Königin Konstanze in Jesi Ancona liebt ihr Kind nicht. Niemand liebt dieses Kind, das doch genauso sehnlich erwartet wurde, wie Mama Matea die Frucht ihres Leibes verwünschte, ehe sie geboren ward.

Mama Mateas Sohn wird noch vor Jahresablauf sterben. Der Sohn der Königin Konstanze wird leben.

Welch Glück, von niemandem geliebt zu werden! Keine Wärme, in die man sich verkriechen kann, wenn es kalt ist, keine Geborgenheit, zu der man flieht, wenn man sich fürchtet. Man muß glühend werden wider die Kälte und stark sein gegen die Angst.

Niemand sagt einem, daß das Feuer heiß ist. Wenn man sich verbrannt hat, dann hat man begriffen. Niemand entscheidet, ob man rechts oder links entlanggehen muß. Man hat selbst zu wählen. Es gibt keine warmen milchigen Brüste, keinen dunstreichen Schoß, wohin man zurückkehrt. Man muß vorwärts.

Federigo Ruggiero, Sohn der normannischen Konstanze und des schwäbischen Heinrich, stößt in Spoletos Gärten auf eine Schlange. Sie sehen sich beide an. Immer wenn Federigo einen Schritt zurückgeht, stößt der Kopf der Schlange zischend vor. Federigo begreift, zurückgehen nützt nichts. Hinter ihm ist eine Wand, viel zu hoch zum Erklettern. Federigo springt vorwärts, auf die Schlange zu. Sie beißt, aber in seinen kleinen Lederstiefel, und er kann sie packen und beißt sie ebenfalls. Die schreienden Wärterinnen kommen und erschlagen die Schlange mit Stöcken, und Mama Matea, die Amme, schlägt ihn ebenfalls mit dem Stock, und er beißt auch sie.

Nachts liegt er wach in seinem Bett, die Finsternis ist undurchdringlich, und da ist ein Geräusch. Die Wärterinnen und Mama Matea sind zu den Reitknechten gegangen, um zu trinken und Spaß zu machen. Er ist allein. Niemand beschützt ihn. Niemand redet ihm seine eigenen Ängste ein. Niemand nimmt ihm ab, es selbst zu tun.

Er erhebt sich und geht zum Fenster, woher das Geräusch kommt. Ein großer Uhu sitzt in dem Fensterbogen, fast so groß wie der Knabe. Seine Augen sind wie gelbe Feuer in dem mitleidlosen Räubergesicht.

Federigo geht langsam auf ihn zu. Er ist voller Angst, aber er will etwas wissen. Der große Vogel rührt sich nicht. Das Kind ist für ihn weder eine Beute noch eine Gefahr. Erst als die ausgestreckte Hand sein Brustgefieder berührt, öffnet er die Schwingen und gleitet lautlos in die Nacht.

Das Kind klettert auf das Fensterbrett und späht hinaus. Es kann nichts sehen. Warum kann der Vogel sehen? Warum kann der Vogel durch das Dunkel schweben, als sei er einer der Engel Gottes, von denen Mama Matea erzählt, daß sie in der Luft so heimisch sind wie auf der Erde und die Hände breiten unter die Füße der Strauchelnden?

Das Kind reißt die Augen weit auf, öffnet die Arme und springt in die Tiefe.

Kein Engel Gottes trägt es durch die Lüfte. Es fällt wie ein Stein, und Wind saust um seine Haare. Unten steht Strauchwerk. Schmerzhaft ritzen die harten Zweige Federigos unter dem Nachtkleid nackten Leib, schrammen ihm Arme und Beine auf, zerkratzen seinen Bauch.

Zornig arbeitet er sich durch das Gestrüpp. Man kann nicht sehen, man kann nicht fliegen, und keine Engel kommen zu Hilfe. Mit zusammengekniffenen Lippen, um nicht zu weinen, schleppt er sich zur Gesindestube.

Die Männer und Frauen fahren auseinander, als er plötzlich auf der Schwelle steht, blutend, zerschunden, im zerrissenen Hemd. Sie schreien auf, bekreuzigen sich. Mama Matea fährt auf ihn los, befühlt seine Glieder, ob sie heil sind, schüttelt ihn. „Was hast du gemacht, wo kommst du her?“

„Ich wollte fliegen wie der große Vogel", sagt das Kind unwillig und stößt sie von sich. „Die Engel waren nicht da." Er spricht Volgare, jenes sizilische Italienisch des Pöbels, es ist die einzige Sprache, die er kann.

Mama Matea und die anderen sagen, es sei ein Wunder, daß er lebe. Aber er weiß, daß es kein Wunder war. Die Engel sind nicht gekommen. Der große Strauch hat ihn aufgefangen. Die Reitknechte wollen seine Schrammen mit Pferdepisse behandeln, aber er schlägt um sich, kratzt und beißt. Er will nicht. Es gibt kein Vertrauen, alles ist unsicher. Er entschlüpft ihnen, läuft in sein Zimmer, schiebt mit beiden Händen den Riegel vor. Am anderen Morgen müssen sie die Tür aufbrechen, denn was er des Nachts schaffte, kann er nun nicht rückgängig machen.

Konrad von Urslingen, der sich Herzog von Spoleto nennt, sagt: „Ich hoffe, man bringt dich bald nach Schwaben zu deinem Vater."

Es klingt wie eine Drohung. Da er aber deutsch spricht, tut Federigo so, als verstehe er ihn nicht. Seine Augen folgen dem Flug eines Raubvogels, der durch alle Himmel stößt. Voll leidenschaftlicher Bewunderung sieht er das freie Tier auf die Beute niedersausen.

Sie sind beide allein.

La Gran Costanza

Die Königin Konstanze trägt Schwarz. Schwarz ist das Gebende ihres Kopfes, über den die schwarze Kapuze gezogen wurde, aber ihre langen Ohrgehänge klingeln und glänzen, und ihre Augen sind voll des Triumphes. Die Königin Konstanze hat erfahren, daß ihr Gemahl, Heinrich VI. von Hohenstaufen, gestorben ist, der Sohn des Barbarossa, des Barbaren, des Deutschen, des Insurgenten, des Erbfeindes, elendiglich verreckt an Malaria und Ruhr, verkrümmt inmitten von Erbrochenem und Gestank zwischen den Decken seiner Schiffskajüte, da er ins Heilige Land wollte, zum Kreuzzug gegen die Ungläubigen.

Die Königin Konstanze, seine Witwe, hat das Herz voller Jubel und den Mund voller Frohlocken. Er ist tot, der verhaßte Tedesco, der Usurpator, der versucht hat, seinen unrechtmäßigen Anspruch auf den Thron von Sizilien zu legalisieren durch eine Ehe mit ihr, der Normannin, Tochter der wahren Könige dieses Landes. Er ist tot.

Berardo von Castacca, Bischof von Bari, beobachtet sie nach Art der Kleriker unter gesenkten Wimpern hervor, wie sie dasteht im Fensterbogen, den blauen Himmel als Hintergrund, und ihrem Haß freien Lauf läßt. Was für eine Frau? Sie geht auf die Fünfzig zu, die Frauen hierzulande sind in diesem Alter Greisinnen. Sie aber, groß und stolz und schamlos, sie könnte gleich ins nächste Ehebett steigen. Die Normannin! Wie ihr Mund voll Schelte ist auf den Staufer, den sie zu heiraten gezwungen wurde, mit einunddreißig den dürren Ehrgeizling von knapp zwanzig Jahren, der nichts im Sinn hatte als zu bestehen nach seinem Vater, dem unbekümmerten Rotbart.

Die Staufer, die Deutschen, die Besatzer! Dabei sind die Normannen selbst erst vor einem knappen Jahrhundert ins Land gekommen, haben den Sarazenen und den Siziliern ihr Joch auf den Nacken gelegt, ihre Gesetze aufgezwungen. Und da steht sie und pocht auf ihr ererbtes Recht! Berardo von Bari muß beinahe lächeln.

Sie hat nie ein Hehl daraus gemacht, wie unwillkommen ihr der aufgezwungene Gatte war, und hat ihre stark überalterte Jungfräulichkeit gegen den fieberbleichen, leidenschaftlichen Jüngling verteidigt, als ginge es um das Krongut der Normannen. Zehn Jahre galt die Ehe als unfruchtbar. Dann gab Konstanze nach, um das Sakrament der Ehe nicht zu verletzen, in der Meinung, die Zeit des Gebärens sei für sie vorüber. Aber die Natur und der wilde Wille des Tedesco, den Erben zu zeugen, überlisteten ihr Kalkül.

Jetzt winkt Konstanze herrisch einen der Schreiber heran. Berardo schiebt resignierend die Hände in die Ärmel seiner Soutane. Sie wird neue Unbesonnenheiten deklarieren. Er kann sie nicht zurückhalten. Als erstes hat sie den Kanzler Walther von Pagliara einkerkern lassen, der sie zu überwachen hatte im Auftrag Heinrichs, den Freund der Staufer, aber auch Freund des Papstes. Es kann unmöglich gut gehen. Man soll sich nicht einlassen mit dem Nachfolger Christi. Berardo kennt seine Institution. Irret euch nicht, sie läßt ihrer nicht spotten.

Konstanze geht im Raum auf und ab, während sie diktiert. Ihre Schleppe fegt über die Marmorquader des Fußbodens, aber ihr Gang ist alles andere als majestätisch. Sie hat derbe, ausladende Hüften; sie hätte sich ausrechnen können, daß sie von Heinrich empfangen würde. Mit kräftiger Stimme legt sie fest, daß alle deutschen Lehen und Besitzungen einzuziehen sind, die festen Plätze und Burgen zu schleifen, alle Tedeschi des Landes zu verweisen. Für deutsche

Schiffe und für Schiffe, die von Deutschen gechartert wurden, sind die Häfen zu sperren. Tod den Fremden! Alle Erlasse und Verordnungen der Usurpatoren werden außer Kraft gesetzt, einzig normannisches Recht wird für gültig erklärt.

Sie diktiert flüssig, ihr Latein ist klar und präzis, sie stockt nicht bei den Namen der Gesetze und den Jahreszahlen, sie weiß, was sie will. Ohne Zweifel eine königliche Frau. Kaum zu denken, daß sie vor ihrer Ehe zum Leben im Kloster bestimmt war! Eine Äbtissin kann auch herrschen, aber was ist eine Abtei gegen ein Königreich. Berardo unterdrückt einen Seufzer. Ihm reicht es, Beichtvater der Frau Königin zu sein. Schwere Zeiten werden kommen. Man wird ein paar Kreuzfahrer und Kaufleute von jenseits der Alpen erschlagen und ein paar mindere Ritter zum Teufel jagen, aber denkt sie denn wirklich, die großen reichen Barone, die Annweiler, die Schweinspeunt und jene, die auf Acerra sitzen, werden dies Land aufgeben und abziehen, wie sie gekommen sind, mit Pferd und Schwert und drei Knappen im Troß?

Die Schreiber werden fortgewinkt. Nichts ist aufzuhalten, die Dekrete gehen ins Land.

Es ist heiß im Gemach. Konstanze öffnete ihren Witwenmantel. Auf dem schwarzen Kleid glänzen die edlen Steine und Stickereien. Ihr Hals ist bloß. Triumphierend steht sie vor Berardo, der schnell die Augen wieder zu Boden schlagen muß, damit ihn keine fleischliche Regung befalle ob soviel großartiger Weiblichkeit – schließlich ist er noch keine Dreißig, durch Klugheit und Protektion frühzeitig zu Amt und Würden gekommen.

„Nun, Bischof?"

„Majestät, ich bewundere deine schnellen Entschlüsse. Sie sind allerdings nicht sehr vorsichtig."

Sie reckt das Kinn. „Vorsichtig?" zürnt sie. „Justitia! Recht soll wieder Recht werden in Sizilien! Tod den Feinden normannischer Gerechtigkeit."

Berardo könnte hierzu manches einfallen, aber er schweigt. „Du hast eins vergessen", erinnert er dann leise. Und, da sie ihn ansieht: „Es gibt den Erben. Deinen und Heinrichs Sohn."

Konstanze runzelt die Stirn. „Du meinst Konstantin?"

„In der Taufe erhielt er die Namen Friedrich, nach dem Barbarossa, und Roger, nach deinem Vater."

„Ja, sie haben meinen Wunsch verachtet. Ginge es nach mir, er hieße Konstantin."

„Die Taufe ist ein Sakrament", beharrt Berardo sanft. „Dein Sohn heißt Friedrich."

„Federico", sagt sie, indem sie mit schnellem Entschluß die italienische Form des Namens wie einen Siegelabdruck prägt. „König von Sizilien. Vielleicht können wir das andere auslöschen." Sie geht zum Fenster.

Berardo sieht ihr nach. Wie soll es auszulöschen sein? Die Schatten der Toten sind im Raum. Aus ebendemselben Fenster zwang man sie zu blicken, als ihre normannischen Verwandten, mit denen sie in Abwesenheit Heinrichs eine Verschwörung angezettelt hatte, hingerichtet wurden. Es war kurz nach der Geburt des Kindes, das den Frieden zwischen den Feinden hätte stiften sollen. Wie sollte es je Frieden geben in diesem Land? Haß ringsum.

Wie zum Hohn bestellte ihr Gemahl sie zur Regentin dieses Siziliens, in dem der normannische Hochadel, ihr Stab und ihre Stütze, grausam gemetzelt worden war, in dem freche Barone ihre Befehle verlachten und muslimische Bergsheiks die Dörfer überfielen.

Berardo bemerkt, wie sie sich strafft.

„Man soll das Kind nach Palermo holen", entscheidet sie rasch. „Wie alt ist er? Vier Jahre? Gleichgültig. Ich werde ihn krönen lassen. Vor allem muß er fort von der schwäbischen Clique, bevor sie begreifen, welch ein Pfand er in ihrer Hand sein könnte. Er ist in Foligno, nicht wahr? Bei Konrad von Urslingen, der sich Herzog von Spoleto zu nennen wagt. Man soll den Knaben fortbringen, und zwei Stunden später soll Konrad das Ausweisungsedikt erhalten." Sie lacht auf. „Ich bin sehr glücklich über den Tod meines Gemahls. Gern will ich ihm hundert Messen lesen lassen. Möge es ihm im Jenseits wohl ergehen, solange er uns hier nicht belästigt. Das heißt", setzt sie ernst hinzu, „sicher wird er in der Hölle schmoren." Ihre Augen sind voll seligen Hasses.

Berardo hat es aufgegeben, sein Beichtkind zur Demut zu ermahnen. „Es gibt ein Testament Heinrichs, heißt es", wirft er ein.

„Meinst du das Gerücht, daß der Truchseß Markward von Annweiler zum Vormund des Kindes bestimmt werden soll?" fragt sie. „Das ist nur ein Gerücht. Ich bin da. Und wenn es Zeit ist, wird sich ein besserer Vormund finden." Sie geht auf den Geistlichen zu. Mit einem jener pfeilgeraden Entschlüsse, die aus ihrem Wesen erwachsen, bindet sie den Willen Berardos: „Sein Vormund sei Seine Heiligkeit der Papst. In die Hände der Kirche lege ich den König von Sizilien."

Berardo schließt die Augen voller Neid, daß dieser Einfall nicht der seine war. Sie haben recht, die Sizilier, wenn sie diese Frau la Gran Costanza, die große Konstanze, nennen. Er überlegt, wie in Rom ihm das Verdienst dieses Vorschlags zukommen könnte.

Die Königin hat kein Verlangen, das Kind des verfluchten Tedesco zu sehen. Sie läßt es in seine Gemächer bringen. Der Abend ist voll dunkel glühender Sonne, und die Schwüle will nicht weichen.

Konstanze geht durch die Räume, zwischen den Säulen schwebt ihr schwarzes Gewand wie eine geisterhafte Wolke. Als es endlich ganz finster geworden ist, schickt sie ihre Frauen schlafen und jagt die Mägde zu Bett, streift sich die Schuhe von den Füßen und nimmt sich eine Fackel. Barfuß, die Schuhe in der Hand, schleicht sie sich zum Schlafraum des Sohnes.

Das Kind schläft getrost zwischen Seide und Leinen, seine Hände und sein Mund sind offen. Das sanft runde Gesicht leuchtet tiefbraun inmitten der wirren, naß geschwitzten Locken. Die Locken sind rotblond.

„Tedesco maledetto", flüstert die Königin. Sie spricht die Verwünschung fast freundlich aus. Ihr Schmuck klappert, als sie sich zum Gehen wenden will.

Das Kind erwacht. Es reibt sich nicht die Augen, noch reckt es seinen Körper. Es ist einfach plötzlich hellwach. Die kleinen Hände ballen sich zu Fäusten, es bleibt jedoch ruhig liegen und sieht die schwarze Frau mit den Schuhen in der einen und der Fackel in der anderen Hand aufmerksam an.

Konstanze will gehen, sie will ohne Verzug gehen, aber angesichts der kühlen und unkindlichen Augen vermag sie es nicht. Das sind die Augen der Staufer, hell und durchsichtig; oder sind es vielleicht die des Normannen Roger? Eine seltsame Drohung ist im Zimmer.

Sie besinnt sich und spricht: „Herr Federico, ich bin deine Mutter Konstanze. Morgen wird man dich zum König von Sizilien krönen, und der Himmel wird Majestät über dich ausgießen. Schlafe nun in deinem Palast hier in Palermo und fürchte dich nicht."

„Ich habe mich nicht gefürchtet, bevor du kamst", erwidert der Knabe, „und ich schlafe auch. Ich schlafe trotzdem." Er schließt die Augen wieder, aber seine Fäuste bleiben geballt.

Der Sonnenball steigt aus dem Meer wie eine Orange und läßt den Monte Pellegrino wie einen schwarzen Block erscheinen. Es wird früh schwül an diesem Pfingsttag. Die Ausgießung des Heiligen Geistes ist auch die Ausgießung des Salböls auf das Haupt des Geweihten.

Die Glocken sind laut diesen Pfingstmorgen in Palermo. Sie übertönen die Azan-Rufe der Muezzins von den Türmen der Moscheen, und ihr feierlicher Takt dringt bis in die Bergdörfer der räuberischen Sarazenen. Der Klang pocht an die festverrammelten Tore der Castelli der Annweiler, Acerra, Urslingen, die gegen den Befehl der Regentin das Land nicht verlassen haben. Er verkündet: Sizilien hat einen König. Aber die Feinde lachen. Ein König? Ein Kind.

Das Kind steht und läßt sich ankleiden, und jeder Glockenschlag scheint ihm ein Schlag seines Herzens zu sein. Es streicht über das dünne, gefältelte Leinen, den arabischen Damast, den bestickten Samt und fühlt, wie die Berührung mit dem goldenen Reif eine Kühle von seinen Schläfen bis in die Fingerspitzen rieseln läßt. Das Glockengeläut hört nicht auf.

Im Dom zu Palermo ist die Luft süß von Weihrauch, und die Großen husten, halberstickt von den Düften. Aber Federico Roger, auch Friedrich genannt, schreitet unbehelligt hindurch. Er geht an der Hand der schwarzgekleideten Frau, seiner Mutter, an einer rauhen, großen Hand; wären nicht die vielen Ringe, könnte es auch die Hand von Mama Matea sein. Hinter ihm tragen sie den orientalisch bestickten Krönungsmantel aus roter Seide, der zu groß und zu schwer ist für seine Schultern, ausgebreitet wie einen Pfauenschweif. Die Kerzen brennen still und senkrecht, und all die tausend kleinen Flammen vermögen nicht, die Kühle des Doms zu vertreiben. Es ist die gleiche Kühle, wie sie der Kronreif spendet.

Als sie sich dem Altar nähern, wo durch die Weihrauchwolken die vielen roten, violetten und weißen Gewänder schimmern, zieht Federico mit einem Ruck seine kleine Hand aus der großen. Er will sich nicht leiten lassen, weder von Mama Matea noch von dieser schwarzen Frau.

Konstanze war nicht darauf vorbereitet. Sie hatte nicht fest genug zugefaßt. Die Würde des Ortes gestattet ihr nicht, einem Bengel hinterherzulaufen, ihm, der nun bereits angelangt ist bei den bunten Gewändern und niederkniet, wie man es ihm gesagt hat. Sie kann nur hinter ihm stehenbleiben. Federico ist bei seiner Krönung allein, niemand führt ihn.

Berardo von Castacca, Bischof von Bari, läßt das Salböl auf Scheitel, Stirn und Hände des Kindes träufeln. Seine Augen begegnen denen der Königin Konstanze.

Böses Omen, denken beide. Die Männer des Hauses Staufen sind herrschsüchtig, unberechenbar, jäh entschlossen, selbst wenn sie noch Knaben sind. Stirpe maledetto e sempre fatale a nostra terra, denkt Konstanze. Er hat Augen und Ansehen eines Engels, denkt Berardo, und er ist tapfer. Die Königin ist blaß, während Chöre in höchsten Tönen Gloria in excelsis trällern.

Federico empfindet das heilige Öl unangenehm, es riecht nicht gut und verschmiert ihm Haar und Hände. Bevor er die Bibel entgegennimmt, um sie zu küssen, wischt er sich die Finger an Berardos Dalmatica ab.

Als er sich umwendet, um zurückzugehen in die wilde Helle des Tages, ist ihm der Dom eine riesige Honigwabe, die nun gleich aufgebrochen wird. Er tritt schnell mit seinen gestickten Schuhen über die am Boden ausgebreiteten Gewänder, Blumen, Teppiche. Sie werfen ihm Palmenzweige vor die Füße. Konstanzes Hand hat er nicht wieder genommen.

Draußen empfangen ihn die brütende Hitze und das Volk von Palermo. Das Volk ist still und gafft das Kind des Tedesco an. Wird er zu fürchten sein? Wird er vorher sterben?

Erst als die Königin hinter ihm auftaucht, erhebt sich Zuruf. „La Gran Costanza!“ Und dann auch der Krönungsspruch: „Christ ist König, Christ ist Sieger.“

Er steht blinzelnd da, eine winzige Gestalt, Federico Roger, das Kind aus Apulien, gekrönt, gesalbt, vier Jahre alt, seine goldbestickten Kleider und sein Haar funkeln in der Sonne.

„Denn es gehet dem Menschen wie dem Vieh“, liest Berardo sanft und monoton, „wie es dahinstirbt, so sterben auch wir und haben beide einerlei Odem.“ Er sieht auf. „Denn es ist alles eitel.“

Die Frau Regentin liegt röchelnd auf dem Sterbelager. Wahrlich, so ist es. Dieser Leib, der noch vor kurzem Unruhe in seine heiligen Nächte brachte und ihn zu mehr Gebeten gegen Anfechtung zwang als vorher in seinem ganzen Leben, dieser Leib wird bald Gestank und Würmerfraß sein. Eine graue poröse Fläche, aus der die Nase spitzig hervorsticht – das ist aus dem schönen, großzügigen Gesicht der Königin Konstanze geworden. Ihre Augen sind geschlossen, und das Massiv des Busens, einst Gipfel der Heimsuchung Berardos, hebt und senkt sich mühsam.

Konstanze hat alle Ärzte fortgeschickt. Für sie gilt es als ausgemacht, daß einer von ihnen sie vergiftet hat, und zwar auf Anstiften der verfluchten Tedeschi; schließlich legte sie sich vor vierzehn Tagen mit einem harmlosen Schnupfen zu Bett. Nun hat sie sich in den Tod ergeben wie ein Tier. In der Ordenstracht der Frauen vom Berge Karmel, deren Vorsteherin sie bis zu ihrer Ehe mit Heinrich gewesen ist, liegt sie da, wie bereits aufgebahrt, die Hände überm Kruzifix gefaltet.

Berardo klappt unhörbar das Buch zu, erhebt sich. Er wird leben. Er ist jetzt dreißig Jahre alt, hat als einziger seiner Geschwister die Cholera überlebt und zwei Malariaerkrankungen überstanden, blieb im Kloster mit noch zwei Brüdern zurück, als die anderen bei einem sarazenischen Überfall hingemetzelt wurden, überlebte Feuersbrünste, Plünderungen, Seuchen. Er wird sehr alt werden, so hofft er, und im Moment hat er das Schicksal des Königreichs Sizilien am Hals, nebst den Weisungen seiner Vorgesetzten in Rom. Er wird seine Order zu befolgen suchen und sich dann zurückziehen. In Zeiten der Wirren – und die werden kommen – ist der stille Bischofssitz in Bari zuverlässiger als die einträgliche Rolle in Palermo.

Sanft legt er seine Hand auf die gefalteten Hände der Königin. „Frau Konstanze, bevor du der letzten Dinge gedenkst, bestelle dein Haus und richte dein Königreich als eine gute Mutter deines Volkes. Mache ein Testament, mache es nach meinem Ratschlag."

Die Sterbende öffnet die Augen, nickt. Sie hat sehr viel Angst vor dem, was kommt. Sie wird ihrem geistlichen Hirten folgen, um dem Fegefeuer zu entgehen.

Berardo läßt die Schreiber kommen.

In dem riesigen Lustgarten der Normannenkönige vor dem Palazzo Reale haben die Orangen diesen Herbst zu zweiter Frucht angesetzt. Die Luft ist voller Balsamgewürz von irgendwoher. Im dichten Lorbeergesträuch hockt Federigo, so leise wie ein Baummarder. Hinter ihm ein kleiner Araberjunge namens Mahmud, sein Diener. Er hält den Pfeil auf der Bogensehne. Beide sind schweigsam und bewegungslos. Zeisige, Stare und Finken umschwirren sie unbesorgt, als seien die beiden nichts anderes als jene zerbröckelnden Marmorbilder aus ferner Zeit, die hier überall im Gelände verstreut stehen. Der König Siziliens auf seinem Spähplatz ist ein Teil der Landschaft, und nur seine Augen verraten Belebung.

„Dort kommt er", zischt Federigo, ohne die Lippen zu bewegen.

Mahmuds Pfeilspitze folgt langsam dem anfliegenden Kardinal, einem rotgefiederten, hochbeschopften Papageienvogel. „Jetzt!" flüstert der kleine König.

Doch in dem Moment setzt ein dünnes, schepperndes Glöckchen ein, die große Glocke der Capella Palatina folgt gleich nach den ersten Schlägen. Die erschrockenen Vögel fliegen auf, und Federigo und Mahmud verlassen ihr Versteck.

„Entweder der Muezzin ruft, und du mußt beten, oder unsere Glocken bimmeln", sagt der König Siziliens verärgert auf arabisch. „Nie kann man in Ruhe jagen."

Beide starren verdrießlich hinüber zum Königspalast, von wo eine große Unruhe ausgeht.

„Es scheint, deine Mutter, die Sultana der Ungläubigen, ist zu Allah gerufen worden", bemerkt Mahmud taktvoll.

„Kann sein", entgegnet Friedrich ungerührt. „Dann bin ich König. Aber ich hätte vorher doch noch gern den Kardinal erlegt."

„Was willst du eigentlich damit? Man kann ihn nicht braten, er ist zäh."

„Ich will", entgegnet der kleine Knabe, „ihnen beweisen, daß es nicht stimmt, was sie mir beibringen wollen. Dieser Aristoteles, auf den sie so schwören, hat gesagt, alle Vögel mit krummen Schnäbeln sind Raubvögel. Ich will dem Kardinal den Magen aufschneiden und ihnen zeigen, daß er nur Gras und Körner frißt, obwohl sein Schnabel krumm ist."

Mahmud schüttelt den Kopf. „Königsgedanken", murmelt er, und Federigo lacht hellauf, sagt: „Komm, wir suchen einen anderen Jagdplatz, wo sie uns nicht finden. Laß sie nur. Ich weiß ja, daß ich nun allein der König bin."

Berardo drückt der Regentin Konstanze die Augen zu. Er kann diesen Akt christlicher Nächstenliebe nie ausführen ohne ein Gefühl der Befriedigung darüber, daß nicht er der Tote ist. Auch sonst gibt es Gründe genug, befriedigt zu sein. Das Testament der königlichen Frau liegt dort auf dem Löwenfußtisch. Alle seine Wünsche, die auch die Wünsche seiner Oberen sind, werden erfüllt. Walther wird aus dem Kerker entlassen und wieder zum Kanzler ernannt, das war der härteste Kampf mit der Normannin und der Punkt, auf dem Innozenz, Sanctitas Sua, dringend bestanden hatte. Walther von Pagliara ist ein Freund der Kirche, wenn auch ein Tedesco. Er wird der Mittler sein können zwischen den erbosten deutschen Baronen und der heiligen Kirche, deren Besitz das Reich Sizilien und Apulien nun ist, unverbrüchlich, nach Konstanzes Letztem Willen nur als Lehen an seinen König vergeben.

Der Bischof schiebt die Hände in die Ärmel der Soutane. Er schließt die Augen vor Behagen. Das Beste von allem ist doch, daß die Sterbende wirklich die Vormundschaft über den König Friedrich Roger dem Papst übertragen hat. Fest umschließt die Hand der Kirche nun Sizilien und seinen kleinen König, beschützend, erhaltend. Es ist sehr gut so. Das Kind von Apulien, Mündel des Papstes, wird seines Lebens sicher sein, der rotblonde Knabe mit den hellen Augen wird nicht verderben, zumindest diese ersten Jahre nicht. Und Berardo ist ungeheuer erleichtert, daß nicht ihm die Sorge um dieses Kind zufällt.

Er tritt an die teure Verblichene heran und beginnt die Totenlitaneien zu singen. Ihr Gesicht wirkt verschwommen. In diesem heißen Land wird es schnell gehen mit Gestank und Würmerfraß. Denn es ist alles eitel.

Wenn die Begräbnisfeierlichkeiten vorüber sind, wird er sofort nach Bari abreisen. Am besten, er gibt noch heute den Befehl zum Packen. Ihm fällt ein, daß keiner auf den Gedanken verfallen ist, das königliche Kind ans Sterbelager der Mutter zu rufen. Berardo seufzt und senkt nach Klostermanier die Lider über den Dingen dieser Welt.

Wie die Bilder entstehen

Mahmud, Federigos kleiner Diener, hockt mit gekreuzten Beinen neben seinem Herrn in der Höhle am Monte Pellegrino. Er brät ein paar Drosseln am Stock überm Feuer und sagt: „Die Drosseln sind fett diesen Herbst, das bedeutet, die Deutschen über den Bergen haben einen guten Wein im Jahr darauf."

„Wieso?" fragt Federigo hinterhältig.

Mahmud zuckt die Achseln, man sage das so, aber der jüngere Knabe grinst verächtlich. „Denke nach, Dummkopf. Es ist, weil die Drosseln sich an dicken Weinbeeren haben vollfressen können in einem langen Sommer und Herbst. Darum wird der Wein nächstes Jahr gut über den Bergen im Norden."

„Noch nicht weich, das Fleisch", brummelt Mahmud und prüft die brutzelnden Braten mit einem Krummdolch.

„Wo hast du den Dolch her?“ fragt der kleine König, dessen wachen Augen nichts entgeht. „Gestern hattest du ihn noch nicht.“

Mahmud senkt den Kopf. „Mein Onkel, der Mamluk Nur-ed-Din von der Küche, hat ihn mir geschenkt. Er sagt, es wäre besser, ich hätte so etwas.“

„Wieso?“ forscht Federigo. „Wen sollst du erdolchen? Wen willst du verteidigen? Dich? Oder mich? Oder wen?“ Und da Mahmud schweigt, ist ihm sein Herr und Spielgefährte mit so jäher Wildheit am Hals, daß der viel größere Sarazenenjunge lang hinschlägt. Der Dolch fliegt in eine Ecke der Höhle.

Mahmud setzt sich auf, hält sich den Kopf und stöhnt, obgleich er weiß, das verfängt nicht. Er kennt diesen rothaarigen Scheitan zur Genüge. „Mein Onkel“, beginnt er widerwillig, „mein Onkel sagt, die Bergsarazenen und die Tedeschi sind übereingekommen, das Königreich unter sich aufzuteilen. Die Sizilier sind zu dumm zum Regieren, man kann sie nur arbeiten lassen, und die Normannen sind fast alle tot. Und du bist sowieso kein richtiger König. Du bist, so sagen sie, nur ein Bastard – vergib mir! So sagen sie. Denn deine Mutter, die Sultana der Ungläubigen, hätte sich dem Sultan verweigert ihr ganzes Leben lang und schließlich aus Haß gegen das Geschlecht der Staufer, und um das Königreich ganz zu verderben, Unzucht getrieben mit dem Fleischer von Jesi. Darum bist du auch niemals der König, so sagen sie. Der Fürst der Tedeschi sei weit über den Bergen. Und du stammst vom Fleischer ab. – Was willst du mit dem Dolch, Federigo?“

„Ich will ihn zu mir stecken. Ich hab ihn nötiger. Du mit deinen Reden, ich weiß nicht. Sieh zu, ob die Drosseln gar sind, ich habe Hunger.“

„Ich will nicht, daß du mich anfaßt“, sagt Federigo zu Mama Matea. „Du stinkst. Ich kann mich sehr gut selbst kämmen. Ich kann alles selbst. Ich will nicht, daß du hier bist. Geh in das Vorzimmer und erzähle mir, was du mir sagen willst.“ Sein kühler Blick faßt zu, hält ihren dunklen fest, bis sich die Lider über ihre haßerfüllten Augen senken und sie demütig wird und hinausschleicht.

„König, mein Söhnchen“, beginnt sie noch im Laufen, „was für ein Schrecken ist über dies Land gekommen, seit deine Mutter, la Gran Costanza, zu Gott gerufen wurde, ach, was für ein Elend! Die Sarazenen von Corleone sind in die Bucht eingefallen, haben das Brotkorn weggeschleppt und die Jungfrauen geschändet, und die Herren von Acerra haben dazu gelacht."

Es ist also wahr, was Mahmud weiß, denkt der Knabe, während die Amme weiterlamentiert: „Sie werden dein Erbe verzehren, und nichts wird mehr dasein, wenn du groß bist."

Ich werde schneller groß sein, als sie glauben. Ich werde heranwachsen wie ein Löwe und über sie kommen wie die Blitze des Himmels.

„Die verfluchten Tedeschi. Oh, sie schinden unser Sizilien zu Tode."

Unser Sizilien? Ich bin auf dem Festland geboren, nicht in Sizilien, und selbst ein halber Tedesco, so sagen sie. „In Foligno, in der Mark Ancona, soll es sein wie in dem Land, wo der Herr geboren wurde. Meine Geburt geschah am zweiten Weihnachtstag, einen Tag nach der Geburt des göttlichen Kindes, so komme ich gleich nach ihm."

„So ist es, so ist es", murmelt Mama Matea und verbirgt den Kopf in den Händen, erschauernd, daß sie in die Gotteslästerung des Knaben eingestimmt hat. Das kostet noch die Seligkeit.

Das Kind lacht. „Aber was erzählst du, Mama Matea! Sie sagen, ich bin der Sohn des Metzgers von Jesi. Sie sagen, ich bin gar nicht das Kind der Gran Costanza. Ein untergeschobenes, ein Wechselbalg. Na, was nun? Was hast du dazu bereit?" So treibt er sie in die Klemme, bis sie, um sich selbst zu entlasten, mit den wundersamen Geschichten anfängt, die er begieriger einsaugt, als er je zugeben würde.

Mama Mateas Blicke sind purer Haß. Aber dann werden sie starr, und die Geschichte sammelt sich in ihrem Grunde wie der Bodensatz im Wein. „Da sei der Allmächtige vor, gesegnete kleine Majestät, daß du nicht das wahre Kind deiner erhabenen Eltern seist. Siehe, der bösen Zungen sind stets viele, und so behaupteten sie, die Frau Königin sei zu alt, um noch in die Wochen zu kommen. Als sie aber ihre Stunde nahen fühlte, ließ sie auf dem Marktplatz von Jesi ein Zelt errichten, darein wurde ihr Bett gestellt. Und sie beschied die ehrbaren Frauen und Matronen der Stadt zu ihrem Wochenbett und hieß sie sich um sie versammeln, so daß sie Zeugen wurden der glücklichen Niederkunft. Und alle sahen, das Kind der Königin Konstanze hatte das Haar der gottverfluchten Staufer und war also kein Bastardkind. Da segneten sie die Frauen von Jesi. Deine Mutter aber zeigte stolz ihre vollen Brüste und saß auf dem Markt und stillte ihr Kind, und die Vögel des Himmels sprangen vergnügt im Gebüsch auf und ab und machten Musik dazu. Unten saßen der Aff, der Has und das Einhorn und hörten verständig zu, wie es unsere liebe Frau auch tat. Und alle sahen, daß ihre Brüste weiß und groß und voller Milch waren, und priesen Gott für das neugeborene Kind."

So vermengt Mama Matea die Welt der Bilder und die Wirklichkeit in ihren Geschichten, und der Prinz weiß es so gut wie sie, daß so die Madonnen aussehen in der Kirche der Mark Ancona, die Krone auf dem Haupt, die pralle Brust unschuldsvoll aus dem weinroten Mieder quellend, und das saugende Kind wendet seinen wachen Blick, den Blick des Weltenherrschers, auf den Beschauer, Augen, so klar, daß sie fast drohend wirken. Und das Bild und die Wirklichkeit werden eins.

Mama Matea weiß, daß sie den Knaben hier von Anfang an gestillt hat, denn die Regentin wurde abberufen in ihr Erbland, zuzusehen, wie man ihre Verwandten zu Tode folterte. Und doch ist das Bild wahr.

Und Federigo weiß, daß er verlassen war von Anbeginn, und dennoch ist es sein Bild. Unsere liebe Frau, die göttliche Mutter, nährt das Kind, und Aff und Has und Einhorn hören verständig auf die Musik des Himmels und der Finken im Busch. Und die legitime Abstammung? Jesus ist ja auch nicht der Sohn des Zimmermanns, denkt der kleine König und verkneift sich ein Lachen, wenn er sich vorstellt, wie Mama Matea aufschreien und sich bekreuzigen würde, spräche er diesen Gedanken aus.

Er späht durch die Tür. Da sitzt sie auf dem Estrich, ein Klumpen Mensch in Röcken und Tüchern, wiegt sich mit leerem Blick hin und her: Für sie machen noch immer die Vöglein Musik und stillt die Mutter ihr Kind, und die Mutter ist am Ende sie selbst, und wer weiß, wer das Kind ist, das sie da wiegt. Sie wird immer närrischer, denkt Federigo. Zeit, sie wegzuschicken.

Die Königin war in Jesi zurückgeblieben, denn die Stunde ihrer Niederkunft war nahe. König Heinrich zog weiter, der „Sturm aus Schwaben" näherte sich Sizilien, das ihn vertrauensvoll erwartete: Generalamnestie war angesagt, den ehemals rebellischen Baronen sowie den Überlebenden der widerspenstigen Nebenlinie der Normannenkönige. Heinrich hatte vor, sich in Palermo die eiserne Krone der Langobarden aufs Haupt zu setzen.

Im Dom Weihrauch und Bruderküsse, das Kind Wilhelm, der illegitime Enkel König Rogers, legt feierlich die Krone zu Füßen des

Staufers und empfängt die Gnade, alle empfangen Gnade, die ganze Welt ist versöhnt, und jeden Morgen geht der bleiche Sohn Barbarossas zur Messe, die Krone auf dem Haupt, und seine Blicke schleichen unter den Wimpern hervor wie Krabben. Manche sagen, Konstanze habe Briefe an ihre Verwandten geschrieben, manche, Pech und Schwefel des Aufruhrs sei aufgehäuft gewesen, nur die Lunte noch daranzulegen.

Am zweiten Weihnachtstag gebiert die Königin und mordet der König. Während sich Konstanzes Leib in den Wehen krümmt, krümmen sich die Leiber ihrer normannischen Freunde auf dem Scheiterhaufen. Viele Bewaffnete waren plötzlich im Dom, den die sizilischen Barone an diesem Tag des Friedens ohne Waffen betreten hatten. Heinrich war ein frommer Herr. Er ließ nicht zu, daß im Dom gemordet wurde. Christ ist König, Christ ist Sieger, sangen die Leute. Dann sangen sie nicht mehr.

Während das verstümmelte Kind Wilhelm, Konstanzes Neffe, in Fieberdelirien auf einem Karren mit Stroh durch die Mark Ancona fährt, seinem Kerker in Deutschland entgegen, übergibt die Königin ihren Sohn dem Herzog von Spoleto. Sie begehrt nicht, dies Kind zu sehen. Andere Anblicke harren ihrer in Palermo. Keine Zeit, ihren Sohn zu stillen.

Die Gipfel

Die Berge ziehen ihre gespornten Stiefel an, sie schlüpfen in ihr Eisenhemd und gürten sich die großen Schwerter um, die man nur mit zwei Händen schwingen kann. Die Berge lachen laut und schwören, daß sie die Täler mit Schrecken erfüllen werden, und sie neigen sich zueinander. „Dies Sizilien soll weinen! Wir werden ihm die Haut abziehen, werden es schinden, bis es blutend und kraftlos am Boden liegt. Keine Angst, es wird nicht sterben, wir prügeln es wieder hoch, die abgehackten Glieder wachsen nach. Keine Angst, es reicht für alle."

Der Berg Schweinspeunt schlägt dem Berg Acerra auf die Schulter. „Komm, Bruder, greif zu! Ich geb's dir so gern, wie es die Kornbauern ungern hergaben. Lab dich auch am feurigen Wein und fülle deine Taschen mit dem Gold aus den Schatzkammern der Normannen, zier dich nicht!" Und der Berg ziert sich nicht.

Die Berge umhüllen ihre Häupter mit Dunst und Rauch, sehen verhüllt ins Land, manchmal aber zerreißen die Nebel, und die in den Tälern erblicken den Schrecken der schwarzen Burgmauern und die Drohung des blinkenden Eisens. Gott, laß den König gedeihen, auf daß nur *ein* Herr uns plündert anstelle der vielen!

In den waldigen Klüften und dort im Gebirge, wohin keine Ziege mehr klettert, weil das Futter zu mager ist, drehen die Sheiks der muslimischen Räuber den Kopf, um nach den Berggipfeln zu schauen, und lächeln. Warum die Beute nicht teilen? Man kann sie zweifach beuteln und plündern, die Tölpel dort in den Tälern. Hört, ihr ungläubigen Berge dort oben: Die Krieger Allahs werden hervorbrechen wie das Schwert der Rache und sie fangen, schlagen, leer rauben, wo immer sie sie finden. Und wenn sie dann, zitternd wie Lämmer, hinaufeilen in euren Schutz, dann nehmt ihnen das ab, was sie vor uns gerettet haben.

Die Berge nicken dazu mit ihren gigantischen Häuptern, daß es wie Donnergrollen dahinhallt übers Land und die Einfältigen in den Tälern bebend ihre Türen verriegeln. Als sei ein Riegel zu etwas nütze gegen Feuer und Schwert. So gewaltig ist dies Grollen, daß es nicht nur in Sizilien zu hören ist und in Apulien, sondern auch in der Basilicata und Capitanata. In Pisa und Genua spitzen sie die Ohren in den großen Handelshäusern, in Venedig zählt man die Cassa durch, und in Rom schüttelt Seine Heiligkeit besorgt den Kopf mit der hohen Mütze.

Hilf, Heiliger Vater, hilf, die Fremden von italienischem Boden zu vertreiben, die Grobschlächtigen, Langnasigen, von ungeheurer Habgier Besessenen! Sieh, wie sie ihre Hauer fletschen, wie sie ihre Schwerter schärfen unter Funkenflug, so lange, bis man mit ihnen eine Feder in der Luft zerschneiden kann!

Auf dem Tisch des Papstes liegen zwei Briefe. Der zur Rechten trägt ein feuerrotes Löwensiegel, der zur Linken aber ein schwarzes Siegel ohne Zeichen. Er hebt beide auf und hält sie abwägend. So oft hat er sie gelesen, daß er auswendig weiß, was sie enthalten.

„Was wird Deine Heiligkeit tun?“ schreibt Walther von Pagliara. „Meine Landsleute hören nicht auf meine beschwörenden Worte. Sie verbünden sich mit den Räubern Allahs, lassen sich gefallen, ungläubige Hunde geschimpft zu werden, und zerstören unsere Saaten. Wie soll ich das Gut Deiner Heiligkeit verwalten und wie den Sproß des Staufers, deines Knechtes, schützen? Hilf uns um Christi willen.“

„Was wird Deine Heiligkeit tun?“ schreibt Rainaldo von Capua, der Legat der Kurie. „Die wilden Tedeschi hören nicht auf die Ansprachen des Herrn Kanzlers. Sie lachen über ihn, über den Zaunkönig Federigo, über uns. Sie verbünden sich mit den Räubern Allahs und zerstören unsere Saaten. Wie kriegen wir die wilden Säue von unserem Acker? Dreißigtausend Tarenen versprach uns Herr Walther im Jahr für die Vormundschaft an dem Kind. Wir werden nie zu dem Unsrigen kommen. Das Kind ist zu klein, möge es Gott beschützen. Hilf unserer heiligen Kirche um Christi willen.“

Innozenz III. weiß, daß der Brief mit dem schwarzen Siegel schwerer wiegt. Er tut es dennoch nicht gern, als er den Grafen Walther von Brienne, Gatten einer Tochter des Normannen Tankred, zur Audienz bei sich bestellt.

„Deine Majestät hat mich zu sich befohlen?“ sagt Walther von Pagliara verärgert. Er findet es unwürdig, vor diesen Bengel zitiert zu werden, noch dazu, wenn es genug zu tun gibt. Das Kanzleramt ist nach Konstanzes Tod eine solche Plage geworden, daß sich Walther manchmal nach der schönen ruhigen Zeit im Kerker zurücksehnt, wo man in kontemplativer Beschaulichkeit seinen Plutarch lesen konnte.

Er zwingt sich, seine Aufmerksamkeit dem kleinen Herrn des Landes zuzuwenden, der auf einem alten normannischen Schiffsstuhl sitzt, die Hände auf die reichgeschnitzten Lehnen gelegt, und mit den Beinen baumelt. Walther stellt mißbilligend fest, daß der König wieder schrecklich ungepflegt aussieht – das Lederwams, der zerfetzte Burnus darüber, der Krummdolch, der so groß ist, daß er an der kleinen Person wie ein Säbel wirkt. Ein halber Muslim.

„Ja, ich habe dich zu mir befohlen, Herr Kanzler“, sagt der Bengel und baumelt heftiger mit den Beinen, „um Einblick zu gewinnen in den Zustand meines Reiches.“

Walther muß schlucken. Sein gelbes, malariagezeichnetes Gelehrtengesicht verzieht sich zu einer Grimasse des Unwillens, er kann sich nicht beherrschen. Nur mit Mühe verkneift er sich eine böse Antwort. Der Zustand des Reiches! Der Bengel soll lernen, was einem ritterlichen Mann ziemt, reiten, fechten, jagen – statt sich in der Stadt herumzutreiben –, er soll sich auch in Gottes Namen nach dem Wunsch des päpstlichen Vormunds hinsetzen mit einem Lehrer und Latein pauken oder den Aristoteles. Aber er soll ihn doch bitte mit vorwitzigen Fragen verschonen. Den Zustand des Reiches kennt der Kanzler in diesem Augenblick am wenigsten von allen, der Zustand des Reiches gleicht dem wechselnden Mond.

„Hat es dir die Sprache verschlagen, Herr Walther?" fragt die Rotznase. Seine kühlen Augen, die ständig irgend etwas auszusenden scheinen, als wären sie der Leuchtturm von Pharos, lassen den Hofmann nicht los. Walther gerät unter dem Blick ins Schwitzen, seine Sachen werden ihm zu eng, er zerrt am Halsausschnitt seines samtenen Gelehrtenmantels. Eine Schwüle in diesem gottverfluchten Sizilien ...

„Herr Friedrich!"

„Federico", verbessert ihn der Junge sachlich. „In meinem Südreich heiße ich Federico, Herr Gualtari."

In meinem Südreich – Walther hat das Gefühl, als gerate der Boden ins Schwanken. Wie alt ist dieses Hexenkind, von dem sie behaupten, es sei der Sohn eines Fleischers? Sieben Jahre? Siebzig? Er versucht, dem bösen Kind zuzureden. „Deine Majestät weiß, daß das Reich – das Südreich", korrigiert er sich, da das Baumeln der Beine aufhört, „in guten Händen ist. Weise Männer wachen Tag und Nacht über Frieden und Sicherheit des sizilischen Staates."

„Larifari", läßt sich das Kind respektlos vernehmen. „Wenn ich mit meinem Diener in der Conca d'oro herumstreife, sehe ich Rauch von Dörfern aufsteigen, höre ich Lärm von Glocken, der mir die Vögel verjagt, und der Brandgeruch steigt nicht nur mir unangenehm in die Nase, er verscheucht auch das Wild. Nein, es ist nicht der Wald, der brennt, außer die deutschen Herren haben ihn angezündet. Wozu habe ich Augen, Ohren, Nase?"

„Herr Federico", sagt Walther müde, „ich weiß, der Caesaren Weisheit tritt vor der Zeit ein. Wäre es dennoch nicht besser, Deine Königliche Majestät richtete sein Augenmerk zunächst auf die Studien der Weltweisheit und die Übung ritterlicher Tugenden und überließe das Geschäft des Regierens denjenigen, denen es Seine Heiligkeit und die selige Konstanze übertragen haben?" Da der Bengel schweigt, fühlt er sich zu näheren Ausführungen genötigt. „Die normannischen Barone, treue Untertanen ihres Lehnsherrn, des Papstes, stehen beständig zu dir und der Kirche. Es ist wahr, daß die Sarazenen und die Deutschen hier und da unbotmäßig, ja aufsässig sind, aber mit Gottes Hilfe ..."

„Ich möchte bloß wissen, wie Gottes Hilfe aussieht", sagt das Kind und schlägt nach einer Fliege.

„Was?" fragt Walther irritiert. Der Schweiß strömt ihm unter der bordierten Kappe hervor, und Federico beobachtet aufmerksam, wie er ihn abwischt, ohne seine Frage zu wiederholen. Warum schwitzt dieser Hexenbengel nicht? Seine Haut ist so glatt und braun wie eine Haselnuß, vielleicht ist er wirklich der Sohn des Fleischers von Jesi.

„Weshalb nimmst du nicht ein paar Bewaffnete und räucherst die Bergnester aus, Herr Kanzler? Soll Gott das für dich tun? Wenn du dich an deine Tedeschi nicht herantraust, nun gut, so nimm die Sarazenen, das werden sie dir ja wohl verzeihen, deine deutschen Freunde."

Herrn Walthers Haut wird noch gelber. Er zwinkert krampfhaft mit den Augen – wie ein Turmfalke, denkt das Kind –, ehe er mit gepreßter Stimme erwidert: „Jeder andere als Deine Majestät müßte mir für eine solche Unterstellung büßen, denn du benennst mich hier als einen Verräter. Sei aber gewiß, daß ich allein das Gleichgewicht aller Kräfte im Reich erhalten will und keiner Partei Interessen vorziehen werde. Die Aufgabe Deiner Majestät aber sollte es sein, sich der Führung weiser Männer anzuvertrauen. Verdacht vergiftet dein Herz."

„Als ich auf Vogelfang war in der Conca d'oro, hörte ich ein Geschrei. Ein paar Leute aus Palermo liefen da weg, als wenn sie der Satan ans Band legen wollte. Ich trat aus dem Gebüsch und versicherte sie meines königlichen Schutzes, sie aber sagten: ‚Ruggiero, verstecke dich mit uns und verhalte dich still, das wird besser sein. Wo kann man sich hier verbergen?' Ich nahm sie mit in eine Höhle, die ich da kenne, denn das Pferdegetrappel war schon recht nah. Da kamen fünf Bergsarazenen, den Burnus bis zur Nasenspitze, die schwangen ihre Schwerter und wollten Beute machen – hier in den königlichen Gärten vor Palermos Toren. Und ich, der Gesalbte des Herrn, saß da mit den Bürgern der Stadt in einem Versteck und wartete ab, daß sie vorüberzögen, und keinem von uns war wohl. Als wir uns trennten, wagte keiner dem anderen in die Augen zu sehen, denn sie und ich waren gleichermaßen beschämt ob des Königs Ohnmacht. Wo ist das Gleichgewicht der Kräfte, Herr Kanzler?"

Man hat ihn erschreckt, denkt Walther und versucht, sich selbst damit zu beruhigen, denn es ist etwas anderes, das weiß er. Wie dem auch sei – der Bengel ist unbequem, ja gefährlich. Walther legt die Hände gegeneinander wie zum Gebet, er hat sehr schöne, schlanke Hände, mit vielen Ringen besteckt, darum liebt er diese Geste.

„Ich sehe mit Grauen die Gefahr, in der du dich befunden hast, Herr Federico, und es schaudert mich im nachhinein. Die Giardini

Reale – von wilden Räubern durchstreift! Ich werde alles veranlassen, auf daß dein geweihtes Leben in Zukunft besser geschützt ist. Noch heute wirst du mit einer verläßlichen Leibwache nach Castellammare zu meinem Bruder gebracht. Er wird für deine Sicherheit bürgen."

Das Kind ist von seinem Sitz hochgefahren wie eine Natter und hat die Hand an den Griff des Dolches gelegt, und einen unbehaglichen Augenblick lang bedauert der Kanzler Siziliens, selbst keine Leibwache bei sich zu haben und unbewaffnet dem Sohn der hassenden Konstanze gegenüberzustehen. Er streckt abwehrend die geschmückten Hände vor. Aber der Dolch bleibt in der Scheide.

Dicht vor Walther steht sein kleiner Herr, lächelt ihn an und hebt die strahlenden Augen zu ihm auf, als er fragt: „Und darf ich meine Diener mitnehmen? Und meine Lehrer? Und meinen Waffenmeister? Ich will gern nach Castellammare und dort fischen."

Wann ist der gelbgesichtige Gelehrte schon so unschuldsvoll, so zwingend liebreich angesehen worden? Das ist eben doch nur ein Kind, Gott sei Dank!

Er ist ein wenig beruhigt, als der Reiterzug mit dem königlichen Knaben den Palazzo Reale verlassen hat. Ein wenig. Ganz beruhigen kann ihn in diesen Zeitläuften nichts. Und der Papst antwortet nicht auf seine Briefe.

Walther läßt sich zum Abend einen Schlaftrunk mischen. Welche Gründe mögen das Normannenbalg wohl zu solcher Widersetzlichkeit anstacheln? Er täte wirklich besser daran, sich still zu verhalten.

Die Nacht ist sternenklar, nur erhellt von den Feuern brennender Dörfer und kleinerer Burgen. Gott schütze das Königreich Sizilien.

Eroberung eines Kindes

Zwei der Gründe für die Widersetzlichkeit des Prinzen, wie Herr Walther es nennt, hat er selbst in dessen Nähe praktiziert, sie reiten rechts und links von ihres Herrn Maultier auf dem Weg nach Castellammare und heißen Wilhelm und Taddeo, ihrer Aufgabe nach Lehrer und Falkenier des jungen Fürsten. Sie reden meist viel, aber jetzt sind sie still, da ihr Herr auch still ist. Er wird gewiß nicht weinen, er weint nicht, wenn er zornig ist.

Federigo, der aus Palermo Verbannte, treibt immer wieder sein

Tier voran, er gibt das Tempo an bei diesem Auszug. Seine Wangen sind von der Hitze gerötet, und er zeigt vor Anstrengung die Zähne, während er das Muli vorwärts stößt. Die gepanzerten Reiter, die neue „Leibwache“, hat ihre Mühe mitzukommen, und genau das ist beabsichtigt. Sie keuchen und japsen in ihrem schweren Eisenzeug, und der Troß, Wagen und Fußgänger, Mohren, Leibdiener und Wärterinnen, bleibt zurück. Taddeo und Wilhelm wechseln einen Blick. Er wird sie schon jagen, ihr kleiner Rex. Sie sehen wieder geradeaus.

Taddeo hat den Lieblingsfalken auf der behandschuhten Faust, der bedarf keiner Kappe; von Zeit zu Zeit beruhigt er das Tier durch leisen monotonen Zuruf. Der Rex gibt viel auf Jagdfalken, und er gibt viel auf einen guten Falkenier. Taddeo de Suessa ist eigentlich zu jung für so ein Amt, er sieht aus wie ein Page, ein Valetto, aber der königliche Bengel, wie ihn Herr Walther insgeheim tituliert, zieht ihn allen anderen vor, nicht nur weil er ein guter Falkenier ist, sondern auch wegen seiner feinen Manier, Reit- und Fechtunterricht zu geben, und nicht zuletzt wegen seines frechen Witzes. Er hat ein dunkles Gesicht, in dem die Zähne blitzen, und den Kopf voller krauser Locken, und die Mädchen sehen ihm nach, aber wenn er den Mund auftut, erröten sie und gehen zornig fort, denn nichts als Frechheiten, Albereien, Spott und hämische Reden bringt er voll vergnügter Bosheit hervor. Ein schöner dreister Kobold, lacht er die Welt mehr aus als an.

Wilhelm Francisius, auf gut sizilisch vom König „Guglielmo“ genannt, in der braunen Kutte der Basilianer, vom Papst auf Anraten Berardo von Castaccas zum Lehrer des kleinen Königs bestellt, ist ebenfalls ein noch junger Mann. Die Tonsur erleichtert ihm zu früh beginnende Kahlheit. Sein sanftes Gesicht mit den schöngeschwungenen Brauen über großen Augen bleibt gleichmäßig freundlich, solange er sich seiner Umgebung nicht ganz sicher ist – ihm kann als Sohn eines normannischen Höflings so schnell keiner was vormachen, vor allem was die Intrigen an Höfen angeht.

Zunächst hatte er auch für Federico nur sein unverbindliches Lächeln parat gehabt. Ein Schüler, der immer nur sagt: „Ja, weiter, ich habe verstanden“ und einen dabei unverwandt mit kühlem Blick anstarrt, war ihm unheimlich. Es dauerte, bis er begriff, daß man ihn nicht zum besten hatte, sondern daß sich dieses Kind wirklich alles beim erstenmal einprägte. Erst glaubte er an Hexerei, als ihm Federico eine Lektion von vor vierzehn Tagen fehlerfrei aufsagte. Der

Knabe wiederum verstand die Fassungslosigkeit seines Präzeptors nicht – er wußte nicht, daß andere Leute sich die Sachen mehrmals wiederholen lassen mußten, bis sie sie behielten. Als Wilhelm endlich verstanden hatte, mit welcher Gier der rotblonde Junge das Wissen einsaugte, mit welcher Leichtigkeit er es bewahrte, wurden die Stunden für beide zu einer süßen Lust.

Nur manchmal wird dem Kleriker ein bißchen unheimlich zumute, wenn das Kind ihn nach Dingen fragt, von denen es eigentlich noch nichts ahnen sollte.

„Unser Rex", sagen die beiden inzwischen, wenn sie Federico meinen, und sie, die durch den Zufall in ihre Ämter geworfen wurden, hängen ihm an, als gäbe es geheime Bande. Fürstenerzieher und Waffenmeister, auf die das Schicksal mit blinden Augen getippt hat, ausgesondert aus der Schar der anderen, Jünger. Und selbst in den Augenblicken größter Vertrautheit ist ihr Rex, den sie auch „das Kind" nennen, abgehoben von ihnen. Die anderen sind Tölpel und Dienerschaft, mit ihnen kann ihr Kind eine Kumpanei haben, da vergibt er sich nichts. Sie sind die Lehrer.

Die Burg Castellammare fällt steil ab zum Meer hin, und nur ein einziger Weg führt hoch zu der einladend gesenkten Zugbrücke.

„Eine Fuchsfalle, wie es sie feiner nicht gibt", sagt Taddeo und schlägt eine tolle Lache an.

Sein Herr, der ihm nun einiges vorausreitet, kann ihn nicht verstehen, aber er dreht auf das Gelächter hin den Kopf. „Kannst du mich schwimmen lehren, Taddeo?"

„Ja, teurer Rex", erwidert sein Falkenier und hört auf zu lachen.

Wilhelm Francisius ist es wieder einmal, als rühre ihn etwas an. Woher kann das Kind wissen, weshalb der andere gelacht hat, und gleich auf einen Weg sinnen, dem Unheil zu begegnen?

Der Geleitzug keucht, stapft und staubt den Weg hinauf, den Bewaffneten hängt die Zunge aus dem Hals, und Federico schlägt seinem Maultier die Hacken in den Bauch.

Taddeo und Wilhelm wechseln einen Blick und treiben ebenfalls ihre Tiere an, bleiben aber eine respektvolle halbe Pferdelänge hinter ihrem kleinen Herrn, der nun über die Zugbrücke einreitet.

Im Hof steht ein eleganter Ritter in maßgeschneidertem, hautengem Obergewand aus syrischer Seide. Ihm wallen Locken bis auf die Ellenbogen herab. Leider schielt er. Das ist Gentile von Manupello, der Bruder Kanzler Walthers, und es flößt den Ankömmlingen gleich ein rechtes Mißtrauen ein, wie devot er den Knaben begrüßt.

Daß er ihm die Steigbügel hält, wäre gar nicht nötig gewesen. Daß der kleine König aber mit einem Satz zu Boden springen muß, übersieht er, da bietet er keine Hand.

Der Knabe schaut zu ihm auf, klar, kindlich, unschuldig. „Ich liebe deinen Bruder, ich werde auch dich lieben", sagt er, legt den Kopf schräg und reicht dem Verdutzten mit unübersehbarer Geste die heiße Wange zum Kuß.

Nun muß sich der Burgherr ziemlich tief bücken, so tief, daß die schöne Seide aus Syrien in allen Nähten kracht und knirscht und ihm die Haare vor die Nase fallen.

Taddeo stopft sich vor Lachen den Handschuh in den Mund.

„Laß mich den Falken hegen heut abend", sagt Federico.

Taddeo hebt den Kopf. „Aber du mußt müde sein, Herr König."

Sie haben den ganzen Tag gefochten und sind geschwommen, sogar einen Ausritt hat Gentile gestattet, wenn auch nur in Begleitung der schwerbewaffneten „Leibwächter", die mit ihrem Eisengerassel jedes Wild verscheuchten.

Aber der Knabe zieht schon den Handschuh über die Linke. Taddeo weiß, daß er keine Erklärungen bekommen wird und schon gar nicht auf den Entschluß des Königs einwirken kann. Er übergibt den Falken auf die kleine Faust – das Tier wirkt ungemein groß im Vergleich zu dem Jungen. Sein schieferblaues Gefieder mit den langen Schwungfedern glänzt metallisch. Er muß sehr schwer zu tragen sein für ein Kind, aber Federico streckt die Faust vor, wie es Taddeo selbst nicht besser kann, und geht im Raum hin und her, dabei stößt er die leisen und monotonen Laute aus, die das Tier beruhigen.

Sein Falkenier, der sich in die hinterste Ecke des dämmernden Palas zurückgezogen hat, müde, wie er ist, weiß bei dem würdevollen Umzug des Knaben und des Tieres nicht, beruhigt sein Rex den Vogel oder der Vogel das Kind. Einmal fallen ihm die Augen zu, und ihm ist im Halbschlaf, als trage der Gerfalke den Knaben – unwillig reibt er sich übers Gesicht.

Das Tier nimmt aus der Hand Federicos jetzt endlich die Nahrung, die es durch die Aufregung des Tages am Abend verweigert hat. Der leise Gang hin und her auf den gestickten Stiefelchen – sanfte Laute, als sende jemand verlorene Zeichen von jenseits einer Mauer. Einmal versucht der Falke aufzufliegen, aber ehe Taddeo noch einspringen kann, hält ihm Federico das Federspiel hin und prüft den Sitz der Fußfessel, und der große Vogel beruhigt sich. Bevor das Kind ihn dem Falkenier übergibt, damit er ihn in den Käfig zurückbringt, nimmt es einen Schluck Wasser in den Mund und übersprüht damit das schimmernde Gefieder.

Taddeo ist müde. Behutsam trägt er das Tier zurück. Die Sanduhr hätte längst gewendet werden müssen, nun sind sie ohne Zeit. Ihm will scheinen, als hätten das Kind und das Tier die gleichen Augen, scharf, hell, ohne Empfindung und ohne Schlaf.

Wilhelm Francisius macht sich inzwischen nicht mehr die Mühe, sein Latein zu vereinfachen. Wenn er glaubt, daß sein Schüler ein Wort nicht kennt, sagt er es im selben Atemzug auf Volgare. Von Zeit zu Zeit unterbricht er sich kurz und fragt: „Kannst du mir folgen?" Und jedesmal nickt Federico ungeduldig. Der Kleriker hat sich das Staunen im Umgang mit seinem Schüler abgewöhnt. Das Lächeln bekommt in solchen Augenblicken einen Schimmer wirklichen Glücks, denn er liebt nichts so wie die Wissenschaften und die Wahrheit.

„Du fragst mich, süßer Rex, welcher der streitenden Parteien in deinem Reich du als Herrscher recht geben müßtest. Dies dir zu sagen kann nicht bei mir liegen, sondern bei deinen Räten, und das Recht ist allein deins. Was aber die Billigkeit der Entscheidung angeht, l'equità della tua sentenza, so ist es wichtig, alles zu wissen. Seine Heiligkeit hat mich zu deinem Lehrer gemacht, und der Wille deiner Mutter war es, daß du sein Mündel bist und der König von Sizilien und Apulien. Rechtmäßig aber liegt auf deinem Haupt noch eine zweite Königswürde, die des Deutschen Reiches. Es tut nichts zur Sache, daß um diese Krone jetzt bereits zwei Männer im Streit liegen, dein Onkel, der schwäbische Philipp, und Otto, der grobschlächtige Welfe und Feind, den Seine Heiligkeit begünstigt, Ottone grosso e mal educato, questo Guelfo e nemico, favorisato della Sua Santità. Denn du bist der Sohn des Caesar, und deine Würde ist nicht auszulöschen, sondern sie bleibt die Hoffnung der Völker. Die da im Finstern wandeln, werden ein großes Licht sehen, steht geschrieben, und Vergilius, der Dichter der Alten, hat gesagt, es werde von einem Kind ausgehen. Auch kenne ich, teurer Rex, Worte des Goffredo de Viterbo, eine Prophezeiung bei deiner Geburt, daß du der künftige Retter seist und der Weltenkönig, der Aufgang und Untergang in seiner Hand vereint."

Federico senkt kurz die Lider, vielleicht ermüdet ihn das viele Latein. Dann fragt er unvermittelt: „Was ist mit den Deutschen? Ich kann sie nicht leiden. Muß ich ihr König werden?"

Wilhelms Lächeln vertieft sich. Wenn das der Papst hörte, würde er sich freuen, weniger vielleicht über die Worte seines Dieners Francisius: „Du mußt nicht, Rex, nein, du mußt ganz und gar nicht, auch wenn du zur Hälfte ihres Blutes bist. Etwas anderes aber ist das Geheimnis dieser doppelten Krone: In ihr verbirgt sich das Diadem der Imperatoren Roms, die den Weltkreis beherrschten, indem sie die Stolzen unterwarfen und die Demütigen schonten. Von ihnen wirst du bald noch mehr durch mich erfahren."

Die Lektion stört Taddeo de Suessa, der gar nicht höflich hereinplatzt und bleich mit Lachen ausruft: „Schwatzt ihr was vom Papst in Rom? Neuigkeiten über Neuigkeiten! Dein Herr Vormund Innocentius hat das Deine veruntreut, lieber Rex. Er hat dem Bastard von Brienne die Grafschaften Lecce und Tarent zuerkannt, unter der Bedingung, daß der mit den Tedeschi Schluß macht. Ein feiner Schützer der Weisen!"

Der Knabenkönig wendet ihm das Gesicht zu, die klaren Augen eines unschuldsvollen Kindes, und die helle Stimme sagt: „Das kann er nicht. Es ist mein Land." Die beiden schweigen, und er steht auf. „Ich will jetzt über die Worte des Magisters Guglielmo nachdenken, und dann will ich mit Mahmud bogenschießen gehn." Er ist vom Stuhl gerutscht und hat ihn dabei umgekippt, aber darüber muß Taddeo nicht lachen. Er geht an den Männern vorbei, und sie verneigen sich tief.

Dann wirft der Falkenier unmutig seine Handschuhe auf den Boden. „Dein Herr Auftraggeber in Rom, eh!" fährt er den Kleriker an. „Während du unserm Rex von dem Weltenkönig vorschwatzt – soviel Latein kann ich! –, frißt der da ihm sein Land weg. Und du wußtest nichts davon? Ihr Pfaffen steckt doch alle unter einer Decke."

Wilhelms Lächeln ist starr geworden. „Meint Herr de Suessa, Sanctitas Sua weihe mich in seine Weltherrschaftspläne ein? Ich bin ein kleiner Basilianerpräzeptor und lehre hier ein Kind Latein und Rechnen."

Taddeo beißt sich auf die Lippe, er weiß, daß er unrecht hat. „Ja", brummt er und sieht hinüber zum Säulengang auf der anderen Seite des Burghofs, wo der rotblonde Haarschopf im Schatten zu erkennen ist. „Ich hab ihn noch nie weinen gesehen."

„Ich auch nicht", erwidert der Mönch. „Er ist nicht irgendein Knabe. Er ist die Majestät. Trotzdem – willst du ihm nicht nachgehen, Taddeo?"

„Ganz bestimmt nicht. Der braucht keinen Trost. Trost ist für demütige Seelen." Er läßt seine Zähne blitzen. „Was wird nun deiner gelehrten Meinung nach geschehen? Denkst du, der Kanzler sieht sich das an und bleibt weiter des Papstes Freund? Wenn hier was verschenkt wird, dann bekommt er es."

Wilhelm ordnet seine Pergamente. „Ich bin Normanne, du bist Sizilier. Wir kennen die Tedeschi. Es ist weniger nötig, sie in Wut zu bringen. Sorge, daß das Kind die Burg nicht mehr verläßt."

Taddeo lacht auf. „Die Fuchsfalle! Schnapp! Ich wollte, ich könnte ihn packen, auf den nächstbesten Gaul setzen und mit ihm fortreiten."

„Wohin?"

„Irgendwohin, raus aus diesem Verräternest."

„Der König reißt nicht aus."

„Der König läßt sich schlachten."

„Vernunft ist nicht deine starke Seite, Falkenier."

„Verschlagenheit ziert den Pfaffen, ich weiß. So arbeitet man dem schielenden Gentile in die Hand."

„Herr de Suessa! Willst du mir Untreue gegen unseren Rex unterstellen?"

„Herr Pfaffe, nur Ruhe. Du hast kein Schwert, mich herauszufordern. Außerdem traue ich dir vieles zu, aber das nicht."

Francisius' Gesicht überzieht eine feine Röte, und sein Lächeln wird weich. Er biegt die Mundwinkel nach unten. „Du bist ein Sohn des Teufels, Taddeo, Gott verzeih mir die Worte. Laß uns nicht darüber streiten. Wir waren uns immer einig, wenn es um unser Kind ging."

„Ja, zwei lächelnde Fratzen neben dem kleinen Rex."

„Eins wie bengalisches Feuer und Irrlichter bei der Nacht."

„Das andere sanft wie die Röte des Himmels."

Sie sehen sich nicht an.

„Taddeo de Suessa", beginnt der Kleriker dann ernst von neuem, „du kannst nicht den König des Landes irgendwohin verschleppen, wie eine Katze ihr Junges am Nackenfell wegschleppt, um es zu verstecken. Er ist dann nämlich nicht mehr der König. Er wird das überstehen müssen, will er Imperator werden."

„Der Teufel weiß, warum er Imperator werden soll, wo er genausogut Federigo Ruggiero sein kann, der schon jetzt sehr gut bei der Vogelbeize ist und der jeden Tag auf die Jagd gehen könnte", fährt Taddeo noch einmal dazwischen, aber dann bückt er sich seufzend nach seinen Handschuhen. „Ja, ja. Er ist das Kind, und er ist der König. Er muß es wohl bestehen."

Gentile von Manupello, nach wie vor in syrischer Seide und von überströmender Herzlichkeit, versichert Federico jeden Tag zum Frühstück seines Schutzes. Die Festung sei uneinnehmbar und der König ihm von seinem Bruder unmittelbar ans Herz gelegt, so daß er ihn wie seinen Augapfel bewahren werde – eine Formulierung, bei der Taddeo angesichts des Schielens des Schloßherrn jedesmal einen Lachanfall bekommt. Dann versucht der meistens, seinen Schutzbefohlenen zu umarmen, aber Federico ist klein und schnell, er entschlüpft ihm unter dem Vorwand einer Verneigung, an der sich seine beiden Begleiter sofort beteiligen, der eine mit grotesken Schnörkeln, der andere mönchisch still.

Wenn Gentile fort ist, gießt Taddeo, sehr zum Vergnügen seines Rex, Spott und Hohn über ihn aus, äfft ihn nach und schneidet Fratzen. Über so etwas kann Federico lachen, bis ihm Tränen in die Augen treten. „Wißt ihr, wie er euch beide nennt, der Herr von Manupello?" kontert er dann boshaft, „den Hofnarren und den Leisetreter." Und er freut sich, wenn sich die beiden ärgern.

„Da einem Mönch bekanntlich nichts entgeht", sagt Taddeo zu dem Präzeptor, „wirst du sicher bemerkt haben, daß täglich Boten zu dem fetten Schönling kommen. Was meinst du, was sie so für Nachrichten bei sich tragen? Ob sie dein verräterischer Herr, der Papst zu Rom, ausgesandt hat?"

„Ich denke eher, sie kommen von dem Bruder, Kanzler Walther, und das ist weit schlimmer", erwidert Wilhelm nachdenklich.

Indessen belehren sie „ihr" Kind mit einer Hingabe und Leidenschaft, als sei jeder Tag der letzte vor dem Antritt des Weltenkönigtums und er müsse bis morgen alles wissen. Von früh bis spät übt Taddeo mit ihm reiten, fechten, schwimmen und bogenschießen. Und zur Zeit der Siesta, wenn die flimmernde Mittagshitze die Konturen von Castellammare aufzuweichen scheint, sitzt Wilhelm Francisius mit seinem Schüler in der Kühle des Palas und lehrt ihn die Taten der Caesaren, und er braucht kaum mehr italienische Worte in sein Latein einfließen zu lassen. Vor dem Schlafengehen hegt der Knabe dann noch den Falken.

Wenn er in der beginnenden Dunkelheit auf seinem Bett hockt und sich von Mahmud die Stiefel ausziehen läßt, erfährt er, was der Mamluk Nur-ed-Din aus der Küche alles weiß – es ist beträchtlich mehr, als seine adligen Erzieher sich zusammenreimen über die Botschaften, die die Burg erreichen.

Dann stürzt sich das Kind auf seine Kissen und schlägt sie mit Fäusten und zerfetzt das Leinenzeug mit den Zähnen. Mahmud kann da zusehen, königliche Würde und Ehre kennt er nicht, er bleibt ihm ergeben, wie auch immer. „Weh mir", ruft Federico theatralisch auf sizilisch, wie Mama Matea, wenn er seine Suppe nicht essen wollte, und zerrauft sich das Haar. „Weh mir, daß ich bin wie ein Schaf unter Wölfen, wie ein Knecht unter Herren, und müßte doch reißender Wolf sein und Gebieter und sie alle verjagen!" Und er weint und schluchzt laut, aber wenn Mahmud ihn trösten will, stößt er mit dem Fuß nach ihm und nennt ihn einen Ungläubigen, der nicht wert sei, ihn zu berühren.

Dann geht er, das Gesicht noch naß von Tränen, zur Falkenvoliere und preßt seine Stirn an das Gitter. Der Falken Zorn ist trocken und ihre Raserei fühllos, und Wut und Schmerz werden bei ihnen zu Taten. Er wartet, bis in seine Augen die gleiche kalte Gelassenheit eingekehrt ist wie in die gelbe Raubvogelpupille, dann geht er zu Bett und schläft fest und traumlos, während Mahmud auf der Matte zu seinen Füßen unter einem Alp seufzt und ächzt, als habe er die Bedrohung des ganzen Königreichs auf sich genommen.

Eines Morgens sind die Tore geschlossen, und wenn man durch eine Schießscharte guckt, sieht man, der Berg da draußen ist schwarz von Bewaffneten, die so durcheinanderwimmeln wie die Waldameisen auf einem Haufen Piniennadeln. Taddeo, die Nase an die Zinne gepreßt, zählt die Wappennamen auf, als buchstabiere er das Alphabet: „Annweiler – Acerra – Capparone – Schweinspeunt – Tarenau – Urslingen. Das ganze deutsche Gesindel."

Beim Frühstück bietet Gentile wieder seine Ergebenheitsadresse dar und äußert die Überzeugung, daß sich an der uneinnehmbaren Festung Castellammare dies Geschmeiß die Zähne ausbeißen werde.

„Warum nennst du deine Verwandten Geschmeiß?" fragt unser Rex laut und sanftmütig, die großen Kinderaugen voller Erstaunen.

Sie fechten auf dem Innenhof und erproben ihre Pferde, als sei das ein Tag wie jeder andere auch, und nur zur Stunde der Lateinlektion befiehlt das Kind Herrn de Suessa hinzu. „Amici", sagt es mit seiner hellen Stimme, „Gentile und sein Bruder sind treulos. Wir werden auf diesem Castello nicht mehr lange herumsitzen und so tun, als seien Wir der Augapfel des schielenden Herrn, ich weiß, daß der Kanzler zu den Deutschen übergelaufen ist."

„Woher weiß unser Rex . . .", sagt Taddeo, bricht ab, beißt sich auf die Lippe und murmelt: „Es war zu erwarten."

Der Kleriker schweigt, mit ein bißchen Logik konnte man sich das ausrechnen. Wenn der Papst den Kanzler brüskiert, sagt der Kanzler dem Papst ade.

Das Kind indessen spricht weiter, als sage es einen Abzählvers auf. Nämlich, daß es erwarte, wenn die Burg in die Hand der Barbaren falle, Herrn de Suessa bei den Falken zu finden und den Magister Francisius bei den Büchern, einen jeglichen an seiner Stelle. Nicht etwa um ihn geschart wie die Herde um das Jungtier.

„Und du selbst, König, was wirst du tun?" fragt der Lehrer.

Der Knabe sieht ihn an. „Meinst du, ich werde mich zu den Mamluken in die Küche verkriechen? Ein jeglicher an seiner Stelle, hab ich gesagt."

„Aber wer wird dich schützen, Kind von Apulien?" ruft der Falkenier.

Und das Kind sagt auf Latein: „Iustitia maiestasque." Gerechtigkeit und Majestät. Da vergeht Taddeo das Lachen.

Ehrenhafterweise läßt sich Castellammare ein paar Tage belagern. Die Söldner und Ritter rings um den Burgberg veranstalten eine Art riesiges Picknick. Da werden Ochsen am Spieß gebraten, größere Fässer Wein angezapft, und mitgebrachte arabische Tanzmädchen schwenken schon am frühen Nachmittag die Hüften.

Auf der Burg ist es recht still. Die Federico aufgezwungene Leibwache liegt im Schatten herum und würfelt, ohne sich größere Gedanken um eine Verteidigung der Veste oder gar ihres kleinen Herrn zu machen, und Gentile läuft ohne Panzer und Waffen durch alle Verteidigungsringe, so eilig, daß ihm die Locken nachflattern, und versichert immer wieder atemlos, Castellammare sei uneinnehmbar.

Am Morgen des fünften Tages entfernt sich ein Schiffchen von der Seeseite der Burg. Die Belagerer, die gerade beim Frühumtrunk sind, geraten in Bewegung, fürchtet man doch, dort flüchte der kleine König, und verflucht die eigene Saumseligkeit, durch die man nun ohne Schiffe dasteht und zusehen muß, wie der Fisch davonschwimmt.

Da erfüllt ein dumpfes Knarren und Dröhnen die Luft, vor dem alles Geschrei verstummt. Man wendet die Köpfe nach Castellammare, von wo der Lärm kommt, und siehe, die Veste tut ihr Tor weit und einladend auf, die Zugbrücke schwebt herab, ein Wunder, daß nicht noch eine Willkommensgirlande daran hängt, und irgendeine Kreatur, ein Burgvogt oder Castellano, kommt mit weißer Flagge herausscharwenzelt und meldet den Rittern, da Herr von Manupello heute zum Angeln gefahren sei, habe es sich die Burgbesatzung anders überlegt und sei nunmehr entschlossen, sich den Herren Tedeschi zu ergeben. Die Leibwache des Rex warte im ersten Innenhof mit gestreckten Waffen und sei im übrigen gern bereit, in Zukunft Sold bei Truchseß von Annweiler oder Marschall Capparone zu nehmen.

Die Botschaft wird mit beifälligem Gegröle begrüßt. Die Herren machen sich beritten, lassen ihre Standartenträger hinter sich treten und ziehen unter Eisengeklirr und Hufgetrappel nach Castellammare. Im ersten Innenhof finden sie auch richtig die ehemalige Leibwache, die bereitwilligst ihre Waffen abgibt und sich durchs Tor hinaus ins Lager des einstigen Gegners trollt – alle haben dickgeschwollene Geldkatzen an ihren Gürteln.

Und man zieht weiter, um den zweiten Innenhof zu erobern; schwerfällig setzen sich die starkknochigen Gäule in Bewegung, die Reiter rasseln mit all ihrem Eisenzeug, und die Gesichter sind hinter den Visieren verborgen, die bunten Helmzierate und gestickten Wappenröcke nehmen sich aus wie Seidenschleifchen an Ungeheuern. Hinter ihnen wehen die grellfarbigen Banner und tappt mit hartem Tritt das Fußvolk daher, die Armbrust geschultert, den Bidenhänder gezückt.

Im zweiten Innenhof steht ein Kind. Das Kind steht ganz allein, und hinter ihm fällt der scharfe Schlagschatten des Burgfrieds auf die Steinquader wie die Grenze zu einer anderen Welt. Es trägt einen grünen Mantel mit Stickereien und hat die Hand am Krummdolch. Sein rotblondes Haar ist unbedeckt. Die eisernen Männer ziehen die Zügel an, ihre Gefolgsleute rennen fast auf sie auf, aber dann wird es still, und in die Stille hinein sagt das Kind mit heller Stimme: „Ich, der König, befehle euch, umzukehren und Castellammare zu verlassen."

„Da haben wir ja das Schäfchen, das wir suchen", sagt gemütlich der Eisenklotz, der das Wappen der Annweiler auf seinem Gambeson trägt. Die Front aus Harnischen und Waffen schiebt sich Schritt für Schritt vor, auf den Knaben zu, kreist ihn ein, nun ist der Schatten überall, fällt auf das Gesicht, das Haar. Um das Kind herum sind Pferdebeine und Kettenhemden und aufgepflanzte Schwerter.

„Komm, sitz mit auf bei mir", tönt es aus dem Topfhelm da oben, „wir tun dir nichts. Wir bringen dich nur nach Palermo zurück. Du wirst ein guter Junge sein und machen, was wir sagen."

Federicos Stimme da unten überschlägt sich. „Auf die Knie vor eurem König, ihr Hunde von Baronen, und wagt es nicht, Hand an mich zu legen!"

Brüllendes Gelächter ist die Antwort. Eine gepanzerte Hand greift nach ihm, er zieht seinen Dolch und sticht zu, aber da ist überall nur Eisen und Eisen, der Dolch prallt ab, und als man ihm den entwunden hat, prallen seine Zähne ab und seine Krallen, alles ist hart und rostig, auf das er losfährt wie ein Wildtier, das man neckt bei der Jagd, indem man ihm Saufeder und Spieß vorhält, bis er endlich etwas findet, was ihm keinen Widerstand bietet, und mit Nägeln und Zähnen drauflosfetzt, während es ihm schwarz vor Augen wird und rot und wieder schwarz, zu Ende, es soll zu Ende sein, ich bin, der ich bin, sonst bin ich nicht.

Endlich können sie ihn packen und binden, damit er nicht weiter gegen sich selbst wütet, zu viert halten sie ihn, der sich Mantel und Hemd vom Leib gerissen hat und sich noch immer bäumt mit nach Luft ringender Brust, stumm, Gesicht und Körper blutend von den eigenen scharfen Nägeln.

„Macht die Wildkatze endlich ruhig", sagt eine von den Stimmen aus den Visieren, und der Schlag einer Eisenfaust läßt ihn zusammenfallen in den Armen derer, die ihn gefangen, aber nicht besiegt haben.

„Er hat den Teufel im Leib", sagt Markward von Annweiler und nimmt seinen Helm ab. Sein Gesicht ist rot und voller Flecke. „Tut ihm nichts zuleide, wir brauchen ihn. Bringt ihn in einer Sänfte nach Palermo und laßt ihn gefesselt, das scheint mir sicherer. Die Belagerung hat sich erledigt. Auf der Burg ist niemandem ein Haar zu krümmen. Das sind gewiß alles brave Leute."

Die Bewaffneten lachen über diese Worte.

„Gemessen an seinem Vater, dem Kaiser Heinrich, sind das alles gutmütige nordische Tölpel. Hätte Heinrich etwa einen von uns am Leben gelassen? Aber siehe, diese hier nehmen uns sogar noch in ihrem Troß mit, in einer Art halber Freiheit oder halber Gefangenschaft, man weiß nicht recht. Sie wissen es wohl selbst nicht so recht."

„Ja, sie sind dumm, und außerdem sind ihrer zu viele. Darum werden sie's wohl nicht weit bringen mit ihrer Herrschaft und sich nach ein paar Jahren gegenseitig totgeschlagen haben. Wir müssen Geduld haben."

„*Er* muß Geduld haben."

„Ich vertraue nächst Gott auf seine Klugheit."

So sprechen Taddeo und Wilhelm leise miteinander, während sie, in blaue Burnusse gehüllt bis zur Nasenspitze, Castellammare verlassen mit den „siegreichen“ Truppen, mitten zwischen Soldaten, die lachen und fluchen in ihrem rohen Deutsch. Mama Matea auf einem Esel, unablässig in Volgare lamentierend. Mahmud, der Kleine, zu Fuß, islamische Gebete murmelnd, und wieder Soldaten und nochmals Soldaten. Da nach den Worten des Herrn Markward alle auf der Burg brave Leute sind, hat man sie alle ungeschoren gelassen. Die Falken haben sie verloren, aber die Bücher sind noch da, von denen wollte keiner was haben. Die Ritter Schweinspeunt und Tarenau können ebensowenig lesen wie ihre Troßknechte, und schon gar nicht Latein.

Glückliche Überfahrt

Das Meer ist blau, und das Segel der Genueser Galeere leuchtet weiß. Die beiden Herren, die mit diesem Schiff zum Festland reisen, können vollauf zufrieden sein mit solch einer ruhigen Überfahrt. Dennoch sind ihre Mienen so verdrießlich, wie ihre Umarmungen lau waren, obgleich sie doch Brüder sind.

Sie sitzen nebeneinander unterm Sonnensegel auf einer großen schweren Truhe, die der eine mitgebracht hat, und schauen sich nicht an, und die Hände haben beide auf die Knie gelegt. Ihr Gespräch fließt so träge, wie die Wogen unterm Schiffskiel weggleiten.

„Nun ist also der Herr Papst ein Verräter“, sagt Gentile.

„Nun sind also wir ebenfalls Verräter“, erwidert der ehemalige Kanzler.

Sie machen eine Pause, dann beginnt Gentile wieder: „Es so auszulegen ist sehr unvorteilhaft für uns, lieber Bruder. Wähle eine andere Lesart.“

Walther mit dem gelben Gesicht überlegt und nickt. „Ist es nicht so, daß sich Markward von Annweiler eines Anspruchs auf die Vormundschaft rühmt, der noch von Kaiser Heinrich herrühren soll, und ist es nicht so, daß der Papst mich jeder Legalität meines Amtes beraubt hat, als er dem Grafen von Brienne, diesem Bastard und Abenteurer, die Grafschaften Lecce und Tarent versprach, falls er die Deutschen aus diesen Landen vertriebe? Und kann ich wohl einen Krieg gegen meine Verwandten zulassen? Was sollten wir tun?“

„So ist es, was sollten wir tun“, murmelt Gentile und wirft seine schönen Locken zurück. „Wir hätten es schlimmer treiben können. Wir hätten offen zu den Deutschen überlaufen können.“

„Wir hätten ihnen das Kind von Apulien, diesen Hexenbengel, einfach verkaufen können.“

„Statt dessen haben wir nur stillschweigend das Feld geräumt, und haben wir uns etwa unritterlich benommen? Ganz und gar nicht. Wir haben nichts dafür bekommen.“

„Und das Geld, das für Sua Sanctitas Innocentius bestimmt war? Zwölftausend Tarenen von den dreißigtausend, die er forderte für die Vormundschaft?“

„Lieber Bruder, treulich werde ich es ihm übermitteln. Das sei fern von mir, daß ich mich am Gut der Kirche bereichere. Wir werden sie ihm geben, die Anzahlung für die Vormundschaft, wenn wir ihn sehen.“

„Ja, wenn wir ihn sehen. Ist von diesem Geld deine Truhe so schwer, lieber Bruder?“

„Ein paar andere Dinge sind noch darinnen. Schließlich ist es mit der Herkunft des Normannenschatzes ja auch nicht so weit her, was Ehrlichkeit angeht.“

„Sprich nicht so, Bruder. Jetzt führen uns die Herren Genueser zunächst einmal in ihre Heimatstadt, und so gefahrvoll, wie die Seefahrt heut ist, können wir von Glück sagen, wenn wir mit dem Schatz überhaupt unbehelligt ankommen. Unser Wagnis ist auch nicht klein. Die Pisaner machen die Wasserstraßen wieder unsicher.“

„Ja. Und so kann es dauern, bis der Papst zu dem Seinigen kommt. Schließlich war er nicht freundlich zu uns.“

„Doch wollen wir nicht seine Feindschaft.“

„Suchen wir den goldenen Mittelweg, von dem schon Horaz spricht. Ach, viel lieber säße ich wieder in Palermo in meinem Kerker, meinen Plutarch auf den Knien, Ruhe im Herzen.“

„Viel lieber dichtete ich eine neue Kanzone zum Lob schöner Frauen und stimmte meine Laute, um mit den Vögeln um die Wette zu musizieren.“

„Nun reisen wir nach Genua, und uns ist nicht wohl.“

„Wir haben nicht unritterlich gehandelt.“

„Wir haben uns nur zurückgezogen.“

Sie schweigen wieder und sehen sich nicht an, das Segel ist weiß, das Meer wunderschön blau, das Schiff gleitet sanft durch die Wellen, und die Truhe ist schwer.

Früher Abschied

Es ist keine weite Reise von Castellammare bis Palermo, trotzdem müssen die siegreichen Herren und ihre Soldaten im Schatten eines Kastanienwäldchens pausieren. In der Mittagshitze ist schlecht reiten, wenn man eine eiserne Rüstung trägt und zudem mehr oder weniger voll des süßen Weines ist. Truchseß Annweiler und Marschall Capparone lassen sich ein luftiges Leinendach aufstellen und halten darunter eine Jause, und etwas abseits unter den Bäumen steht die Sänfte.

Taddeo und Wilhelm finden ihren Rex noch immer gefesselt, da man wohl befürchtete, er könne sonst wieder gegen sich und andere wüten. Die tiefen Kratzwunden seiner eigenen Nägel auf Wangen, Hals und Brust sind schwärzlich verkrustet, und große blaue Flecke vom Griff eiserner Handschuhe entstellen ihm Hals und Arme. Seine Augen sind gegen das Geäst der Kastanie gerichtet, unter der er liegt.

Die beiden knien nieder; sie haben keine Lust, sich zu verstellen hier. „Mein König und Herr, liebes Kind", flüstert Wilhelm und küßt die gebundenen Hände, die wie gebrochene Schwingen daliegen. Taddeo preßt die Faust gegen die Zähne, die Hände da sind so klein und die Stricke so grob und hart.

„Sag ihnen, sie sollen das fortnehmen", spricht das Kind. Es sieht niemanden an.

Als Taddeo seinen Dolch zieht und die Stricke durchschneidet, werden die Kriegsknechte in der Runde aufmerksam, und ihre Murren ruft alsbald den Herrn Truchseß herbei, der unruhvoll über seine Beute wacht, während er mit seinen Kumpanen zecht. Er kommt, den Becher in der Hand, ohne Helm und Harnisch, seine Schritte sind schwer, sein zerfurchtes, narbiges Gesicht mit den gewalttätigen Stirnwülsten ist schrecklich gerötet, und seine Stimme tönt laut und rauh, als er fragt, wer es gewagt habe, diese Bande durchzuschneiden.

„Das ist der König Siziliens", sagt Taddeo und zeigt all seine

Zähne, „und kein Lamm, das zur Schlachtbank soll. Es ist unritterlich, ihn zu fesseln."

„Daß das der König Siziliens ist, weiß ich recht gut", gibt der Mächtige zurück. „Und wer bist du?"

„Ich bin Taddeo de Suessa, sein Falkenier und Waffenmeister, zu dienen", erwidert der andere und macht eine seiner grotesken Verbeugungen, bei denen man nicht weiß, ob er sich selbst oder den Partner verspottet, „und das ist der gelehrte Magister Wilhelm Francisius, auf Geheiß Seiner Heiligkeit Lehrer des Rex Siciliae."

Herr Markward mustert sie. „Also ein normannischer Pfaff und ein sizilischer Hanswurst", schlußfolgert er und nimmt einen Zug aus seinem großen Becher. „Von mir aus muß er nicht gefesselt sein. Wenn er nicht tobt wie ein Irrer oder zu fliehen versucht, kann er so bleiben", sagt er achselzuckend. „Aber euch Herren mag ich nicht um die Sänfte herumtanzen sehen. Niemandem geschieht ein Leid, das ist versprochen. Herr de Suessa möge auf sein Landgütchen reisen, falls er so was hat, der gelehrte Magister aber, da ihn der Papst gesandt, kehre zu ihm zurück. Alle Dienerschaft wird entlassen. Der König bekommt neue, verläßliche Diener. Außerdem hat man vergessen, dich zu entwaffnen, Falkenier. Deinen Dolch." Er empfängt ihn, schleudert ihn achtlos ins Gebüsch und stapft mit seinen schweren Schritten davon. Auf den König hat er keinen Blick geworfen.

„Ich hoffe, daß ihn bald der Schlagfluß trifft, so wie er aussieht", sagt Taddeo zitternd.

Das Kind dreht den Kopf ein wenig. „Was ist mit unserem Gerfalken geschehen?" fragt es.

„Man hat ihn als Beute angesehen, wie alles, teurer Rex", flüstert der Falkenier. Er kniet wieder zur Rechten der Sänfte. „Der fette Acerra hat ihn bekommen, auf dessen Handschuh zerrt er und will auffliegen." Er lacht kurz, während ihm die Tränen in die Augen treten.

„Herr Fridericus, lieber Rex", sagt Wilhelm Francisius. Er kniet zur Linken, und er spricht Latein. „In den Satteltaschen des Maultiers sind die Bücher. Sie sollen dir Freunde und Diener sein, wenn wir fern sind. Geh weiter auf dem Weg, den ich mit dir beschritten habe, sehr königliches Kind, höchst würdiger Schüler. Sei der Caesaren eingedenk. Lebe wohl!"

Sie küssen noch einmal des Kindes Hände, und es liegt wie tot, zeigt keinerlei Empfindung. Seine klaren Augen verfolgen ohne

Blinzeln das Spiel von Licht und Schatten in der Krone der Kastanie. Erst als sie gegangen sind, greift es nach dem Fetzen des Mantels und zieht ihn sich übers Gesicht.

Am nächsten Morgen ist der Herr Truchseß von Annweiler nüchtern, er sieht grau aus im Gesicht und trägt ein feuchtes Tuch um den Kopf, aber seine Augen sind scharf und klar, während er vor Federico folgende Rede hält: „Wie ich sehe, Zaunkönig, hast du Vernunft angenommen, und das würde ich dir auch geraten haben, denn wenn ich eine Wildkatze zähmen muß, dann reiß ich ihr die Krallen aus. Der Kaiser Heinrich, mein Herr, verfuhr mit einem solchen Teufelsbastard, wie du es bist, auf seine Art: Er ließ ihn blenden und entmannen. Es war übrigens dein Vetter, und er war so alt, wie du jetzt bist. Aber fürchte dich nicht. Ich bin in deines Vaters Testament zu deinem Vormund eingesetzt. Gut, ich bin nicht sicher, ob du der Sohn deines Vaters bist, aber du bist der König, und ich werde mich hüten, ohne den König zu herrschen. Ohne dich, Friedrich, bin ich ein Räuber. Mit dir – der Vollstrecker des Letzten Willens Kaiser Heinrichs. Also halte dich an mich, wenn ich dir raten soll, und versuche nicht, mich zu verstimmen.

Ich bin nur ein grober Deutscher, versoffen und gewalttätig, aber ich bin der Herr im Haus, und sieh dir die anderen an, Acerra, Capparone, Schweinspeunt, und du wirst wissen, daß es besser ist, sich an mich zu halten. Denn bei mir ist das Recht und die Macht, bei ihnen aber nur die Macht. Was ich dir sagen wollte, Königlein, ist das: Wir haben dich, und es gibt keine Möglichkeit zu entkommen. Ganz Sizilien ist ein großes Spinnennetz, und du bist die Fliege darin. Füge dich in dein Los und merke dir, daß es keinen Sinn hätte, zu fliehen: Niemand sonst will dich. Im übrigen, welcher König verläßt sein Reich?

Was du tust, ist mir gleichgültig. Du kannst gehn und kommen, wie es dir beliebt, nur störe uns nicht und laß dir raten, den Kriegsknechten nicht zu nahe zu kommen; ihre Scherze sind manchmal etwas grob.

Mir bist du am liebsten, wenn ich dich nicht sehe. Es genügt mir, dich zu haben. Und nun komm her."

Seine harte Faust packt den blaufleckigen Nacken des Knaben, drückt ihn zu tiefer Verbeugung hinab. „So, keine Krallen und Zähne mehr? Ich sehe, du hast begriffen. Aber solltest du dich jemals wehren oder gar etwas gegen mich unternehmen, so werde ich dich traktieren, Bastard der Konstanze, wie ich junge Hunde zu traktieren pflege: so."

Er zwingt das Kind von Apulien in die Knie, drückt ihm, immer nur mit einer Hand, das Gesicht in den Staub. Friedrich liegt unbeweglich. Der Truchseß läßt ihn los, sagt trocken: „Ansonsten will ich dir nichts Böses" und verläßt den Raum.

Intermezzo I

Erste Verweigerung

Bilder, welche Menge von Bildern! Welche Farben, wer sah je dies Rot, dies Grün, dies Gold! Sind wir denn gegangen, und wohin? Hatte ich, das Buch an mich gepreßt, so daß mir die Metallecken schmerzhaft in den Leib stießen, hatte ich denn, den Geblendeten an der Seite, überhaupt die neblige Ebene verlassen, hatten meine Füße etwas anderes berührt als den unebnen Boden voller Unkraut und Scherben? Vielleicht hatte sich das Bilderland uns entgegengedreht, ohne daß wir es merkten, Gänge über Gänge ohne Begrenzungen, Gänge aus Luft, Bilder in der Luft hängend, straffe, im Luftzug leicht bewegte Leinwände, um sie nichts als Luft, ein Stern von Gängen aus Bildern, in deren Mitte etwas sitzt.

Ich trete ein in die Gänge. Es sind Madonnen. Nie erblickte Madonnen, sie haben das Gold oder das Grün der Landschaften zum Grunde, sie säugen das Kind an der Brust, die sie ihm mit Daumen und Mittelfinger in den Mund drücken, ihre Kleider sind rot und blau, und ihre Gesichter sind rosenwangig. Sie lächeln dem Beschauer entgegen. Licht strömt aus einer himmlischen Quelle auf sie, Engel mit der Lilienblume stehen huldigend Spalier, und die Matronen der Stadt, die ich im Hintergrund erkenne, sehen anbetend zu, wie das schöne Kind gestillt wird, und auch Aff und Has und Vögel im Gezweig, ja, alle Kreaturen sind zugegen bei so wonnigem Geschehen.

In der Mitte zwischen den Bildern, dort, wo die Gänge zusammenkommen, im Herzen des Sterns, herrscht eine große Dunkelheit, und es bedarf erst Pietros Zuspruch, bis ich meine Augen von dem Glanz losreiße. „Ich finde den Weg allein“, sage ich abweisend, und er schweigt, dann aber bemerkt er doch hohnvoll: „Daß die Sehenden beim Bedeutungslosen stehnbleiben, ist nichts Neues.“

In der Mitte sitzt eine Frau, ein dunkler Klumpen in Tüchern und Röcken, zusammengekauert, finster im Finstern, und streckt nach Art der Bettler eine großfingrige weiße Hand aus.

„Wer bist du?“ frage ich. Ein paar machtvolle schwarze Augen leuchten aus der Verhüllung auf, der Oberkörper pendelt beim gemurmelten Singsang hin und her: „Um Christi willen, erbarmt euch der Elenden, ein Stück Brot, ein Körnchen Salz, eine Münze, eine Königsmünze für Mama Matea! Auf daß ich die Kraft habe, mein Kind zu stillen!“

„Lern dich zu beherrschen, wenn du fragen willst“, sagt Pietro ruhig.

Ich kann nur flüstern. „Mama Matea, wer ist dein Kind?“

„Des Menschen Sohn, mein Kind, das ich liebe, um Christi willen, ein Stück Brot, ein Korn Salz, eine Münze, auf daß ich die Kraft habe, das Kind zu stillen!“

„Wo ist dein Kind, Mama Matea?“

Die dunklen Augen erlöschen. „Es ist fort. Es ist mir weggenommen worden. Ich suche es. Statt dessen muß ich den Wechselbalg stillen, das Kind unserer lieben Frau . . .“ Ihre Stimme versinkt zum Murmeln.

Plötzlich fühle ich einen entsetzlichen Sog. Jemand versucht, mich meines Schatzes zu berauben. Ich schrei: „Hilf mir, Pietro, um deiner Mutter Linda willen!“

Und er lacht. „Was beschwörst du mich bei jener Hure, die nicht besser war als die hier? Du bist den Dingen des Weges nicht gewachsen.“ Er tritt zwischen mich und die Bettlerin. „Nichts ist für dich von diesen Gaben“, sagt er eisig, und ein Fußtritt trifft die dunkle Gestalt. Der Sog läßt nach, er geht beiseite. „Ich hörte, ich solle mich draußen halten.“ Und: „Frage!“

Ich schlucke. „Was sind das für Bilder?“

Die Frau erhebt sich, schwerfällig, majestätisch. „Alles dies sind meine Bilder. Sie werden niemals gemalt werden. Sie gehören mir.“

„Sie sind wunderschön, Mama Matea.“

„Es sind die schönsten Bilder.“

„Zeig mir das allerschönste.“

„Sieh selbst.“

Ich gehe umher, jedes erscheint mir das vollkommenste zu sein, das Gold, die Lilien, die unschuldsvollen Augen der Frau. „Aber welches liebst du am meisten?"

„Dies hier. Sieh nur den Hohlweg. Noch weiß keiner, wer daraus hervorbricht. Oder dies verschlossene Haus: Was wohl in ihm geschieht? Kannst du hinter jene Felsen gucken? Ich nicht, du nicht. Was dahinter ist, was noch kommt, das liebe ich."

„Du bist unermeßlich reich in deinen Schätzen, Mama Matea."

Sie wiegt sich hin und her. „Willst du mich verhöhnen, Herrin? Ich sterbe Hungers. Gib mir ein Stück Brot, ein Korn Salz, eine Münze, mein Kind zu stillen ..." Auf eine Geste Pietros hin bricht sie ab, wirft ihm einen scheuen Blick zu, hockt sich wieder zu Boden.

„Wo ist dein Kind, Mama Matea?" frage ich wieder.

Stille. Dann beginnt sie zu wimmern. „Die Milch drückt in meinen Brüsten. Gib mir ein Kind, Herrin, und nimm alle Bilder dafür. Hab Erbarmen, gib mir ein Kind, daß ich es liebe und wärme."

„Ruhe!" sagt Pietro und stampft mit dem Fuß auf. Und zu mir: „Die Törin dauert dich, wie? Versuche es nur, gib ihr irgendein Kind, sie wird es in der nächsten dunklen Ecke schnell vergessen und sich wieder neue Bilder erschaffen ..."

O ja. Ich kannte die Experimente mit „irgendwelchen Kindern", die der Kaiser und sein anderes Ich – Petrus – durchführten. Es ging dabei um rein philologische Probleme, welche Art und Sprechweise die Knaben hätten, wenn sie mit niemandem vorher sprächen. Zu diesem Zweck ließ er etliche neugeborene Kinder ihren Müttern wegnehmen und Ammen übergeben. Dann befahl er, sie sollten den Kindern Milch geben, sie baden und waschen, aber in keiner Weise mit ihnen schöntun und zu ihnen sprechen. Er wollte nämlich erforschen, ob sie die hebräische Sprache sprächen als die älteste oder die griechische oder die lateinische oder die arabische oder aber die Sprache ihrer Mütter. Aber er mühte sich vergebens, weil die Kinder alle starben. Denn sie vermochten nicht zu leben ohne das Händepatschen und das fröhliche Gesichterschneiden und die Koseworte ihrer Ammen.

Mein Haß auf Pietro ist plötzlich so mächtig, daß ich mich der Bettlerin wieder zuwende und sage: „Ich kann dir kein Kind geben, aber ein Buch." Ich strecke ihr die dunkle Mappe hin.

Der Protonotar der kaiserlichen Kanzlei macht eine schnelle Bewegung, fängt sich.

Die Frau aber sagt verächtlich, indem sie die Arme über der Brust kreuzt und ausspuckt: „Was soll mir das Teufelswerk? Ich kann nicht lesen. Gib mir eine Münze."

„Eine Augustale, wie?"

„Von einer Augustale kann ich leben, bis mein nächstes Kind kommt. Das gebe ich fort und gehe als Amme und weine um mein Kind und bettle und ..."

„Mama Matea? Wo ist dein Kind Federigo?"

Die schwarzen Augen werden starr. „Ich habe niemals ein Kind Federigo gehabt. Sieh mich an, ich bin's auf allen Bildern. Meinst du, ich säuge den Antichristen? Verdorren soll mein Schoß, meine Brüste sollen versiegen, wenn ich jemals das Teufelsgezücht Gewalt über meinen Leib gewinnen lasse! Geht von mir, das Ende der Welt ist nahe." Und wieder die ausgestreckte Hand. „Ein Stück Brot, ein Korn Salz, eine Münze!"

Am Ende des Bildergangs, der hinter ihrem Rücken verläuft, erhebt sich, die Säulen schwankend und zitternd, losgelöst vom Boden, goldgrundierte Fata Morgana, die heitere Helle der Mosaiken. Die Capella Palatina wölbt sich wie die schützende Hand Gottes, mit all dem Getier und den Bäumen des Paradieses, Christus mit gescheiteltem Haar, die blauweißgolden geflügelten Engel des Herrn scharen sich um das Kind, Ruhe auf der Flucht, die Madonna will es baden, ein Sonnenstrahl fällt auf den Judas des Verrats, wie er den Heiland küßt, und die Tauben des Osterleuchters streben nach oben.

Unter alldem sitzt er, versteckt, für kurze Zeit verborgen, draußen die Verfolger, auf seinem goldroten Haar sammelt sich das Licht, er ist vielleicht ein Teil der Mosaiken oder wird es sein.

„Mein Sohn, ich kenne dich nicht!" schreit Mama Matea.

Ich sehe zu Pietro hinüber.

Er lächelt.

Liber II
De lumine maiestatis

Zweites Buch
Das Licht der Majestät

Lektion für künftige Herrscher

Die Regeln des neuen Lebens sind einfach. Wenn man Hunger hat, muß man versuchen, irgendwoher etwas zu essen zu nehmen, und wenn man Durst hat, muß man an einen Brunnen gehen. Um die Herren und ihre Knechte muß man einen Bogen machen, und wenn man den Truchseß und seine Freunde beim „Regieren" belauschen will, darf man sich nicht erwischen lassen. Man schläft sicherer unter einer Treppe oder in einer Futterkammer als in seinem Bett.

Wenn man die Vögel oder Kaninchen, die man in den Giardini Reale erjagt hat, braten will, muß man darauf achten, daß einen der Rauch nicht verrät. Sonst kommen die anderen und lachen und schreien: „Seht, der König Siziliens hält einen Festschmaus, da hockt er auf der Erde und nagt einem Igel das Gebein ab!" Aber sie sind so dumm und roh; sobald man sie „hochedle Herren" nennt oder „ehrenwerte Junker", schlagen sie einem auf die Schulter und bieten einem ihre Weinhumpen an und sagen: „Trink, Zaunkönig, sollst auch leben."

In mondhellen Nächten schleicht Federico zum Turmzimmer, das Wilhelm Francisius einst bewohnt hat. Hierher kommt niemand von den wilden Deutschen, Staub und Spinnweben hüllen Astrolabien und Schreibzeug auf dem Tisch ein. Hier sind die beiden Satteltaschen mit den Büchern verborgen, die heil und unbeschadet von Castellammare nach Palermo gelangten. Der Knabe setzt sich ans Fenster und liest bei Mondlicht den Tacitus oder Suetons Kaiserbiographien, leise die Lippen bewegend. Die Worte, die er nicht kennt, spricht er so lange vor sich hin, bis sie wie Volgare klingen, dann kann er sie meistens verstehen.

Manchmal, wenn ihm die Augen zufallen oder seine Arme ermüden vom Halten der schweren schweinsledergebundenen Pergamentfolianten, klettert er noch eine Stiege höher hinauf, wo innen zwischen dem rohen Gebälk Tauben nisten und außen Turmfalken hausen. Er schwingt sich auf einen Balken und sieht über die mondbeschienene Bucht hinaus. Die metallisch glänzenden Meerfluten begrenzen den Horizont, und in der Nähe liegen die dunkel bewaldeten Hügel des Landes. Im Hafen ankern die großen Galeeren der Pisaner, die Annweiler ins Land geladen hat, Handel zu treiben mit dem, was er geraubt hat; sie haben die schmaleren Schiffe der Genueser vertrieben. Unten in der Burg grölen sie noch, arabische Flöte und Tamburin machen Musik, und man sieht die Schatten der halbnackten Mädchen, die mit ihren Bäuchen tanzen, riesengroß auf dem Pflaster des Hofes.

Auch die Gefühle sind einfach: Furcht, Neugier und Haß.

Als seine gestickten Stiefel aus feinem Leder zerreißen, entdeckt der Knabe, daß man sehr gut barfuß laufen kann. Der gestreifte Burnus, dessen Saum und Ärmel in Fetzen hängen, hat den Vorteil, daß man ihn über den Kopf ziehen und so das rotblonde Haar verdecken kann, durch das man weithin kenntlich ist. Auf irgendeinen dreckigen Araberjungen haben die Tedeschi nicht acht. Außerdem kann man unter dem weiten Kleidungsstück eine Schleuder oder sogar ein Messer hinausschmuggeln – Waffen sind einem nämlich verboten. Einmal erwischt ihn Wilhelm Capparone, als er einen kleinen Krummdolch im Gürtel trägt, und schlägt ihn unterm Johlen der Soldaten mit dem Handschuh ins Gesicht, sechsmal, Federico zählt, er steht still, kneift die Augen zu und kann nicht verhindern, daß er ein bißchen schwankt. Ich bin der Gesalbte des Herrn, denkt er, während sie lachen.

Bald findet er heraus, daß es besser ist, nach einem Streifzug durch die Wälder der Conca d'oro nicht ins Castello zurückzukehren, sondern in die Stadt Palermo zu gehen. Auf den Märkten und in den Garküchen bekommt man eher etwas zu essen als auf der Burg, und unter weniger häßlichen Umständen. Die auf den Bänken vor einer Hafenkneipe sitzen, erkennen ihn oft und rufen ihn lachend „Ruggiero" oder „regulo", Königlein, aber ihr Lachen ist ohne Bosheit, und manchmal stehen sie auch auf und ziehen die Mütze vor ihm. Er ist im Unglück, nun, das sind sie des öfteren, das bringt sie ihm nahe. Meist machen sie Platz und laden ihn ein, und er singt mit ihnen ihre Lieder in Volgare oder griechisch oder in arabisch, die er erst versteht, als er ein paar Jahre älter ist, so schweinisch sind die.

Einmal, als er an den Landungsbrücken umherstreift, trifft er auf eine Bettlerin, einen Klumpen Mensch in Röcken und Tüchern, daraus reckt sich eine großfingrige Hand. Es ist Mama Matea.

Als sie ihn erkennt, beginnt sie, ihn zu beschimpfen. Sie, die Amme eines Königs, die gedachte, durch diesen Beruf ohne Sorge zu sein zeit ihres Lebens, muß hier im Dreck hocken und die Leute um Almosen angehen, Schande über Schande! Habe sie nicht wie eine Mutter an ihm gehandelt, und so werde es ihr gelohnt! Das sei allemal das Schicksal der Armen, daß sie aufgeopfert würden für junge Bestien wie ihn.

Ihre Augen beleben sich mit dem machtvollen Feuer des Hasses, sie erhebt sich schwerfällig und geht um ihn herum. „Regulo, infamer Sohn des Deutschen, Sohn des Metzgers, Hundesohn, Dreckskind, Straßenkind!“ Sie hockt sich wieder zu Boden, wiegt ihren Leib zu einer Art schwerfälligen Singsangs hin und her: „Wie freu ich mich, oh, wie danke ich der Madonna und allen Heiligen, daß du es nun auch essen mußt, das Brot des Elends! Schmeckt es bitter, ja? Friß, du Hundekind, friß Dreck, schling sie in dich hinein, die Erniedrigung, so soll es sein, ja, Teufelsbraten, in den Staub, in den Staub!“ Sie klatscht in die Hände.

Federigo hebt seinen nackten Fuß und stößt sie vor die Brust, so wie er seine Diener getreten hat, dann läuft er in die Gassen der Stadt hinein.

Meerluft und Himmelshauch umgeben ihn in den großen, waldähnlichen Gärten und Parks des Palazzo Reale, wo er sich am liebsten aufhält. Wenn er nicht so hungrig ist, daß er den Vögeln mit der Schleuder nachstellen muß, beobachtet er ihre Nester und Schlafplätze, sieht zu, wie und wann sie singen, lieben, kämpfen und sterben, lernt ihre Sprache und lockt einen Finkenhahn durch kunstvolles Pfeifen zum Sängerwettstreit. Er kennt die Horste der Falken und Habichte und weiß, wer von ihnen in den bewaldeten Schluchten des Monte Pellegrino jagt und wer im Tal.

In dem mannigfaltigen Getön liegt er, lauschend, lernend, vogelfrei.

An Truchseß Markward hat sich Taddeos frommer Wunsch erfüllt, und der Schlag hat ihn erwischt. Trotz des langjährigen Genusses von schwerem Zyperwein hat es ihn aber nicht ganz umgeworfen. Auf sein Langschwert wie auf eine Krücke gestützt, stapft er nun gleichsam dreibeinig durch den Palazzo Reale, sein linker Mundwinkel hängt schief in dem geröteten Gesicht, und was er vorbringt, klingt, wie mit vollem Maul gesprochen.

Federico beobachtet ihn aufmerksam, das starre Auge, die baumelnde Hand, und vergißt seine Vorsicht, die ihn sonst stets die Blicke abwenden läßt, wenn Herr von Annweiler sich ihm zukehrt.

„Ja, gucke nur, Zaunkönig", bringt der Truchseß nuschelnd mit viel Sabber heraus, „und warte darauf, daß ich tot umfalle. Freu dich nicht zu früh, so schnell geht's nicht, mein Lieber. Außerdem hab ich dir schon gesagt, ich will dir nichts Böses. Du bist der Sohn meines seligen Herrn, jedenfalls behaupten das ein paar Leute, und somit bist du der König dieser verdammten Sizilier, die, das laß dir gesagt sein – falls du überleben solltest –, zu nichts gut sind, als gemolken zu werden wie die Bergziegen." Er nimmt einen Zug aus seinem ewigen Weinbecher und muß den Kopf schief halten, damit ihm nicht alles wieder seitlich aus dem Mund läuft.

„Es hat nicht sein sollen, was der Herr Papst da zu Rom angezettelt hat. Dein Vetter, der Graf von Brienne, ist aus Lecce schon herausgeprügelt worden, und in Tarent wird er sich auch nicht länger halten. Seine Heiligkeit hat sich wahrscheinlich ganz vergeblich mit uns, dem Kanzler und aller Welt überworfen. Ein unkluger Schachzug, dein Land, mein Königlein, einem anderen zu versprechen, da wir es doch schon haben." Er lacht krächzend.

Federico schweigt. Der Truchseß sagt ihm nichts Neues, das weiß er längst von den Schiffsführern im Hafen und den Botenreitern in den Kneipen.

„Nun schickt er Nachrichten, dein ehemaliger Vormund, und fragt heuchlerisch besorgt, wie es dir ergehe und ob man dir auch den dir zukommenden Unterricht erteile oder dich in der Nacht der Unwissenheit lasse. Ich bin kein Unmensch. Ich habe nichts dagegen, wenn du einmal in der Woche ins Kloster San Giovanni degli Eremiti gehst, dort haust still für sich der Legat von Sua Sanctitas, Herr Gregor de Galgano. Er kann dir gern etwas beibringen und dann nach Rom berichten, daß wir dich nicht verkommen lassen." Er schleppt sich zum Tisch. „Kannst du schon deinen Namen schreiben? Dann tu's einmal hier. Es sähe gut aus. – Warum brauchst du so lange?"

„Ich kann lesen, Herr Truchseß", entgegnet der Knabe.

Markward flucht leise. Es sind umfangreiche Schenkungsurkunden von Krongut an deutsche Barone, meist Verwandte der Annweiler. „Nun, Junge, wird's bald?"

Federico sieht zu ihm auf. „Ich habe mir beim Bogenschießen die Hand verrenkt", sagt er unschuldsvoll.

Der Truchseß starrt ihn an, sein schiefes Gesicht wird noch röter. „Dann mach drei Kreuze."

„Das geht nicht, weil ich doch schreiben kann", erwidert der kleine König arglos und fährt freundlich fort: „Aber das ist ja auch nicht notwendig. Das große Siegel verleiht die gerechte Gültigkeit, und meine Unterschrift ist ganz belanglos, ich bin nur ein unmündiges Kind. Hauptsache, ihr *habt* mich." Er lächelt strahlend.

Des Truchsessen Stirnwülste ziehen sich zusammen. „Du bist wirklich ein Teufelsbalg", zischt er undeutlich. „Natürlich könnte ich dich zwingen – aber das würdest du dann später gegen uns verwenden, ich weiß." Er setzt sich umständlich. „Hör mal, Zaunkönig. Denk nicht, es ist zu deinem Vorteil, wenn ich sterbe. Guck dir das Wolfsrudel an. Noch bin ich ihr Haupt, doch wenn ich falle, werden sie sich auf mich stürzen, und du wirst unweigerlich mit unter die Zähne und Krallen geraten. Hüte dich! Es wäre besser, du stelltest dich gut mit mir." Seine Stimme sinkt zum Flüstern. „Vielleicht gäbe es, liege ich erst auf dem Totenbett, eine Galeere, die dich außer Landes bringt."

„Ich denke an deine Worte, Herr Truchseß, daß ein König sein Reich nicht verläßt", sagt der Knabe mit gesenkten Lidern.

Der kranke Mann will auffahren, aber es zwingt ihn zurück auf den Stuhl, schwer stützt er sich auf den Schwertgriff, ringt nach Worten. „Normannenbastard", zischelt er. „Geh! Du wirst sehen, ob es gut ist, mich zu verachten. Du wirst sehen." Er siegelt die Schenkungsurkunden mit dem Reichssiegel, während Federico hinaushuscht in den Hof.

San Giovanni degli Eremiti hat den schönsten und anmutigsten Palmengarten in der ganzen Conca d'oro. Federico kennt ihn von seinen Vogelstudien. Nun kann er auch die bunten Fresken im Innern des Baus bewundern, jeden Montag, wenn er zum päpstlichen Legaten Gregor von Galgano geht, zum Geometrie- und Arithmetikunterricht.

Herr von Galgano in violetter Dalmatica, schwarzen Seidenhandschuhen und mit juwelenbesetztem Brustkreuz wirft stets den gleichen entsetzten Blick auf den barfüßigen Bengel in dem zerschlissenen Burnus, der sich ihm als der König Siziliens präsentiert. Wahrscheinlich würde er sich sträuben, ihn wiederzuerkennen, und von der Schwelle weisen, wäre nicht die Legitimation durch das rotblonde Stauferhaar.

Seine Indignation mischt sich mit Furcht: Legat de Galgano ist kein mutiger Mann. Die Geschäfte des Oberhirten in diesem von Anarchie heimgesuchten, von Gewalttat regierten Land wahrzunehmen, ist er eigentlich der Ungeschickteste – und der Geschickteste, denn er ist ungeheuer vorsichtig. Gregor de Galgano stört nicht, er fällt nirgendwo auf, weder bei den von der oder jener Partei gekauften Bischöfen und Patriarchen noch bei den Schlagetots von Baronen. Kommen seine geistlichen Brüder mit Klagen oder Fragen zu ihm, so zuckt er die Achseln, verspricht, nach Rom zu berichten, und entläßt sie mit einem ungemein wirkungsvoll erteilten Segen.

Er verflucht die Stunde, da Innozenz, aufmerksam gemacht durch Rainaldo von Capuas enthusiastischen Vortrag über das Ingenium des königlichen Kindes (der wiederum auf Rapporten des Wilhelm Francisius beruhte), beschloß, seinem offenbar zum Überleben entschlossenen Mündel eine gewisse Fürsorge zukommen zu lassen, soweit es die Umstände gestatteten. Und er verflucht sich – warum muß gerade er, ein bekannter Mathematiker, nach Palermo geraten? Daß Sanctitas Sua die mögliche Trumpfkarte des kleinen Staufers nicht ganz aus der Hand geben will, gut und schön. Aber warum muß gerade er, Gregor, sich in diesem unsicheren Land suspekt machen, indem er dies Kind unterrichtet?

Zudem ist ihm der Knabe, der ihn unverwandt mit seinen kalten Augen anstarrt, reichlich unheimlich. Wenn der seine nackte, drekkige Hand ausstreckt, um mit abgebrochenen Fingernägeln nach einem Zeichenstift oder Winkelmaß zu greifen, überfällt ihn ein körperliches Mißgefühl, und dies Gefühl wächst noch, wenn sich herausstellt, daß dieser Straßenjunge immer alles begreift. Dieser Schüler, der nichts fragt und immer versteht, kommt ihm vor wie mit dem Teufel im Bunde.

Sie reden nichts miteinander, was über den Stoff hinausgeht. Zu Anfang hat Federico den Herrn Legaten sogleich verschreckt, als ihm ein Triangulum zerbrach und er darauf mit ein paar Flüchen in Volgare reagierte, die er am Hafen gehört hatte. Überhaupt scheint dem Kind in den Augen des Kirchenmanns etwas ganz und gar Ungehöriges anzuhaften, etwas, was nicht in die gottgewollte Ordnung paßt und also vom Bösen kommt.

Zum Abschluß der Lektion erteilt er dem Schüler seinen so effektvoll aussehenden Segen, wobei der nicht die Augen senkt, sondern ihn mit unverhohlenem Spott anstarrt. Wüßte Gregor, daß der König Siziliens danach in die Klosterküche läuft, um dem Koch mit ein paar Witzworten ein Abendessen abzuschwatzen, wäre er noch entsetzter.

So verharren des Legaten laue Briefe nach Rom in Gemeinplätzen. „Den König mußt Du Dir gerade seinem Alter entsprechend vorstellen, nicht kleiner und nicht größer", schreibt er vage. Einmal durchbricht sein Ärger den gemäßigten Stil: „Er benimmt sich freilich etwas unziemlich, doch liegt das weniger in seiner Natur begründet als in seinem Umgang mit rohen Gesellen." Schon als er den Brief siegelt, sind seine Hände fahrig ob dieser Kühnheit, könnte doch der Truchseß den Brief abfangen und die „rohen Gesellen" auf sich und seinesgleichen beziehen. Im nächsten Brief lobt er viel, mit Lob ist nie etwas zu verderben, vor allem nicht an der eigenen Position.

Einen großen Schrecken bekommt er, als der Junge eines Tages einen Berg Bücher heranschleppt, die samt und sonders aus der Bibliothek von San Giovanni degli Eremiti stammen, darunter so unterschiedliche Dinge wie die Baukunst des Vitruvius, das Spiel vom heiligen Nikolaus, den Alexanderroman des Herrn de Bernay und die Bußpredigten des Antonius von Padua – wertvollste Bände und eine höchst unverständliche Zusammenstellung. Federico erklärt kühl, er habe sie sich Stück für Stück mitgenommen unter seinem Burnus und gelesen.

„Und gelesen?" entfährt es de Galgano. Der Knabe lacht auf. Natürlich gelesen, was sonst. Der Legat schweigt verwirrt. Der unpassende Charakter der Buchauswahl – Abenteuerschnulze neben Architekturprogrammen – macht ihn ganz wirblig im Kopf. Er wagt die Frage, wieso sein Schüler denn die Bücher einfach habe wegnehmen können, ohne jemanden zu informieren. Den Abt vielleicht oder ihn, Herrn Gregor.

„Ich verstehe nicht", sagt der Bengel freundlich. „Glaubst du, Meine Majestät habe nicht das Recht, aus seinem Kloster so viel Bücher mitzunehmen, wie es ihm gutdünkt? Außerdem – hier sind sie ja alle unbeschadet zurück." Seine Augen und sein Gesicht sind ganz sanft.

Der Legat wünscht sich so sehnlich nach Rom und an seine geometrischen Berechnungen zurück, daß er für diesmal die Unterrichtsstunde mit ungeahntem, beschwörerischem Feuer gestaltet.

Verspottung des Herrn

Die Berge sind in Streit miteinander geraten, wer das größte Stück von der Beute sein eigen nennen soll. Sie beschimpfen sich, daß es weithin wie Donner über die Ebene hallt, und werfen sich wechselweise Machtgier, Habsucht und Untreue vor.

Der Berg Schweinspeunt verhöhnt den Berg Acerra: „Was suchst *du* in unserer Mitte, halbnormannischer Mietling, dessen Vetter von Kaiser Heinrich auf einem glühenden Stuhl zu Tode gefoltert wurde seines Verrats wegen!"

Und der Berg Acerra schreit zurück: „War dir nicht meine normannische Schatztruhe gut, als du Truppen anwerben wolltest? Selber Verräter und dreifacher Verräter!"

Und der Berg Annweiler röchelt darein: „Schweigt! Denn alles gehört einzig mir!"

Und sie reißen große Felsbrocken aus ihren Seiten und schleudern sie aufeinander zu und nehmen sogar ihre Häupter ab und werfen damit, um noch im Tode den anderen zu verletzen. Und wo immer in der Ebene dieser furchtbare Steinschlag herabrollt, stöhnt und ächzt das gepeinigte Land und stürzt das Volk dahin wie die Fliegen unter der großen Fliegenklatsche Gottes. Und an den Häfen gehn die Wellen so hoch von all dem Getöse, daß die Schiffe gegeneinandergetrieben werden, die der Genueser, die dem Papst freundlich gesinnt sind, und die der Pisaner, die es mit den Tedeschi halten, und sie schlagen sich gegenseitig die großen Rammsporne in den Leib und versuchen, sich von den fetten Ufern zu verjagen. Die Sarazenen aber lachen und nehmen alles, dessen sie habhaft werden können, und versprechen dem einen Berg Hilfe und leisten sie dem andern, wenn er mehr Gold gibt, denn einen Ungläubigen zu betrügen ist keine Sünde.

In Monreale stellt der Berg Annweiler seine riesenhaften Stiefel quer über den Dom, tapp, tapp, und droht ihn zu zertreten mit all den Bronzetüren, den schönen Mosaiken und den Fenstern aus schimmerndem Glas, gerade erst vollendet durch König Roger. Und die anderen Berge lachen des Doms und lachen der Drohung. Und während sie den Truchseß zu Staub und Geröll zermahlen in ihrer großen Mühle, bilden alle Engel des Herrn eine Kette um Gottes schönes Haus und müssen oft ihre Hände so fest ineinanderpressen gegen den gewaltigen Ansturm der Gottlosen, daß sie vor Anstrengung ganz rot im Gesicht werden, aber der Dom wird gerettet, und Annweiler vergeht.

Wilhelm Capparone, der dürre Haudegen mit den stechenden Habichtsaugen neben der dünnflügeligen Nase, ernennt sich selbst zum Großkapitän Siziliens.

Die Sache muß gefeiert werden.

Sie stolpern die Treppe herauf, er hört sie schon vorher. Trunken von Sieg und Wein, wie sie sind, kann ihnen keine Überraschung gelingen. So können sie ihn nicht aus dem Schlaf holen, wie sie vorhatten, noch aus dem Bett reißen.

Ihre Fackeln bescheinen ihn, wie er, in seinem dürftigen Kittel, das Haar verwirrt, mitten im Zimmer steht, die Hände gefaltet – zum Gebet, wie sie meinen, in Wirklichkeit aber, um sich selbst zu fesseln und zu bewahren.

Sie begrüßen ihn grölend und mit allen Titeln, nennen ihn König von Sizilien, Herzog von Apulien und Principe von Capua, nur Rex Romanorum lassen sie weg, und sagen, es sei selten, daß der Sohn eines Fleischers zu so hohen Ehren gelange. Dann laden sie ihn zu ihrem Banchetto zur Ernennung des neuen Grancapitano von Sizilien ein, dergestalt, daß sie ihn die Treppe halb hinunterzerren und halb hinunterstoßen.

Im Saal ist ein erhöhter Platz mit schönem Baldachin, da sitzen Herr de Capparone und seine Spießgesellen, um sie herum arabische Musiker, und saufen und fressen nach Herzenslust. Auf die Stufen dieses Throns setzen sie Federico, und der Großkapitän wendet ihm sein Habichtsgesicht zu und sagt: „Sei gegrüßt, Ragazzo reattino, Knabe Zaunkönig, und wisse, daß ich ab heute dein Vormund bin. Den bresthaften Truchseß haben wir erschlagen. Wir machen überhaupt nicht viel Federlesens mit unseren Gegnern, das laß dir gesagt sein. Heute, Herr König, sollst du mit uns feiern. Kann sein, wenn ich nicht bei Laune bin, stecke ich dich morgen in den Hundezwinger, aber heute laß uns feiern. Doch, Freunde, wie sieht denn unser König aus! Muß er so deutlich zeigen, daß er ein Betteljunge ist? Wollt ihr ihn nicht bekleiden?"

Der Vorschlag findet viel Beifall, und unter Gejohle schleppen die Kriegsknechte einen härenen Soldatenmantel herbei und einen billigen Stirnreif, beides ist ihm viel zu groß. Als Zepter und Weltenkugel geben sie ihm eine Rübe und einen Apfel in die Hand und freuen sich sehr über ihr Werk.

Herr de Capparone aber verlangt: „So, Königlein, nun begrüße mich und wünsche mir Glück zur Amtseinführung."

Federico steht und fühlt von dem Stirnreif die Kühle durch seinen Körper gleiten; es ist das Zeichen, gleich, ob es aus Kupferblech oder Gold ist, ob es im Angesicht der Majestät Gottes oder als ein Hohn gegeben wird, und er sieht den neuen Großkapitän an und sagt ohne Stocken: „Wir wünschen dir Glück zu dem Amt und eine dem Land wohlgefällige Regentschaft in Unserem Namen." Und die Kerle schlagen sich vor Lachen auf die Schenkel und biegen sich bis zu den Fußspitzen hinab, nur Wilhelm Capparone lacht nicht, er kneift die Lippen schmal und bemerkt: „Sehr schön. Ich wußte nicht, daß man in dir auch gleich noch einen Hofnarren hat. Setz dich da zu meinen Füßen und iß und trink."

„Ich bin weder hungrig noch durstig", erwidert das Kind und bleibt stehen, aber die Söldner des Herrn drücken es unsanft auf die Stufen des Hochsitzes und pressen ihm das Gesicht an eine Hühnerkeule und die Nase in einen Weinbecher. Dann jedoch kommen Tänzerinnen mit nackten Bäuchen, und die Feiernden vergessen Federico darüber für eine Zeit.

Danach fällt ihnen ein, daß sie ihm zutrinken wollen; es ist eher eine gutmütige Laune als eine böse. Da er aber wieder erklärt, er sei weder durstig noch gewohnt, Wein zu trinken, wittern sie einen neuen Spaß. „Oho und hallo", rufen sie, „weigert sich unser König etwa, uns Bescheid zu tun, wie es ritterlicher Brauch ist? Will er uns beleidigen? Und was das Trinken angeht, nun, das werden wir ihm beibringen."

Herr de Capparone auf seinem Hochsitz sieht ohne Lächeln zu, wie sie dem Kind gewaltsam den Zyperwein einflößen, einen Becher und noch einen und noch einen. „Seht doch, was für ein gewaltiger Zecher der Zaunkönig ist, der bringt's noch weit!"

Federico klammert sich mit beiden Händen an der Stufe fest, auf der er sitzt. Die Kühle des Reifs um seinen Kopf ist sein Schutz, ihm ist, als halte der ihn zusammen, bewahre ihn davor, hier im Angesicht dieser Lumpenkerle, Ketzer und Majestätsverbrecher zu zerfließen, sich in ein Nichts aufzulösen.

Irgendwer hat die Idee, nun müsse man auch ausprobieren, ob es schon mit den Weibern gehe. Und sie winken die halbnackten Tanzmädchen heran; eine Wolke von Schweiß und Moschus umweht sie, so daß er mit Mühe seine Übelkeit zurückhalten kann. Der Großkapitän hat die Lust an der Sache verloren oder wichtige neue Räubereien zu planen, er wendet sich ab und spricht mit Herrn von Schweinspeunt. Seine Krieger begrapschen die Weiber und führen Federico die Hand, damit er auch die Weiber begrapschen lernt, und finden, daß sie sich prachtvoll amüsieren, bis einer in den Saal kommt, der Feuer schluckt und mit einem Bären ringt.

Auf einmal ist Federico allein. Er hält die Augen geschlossen. Der Geruch und das seltsame Gefühl sind fort. Die Kühle verteidigt ihn mühsam gegen einen kreiselnden Abgrund, in den er jeden Augenblick hineinfallen kann, er weiß, das ist vom Wein.

„Sie haben dich vergessen“, sagt eine leise Stimme auf arabisch dicht neben seinem Ohr. „Komm schnell, Kind. Ich führe dich hier fort, bevor sie es merken.“ Zwei sehr warme Hände legen sich um seine Oberarme, ziehen ihn hoch, leiten ihn wie einen Blinden, und er sieht in der Tat nichts, nur wilde Höllenkreise drehen sich vor seinen Augen. Halb getragen, gelangt er nach draußen, fühlt die frische Nachtluft, hört die leise Stimme: „Allah befiehlt uns, Erbarmen mit den Leidenden zu haben. Diese Ungläubigen wissen nichts davon, armes Kind.“

Ich bin kein armes Kind, und ich brauche kein Erbarmen, will Federico sagen, aber aus seinem Mund kommt nur ein Lallen. Er wird an eine Lorbeerhecke geführt und von dem Reif und dem härenen Mantel befreit. Er schleppt sich seitwärts ins Gebüsch, erbricht sich, bleibt liegen.

Wieder rühren ihn die warmen Hände an. „Du brauchst dich nicht vor mir zu verstecken, wenn dir elend ist. Ich bin nur eine von den Tänzerinnen.“ Sie bettet seinen Kopf in ihren Schoß, er spürt wieder den Geruch, der ihn auf andere Weise berauscht und zornig macht, aber voll Wonne am Zorn. „Weine, wenn du willst, kleiner Sultan. Weine bei Zainab. Die Ungläubigen sind ein rohes und grausames Volk, ich würde nicht um die Schätze Jerusalems ihr König sein wollen.“ Sie streichelt sein Haar.

Er zittert im Krampf, seine Hände krallen sich in ihre Schenkel, er beißt sie. Sie hält still, da ist sie Schlimmeres gewohnt.

„Ich werde sie zerschlagen wie des Töpfers Gefäße“, bringt er erstickt hervor, „Gottes Zorn soll ihnen Martern schicken.“

Sie wiegt ihn. „Höre auf Zainab. Eure drei Götter sind schwierig. Allah ist der Einzige. Willst du nicht mit mir beten?“ Sie wartet, bis er sich aufgerichtet hat und sein Zittern beherrscht. Dann spricht sie mit Singsang die erste Sure des Korans, und er redet ihr nach.

Über der Soldatenhure und dem Kind mit den Königsnamen sind die Sterne sehr weit weg und sehr klar.

Die Künste der Uferstraße

Federico kehrt nicht wieder in den Palazzo Reale zurück. Er schläft, wie es kommt, manchmal sogar in der Höhle am Monte Pellegrino, in der er früher mit Mahmud Unterschlupf fand, wenn sie auf Vogeljagd waren. Abends schleicht er sich bisweilen zur Terrasse des Schlosses, bleibt im Dunkeln hocken und sieht zu, wie die Mädchen ihre üppigen Schenkel bewegen.

Zuerst hielt er Ausschau nach Zainab, aber er hat keine andere Erinnerung an sie als an die Wärme ihrer Hände und den sanften Klang ihrer Stimme, und die hier sehen eine wie die andere aus. Ihn fesselt das Wiegen der Hüften; das Wippen der glatthäutigen Bäuche, in denen die Vertiefung des Nabels wie ein dunkles starrendes Auge steht, versetzt ihn in eine gelinde Trance, halb Müdigkeit, halb Erregung. Er preßt die Zähne zusammen und fühlt sich zornig und heiter zugleich.

Ungeachtet der veränderten Umstände, findet er sich montags in San Giovanni degli Eremiti ein. Herr de Galgano tut die mutigste Tat seines Lebens, indem er auch nach Annweilers Tod den Unterricht fortsetzt, ja sogar weiter darüber hinwegsieht, daß sein von Mal zu Mal mehr verwildernder Schüler Bücher aus der Klosterbibliothek in irgendwelche Winkel mitschleppt. Jedesmal, wenn Federico erscheint, wird das Gesicht des Legaten blaß, und er wirft einen gehetzten Blick über die Schulter des Knaben, als erwarte er, die Söldner des Großkapitäns mit gezücktem Schwert hinter ihm auftauchen zu sehen. Er kann nicht verstehen, wieso sich niemand darum kümmert, wer sich um den König kümmert.

Der gekrönte Herrscher Siziliens riecht mal nach Fisch, weil er beim Entladen der Boote geholfen hat, und mal nach Ziege, weil er einem Hirten die Herde mit ausgetrieben hat, mal sind seine Hosen voller Teerflecke, weil er bei griechischen Seeleuten das Dichtmachen eines Schiffs nebst einer Handvoll neuer Flüche erlernt hat, und mal hat er die sowieso stets dreckigen Finger voll Splitter, weil er einem Schreiner zur Hand gegangen ist – alles gegen ein Abendessen oder einen Ziegenkäse oder einen Fetzen gebratenes Fleisch, versteht sich.

Gregor de Galgano fällt von einem Schrecken in den anderen. Am unbegreiflichsten erscheint ihm, daß diese würdelosen Beschäftigungen dem Enkel der Staufer und der Normannenfürsten gut zu bekommen scheinen. Federicos Leib wird stark und geschmeidig, seine Bewegungen sind anmutig und schnell, seine Stirn erheitert sich, sein Mund ist frech und beredt, und aus dem dunkel gebräunten Gesicht strahlen die Augen. Manchmal hat der Legat das Gefühl, sein gefahrbringender Eleve sei von einem Montag zum anderen ganze Spannen gewachsen.

Die spätherbstlichen Regengüsse machen das Leben schwer. Der Knabe treibt sich stundenlang in der Capella Palatina herum, läßt eine Messe nach der anderen über sich ergehen und betastet die Marmorskulpturen. Der Weihrauch und die Gesänge erinnern ihn daran, wie er sich einst von der Hand Konstanzes löste und allein zu seiner Königsweihe ging – es kommt ihm vor, als sei das jemand anders gewesen. Er besucht die übrigen Kirchen der Stadt; in San Cataldo predigen sie am längsten, in der Martorana gibt es eine Fußbodenheizung, und nur die Kathedrale ist groß und kalt und unfreundlich. An einer Säule ihrer Vorhalle steht eine arabische Schrift. Federico kann sie nicht lesen, aber er weiß, daß hier früher eine Moschee stand und daß man ihre Steine zum Bau des Domes verwendete.

Sein zerschlissener Burnus hält den Wind nicht ab. So besucht er auch die Moscheen und unterwirft sich den Gebetsübungen der Gläubigen. Daß er keine Schuhe trägt, fällt hier weniger auf als in den Kultstätten der Christen, denn hier muß man sowieso aus dem Schuhwerk schlüpfen. Dort öffnet man für Bettler meist nur das Vorschiff. Zerlumpte sind bei den Andächtigen ungern gesehen. Außerdem liebt er das zarte Flechtwerk der Schriften, der Ornamente und Zierate, es ist wie lebendiges Laub in den Gärten der Conca d'oro.

Als er eines Tages, vor Kälte schaudernd, auf dem Poller am Hafen hockt und mit haßerfüllten Augen zuschaut, wie die Tedeschi Teile seines königlichen Palastes in großen Körben auf ein Pisaner Schiff verladen, gesellt sich ein kleiner bärtiger Mann in einem modisch engen blauen Rock zu ihm, zieht die Kappe und wartet, bis Federico ihn ansieht. Dann beugt er ein Knie und sagt in einem so schönen Volgare, daß es fast wie Latein klingt: „Vita e fortuna per te, figlio di Gran Costanza!" – Leben und Glück für dich, Sohn der großen Konstanze! Und fragt dann, ob es ihm gefällig sei, mit ihm in sein Haus zu kommen, er sei Emmanuele, der Gewandschneider.

Der Junge steht auf und sagt ohne Umschweife: „Wenn es in deinem Haus warm ist, Emmanuele, komme ich gern zu dir."

Es ist, wie sich herausstellt, nicht nur warm, sondern auch bedeutend bequemer als in allen Schlössern, Vesten und Castelli, in denen Federico bisher gewohnt hat. Da ist ein Raum mit Heizung, Teppiche hängen an den Wänden, im Innenhof sprudelt ein Brunnen, und es gibt sogar ein Bad wie bei den Muslimen. Emmanuele, der Gewandschneider, lebt besser als die ritterlichen Herren am Hofe. Sein Luxus ist stets zur Hand, greifbar an allen Tagen und nicht unnütz wie die rauschenden und überschwappenden Feste im Castello dei Normanni.

Während sich der Knabe Hände und Füße wärmt, unterbreitet der Palermer, was er und andere Bürger der Stadt sich ausgedacht haben. Es habe in ihren Herzen, so sagt er, tiefe Empörung hervorgerufen, zu sehen, wie ihr König, der Sohn Konstanzes und Enkel König Rogers, durch die Schuld der dreisten Eroberer aus seinem Erbe vertrieben, keine Stätte habe, wo er sein Haupt hinlegen könne, und es den wilden Tieren im Feld besser ergehe als dem Nachfolger der Normannen. Und einer von ihnen, der Schiffsbauer Claudillo, habe gemeint, daß man ihnen dereinst an der Himmelspforte vielleicht den Einlaß verweigern würde, wenn sie tatenlos zusähen, wie ihr gesalbter Rex, ein Waisenkind dazu, einem Bettler gleich durch die Straßen der Stadt irre. Nun hätten sie zwar kein königliches Schloß, aber man sei übereingekommen, daß alle vermögenden Bürger Palermos ihm ein Nachtlager und Kost gewähren sollten, solange immer sie es vermögen, eine Woche oder einen Monat, sich selbst zur Ehre und ihm zum Nutzen, und zwar nach der Reihenfolge des Loses, falls Herr Federigo ihr Angebot annehmen wolle.

Der kleine König setzt Emmanuele, den Gewandschneider, einigermaßen in Erstaunen, da er nicht nur das Angebot mit großer Selbstverständlichkeit annimmt, sondern auch sehr sicher erwidert: „Wenn ich in mein Eigen zurückkommen werde, sollt ihr alle belohnt sein."

Emmanuele kann nicht umhin, noch einmal das Knie zu beugen.

Viel ändert sich an Federicos Leben nicht, abgesehen davon, daß er immer ein Bett und ein Abendessen findet und von Zeit zu Zeit ein paar neue Hosen bekommt, da er schnell wächst, und die alten manchmal gewaschen werden.

Seine wechselnden Gastgeber haben sich bald daran gewöhnt, daß der Junge kommt und geht, wie er will, und wenig bereit ist, Fürsorge entgegenzunehmen, noch gar über sein Tun und Lassen Auskunft zu geben. Sie haben gelernt, daß er sich, ohne zu fragen, Bücher unter seinem Burnus mitnimmt, um sie, in irgendeiner Waldhöhle, am Strand oder im Geäst eines Baums versteckt, zu studieren – man kann unbesorgt sein, er bringt alles heil zurück.

Auch daß er unter ihren Söhnen, die ungefähr gleichen Alters mit ihm sind, eine Art Jüngerschaft gefunden hat, nehmen sie hin – eine Handvoll Bengel, die mit ihm durch dick und dünn gehen, weil er die Conca d'oro besser kennt als sie alle zusammen und die Tiere beschleichen kann und sich im Hafen auskennt und schneller ist als sie mit Bogen und Schleuder und am ausdauerndsten schwimmt und rudert und weil er nach Scherzworten und frechen Streichen und kumpelhaften Balgereien auf einmal mit einem Befehl dazwischenfährt, einer wilden kurzen Geste oder einem klingenden Wort, und weil er ihnen dann bei aller Nähe fern wird und fast zu bewundern. Sie nennen ihn Rex, was sie in ihrer bequemen Mundart zu Rè verkürzen, oder Ruggiero oder schlichtweg Ragazzo, was Knabe heißt, aber niemals Regulo oder Reattino, Königlein oder Zaunkönig, nachdem er gleich zu Anfang den Sohn eines Kaufmanns zu Boden warf und mit Füßen trat, weil der ihn so anredete.

In den Vorstädten, auf den Märkten und am Hafen machen ihm solche Titel nichts aus. Er zeigt den Rufenden ein lachendes Gesicht und erwidert mit ein paar kecken Redensarten. Mit den Palermern spricht er Volgare, mit den Griechen griechisch, arabisch mit den Sarazenen und ein halblateinisches Kauderwelsch mit den Leuten aus Norditalien. Mit den Deutschen redet er nicht.

Mit brennendem Eifer widmet sich der Junge in den Kontoren der Kaufleute allem, was mit Handel, Rechnungsführung, Buchhaltung und Zahlenkram überhaupt zu tun hat. Dem Schüler Gregor de Galganos überlassen die Chefs sogar das Hauptbuch zur Einsicht, und Arithmetik und Geometrie helfen ihm, flink zu rechnen und haushälterisch zu wirtschaften. Bald kennt er Preise, Gütezeichen, Maße und Gewichtseinheiten für die Ware fast wie ein perfekter Kaufmann.

Die Herren Michele, Giuseppe und Arcangelo, bärtige Männer in Samtkappen und talarähnlich rauschenden Gewändern, die die modische Almosentasche am Gurt tragen, als sei es die Cassa des Tages, und den Dolch, als sei es der Brieföffner, geben dem unersättlichen Frager bereitwillig Auskunft über Zinsfuß, Conto corrente, Alla lombarda und Cambiente, sie wissen selbst nicht recht, warum. Ist es, weil er alles so schnell begreift und weil er so scharfsinnig zu entgegnen weiß? Sind es sein Lächeln, die heitere Stirn, die leuchtenden Augen, das Feuer seiner Rede? Oder ist es das Wissen, daß dieser arme vernachlässigte Waisenjunge eigentlich der Rex ist?

Für die Zeit, die sie an ihn verschwenden, weiß er sich freilich auch zu revanchieren. Er schiebt ihnen die Rechenkugeln hin und her, macht mit ihren Handelsgehilfen mal eine Bilancia in weitaus kürzerer Zeit, als sie es selbst schaffen würden, oder bringt ihnen, flink und aufgeweckt, wie er ist, eine Marktnachricht schneller ins Haus als die eigenen Beobachter, so daß man den Konkurrenten ausschalten kann.

Eines Tages schleppt er bei Arcangelo (Getreide en gros, Levantehandel und Venedigroute) einen Wälzer aus San Giovanni degli Eremiti heran. Der Legat bewahrte das Buch, als eine der heikelsten Kostbarkeiten in seinem Besitz und ein Novum dazu, tief in seiner privaten Büchertruhe auf, aber vor so etwas hat Federico ja keinen Respekt. Der Band ist gerade erst erschienen, heißt „Liber abaci", also Rechenbuch, trotz des lateinischen Titels in Volgare geschrieben, und sein Verfasser ist ein gewisser Leonardo Fibonacci aus Pisa. Der Knabe meint lakonisch, er habe beim Blättern in diesem Buch den Eindruck gehabt, Messere Arcangelo könne mehr damit anfangen als Monsignore Galgano.

Federico löst mit dem Buch einen Aufruhr aus. Nach einer in Lektüre durchwachten Nacht erklärt ihm der seriöse Handelsherr völlig aufgelöst, mit zittrigen Händen und glänzendem Blick, ob Il Rè denn wirklich wisse, was die Arbeit dieses Herrn aus Pisa bedeute! Diese fünfzehn Kapitel, übrigens aufs schönste und genaueste mit Beispielen aus der Handelswelt versehen, würfen das gesamte, von den Römern überlieferte Rechensystem über den Haufen, indem man die Zahlen der Ungläubigen benutze, wobei zum Rechnen die Kugeln unnötig würden und ein nacktes Blatt Papier genüge, um mittels eines seltsamen, zwar nicht existierenden, jedoch praktisch sehr wichtigen Dinges, Null geheißen, durch Addieren der untereinandergeschriebenen Posti die Summa zu erhalten und ... Er verhaspelt sich.

Il Rè lächelt vergnügt und fragt, wie lange es denn daure, das „Liber abaci" abzuschreiben? Aber nun ist ihm der Handelsmann über, und das Lächeln ist an ihm. Er öffnet die Tür zum Hinterzimmer, da arbeiten bereits zehn Schreiber nach dem Diktat eines Vorlesers, wie es der Brauch ist.

Federico nickt ihm anerkennend zu, und Arcangelo in seiner Freude vergißt sich für einen Augenblick und schlägt dem Jungen auf die Schulter, korrigiert sich aber schnell und küßt ihm schuldbewußt die Hand.

Weniger begeistert zeigt sich Gregor de Galgano. Er kann im Gegenteil diesmal nur schwer mit seiner Empörung hinterm Berg halten und doziert über Vorwitz und Anmaßung.

Der Knabe sieht ihn genauso kühl und ruhig an wie sonst, aber plötzlich, als zucke ein Blitzstrahl aus heiterem Himmel, fahren dem Legaten ein paar Flüche in Volgare um die Ohren, und: „Wie sprichst du mit dem König Siziliens!" hört er da, obwohl er es kaum glauben kann.

Gregor verstummt verängstigt. Nichts hat sich in dem Gesicht seines Schüler geändert, die Miene ist fast unbeteiligt, die sehr geradeaus blickenden Augen scheint kein Zornesfunken getrübt zu haben. Nach einer kleinen Pause beginnt Federico ihn in aller Ruhe über das Wesen der Null in philosophischer Sicht zu befragen, und der Legat des Papstes getraut sich kaum darzulegen, daß er meine, es sei etwas Teuflisches um dieses Zeichen, weil er erneut den Jähzorn des Knaben fürchtet.

Federico aber lacht. Was denn Teuflisches dabei sei, wenn seine Kaufleute genauso schnell und gut rechnen lernten wie die Muslime? (Er sagt nicht: die Ungläubigen.) Würde das nicht die christliche Sache mehr befördern als ein mißglückter Kreuzzug, der aller Geld und Gut und Leben verschlänge? „Außerdem", fährt er fast träumerisch fort, „gefällt mir diese Null. Ein Nichts, mit dem man rechnen muß, ein Etwas, was nichts bedeutet, aber wenn es fehlt, werden die Millionen wesenlos, und jede Rechnung erweist sich als falsch. Es ist da, und wehe dem, der es mißachtet!"

Die Redseligkeit seines sonst so schweigsamen Eleven vergrößert de Galganos Verwirrung. Trotzdem wagt er vorzubringen, er wisse nicht, ob das mathematisch zweifellos ungemein interessante Werk des Pisaners nicht der Ketzerei zu verdächtigen sei. Es müsse dem Heiligen Vater vorgelegt werden, ehe man daran denken könne, es in profane Hände zu geben.

Federico denkt an die zehn Abschriften des Messere Arcangelo und lächelt, als er sagt: „Wo ich bin, ist keine Ketzerei." Worauf Herr de Galgano verstummt.

„Er erträgt keine Mahnungen und folgt lediglich seinem eigenen Kopf", schreibt er nach Rom. Es ist sein bitterster Brief, voller Sehnsucht nach dem Lateran, voller Unmut und Angst, was Sizilien betrifft und einen Bettlerkönig, dem er dennoch auch weiter die hohen Rechenkünste beibringt.

Weiße Pferde

Die Wiese ist groß, grün und taufrisch, und die Pferde sind hungrig. Sie fressen mit Behagen, und wenn sie satt sind, wissen sie nicht, wohin mit ihrem Übermut.

Federico wartet, in der Astgabel eines Ölbaums kauernd, einen Stengel Minze zwischen den Zähnen, den Wind im Haar. Wenn eins der mutwillig tobenden Tiere in die Nähe des Baums kommt, nimmt er Schwung und springt ihm auf den Rücken. Das erschrockene Tier bäumt sich, es steigt, keilt ärgerlich aus und buckelt. Der Junge klammert sich am Hals fest, er preßt sein Gesicht in die Mähne und läßt sich um nichts in der Welt abwerfen.

Nach ein paar irrsinnig wilden Runden erschöpft sich die Furore des Arabers, und der Reiter beginnt ihm gut zuzureden, klopft ihm den Hals und dirigiert ihn mit den Schenkeln. Dann probiert er all das aus, was er bei den muslimischen Bogenschützen gesehen hat: die „Schere", die blitzschnelle Wendung des Reiters nach hinten, um einen Verfolger abzuwehren, das Anhalten aus dem vollen Galopp heraus, um einen Pfeil zielsicher abzufeuern, das Niedertauchen und Verbergen an der Flanke des Tiers, Schutz gegen Angriffe von schwerfälligen Gepanzerten, das Aufspringen auf das laufende Pferd.

Danach versucht er, in ruhigem Trab einen möglichst vollkommenen Zirkel zu reiten, und ist erst zufrieden, wenn die Spur der Hufe einen schönen Reif im Wiesengras formt. Er reitet den gleichen Kreis im Galopp aus, erst mit offenen, dann mit geschlossenen Augen, verkürzt die Galoppsprünge und zählt sie nach einem seltsamen Vers: Sizilia – Apulia – Calabria – Basilicata – Capitanata – Ancona – Spoleto – Romagna – Verona – Lombardia – Arelatum. Manchmal gelingt es ihm, die Schritte des Pferdes noch mehr zu versammeln. Dann zählt er, die Augen geschlossen, noch weiter: Schwaben – Bayern – Nordreich – Imperium Romanum.

Federicos Spiele stört an einem nebligen Morgen ein junger Mamluk mit Pfeil und Bogen, der ihn schweigend, aber unmißverständlich zum Absitzen auffordert, sich auf keinerlei Gespräch einläßt und ihn, immer den Pfeil auf der Sehne, zu einem improvisierten Zelt im Olivenschatten führt.

Einer der Sheiks, Verbündeter der Tedeschi, hat sich da eine viertel Tagereise vor den Toren Palermos lustvoll niedergelassen, sein ist die Herde, sein wie die mit Kreuzzeichen bestickten Brokatvorhänge des Zelts, die aus einer Kirche stammen, und der Trinkbecher mit der getriebenen Arbeit am Fuß, der eindeutig normannisch aussieht.

Der Stammesfürst selbst, Turban mit gefiederter Agraffe, blauer Mantel, hoheitsvolle Miene, hockt auf einem Kissenberg und mustert verwundert den kecken Benutzer seiner Araber, der ihn ohne Angst oder Verlegenheit in seiner Sprache begrüßt und dann die Augen ungeniert im Zelt umherwandern läßt.

„Ahmad sagt mir, du reitest wie ein Teufel", beginnt er nach einer Weile die Unterredung, da der andere keine Anstalten macht, etwas zu sagen. „Trotzdem, es ist ein großes Vergehen, fremdes Eigentum ungefragt zu nehmen."

„Mich wundert, Sheik, daß *du* das sagst", erwidert der Knabe und mustert noch einmal eindringlich Becher und Wandschmuck.

Auf der Stirn des Mannes erscheint eine Zornesfalte, aber die Neugier überwiegt, und er beherrscht sich. „Ein Muslim scheinst du nicht zu sein, sonst wärst du nicht so dreist. Du würdest wissen, daß ich für naseweise Schlingel wie dich die Bastonade bereithalte – und Schlimmeres. Und für jemanden, der meine Pferde reitet, ohne zu fragen ..." Er endet mit einer Geste.

Der Junge lächelt. „Ich fand keine Pferde, die so gut waren wie diese. Und was den anderen Teil deiner Rede angeht – nein, ein Muslim bin ich nicht, auch wenn ich deine Sprache spreche. Weißt du, was ich dir zuerkenne? Nach dem Recht dieses Landes steht auf Raub der Tod, und du bist ein Räuber."

Die Pfeilspitze Ahmads sitzt ihm am Hals, aber der Herr hebt abwehrend die Hand. Er steht auf. „Ich hätte es sehen müssen. Es ist Friedrich, der Sohn Heinrichs." Er mustert den Knaben. „Ich könnte dich töten, und niemand würde danach fragen."

„Es würde dich beim Rauben stören, wenn ich nicht da wäre", entgegnet das Kind verachtungsvoll, „ich weiß das so gut wie du. Wer wirft ein Siegel weg, das doch das Recht der Taten besiegelt. Wer trennt sich beim Rechnen von der Null. Töte mich nicht, vielleicht habe ich in weniger als zehn Jahren Gelegenheit, dich zu töten."

Der Sheik durchfurcht seinen Bart mit gespreizten Fingern. „Ohnmächtiges Kind, so hoffst du, einst zu herrschen? Meinst du, das Land bedarf eines dritten Sturms aus Schwaben?" Er nimmt die Worte des Volgare. „Sturm aus Schwaben" nannten die Italiener Barbarossa und danach seinen Sohn.

„Es bedarf eines Königs, nicht vieler Diebe."

Der Muslim wiegt das geschmückte Haupt. „Diebe . . ., Räuber . . ., was sind Könige anderes?"

Übergangslos schießt aus dem Knaben Wut wie eine Flamme auf, der andere weicht erstaunt zurück. „Du Hund von einem Ungläubigen, ich wollte, du stündest vor mir wie ich vor dir, ich würde dich lehren, die königliche Würde zu verhöhnen! Ich würde dich lehren, was Recht ist." Seine Stimme schnappt über.

„Recht – Unrecht – Recht", sagt der Sheik, und ein Lächeln kriecht in seinen Bart, „was ist das schon? Ihr Normannen habt es mit dem Recht, ich weiß. Selbst wenn ihr einen Thron usurpiert, erlaßt ihr hinterher ein Gesetz, demzufolge es rechtens geschehen ist. Allah gibt, Allah nimmt. Friede und Recht liegen wund darnieder. Willst du ihnen ein Arzt werden, Kind, so mußt du viel faules Fleisch ausbrennen."

„So wie dich", sagt der Knabe schnell. Er sagt es kalt, sein Jähzorn ist dahin, wie er kam.

„Du bist kühn und dabei schlau. Bei den deutschen Herren verhältst du dich still, aber einem wie mir zeigst du deine Krallen, und die sind wahrlich gut gewachsen. Allahs Ratschluß ist undurchschaubar. Sollte er dich wirklich zum König machen, so wird für deine Feinde kein Schlupfloch übrigbleiben." Er geht dicht an das Kind heran, sie sehen sich in die Augen. „Ich könnte dich, so wie ich dich hier habe, zum Großkapitän bringen lassen, mit dem Hinweis, er möge dich künftig besser hüten. Ich könnte der künftigen Schlange den Kopf zertreten. Aber im Willen des Allmächtigen ist alles vorherbestimmt. Reite denn in Frieden weiter meine edlen Rosse, Sohn Heinrichs, des

Sturms aus Schwaben. Ich bin Kasim ibn Adi, ein Fürst der Bergsarazenen, und die besten Pferde Siziliens findest du stets bei mir." Er berührt flüchtig Stirn, Mund und Brust zum Gruß, winkt dem Bogenschützen, geht.

Federico ist allein im Zelt. Er streicht über die Vorhänge, berührt den Becher mit den Fingerspitzen, wirbelt mit einem Fußtritt die Kissen durcheinander. Dann geht er wieder zurück zur Wiese und reitet, seinen Spruch auf den Lippen, einen schönen Schimmel so gut wie nie zuvor.

Die Schlacht in der Macchia

Die Walstatt liegt zwischen Hügeln inmitten der Macchia, der Boden federt unterm harten grauen Gras, das salzig schmeckt, wenn man es kaut, und die Lippen zerschneidet. Die Kämpfenden hüben und drüben sammeln sich schweigend beim Morgengrauen. Alles ist, wie es sein soll. Herausforderungen in Form von Handschuhen sind hin und wider gegangen, nun soll der Streit ausgetragen werden.

Eine Bande von Araberjungen macht seit einiger Zeit den Kaufmannssöhnen des Ragazzo die Uferstraße streitig. Fast jeden Tag hat es blutige Nasen gegeben, wilde Beschimpfungen sind hin und her geflogen, wobei jede Partei Gelegenheit hatte, die andere als ungläubige Hunde zu verunglimpfen, es ist zerschmissen, verbrannt und verdorben worden, was nur immer von der anderen Seite erwischt werden konnte, und nun ist es soweit.

Der Anführer der Muslime, genannt „der Mächtige", kennt die Schlachten Mohammeds und bedauert zutiefst, nicht über eine Reiterei zu verfügen. Er steht, gehüllt in einen blauweiß gemusterten Schleier, der nur die Augen frei läßt, umgeben von seinen Unterführern, in der Macchia verborgen, und sie murmeln die erste Sure des Korans vor sich hin, wie es sich am Morgen einer Schlacht gehört.

Il Rè indessen hat die Strategie Caesars studiert und baut seine Front in drei Treffen auf, an den Flanken postiert er seine Schleuderer und Bogenschützen. Die Steine sind alle scharfkantig, die Pfeile geschärft, und es sind nicht nur Holzschwerter im Gefecht, sondern auch mancher Dolch. Das christliche Heer murmelt der Ordnung halber ein Paternoster, da es den Gegner beten sieht, dann stürzt man sich unter gellendem Kampfgeschrei aufeinander.

Von der geplanten Schlachtordnung ist bald nichts mehr zu sehen. Vielmehr prallen die Kämpfer jedesmal kurz aufeinander, trennen sich nach einem Schlagwechsel und ziehen sich unter wilden Drohungen wieder auf Pfeilschußweite zurück, bis ihre Feldherren sie erneut in den Kampf jagen. Trotzdem gibt es Verwundete genug, der Sohn des Kaufmanns Michele hat sich das Schulterblatt ausgerenkt, dem kleinen Baldassare hat ein sarazenischer Pfeil das abstehende Ohr am Kopf festgenagelt, eine Blessur, die um den Jammernden herum mehr Heiterkeit auslöst als Mitleid.

Als die Sonne höher steigt, steigt mit ihr der Durst. Eine Quelle ist nirgends, und die Krieger werden matt, so daß schließlich die erbosten Anführer beschließen, die Sache unter sich auszufechten, Mann gegen Mann, und sich dies durch Herolde kundtun. Eine Sache recht nach dem Geschmack ihrer Krieger. Das Schlachtfeld wird zur Arena. Man lagert sich ringsum im Schatten des niederen Baumbestands und harrt der Dinge, die da kommen sollen. Immerhin ist Spannung zu erwarten, denn beide Truppenchefs führen scharfe Bewaffnung.

Il Rè trägt einen leicht verbeulten Visierhelm ohne Zier, ein gestepptes Lederwams, Handschuhe und einen runden Schild – alles Beutestücke seiner Jungen aus der Waffenkammer des Palazzo dei Normanni. Der Mächtige hat ein veritables Kettenhemd unter seinem Burnus. Handschuhe und Kopfschutz sind angearbeitet, es sieht wirklich prachtvoll aus.

Beide Kämpfer sind mit Krummsäbeln bewaffnet und stürzen sich ohne lange Vorreden aufeinander. Il Rè läßt es sich nicht nehmen anzugreifen, aber er trifft auf eine feste und flinke Klinge, und er muß auf der Hut sein. Jeder seiner Ausfälle wird vom Beifall seiner Gegner begleitet, jede geschickte Parade des Gegners kommentieren die Muslime mit zustimmendem Geheul. Obwohl die Spitze seiner Klinge bald von vorn, bald von unten, bald von der Seite auf den Mächtigen gerichtet ist, wird Federico dessen doch nicht Herr. Behindert von dem ungefügen Helm mit dem schmalen Sehschlitz, kann er seine Wendigkeit nicht voll entfalten, und so kommt es, daß er sich ärgerlich das störende Ding vom Kopf reißt und es beiseite wirft. Damit ist der Kampf beendet, denn der Feind läßt die Waffe sinken und geht dann in Demutshaltung zu Boden, den Kopf zwischen den Händen.

Die Kaufmannssöhne von der Uferstraße begrüßen den Vorgang mit gellendem Siegesgeschrei, ist ihnen doch so klar wie Wasser, daß das strahlende Angesicht ihres Ragazzo den verfluchten Feind überwältigt und in die Knie gezwungen hat.

Die Sache stellt sich dann als weniger mystisch heraus, als man gern annehmen möchte: Der Mächtige ist einfach bloß Federicos ehemaliger Diener Mahmud, der jetzt seinen Herrn fast um zwei Köpfe überragt – früher war's knapp einer.

Die Schlacht in der Macchia schließt mit einer allgemeinen Verbrüderung zwischen Christen und Muslimen, mit einer Verschmelzung der beiden Banden zu einer einzigen, deren Unterführer Mahmud, dessen Chef aber unbestritten Il Rè ist, und einem Festschmaus am Rand einer Quelle mit frischem Wasser, sarazenischen Rosinen und Dörrpflaumen und christlichen Ziegenkäsen, die friedfertig geteilt werden.

Mahmud, der große Heerführer und Feind der Ungläubigen, ist wieder zum ergebenen Freund und Diener seines kleinen Sultans geworden, zu einem, der ihm das Wasser in der hohlen Hand zum Trinken schöpft und ihm, als er sich zum Ausruhen ausstreckt, mit seinem Schild Schatten gewährt, als sei es ein Sonnenschirm. Es verwundert ihn auch nicht, als Federico ihre große Schlacht beiläufig als Kinderspiele bezeichnet, und selbst wenn es ihn verwundert, so zeigt er es doch nicht. Sein Herr befragt ihn nach anderen Dingen, um die sich Mahmud nicht allzusehr bekümmert hat bisher, aber er verspricht seine Hilfe. Schließlich gibt es noch immer den Onkel Nur-ed-Din, und der ist jetzt nicht mehr Mamluk bei Hofe, sondern Koch beim Muezzin, und das ist für Federicos Absichten zweifellos vorteilhaft.

Drei Tage später führt ihn Mahmud denn auch bei Anbruch der Dunkelheit ins arabische Viertel. Das schwere bronzebeschlagene Tor eines Hauses aus weißen Quadersteinen öffnet sich, schließt sich leise hinter ihm. Es ist das Haus des Imams der Al-Aksah-Moschee, das Haus des Oberhaupts der Muslime in Sizilien.

Die Türen

Die Herren Kaufleute und ehrenwerten Handwerker schütteln besorgt die Köpfe, denn ihres Rex Wege können ihnen nicht verborgen bleiben, und auch nicht, wen er da in der Kasbah besucht. Will ihr geliebter, wie ein eigenes Kind gehaltener Waisenjunge, die Hoffnung des christlichen Sizilien, etwa zu den Ungläubigen überwechseln? Da man ihn nicht fragen oder gar zur Rede stellen kann, haben sie Kummerfalten auf der Stirn.

Fast jeden Abend bewegt Federico den bronzenen Türklopfer am Haus des Kadis Shurai in einem gewissen Rhythmus, worauf ihm Einlaß wird in eine fremde Welt. Der Imam selbst empfängt ihn auf der Schwelle, berührt, sich tief verneigend, zum Gruß Stirn, Lippen und Brust vor dem jungen König, dann schließt er ihn in die Arme und nennt ihn „mein Sohn". Er ist der einzige Mensch auf der Welt, der das tun darf, abgesehen vom Papst und von dessen professioneller Anrede.

Im Haus des Kadis Shurai sind die Fußböden aus buntem Marmor und die Wände belegt mit edlen Hölzern, Metall und Gestein; Mosaiken zieren den Hof mit dem Grün und dem großen Brunnen; Inschriften in kufischen Buchstaben laufen, zu einem grüngolden-roten Schmuck verschmolzen, als Fries um die Wände der Zimmer, dem Auge wohltuend, Herz und Geist erlabend. Die Teppiche an den Mauern und am Boden sind dick, weich und leuchtend bunt, Vorhänge verdecken Nischen und Alkoven voller Polster und Kissen, Säle und Zimmer wechseln einander ab, getriebene Gerätschaften aus Metall stehen neben schönen Gläsern, die schwarze Dienerschaft ist gut geschult und die Bibliothek des Imams ein Wunder der Welt. Da stehen schweinslederne Folianten und antike Buchrollen, große Behälter mit den heiligen uralten Schriften der Juden und die modernen Werke der arabischen Wissenschaft, da liegen mancherlei Karten und Bildwerke.

Hier verbringt der junge König Siziliens seine Abende, vertieft in Lektüre oder mit dem Hausherrn im Gespräch und ständig fragend.

Der Anlaß des ersten Besuchs war das in Silber getriebene Erdbild des arabischen Geographen Idrisi, das der Wissenschaftler für Federicos Großvater Roger angefertigt hatte. Die Kaufleute hatten ihn befragt, ob diese einmalige Kostbarkeit ebenfalls an die Tedeschi gefallen sei oder ob man es aus dem Normannenschloß habe retten können. Der Knabe kannte es nicht einmal, genausowenig wie die Weltbeschreibung desselben Gelehrten, die ihm Shurai vorlegte.

Der Kadi ist ein kleiner dicker Mann, dessen Brustkasten und Bauch die weichen Falten seines Kleides aufwölben, als sei er eine Schwangere, aber er geht leis und behende durch die Räume und federt wie eine Bogensehne. Wenn er den Knaben umarmt, ist der umgeben vom Sandelholzgeruch seines gepflegten grauen Bartes und sieht ein Paar lebhafte, kluge Augen auf sich gerichtet mit einer Herzlichkeit, von der er annehmen kann, daß sie nichts von Mitleid oder Anbiederei hat. Die Wärme, die hier herrscht, läßt Federicos Kälte gelten.

Eine ganze Welt neuer Namen, neuer Bücher, neuen Wissens stürzt auf ihn ein, und er bietet ihr mit Lust die Stirn: Ibn Esra, der muslimische Jude, Bibelinterpret, Philosoph, Astronom, Mathematiker, Sprachgelehrte, Ibn al Baitar, noch mehr Idrisi, die berühmte Ärzteschule in Palermo, die König Roger gründete, vor allem aber und immer wieder Ibn Ruschd, den die Griechen Averroes nennen, und dessen grandios-ketzerische Sicht des Aristoteles: die einzelne Seele sei nicht unsterblich, statt dessen gebe es eine allgemeine Vernunft.

Federicos Augen blitzen, wenn er dergleichen hört, und er bohrt mit seinen Fragen immer weiter. Manchmal springt der weise Shurai auf und küßt aus Entzücken vor dem Fragenden seine Fingerspitzen, denn daran erkennt man einen klugen Schüler, und wenn es nicht auf jede Frage eine Antwort gibt, um so besser; das Leben ist lang und der Weisheit kein Ende.

Von Zeit zu Zeit sagt der Kadi zärtliche Schmeicheleien, die so melodisch klingen, als seien sie Verse: „Gepriesen seist du, König und Sohn von Königen, unsre Stadt ist durch dich erleuchtet, unserm Haus eine Ehre widerfahren. Wir alle sind deine Sklaven."

Immer wieder kreisen die Gespräche um die Herrschaft und das Königtum, und stets von neuem zitiert Shurai die alten Schriften des Islam: „Die Regierung erfordert vollendete Verwaltung und gerechtes Urteil, denn sie ist die Achse im Bau der Welt." Oder: „Nähmen die Menschen die Dinge der Welt in Gerechtigkeit hin, so gäbe es keine Streitigkeiten. Doch sie nehmen von ihnen mit Gewalt nach dem Trieb ihrer eigenen Begierde, und durch ihren Trotz entstehen Streitigkeiten, und hielte der König seine Untertanen nicht voneinander ab, so würde der Starke den Schwachen überwältigen."

Und auch dies: „Die göttlichen Gebote sowohl wie des Menschen Verstand führen darauf, daß es dem Volke gebührt, einen Sultan anzunehmen, der die Bedrücker vom Bedrückten zurückhält und den Schwachen zu ihrem Recht verhilft wider die Starken und der die Gewalttat der Stolzen und der Rebellen eindämmt. Der König umfasse alle in seiner Gerechtigkeit und überschütte sie mit seiner Güte."

Der Knabe liest auch mit ruhigem Interesse Schriften, die gegen das Christentum gerichtet sind. Zuerst wollte sie ihm der Kadi nicht geben, aber Federico erklärte ihm lachend, er verspreche, daß seinem Lehrer daraus nie ein Schaden erwachse. Er äußert sich nicht zu diesen Werken, in denen die Christen Dreigötterverehrer genannt werden und vom Kreuz nur zugleich mit einem Fluch geredet wird. Während der Lektüre zucken manchmal seine Mundwinkel, ob erheitert oder verachtungsvoll, ist nicht erkennbar.

„Es gibt eine Kunst", sagt er einmal zu Shurai, „von der in all deinen herrlichen Büchern nichts steht, Kadi. Manchmal nur entdecke ich das zwischen den Zeilen, was doch die großen Sultane und Caesaren alle ausübten: die Kunst, Menschen in ihren Gedanken und Taten zu erkennen und sie zu bewegen, wie man will. Die Weisen schreiben auch viel über das Herrschen und die Wirkung des Herrschens, nicht aber über den Staat. Ich habe da gewisse Gedanken, die behalte ich für mich."

Vom Innern des Hauses klingt Gelächter und das Schwirren eines Saitenspiels. Der Imam wird unruhig, streicht seinen Bart, blickt seitwärts. Federico tut, als bemerke er nichts, schließlich verlangt die gute Sitte, daß man Dinge des Harems ignoriert.

„Lerne, mein Sohn, Leuchte der Stadt und des Landes: Lerne, wie die Dinge sind, und stelle sie so dar." Shurai entläßt ihn in die Nacht mit einer Zärtlichkeit, in der schon die Erwartung anderer Dinge mitschwingt.

Federico wickelt sich dicht in den Burnus. Hier fällt er nicht auf.

Die Nacht ist kalt, Fackeln erleuchten die Wasserkünste in den Giardini Reale. Federico, den Kopf voller Neuigkeiten über die Dinge dieser Welt, merkt nicht, daß er seine Schritte durch den Park Gennoard lenkt, direkt auf den Palazzo dei Normanni zu. Erst die Illumination macht ihm klar, wohin er zerstreut gelaufen ist und daß sie natürlich schon wieder ein Fest feiern. Er steht fröstelnd, ein einsamer schmaler Schatten, vor dem Haus seiner Vorfahren. Aus einem Raum in der Nähe des Hofes hört er Frauenstimmen, Lachen, die Klänge eines Tamburins, Laute, ähnlich denen aus Shurais Frauenhaus.

Licht fällt durch die Schlitze eines Vorhangs. Es ist der Ankleide- und Aufenthaltsraum der sarazenischen Tänzerinnen. Federico späht vorsichtig durch den Spalt. Die Mädchen schminken sich gegenseitig, flechten sich Zöpfe, ziehen sich an, manche stimmen ein Instrument. Auf einem großen, mit Samt verhangenen Tisch in der

Mitte des Raums liegen in buntem Durcheinander Kleidungsstücke, Armreifen und Fußspangen, Flöten, Parfümtiegel, ein irdenes Töpfchen mit Haschischpillen. An den Längsseiten des Raums proben einige Mädchen mit wiegenden Hüften einen Tanz.

Der Knabe reißt den Vorhang auf und betritt den Raum, dessen Wärme und Geruch ihn umfangen wie ein klebriges Gewand. Er wird erkannt und mit begeistertem Zuruf begrüßt. Die Frauen umringen ihn, streicheln ihn, küssen ihm Wangen und Hals, nennen ihn „kleiner Sultan“ und „kleiner Mann“, wünschen ihm Frieden und feiern seine Schönheit mit einer Koransure, die da heißt: „Preis sei Allah, der dich aus verächtlichem Wasser erschaffen hat.“

Es ist wie ein warmes Bad, und er bewegt sich darin so frei wie ein Fisch, seine Augen beleben sich, und die Kälte von draußen entflieht mit einem feinen Prickeln aus seiner Haut. „Welche von euch ist Zainab?“ fragt er.

Zainab, so erfährt er, ist nicht mehr bei ihnen. Sie hat Gnade gefunden vor den Augen eines islamischen Kaufmanns, der sie den Deutschen für fünfhundert Tarenen abgekauft hat, und lebt nun wie eine Huri des Paradieses. Federico findet, sie habe das schon um ihn verdient, und wünscht ihr ein langes Leben. Die Mädchen um ihn stimmen zu, sie schnurren und gurren und berühren ihn, mal streicht eine an seinem Rücken vorbei, mal preßt eine ihr Bein an seins.

Er greift in dies Durcheinander warmen Fleisches, packt ein Handgelenk und fragt aufs Geratewohl: „Wer bist du?“

Das Mädchen hält still. „Ich bin Fatin“, sagt sie sanft. Sie ist klein, hat eine helle Haut und einen üppigen Mund.

Die Nächste, die er faßt, heißt Mardschana, sie hat viel Brust und einen großen weißen Bauch, und Nuzhat ist dunkel, schlank und schönäugig.

Plötzlich sind alle anderen Mädchen verschwunden, er hat nicht bemerkt, wurden sie in den Saal geholt oder gingen sie in ein anderes Zimmer. Mardschana faßt seine Hand und sagt: „Glücklich diejenige, die in deinem Haus sein darf.“ Fatin aber fährt fort: „Schönster Königssohn unserer Zeit, hast du Lust, bei uns zu sein?“ Und Nuzhat schnurrt: „Laß uns die Decke von diesem Tisch aufheben und daruntergehen. So findet uns keiner, und wir können Spaß machen oder Ernst, wie du es befiehlst.“ Sie hebt einladend das Tischtuch, es ist wie ein kleines Zelt, darin herrscht ein wonniges Halbdunkel, und die Schlitze im Samt werfen Lichtstreifen darein. Federico sieht sie alle drei an und lacht los. Lachend kriecht er als erster in das kleine Gehäuse.

Fatin erzählte später ihren Gefährtinnen: „Wir begannen mit allerlei Spielen, denn wir waren ganz närrisch vor Zärtlichkeit nach dem schönen Knaben, der anders war als die bärtigen Söldner, die wir sonst umarmten. Und wir besahen uns kichernd seine Haut, ob sie überall gleichmäßig gebräunt sei, er aber lachte, seine Augen blitzten, und keinerlei Blödigkeit war an ihm. Da tändelten wir mit ihm und balgten uns, bald ritt die eine auf ihm und bald die andere, und wir bissen, streichelten und berührten ihn, und er erwiderte alle Zärtlichkeiten voll Feuer und wandte sich bald hierhin, bald dorthin. Dann löste Mardschana den Bund ihrer Hose und stand alsbald da wie ein Barren Silber, und der kleine Sultan begann, ihre Schenkel zu streicheln. Wir aber taten ihr nach, und Nuzhat lehrte ihn die vielen Worte für jene Stellen unseres Körpers, wie Rahin, Farsch, Kuss, und auch spaßige, wie enthülster Sesam oder Herberge des Abu Mansur, und wir lachten, bis wir auf den Rücken fielen. Und unter fortwährendem Liebesgespräch entkleideten wir ihn und fanden ihn rundum wohlgeschaffen, und auch er verlangte nun Unterweisung in den Namen für sich, und wir sagten: ‚Zubb! Air! Chazuk!' und lachten weiter miteinander, und er war schön und anmutig in allem. Ich aber bettete mich unter ihn, und er umfaßte mich, als ob er Atem holte, und lernte das Werk vortrefflich. Wir segneten ihn alle und empfahlen uns seiner Huld, und ich stieß einen Freudenruf aus, daß ich die erste gewesen war, die seine bartlosen Wangen über sich gesehen hatte. Und wir baten, daß er uns wieder besuchen möge, denn wir waren sicher, daß er einer jener Männer werden würde, von denen es heißt, daß sie, wenn sie eindringen, gemach handeln, wenn sie sich bewegen, beglückend sind, und wenn sie fertig sind, wiederkehren. Als er von uns ging wie ein junger Löwe in seinem Schmuck und wie eines Löwen Sohn, da riefen wir: ‚Kehre wieder! Gedenke unser, nicht lange mehr wirst du in fremden Häusern wohnen. Preis sei Allah, der dich erschuf!' Und die Nacht war uns glücklich."

Die Nacht, durch die Federico zum Haus des Juweliers Sandrino in der Uferstraße trabt, ist noch genauso kalt, aber er friert nicht. Das gestirnte Firmament über seiner tiefen Einsamkeit dreht sich, ein majestätisches Uhrwerk, um ihn. Er kann sich nicht mehr erinnern, welches der Mädchen wie ausgesehen hat – die eine war klein, die andere war dunkel, die dritte war üppig. Sie verschwimmen zum Geruch nach Moschus und Weib, und ihm ist, als sei er zu allen dreien eingegangen in der einen oder als sei diese eine eigentlich drei gewesen.

Er stößt einen Stein mit dem nackten Fuß vor sich her. Diese Nacht hat ihn einen unstillbaren Hunger gelehrt und ein neues Gefühl seiner selbst, dem unterm Kronreif nicht unähnlich: kühl und göttlich. Die Süße der Tat. Am Anfang schuf ich. Ich nahm Menschen. Ich nahm Weiber. Warum nahmst du Lehm, Gott? Ich empfehle dir Weiber. Machen und gemacht haben.

Auf der Straße sitzen zwei Katzen ein paar Schritt voneinander entfernt. Sie sehen sich nicht an, und der Kater singt. Federico lacht, er lacht laut und ganz für sich allein, er nimmt Anlauf und überspringt das Pärchen. Dann dreht er sich – gebannt, wie sie sind, haben sie sich nicht gerührt. Verständlich, sie warten noch drauf. Der Knabe läuft weiter.

Federico besucht von nun an die arabischen Tänzerinnen mit der Regelmäßigkeit eines jungen Fauns. Er liebt sie alle, wie sie da sind, und obwohl er sehr genau hinschaut, weiß er im nachhinein nie so genau, ob er nun Fatin oder Mardschana, Nuzhat oder Abriza umarmt hat. Alle haben sie einen einzigen herrlichen Leib und riechen nach Moschus und Frau. Die wilden und heiteren Stunden ermüden ihn nicht, im Gegenteil. Mit gesteigerter Wachheit geht er von den Mädchen zu den Büchern, den Pferden, den wildreichen Gärten, den Menschen.

Seine Keckheit gewinnt an Feuer und Anmut, seine Entscheidungen sind rasch und überlegt, sein Scharfsinn hat schöpferisches Ingenium. Die Kaufmannssöhne, seine Gefährten, bemerken all die Veränderungen, ohne zu wissen, woher sie rühren. Sie schreiben es seinem Umgang mit den Sarazenen zu und denken, il Rè lerne bei dem Kadi die Zauberkunst, was sie nur rechtens finden. Er ist nun eigentlich ein Erwachsener unter Kindern, und sie führen unverzüglich aus, was er befiehlt. Es gefällt ihnen, daß er ihnen fremd ist. So können sie ihn verehren.

Versuch, einen Falken zurückzuholen

Mahmud ist wieder der erste, der Neuigkeiten bringt. „Er ist tot, dein Feind!“ verkündet er seinem Sultan, und der hat allerdings Grund zu der Frage: „Welcher von meinen Feinden?“

Nun, in diesem Fall meint Mahmud den Grafen von Brienne, der sich auf dem Festland vergeblich die Zähne an den rebellischen Baronen ausgebissen hat. Nicht einmal die ihm versprochenen Grafschaften Lecce und Tarent konnte er völlig erobern in der ganzen Zeit.

„Mein Onkel Nur-ed-Din meint, euer Kalif in Rom wird jetzt ...“, setzt Mahmud an, aber sein einstiger Herr fährt ihm übern Mund, er lege keinen Wert auf die Meinung des Onkels Nur-ed-Din, sondern könne sich selbst seinen Vers darauf machen, wozu Mahmud nur die Arme über der Brust kreuzen und den Kopf neigen kann.

Es ist ja nicht schwer, sich auszurechnen, daß Sanctitas Sua nun schamlos zu den alten Verbündeten zurückkehren wird, wenn er nicht will, daß eines Tages die räuberischen Deutschen ihre Krallen vom sizilischen Festland her nach dem Patrimonium Christi herausstrecken werden. Genuesische Schiffe sind hierorts zu erwarten, auf ihnen, friedfertig und seufzend unter der Bürde des Amtes, die Brüder Walther und Gentile, Vertraute des Papstes, ausgestattet mit beträchtlichen Vollmachten, dem Bannfluch für den Grancapitano und die Seinen und gerade soviel kümmerlichem Fußvolk, den Palazzo dei Normanni zu besetzen und notfalls drei Tage zu halten – aber es wird sich keiner wehren. Ein gut Teil ihrer Truhen wird in den Vatikanschatz aufgenommen worden sein. Ihnen bleibt noch immer genug. Vielleicht geben sie sogar mit heuchlerischer Gebärde etwas zurück, sie haben es ja „gerettet“. Es ist zu erwarten, daß der Großkapitän und sein Anhang die Ankunft der Herren nicht stören werden; nach dem Spiel „Verwechselt die Bäumelein!“ werden sie davonhuschen zu ihren Vettern auf dem Festland, um denen den Nacken zu stärken. Einige Galeeren der Pisaner liegen bemannt und segelklar im Hafen von Palermo. Andere Mächte kommen, aber ihre Vollmachten sind beschränkter, da legal, und mit ihnen kommen vielleicht Freunde.

Der Gedanke, vor der Flucht der Deutschen den Gerfalken zurückzuholen, den nun Acerra hält, erscheint selbst dem tollkühnen Mahmud verwegen. Er will erst die gesamte Knabenbande für das Unternehmen einsetzen, aber das weist Federico zurück. Eigentlich will er allein gehen. Mahmud jedoch läßt sich nicht abschütteln, er will mit seinem Sultan gehen.

„Du bist ein Irrer, wenn du freiwillig deine Knochen hinhältst für etwas, was du nicht einschätzen kannst“, sagt der Knabe König ruhig. „Denk daran, ich habe dir nichts befohlen. Wenn die Deutschen dich fangen, werden sie dich schinden. Aber wenn es gelingt, ernenne ich dich zu meinem Großfalkenier.“

Der Araberjunge staunt, mit welcher Sicherheit sein Herr bei mondloser Nacht den Weg durch die Giardini findet; er weiß ja nicht, wie oft der ihn gegangen ist. Diesmal sind keine Fackeln an den Wasserspielen, keine Musik und keine Mädchen da. Die Usurpatoren sind früh zu Bett gegangen, aber sie werden besser denn je bewacht. Auf jeder Zinne ein Bogenschütze, an jeder Ecke ein Spießträger.

Die beiden Knaben in sarazenischer Tracht schleichen katzenhaft im Schatten, der kleine Federico vornweg, der lange Mahmud hinterher. Einmal fragt ein Kriegsknecht drohend sein „Wer da?“ in die Dunkelheit, aber die Nacht ist voller Geräusche, es können auch ein paar Fledermäuse gewesen sein. Die Jungen huschen um die Ecken; Mahmud, der den Palazzo einmal selbst gut kannte, hat keine Ahnung, wo sie sich befinden. Immerhin, der Weg führt sie direkt zur Falkenvoliere.

Ein Falkenier, der aufpassen soll, schläft mit offenem Mund auf einem Bund Stroh. Federico mustert ihn verächtlich. Falkeniere, die schlafen, gehören geköpft.

Der große Vogel mit den bläulich schimmernden Schwungfedern hockt auf seinem Sitz, er ist unversehrt und trägt die Fessel, als sollte es früh am Morgen gleich davongehen. Federico preßt sein Gesicht an die Stäbe des Gitters. Das fühllose Auge des Vogels, das kein Mitleid und keine Freude zeigt, verweigert sich auch dem Wiedererkennen. Kreatur, die nur den Wunsch hat fortzugehen und, dem größeren Willen unterworfen, doch zurückkehrt auf die Hand, in die Gemeinschaft, an das Gebundene. Kühle, meine Heimstatt. Er lockt leise, eintönig. Das gelbliche Auge flammt auf. Der Knabe öffnet das Gitter und löst die Fessel vom Gestänge.

Einen Falkenierhandschuh haben sie nicht, etwas so Hochgemutes gab es in den Kaufmannshäusern ebensowenig wie in der Kasbah. So zieht Federico seinen Burnus aus und umwickelt damit die Hand, auf die er das Tier dann behutsam, unter ständigen Beruhigungslauten geleitet.

Mahmud hat sich über den Söller gebeugt. „Dahinunter ginge es zur Not auch", flüstert er. Es ist eine kleine Rutschpartie über Steine und Geröll, dann nimmt einen die Macchia auf. Federico zögert. Er möchte denselben Weg zurück nehmen. In diesem Augenblick schreit der Gerfalke laut auf, und der Falkenier fährt aus dem Schlaf.

Mahmud will schnell zu ihm hin, aber der Mann nimmt seine Beine in die Hand, den kriegt keiner mehr ein, und er schreit schon wie gepfählt, er hat genug gesehen: eine offene Käfigtür und das unbedeckte Haar Friedrichs.

„Du bringst den Vogel sicher zum Imam Shurai", sagt der kleine König hastig, „da, über die Mauer. Zieh die Fessel an."

Es bleibt keine Zeit mehr, die Hand zu schützen. Die Krallen des Vogels graben sich in sein Fleisch, Mahmud stöhnt auf vor Schmerz.

„Schnell, Großfalkenier! Dahinunter!" ruft Federico mit blitzenden Augen.

Ein paar Pfeile schwirren. Mahmud, schon fast im Gebüsch, schreit auf, er scheint getroffen, aber knackende Zweige verraten, daß er weiterläuft. Soviel merkt sein Herr noch, dann hat er zu tun, sich mit seinem Krummdolch die Schwerter von drei, vier Söldnern vom Leib zu halten. Er ist so schnell und gelenkig, daß es eine Weile dauert, bis sie ihn entwaffnet haben und ihn, die Hände auf dem Rücken, zu Wilhelm Capparone ins Schlafzimmer schleppen.

Der Großkapitän sitzt auf gepackten Koffern. Sogar die gestickten Vorhänge seines Betthimmels sind abgenommen und in einen Korb gesteckt worden, und er behilft sich für die verbleibende Zeit mit ein paar härenen Decken, das Schwert griffbereit am Kopfende. Der Anblick des kleinen Königs läßt seine Nasenflügel genüßlich beben. „Ein Dieb, ein Dieb!" höhnt er. „Siehe da, Reattino, da sehen wir uns wieder, nach so vielen Jahren, und wahrlich zu günstiger Stunde. Was wolltest du denn alles mitgehen heißen aus dem Castello, he?"

„Mitgehen heißen willst *du*", sagt das Kind verächtlich. „Ich hole nur mein Eigen zurück."

„Du hast ein großes Maul wie alle kleinen Tiere", erwidert Capparone, „und das soll uns von Nutzen sein. Sicher weißt du noch so manchen von deinen Vorvätern verborgenen Schatz hier im Schloß, den du uns morgen nennen sollst. Heute sind wir zu müde. Ich wünsch dir eine angenehme Nacht dort, wohin es dich so zieht. – Sperrt ihn in den Falkenkäfig." Der Grancapitano beendet das Gespräch, indem er sich in seiner kahlen Bettstelle auf die andere Seite dreht.

Im Falkenkäfig kann selbst ein zwölfjähriger Junge nicht stehen, und wenn er sich nicht in den Vogelkot und die Fleischreste legen will, muß Federico hocken oder knien. Der Wächter schnarcht wieder auf seinem Stroh in der Ecke. Die Nacht ist lang.

Als sie Federico am Morgen herausholen, kann er zunächst nicht gehen. Schwankend und verdreckt, mit haßwilden Augen steht er vor dem Großkapitän, der sich gar nicht genug an seinem Anblick weiden kann.

„Nach all den Jahren, in denen du dich der erziehenden Hand deines Vormunds entzogen hast, war das nur eine kleine Korrektion für den Anfang. Wir sind sehr glücklich, Zaunkönig, dich mit uns führen zu können, gibt uns doch deine gnadenreiche Gegenwart die Gewißheit, daß wir wieder vom Festland auf diese gebenedeite Insel zurückkehren können. Denn wer dich hat, der hat Sizilien. Es war recht unklug von dir, deines Falken wegen herzukommen."

Man räumt während dieser Ansprache mit größter Geschäftigkeit aus. Es scheint, als sei für jedes bewegliche Stück des Palazzo dei Normanni Laderaum auf pisanischen Schiffen vorhanden. Der große Palas mit den runden Fensterbögen, die sich direkt zum Meer hin öffnen, sieht aus wie ein Warenspeicher. Capparone geht auf und ab und zeigt mit der Reitpeitsche auf die Gegenstände, auf die er besonderen Wert legt.

„Bevor wir hier gemeinsam gehen, Reattino, wirst du uns noch Auskunft geben über verborgenes Gold und Silber. Wie der Dichter sagt: alles, was von Wert, aber nicht beschwert. Na, du schweigst? Behaupte nicht, du könntest nichts sagen."

„Ich werde nichts sagen, selbst wenn ich etwas weiß", entgegnet Federico heiser.

Der Großkapitän schüttelt betrübt den Kopf. „Ach, mein so lange verlorenes, endlich wiedergefundenes Mündel, was für ein verstocktes Kind bist du doch. Ich sehe schon, es wird noch eine Reihe beträchtlicher Korrektionen notwendig sein, bis du den Gehorsam gelernt hast, den du mir schuldest. Versuche zu verstehen, daß ich jetzt wenig Zeit für dich habe, genuesische Galeeren sind schon am Horizont sichtbar, heißt es. Unsere Maßnahmen werden etwas robust ausfallen. Die Herren dort brechen dir mit Vergnügen die Knochen. Rede! Willst du wohl reden?" Er steht mit zum Schlag erhobener Reitpeitsche vor dem Jungen.

Federico preßt die Fingernägel in sein verdrecktes Kleid. Er fletscht die Zähne. „So wie heute sollst du nie wieder zu mir sprechen, Herr Großkapitän“, sagt er, „noch deine Hand zum Schlag heben gegen mich. Laß von mir ab. Ich rede.“

Es entgeht den Habichtsaugen Capparones nicht, daß der Knabe sich bekreuzigt, aber er meint, es sei, weil er sich nun in seine Hand begeben habe.

Federico ist mit zwei Sprüngen am Fenster. Es liegt hoch, und das Wasser ist hier an manchen Stellen ziemlich flach. Leben oder Tod, ich springe. Da sind keine Engel, die mich tragen, ich weiß. Ibn Ruschd sagt, die einzelne Seele sei sterblich. Dafür gebe es eine allgemeine Vernunft.

Das Wasser schlägt peitschend über ihm zusammen.

Es bedarf beachtlicher Redekünste des an Bord befindlichen Legaten des Heiligen Stuhls, Monsignore Berardo de Castacca, bis der Kapitän des genuesischen Schiffes davon überzeugt ist, daß der völlig entkräftete Schwimmer, den sie da aus dem Wasser gezogen haben, kein rotziger Fischerbengel ist, sondern der, um dessentwillen sie unterwegs sind.

Eintritt ins Eigene

Der Rex Sicaniae, dux Apuliae, princeps Capuensis etc., etc., zieht in seinen Palast ein. An der Spitze eines kleinen Trupps kommt er gegangen, barhäuptig, gekleidet in das Hemd eines Schiffers, denn für Kleiderfragen war noch keine Zeit. Ihm folgen unmittelbar die höchsten Würdenträger, Bischof Berardo und Kanzler Walther von Pagliara. Der Rest ist recht gemischt. Ein Teil wurde durchaus nicht von seinem päpstlichen Vormund berufen und nimmt sich unter den Klerikern höchst sonderbar aus: Ein hünenhafter genuesischer Graf namens Alaman da Costa, den der König erst in den letzten Stunden auf dem Schiff kennengelernt hat, ein muslimischer Kadi, Shurai geheißen, und ein an Hand und Schulter verbundener, verlegen grinsender Araberjunge wirken besonders merkwürdig.

Unter ihren Schritten klirrt und knirscht es. Überall liegen Scherben und Unrat. Raum für Raum ist verwüstet, die Möbel wurden zerschlagen, die Leuchter verbogen, kein Vorhang ist heil an Fenster oder Wand, sogar ein paar Mosaiken wurden zerhackt. Die Besatzer haben ganze Arbeit geleistet.

Walther von Pagliara gibt mit halblauter Stimme Anweisungen an die Majordomus, welche Räume wiederherzustellen seien, damit zumindest ein Provisorium geschaffen werde. Er tut es so selbstverständlich, als sei er nie fort gewesen. Er ist in seinem Element. Manchmal fährt ihm der junge König dazwischen, äußert über die Schulter hinweg andere Wünsche. Dann beeilt sich der Kanzler, seine Befehle zu korrigieren.

Berardo, die Augenlider brav gesenkt, beobachtet das. Er beobachtet den königlichen Knaben, den er vor acht oder neun Jahren zuletzt gesehen hat, ein kleines Kind, das es ablehnte, eine Hand zu fassen, auch wenn es die der Gran Costanza war. Hier nun geht ein frühreifer Halbwüchsiger, Kind und Erwachsener in einem, mit der Sicherheit eines Ungefährdeten, da er doch eben noch in Lebensgefahr und höchster Not war, und anmutig wie ein junger David. Er, Berardo, wird sich an ihn gewöhnen müssen.

Er beschaut sich Walther von Pagliara, dessen glatte Fügsamkeit, seine Qualität, ohne Bruch zu einem früheren Zustand zurückzukehren, wendig zu planen und zu arbeiten. Dabei sieht ja auch der Kanzler ganz genau, daß der arrogante Bengel, den man einst nach Castellammare schickte, sich gewandelt hat: Er ist noch genauso arrogant, nur man kann ihn nirgendwo mehr hinschicken, und sein Ton hat an höfischer Feinheit nicht gerade gewonnen.

Der Palazzo Reale ist ein Spiegelbild des Landes, auch das weiß Berardo durch die Berichte, die Gregor de Galgano ihm noch vor seiner Abreise aus den einzelnen Diözesen hat zukommen lassen. Die Scherben, die Verwüstungen, die leergefegten Schubladen und durchwühlten Schränke, das ist Sizilien, verarmt, zerschlagen, hilflos. Die Berge legen noch immer ihre riesenhaften dunklen Schatten über die geduckten Ebenen, sie haben nur ihre Namen gewechselt. Die sarazenischen Pfeile schwirren hin und wider, und der normannische Baron erhebt sein Haupt und sieht seine Stunde gekommen, sich seinen Teil vom Brotranft zu holen. Das Gut der Krone ist so schmal geworden, daß es in einen Fingerhut paßt. Alles wurde verkauft, verschenkt, verpfändet. Weiß dieses Kind, das da unbeirrt die Räume seiner zerstörten Residenz durchschreitet, was für ein Erbe es antritt? Armer Zaunkönig, all deine Tapferkeit und die Namen der berühmten Ahnen werden dir wenig helfen, da deine Hände leer sind, leer von Geld, leer von Waffen und Truppen, leer von Macht.

Pagliaras Geschicklichkeit ist es gelungen, noch während der Dauer ihres Rundgangs einen der kleineren Räume, die sie passierten, leidlich einrichten zu lassen, dahin ziehen sich die Herren nach der Besichtigung zurück. Sogar ein paar Kannen Wein haben die Majordomus auftreiben können. Federico trinkt Wasser. Der Zufall will es, daß für ihn derselbe normannische Schiffsstuhl bereitgestellt wurde, in dem er damals mit baumelnden Beinen saß und Herrn Pagliara durch anmaßende Fragen verärgerte. Daß er jetzt nicht mit den Beinen baumelt, sondern den Stuhl bequem innehat, verwirrt den Kanzler ungemein. Es ist lächerlich. Schließlich hätte er sich denken können, daß das Kind während der Zeit wachsen würde.

Berardo hat als erster zu sprechen. Er überbringt zunächst den apostolischen Segen – alle bekreuzigen sich fromm – und die heißempfundenen Liebeswünsche des Vormunds an sein Mündel. Sodann entwickelt er die Vorstellung des Heiligen Vaters für die Zeit bis zur Volljährigkeit des Königs – das heißt für zwei Jahre, denn mit vierzehn werden die Herrscher nach normannischem Recht regierungsfähig. Er benennt die Mitglieder des Familiarenkollegs, wie der Kronrat geheißen wird, und bestätigt die erneute Kanzlerschaft Walther von Pagliaras.

Der königliche Knabe hört ihm aufmerksam zu und beobachtet. Dieser Kirchenmann gefällt ihm. Er spricht sanft, aber entschieden, sein Latein ist weniger stereotyp als das der Pfaffen schlechthin, er benutzt kluge Wendungen, und die Art, wie er trotz gesenkter Lider alles wahrnimmt, hat etwas von Inbesitznahme und ruhigem Selbstgefühl.

Als Berardo unter nochmaligem Segenswunsch geendet hat, will der Kanzler antworten, aber sein junger Herr ist schneller und setzt selbst zu einer Erwiderung an, zur Verblüffung der Versammelten nicht in Volgare, sondern in einem ungemein lebendigen, wie aus dem Volgare übersetzten Latein. Er bedankt sich, sendet „kindliche Grüße" nach Rom, macht ein paar Bemerkungen zur Rechtslage.

Dann stellt er Fragen. Ob ihm erlaubt sei, neben dem Familiarenkolleg noch einen anderen Rat zu unterhalten, mit von ihm selbst ausgewählten Personen? Berardo muß darüber erst den Heiligen Stuhl befragen, was Federico zu der verblüffenden Schlußfolgerung veranlaßt: „Gut, bis die Entscheidung da ist, tun wir erst mal so, als dürfen wir es." Sodann, ob mit der Wiedereinsetzung Herrn Walthers auch die Verpflichtung bestehe, seinen Bruder Gentile am Hof zu Palermo zu beschäftigen. Berardo verneint, und in seinem Blick, den er dabei voll auf den Jungen richtet, ist viel Sympathie. Der Kanzler läuft gelb an. Drittens, ob sein ehemaliger Präzeptor, ein gewisser Magister Guglielmo Francisius, zufällig im Gefolge des Herrn Legaten sei oder ob vorgesehen sei, ihn wieder auf die Insel zu entsenden.

Nun lächelt Berardo, und das tut er selten. „Magister Francisius befand sich auf einem der Schiffe, mit denen wir gekommen sind", sagt er freundlich. „Er muß bereits im Palazzo Reale sein."

Der kleine König erhebt sich. „Du hast uns sehr gute Nachrichten gebracht, Herr Legat, und sehr gute Dinge. Meine letzte Frage lautet: Warum bist du selbst, Beichtvater meiner seligen Mutter und unserem Hause Vertrauter, nicht in das Familiarenkolleg entsendet? Du wärest uns willkommen gewesen."

Der Kleriker fühlt, daß er vor Freude errötet. „Ich danke dir, Majestät", erwidert er. „Noch hat es Seiner Heiligkeit nicht gefallen, mich für länger an deine Seite zu beordern. Nachdem ich vor deinem Angesicht gestanden habe, werde ich all meine Kräfte auf dies Ziel spannen, so wie ich dich in mein Gebet einschließen werde." Eigentlich wollte er hinzufügen: Sohn der großen Konstanze. Aber er schließt den Mund vor diesem Namen, der ihm noch immer einen unheiligen Schauer einflößt. Außerdem: Der hier muß nicht um seiner Ahnen willen geliebt werden.

Sie erwarten ihn beide, und er läßt sie nicht warten, seit er weiß, daß sie da sind. Magister Francisius und Herr de Suessa, so unverändert, als habe man sie diese sechs Jahre verschlafen lassen, stehen ihrem Rex gegenüber, dem Kind, das schon kein Kind mehr ist, dem Knaben, der schon übermorgen ein Mann sein könnte, einem, der wie Isais Sohn vielleicht schon die Schleuder spannt, den Riesen zu erlegen, vertraut und fremd zugleich.

Es ist eine wunderliche Begrüßung, zwischen Lachen und Schluchzen, und ganz unklar, ob Handkuß, Kniefall, Verneigung oder alles zusammen; er aber schließt sie in seine Arme, hebt sein Gesicht zu ihnen auf und küßt sie auf den Mund.

„Ich bin bereit, mein bestes Pferd für Dankesmessen zu verpfänden, daß du heil und gesund an Leib und Seele durch alle Gefahren gekommen bist!" ruft Taddeo, und Wilhelm fügt ernst und innig hinzu: „Amen. Es heißt, du habest die Zeit zu nutzen verstanden."

„Dein Turmzimmer ist unversehrt, nur etwas staubig", sagt der Rex zu dem Magister. „Ich habe es mir besehen. Es ist beinah der einzige

Raum in diesem Schloß, den die anderen nicht verwüstet haben." Und zu Taddeo: „Ich hoffe, du hast ein paar Freunde, die dir gleichen. Wir brauchen treue und tapfere Kämpfer demnächst."

„Werde ich wieder deine Falken hegen, Majestät?" fragt Suessa eifersüchtig. Er hat von Mahmud gehört.

„Nein", erwidert sein junger Herr ohne Umschweife. „Ich habe anderes mit dir vor. Auch mit dir, Doctissime." Er wendet sich an Francisius und geht zum Latein über. „Ich weiß, daß du nach dem Willen meines Vormunds weiter mein Lehrer sein sollst. Aber darüber hinaus will ich mit dir die normannischen Gesetze durchgehen. Bereite dich darauf vor." Die beiden sehen sich an. „Was habt ihr erwartet, Herren? Nichts ist mehr, wie es war. Bleibt den heutigen Tag über bei mir, und ihr werdet sehen. Ihr seid mir in der Seele teuer, und eure Dienste sind mir hochwillkommen. Aber für ‚Weißt du noch?' haben wir keine Zeit. Kommt." Plötzlich, schon im Gehen, wendet er sich um. „Taddeo, wie legt der Kanzler immer die Hände zusammen?"

Der Angesprochene, ziemlich verdutzt, kopiert gehorsam-grotesk die feine Art Herrn Walthers, seine Ringe zur Schau zu stellen, sein Zwinkern, sein Gesichtverziehen.

Federico lacht darüber, bis er Tränen in den Augen hat.

Die Umstände bringen die beiden öfter am Abend bei einer Kanne Wein zusammen. Früher haben sie meist gestritten, aber das haben sie vergessen. Die Jahre vor der Vertreibung vom Angesicht ihres Rex erscheinen ihnen nun lieblich verklärt, und die neue Wirklichkeit ist so verwirrend, daß man sie gemeinsam besprechen muß.

Francisius, der sonst kaum trinkt, ist bald beim zweiten Becher. Die Tatsache, daß der zwölfjährige König sich arabische Huren hält und auf seine und Pagliaras Vorhaltungen nur mit Achselzucken und Grinsen reagiert, hat ihn einigermaßen verstört. Und sosehr ihn die Kenntnisse des Knaben entzücken, sowenig erbaut ist er von dem Freimut, mit dem der die sanktionierten Lehrmeinungen behandelt – ganz zu schweigen von der häufigen Anwesenheit eines ungläubigen Logikers und Magisters der sieben Künste, des Kadis Shurai, der die kleine Majestät „mein Sohn" nennen darf und dem Federico viele Nachtstunden widmet.

Taddeo seinerseits sieht sich als Waffenmeister eigentlich überflüssig. Er ist nur mehr ein Spielgefährte des gewandten Knaben, dem er im Reiten, Fechten, Bogenschießen nichts mehr beibringen kann und der ihn bei Waffenübungen oft anschreit, als sei er, Taddeo, ein Troßknecht. Zudem sieht er den ehemaligen Diener Mahmud sich zur Seite gesetzt, was seinen Stolz kränkt und seine Eifersucht entfacht.

Dennoch, sie sind gefangen.

„Woher nimmt er seine Kraft, seinen Mut?" fragt Wilhelm grübelnd in seinen Becher hinein. „Dies verwüstete Land, Verräter und Rebellen, wohin du das Auge wendest, ungläubige Krieger bis vor den Toren Palermos – ich würde abdanken und meinem Vormund Sizilien zurückgeben. Er aber arbeitet wie Herkules im Stall des Augias. Dabei es ist nicht Gottvertrauen, was ihn stärkt. Nein, Gottvertrauen ist es nicht. Allerdings, der Kanzler ist geschickt und klug, und er ist guten Willens. Er hilft viel."

„Er bringt ein bißchen Ordnung in die Verwaltung, was ist das schon. Die Zustände im Land kann nur das Schwert entwirren."

„Ach, Herr de Suessa, du und deine Mannschaft von Kampfhähnen! Versprichst du dir, der Retter Siziliens zu werden, an der Spitze des Heerzugs ein Kind?"

„Ein Kind, unser Rex – ich weiß nicht. Wie er den Kanzler anbrüllt, wenn er etwas nicht will – da möchte ich nicht den Vormund vertreten müssen. Dennoch. Ich glaube, daß er es schaffen wird. Weißt du, warum? Er hat das Licht der Majestät."

„Das klingt nahezu fromm, Waffenmeister. Er ist eigensinnig und mißtrauisch. Und klug." Wilhelm seufzt. „Was ist das Licht der Majestät?"

De Suessa zerwühlt sein Haar. „Fragen, wie sie nur ein Magister stellen kann. Es ist das, was ihn so macht, wie er ist. So klug, so begabt und verehrenswert. So vollkommen."

Francisius mustert ihn lächelnd. „O Taddeo, wie haben sich die Rollen vertauscht. Früher warst du der Spötter und ich der Verehrer."

„Früher sprachen wir nie derart über das Kind."

„Ja, weil es das Kind war. Und jetzt? Halbgott, Halbdämon, Halb ... Ach, lassen wir das. Es ist zu mystisch. Ist es nicht vielmehr umgekehrt, daß Federico, weil er so überaus klug, anmutig, begabt und lebenshungrig zu sein das Glück hat, etwas um sich hat, was wir nun ‚Majestät' nennen? Ich weiß, er und du und alle adligen Herren werden schwören, es sei andersherum richtig und er sei dies alles, weil er die Majestät habe."

„Adlige Herren! Signore Francisius, du bist von ältestem normannischem Adel, dein Vater war ein Großer bei König Roger, und deine dünne Tonsur radiert das nicht aus. Du mit deinen ersten Weihen! Willst du dich über mich kleinen Landedelmann lustig machen?"

„Es wird Zeit, daß wir uns wieder einmal streiten. Übrigens, ich habe den geistlichen Stand satt. Vielleicht heirate ich."

Taddeo nimmt diese Mitteilung unbeeindruckt auf. „Wenn du meinst, es macht dich glücklicher", sagt er achselzuckend. „Ja, der Rex ist unser Kummer, unsere Freude. Und dennoch, auch diesen ungezogenen, überheblichen Jungen muß ich lieben. Er ist der Rex."

„Wem sagst du das? Mein Leben für ihn. Für die Majestät."

Sie trinken und schweigen wieder. Früher schwiegen sie kaum und tranken weniger. Aber damals waren sie die einzigen. Um diese Stunde, das wissen sie, arbeitet ihr Herr mit Mahmud bei den Falken, oder er diskutiert mit Imam Shurai über ketzerische Themen.

Berardo von Castacca ist viel zu gescheit, um Seiner Heiligkeit gegenüber die Sympathie zur Schau zu stellen, die er für das Kind von Apulien empfindet. So etwas ruft hier Mißtrauen hervor und wäre sicher das beste Mittel, ihn für alle Zeit vom sizilischen Thron fernzuhalten.

Er berichtet also mit kühlen Andeutungen von möglichen Konsolidierungen im Reich, von hoffnungsvollen Ansätzen, von Pagliaras rühmenswerter Umsicht und Klugheit und der wider Erwarten ansprechenden Haltung des königlichen Kindes. Alles hüllt er in jene Atmosphäre verhaltener Skepsis und weltverachtender Gedämpftheit, die unter Innozenz im Lateran zum Umgangston geworden ist.

Berardo weiß, Sanctitas Sua hat Sorgen. Der Onkel des kleinen Staufers, Philipp, erwies sich leider nicht als die Trumpfkarte, die er zu sein schien. Nun ist er exkommuniziert und ein Gegenkönig für Deutschland aufgestellt worden. Aber der lange Otto, Verwandter des englischen Königshauses, findet nicht den Anklang bei den deutschen Fürsten, den sich der Papst erhoffte. Das Kriegsglück im Norden schwankt hin und her. Mit den Kreuzzügen ist auch kein rechtes Vorwärtskommen. Und die Frage, ob Walther von Pagliara tatsächlich die dreitausend Tarenen Vormundschaftsgeld zwei Jahre lang aus Sizilien wird herauspressen können, ist sehr umstritten. Lohnt sich das Südgeschäft überhaupt? Berardo versucht, Vertrauen in Herrn Walthers Geschicklichkeit einzupflanzen; zumindest für die zwei Jahre wird das Geld aufzutreiben sein. Von der Verwaltung her wird das Land bis dahin so weit im Griff sein, daß der junge König die Regentschaft übernehmen kann.

Sanctitas Sua kneift die schmalen Lippen noch schmaler. Das Land da unten ist eine ständige Quelle der Sorgen; sein Herrscher soll möglichst so stark sein, daß er die deutschen Okkupanten aus Apulien vertreibt, aber nicht stark genug für eine eigne Politik, und vor allem soll ihm nicht einfallen, daß er als Staufer irgendwelche Ansprüche im Norden anzumelden hätte. Es ist Innozenz ein unangenehmer Gedanke, plötzlich in die Klemme zu geraten zwischen Nordreich und Südreich.

Berardo versichert ihn der christlichen Demut des jungen Königs. Er tut es wider besseres Wissen.

Intermezzo II

Die Seiten füllen sich so leicht, so klar, so einfach! „War es wirklich so?" frage ich Pietro.

Wir liegen hingestreckt in einer Mulde zwischen allen möglichen Kräutern, im Warmen und Feuchten, umkrabbelt von allerlei Insekten. Eine Idylle wie beim Picknickausflug, und an mir herabsehend, gewahre ich, daß ich das lederne Wams trage und den Stoßdegen, wie zu den Zeiten, von denen erzählt wurde, und mich an den Anblick des geblendeten Kanzlers schon so gewöhnt habe, als sei er mit diesem Gesicht auf die Welt gekommen.

Die Blätter des Manuskripts wehen im leichten Sommerwind.

Pier delle Vigne zuckt die Achseln. „Wirklich ist ein seltsames Wort. Du bist wirklich, ich bin's nicht. In der Vergangenheitsform wird es gegenstandslos. Es ist, wie wir beide wünschen, daß es war. Bist du unzufrieden?"

Ich antworte nicht. Er, was hat er eigentlich getan zu dieser Zeit? Er war nur ein Jahr älter als sein künftiger Herr. Pier delle Vigne hat bei Stadtpfarrern ministriert und dann bei Bischöfen und hat in ihren Schreibstuben die Künste der Schreiber erlernt, fragt mich nicht, gegen welche Art von Diensten, denn Linda war schon tot und keiner da, der für den Bengel aufkommen wollte, und dann wurde er selbst Schreiber bei einem Herrn Juristen, der ganz gut sein Vater hätte sein können oder einer seiner Väter, und war wiederum bereit zu jeder Art von Tun oder Erdulden, damit man ihm Latein beibringe und dann Griechisch und dann . . ., dann war es soweit, und er studierte

Jura in Bologna, nachts kopierte er Manuskripte oder entwarf lateinische Texte für eine Schüssel voll Polenta, und in den Diskussionen an der Fakultät tat er sich hervor, bald achteten seine Professoren auf den hageren Burschen mit dem großen Kopf auf eckigen Schultern, der immer denselben abgeschabten Scholarentalar mit dem tadellos weißen Kragen trug (den wusch er selber, um den Soldo für die Waschfrau zu sparen), immer in der ersten Reihe saß und immer die gescheitesten Fragen stellte und die brillantesten Antworten parat hatte und dessen Latein so geschmeidig und süß klang, als habe er bei Cicero studiert.

Als man Federico die Braut antrug, trug man Pier an, zu promovieren, und das fiel ihm nicht schwer, denn er hatte inzwischen schon gegen ein Entgelt von zwei oder drei Goldstücken mehrere Doktorschriften für geistig weniger bemittelte oder einfach nur faule Kommilitonen geschrieben.

Es dauerte aber noch eine Weile, bis er sich bei Berardo um einen Justitiarposten beim Großhof bewerben durfte – dem Bischof fiel die Eleganz seines Stils auf.

Später komplettierte er sie durch die Feinheit seiner Gelehrtentracht und die Selbstsicherheit seines Auftretens.

Ich sehe ihn mir von der Seite an. Dieses Wesen ohne Körper verkündete einst zum Glockenklang an den großen Gerichtstagen den Willen seines Herrn; als oberster Mund des Kaisers, der sich „lex animata in terris", auf Erden wiederbelebtes Gesetz, nannte nach seiner Idee, sagte er die Gedanken dessen, der auf erhöhtem Thron über ihm saß und nichts Irdisches mehr an sich hatte. So hatten sich die beiden, einst Piero Hurenkind und Federigo Esposito, das ausgedacht.

Ich springe auf, sehe mich mißtrauisch um. Grünsamtne Bergklüfte mit wüstengelben Flanken, Agrumen und Ölbaum und ockerleuchtende Felder.

„Ich will die Zeugen fragen", sage ich entschlossen.

Er sieht auf, freundlich, hinterhältig. „Du hattest ja nicht gerade viel Glück damit beim erstenmal", bemerkt er.

„Wo sind wir hier?" dringe ich in ihn, und er zuckt die Achseln. „Du hast in mir keinen Vergilius, denke ich, und ich bin für deine Reiseroute nicht verantwortlich, noch muß ich Erklärungen abgeben. Ich denke aber doch, es dürfte so etwas wie Italien sein, nicht wahr?" entgegnete er tückisch.

Plötzlich spüre ich, daß sich der Boden unter uns bewegt. Es ist nicht auszumachen, ob es der Nachhall einer fernen Lawine ist oder der Tritt eines Menschen. Etwas geht vor. Kommt es näher, entfernt es sich? Eine Kraft ist in Bewegung.

Erinnerung: Ikaros

Ich erhob mich, streifte die Käfer von meinem Wams, die welken Blätter vom Vorjahr aus meinem Haar, griff nach meinem Degen und sah mich um.

Etwas war geschehen. Ich hatte geschlafen, und inzwischen hatte sich eine Kraft entfaltet, ich fühlte es.

Jemand war ins Meer gesprungen, auf Gedeih und Verderb, das Wasser schlug peitschend über ihm zusammen. Rettung konnte nur im Versinken sein.

Die Abendsonne warf schräge Strahlen über den Pflüger hin, der da im letzten Licht seine Furche zog, er und sein Pferd warfen lange Schatten.

„Hast du etwas gesehen, Adam?“ fragte ich ihn. „Jemand scheint im Meer versunken zu sein.“

Er schüttelte den Kopf. „Die Sonne blendet zu stark. Außerdem habe ich zu tun. Das Feld muß bis heute nacht umgepflügt sein.“

Das Wasser war sehr klar, ich konnte den Versinkenden erblikken. Oder war es gar kein Versinkender, vielmehr ein Schwimmer, der mit allen Kräften versuchte, jenes Schiff zu erreichen, das da mit geschwellten Segeln der Bucht zustrebte und jener Stadt, die sich an sie anschmiegte wie eine Perlenkette an den Hals einer Schönen? Gebt acht, noch kann er es erreichen!

„Jemand ist abgestürzt, jemand, der durch die Lüfte flog! Hast du ihn nicht bemerkt?“ Ich wandte mich an die Frau, die ein Stückchen weiter fort am Hang die Schafe hütete.

„Ja“, sagte sie gleichmütig, „mir schien es auch so. Ein großer Sturz ins Wasser störte meinen Sohn beim Angeln am Meeresufer, es war recht ärgerlich, daß er keinen einzigen Fisch fing.“

„Aber Hawa, vielleicht war es Ikarus bei seinem Flug zur Sonne! Er hatte sich wächserne Flügel gemacht!“

„So muß er ein rechter Narr sein. Konnte er sich nicht denken, daß das Wachs dahinschmelzen würde?“

„Und wenn es jemand anders war? Ein Kind vielleicht, das den Händen seiner Feinde zu entkommen sucht?"

„Es hat sich nicht zu uns geflüchtet", entgegnete sie. „Kommt es zu uns, so soll es Nahrung und Kleidung empfangen. Aber wir können nicht jeden auffischen, der ins Wasser fällt. Wir müssen daran denken, das Korn in die Erde zu bekommen und die Schafe zur Schur, und siehe, die Sonne steht schon schräg. Wie lang die Schatten sind! Die Frist ist kürzer, als du denkst."

„Was ist das, Pier?" frage ich.

„Was denn?" erwidert er mit einer Gegenfrage. „Gefällt dir etwas nicht am Panorama? Stört dich etwas? Mir scheint, du hörst das Gras wachsen – aber das ist bei euereins wahrscheinlich so."

„Spürst du nicht diese Bewegung?" frage ich.

Er dreht den Kopf zu mir, runzelt die Brauen. „Eine Bewegung?"

Wir sind miteinander einverstanden gewesen in dieser friedfertigen Mulde und haben das Wachsen unseres Werkes betrachtet, ein jeder mit einer anderen Art von Zufriedenheit. Nun kommt er mir wieder tückisch vor. „Warum wollen wir ihm nicht entgegengehen?" frage ich und stehe auf. „Was immer es sein mag, das ist immer besser, als abzuwarten. Ich habe, wie du siehst, meinen guten Degen an der Seite und scheine mit dir in Zeiten gelangt zu sein, in denen man mit ihm wieder etwas bewirken kann."

Kopfschüttelnd hält er mir sein Gesicht entgegen. „Wir befinden uns im Gegenteil von Zeit, Truda, Verehrteste", bemerkt er, und es klingt nicht einmal ironisch. „Wir befinden uns auch an keinem Ort, zumindest nicht in dem Sinne, wie du das verstehst. Es ist ein großes Theater, das du vor dir selber entfaltest. Demnächst wirst du noch mit deinem schönen Degen auf dich selbst losgehen wollen, wenn du dich irgendwo schlafend findest statt wachend, wie du es von dir selbst ständig verlangst."

Ich erinnere mich an die hochmütige Verachtung, die er gegenüber Leuten gezeigt hat, die mit ihren Waffenkünsten prahlten. Seinem Kollegen, dem Großhofjustitiar Thaddäus von Suessa, der sein Leben lang den Waffenmeister und Kriegsmann nicht ganz abstreifen konnte, war er immer mit einem gewissen Spott begegnet – sicher auch aus Eifersucht, zumindest so lange, bis feststand, daß er, Petrus, die Schlüssel zum Herzen seines Herrn in der Hand hielt und niemand sonst.

Er selbst hat niemals eine Waffe getragen, nicht einmal einen

Dolch. Er hat sogar eine Schlacht geschlagen für seinen Kaiser, ohne sein Zelt mit der Rose im venezianischen Glas auf dem Schreibtisch zu verlassen, und ist nicht einmal herausgekommen, um sich die Flucht des Feindes anzusehen. Ein Eisenhemd unter dem Gelehrtentalar war das Äußerste an militärischem Aufwand, den zu treiben er sich bereit fand.

„Komm", sage ich kurz.

Er zuckt die Achseln. „Aber vergiß das Manuskript nicht."

Wir gehen weiter in diesem sonnigen Süden, ich die flatternden Seiten in der Hand. Der blinde Sohn der Linda folgt mir. Erst als wir die Hügelkuppe überschritten haben, wird mir klar, daß er mich davon abgehalten hat, einen Zeugen zu suchen und zu befragen. Ich kenne ihn lange genug und weiß, daß es gewiß nicht unabsichtlich geschehen ist.

Indessen muß ich über mich selbst lächeln. Offenbar traue ich ihm noch immer alles zu, wie ein ganzes Weltreich ihm alles zugetraut hat, dem allmächtigen Minister, und alles nur Erdenkliche nachgesagt außerdem.

Wir sind nun schon zu tief in der nächsten Geschichte drin und können nicht umkehren.

Liber III
De muliere

Drittes Buch
Die Frau

Wie man fünfhundert Ritter gewinnen kann

Innozenz III. sieht sich bemüßigt, einen treuen Sohn der Kirche, König Pedro von Aragon, zu tadeln. Da will er eine Ehe stiften, zweifellos eins der frömmsten Werke auf Erden, und trifft auf beiden Seiten auf wenig Begeisterung, ja sogar auf die reinste Widersetzlichkeit. Er muß sein ehemaliges Mündel, den König Friedrich, wie sauer gewordenen Wein anpreisen – es hat sich wohl herumgesprochen, daß in Sizilien der Teufel los ist und ein Herrscher da nichts zu lachen hat. Aber auch der Bräutigam ist der Braut gegenüber mehr als skeptisch. Nun ja – sie ist bereits Witwe und hat einen Sohn geboren, der in Ungarn König werden soll. Für einen Vierzehnjährigen keine ganz so attraktive Verbindung.

Der Papst bestürmt indessen den Bruder der Erwählten höchst eindringlich: „Welche Lässigkeit widerrät dir den Vollzug einer so glückverheißenden Verbindung? Es gibt keinen Grund, aus dem es sich schickte, deine Schwester einer so großartigen Heirat zu entziehen. Sehr hochgestellt ist nämlich der Bräutigam, er trägt den Titel eines Königs von seiner Mutter her. Um den Adel seines Geschlechts ist es nicht schlechter bestellt, Sohn und Enkel nämlich ist er von Kaisern, denn nicht nur sein Vater war Kaiser, sondern auch sein Großvater. Ansehnlich bezüglich seiner Abstammung, überschreitet der Bräutigam deiner Schwester – wie es von den ihm ebenbürtigen Caesaren heißt: Ihre Mannhaftigkeit tritt vor der Zeit ein! – beschwingten Schrittes die Schwelle der Reife und beginnt, indem er durch Leistung das fehlende Alter ersetzt, wunderbar mit den ersten Regierungsversuchen."

Von diesen wunderbaren Regierungsversuchen seines gerade erst aus der Botmäßigkeit entlassenen Mündels hat Sanctitas Sua die handfestesten Beweise: Federico hat versucht, anläßlich einer Bischofswahl drei renitente Domherren des Landes zu verweisen, obgleich er von Pagliara ausdrücklich belehrt wurde, daß das nicht seines Amtes sei, hat die Bücher seines Kanzlers eingesehen und ihm mit Entlassung gedroht, falls er nicht gewisse Teile des „sichergestellten“ Normannenschatzes (das Erdbild des Idrisi zum Beispiel) innerhalb kürzester Zeit herbeischaffe. Und was das peinlichste ist, er hat die letzte Rate des Vormundschaftsgeldes, immerhin fünfzehntausend Tarenen, rundweg einbehalten mit dem Hinweis, die Staatskasse sei leer und Seine Heiligkeit habe doch sicher Verständnis dafür, daß das Wohl seines Lehnslandes über die Belange des Vatikansäckels zu stellen sei.

Es gilt, das Schlimmste zu verhindern: die Heirat mit einer deutschen Fürstentochter, die dem Staufer, Gott behüte, auch noch das Gefühl geben würde, er habe etwas im Norden zu suchen. Er scheint sowieso auch im Süden nachgerade genug Scherereien bereiten zu wollen.

„Fünfhundert Ritter als Gefolge! Fünfhundert!“ sagt König Federico träumerisch. „Damit können wir aufs Festland übersetzen und den aufrührerischen Hunden das Licht ausblasen.“

Er sitzt mit ihnen im Grünen, umgeben von einer Meute Jagdhunden, die ihnen zwischen den Beinen herumtollt und nicht wenig Lärm vollführt, und bespricht mit ihnen, begleitet vom Gekläff und Gejaul, die päpstliche Brautwerbung. Sie, das sind die „amici“, die Freunde des Rex, jene Art inoffizieller Kronrat, mit dem der König zu Pagliaras stiller Wut alles bespricht, bevor er sich an das Familiarenkolleg wendet. Es ist eine buntgemischte Truppe, Francisius und Taddeo, Mahmud, der Imam Shurai, Graf Alaman da Costa aus Genua mit den blonden Augenbrauen, ein Notar namens Landolfo, ein paar Kaufmannssöhne und ein adliger Nichtsnutz, Rainaldo d'Aquino, von dem es heißt, der König habe ihn als einen durchgebrannten Klosterschüler halbverhungert an der Mole von Palermo aufgegriffen, als er selbst noch dort herumstreunte, und ihm beigebracht, wie man sich kunstgerecht ein Essen ergaunert.

Bei den Jüngeren dieser Bande ist es Mode, grüne Jagdkleidung zu tragen, den Falkenierhandschuh möglichst auch nachts nicht abzulegen und mit Respektlosigkeit vom Papst zu reden. „Väterchen“

oder „Kalif in Rom“ sind die beliebtesten Invektiven, sie werden auch jetzt angewandt.

„Väterchen meint es gut mit dir!“ bemerkt Taddeo spöttisch.

Der Rex winkt ab. „Es gibt einen kleinen Haken, nämlich die Braut. Sie heißt Konstanze wie meine Mutter und ist so alt wie eine Mutter.“

Alaman pfeift durch die Zähne. „Die Witwe des Ungarnkönigs etwa? Eine anspruchsvolle Dame. Sie galt mal als eine Schönheit.“

„Mag sein“, entgegnet der vierzehnjährige König mißmutig, „aber jetzt ist sie eine alte Schachtel. Dreißig oder so. Als sollte ich mich auf meine eigene Mutter legen! Wahrscheinlich erwartet man auch noch von mir, daß ich einen Thronerben herstelle.“

Die Amici lachen, auch Shurai, dem immer ein bißchen unheimlich ist, wenn die Ungläubigen derart freimütig über Dinge des Harems reden, anders Wilhelm, der tatsächlich kürzlich den geistlichen Stand verlassen hat, um zu heiraten.

Natürlich spricht Federico ihn an. „Die Wonnen des Ehestands“, sagt er und zieht ein Gesicht. „Lohnt sich der Aufwand?“

„Für mich hat er sich gelohnt“, erwidert der Magister friedlich, und wieder brechen alle in Gelächter aus. Es ist bekannt, daß Francisius’ hübsche Frau schwanger ist.

Der König winkt ab. „Entscheidend ist ihre Mitgift, und das sind fünfhundert Ritter. Damit, gemeinsam mit Taddeos und Rainaldos Reitertruppe, können wir mit dem verfluchten Festland fertig werden. Wenn ich das Stück Fleisch als Zugabe nehmen muß – sei’s drum.“ Er steht auf, die Hunde erheben einen Höllenlärm. „Ich werde den Großvätern meine Entscheidung mitteilen. Walther wird sich freuen.“ Mit den Großvätern ist natürlich das aus Klerikern zusammengesetzte Familiarenkolleg gemeint.

Kadi Shurai begleitet ihn noch ein Stückchen. Die anderen haben sich daran gewöhnt, daß er meist das letzte Wort hat. Er gibt ein paar juristische Feinheiten zu der Sache hinzu.

Der kleine König unterbricht ihn kurz und sagt zu den anderen: „Erinnert mich daran, wenn sie dann kommt, daß ich meine Mädchen wegschicke. Wenigstens für den Anfang.“

Sie soll zu den feinsinnigsten und gebildetsten Frauen ihrer Zeit gehören, heißt es von Konstanze, denn ihre beiden Brüder Pedro und Alfonso haben ihr die sorgfältigste Erziehung angedeihen lassen, was freilich nicht aus Liebe geschah, sondern um sie gewinnbringender an irgendeinen Königshof verkuppeln zu können. Nun ist es zwar so gekommen, daß die Troubadoure die Dame besingen und ihr Minnehof weltberühmt ist, aber mit der großen Heirat war es bisher nichts.

Konstanze von Aragon wurde zwar Königin von Ungarn, aber das war bei den Hinterwäldlern, und die Einflußnahme, die sich das Brüderpaar durch sie auf dies Reich versprach, fand nicht statt. Sie war, einmal vermählt, plötzlich keine gehorsame Schwester mehr, sie schlug die Weisungen ihrer Brüder in den Wind, und Ungarn war weit. Dann starb ihr Mann, sie kehrte nach Aragon zurück, aber eine Witwe wieder an den Mann zu bringen ist bedeutend schwieriger.

Schließlich stimmte denn Pedro dem päpstlichen Ehevorschlag mit Sizilien zu. Da unten herrscht so ein Wirrwarr, daß man mit Sicherheit mitmischen kann, der König ist ohnmächtig und ein Kind, und diesmal machen sie es schlauer. Sie schicken gleich Besatzertruppen mit, falls die Schwester wieder verstockt sein sollte. Die fünfhundert Ritter stehen unter Führung des Bruders der Dame, Graf Alfonso de Provence. Es kann gar nichts schiefgehen.

Konstanze, die „alte Schachtel", zählt sechsundzwanzig Jahre. Neben ihrem großen, dunklen, ungeschlachten Bruder wirkt sie besonders blond, zierlich, liebenswürdig, wie sie an seiner Hand von Bord geht. Für sie bedeuten Alfonso und seine Fünfhundert zunächst nichts weiter als eine Beruhigung; man ist nicht ganz so tödlich verlassen in dem fremden Land wie damals in Ungarn, wo sie ihre Loyalität nur mit Mühe bewahren konnte.

Obgleich sie den Brüdern nicht sonderlich grün ist, legt sie ihre Hand fest auf die behandschuhte Rechte des Begleiters. Mit der anderen rafft sie ihre Schleppe und schreitet hocherhobenen Hauptes daher, im Bewußtsein, daß sie viele neugierige und kritische Augenpaare mustern – sicher die der Großen des Hofes hier, vielleicht im Verborgenen die des neuen Gemahls. Sie geht mit energischen Tritten, und das huldreiche Lächeln, das sie der Sitte gemäß auf ihre Züge legt, verbirgt gut ihre Angst.

Verse von Catull

Konstanze steht hinterm Fenstergitter im Schatten und schaut hinunter in den engen Innenhof, der sich mit wild gellendem Lärm erfüllt wie ein Schlund. Die Hundemeute kläfft ohrenbetäubend, hinter ihr stürzen Treiber, Jäger, Reiter herein, es ist ein Strudel von Lachen, Rufen, Schreien, Tierlauten, dazwischen fliegen Witzworte und Befehle hin und her.

„Welcher ist es?" flüstert sie ihrer Kammerfrau zu, die hinter ihr steht. Ildiko, die ungarische Zofe, reckt den Hals. „Der mit dem Reif im Haar, im grünen Kleid, der, ja, der Kleine."

„Der Rothaarige?"

„Ja, der."

Sie fühlt, wie ihre Handflächen feucht werden, und preßt ihr Seidentüchlein zwischen den Fingern. Mit beklommener Seele sieht sie hinab auf dieses halbe Kind, das mit seinen Falken und Hunden lebt. Bisher hat er ihr noch nicht einmal einen Besuch gemacht, er, dem sie sich auszuliefern hat.

„Auf wann hat mein Bruder die Begegnung festgelegt?" fragt sie, ohne den Blick von dem da unten zu lassen. Vielleicht kann sie etwas über ihn herausfinden und schon vorbereitet sein auf das, was kommt. Sie ist ruhiger, wenn sie sich vorbereiten kann. Was sie überfällt, ängstigt sie.

„In vier Tagen", sagt Ildiko. „Einen Tag vor der Trauung."

„Warum nicht eher? Ich brauche vielleicht ein bißchen Zeit?"

„Der König wünscht es nicht. Er war selbst zu dieser Begegnung nur mit Mühe zu bewegen. Er meinte, ihm genüge es, die Braut im Dom zu sehen, zu ändern sei ja ohnehin nichts an der Sache. Er ist sehr . . ."

„Halt den Mund", sagt Konstanze ernst und wendet sich vom Fenster weg, „du sprichst von meinem Bräutigam."

Sie geht an ihr Stehpult, wo aufgeschlagen der Cicero liegt. In kürzester Zeit legt sich um sie der Lärm, der noch immer von unten heraufschallt. Der Wunderwagen trägt sie fort, dahin, wohin ihr keiner folgen kann. Bücher, all ihr Trost, das Eigentliche. Ihre Brüder, die beide weder lesen noch schreiben können, lachten sie oft genug aus ihrer Lektürebesessenheit wegen. Irgendwann begriffen sie, daß sie weniger sperrig, traurig, hilflos war, wenn sie las, und ließen sie gewähren.

„Wollen wir wetten", Taddeo kichert, „daß sie da oben gestanden und gegafft hat?"

„Wer?" fragt Federico abwesend. Er untersucht seinem Lieblingspferd, einem grazilen Araber, eigenhändig die Fesselköpfe, da ihm scheint, es lahme etwas.

„Na, deine Erwählte." Taddeo kann es nicht lassen, ein imaginäres Schleppkleid mit zwei Fingern zu raffen und sein Gesicht zu einem zierlichen Grinsen zu verziehen.

„Laß mich in Ruhe damit", befiehlt sein Herr verdrießlich. „Es ist, wie es ist, man muß keine Witze darüber machen." Er wischt sich die Hände am Hemd ab und geht zu einer Beschäftigung, die er als Regieren bezeichnet, die Amici aber als Den-Herrn-Kanzler-Ärgern.

Die „Begegnung", das sorgfältig arrangierte, aber wie zufällig wirkende Zusammentreffen der Verlobten, findet im Grünen statt, in einem verwilderten Myrtenhain, in dem ein paar zerbröckelnde antike Statuen herumstehen.

Sowohl der König als auch die Braut erscheinen mit Gefolge. Aber während Konstanze ihre Frauen, zwei kleine Pagen, die ihr die Schleppe halten, einige Ritter des Gefolges, einen Sänger, die Zofe mit dem Schoßhund und ihren Bruder als Begleiter hat, erscheint Federico nur mit dem Waffenmeister de Suessa, dem Genueser da Costa und dem Sänger Rainaldo d'Aquino, drei Herren, die beim Anblick einer Frau nur frech grinsen und nach dem Busen schielen können und von Courtoisie keine Ahnung haben. Zudem tragen sie ihre grünen Jagdröcke.

Ungefähr zehn Schritt vor der kleinen Suite Konstanzes ist eine schmale Brücke, unter der ein schilfiges Rinnsal dahingluckert. Der König ist auf der anderen Seite. Er mustert sie, und während sie erhobenen Hauptes auf die Brücke zugeht, muß sie sich die ungenierten Bemerkungen anhören, die da ohne den Versuch, die Stimme zu dämpfen, am anderen Ufer fallen.

„Für ihr Alter sieht sie ganz passabel aus", sagt der Rex Sicaniae. „Und hübsch aufgetrenst ist sie, das muß man ihr lassen. Was hab ich denn jetzt zu tun? Verlangt die Sitte, daß ich sie irgendwie abschlecke? Umlegen soll ich sie ja wohl erst in der Brautnacht, oder?"

Konstanze ist stehengeblieben. Das höfische Lächeln erstarrt vor Empörung auf ihrem Gesicht zur Grimasse. Der Gedanke, daß dieser frühreife rüpelhafte Vierzehnjährige morgen ihr Mann sein soll, versetzt sie in Zorn. Neben ihr steht ihr Bruder, sie hat ihre Hand auf der seinen, und sie packt zu und preßt krampfhaft seinen Handschuh. Er ist der Beschützer ihrer Ehre. Müßte er bei diesen Bemerkungen nicht längst die Klinge in der Scheide lockern?

Aber in Don Alfonsos bärtigem Gesicht zuckt kein Muskel, seine Augen bleiben völlig unbeteiligt. Alfonso hat nichts gehört, und er wird auch nichts hören. Der Handel ist getätigt. Warum soll er so töricht sein und irgendwelchen Ärger aufkommen lassen, weil sich die Witwe König Emmerichs gekränkt fühlt? Sie ist das Unwichtigste bei dieser Sache.

Konstanze sieht, daß sie auch mit fünfhundert Rittern so allein ist wie damals in Ungarn.

Indessen hat sich Federico nach einem kurzen Wortwechsel mit seinen Begleitern zu etwas entschlossen. Er kommt schnell und allein über die Brücke, verbeugt sich und sagt: „Dame, Wir heißen dich in Unserem Königreich willkommen." Dann beguckt er sie sich von nahem.

Da er so vor ihr steht, nimmt sie verwirrt seine Anmut wahr, den Glanz der langen rotblonden Locken, das gebräunte Gesicht, aus dem die hellen Augen wild, spöttisch und unverhohlen neugierig leuchten, die Geschmeidigkeit seiner Bewegungen.

Plötzlich sagt er: „Ich möchte dir meine Fischteiche zeigen. Allein, ohne all diese Leute. Ja, auch ohne Herrn Alfonso. Oder brauchst du die beiden Fratzen, die dein Kleid tragen?"

Sie muß lächeln. Nein, die brauche sie nicht. Sie nimmt ihre Hand von der des Bruders, der sie höchst verwundert ansieht, denn das ist nun wirklich wider alle Etikette, und reicht sie Federico, der zunächst mit dieser Geste gar nichts anfzufangen weiß. Dann packt er kurz entschlossen zu, als greife er ein Maultier beim Zügel, und zieht sie hinter sich her, zurück über das Brückchen, an den Amici vorbei, „Ihr bleibt auch hier!", und, dem sumpfigen Wasserlauf folgend, um eine Wegbiegung. Dann erst läßt er sie los und geht neben ihr, wobei er sie von der Seite anschaut.

Die Braut ist klein und zierlich. Ihr eng am Körper anliegendes Kleid in Grün und Rosa läßt ihren festen, gutgebauten Leib erscheinen wie die alten Standbilder, die überall im Gebüsch herumstehen. Sie trägt ihre große Schleppe mit abgespreizten Fingern, was ihren Bräutigam amüsiert (ihm fällt Taddeos Kopie ein), aber wie sie mit ihren dünnen Seidenschuhchen unverdrossen durch den Morast stiefelt, das gefällt ihm. Ihr Profil, mit kleinem Kinn und kleinem Mund, runder Stirn und einer lustigen Nase, die sich an der Spitze ein bißchen verdickt, erinnert ihn an nichts Vergleichbares, seine Tänzerinnen sehen alle ganz anders aus. Ihre Brauen sind mit dem Stift gezeichnet. Am meisten imponiert ihm der dicke blonde Zopf, der, mit Perlen durchflochten, über die Schulter bis fast zum Gürtel reicht – er ahnt nicht, daß gerade dies Attribut ihrer Schönheit der Kunst zu verdanken ist, denn Konstanzes Haar ist zwar blond und lang, aber nicht sehr dicht.

„Du bist anständig herausgeputzt, Dame", sagt er, und sie begreift, daß er ihr ein Kompliment machen will.

„Danke, Majestät, du bist sehr freundlich zu mir", erwidert sie. Sie benutzt ein klares Latein, während er zuvor die ganze Zeit Volgare gesprochen hat; es war ihm gar nicht in den Sinn gekommen, daß sie ihn vielleicht nicht verstehen könnte.

„Warum hast du mir nicht gesagt, daß ich mit dir lateinisch reden soll?" fragt er ärgerlich.

Sie lächelt. „Ich lerne die Sprache Siziliens, des Landes, wo ich nach dem Willen Seiner Heiligkeit und meiner Brüder leben soll, und ich kann schon recht gut verstehen, aber noch nicht so gut sprechen. Deine Majestät braucht sich nicht zu bemühen, ein anderes Idiom zu benutzen", sagt sie gewählt.

Federico zuckt die Achseln. Ihre Art erscheint ihm duckmäuserisch und berechnend, ihre feine Ausdrucksweise erregt seine Lachlust. In Zukunft spricht er nun erst recht Latein, nicht ihr gestelztes Priesterlatein, sondern eine freie, schwingende Sprache, in die er teilweise den Satzbau des Volgare übernimmt und dessen Endungen er manchmal auf eine singende Weise verschleift, so daß aus „calor" – „calore" wird und aus „lux" – „luce".

Trocken erläutert er ihr Sinn und Zweck der Fischteichanlage, die ihm vor allem dazu diene, das Zusammenleben von Fischen, Lurchen und Wasservögeln zu studieren, in zweiter Linie aber den Bedarf des Castello an Wildgeflügel und Karpfen decke. „Im vorigen Herbst sind bereits Schwärme von Wildenten hier eingefallen", berichtet er, und in seine Stimme kommt Wärme.

Konstanze hört diesem seltsamen Jungen zu, der viel über Wassertiere, aber offenbar nichts über die Art weiß, wie man in der großen Welt einer Frau begegnet, und der die Manieren eines Jägerburschen hat; die Beklommenheit ihres Herzens wird ein bißchen leichter. Es scheint Dinge zu geben, die ihm wirklich Anteilnahme ablocken.

Der Grund wird unwegsamer, und er greift wieder nach ihrer Hand, so wie sich Kinder anfassen, wenn sie gemeinsam laufen wollen. Vor ihren Augen breiten sich inmitten von Rohr und Schilf ein paar flache Teiche aus. Vögel schwirren auf.

Federico senkt die Stimme. „Die Stockenten brüten jetzt, geh nicht näher heran."

„Kann ich ein Nest sehen?" fragt sie leise.

„Ja", entgegnet er, „eins, wo sie schon geschlüpft sind." Er zieht sie weiter.

Jetzt wird auch noch ihr Kleid bis zu den Knien naß. Aber ihre Freude über das Entennest ist wirklich echt, sie hockt sich sogar an den Boden und macht sich die Finger schmutzig. Ob sie das nur aus Berechnung tut? Federico betrachtet sie abschätzend, ihren schmalen Nacken und die weißen Schultern, die aus dem weit ausgeschnittenen Kleid hervorschauen. Keine alte Schachtel. Ein Püppchen. Aber was steckt dahinter?

Sie sieht zu ihm auf, fragt etwas. Ihre Augen unter den gepinselten Brauen sind braun und freundlich. Er grinst, während er antwortet, und senkt seinen Blick zu ihrer Brust, die sich ansehnlich im Mieder wölbt. Sie steht schnell auf.

An seiner Hand gelangt sie wieder aufs Trockene. Ein gerodeter Baumstumpf liegt da, und der König schwingt sich hinauf und vergißt natürlich, ihr auch einen Platz anzubieten, so daß sie vor ihm stehenbleiben muß. Er nagt dabei an einem Unkraut, nein, er ißt es, wie sie schaudernd feststellt, richtiggehend genüßlich auf, so wie er es aus der Wiese gerissen hat.

„Das ist Sauerampfer", sagt er – offenbar bemerkt er alles –, „und das kann man essen. Willst du auch, Dame?"

Nein, Konstanze verzichtet, was ihr ein erneutes spöttisches Lächeln ihres Bräutigams einträgt.

„Ich möchte wissen", sagt er kauend, „warum du wirklich Volgare gelernt hast. Du willst mitspielen im Land, was? Mit deinen fünfhundert Rittern hinter dir. Ich rate dir, versuch's nicht. Deine Ritter marschieren spätestens vier Wochen nach der Hochzeit aufs Festland, um zu kämpfen, und zwar für mich. Vielleicht bist du ins Herrschen verliebt wie meine Mutter. Aber wenn du auch Konstanze heißt, du bist keine Gran Costanza und wirst keine werden. Dafür werde ich sorgen."

Der jungen Frau ist bei dieser groben Anpöbelei das Blut ins Gesicht gestiegen, sie bewahrt dennoch ihre Fassung. „Das Mißtrauen des Königs ist ganz unbegründet", erwidert sie. „Ich wünsche nichts, als dir eine gute Gattin zu sein."

Federico antwortet mit einer Obszönität. Konstanze schlägt die Augen nieder. Anstelle der Furcht vor dem Ungewissen, der Beklemmung, bemächtigt sich ihrer eine tiefe Niedergeschlagenheit. Ja, so ist es also. Es kann gar nicht schlimmer kommen. Allein, ausgeliefert diesem rüden Halbwüchsigen, der die Dreistigkeit eines Gassenjungen besitzt, verbunden mit Mißtrauen und Hochmut, und der keinerlei guten Willen zeigt, sie zu verstehen. Sie wendet sich zum Gehen und sagt leise: „Sic nimis insultans extremo tempore saeva fors . . ."

„Aber das ist Catull!" ruft der Knabe hinter ihr und springt von seinem Sitz. „Woher kennst du Catull?"

„Ich liebe die Dichter und die Dichtkunst", erwidert sie, und er ergänzt eifrig die Verszeile: „. . . etiam nostris invidit questibus auris." Sie spricht die nächste – und so weiter im Wechsel. Die Schlußstrophe sagen sie beide gemeinsam. Dann stehen sie da und lächeln sich an. „Ich mag Bücher", sagt sie, und er: „Ich auch."

Ihr Gefolge hat inzwischen keinerlei Fraternisierungsversuche gemacht, sondern Sizilier hüben und Aragonesen drüben haben jeder für sich gewartet, die Begleiter Konstanzes mit steigender Unruhe, die jungen Männer des Königs mit immer lauter und anzüglicher werdenden Bemerkungen über das Draufgängertum ihres Rex, die Standhaftigkeit der Braut und die Schönheit von Wasservögeln, wobei sich besonders Herr de Suessa durch seine Frechheit hervortut und bei den Rittern Aragons unbeliebt macht.

Schon gehen die ersten Drohungen hin und wider, schon legt man die Hand an den Schwertgriff, da kommen die beiden Verlobten um die Wegbiegung. Die Kammerfrauen schreien auf, denn Konstanzes Kleid ist mit Schlamm gesprenkelt und naß bis fast hoch zu den Hüften. Aber ihre Herrin plaudert ganz ruhig mit dem nicht weniger verdreckten König Siziliens, und wenn auch ihr Nebeneinandergehen keinen Funken höfischer Zucht verrät, so scheinen sie doch sehr belebt. Wie sich zur Verwunderung des Gefolges herausstellt, unterhalten sie sich über die Vorzüge von Ciceros Somnium Scipionis gegenüber Sallusts Bellum Jugurthinum.

Freudenstand

Sie nehmen der Braut das blumenumflochtene Schapel und den Schleier ab und ziehen ihr das schwere Schleppkleid aus Brokat vom Leib, statt dessen geben sie eine schleierige Sache über ihre rosa und grünen Unterröcke. Vorher haben sie noch zu Häupten und zu Füßen des Bettes Kerzen aufgestellt und einen kleinen Tisch mit Wein, Backwerk und Fleisch zurechtgerückt, die Sitze nebeneinander, statt gegenüber. Sie decken das Bett auf und streichen die Laken glatt und sind gerade dabei, Rosen auf dem Kopfkissen zu verteilen, als der Bräutigam, der die ganze Zeit in einem leichten Leinenkittel in der Fensternische hockt und an einem Grashalm kaut, aufspringt und alle hinausjagt mit dem Bemerken, nun sei es genug, Weihrauch und Myrrhen seien unnötig und würden nur die Luft verpesten. Auch die Kammerfrauen der Braut werden fortgescheucht, den Rest werde er selbst übernehmen.

Die Mädchen kichern, als sie die Tür schließen.

Konstanzes Herz klopft bis zum Hals. Sie steht da mitten im Raum, die Augen halbgesenkt, ihr Tüchlein zwischen den schweißfeuchten Handflächen.

„Uff", macht ihr Gemahl. „Ziemlich lästig, all diese Zeremonien anläßlich des kirchlich sanktionierten Beischlafs. Komm, wir wollen erst mal was essen. Sie haben es wohl für hinterher hingestellt, aber ich habe jetzt Hunger."

Sie folgt ihm zu der kleinen Tafel, setzt sich neben ihn, nun schon vorbereitet darauf, daß er sie weder an erhobener Hand leitet noch ihr den Stuhl rückt oder sie nach ihren Wünschen fragt, geschweige denn ihr etwas vorlegt. Sie sieht, wie er nur sich Wein eingießt, wie er sich eine Handvoll Oliven in den Mund stopft und mit den Kernen kämpft – seine Eßmanieren sind auch nicht die feinsten.

Als er sich halb über sie beugen muß, um an die Hühnerkeulen zu gelangen, schnuppert er. „Du riechst gut", sagt er mit vollem Mund. „Was ist das? Also Moschus ist das nicht."

„Das ist kein Duftwasser, sondern eine Seife, Majestät", erwidert sie leise. „Man macht sie aus Palmöl und Olivenmark."

Er sieht sie von der Seite an. Eine Seife. Bestimmt wäscht sie sich dreimal am Tag damit.

„Warum hast du eigentlich Angst?" fragt er plötzlich. „Die Witwe König Emmerichs hockt da wie eine Jungfrau." Er wischt sich den

Mund am Ärmel ab. „Ich mag keine Zimperliesen, das laß dir gesagt sein."

Da es keine Stelle auf der Welt gibt, wohin die angetraute Gattin eines König von Sizilien flüchten könnte, nicht mal in ein Kloster, sagt Konstanze ehrlich: „Ich habe Angst, weil du anders bist als alle Menschen, die ich kenne. Und weil du so jung bist. Ich weiß nicht, was mich erwartet."

Er lacht auf. „Das gefällt mir besser als dein höfisches Gesäusel. Na gut. Aber ich weiß auch nicht, was mich erwartet. Ich werd es gleich sehen." Er springt auf, zieht sie vom Sitz hoch.

„Ich bin in deiner Hand, mein Gemahl", sagt sie, und ihr ist, als könne man ihre Stimme nicht hören über dem Klopfen ihres Herzens.

„Noch nicht, aber gleich", bemerkt er sachlich. Er greift nach ihrem Mieder, aber er ist so ungeschickt, daß er mit dem Verschluß nicht zurechtkommt (die Tänzerinnen haben keine Knöpfe an den Sachen), und so fetzt er es grob von ihrem Leib.

Sie schließt die Augen, steht mit hängenden Armen, steif, ein Opfer. Aber siehe, seine Hände sind nun alles andere als grob und ungeschickt. Während er sie liebkost, beginnt er zu reden, die Worte sprudeln nur so aus ihm hervor; Konstanze versteht nichts, erkennt aber den Klang der sarazenischen Mamluken wieder. Ihr junger Gemahl spricht, wie sich herausstellt, in der Liebe arabisch.

Sie öffnet die Augen, sieht sein Gesicht, die heitere Stirn, den gelöst lachenden Mund, die leuchtenden Augen – das Gesicht eines Menschen, der sich freut –, und denkt daran, welche verbissenen, tierischen Mienen ihr die Männer bisher in solchen Minuten angeboten haben. Er war wie ein ungehobelter Jägersknecht, aber nun zeigt er mehr Courtoisie als die feinen Ritter, die in der Zärtlichkeit nicht zärtlich waren, sondern grobe Klötze. Sie schlingt die Arme um ihn, und der Geliebte Mardschanas und Nuzhats, Fatins, Abrizas und der anderen läßt sie Wunderdinge erfahren, bleibt und geht, läßt ab und kommt wieder, wendet sich hierhin und dorthin und erweist Stätten seine Aufmerksamkeit, für die bisher niemand Interesse gezeigt hat, König Emmerich eingeschlossen. Konstanzes Feuer erwacht, sie jubelt und stöhnt, biegt sich wie ein Baum im Wind, lacht und weint und jauchzt, und ihr junger Mann hat an ihr eine tapfere Gesellin beim Spiel.

Als sie schließlich voneinander ablassen, ist ihr Mund trocken, ihre Hände und Füße sind kalt, und ihre Knie zittern. Federico, kein bißchen müde, spart nicht an Anerkennung und Lobpreis und zeigt sich sehr erfreut über diese Hochzeitsnacht, allerdings in den Worten der Zotenlieder, die er in den Kneipen Palermos gelernt hat. Sie ist zu friedlich-erschöpft, um sich darüber zu wundern.

„Weißt du, was komisch ist", sagt er und hebt ihren zerzausten blonden Kopf vom Boden auf, um ihr zu trinken zu geben, „es gelingt mir nicht, es einmal in einem Bett zu machen. Ich hab es kommen sehen. Wir liegen wieder auf dem Fußboden." Er lacht Tränen. Dann fragt er sie, ob sie mitkäme, im Meer schwimmen.

Sie schläft schon halb, als sie lächelnd verneint.

Und dann sieht Konstanze ihren Gatten fast eine Woche nicht mehr, außer zwischen Tür und Angel. Er trainiert die aragonesischen Ritter, arbeitet in der Kanzlei, reitet zur Jagd. Sie geht wie behext durch das Castello dei Normanni, liest in ihren Büchern, spielt auf ihrer Laute. Der Sommer ist sehr heiß.

Auf einmal, unvermittelt, ist er des Abends da, liest mit ihr im Cicero, schickt ihre Kammerfrauen fort und zieht sie mit der Bemerkung: „Wir müssen fleißig sein, um dir den Bauch zu füllen, Frau Königin" ohne Umschweife zu Boden.

Nun kommt er täglich, und er erklärt ihr geradezu, ein Astrologe habe errechnet, die Zeit sei für eine Empfängnis sehr günstig. Davon abgesehen, hat er keinen Blick für sie.

Nach der Liebe ergeht es ihr wie den Mädchen im Märchen, die einen Zaubertrank erhielten: Sie schläft ein, bevor sie mit ihm sprechen kann.

Dann bleibt er wieder fort. Und Konstanze begreift: Die körperliche Vereinigung ist bei ihm ein Vergnügen unter vielen, etwas wie Essen, Jagen, Lesen, Singen, aber kein Weg zu menschlicher Nähe. Sie kennt ihn noch genausowenig wie zu Beginn. Für ihn ist sie „un bel pezzo di carne", ein schönes Stück Fleisch, wie er sie mit lähmend unschuldsvollem Zynismus lächelnd nennt. Sie lernt fleißig weiter Volgare.

Sie bemüht sich, die Gesichter an diesem seltsamen Hof kennenzulernen und zu begreifen, warum alles so ist, wie es ist. Die Sarazenen wenden die Augen vor ihr ab. Sie lernt, daß selbst der Imam mit ihr ein paar achtungsvolle Worte wechselt, wenn sie einen leichten Schleier vor ihr Gesicht zieht. Am freundlichsten sind die Kleriker des Familiarenkollegs, die sie alle zu ihrem Beichtkind haben möchten und dessen Fragen im Beichtstuhl immer auf ihren Gemahl und ihren Umgang mit ihm hinzielen. Auch der Kanzler begegnet ihr mit größter Höflichkeit.

Das schlimme ist nur, daß hier alle Leute immerfort unglaublich viel zu tun haben, daß jede Viertelstunde eines Gesprächs gemessen wird am verbleibenden Arbeitspensum und daß sie alle mitten in der aufschlußreichsten Unterhaltung plötzlich einen abwesenden Blick bekommen und sich unter gemurmelten Entschuldigungen entfernen. Die Königin hat dann das Gefühl, als hätten sie eine Vision gehabt, vermutlich die ihres jungen Mannes, der ohne Rast und Ruhe durch Palast, Kanzlei und Stadt wirbelt und alles um sich in Atem hält und der ihnen ihre Lektionen unerbittlich abfragt – manchmal hört sie ihn Pagliara oder die Räte in unbeherrschter Wut anschreien und kann nicht verhindern, daß sie ein Zittern befällt, auch wenn es sie nichts angeht.

Bei den Amici weiß sie wenigstens, woran sie ist. Die jungen Herren wie Taddeo, Michele, Tomaso nehmen sie einfach nicht ernst. Sie ist ihres Rex „legale Dame" (so Taddeo; längst weiß sie von den Tänzerinnen), darüber hinaus uninteressant, da man ihr nicht einmal Anträge machen kann.

Anders ist es mit Magister Francisius, der durch seine junge Frau ein wärmeres Verhältnis zur Weiblichkeit gefunden hat. Als sie ihn um Nachhilfe bei schwierigen Lateinstellen bittet, ist er Feuer und Flamme. Sie können vertraulich beieinander sitzen und über Literatur reden. Aber jede Andeutung einer Frage nach Federicos Wesen veranlaßt Guglielmo sofort, den Mund zuzumachen. Dann weiß sie wieder, daß sie eine Fremde ist und nur dem Namen nach Königin Siziliens.

Eines Tages, als sie mit Ildiko im Park Gennoard spazierengeht, hört sie Lautengeklimper. Ihr Troubadour, Sancho de Toron, bringt da dem ungebärdigen Rainaldo eine neue provencalische Weise bei. Als die beiden sie bemerken, springen sie höchst verwirrt auf, der junge Sizilier errötet bis unter die Haarspitzen, und nach einigem Hin und Her erfährt sie, daß er gerade dabei ist, eine Kanzone auf sie zu dichten. Ihre Freude ist so unverhohlen, daß sie vergißt, wo sie ist, und Rainaldo nach Art des Minnehofs ein Seidenband gewährt und die Huld, ihr Ritter zu sein. Erst seine Verblüffung macht ihr klar, daß für so etwas hier noch kein Beispiel war. Sie bittet Sancho, den Kavalier aufzuklären über die Bräuche eines Cour d'amour, was auch geschehen sein muß, denn in den nächsten Tagen entdeckt sie Bänder und Stoffetzen in Rosa, ihrer Farbe, bei den meisten der

Amici, ohne daß allerdings die jungen Männer das Verhalten ihr gegenüber geändert hätten. Im Gegenteil, die wilden Burschen versuchen nun, Konstanzes Frauen nachzustellen, und belagern förmlich ihre Gemächer, um Ildiko oder Clara oder Blanca an den Busen zu fassen und von Amore flüstern zu können. Konstanze sieht belustigt diese Auswirkungen falsch verstandener Courtoisie.

Am bittersten ist ihr in diesen Tagen jede Begegnung mit Don Alfonso de Provence. Ihr Herr Bruder schimpft den lieben langen Tag auf Sizilien, diesen verrückten Abenteurer und unreifen Bengel, womit er ihren Mann meint, die Zustände am Hof, die ewige Geheimniskrämerei in der Kanzlei, das Fehlen von Festlichkeiten, die Isolierung der Aragonesen, die Zumutung des Papstes, sie hierher, an das Ende der Welt, zu verbannen, das harte Kampftraining und die mangelnde schwesterliche Unterwerfung Konstanzes unter seinen Willen – denn er sieht ihre Rolle hier ganz anders. Zumindest nicht als die einer königlichen Unterlage. So war das alles nicht gedacht. Sie hat oft Mühe, sich bei ihren Büchern zu sammeln. Ihr Mann bleibt ihr weiter fern.

In den mondhellen, klaren und heißen Nächten dieser Insel weint sie jene Tränen, die tagsüber hinter ihren Augenlidern brennen. Am Morgen ist sie heiter.

Wie man mit Frauen umgeht

Er kommt unangemeldet herein, herrscht ihre Frauen an, zu verschwinden, und schiebt den Riegel vor. Konstanze gefriert das Begrüßungslächeln auf den Lippen, als er ihre Handgelenke mit einer Hand packt und sie also gefesselt vor sich hinstellt. Seine Augen blikken ihr so gerade und eisig ins Gesicht, daß ihr ist, als ob er schiele.

„Stimmt es, daß du dir von meinem Kanzler den Plan der Operationen in Apulien hast zeigen lassen?"

Sie bejaht ruhig, obwohl ihr Herz bereits wie rasend klopft.

„Wozu wolltest du das wissen?"

„Mein Bruder hat mich gefragt."

„Und du hast ihm Bericht erstattet?"

„Soweit ich das verstehen konnte, habe ich ihm berichtet. Er bat mich ja darum, und ich ..., Federico ..., sollte ich ..." Sie beginnt unter seinem Blick zu stammeln.

Er läßt sie los und schlägt sie gleichzeitig mit voller Wucht mit dem Handrücken ins Gesicht. Der Schlag ist so brutal, als sei er für einen Mann berechnet, und Konstanze taumelt und fällt zu Boden.

„Spionin! Schlange am Busen! Pfaffendienerin! Dein Bruder! Er wird schon längst seinen Brief an den Papst geschrieben haben. Ich dachte mir's ja immer, du höfische Leisetreterin, daß was dahintersteckt bei dir. Hüte dich! Ich dulde keine Einmischung in die Regierung! Ich dulde keine Verräterei! Entscheidungen treffe ich in diesem Land!"

Konstanze liegt an der Erde und schluchzt wie ein Kind. Ihre in all diesen Tagen mühsam bewahrte Fassung ist im wörtlichsten Sinne zerschlagen worden. Sie sagt nichts, und er ließe sie ja auch gar nicht zu Wort kommen.

„Ich wünsche nur, dir eine gute Gattin zu sein", äfft er sie nach. „Alles Doppelzüngigkeit! Laß dich warnen, es kann nicht gut gehen, wenn eine Konstanze regieren will."

Verstummend geht er im Raum auf und ab. Das Beispiel seiner Mutter zeigt ihm auf einmal, wie anders dies hier ist. Die kalte Grausamkeit Heinrichs hätte sich nie in einer Ohrfeige Luft gemacht, Konstanzes Haß und Stolz nie in Tränen. Die Aragonesin da liegt einfach auf der Erde und weint, und beim Anblick ihres schönes Zopfs über dem gebeugten Nacken geht sein Zorn in Verlangen über.

Er dreht sich um und will zur Tür, aber auf einmal ist sie hoch und versperrt ihm den Ausgang. Sie weint weiter laut und hemmungslos, und sie spricht, während ihr die Tränen über das Gesicht laufen: „König Friedrich, du hast mich bestraft, ohne meine Rechtfertigung anzuhören. Ist das die normannische Gerechtigkeit? Ich habe gedacht, aus dir könne noch einmal ein ritterlicher Fürst werden, aber in dir steckt wohl nichts als ein Räuberhauptmann, wie es all die sind, die du bekämpfen willst. Ein Räuberhauptmann, wie es alle Staufer waren trotz ihrer Kaisertitel. Sturm aus Schwaben, blindwütig und jäh. Schade um dich, ewig schade." Sie schluchzt wild und bedeckt mit den Händen ihre geschlagene Wange.

Federico, betroffen, belustigt, erzürnt, erstaunt, weiß vor allem, daß er sie sehr begehrenswert findet so. Am liebsten würde er sie noch einmal zu Boden gehen lassen und seinen Willen an ihr tun. Er beißt sich auf die Lippe. „Du weißt nicht, was du redest, Dame", sagt er schroff. „Hüte dich, mir noch mehr zu mißfallen. Und gib die Tür frei."

Sie geht zur Seite, den Kopf hochgereckt, und sieht ihn nicht an. Ihre Frauen finden sie verweint, aber tränenlos, abweisend, eine Gesichtshälfte dick geschwollen. Sie verlangt nur, daß man ihr das Haar ordne, geht dann an ihr Lesepult. Bald vergißt sie über der anderen, der eigentlichen Welt, nach ihrer Wange zu fühlen oder an ihren Augenlidern herumzuwischen.

Der Kadi Shurai ist der einzige, dem der junge König die Geschichte erzählt, und zwar von vorn bis hinten. Der weise Imam schüttelt den Kopf. „Mein Sohn, es steht geschrieben: Schau mit Güte auf deine Frau, denn sie ist dir anheimgegeben, und ihr Verstand ist kurz, da Gott sie aus der Rippe des Mannes erschuf. In diesem Fall hat die Herrin mehr feinen Sinn erwiesen als du, denn sie hat dich an die Billigkeit gemahnt. Wäre es nicht besser gewesen, sie gütlich zu befragen und sanftmütig zu belehren über ihren Fehler? Ich kann deine Weise nicht gutheißen. Behandelt die Weiber mit Nachsicht, sagt unser Prophet – Allah segne ihn und gebe ihm Heil –, die Rippe, aus der sie entstanden, war krumm."

Federico schaut verstockt drein. „Was habe ich gemacht? Die deutschen Ritter, diese feinen Minneherren, verprügeln ihre Frauen mit dem Schwertriemen, wenn die ungehorsam sind."

„O glücklicher König", sagt Shurai und lächelt, „seit wann sind dir die Tedeschi ein Vorbild? Niemand spricht dir doch das Recht ab, dein Weib zu züchtigen, wenn es dir gefällt."

„Es gefällt mir überhaupt nicht", erwidert der Knabe verdrießlich. „Aber sie hat mich hintergangen. Mag sein, ich bin unritterlich. Aber ich bin der König." Er verläßt Shurai verärgert, obwohl er nicht erwartet hatte, recht zu bekommen.

Konstanze hingegen bittet Wilhelm Francisius zu sich, um mit ihm ein paar schwierige Stellen im Cicero zu lesen.

Der Lehrer Federicos freut sich über das köstliche, akademische Latein der jungen Frau, das viel mehr seinem Ideal entspricht als die schwingende Volgarediktion seines Rex, und genießt das lang entbehrte Glück, einen gescheiten Schüler zu haben, denn dem Herrn kann er schon lange nichts mehr beibringen.

Als sie sich nach einer Stunde höchst erfolgreich von ihrem Text trennen, sagt Konstanze: „Ehrwürdiger Magister, ich habe eine Bitte an dich. Sei Vermittler zwischen mir und meinem Gemahl."

Wilhelm schweigt abwehrend, aber sie läßt sich nicht beirren. Mit stockender Stimme berichtet sie über das Ersuchen ihres Bruders, die Pläne des apulischen Feldzugs kennenzulernen, um, wie er sagte, seine Ritter rechtzeitig vorbereiten zu können. Sie habe, so erklärt sie, darin nichts Verfängliches gesehen, noch dazu, da ihr der Kanzler Walther auf ihr Verlangen hin die Papiere ohne weiteres ausgehändigt habe. In Anwesenheit Herrn Pagliaras habe sie gelesen, ohne sich Notizen zu machen, und ihrem Bruder dann in groben Zügen Bericht erstattet.

Nun, fast zehn Tage später, habe der König bei einer Beratung mit Don Alfonso bemerkt, daß der bestimmte Einzelheiten des Plans bereits kannte, und vom Kanzler erfragt, woher. Sie schluckt. „Mein Gemahl war sehr zornig. Er hat mich der Verräterei bezichtigt. Aber ich bin auch meinem Bruder Gehorsam schuldig und fand nichts Übles daran, da er die Dinge ja doch erfahren würde. Habe ich mich so sehr ins Unrecht gesetzt?"

Wilhelm sieht mit Sympathie auf die Frau, die so tapfer versucht, das Gestrüpp dieses fremden neuen Lebens zu entwirren und einen Pfad zu finden, er sieht, daß sie in Not ist und kann sich denken, wie furchtbar Federicos Jähzorn gewesen sein muß. Er versucht zu klären. Der Rex sei nun einmal mißtrauisch gegenüber seiner Umgebung, was verständlich sei, da er in seiner Kindheit von Verrat und Verrätern umgeben gewesen sei, und alles, was von seinem wankelmütigen einstigen Vormund aus Rom komme, sei ihm verdächtig. Sicher sei am meisten zu tadeln der Kanzler, der ein geheimes Papier entweder nicht hätte herausgeben dürfen oder zumindest darauf hinweisen müßte, daß es vertraulichen Inhalts sei.

Er lächelt, als er sagt: „In der Kanzlei unseres Rex ist im Augenblick fast alles vertraulich." Und sie erwidert sein Lächeln. „Freilich, Dame", fährt er fort, „bist auch du nicht ganz zu entschuldigen, denn vor allen anderen bist du deinem königlichen Gatten verpflichtet."

Diese Pflichten anzuerkennen, sei sie bereit, sagt Konstanze ernst, soweit man sie ihr in gebührlicher Form erkläre. Sie legt den Ton auf den letzten Teil des Satzes, und der Magister nickt.

Er hat schon bald Gelegenheit, mit dem jungen König zu sprechen, da dieser dringend etwas wissen will über den Status der Ärzteschule von Salerno, die er wiederbeleben möchte. Guglielmos Großvater hat unter Federicos Großvater Roger die Satzung der Schule miterarbeitet, und so zeigt sich Francisius sehr informiert. Sie scherzen in bester Laune, und der König verehrt seinem Lehrer zur Geburt seines Sohnes Tibaldo hundert Goldstücke. „Mehr habe ich nicht, denk, es seien tausend." Ob er sonst noch einen Wunsch habe.

„Nächst dem, dir immer zu dienen, lieber Herr, im Augenblick den einen: Versöhne dich mit deiner schönen Königin."

„Hör auf", sagt Federico scharf, aber so leicht läßt sich ein Wilhelm Francisius nicht abspeisen. Er beugt vor seinem Herrn das Knie, senkt den Kopf und ist eigensinnig genug, nicht wieder aufzustehen, bis seine Bitte gewährt ist.

„Hat sie dich aufgehetzt, wie?" fragt der König. „Was hat sie dir erzählt?"

Der Magister gibt den Hergang wieder und hält nicht mit seiner Meinung zurück, daß die eigentliche Schuld beim Kanzler liege.

„Der ist sowieso die längste Zeit Kanzler gewesen, dieser Dieb am Krongut", bemerkte Federico nebenbei. „Das gesamte Familiarenkolleg wird verändert."

„Bedenke, daß sich Frau Konstanze nicht bei ihrem Bruder oder den anderen aragonesischen Herren beklagt hat. Sie wahrt gegenüber jedermann Stillschweigen über euer Zerwürfnis und ist guten Willens, ihre ehelichen Pflichten zu erfüllen . . ."

Federico lacht los. „Dabei fährt sie auch nicht schlecht!"

Aber Guglielmo ist nicht bereit, auf diesen Ton einzugehen, er fährt hartnäckig fort: „. . . auch an deiner Seite als Königin, wenn ihr Belehrung zuteil wird. Sie wünscht nicht, dir zu mißfallen, Rex." Und mit der Wärme der alten Tage: „Sie ist klug und tapfer, Federico. Laß sie nicht allein."

Der König sieht ihn an. „Hat sie dir gesagt", er stockt, „daß ich sie geschlagen habe?" Er sieht die Empörung in Francisius' Zügen anwachsen, läßt ihn Luft holen und schneidet ihm dann das Wort ab: „Du brauchst mir nicht auch noch zu erklären, daß es unritterlich ist. Sie selbst hat mir schon die passendsten Worte darauf gesagt. Sie hat mich einen Räuberhauptmann tituliert, na gut. Ich will versuchen, die ganze Sache ungeschehen zu machen. Aber hört auf, mich zu bemeistern. Ich bin niemandes Mündel mehr, und in der Zeit, als ihr auf der Terra Ferma saßet, das lasche Brot der Verbannung knabbertet und im übrigen Däumchen drehtet, habe ich hier mehr gelernt, als ihr jemals im Leben erfahren werdet – unter anderem auch über Frauen. Ich will morgen abend mit den Amici essen und trinken. Es wird ein Stuhl mehr nötig sein."

Die Königin wird schon von ihren Frauen für die Nacht zurechtgemacht, als ein Majordomus erscheint mit der Bitte der Majestät, sogleich zu kommen. Konstanze bedauert. Sie sei schon zu Bett.

„Damit wird sich der König nicht zufriedengeben, Dame", sagt der Höfling. Die Königin möge in angemessener Kleidung ihn zu seinem Herrn geleiten.

Sie sagt nichts mehr, während Ildiko ihr schnell und geschickt die Perlen und das Haarteil wieder in den Zopf flicht, ihr einen schmalen Goldreif aufsetzt und ihr in ein besticktes rotes Oberkleid hilft, aus dem die weißen Ärmel ihres Hemds hervorquellen. Ildiko weiß, was sich schickt, und ist in den Fragen des Geschmacks unübertroffen. Sie wird das Richtige wählen für so eine Stunde, da keiner weiß, auf was es hinausläuft, auf den Kronrat, eine Gegenüberstellung mit Herrn Walther, ein Gespräch zwischen dem Bruder und dem Mann, eine Verbannung auf ein entlegenes Landgut . . .

Konstanze schlägt die Augen nieder, als sie dem Abgesandten durch die Gänge des Palazzo folgt, eines Gebäudes, in dem sie sich nicht zurechtfindet und das ihr fremder ist als ein fremdes Haus.

Der Tisch ist gedeckt auf einer der großen Terrassen, auf denen Capparone und Annweiler zu feiern pflegten, aber unter den Windlichtern und Fackeln gibt es keine grölenden Räuber, sondern die heiter gesitteten Amici, man hat sich fein gemacht, viele rosa Schleifen sind zu sehen, Falken und Hunde sind in ihren Gelassen, und Taddeo ist angewiesen, mit allzu dreisten Scherzen hinterm Berg zu halten. Es gibt orientalische Musik (ohne Tänzerinnen), und die Luft riecht nach Palmolivenseife, die offenbar im Palazzo Reale in Mode kommt.

Federico springt bei Konstanzes Erscheinen auf. Er trägt einen schönen Samtmantel, den er nach Art römischer Imperatoren um sich geschlungen hat und auf den sein unbedecktes Haar fällt. Vor der Königin beugt er leicht das Knie und sagt: „Ich bitte dich, mir und den Tischgenossen die Ehre deiner Anwesenheit zu geben, Dame. Wir haben mehr Grund zu arbeiten, als zu feiern, aber heute wollen wir fröhlich sein." Seine Augen, deren Blick so intensiv ist, daß sie wieder fast zu schielen scheinen, sind ohne jede Reue oder Ehrfurcht, dafür aber mit voller, frecher Begehrlichkeit auf sie gerichtet.

Unter dem Einfluß des kühlen wilden Zaubers dieses frühreifen Kindes legt Konstanze ihre Hand auf seine ausgestreckte Rechte, und er führt sie zu Tisch, als brächte er triumphierend einen neugezähmten Falken in die Runde.

Die Amici stehen auf, bis sich das Paar gesetzt hat, man rückt Stühle und schiebt Kissen, und die Frau hat sich wieder in der Gewalt, die höfisch-zierliche Heiterkeit auf ihre Züge zu bringen. Daß ihre Augen dabei so strahlen, macht sie schön.

Man muß sich gleich wieder erheben, da die Majestät trinken will auf Frau Konstanze, die Königin Siziliens und die Herrin über die Herzen.

Sie ist gerührt, verwirrt, dankt mit geneigtem Haupt. Es fehlt noch viel zu einem Cour d'amour, aber immerhin, Rainaldo improvisiert eine kleine Weise im provencalischen Ton, die Reime in Volgare klingen noch ein bißchen wie das Stammeln eines Kindes, aber es hat eine süße Frische, fern von der Perfektion der Troubadoure. Und als die Königin sich gar in der Lage erweist, in Volgare zu danken, kennt die Begeisterung der Tischgenossen keine Grenzen.

Die Nacht ist voller Heiterkeit. Mahmud und Taddeo geraten sich wegen der Aufzucht von Jungfalken fast in die Haare und müssen erst durch ein Machtwort ihres Herrn getrennt werden, Landolfo und Francisius sind in eine Diskussion über Rechtsfragen vertieft, Alaman erklärt dem Sandrino seit einer Stunde die Vorzüge von nordischer Takelung gegenüber Lateinsegeln, und sie gehören auf eine Weise alle zusammen. Hier ist der Anfang. Sie werden mit dem Rex die Rebellen besiegen, dem Recht aus dem Staub helfen, in dem es darniederliegt, und aus Sizilien und Apulien einen blühenden Garten machen. Die Zeit wird kommen, in der die Dinge nach Wert gemessen werden, nicht nach dem Schein. Lüge und Verrat werden aufhören. Sie haben Glauben und Hoffnung. All ihre Wünsche versammeln sich um das goldflammende Haupt Friedrichs, auch wenn sie ihm manchmal auf die Schulter schlagen und „ragazzo" oder „Ruggiero" zu ihm sagen.

Konstanze sitzt mitten unter ihnen. Vielleicht wird doch eine Hand gebraucht wie die ihre, die mäßigt, Fäden knüpft. Vielleicht gewinnt sie sein Vertrauen. Es müßte kein fremdes Land bleiben. Ihr ist so leicht wie nie, seit sie hierhergekommen ist. Ihr Mann sitzt neben ihr, Kind und Erwählter, und flüstert ihr Laszives ins Ohr.

Als sie allein sind, hat er sein freches Grinsen wieder. „War ich gut als Minneritter? Dein Herr Bruder und dieser Jongleur haben mich instruieren müssen, wie ich es echt mache."

Erst da fällt ihr auf, daß kein einziger Aragonese an der Tafel zugegen war. Und obwohl er bereits wieder in schamloser Nacktheit vor ihr steht, hat sie die Beharrlichkeit zu fragen: „Wann kann ich mit dir sprechen, Herr?"

„Gleich morgen", erwidert er sachlich und berührt sie.

„Wirst du mich öfter so behandeln wie neulich?"

„Nur wenn's unumgänglich ist", sagt er mit seinem unschuldigen Zynismus, dann geht er zum Arabischen über.

Die Kräche, die es zwischen dem Grafen von Provence und dem König Siziliens gibt – und ihrer sind viele –, kulminieren in einem Streit über die Art der Aufführung besagter fünfhundert Ritter, die Anlaß der Verbindung zwischen Sizilien und Aragon waren. Die beiden Herren fechten ihre Kompetenzstreitigkeiten meist bei Reitausflügen aus, wo sie von niemandem belauscht werden können. Nach außen zeigen sie eitel Harmonie.

Der große, dunkelbärtige Alfonso muß sich grimmig eingestehen, daß ihm der kleine „Zaunkönig" meist überlegen ist, nicht nur weil dieser der Herr im Haus ist, sondern auch wegen der geschmeidigen Fixigkeit seiner Gedanken und der Geläufigkeit seines Lateins, das dem Bruder der Königin nur sehr ungelenk von der Zunge geht. Meist gibt er irgendwann klein bei und ärgert sich hinterher doppelt.

Diesmal ist er fest entschlossen, nicht zurückzustecken. Denn wenn er nun auch schon einzusehen beginnt, daß ihm die geplante Einflußnahme auf das Land nicht so recht glücken kann bei diesem König – noch dazu, weil ihm die Verhältnisse nach wie vor undurchsichtig sind –, in eins läßt er sich nun nicht hineinreden: in das Kommando über seine ritterliche Mannschaft.

„Sie fressen mein Brot!" schreit Federico ihn an. „Es gibt Arabermädchen und Griechinnen wie Sand am Meer, ihnen die Langeweile zu vertreiben, und die verstehen ihr Handwerk. Sie sollen die Töchter der Bürger von Palermo in Ruhe lassen, sonst heißt es bald, sie sind schlimmer als die Deutschen."

Don Alfonso indessen brüllt zurück, bald sollten all diese edlen Herren ihr Blut vergießen für eine Sache, die nicht die ihre sei, so möge man verstehen, daß er ihnen verstatte zu leben.

„Herr Alonso", schreit Federico, ohne sich dabei sonderlich aufzuregen, „du bist ein unwissender Esel."

Die Verstümmelung des noblen kastilischen Alfonso zum saloppen Volgare-Alonso würde schon genügen, den Grafen in Harnisch zu bringen. Die nachfolgende Beschimpfung läßt ihn blankziehen.

Aber König ist der König, und der lacht ihn nur aus. „Steck weg. Warum fragst du nicht wenigstens: Warum? Ich will es dir aus Erbarmen sagen.“ Er wird sachlich. „Wir haben September. Ende Oktober will ich mit dir und den Deinen nach Apulien übersetzen. Befiehl deinen Rittern zumindest, sie sollen um der Liebe Gottes willen nicht alles fressen und saufen, was es in den Vorstädten gibt. Die Springquellen der Giardini Reale und die Brunnen im Hof des Palazzo sind rein. Die Wässer der Stadt sind unrein und führen giftige Stoffe. Meinst du, es geschieht aus Albernheit, daß ich den vornehmen Häusern der Stadt, den Kaufleuten und Bürgern, die sich mir freundlich erwiesen, als ich im Elend war, Tonnen mit Trinkwasser aus dem Palazzo zuschicken lasse? Und die Speisen dort unten – nun, ich kenne sie. Sie sind oft nicht frisch, um es milde zu benennen. In dieser Jahreszeit gilt es, alles zu meiden, was verdorben sein könnte. Ich habe von einer Krankheit gehört da unten. Hütet euch! Ihr seid keine Sizilier. Hütet euch vor den Mädchen, in deren Häusern die Krankheit zu finden ist, auch wenn sie selbst gesund scheinen. Mir ist bekannt, wie es die Kreuzfahrer auf dem Lido weggemäht hat, Hunderte und Tausende. Ich sag es nicht zum Spaß. Es ist gefährlich.“ Er pariert sein Pferd durch, reißt es herum und saust davon.

Alfonso hat es aufgegeben, ihm in solchem Fall folgen zu wollen, sein knochiger Rappe kommt gegen den Araber des Königs nicht an, von dessen Reitkünsten einmal abgesehen.

Auf diese Weise hat der andere stets das letzte Wort, worüber er sich noch einmal kräftig ärgert, dann aber die ganze Sache mit einem Achselzucken abtut. Er hat seine stolzen Aragonesen längst nicht so fest in der Hand wie der König seine Männer, warum sich der Blamage aussetzen, etwas zu verbieten, was dann sowieso keiner befolgt? Er träumt davon, nach dem apulischen Feldzug ein paar Schiffe zu chartern und mit den Seinen einfach nach Hause zu fahren. Hier haben sie nichts verloren. Konstanze scheint offenbar nicht bereit, ihren Brüdern zuzuarbeiten. Mag sie hier versauern, sie ist kein Kapital mehr. Vielleicht kann man die Mitgift an Rittern durch ein Geldgeschenk auslösen, die Kassen sind ja hier ständig leer.

Er reitet langsam durch die brütende Hitze zum Palazzo zurück.

Jagdausritt

Frau Konstanze setzt ihren Fuß auf das Knie ihres Gemahls, sie schwingt sich in den Sattel, ordnet die Zügel und übernimmt von Mahmud den Falken, und die Amici applaudieren begeistert, wie fein und zierlich sie zu Pferde sitzt, sie gibt sich sehr Mühe und hält den Kopf, einen schmalen Goldreif über dem weißen Gebende, hochgereckt.

„Wie eine Junge", sagt Alaman da Costa und meint es als Kompliment – allzuviel kann man diesem kuriosen Minnehof noch nicht abverlangen.

Ihre Zofen stehen neben den Pferden, und zunächst macht keiner Anstalten, ihnen zu helfen, aber als sie darauf hinweist, sind Rainaldo und Taddeo höchst bereitwillig; man muß schon übersehen, daß Taddeo dabei Ildiko in die Waden kneift und sie wild aufkreischt.

Federico und seine Vertrauten reiten zur Vogelbeize, und die Königin ist das erstemal dabei.

Konstanze weiß, Jagen ist die große Leidenschaft dieses Königs, dieses Hofes. Und sie weiß, was sie erwartet. Auch ihre Brüder, die sie häufig mitnahmen zur Jagd, waren sehr bald keine Kavaliere mehr. Man wird vergessen. Und hier, wo die mühsam erworbene Courtoisie nur wie eine dünne Decke ist, erst recht. Immerhin hat der Herr seinem Großfalkenier befohlen, nicht von der Seite der Königin zu weichen, was auch geschehen möge – sehr zu Mahmuds Verärgerung.

Ähnliche Befehle, was die Damen des Gefolges angeht, wurden allerdings nicht erteilt, und so bleiben die beiden Weibchen denn bald jammernd und außer Atem zurück, während ihnen ihre Herrin davontrabt, beruhigen sich aber, sobald die Gesellschaft außer Sicht ist, legen ein Picknick ein und reiten in einer angemessenen Gangart zurück nach Haus. Ihre Gewissensbisse darüber, daß die Königin nun ohne weibliche Begleitung unter lauter Männern ist, halten sich in Grenzen.

Zu Anfang erntet Konstanze noch hin und wieder einen bewundernden Blick ihres Mannes oder einen anerkennenden Zuruf der Amici, wenn sie ihr Pferd sicher mit einer Hand bändigt. Aber als Federico das erstemal seinen Falken auf den roten Milan abwirft und der Jagdvogel wie ein Blitz auf seine Beute niedergeht, gibt es keine Rücksicht mehr. Die Männer beugen sich über die Hälse der Pferde und verschwinden wie der Blitz in der Richtung, wo die beiden Vögel zu Boden gingen.

Konstanze kann dem rasenden Ritt nicht folgen. Sie ist allein, neben ihr nur der mißmutige Mahmud, dem heute die ganze Jagd verdorben ist durch sie und mit dem sie nicht einmal reden kann, denn er spricht nur arabisch, und sein Volgare scheint sich auf zweihundert Worte zu beschränken – es sind offenbar genau die, die Konstanze noch nicht gelernt hat. Zudem ruckt und zuckt der Falke auf ihrem Handschuh und will ständig abspringen, und sie hält krampfhaft die Geschühriemen mit Daumen und Zeigefinger fest, was den Großfalkenier ständig zu irgendeiner zwischen den Zähnen gemurmelten Unmutsäußerung veranlaßt, denn fachmännisch macht man das ganz anders.

Sie reiten zwischen mannshohem Schilf, Feigenkakteen und vereinzelten Baumgruppen dahin, die Ebene erstreckt sich, die Berge sind fern, und solange die junge Frau noch das Bellen der Hundemeute und einen im Wind mitklingenden Ruf der Jagenden hört, ist sie ganz getrost. Aber dann fliegt kein Vogel mehr auf, kein Hund bellt, keine Stimme ist zu hören. Konstanze läßt ihr Pferd in Schritt fallen. Sie hat die Richtung verloren.

Korrekt eine halbe Länge hinter ihr verhält Mahmud, sie hofft, er werde nun die Führung übernehmen, aber er denkt nicht daran, sondern ist mit der gleichmütigsten Miene bereit, ihr zu folgen, und nichts anderes. Wenn sie sich zu ihm umwendet, dreht er sofort das Gesicht weg und schielt seitlich zu ihr hin, so wie er auch einen ungezähmten Falken ansehen würde, und mit Worten verstehen sie sich schon gar nicht. Der Greifvogel flattert auf ihrer Faust, und sie spürt, wie ihre Handflächen feucht werden. Ärgerlich treibt sie das Pferd vorwärts, in irgendeine Richtung, und der Falkenier folgt wie ein Schatten.

Mahmud ist kein bißchen unruhig. Was die Herrin nicht sieht, das hat er im Blick: daß nämlich hoch über dieser scheinbar starren Szene der Sakerfalk Federicos „anwartend“ auf Beute hofft. Da ist er ganz froh, daß die Unverschleierte nicht zu dicht am Geschehen ist, so kann sie wenigstens nichts verderben, und er fügt sich langsam darein, daß sie nicht begreift, was der unruhige Vogel auf ihrem Handschuh braucht: ein Federspiel oder das Loyrum, ein Stück Fleisch, das ihn ablenkt und beruhigt.

Im Schilf raschelt es, und nicht weit von ihnen steigt eine Kette wilder Enten auf. Konstanze fährt die Röte in die Wangen. Was, wenn sie, statt nur als nutzloses Etwas versprengt hinter dieser Jagd herzureiten, selbst eine Beute aufbrächte? Die Enten scheinen ihr direkt entgegenzukommen. Wird man nicht über sie lachen, wenn sie diese Gelegenheit verpaßt?

Wie sie es gelernt hat, streckt sie die Faust vor, läßt die Geschühriemen fahren und dreht langsam das Handgelenk nach unten, um dem Falken den Abwurf zu erleichtern. Der Greif steigt in schönen Spiralen, sie sieht ihm noch bewundernd nach, als sie Mahmud hinter sich aufschreien und dann arabisch loslegen hört. Es ist unverkennbar, daß er flucht.

Der Falkenier glaubte seinen Augen nicht zu trauen, als die Sultana den Vogel über den Wind, statt mit dem Wind abwarf, sieht ihn steigen und faßt die Dame, alle Scheu vergessend, am Arm, mit der anderen Hand in den sanft bewölkten Himmel zeigend: Da, da! Dann ruft er den Namen des Tiers, schwenkt das Federspiel, aber es ist schon zu spät: Wie ein Stein stürzt sich Federicos Saker statt auf die Beute auf den plötzlich auftauchenden Nebenbuhler im Jagdrevier, und als ein wildes Knäuel von Schwingen und Federn kommen die beiden Jagdfalken irgendwo vom Himmel, irgendwo zur Erde.

Mahmud prescht davon, als säße ihm der Teufel im Nacken, in Richtung auf dieses Irgendwo. Konstanze, halbbetäubt vor Schreck, mit wild klopfendem Herzen, Tränen des Unmuts in den Augen, folgt ihm, so schnell sie kann, ohne ihr Pferd zu dirigieren, sie läßt es einfach laufen. Und so kommt es, daß sie, durch den Instinkt des Tiers geleitet, schneller zur Stelle ist als Mahmud, der sich trotz aller Kenntnis des Terrains in einer sumpfigen Ecke verfangen hat und erst dazukommt, als alles vorbei ist.

Die Königin ist abgesessen und hat sich ohne Zögern auf die kämpfenden Raubvögel gestürzt, um das zu machen, was in solchen Fällen die Falkeniere zu tun pflegen: Man faßt die Tiere bei den Köpfen und schüttelt sie, dann lassen sie voneinander ab und greifen die Hand an, die sie packt. Daß sie nur links einen Handschuh trägt, hat sie überhaupt nicht bedacht.

Die Jagdgenossen, die ebenfalls den herabstürzenden Falken gefolgt sind, finden Konstanze in der Mitte der Lichtung kniend, den Saker Federicos auf der Faust. Ihr eigenes Tier hat auf einer Spitzeiche aufgebockt. Als er über ihre Hand herfiel, war ihr die alte Regel eingefallen, daß man nicht schreien und sich nicht bewegen dürfe, damit das Tier annehme, die Beute sei tot. So hat der Schnabel nur einmal zugehackt.

Der Schmerz in ihrer Hand schnürt ihr die Luft ab. Neben ihr taucht ihr Herr und Gatte auf, sagt halblaut und ärgerlich: „Wer, zum Teufel, hat dich auf den Gedanken gebracht, deinen Falken abzuwerfen?" und übernimmt mit monotonen Koselauten seinen Vogel von ihrer Hand, dann untersucht er sorgfältig dessen Schwungfedern und Krallen.

Irgendwer lockt ihren eigenen Greif mit dem Federspiel vom Baum, und endlich kommt doch Rainaldo auf den Gedanken, sich ihre Hand anzusehen. Er bewegt die Finger nicht gerade sanft hin und her (ihre Schmerzensschreie veranlassen die Beizjäger zu unwilligen Beschwichtigungsrufen, denn sie könnten ja die Falken verschrecken), biegt das Gelenk und erklärt gelassen, es sei nicht weiter schlimm, nur Fleischwunden. Dann empfiehlt er, sie solle sich mit ihrem Unterrock verbinden.

Unterdessen hat sich Federico auf den gerade erschienenen Mahmud gestürzt und überschüttet ihn mit einem Schwall arabischer Schimpfworte, unter denen sich der Großfalkenier, das Gesicht in den Armen verborgen, demütig zu Boden duckt.

Schüchtern, aber entschlossen berührt sie Federico an der Schulter. Die Amici erstarren. Das hat bislang niemand gewagt, den Rex in einem Wutanfall zu stören. Hat sie nicht schon genug angerichtet bei dieser Jagd. Was mischt sie sich nun noch ein? „Lieber Herr", sagt Konstanze mit Lächeln, „er ist nicht schuld. Ich gebe dir mein Wort, daß er die ganze Zeit versucht hat, mich von der Beize fernzuhalten, und mir ständig zuredete, ich solle nichts tun. Nur: Ich verstehe ihn nicht."

Entwaffnet, verblüfft sieht der junge König sie an. Die Freunde verbeißen sich mit Mühe das Lachen. Dann, indem er ihre Hand besieht, durch deren notdürftigen Verband das Blut durchschlägt: „Du hast versucht, die Falken zu trennen?"

„Ich habe sie getrennt, ja."

„Dame", sagt Federico und hat sein Grinsen, „du kannst mehr als im Bett liegen. Mit etwas Übung könntest du ein Jagdgenosse werden." Er wendet sich zu den andern. „Wir reiten zurück. Heute wird nichts mehr, die Falken sind zu erregt, sie könnten sich verstoßen."

Unter Jammern und Selbstvorwürfen behandeln die Kammerfrauen, die zurückgeblieben waren, im Palazzo Reale die Hand ihrer Herrin. Konstanze äußert sich nicht zu dem Lamento. Die Hand tut sehr weh, aber das ist es nicht. Zuerst hat er den Falken angesehen, dann mich, denkt sie. Trotzdem ist sie nicht traurig. Ihr ist, als hätte sie sich schlechter halten können.

Am nächsten Tag kommen Wundärzte zu ihr, gleich drei für eine Hand, soviel braucht sie gar nicht, es heilt auch alles schnell und gut. Sie hört von Ildiko, daß man im ganzen Castello nur von „Konstanzes Vogelbeize“ spricht. Sie verbittet sich den Klatsch und geht lächelnd zu ihren Büchern. Rainaldo schickt ihr ein Gedicht in Volgare und der Magister eins in Latein. Und am Abend kommt der König zu ihr.

„Ich werde dir ein Paar hohe Stiefel machen lassen, Dame, und einen großen Hut, damit du uns auch zu Fuß beim Jagen folgen kannst“, sagt er lachend. „Und nicht zu vergessen, einen Falkenierhandschuh für die Rechte.“ Er nimmt ihre verbundene Hand, biegt und zieht sie genauso rigoros wie Rainaldo am Vortag im Wald und nickt bewundernd, als sie nicht schreit. „An dir ist ein Mann verlorengegangen.“

„Ich bin mit meiner Rolle nicht unzufrieden, Majestät“, erwidert sie sanft, indes er den Kopf schüttelt und mit einem Fluch, den sie nicht versteht, alle klugen Weiber zum Teufel wünscht.

Sie unterhalten sich einen halben Abend über die Abrichtung von Jungfalken, und bevor er geht, sagt er: „Ich hatte gar nicht den Eindruck, daß du mir nur nach dem Munde redetest. Falls es so war, machst du das sehr geschickt.“

Konstanze bedauert an diesem Abend, daß sie wegen der kranken Hand nicht auf ihrer Laute spielen kann.

Das Schloß im Grünen

„Ein König, der fortläuft, ist kein König“, sagt Federico zornig.

Shurai schüttelt nachsichtig den Kopf. „Lieber Sohn, ein Mann, der sich waffenlos von einem Elefanten überrennen läßt, ist kein Held, sondern ein Dummkopf. Und einer, der einer verheerenden Seuche nicht ausweicht, wenn er kann, sondern meint, er müsse ihr die Stirn bieten, ist ebenfalls ein Dummkopf, auch wenn er ein König ist. Mein Herr, du kennst die Nachrichten aus den Vorstädten! Du weißt, daß die meisten reichen Bürger der Uferstraße längst in ihre Landhäuser geflüchtet sind, daß die Herren Imams des Familiarenkollegs – ich weiß, daß sie Bischöfe heißen – plötzlich alle in ihre Diözesen abgereist sind. Höre meinen Vorschlag, kleiner Sultan, den Allah segnen und dem er Heil geben möge! Bei Catania, zu Füßen des Mongibello, den die Griechen Ätna nennen, hat dein Großvater Roger inmitten der Wälder ein Jagdschloß gebaut. Das Wild ist reich vorhanden dort in den Spitzeichen- und Pinienhainen. Nun ja, du wirst nicht auf die Beizjagd gehen können, der Wald ist zu dicht für die Falken, geh dorthin und nimm mit dir, was dir lieb und wert ist von den Deinen. Und beordere deinen Kanzler, dir Botschaft zu senden, wenn die Seuche vorbei ist – er mag auf Castellammare residieren. Die Ritter aus Aragon aber schicke auf die gute Veste Caccamo, damit sie in ihren Übungen fortfahren können, bis ihr aufs Festland zieht."

Der König lächelt; der Gedanke, daß Herr Walther nun von ihm nach Castellammare geschickt wird, amüsiert ihn. „Und du selbst, Kadi, wirst du mit mir kommen?"

Der Imam verneigt sich. „Du ehrst mich mit dieser Frage. Aber laß mich eine Bitte anderer Art vortragen. Auf dem Weg zum Monte Pellegrino, dort, wo die Feigenkakteen und die Palmen hoch stehen, baute einst König Roger ein Haus für sich und die Freuden des Abends. Ein klares, gesundes Wasser fließt hindurch und sammelt sich in einem Teich, die Gärten befruchtend, und der Ort ist lieblich, deshalb nannte man ihn El Aziz. Heut steht das Schloß leer. Erlaube mir, mit meinem Hause dort Schutz zu suchen, und ich will in den Seitenflügel gleichzeitig jene aufnehmen, die dem König lieb sind für abendliche Besuche, auf daß ihnen kein Leid geschehe während seiner Abwesenheit."

Shurais fein umschriebenes Angebot, Federicos Serail unter seinen Schutz zu nehmen, rührt den jungen König. Er umarmt den Imam; überhaupt hat der recht in allem.

Allerdings verweigert Don Alfonso mit allem Hochmut, mit seinen Rittern nach Caccamo zu gehen. Der Gedanke, die Freuden Palermos und der Conca d'oro gegen ein armseliges Bergnest im Landesinnern zu vertauschen, will ihm überhaupt nicht in den Sinn. Außerdem: Wie soll er das seinen stolzen Kavalieren beibringen, von denen jeder seinen Kopf für sich und ein Mädchen in der Vorstadt hat? Nein, die Aragonesen sind keine Vasallen dieses Zaunkönigs und ihm infolgedessen keinen Gehorsam schuldig, und zudem bieten sie jeder Seuche Trutz.

Noch einmal ermahnt sie der Landesherr dringend, die Kontakte zur Stadt abzubrechen und keine Speisen und kein Wasser von dort zu genießen. Dann machen sie sich auf den Weg.

Es ist ein kleines Jagdschloß, und die Gesellschaft ist dementsprechend klein. Die Amici reisen mit, ein paar Diener und Jäger, nicht einmal einen Geistlichen haben sie dabei, weil Federico meint, Wilhelm sei ja schließlich auch dafür gut. Konstanze hat nur Ildiko bei sich, zwei Maultiere tragen die Bücher, die dieser gelehrte Hof nun einmal nicht entbehren kann.

Der Abschied zwischen der Königin und ihrem Bruder ist kurz und förmlich. Als Konstanze in einer Aufwallung schwesterlicher Liebe Don Alfonso mahnt, gut auf sich aufzupassen, braust der Herzog auf und erklärt, er habe genug an den Predigten des Rex Sicaniae, die Gardinenkommentare dazu könne man sich schenken.

Konstanze ist betrübt, aber nicht zu sehr. Die Reise an der Küste entlang, zwischen Meer und gartengleich blühendem Land, über dem die dunkel bewaldeten Bergkuppen aufragen, wird ihr sehr bald zu einer Lust. Oft reitet Wilhelm Francisius neben ihrer Sänfte und erklärt ihr die Stätten, weiß vielerlei zu sagen von Arabern und Griechen, von Karthagern, Normannen und Römern und zitiert mit Stolz den Idrisi, der Sizilien „das erste Land der Welt an Fruchtbarkeit des Bodens, Volkszahl und Alter der Kultur“ nannte. Sie kommen durch Haine voll goldener Limonenfrüchte, die die Sarazenen ins Land brachten. Konstanze kostet und findet manche säuerlich und erfrischend, manche von berauschendem Duft. Rainaldo singt und klimpert auf der Laute, und von Taddeos Frechheiten bekommen die Männer oft fast Lachkrämpfe.

Dennoch, es ist nicht nur ein Vergnügen, zu reisen. Ihr Geleitschutz an Panzerreitern und Bogenschützen ist so, als führen sie durch Feindesland, und oft stecken Federico, Alaman und Taddeo die Köpfe zusammen, mustern finster die hochragenden Türme auf einer Bergkuppe oder machen auf einer Tafel rasch eine Zeichnung von einem Castello. Zeitweise beschleunigen sie das Tempo ihrer Fahrt, als seien sie am Weglaufen. Nach solchen halben Stunden ist der König schweigsam und eilt seinem Gefolge entweder um ein paar Pferdelängen voraus oder verfällt in solches Trödeln, daß die Sänfte fast stehenbleibt und die Herren des Gefolges Volten reiten müssen und sich dabei mit den Ellenbogen anrempeln.

Das Hosterium Magnum und Rogers große Kathedrale von Cefalú, vom König einst bei Rettung aus Seenot gestiftet, lassen sie am

Wege liegen, aber in Gibilmanna, wo man zur Madonna betet, erbittet sich Konstanze einen Halt. Sie geht allein in das Kloster.

Bald biegen sie von der Uferstraße ab und tauchen ein in das Dunkel der Wälder des Madoniegebirges, und je weiter sie Palermo hinter sich lassen, desto tiefer wird die Ruhe, desto sanfter wird nun ihr Ritt. Es ist keine Flucht mehr, wovor auch immer sie geflohen sein mögen, vor der Seuche, den Sarazenen oder den Castelli der Barone, sondern ein Weg auf ein Ziel zu. Wir werden gewißlich anlangen.

Sie reisen auch nachts, und Konstanze liegt in ihrer Sänfte im Schlaf, als sie ankommen. Auf einem Platz, über den sich die Bäume neigen wie eine Mutter über ihr Kind, schlägt sie die Augen auf und erblickt ein paar Sterne, die so klar und groß sind, wie sie glaubt, sie noch niemals gesehen zu haben, und die Augen ihres Gemahls. „Wir sind angelangt, Herrin“, sagt er leise. „Ich glaube, es wird schön sein.“ Noch halb im Schlaf, erhebt sie sich und läßt sich von Ildiko in ihre Zimmer bringen. Ringsum, vor allen Fenstern ist Wald.

Der König steigt, da es keinen Turm und keinen Söller gibt, aufs Dach des kleinen Castello, um rundum blicken zu können. Da ist nichts, außer Baumkronen und in der Ferne eine rauchige Helligkeit. Das ist der Mongibello, von dem es heißt, daß er früher Feuer spie.

Niemand wird hierherkommen, bevor die Seuche vorbei ist. Man ist geborgen.

Alles ist so grün, so grün um sie her. Sie leben, als seien sie versteckt in den luftigen Käfigen aus Bäumen und Zweigen. Kein Fenster, aus dem man nicht ins Grüne sieht, keine Tür, aus der man nicht tritt und sich sogleich im Angesicht der hohen Kastanien befindet, des Lorbeers, der zierlichen Myrten, der Steineichen. Das ewig lebendige, ständig wechselnde Spiel des Laubs im Wind, in der Sonne, in den Regengüssen umgibt sie und mustert ihre Gesichter und Leiber mit Licht und Schatten, als seien sie selbst Teil dieser Wälder, die an ihren tiefsten Stellen so dunkel sind, daß dort immer die Nachtigall schlägt, und an den lichtesten so zart, daß das Laub hauchfeine Schatten wirft.

Es ist, als müßten sie nie wieder auftauchen aus diesem grünen Meer, den Düften, den Gesängen. Konstanze, inmitten der Freunde, an der Seite des schönen Staufers, der ihr lachend und beiläufig Stunden der sternhellen Nächte schenkt, lebt wie in einem Traum. Es kommen keine Boten aus Palermo, so ist es ausgemacht. Nicht, bis die Seuche abgeklungen ist. Die Frau schläft tief und lacht manchmal im Schlaf.

Federico geht auch mit ihr allein, zeigt ihr die Verstecke von Tieren und beobachtet mit ihr revierfremde Vögel. Sie springen und klettern über Felsen und Klippen, manchmal greift er sich auch ihre Hand. Mit geröteten Wangen und offenem Mund steigt Konstanze über moosbewachsene Steinbrocken, erklimmt schräg liegende Bäume, watet durch Wasserläufe. Dann scheint er ihr sehr nahe zu sein, wenn er sie nach einem Sprung auffängt und an sich drückt oder wenn sie, Wange an Wange, in das Nest eines Sperbers sehen. Dann wieder nennt er sie spöttisch „Dame“ oder sagt mit abwesendem Blick: „Warte hier!“ und verschwindet für ein, zwei Stunden in dem grünen Dämmer. Sie sitzt da und fürchtet sich, wenn es im Gebüsch knackt, und hofft zugleich, er möge es sein, und wenn er dann wiederkommt, gibt er keinerlei Erklärungen, was er in dieser Zeit gemacht hat oder wo er gewesen ist.

Wenn ihn die Lust dazu ankommt, legt er sie, ohne zu fragen, ins Moos, und sie denkt manchmal, daß er sie im Wald mit sich führe wie die Birnen, den Käse und den Weinbeutel in dem Felleisen, das er umhängen hat. Nuzhat und Abriza täten es genauso, es muß gar nicht Konstanze sein. Aber sie ist ihm schon so weit verfallen, daß so ein Gedanke nicht einmal mehr ihren Stolz kränkt. Längst ist es so, daß sie fröhlich ist, wenn seine Augen leuchten und sein Mund lacht, und sich verlassen fühlt, wenn sein Blick kühl oder gleichgültig über sie hinweggeht.

Eines Tages – sie sind wieder allein, Federico hat nur den leichten Bogen für die Jagd auf Kleinwild mitgenommen – knackt und bricht es im Unterholz. Sie will fragen, was das ist, aber er legt ihr die Hand übern Mund und zieht sie hinterm Oleandergebüsch zu Boden. Zwei muslimische Reiter, in ihre gemusterten Tücher gehüllt, bis an die Zähne bewaffnet, ziehen gemächlich durch den Wald.

Konstanze sieht, wie ihr Mann lautlos den Bogen von der Schulter nimmt und den Pfeil auf die Sehne legt, wie sich sein Körper spannt, als sei er eins mit der Waffe, wie er die Zähne zeigt. Sie will ihn bitten, es nicht zu tun, will ihn von hinten mit den Armen umschlingen, aber da schwirrt schon die Sehne. Der erste der Reiter, im Rücken getroffen, bäumt sich schreiend auf und stürzt zu Boden. Der zweite, auf der Suche nach einen Feind, wendet sich ihnen zu und zieht das Kurzschwert. Er empfängt den Pfeil in den Hals. In wildem Galopp jagen die Pferde durch das Gehölz davon.

Federico springt wie ein Panther auf seine Beute, zu den Abgeschossenen, und zieht im Laufen den Dolch. Sie folgt ihm langsam, mit wankenden Knien, das Herz von Entsetzen erfüllt, sieht, wie er die Körper mit Fußtritten traktiert.

„Das verfluchte Raubzeug!“ ruft er ihr zu. „Ich will sie lehren! Jetzt kommen sie schon bis vor die Tore meines Jagdschlosses!“ Er blickt ihr ins Gesicht. „Es hat dir nicht gefallen, wie?“

„Nein“, sagt sie. „Du warst wie ein Tier.“

Er schüttelt den Kopf. „Nicht wie ein Tier. Ein Tier schlägt, um Beute zu haben. Ich töte aus Haß, und kein Tier kann hassen. Es ist schade, daß sie gleich tot waren, ich hätte sie sonst foltern lassen. Konstanze, du weißt nicht, daß hassen so schön ist wie lieben, oder schöner. Machen ist gut, aber auch zerstören ist gut, das Übel ausbrennen bis zur Wurzel – welche Lust!“

„Was ist das Übel?“

„Das, was mir und Sizilien schadet“, sagt er ruhig.

Sie schlägt das Kreuz und will vor den Leichen ein Gebet murmeln, aber er packt sie am Arm. „Komm, Herrin, die brauchen keine Sprüche. Ich werde den Troßknechten befehlen, sie aus dem Wald zu schleifen und an den Straßen aufzustellen, wo die Räuber vorbeikommen. Auch brauche ich eine saubere Jagd.“

Sie kann ihn nicht ansehen; das ist ihr Mann, ein Kind, keine Fünfzehn, er tötet in seinem Königreich die Leute, als seien es Wildkatzen. Den ganzen Tag ist sie in sich gekehrt und schweigsam und weicht seiner Berührung aus. Still hört sie dem Jubel der Amici zu, die die Heldentat ihres Rex feiern.

Abends ist er wild und sprachlos. Er reißt sie am Haar, beißt sie in Hals und Nacken, nimmt sie wütend und rücksichtslos, und sie kommt sich vor, als sei sie an die Stelle seiner Feinde getreten.

Aber eine andere, dunklere Lust als sonst liegt über dieser Stunde, ein tödliches Verlangen, das mehr ist als die Spiele, die er sonst spielt, und das nicht nur sie, sondern auch ihn fortreißt bis an den Rand. Das erstemal wird auch er weggezogen in den Strudel, das erstemal liegt er hinterher stumm und erschöpft an ihrer Seite, und über den stets wachen Augen ist ein Schleier, wie wenn die Greifvögel schlafen.

Sie sprechen nie wieder von dem Vorfall dieses Tages.

Die lange Abgeschiedenheit verwandelt Konstanze zurück von der Minnedame und königlichen Herrin in das Mädchen, das sie einmal war. Sie vergißt ihre kostbaren Kleider und den Schmuck und sitzt halbe Tage mit den Amici zu Pferde. Bei der Jagd trägt sie die großen Hüte und hohen Lederstiefel, wie es die Männer tun, und sieht wohlweislich nicht in den Spiegel. Oft hängt ihr das Haar zerzaust um das erhitzte Gesicht, und sie ist stolz darauf, daß Tomaso, Rainaldo, Taddeo sich nicht um sie verrenken, sondern mit ihr umgehen, als wäre sie ihr Kamerad. Sie lacht viel und geht mit durch dick und dünn.

Mit ihrem Mann liest sie die Klassiker und bemüht sich, sie vom Latein ins Volgare zu übertragen. Wenn ihr etwas gelingt und man sie lobt, ist ihre Freude wie die eines Jungen, der beim Bogenschießen das erstemal ins Schwarze traf.

An den Abenden trifft man sich wohl gewaschen und leidlich herausgeputzt, Grünzeug im Haar, macht ein Feuer im Freien, trinkt den starken Wein vom Ätna, singt, improvisiert Kanzonen oder philosophiert über ein Thema, das der König vorgibt, oft mit ziemlicher Hitze.

Das Lieblingsgespräch dieser Nächte allerdings ist die Zukunft des Landes. Was die Aktion mit den Aragonesen in Apulien einbringen wird. Wie man auf dem Festland Ordnung machen wird. Welche Gesetze neu belebt werden müssen, welche es zu schaffen gibt.

Konstanze liest dicke Wälzer und redet verständig mit, maßvollen Sinn mit Klugheit verbindend, und manchmal sieht sie Federicos Augen mit nachdenklichem Erstaunen auf sich geheftet.

Es ist schön bei Catania in dem Jagdschloß.

Konstanze von Sizilien

Im November kommen die Boten aus Palermo, und sie kommen langsamen Schrittes. Ja, die Seuche ist vorbei. Doch es hilft nichts, es muß gesagt werden. Daß sich die Gassen Palermos entvölkert haben, das weiß jeder im voraus, der solche Krankheiten kennt. Auf die Frage, wie es im Castello dei Normanni aussieht, senken die Boten das Haupt.

Von all den Herren aus Aragon leben noch zwanzig. Zwanzig Ritter von den fünfhundert, die die Hoffnung Siziliens sein sollten, ja, auch dein Bruder ist tot, Herrin. Die hochgemuten Kavaliere, leichtsinnig und ohne Disziplin, sie starben dahin, als seien sie Ratten in einem nassen Keller. Kein Heer, nichts mehr, Apulien zu befrieden, das Land zum Gehorsam zu zwingen.

Es herrscht Schweigen in dem kleinen Saal des Jagdschlosses, als sie die Botschaft des Kanzlers empfangen haben. Der junge König sieht ins Leere. Seine Lippen bewegen sich, aber er sagt kein Wort. Mit einer langsamen, fast ungeschickten Bewegung faßt er seinen Mantel und zieht ihn sich vors Gesicht.

In der allgemeinen Stille erhebt sich Konstanze und stellt sich vor ihren Mann. „Wir danken den Boten, die Wir die Botschaft nicht entgelten lassen wollen", sagt sie. Ihre Stimme schwankt, aber sie spricht ruhig und überlegt. „Wir bitten die Amici, Uns in Unserem tiefen Schmerz allein zu lassen. Der König wird morgen mitteilen, wann er die Freunde zum Rat beruft, und Wir werden guten Rats sehr bedürfen."

Da alle gehen, geht auch sie selbst, als letzte, ohne sich nach Federico umzudrehen, der weiter unbeweglich sitzt, den Kopf im Mantel verborgen.

In ihrem Zimmer verhängt sie die Spiegel mit schwarzem Tuch. Dann wirft sie sich vor ihrem Betpult in die Knie.

Über dem Schloß im Grünen lastet ein schreckliches Schweigen.

Hier ist nichts groß und weit verzweigt, nichts unübersichtlich wie im Palazzo Reale. Federico braucht am Abend nur die Tür zu öffnen, und schon ist er in den Räumen Konstanzes. Nun steht sie hinter dieser Tür, die Hand auf der Klinke, und zögert. Es ist dunkel, und im ganzen Schloß scheint kein Licht zu brennen, nicht eins. Das Castello ist versunken in dem verschlingenden Waldmeer, in der unendlichen Stille.

Sie ist allein übriggeblieben, mit jenen nutzlosen zwanzig von fünfhundert. Vielleicht ist sie genauso nutzlos ohne diese Mitgift? Noch immer ist sie sich nicht sicher. Kann sein, der Weg aus dieser Waldesstille führt sie geradeswegs in die Einsamkeit von Klostermauern, auf Lebenszeit. Was ist sie ihm? Wie auch immer, sie muß nun zu ihm.

Aus den Zimmern des Rex dringt kein Laut. Die Diener sind fortgeschickt. Konstanze tastet sich vorsichtig durch das Dunkel, bis sie es hört. Sie geht zur Schwelle des Raumes, aus dem das verzweifelte Schluchzen dringt. Ihr junger Mann liegt auf dem Bett, den Kopf in den Kissen vergraben, und weint kindlich.

Zuerst will sie so leise wieder fort, wie sie gekommen ist. Aber auch wenn er so weint, darf man ihn doch nicht wie ein Kind besänftigen wollen, Trost muß hier anders sein. Sie reckt sich, geht ruhig an ihn heran und sagt, ohne die Stimme zu dämpfen: „Mein Herr Federico, lieber Gemahl."

Er hebt den Kopf nicht aus den Kissen. „Ah, Costà", erwidert er, „cosa tan' male, tan' male ..." Über ihre Traurigkeit breitet sich eine süße Wärme aus. Er hat sie nicht weggejagt. Er spricht ein gottverlassenes Sizilisch, ohne sich vor ihr zu schämen, und er macht aus ihrem Namen eine liebkosende Abkürzung in seiner Sprache, die so beiläufig aus seinem Mund kommt, als habe er sie in Gedanken von den Gassen seines Palermo ...

Sie kniet neben seinem Lager und hat sich so weit in der Gewalt, daß sie nicht ihre Arme um ihn legt. Sicher, es kommt ihm nicht in den Sinn, daß es eine andere Trauer geben könnte als die um die zerronnenen Träume von Herrschaft; der Tod ihres Bruders ist ihm gleichgültig. Aber sie sind gemeinsam traurig, und sie heißt Costà.

Als er sich aufrichtet, schmiegt sie ihren Kopf an seine Schulter, als sei sie das Kind, das Trost bedürfe – so braucht er ihr nicht sein Gesicht zu zeigen, bis er sich beruhigt hat.

„Verloren", sagt er, und sein Hauch bewegt ihr Haar. „Ich habe alles verloren, noch bevor ich begonnen habe." In seine Stimme, die eben noch schwankte vom Weinen, kehrt die kalte Leidenschaft zurück. „Das kann Gott nicht wollen, nein, das kann er nicht wollen. Puh, was für eine grausame Fratze zeigt er mir da! Mir einmal den Schlüssel zu meinem Reich hinzuhalten, um ihn dann in einen grundlosen Brunnen zu werfen? Ach, Costà, deine Mitgift, die kleine Streitmacht, hätte mir zur Quelle des Lebens werden können. Und nun? Soll ich zum Spott werden? Eher soll die Erde versinken."

„Eher soll die Erde versinken, mein Herr", erwidert sie leise und wünscht inbrünstig, sie könne sein verzweifeltes Lästern auf ihre Seele nehmen, daß es ihm nicht angerechnet werde vor Gottes Stuhl.

Er faßt ihren Kopf. „Was soll ich tun, Königin? Was soll ich tun?" In dem ungewissen Licht sind seine Züge nur zu ahnen.

„Wäre ich dein Ratgeber", sagt sie vorsichtig und spricht Dinge aus, die sie auch das erstemal denkt in diesem dunkeln Raum, „so würde ich meinem Rex raten, zu tun, was die Dichter tun: die Stimme zu erheben und das Unrecht, das dir geschieht, einzuklagen vor der Welt. Man hört die Dichter: Warum keinen König? Gott schafft nicht jedermann zu Fürsten, nur die Erwählten."

Er lehnt seine Stirn gegen die ihre. „Erwählt? In all den schrecklichen und wunderbaren Geschehnissen meiner Kinderzeit habe ich nie gezweifelt, daß ich es bin. Aber heut ist mir, als wolle der Tückische da oben meine Anmaßung zerbrechen."

Sie zittert unter der Wucht seiner Lästerung. „Gott prüft dich, er verläßt dich nicht. Gott schützt seine Könige", redet sie ihm beschwörend zu.

Er hat das erstemal wieder sein Lachen. „Gott? Nun gut. Ich selbst verlasse mich nicht. Da müssen härtere Prüfungen kommen."

„Sie werden kommen, Federico."

„Aber wir halten stand, Costà, nicht wahr?"

„Wir halten stand."

Niemand sieht sie, wie sie im Dunkeln ihre Stirnen gegeneinanderpressen. Nunc Federice tua. Jetzt, Friedrich, die Deine.

„Was du gestern vor meinen Freunden und dann an mir getan hast, das soll dir Gott schon auf Erden lohnen, Frau Konstanze von Sizilien", sagt Federico feurig.

Sie lächelt erschöpft. An den Lohn auf Erden vermag sie nicht zu glauben, fühlt sich jedoch erhoben durch den Titel, den er ihr verleiht. Nicht mehr „von Aragon" noch „von Ungarn". Von Sizilien. So soll es sein, amen.

Die Amici warten bereits. Die Königin hat sich schwarz verschleiert und auch ihn veranlaßt, einen dunklen Mantel zu tragen.

„Ich wollte, Shurai wäre hier", bemerkt er sorgenvoll, „ich müßte ihn vielerlei fragen, was das Recht angeht."

„Kannst du nicht auch Landolfo fragen oder den Magister – und ohne ihnen zu sagen, daß sie nur Ersatz für Shurais Weisheit sein sollen?"

Er sieht sie groß an, dann lächelt er. „Du legst es darauf an, mein erster Ratgeber zu werden, wie? Ich bin willens zu lernen, wo es nur geht." Er führt sie in den Kreis der Vertrauten, es hat nun schon Selbstverständlichkeit, wie er ihre Hand auf der seinen trägt.

Noch einmal berichtet der Bote über das Ausmaß der Seuche. Es ist schlimm, noch schlimmer, nur, nun sind sie darauf gefaßt. Die engen Gassen sind zum Teil entvölkert. Aber auch die großen Häuser wurden betroffen, Michele Sandrino muß Schwarz tragen. Und es hat nirgendwo haltgemacht. Diener und Beamte des Hofes, Mitglieder des Familiarenkollegs, Mamluken und Krieger. Es hat Christen und Muslime, Juden und Griechen, Sizilier und Deutsche gleichermaßen dahingestreckt. Wilhelm Francisius kniet nieder und stimmt ein De profundis an – er dachte nicht, daß er so den fehlenden Priester werde ersetzen müssen.

Da sitzen sie nun, und wenn es auch nicht mehr die Apokalypse ist wie gestern, als ihr Rex das Haupt verhüllte, so schauen sie doch bedrückt auf ihre Fußspitzen. Aus der Traum. Irgendwo wetzt irgendwer bestimmt schon das Messer, mit dem die Ehre des Königreichs Sizilien abgeschnitten werden soll. Ein Lehen des Papstes sind wir schon, und wenn die Sache nun so bestellt ist, wer wird auf das ehemalige Mündel von Sanctitas Sua Rücksicht nehmen? Er selbst am wenigsten, bald wird uns jemand von den Großen mit Haut und Haar verschlingen und auf die schwachen Proteste des Kalifen in Rom pfeifen. Dann können wir froh sein, wenn wir mit dem letzten Staufer und Nachfahren der normannischen Eroberer weiter jagen gehn dürfen. Man könnte im Grunde gleich hierbleiben.

Es klingt wie Geisterlaut in ihren Ohren, als Federico mit gewohntem Sarkasmus verkündet, nun, nachdem alle wüßten, was nicht sein könne, erwarte er Vorschläge, was man statt dessen zu tun gedenke. Sicher habe man schon überlegt.

Ein paar heben die Nasen wieder, aber eher aus Verblüffung, denn um sich zu Wort zu melden. Sieh da, ihr Rex hat offenbar keineswegs vor, klein beizugeben. So etwas wie Hoffnung dringt in ihre mutlosen Seelen. Niemand also, so hören sie ihn fragen, habe einen Plan? Nun, so wolle er eine andere Stimme zum Rat hinzuziehen. Und dann: „Die Königin wünscht zu reden. Sprich, Dame, wir hören."

Konstanze erhebt sich. Sie ist keineswegs erschrocken, obwohl nichts dergleichen abgemacht war. Sie ist die Königin dieses Landes, und sie hat etwas zu sagen. Ihrem Gemahl und den Amici zuliebe spricht sie Volgare, in das sie manchmal ein paar Sätze römisches Recht einfließen läßt. Sie läßt eins aus dem anderen folgen, redet mit Überlegung und voll Klarheit, sie kennt die Bücher gut.

Justitia, so sagt sie den Aufhorchenden, die alte Schutzherrin des normannischen Reiches, müsse ihr wehrendes Schwert gegen den Geist des Aufruhrs erheben, da das Schwert der Krieger durch Gottes Ratschluß in den Staub gesunken sei. Und: In einem Land, in dem niemand mehr wisse, was Recht und Gesetz sei, wäre es vonnöten, Recht und Gesetz wieder ins Gedächtnis zu rufen. So seien alle an ihre Schuldigkeit zu mahnen. Erst wenn man sehe, wer böswillig Pflichten versäume, die er als solche erkenne, könne man an ein Weiteres denken: die Stimme zu erheben vor den Völkern der Christenheit und öffentlich das Erbe einzuklagen.

Sie sind überrascht.

„Was denn, soll der König Siziliens in der Runde um Mitleid flehen, weil er mit seinen Baronen nicht fertig wird?“ ruft Rainaldo.

„Dummkopf“, fährt Federico dazwischen, „begreifst du nichts? Wenn sie erst einmal so öffentlich ins Unrecht gesetzt wurden, kann keine Macht der Welt mehr sie unterstützen, ohne sich mit Väterchen zu überwerfen. Sind wir nicht ein frommes Land, und bin ich nicht der Pflegesohn des Heiligen Vaters und ein christlicher Fürst? Seht, wie übel man einem wehrlosen Kind mitspielt!“ Er breitet die Arme, senkt den Kopf und verfällt in sein singendes Latein: „Misericordia Domine, peregrinus sum et smaritus! – Und während sie noch schlucken und kauen, packen wir, was wir nur packen können, zunächst auf der Insel, dann sehen wir weiter.“

„Er ist noch genauso durchtrieben, wie er es als Kind war“, flüstert Guglielmo dem Taddeo zu, aber ihr Herr hat gute Ohren.

„Durchtrieben bin ich wohl“, sagt er lachend, „und will's auch bleiben, aber kein Kind mehr. Hüte dich, Herr Francisius, ich will dich noch heute deine Lektion in normannischem Recht abfragen, und weh dir, wenn du nicht Bescheid weißt.“

Er droht ihm mit dem Finger, und dem Magister ist trotz der Scherzhaftigkeit des Verweises ein Schrecken in die Knochen gefahren. Nein, er ist kein Kind, und er vergißt nichts, denkt er. Ich muß meine Zunge hüten.

Federico fährt fort; er genießt ihr Staunen über seine Unverzagtheit und die Klugheit der Königin und unterbreitet die neuen Pläne. Mit Recht soll es zugehen! Zurückgekehrt nach Palermo, solle Pagliara sofort ein Edikt erlassen, das die Barone des Landes auffordere, ihre Besitzurkunden zwecks Überprüfung der Rechtmäßigkeit der königlichen Kanzlei vorzulegen. Das würde einen Sturm geben!

Mit einem Seitenblick bemerkt er Konstanzes Verwirrung und freut sich.

Sie hat da ein paar Sachen gesagt, und er hat sie gleichsam aus der Luft gefangen, ein paarmal hin und her gewendet wie ein Zauberer und daraus eine Waffe geschmiedet. Ein bewundernder Schauer, nicht unähnlich Francisius' Erschrecken, überfliegt sie: daß es dieser war, der in dieser Nacht der Tränen und des Leids seine Stirn gegen ihre lehnte. Ihre Gedanken gehen weit fort.

Er bringt sie mit Fragen zurück. Worauf sich ihrer Meinung nach die Besitzansprüche der Barone gründen sollten? Bis zu welchem Datum man zurückgehen solle, um Gültiges anzuerkennen?

Konstanze holt ihre Blicke aus irgendwelchen Fernen zurück, sie sieht ihn an und sagt, ohne zu überlegen: „Nicht dürfte gültig sein, mein Herr, was nach dem Tode deiner königlichen Mutter im Jahre des Herrn 1198 geschehen ist."

Im Raum herrscht atemloses Schweigen, in dem sich Friedrich erhebt und seine Königin feierlich auf den Mund küßt.

Dann bricht der Sturm los. Auf einmal haben sie alle Stimme und Sprache wiedergewonnen. Ob er denn bedacht habe, was das bedeute? Alle werde er sie auf dem Hals haben, angefangen mit Pagliara, der die Seinen höchst großzügig beschenkt habe, alle die Deutschen, die Sizilier, die Griechen, die in der Zeit seiner Kindheit große Stücke aus dem Krongut vorgeworfen bekamen mit gültigen Schenkungsurkunden.

„Wieso gültig?" fragt Federico. „Ich habe nichts unterschrieben. Ich war ein wehrloses Kind. Unsere Dame hat das in ihrer Klugheit recht gesehen." Plötzlich kichert er und sagt entwaffnend einfach: „Versteht ihr nicht, Freunde? Ich will das Land zurück."

„Aber das gibt Krieg und Aufruhr!" ruft Landolfo eifernd, und Federico erwidert: „Ja natürlich!" Und da endlich beginnen sie zu begreifen, daß er der König ist.

Ungekämmt, in bloßem Hemd, braun und geschmeidig steht der König hinter Konstanzes Stuhl und sieht zu, wie sie geputzt wird, dabei kaut er auf einem Rosmarinstengel. Ildiko, durch die Anwesenheit der halbnackten Majestät verstört, läßt den Kamm fallen, wirft eine Dose mit Nadeln herunter, bückt sich danach und gerät immer mehr außer Fassung, als Herr und Herrin lachen.

„Ildiko findet es sehr unhöfisch, wie du dich hier sehen läßt", sagt die Königin. „Und auch, daß du überhaupt zusiehst, wie ich mich in eine Dame verwandle – nicht wahr, Ildiko? Nun wird sie auch noch rot. Wir sollten sie fortschicken, das Kleid zu holen. Die Frisur ist fertig – ja, sie ist fertig, Ildiko, und den Rest mache ich selbst."

Er schaut ernsthaft interessiert zu, wie sie sich schminkt: Brauen mit dem Stift gezogen, Farbe an die Wimpern, Weiß auf Hals und Stirn, Rot auf die Wangen. „Alte aufgetakelte Kuh", sagt er zärtlich und bewundernd. Ihre Blicke treffen sich im Spiegel. „Komm, altes Weib, du bist schön genug. Laß mich den Reif um dein Haar legen."

„Du wirst es verwirren."

„Das schadet nichts."
„Sie warten auf uns."
„Sollen sie ruhig warten. Ah, Costà, ya mishnu, ana bhébek."
„Ah, Federico, habibi, ya chalbi. Ya amari."
„Ya yuni."

Ildiko steht hinter der Tür, das Kleid überm Arm, und hört mit Besorgnis, daß die Majestäten ins Arabische fallen. Sie kennt das, und sie weiß auch, daß Konstanze inzwischen über einen reichen Wortschatz verfügt. Man wird das Familiarenkolleg vertrösten müssen.

Der morgendlichen Umarmung hingegeben, weiß die Frau um das Licht des Augenblicks. Kann immer sein, es ist das letztemal. Kann immer sein, es wird nie wieder so. Ein Feldzug. Eine andere Frau. Oder einfach das, was unsere Bestimmung ist. Glück ist Ausnahme. Pflicht ist Regel. Keine wilden Zärtlichkeiten mehr, keine arabischen Liebesworte, kann sein. Aber bleiben wird ein untrennbares Band. Ich habe dich töten sehen, ich habe dich weinen sehen. Wir wollen nichts verschieben. Immer, Federico, die Deine.

Vielleicht, wenn ich auf dem Totenbett liege und du bist mit Sicherheit nicht bei mir, werde ich mit geschlossenen Augen flüstern: Weißt du noch, Habibi, wie wir den Thronrat warten ließen und wie Ildiko errötete, als wir sie fortschickten? Ah, Federico, ya chalbi, ana bhébak."

Und die um mich sind, mir beizustehen in meiner letzten Stunde, werden sehen, daß ich lächle, und sich verwundern.

Ich bin sehr froh, wird dann Konstanze sagen, die zweite Konstanze, der Berardo die Sakramente erteilt. Und ihm wird Zweifel kommen, daß es die Freude auf die Wonnen des Paradieses ist, obwohl sie eine fromme Frau ist. Was für eine Freude ist es aber? Die, endlich die Welt verlassen, oder die, gelebt zu haben? Das weiß nur sie allein.

Ah, Costà, ya mishnu.

Intermezzo III

Es ist Rom, was da auftaucht. Wir stehen auf der Kuppe des Monte Mario und sehen hinab auf die Stadt, die fast verborgen ist in der Wolke ihrer Dünste und deren Lärm bis zu uns heraufdringt.

Ich sehe uns beide an, ihn mit seinem Talar, ganz zu schweigen von dem Gesicht, mich mit Buch und Degen, in dem auf altertümliche Weise verschnürten Hemd aus weichem Leder. Von unten hören wir das Hupkonzert der Autos und müssen lächeln.

„Das kann wohl so nichts werden, Pier, was meinst du?“ gebe ich zu bedenken.

„Du weißt nicht, was Rom alles verkraftet. Meinst du, Leute in unserem Aufzug wären etwas Außergewöhnliches in dieser Stadt, wo Tausende versuchen, um jeden Preis Aufsehen zu erregen? Geh du nur getrost, ich werde mich nicht zeigen. Wenn es dir aber lieber ist, so laß uns eine andere Tageszeit wählen, zu der nicht soviel Römer unterwegs sind. Am besten die Morgendämmerung.“

„So wollen wir hier abwarten, bis ein Tag und eine Nacht verflossen sind?“

„Mit wem denkst du, unterwegs zu sein, Madonna Truda? Ich habe gesagt: wählen, nicht abwarten.“

Wir sehen hinunter.

Erinnerung: Versuchung

Unten lagerten sich bläuliche Wolken. Wir mußten sehr hoch gestiegen sein, daß die Stadt so klein zu unseren Füßen lag, spielzeugklein in den Wolkenlöchern, so scharf gezeichnet mit ihren Türmen und Domen, ihren Triumphbögen, den Ruinen der Theater und den breiten Straßenzügen, die wirkten, als wären sie zwischen das Häusergewirr geschlagen. Es war die Ewige Stadt, die Stadt der Städte, und da war niemand aus der Schar der Eroberer und Herren, der Abenteurer und Weltenbezwinger, der sie nicht hätte besitzen wollen. Wer diese Stadt hatte, der war der Herr des Erdkreises und seiner Herrlichkeiten.

Der Abtrünnige, der verräterische Geist stand neben mir, wies mit weiter Gebärde hin übers Wolkengeschiebe und sprach mit schönen Worten: „Das alles soll dir zu Füßen liegen, so wie heute jeden Tag. Das ist eine Kleinigkeit. Das Haus wird am Hang des Monte Mario gebaut, und du genießt den Blick auf das Tal. Dein schneller Wagen bringt dich in kürzester Zeit hin in die Stadt, wenn du das willst. Dein Keller sei voll Wein, deine Speisekammer voller Brot und Fleisch, seidene Gewänder seien dein eigen, Diener bereit auf deinen Wink, vorbei die Zeit, da du auf Stroh schliefest und oft nicht wußtest, womit du am anderen Tag deinen Hunger stillen solltest. Siehe, auf köstlichen Daunen kannst du schlummern und Fasanen speisen schon am Morgen. Und wundervolle Musik umschmeichelt deine Ohren, wann immer du es willst, ein klares Wasser unter Palmen ladet dich ein zu baden, dein sind alle Folianten der großen Bibliothek, auf deinen Wunsch steht dir das Wissen der Welt zu Diensten.

Es ist nicht viel, was wir verlangen.

Sing deine Lieder mit anderen Texten – manchmal brauchst du nur ein paar Worte fortzulassen oder zu verändern. Beileibe nicht die Melodie, denn die ist ja bekannt. Sprich einmal in der Woche die Worte, die wir benötigen. Du hättest das Ohr der Welt.

Alles, was wir verlangen, ist, daß du diese alten Geschichten vergißt, die in ewigen Wiederholungen von dem gleichen erzählen. Dieser Mann, diese Frau, dieser Baum, von dem zu essen ist! Welche Einförmigkeit. Etwas Neues muß her. Und Schlangen sind überhaupt ein ekelhaftes Getier, vor denen es jedem schaudert. Warum immer diese Geschichten mit der Schlange!

Antworte mit Ja. Wir brauchen dich. Rom wird dein sein."

Ich aber erwiderte und hielt mir die Hand über die Augen, um die

Herrlichkeit nicht zu sehen: „Hebe dich hinweg, Verführer. Mein Hunger ist nicht so groß, daß er nicht mit dem gestillt würde, was ich habe. Ich will nackt und klug bleiben und die alten Geschichten immer wieder erzählen, doch so, daß sie sich mit uns erneuern. Ich brauche nichts von dir."

Zweite Verweigerung

Der Morgen dämmert gerade, als wir in Rom ankommen.

Da die Nacht vorüber ist, stellt man die Stühle auf die Tische, fegt die Plätze und belädt die kleinen Autos mit den schwarzen Plastsäkken voller Abfall.

An einem Brunnen sitzt ein Liebespaar, beide tragen die gleichen baumwollenen Hemden, die vorn mit ihren Namen bestickt sind, sie heißen Adam und Eva. Sie sind die ersten, die uns beachten, oder vielleicht sehen sie auch nur mich, nicht ihn, und lächeln nur mir zu. Er taucht die Hände ein, um ihr zu trinken zu geben.

Es war ein höchst wundersames Rom, das wir da durchstreiften. Der Titusbogen war bis zur Hälfte in der Erde verschwunden, das Forum Romanum war eine Kuhweide, und die alten Theater waren zu Burgen der verfeindeten Nobili umgebaut. In den Ruinen und den neuen Bauten wandelten sie dahin, die wie ich und Pietro gekleidet waren, die mit seltsamen Verbeugungen grüßten und auf eine fremde, traumhafte Weise lächelten. Sie konnten durch alles hindurch, was da war, und schienen nicht wesenhafter als Luft. Pier lächelte, da er meine Verwirrung sah.

Die Glocken begannen überall zu läuten.

„Was bedeutet das?" fragte ich meinen Begleiter.

„Vielleicht eine Krönung?" mutmaßte er.

Er war dabeigewesen bei jener Krönung, es heißt, er hatte damals seinen künftigen Herrn das erstemal gesehen und sich geschworen, ihm zu dienen und keinem anderen sonst, denn ein Petrus de Vinea dient nur dem Höchsten, das ist seine Ehre. Er stand abseits inmitten der Menge und sah sie einziehen auf ihren schönen Pferden, die Kaiserin ritt einen weißen Zelter, ihr Gemahl aber Tadsch-el-Muluk, ich hatte ihn südlich der Alpen mit ihm erwartet.

Wir mußten uns beeilen, wenn wir zur Krönung zurechtkommen

wollten. Vor uns her gingen ein paar Nonnen und eine kleine Frau in einem rotvioletten Mantel. Sie ging mit festem leichtem Schritt, ihr blondes Haar hing ihr gelöst über den Rücken. Ich beeilte mich, sie einzuholen, aber sosehr ich auch meinen Schritt beschleunigte, nahm die Entfernung zwischen uns nicht ab.

Während sie die Tiberbrücke überschritt und auf den Petersdom zustrebte, begriff ich mit einemmal, daß es Konstanze war. „Bring mich zu ihr!“ rief ich Pietro zu.

Er hielt sich hinter mir, zum Greifen nah, ungreifbar, und als ich mich nach ihm umdrehte, schüttelte er den Kopf. „Ich habe keinen Teil an ihr.“ Er lachte zynisch. „Sie ist das Gegenteil von einem Verräter. Rede du nur mit ihr.“

Santa Maria Transpadina. War da nicht ein weißes Pferd, das des Papstes, inmitten des Jubels und des Weihrauchs? Irgendwer hielt ihm den Steigbügel, ich konnte es nicht erkennen in dem Getümmel um uns, irgendwer bekam den Friedenskuß, unerreichbar, die Frau ging weiter. Santa Maria in Turribus. Sie schritt schon die Stufen empor, gerade und anmutig in ihrem schönen Mantel.

„Warte, Erhabne!“ rief ich, so laut ich konnte, und sie wandte sich um.

Sanft und ungeschmückt stand sie da, mit beiden Händen die Krone tragend, die ihr nicht gehörte, jene brokatne Kronhaube mit der Perlenstickerei, den großen Edelsteinen und den langen, Ohrringen vergleichbaren Geschmeidependilien zu beiden Seiten. Er hatte sie zu dieser Kaiserkrönung getragen und ihr mit ins Grab gegeben. Auch den Spruch hatte er gedichtet, der eingemeißelt war in den dunkelroten Porphyr: „Sicanie Regina fui. Constancia conjunx Augusta hic habitabo nunc Federice tua.“ – Siziliens Königin war ich. Konstanze, die dir angetraute Kaiserin, wohne ich hier. Jetzt, Friedrich, die Deine.

„Königin, wo ist er?“ fragte ich, außer Atem vom Laufen.

Sie lächelte, ihre klaren Augen waren zugleich freundlich und streng auf mich gerichtet.

„War es so? War es anders? Aber vor allem: Wo ist er?“

Sie schüttelte den Kopf. Klug, treu und tapfer ging sie ihren Weg, das Geschenk in Händen, das man mitnehmen kann, die letzte Gabe. Wandte sich um und verschwand in der Kirche. Hinter ihr schloß sich das große doppelflügelige Tor mit dem Klang eines Sarkophags.

Sie wird nichts sagen.

Liber IV
De labore sub umbra

Viertes Buch
Die Arbeit im Schatten

Wie man Verbündete gewinnt

Die würdigen Kleriker des Familiarenkollegs werden endlich mit der Gegenwart der beschwingten Majestäten beglückt; Konstanze ist rosig überhaucht, und die Augen des Königs blitzen, während er sich so temperamentvoll auf den Thron setzt, als besteige er ein Pferd.

Zunächst gibt es eine kleine Proklamation anzuhören, die Herr Walther nach den Angaben Federicos verfaßt hat, ohne sie recht eigentlich zu verstehen. Aussagen wie: „Nach dem Willen der himmlischen Voraussicht wird sich eine Neugestaltung der Throngewalt vollziehen!" oder: „Unsere glückliche Stadt Palermo soll bald des Jubels über alte Herrlichkeit voll sein!" kommen ihm rätselhaft vor, und er beschließt, sie für leeres Getön zu halten. Er kennt eben seinen Herrn noch immer nicht.

Alsdann erklärt der kleine Rex in beiläufigem Plauderton, daß man die Besitzurkunden der Baronien zur Überprüfung anzufordern habe, sie seien auf ihre Gültigkeit zu prüfen. Eigentlich – König und Königin lächeln sich an – dürfe jeder Wisch Papier nach 1198 als ungültig angesehen werden, aber nun ja, man wolle es nicht gleich zu drakonisch machen.

Herr Walther wird gelb im Gesicht, und die Bischöfe von Reggio und Capua bekreuzigen sich; sie denken an die Herren in ihrem Landstrich.

Als nächstes seien in der Kanzlei Mittel bereitzustellen, um das Söldnerheer auf die doppelte Stärke zu bringen. (Herr Walther ringt die Hände.) Sold für einen Monat sei im voraus zu zahlen. (Herrn Walthers Hände fallen kraftlos herab.) Darüber hinaus sei für Quartier und Kost für ungefähr zweihundert Ritter zu sorgen, die in den nächsten Tagen von Herrn de Suessa und Herrn Gualtari Gentilis beigebracht würden. (Jetzt sitzt der Kanzler bereits.) Zudem würde es Uns freuen, wenn einige der mächtigsten und hochmütigsten der Barone, die besonders auf ihre Vormachtstellung pochen, persönlich zur Vorlage ihrer Dokumente zitiert würden – nicht geladen, Kanzler, zitiert! (Hier hat Herr Pagliara die Hände vors Gesicht geschlagen.)

„Nachdem Wir deine komödiantischen Fähigkeiten während Unserer Willensäußerung würdigen konnten, Kanzler, erwarten Wir nun deine gewiß genauso perfekten Kommentare zur Durchführung, denn es muß schnell gehen. Wir sind bereit, alles anzuhören, nur kein Nein." Bisher war Federicos helle Stimme sanft und geschmeidig. Jetzt springt er auf und fährt leidenschaftlich fort: „Hüte dich, Herr Walther, ein Nein zu sagen! Es würde wie Verrat klingen. Allzugut weiß ich, wohin das Land der Krone ging, das in deinen treuen Händen lag."

Warum ist er nur nicht verreckt unter den Deutschen! denkt der Kanzler. Er denkt es nicht zum erstenmal – gewiß nicht. Dann rafft er sich mit schmerzender Galle so weit auf, dem König in beschwörender Rede die Unmöglichkeit des Unterfangens darzulegen. Die mühsam aufgebaute Politik des Landfriedens bräche zusammen, sobald man die Frage des Landbesitzes berührte.

Federico stimmt ihm hierin völlig zu, das sehe Herr Pagliara richtig. Nur, es sei allein des Kanzlers Politik des Landfriedens, nicht die des Königs. Der König verzichte nicht auf sein Kronland, nur damit die Barone das Maul hielten. Worauf Walther erneut die Hände ringt. Unter den Herren in Violett und Rot gibt es gemurmeltes Hin und Her. Federico faßt nach Konstanzes Hand, und sie erwidert seinen Druck.

„Majestät!" ruft der Kanzler in erneutem Anlauf, und dann, inspiriert durch das Hand-in-Hand: „Dame Königin! Nimm Einfluß auf unseren Herrn! Willst du erneut als Witwe leben?"

Konstanze errötet dunkel ob dieser Taktlosigkeit. „Was unterstehst du dich!" erwidert sie mit kaum unterdrückter Empörung. „Was mein Gemahl tut, ist wohlbedacht. Sprich nicht zu mir, als sei ich ein Kind." Einen Augenblick lang schlägt ihr Herz wie rasend. Ach, die drohende Zukunft.

„Herr! Es wird Mord und Totschlag geben!" ruft der also zurechtgewiesene Minister.

Federico zuckt die Achseln. „Vielleicht – vielleicht auch nicht", sagt er leichthin.

Erneut stecken die Prälaten die Köpfe zusammen. Dann Auftritt dreier Kleriker – die aus Reggio, Capua und Monreale – mit der Bitte um Entlassung aus dem Thronrat, da sie nicht verantworten könnten, daß das Land durch verwegene Tollheiten in den Bürgerkrieg gestürzt würde.

„Wenn ich nur wüßte, was die verwegenen Tollheiten sind!" ruft der König. „Daß sich die Krone bewaffnet oder daß jemand versucht, das von wem auch immer veruntreute Krongut wieder zu sammeln." Er sei äußerst betrübt über das empfindliche Gewissen der Herren, das sich jedoch so gar nicht regte zu der Stunde, als man einem Kind – Lamm unter Wölfen, nicht wahr, Pagliara? – sein Eigen raubte. Indessen, er nehme, was bleibe übrig, die Demission huldvoll entgegen. Der Abreise in die jeweiligen Bistümer stehe nichts im Wege. Die Neubesetzung der vakanten Stellen erfolge sofort. Er erhebt sich. „Zu Familiaren ernenne ich: Frau Konstanze, Königin beider Sizilien, Unsere sehr geliebte Gemahlin. – Herrn Alaman da Costa, Marchese aus Genua, der Uns in Dingen der Seefahrt und des Handels beraten wird. – Den sehr weisen Kadi der Al-Aksah-Moschee, Imam Shurai, Unseren Lehrer."

Der entstehende Tumult erinnert an das Getümmel auf einem Marktplatz. Die alten Herren des Kollegs entfalten ein erstaunliches Temperament. Je nach Veranlagung wird da in stillem Gebet in die Knie gesunken und das Haupt verhüllt, dort aber werden Fäuste geschüttelt, wird geschrien oder breitet man in großer Geste die Arme – Federico studiert das gestische und mimische Arsenal der Priester mit Interesse. Wurde Konstanzes Ernennung nur mit unbehaglichem Schweigen aufgenommen, gab es erste Ausrufe der Entrüstung bei dem Genueser – ein Ausländer! –, brach der Sturm dann los bei der Berufung des Muslim. Ein Ungläubiger! Ein Heide im Rat des Königs! Das gab es noch niemals!

„Kein Heide, ein Muslim", korrigiert Federico kühl. „Und wenn die Herren meinen, das gab es noch nie, ersehe ich daraus, daß sie die Geschichte dieses Landes nicht kennen. Unser Großvater und Urgroßvater hatten hochberühmte Sheiks zu ihren Familiaren, und sie sprachen darüber hinaus arabisch und kleideten sich alla moresca. Im übrigen steht es euch, Monsignori, wohl zu, Uns zu beraten, nicht aber, in Schmähungen auszubrechen ob Unserer Entscheidung."

Aber nein, sie können sich nicht beruhigen. Das wenigste, was sie sich vornähmen, so bringen sie schäumenden Mundes vor, sei, diese Schmach umgehend nach Rom zu berichten.

Das lasse sich, entgegnet der König höflich, ohne umständliches Briefeschreiben sofort erledigen. Gibt einen Befehl, und herein tritt leise, und in seinem dunklen Samt so stillbeschwingt und anmutig wie ein großer Falter, der Legat Seiner Heiligkeit, Bischof von Bari und Palermo, Berardo von Castacca, ebenfalls frischgebackener Familiar, wie man sogleich erfährt, Familiar dieses vermessenen Knaben, der da mit lausbübischer Freude über seinen gelungenen Streich aufspringt und ganz und gar sizilisch ausruft: „Gesegnet die Augen, die dich sehen, 'rardó!" Er tauscht Handkuß gegen Segen und umarmt den Ankömmling so heftig, daß der kaum Gelegenheit findet, auch Madame die apostolische Benediktion zu übermitteln.

Auf diese Überraschung war nun allerdings keiner gefaßt. Die Herren, nach stattgehabter brüderlicher Grußzeremonie, mildern zwar ihren Ton, aber bringen immerhin doch vor, mit welchen Ungeheuerlichkeiten der junge König sie heute traktiert habe. Jedoch der Legat breitet, milde lächelnd, die Arme. Worin sie die so kraß bezeichneten Verwunderlichkeiten denn sähen? Daß die Majestät vakante Thronratsposten selbst besetze, sei ihr unbestreitbares Recht. Und die Brüder seien doch zurückgetreten, nicht wahr? An der Wahl der Königin könne sich ja wohl niemand stoßen. Daß ein Genueser im Kolleg sei – nun, ein Vorteil für das Königreich Sizilien, das nach der langen und üblen Belästigung durch pisanische Freibeuter gut daran täte, eine konkurrierende Seestadt zum Partner zu haben. (Daß Alaman der Ruf vorauseilt, selbst kaum besser zu sein als ein Korsar, nimmt Berardo weise nicht zur Kenntnis.) Schließlich der Imam. Nun, Konfratres, sollte man nicht großzügig über den einen hinwegsehen, da gegen die vielen, nämlich die sarazenischen Räuber im Lande, die Majestät gerade einen Feldzug zu eröffnen gedenke, einen Feldzug, den man nicht anstehen wolle, fast als einen gottgefälligen Kreuzzug zu bezeichnen, und zu welchem die Mittel zu beschaffen Kanzlei und Beamte zweifellos geradezu beflügelt eilen würden.

Nie löste sich der „Großväterrat" schneller und kleinlauter auf als an diesem Morgen. Mit größter Eile begeben sich die Monsignori auf ihre Bistümer, geht Herr Walther, gelb und verbissen, an die Arbeit, die wahrlich nicht leicht sein wird. „Ist dies nun wirklich Seiner Heiligkeit Wunsch und Wille?" fragt er den Legaten aus Rom. Berardo hebt die Augenlider. „Herr de Pagliara, Sanctitas Sua hat mir im Detail keine Vorschriften gegeben. Ich bin aber sicher, meine Vollmachten nicht zu überschreiten. Der Welfe Otto, zum Kaiser gekrönt durch die Hand des Innozenz, hat bisher keine Anstalten gemacht, Italien wieder zu verlassen. Auch gewisse Verträge, die da geschlossen wurden, scheinen ihm ganz gleichgültig zu sein. Das Königreich Sizilien ist dem Heiligen Stuhl sehr teuer."

Nähere Informationen muß sich der Kanzler anderwärts verschaffen, da der schöne Berardo nur noch lächelt und bedauert, keine Zeit zu haben. Er ist auf den Abend zu den Majestäten zum Essen geladen.

Konstanze gähnt und hält sich höfisch-zierlich die Hand vor den Mund.

„Ermüde ich dich, Frau Königin?" fragt Berardo besorgt, und Federico sagt lachend: „Entschuldige sie." Er weist nach draußen. Hinterm Monte Pellegrino geht die Sonne auf.

Die Kerzen sind zu unförmigen Klumpen herabgebrannt, und das Wachs hat sich über das Tischtuch ergossen, in die freien Stellen zwischen den Papieren, die hier alles übersäen. Selbst Konstanzes Schoßhündchen schläft, zu einer Kugel gerollt, auf einem Konvolut Akten. Die Weingläser jedoch, die die Diener am Abend brachten, stehen unberührt.

„Laß uns schließen", sagt der junge König und reckt sich. „Kurz und gut, ich weiß dich von nun an bei mir, Berardo, und so segne ich die Stunde, in der Innozenz, das Väterchen, auf den Gedanken kam, diesen dummen und hoffärtigen Otto zum Caesar zu machen. Uns erwächst Segen aus jener Unordnung, in deren Schatten wir in Ruhe unsere Ordnung schaffen können. Ordnung für Sizilien."

„Von Norden ergießt sich das Unheil über die Erdbewohner", zitiert der Bischof. „Ich lobe deinen Tatendrang, aber verkenne die Bedrohung nicht, die auf dich zukommt. Der Welfe will alles."

Federicos Augen sind kühl. „Das kommt später. Jetzt: Ich und Sizilien." Er wendet sich zu der Frau. „Du wirst Regentin sein, Costà, mit ihm zur Seite. Ich werde erst einmal eine Weile kämpfen müssen."

Sie nickt ruhig. Dazu sind wir geboren, es darf uns nicht erschrekken, Gott möge uns beistehen.

„Gott mit dem Königreich", sagt Berardo, und alle drei bekreuzigen sich.

„Alsdann, guten Morgen!“ bemerkt der König, springt auf, benutzt die Terrassenbrüstung als Abgang und schwingt sich nach draußen in den Garten.

„Wohin geht er?“ fragt der Kleriker.

Konstanze kichert. „Zur Cala, um im Meer zu schwimmen.“ Ihr fallen verschiedene Nächte ein, sie errötet.

Der Bischof sieht ihm nach, wie er den Palmenschatten erreicht, untertaucht, als schmale, rasch bewegte Silhouette am Ende des Hains erscheint, legt dann seine Hand auf ihren Arm. „Hast du zu beichten, meine Tochter?“

Sie lächelt und schlägt die braunen Augen voll zu ihm auf. „Nein, Monsignore, ich habe nichts zu beichten.“

Jetzt lächelt auch er. „Die staufischen Männer haben Glück mit den Frauen, die Konstanze heißen.“

„Das bedeutet nicht, daß diese Frauen glücklich sein müssen“, erwidert die Königin, wieder sehr ernst.

Noch einmal bekreuzigt sie sich Augen, Mund und Herz und weiß dabei nicht, daß sie den Kanon der Mauren ihres Landes in den Ritus ihres Glaubens aufgenommen hat. Dann ruft sie leise den Hund an.

Corazon streckt die Pfoten von sich, gähnt weitaus ungenierter als vorhin seine Herrin und erhebt sich verdrießlich, wobei er die Pläne über das Salzmonopol, die aus Landolfos Feder stammen, mit der Zuarbeit über die Verpflegung von Soldrittern, Urheber ist Taddeo, durcheinanderbringt. Die Schreiber werden Arbeit haben, aber die haben sie an diesem Hof ohnehin und immer.

Berardo, von Samt umweht, öffnet der Herrin die Tür, und sie küßt seinen Ring in einer graziösen Andeutung, die ihre Lippen kaum spannenweit über seiner Hand schweben lassen.

Zärtlich und entschlossen, fühlt sich Berardo das erstemal nach zehn Jahren wieder Sizilier. Er beschließt zu bleiben. Wohin der Knabenkönig seine Vorsicht, seine Zaghaftigkeit gewirbelt hat an diesem Abend, weiß er nicht. Schön, sich selbst nicht zu kennen. Manche nennen es Liebe.

Die Weihnachtsmesse

Ja, sie sind übers Meer gekommen. Sicher nicht, um in Demut die Dokumente, mit denen sie ihren Anspruch begründen, der königlichen Kanzlei vorzulegen. Dazu hätten sie ihre Majordomus oder Kanzlisten schicken können, wie es die anderen teils taten, teils nicht taten. Sie sind gelandet mit großer Pracht und Herrlichkeit, zu verkünden, was sie vom König beider Sizilien halten, nämlich nichts. Die Grafen Paolo und Ruggiero Gerace haben, wie es heißt, vom Bootssteg aus Geld unter die Armen verteilt, was hier seit den Tagen der Normannenherrschaft nicht mehr passiert ist. Und Anfuso de Roto, Herr von Tropea, ein schöner Mann mit eisgrauen Schläfen und den Augen eines Heiligen, hat verkünden lassen, er werde Palermo nicht anders verlassen denn als unabhängiger Fürst Kalabriens.

Die Stadt summt von Gerüchten wie ein Bienenstock. Muslimische Reiter, tief verschleiert und in Waffen, jagen in rasendem Galopp durch die Gassen und tauschen ungeniert Botschaften mit den Ministerialen der apulischen Herrn aus, sozusagen unter den Fenstern des Palazzo Reale. Die Bürger versperren ihre Haustüren und legen die Fensterläden vor. Regen fällt, am Abend wird er zu Schnee. Von den Bergen tönen die adventlichen Hirtenflöten der Pifferari über die atemlose Stadt, als eine hauchdünne Stimme des Friedens. Morgen ist Weihnachten, und die Grafen haben eine Audienz beim König gefordert. Sie sollen sie erhalten.

„Es ist sehr gut, daß sie da sind", sagt Federico grimmig. „Wie konnte Gott ihre Augen so verblenden, daß sie ohne Krieger zu Schiff gingen?"

„Sie wollen verhandeln", meint Pagliara.

„Sie wollen mich erpressen", entgegnet der König. „Sie sind in der Falle."

„Morgen ist Weihnachten. Morgen regiert Deine Majestät ein Jahr ohne den päpstlichen Vormund."

Der Knabe macht eine ungeduldige Bewegung. „Übermorgen werde ich fünfzehn, und ein Jahr ist vertan. Morgen wird etwas geschehen."

„Vor fünfzehn Jahren", hebt Berardo in seiner ruhigen Weise an, „am Tag, als dich deine Mutter wundersamerweise in Jesi gebar, rächte sich dein kaiserlicher Vater an den Siziliern. In seinen Händen war große Macht und wenig Herrlichkeit. Du, des Sturms aus

Schwaben und der großen Konstanzes Sohn, entscheidest dich an diesem Tag, da der Erlöser Mensch ward, wie ich weiß und dir vertraute, für die Gerechtigkeit."

Friedrich sieht den Bischof ruhig an. „Monsignore, ich bin nicht so dumm, mit den großen Bluttaten antreten zu wollen." Er lächelt geringschätzig. „Es ist auch nicht nötig. Ich habe Vernunft als Leiterin und Justitia zur Herrin." Es klingt sentenziös.

„Aber du hast ein leidenschaftliches Herz, mein Sohn."

„Außer Shurai nennt mich niemand so."

„Dennoch sollte es auch unter Christen Sitte sein."

„Frag den da", er weist mit dem Kopf zu Pagliara, „ob er väterliche Gefühle für mich hatte, für den Bastard, die Normannenbrut auf dem Thron, das lästige Überbleibsel. Ja, du bist nicht sehr in Gnade, Herr Kanzler. Was willst du mir heute raten? Dem Anfuso de Rota Apulien zu schenken, wie du den Deinen das Gut des Königs schenktest?"

Walther neigt unter dem wilden Haßausbruch des königlichen Knaben den Kopf und schweigt. Er weiß, er hat das Spiel verloren, spürt seine Galle und büßt seine Sünden.

Der Legat Berardo mischt sich nicht ein. Wache Augen unter gesenkten Lidern, beobachtet er seinen Rex, dessen zornige Ungeduld und den zügelnden Verstand, und erkennt wieder, bei gewissen Bewegungen des Kopfes, das Erbteil der Königsfamilie Hauteville. „Ereifere dich nicht, Majestät. Für den Kirchgang am Weihnachtsmorgen braucht es ein Herz, das bereit ist, seinen Feinden zu vergeben."

Federico zuckt die Achseln. „Vergeben? Gut, das heißt ja nicht vergessen."

Noch nie hat es an einem ersten Weihnachtstag in Palermo so geschneit, und noch nie sind an einem ersten Weihnachtstag so wenig Leute zur Messe gegangen wie heute, ob das nur mit dem Schnee zusammenhängt, weiß man nicht. Berardo hat vorgeschlagen, die Andacht in der Capella Palatina abzuhalten, sozusagen in der Hauskapelle des Palazzo Reale, aber Federico will in den Dom. Er hat nicht vor, den Dingen aus dem Weg zu gehen.

In dichtem Schneegestöber nähert sich der kleine Zug dem Hauptportal; die Straßen sind fast leer. Federico war im letzten Augenblick der Meinung, man könne auf die Pferde verzichten bei den paar Schritten, und hat den Familiaren und Amici jene braunen Pelzmäntel mit Kapuze zuteilen lassen, die man im Landesinnern, in Enna etwa, bei Winterkälte anzulegen pflegt – denn hier wird es ja eigentlich nie richtig kalt. Auch er selbst und Konstanze haben sich in die Bauernkapuzenmäntel gemummt, auf denen die großen wäßrigen Schneeflocken liegenbleiben wie Zucker auf einem Honigkuchen.

Als sie auf den Platz einbiegen, an dessen Ende der Dom liegt, sehen sie undeutlich durch das Schneetreiben, daß sich von der anderen Seite noch ein Zug auf ihr Ziel zubewegt, und Federico beschleunigt das Tempo. Natürlich tun das auch die anderen Kirchgänger, und so kommen sie denn beinahe im Laufschritt, aber gleichzeitig schnaufend und prustend unterm Portikus, der Vorhalle, an, wo sie, ohne voneinander Kenntnis zu nehmen, sich mit Stampfen und Klopfen den Schnee entfernen. Die anderen schälen sich auch aus den Hüllen. Wie erwartet, sind es die Grafen aus Apulien. Da sie den König ja offiziell nicht kennen, drehen sie der Hofgesellschaft dreist den Rücken zu und beginnen eine Unterhaltung. Sie starren von Waffen.

„Unser Kämmerer Riccardo ist leider nicht da, um sie zu belehren", sagt Federico, ohne die Lippen zu bewegen. Ridwân, genannt Riccardo, ein Sohn Shurais und Kämmerer des Königs, ist als gläubiger Muslim nicht am Kirchgang beteiligt.

Ehe sich jemand anders entschließt, reckt Konstanze den Kopf, erhebt sich auf die Zehen, um sichtbar zu sein, und sagt laut, aber ruhig: „Gruß den Herren dort drüben. Wissen sie nicht, daß man der Messe am heiligen Weihnachtstag ohne das Schwert beiwohnt? Oder wollen die Herren nicht in die Kathedrale – dann bitte ich, uns das Tor freizugeben."

Die Marchesi haben sich umgedreht. Anfuso, die großen tragischen Augen schmachtend aufgeschlagen, grüßt mit vollendeter Courtoisie. „Meine Verehrung der unbekannten Dame. Ja, auch wir haben als gute Christen vor, die Messe zu besuchen, und laden Madonna gern ein, es an unserem Arm zu tun. Nur uns von den Waffen zu trennen, hielten wir für unklug. Weiß die Dame denn nicht, daß in dieser schönen Kathedrale schon einmal ein eidbrüchiger Fürst seine Vasallen gemetzelt hat, gerade an so einem Weihnachtstag? Solchem Schicksal vorzubeugen, legen wir unser gutes Schwert nicht ab, zudem der jetzige König ein unberechenbares Kind sein soll." Zu welcher Rede sich die Brüder Gerace verbeugen.

Im königlichen Gefolge erhebt sich zorniges Getöse. Federico, als einziger noch in der schneenassen Kapuze, dreht sich so heftig herum, daß die Eisbrocken zu den Apuliern hinüberfliegen. Die

Marchesi beginnen, das Wasser wegzuwischen von ihrem Zeug, und heben angelegentlich die Augen nicht auf. Schon dröhnt Alamans Baß über dem Stimmengewirr: „Man sollte sie mit ein paar Faustschlägen Mores lehren ..." Da hat Gott ein Einsehen.

Das Tor des Domes tut sich auf, und da steht inmitten des Goldglanzes der Mosaiken, umsäumt von Weihrauchwölkchen, Erzbischof Berardo in purpurfarbener Dalmatica, Perlenstickerei und Spitzenwasserfällen, anzusehen wie ein Engel des Herrn, breitet die Arme und spricht: „Gelobt sei Gott, der Herr der Jahrhunderte, der heute den Bund des Friedens besiegelte und uns seinen Sohn sandte." Seine Stimme ist melodisch und ausdrucksstark. Dann streckt er die Hand nach dem fast erstarrten Federico aus und sagt mit schöner Doppeldeutigkeit: „Sei willkommen. Heut feiern wir den Geburtstag des Herrn." Während er den jungen König förmlich in die Kirche hineinzieht, bemerkt er lässig über die Schulter: „Wenn die Herren dort an der königlichen Messe teilnehmen wollen, können sie ihre Waffen beim Sakristan lassen."

Die nachdrängende Höflingsmasse spült die Apulier beiseite.

Als Friedrich dann Konstanze das Weihwasser reicht, sieht sie, daß seine Finger zittern.

„Friede", mahnt Berardo, während sie gemeinsam das Knie beugen, und unterm Einsetzen der hohen Chöre sagt der Knabe ziemlich laut: „Ich wollte, heute wäre ich mein Vater."

„Friede", sagt der Bischof noch einmal und fügt dann leise hinzu: „Ratio. Justitia." Danach waltet er seines Amtes.

Am Nachmittag schneit es immer noch, so daß die Dunkelheit früh hereinbricht, so eine seltsame, nördliche Dämmerung, die von Dauer ist, statt rasch in die Nacht überzugehen. Auf dem Innenhof des Palazzo Reale steht das Eiswasser und dringt den Herren durchs Leder der Schuhe.

Federico trägt denselben Kapuzenmantel wie beim Kirchgang, kleine und finstere Gestalt im verzerrenden Licht der wenigen Fakkeln – offenbar muß man an diesem Höfchen mit Licht sparen. Die Apulier fühlen sich nicht wohl bei dieser seltsamen Audienz.

Anfuso de Roto spricht laut, zu laut, und begleitet seine Rede mit großen theatralischen Gesten. „Wie wir der königlichen Kanzlei bereits darlegten, haben wir das Edikt zur Überprüfung der Besitzurkunden zum Anlaß genommen, unseren Standpunkt hierorts darzulegen. Wenn es Deine Majestät denn durchaus noch einmal mit eigenen Ohren hören will: Besitzansprüche der Krone an Apulien gibt es nicht mehr, denn der Arm des Königs reicht nicht so weit – er reicht nicht einmal bis in die Straßen deiner Stadt, durch die ungestraft die Patrouillen der Bergsheiks streifen. Da uns apulischen Baronen wenig daran liegt, das Angesicht des Königs zu schwärzen – denn er ist ein Kind und ging nicht durch seine eigene Schuld des Reiches verlustig –, machen wir folgendes Angebot: Der König ernenne mich zum Admiral und gebe mir die Seefestungen von Mente und Montecino, bestätige die Marchesi von Gerace als meine Statthalter und gelobe, seine Hand künftig nicht nach dem Festland auszustrecken. Das ist alles."

Federicos helle Stimme klingt klein unter der verschattenden Kapuze hervor: „Was aber, wenn Wir uns dessen weigern?"

Herr Anfuso hebt beschwörend die Hände. „Majestät, dies Angebot dient allein dem guten Einvernehmen und der Wahrung des Scheins, darum rate ich dringend, es nicht auszuschlagen. Ich kann einfach meinen Sitz in Kalabrien nehmen und dir gleich sein, wer sollte mich hindern?"

„Ja, es gibt wenige", erwidert das königliche Kapuzenwesen da, wie es de Roto scheint, kläglich. „Man hat mir berichtet, Herr von Tropea, daß du Menschen wie Vieh raubst und Kirchen als Pferdeställe nutzt, ist das wohl so?"

„Keineswegs", erwidert Anfuso in lebhaftem Konversationston, „Deine Majestät glaube nicht so unwürdige Verleumdungen. Ich bin ein christlicher Herr meines Landes." Und die Herren Gerace nicken zustimmend, dazu scheinen sie überhaupt mitgekommen zu sein.

„So will ich denn", fährt der Rex Sicaniae fort, „auch Antwort geben, und zwar auf deine Frage, wer dich hindern könnte, mir gleich zu sein." Er hebt die Hand. Aus dem Schatten tritt ein breitschultriger junger Mann im Eisenhemd, die stählerne Haube auf dem Kopf. „Im Augenblick zweifellos dieser da: Gualtari Gentilis, Konnetabel meiner Leibwache. Der Befehl gilt, Herr Konnetabel." Er tritt zurück.

Im Nu füllt sich der schneematschige Innenhof mit Bewaffneten. Wo kommen die alle her? Auch an Fackeln wird jetzt nicht mehr gespart.

„Verrat!" schreit Anfuso, da ist er schon entwaffnet, und die Stimme des Königs klingt schrill über den Platz: „Jawohl, Verrat, schmählicher Verrat an eurem Herrn, ihr tückischen Barone, ihr

Diebe und Räuber! Jetzt wißt ihr, wie weit der Arm des Königs reicht: zumindest so weit, um euch in den festesten Turm von Corleone zu stecken, da wartet auf den Urteilsspruch! Apulien ist ein Teil Siziliens und mein Land. Ihr habt zu früh gejubelt über den Tod der Aragonesen. Weh euch, die ihr dem Fallensteller ins Garn gegangen seid und der Mär glaubtet, der König sei ein Kind! Es wird keine Gnade geben für Rebellion."

Veilchen im Januar

Im Garten von La Ziza blühen Veilchen, Narzissen und Mimosen, und der Brunnen murmelt.

„Wie lieblich ist der Monat Januar auf deiner holdseligen Insel, o großer König unserer Zeit!" bemerkt Kadi Shurai. Die Mädchen machen hinterm Vorhang Musik, und der Imam läßt seinem erlauchten Gast Scherbett und Mandelkonfekt reichen.

„Trotzdem werde ich sie mit Krieg überziehen müssen, meine holdselige Insel, und es wird unter anderm gegen deine muslimischen Brüder gehen, ob es dir lieb ist oder leid", bemerkt Friedrich. Er hockt wie sein Gastgeber mit gekreuzten Beinen zwischen den Kissen und trägt die weitfaltige Dschalabija mit Selbstverständlichkeit.

„Das sind kaum mehr meine Brüder, auch wenn sie den einzigen Gott kennen", sagt Shurai gleichmütig. „Verwilderte Nomaden, rauhbeinige Viehdiebe und Straßenräuber, was für eine Gemeinschaft haben sie mit uns, die wir wissen, was das Leben lebenswert macht, die wir Kultur kennen?" Lächelnd läßt er seinen Blick zu dem halbdurchsichtigen Vorhang hinübergleiten.

Der Imam hat viel weiße Haare im Bart und auf dem Haupt, seit ihm die Seuche seine zwei Lieblingskonkubinen und drei seiner Söhne entriß, sein Bauch ist dahin, und sein mächtiger Brustkasten scheint wie eingesunken, aber er riecht noch genauso gepflegt nach Sandel wie der König neuerdings nach Palmolivenseife, und der Glanz seiner Augen ist unvermindert. Nachdem er vorgeführt hat, was man in kürzester Zeit aus einem verfallenen Bauwerk wie La Ziza machen kann, hat er es zum Geschenk erhalten, mit der Auflage, La Cuba, das andere Normannenlustschlößchen, ähnlich herzurichten, als Serraglio für die Damen seines Herrn.

„Doch bei allem wird es nicht ausbleiben, daß man scheeles Auge werfen wird auf deinen Diener als den Bruder von Rebellen und unterworfenen Aufrührern."

Federico hebt die Schultern. „Was willst du? Meine sarazenische Truppe wird, ohne mit der Wimper zu zucken, gegen ihre Glaubensgenossen kämpfen. Was der Sultan befiehlt, ist Gesetz."

Shurai führt eine Hand zur Stirn, die andere zum Herzen. „Höre meine demütige Bitte, Herr der Menschenkinder, und erweise mir eine Gunst: Entlaß mich aus dem Kollegium deiner Räte. Der Priester Berardo ist ein kluger und maßvoller Mann, und er wird für dich höchst nützlich sein. Bringe ihn nicht in die Verlegenheit, neben einem Ungläubigen sitzen zu müssen."

Der Knabe kichert, dann runzelt er die Stirn. „Du willst mir deinen Rat entziehen?"

„Niemals. Nur wird er dir nicht im Kreis dieser Männer erteilt werden, sondern im vertrauten Gespräch. Ich bin nicht mehr jung, lieber Herr. Du hast mein Haus erhöht, indem du geruhtest, meinen Sohn Ridwân zu deinem Kämmerer zu machen und meinen Schwestersohn Tarîk zum Valetto, zum Pagen deines Hofes. Ibn al Djusi, das Licht der Universität von Basra, wurde durch meine Vermittlung dein neuer Lehrer der Logik, du studierst mit ihm die Werke der Dichter und den Koran. Sie alle stehen unter meiner Hand, und so bin ich auch in ihnen bei dir. Entlasse deinen Diener aus dem Dienst des Tages." Er hat seinen Arm um die Schulter Federicos gelegt, und sein Ton ist keineswegs demütig, sondern voller sicherer Herzlichkeit.

Der König schweigt. Ihm gefällt so ein Abschied nicht. So fährt der Kadi fort: „Wir sind alle Gottes Geschöpfe, und zu ihm kehren wir zurück. Ich fühle, o Herr, daß ich schwinde – nein, das kannst du nicht sehen, du mit den Augen der Jugend. Aber es gibt Zeichen. Du hast, o glücklicher König, mit Mut und Schnelligkeit begonnen, deine Sachen zu ordnen, und deine gesegnete Hand ist den Aufrührern an die Kehle gefahren. Verfolge dein Ziel, erobere dein Königreich! Du kannst mich nicht im Sattel neben dir brauchen, und fern von dir, ohne die Sonne deines Blicks, bin ich nichts im Rate. Entlasse mich, Fedrí, mein Sohn."

„Ich kann dir solche Bitte leider unmöglich abschlagen", sagt der König seufzend. „Jedem anderen. Dir nicht. – Was meinst du, soll ich den Kanzler wegschicken?"

„So bald wie möglich", erwidert Shurai ruhig. „Aber bedenke, daß seine Ernennung durch den Papst auf Lebenszeit gilt. Du hast dann also keinen Wesir zur Rechten."

Der Knabe schneidet eine Grimasse. „Habe ich so was überhaupt nötig?“ bemerkt er in grobem Volgare.

Shurai lächelt. Er schnippt mit den Fingern. „Erlaube mir, da wir nun die Geschäfte des Tages erledigt haben, zu den Freuden des Abends überzugehen. Keiner weiß besser als ich, daß auch in deinem Frauenhaus der Tod reiche Ernte gehalten hat. So nimm von mir als Zeichen meiner Liebe eine junge nubische Sklavin an, die mir ein guter Geschäftsfreund aus dem Innern Afrikas zugesandt hat. Sie ist eine undurchbohrte Perle und ein ungerittenes Füllen und schwarz wie das Holz aus Hindustan, aber lieblich.“

„Ganz schwarz?“ fragt Federico neugierig.

Der Imam hebt den Vorhang. Bis auf ihren Schmuck ist sie fast nackt, schmal wie eine Gazelle in den Hüften. Ihre riesigen Augen sind voller Schreck und Hingabe. „As-Sultan“, flüstert der Kadi, und sie fällt auf ihr Angesicht wie hingemäht. Nur an ihren bewegten Schulterblättern sieht man, daß sie lebt und atmet.

„Wie heißt sie?“ fragt der Knabe.

„Sie heißt Chatûn, und sie versteht Arabisch“, entgegnet Shurai zärtlich.

Der junge König steht auf, hockt sich neben sie, berührt vorsichtig ihre glatte dunkle Haut mit dem Finger, streicht über das wollig starre Haar, das zu vielen Zöpfen geflochten und mit Gold durchwirkt ist. „Chatûn“, flüstert er, „habibite, ya yuni.“ Er wendet sich um, aber da ist Shurai schon fort, und die Musik dringt nur noch gedämpft von irgendwoher. Er muß sich später bedanken, scheint es.

Der Rex spricht sein schnelles Latein: „Wir werden diesen Brief nicht nur an den Abt von Monte Cassino schicken, an dieses furchtsame Lämmchen, das sich nach der Verhaftung der Apulier nicht mehr getraut hat, mit seinen paar Geschenken nach Palermo zu kommen. Die Kanzlei soll ihn vervielfältigen, und wenn wir nicht genug Schreiber haben, wende man sich an meine Freunde, die Kaufleute in der Uferstraße, die haben. Alle Städte, alle Bistümer, der Papst, die Genueser – wer immer uns wichtig sein kann, soll so einen Brief bekommen. Das Schreiben wird überall kursieren, damit man weiß, wer im Recht ist. Pagliara kann unterzeichnen. Danach bedeute ihm zu packen. Er soll gehn. Zum Ersten Kanzlisten, einer neuen Stelle meines Hofes, ernenne ich dich.“

Wilhelm Francisius hebt seinen inzwischen kahlen Schädel, der

der Jugendlichkeit seiner Züge keinen Abbruch zu tun vermag. Seine sanftmütigen Augen sind voll Unglaubens. „Meint der Rex mich?"

„Ich sehe keinen anderen im Raum", entgegnet Federico kühl. „Komm, laß uns die Formulierungen noch einmal durchgehen." Er zitiert ungerührt: „Es wird behauptet, die Barone und das Volk billigten Unsere Handlungsweise nicht. Wir erinnern Uns jedoch, bereits über die bestehende Feindseligkeit unterrichtet zu haben. – Der Graf von Tropea strebte nach der Admiralswürde und verlangte die Burgen von Mente und Montecino. Als Wir Uns weigerten, stieß er mit lauter Stimme Drohungen gegen Uns aus. Sagt also bei eurer Treue, ob Wir nicht gerechtfertigt sind? – Gut, nicht wahr?"

„Ja, gut", sagt der Magister mechanisch, und sein Herr fährt ihn an: „Du hörst nicht zu, Herr Francisius."

„Domine", der andere schluckt, „die von dir geschaffene Stelle gebührt einem Bischof! Ich habe nicht einmal mehr die ersten Weihen, ich bin ein weggelaufener Mönch."

„Papperlapapp! Wir werden noch manches ändern, 'lielmo. Außerdem, wo steht geschrieben, mit wem ich eine von mir neu geschaffene Stellung besetze? Und erklär mir als nächstes nicht, du seist nicht von Stande. Ich habe die Register eingesehen, du Heuchler. Dein Großvater war noch Herr von Monteforte und Forino. Dann haben sich die schlauen Normannen vorsichtig und langsam der Verantwortung entzogen, es waren zu viele Deutsche im Land, nicht wahr? Man gab seinen Sohn zu den Basilianern – aber er fiel einem anspruchsvollen Herrn in die Hände, so ist das. Mal hier und da ein paar Ratschläge geben und ein bißchen was von Jus und der Ärzteschule von Salerno verstehen und das beste Latein dieses Hofes skandieren, das ist eine bequeme Rolle, n'è vero? Das hilft aber nichts, du mußt Farbe bekennen. Soviel treue Leute hab ich nicht. Während unseres kleinen Feldzugs wirst du der Frau Regentin als Ratgeber zur Seite stehen – ich weiß ja, daß ihr euch mögt." Er grinst, aber er entlockt seinem Gegenüber kein Lächeln des Einverständnisses.

Ja, wir werden alle von ihm in die Pflicht genommen, und keine Hoffnung darauf, entlassen zu werden, außer mit dem Tod oder in zorniger Ungnade. Das eine ist es, einem königlichen Kind den Weg zu weisen und einem jungen Rex freundschaftlich zugesellt zu sein. Ein anderes, Tag und Nacht den Nacken unter seine Forderung zu beugen wie unter ein Joch. Vorbei sind ruhiger Schlaf und die kontemplative Heiterkeit. Er wird dir nichts nachsehen. Sorgen, Qualen, Angst vor Ungenügen und vor Unbewältigtem. Du hast es immer erwartet, fürchtend und hoffend, nicht wahr, Herr Guglielmo Francisius, Signore de Monteforte e Forino.

„Deine erste Amtshandlung wird sein, Herrn Pagliara in sein Bistum Catania zu schicken, wo er seelsorgerisch tätig sein möge. Sag ihm, es gibt keine Abschiedsaudienz. Wenn ich das Glück der Waffen wagen will, kann ich vorher nicht sein gelbes Gesicht sehn. Für dich gleich eine gute Probe, ob du die Kraft hast, dein Amt zu bestehen, denn dazu braucht es schon ein bißchen Mut."

Federico legt das Sendschreiben auf den Tisch und verläßt ihn – ohne Blick und Wort.

So sind die Könige der Welt. Man kann nicht sein Leben lang in der Kutte der Basilianer ein Kind Latein lehren wollen. Francisius seufzt und beginnt, den Brief noch einmal durchzugehen – vielleicht kann man stilistisch noch einiges verbessern.

Wie man erobert

Ein neuer Krieg ist entbrannt um die heillosen Täler und leidgeprüften Felder Siziliens, ein Krieg anderer Art. Keine schweren Stiefel stampfen alles zertrampelnd durchs Land, sondern den großmächtigen Bergen selbst ist der Kampf angesagt worden, und die da kommen, haben schnelle leichte Füße. Keine Ernten gehn in Flammen auf. Niemand muß seine Hütte verlassen, wenn dieses Heer erscheint, ist es doch zum Schutz der Ernten und Hütten ausgezogen, auf daß wieder Frieden herrsche.

Des Knaben kleine, entschlossene Schar fegt wie der Schirokko landeinwärts, „Giustizia e ragione!" ist ihre Losung, und ihr Geheimnis, schneller zu sein als die Boten zwischen den Baronen und den Ungläubigen und immer da zu erscheinen, wo man sie am wenigsten vermutet.

Was für eine Kriegführung ist das! empören sich die Berge. Da öffnen wir unsere Tore unseren Freunden, den Sheiks, auf daß sie zusammen mit uns kämpfen, und die Truppe, die da einreitet ins Castello auf dem edelsten arabischen Vollblut, mit flatternder Kaffiyeh, den Bogen auf der Schulter, entpuppt sich als die sarazenische Heeresgruppe des Rex, angeführt von einem namens Mahmud, der indessen nichts weiter sein soll als ein begünstigter Diener. Gegen wen zwingt man uns denn zu kämpfen!

Und die Räuber der Berge verfluchen die ungläubigen Hunde, von denen sie sich Sukkurs erhoffen, und siehe, da reiten sie heran, unsere teuren Kumpane, die Barone, wie es sich für zwielichtiges Volk ziemt, ohne Feldzeichen, Schildzier und Geschrei, doch dann sind diese gesichtslosen Männer im Kettenhemd plötzlich die Ritter des Sultans und hausen unter den Unsern wie Wölfe in einer Schafherde. Wer kennt sich da noch aus? Allah verderbe sie!

Bei jeder unterworfenen und dem Krongut einverleibten Burg, bei jedem ausgeräucherten Sarazenennest rufen die beiden Konnetabels der Truppe, Taddeo de Suessa und Gualtari de Gentilis, mit lauter Stimme: „Der Rex Sicaniae und Herr über die Herren ist da und hat sein Land wieder in Besitz genommen! Unterwerft euch dem König!“ Und dann wird die Trompete geblasen.

Unterdessen hat der Marchese da Costa, Mitglied des Thronrats, sich mit zwei, drei Schnellseglern, deren Hoheitszeichen er vorsichtig abgedeckt hat, auf dem Wasser Verdienste erworben und einen schnellen und einträglichen Fischzug nach dem anderen zuungunsten der Korsaren unternommen. Daß dabei ein paar pisanische Galeeren zu Schaden kamen, kann nur im Interesse Genuas sein.

Die Piraten meinen, von einem der Ihren bekriegt zu werden, womit sie nicht gänzlich im Unrecht sind, denn Herr Alaman darf die Hälfte der Beute legal in seiner Tasche verschwinden lassen, so war es ausgemacht. Freilich hat er keine Waage dabei, so kann es sein, daß seine Hälfte manchmal etwas reichlich ausfällt. Schließlich, er hat ja nicht Giustizia zu seiner Losung gemacht, und im Sinne von Ragione handelt er schon.

In diesen Monaten sieht das gute Volk Siziliens, die griechischen und sikulischen Bauern, die Hirten und Fischer, hingeduckt in ihre runden Strohhütten, einige Feuerzeichen anderer Art. Da gehen die Burgen der Unbotmäßigen in Flammen auf und nicht die Felder der Geplagten; die Zelte der Räubersheiks, die so oft ihre Hütten anzustecken pflegten, lodern wie Fackeln in der Nacht.

Ungläubig zuerst, voller Staunen hören sie die Rufe der Trompetenstimme. Sollte es Bewaffnete geben, vor denen man sich nicht zu verbergen braucht. Siehe, das Land hat einen König. Welcher ist er? Der da, der keinen Helm trägt, der mit dem Feuerhaar, der Junge. Manchmal kommen sie und knien am Weg, wenn die kleine Schar vorüberreitet, und bringen ein paar Früchte oder einen Trunk Wein für die Müden. Der junge Mann lacht und winkt ihnen zu.

Eines Tages sehen Taddeo und seine Ritter einen Trupp Pferde in einer Bergfalte, reinstes arabisches Blut, weiß leuchtende Felle. Als sie aber über die Hügelkuppe, die ihnen für eine Weile die Sicht verdeckt, hinweggeritten sind, ist die Weide leer, obwohl der Geruch der Tiere noch in der Luft zu hängen scheint. Die Männer zucken die Achseln und kehren zu den anderen zurück.

Suessa berichtet Federico davon. „Laßt euch nicht an der Nase herumführen", sagt der und lacht.

Am anderen Tag ist die Herde wieder da, unverkennbar dieselben Tiere, die da einen Olivenhain kahlzupfen, das weiße Arabervollblut. Diesmal will Taddeo es klüger anstellen. Er teilt seine Leute auf und umzingelt den Hain – mit dem Erfolg, daß sich die Herren in der Mitte der Weide begegnen, von der Herde keine Spur.

Es kann nicht ausbleiben, daß die Pferde am dritten Tag wieder auftauchen. An einem Hang, der fast für Ziegen zu steil ist, leuchten sie weiß im Grün. Diesmal sieht sie nicht nur Taddeos Trupp, sondern der gesamte Heerbann verrenkt sich den Hals und stolpert mit linksgewandten Augen über die geröllreiche Straße.

„Na, wollt ihr wieder auf die Pirsch gehen?" fragt der Rex seinen Konnetabel.

Taddeo ist wütend. „Da ist Hexerei im Spiel", versichert er, „sonst hätten wir sie schon. Das sind keine gewöhnlichen Pferde."

„Gewiß nicht", sagt Federico von oben herab, „das ist edelste Zucht, und was du Hexerei nennst, ist nur, daß uns einer ein Zeichen geben will, einer, der gewandt, ungreifbar und spielwütig ist. Die Frage ist, ob ich die Herausforderung dieses Hochmütigen annehme."

„Ich verstehe kein Wort, Ruggiero", bemerkt de Suessa ehrlich.

„Wie solltest du, dazu weißt du zuwenig", entgegnet sein Herr leichthin. Für diesmal verbietet er die Jagd auf die Pferde.

Während die Kämpferschar von einem Tal ins andere zieht, um den Ort des Nachtquartiers zu erreichen, folgt ihnen die Herde gemächlich von Bergrücken zu Bergrücken, ohne daß ein Hirt oder Treiber in Erscheinung tritt. Von Zeit zu Zeit dreht Taddeo den Kopf in die gewisse Richtung, als zöge ihn jemand an einer Schnur, und flucht leise.

Sobald der reisige Trupp im Dämmern sein Feldlager aufschlägt, entfernt sich der König ohne Begleitung, im Kaftan, die Kaffiyeh bis zu den Augen, leicht bewaffnet.

Riccardo, der Kämmerer, hat ihn mit melancholischem Hundeblick vor dem Unternehmen gewarnt, angeboten mitzugehen und schließlich aus seiner Truhe eine Schriftrolle in braunem Lederfutteral geholt, um sie seinem Sultan in die Hand zu drücken. „Mein Vater, der solche Situationen voraussah, gab mir diesen Firman mit. Er meinte, da er nun einmal das geistliche Oberhaupt aller Muslime der Insel ist, wollte er seine Stimme, selbst wenn sie nichts vermöge, doch erheben zu deinem Heil bei den verfluchten Söhnen des Raubes, und er beschwört dich bei Allah dem Erhabenen, es zu nutzen eingedenk eurer wechselseitigen Liebe."

Federico mag Ridwân, seine sanfte Fürsorge, die hingebungsvolle Zähigkeit, mit der er Dinge, die er für richtig hält, durchzusetzen versteht, seine Anmut, so steckte er das Schriftstück eigentlich nur zu sich, um seinem Kämmerer einen Gefallen zu tun.

Während die Dunkelheit rasch und stark, wie eine alles umspannende Hand, auf die Berge fällt, erklimmt der Vermummte das Geröll des Hanges, klettert über Felsbrocken und läuft schnellfüßig Ziegenpfade hinauf. Das Alleinsein berauscht ihn wie ein starker Trunk, und der Wind der Nacht und des Abenteuers riecht nach den Pferden und führt etwas von den Träumen, den Verheißungen mit sich, die mit den Zirkelritten auf dem Schimmel verknüpft waren. Er hört wohl, daß es neben ihm im Gezweig knackt und raschelt, aber er wendet nicht den Kopf. Bald ist die Herde vor ihm, die weißen Leiber leuchten in der Dunkelheit. Einige liegen, andere peitschen die Flanken mit dem Schweif, man hört das Schnauben. Er tritt aus der Macchia auf die Lichtung zwischen die Tiere, die sich ihm nähern und ihn begleiten, durchschreitet die Herde, auf der anderen Seite warten bereits die Bogenschützen, den Pfeil auf der Sehne. Es fällt kein Wort. Der eine geht voran, zwei eskortieren ihn.

Unter den Tamarinden leuchtet das weiße Kuppelzelt von innen wie die Wunderlampe des Ala-ed-Din. Es sind ihrer drei, die ihn erwarten zwischen ihren goldgestickten Daunenkissen, im Bunt der Teppiche, beim Gurgeln der Nargileh. Raubgut aus christlichen Kirchen hat man geschmackvoller Weise nicht verwendet.

„Allah erhalte Fedrí, den Sohn Heinrichs, Sultan des Landes", sagt Kasim ibn Adi. Er sagt es nicht ohne Spott, aber auch nicht ganz ohne Ehrfurcht. Sein Bart ist in den Jahren grauer geworden und die Diamantagraffe am Turban größer.

„Das mit den Bogenschützen hättest du dir sparen können", bemerkt Federico und entschleiert sich. „Was soll der Unfug?"

„Eine Geste des Wiedererkennens und der Wiederkehr, nichts weiter", erwidert der Sheik und weist dann auf die beiden zur Rechten und zur Linken. „Ich möchte dir meine Freunde im Rat vorstellen."

„Nicht nötig", unterbricht der Ankömmling. „Aus den angstvollen Beschreibungen meiner gequälten Untertanen kenne ich sie zur Genüge. Der Kleine zu deiner Rechten, der das Angesicht eines Affen und die schnellen Hände eines Taschendiebs hat, ist Schams-ed-Din, der sich Fürst der Berge nennen läßt, der Schwarzhaarige jedoch mit den tückischen Augen, dem das Haar aus der Nase wächst, heißt Ibn Abbad, der söhnereiche Räuber von Misomei und Verbündete der Korsaren."

Die Emire haben bei diesen wenig schmeichelhaften Darstellungen ihrer Person vergessen, an den Wasserpfeifen zu ziehen. Im Raum herrscht Stille. Dann sagt Kasim: „Friede mit dir, Sultan Fedrí. Du bist, da du zu diesem Zelt der Begegnung gefunden hast, in den Gesetzen der Gastfreundschaft und solltest sie ebenfalls achten, damit uns nicht das Wissen um unsere Macht verführe, mit dem Auge des Zorns auf dich zu blicken, und wie leicht wird aus einem Gast ein Gefangener."

Der König lächelt strahlend. „Du machst Spaß, sehr teurer Kasim ibn Adi. Du und die Deinen, ihr prunkt hier nur noch zum Schein im Gold eurer Kleider. In Wirklichkeit seid ihr wie Gräber, und morgen brennen eure Bergdörfer. Du hast mich nicht hierhergelockt mit deinen unverkennbaren Pferden, um mich gefangenzunehmen."

Der schwarze Ibn Abbad mischt sich ein. „Wir hatten es bisher noch nicht erwogen, Sheik Kasim – aber warum nicht ihn als Geisel nehmen und, falls seine Truppen morgen stürmen, ihn an der höchsten Zeder aufhängen?"

Kasim durchfurcht kopfschüttelnd seinen Bart mit den Fingern – er verwirft den Vorschlag ohne jede moralische Mißbilligung. „Nicht deshalb habe ich ihn herbestellt."

„Aber warum ist er gekommen?" fragt der mißtrauische Schams-ed-Din. „Er steht da und lächelt in Dreistigkeit. Vielleicht hat ihm der gebrannte Satan irgendeine geheime Waffe mitgegeben, die er im nächsten Moment zückt und uns dann alle vernichtet?"

Die Vorstellung versetzt Ibn Abbad in Erregung. Er springt auf und befiehlt den Bogenschützen, die noch immer am Zelteingang stehen: „Durchsucht ihn!"

Die Mamluken sind sehr schnell. Ehe Federico sich umwenden kann, fühlt er sich von hinten umklammert, Hände gleiten seinen Körper entlang, er lächelt noch immer. „Ehrenwerter Emir, das soll dir unvergessen bleiben. Dereinst ereilt dich dein Lohn." Vor die Füße des Ibn Abbad wirft man den Dolch, das Kreuz und das „corno", jenes Rettungszeichen vorm bösen Blick, das fast jeder Sizilier am Hals hängen hat, und den Firman des Imams Shurai.

Kasim streckt beschwörend die Hände aus. „Allah ist mein Zeuge, daß ich dergleichen nicht wollte, Sultan", sagt er würdevoll.

„Du hast deine Verbündeten nicht recht im Griff, wie?" bemerkt der junge König und ordnet seine Kleider. Da Ibn Abbad nach der Lederrolle greifen will, setzt er flink seinen Fuß darauf. „Dies ist für den Sheik der Pferde bestimmt."

Wortlos nimmt Kasim das Schriftstück, streift die Hülle ab und, da er das Siegel erblickt, legt er es sich zunächst auf den Kopf zum Zeichen, daß er sich dem Schreiber unterordne, führt das Papier an die Lippen und entrollt es.

Der schnelle Schams-ed-Din schaut ihm beim Lesen über die Schulter und wirft von Zeit zu Zeit einen Blick vom Blatt weg auf den Zeltgast.

Nach der Lektüre legt der Sheik den Brief sorgsam beiseite und betrachtet Federico nachdenklich. Als er sagt: „Allah stärke die Macht des Königs", klingt es nicht einmal ironisch. Und zu den Mamluken: „Gebt dem Sultan seine Waffe und seine Amulette zurück. Es ist unserer Würde wenig angemessen, wie du handelst, Emir Ibn Abbad."

Der Schwarzbärtige guckt scheel. Er hat den Brief nicht gelesen.

Schams-ed-Din ergreift mit seiner dünnen Stimme entschieden das Wort: „Wir ehren die Ansichten des großen Imams Shurai – möge er tausend Jahre leben! –, wenn wir auch seine Meinung nicht ganz teilen können. Dein Plan, o Sultan, wie wir ihn aus diesem Schreiben ersahen – nämlich alle Muslime der Insel in einem von dir geschützten Gemeinwesen zu vereinen, unter Achtung ihres Glaubens und ihrer Sitten –, dein Plan hat viel Süße. Aber in der Süße mischt sich für meine Zunge eine Bitternis: Sie schmeckt nach Gefangenschaft."

„Und schmeckst du, da du so eine feine Zunge hast, nicht auch die fette Wollust des Wohlstands und die kernige Behaglichkeit eines Lebens ohne Angst; geachtete Männer mit ihren Weibern und Kamelen im Schatten der Gnade des Herrschers?" fragt Federico lebhaft zurück. Er schüttelt das Haar aus der Stirn. „Da ich sehe, daß mein Freund und Lehrer mich durch seinen Brief des Redens enthoben hat, was wollt ihr mehr? Ich biete euch statt der Lanze des Kriegs den Ölzweig und den Frieden Allahs."

„Solche Angebote aus dem Mund der mörderischen Staufer gleichen Schlangen, auch wenn deine Lippen so holdselig sind wie Rosenblätter und deine Sprache wie der Tau des Paradieses." Natürlich ist es wieder Ibn Abbad, der dazwischenfährt. Der unverwandte Blick der kühlen Augen zwingt ihn, die Lider zu senken. Schielender Basilisk! denkt er und zieht an seiner Wasserpfeife.

„Erkläre dich deutlicher, Ehrenwerter", fordert Kasim.

„Es war deutlich genug", widerspricht Federico friedfertig. „Er meint, daß nur der Tod der ungläubigen Christenschweine und der Sieg der Muslime diesen Streit beenden können." Er lächelt und fährt sanft fort: „Meine Hände um deinen Hals, begegnen wir uns wieder."

In dem dunklen Gesicht des Emirs zucken die Wangenmuskeln, sonst bewegt sich nichts an ihm.

Wieder hebt Kasim beschwörend die Hände. „Wir kamen nicht in dieses Zelt, um Verwünschungen auszutauschen. Fedrí möge seinen Zorn zügeln. Du, Emir, bedenke deine Taten und frage dich, ob zu jähes Dahinschießen dir nicht den Weg verbaut zu dem, was deinem Herzen nächst deinen Söhnen am liebsten ist: zu Geld und Gut." Ibn Abbad hebt kurz die schweren Augenlider, verharrt in Schweigen, indes der Sheik fortfährt: „Wir ehren das Angebot, das du uns durch unseren Imam gemacht hast. Dennoch, o glücklicher König, vergißt du dabei etwas: Zu einem solchen Versuch bedarf es der Macht, und die hast du nicht, kleiner Sultan, auch wenn du jetzt mit siegreicher Heereskraft unsere Dörfer verheerst. Wir wissen so gut wie du: Du mußt umkehren. Du zeigst uns deine Pranken, junger Löwe, wie es dein Recht ist, aber du kannst uns nicht schlagen. Dein Reich besteht aus schwärenden Wunden, und vor deinen Häfen liegt der nordische Wolf."

„Aber ich werde wiederkommen", sagt der Gast, „und dann werde ich stärker sein als alle. Warum wollt ihr mit Zwang erdulden, was ich euch heute in Freiheit biete: eine autonome sarazenische Provinz, einen Staat im Staate, niemandem verantwortlich als Uns, dem König?"

„Du bist kühn", sagt Kasim.

Plötzlich füllt wieder Schams-ed-Dins dünne, durchdringende Stimme den Raum: „Shurai schreibt, er ist vielleicht der Mahdi, der Erlöser. – Bist du der Mahdi?"

Die Hand des Sheiks erstarrt in ihrer Bewegung im Gewirr des Bartes, Ibn Abbads Wangenmuskeln kommen zur Ruhe. Drei Augenpaare fixieren den Knaben. Federico steht gespannt wie ein Jagdhund am Zeltausgang, in der Aura seines roten Haares, das bräunliche Gesicht glänzt wie Metall im warmen Lampenlicht. Um seine vollen Lippen liegt ein leichtes Lächeln.

Von draußen dringt Unruhe herein, Waffengeklirr; der junge König, die Hand am Dolch, fährt herum, der Augenblick ist vorbei.

„Unbesorgt, Sultan der Franken", hört er hinter sich die Stimme Kasims ibn Adis, „ob du der Mahdi bist oder nicht, du bist in meinem Schutz. Der Krieg geht erst morgen weiter."

„Ergib dich, Fürst der Bergsarazenen, und dich erwarten an meinem Hof alle Ehren deines Standes."

Kasim wiegt sein Patriarchenhaupt. „Allah allein kennt die Zukunft. Wenn ich wüßte, junger Herr, schön wie der Löwe in seinem Schmuck, ob die Ehren deines Hofes morgen noch dauerhaft sein werden . . ."

„Du verrechnest dich."

„Kann sein – kann auch nicht sein. Nun, bei allem war es gut, daß wir uns sprachen."

„Ihr habt Angst, nicht wahr?" fragt der König. „Sonst hättet ihr mich nicht mit den Pferden hergelockt, sonst hättet ihr nicht zu dritt in diesem abendlichen Zelt auf mich gewartet, nun schon die dritte Nacht. Ist es nicht so?"

Wieder herrscht Stille im Raum.

„Nun", sagt der Sheik und erhebt sich, „sagen wir so, daß wir aufeinander neugierig waren. Auch du auf uns, gib es zu."

„Ich kämpfe nie mit herabgelassenem Visier."

„Mögen es dir deine Feinde entgelten." Kasim berührt zum Salam Brust und Stirn. „Wenn du zu deinen Zelten zurückkommst, wirst du ein Geschenk der Bergsarazenen vorfinden. Gedenke deines Dieners nicht mit Haß."

Draußen sind keine Wachen mehr. Als sich Federico auf halbem Weg abwärts umdreht, ist das leuchtende Zelt verschwunden – erloschen, abgebaut, wie von der Erde verschluckt. Auch die Herde steht nicht mehr auf der Lichtung.

Springend und rutschend gelangt er zum Lager. Vor seinem Zelt angebunden steht ein großer Dunkelbrauner mit starkem Schweif, unähnlich den weißen Pferden der Emire. Hinterm Stirnriemen aus

Goldleder findet Federico ein winziges Stück Pergament. Beim Lampenschein entziffert er: „Mein Name sei Tadsch-el-Muluk. Dies heißt: Krone der Könige."

Zu Rom sitzt Seine Heiligkeit im Lateran und fröstelt, obgleich draußen der Sommer glüht. Sanctitas Sua steckt die Hände in einen Muff aus Zobelpelz und hält die Füße übers Kohlenbecken. Alles schien so wunderbar in Ordnung zu sein. Gott in seiner Barmherzigkeit hatte mehr getan, als man erwarten konnte: Er hatte den Staufer Philipp im Norden umbringen lassen und dem Staufer Friedrich im Süden die Seuche geschickt, daß er nicht zu übermütig würde und etwa loszöge mit seinen fünfhundert Rittern. Bei der Krönung des langen Otto zum Kaiser war jedes Risiko ausgeschaltet worden. Ein meisterlich ausgeklügeltes Vertragswerk band dem ungestümen Barbaren die Hände. Hatte er nicht ganz Italien bis auf die Lombardei aus seiner Souveränität entlassen, die Vergabe der Kirchenämter in Germanien samt und sonders dem Papst zugesichert (die meisten Reichsfürsten waren Kleriker), die Unabhängigkeit des Patrimonium Petri garantiert, Verzicht auf Sizilien geleistet – alles für eine Krone?

Und nun? Seine Heiligkeit vergräbt auch noch die Nase im Zobelmuff. Daß Treu und Glauben aus der Welt sind, daran hat er nie gezweifelt. Aber daß auch ein Vertrag nur ein Fetzen Papier sein kann, erfüllt ihn mit Bitternis. Schließlich ist er Jurist.

„Das Schwert, daß Wir Uns geschmiedet haben, schlägt Uns tiefe Wunden", steht in den Briefen, die seine Kuriere an alle einschlägigen Herrscherhäuser oder ihre Drahtzieher überbringen.

Nicht nur, daß der baumlange Otto mit radikaler Selbstverständlichkeit ablehnte, dahin zurückzukehren, wo er hingehörte, nämlich in seine nordischen Nebelwälder, er setzt seinen eisenbeschuhten Fuß verachtungsvoll auf das Territorium der Kirche, und daß er sich den Süden kaum entgehen lassen wird, ist anzunehmen, zumal ihn die deutschen Herren in Apulien so warm dazu auffordern. Denen wird ihr kleiner Staufer zu rabiat.

Sanctitas Sua seufzt. Er erinnert sich der Worte des Roi de France: „Kein Papst kann einen Staufer leiden." Aber ist nicht ein schwacher junger Friedrich das kleinere Übel gegenüber einem höchst starken und wehrhaften Otto – vorerst zumindest? Seine Heiligkeit hat viele Briefe zu schreiben und viele Truhen zu öffnen, denn die rheinischen Erzbischöfe, in deren Händen die Königsmacherei liegt, haben tiefe

Taschen. Der Hinweis an Frankreichs Herrscher, daß der Welfe grobe Drohungen gegen ihn ausgestoßen habe, mag ein übriges tun. Welche Arbeit, welche Investitionen! Aber es geht ums nackte Überleben. Kaiser Otto hat keine Skrupel. Schon setzt er seine Truppen nach Apulien in Marsch. Was können wir in Marsch setzen außer List und Geld? Innozenz klingelt nach einer wollenen Decke. Ein Irrtum, dieser Welfe. „Es reut mich, den Menschen gemacht zu haben“, flüstert er in die wärmenden Falten.

Nach einem Geplänkel mit einem Piratenfondaco unterbricht der Rex in Messina die kriegerischen Unternehmungen und gönnt sich und seinen Soldaten ein paar Tage Ruhe – allerdings reitet er währenddessen zum Entsetzen der erschöpften Amici in ihrer Begleitung zur Jagd und besichtigt die Umgebung.

„Was man alles aushält, wenn man sechzehn ist!“ Taddeo stöhnt und hat das Pech, daß Federico ihn hört.

„Wenn du dich zu alt fühlst, mit mir ins Feld zu ziehen, sag es. Ich werde dir einen ruhigen Posten als Castellano verschaffen.“

Seitdem ist Taddeo still. Der Rex hat ein beängstigendes Gedächtnis und macht manchmal Dinge wahr, die man für einen Scherz gehalten hat. Sie haben einen heißen kriegerischen Sommer hinter sich, in dem sie eine Schneise der Ordnung quer durch das Land schlugen, und der König weiß, daß Taddeos Verdienst um das Gelingen dieses Feldzugs gewaltig ist. Aber darauf rechnen, daß es einem gedankt wird, kann man nicht.

Nach Messina kommen, herbeizitiert mit der halben Kanzlei, der Erste Kanzlist Siziliens, Magister Francisius, und der Erzbischof Berardo, und sie bringen auch Frau Konstanze mit. Sie reist im verschlossenen Palankin und ist sorgfältig verschleiert; man will keinen vor den Kopf stoßen, hier im Osten ist der muslimische Bevölkerungsanteil sehr stark.

Außerdem befindet sich im Troß eine etwas verschüchterte Abordnung von langbärtigen ausländischen Gottesmännern. Sie sind, so heißt es, von weither gekommen, um von ihrem angestammten Landesherrn die Rechte zu einer Klostergründung zu erbitten. Das Kloster soll an einem See liegen, der Bodensee heißt, das Land, aus dem sie kommen, heißt Schwaben, und der von ihnen Gesuchte ist Herr Friedrich von Hohenstaufen. Dies bringen sie in einem gutturalen Latein vor, bei dem sich die sprachgewandten Höflinge kaum das Lachen verkneifen können. Immerhin, sie machen sich verständlich.

Von ihrer Reise durch das heiße und bunte Land sichtlich mitgenommen, vergießen sie Schweiß in Strömen und starren alles mit unverhohlener Bewunderung an, als befänden sie sich im Vorhof des Paradieses. Daß der halb orientalisch gewandete, exotisch braune Jüngling mit den schillernden Augen und den langen Locken in der Tat ihr Herr sein soll, vermögen sie kaum zu glauben.

Federico seinerseits betrachtet die großen Leiber, die schweren, stillen Gesichter dieser Mönche, als seien sie Boten von einem fremden Stern. Rè di Svevia, König von Schwaben, das hat auf einmal Sinn. Vorher war es nur wie: Fürst von Nirgendwo. „Ich habe gehört", sagt er, „daß in Germanien jetzt ein neuer Herr sein soll, Otto der Welfe. Ihn hättet ihr fragen müssen. Seid ihr ihm nicht unterwegs begegnet?"

Das wäre, entgegnen sie, wahrhaftig nicht schwer gewesen, schwerer schon, ihm auszuweichen, denn er und seine Söldner seien überall präsent. Sie hätten sich aber gehütet, denn er sei, so sage man, ein gewalttätiger Herr und Klostergründungen nicht wohlgesonnen. Der Gedanke, ihm könne vielleicht ihr Reiseziel zu Ohren kommen, habe ihren Fuß beflügelt. „Denn du, Kind von Apulien, bist unser Herr, wie es deine Väter waren und deren Väter, die Grafen von Staufen, bis zurück zu den Tagen, als dein Ahnherr Berchta, die Huldin, freite."

Der Rex hat nachdenkliche Augen. „Berchta, die Huldin", murmelt er, und dann: „Sagt mal was auf deutsch." Sie tun es, aber er winkt ab. „Ich verstehe sowieso kein Wort. Aber ich ehre euer Kommen und will eurer Bitte gnädig willfahren. Magister Francisius, den ihr ja von der Reise her kennt, wird euch eine Urkunde ausstellen, über das Recht, ein Kloster am – wie hieß der See? – Bodensee, richtig, zu gründen, versehen mit dem Siegel des Königs und seiner Unterschrift."

Sie gehen in die Knie und küssen seine Hände, und er fragt lächelnd: „Ist er fischreich, der See?"

Jetzt kommen sie in Fahrt und erzählen von Felchen und Seebarben. Die nächste halbe Stunde unterhält sich Federico mit ihnen über Fisch- und Jagdgründe in Schwaben und hört gar nicht auf, sie auszufragen.

Wilhelm Francisius selbst bringt die schwäbischen Weltreisenden dann ins Quartier: zu dem berühmten Basilianerkonvent San Salvatore dei Greci, wo er selbst lebte und lernte. Von der Straße aus betrachtet er mit herzlicher Wehmut die Stätte, die er, Ausreißer, nicht mehr betreten darf. Hier gibt es Stille, Wissenschaften, erlesene Bücher. Der Erste Kanzlist kehrt zu seinem Rex zurück.

„Seltsam", sagt der, immer noch bewegt von dem Besuch, „daß die da oben von mir wissen. Was haben sie noch erzählt?"

„Vieles", berichtet der Magister. „Von der Burg deiner Vorfahren, die auf einem Berg steht. Von einem Licht, das im Herbst immer abends auf der Burg zur Grabkapelle wandert und zurück, und solange das Licht da ist, sagen sie, weiß man, daß ein Staufer lebt. Übrigens behaupten sie, dein Urahn sei ein Bauer gewesen."

Der Knabe lacht auf. „Warum nicht? Hier ein Bauer, bei den Hauteville ein Abenteurer, der nicht mal ein Pferd hatte . . . Sie hätten ihr Kloster auch so gründen können, 'lielmo, unwahrscheinlich, daß ich jemals da hinkomme. Ich achte diese Männer mit ihrem Vertrauen auf das Licht, daß zwischen Burg und Kapelle hin- und herwandert."

„Sie sagen, der Welfe steht an der Grenze zu deinem Königreich."

„Wir tun unsere Arbeit, das kümmert uns nicht."

„Er kann uns überrennen, Ruggiero!"

„Er wird uns überrennen, jedenfalls auf dem Festland. Wenn er uns nur die Insel läßt."

„Wie willst du das erreichen?"

„Ich will mit ihm verhandeln."

„Und wenn er harthörig ist auf dem Ohr?"

„Vertraue ich auf ein Wunder des Herrn. Er hat mich einmal im Stich gelassen. Jetzt ist er dran."

„Du versuchst Gott, Federico."

„Ja, Herr Erster Kanzlist. Ich versuche Gott. Wir tun unsere Arbeit."

Sie sehen aneinander vorbei. Dann sagt der Magister leise: „Sie fragten mich noch ein paarmal, ob du auch wirklich der Puer Apuliae seist."

„Wie kommen sie nur auf Apulien? Ich war nie da, außer als Kleinkind auf der Durchreise sozusagen."

„Vielleicht denken sie, es ist egal, ob man dies Land Sizilien oder Apulien nennt. Sie wissen, es gibt uns nicht mehr lange."

„So denkst du, nicht diese. Sie kommen aus Svevia hierher, das im Herzen des welfischen Nordens liegt. Ich bin an mehr Stellen vorhanden, als wir wissen. Magister, du bist kleinmütig."

„Wir sind arm und schrecklich wenig", sagt der König fröhlich, „und die Zeit läuft uns weg. Guter Gott, wenn ich daran denke, daß ich vor kurzem noch sechzehn war."

Sie sitzen beisammen und lachen, obwohl es, betrachtet man's genau, so sehr viel Gründe zur Heiterkeit gar nicht gibt. Der verfluchte und nach nichts fragende Welfe wurde gerade von dem Gros der apulischen Barone nochmals dringend aufgefordert, sie endlich vom staufischen Joch zu erlösen, und marschiert munter durch die Terra di Lavoro auf die Basilicata zu. Sanctitas Sua, seiner Gebiete ohnehin verlustig, ringt die Hände und schickt Briefe, und ringsum verurteilt man die Ottonische Aggression aufs schärfste, aber es sind wohl noch nicht genug Geldtruhen geöffnet worden für mehr als bloße Worte als Gegenleistung.

In Messina jedoch, einen Katzensprung nur vom Festland, erlaubt man sich zu feiern, es ist Weihnachten, und Federico hat Geburtstag. Hier gibt's keine Residenz. Da die Castelli der Barone der Umgebung erst noch erobert werden müssen (nach dem Fest), hat sich der Hof in ein zweistöckiges Bauernhaus auf freiem Feld zurückgezogen, wo niemand den Landesherrn vermutet, und genießt die Gaben des Hauses, Käse, Brot, Oliven, Feigenkakteen und sauren Landwein, dazu Sardinen vom Hafen, gleich aus der Hand.

Im Kamin lodert ein Feuer, davor sitzt die Königin im einzigen Lehnstuhl des Hauses, ihre braunen Augen glänzen im Lichtschein, und sie läßt keinen Blick von ihrem Mann, den sie fast ein Jahr nicht gesehen hat und der sich von einem schönen Straßenbengel zum jungen David gewandelt hat: breiter in den Schultern, mit einem tieferen Lachen, mit einem schwereren Schritt (das kommt vom Tragen der Rüstung), mit dem Ansatz einer Falte zwischen den Augen (das kommt vom Töten, weiß Konstanze und fühlt ihre Handflächen feucht werden), mit sehr schnellen Händen und vielen neuen Zärtlichkeiten (Ridwân, denkt sie, und die schwarze Chatûn, und wer weiß, wer noch alles, und sie lächelt).

„Woran denkst du, Dame, daß du so süß lachst?" fragt Rainaldo, der sie seinerseits ständig angafft. Gleich improvisiert er zur Laute ein Lied von den Grübchen im Kinn unsrer lieben Frau und ihren weißen Zähnen . . .

Die Hunde umschwänzeln sie und springen nach den Käserinden, und alle reden durcheinander, wie immer. Und doch ist es nicht wie immer. Da sind sie nun fast einen Planetenumlauf im Kriegerharnisch unterwegs gewesen und werden noch einmal, die Strecke am Meer entlang zurück nach Palermo, den Rebellen den Meister zeigen, das ist gewiß. Da hat der Rex sich ein Stück Reich erobert, und nun wissen alle, hier ist einer, der herrschen wird. Sie haben Burgen überrannt und Sarazenennester ausgenommen, Handstreiche auf Piratenniederlassungen verübt und die Leute erschlagen oder aufgehängt, und oft war ihnen nicht anders zumute als ein paar Räubern mit ihrem Anführer.

Der legale Anspruch, gut und schön, aber bei Hauen und Stechen denkt man nicht immerzu an Giustizia. Und doch, auf halbem Weg zu einem Ziel, das man vielleicht nie erreichen wird, sitzt man auf einmal in einem Bauernhaus um seinen König, der beileibe kein Räuberhauptmann ist, und plötzlich sind sie siegreiche Paladine des Rechts. Eine Dreckarbeit war das, o ja. Und das nächste Jahr wird nicht viel besser. Wir haben gerade angefangen, einen Staat zu machen. Wie das eben so zugeht beim Rex Sicaniae, hier auf dem Lande, ohne große Pracht und Herrlichkeit, da haben alle alles zu tun; kleine Mönche, die ein leidliches Latein können, dürfen die Kanzlei übernehmen und haben sogar heute noch ein paar Kuriere abzufertigen, ehemalige Fechtmeister oder Chefs der Leibwache haben sich zu Feldherrn zu mausern, und, wer weiß, vielleicht erwarten sie noch ganz andere Aufgaben, wenn Not am Mann ist. Zum Beispiel benötigen wir Juristen in großer Zahl; wer weiß, was aus dem Knaben da mit der Laute in der Hand wird, aus dem Sohn des Kaufmanns, aus dem Pagen von Monreale, dem Falkenier – es scheint, als sähen sie sich an diesem von Kamin- und Fackelgeflacker durchloderten Abend auf einmal alle so groß wie ihre Schatten und zu allem fähig wie die Götter.

Inmitten von Troubadourgeträller und Hundegebell, von Gelächter und Geplänkel überfällt sie die gewaltige Glockenstimme von San Salvatore dei Greci. Es ist windstill, die Töne hallen von der nahen Stadt so stark und rein herüber, als säße man im Glockenturm. Guglielmo ist der erste, der sich bekreuzigt, dann tun es alle.

„Das Volk, das im Dunkeln wandelt, sieht ein großes Licht“, sagt der Magister gläubig. Keiner unter ihnen denkt an den himmlischen König.

„Und die Herrschaft ist gelegt auf seine Schulter“, psalmodiert als nächster Rainaldo, „und sein Name soll heißen: Friedefürst.“

Da sitzt er, die roten Druckstellen vom Kettenhemd noch an Hals und Handgelenken, mit einer frischen Wunde quer über die Finger der Linken und mit angesengten Haarspitzen vom Brand einer Burg, den er selbst gelegt hat, und der nennt ihn: Friedefürst. Es gibt niemanden, der nicht dazu amen sagt, das heißt: Ja, es soll geschehen.

Als das Feuer herabsinkt, rösten die beiden Konnetabels Siziliens und der Marchese da Costa über der Glut Maroni. Die Hunde haben sich bereits zusammengerollt und schlafen, und die still gewordenen Amici werfen die heißen Früchte von einer Hand in die andere und pusten drauf beim Schälen. Rainaldo klimpert noch ein paar Akkorde, dann wird auch seine Gitarre stumm. Der Rex sitzt zu Füßen seiner Königin, den Kopf in ihrem Schoß, hat die Augen geschlossen und atmet den Duft nach Frau und Palmoliven ein.

Während die Freunde durch die schwarze, windstille und feuchte Nacht in ihre Quartiere nach Messina zurückwandern, breiten die Majestäten ein paar Wolfsfelle zwischen den schlafenden Hunden aus. Vor der verglühenden Feuerstelle, im rauchigen Dunst der Kastanien, der in der Luft hängt, lieben sich Federico und Konstanze stumm, besessen und durstig, bis die Frühdämmerung anbricht.

Mit dem ersten kalten Licht, das die rauhen Tuffsteinfenster durchstößt, hören sie auch schon die Pferde auf dem Hof. Regentin und Kanzlei reisen gleich früh nach Palermo zurück; die Geschäfte warten. Im Stehen essen sie schnell die letzten kalten Maroni und trinken einen Schluck Wein aus derselben Kanne. Krieger und Königin trennen sich müde, tapfer und ungestillt in ihrem Verlangen und gehen, ein jeglicher zu seinem Werk.

Er steht vorm Tor

„Wiederhol es, 'mas Aquin', damit ich's genau verstehe", sagt Federico. Seine Fingerknöchel am Schwertgriff sind weiß, und weiß ist sein Gesicht um den Mund.

Tomaso d'Aquino, aus dem Lager Ottos zurückgekehrter Unterhändler, seufzt schwer. „Du hast es ja verstanden, Rex, laß es gut sein. ‚Ich spucke drauf', hat er gesagt und gelacht, daß das Blech schepperte."

„Welches Blech?" fragt der König unwillkürlich, er will immer alles ganz genau haben.

„Das der Rüstungen, die er in seinem Zelt ringsum auf Ständern hat. Lauter eroberte Fürstenharnische, Herr, und alle sind sie zu klein, weil er nämlich ein Riese ist."

„Das weiß man." Federico winkt ab. „Also er spuckt drauf, daß ich ihm Schwaben und Apulien abtreten will, wenn er dafür meine Insel in Ruhe läßt."

„Ja, Rex. Er sagt, er sieht nicht ein, warum er sich mit etwas bestechen lassen soll, was er schon hat."

„Da hat er recht", urteilt der König nüchtern. „Wir hätten uns denken sollen, daß ihm Legalität nichts bedeutet. Schließlich geht er mit Verträgen um wie andere Leute mit Putzlappen. Aber es ist unklug von ihm. Sehr unklug. Überhaupt ist das unsere Chance, daß er so dumm ist."

„Unsere Chance? Deinen Mut in allen Ehren, Majestät, aber wo siehst du für uns da noch eine Chance?"

„Ich habe dich nicht um deine Meinung gefragt", sagt der Königsknabe scharf, und Tomaso schweigt verschüchtert. Er, der ältere Bruder des sangesfreudigen Rainaldo, ist noch nicht lange im Hofdienst und kennt sich noch nicht aus, wann hier die Zeit ist, eine Lippe zu riskieren, und wann die Zeit, den Mund zu halten. Dieser König verwirrt ihn ständig durch seine gleichzeitig familiäre und fremde Art und seine Fragerei nach dem Nebensächlichen. Im übrigen ist 'mas Aquin' nicht nachtragend und ein brauchbarer Diplomat, da er die Geduld eines Elefanten hat und sich nicht in die Karten gucken läßt.

„Erzähl auch die andere Sache", fordert Federico jetzt, nachdem er ein paar Runden unter den Spitzeichen gemacht hat – sie kampieren mal wieder im Freien wie die Wildschweine.

„Was meinst du?" fragt der andere vorsichtig.

Der König reißt unmutig ein paar Blätter von den Bäumen. „Nun stell dich nicht an. Vorhin hast du gesagt, da sei noch was. Ich kann mir schon denken, daß es nichts Erfreuliches ist, also rück schon raus damit!"

„Ja", sagt Tomaso gedehnt, „man sollte der Sache vielleicht keine Bedeutung zumessen, aber immerhin . . ."

Federico stampft mit dem Fuß auf.

„. . . du erfährst es ja doch. Eine Abordnung von der Insel war bei dem Welfen zur selben Zeit, als ich da war. Barone und Sarazenensheiks, wenn du es genau wissen willst. Sie müssen mit einem pisanischen Segler gekommen sein, ich sah einen in Neapel vor Anker. Das Kroppzeug! Und als ich zur Audienz zugelassen wurde, standen sie mit im Zelt, halbversteckt hinter ein paar deutschen Rittern, damit ich sie nicht sehen sollte, und hörten alles mit. Als ich dann fertig war, tat dieser große Lulatsch von einem Tedesco, ich meine den Herrn Kaiser, ganz verwundert: Was ich denn wolle? Er habe schon eine Delegation Siziliens empfangen, die ihn, im Gegensatz zu mir, wärmstens willkommen heißen würde, falls er sich entschließe überzusetzen. Dann winkte er den Burschen, und die traten vor und grinsten, daß ich ihnen am liebsten ins Gesicht geschlagen hätte."

„Wer war das?"

„Der Graf von Corleone, den du vertrieben hast, Federico, dann einer aus Catania, den ich nicht kenne, und ein Bergsheik. Der Sheik hatte etwas ganz Besonderes mitgebracht. Als Zeichen, daß die Araber der Insel Otto als ihren Herrn anerkennen, schenkte er dem Welfen einen Königsmantel, eine genaue Kopie von dem großen normannischen Mantel, den man zu deiner Krönung über dich hielt, alles, die Löwen, die die Kamele reißen, der Baum. Nur die Inschrift war anders, irgendwas von Otto, den Allah schützen soll."

„Wie heißt der Emir?" fragt Federico heiser.

„Ich glaube", murmelt Tomaso, „er heißt Ibn Abbad."

Der König schreit auf vor Wut und wirft sich mit dem Rücken gegen einen Baumstamm, fesselt sich und seine Hände, indem er das Holz hinter sich umklammert. „Gott der Rache, laß es mich rächen", flüstert er. Er fletscht die Zähne, er zittert. Aquino betrachtet ihn halb ängstlich, halb neugierig. Aber sehr schnell sehen ihn die hellen, grellen Augen wieder an. „Wir werden die Beleidigung Unseres Gesandten genauso zu strafen wissen wie die des sizilischen Königtums", sagt Federico fast zärtlich. „Den Mantel König Rogers haben sie nachgemacht? Sie müssen den Auftrag nach Algier gegeben haben, denn nur dort gibt es noch so kunstreiche Sticker wie einst in den alten königlichen Werkstätten in Palermo. Es dürfte also länger als ein Jahr her sein, daß sie . . ." Er bricht ab, lächelt. „Gleichviel. Wir kümmern Uns morgen darum oder übermorgen."

Ein geknicktes Zweiglein zwischen den Zähnen, schlendert er zu seinen Soldaten, und 'mas Aquin' sieht ihm nach. Er kennt sich noch nicht aus mit diesem König. Ein bißchen unheimlich ist er ihm schon.

Es sind sarazenische Seeräuber, die diesen Fondaco am Capo d'Orlando mitten im Schilf angelegt haben. Das heißt, in der Sicherheit des rechtlosen Zustands hat sich das Ding inzwischen vom bewachten Warenspeicher zu einer veritablen Siedlung ausgewachsen. Eigentlich wollen sie nur die muslimischen Lancieri hinschicken, wenn die Schiffe der Piraten auf See sind, und ein bißchen das Warenlager ausnehmen. Seide soll's da geben und Bernstein und Haschisch von den Mohnfeldern Anatoliens . . . Nun befiehlt der Rex plötzlich den Generalangriff, während in der Bucht, deutlich für jeden sichtbar, die hohen Masten der vor Anker liegenden Korsarenflottille hin und her schwanken.

Die Konnetabels sehen sich an. Dann schüttelt Gualtari Gentilis seinen schweren bäurischen Schädel. „Das sind bloß ein paar Araberhunde", sagt er bedächtig, „da ist es doch nicht nötig, soviel zu riskieren, Rex. Die Zeichen deuten darauf, daß sie morgen früh auslaufen. Warte, und ..."

Plötzlich ist er im Kreuzfeuer der gefürchteten Augen. „Ich will heute und sofort diese paar Araberhunde bekriegen und besiegen, Herr de Gentilis." Worauf die beiden Stabschefs still beginnen, ihre Pläne zu machen.

Es kommt, wie es kommen muß. Der erste Angriff auf die hölzerne Befestigung ruft die Korsaren ins Feld, und sie beschränken sich beileibe nicht darauf, ihre Siedlung dicht zu machen, sondern stellen sich zum Kampf.

„Der Teufel muß in ihn gefahren sein", flüstert Taddeo seinem Mitfeldherrn zu, als sie sehen, daß Federico über den Kettenpanzer einen Burnus zieht und das arabische Kopftuch, die Kaffiyeh, dicht um Haar und Nacken windet. „Er will bei den Lancieri mitreiten."

Die arabischen Lanzenreiter sind bei solchen Gefechten stets die Vorhut, sie haben die erste Berührung mit dem Feind und leisten die gefährlichste Arbeit.

„Nimm wenigstens einen Helm!" schreit er verzweifelt zu seinem König hinüber, während er den Aufmarsch ordnet.

Aber Federico tut gar nicht, als ob er seinen alten Waffenmeister gehört hat, schwingt sich auf den kupfermäuligen Dunkelbraunen Tadsch-el-Muluk, Krone der Könige, und läßt sich eine Lanze geben.

Mahmud lacht neben ihm und wirbelt verwegen seine Waffe. „Fast wie die Schlacht in der Macchia, Herr, erinnerst du dich?"

„Kinderspiele, kein schlechter Vergleich", sagt Taddeo und setzt nach caesarischer Schlachtordnung zum flankierenden Vorstoß auf ein dämliches Seeräuberfondaco an ...

Federico reitet die Attacke an der Spitze der Sarazenenlancieri. Sein großer Hengst läuft mit riesigen Galoppsprüngen den anderen voraus. Mahmud und die Seinen treiben ihre Pferde mit äußerster Kraft vorwärts, um ihren Sultan nicht zu verlieren, ihn nicht allein zerschellen zu lassen an der Mauer aus Speeren und gespannten Bögen. Da vorn ruft man gellend Allah um Beistand an, so wie auch sie es tun.

Es gibt noch gar kein Kommando des Feindes, vereinzelte Pfeile schwirren erst, da sind sie schon heran. Federico bohrt seinen Speer einem Korsaren mit solcher Wucht durch den Leib, daß er ihn am Boden festnagelt, zieht das Krummschwert und schlägt sich eine Bahn zum Fondaco. Die Kaffiyeh fällt von seinem Kopf, sein langes Haar flattert im Wind.

„El Dschinn, el Scheitan!“ rufen sie da, von panischem Entsetzen erfaßt ob seines zum Lächeln verzerrten Engelsangesichts. „Fedrí, der Sturm aus Schwaben!“ Sie fliehen.

Der König und die schnellsten der Lancieri sind gleichzeitig mit den Flüchtenden im Lager, halten das Tor offen; der große dunkelbraune Hengst, der sich wie ein Rasender um sich selbst dreht und Wahnsinnsschreie ausstößt, hält ganz allein den Zugang frei, bis Taddeos Ritter eisenrasselnd heran sind und der Konnetabel entgeistert am Tor hält. Während seine Männer an ihm vorbeiströmen, murmelt er dumpf aus seinem Helm: „Was war denn das? Was hast du gemacht, Ruggiero? Du hättest hin sein können!“

Der König antwortet nicht. „Treibt sie zu den Schiffen“, befiehlt er, „dann schließt die Tore und legt Feuer.“

„Und die Waren?“

„Keine Waren. Es wird nichts angerührt. Dies ist der Tag des Zorns.“

„Als wenn wir's so dicke hätten“, murmelt Herr de Suessa im Weiterreiten.

Später stehen sie und sehn die Flammen emporzüngeln.

„Es sind noch ein paar Korsaren drin“, sagt Gentilis, „befiehlt der König, sie herauszuholen?“

„Nein“, sagt Federico ruhig. „Die Tore bleiben geschlossen.“

Als die hölzernen Palisaden zu einem Flammenmeer werden, beginnen die Pferde angstvoll zu steigen und zu schreien. Rußflocken wirbeln herüber. Der König aber wendet sich nicht ab. Tadsch-el-Muluk steht als einziger still unter seinem Reiter.

„Laß uns ins Lager, die Arbeit ist getan“, sagt Taddeo.

„Nein“, erwidert sein Herr. „Ich will es ganz abbrennen sehen.“

Sie haben kaum Verluste. Unter den Toten ist jedoch Mahmud, Hauptmann der Sarazenentruppe, Großfalkenier des Königs. Für ihn war's die letzte Schlacht in der Macchia, ihn traf einer der ersten Pfeile.

Der Sultan zerreißt den Saum seines Gewandes und spricht mit den Klagenden die Suren des Korans.

Nun haben sie es eilig, nach Palermo zu kommen – deutsche Kaiser und ähnliche Katastrophen erwartet man besser zu Hause. Auch ist dank der wundersamen Weihnachtsnacht von Messina die Königin schwanger.

Majestätisch und zierlich kommt sie die Treppe herunter und drückt das Kreuz durch, damit man die Wölbung ihres Bauchs sieht, von dem sie das Oberkleid mit Bändern zurückgerafft hat. Die Amici pfeifen anerkennend und applaudieren, schlagen ihrem Rex wie in alten Zeiten auf die Schulter und beglückwünschen ihn, und er kommandiert mit blitzenden Augen anläßlich so schöner Neuigkeiten auf den Abend alle zu einem Tanzvergnügen.

Zunächst jedoch geht es im engsten Kreise recht sachlich zu. Königin und König, Erster Kanzlist, Eminenz Berardo, Notar Landolfo und Kaufmannssohn Michele sitzen über Rechenaufgaben. Die beliebteste Frage ist: Wie kommen wir zu Geld? Dabei verblüfft Federico, Schüler von Micheles Vater, seine Mitarbeiter nicht nur durch flinkes Rechnen, sondern auch durch derart kühne Vorschläge, daß dem Notaro die Luft wegbleibt und der Legat des Papstes sich oft nur mit Mühe das Lachen verbeißt. Am Ende der Session sind alle gerade eroberten Castelli und Krongüter gegen Bargeld verpfändet. Falls man die Insel verlassen muß, will man nicht als verschuldeter Bettler dastehen. Ferner sind zwei stereotype Briefansätze entwickelt worden, der eine heißt: „Sobald Wir mit Gottes Hilfe Geld erhalten haben werden . . .“ und geht an die Gläubiger, während der Briefbeginn an potentielle Geldgeber lautet: „Da im Augenblick in Unseren Kassen kein Bargeld vorhanden ist . . .“

Zum Kopfschütteln der Uneingeweihten eröffnet man auf Geheiß des Königs eine Münze. Daß die dort geprägten Silberdenare nur drei Viertel ihres Wertes haben, weiß nur eine Handvoll Leute. Im übrigen verkauft man eine ganze Menge schöner Dinge, nachdem die Königin den Anfang gemacht und sich erboten hat, ihren Schmuck wegzugeben. Sie tut es mit Lachen.

Schließlich wird der Erste Kanzlist vorstellig eines Siegels wegen. Ein Staatssiegel beider Sizilien müsse her, die normannischen Leoparden und der staufische Adler vereint oder . . .

Der König sagt schnell: „Ich will die Sonne und den Mond als Zeichen weltumspannender Herrschaft.“ Die Freunde sind still, senken die Köpfe, wenden die Augen weg. „Ja, ich weiß, ihr denkt, ich sei nicht bei Verstand, mit dem Welfen vor der Tür. Aber ich finde, Gott ist mir ein Wunder schuldig.“

Berardo hebt die Hand mit dem Ring. „Wunder, König Friedrich, sind keine Wechsel, sondern Gnadengaben. Muß ich dich zur Demut mahnen, jetzt, da du vielleicht bald sehr gedemütigt sein wirst?"

„Ich werde nicht gedemütigt sein, Bischof", sagt der Jüngling wild. „Die mit mir gehen, wissen das. Nenn es Superbia, ich nenne es Vertrauen. Mein Wunder wird geschehen."

Im Leib der Königin regt sich das Kind, und sie senkt die Lider so sanft wie eine Heilige.

Am Abend tanzt sie zum Klang von Flöte, Geige und Tamburin an der Hand ihres Gemahls den weitgefächerten Schreittanz, breitet ihr Brokatkleid mit den Goldborten, dem niemand ansieht, daß es verpfändet ist, und läßt sich huldigen.

Mit Wollust haben die Krieger nach einem langen Jahr ihre Harnische abgetan und sind Minneritter von einer höfischen Anmut wie nie zuvor. Federico vermag vollkommene Manieren an den Tag zu legen, fordert die jungen Dichter zum Wettstreit auf und läßt sie zu Ehren der Herrin reimen. Sie spielt die Spiele mit, pflegt die hohe Kunst der feinen Rede mit Christen und mit Muslimen, bei denen sie rücksichtsvoll ihren Schleier übers Gesicht zieht, um die Ehre ihres Gemahls nicht vor ihnen zu kränken.

Wie große leuchtende Wolkenberge stehen die Tage am Horizont, niemand weiß, ob sie den Segen des Frühlingsregens in sich bergen oder den heißen Hauch des sengenden Windes.

Der König gründet eine Seidenweberei und verhandelt mit jüdischen Bankiers über Kredite für eine eigene Waffenschmiede. („Da im Augenblick in Unseren Kassen kein Bargeld ...") Er gibt der Stadt Genua Handelsfreiheit im Hafen von Palermo und läßt vom Imam Shurai aufgesetzte Briefe nach Syrien und Jerusalem schicken, betreffs eines königlichen Asyls im Notfall. Er gibt eine neue Steuerordnung für Städte mit über zehntausend Einwohnern heraus, unterstellt die Brunnen staatlicher Kontrolle und sitzt nachts mit Konstanze wach über den Plänen für ihre Flucht.

Aber bei allem Ernst, mit dem er auch dies betreibt, meint Konstanze doch zu spüren, daß er es für unmöglich hält, fliehen zu müssen. Wenn er bei Sonnenaufgang nach durchwachter Nacht zur Cala hinabläuft, um im Meer zu baden, scheint ihr, daß er sich nicht nur für gesalbt und gefeit, sondern vielleicht auch für unsterblich hält, und sie seufzt selig und sorgenvoll in der Beklemmung dieses Glücks.

Meldungen kommen vom Festland, daß der Usurpator auf unerwarteten Widerstand gestoßen ist und sich an der alten Ghibellinenfestung Seale festgebissen hat.

„Na, da scheint es ja noch ein bißchen zu dauern mit der Invasion", bemerkt der König sarkastisch, „und wir können uns erholen."

Der Sommer verspricht heiß zu werden, und Konstanze leidet sehr. Rote Flecke im Gesicht, mit geschwollenen Füßen, von Übelkeit geplagt, trägt sie ihren kugelrunden Leib ruhelos durch die Säulengänge des Palazzo Reale auf der Suche nach ein bißchen frischer Luft.

Der Rex entscheidet sich, mit ihr ins Landesinnere zu verreisen, nach Castrogiovanni, einer Stadt, die früher Henna hieß und auf der Kuppe eines Berges liegt, als böte das Land sie auf der Handfläche dem Himmel dar. Im Gefolge des Paares sind (außer der halben Kanzlei und den Maultieren mit den Büchern) nur die sarazenische Leibwache, die nun ein Christ kommandiert – Herr de Gentilis –, Bischof Berardo, ein junger jüdischer Arzt namens Meir und der königliche Zuckerbäcker, da Frau Konstanze einen Heißhunger entwickelt auf eine Cannoli genannte normannische Süßigkeit, das sind hauchdünne, in Fett gebackene Teigröllchen, mit geschlagener Sahne und Vanillecreme gefüllt.

Vor seiner Abreise besucht der König noch einmal den Kadi. Shurai hat sich in den letzten Monaten sehr verwandelt. Aus dem stattlichen Mann wurde ein dürrer Greis, um den die Kleider schlottern, aber er empfängt den Sultan mit der warmen Stimme und den freudigen Augen von einst, und als er, wie üblich, Federico an seine Brust zieht, fühlt der die spitzen Schultern des Dahinschwindenden.

„O glücklicher König, Gott zerstreue deine Feinde und schenke dir einen Sohn, der dir gleichkommt!" begrüßt er seinen Gast, und der bekreuzigt sich mechanisch, worauf beide lachen müssen. Shurai glaubt nicht daran, daß er seinen König wiedersieht. „Der wird zu mir kommen, der die Freuden schweigen heißt und die Freundesbande zerreißt", zitiert er. „Ehre sei Ihm, der niemals stirbt." Er lächelt wehmütig. „Siehe, mein Sohn, die Freuden schweigen bereits. Über den Büchern schlafe ich ein, und das Frauenhaus mag ich nicht mehr betreten. Sei nicht betrübt, und ich war im Glück und in der Gunst eines, der ein großer König seiner Zeit heißen wird, des bin ich gewiß. All deine Geschäfte, soweit sie in meinen Händen lagen, hinterlasse ich dir wohlbestellt. Mein Sohn Ridwân und Ibn al Djusi werden bei dir sein, in anderen Dingen lege ich dir Ibn Esra ans

Herz, einen Rabbi, der nicht nur ein vorzüglicher Geldwechsler ist, sondern auch ein scharfsinniger Bibelexeget und exzellenter Hebräist. Mein Freund Emir Fachr-ed-Din aus Jerusalem hat sich deiner Belange im Ausland angenommen, und der syrische Schnellsegler, nach dem du fragtest, liegt bereits – unter fremder Flagge, versteht sich – unten im Hafen. Lasse deinen Diener in Frieden fahren, Herr."

„Deine Hand war wie Schatten zur Mittagsglut über dem Waisenkind, und deine Lehren Saatkörner, die in den dürren Acker meiner Seele fielen", sagt Federico feierlich. „Ich weiß, daß du bald dort bist, wo dir meine Gnade nichts mehr bedeutet. Dennoch, wenn du etwas zu bitten hast, so tu es."

Der alte Mann nickt bedächtig. „Siehe, Sultan und Herr, mir ist zu Ohren gekommen, was dir mit meinen Glaubensbrüdern begegnet ist auf deiner Fahrt durch die Insel und was du ihnen widerfahren ließest. Ich weiß auch, daß du das Haupt deines Falkeniers verloren hast, als du ohne Vernunft und in unköniglicher Leidenschaft eine Stätte beranntest, die es wahrlich nicht wert war, den Zorn eines Herrschers auf sich zu ziehen."

Der junge König wirft den Kopf zurück. „Allah verderbe den Ibn Abbad."

„Allah verderbe alle Verräter", stimmt ihm Shurai ruhig zu. „Doch laß den Zorn nicht Herr werden über dein Herz. Laß dir eine Geschichte erzählen.

Einst schoß ein Falke auf ein Rebhuhn nieder, jenes aber entschlüpfte in sein Nest und verbarg sich darin. Da betörte es der Falke mit schönen Worten und sprach: Habe ich dir nicht Körner vom Felde mitgebracht, mögen sie dir wohl bekommen! Und das Rebhuhn glaubte ihm und kam hervor, so daß ihm der Falke seine Krallen in den Leib schlagen konnte und es fest packte. Das Rebhuhn aber schrie zu Allah und sprach zum Falken: Da du mich betrogen hast, möge mein Fleisch in deinem Leibe zu tödlichem Gift werden! – Als nun der Falke das Rebhuhn gefressen hatte, fielen ihm die Federn aus, und er starb auf der Stelle. Siehe, so straft Allah die Niedertracht seiner Geschöpfe."

„Bin ich nun der Falke oder das Rebhuhn?" fragt Federico mit gerunzelten Brauen.

Shurai lächelt. „Keins von beiden, so hoffe ich. Lieber Sohn! Dies ist meine Bitte: Unterwirf, aber schone die Sarazenen deines Landes, wie wir es gemeinsam besprachen, und sie werden Segen auf dein

Haupt häufen und Reichtum auf deine Hände. Verscherze dir nicht das Licht des Ostens und die Freundschaft der Könige des Islam, auf daß Orient und Okzident in dir und mit dir blühen und eins das andere durchdringe in brünstiger Umarmung. Das Morgenland birgt das Heil. Im übrigen befehle ich dich der Huld des Allerbarmers, Fedrí, mein Sohn, den ich nun verlasse. Allah stärke allezeit die Macht des Königs."

Die Stadt in der Mitte

In Castrogiovanni ist es wie sonst nirgendwo in Sizilien. Die endlosen Serpentinen des Aufstiegs führen aus der stickigen Hitze der Täler und den betäubenden Düften der Wälder in wachsende Kühle und Klarheit. Die Luft ist wie Glas, und im Goldlicht des beginnenden Abends stehen die sandfarbenen Mauern des riesigen, schlecht erhaltenen Normannencastello, dahinter, am durchsichtigen Türkishimmel, die Mondsichel.

„Ich werde es wiederherrichten lassen", sagt Federico ungeduldig. Die Bergluft scheint ihn bacchantisch zu beleben, er treibt sein Pferd voran, wirft den Kopf, schießt wie ein Pfeil hierhin und dorthin.

Quer durch die Stadt kommt man zu einem leerstehenden sarazenischen Turm, einem Donjon, hier werden sie wohnen; auch dafür bestellt der unruhvolle Rex gleich am nächsten Tag Bauleute, die die Wendeltreppe ausbessern, die achteckige Form erneuern, die Mauern stützen sollen. Zunächst macht man es sich mit Teppichen und Wandbehängen behaglich.

Der König braucht keine Pause. Obwohl es schon dämmert, reitet er noch zum Castello hinüber. Wie beflügelt stürzt sich Tadsch-el-Muluk hinab in die engen Straßenschluchten, Funken stieben unter seinen Hufen aus dem Stein, der Hufschlag hallt vervielfacht von den Häuserwänden zurück, es ist, als jage ein wildes Heer durch die Gassen, und die Leute fliehen und machen die Türen zu.

Der Castellano zeigt dem Herrn die Wehranlagen, die für schlecht im Stande und unzureichend befunden werden („Die Maurer her!"), und hat Gelegenheit, sich zu bekreuzigen, als der König in der beginnenden Finsternis die freistehenden Stufen des großen Turms hinaufstürmt, als sei er kein Irdischer.

Hier ist man mittendrin, hier ist das Herz Siziliens. Oben weht ein jäher Wind. Dunkel, glutende Abendröte liegt hinterm rauchenden Mongibello, über die Berge der Madonie streifen die Wolkenketten mit schleifenden Sohlen dahin, dunkle Wälder umhüllen den süßen dahingestreckten Leib Siziliens. Auf dem Nachbarfels, durch einen tiefen Taleinschnitt getrennt, hockt die Schwesterstadt Calascibetta, ihre Lichter funkeln klein und klar durch die reine Luft. Im letzten Licht kreist ein jagendes Falkenpaar, stößt rasend hinab in die Taltiefe.

Sicilia, ich bin's. So soll mein Königtum sein, wie diese Stadt, so hoch und schwebend, so fest in sich gegründet, daß es keiner Mauern zu seiner Verteidigung bedarf. Fallen konnte Henna, so heißt es, seit je nur durch List und Verrat – Feinde, die uns von Kindheit an vertraut sind. Auf denn, unsere Horste überallhin zu bauen, wo wir über den anderen thronen, auf der Höhe zu siedeln und uns die Ebene untertan zu machen.

Leichtfüßig kommt der Herr wieder herab, das Haar zerzaust vom Wind, um sich den Duft der Kühle, und gibt seine heftigen und präzisen Anweisungen zur Erneuerung des Forts.

Sie schlafen wie gewiegt in der Klarheit, in diesem riesigen Gerfalkennest. Konstanzes Beschwerden sind gleichsam weggehext. Sogar Ausritte unternimmt sie, allerdings lieber in Begleitung Berardos und des Arztes als mit ihrem tollkühnen Mann, der auf dem großen dunkelbraunen Pferd zu fliegen scheint, umgeben von Kraft und Grazie.

Da ist ihnen nun eine Atempause vergönnt, während schon die große Pranke sich ausstreckt nach der Insel. Tage der Erfüllung. Federico läßt so fieberhaft bauen, als sei er gewillt, in Castrogiovanni seine Residenz zu nehmen, er reitet, nur von Riccardo und Gualtari begleitet, zur Jagd oder liest mit Konstanze die großen Römer, hingestreckt ins zikadendurchschwirrte Gras unterhalb des Wohnturms. Sie sitzt wohlbehütet zwischen ihren Frauen, beschattet von einem Baldachin, in die Kissen gelehnt, weil er es so will.

Einmal geht Berardo mit der Königin zu einem knochenbleichen Felsen unterhalb des Castello, der aus dem Pinienwald aufragt wie ein Schiff aus dem Meer. „Hier", so erklärt er, „beten die Bauern um Ernten und die Frauen um Frucht. Unsere Heilige Mutter Gottes neigt ihr Ohr an dieser Stelle allen, die um Segen flehen."

Konstanze sieht ihn verschmitzt an. „Eminenz, ich kenne die alten Schriften wie du. Bist du nicht gar aus dieser Gegend? Ich habe wie du von dem See gelesen, aus dem sie gestiegen sein soll, die Göttin, die Mutter, ehe sie hier ihr Heiligtum bekam."

Berardo senkt ertappt die dunklen Augen. Er hat es gewußt, und er hat auch gewußt, daß sie ihn überführen wird, es zu wissen. Ihn beängstigen und beunruhigen diese finsteren Frauendinge – warum mußte er mit ihr hierhergehen? O mütterliche Gestalt, o Frau, geheißen Konstanze. Er erbebt in einer Regung wilden und süßen Gefühls und weiß zugleich, daß er eben bereit war, gleich seine beiden Herren zu verraten, den himmlischen und den irdischen. „Oremus" flüstert er. „Ich wußte es, ich wollte es vergessen."

„Ich bin bereit", sagt Konstanze freundlich und arglos, „an jeder Stätte dieses gesegneten Landes die Jungfrau um ein Kind zu bitten, das mir und seinem Vater zur Ehre gereicht und dem Land zum Nutzen."

Berardo, tief erbleicht, führt sie zu ihrer Sänfte zurück. Sie sprechen nichts mehr den Weg bis zum Wohnturm, und in den nächsten Tagen und Wochen ist der Bischof niemals mit der Königin allein, ja, er bestellt sogar einen Priester aus dem Ort, ihr die Beichte abzunehmen. Sie fragt nichts.

Mit der unbefangenen Neugier, mit der Federico als Kind Vögel beobachtete, erforscht er nun die Schwangerschaft seiner Frau. Er kann sich nicht genugtun daran, sein Ohr auf ihren Leib zu legen und nach den Herztönen zu horchen, wie er es von dem Arzt gesehen hat, fühlt mit Jubel die Bewegungen des Kindes („Was ist das? Ein Knie? Ein Fuß?"), bestaunt die bläulichen Adern auf der gespannten Haut von Konstanzes Bauch, ihre üppig gewordenen Brüste, fragt sie begierig aus, wann ihr schlecht ist und wie und warum wohl, was sie essen mag, wie sie schläft, wie sie beim Schlafen liegt . . .

Konstanze gibt geduldig Auskunft. Ihr ist, als sei er das Kind, das sie schon geboren hat, und oft muß sie sich zurückhalten, ihm nicht übers Haar zu streichen, ihn mit scherzenden Kosenamen zu benennen, ihn an sich zu pressen, wenn er ihre Brüste verspielt mit der Zunge berührt: Komm, Söhnchen, trink, es ist genug da für dich.

Ihr Gesicht, braun und rosig von der klaren Sonnenluft, wird rund und weich, mit der kindlichen Stirn und der ungewöhnlichen kleinen Nase ist sie selbst wie ein Kind anzusehen. Federico nennt sie halb spöttisch, halb liebevoll „Madonna Madre" und läßt ihr Cannoli bakken, mehr, als sie will.

Nachts aber träumt sie, Castrogiovanni sei eine große Schaukel, deren Schwingungen Federico zum Auffliegen befähigen und von der er sich abhebt ohne Flügel, überm Land kreist gleich den gewaltigen Engeln auf den Mosaiken der Capella Palatina und sich im Sturzflug ins Tal wirft, und sie, Konstanze, unfähig der großen Flüge, hockt bebend auf dem Rand der Schaukel, des Adlerhorstes, des Felsens, die Hände über den schwangeren Leib gelegt, und wagt nicht zu schreien, aus Angst, er könne dann abstürzen.

Von solchen Träumen erzählt sie nichts. Als sie aber eines Morgens auf das Plateau des achteckigen Turmes steigen, an dessen geländerlosem Rand sich Federico sorglos bewegt, wird sie bleich und fällt um. Auftauchend aus der Schwärze, sieht sie das geliebte Haupt über sich; halb lachend, halb besorgt, fragt er, ob das zu ihrem Zustand gehöre.

„Gott bewahre dich, herzliebstes Kind", flüstert sie und vergißt sich, so daß sie ihn anredet, wie sie möchte. „Ich sah dich in den Abgrund stürzen und weiß nicht, ob du fliegen kannst."

Er runzelt die Stirn; seine wachen Sinne spüren engere Bande, als er zu ertragen bereit ist. „Ich könnte stürzen, ja", sagt er in plebejischem Volgare, „ich häng nicht an deiner Nabelschnur, noch bleib ich in deiner Cosa stecken. Was willst du nun machen, Costà, Reina Sicilie, dir Honig reinschmieren, damit ich drin klebenbleibe?"

Sie lächelt schwach, ins Innerste getroffen. Hinter ihm in der reinen Luft dieser himmelnahen Stätte glänzt der Feuerberg Mongibello, seine Schultern werden umrahmt von den Hügeln und Bergen des Landes, die sich zu Flügeln weiten wollen. Ihr verschwimmt es erneut vor den Augen. „Mein Herr, ich glaube an deine Flügel", sagt sie, dann verschluckt sie das Dunkel noch einmal.

Sie kommt erst auf ihrem Bett wieder zu sich. Ildiko hantiert mit Kampferwasser, Meir hält das Besteck zum Aderlaß bereit und kann sich der wilden Ausfälle der ungarischen Kammerfrau nicht erwehren, die Königin brauche all ihr Blut für ihr Kind.

Federico hat ihren Kopf im Schoß und sieht ernst aus. „Hör auf damit", sagt er streng zu ihr. „Es könnte unserm Sohn schaden." Seine Locken streifen ihr Gesicht, er küßt ihr Stirn, Augen und Mund. „Als ich ein Kind war", erzählt er beiläufig, „wollte ich ausprobieren, wie das geht mit der Fliegerei, und sprang aus dem Fenster. Ich bin da so aufgekommen, daß ich's mir jetzt erst ein paarmal überlege, ehe ich anfange."

Sie richtet sich auf. „Und doch wirst du es müssen", sagt sie.

Seine Augen, klar und durchsichtig wie Wasser, wenn sie die Leidenschaften nicht trüben, gehen in weite Ferne. „Ich warte drauf", erwidert er ruhig. –

Sie kehren von einem längeren Jagdausflug zurück, zu Fuß, da sie in die Macchia eingedrungen sind auf der Spur des Luchses, und der Bischof von Palermo kommt ihnen in geradezu unziemlicher Hast entgegengeritten, Soutane und Ärmel flattern, er springt vom Pferd und wirft sich mitten auf dem Weg in die Knie, so hat noch niemand den wohlbeherrschten Mann gesehen. Schluchzend, mit gebreiteten Armen ruft er: „Segen auf dein Haupt, Gesalbter des Herrn, du hast einen Sohn! Ein Kind ist dir geboren! Unser Mund sei voll Lachens!" Und er preßt die Hände vor seine Augen.

Federico steht einen Moment starr. „Einfach so?" fragt er ungläubig. „Und ist alles, wie es sein muß? Auch mit der Königin? Unser Mund sei voll Lachens! Ja, um Gottes willen, 'rardó, warum heulst du denn?" Er zieht den Weinenden zu einer kurzen heftigen Umarmung hoch aus dem Staub, schwingt sich auf dessen Pferd und verschwindet in Richtung Donjon.

Zurück bleibt, inmitten der weggeworfenen Hasen, der im Dreck verstreuten Pfeile, des königlichen Köchers, eines Bogens und eines Jagdspießes, der beseligte Sünder Berardo, der nun an die Vergebung Gottes glaubt und den Christen und Heiden umringen und mit Fragen bestürmen.

Alles sei ganz schnell gegangen. Als die Königin spürte, daß ihre Stunde da sei, hatte die eifersüchtige Ildiko den Arzt Meir mit einem Auftrag fortgeschickt. Dies sei Frauensache, erklärte sie später. Außerdem wolle sie nicht, daß der beschnittene Judenhund ihrer Königin das Kind aus dem Leib hole. Beim Gebären brauche man keinen Arzt. Sie habe die Tür verschlossen, und während Berardo, Meir und der herbeigeholte Castellano den Turm förmlich belagerten und die eigensinnige Kammerfrau beschworen, doch zu öffnen, habe diese in aller Ruhe ihre Herrin von einem gesunden Sohn entbunden.

Ein Sohn, ein Erbe, ein königliches Kind, ein staufisches Adlerjunges im Nest, ein normannischer Leopard vom Stamme Hauteville, ein Sproß der aragonesischen Fleur de Lys, und keine Trompeten ertönen von den Zinnen, wir haben gar keine da, die Bürger der Hauptstadt brechen nicht in Jubel aus, sie wissen noch gar nichts, keine Freudenfeste mit Ochsen am Spieß und Strömen von Wein, wir haben für so was kein Geld, und überhaupt, wie das mit den beiden Sizilien weitergehen soll, weiß im Moment keiner so recht. Immerhin, unser Bischof vergießt Freudentränen.

Federico wird von der zu ungemeiner Entschlossenheit emporgewachsenen Ildiko mit erhobener Hand gestoppt: „Zitto, tempesta di Svevia!“ Still, Sturm aus Schwaben. Konstanze schläft.

Als sie aufwacht, kniet der König Siziliens neben der Wiege, hält dem Kind den Finger hin und studiert mit versunkenem Gesichtsausdruck den Greifreflex seines Sohnes.

Bei der Rückkehr ins nun septemberlich wohltemperierte Palermo (Taufe und Vivat, crescat, floreat dem Kinde!) empfangen sie schlechte Nachrichten. Der Welfe ist bis Reggio Calabria vorgedrungen. Für die Invasion fehlen ihm nur noch die Schiffe, aber da brauchen wir keine Hoffnungen zu hegen, die werden die Pisaner schon schicken.

Doch Berardo empfängt so seine Informationen von Rom. Sanctitas Sua strampelt wie der berühmte Frosch in der Milch – vielleicht sitzt er eines Morgens doch auf der Butter und wir mit ihm.

„Seine Tollkühnheit im Felde und vor allem sein unköniglicher Geiz erregen allgemeines Mißfallen“, steht in einem seiner Briefe über den dicken Otto zu lesen – und: daß die Fürsten befremdet seien.

Die Nachrichten über die Alpen brauchen so ihre Zeit, wer weiß, was inzwischen in Germanien, was in Frankreich los ist. Federico schickt Tomaso Aquino aufs Festland, Näheres zu erkunden.

Im Hafen liegt segelklar der syrische Schnellruderer. Wenn der Welfe in Messina landet, haben wir einen Tag Vorsprung, zum Emir Fachr-ed-Din zu fliehen. Konstanze, wenn sie nicht den kleinen Enrico an der Brust hat, lernt mit Ibn al Djusi Arabisch.

Und unser Vater und Freund, der Kadi Shurai, die Leuchte des Islam, der Imam, ja, der ist tot. Wir sind alle Gottes Geschöpfe, und zu ihm kehren wir zurück.

Die seltsame Galeere

Anfang Januar anno Domini 1212 versetzt ein Schiff, das sich dem Hafen Palermos nähert, den Königshof in einige Verwirrung. Alle halten es zu Anfang für die Galeere, mit der Aquino auf Erkundungsfahrt auszog. Daß er zunächst keine Hoheitszeichen aufsteckt, ist verständlich, die Gewässer sind unsicher, Piraten und Pisaner lauern oft bis vor der Hafeneinfahrt.

„Er setzt immer noch keine Flagge“, bemerkt Riccardo, der vom Fenster aus den Hafen im Auge hat.

Federico zuckt die Achseln. „Er wird es vergessen haben“, erwidert er, ohne seine Lektüre zu unterbrechen – obwohl man doch weiß, daß Tomaso nie etwas vergißt!

Inzwischen nähert sich die merkwürdige Galeere der Cala. Sie haben nun schon einen Patrouillendienst zwischen Hafen und Palazzo eingerichtet. Ja, es sei offensichtlich Aquinos Schiff, aber es habe eine nagelneue Betuchung in Weiß und Purpur.

Immer mehr Leute kommen ins Zimmer. „In Purpur, Rex!“

„Vielleicht hat er einen Pisaner aufgebracht.“

„Es ist ein Schnellsegler ohne Enterhaken, Ruggiero, was redest du.“

„Vielleicht haben ihm die Genueser neue Segel spendiert.“

„Machst du Witze, Majestät?“

„Könntet ihr mich nicht in Ruhe meinen Plutarch zu Ende lesen lassen?“ (Vielleicht les ich ihn das letztemal.)

Nun wimmelt der Raum schon von den Amici, Riccardo hat alle Hände voll zu tun, weitere Scharen von der Tür zu weisen.

„Gib Befehl, den Hafen abzusperren, Rex. Mit dem Schiff ist etwas nicht in Ordnung.“ Das sagt Taddeo.

„Ich möchte wissen, was ihr alle habt“, erwidert Federico achselzuckend. „Es ist doch ’mas Aquin’s Schiff.“

„Er hat fremde Männer an Bord.“

„Nun, ich kann mir nicht vorstellen, daß der Welfe mit einer einzigen gekaperten Galeere die Insel erobern will, so dumm er auch sein mag, es sei denn, er kommt, um sich uns zu ergeben“, bemerkt der König sarkastisch und geht ans Fenster. Aber jetzt entfährt auch ihm ein Ausruf der Verwunderung. An der Rah steigen statt der gewohnten zwei diesmal drei Standarten auf. Über Siziliens Mond und Sonne und den roten Normannenleoparden der Hauteville erhebt sich der schwarze Stauferadler auf goldenem Grund.

„’mas Aquin’ muß übergeschnappt sein. Woher hat er überhaupt das Stauferbanner?“

„Herr, es ist eine Verräterei! Vielleicht hissen sie die Flaggen, um uns zu verhöhnen.“

„Ruhe, Freunde. Noch seh ich kein pisanisches Segel am Horizont.“

Riccardo legt seinem Herrn das Panzerhemd an, bindet ihm den Schwertgurt um, und der steht, die Augen wie träumend auf das

Schiff da draußen gerichtet, und scheint nicht zu merken, was mit ihm geschieht.

Konstanze, nun also auch sie, tritt zu ihm, verschleiert, im Mantel, das schlafende Kind auf dem Arm. Er streift sie mit einem abwesenden Blick.

„Laß dich nicht zum Narren halten, Frau Königin“, sagt er mit halbem Lachen, „es ist nichts.“

Sie antwortet nicht, stellt sich dicht neben ihn.

Alle Fenster im Palazzo dei Normanni sind besetzt.

„Da!“ Ein Aufschrei. Zwischen Blau und Azur tauchen vier andere Segel auf. Berardo beginnt leise zu beten.

„Fedrí, unser Herr und Sultan!“ Es ist Riccardo, der kniet. „Wir bitten, geh zu Schiff. Deine Sarazenen werden den Weg, den du und dein Kind nehmen, mit ihrem Leib decken. Wenn du aber in Palermo bleiben willst, so werden wir mit dir sterben.“

„Ich fühl mich nicht wie Sterben, gar nicht“, sagt der junge König leise. „Vielleicht sollten wir warten.“

„Worauf warten?“ ruft Taddeo und schneidet eine Grimasse. „Daß der Tedesco dich abschlachtet?“

Federico lacht heiser. „Auf das Wunder.“ Das wirre goldene Haar steht um sein Gesicht wie ein Glorienschein der Lästerung. „Aber Gott scheint uns irgendwie mißverstanden zu haben.“

Gualtari de Gentilis dringt vor. „Herr, ich bin für dein Leben und das der Deinen verantwortlich. Wenn du nicht gehst, erlaube, Frau Konstanze und den Prinzen Enrico zum Schiff zu bringen.“

„Ich verlasse meinen Mann nicht“, sagt Konstanze ruhig, und der König lacht wieder. „Siehst du.“ Er dreht sich um; da stehn und knien sie im Kreise, all die Seelen Siziliens, und bitten ihn, sich zu retten, mit der Hoffnung auf künftige Buona fortuna und Wiederkehr. Seine hellen Augen gehen von einem zum anderen. „In Gottes Namen. Ein andermal glückt es uns besser. Komm, Costà.“

„Moment mal“, sagt da Alaman, der als einziger noch am Fenster steht. „Also das sind keine Pisaner, das steht nun mal fest. Das dahinten ist eindeutig genuesische Takelung.“

Zur Tür herein kommt Wilhelm Francisius, er ringt nach Luft. „Ein Bote von Tomaso Aquino ist gelandet“, sagt er mühsam und lehnt sich an den Türpfosten. „Er entbietet dem Rex Sicaniae seinen Gruß. An Bord hat er einige Herren aus Germanien, Abgesandte der deutschen Fürsten. Otto der Welfe ist abgesetzt und vom Papst exkommuniziert, er ist schon auf dem Weg nach Hause. Die Tedeschi haben im September einen neuen König der Deutschen und Kaiser des Römischen Reiches gewählt." Der Magister muß husten. „Die Herren bitten, vorgelassen zu werden. Sie kommen mit der Frage, ob ihre Wahl angenommen wird. Sie ist auf dich gefallen."

Im Raum ist es still. Dann sagt Federico mit einem beinah zerstreuten Gesichtsausdruck: „Nun, wenn sie vorgelassen werden wollen, müssen Wir sie wohl empfangen." Er wendet sich an Ridwân. „Riccardo, was hast du mit mir gemacht? Zieh mir das Eisenzeug aus. Irgendwo muß der Mantel meines Großvaters Roger sein, der mit den Löwen. Wir können den Herren schließlich nicht wie ein Räuberhauptmann begegnen."

Intermezzo IV

„Meine Füße sind wie Blei", sage ich.

„Kein Wunder", entgegnet Pietro sanftmütig. „Du bist schließlich eine Zeit abgelaufen, so schnell, daß man den Atem verlieren könnte. Gefällt dir die Arbeit meiner Kanzlei?"

„Ich beginne daran zu zweifeln, daß du oder gar die Dame Clio einen Anteil daran haben", murmele ich und reibe meine schmerzenden Waden, hingehockt zwischen Lorbeerlaub und Tempelsäulen. Dem Unrat der abgetanen Dinge scheinen wir wohl für immer entronnen zu sein.

„Das dachte ich mir, daß das Völkchen, dem du angehörst, über kurz oder lang all das für das Seine ausgeben würde, was andere Geschlechter erworben haben, und den Arbeitern im Weinberg des Herrn zudem noch mit Undank begegnet", erwidert er, immer mit Gleichmut. „Ich nehme an, es ist so eine Art Gesetz bei euch, daß ihr nur für wert erachten könnt, was ihr euch selbst ausgedacht habt. Wahrhaftig, ihr seid das Salz der Erde, und höchst bitter ist euer Geschmack auf den Zungen der anderen. Du solltest schlafen."

„Hier, wo die Grenzen so fließend sind?" wende ich ein. „Ich fühle mich nicht sicher. Wo hört denn das Leben auf und fängt der lange Traum an?"

„Schlafe", sagt er fast zärtlich. „Ich werde dich nicht verderben. Ich will dahin, wohin du gehst."

Es ist das erstemal, daß er es eingesteht.

Eine bleierne Schwere, gegen die ich nicht ankomme, legt sich auf meine Augenlider. Ich kann mich nicht wehren.

Traum von der fernen Nähe

Unzweifelhaft, es war die alte Waschküche, die rotkarierten Vorhänge an den schmutzblinden Scheiben, und hier träumte man seine flammenden Träume um Freiheit oder Tod, während ringsum die Städte in Trümmer sanken.

Ich war erstaunt, mich mit Pietro hier zu finden, dies war nicht sein Ort. Mit der Handkante wischte er den Staub vom Fensterbrett, ehe er sich setzte und die Beine übereinanderschlug.

Von überallher hörte ich ihre Geschütze. In dieser Waschküche, wo wir die Flugblätter gedruckt hatten und die heimlichen Versammlungen abhielten, würde es sich für uns entscheiden.

In Hawas großer Schneiderstube nach vorn heraus, wo sie gemeinhin ihre Kunden empfing, hatten die letzten Verteidiger unserer Träume und unserer Würde schon vor zwei Stunden den schönen Teppich aufgerollt, das Maschinengewehr aufgebaut und aus den Stoffballen, Kissen und Kleiderpuppen einen Wall gegen die Kugeln errichtet. Hawa holte den Wein hinten aus dem Schrank, den wir uns für die Stunde des Sieges aufgehoben hatten. Unser Sieg war nun da, er war in unsern Tod verschlungen. Als Adam einen Toast auf das Leben ausbrachte, wußten wir, daß er nicht unser Leben meinte.

Eigentlich wunderte es mich nicht, daß er da war. Ich wandte mich zu dem Fensterbrett um, auf dem Vinea saß, aber das war leer. Er war wieder einmal nicht dabei.

Federico verfolgte unsere Zurüstungen ohne Verblüffung und Schrecken und ließ sich alles erklären. Sein Haar hing frei auf das Panzerhemd herab, den grünen, gestickten Mantel warf er ungeduldig ab. Es schien ziemlich selbstverständlich sein Kampf zu sein. Taddeo lief ihm grinsend nach. Riccardos Sarazenen rollten die Augen hinter dunklen Brillen und banden ihre Kaffiyeh fester.

Nach zwei Stunden war der vordere Teil der Wohnung erstürmt. Der Hausflur brannte schon. Wir kämpften von Tür zu Tür, wie ich es gewohnt war, gleichzeitig mit Dolch und Degen. Zusammen mit ihm verteidigten Taddeo und ich das Schlafzimmer, damit der schwerverwundete Adam ruhig in Hawas Armen sterben konnte. Bei alldem fragte er mich noch, fechtend, wann ich ihn endlich diese Art des Kämpfens lehren würde.

Als sie uns in die Waschküche mit den rotkarierten Vorhängen drängten, sahen wir, daß alles verloren war. Auf der Erde lag eine von Hawas Schneiderpuppen, sie trug sein Krönungsornat. Er ging achtlos darüber hinweg und fragte mich nach unserer Druckerpresse, die in der Ecke stand.

„Über die Dächer!" schrie Taddeo. „Das ist die letzte Möglichkeit!"

Die Sarazenen deckten den Rückzug.

Die Stiege zum Dach war schmal und unsagbar schmutzig. Er wischte sich mit dem Handrücken die Stirn. „Brava, Frau Botin, brava, Truda!" sagte er heiter und rang nach Atem.

„Erhabener, was wird?" fragte ich.

Wir hielten uns an dem zinnernen Schneegitter fest, der Dachsims war sehr schmal.

„Wir warten hier, Frau Schwester. Wenn sie kommen, springe ich."

Der dunkle Schlund des Innenhofs, wo Mülltonnen und alte Kisten beieinander standen, war sehr tief.

„Niemand soll Hand an Uns legen." Mit diesem „Uns" meinte er nur sich, ich war draußen. Er fletschte die Zähne, war mir sehr fern.

Direkt uns gegenüber befanden sich die großen Fenster des Treppenaufgangs. Wahrscheinlich sah er das Gold eher glänzen als ich. An der Kehre, wo die große Marmorfigur stand, die man halb zerschossen hatte, bemerkte auch ich die bewaffneten und geschmückten Männer mit den bloßen Schwertern und dem Stauferadler. Rauch quoll aus den Fensterhöhlen, der Kampflärm verstummte jetzt über der ganzen Stadt.

Er sah mich nicht an, als er die Waffe in den Hof hinunterwarf und an mir vorbeiging, den Kommenden entgegen. Er lief fast, und ich begriff, daß er ihnen nicht auf der verdreckten Treppe begegnen wollte.

Was war geschehen? Wer hatte uns entsetzt? Was wollten sie in dieser Stadt, nachdem so viele gestorben waren und alle Bäume verbrannt, auch die, in denen sich die Schlangen wohl fühlten?

Die Sonne drang durch die schmutzigen Scheiben. Sie drängten sich in der Tür, soviel Gold und Pfauenfedern, die Standarte. Ich blieb auf der Treppe zurück, mit mir die Sarazenen, die noch übrig waren. Taddeo, blutend und grinsend, setzte sich an die Erde.

„Da sieht man die Geschichte von dem Adler und dem Falken", sagte Federico vergnügt, während sie auf seine Frage, wen sie suchten, ihre Antwort gaben und ins Knie gingen auf sein „Ich bin's" hin.

„Tötet alle Gefangenen, die es gewagt haben, ihre Hand gegen Uns zu erheben", sagte er mit heller Stimme, und obwohl sich an seinen Augen nichts verändert hatte, waren sie voll Haß.

Für mich hatte er keinen Blick mehr.

Die Sarazenen erleichterten sich die Arbeit, indem sie, was übrig war an verwundeten Feinden, einfach in den Hof hinabwarfen.

Die Wohnung leerte sich. In der Nische zwischen Flur und Küche fand ich Hawa. Wundersamerweise war sie den Waffen unverletzt entkommen. Sie weinte nicht.

„Nachher werde ich gehn und sehen, ob noch Freunde leben, mit denen ich Adam begraben kann", sagte sie. „Aber zuerst muß ich hier aufräumen. Hilfst du mir?"

Ich stellte wortlos meinen Degen in die Ecke und begann mit ihr gemeinsam die Arbeit.

„Ein Donnerschlag macht jetzt dem Traum ein Ende. Ich fahre auf, aus tiefem Schlaf geschreckt / Wobei ich planlos hin und her mich wende / Wie der wohl tut, den man gewaltsam weckt."

„Wohin ist das alles geraten?" frage ich. „Und wo war das? Welchen Sieg erfocht er damals?"

Pietro zuckt die Achseln. „Du hast nicht geruht, mich in deinen Traum mitzunehmen", erwidert er.

„O doch", widerspreche ich. „Aber du warst fort, als er kam."

„Mit Traumgesichten habe ich auch nichts im Sinn", entgegnet er böse. „Es sind sicher nur Paraphrasen über das, was meine Kanzlei gemacht hat."

Ich stecke die Hand in die Tasche. Ja, die Münze ist noch da. Man weiß ja nie, was einem im Schlaf geschieht.

Pietro beginnt zu lachen. „Denkst du, in mir steckt zu allem auch noch ein Dieb? Was war das denn für ein Traum? Wo wurde gekämpft?"

„In einer Waschküche", sage ich beklommen.

„Waschküchen sind nicht mein Lebensbereich", entgegnet er voll Hochmut.

Liber V
De puero Apuliae

Fünftes Buch
Das Kind von Apulien

Wie man Wunder nutzen lernt

„Wir sind nicht zufällig schon im Morgenland?“ fragt Anselm von Justingen verwirrt – er fragt es über einen Dolmetscher, da ihm außer seiner heimatlichen Mundart kein Idiom geläufig ist.

Herr d'Aquino schüttelt den Kopf. „Wir sind einfach bloß in Palermo.“

Sie sind vom Hafen her durch die Palmengärten des Parks Gennoard gekommen, vorbei an der lärmerfüllten Vucciria, wo Händler fast alles feilhalten, was es auf Erden gibt, durch die Straßenschluchten, wo an den Ecken Schlangenbeschwörer und Geschichtenerzähler hocken, vorbei an tiefverschleierten Frauen und wild gestikulierenden, von Kopf bis Fuß mit Amuletten behangenen Maultiertreibern, an Kirchen, die mit blaßroten, bienenkorbähnlichen Kuppeln gekrönt sind, verschreckt vom plötzlich aufgellenden Ruf des Muezzins vom Turm einer Moschee, die haargenau wie eine Kirche aussieht, sie wurden fast erdrückt von der wuchtigen Fassade der Kathedrale und sind nun schon wieder in einem Palmenhain.

Natürlich weidet sich 'mas Aquin' am Staunen der Tedeschi. (So sind sie sicher alle ins Land gekommen, mit offenem Maul, und dann gingen sie nicht mehr weg.) Davon einmal abgesehen, hat er sich angefreundet mit den Herren aus Germanien. Sie sind seinem ruhigen, zurückhaltenden Naturell nicht fremd, obwohl er ihnen natürlich nicht sagt, was er von ihnen und ihrer Mission hält – nämlich, daß sie Ignoranten sind und ihre Aufgabe ein phantastisches Hirngespinst, das uns zufällig hilft, den Feind loszuwerden. Unser Rex als nebulöser Barbarenkaiser, gewählt von ein paar bestochenen Fürsten, die jeden Moment bei einer Summe in nötiger Höhe wieder umschwenken können – lächerlich! Wir haben Ratio zur Herrin, nicht Utopia, Federico wird ihnen was husten.

Unterdes schreitet er ungerührt zwischen den beiden Capitani der Truppe, Herrn von Justingen und Herrn von Ursberg, und erklärt ihnen mit weltmännischem Lakonismus die Sehenswürdigkeiten der Hauptstadt.

Der kleine Zug mit den Standarten und Gefolgsleuten erregt in den Gassen Palermos kein nennenswertes Aufsehen. So etwas gibt's hier alle Tage, hier gehen Menschen aller Farben und Glaubensrichtungen, mehr oder weniger prunkvoll ausgerüstet, einher, da war schon Besseres als diese langnasigen Nordländer zu sehen, wohin wollen die, aha, zum Palazzo, bitte, unseren Segen haben sie, solange sie nicht als Eroberer bleiben; aber das überstehen wir auch.

Die deutschen Gesandten, die nun den Palazzo dei Normanni betreten, fühlen sich ziemlich unsicher. Zu Hause wußte man ohnehin nichts über den letzten Staufer, außer daß er der letzte Staufer sei, ein Knabe noch, und in Sizilien residiere. Das reichte als Gegengewicht gegen den dicken Otto, zumal sich Konrad von Scharfenberg, Bischof von Speyer und Kanzler des Römischen Reiches, zum Wortführer der Papstpartei machte und sensationelle Enthüllungen über den Welfen darbot, so zum Beispiel, daß er eine allgemeine Besteuerung des Grundbesitzes wie in England einführen wolle. Scharfenberg, der ständig über seine Verhältnisse lebte, hatte auf einmal nicht nur Geld für standesgemäßes Auftreten, sondern konnte auch noch andere Fürsten großzügig sanieren – bestechendere Argumente gegen Otto gab es nicht. Und als Gegenkaiser kam eben im Moment kein anderer als Friedrich in Frage.

Aber was hier auf sie zukommt, kann einen zweifeln machen an der Richtigkeit des Entschlusses. Herr d'Aquino hat auf der Seereise nicht gerade viel über seinen König ausgeplaudert. Aber die beiläufige Erwähnung der Tatsache, daß der junge Staufer fünf bis sechs Sprachen spricht und schreibt, darunter Hebräisch und Arabisch, hat sie doch etwas verschreckt. Ein Bücherwurm als Kaiser, so was gab es noch nie. Sein Großvater Barbarossa jedenfalls malte sein Kaiserzeichen, und bei Otto sah es auch nicht besser aus.

Anselm von Justingen, schmal und geschmeidig, mit dunklem Haar und dunklen Augen, könnte fast für einen Südländer gelten. Sein Gefährte Konrad von Ursberg allerdings überragt ihn um

Haupteslänge, er hat ein breites rotes Gesicht, blaue Augen und eine kräftige Nase – wie man sich hierzulande den Tedesco vorstellt.

Der Zug mit Rittergeleit, Pagen, Fahnenträgern, Klerikern (des Schreibens wegen) und Dolmetscher durcheilt die weiträumigen Gänge des Palazzo, fest entschlossen, sich nicht noch mehr beeindrucken zu lassen – so wie die Sizilier entschlossen sind zu beeindrucken.

Federico hat als Ort der Audienz die Stanza Ruggiero gewählt, das Zimmer König Rogers, einen ziemlich kleinen Raum mit kassettierter arabischer Decke, der zu den wenigen Zimmern des Palastes gehört, aus denen die Deutschen die Mosaiken nicht entfernt haben. Von den Wänden leuchtet die kunterbunte heitere Herrlichkeit herab, orientalische Teppiche sind über den Estrich gebreitet, an den Fenstern bauschen sich venezianische Spitzen. Alles hat etwas von Serraglio, von Schatzkästlein und Gehäuse. In dieser farbenglühenden Umgebung finden die Herren eine recht bizarre Gesellschaft vor.

Prachtvoll gewandete Sarazenen stehen neben Klerikern, deren Violett auf einen hohen Rang schließen läßt, Männer im Gelehrtentalar neben aufgeschürzten Valetti, Falkeniere und Jäger postieren neben Männern im Kettenhemd ohne Rangabzeichen, alles fein zum Halbkreis geordnet. In der Mitte gibt es zwei leere Stühle. Eine Frau in einem unwahrscheinlich engen Schleppkleid, das reichlich von der neuen Erfindung der Knöpfe Gebrauch macht, überm Gebende einen dünnen Goldreif, steht neben einem braunhäutigen Jüngling in weißer Dalmatica, dem ein Mantel in Karmesin und Gold auf den Schultern liegt. Der Jüngling trägt keine Waffe und keine Krone. Sein helles Haar fällt frei herab, und aus dem dunklen Gesicht leuchten die Augen.

„Wir suchen", sagt Anselm von Justingen laut, „Friedrich von Hohenstaufen, Herzog von Schwaben, König Siziliens, Fürst von Capua, den Puer Apuliae." Und der Dolmetscher plappert nach.

„Er steht vor euch", erwidert Federico lakonisch.

Die Herren gehn ins Knie und befehlen, die Standarten zu senken. Ihre Augen senken sie aber überhaupt nicht, sondern lassen die Blicke frei schweifen – man muß sich ein Bild machen, das alles ist schließlich in höchstem Grade befremdlich, die Exoten und diese goldne Buntheit und dieser orientalisch anmutende Knabe.

Dann fährt Justingen in seinem Text fort. „Wir beugen vor dir unser Knie im Namen des Römischen Reiches und der deutschen Fürsten, deren Bevollmächtigter ich bin. In Nürnberg haben die freien Reichsfürsten einen neuen Kaiser der Römer und König der Deutschen gewählt. Du bist es, Friedrich. Sage uns, daß du die Wahl annimmst, damit wir dir als unserem Herrn huldigen können."

„Erhebt euch, Herren", befiehlt der Knabe. „Eure Botschaft gereicht Uns zur Ehre und Genugtuung." (Letzteres hält Justingen für einen Übersetzungsfehler.) „Daß sich die Edlen Germaniens auf Recht und Vernunft besonnen und den wütenden Narren abgesetzt haben, war an der Zeit. Ein Entschluß, wie er hier von Uns verlangt wird, bedarf jedoch der Überlegung und der Beratung mit Unseren Familiaren. Wartet denn mit der Huldigung, bis es an der Zeit ist."

Nun ist Herr Anselm denn doch befremdet, was für eine Sprache hier geführt wird. „Er nimmt den Mund ganz schön voll", bemerkt er ungeniert zu Ursberg, wird aber gleich belehrt, daß das recht unvorsichtig war, denn der Monsignore in Violett mit dem großen Ring überm Handschuh sagt gelassen in fehlerfreiem Deutsch: „Man möge nicht vergessen, daß noch vor zehn Jahren Deutsch hier offizielle Hofsprache war", und ein Krauskopf in Eisenhemd und grünem Gambeson ruft „tedeschi maledetti", was sich recht unfreundlich anhört.

Der königliche Jüngling aber lacht, verläßt seinen Platz und geht auf die Gesandten zu. „Die Bedingungen", sagt er vertraulich, „sprechen wir besser unter uns durch. Ich denke mir, daß es sicher auch Botschaften meines ehemaligen Vormunds, Seiner Heiligkeit aus Rom, gibt. Die Königin und ich empfangen die Herren in einer Stunde, ohne all diese Verbrämungen. Eminenz Berardo wird übersetzen. Ich hoffe, man kann mir alle Fragen beantworten. Es werden viele sein."

Justingen verbeugt sich. „Ich stehe zu deiner Verfügung, Erhabener."

Und wieder lacht der Knabe. „Du nimmst einen Titel vorweg, den ich noch nicht führe. ‚Semper Augustus – immer Mehrer des Reichs', nicht wahr?" Er geht an ihnen vorbei, gefolgt von Weib und Hof, und läßt die Gesandten allein inmitten der Teppiche und Mosaiken, die kommen nun erst richtig zur Geltung.

„Da haben wir uns, scheint's, was Rechtes aufgeladen", sagt Konrad von Ursberg ernst.

„Nun hast du dein Wunder“, bemerkte Wilhelm Francisius. „Ein Wunder von Papstes Machart und ein Wunder mit Begleiterscheinungen.“

„Berardo hat mich kürzlich belehrt, daß Wunder keine Wechsel sind, sondern Gnadengaben, also werden sie nicht mit mathematischer Genauigkeit bringen, was man erwartet. An dieser Ecke ist es vielleicht ein bißchen zuwenig und an jener ein bißchen zuviel.“ Federico lächelt. „Ist es darum weniger ein Wunder?“

„Ich habe das Gefühl“, sagt der Magister unbehaglich, „daß wir in der Zwickmühle sitzen.“

„Wir? Erst einmal der Welfe, denke ich doch. Ich habe immer gesagt: Seine Dummheit ist unsere Chance. Und er ist wirklich so dumm, daß man ihm Verstand nicht einmal mit einer Spitzhacke beibringen könnte. Braucht nur zuzugreifen, nur mit ein paar Schiffen übern Stretto zu kommen – die Insel wäre ihm wie eine reife Frucht zugefallen – und kehrt um! Kehrt um, weil ein paar deutsche Fürsten sich mausig machen. Wenn er ihnen als Herr Italiens und beider Sizilien entgegengetreten wäre, ja, das wäre was gewesen. Seine Dummheit ist das eigentliche Wunder, wenn du mich fragst.“

„’mas Aquin’ hat von den Tedeschi gehört, ein Traum habe ihn zur Umkehr bewegt. Er habe geträumt, ein Bärenjunges wäre zu ihm ins Bett gestiegen. Und dann habe sich das Tierchen im Nu zu einem riesigen Bären ausgewachsen, der ihn von seinem Lager verjagt habe.“

„Und der Bär soll ich dann wohl sein? Ein geschmackloser Traum. Zu denken, daß ich mich zum langen Otto ins Bett lege . . .“

„Rex, das ist nicht die Stunde, um Possen zu reißen.“

„Nein? Wo wir doch den Usurpator los sind? Ach, ’lielmo, du bist auch nicht schlauer als die anderen. Kann ich nicht mal von dir Rat erwarten? Alle jammern rum: die Klemme, die Zwickmühle. Aber was soll ich tun?“

Francisius reißt die Augen auf. „Gibt es da eine Frage? Willst du Sizilien einer Chimäre opfern?“

Federico springt vom Fensterbrett, auf dem er hockte, wieder einmal einen Minzestengel zwischen den Zähnen. „Ihr sagt alle dasselbe. Natürlich will ich Sizilien nicht opfern, darum geht es ja. Ich wollte, Shurai wäre noch am Leben.“ Er verläßt die Kanzlei. „Hol mir den Familiarenrat. Vielleicht seid ihr besser, wenn ihr euch streiten könnt“, ruft er schon vom Gang aus.

Er hört sie sich alle an, ohne etwas dazu zu sagen, unbewegten Gesichts. Niemand stimmt dafür, daß er der Berufung folgt. Konstanze spricht leise, die Augen niedergeschlagen. Sie spricht vom Segen des Friedens, von dem verheißungsvoll begonnenen Werk der Rückgewinnung Siziliens. Die anderen reden von der Verantwortung für das königliche Kind. Berardo ist im Besitz weitreichender päpstlicher Botschaften, die einer der begleitenden Mönche überbracht hat. Die Bedingungen des Heiligen Vaters für Federicos Wahl sind: Verzicht auf die beiden Sizilien zugunsten des Prinzen Enrico, der zum König zu krönen ist. Erneuerung aller Verpflichtungen, die Sizilien zum päpstlichen Lehen machen, Zusage, die Investitur der Kirchenämter in Deutschland dem Papst zu überlassen. Sanctitas Sua gibt keinen Fußbreit nach. Unter allen Umständen soll verhindert werden, daß Nordreich und Südreich vereint werden, wodurch das Patrimonium Petri, wie zu Zeiten Barbarossas und Heinrichs, in die kaiserliche Zange gerät. Otto hat ihn gelehrt, was es heißt, einen sturen Tedesco auf dem Hals zu haben. Auch sei Walther von Pagliara unverzüglich wieder als Kanzler einzusetzen, das nebenbei.

Die Bedingungen erregen allgemeines Kopfschütteln. „Er tut, als ob die Sache ernst zu nehmen sei", ruft Landolfo.

„Er ist schon immer ein weitblickender Politiker gewesen", gibt der junge König zurück, „im Gegensatz zu euch."

Er sitzt mitten unter ihnen, der Thronsessel ist leer, sie haben die Stühle rundum gestellt, Familiaren eben.

„Aber, meine Freunde, begreift ihr denn nicht? Der Welfe läuft nach Haus, wunderschön. Aber er wird doch wiederkommen! Er haut in Germanien ein paar Unbotmäßige zusammen – wahrscheinlich ist das nicht einmal nötig. Sein bloßes Erscheinen wird ausreichen, daß sie wieder reuig zu ihm zurückkehren, es ist ja bekannt, daß er nicht mit sich spaßen läßt. Und dann? Alles geht von vorn los. In spätestens zwei Jahren steht er wieder in Reggio und wartet auf die Schiffe, und dann wehe uns, die wir den Tag nicht ergreifen konnten. Es gibt kein neues Wunder. Gott rettet uns nicht zum zweitenmal."

„Was jedoch soll geschehen?" fragt der Magister. Vor Verblüffung ist seine Stimme ganz klein.

„Ich muß es versuchen."

„Was mußt du versuchen, Rex?"

„Ich muß versuchen, nach Germanien zu gelangen, um mich in Aachen krönen zu lassen. Das sind die Spielregeln, sagt mir der Tedesco, den sie geschickt haben. Außerdem, wir müssen dem Welfen hinterher, damit er nicht zur Besinnung kommt und dabei das Laufen vergißt."

„Und wenn er sich stellt?"

„Nicht so schnell. Ich traue Innozenz nicht übern Weg, aber daß er eine Sache einfädelt, ohne sie ein bißchen zu sichern, das glaub ich nun wieder nicht. Wenn er sich stellt, werde ich ein Schwert haben, ihn zu bekämpfen, und der Heilige Stuhl wird's mir geben."

„Die Bedingungen sind schimpflich."

„Sie sind mehr als schimpflich", entgegnet der König hitzig, „wem sagt ihr das?" Dann grinst er. „Schon mancher hat einem Mädchen die Ehe versprochen, ohne es zu nehmen."

„Du meinst ..."

„Ich meine, mit der Zeit kommt der Rat."

„Jetzt bedienst du uns aus der Spruchbüchse. Himmel, Ruggiero, was willst du?" So Taddeo.

„Berardo soll weghören. Hörst du weg, Monsignore? Gut. – Ich werde ein liebes Kind der Kirche sein, und wenn ich mit den Zähnen knirsche, dann nicht so laut, daß man es im Lateran hört. Ich sage alles zu. Es werden Gelegenheiten kommen, es zurückzugewinnen, Füßchen für Füßchen."

„Aber wozu es erst weggeben?"

„Weil es mir sonst genommen wird, Tölpel von Suessa, so wahr ich das Leben habe! Amici, ich kann Sizilien nur retten, indem ich es aufgebe. Jetzt, Frau Königin, mußt du für deinen Mann regieren, als sei er an deiner Seite, und dein Kind zu einem König erziehen. Jetzt muß sich erweisen, ob ihr alles wahre Amici seid. Herr Erster Kanzlist, tritt Pagliara entgegen als Sachwalter deiner Herrin. Herr Konnetabel Gentilis, nimm das Heer in deine Hand! (Mit Taddeo habe ich was anderes vor.) Ihr habt alles gelernt, Freunde. Jetzt führt es aus."

„Majestät!" Francisius erhebt sich. „Wir werden die Kraft haben, ja. Aber was, wenn du – was Gott verhüten möge – in die Hände deiner Feinde fällst, wenn die wankelmütigen Fürsten dich verlassen, wenn der Papst, wie so oft, dich verraten wird?"

„Was", äfft Federico nach, „wenn mir ein Stein auf den Kopf fällt oder ich vom Pferd stürze? – O Freunde, wir haben zusammen Castelli gestürmt und Sarazenen belagert, und nie kam euch der Gedanke, mir könne etwas zustoßen. Was ist in euch gefahren? Ist plötzlich das Meer stürmischer, der Berg höher, der Feind grimmiger und hinterlistiger als bisher, daß ihr mich nicht aus dem Haus lassen wollt und Tür und Tor verriegelt?"

Eine Weile sagt keiner etwas. Dann die leise klare Stimme Konstanzes: „Es ist schrecklich, daß du mich und das Kind verläßt, und es gab einen Moment der Schwäche, in dem ich mich mit dir auf die Galeere nach Ägypten wünschte. Dennoch, ich weiß, daß du gehn mußt. Geh mit Glück. Die Regentin und deine Freunde werden wissen, wie sie Sizilien bewahren."

Berardo, die Lider gesenkt, lächelt. Es mußte so kommen. „O Isais Sohn, der auszieht, mit der Schleuder den Riesen zu besiegen! Es spottet der Vernunft, ja, so ist es, und es scheint unmöglich. Aber vielleicht wird deine Schwäche deine Stärke sein. Ich bin bereit, mit dir zu gehen, wie es meine Pflicht ist."

Federico kniet nieder, knabenhaft und schmal inmitten des Raumes. „Segne mich, Herr Bischof. Vielleicht lerne ich das Fliegen."

Ausfahrt

Es ist eine ernüchternd kleine Truppe, die da im Frühling des denkwürdigen Jahres 1212 ausziehen will, das neue Reich zu erobern – und davon ist auch noch ein Teil bestimmt, in Italien zu bleiben, man weiß ja nicht, ob man überall Geleitschutz finden wird, da sind ein paar Schwerter mehr nicht zu verachten. Einige haben sich auf neue Aufgaben vorzubereiten. So hat der völlig verstörte Taddeo in Bologna ein Studium der Rechtsgelehrsamkeit anzutreten, obwohl er noch nicht einmal richtig Latein spricht. Federico hat ihm erklärt, für das Amt, für das er vorgesehen sei, brauche er einen Juristen, und ein müßig zu Hause herumlungernder Konnetabel nütze ihm nichts, Gentilis könne diese Aufgaben allein versehen.

Mit dem künftigen Kaiser die Alpen überqueren sollen nur Berardo, der Page Mateo von Monreale, der dem Rex durch sein natürliches Verhältnis zu Falken ins Auge sticht, falls es Seine Heiligkeit gestattet, Ridwân, der Kämmerer, und aus der bewährten Familie der Aquino die Herren Tomaso und Landolfo. Der tiefbeleidigte Rainaldo, der noch Federicos Gassenjungenzeit teilte und sich zu den ältesten Amici zählt, muß zu Hause bleiben. Sein Herr findet ihn unnütz für die Reise. Außerdem müssen natürlich zwei Schreiber mit. („Wir haben ja bestimmt Briefe zu diktieren, sogar im ewigen

Schnee.“) Die deutschen Bevollmächtigten finden sogar letztere und die paar Diener und Sarazenen noch zuviel. Je weniger Aufsehen, desto besser. Auch ist noch nicht klar, welchen Paß man überhaupt nehmen kann.

Auf ungeteilte Begeisterung stößt das Abenteuer nur bei den guten Palermern. Sie sind überzeugt, daß ihr Ragazzo das schon schaffen wird und zum Segen Siziliens als Caesar zurückkehrt. So sind die Straßen denn mit jubelndem Volk vollgestopft, als man sich zu Schiff begibt; ’mas Aquin’s schicksalsträchtiger Schnellsegler wurde für diese Fahrt auserkoren.

Der Auszug zum Hafen ist prächtig. König und Königin gönnen den Siziliern ein buntes Schauspiel, man reitet hübsch langsam durch die Straßen, und wirklich, sie schwenken Palmenzweige, klatschen in die Hände und singen. Die Majestäten lachen. Abschiede sind vielfältig genommen worden, Tränen wurden im stillen vergossen.

Auf der Schiffsbrücke gibt es einen Zwischenfall. Tadsch-el-Muluk, der große Hengst des Königs, der als einziges Pferd die Reise aufs Festland mitmachen soll, weigert sich, aufs Schiff zu gehen, steigt, schlägt und bäumt sich wild schreiend zwischen den Reitknechten, bis Federico seinen Mantel ablegt, das zitternde Tier beruhigt, ihm sanft über die Nüstern haucht und es dann über die Wasser der Tiefe führt wie ein Hirt ein Lämmchen.

Währenddessen sagt Konstanze zum Bischof: „Ich bin sehr froh, daß du mit ihm gehst, Monsignore. Nächst Gott vertraue ich den König deinem Schutz und deiner Liebe an. Behüte ihn.“

„Das gelobe ich“, erwidert der Bischof sanft, „aus Liebe zu ihm. Aus Liebe zu dir. Um meiner Sünde willen, das Gebot Gottes übertreten zu haben.“

„Welches Gebot Gottes hättest du übertreten, Eminenz?“

Die dunklen Augen versinken unter den Lidern. Erblaßt, aber lächelnd flüstert Berardo: „Confiteor: Du sollst nicht begehren deines nächsten Herrn Weib.“

Konstanze beugt sich über seine behandschuhte Hand, küßt den Ring: „Absolvo te“, sagt sie, auch sie lächelnd, die Augen voller Tränen. „Zieh hin in Frieden.“ Eine wundersame Reinheit liegt über dieser umgekehrten Beichte, die sicher gotteslästerlich ist, aber den Menschen ein Wohlgefallen.

Das gute Volk von Palermo bemerkt allerdings nicht, daß ihr König allen kostbaren Schmuck, den Königsmantel der Normannen, das edelsteinbesetzte Zaumzeug des Pferdes, die Brokate und Samte der Gefolgsleute an Land zurückläßt. Wer weiß, was uns zustößt – außerdem ist ein gut Teil der Sachen ohnehin verpfändet. Was den Mantel angeht, so hat Otto dem Vernehmen nach ja eine Kopie, die kann er uns borgen, falls wir ihn treffen.

Im bekannten grünen Jagdkleid, einen schmalen Goldreif um die Stirn, erscheint Federico am Schiffsheck und hebt den Griff seines Schwertes als Kreuz in die Höhe.

„Christ ist König, Christ ist Sieger!“ rufen sie, singen sie die alte sizilische Huldigung. Sie wissen nicht, daß ihr Herr gleich dem Sohn des Zimmermanns arm ist wie ein Bettler und sich anschickt, zu einer Sache auszuziehen, die verzweifelt wenig Aussicht auf Erfolg hat.

Vorn auf der Mole steht Konstanze. Über dem gescheitelten Haar trägt sie die gezackte normannische Frauenkrone, der große dunkelrote Edelstein im Stirnteil funkelt. Es ist die Krone einer Frau gleichen Namens, und sie trägt sie zum erstenmal. Etwas hinter ihr sieht man zur Linken den bleichen Wilhelm Francisius, aufrecht unter der Last der Verantwortung, und zur Rechten, aus der Verbannung zurückgerufen, gebückter, gelbgesichtiger und verkniffener denn je, Walther von Pagliara. (Der König hat ihn nicht begrüßt.)

Als das Schiff ablegt, geht die Frau vor bis an die großen Steine. Sie steht still da, ohne zu winken, eine kleine, gerade Gestalt, über der im Licht des Diadem flimmert. Das Schiff macht schnelle Fahrt. Die kleine Gestalt auf der Mole ist bald nicht mehr auszumachen, auch das Volk im Hafen nicht, dann die Stadt Palermo nicht mehr, die im Grün ihrer Gärten versinkt, im Grün der Berge, die sich in wohlbekannter Silhouette vorm Himmel erheben, bis die ganze Insel am Horizont verschwunden ist, zwischen Meer und Himmel verschluckt. Nur noch Meer und Himmel ist ringsum.

Meer und Himmel, und Federico spielt mit Alaman da Costa Schach, diskutiert mit Berardo Philosophisches und Theologisches und kümmert sich um sein Pferd „Krone der Könige“, dem die Seereise schlecht bekommt. Meer und Himmel, und er lernt von den Herren aus Germanien Deutsch, wobei diese oft über den Fragen des jungen Königs verzweifeln und weitreichende Proben seiner Ungeduld zu spüren bekommen. Meer und Himmel, und er liegt träumend, vom Gischt umsprüht, in der Sonne am Vordersteven, liest immer wieder die wenigen mitgeführten Bücher oder vergnügt sich in seinem Zelt am Achterdeck so ungeniert mit Riccardo, daß der Bischof gar nicht weiß, wohin er noch hören und sehen soll, um diese Todsünde nicht zur Kenntnis zu nehmen.

Meer und Himmel, und Taddeo sitzt noch immer verstört und gekränkt herum und redet nicht mit seinem Rex. Von der Zukunft spricht niemand. Es hat keinen Zweck, Pläne zu machen.

Meer und Himmel, und Berardo versucht in Sachen Riccardo einen Generalangriff auf das Gewissen seines Beichtkindes und trifft auf Unverständnis.

„Du hast mir doch sonst immer ein bißchen Fornicare vergeben, Monsignore", entgegnet Federico.

„Aber Riccardo ist ein Mann!"

Der verstockte Sünder lacht. „O ja. Riccardo ist ein zärtlicher und feuriger Mann. Und ich habe heißes Blut und bin siebzehn. Was soll ich machen, hätte ich mein Serraglio mit zu Schiff nehmen sollen?"

Der päpstliche Legat wendet sich betrübt ab und betet für die Seele des Geliebten, Unheiligen und Berufenen.

Und auf einmal statt Meer und Himmel auf drei Seiten Segel, die sich nähern, und daß es pisanische sind, hat nicht nur Alaman auf den ersten Blick begriffen.

„Hinter jeden Ruderer einen Bogenschützen, alles Zeug an die Masten und mit aller Kraft durch!" kommandiert Taddeo, zu neuer Aktivität erwacht. Alaman grinst, solche Aktionen sind etwas nach seinem Herzen. Taddeo voller Energie: „Und du, Majestät, gehst sofort unter Deck. Wenn du schon unterwegs bist, sollst du wenigstens heil ankommen, was auch geschehe."

„Was denn, Konnetabel, schmollst du nicht mehr mit mir?" Der Rex spielt den Erstaunten.

„Zum Teufel, Federico, kannst du mich nicht in Ruhe lassen mit deinem Spott?" fragt Taddeo mit zuckendem Gesicht.

„Mein sizilischer Possenreißer, wie hast du dich gewandelt! Kein Witz mehr, kein Salz zur Suppe, keine Komödie . . ."

„Da stehen die Pisaner, verflucht! Was willst du, Ragazzo, soll ich dir meinen Hintern zeigen?"

„Nicht unbedingt", erwidert der König amüsiert. „Aber komm mit mir jetzt unter Deck."

„Nein."

„Ich befehle. Der Marchese übernimmt die militärische Verantwortung hier oben. Mit dir will ich reden."

Sie sind kaum in dem halbdunklen Decksgang, da dreht sich der König um und schlägt seinen alten Freund und Waffenlehrer hart ins

Gesicht, Handfläche, Handrücken. Taddeo stöhnt auf, aber ehe er etwas sagen kann, spricht Federico böse: „Du benimmst dich wie ein Kind, also mußt du wie ein Kind gezüchtigt werden. Die Zeit scheint herangekommen, da die Rollen vertauscht sind und ich dich erziehen muß, Herr de Suessa. Das ist dafür, daß du mich Ragazzo genannt hast. Willst du nun auch noch die Prügel bekommen, die du dir verdient hast, indem du deinen König öffentlich zum Gespött machst?"

Der Gemaßregelte ringt nach Worten. Sein junger Herr mißt ihn mit einem kalten Blick und will an ihm vorbei nach oben, da ruft Taddeo: „Du verdammter Hundesohn, und wenn du mich öffentlich auspeitschen läßt, denkst du, das ändert was daran, daß ich dich liebe und daß du immer mein Herr bist?"

„Das weiß ich", sagt Federico über die Schulter. „Und wie hast du mich eben genannt?"

„Du kannst mich weiter hauen, wenn es dir Spaß macht", erwidert Taddeo ruhig. „Auch unser Heiland hat noch die andere Wange hingehalten."

„Er ergab sich auch in den Willen seines Herrn."

Die beiden sehen sich an. Auge in Auge mit Federico, beugt der andere langsam das Knie, bis ihn die hellen Augen dann auch zwingen, den Kopf zu senken. „So ist es recht", sagt der Herr, und seine Stimme ist noch immer streng. „Weißt du nicht, Thaddäus von Suessa, daß du einer der Großen in meinem Reich sein wirst, daß ich dir vertraue und dich brauche?"

Plötzlich liegen sie sich in den Armen. Taddeo verbirgt sein Gesicht am Hals des Jüngeren, und der zerrt an den schwarzen Locken des Freundes.

Als sie an Deck kommen, ist die pisanische Blockade durchbrochen, aber Alaman zuckt hoffnungslos die Achseln. Ein zweiter Kordon riegelt da vorn erneut den Horizont ab. „Wir sind ihnen ins Garn gegangen, fürchte ich. Aber wie der Wind steht, könnten wir mit Glück den Hafen von Gaeta erreichen und auf dem Landweg weiter nach Rom."

'mas Aquin' verzieht das Gesicht. Er würde gern mit der glückbringenden Galeere bis ans Ende der Welt fahren. Auch die deutschen Herren sind für die Weiterfahrt nach Ostia zu Schiff, einmal hätte man's doch so gut geschafft. Berardo plädiert für Landung – nicht unwesentlich dabei ist wohl, daß er sich davon den Abbruch von Federicos allzu engen Beziehungen zu dem Kämmerer erhofft. Der

Rex könne dann über die Via Appia in Rom einziehen, wie die antiken Caesaren, offeriert er lächelnd.

Man entscheidet sich, Gaeta anzusteuern.

„Das Kommando hat jetzt der Konnetabel Suessa", sagt Federico beiläufig, „dieser verdammte Hundesohn, den ich noch nicht voll ausgezahlt habe da unten."

Taddeo verbeugt sich kurz und geht, mit dem Kapitän alles abzusprechen. Er ist dunkel errötet. Am Abend landen sie ohne weitere Zwischenfälle und setzen genuesische Hoheitszeichen, um nicht weiter beachtet zu werden, bis sie die Lage in der Stadt geklärt haben, und der Rex schläft wieder mit Ridwân.

Wegstrecken

Von Gaeta ist zunächst kein Weiterkommen. Die Wege über die Abruzzen oder durch die Pontinischen Sümpfe scheinen alle unsicher zu sein. Um ihren Unterhalt bestreiten zu können, läßt der Rex zu 'mas Aquin's Entsetzen die „Glücksgaleere" verkaufen. Eine Reihe von Briefen geht von der Minikanzlei aus („Sobald Wir mit Gottes Hilfe Geld haben werden . . ."), der Rex diktiert selbst, und wenn die Scribae einen Krampf bekommen, schreibt Landolfo.

Um sich die Zeit zu vertreiben, nimmt Federico bei Taddeo Fechtstunden im „stile tedesco". Die beiden gehen mit großen Bidenhändern aufeinander los, langsam wie zwei urtümliche Echsen, und der Konnetabel bringt seinem Herrn einige sehr wirkungsvolle Tricks bei, so zum Beispiel, seinen Gegner mittels Frontalschlag der flachen Klinge zu betäuben oder die Haltegurte der eisernen Beinlinge zu durchschlagen, so daß sich der Feind in den niederrasselnden Kettenringen verfängt – eine Übung, bei der der künftige Kaiser Tränen lacht und ein ums andere Mal ruft, er stelle sich Otto vor.

Danach malträtiert er den armen Taddeo als Juristen in spe derart mit Latein, daß der nächtelang über Vokabeln wach sitzt, um nicht von seinem hohen Lehrer als „Faulpelz" oder „eisenfresserischer Flachkopf" beschimpft zu werden. Überhaupt hat der Konnetabel alle Hände voll zu tun, zum Beispiel muß er den jungen Mateo in seinen Aufgaben als Valetto unterweisen, was nicht so einfach ist, da der kleine Herr von Monreale zwar wild aufs Abenteuer dieses Auszugs ist, aber nicht sehr bereit, sich zu disziplinieren.

Als der Erlös des Schiffes schon fast aufgezehrt ist, taucht endlich am Horizont eine Schar von Reitern aus dem Norden auf: das Ehrengeleit der römischen Patrizier und Nobili für den designierten römischen Kaiser. Vom letzten Geld kauft man für das kaiserliche Gefolge Pferde; auch die deutschen Herren sehen keine Veranlassung, auf eigene Kosten zu reisen. Den Ankömmlingen gibt man ein Gastmahl, das viel teurer ist, als die auf Selbstversorgung eingestellten Sizilier sich jemals träumen ließen. Von nun an ernennt der Rex Landolfo zum Finanzminister und fordert ihm unerbittlich Rechenschaft über jeden Soldo ab.

Nun ist es vorbei mit Schach und Scheingefechten, mit Deutschstunden und Ridwân. Der Rex gibt sich seriös. Die römischen Herren sprechen ihn übrigens mit großer Selbstverständlichkeit als Imperatore oder Cesare an, und Taddeo, der mit den Augen der Eifersucht die letzten gemeinsamen Tage überwacht, bemerkt, daß der junge Herr die ersten Male vor Bewegung erbleicht. Offenbar nimmt er diese Berufung doch ernster, als es den Anschein hat. Nur als sie ihn „invitto duce" nennen, bemerkt er sarkastisch, daß der leicht unbesiegt sei, der noch keine Schlacht geschlagen habe.

Die erste Wegstrecke reisen sie nachts – es wimmelt von welfischen Anhängern in der Gegend. Erst in der Nähe der Albaner Berge, auf der Via Appia Antica, kann man sich etwas sicherer fühlen.

Es ist in der Karwoche des gesegneten Monats April, als die Hufe ihrer Pferde die ehrwürdigen Steine betreten, über die die triumphierenden Caesaren in die Ewige Stadt einzogen. Federico bittet die römischen Conti Orsino und Frangipan, neben ihm zu reiten und ihm die Gegend zu erklären. Krone der Könige, der große Dunkelbraune, in der Mitte scheint in federndem Trab gleichsam zu schweben, während die beiden Nobili ihre reichgeschmückten Pferde schon galoppieren lassen müssen, um Schritt zu halten.

Der König mustert mit blitzenden Augen die verwitterten Grabmale und Tempel zwischen Pinien und Zypressen, die grünüberwucherten Säulenstümpfe, die gestürzten Torbögen und Kapitelle rechts und links der Straße, die Reste des Aquädukts in der Ferne, die dunklen Quader der Meilensteine. Es ist ein Tag wie Seide, die Albaner Berge blauen juwelengleich, und ein leichter Wind läßt die Locken des Herrn Federico flattern, der da zwischen den feingemachten Patriziern im Jagdhabit einherreitet und sie mehr fragt, als sie beantworten können.

Bei der Chiesa Quo vadis, wo Christus dem Petrus erschien und ihn zur Umkehr nach Rom bewog, macht der Zug halt. Der Rex steigt ab und beugt fromm das Knie; zum Kniebeugen wird es demnächst sicher noch öfter kommen, jedenfalls ist Berardo Chef des Protokolls, und man kann sich drauf verlassen, daß Eindruck macht, was er vorschlägt. Die Nachkommen der Quiriten jedenfalls sind beeindruckt.

„Man sagt, Majestät", bemerkt Curzio Frangipan scherzhaft, „auf deinen bloßen Blick hin ist dir jedes Weib willig. Die Römer sind keine Weiber, aber laß mich hinzufügen, daß durch deine edle Jugend und den Anstand deines Auftretens dir bald Rom zu Füßen liegen wird."

Federico antwortet mit lebhafter und bescheidener Liebenswürdigkeit, die ihm vollends die Sympathie der Nobili gewinnt. Taddeo fällt dabei ein, wie der alte Freundfeind Wilhelm den Rex nannte, nämlich: durchtrieben, und er verbirgt sein Lachen in den Falten des Mantels.

Wie zu erwarten, ist der Empfang trefflich vorbereitet. Genau in Hörweite beginnen die Glocken von San Giovanni im Lateran ihr Getöse, weitere Kirchen der Ewigen Stadt fallen ein und rufen das gutinstruierte Volk zu Jubelrufen hervor – was ohne Schwierigkeiten zu arrangieren war, da die Römer von Natur aus neugierig sind. Das Spektakuläre dieser wundersamen Kaiserwahl und die Nachricht, daß der Puer Apuliae blutjung und schön wie Adonis sein soll, lockt die Leute auf die Straße, auch ohne in die Menge gestreute Silbermünzen seitens des Gefeierten, und es wird für den nötigen Krawall gesorgt. Handknaller aus Schwefel und Salpeter, eine Spezialität römischen Volksjubels, lassen Tadsch-el-Muluk die Fassung verlieren, so daß es der ganzen Reitkunst seines Herrn bedarf, ihn zu halten – was wiederum auf zustimmende Anerkennung der Römer stößt. Kurz, es ist ein gelungener Einzug.

Man bezieht Quartier in einem Palazzo in der Nähe der mächtigen Ruinen des Kolosseums – ringsum mehr Kuhweide als Ewigkeit; viel ist nicht zu besichtigen, da alle verfügbaren Tempel und Türme zu Bollwerken sich befehdender Adelsfamilien verbaut sind. Großartige Bewirtung einer Gruppe von Senatoren und Klerikern – der Einladende ist, wie man erfährt, nicht etwa die Stadt Rom, sondern der Caesar Romanorum Fridericus, und Landolfo fragt sich bange zwischen Krebssuppe und Fasanengratin, was das wohl wieder kosten wird.

Der Legatus Sanctitatis Suae hat sich bei Ankunft in Rom von seinem Schützling getrennt und zum Rapport in den Lateran begeben – schon auf dem Weg hat er daran gearbeitet, seinen Bericht so abzufassen, daß er auch weiterhin bei dem Erwählten bleiben kann.

Während der Mitternachtsmesse in San Giovanni im Lateran hat der Puer Apuliae Gelegenheit, seinen ehemaligen Vormund zu studieren. Der eisgraue hauchdünne Mann in Blütenweiß da vorn, die dreifache Tiara auf dem Haupt, in sich zusammengezogen, als sei ihm ständig zu kalt, zelebriert das Hochamt, als sei er allein in der Kirche. Keine Verbindung zu den Andächtigen, kein Blick in die Menge, auch kein Blick zu den Gestühlen, wo, wie er weiß, sein einstiges Mündel und dessen Gefolge knien. Das von Meditation, Engherzigkeit und Alleinsein verhärtete Gesicht zeigt eiserne Entschlußkraft. Taddeo stößt seinem Rex den Ellenbogen in die Rippen – der hätte beinah eine Kniebeuge versäumt. Übrigens ministriert Berardo dem Heiligen Vater und spendiert zweimal ein verstecktes, aber aufmunterndes Lächeln.

Am Ostersonntag, nach dem berühmten Segen urbi et orbi, erteilt den Pilgern aus aller Welt, empfängt der Papst seinen Schützling. Im Flor der Kardinäle, Bischöfe und Erzbischöfe, in einer Wolke von Violett, Karmesin und Schwarz, steht die zerbrechliche Gestalt in weißem Leinen, auf ihren Stab gestützt, und läßt sich von dem knienden Kaiser Seiner Gnaden „kindlichen Gehorsam" geloben. Innozenz blickt auf ihn herab, und was er sieht, befriedigt ihn. Unreif, denkt er, und demütig. Gesenkte Augen, ein viel zu sinnlicher Mund für dauerhaften Ehrgeiz. O Herr, was ist der Mensch, daß du seiner gedenkest. Und der Heilige Vater neigt sein pergamentbleiches Gesicht zu dem leuchtenden, um den Friedenskuß zwischen Kirche und Welt zu tauschen.

Zwei sehr alte Männer, die Kardinäle Cencio Savelli und Ugolino d'Ostia, promenieren in erbaulichem Gespräch miteinander in den Gärten des Lateran. Ihre Hände in den weiten Ärmeln der Dalmatica verborgen, gehen sie langsam einher, wobei der knochige, rüstige Ugolino seinen Schritt nach dem asthmatischen Cencio richtet. Sie sprechen leise und, wie es scheint, ohne größere Gemütsbewegungen. Überhaupt sind Gemütsbewegungen nicht Monsignore Savellis Sache. Er ist Schatzmeister des Heiligen Stuhls und als solcher ein Freund nüchterner Realität, Liebhaber von guten Weinen, feiner

Speisen und, zumindest in vergangenen Jahren, von schönen jungen Diakonen, während der asketisch-finstere d'Ostia seine Leidenschaftlichkeit hinter finsterem Spott und bissigem Haß verbirgt. So fragt er denn jetzt auch: „Nun, Konfrater, wie war es mit der kleinen sizilischen Schönheit?"

Savelli preßt erbittert die Lippen aufeinander. „Die kleine Schönheit rechnet genauer als ein Buchhalter, ist nicht bereit, die alten Verbindlichkeiten aus der Zeit Pagliaras anzuerkennen, bezeichnete mich als einen Knauser, das von mir angebotene Reisegeld als schäbig und fragte an, ob Christus nicht die Wechsler aus dem Tempel vertrieben habe."

Ugolino lacht hohnvoll auf. „Ich habe euch gewarnt! Hütet euch vor diesem gleißnerischen Knaben, der vor Sanctissimus seine Augen niederschlägt, nicht aus Demut, sondern um seinen Basiliskenblick vor ihm zu verbergen. Vor allem du, laß dir nichts abschwatzen wegen der herzrührenden goldenen Locken."

Cencio seufzt. „Du solltest mich so weit kennen, daß mein Herz noch nie meinen Verstand übermochte. Aber es war anstrengend, Konfrater. Nicht wegen der roten Locken – mein Gott, ich bin achtzig. Das ist ein zäher und verschlagener Junge, darin gebe ich dir recht, und mehr von sich eingenommen, als Sanctitas Sua wahrhaben will. Jedoch, was soll es – wir haben ihn am Bandel. Er weiß selbst sehr genau, daß wir nur den Faden durchzuschneiden brauchen, und er fällt in den Dreck. Er wird ein treuer Sohn der Kirche sein müssen."

„Es ist etwas Gotteslästerliches um ihn, ein Geschmack von Sakrileg. Ich wittere das. Ich glaube, er sündigt, ohne Reue zu empfinden. Condamnatus est!"

Die beiden schweigen, jeder hängt so seinen Gedanken nach. Sie haben, ermattet von der Beschwerlichkeit des Alters und dem Gewicht ihrer Überlegungen, an einem marmornen Brunnen Platz genommen, das Wasser rauscht lieblich.

Kardinal Cencio kichert. „Ich habe ihn zwei apulische Grafschaften verpfänden lassen für sein Handgeld und dafür, daß wir ihm Empfang und Repräsentation in Rom bezahlen. Er sträubte sich, aber schließlich willigte er ein."

„Ich bewundere deine weltlichen Künste", sagt Ugolino. Es klingt verächtlich.

Cencio Savelli zuckt die Achseln. „Die Heilige Kirche braucht das Ihre. Der da, der Sizilier, ist zwar gerissen, aber wir sind ihm über.

Man kann ihn klein halten und benutzen.“ Seine Stimme sinkt zum Flüstern. „Wenn ich Papst wäre, ja, ich würde ihn krönen.“

Ugolino sieht finster vor sich hin. „Wenn ich Papst wäre, ich würde ihn bannen.“

„Hier ergeht es Uns aufs trefflichste . . .“ Federico diktiert an seine getreue und tapfere Königin einen Brief. Seine Augen schweifen über die Reste römischer Größe vor seinem Fenster. Schwere Wolken ziehen über die Ruinen des Kolosseums hinweg, dazwischen Sonnenblitze. Die Wolken ziehen südwärts, um diese Zeit kann man da unten Regen gut gebrauchen. Unterm Fenster wandern geputzte Römerinnen vorbei und werfen Kußhände und schmachtende Blicke, man kann sich kaum vor ihnen retten, und sie haben gar keine Ehrfurcht. Nutten, denkt der Caesar auf Volgare, man müßte sie vorn und hinten zuspunden und nach Algier als Sklavinnen verkaufen, damit sie lernen, was die Rolle des Mannes und was die des Weibes ist. Er lächelt und berührt das „corno“ aus Silber an seinem Hals, das nicht nur Abwehrzeichen gegen den bösen Blick ist, sondern auch Amulett für unerschöpfliche Manneskraft.

Mit unserem Geld reichen wir zur Not bis Genua, aber das ist nicht so wichtig. Wichtig ist, daß diese Wolken nach Sizilien ziehen. Es gibt nichts auf der Welt, was ich so liebe und hasse wie Sizilien. Aber Caesar Romanorum zu sein ist auch nicht zu verachten.

„Dann werden Wir“, diktiert er, „der wechselseitigen Liebe froh, Euch, die Wir jetzt mit Briefen liebkosen, durch Unseres Anlitzes Heiterkeit verwöhnen . . .“

Landolfo kommt mit den Rechnungen und Berardo mit Neuigkeiten aus dem Lateran, und Riccardo wartet schon mit dem Tagesplan für all den Unsinn, den man hier zu erledigen hat, um sich standesgemäß aufzuführen. Hoffentlich können wir bald weiter.

In den folgenden Wochen erfahren die Germanienreisenden auf mannigfaltige Weise, daß Gefahren zwar umsonst sind, daß aber, als künftiger Kaiser der Römer unterwegs zu sein, Unsummen verschlingt. Das genuesische Schiff, das im Hafen von Ostia gechartert wird, nimmt die illustre Gesellschaft gern an Bord, doch erst die Bürgschaft des Alaman da Costa, als eines Landsmannes und der Seefahrt Kundigen, bringt den Capitano dazu, auf sofortige Bezahlung seiner Dienste zu verzichten. In der Tat werden die Kosten für diese Überfahrt dann von den freundlichen Bürgern Pavias übernommen.

Der feierliche Einzug in Genua durch fahnengeschmückte Straßen bis zum Palast des Podestà und der Empfang dortselbst erweisen sich als kostenfrei. Auch der Aufenthalt der staufischen Truppe ist gratis; durch des Marchese da Costa Vermittlung wohnt man im Stadtpalais der Familie Doria. Daß man sich dort zehn Wochen würde durchfressen müssen, war allerdings nicht vorauszusehen. Die Absicherung der Wege durch die weitgehend welfentreue Lombardei verschlingt Unmengen Zeit.

Der Rex nützt die Tage, um mit dem Podestà die Privilegien auszuhandeln, die Genua für dies Entgegenkommen in Sizilien zu gewähren sind, und einen Kredit zu erlangen, über dessen Zinsfuß Notar Landolfo lieber schweigt. Die Schreiber erweisen sich einmal mehr als von Nutzen. Eine ganze Reihe von Dokumenten („Sobald Wir mit Gottes Hilfe zu Geld kommen, werden Wir Eurer gedenken . . .") muß ausgefertigt werden.

Sehr zur Mißbilligung der Brüder Aquino freundet sich Federico mit einem Mitglied der Familie Doria an, dem ihm gleichaltrigen Percival, einem resoluten braunäugigen Jüngling voller Tatkraft, der in einer Sache dem mißratenen Aquino-Sproß Rainaldo gleichkommt: Wie der klimpert er von früh bis spät auf der Laute und macht Lieder über alles und jedes.

Der König scheint der einzige zu sein, den der unfreiwillige Aufenthalt in keiner Weise quält. Dank seiner wundersamen Begabung, den Augenblick zu nehmen, wie er ist, genießt er die Eigenart der amphitheatralisch zum Hafen hin gebauten Stadt, ihre feuchte weiche Luft, die ein bißchen an einen Regentag in Palermo erinnert, und die zarthäutigen Gesichter der Mädchen erregen in ihm Gefühle, die man hierorts leicht zu erwidern bereit ist. Er reitet zur Beizjagd vor die Stadttore, dichtet mit Percival, lernt Deutsch, schwimmt von der Mole weit hinaus.

Bei Ausarbeitung der Reiseroute durch die Lombardei erweist sich unerwartet Herr von Ursberg als wertvoll. Der stille, alles beobachtende und zu lakonischen Bemerkungen neigende Mann ist, wie sich zeigt, ein genauer Kenner der Szenerie hier oben und weiß, welche Städte seit je staufisch und welche welfisch gesinnt sind, wo die besten Schleichwege zwischen den Einflußgebieten liegen, wo die Stadtmilizen stark und wo sie schwach sind. Man hört, daß er als junger Mann mit Herrn Philipp, dem Onkel Friedrichs, hier gewesen ist und daß bereits sein Vater am Italienzug des Barbarossa beteiligt war. Asti, berichtet er geläufig, Pavia und Cremona seien treu, Mantua schwanke, Verona sei sicher. Milano, Lodi und Piacenza seien auf der Seite des Welfen. Man wird also in Schlangenlinie reisen müssen. Er und Tomaso machen Faustskizzen und zeichnen Landkarten. Die beiden verstehen sich. Nur als 'mas Aquin' den Vater Federicos, Kaiser Heinrich, nach italienischer Sitte Enrico il Crudele, Heinrich den Grausamen, nennt, ist Herr Konrad ein paar Stunden lang verstimmt.

Der Sommer glüht, als sie Genua verlassen. Direkt eine Wohltat, daß man nur nachts reisen kann. Der waffenstarrende Geleitzug der Genueser, Panzerreiter und Fußvolk, umschließt die kleine Königstruppe igelgleich, in einem Wald von Lanzen und Schwertern reitet das Kind von Apulien durch die finstere Welt der schweigenden Täler und Felder seiner Bestimmung entgegen. An der Grenze der Stadtgebiete wartet bereits die Begleitmannschaft der nächsten Gastgeber, man tauscht halblaut Parole und Gruß, die Truppe öffnet sich und läßt ihr Inneres so vorsichtig in die andere Truppe hinübergleiten, wie man einen Korb mit Juwelen weiterreicht. Wenn alles glatt geht, ist man bei Tagesanbruch am nächsten Stadttor, wo man sich, leicht schlaftrunken, umjubeln läßt und dann Geldgeschäfte abwickelt, Privilegien bestätigt, Versprechungen leistet und Gastmähler zu geben hat. Und dann, je nach Lage der Dinge Tage oder Wochen später, das gleiche Manöver, wieder ein paar Meilen nordöstlich zur nächsten Stadt.

Überall lauern sie dem „Zaunkönig" auf, an Wegen und Flüssen haben die Freunde der Welfen ihre Truppen postiert, und es gehört schon eine kluge Strategie dazu, immer durchzuschlüpfen, dank Ursberg, Aquino und den Stadthauptleuten. Über den Brenner zu gehen, können wir uns gleich aus dem Sinn schlagen, da sitzt der Herzog von Meran und rechnet es sich zur Ehre an, den „Pfaffenkaiser" Friedrich zu fangen.

Die Welt ist geteilt, hie Welfen, hie Ghibellinen, und wir vollführen die gewagtesten Sprünge von einem Ghibellinflecken zum anderen, es ist wie bei dem alten sizilischen Kinderspiel „Rote Erde – braune Erde", man verliert, wenn man aus Versehen auf braune Erde tritt, wenn man zur roten gehört. Ein neues Wunder wäre gar nicht schlecht, aber ab jetzt muß man sich die Wunder wohl selbst backen. Innozenz, das steht fest, wird allenfalls dafür beten.

Am Lambrofluß, an der Grenze zwischen Pavia und Cremona,

tappen wir dann tatsächlich in die Falle. Nachtritt auf versteckten Seitenpfaden, es scheint kein Mond, die Pferde kommen ins Stolpern, und trotz unserer Routine in solchen Ausflügen atmen wir auf beim Morgengrauen. Da ist der Fluß, und da vorn ist die vereinbarte Furt, wo am Ostufer die Cremonesen warten, man kann schon ihre Eisenhauben schimmern sehen, und in ihrer Mitte flattert das weißblaue Gonfalon der Stadt.

Nur, plötzlich sind auf dieser Seite des Flusses auch Eisenhauben und in der Mitte das Mailänder Banner, sie kommen hinter dem Zypressenwäldchen hervor, auf das wir zu müssen, und wir brauchen gar nicht erst anzufangen mit Zählen, es ist klar, daß sie in der Übermacht sind.

Der Hauptmann der Bürgermiliz von Pavia, ein graubärtiger Handwerker auf schwerem Pferd, reitet zu Federico. „Gott schütze dich, Kind von Apulien. Wir erreichen die Furt nicht mehr. Reite mit den Deinen zurück nach Pavia, wir werden sie hier so lange aufhalten, wie es geht." Ohne auf Antwort zu warten, gibt er das Zeichen zum Angriff. Die Pavesen senken die Lanzen und rennen gegen den Feind an – daß sie weit unterlegen sind, wissen sie. Rechts sind noch mehr Mailänder. Überhaupt ist alles voll von Mailändern. Und links, unterhalb des lehmigen Steilufers, braust der Lambro tief und trüb in seinem tückischen Sandbett.

„Komm, Ruggiero", ruft der Konnetabel de Suessa und läßt die Truppe schwenken. „Komm schnell, sonst haben sie uns!"

Zu seinem Erstaunen sagt sein Rex ein bißchen zerstreut: „Warte doch mal. Nicht so hastig." Dann sitzt er ab und fängt an, sein Pferd abzusatteln. „Riccardo, Mateo, was trödelt ihr rum? Die Stiefel aus, das Schwert ab, und macht mir dies dumme Kettenhemd auf, ich war schon immer dagegen, so zu reisen, es ist unbequem."

Inzwischen haben sie begriffen, was er vorhat. Ursberg, der durch nichts zu Erschütternde, macht hier auf einmal einen theatralischen Fußfall. „Herr, laß davon ab!" ruft er im Stil der Ritterromane. „So kam dein Großvater, der Barbarossa, um in den Fluten des Saleph!"

Federico lacht, und seine Augen blitzen. „Herr Corrado, das ist bloß der Lambro, und ich bin nicht mein Großvater – der soll bei der Sache schon siebzig gewesen sein."

'mas Aquin' hat inzwischen das Terrain sondiert. „Es ist kreuzgefährlich, Majestät. Da unten sind Treibsand und eine Stromschnelle und . . ."

„Ach, halt das Maul", sagt sein Herr zärtlich. Er wirft einen Blick zu den Kämpfenden. „Wie Löwen, die Leute aus Pavia. Übrigens sind die Handwerker tapferer als die Nobili. Bist du endlich fertig, Riccardo?"

„Ja, Fedrí. Die Schnallen ..."

„Ist schon gut. Das Kommando hat der Konnetabel. Wir sehen uns nachher bei der Furt, auf der anderen Seite."

„Laß dich doch noch segnen!" ruft Berardo, und der König, schon aufgesessen auf dem nackten Rücken von Tadsch-el-Muluk, neigt nicht sonderlich interessiert, aber gehorsam den Kopf.

Dann treibt er das Pferd an das Steilufer, umklammert dessen Hals und geht mit ihm vorsichtig, halb rutschend, halb springend, zum Fluß. Es ist zum Glück kein Treibsand, aber es ist gleich sehr tief und reißend. Federico, um Krone der Könige nicht beim Schwimmen zu behindern, gleitet auf die Luvseite vom Rücken des Tiers, wird von der Gewalt der Strömung gegen den Pferdeleib gepreßt und hält sich an der Mähne fest. Sie sehen, daß er laut auf das Tier einredet, wenn sie auch bei dem Getöse des Flusses und der Kämpfenden nichts hören können, sehen, wie Tadsch erhobenen Kopfes die Stromschnelle passiert, für ein paar atemberaubende Sekunden ist kein Federico mehr da, dann, doch, da ist er, hängt immer noch am Hals des Pferdes, jetzt haben sie Grund, sie sind drüben.

Taddeo parodiert sich selbst und murmelt: „Was man nicht alles aushält, wenn man siebzehn ist ..." Dann bricht er in schallendes Gelächter aus.

Ridwân und Berardo knien keine zwei Meter voneinander entfernt, dieser spricht das Vaterunser, jener eine Koransure.

Als man sieht, daß niemand in die Falle gegangen ist, gibt der Mailänder Stadthauptmann Befehl, das Gefecht abzubrechen. Auf der anderen Seite jagen Mann und Roß schon in einem Tropfenwirbel auf die jubelnden Cremonesen zu. Schweigend lassen die Mailänesen das Gefolge des „Pfaffenkaisers" passieren, nur ein paar höhnische Reden fliegen hin und wider. „Schwimmt doch gleich bis Trento, gute Reise!" – „Hat sich im Lambro die Hosen gewaschen, euer Herr König!"

Sie durchschreiten die Furt. Mateo, der Page, dreht sich um und zeigt ihnen, Daumen zwischen Zeige- und Mittelfinger, die Feige.

Was zurückbleibt, ist keine reiche Beute: ein nicht gerade neues Sattelzeug, ein paar abgetragene Schlupfstiefel mit dem Firmenzeichen des königlichen Tiraz von Palermo und schmalen Sporen, ein an manchen Stellen dunkelfleckiges Kettenhemd, dessen abgewetzte

Verschlußriemen von langem Tragen zeugen. Schwertgurt und Sarazenenschwert hat Riccardo schnell noch aufgehoben und mitgenommen, wie sieht das denn sonst aus!

Gewinnung eines Bergführers

In Verona trennen sich die Wege des Herrn von denen des Taddeo de Suessa, der von hier aus auf gefahrlosen Landstraßen nach Bologna reiten kann, um an den Brüsten der Weisheit zu saugen. Er nimmt noch einige mit, die auch in Richtung Süden müssen, zum Beispiel die Mamluken der königlichen Leibwache, die kleine Dienerschaft (ab jetzt wird nicht mehr repräsentiert), die Reste des adligen sizilischen, römischen, genuesischen Geleits. Da Costa blieb bereits zu Hause und rüstet eine Handelsflottille für Syrakus, wo er den Fondaco mit großem Gewinn zu übernehmen hofft. Die deutschen Begleiter, bis auf Justingen und Ursberg, werden im nächsten Jahr nachkommen – wer weiß, was bis dahin alles passiert ist.

Abschiede sind nicht Federicos Sache, das weiß Taddeo, sie machen den Rex ungeduldig, halten auf, so was wird übersprungen, man sieht sich unter anderen Sternen wieder. Imperator und Großhofjustitiar sind nicht mehr Ruggiero und sein Waffenmeister.

Während sich der einstige Konnetabel und künftige Jurastudent samt Gefolge in Marsch setzt, betrachten die Zurückbleibenden vom Fenster des Stadtpalazzo die Schneeberge, die am Horizont zu sehen sind. „Wie der Mongibello, bloß viel größer", sagt 'mas Aquin' prosaisch. „Und da soll man drüber können?"

Die deutschen Herren versichern, man könne, sie seien ja auch herübergegangen, und unter winterlichen Bedingungen. Jetzt im Sommer sei das gar nicht schwer.

Aber die Sizilier machen zweifelnde Gesichter. Da stehen sie um ihren König, der Bischof, der Valetto, der Sarazene, die beiden Grafen Aquino. Im letzten Moment hat man auch die darob hocherfreuten Schreiber nach Hause geschickt, da Herr von Justingen dem König glaubhaft darlegen konnte, daß es auch jenseits der Alpen Klöster gebe, in denen man gutes Latein schreibe.

Jenseits der Alpen – wenn wir nur schon dort wären. Jedermann hat ein sorgenvolles Gesicht, bloß der, an dem sie hängen, lächelt und pfeift die Melodie des Liedchens, das die Mailänder als Spottvers erdachten und das inzwischen seine Runde macht in Italien als eine heitere Huldigung: „Fridericus, Puer Apuliae, hat im Lambro gebadet und sich die Hosen gewaschen . . .", und er schlägt vor, erst einmal die Stadt anzusehen.

Die Tedeschi bleiben dabei: ein schwieriger Herr, bei dem man nie weiß, woran man ist, obgleich auch sie seine schnellen und schlauen Entschlüsse schätzengelernt haben. Aber oft ist man sich nicht klar, ob er als Weiser oder als Kind handelt. Konrad von Ursberg und der ältere Aquino verstehen sich in einem Kopfschütteln, während Justingen den Notaro nach dem Stand der Finanzen auszufragen sucht. „Bis Trento kommen wir schon noch", sagt Landolfo ausweichend, „dann werden wir sehen."

Undurchdringliches Dunkel, so betet Berardo, möge den weiteren Weg der kleinen Schar umgeben, die sich nun mit gemieteten Packpferden, in Kapuzenmäntel verhüllt wie Schmuggler, durchs ansteigende Gebirge am Lauf des Adige aufwärts bewegt. Möge uns der Himmel für eine kurze Zeit alle gleich aussehen lassen, Pagen und Fürsten, Diplomaten und Beamte, Christen und Heiden und vor allem den mit dem Namen. Spurenlosigkeit möge uns der Himmel bescheren, Verhüllung, Vergessen. Der Pfad wird immer enger, es gibt nun bald kein Ausweichen mehr, wer jetzt vor und hinter uns den Weg verlegt, der hat uns.

Der Himmel tut, was er kann. Während die Truppe talaufwärts zieht, verhüllt ein dichter Augustnebel ihre Pilgerfahrt, so was kommt in der Gegend oft vor. Die Luft ist feucht und heiß, manchmal fallen ein paar Regentropfen. Freilich, alles hat seine Nachteile. Man sieht weder Weg noch Steg, und die Reisenden kommen doppelt so langsam voran, als sie sich vorgenommen hatten, und müssen auf halbem Weg in Rovereto haltmachen.

Am zweiten Tag, wie bestellt, noch einmal das gleiche. Es ist unterwegs so grausig still, daß man für jedes Schnauben der Pferde, für das Klirren der Steigbügel oder ein im Mantelkragen ersticktes Husten dankbar ist. Nur das Rauschen des Adige von irgendwo links im Nebel dringt zu ihnen. Daß sie immer tiefer in die Bergwelt hineinwandern, sagt ihnen die Steigung der gerölligen Straße. Nicht eine Felsenrippe ist zu erspähen von den Bergriesen, die sich rechts und links erheben müßten.

Wie es ab Trento weitergehen soll, weiß ohnehin noch keiner. Bis jetzt marschieren sie schnurstracks auf den Brennerpaß zu, wo die Herzöge von Meran und Bayern nur den Sack aufzuhalten brauchen, damit die Rebhühner hineinfliegen. So ein Dunkel kann selbst der gutwilligste Himmel nicht auf Berardos Gebete hin herabschikken, daß es gelänge, da durchzuschlüpfen.

Federico delegiert mit der ihm eigenen scheinbaren Sorglosigkeit die Sache achselzuckend an die deutschen Abgesandten. Sie wollen ihn jenseits der Alpen haben, also sollen sie dafür sorgen, daß er heil hinkommt. Anselm von Justingen weiß auch nur, daß man in Trento (er sagt: Trient, sowie er den Adige mit Etsch bezeichnet) einen Führer wird anwerben müssen, ohne den man völlig hilflos wäre.

„Vielleicht sind wir auch mit ihm hilflos", bemerkt Tomaso düster, aber der Rex erwidert lachend: „'mas Aquin' spielt die Kassandra."

Berardo kann den Verdacht nicht loswerden, daß schon wieder eine „wunderbare Rettung" erwartet wird.

Zu Trento auf dem Marktplatz, wo man voller Unentschiedenheit rätselt, ob man nicht doch bis Bolzano weiterreisen solle – es ist erst früher Nachmittag –, beginnen die Seltsamkeiten.

Tadsch-el-Muluk nämlich, der bisher mit der Geduld eines Saumtiers die langsame Gangart und den steinigen Pfad ertragen hat und eben noch wie ein Lämmchen mit hängenden Ohren dastand, hebt plötzlich den Kopf, stellt die Ohren auf, wölbt stolz den Hals und wiehert freudig in die Nebelwand hinein.

Seit der Durchquerung des Lambro ist der große Dunkelbraune für alle zu einer Art Fetisch geworden, keiner der Herren des Gefolges ist sich zu schade, das Pferd eigenhändig zu füttern und zu striegeln, und sein Verhalten ist für sie wie ein Orakel.

„Gutes Omen!" ruft denn auch Mateo, aber der König, der genauer hinsieht, entgegnet: „Er benimmt sich, wie wenn er jemandem wiederbegegnet, den er kennt und den er sehr mag" und tätschelt dem unruhig tänzelnden Hengst den Hals.

Unterdes löst sich aus dem Nebel eine Gestalt, und Tadsch macht sich mit einer gewaltsamen Bewegung den Kopf frei, ist mit zwei riesigen Galoppsprüngen bei ihr und reibt mit freudigem Schnauben seine Stirn an ihrer Schulter. Das Wesen, dem diese Liebesbezeugung gilt, ist niemandem bekannt, und da es wenig vertrauenerwekkend aussieht, sind gleich ein paar Schwerter blank, aber der König ruft lachend: „Seid ihr verrückt? Seht ihr nicht, daß das ein Weib ist?"

Es ist tatsächlich kaum zu erkennen. Die Gestalt trägt zu Hosen eine weite lederne Jacke, und es bedarf schon eines Federico-Blicks, um auszumachen, daß sich darunter Brüste befinden. Ihr knochiges Gesicht ist eng umschlossen von einer Bundhaube. Übrigens finden die Herren übereinstimmend, daß das Wesen beim ersten Anblick abstoßend, ja haßerregend auf sie gewirkt habe, und nicht nur wegen seiner Häßlichkeit, sondern aus irgendeinem unerklärlichen anderen Grund, so als treffe man auf etwas, was man zerstören müsse.

Tadsch-el-Muluk allerdings scheint gar nicht aufhören zu können mit dem Schmusen, und der Rex schaut fasziniert zu. Die eigenartige Person lehnt sich gegen den Kopf des Tiers und läßt sich von ihm hin- und herschieben, lacht, krault Tadsch zwischen den Ohren und haucht über die kupfernen Nüstern, was sonst nur Federico tun darf. Dabei stößt sie heiser-weiche Laute aus. Dann sagt sie mit einer Stimme, die wie eingerostet klingt: „Weiter darf er nicht mit. Das ist nichts für seine Beine." Worauf sie sich umdreht und im Nebel verschwindet.

Die Begleiter sind in heller Aufregung. Eine Spionin, das ist sicher, denn sie weiß, wohin sie reisen wollen, eine Meuchelmörderin vielleicht, habt ihr nicht die Tasche mit dem Dolch gesehen? Wir müssen sie fangen!

Aber der Rex ruft die anderen energisch zurück. Zunächst sei bei diesem Nebel ohnehin niemand zu fangen. Ob sie sich etwa über ganz Trento zerstreuen wollten, um eine verdächtige Person zu suchen, und ihn seelenruhig allein lassen wollten? Eine feine Wache in der Tat.

Sie schweigen beschämt, und er fährt fort: Zudem sei diese Frau offenbar harmlos. Hätten sie das nicht aus dem Verhalten von Tadsch als ihrem delphischen Orakel ablesen können? Vielleicht sei sie eine Bäuerin oder Hirtin der Gegend, die etwas von Pferden verstehe und einen guten Rat geben wolle. Außerdem habe sie recht. Die Füße des Tiers brauchen Schonung. Er habe nicht vor, noch an diesem Tag weiterzureisen.

Wo man denn bleiben wolle? fragt Justingen zaghaft, und Federico antwortet spöttisch: „Reisende pflegen in Gasthöfen abzusteigen, Signore Prencipe."

Der Gasthof ist bald gefunden, die Pferde sind versorgt, Riccardo hat für seinen Herrn sogar in einem Holzzuber ein Bad richten lassen, und man hat Hunger. Justingen will die Wirtsstube räumen lassen, aber der König weist ihn darauf hin, daß man auf diese Weise das zu vermeidende Aufsehen geradezu selbstmörderisch heraufbeschwöre. „Dir, Anselmo, scheint es Mühe zu bereiten, unter einfachem Volk zu sitzen. Mir nicht. Ich bin's seit meiner Jugend gewohnt."

In der Gaststube gibt es drei, vier Gäste, von denen mit Sicherheit wenigstens einer ottonischer Spitzel ist. Riccardo berührt seinen Herrn am Arm. „Da, Fedrí!"

Die Männer erstarren. An einem einzelnen Tisch sitzt breitbeinig in ihren Hosen bei einem Becher Wein die Person von vorhin, Mantelsack und Waffe neben sich, am Gürtel die Tasche mit dem quergesteckten Dolch. Sie hat die Reisekappe abgenommen und neben sich auf den Tisch gelegt.

Fassungslos blickt das Gefolge Federicos auf ihr wild gekraustes, zu unordentlichen Zöpfen gebundenes Haar, das in einem Feuer flammt, gegen das das Gold des Puer Apuliae zu Mondsilber verblaßt: das reinste Hexenhaar. Berardo schlägt das Kreuz, die Sizilier machen das Zeichen gegen den bösen Blick und fassen nach den Amuletten unter ihrem Hemd. Der kleine Mateo, von einem kalten Hauch wie Tod angeweht, greift sich an sein Geschlecht, wie man es in dieser Gegend tut, wenn man einem Leichenzug begegnet: Ich lebe!

Der junge König steht einen Augenblick zögernd, einen Ausdruck von Zerstreutheit im Gesicht. Dann bemerkt er halblaut zu den anderen: „Benehmt euch. Setzt euch dahinten hin und eßt und trinkt, dazu seid ihr hergekommen." Er selbst geht ohne weiteres auf den Tisch der Frau zu, setzt sich auf den anderen Schemel und sagt ruhig: „Ich bin Friedrich."

„Ich weiß", erwidert die Frau mit ihrer krächzenden Stimme. „Ich bin Truda, die Führerin."

„Wenn du für den Welfen arbeitest, werden dich meine Freunde sofort niederstechen." Sie schüttelt den Kopf. „Du sagst, du bist eine Führerin. Heißt das, du bist eine Guida alpina und kannst uns über die Schneeberge bringen, ohne daß wir in die Hände unserer Feinde fallen?" Kopfnicken. „Ich habe es gewußt. Wenn du in meine Dienste trittst, habe ich nichts, dich zu entlohnen. Willst du Tadsch-el-Muluk?"

„Tadsch-el-Muluk ist das Pferd des Kaisers. Wenn ihr über den Paß seid, werde ich es nach dem Süden bringen mit den Botschaften, die du mir mitgibst. Ich bin eine Botin."

„Was also forderst du?"

„Das sage ich dem Notaro."

„Du kennst uns gut, wie?"

„Ja. Ich kenne euch.“

Federico erhebt sich. „Komm in den Stall. Ich muß sehen, ob ich dir so vertrauen kann, wie ich fühle.“

Als sie aus der Tür sind, haucht Riccardo entgeistert: „Allah bewahre uns! Geht er, um dieser Ghula beizuwohnen?“

Aber da hört er die Befehlsstimme seines Sultans: „Ridwân, komm mit uns!“ Es scheint sich um andere Dinge zu handeln da draußen.

Im Stall wird er angehalten, Krone der Könige am Halfter vorzuführen, aber der Hengst ist dermaßen verliebt in die Rothaarige, daß er sich nur von der Stelle rührt, wenn die vor ihm her geht. Ständig macht er sich groß, wölbt den starken Nacken, trägt den Schweif fahnengleich, wiehert herausfordernd. Er war noch nie so schön.

Truda schwingt sich wie ein Mann auf den ungesattelten Pferderücken, lernt im Nu die arabischen Kommandos und Koseworte und raunt sie heiser und gebrochen ins Ohr des Tiers. Sie bringt den großen Körper sogar dazu, in dem engen Stallgang zu wenden.

Federico lehnt an der Tür, kaut an einem Heuhalm und bemerkt lakonisch: „Ich sehe schon, es geht. Eigentlich müßte ich eifersüchtig werden.“

Die Frau springt ab. „Es ist das Pferd des Kaisers“, sagt sie noch einmal.

„Er kennt weder Sporn noch Peitsche.“

„Unser Joch sei sanft und unsere Bürde leicht.“

„Ich sehe, du bist der Heiligen Schrift kundig. Kannst du etwa auch lesen und schreiben?“ Kopfnicken. „Und andere Künste?“ Kopfnikken.

„Ja, die Hexerei!“ ruft Riccardo, heftiger, als das sonst seine Art ist – es gelingt ihm kaum, das Pferd in den Stand zurückzubringen. „Sie hat Tadsch behext, Herr!“ Er spricht arabisch.

Trotzdem schüttelt Truda den Kopf. „Ich kann nicht hexen.“

Federico lacht. „Mir scheint, es ist auch unnötig.“

Als sie in die Gaststube zurückkommen, sitzen die anderen noch immer wie versteinert, ohne das Geringste an Speisen und Getränk bestellt zu haben. Der König schiebt die Frau vor sich her an den Tisch und sagt eindringlich: „Das ist Truda, und sie wird uns über die Schneeberge bringen. Ich befehle, ihren Weisungen zu folgen.“

Schweigen. Dann sagt der junge Mateo leise: „Herr, zürne uns nicht. Wir fürchten uns vor dieser Frau, und wie sie aussieht. Ist sie denn ein Mensch?“

„Wenn man wegen roter Haare zu den Nichtmenschen gezählt wird“, erwidert Federico ironisch, „müßten die Staufer ein Geschlecht von Geisterfürsten sein.“

„Aber ...“

„Dummkopf. Ist das eine Geisterhand?“ Er hebt die Hand der Frau am Gelenk hoch, sie ist braun, zerschunden, die Nägel sind schmutzig und zersplittert, und sie ähnelt dabei auf eine schon wieder unheimliche Weise der gepflegten Hand Federicos – nur die Narben der Falkenkrallen und -schnäbel fehlen. Auch die Augen unbestimmbarer Farbe oder vielleicht die Art des Schauens ist der des Rex ähnlich.

Landolfo wischt sich mit der Hand übers Gesicht. Dann sagt Justingen: „Sicher findet sich in diesem Ort noch ein anderer Führer.“

„Das mag sein“, gibt Federico zurück. „Sucht ihn, wenn ihr ihn wollt. Ich jedenfalls werde mit dieser Frau hier, Truda, über die Berge gehen, ob ihr mitkommt oder nicht. Wir können uns ja später alle in Germanien wiedersehen.“

Damit sind sie matt gesetzt. Was sollen sie tun, als ihm folgen? Ihr Rex setzt die Person ohne Umstände zu ihnen an den Tisch, schnippt mit den Fingern den Wirt herbei und bestellt Wein, Milch, Käse, Fleisch – Landolfo überschlägt geschlossenen Auges die Zeche und seufzt. Sie fügen sich ins Unvermeidliche. Berardo unternimmt noch einen Vorstoß und bittet seinen Schützling um die Erlaubnis, Truda zu befragen. Federico zuckt die Achseln, bitte, wenn er meine ...

Die Frau besteht die Prüfung anstandslos. Sie ist nicht nur in der Lage, das Kreuz zu schlagen und ein Paternoster zu sprechen, was Dämonen bekanntlich nicht können, sondern gibt auch bündig Auskunft über Befindlichkeit, Woher und Wohin.

Aber als der Bischof sagt: „Weißt du nicht, meine Tochter, daß es eine sündige Überhebung ist, sich als Weib Männerkleidung anzuziehen und männliches Wesen anzumaßen?“, schreit ihn sein Federico das erste und einzige Mal in seinem Leben an: „Weißt du nicht, Monsignore, daß es eine noch größere Überhebung ist, die Menschen nach dem Aussehen zu verurteilen? Und nun Schluß mit dem Unsinn, ich verbiete es!“ Und zum Notaro: „Sprich mit ihr über die Sache selbst.“

Die Frau hat bei dem Verhör keine Miene verzogen.

Was nun folgt, zerstreut zumindest das Mißtrauen Landolfos sofort. Geldgier ist eine durchaus menschliche Eigenschaft, weiß er, und der Preis, den die Frau fordert, legitimiert sie somit als Mitglied der menschlichen Gesellschaft. Was soll eine Dämonin mit soviel Geld anfangen? Natürlich haben sie's nicht. Aber Truda genügt das Wort des Kindes von Apulien, wenn er mit Gottes Hilfe zu Geld kommen werde, ihrer zu gedenken. (Woher kennt sie unsere Briefe? denkt der Notaro mit einem letzten Anflug von Argwohn.) Sie führt aus, die beste Sicherheit für das Gelingen des Unternehmens sei, daß sie ihr Honorar erst bei Erfolg verlange. Was Tadsch-el-Muluk angehe, so verspreche sie noch einmal, ihn nach ihrer Rückkehr auf diese Seite der Alpen unverzüglich in den Süden zu bringen. Wie sie überhaupt ihre Dienste dem Kaiser zur Verfügung stelle.

Dann entwickelt sie ihren Plan. Je länger sie spricht, desto mehr verliert sich das Krächzen aus ihrer Stimme, als sei es von einem sehr langen Schweigen hergekommen, und zurück bleibt nur eine angenehme Heiserkeit, ein knabenhaftes, sprödes Timbre. Man hört sie gern reden, es erwärmt, und man vergißt darüber ihr Aussehen. Zudem hört sich vertrauenerweckend an, was sie sagt. Laut genug für alle Ohren, so meint sie, hätten die Herren auf dem Marktplatz erwogen, daß sie nach Bolzano weiterreisen wollten. Der welfische Spion, der diese Nachricht zu überbringen habe, sei schon unterwegs. Ihr, Trudas, Vorhaben sei nun, morgen früh allerdings in Richtung Brennerpaß aufzubrechen. Aber noch vor Bolzano werde sie mit der Truppe auf einen Hirtenpfad abschwenken und sie zu einem anderen Übergang führen.

„Es gibt keinen anderen Übergang", sagt Konrad von Ursberg, dem die Sache noch immer verdächtig vorkommt.

„Es gibt ihn", erwidert die Frau ruhig, „und wir werden ihn nehmen."

„Aber warum brechen wir nicht noch heute auf?" fragt Justingen. „Morgen haben die Welfischen vielleicht schon gemerkt, was wir vorhaben, und setzen uns nach."

Truda schüttelt den Kopf. Das sei nicht möglich. Der Herzog von Meran habe seine Fänger erst jenseits des Brenners postiert. Die Nachricht von ihrer anderen Reiseroute würde dort viel zu spät ankommen. Auch sei der Paß, den sie zu gehen vorhätten, wenigen bekannt.

„Was für ein Paß ist das?" fragt Ursberg, und die Frau antwortet: „Hirtenpfade."

Den Rest des Tages nutzt sie, indem sie die Herren in die Vorbereitungen einbezieht. Da sind Träger und Saumtiere zu mieten, da ist eine umständliche Ausrüstung zusammenzustellen, die von der Kleidung der Expedition (Schuhe, Felle und wollenes Gestrick) bis zu Lebensmitteln und einem Vorrat an Hanfseilen und Kuhhäuten reicht, auch kleine Zelte gehören dazu.

Je länger die Männer durch den immer noch von Nebelschwaden durchwallten Ort streifen auf der Suche nach dem und jenem, desto mehr wächst ihr Zutrauen zu der Guida alpina Truda. Sie scheint in Trento wohlbekannt zu sein, und die Selbstverständlichkeit, mit der man hinnimmt, daß man zu einem Übergang mit Truda rüstet, gibt Federicos Gefolge ein beruhigendes Gefühl. Bald begreifen sie den Schrecken und Widerwillen nicht mehr, die sie beim ersten Anblick der Frau empfunden haben. Sie ist keine Schönheit, sie trägt Männerhosen und hat rotes Haar, aber sie scheint vertrauenswürdig zu sein.

Der Aufbruch in der Morgenfrühe versetzt sie in einen neuen Schock. Der Nebel hat sich verzogen, und zum erstenmal zeigt sich ihnen, was sie erwartet: Schneeberge hinter Schneebergen, Geröllhänge, nackter Fels gleich hinterm Tal, eine schweigende Welt. Die Sizilier sind so bedrückt, daß sie nicht reden, und das will bei ihnen was heißen. Die Tedeschi fühlen sich ihnen endlich einmal überlegen und machen Scherze. Der großgewachsene Ursberg weiß auf dem Saumtier nicht, wohin mit seinen langen Beinen, und er und Justingen geraten darüber so ins Lachen, daß schließlich auch die Südländer angesteckt werden. Nur Trudas Gesicht bleibt unbewegt, überhaupt scheint sie keinerlei Sinn für Humor zu haben, man hat sie bisher noch nie lachen gesehen.

Unbeteiligt an der etwas gezwungenen Lustigkeit seiner Mannschaft, kümmert sich Federico noch einmal um Tadsch-el-Muluks Unterkunft während seiner nördlichen Abenteuer, tritt dann zu den Seinen; mit einem weiten Rundumblick nimmt er die schneeigen Riesen im Kreis auf. Truda streckt er die Hand hin, und sie drückt sie, ohne sich um eine Verbeugung oder einen Kniefall zu bemühen. Wie sie da neben dem jungen König steht, begreift keiner, wie er in dies bleiche knochige Gesicht unter der Bundkappe eine Ähnlichkeit mit dem bräunlichen David hat hineinsehen können.

„Das Kind von Apulien befehle, daß sich die Mitreisenden während unseres Ritts ins Gebirge still verhalten. Wir wollen die schlafenden Feinde nicht mutwillig aufstören. Auch soll man mir stets die Position an der Spitze überlassen, bei Wegbiegungen warten, bis ich ein Zeichen gebe, und nicht leichtfertig vom Pfad abweichen."

„Ihr habt gehört, was Truda sagt", bemerkt Federico – es wird auf dieser Fahrt eine stehende Redewendung werden.

Auf ein Handzeichen der Führerin setzt sich der Zug in Bewegung. Sie reiten zunächst auf der Straße nach Bolzano weiter. Hinter Mezzolombardo lenkt Truda ihr Tier zum Ufer des wild dahinrasenden Adige hinunter und treibt es ins Wasser, wobei sie wieder mit Handaufheben zum Warten auffordert. Sie beugt sich über den Hals des Reittiers, um nach der verborgenen Furt zu suchen, reitet Schritt für Schritt bis über die tiefste Stelle hinweg, wendet und winkt den anderen.

Federico vornweg, passiert Reiter um Reiter vorsichtig den weißschäumenden Fluß. In der Mitte, wo Truda wartet, bis der letzte vorbei ist, umspült das Wasser die Bäuche der Tiere. Dann setzt sie sich wieder an die Spitze des Trupps und schlägt eine unerwartet rasche Gangart an. Der schweigende Reiterzug verschwindet zwischen hohen Tannen in Richtung Sonnenuntergang.

Das Tal heißt Val del Sole, aber von der Sonne bemerken sie wenig. Unter den hohen Bäumen herrscht Halbdunkel, wieder begleitet sie ein Fluß mit seinem Krawall, er strömt mit solcher Gewalt über Steine und Klippen dahin, daß die Luft von feinen Tropfen durchsetzt ist. Riesige Farne breiten ihre Rippenblätter im Schatten, Schlangen züngeln im dunklen Grund. Federico, der alles voller Wißbegier betrachtet, kann nicht umhin, zu schauern und mit den Zähnen zu klappern; es wird immer kälter und nässer.

An einer leidlich trockenen Stelle bestimmt Truda eine Rast, untersagt aber, ein Feuer zu machen. Von dem bißchen kalten Speck und Brot wird auch niemandem wohler.

Der König kann seine Augen nicht von dem langen toledanischen Stoßdegen abwenden, den die Frau an der Satteltasche befestigt hat. Eine solche Waffe sah er noch nie. Er fragt sie, wie man damit umgehe, und sie sagt kurz: „Man ficht gleichzeitig mit Dolch und Degen."

Sein Begehren, es ihm beizubringen, schlägt sie zunächst ab, aber als sie sieht, wie sehr er friert, wirft sie einen Blick rundum und meint, es ginge wohl, der Fluß sei laut genug und der Platz ohne Einsicht. Sie überreicht ihm die neue Waffe, nachdem sie sich einen Stock gleicher Länge geschnitten hat, zeigt ihm die Handhabung. Dann nehmen beide ihre Dolche in die linke Hand dazu. Nachdem sie ein paar Paraden geübt haben, schlägt er einen Waffengang vor, und sie ist einverstanden.

Die Begleiter scharen sich angeregt im Kreis um die beiden. Das gibt ein Spektakel. Des Rex schnelle Klinge, seine Sprünge und Finten sind berühmt.

„Gib mir auch so einen Stock, ich werde dich sonst verletzen."

„Du wirst mich nicht verletzen. Achte vor allem auf die Linke."

Die Sizilier lächeln verächtlich. Der muß noch geboren werden, der ihrem Ruggiero im Fechten etwas beibringt. Ausgerechnet dies Weib!

Federico geht nach seiner Art sofort zum Angriff über, aber er kommt nicht zum Zuge. Immer wieder stoppt der Dolch von links seine heftigen Attacken, klirrt das Metall des Degens gegen die kleine Klinge der Frau. Die Freunde murmeln, und das Gesicht des Rex rötet sich, er beginnt wütend zu werden – und warm. Vor allem ärgert ihn, daß die Frau nicht aus der Reserve zu locken ist. Sie bewegt sich immer nur kurz, steht meist nur abwartend mit wachen Augen da und pariert seine Stöße, immer wieder mahnend: „Die Linke, Herr, die Linke!"

Federicos Degenspitze scheint sich zu vervielfachen, schon splittert das Holz des Stocks, schon versucht er eine der nachstoßenden Dolchbewegungen, der die Frau durch eine geschmeidige Drehung der Hüften ausweicht.

Die anderen stehen atemlos am Rande. Auf einmal ist es für sie kein Spiel mehr. Sie haben vergessen, daß diese Frau ihre Bergführerin ist. Sie erscheint ihnen wieder als das abscheuliche Wesen von gestern, und sie glühen vor Haß und Verachtung, sie wünschen nichts so sehr, als daß ihr König die da durchbohrt und umbringt, daß sich dieser hagere Weibskörper, die Hände auf die tödliche Wunde gepreßt, am Boden wälzt vor ihren Augen.

Statt dessen bindet die Frau Federicos Klinge mit ihrem Dolch, schleudert ihm mit einer raschen Attacke des Stocks den seinen aus der Hand, läßt die Arme sinken und sagt gleichmütig: „Jetzt wärest du tot, König Friedrich."

Der Jüngling ringt nach Luft. „Das ist wunderbar", sagt er beeindruckt und ohne jedes Beleidigtsein. „Man kann sich mit diesen beiden Waffen gleichsam mit einem unsichtbaren Harnisch umgeben, den niemand zu durchdringen vermag. Du mußt es mich ganz lehren, Truda."

„Vor allem muß ich dich über das Stilfser Joch bringen", entgegnet sie und nimmt ihre lange Klinge wieder entgegen. „Wir brechen auf."

So, nun wissen wir, wo wir hingehen, wenn sich die Südländer auch gar nichts darunter vorstellen können und die Deutschen nur sehr wenig. Ursberg hat einmal gehört, daß die höchste Paßstraße der Alpen, die in der Römerzeit viel benutzt wurde, über das Stilfser Joch geführt haben soll, daß sie aber schon lange nur noch von ansässigen Bauern und Jägern benutzt werde. Sie sei hochgefährlich durch Gewitter, Lawinen, Steinrutsche. Das also sind die Hirtenpfade.

Übrigens, nachdem das Gefecht vorbei ist und der König die Frau freundlich angesprochen hat, ist ihre hassende Erregung verraucht, wie sie gekommen ist; sie lächeln, schämen sich ein bißchen, obwohl sie nicht einmal wissen, worüber – irgend etwas Unwägbares war da –, gehen brav zu ihren Reittieren zurück.

Das Tal weitet sich, die Tannen weichen, Ponte di Legno mit viereckigem, fast sizilisch anmutendem Glockenturm liegt freundlich inmitten von Wiesen. Der Monte Vioz hebt seine weiße Mütze in den blauen Himmel, die Vögel zwitschern, es gibt eine Atempause.

Die Abgesandten sehen mit Verwunderung, daß der erwählte König der Deutschen und Kaiser der Römer vergnügt beim Abladen und Absatteln zupackt, aus der Hand ein Stück Brot ißt, sich halbkrank lacht über die Wanzen in der schäbigen Herberge, und bei der Entlohnung der Treiber feilscht wie ein Fischhändler der Vucciria. Wäre der dritte der Aquino-Brüder, Rainaldo, da, so könnte der ihnen sagen, daß König Friedrich bei steigender Höhenlage und den damit wachsenden Schwierigkeiten Stück für Stück die Eigenschaften des Ragazzo aus der Uferstraße zurückerwirbt, der mit ganz anderen Sachen fertig werden mußte.

Der Weg durch die Kälte

In Serpentinen windet sich der Weg steil bergan, oft kaum kenntlich, durch Erdrutsche verschüttet, von Felsbrocken überwuchtet, eine Geröllstraße, auf der man alle Augenblicke absitzen und das Maultier am Zügel führen muß. Die Sonne glüht. Die Luft wird dünner,

Berardo ringt oft mit keuchender Brust nach Atem. Die Sizilier bekommen immer wieder Nasenbluten, besonders Ridwân, und der junge Mateo klagt ständig über Kopfschmerzen.

Die weichen ledernen Bundschuhe der Herren wurden gegen dicksohlige Stiefel vertauscht, deren Schaft und Blatt aus Fellen bestehen und die man sich ums Bein schnüren muß.

In Vallenaja hat die Guida alpina an alle hohe Stäbe mit eiserner Spitze verteilt, halb Waffe, halb Hirtenstab. Diese Bergstöcke nützen ihnen sehr. Außerdem tragen die Männer runde Strickmützen, Pelzkappen oder Filzhüte, die abzusetzen Truda auch bei glühender Hitze verbietet. („Ihr habt gehört, was Truda sagt . . .") Zweimal am Tag wird eine stinkende Talgsalbe ausgegeben, mit der sie sich gehorsam jedes Stückchen freie Haut einreiben, nachdem Landolfo die ersten Stunden darauf verzichtete und sein Gesicht nun aussieht wie mit kochendem Wasser übergossen.

Auch von den klaren Gletscherbächen, Quellen und Rinnsalen am Weg zu trinken, hat die Bergführerin verboten. Nur die Tiere dürfen's. Die Menschen bekommen eine schale, leicht bittere Brühe, die Truda am Abend vorher am Lagerfeuer mit verschiedenen Kräutern aus ihrer Gürteltasche abgekocht hat und die dann in Lederschläuche gefüllt wird. Das Getränk ist äußerst unbeliebt, aber es stillt den Durst vorzüglich, und da Federico davon trinkt, tun es die anderen auch. So bekommen sie weder Fieber noch Durchfälle und fühlen sich nach Einnahme des Tranks immer eine Weile friedlich, sorgenlos, so daß sie jähe Felsstürze genausowenig erschüttern wie das furchtbare Soldajoch zur Rechten. Wer weiß, was die Hexe da hineinmischt! Sie können darüber nur noch grinsen, sie sind sowieso in ihrer Hand.

Die eiskalten Nächte verbringen sie in den Zelten, meist zu zweit in einer mit Pelzen vollgestopften Kuhhaut, nur Federico ist allein zwischen den schmalen Stoffwänden in vielen Schichten von Fell und Gestricktem und einem Schafwollsack. Truda schläft unter freiem Himmel bei den Hirten-Treibern.

Jeden Abend gibt es wieder einen Moment seltsamer Beunruhigung für die Männer des Königs. Das ist, wenn Truda hinter die Zelte geht, um, wie sie wissen, ihr Haar zu kämmen. Dann erfaßt sie Unmut und Zorn gegen sie, die sie in dies unsichere Unternehmen gestürzt hat, wie sie dann meinen, und besonders der Bischof kämpft manchmal vergebens gegen die genüßliche Regung, sie zur Kirchenbuße kahlgeschoren zu sehen. Wenn sie wieder auftaucht, das Haar unter der Kappe, sind Wut und Haß verweht, und sie begreifen sich selbst nicht.

Alles in allem, es ist nicht gerade eine Lustfahrt, aber dann wird ihnen vollends vor Augen geführt, wie sehr sie bei diesem Unternehmen auf Gottes Barmherzigkeit angewiesen sind.

Der Tag ist von früh an sehr heiß, die Luft ungemein klar, und Truda wirft beunruhigte Blicke auf den Himmel und unterhält sich mit den Hirten in deren gurgelnder Mundart. Dann wendet sie sich an den König. „Diese Männer sagen es auch: Es wird ein Gewitter geben. Das Kind von Apulien befehle den Seinen, so schnell zu gehen, wie sie es vermögen. Da vorn gibt es eine überhängende Felswand, fast eine Höhle am Weg, die uns vor dem Schlimmsten schützt."

Obwohl sie gehorsam eine schnellere Gangart anschlagen, glaubt keiner an die Prophezeiung. Nichts deutet darauf hin, daß aus dieser friedlichen Stille ein Unwetter hervorzücken könne.

Nach einer Stunde ist der Himmel über der Tabaretta fast schwarz. Die Männer treiben ihre Saumtiere unbarmherzig vorwärts, aber es ist zu spät. Noch vor der Zuflucht bricht mit einem fürchterlichen Donnerschlag die Hölle los. Wände von Regen verhüllen augenblicklich jede Sicht und machen die Reisenden blind, die Tiere bleiben stehen, steigen und schreien angstvoll, man muß absitzen und sie ihrem Schicksal überlassen.

Die Bergführerin und die Treiber greifen nach den Händen der Herren, man darf sich nicht loslassen, muß aneinanderhängen, um sich nicht zu verlieren. Unterm Geknall des vom Echo vervielfachten Donners, im schwefligen Geruch der rechts und links neben ihnen niederzuckenden Blitze tappen sie dahin, erreichen stolpernd und keuchend endlich den keine Speerwurfweite entfernten Felsüberhang.

Naß bis auf die Knochen, hocken sie sich auf Geheiß der Frau nebeneinander, nicht zu dicht am Fels, zitternde Leiber und wassertriefende Sachen, während draußen das Inferno tobt. Wild brandet der Donner hin und her, im entfesselten Sturm scheinen Stimmen zu schreien, zwischen den Blitzen wallt Nebel wie Gestalten. Mateo verbirgt sein Gesicht in den Armen. Dann plötzlich beginnt es zu prasseln, als werfe man Erbsen auf ein Blech. Nußgroße Hagelkörner stürzen dampfend herab, eisige Kälte weht mit ihnen herein. Die Sizilier klappern mit den Zähnen.

Federico, gleichfalls bebend und schaudernd, hat doch den Kopf gereckt und schaut mit großen Augen in den Krawall der entfesselten Mächte. Truda hockt neben ihm. „Wage es nicht hinauszugehen", warnt sie leise; sie scheint Gedanken lesen zu können.

Er lächelt und schnattert vor Kälte. „Warum nicht? Ich bin doch schon naß."

„Es würde dich erschlagen", sagt sie bestimmt. „Prüfe nicht nach!"

Statt einer Antwort erhebt er sich und tritt an den Rand des Felsdachs. Die anderen schreien auf. Ein pfirsichfarbener Blitz saust vor seinen Füßen zu Boden, einen Augenblick steht Federico, von winzigen Flammen umzuckt, wie verklärt, dann reißt ihn Truda zurück und drückt ihn zu Boden.

„Du hattest recht", bestätigt er. „Es will mich erschlagen."

Ihr Gesicht ist dicht vor dem seinen, sie flüstert: „König und Kaiser, alle hier wagen ihr Leben für dich. Da gibt es kein Spielen und Gottversuchen."

„Was willst du?"

„Miß deine Kräfte nicht mit denen da draußen, Menschensohn. Andere Götter warten auf dich."

Berardo hört es wohl, aber er vergißt es über dem Schrecken der Stunde.

Die Zeit dehnt sich endlos, bis das Toben des Unwetters nachläßt, wenn auch Hagel und Regen noch anhalten. Bergführerin und Treiber machen sich auf, die Tiere zu suchen, und lassen die durchnäßten Herren unter dem Fels zurück. Die Lasten der Säumer sind lebenswichtig, sie tragen Feuerholz, Nahrung, Kleidung, Zelte. Truda kommt erst zurück, als es dämmert. Zwei der Pferde sind verloren, das eine vom Blitz getroffen, das Packtier mit den Zelten abgestürzt, nur das kleine Königszelt ist noch da, es war bei dem anderen Gepäck.

Sie drängt zum Aufbruch. Bei diesem Sturm lasse sich nirgendwo draußen ein Feuer anzünden, aber eine Wegstunde weiter sei eine verlassene Almhütte, in der man die Nacht überstehen könne. Der Wind werde sie zwar noch weiter durchkälten, aber er habe den Vorteil, den Nebel zu verjagen, und da der Mond scheine, mache sie sich anheischig, ihre Schutzbefohlenen heil hinzubringen. Die Säumer würden nachkommen; wegen der Enge des Pfades sei ohnehin nicht an Reiten zu denken.

Sie hat die Bergstöcke und die Seile mitgebracht und beginnt nun, die hochgeborenen Herren aneinanderzuknüpfen wie eine Partie Hühner, die zum Markt gebracht werden soll.

Landolfo protestiert. Warum sie nun diese erneute Beschwer auf sich nehmen müßten? Könnte man nicht die Nacht hier abwarten, wo es zumindest trocken sei und man sich keinen neuen Unbilden der Natur aussetze?

Aber Truda schüttelt aufs energischste den Kopf. Der Wind schlage um, in kurzer Zeit werde er direkt unters Felsdach fahren, und es kühle noch weiter ab. „Am nächsten Morgen würdet ihr erfroren sein, Herren."

Es hört sich ernst an, zumindest lassen sich alle widerstandslos anseilen. Ursberg macht den Schluß.

Es wird entsetzlich. Nicht nur, daß sich der eisige Wind mit aller Gewalt auf sie stürzt. Die Hagelkörner bilden auf dem Gestein eine knöchelhohe, knirschende Eismasse, von Matsch und Wasser durchsetzt, die man mühsam durchwatet. Der Pfad, oft so schmal, daß zwei nicht nebeneinander gehn können, führt an Schuttabstürzen vorbei, macht steile Kurven.

Truda an der Spitze, eine Hand meist seitlich am Fels, den Stock mit der Eisenzwinge fest einstützend, ruft mit heiserer Stimme Anweisungen gegen den Sturm, wie: „Genau in meinen Fußstapfen!" oder: „Ganz rechts an die Felswand!" oder am häufigsten: „Nicht hinuntersehen!" Hinter ihr am Strick hängt die Blüte des Römischen Reichs, zitternd vor Kälte und Furcht, fluchend, betend, stöhnend und wimmernd, die noblen Deutschen und die feinen Amici Caesaris, der Erwählte dazwischen, nichts als ein paar elende, halberfrorene Wesen. Die Gleichheit aller auf diesem Teil der Reise, um die der päpstliche Legat aus anderen Gründen noch in Verona bewegt betete, ist nun auf eine höchst gründliche Weise hergestellt.

Wie sie die Hütte erreicht haben, können sie später nicht sagen. Ihrer abgestorbenen Glieder kaum mehr Herr, ein paar Bündel Heulen und Zähneklappern, taumeln sie durch die Tür in den Raum, der ihnen holder und wärmer als der Mutterschoß erscheint. Mateo fällt zu Boden und ist nicht mehr in der Lage aufzustehen, und durch die Macht des Stricks fallen die anderen auch gleich mit hin.

„Wer Handschuhe getragen hat, helfe mir, das Seil zu lösen", sagt Truda sachlich. Sie selbst streift ihre großen Fellfäustlinge ab und beginnt die Knoten zu lösen, aber da ihre Finger trotzdem noch zu starr sind, nimmt sie die Zähne zu Hilfe. Federico, Ursberg und die Brüder Aquino sind als erste in der Lage mitzumachen. Berardo keucht und ringt nach Luft, was ihm ein unwillig geknurrtes: „Führ dich nicht so auf, Monsignore!" von seinem König einträgt.

Eine freundliche Hirtenseele hat nicht nur eine Schütte Heu zurückgelassen, sondern auch eine Last trockenes Holz an der Feuerstelle gestapelt, und Truda beginnt mit steifen Fingern Feuer zu schlagen, wobei sie ihre Anweisungen erteilt: „Schuhe von den Füßen und die nassen Kleider vom Leib! Die Deutschen müssen doch wissen, was man tut, damit Hände und Füße nicht absterben – ja natürlich, mit Schnee und danach mit Heu abreiben. Zeigt den Siziliern, wie man's macht. Und kümmert euch um den Jungen!"

Ihr Ton ist barsch. Federico hat nicht nötig, sein: „Ihr habt gehört ..." anzubringen. Ursberg wagt sich vor die Tür und bringt eine Satte Eismatsch herein, und während das Feuer seinen ersten Atemzug tut, fluchen und stöhnen die Männer, in deren Arme und Beine nach der Eisbehandlung das Leben mit glühendem Schmerz zurückkehrt. Die Frau sammelt die Kleidungsstücke ein, um sie am Feuer aufzuhängen. Federico massiert abwechselnd Mateo und Riccardo mit dem Eis und flucht auf arabisch über die Lethargie der beiden. Er ist unermüdlich. Keiner der Truppe hat sich so schnell erholt, nicht einmal die Deutschen. Das nasse Haar klebt ihm um Hals und Schultern, nackt wie Adam, noch immer zitternd, fuhrwerkt er herum, ist bald da, bald dort, räsoniert mit Truda um die Wette, wenn die anderen zu langsam sind, hält sie an, sich zu bewegen, zerrt sie zum Feuer. „Großartige Valetti und Kämmerer hab ich! Eigentlich sollen sie mich bedienen, nicht ich sie!"

Auf einmal sagt der gequälte Page ein sizilisches Sprichwort, eins von der bösen Sorte, gemünzt auf die deutschen Besatzer im Land: „Un Tedesco romanato è'l diabolo incarnato." Ein romanisierter Deutscher ist der fleischgewordene Satan. Er sagt es eindeutig auf seinen Herrn bezogen, und dem bleibt der Mund offen. Einen Moment hört man nur das Feuer knistern. Dann hallt die Hütte wider vom schallenden Gelächter der Männer.

„Das Kind von Apulien sorge dafür, daß sich niemand, nackt, wie er ist, im Heu eingräbt oder ans Feuer setzt und einschläft." Das ist wieder Truda. „Er bestimme einen, auf das Trocknen der Kleider zu achten." Sie geht zur Tür und fährt in ihre großen Handschuhe. „Die Seile müssen aufgerollt werden. Wir brauchen sie noch."

„Aber wohin gehst du?" fragt der König erstaunt. Sie nimmt den Bergstock. „Den Hirten entgegen", erwidert sie kurz und ist draußen.

Die folgende Diskussion, ob sie wirklich ein Weib oder nicht vielleicht doch ein Dämon sei, belebt Berardo mit der Feststellung, daß eigentlich einer von ihnen in die Nacht hinaus gemußt hätte, und stößt dabei auf heftige Proteste. Schließlich sei sie die Guida alpina und trage die Verantwortung, so Justingen. Sehr schön, und wenn sie umkäme? „Dann können wir in diesem Schuppen zu Eiszapfen werden und in diesem Zustand in ein paar Wochen dem glücklichen Otto präsentiert werden", läßt sich der Rex vernehmen.

Da hören sie die Tritte der Maultiere und die Kommandos vor der Tür, und nun gibt es Decken, Pelze und Gestricktes, Kuhhäute zum Hineinkriechen, den Kessel überm Feuer für eine Suppe und aus einem verborgnen Fach von Trudas Satteltasche ein Gebräu aus Enzianwurzeln, das wie Höllenfeuer die Kehle hinabrinnt, aber, wenn das Brennen vergangen ist, eine wohlige Wärme durch den ganzen Leib verbreitet.

Übrigens zieht sich die Frau gemeinsam mit den Treibern die nassen Sachen aus, als sei sie allein in der Hütte, und zum Verwundern der Sizilier wendet sich ihr junger König, der sich sonst kein Quentchen Weiberfleisch entgehen läßt, ab und befiehlt ihnen, ein Gleiches zu tun.

Bevor die Suppe gar ist, schläft ein Großteil des erschöpften Trupps schon. Friedliche Stille zieht ein in die Hütte, von draußen hört man den Wind heulen und fernes Gedröhn.

„Was ist das?" fragt Federico leise.

„Lawinen weiter südlich, wo der Wind wärmer wird", erwidert die Frau. Sie hocken am Feuer und schlürfen ihre Suppe.

Er mustert sie von der Seite. „Du hast dich heute meines Vertrauens würdig erwiesen", sagt er lächelnd.

Sie sieht ihn voll an. „Auch du, König Friedrich, hast dich meines Vertrauens heute würdig erwiesen", entgegnet sie.

Federico ist zu müde, um über diese Bemerkung nachzudenken. Das letzte, was er vor dem Einschlafen sieht, ist das Haar der Frau, das mit dem Feuer verwandt ist, und dazwischen ihr weißes Gesicht.

Er erwacht, weil der Sturm aufgehört hat. Die Tür ist angelehnt, und so erhebt er sich und schlüpft hinaus. Gleißende Helle umfängt ihn. Die Hänge und Felsen glänzen wie mit Silber übergossen im Licht des flammendweißen Mondes, die Schneehäupter ringsum senden tödliche Kälte aus.

An der Hüttenwand, das Gesicht gegen Nordosten, lehnt Truda, keuchend, als käme sie von einem langen Lauf, die Augen geschlossen. Sie hat die Hände mit gespreizten Fingern neben sich an das

Holz gepreßt, wie jemand, den ein maßloses Entsetzen am Fleck festgenagelt hält.

Er tritt zu ihr. „Was siehst du, Guida alpina?"

Sie öffnet die Augen nicht. „Die Kinder", stößt sie hervor. „Die Kinder erfrieren."

„Was für Kinder, Truda?"

„Es sind Tausende. Sie kommen über den Brennerpaß gezogen, aus ganz Germanien. Sie wollen zum Heiligen Grab."

„Nach Jerusalem?"

„Nach Jerusalem, ja. Sie sterben. Die meisten sterben."

„Aber wer hat sie geschickt?"

„Es waren Stimmen in der Luft, heißt es, und da kamen auch welche und haben gepredigt. Sie verließen Haus und Stadt und die Arme der Mutter. Eigentlich müßte ich bei ihnen sein."

„Du kannst sie nicht aufhalten und zurückschicken."

„Nein, ich kann sie nicht aufhalten. O die Torheit! Die Sünde!"

„Alle Kreuzzüge sind Torheit. Aber warum nun die Kinder?"

„Sie sagen: Die Sünde der Welt ist so groß, daß nur noch ein unschuldiges Kind Heil erlangt. Weißt du das nicht, Kind von Apulien? Auch von dir erwarten sie Erlösung."

„Ich bin nicht unschuldig."

„Nein, aber du bist erwählt. Ich führe dich. Ach, wäre ich bei den Kindern!"

„Truda! Du kannst sie sehen, nicht wahr?"

Sie öffnet die Augen, blickt ihn nun an. „Ja, ich konnte sie sehen."

„Du kannst alles sehen, was du willst?"

Sie lächelt qualvoll. „Nein. Nur, was ich sehen muß."

„Und die Zukunft?"

„Keine Zukunft."

„Weit zurück?"

„Manches. Vieles nicht." Sie senkt den Kopf. „Ich bin hier, dir zu helfen, wenn es not tut. Erwarte nicht, daß ich dich wissend mache über meinen oder deinen Stamm."

„Ich will nur wissen, was ich sehe. Und ich sehe die Kinder nicht."

„Vielleicht kommen einige an."

Er lacht auf. „Ja, in die Sklaverei des Beis von Tunis. Welche tierische Dummheit, sie auszuschicken. Hat das Land zuviel junge Mannschaft, daß man es zur Ader lassen muß?"

„Sie sind unwissend und tappen in der Not ihrer Seelen und Leiber umher. Verscheuche die lügnerischen Stimmen in der Luft und auf Erden, o Herr."

Er berührt ihre Schulter, lächelnd. „Es ist nicht deines Amtes, mir zu predigen. Das tut schon Berardo. Du leidest sehr, wie du bist."

„Ach, die Kinder."

„Vielleicht könnte man später vom Sultan Gefangene auslösen."

„Die jetzt sterben, löst keiner aus. Uns wird nicht vergeben, was dort geschieht."

„Ich denke mir, daß ohnehin nichts vergeben wird, auch wenn mir Berardo jede Woche Absolution erteilt. Auch ich werde nicht vergeben. – Zeig mir jetzt unsern weiteren Pfad."

Sie löst sich von der Hütte, mühsam, geht mit ihm an den Rand der Alm, weist mit der Hand. „Noch fünf, sechs schlimme Tage."

„Schlimme Tage sind an ihrem Ende gute Tage, was willst du." Er blickt umher. „Gott hat seine große Stunde gehabt, als er das hier geschaffen hat, denke ich mir", sagt er vertraulich. „Allerdings, an die Menschen hat er dabei wohl weniger gedacht. Es ist mehr für ihn selbst da."

„Ich liebe diese Berge. Manchmal ist es sehr gut ohne die Menschen."

Der Mond wirft ihre Schatten auf den Boden. „Sieh mal", sagt er. Deutlich zeichnen sich am Schattenbild seines Kopfes zwei Hörner ab. „Federico diabolo, Mateo hat recht. Hab ich die auch in Wirklichkeit?"

„Dein Haar ist wirr vom Schlaf." Sie sieht ihn lächelnd an. „Gehörnter Satan. Federico cornuto." Ihr Blick bleibt auf dem silbernen Corno-Amulett haften, das ihm aus dem Hemd hängt.

„Ich hab auch das Kreuz dabei", erwidert er und tut beides zurück auf die Haut. „Komm hinein, mir wird schon wieder kalt." Für einen Moment legt er seine Hand um ihren Nacken. „Frau Schwester, ich denke, es ist gut, wenn wir beide annehmen, wir hätten dies hier geträumt."

„Du hast geträumt, Friedrich, ich schwöre es."

Sie gehen hinein. Truda legt am Feuer nach. Der König kriecht in seinen Schlafsack zwischen Riccardo und Justingen, die beide zuverlässig nicht schnarchen, das weiß er zu schätzen.

Wieder sieht er vorm Einschlafen das rote Haar, das weiße Gesicht.

Dann gibt es wieder Nebel und Übernachtungen im Freien, und Ridwân bekommt Erfrierungen an den Zehen, die ihn zu ständigen Ausfällen gegen den Imam der Christen Berardo veranlassen, als sei der schuld am Wetter.

„Ja, Eminentissime", nörgelt er, „wir sind nun eingetreten in jenes Reich, welches sie das Eisland nennen, ich bin jetzt ganz sicher, daß die Geographen irren, wenn sie behaupten, es liege weiter nördlich. Sieh diesen bleiernen Himmel, diese alles durchdringenden Dämpfe der Finsternis. So schildern die Alten das Land der Hyperboreer, kein Zweifel. Kommt nicht gleich danach das christliche Paradies?"

Berardo sagt gar nichts. Sein Gesicht ist grau und graupelig vor Kälte, er läßt den Herrn Kämmerer sticheln und umhüllt seine Füße mit einer zweiten Schicht von Fellen, damit es ihm nicht so ergehe wie dem. Er hat einen seiner schwachen Momente: Im Augenblick ist es ihm nicht möglich zu glauben, daß er so steinalt wird, wie er gern möchte.

Man ist beim Morgenaufbruch. Das königliche Zelt (als einziges, das noch vorhanden ist, aber mehr Platz wäre auch gar nicht auf dem winzigen Plateau) wird von einer feinen Reifschicht bedeckt. Aus dem Nebel erschallt gedämpftes Fluchen, Niesen, Husten. Die Herren des Gefolges sind bei der Morgentoilette, ernstlich gewarnt vor den Gefahren, denn, wie gesagt, das Plateau ist schmal, der Nebel dicht und die Schamhaftigkeit sollte nicht zu allzu weiten Ausflügen verführen, die könnten mit gebrochenem Genick enden.

Riccardo verschwindet mit einer Satte voll eisigen Wassers im Zelt – die anderen verzichten aufs Waschen lieber gänzlich und warten aufs Frühstück, das die Hirten überm Feuer zubereiten, eine Speise aus Käse und Eiern.

„Die Bergführerin meint, wir haben bald mehr Glück mit dem Wetter", erklärt Riccardo verzagt seinem Rex. Mit ihm ist der Nebel ins Zelt gedrungen. Durch die Wände erschallt das Raunzen der Männer, die Kehllaute der Gebirgler, das rauhe Gebell der Tedeschi, das weiche, singende Latein oder Volgare der Südländer. Dazwischen klappert das Eisenzeug der Guida alpina.

Sie blickt nicht auf, als Federico sich ihr nähert. Mit gekreuzten Beinen auf der kalten Erde hockend, ordnet sie die Schlaufen der Hanfseile, legt eiserne Haken bereit.

„Es sieht aus, als würden wir alle in die Tiefe stürzen", scherzt er über ihre Schulter hinweg mit den anderen.

„Das kann wohl sein", erwidert sie humorlos.

Auf diese Prognose hin legen die ersten Herren den Löffel aus der Hand. Sie fährt fort: „Das Kind von Apulien veranlasse die Begleiter, sich auf das Notwendigste zu beschränken: Von heut an über vier Tage werden wir keine Saumtiere haben; die Pfade sind zu schmal. Und allzuviel Pelzwerk am Leibe ist der Beweglichkeit hinderlich."

Jetzt ist auch noch dem Rest der Leute der Appetit vergangen. Federico, selbst noch in viele Felle verpuppt, lächelt und entledigt sich einer Hülle nach der anderen, bis sie abwinkt; er klappert auch schon wieder mit den Zähnen.

„Wir werden uns Bewegung machen", sagt sie mitleidlos.

„Und wie viele Träger kommen mit?" fragt Riccardo, der sich durchaus nicht von den warmen Sachen trennen will.

Sie hebt die Finger: drei, und wischt den Protest mit der Hand weg, und Federico amüsiert sich über die herrscherliche Geste. „Es wird getan, was Truda sagt", unterstreicht er. Dann taucht er seinen Löffel in die fadenziehende Eierspeise, von der außer ihm jetzt nur noch die Hirten essen.

Das Zelt bleibt beim Aufbruch einfach stehen. Truda schlägt ein schnelles Tempo an. Die Sonne lüftet den Nebelvorhang zu allgemeinem Entsetzen. Sie marschieren hinein in die stumme Wahnsinnswelt der Eisberge, die sich nun um sie zu schließen scheinen. Mit geblendeten Augen tappen sie in der Spur des Puer Apuliae dahin.

Gegen Mittag des dritten Tages bricht der Pfad ab. Auf den unschätzbaren Kuhhäuten rutschen sie eine Geröllschneise zu einem überhängenden Felsen hinab und sind viel zu erschöpft zu fragen, wie das weitergehen soll, als die Bergführerin eine Pause anordnet.

Nach einer Beratung mit den Hirten tritt sie zu den Herren. „Es gibt einen Umweg", sagt sie, kurz angebunden wie immer. „Er kostet zwei Tage. Hier war früher eine Leiter aus Stricken, aber entweder hat sie das Wetter zerstört, oder Mächte der Finsternis haben sie mutwillig abgerissen. Ich müßte mit dem Seil hinunter auf einen Felsvorsprung und nachsehen, ob ich die Leiter hochholen kann. Übrigens, es ist für alle gefährlich. Das Kind von Apulien entscheide, welchen Weg wir nehmen."

„Den schnellsten", entgegnet er ohne Zögern.

„In diesem Fall", fährt sie fort (sicher hat sie nichts anderes erwartet), „brauche ich in der Wand einen Gefährten, der mir hilft, falls die Leiter da ist. Es ist sehr eng da unten, und für einen wird es zu schwer. Die Träger müssen hier oben das Seilwerk tun. Derjenige, muß leicht sein." Sie läßt ihre Augen über die Gruppe schweifen. „Der Junge", sagt sie.

Mateos Lippen zittern. Er schlägt ein Kreuz, dann wirft er sich seinem König zu Füßen. „Warum ich, Herr? Ich habe Angst in diesen Bergen. Mir graust, mir schwindelt. Bestimme einen anderen."

Federico hebt ihn freundlich auf. „Herr Mateo", sagt er zuredend, „was soll das? Führt sich so ein Falkenier des Königs von Sizilien auf? Corraggio, fanciullo! Junge, wenn ich dir's jetzt erließe, du würdest es dir und mir nie verzeihen. Was soll denn werden? Sieh mal, du bist fünfzehn. Ich bin der Zweitjüngste und auch der Zweitleichteste. Wenn du nicht gehst, werde ich es wohl machen müssen."

Der Valetto läßt sich stumm an das Seil binden und geht mit Truda zum Absturz.

Das Wagnis erweist sich als nützlich. Die Leitern können hochgezogen und befestigt werden, und wie auf dem Fallreep eines Schiffs klettern die Reisenden Meter für Meter tiefer. Trudas Warnung „Nicht hinuntersehen!" ist unnötig, keiner wagt den Blick in die Tiefe.

Am Fuß der Leiter bekommt diesmal nicht nur Riccardo, sondern die gesamte sizilische Mannschaft Nasenbluten und wird vom König ausgelacht, der wieder einmal davonkommt. Nun ja, nicht jeder ist ein Adler der Gebirge und Tedesco romanato wie ich.

In Ermanglung eines Schwertes zieht der Rex bei der nächsten Rast einen Dolch, fordert Mateo zum Niederknien auf und ernennt ihn, dreimal seine Schultern mit der Klinge berührend, zum Cavaliere da Monreale, mit der Grafschaft Cosenza in Apulien als Erblehen. „Die müssen wir uns allerdings erst vom Papst zurückholen, Kardinal Cencio hat sie gepfändet." Dann die Frage an die Bergführerin: „Warum steigen wir eigentlich abwärts?"

Sie rollt ihre Seile auf. „Weil wir über den Paß sind", sagt sie beiläufig.

„Heißt das . . .?"

„Das heißt, wir steigen jetzt abwärts. Aber man denke nicht, daß es dadurch einfacher wird. Ab übermorgen vielleicht. Im Trafoital können wir Maultiere mieten."

Der Wind trägt ein dünnes Läuten über die vereisten Felsen. „Was ist das?"

„Santa Gertruda am Soldajoch, eine Einsiedelei."

„Santa Truda oder Santa Gertruda?" fragt Mateo schelmisch.

„Ich hieß schon Truda, bevor die Glocke gehängt wurde", sagt sie abweisend.

„Hoi, wie lange gibt's die Einsiedelei?" ruft Federico einem der Hirten zu, und der antwortet: „Noch nicht ganz hundert Jahre, Herr."

Die Männer lachen, und der König wirft der Führerin und Botin einen scharfen Blick zu.

Dann sagt Berardo: „Vielleicht sollten wir beten", und da begreifen sie erst, daß sie der schrecklichen Eiswelt entronnen sind, und danken dem Himmel mit Schall.

In Trafoi ist es noch ruhig. Sie können baden, essen, trinken und in Betten schlafen, und das Grün der Matten und Bergwälder ist ihren Augen wohlgefälliger als das Gold der Mosaiken in der Martorana. Es ist nun Mitte September. Morgens sind die Dächer bereift, und Federico fragt die Deutschen, ob es bei ihnen schon so früh Winter wird. „Majestät, wir haben einen Herbst so warm wie selten", erwidert Justingen verwirrt. Darauf beschließt der König, die Reisepelze auf keinen Fall zurückzulassen.

Sie gönnen sich einen ganzen Tag Rast. Am Abend trinken sie in der Schenke roten herben Wein und sehen Truda das erstemal lachen. Zu den Klängen von Milchlöffeln und einem urtümlichen Horn tanzt sie mit den Gebirglern einen Springtanz, Hengert geheißen, der das Haus erschüttert, und ihre roten Zöpfe fliegen.

Im Vorübergehen bemerkt sie beiläufig zum König: „Das Kind von Apulien bereite die Depeschen für Sizilien auf morgen früh vor."

So kommt es, daß Landolfo mit seinem Herrn eine schlaflose Nacht verbringen darf. Federico diktiert bis zur Morgenröte und ist gerade mit dem Siegeln fertig, als die Botin in der Tür steht. Schweigend verstaut sie die Briefschaften in ihren Gürteltaschen und die geheimen Nachrichten für die Königin und Francisius in einem Beutel, den sie unterm Hemd trägt. „Tadsch-el-Muluk wird bald zu Hause sein."

„Du kommst zu mir zurück?"

„Ich bin eine Botin. Wenn es Botschaften gibt, werde ich kommen. Auch steht mein Lohn noch aus."

„Das ist wahr", sagt Federico und seufzt. „Sobald Wir mit Gottes Hilfe zu Geld kommen . . . Hast du keine Furcht allein?"

„Da ich kein Kind von Apulien mehr zu behüten habe, nein. Außerdem ..." Sie lächelt und berührt den Griff des langen Stoßdegens, der neben ihrem linken Ohr aus dem Mantelsack aufragt.

„Richtig", erwidert der König lebhaft. „Wir haben gar keine Zeit mehr gehabt zu üben."

„Wir werden es nachholen. Noch werde ich öfter bei dir sein, Federico cornuto."

Er sieht nach Landolfo, der ist am Tisch eingeschlafen, dann wendet er sich wieder Truda zu. „Reise glücklich, Frau Schwester. Aller Schutz, den ich dir geben kann, ist das Versprechen, daß du, solange ich herrsche, weder brennen noch hängen sollst."

„Ratio und Justitia trage hinab in dies dunkle Land", sagt sie ernst. „Lange genug haben deine Vorfahren wie eisige Nordwinde in den Süden geweht. Nun streiche der sizilische Schirokko über die Berge." Dreht sich um, geht.

Beim morgendlichen Aufbruch bemerkt man ihr Fehlen erst, als nicht Truda, sondern der König das Zeichen gibt loszureiten. „Wo ist die Guida alpina?"

„Fort", entgegnet der trocken.

Keiner stellt eine weitere Frage.

Wir hatten uns an sie gewöhnt, aber nun, da sie fort ist, kommt es uns auf einmal unvorstellbar vor, daß so etwas möglich war. Sie war wie ein Stein im Schuh, ein immer vorhandenes Ärgernis. Jetzt erst atmet man wieder richtig. Äußerst zufrieden setzen alle die Reise fort.

Keine halbe Tagesfahrt weiter beginnt es dann. Schon in Taufers sammeln sie sich am Weg, Hirten und Bauern, Mädchen im Festschmuck, Silberpfeile im Haar. Sie winken mit grünen Zweigen, haben ein Benedictus auf den Lippen und knien nieder. Sie begehren, „daz chint von Pülle" zu sehen. „Welcher ist es? Zeige dich uns, Erlöser, der du der Not ein Ende machst!" rufen sie.

Er lacht und läßt sich von Girlanden und Sträußen bedecken.

In Münster heißt ihn eine Abordnung ritterlicher Herren der Grisonen und Rhäter willkommen und bittet um Erlaubnis, sich dem Zug anzuschließen. Federico fragt Justingen verwundert, was er ihm denn für ein Deutsch beigebracht habe, er verstehe ja kein Wort, und Anselm murmelt etwas von Regionalmundarten.

In Zernetz singen sie: „Unser chint chummet gestiegen!" und haben nun schon mehr Mühe, ihn herauszufinden, als die in Taufers, denn nun sind es bereits vierzig Mann. Um den Leuten das Erkennen zu erleichtern, nimmt der Puer Apuliae seine Kappe ab und schüttelt das Haar im Wind, und Männer wie Weiber starren andächtig auf den sonnenverbrannten südländischen Jüngling mit den fremdartigen Augen, der so freundlich lacht und beide Arme zum Gruß hebt.

Innozenz und seine Propaganda fide haben Großes geleistet. Auf dieser Seite der Schneeberge ist jeder Sprengel, jedes Kirchspiel informiert, wer der Gesalbte des Herrn zu sein hat und wer im Bann ist, und von jeder Kanzel sind die christlichen Schäfchen auf das Kommen des Kindes vorbereitet worden.

Der Boden, auf den dieser Same fiel, erweist sich als ungemein fruchtbar. Mit einer heiligen Wildheit, die mancherorts erschreckt, strömen die Menschen zusammen, den Erlöser, das gebenedeite Kind, zu sehen. Ihre Erschütterung, ihr Glauben umgeben das Haupt des Erwählten mit einer Gloriole, die selbst hartgesottene Realisten wie 'mas Aquin' oder Justingen verlegen macht. Auf einmal sagt keiner mehr Rex oder Ruggiero zu ihm. Sie nennen ihn Majestät und Erhabner, und er läßt es geschehen.

Die Frau mit dem kurzen Haar

In Chur begrüßt sie der Bischof, päpstlich präpariert, mit allen gebührenden Ehren und hat für den Konfrater Berardo einen Packen Briefe aus Rom vorliegen, die dieser sehr lässig behandelt.

Bei Tisch trägt Monsignore Arnold die Bitte einer tugendreichen Dame um königlichen Urteilsspruch und Schutz vor – sie biete der Majestät nebst Gefolge gleichzeitig Gastfreundschaft auf ihrem Besitztum an. Letzteres hat den sparsamen Bischof wahrscheinlich überhaupt veranlaßt, sich zum Fürsprecher in der Sache zu machen, denn die Unterbringung von vierzig Leuten, ein Drittel davon ausgehungert wie die Wölfe und ziemlich abgerissen, ist mit beträchtlichen Kosten verbunden.

Die Herren aus der Umgebung grinsen, da sie den Namen der tugendreichen Dame hören. Fräulein Alayta, die mit dem kurzen Haar?

Federico läßt sich die pikante Geschichte erzählen. Besagte Alayta, junge Herrin auf beachtlichem Besitz, ohne Verwandte, der Vater vor einem knappen Jahr verstorben, verliebte sich heftig in ihren Burgnachbarn, einen gewissen Vogt Heinrich Sax von Pfäffers, einen ehrenfesten und wackeren Mann von echtem Schrot und Korn. Dem machte sie nun zunächst zarte, dann immer deutlicher werdende Minneanträge, so daß der wackere Vogt sich zuletzt sehr entrüstete über so dreistes und unweibliches Benehmen, das die Rollen der Natur verkehre. Er beschloß, ein Exempel zu statuieren an der Zudringlichen, und stellte sich daher, als ginge er auf das verliebte Ansinnen der Dame ein, bestellte sie zu abendlichem Stelldichein auf seine Burg Pfäffers.

Während sich aber Alayta, der streunenden Katze gleich, zu seinem Haus schlich, fuhr der Vogt mit kleinem reisigem Trupp aus, verwüstete zwei nahe gelegene Weiler der Herrin, legte Feuer an ihre Kornfelder und trat dann vor die voller Ungeduld Wartende in seinem Eisengewand und sprach, wenn sie denn so brünstig sei, wie ein Mann zu werben, wolle er sie auch öffentlich als Nichtweib kenntlich machen. Ließ ihr von seinen Knechten die Haare abschneiden, und im übrigen ungeschoren, wurde sie von ihm vor die Tür gesetzt.

Die Dame aber, weit entfernt, durch diese Kur belehrt zu sein, ließ ihm am nächsten Tag durch Herolde ihren Handschuh überbringen, sagte ihm Kampf an und überzog als nächstes hinwieder seine Ländereien mit Brandschatzung und Raub und läuft seither kurzhaarig durch die Lande, schwörend, beim Kaiser ihr Recht zu erlangen.

Der junge König hört sich die Geschichte an, ohne sich dazu zu äußern. Ein solches Aufgebot von Leidenschaft wegen ein bißchen Fornicare scheint ihm verwunderlich und unnötig, den Grobian von Mann findet er tölpelhaft und die Furie von Frau lächerlich. Immerhin ist er bereit, die Dame zu empfangen, warum nicht, ihre Gastfreundschaft müssen wir natürlich ablehnen, das sähe nach Bestechung in der Sache aus (langes Gesicht Bischof Arnolds). Aber her mit der Person!

Auf seinen Wunsch weiß man es so einzurichten, daß er sie vorher sehen kann. Im Bischofssitz zu Chur gibt es ein Zimmer mit Arkade, von der aus man ungestört beobachten kann. Das Gefolge hat seinen Spaß dran, die Sache zu arrangieren. Mateo meldet ihre Ankunft mit einem Zungenschnalzen und Augenverdrehen, die ihm fast eine Kopfnuß eintragen, schließlich ist er nicht Herr de Suessa, der sich so etwas erlauben durfte. Aber Herr de Suessa muß die Schulbank drücken und kann hier keine Witze machen.

Die Dame lehnt an einer hölzernen Säule und zappelt, oder sagen wir erst einmal, sie bewegt sich ständig. Federico sieht sie zunächst halb von hinten, das zerfranste Haar belangloser Farbe, das sie zu seinem Erstaunen völlig unbedeckt trägt, und ein halbes Profil, das trotz runder Wange eine wilde Geradlinigkeit hat.

Bekleidet ist die Person nach Landessitte, das heißt, sie trägt plumpe geflochtene Schuhe, die jenseits der Alpen keine Bauersfrau an die Füße stecken würde (ein bißchen Eleganz muß man hier einführen, denkt der Schüler Konstanzes), und einen waschblauen Sack, wie ihn die Frauenzimmer hier mangels guter Schneider anzuziehen pflegen. Die Weiber in Italien haben enganliegende Gewänder, was ein großer Vorteil ist, diese hier aber machen aus der Grobheit der Mode eine Raffinesse, indem sie sich einen breiten Gürtel um den Leib binden und ihn mit großer pompöser Schnalle oder verziertem Knoten genau über der Scham schließen. Abgesehen davon, daß der junge König der Deutschen das ohnehin für eine höchst aufreizende Manier hält, bewegt nun diese Dame auch noch ständig ihre weichen Hüften in sanfter Schwingung, man kann sich des Eindrucks nicht erwehren, sie sei in wollüstiger Stimmung, zumal da sie leise vor sich hin flüstert und die Lider gesenkt hält.

Federico beißt sich auf die Lippe; Herr Heinrich Sax von Pfäffers ist ein ausgemachter Trottel. Er läuft die Treppe hinunter.

Sie dreht sich herum. Federico kann gerade noch feststellen, daß ihr Ledergürtel an der bewußten Stelle mit einem Falkenierknoten geschlossen ist, den er sich anheischig macht, mit einer Hand zu lösen, da hat ihn der Magnet ihres Blicks schon angesaugt. Fräulein Alaytas Augen, das ist das Seltsame dabei, sind überhaupt nicht auf ihn fixiert, sondern wechseln immerzu den Punkt, wie die eines Wolfs, und das gibt das Gefühl, daß man festklebt. Sie macht den Mund auf wie ein nach Luft schnappender Fisch und sagt etwas in ihrem gaumigen Alpenländisch, das er überhaupt nicht versteht. Wunderbar, denkt er, das erleichtert die Sache zunächst. Er macht grinsend eine seiner höfischen Verneigungen, die er seiner teuren Costà verdankt, greift wohlerzogen nach ihrer Hand und führt Alayta fort.

Sie folgt ihm offenbar so willig, weil sie die Sache falsch einschätzt. Wahrscheinlich wartet sie noch immer auf einen Dolmetscher oder Schreiber, als Federico bereits den Schlüssel im Schloß umdreht.

Der Griff nach dem Knoten trägt ihm die erste Ohrfeige seit seiner Kinderzeit ein, eine von der Sorte, daß er Sterne sieht. Die blaßblau gewandete Schöne, deren Stimme eben noch weich war, faucht wie eine Katze, ihre Augen glitzern, und als er wieder auf sie zugeht, krempelt sie sich wahrhaftig die Ärmel hoch.

In der folgenden Katzbalgerei kippen ein paar Stühle um und geht ein Tonkrug zu Bruch, größerer Schaden wird nicht angerichtet. Nach der dritten Serie von Ohrfeigen vergeht dem künftigen Caesar Romanorum das Lachen, und er gerät in eine Stimmung, daß der Ausgang für Fräulein Alayta trotz aller fauchenden Verteidigungskünste recht ungewiß erscheinen muß. Aber durch den Lärm kommen ein paar Minderbrüder des bischöflichen Gastgebers herbei, die sich weder von den brav an der Tür lauschenden Valetto noch von der prinzlichen Hoheit des orientalischen Kämmerers beeindrucken lassen und nach dem Rechten sehen wollen.

Federico, zerrauft und mit rotgeflecktem Gesicht, öffnet die Tür und wäre wahrscheinlich um eine Ausrede ziemlich verlegen, als zu seiner Überraschung die Dame das Wort ergreift, und zwar in leidlichem Latein. Sie habe, so erklärt sie, dem erhabnen Herrn Kaiser nur demonstrieren wollen, welche Unbill sie vom Vogt Sax erlitten habe, und sei vielleicht etwas zu sehr in Erregung geraten. Ihre Ärmel hat sie vorher auch heruntergelassen. Dann, ihre flackernden Augen wieder saugend auf ihn gerichtet, fährt sie fort, sie erwarte nun den huldvollen Richterspruch der Majestät und hoffe, bald vor sein Angesicht gerufen zu werden. Worauf sie mit wiegenden Hüften geht. Der Falkenierknoten ist unaufgelöst. Kämmerer und Page sind ganz schnell verschwunden.

Ihr Herr ist jedoch viel zu verblüfft, um in Wut zu geraten, und starrt ihr ohne die mindeste Überlegenheit hinterher.

Aus Chur brechen sie am nächsten Morgen schon auf.

Wie man ein Stadttor öffnet

Triumphale Empfänge in Feldkirch und Vaduz, Jubel in Dornbirn, Ovationen in Rohrschach. Das alte Herzogtum Schwaben, staufisches Erbland seit Menschengedanken, huldigt dem legendären Kind von Apulien wie einem heimkehrenden verlorenen Sohn. Die Grafen von Habsburg und Kiburg übersenden „ihrem lieben Herrn und Vetter Friedrich“ herzliche Willkommensgrüße und streitbare Mannschaft. Als man in Sankt Gallen ankommt, wo Abt

Ulrich eigenhändig das Tor öffnet, sind es schon fast dreihundert.

Dreihundert Ritter! Mit fünfhundert sollte Apulien zurückerobert werden, und als vor anderthalb Jahrhunderten ein gewisser Normanne Roger de Hauteville auszog, Sizilien zu gewinnen, hatte er auf keinen Fall mehr Kämpfer bei sich. Bloß, das hier ist keine Insel.

In Sankt Gallen gibt es Neuigkeiten. Daß ein gut Teil der wankelmütigen Fürsten wieder zu Otto zurückgekehrt ist, konnte man sich ausrechnen. Daß der mit überlegener Heeresmacht aufgebrochen ist, den „Pfaffenkaiser" zu fangen, war auch vorauszusehen. Daß er aber bereits auf den Bodensee zumarschiert, ist höchst alarmierend.

Im Refektorium des Klosters wird Rat gehalten. Die einflußreichen Kleriker von Reichenau, Chur, Sankt Gallen hat man wohlweislich dazu geladen. Man durchdenkt scharfsinnig die Lage, erwägt dies und das, kommt dann zur allgemeinen Auffassung, daß es listiger und geschickter sei, den Bodensee westlich zu umgehen und an der Flanke Ottos weiter nach Norden vorzudringen ins Elsässische, mit dem Herzog von Lothringen, einem Verwandten der Staufer, wird sich dann sicher reden lassen. Einige Schlagetots allerdings, wie etwa Ursberg, sind für Drauf und Dran an den Feind.

Berardo beobachtet an seinem Schutzbefohlenen einmal wieder jene schweigende Zerstreutheit, die ihn inzwischen mit prickelnder Unruhe erfüllt. Er selbst als päpstlicher Legat führt ruhig aus, sie seien nicht nach Germanien gekommen, um hier ein Versteckspiel mit dem Welfen aufzuführen, sondern Fridericus habe als designierter Kaiser nach göttlichem Ratschluß sein Amt anzutreten und sich dazu des Beistands jener, die ihn riefen, zu versichern. Heilige Kirche, Fürsten, Herren und Volk diesseits der Alpen mögen sich denn wie ein Wall um den Erwählten schließen ...

Beim Zuhören ist in die abwesend blickenden Augen des Königs langsam ein Lächeln gekommen. „Du hast wohl gesprochen, Legat des Heiligen Stuhls", sagt er. „Wir wollen es nicht vor uns her schieben, das Treffen mit dem dummen Otto, der noch unseren Mantel hat. Ich finde, wir sollten uns beeilen und dem Kloster von Sankt Gallen für seine Gastfreundschaft danken, ehe wir sie noch ganz genossen haben." Er springt mit jugendlichem Feuer auf, wirft das Haar nach hinten und ruft lachend: „Auf nach Konstanz, ihr Herren!"

Seine Schlußfolgerung aus all den Reden erstaunt sie ein bißchen; aber bezaubert und hingerissen von seiner Glut und Sicherheit, im

Glauben an die Wirksamkeit apostolischen Segens, reiten sie mit ihm, sie wissen nicht so recht, in welches neue Abenteuer. Jedenfalls empfängt man auf halbem Wege nach Konstanz die Nachricht, daß die Stadt nicht von Kaiser Otto abgefallen sei. Im Gegenteil, es sei alles zu spät. Der Welfe stehe bereits in Überlingen auf der Nordseite des Sees und warte nur noch auf die Fährschiffe, und seine Quartiermacher seien schon in der Stadt.

Die Betretenheit, die diese Meldung auslöst, wird vom Puer Apuliae nicht geteilt. Er richtet sich im Sattel auf, schüttelt die Locken, wirft einen blitzenden Blick über sein kleines Heer und ruft mit lauter Stimme: „Das kann nicht sein, daß eine Stadt, die den Namen Unserer teuren Gemahlin und Unserer erhabenen Mutter trägt, Uns nicht die Tore öffnet! Vorwärts!"

Die zuversichtliche Ansprache wird trotz oder wegen ihres rein demagogischen Effekts mit Begeisterung aufgenommen. Während sie weiterreiten, sagt er vertraulich zu Tomaso: „Er hat schon einmal auf die Schiffe zur Überfahrt gewartet."

Abgehetzt kommt man vor der Seestadt an und findet sie zunächst einmal so dicht wie einen Fuchsbau. Abt Ulrich und Monsignore Arnold von Chur reiten ans Stadttor und verlangen den Konfrater Konrad zu sprechen, und dieser, ein dürrer Kahlkopf von pedantischer Würde, erscheint am Torfenster und erklärt eigensinnig, seine Stadt werde einzig dem rechtmäßigen Kaiser geöffnet.

„Wir kennen uns seit zehn Jahren, Erhabner", berichtet Ulrich von Sankt Gallen resigniert dem Herrn, „und er ist ein furchtbarer Starrkopf. Wir haben versucht, ihm zu erklären, daß das Kind von Apulien der rechtmäßige Kaiser ist, aber er sieht es nicht ein."

„Er sagt", ergänzt Arnold, „das ganze Hin und Her der letzten Zeit sei ihm zuviel. Er habe sich nun einmal für Otto entschieden und wolle nach Möglichkeit dabei bleiben."

Justingen drängt sich vor. „Majestät, berenne die Stadt! Züchtige die Unverschämten!"

Federico schweigt. 'mas Aquin' bemerkt bedächtig: „Das wird nicht so im Handumdrehen werden mit dem Züchtigen. Die haben Schleuderer und Pechtöpfe auf den Mauern, und der Welfe fährt sicher auch schon übern See."

Aus dem reisigen Trupp werden ungeduldige Zurufe laut, wann man denn einmarschiere. Pferde wiehern, Eisenzeug klirrt. Der See liegt mattblau im herbstlichen Licht, mildes Gold steht über der Landschaft, und die Stadt wirkt sehr still.

„Vielleicht sollten wir es mal mit den großen Autoritäten versuchen, Eminenz, wie? Gut, daß du dich fein gemacht hast“, sagt der König mit ironischem Grinsen.

Berardo senkt die Lider, auch er lächelt. Er trägt violetten Samt mit goldenen Säumen, ein riesiges Kruzifix blitzt auf seiner Stola, das Pallium glänzt schneeig weiß (übrigens alles vom Konfrater von Chur ausgeliehen).

Der König gibt seiner Begleitung ein Zeichen: Warten und schweigen! Dann reiten sie auf den freien Platz vorm Stadttor: der weihevoll anzuschauende Legatus Sanctitatis Suae und an seiner Seite im üblichen Grün, den Reif im Haar, der Puer Apuliae.

Berardo beginnt Absetzungsedikt und Bann gegen den „ehemaligen Kaiser Otto“ vorzutragen, er kann es auswendig. Seine melodische, geschmeidige Stimme, der er jede Farbe zu geben weiß, transponiert die pathetischen Formulierungen mit Prophetengewalt, sein wundervoll klares Latein rollt in theatralischer Größe daher, er hebt die Hand gegen die Stadt, als er zum Schluß verkündet, jeder sei ewiger Verdammnis überliefert, der mit dem Gebannten Gemeinschaft pflege.

Nachdem er geendet hat, ruft Friedrich: „Im Namen des dreieinigen Gottes, öffnet Uns und erbarmt euch eurer Seelen! Das Kind von Apulien steht hier mit dem Segen des Himmels!“ Er spricht deutsch, gegen Berardos dunkle, weiche Stimme klingt die seine hell und spröde wie die eines jungen Hirten.

„Na, wenn das gut geht“, flüstert Landolfo bedenklich seinem Bruder zu. In diesem Augenblick, ehe der noch den Mund zur Erwiderung aufmachen kann, öffnet sich das Stadttor einen Spalt weit, zögernd, dann, langsam, ganz langsam klaffen die Torflügel auseinander.

König und Bischof sehen sich an. „Selig die Mutter, die dich gebar, 'rardó“, ruft Federico auf gut sizilisch, „und dir deine Zunge so süß und geschmeidig schuf! Und nun bloß schnell rein, eh' sie sich's wieder anders überlegen!“ Und er drückt seinem Pferd die Absätze in die Flanken. Mit Jubelgeschrei folgt der Geleitzug.

Zutiefst beeindruckt von der lateinischen Beredsamkeit, beugt Amtsbruder Konrad von Konstanz das Knie, um den Ring des päpstlichen Legaten zu küssen. Dann will er, etwas grämlich zwar, dem jungen Kaiser die Steigbügel halten, aber da kommt er zu spät. Friedrich ist schon abgesessen, umarmt ihn huldreich und geht an seiner Seite zu Fuß in die Stadt.

Inzwischen entfachen Justingen und Ursberg fieberhafte Betriebsamkeit. Nachdem alle Ritter und Herren in der Stadt sind, sorgen sie dafür, daß man sich einigelt, jede Luke verrammelt wird, die Pechtöpfe am Sieden und die Ballistiker bei Laune gehalten werden, und ordern alle Abkömmlichen auf die Zinnen der Mauern, die alsbald von Waffen starren. Jede nur verfügbare Standarte, jedes Fetzchen Fahne und alle Waffen werden zur Seeseite hin rausgesteckt, wobei sich die Zeichen des schwäbischen Hochadels Kiburg und Habsburg um den Stauferadler und die Leoparden von Hauteville gruppieren dürfen.

Danach begeben auch sie sich auf den weiten Platz vor der bischöflichen Residenz, wo die Tafel gedeckt ist. Man hat nämlich die einmalige Gelegenheit, die Küche des „ehemaligen Kaisers Otto" auszuprobieren. Seit dem frühen Morgen brutzeln und braten seine Köche an den Konstanzer Herden, damit ihr Herr und die Seinen nicht Hunger leiden, wenn sie übern See kommen. Allein auf den Duft hin übernimmt Friedrich die gesamte gastronomische Mannschaft in seine Dienste, und als er feststellt, daß Otto nicht nur gut, sondern auch äußerst reichlich anrichten läßt, lädt er die Bürger der guten Stadt ein, seine Gäste zu sein. Bis die Ochsen am Spieß gar sind, leert er einige Willkommenstrünke und sitzt mit geröteten Wangen zwischen den Schwaben, deutsch radebrechend. Über die eigenen Schnitzer muß er so lachen, daß ihm die Tränen kommen.

Was für eine Tafel, girlandengeschmückt und blumenüberladen, und was gibt es nicht alles zu essen! Viele Speisen haben die Südländer noch nie zuvor probiert und wundern sich sehr, was man in Germanien daran findet, so zum Beispiel einen fetten Hirsebrei, Brot, das fast schwarz aussieht und am Gaumen klebt, und einen entsetzlich vergorenen Kohl, den man so lange in Salz aufhebt, bis er anfängt zu stinken, und dann mit Speck kocht. Aber es gibt auch rotgestreifte Äpfel von einmaligem Duft und Wohlgeschmack, eine grüne Kräutersauce zum Wild und vor allem ein lauchgewürztes Pilzgericht, so fein, wie sie es noch nie gegessen haben.

Als man den Hunden schon die Knochen zuwirft, kommt der Stadthauptmann mit der Meldung, der Welfe stehe vorm Seetor und verlange Einlaß. „Sag ihm, er kommt zu spät, wir haben schon gegessen", bemerkt Federico friedlich, und die am Tisch biegen sich vor Lachen.

Ja, Otto zieht ab, was bleibt ihm anderes übrig bei so gut bewehrten Mauern. Er zieht einfach ab, und der König der Deutschen und

Kaiser der Römer ist so wenig neugierig auf ihn, daß er nicht mal auf die Mauer steigt, diesen Rückzug zu genießen. Wozu? Er sitzt in Konstanz auf dem Platz viel zu gut. Unseren Mantel wird er ja nicht mitgebracht haben, ja, wir wissen, es ist nur ein Duplikat. Dafür hat er die echten Krönungsinsignien, na gut, die lassen wir eben abkupfern.

Inzwischen krönen ein paar Kinder Federico nach schwäbischer Sitte mit Blumen, weiße Sternblumen mit gelber Mitte, die stehn dem „chint von Pülle" wohl.

Er versenkt seinen Blick in den durchaus erfreulichen Kleiderausschnitt der Tochter des Bürgermeisters, die ihm den Becher kredenzt, und stellt verwundert fest, daß ihn dieser Anblick nur wenig erregt. Hingegen der Gedanke an ein paar Saugaugen, kurzes Haar von belangloser Farbe und einen gewissen Falkenierknoten läßt ihn gleich unruhig werden, und wenn er an diese Ohrfeigen denkt, muß er sich am Tisch festhalten. Es wird Zeit, dieses Fräulein Alayta herholen zu lassen, damit sie zu ihrem Recht kommt und zu dem, was ihr sonst noch not tut.

Beinah hätte er eine Ansprache des Bischofs von Konstanz verpaßt. „Wärest du nur drei Stunden später hier gewesen und hätte der Legat nicht so inspiriert gesprochen", sagt der nicht nur trockene, sondern auch leicht taktlose Herr, „so hättest du wieder abziehen müssen. Wer weiß, ob du in Germanien dann hochgekommen wärest – wie wir es nun für uns erhoffen, Erhabner", fügt er bieder hinzu.

„Ja, ich weiß. Du sagst es, Eminentissime", erwidert der Angesprochene. Er legt seinen Kopf für einen Moment auf die Tischplatte zwischen Blumen, Äpfel und gelbe Pflaumen, es duftet so gut.

Eben will der Bürgermeister zu markiger Rede ansetzen, da stoppt ihn eine Gebärde des Kämmerers Riccardo. Der Festlärm der Tafel verstummt. Lächelnd sehen sie: Der Puer Apuliae ist eingeschlafen zwischen den Gaben des Landes. Das Haar hängt ihm halb übers Gesicht, und den angebissenen Apfel hält er noch in der Hand.

Nachsatz

Ich habe das Beben der Erde vergessen über der heiteren Stille dieser Septembertage.

Nun ereilt es mich.

Es geht nicht so weiter, ich habe schon die ganze Zeit über gewußt, daß es nicht so weitergehen kann. Ich muß auf Pietros Dienst verzichten für den Rest des Weges.

Vorhin habe ich geschlafen und wirr geträumt. Nun schläft er, so scheint mir, dahingestreckt unterm Ölbaum, er will nicht seines Herrn und Bruders Hüter sein, und niemand, der ihn dazu bestellt. Ohne Zweifel würde er mir auch künftig folgen. Aber seine Blätter sind voll, und ein neues Buch aufschlagen will ich lieber selbst.

Leise entferne ich mich in der Dämmerung. Die Schwärze um mich nimmt rasch zu. Von irgendwoher, ob in mir, ob außer mir, erklingt der Urteilsspruch, den der Herr einst Mose zudiktierte: „Du wirst viel Samen ausführen auf das Feld und wenig sammeln, Weinberge wirst du pflanzen, aber keinen Wein trinken noch lesen; Ölbäume wirst du haben in all deinen Grenzen, aber du wirst dich nicht salben mit dem Öl, denn dein Ölbaum wird ausgerissen werden."

War es auch Federicos Signum?

Ich will es wissen.

Die Bewegung nimmt zu. Unter mir scheint die Erde zu weichen, ich sinke in andere Teile dieses Nichts. Es ist sehr dunkel.

ZWEITER TEIL
Vier Botschaften und eine Offenbarung

Carceri d'invenzione

Ja, ich bin noch da. Und ich weiß auch, wo ich bin.

Laßt, die ihr eingeht, alle Hoffnung fahren.

„Wir leben ewig!" hatte ich ihn einmal rufen hören inmitten eines Kampfes, lachend, unter einen zerhauenen Schild hingeduckt. Er sagte es bei den verschiedensten Gelegenheiten, er, um dessentwillen ich hier bin.

Wir leben ewig, was für eine schreckliche Vorstellung.

„Wir haben mit Bedauern vernommen, daß es keine Gerechtigkeit gibt, und mit noch größerem Bedauern, daß es, wie die bewußten Kreise händereibend versichern, auch nichts dergleichen je geben kann, soll und wird."

Oh, wie würde er protestieren! Er hielt sich für die Gerechtigkeit in Person. Und der andere neben ihm, sein zweites Ich, der ohne Augen, ebenfalls.

Pietro, wo bist du?

Kaum anzunehmen, daß er mich hier einfach allein läßt im Stockdunkeln, nachdem er mir fünf kanzlistisch redigierte Bücher vom wundersamen Kind so hingeschmissen hat, wie man dem Esel ein Heubündel in den Stall wirft – da, friß.

Nicht aus Liebe zu mir wird er mir weiterhin beistehen, sicher nicht. Aber wegen des Ziels, das er mit mir zu erreichen hofft. Die Finsternis, in die ich nun versenkt worden bin, eine sanft dauernde Ohnmacht, ein Stück traumlosen Schlafes, ich weiß ja nicht, ob er sie über mich hat kommen lassen, um in der Zwischenzeit etwas, wer weiß, was, zu arrangieren. Aber vielleicht hat er mich auch nur verloren.

Langsam tappe ich vorwärts. Es ist dunkel und kalt, doch mir scheint, da vorn ist das Nichts weniger dicht, ist die Stille weniger still.

Dahin will ich. Ich nähere mich einem ungewissen Ton. Alles kann er sein. Ein tiefes Summen, ein Ton, erst wie eine Glocke, die man vorsichtig anschlägt, dann, abebbend, wird eine menschliche Stimme daraus, zärtliche Halbtonschritte, ein arabisches Lied.

„Wer bist du?" frage ich in das Dunkel hinein.

Das Lied wird leidenschaftlicher, süßer und wehmütiger die Melismen. Gleichzeitig blitzt etwas auf, eine mit Gold ziselierte Klinge, der edelsteinbesetzte Griff einer sarazenischen Djambija. Im zunehmenden Licht glänzt bordierte Seide, Kissen mit bunten Quasten, drüber die rötlichen Lampen aus Pergament. Die Klinge in der Hand, erhebt sich eine Gestalt in gesticktem blauem Mantel.

„Hier ist kein Eingang“, sagt er lächelnd, er, Ridwân, Wächter vor der Paradiestür. „Ich stehe meine Wache. Du bist nicht gerufen worden.“

Und ich erwidere: „Doch, Riccardo, ich wurde gerufen.“

„Truda“, bemerkt er ohne Überraschung, sogar herzlich, „wo man dich auch überall trifft. Aber was mich angeht, ich habe keinerlei Weisung, dich einzulassen.“

„Wo ist er?“ frage ich stürmisch. „Da, im Dunkeln?“

Riccardo lächelt wieder. „Ich weiß nicht“, entgegnet er.

„Das hast du immer gesagt, wenn du jemanden nicht vorlassen wolltest.“

„Nicht vorlassen durftest“, verbessert er würdevoll.

Er sieht schön aus. Das orientalische Gewand hebt die alterslose Würde und Anmut der Gestalt, sein Gesicht ist ruhig, die Augen darin freundlich und zwingend. Wie ist es möglich, daß er so ungezeichnet davongekommen ist? frage ich mich, und dabei belauere ich das Finstere hinter ihm, um ihn, um uns, ob ich nicht eine Öffnung erspähen kann, irgendeine Ritze, um mich hindurchzuzwängen. „Wo ist die Tür, Riccardo?“

Jetzt lacht er. „Es gibt keine Tür. Hier ist alles anders.“

Er breitet die Arme. „Tu es nur, versuch es.“

Mein Fuß stößt gegen irgend etwas in dieser Schwärze, es scheint erst nachzugeben und wirft mich dann zurück.

Ridwân beobachtet meine Bemühungen mit sachlichem Ernst, ohne sich über mich lustig zu machen. „Ich hätte es dir sagen können“, bemerkt er friedfertig, als ich zwischen seinen Kissen lande.

Ich raffe mich auf. „Und dies hier“, frage ich trotzig, „gilt das nichts?“ Auf meiner flachen Hand schimmert die Augustale.

„Das gilt sehr viel“, antwortet er voll Ehrfurcht. „Laß sie mich berühren.“ Er nimmt die kleine Münze mit spitzen Fingern von meinem Handteller (ich spüre keine Berührung), führt sie an Stirn, Mund und Herz und legt sie sich aufs Haupt zum Zeichen, daß ihm dies über sein Leben gehe – aber was ist das hier, sein Leben? Dann gibt er sie mir zurück. „Damit wirst du unfehlbar Einlaß finden.“

„Ich habe eine Akte zu füllen."
„Ich glaube dir."
„Wann also ..."
„Das weiß ich nicht, Truda. Du kannst, wenn du willst, hier bei mir warten."
Es ist eine freundliche Unterwelt, die des Ridwân ibn Shurai. Mit Teppichen an den Wänden und am Boden, mit kupfernen Gefäßen und Lampen, mit dem Duft von Aloe und Sandel. Und ich erkenne: Das ist ein Zelt, ein Zelt inmitten der Finsternis, in dem der Kämmerer des Herrn sitzt und seine Wache hält.
„Es geht dir gut, wie?" frage ich.
„Wovon redest du?" erwidert er verständnislos. „Es ergeht mir gar nicht. Ich habe erduldet und gehandelt, böse und weniger böse, ich bedenke, wie es war. Geht's mir da gut?"
Er sitzt mit gekreuzten Beinen vor mir, den Kopf im Nacken, hält auf seinen Knien die Waffe und summt wieder diese tiefe und leidenschaftliche Melodie.
„Riccardo", frage ich, „willst du zu mir sprechen? Willst du mir von ihm erzählen?"
„Gern, sehr gern", antwortet er lebhaft. „Aber du mußt mir manchmal helfen. Ich weiß nicht mehr alles. Es ist sehr gut, zu erzählen. Es hilft gegen das Vergessen. Wenn ich bedenke, daß ich hier sitzen sollte und alles verschwände in diesem Dunkel da ..."
„So hast du dir Allahs Paradies nicht vorgestellt, wie?" frage ich.
Er sieht mich ernst an. „Ich bin nicht im Paradies, Truda. Weißt du das nicht? Ich bewache die Pforte, wie sollte ich darinnen sein?"
„Aber warum? Warum bist du draußen?"
„Allah hat die Waage in der Hand, nicht wir. Seine Maße sind andere als jene, die Dort gelten."
„Die Waage? Ach, Riccardo, jemand anders hält die Waage. Justitia tut's, die große Herrin des Herrn, deren ‚Sohn und Vater, Herr und Knecht' er sich nannte. Bringst du das nicht durcheinander?"
„Das nimmt sich nichts", sagt er und sieht vor sich hin. „Was willst du wissen, Truda die Botin?"
Ich sammele mich. „Es heißt allgemein, Riccardo, der Kämmerer, verstünde sich wie keiner sonst auf die Dinge der Liebe und sei darin der besondere Vertraute seines Herrn gewesen."
Er lächelt und seufzt zugleich. „Zumindest war das der angenehmere Teil meiner Dienste, die vielfältiger waren, als du denkst. Weißt du, daß ich eine Zeitlang sogar Intendant der Persönlichen

Kammer war, also sozusagen Hauptbuchhalter? Das viele Geld, Truda! Ich schlief keine Nacht ruhig."

„Aber du konntest auch das."

„Man kann beinah alles, wenn man den beharrlichen Willen dazu aufbringt."

„Und woher nahmst du diese Stärke?"

„Allah verlieh sie mir um der Liebe willen, die ich für ihn hatte, und wegen des Vermächtnisses meines Vaters, des Imams Shurai – seiner Seele der Frieden des Paradieses."

„Was war das für ein Vermächtnis?"

„Ich habe es vergessen, Truda. Es hatte etwas mit dem guten König zu tun, den das Kind, das er mit uns aufzog, einmal abgeben sollte. Ich weiß nur, daß ich etwas versprochen habe. Aber es hätte gar keines Versprechens bedurft."

„Wie meinst du das?"

„Mein Vater, die Leuchte des Islam, stammte in gerader Linie von unserem Propheten ab – Allah segne ihn und gebe ihm Heil. – Meinst du, einer, den er als den Erwählten bezeichnet, könnte es nicht sein? Für ihn war er der Mahdi."

„Und war er es?"

„Für ihn war er es."

„Du willst meine Frage nicht beantworten, Kämmerer."

„Ich kann deine Frage nicht beantworten. Solche Fragen kann niemand beantworten, und man sollte sie auch nicht stellen. Unsere Aufgabe sollte sein, die Dinge, die sind, darzustellen, wie sie sind."

„So sagte er."

„So solltest du tun."

„Woher soll ich wissen, wenn mir alle die Auskünfte verweigern."

„Ich verweigere dir keinerlei Auskunft. Frage, aber frage das, was ich kenne. Und vielleicht können wir uns auch gemeinsam erinnern. Fange behutsam an mit den Dingen, die ich weiß, ich, Riccardo, Vertrauter meines Herrn, der ich mich besonders auf die Dinge der Liebe verstehe und dem die Frauen hin und wieder Geständnisse machen." Er beginnt wieder seinen tiefen, innigen Singsang.

„Wie mag sich dein Lied ausgenommen haben in den frostigen Wäldern Germaniens?"

„Seltsam. Aber wir alle nahmen uns da zunächst einmal höchst seltsam aus."

I. Botschaft
Ridwân ibn Shurai

Es schützt des Kaisers Frieden
die Länder und die Meere.
Mir aber ward beschieden,
daß er mir Krieg erkläre.
O Macht, die ich verehre,
hilf uns zu gutem Ende,
daß er mir wiederkehre,
leg ich in deine Hände.

Aus dem Kreuzzugslied des Rainaldo d'Aquino, 1227

Das kalte Land

„Die deutschen Herren lachten, wenn ihr junger König sich bis zur Nase in Pelze hüllte, während sie selbst schon mit offener Brust einherspazierten, und unser erster Sommer auf der Pfalz von Hagenau war denn auch so verregnet, daß wir alle, einschließlich Federicos, am liebsten die deutschen Geschäfte in mehr oder weniger treue Hände gegeben hätten und wieder nach Haus gezogen wären.

Hände, die sich dafür anboten, gab es viele. Sie streckten sich eifrig aus, man brauchte nur etwas hineinzulegen. Und das taten wir ja denn auch, wenn nicht gerade die Staatspolitik, so doch zumindest Geldbeutel. Wo wir die herhatten, Truda? Ja, das ist eine Geschichte, die du beinah besser kennen müßtest als ich. Warst du nicht als Botin auch nach Frankreich unterwegs?"

„Sicher. Es ging da um riesige Summen. Wobei ich nie den Überblick hatte, was eigentlich wer warum bekam . . ."

„Aber ich", sagt Riccardo lachend und lehnt sich bequem zurück. „Es waren Aktionen, die an Seiltanzen erinnerten. Kein Bankhaus der Welt hätte da mitgemacht – aber woher hatte mein Sultan die Weisheit? Von den Kaufleuten der Uferstraße und den jüdischen Wechslern Palermos. Also zum Beispiel: Der Herzog von Lothringen verlangte für seinen Treueid von Fedrí dreitausend Silbermark."

„Der Herzog von Lothringen", unterbreche ich, „aber, Riccardo, das war doch ein Vetter Friedrichs. Der Treueste der Treuen, wurde er genannt, der erste der Großen, die sich zu ihm bekannten."

„Ja natürlich", gibt der Kämmerer friedfertig zu. „Nachdem er die dreitausend Silbermark erhalten hatte, war er der Treueste der

Treuen. Die bloße Tatsache, daß er ein Vetter Friedrichs war, hätte ihn nie daran gehindert, bei Otto zu bleiben, wenn das aussichtsreicher gewesen wäre. Da wir keine dreitausend Mark hatten, mußten wir sie uns teilweise borgen, teilweise Bürgschaften für die Summe stellen. Das Borgen besorgte Justingen, die Bürgschaften gaben die Grafen von Habsburg, die Bischöfe von Mainz und Worms und noch ein paar andere – alles natürlich nicht umsonst. Sie bekamen nun wieder für ihre Garantieerklärungen Lehen, Ländereien und andere Versprechungen. Es war das berühmte Unternehmen, einem Nackten die Taschen zu leeren – die Tedeschi verstanden sich darauf, und mein Herr war der erste, der das Problem löste.

Ich weiß nicht, Truda, warum du so empört guckst. Natürlich war es ein Risiko, sich offen zu ihm zu bekennen. Otto war der militärisch Überlegene, der Engländer stärkte ihm den Rücken, der bleibende Erfolg des ‚Pfaffenkaisers' lag durchaus nicht auf der Hand. Warum sollten sie es denn umsonst tun, wenn sie es schon taten?

Damals fing er übrigens an, mich zu den Geldsachen hinzuzuziehen. Der arme Notaro starb fast vor Skrupeln bei den Geschäften. Ich war da ruhiger. Mir bedeutete Geld nichts."

„Dir bedeutete Geld nichts?"

„Mein Vater, der Kadi, hatte dank Allahs Segen ein solches Vermögen hinterlassen, daß alle seine Söhne leben konnten, ohne sich jemals zu bedenken, ob sie sich eine Tänzerin mehr oder ein arabisches Roß weniger zulegen sollten. Darum hatte ich die Freiheit, mit Geld umzugehen, ohne besonders ängstlich zu sein – auch die Freiheit, meinem Herrn zu dienen, übrigens."

„Willst du damit sagen, daß du jahrzehntelang der Kämmerer des Königs von Sizilien und Imperators von Rom und Deutschland warst, ohne für deinen Dienst etwas anderes als Dank zu erhalten?"

Er sieht mich ruhig an. „Ich habe dir schon gesagt, daß ich meinem Herrn aus Liebe diente. Ein Ehrengewand oder ein Ring, den er mir gab, waren mir wichtiger als Geld. Hältst du mich für einen deutschen Fürsten?"

Mir ist heiß geworden. „Ich wollte dich nicht kränken, Ridwân."

„Nun ja", sagt er ohne Überheblichkeit. „Auf Sachen der Ehre verstehst du dich nicht."

„Wo ist die Ehre der deutschen Fürsten, in ihren Geldkästen?"

„Ich bin Muslim", erwidert er, und durch seine freundliche Ruhe schimmert der Stolz. „Laß uns unsere Geschichte fortsetzen und etwas erzählen, statt uns über das aufzuhalten, worüber nichts gesagt werden muß."

„Und Konrad von Scharfenberg, Kaiser Ottos Kanzler? Wie kam der auf die andere Seite? Auch durch Gelder?"

„Nein. Konrad hatte Ehrgeiz und die Politik in den Fingerspitzen. Er war schon der Kanzler Philipps gewesen und von Otto nebst Kanzlei übernommen worden, ihm hatte die gewalttätige Manier des Welfen wohl nie so recht gefallen. Er kam zum Hoftag in Hagenau, und der Augenschein überzeugte ihn."

„Einzig der Augenschein?"

„Weißt du nicht mehr, Truda, wie unser Herr mit seinen achtzehn Jahren war? Da genügte der Augenschein. Dabei, wenn du so nachfragst, fällt mir ein: Konrad war Bischof von Speyer. Fedrí gab ihm noch ein anderes Bistum dazu, ich glaube, es war Metz."

„Aber die Bischofsinvestitur stand ihm doch gar nicht zu."

„Der Kalif in Rom erhob keinen Einspruch", sagt Ridwân unschuldig. „Es war sehr gut, daß Konrad bei uns Kanzler wurde. Er kannte die Verhältnisse genau, und sein Wechsel gab den Anstoß für viele andere, es ihm gleichzutun. Vor allem aber brachte er das Bündnis mit Frankreich zustande, für das du unterwegs warst. Es brachte zwanzigtausend Goldmark."

„Wofür?"

„Für das Versprechen, nie ohne Zustimmung Frankreichs ein Bündnis mit England abzuschließen. Für die Zusage von Waffenhilfe im Kampf gegen Otto – die wir, wie sich herausstellte, nicht geben konnten, da sich deutsche Fürsten nicht einfach zum Kämpfen abkommandieren lassen, sondern sie kamen mit neuen Forderungen. Obwohl ja schon der Löwenanteil der zwanzigtausend darauf verwendet worden war."

„Ich verstehe nicht? Worauf verwendet?"

„Auf die Fürsten."

„Du meinst, sie wurden bestochen?"

„Nein. Sie wurden gekauft. Und es hatte ganz und gar nichts Ehrenrühriges an sich. Kennst du denn seine Antwort auf die Frage nicht, wo das viele Geld aufbewahrt werden solle? Er sagte: ‚Bei den Fürsten!' und lachte dazu, und Scharfenberg trug Sorge, den Ausspruch schnell zu verbreiten. In Deutschland gehörte solche Art des Ambiente zwischen Herrscher und Adel zu den Königstugenden, sie nannten das ‚milte'."

„So habe ich denn", sage ich mit wachsendem Zorn, „Briefe quer durch die Welfengebiete nach Frankreich befördert und bin mit einem bewaffneten Geleitzug und den Geldwagen durch die Ardennen gegangen, mit einem großen Bogen um Aachen, wo Otto saß, damit all das in die Rachen der habgierigen und nach nichts fragenden Landeszerstückler fallen sollte, indes die geschundenen Bauern am Weg knieten, die Hände erhoben, um Segen auf das Kind von Apulien herabzuflehen, das gekommen war, sie aus der Not zu erlösen! Schande und Betrug!"

„Sachte, Truda", erwidert der Araber freundlich. „Schön sachte. Lauf nicht davon. Zunächst einmal mußte er König sein, bevor er etwas bewirken konnte. Mir scheint, du hast mehr vergessen als ich. In Deutschland wird der König gewählt, und zwar von den Kurfürsten. Weite Teile des Landes sind kein Königsbesitz, sondern Lehen der Grafen und Herzöge – und, wie das Land der freien Bauern, erblich übertragbar. Hier konnte man nicht mit rascher Hand eingreifen wie in Sizilien, und wenn uns das wurmte, so durften wir's doch nicht zeigen. Wir mußten spekulieren und verhandeln, versprechen und ausspielen, überzeugen und Ehrenämter vergeben und immer wieder schenken. ‚Milte' war die große Losung."

„Und dazu bekamen sie noch Privilegien in Hülle und Fülle."

„Die bekamen sie nicht. Die hatten sie sich schon genommen. Die Goldene Bulle von Eger, falls du das meinst, schrieb nur auf, was schon lange Gewohnheitsrecht war."

„Vor allem gab er den Kirchenfürsten, nicht wahr?"

„Er war der Pfaffenkaier", sagt Riccardo lachend. „Begreifst du nicht? Ohne den ‚Schützer und Wohltäter' in Rom ging im Moment noch gar nichts. Otto hatte ein großes Heer und saß über den Norden Germaniens hingebreitet wie ein Drache überm Schatz. Die Kirchenfürsten aber gehorchten Rom, und die Bistümer, von Bremen bis Salzburg, von Magdeburg bis Trier, machten an Boden die Hälfte des Landes aus. Zudem ging es mit ihnen einfacher. Theoretisch waren sie mit niemandem verwandt oder verschwägert, auf den sie Rücksicht zu nehmen hatten. Sie konnten ihren Egoismus voll entfalten, das kam uns entgegen. So bekamen sie ihre Reichsprivilegien."

„Auf all die Dinge, um die der König in Sizilien mit Nägeln und Zähnen gekämpft hatte, wurde hier verzichtet, so leichthin wie auf einen wurmstichigen Apfel."

„Leichthin sicher nicht. Aber in Sizilien handeln oder in Germanien, das waren zwei grundverschiedene Dinge. Und ich bewunderte an meinem Sultan gerade die Begabung, sich auf die jeweils geforderte Variante einzustellen."

„Wer forderte die Variante?"

„Der Dinge zwingende Notwendigkeit", zitiert er einen Lieblingsausspruch seines Herrn. „Sei nicht so grimmig, Truda. An dir ist wahrhaftig kein Politiker verlorengegangen."

„Darüber bin ich sehr froh", sage ich wütend.

Er zuckt die Achseln. „Allah gibt dem einen dies und dem anderen ein anderes. Sein Name sei gelobt. Du forderst zu früh Früchte von diesem Baum."

„Hat er in Germanien jemals welche getragen?"

„Wir werden sehen. Jetzt war die Zeit des Lernens, und er lernte viel. Wir zogen von Land zu Land, hielten Hoftage ab, verhandelten mit den Fürsten. Jeder mußte auf seine Art genommen werden. Es war ein mühseliges Werk und vor allem für uns Sizilier sehr hart. Mein Sultan gab sich vor den Deutschen freigebig, leutselig, offenherzig – sie waren zu gewinnen, wollte man weiterkommen.

Ein Glück, daß wir paar Vertrauten da waren – ein Glück für die germanischen Angelegenheiten, nicht für uns. Denn alle angestaute Wut und Ungeduld entlud sich auf uns. Wenn er, der nicht gewohnt war, Widerspruch zu erdulden, und dem alles unverzüglich gehorchte, nach einem zähen Gespräch mit einem der halsstarrigen Landesherren zurückkam, hatten wir es auszubaden. Je engstirniger der Gesprächspartner, je mehr Lächeln und Charme verbraucht worden war, um so schlimmer die Abende für uns. Ich war am dichtesten an ihm. Die Brüder Aquino waren ihm nicht vertraut genug, vor Berardo hatte er zuviel Respekt, Mateo kam nicht in Betracht. Riccardo mußte herhalten. Außerdem ist Arabisch eine Sprache, in der man sehr schön und bildreich schimpfen kann."

„In welcher Sprache verhandelte er mit den Fürsten?"

„Soweit sie Kirchenfürsten waren, in Latein. Mit den Deutschen sprach er deutsch – du weißt ja, daß er Idiome lernte, wie andere Wasser trinken. Außerdem hatte das Vorteile. Listig, wie er war, stellte er sich oft, als verstünde er nicht genau, was sie sagten, korrigierte sich, indem er so tat, als hätte er sich nur unklar ausgedrückt, und führte die Verhandlung sozusagen mittels der Sprache – ein pfiffiges Manöver, das er selbst einen ‚Pfaffeneinfall' nannte. Die germanischen Herren durchschauten es meist erst, wenn sie schon darauf hereingefallen waren.

Aber, wie gesagt, für uns war es höchst strapaziös, obwohl seine

Wutausbrüche damals nicht so schrecklich waren wie später, als er sich mehr und mehr von uns entfernte. Damals hatte es noch etwas von Familienkrach an sich, zumal die Sache mit Alayta ihn sehr belastete.

Sie war keiner der Frauen ähnlich, die er bisher gehabt hatte, und er war sehr in sie verliebt. Von bestürzender Selbständigkeit, leidenschaftlich, schnell erregt, war sie immer darauf bedacht, sich eine Unabhängigkeit zu bewahren, die ihn verletzte. Es war, als wenn zwei Feuer gegeneinander wüteten. In der ersten Zeit stritten sie sich mehr, als sie sich liebten.

Federico nannte sie ‚germanische Megäre', ‚Unweib', ‚Virago' und verglich sie mit den Frauen aus den alten germanischen Geschichten, die in der Stunde der Gefahr ihrem Mann die Haarflechte für die rettende Bogensehne verweigern, weil er sie vor zehn Jahren einmal beleidigt hat. Sie titulierte ihn ‚hergelaufener Welscher' und ‚sizilischer Faun', und ihre Handgreiflichkeiten endeten durchaus nicht immer mit einer Versöhnung. Sie hatte sich in den Kopf gesetzt, manchmal eine Zärtlichkeit abzubrechen, einen Kuß zu beenden, aufzustehn und fortzugehen, um ihre Unabhängigkeit zu beweisen – ein Verhalten, für das einem orientalischen Mann (und das war mein Herr in der Liebe) jedes Verständnis fehlte. Wollte er etwas erzwingen, verwandelte sie sich in eine wilde Katze. Einmal wehrte sie ihn mit der Reitpeitsche ab, und sie achtete nicht darauf, wo sie hinschlug. Als er sie schließlich überwältigt hatte, warf er sie aus dem Fenster – zum Glück gab's unten Gras. Uns fiel es manchmal nicht leicht, so zu tun, als bemerkten wir nichts.

Nach solchen Exzessen nannte er den Vogt Sax von Pfäffers, der ihr damals die Haare abgeschoren hatte, einen weisen und weitblikkenden Mann. Aber was half es. Sie trafen in der Liebe mit der gleichen Wucht aufeinander wie im Zorn, und so ging das erste halbe Jahr in Deutschland dahin wie ein Sturmwind. Dann wurde Alayta schwanger, und das sänftigte sie und gab Federico Rücksicht auf ihre Launen ein.

Langsam gewöhnten wir uns an die Kälte. Unser Herr lernte den Reiz von Dingen zu kennen, die er unter südlicher Sonne sicher nie wahrgenommen hätte, er lernte es, im Vorfrühling, wenn das Wasser die Haut wie tausend glühende Nadeln umgab, in Flüssen zu baden – hinterher tobte er durch den Wald, zugleich kalt und heiß, wie neugeboren. Oder er genoß die Jagdausritte in die riesigen Wälder, etwa an einem sonnigen Tag im Februar, wenn die Luft still ist, der

Boden noch gefroren, Reif liegt auf den Bäumen, es riecht nach Holz und Wasser, und die Wärme zwingt uns, die Pelze zu öffnen, obgleich an manchen Stellen noch Schnee liegt. Wenn wir gegen Mittag zurückkamen, hatte Fedrí rote Wangen und einen zügellosen Appetit, so daß er am liebsten die Sonne, die wie eine blasse Apfelsine im Dunst stand, verspeist hätte.

Manchmal nahm er auf solche Ausritte Alayta mit. Eine halbe Stunde, bevor wir uns der Pfalz näherten, schob er dann sein Pferd neben das ihre und begann in einem Gemisch von Deutsch, Latein und Arabisch leise auf sie einzureden. Er liebkoste sie mit Worten, als wären es Hände, malte ihr aus, was er zu Hause mit ihr vorhatte, was sie sich wünschte und was er wollte, wohin er sie küssen, wie streicheln, wie oft und auf welche Weise er es mit ihr machen wollte, bis sie, unter dem ununterbrochenen Strom wollüstiger sanfter Reden gleichsam auf kleinem Feuer gegart, nach Luft schnappte und ihre unsteten Augen hin und her gingen wie ein paar Wasserläufer.

Waren sie dann angelangt, so nahmen sich weder die Majestät noch die Dame die Zeit, sich aus den Pelzen helfen zu lassen, sondern liefen hinein, und ihre Kleidungsstücke markierten ihren Weg. Und während die Schreie Alaytas die königlichen Gemächer erschütterten, warteten die hungrigen Jagdgenossen gemeinsam mit den ratlosen Köchen und verließen sich auf meine Schätzung, wann es wohl Zeit sei mit dem Essen – denn daß Tafel gehalten wurde, verstand sich. Danach wurde regiert.

Wie das aussah, willst du wissen?

Vor allem wurde erst einmal nach erprobtem sizilischem Muster Ordnung in die Verwaltung gebracht. Die staufisch-elsässische Hofkammer war ein einziges Durcheinander, als wir ankamen. Seit einem Jahrzehnt hatte hier niemand mehr nach dem Rechten gesehen. Der Rentmeister Wölfflin von Hagenau, ein Mann, von dessen silbernem Scheitel Würde und Ehrbarkeit auszustrahlen schienen, glaubte wohl, leichtes Spiel mit dem Puer Apuliae zu haben. Sonst wäre er nicht so leichtsinnig gewesen, ihm seine Bücher zur Überprüfung vorzulegen. Er konnte nicht wissen, daß der kleine König rechnen konnte wie ein Levantiner. Auch das Talent des Notaro unterschätzte er offenbar.

Als er die ersten Proben von Friedrichs verwaltungstechnischem Ingenium erhalten hatte, wollte er seine Buchführung zurückziehen, um ‚noch einmal nachzurechnen', aber da war es schon zu spät. Nach drei schrecklichen Tagen, in die Enge getrieben wie ein Keiler von Jagdhunden, brach er zusammen und gab die Unterschlagungen zu, die ihm der neue Herr unter die Nase hielt.

Wölfflins Absetzung und Bestrafung erregten in ganz Germanien Aufsehen. Sie bewies, daß dieser Herrscher offenbar neben seiner ‚milte' noch andere, nicht zu unterschätzende Eigenschaften hatte. Als dann die Hofkammer das Rechnen mit arabischen Zahlen nach dem Buch des Magisters Fibonacci einführte, waren die Fürstbischöfe die ersten, die um die neue Methode nachfragten, da ihre Nützlichkeit offenbar war, und wir hatten wieder einen Vorteil auf unserer Seite.

Sobald die Alpenpässe in unserer Hand waren, machten wir die Deutschen staunen durch das, was da zu uns kam: leichte und schnelle Pferde arabischer Zucht, ungleich den schweren Ritterrössern des Landes, ein Trupp Arbeiter des königlichen Tiraz zu Palermo, da dem Herrn vor allem die Schmiede und Sattler hierzulande nicht fein genug arbeiteten, die muslimische Leibwache, viele Kisten voller Bücher in lateinischer, griechischer, hebräischer und sarazenischer Sprache – und die Frauen."

„Welche Frauen meinst du, Ridwân?"

„Nun, nicht der gesamte Serraglio. Zu Anfang waren es vier, sorgfältig ausgewählt, die Fedrí immer am liebsten gewesen waren. Sie hatten uns eigentlich am meisten gefehlt. Nichts gegen die germanischen Damen – aber die Atmosphäre eines Frauenhauses ist durch nichts zu ersetzen.

Am Tag ihrer Ankunft war der König nicht auf Hagenau. Ich sorgte für die Unterbringung der Schönen und ihrer Wächter und ließ alle Kamine heizen, obgleich es ein milder Frühsommertag war. Als mein Herr am Abend heimkam, zog der würzige Buchenholzrauch, vermischt mit heimischen Spezereien, über den Innenhof dahin. Er schnupperte. ‚Was hat das zu bedeuten, Kämmerer?' fragte er unruhig. ‚Es riecht, es riecht wie . . .'

‚Es riecht, teurer Gebieter, nach Aloe und Sandel, nach Myrrhe und Narden', erwiderte ich mit stiller Freude. Und indem ich in der Art der Kaufmannsdiener meiner Heimat die Hände über der Brust kreuzte, fügte ich scherzhaft auf arabisch hinzu: ‚Die Karawane meines Herrn ist angekommen und hat Reichtümer die Menge gebracht.'

‚Und?' fragte er kurz und biß sich auf die Lippe. ‚Alles gesund und wohlauf?'

‚Alles gesund und wohlauf und bereit zum Empfang.'

Wir sahen uns an und lächelten mit den Augen, und er bestimmte noch vom Pferd herab: ‚Der Überbringer so guter Botschaft soll nicht ungelohnt bleiben. Er möge mich heute abend dahin begleiten, wohin sonst keines anderen Mannes Fuß einzudringen hat.' Da tat mein Herz einen Freudensprung.

Ach, wer kann ermessen, was es bedeutet, heimzukehren zum Haar unserer Frauen! Sollte ich beschreiben, wie ich mir die Eröffnung der Paradiespforte vorstelle, so würde ich nichts Besseres wissen als den Augenblick, da jene Tür sich auftat und wir im Glanz der Lampen das dunkle Haar erstrahlen sahen, die langwallende schwarze Flut, die geringelten üppigen Locken, die vielen kleinen, mit Gold umwundenen Zöpfe, die dicken nachtfinsteren Flechten. Nichts ist zu vergleichen dem blühenden Haar unserer Frauen. Das Klirren der Fußspangen und Ohrringe machte uns die Brust weit. Palermo umfing uns mit dem Geruch von Moschus und Ambra, das Schloß La Ziza war im Gürtel der Hüften verborgen und die linden Abende des Parks Gennoard in den weichen Armen, die uns liebkosten, und Hände und Augen waren beredter als Sprache. So fand ich mich denn, daß ich, hingelehnt in Zumurruds Lockengeringel, auf einmal weinte, als wäre ich ein Kind.

Mein Herr aber, der von Chatûns schwarzen Gliedern umfangen war wie eine Ulme von der Rebe, rief mit liebreichem Spott: ‚Hoi, Kämmerer, was ist das! Flennst du, statt zu lachen? Das kann ich nicht dulden. Auf, ihr Mädchen, und vor allem du, Zumurrud, tröstet mir den Ridwân ibn Shurai, auf daß es nicht schändlicherweise von euch heißt, ihr hättet einen Freund des Sultans in Traurigkeit gelassen!'

Da vergaß ich schnell meine Tränen, und wir spielten bis zum Morgen.

Am nächsten Tag las Berardo meinem Herrn die Leviten, aber der zuckte nur die Achseln, vor allem, da sich bald zeigte, daß der Harem sein Ansehen bei den deutschen Rittern erhöhte – die blickten voll Neid und Respekt auf die verschleierten Mädchen und ihre Hüter. So ließ der Bischof seinen Unmut an mir aus, aber im Schatten der Gnade meines Herrn konnte ich seiner lachen."

„Du und Berardo, ihr wart euch nicht sonderlich zugetan, wie?"

Ridwân schmunzelt. „Er war ziemlich eingenommen gegen mich, einmal meines Glaubens wegen und dann, weil wir gemeinsam zu den Frauen gingen oder weil ich bisweilen mit meinem Herrn schlief. Beides hielt er für eine große Sünde. Ich denke aber, am meisten war er eifersüchtig auf das, was er meinen Einfluß auf Friedrichs Seele zu nennen pflegte, was immer das gewesen sein mag."

„Und du? Warst du auf ihn eifersüchtig?"

„Ich war auf jeden Mann eifersüchtig, der meinem Herrn nahestand", sagt der Araber mit entwaffnender Aufrichtigkeit.

„Auf Pietro?"

„Natürlich."

„Auf Taddeo?"

„Auf Taddeo auch."

„Auf den Emir Fachr-ed-Din?"

Er senkt die Lider. „Auf den Emir kommen wir noch zu sprechen, Truda. Wir sind in Deutschland. Die Frauen waren gekommen."

„So ist es. Wie nahm Alayta die Sache auf?"

Riccardo lächelt. „Alayta war zu der Zeit in Nürnberg im Kindbett. So etwas wußte Fedrí zu arrangieren. Als sie kam, gab es das Übliche: Geschrei, Beschimpfungen des ‚geilen Bocks und seiner Heidenweiber', die Drohung, sofort wegzugehen. Dann setzte es Ohrfeigen für meinen Herrn, die er diesmal geduldig über sich ergehen ließ, schließlich waren sie der Preis, und dann wurde im Bett Friede geschlossen. Ein Friede übrigens, der nun langfristiger wurde, der nicht gar so hitzig im Streit zerbrach. Denn es gab die kleine Caterina, über deren Wiege sich die Eltern immer wieder versöhnten. Die Existenz des Harems wurde einfach mit keinem Wort erwähnt, und wenn Alayta eine der verschleierten Frauen sah, tat sie, als wäre da Luft. Sie war klug und hatte sich bei aller Wildheit so sehr in Gewalt, daß sie wußte, wie die Frage ‚Jene oder ich?' entschieden worden wäre – sie war Friedrich sehr verfallen damals.

Um diese Zeit gewannen wir auch den Sänger."

„Du meinst Herrn Walther, nicht wahr?"

„Walther von der Vogelwaydt, ja. Ob er ein Herr war, ich meine, ein Ritter, ein adliger Sänger wie die Troubadoure, das frage mich nicht, Truda. Obwohl ich ihm keinerlei Ehren absprechen will. Er war uns höchst nützlich.

Mein Sultan hatte ein großes Mißtrauen gegen fahrende Leute – wenn er sie nicht fest in Sold nehmen konnte, jagte er sie außer Landes. Und das mit Recht. Denn das Gauklervölkchen ist nun einmal alles andere als herrschaftsfördernd. Leute mit losem Mundwerk mochte er wohl leiden, aber nur in seiner Nähe, da hatte er sie unter Kontrolle. Ein Hofnarr konnte ihm die größten Frechheiten sagen, und er amüsierte sich darüber. Nur draußen wiederholen durfte er sie nicht. Als Meinungsträger, Wühler und Unruhestifter waren sie ihm verhaßt."

„Und du?"

„Ich teile diese Meinung. Geschichtenerzähler auf den Märkten mögen wohl gut sein, das Volk mit Märchen einzuwiegen. Zu weiter aber auch nichts."

„Du sprichst von meiner Zunft, Ridwân."

„Ich weiß, Frau Truda. Auch du warst mir einst verhaßt, ja, ich fürchtete dich auf eine dunkle und mir selbst unerklärliche Weise."

„Und nun? Kannst du dir diese Furcht erklären?"

„Ja, ich weiß es. Es ist, weil Unruhe sein wird, wohin du auch kommst. Selbst in der Unterwelt läßt du den Seelen keinen Frieden. So habt ihr Fahrenden es an euch. Meinst du nicht, ich säße lieber hier in der Kälte, meine Klinge über den Knien, schlafend, von nichts wissend, als so zu sprechen?"

„Ridwân, besinn dich! Du warst froh, mir erzählen zu können! Und wo ist die Kälte? Du sitzest hier, von sanfter Wärme umgeben ..."

„Ja, für dich", murmelt er undeutlich. „Du kannst dies hier nicht verstehen. Du suchst hier nach etwas, von dem du immer gleichzeitig auch das Gegenteil finden wirst. Hier gibt es nicht mehr Ja oder Nein, Hell oder Dunkel. Hier ist oben gleich unten und alles nichts und nichts alles, und die Dinge sind miteinander vertauscht. Heil euch, die ihr nicht versteht. Es ist nichts Menschliches."

„So willst du denn außerhalb des Menschlichen sein?"

Er atmet schwer. „Es ist immer dasselbe mit dir, Truda. Du bist lästig. Du quälst. Du willst, daß es anders ist, als es immer war."

„Ja, das will ich. Denn es ist nicht gut, wie es immer war."

„Ich weiß nicht. Vielleicht hast du recht. Vielleicht auch nicht. Aber unser Haß, unsere Furcht vor dir rühren daher. Es war schon immer unsere Furcht vor Veränderung. Wer verändert schon gern einen Zustand, wenn er sich noch irgendwie ertragen läßt, wer in der bewohnten Welt? Wir gehörten ja zu denen, die oben sitzen. Wer greift schon Fortunas Rad in die Speichen und dreht es mutwillig herum, wo doch Gefahr besteht herunterzufallen? Nur die, die unten sitzen. Und solche wie du. Er allerdings, er war in dieser Frage dir gleich. Er wollte verändern, immer verändern. Aus Neugier, aus Unrast, aus Schöpfertrieb. Darin unterschied er sich von uns. Aber was uns bei dir abstieß, zog uns bei ihm an. Es war, was ihm anderes Maß verlieh als das, womit man uns zu messen pflegte. Er war der Herr. Und immer wieder, wenn er uns überraschte, verwirrte, erschreckte, war uns, als erführen wir erneut, was göttliche Majestät ist, und sahen um seinen Kopf etwas, was ein Heiligenschein sein konnte, aber auch die Zeichen des gehörnten Scheitans."

„Du aber erzählst mir hier höchst menschliche Geschichten, bei allem."

„So höre sie dir an. Ich habe keinen Groll mehr gegen dich – ich habe gegen niemanden mehr Groll. Ich wollte, wenn ich noch Dort wäre, dich sanft in meine Arme nehmen und dir, während ich erzähle, vorsichtig die Haarflechten auflösen – das war immer mein heimlicher Wunsch."

„Wohl, um mich daran durch den Staub zu schleifen?"

„Das auch. Ich sage dir, es ist alles miteinander verwoben. Ruhe aus bei mir. Die Karawane ist eingekehrt in den Fondaco, die Kamele sind abgesattelt, schon kommen die Diener mit den Früchten. Ruhe aus bei mir."

„Kann es sein, Riccardo, daß du nur versuchst, mich hinzuhalten?"

„Es kann sein, es kann auch nicht sein. Ist es wichtig? Du willst die Geschichten hören, stimmt das?"

„Ja, das stimmt. Aber wo ist Pietro geblieben?"

„Er hat noch nichts in diesen Geschichten zu suchen. Er ist noch ein bettelarmer Student, der sich nachts durch Kontorarbeiten bei den Bologneser Bürgern das Brot für den nächsten Studientag erwirbt und für einen neuen weißen Kragen auf dem schwarzen Talar eine halbe Woche hungern muß."

„Aber er war die ganze Zeit bei mir!"

„So wird er wiederkommen. Mach dir keine Sorgen, ihn wirst du nicht so schnell los. Willst du, daß ich erzähle?"

„Ja, Kämmerer, lieber Sarazene. Erzähle. Es sitzt sich gut bei dir. Erzähle von der Gewinnung des Sängers."

Die Dienste Herrn Walthers

„Daß er zu uns überwechseln würde, wenn unser Sieg vollkommen war, daran bestand kein Zweifel. Hatte er doch immer seinen Sang dem hergeliehen, der an der Macht war. Wie sollte er anders? Er sang um Lohn, und auszahlen konnte nur der, der hatte. Das Kunststück bestand darin, ihn zu gewinnen auf die Ungewißheit hin – und es mußte in diesem Fall eine doppelte sein: zum ersten, ob der ‚Pfaffenkaiser' das Spiel gewinnen würde. Denn andernfalls wäre er aller Gaben wieder verlustig gegangen, die ihm die ‚milte' meines Herrn vielleicht schon auf Vorschuß gewährt hatte, und seinem guten Ruf als politischer Prophet tat es auch nicht wohl.

Zum andern aber hatte er allen Grund, Friedrichs dauerhaftes Wohlwollen ihm gegenüber anzuzweifeln. Immerhin hatte er zwei seiner ärgsten Feinde unterstützt, den Staufer Philipp, um dessentwillen das Kind von Sizilien einfach als Kronprätendent übergangen worden war, und den dicken Otto. Auch konnte er kaum wissen, daß seine wilden Strophen gegen die Pfaffen meinem Herrn diebisches Vergnügen bereiteten, wenn der's auch nicht offen zeigen durfte.

Dazu kamen andere Schwierigkeiten. Der Dichter hatte einen beträchtlichen Verschleiß an Herrengunst, da er seine Zunge nie im Zaum halten konnte, und als Minnesänger machte er mit seinen vierzig Jahren nachgerade eine traurige Figur. Um sein Brot zu verdienen, war er darauf angewiesen, gewisse Aufträge zu übernehmen. Auf diese Weise war er in der verzwickten Situation, seinen eigenen Übertritt zur staufischen Seite so zu vollziehen, daß er als Zugabe gleich noch ein paar Fürsten mit Fedrí versöhnte – die zahlten nämlich dafür. Und wäre Hermann von Thüringen nicht rechtzeitig gestorben, hätte wohl Herr Walther den Anschluß an die neue Partei gänzlich verpaßt. Der schwur nämlich bis zuletzt auf Otto, und der Sänger war bei ihm unter Vertrag.

Das erstemal hörte mein Herr Verse des berühmten Mannes in den Armen Alaytas. Sie war sehr stolz darauf, daß vor Jahren ihre Mutter von Herrn Walther besungen worden war, und zitierte zwischen zwei Liebesduellen ‚Si wunder vol gemachet wip'. Von dieser Art war der Deutschunterricht, den er bei ihr erhielt.

Federico hatte wie alle anderen Sizilier angenommen, daß es hier oben, wenn überhaupt, eine ganz andere Art von Poesie geben würde als an den Minnehöfen der Provence und des Kalifats, und er war überrascht, den Ton wiederzufinden. Alayta sagte mit Feuereifer die Verse auf. Freilich verloren sich die Ähnlichkeiten beim näheren Hinhören. Auch hier gab es Albes und Pastorellen, aber ihr Ton war wie das Rauschen eines Gebirgsbaches gegen den Wohlklang eines Brunnens. Da verlangte im Gedicht eines gewissen Kürenbergers eine Dame stürmisch nach einem Ritter, wolle er aber nicht ihr zu Willen sein, so verweise sie ihn des Landes. (Dies Stück liebte die rabiate Favoritin besonders, wie sich denken läßt.) Oder besagter

Herr Walther wünschte einer allzu spröden Schönen einen jungen Liebhaber, der ihr die alte Haut mit Rutenhieben verjüngt. Dergleichen im Lied eines Troubadours – undenkbar. Aber die junge Frau erklärte, Herr Walther sei eigentlich auch gar keiner. Er sei – Fedrí horchte auf ob des nie vernommenen Wortes – ein Berufsdichter. Seine Minnelieder seien die eine Seite. Darüber hinaus mache er noch vielerlei, und seine Stimme habe Gewicht.

Der König begann, sich bei den deutschen Rittern umzutun nach diesem Walther, und es war, als hätte er in ein Wespennest gestochen. Zornrote Stirnen bei den einen, die er mit frechen Schmähungen bedacht hatte, schadenfrohes Grinsen bei denen, die durch seine Verse Vorteile erhalten hatten oder einem Gegner eins ausgewischt sahen. Mochte der Sänger auch weitgehend unbeliebt sein – populär war er. Das war etwas nach dem Herzen meines Herrn, der es liebte, propagandistische Rundschreiben in die Welt zu schicken und diplomatische Briefe zu verfassen! Poesie als Mittler der Politik? Vortrefflich.

Daß wir es nicht mit einem duckmäuserischen Dienstmann zu tun bekommen würden, war eindeutig. ‚Herr Kaiser, ich bin Gottes Bote' – so war er vor Otto hingetreten. Sein Anspruch war Siegel seiner Qualität. Und es gab da ein paar Lieder, die zeigten, daß man sich möglichst gut mit ihm zu stellen hatte – Unmutsbezeigungen über Ottos ausbleibende Dankbarkeit beispielsweise mit Versen wie: ‚Ich sehe, daß man Herrengunst und Frauengruß / mit Roheit und Gewalt erwerben muß' oder: ‚So viele Herren kenn ich, die den Gauklern gleichen.'

Konrad von Scharfenberg machte seinen Sultan darauf aufmerksam, daß es nach diesem Lied an der Zeit wäre, sich um den Sänger zu bemühen. Offenbar sei der enttäuscht.

Fedrí bemerkte leichthin: ‚Schick ihm einen schönen Ring von mir oder so etwas. Es kann ja nicht so schwer sein, diesen Spielmann zu einem dritten Herrenwechsel zu bewegen.' Das ging natürlich gegen Scharfenberg, der es nicht anders gemacht hatte und sich zudem mit diesem zweifelhaften Ritter in einen Topf gemengt sah.

Alles lief folgerichtig ab. Das nächste Lied, das uns Fahrende aus Köln mitbrachten, begann: ‚Herr Otto sprach, er würde mich mit Reichtum überschütten / doch vergebens mußt ich mich in seinem Dienste quälen / wie soll ich König Friedrich nun um einen Lohn angehen / ich hab kein Recht, von ihm ein Stäubchen zu erbitten ...' Und so fort.

An einem Frühlingstag kam er zu uns. Es war ein Tag von der gemanischen Frühlingssorte, an dem es ununterbrochen regnete. Die Straßen hatten sich von einer frostharten Fläche in grundlosen Morast verwandelt, es schien unwahrscheinlich, daß demnächst etwas blühen sollte, und man fror in einer so markerschütternden Weise, daß man sich fast zurücksehnte nach der klirrenden Kälte des Februar.

Er erreichte Hagenau auf einem abgemagerten Rappen, der einst bessere Tage gesehen hatte. Unter dem tief ins Gesicht gezogenen Wetterfleck aus Loden sah ein unangemessen glänzendes Gewand hervor, stellenweise beschmutzt von Lehmspritzern. Ein Packpferd führte er selbst am Zügel, denn es gab weder Diener noch Knappen. Auch war da kein einziger Ministrel, ganz zu schweigen von Jongleuren oder Spielleuten, die ihn beim Vortrag auf Zither und Fiedel begleitet hätten, wie es sich für einen ritterlichen Troubadour geziemte. Seine Instrumente führte er in ein paar von Nässe geschwärzten Ledersäcken bei sich, in denen es bisweilen klang und schepperte, als rührte man die Schellen.

Sein Auftreten freilich stand in krassem Gegensatz zu seinem Aufzug. Die Art, wie er absaß, die Kapuze vom Kopf warf und mit einem Blick die Gebäude der Pfalz musterte, als taxierte er die Höhe seines Lohns, wie er mit frostklammen Fingern die regennassen Leinen den Stallknechten hinwarf und auf seinen durchlöcherten Schuhen zur Treppe schritt – das alles bewies, wie wichtig sich der Hungerleider nahm."

„Er war wichtig, Kämmerer", sage ich mit Nachdruck und unterlasse es hinzuzufügen: wichtiger als ihr alle.

Riccardo breitet die Arme, wiegt den Kopf. „Du sagst es, Truda. Und auch der Herr war der Meinung. Denn über seine Vorliebe für Poesie und Lautenklimperei ist kein Rechten, und dieser hier machte ja nun Stimmung landauf, landab. Fedrí amüsierte sich sehr, als ich ihm meldete: ‚Der von der Vogelwiese (natürlich wußte ich den Namen) ist angekommen, er hat keinen trockenen Faden auf dem Leib, zertretene Schuh und eine Miene wie der Großmogul. Wenn er heute abend singen soll, so sagt er, braucht er ein Zimmer mit Kamin, ein standesgemäßes Gewand und viel Würzwein.'

‚Laß ihm geben, was er verlangt, und bring ihn schnell zu mir, aber bitte vor dem Würzwein', sagte Federico vergnügt."

Ich unterbreche Riccardo noch einmal: „Wie sah er aus? Er ist mir nie unter die Augen gekommen."

„Ja, wie sah er aus?“ wiederholte der Kämmerer sinnend. „Er hatte strähnige Haare, denen man ansah, daß sie lange nicht gewaschen waren, und rote, von der Kälte aufgesprungene Hände. Seine Gesichtsfarbe war bleich, er hatte um den Mund so einen gewissen Zug und sah den König ohne Scheu und Scham an, als wollte er ihm hinter die Augen spähen.“ Unvermittelt schließt er: „Er sah aus wie du, Frau Truda.“

„Was für ein Unsinn“, sage ich aufgebracht. „Wie kannst du uns vergleichen. Ich bin nicht wert, ihm die Schuhriemen aufzulösen.“

Der Araber lächelt gutmütig. „Schon gut, Truda, schon gut. Du hattest mich gefragt. Laß mich erzählen.

Walther hatte also eine Privataudienz im neuen geschenkten Gewand und in älteren geschenkten Schuhen – so dicke hatten wir's damals auch nicht, daß wir die neuen Schuhe nur so weggeben konnten. Mein Sultan kam ihm mit einer Vertraulichkeit entgegen, als wäre der Sänger seinesgleichen. Er umarmte ihn und bemühte sich um ein Deutsch, als wär's Latein, versuchte seinen Worten das Klingende, Schwebende zu geben, das fremde Sprache stets in seinem Mund hatte. Natürlich kam er nicht auf gegen den Meister, der sich seinerseits allzu deutlich anstrengte, dem König zuliebe einfach, langsam, ohne pointierte Wendungen zu reden.

Ihr erstes Gespräch drehte sich, wie zu erwarten war, nicht um Poesie, sondern um Politik. Begierig sog Federico Neuigkeiten aus dem immer mehr zusammenschrumpfenden Lager Ottos in sich ein, ließ sich über die Haltung, Meinung und Eigenart dieser und jener großen Herren berichten, die Walther alle höchst genau und auf die bissigste Weise darzustellen wußte, und ließ ihn über die Stimmung in den Städten referieren. Der Raum hallte wider vom Gelächter des Königs und des Vagabunden.

Später kam Frau Alayta dazu, die darauf brannte, die Bekanntschaft des großen Sängers zu machen, und die vor den durchdringenden Augen des Liedermachers so freimütig ihre Reize entfaltete, daß ich schon um die Beherrschung meines Herrn zu fürchten begann. Aber die bewahrte er durchaus, wie sich zeigte. Bei aller jovialen Offenheit war er sich jeden Moment bewußt, daß der ‚nahe spehende‘, der genau hinsehende Spielmann schonungslos alle Schwächen, die er wahrgenommen hatte, den Ohren Germaniens preisgeben würde, wenn das gute Einvernehmen zwischen Herrn und Gaukler durch irgend etwas getrübt würde.

Am Abend zeigte sich deutlich, wie angebracht Vorsicht war, wie wenig man auf die Freundschaft dieses Fahrenden bauen konnte. Walther, bestens vorbereitet, trug drei Lieder vor. Nein, niemand hatte ihn vorher gefragt, was für Lieder das sein würden. Das galt als unmöglich. Man hatte einen Namen gekauft, die Töne wählte er selbst, und da gab es kein Dreinreden.

Den Abend war der Palas gedrängt voll vornehmen Publikums. Allein die Tatsache, daß der Sänger nach Hagenau gekommen war, hatte genügt, die bisher höchst zurückhaltenden Adelsherren und -damen der Umgegend an den ‚Hof ihres Königs' zu bringen.

Das erste Lied, das die buntglänzende Gesellschaft zu hören bekam, war das bekannte ‚Herr Otto sprach, er würde mich mit Reichtum überschütten'. Es gab niemanden, der es nicht schon gehört hatte, die Melodie pfiffen sogar die Stallknechte und die Küchenmägde. Aber was für ein Unterschied, es vom Verfasser selbst zu vernehmen! Da stand er, und ich hatte gewiß keinerlei Sympathien für ihn, Truda, da stand er, seine Zither im Arm, die Augen geschlossen, und sang, und siehe, als er geendet hatte, sprang ich zugleich mit den anderen auf und schrie vor Begeisterung. Dir geht es vor allem um die Texte seiner Lieder, aber was waren sie erst mit der Melodie und vor allem in seiner Darbietung! Gewiß, er war Dichter, Berufsdichter, wie Alayta sagte, aber noch mehr war er Musiker, Sänger, Gestalter.

Mein Sultan saß auf der Kante des Stuhls, und seine Augen blitzten vor Vergnügen. Das zweite Lied war von verblüffender Frechheit. Es lief darauf hinaus, daß der lange Otto durch seine Undankbarkeit zusammenschrumpfe, der kleine Federico durch ‚milte' zum Riesen emporwachse. Die Sache war so direkt und so respektlos, daß sich die germanischen Herren gar nicht zu lassen wußten vor Genugtuung, weil eigentlich beide Herrscher einen Hieb abbekommen hatten. Wir Sizilier sahen das etwas anders. Ich hörte 'mas Aquin', der am besten Deutsch verstand, ‚impertinente' zwischen den Zähnen murmeln, aber als er sah, daß der König lachte, nötigte auch er sich ein gequältes Lächeln ab.

Der dritte Gesang war ein unverblümtes Bettellied an den ‚Vogt von Rom und König von Apulien', gleich noch mit einem Zungenschlag, um Alayta zu gewinnen (‚wenn eine schöne Frau mir dankte, ich ließe auf ihren Wangen Rosen und Lilien erblühen'). Der Schluß verband geschäftliche Vereinbarung mit einem leisen Unterton von Drohung (‚bedenkt meine Not, auf daß Eure Not zergeh'). Wir waren ja einiges gewohnt inzwischen hier in Deutschland, aber das war doch ganz schön stark. Kein Zweifel übrigens, daß auch dieses Lied mit seiner eingängigen Melodie bald in aller Mund sein würde.

Dergestalt genötigt, schenkte der König dem Sänger zunächst einmal ein wunderschönes arabisches Pferd und machte ihm Hoffnung auf weitere Gaben – allerdings auch gegen entschieden größere Gegenleistungen als ein paar Schmähliedchen auf Otto, dessen Herrschaft sowieso dahinschwand wie Schnee vor der Sonne, nachdem bei Bouvines das französische Ritterheer die letzten Anhänger vernichtend geschlagen und die englischen Verwandten in die Schranken gewiesen hatte.

Mit seinen fast neuen Schuhen, seinem neuen Kleid und dem neuen Pferd zog Walther in den beginnenden Sommer hinein, wohlanständig ausstaffiert, aber auch jetzt nicht mit einer Spielmannstruppe versehen – nicht weil es zu kostspielig gewesen wäre (das war es auch), sondern um kein Mißtrauen zu erwecken. Eine allzu reiche Ausstattung hätte auf allzu weitgehende Zugeständnisse schließen lassen, und für die Mission des Sängers war es wichtig, daß er unabhängig wirkte. Schließlich sollte er werben und nicht vorzeigen, daß er geworben worden war.

Den Höfen stattete der Fahrende seine Besuche ab, aber vor allem auch den Städten, ja, er verschmähte es nicht, unter der Dorflinde die Fiedel aus dem Ledersack zu ziehen und erst ein Tanzlied, dann aber einen moralischen Spruch über die Bosheit der Zeiten und einen hoffnungsvollen Hinweis aufs wundersame Kind von Apulien zum besten zu geben.

Ich stand diesem Unternehmen von Anfang an eher skeptisch gegenüber, denn, Truda, diese Art von Macht der Poesie war mir unheimlich, und ich wollte sie nicht wahrhaben. Ein holdseliges Reigenlied zur Geselligkeit, ein Dichterwettstreit, wie ihn mein Herr liebte, oder eine schöne Frau im Serraglio, die einem mit ihren Gesängen die Brust weit machte nach den Mühen des Tages – das lasse ich mir gefallen. Hier erhielt das Singen und Sagen einen höchst bedrohlichen Aspekt. Ein Lied konnte einen Herrscher unmöglich machen oder ihn legitimieren – wo kommen wir denn da hin! Nein, es behagte mir gar nicht. Zumal da ja auch die preisenden Töne dieses Walthers noch von soviel Respektlosigkeit zeigten. Als ‚Fronbote Gottes' kam er daher, dieser abgerissene Gaukler, im Ton eines Sektenpredigers verkaufte er seine Ketzereien. Er war frech und käuflich. Und ich war tief erschrocken, als ich begriff, daß er die Gewalt, deren er sich so dreist rühmte, wirklich hatte, daß sein solistisches Theater das Welttheater war.

Wo Walther gewesen war, da wurde man staufisch. Es hört sich unglaublich an, aber es war so. Dieser windige Gaukler, der die Meinung mit der Herrengunst unzähligemal gewechselt hatte, vermochte den Eindruck seriösester Ernsthaftigkeit zu erwecken.

Während die hohen Herren über die schrankenlose Freigebigkeit des jungen Königs jubelten, hatten sie gar nicht begriffen, daß die Schnüre des Beutels längst wieder zugemacht worden waren, daß ‚daz chint' schon zielstrebig sizilische Verwaltungsprinzipien eingeführt hatte und eifrig darauf hinarbeitete, das zerstreute Krongut einzusammeln. Da wurden Vogteien übernommen und erledigte Lehen eingezogen, da wurden Besitzurkunden überprüft und Städte gegründet, ehe man sich's versah – meist hatte der Sänger den Boden bereitet. Als Otto starb, erstreckte sich das Herzogtum Schwaben, Federicos Stammland, von der westlichen Schweiz bis zum Elsaß, und nicht nur aufgrund jovial-fürstlicher Zustimmung waren weite Gebiete staufisch, sondern mit Brief und Siegel.

Im übrigen hatte der Fahrende über die propagandistische Arbeit hinaus Aufträge zu erledigen, die den deinen sehr glichen, Truda, und schon deshalb wundert es mich, daß ihr euch nicht einmal begegnet seid in der Kanzlei unseres Herrn. Walther war ein mutiger Mann. Du weißt ja selbst am besten, daß man auf den Straßen Germaniens um diese Zeit wegen weit weniger erstochen werden konnte als wegen eines königlichen Geheimschreibens. Aber wie du hatte er seine Freunde bei den Niedrigen und verstand es unterzutauchen.

Im Jahre 1220 lieferte der Dichter auf dem Hoftag zu Frankfurt sein Meisterstück.

Seit drei Jahren war Frau Konstanze mit dem kleinen Heinrich im Land, und seit drei Jahren versuchte der König langsam und beharrlich, seinen Sohn in die deutschen Angelegenheiten einzufädeln und aus Siziliendingen herauszuhalten, trotz ständiger anderslautender Versprechungen an den Papst. Bevor Fedrí das Land verlassen, sich zur Kaiserkrönung nach Rom, danach in sein Erbland und alsdann auf die Seiner Heiligkeit so häufig zugesicherte Kreuzfahrt begeben sollte, galt es, die Ansprüche des kleinen Enrico auf Germanien zu sichern, koste es, was es wolle – und es kostete in der Tat einiges.

Im April besagten Jahres war eigentlich die letzte Gelegenheit hierzu. Am Abend vor der entscheidenden Fürstenversammlung war der Auftritt Walthers angesagt. Natürlich wußte jeder, zu welchem Thema er sich wahrscheinlich auf Wunsch des Herrschers äußern würde, aber niemand, Fedrí eingeschlossen, hatte eine Ahnung, auf welche Weise er es tun würde. Er ließ sich niemals vorher in die Karten gucken.

So herrschte – etwas höchst Ungewöhnliches, wenn man weiß, mit welchem Lärmen die hohen Herren Germaniens ihre Würde zu bekunden pflegten – atemlose Stille, als der Vagant auftrat, in aller Ruhe seine Fiedel stimmte und zur allgemeinen Verblüffung ein paar Tanzschritte tat, als wäre er auf dem Dorfanger. Und in der Tat, er schien die Gewaltigen zu einem Reigentanz aufzufordern, allerdings mit Worten, die wenig zu der Gassenhauermelodie passen wollten, sondern wie ein Donnerschlag wirkten: ‚Ihr Fürsten, die ihr gern den König los wäret ...'

Man war einiges gewohnt von ihm. Aber das war an Unverblümtheit der Gipfel. Er erteilte ihnen in aller Ruhe den Rat, den König zu unterstützen, auf daß sie ihn eher los wären. Fort mit ihm auf den Kreuzzug, damit er ‚euch nimmermehr zu Hause stört'!

Hier gab es schon das erste unterdrückte Kichern in den Reihen der hohen Herren. Und dann redete er sie ganz ungeniert mit ‚ihr Feinde' an. ‚Würde er dort bleiben, so hättet ihr gut lachen ...' So eine Sprache hatte es noch nicht gegeben. Die ganz und gar durchschauten Potentaten, im Vollgefühl ihrer so offen ausgedrückten Macht, lachten schallend, schlossen sich den angedeuteten Reigenschritten des Sängers und Vortänzers an, und berauscht von ihrer Fürstenherrlichkeit mehr als vom vorher genossenen Wein, zog eine Polonaise germanischer Würdenträger hinter dem Rattenfänger her durch den Palas, prangend in Hermelin und Purpurseide. Sie waren nicht mehr zu halten.

Federico saß bleich und lächelnd auf seinem Stuhl und ließ sie an sich vorüberziehen, die Herren im Lande, die sich so unbändig darüber amüsierten, daß man ihre Absichten einmal beim Namen nannte. Ich glaube, in diesen Minuten sagte er sich von Germanien los. Hier, während des für seine Sache ja durchaus erfolgversprechenden Reigentanzes machtbesessener Landesherren, begriff er, daß die Arbeit, die er sich hier vorgenommen, nicht zu tun war.

Der Sänger löste sich von der bacchantisch entrückten Schar und trat zu Friedrich. Er war schweißüberströmt, das strähnige Haar hing ihm ins Gesicht. Und, indem er seinen durchdringenden Blick tief in die Augen des Herrn versenkte, sagte er mit einer bösen Geste zu den Vergnügten hin: ‚Da hast du sie, Herr. Princeps pricipi lupus.' Mein Sultan blickte zu Boden.

Am nächsten Tag wählten die deutschen Fürsten in Friedrichs Abwesenheit ‚spontan' und als ‚Zeichen der Dankbarkeit' das Kind Heinrich zum römischen König. Der Dank wurde gleichsam im voraus erstattet, denn drei Tage später gewährte Federico den geistlichen Principes das Statutum in favorem, eine Festschreibung und juristische Kenntlichmachung ihrer Gewohnheitsrechte.

Auch Walther wurde belohnt. Er erhielt einen Weinberg bei Würzburg, das von ihm vielbesungene Lehen, und konnte sich von da ab stolz ‚Herr' Walther nennen, freilich behielt er das Vogelweide-Vogelfrei auch als Lehnsmann des Königs bei.

Caesar und Sänger sahen sich danach nicht wieder.

Und ich glaube, Truda, daß unserem Herrn dieser Dichter genauso unheimlich war, wie du es uns warst – spätestens nach diesem enthüllenden Tanzlied zu Frankfurt. Walther machte hier etwas, was mein Sultan später oft als politisches Strategem anwandte – er setzte seine Widersacher außer Gefecht, einfach, indem er die Wahrheit kundtat. Die fabelhafte Stimmung, in die er die Deutschen mit seinem Sprüchlein hineingesteigert hatte, mußte ja in Katzenjammer umschlagen; schon, um sich gegen die ‚Unterstellungen' zu verwahren, mußten sie Heinrich küren. Die Sache ging beängstigend auf.

Auf ging auch Walthers Kalkül mit dem Brotgeber. Seine Keckheit streifte genau die Grenze des Machbaren. Es war fast eine Entblößung, so wie die Augen des Fahrenden die Menschen immer zu entblößen suchten. Und so immens war Federicos Weitherzigkeit nicht, daß er sich gern nackt abgebildet sah auf dem Thron der Deutschen, unter der schwersten Krone Europas.

Während wir südwärts zogen, warb der von der Vogelweide eifrig für den Kreuzzug und bemühte sich gemäß allerhöchstem Auftrag, Einfluß auf den kleinen Heinrich zu nehmen – was aber ganz und gar mißlang. Voll in seinem Element war der demagogische Poet, als Friedrich gebannt war – da konnte er seinem Haß auf die Pfaffen freien Lauf lassen, anknüpfend an jene Sprüche, die für Otto gemacht waren und über die sich König Federico auch schon als treuer Sohn der Kirche so ungemein amüsiert hatte."

Das Spiel von Aachen

„Ein König, der nicht gekrönt wird, ist kein König. Da mag einer noch so strahlend daherkommen und das verheißene Kind genannt werden – alles muß seine Ordnung haben, vor allem bei den Germanen. Aber da gab es Schwierigkeiten. Weder war der traditionelle Ort verfügbar, noch waren es die echten Insignien – beides befand sich in Händen Ottos. Erst als die Aachener genug hatten von den unmäßigen Forderungen des Ottonischen Statthalters und ihn davonjagten, konnte eine Krönung in Aussicht genommen werden. Natürlich war kein Gedanke daran, daß der Gegenkaiser die Reichskleinodien freiwillig herausgab, und so mußten wir das machen, was der Welfe damals mit dem sizilischen Königsmantel gemacht hatte: Wir mußten sie kopieren.

Wir zogen also nach Aachen – überhaupt waren wir in diesen Jahren sehr viel unterwegs, nicht nur, weil Fedrí sein neues Reich kennenlernen wollte, sondern vor allem, weil das Land und seine Bewohner immer nur für eine kurze Zeit in der Lage waren, unsere bescheidene Hofhaltung zu ernähren. Germanien war ausgeblutet von Fehden und Räubereien, in diesem kalten Klima reifte nur eine spärliche Ernte im Jahr, und um dem Boden überhaupt etwas abzuringen, war man gezwungen, stets ein Drittel der Felder brachliegen zu lassen. Hagenau war deshalb so günstig, weil die dichten Wälder ringsum das Wild für den Mittagstisch des Königs lieferten, und so paarten sich Jagdleidenschaft und Notwendigkeit im Bestreben, stets eine große Strecke zu machen.

In Aachen begann mein Herr sogleich, mit alter Wissenslust in den Klosterbibliotheken herumzustöbern. Vor allem hatte es ihm die Gestalt des Kaisers Karl angetan, der den Dom hatte bauen und den marmornen Thron darin hatte errichten lassen. Voller Neugier bewunderte der König das Oktogon, das achteckige Mittelstück der Kirche, das ihn lebhaft an arabische Festungen und sizilische Donjons erinnerte, und er fragte sich und andere, ob der Herr Karl wohl Sarazenen zu Baumeistern gehabt hatte.

Damals fingen wir gerade an, die ersten Früchte des Erfolgs zu ernten. Der Welfe war nur noch ein Schatten, nachdem ihn die Franzosen für uns geschlagen hatten, auch die letzten deutschen Herren hatten begriffen, wer der Sieger sein würde, Schwaben war fester Besitz des Hauses Hohenstaufen, die Goldene Bulle von Eger schrieb als erstes Gesetz den Landfrieden fest, und mit unseren Finanzen ging es aufwärts. Letzteres bewog Friedrich, den Silberschrein für die Gebeine des Großen Karl zur Krönung in Auftrag zu geben. Diesen Schrein hatte bereits sein Großvater Barbarossa anfertigen lassen wollen.

Damals führte mein Herr auch erste Verhandlungen mit dem Ordensgeneral der Grauen Mönche, der Zisterzienser, in deren Gebetsgemeinschaft er sich damals aufnehmen ließ. Die Zisterzienser waren hervorragende Organisatoren, Landkultivatoren, Agronomen und Architekten. Die Baumeister aller sizilischen und apulischen Schlösser, Burgen und Castelli waren später Zisterzienser. Es war ein sehr nützliches Unternehmen.

Im Juli 1215 fand dann die Krönung statt."

Riccardo schweigt.

„Ist das alles, was du mir darüber zu sagen hast?" frage ich verblüfft.

Sein Gesicht verschließt sich, die Lider senken sich über die Augen. „Du kannst nicht annehmen", sagt er kühl, „daß ich als gläubiger Muslim eine christliche Kirche betrete – auch nicht, wenn darin mein Herr gekrönt wird. Es tut mir leid. Ich war nicht zugegen. Ich war auch nicht zugegen bei diesem Gelübde."

Das Salböl riecht nicht besonders gut, und die Insignien sind falsch, aber Krönung bleibt Krönung.

So, das hätten wir, denkt er aufatmend, als ihm der Erzbischof von Mainz vorsichtig die silberne Krone der Deutschen auf die Schläfen drückt. Er fühlt die Kühle des Reifs, hört den ausbrechenden Jubel der Chöre – das wäre geschafft. Der Erzbischof ist echt, und der Dom ist echt, und ich selber bin's ganz und gar mit dieser Krone auf dem Kopf. Wie dichtete doch dieser Walther auf meinen Onkel Philipp – daß die Krone dem „süezen jungen man" stehe, als sei sie für ihn gemacht. Er verbeißt sich ein Grinsen. Schade, Spiegel haben wir keinen hier.

Seine Sizilier sind zu Tränen gerührt, es ist höchst feierlich. Aber ihr Caesar hat inzwischen schon wieder ein höchst unfeierliches Gesicht und beeilt sich, in die Krypta hinunterzukommen, wo gerade die Gebeine Karls des Großen exhumiert werden zwecks Umbettung in den bereitstehenden Prunkschrein – übrigens völlig außer Protokoll, daß er da runterläuft und neugierig die Knochen des großen Vorgängers beguckt, bevor sie, in seidene Tücher gehüllt, nach oben getragen werden.

Von da ab geschieht nur noch Überraschendes. Als Höhepunkt des Zeremoniells ist vorgesehen, daß er von dem sechs Stufen erhöhten Thron Caroli Magni aus der Schließung des Silberschreins beiwohnt. Aber noch bevor er feierlich Platz genommen hat, fällt dem vor Aufregung fahrigen Meister der Silberschmiede da oben auf dem Gerüst der Hammer herunter.

Feierlich kann's nun nicht mehr hergehen. Die majestätische Stille ist durchbrochen von dem Gepolter und dem leichten Aufschrei der Umstehenden, das bisher brav kniende Volk reckt den Hals, steht auf. Was gibt's denn? Gemurmel. Der gekrönte König nämlich hat den Fuß auf den Hammer gesetzt, bevor noch jemand zugreifen kann, schnallt sein Wehrgehenk mit dem Zeremonienschwert ab, entledigt sich des steifen Purpurmantels, als gelte es, noch einmal den Lambro zu durchschwimmen, und klettert mit der Behendigkeit seiner zwanzig Jahre selbst auf das Gerüst, den Hammer hat er sich zwischen die Zähne genommen.

Dem schreckensstarren Werkmeister gebietet er freundlich, ein bißchen zur Seite zu rücken, und dann schlägt er eigenhändig die bronzenen Nägel ein, jeden mit vier Schlägen, gekonnt, wie sich das für jemanden gehört, der den Schiffbauern der Uferstraße in Palermo zur Hand gegangen ist. Das Gemurmel im Kirchenschiff wird zu brausendem Beifallsruf. Die Aachener sind höchst angetan von ihrem Caesar, man hört und sieht es. Begeistert schwenken sie Tücher und Mützen und brüllen statt eines Te deum laudamus ihr „heil herro". Auch des Meisters anfänglicher Schrecken ist einem breiten Strahlen gewichen, und er sieht anerkennend dem Werk zu.

Noch von da oben hat der schnelle Blick Friedrichs im Seitenschiff eine lange dunkle Gestalt mit einem roten Kreuz auf der Kutte erspäht. Das ist der Kreuzzugsprediger Oliver Scholasticus, der die Leute nach jedem Kirchgang für die Befreiung des Heiligen Grabes zu gewinnen sucht – ohne großen Erfolg. Man ist der Kreuzzugswerbung müde, und das Feuer des Glaubens brennt auf Sparflamme, seit die Tausende verführter Kinder, die vor Jahren über die Alpen zogen, nicht wieder heimkehrten. Auch heute, nach der Krönung also, hat der lange Schotte wieder vor, zur Reise nach Jerusalem aufzufordern.

Das Hochamt nähert sich dem Ende. Im Glanz der großen Kerzen, im Duft des Weihrauchs gleicht die Kirche Karls des Großen mit ihren bunten Marmorsteinen und dem seltsamen Säulenachteck fast einer Kathedrale Siziliens. Die Kühle der dicken Mauern ist angenehm an diesem Hochsommertag, und durch die bunten Fenster gewinnt das Licht eine Glut, als dringe die Sonne des Südens in den Raum.

Federicos Gesicht unter den hohen Zacken der silbernen Krone bekommt einen Ausdruck von Zerstreutheit – wäre Berardo hier, der ihn sehr genau zu beobachten pflegt, so würde er wahrscheinlich beunruhigt sein. Dergleichen entrückter Blick sagt ihm, daß sein Herr gleich einen von niemandem erwarteten Beschluß fassen wird. Aber Berardo ist nach Rom gereist, wo im November das IV. Laterankonzil stattfinden wird, um der Sache seines Herrn zu nützen. So ist Erzbischof Siegfried von Mainz etwas verwundert, als er den Caesar Romanorum auffordert, auf dem Thronsitz Platz zu nehmen, und als Antwort nur ein abwesendes „Wie? Was? Ja, sofort" vernimmt.

Mythische Weihen, gut und schön, hier im Norden. Aber der Weg geht nach Süden. Rom und so weiter ...

Mit der Gebärde eines Schwimmers, der die Wogen zerteilt, macht Federico sich Platz unter den großen Herren, geht geradeswegs auf die dunkle Gestalt am Säulengang zu, die ihr leise gemurmeltes „Befreit das Heilige Grab!" jetzt anschwellen läßt, bleibt vor dem Prediger stehen. Mit schwungvoller Geste wendet er sich um zu den germanischen Potentaten. „Ich, der gesalbte König und Nachfolger Caroli Magni, nehme hier, angesichts der Gebeine des großen Kaisers und Herrn, das Kreuz aus der Hand dieses heiligen Mannes und gelobe, als Schützer der Christenheit den Krieg gegen die Ungläubigen zu führen und die heiligen Stätten aus der Gewalt der Heiden zu befreien." Und, da sich Oliver Scholasticus vor Verblüffung genausowenig rührt wie Hof und Volk: „Nun mach schon, steck mir das Zeichen an!"

Für Erzbischof Siegfried und seine Kleriker bleibt, konfrontiert mit so frommer Tat, gar nichts anderes, als lobpreisend in die Knie zu sinken und Zweifel und Fragen auf später zu verschieben.

Ridwân sitzt in sich zusammengesunken in seinen Polstern, den Kopf auf den Armen. „Wir waren wie vom Donner gerührt, ich und alle seine muslimischen Diener, als er das rote Kreuz auf weißem Grund von seiner Krönung nach Hause brachte."

„Hat er euch etwas erklärt?" frage ich.

„Glaubst du, er war uns Rechenschaft schuldig", murmelt der Kämmerer feindselig.

Ich zucke die Achseln. Eigentlich finde ich, ja. Riccardo war einer seiner engsten Vertrauten. Federico schlief mit ihm und schlug ihn, er ließ ihn seine Gelder verwalten und seine Frauen besuchen – wäre ein klärendes Wort zuviel gewesen? Sicher war er zu dieser Zeit schon nicht mehr der zynisch-offenherzige Knabe von einst, sondern verbarg seine Gründe mehr und mehr. Aber Erfolge, wie diese Krönung, brachen seine Kruste auf, holten ihn aus der Reserve. Trotzdem gab es keinen Kommentar zu diesem Entschluß, weder zu Christen noch zu Heiden eine Erklärung.

„Was meinst du?" dringe ich in Riccardo. „Du kennst ihn. Hat er es aus Frömmigkeit getan? Fühlte er sich zu diesem Zeitpunkt vielleicht wirklich als guter Sohn der Kirche, als ‚König von Gottes und Papstes Gnaden'?"

Jetzt fährt der Sarazene auf. „Für ihn war der Messias eine Formel in der Zeremonie seiner Herrschaft, nicht mehr und nicht weniger. Er sprach unsere Sprache wie wir, er befolgte unsere Bräuche und betete das Siebengebet mit uns, er beging den Tag der Hedschra festlich und wählte sich seine vertrautesten Freunde und Ratgeber aus unserem Volk. Mein Vater, der Imam, war ihm ein Vater gewesen! Daß er gegen die Bergsarazenen Siziliens zu Felde zog, das war nicht gegen unseren Glauben gerichtet, sondern die waren Räuber und Verächter der königlichen Macht. Aber Jerusalem von den Ungläubigen befreien? Was für ein Unterfangen für jemanden, der den Islam liebte und kannte wie er!" Er verstummt jäh, als habe er zuviel gesagt. Leise setzt er hinzu: „Wie dieser Kreuzzug nachher ausfallen sollte – keiner von uns konnte das wissen. Sowenig, wie wir ihn verstehen konnten."

Ich lasse nicht nach. „Aber ihr müßt doch versucht haben, eine Erklärung zu finden, Riccardo."

„Nein. Es gab keine, und wir fanden keine. Vielleicht wollten wir auch keine finden, außer er hätte sie uns selbst gegeben. Da war viel Seufzens und Stöhnens unter den Dienern des Propheten zu jener Zeit, und viele Gebete stiegen auf zu Allah, ohne daß uns eine Antwort kam. Böse Blicke und haßerfüllte Reden trafen uns von allen Seiten, aber unser Herr begegnete uns, als hätten wir gar nichts mit seinem Gelübde zu tun, und so gewöhnten sich die Familiaren und der Hof wieder an uns."

„Hast du während dieser Zeit erwogen, deinen Herrn zu verlassen?"

Mit gesenktem Blick sagt Riccardo: „Nicht ich allein habe es erwogen. Alle Araber, die wir hier am deutschen Hofe waren, sieben oder acht an der Zahl, vom Finanzberater bis zum Falkenier, fanden wir uns zusammen, um zu ratschlagen. Der große Salah-ed-Din – Allah erleuchte seine Seele und gebe ihr Heil! –, der König, von dem Hilfe kam, hatte einst den Dschihad, den Heiligen Krieg gegen alle Christen, ausgerufen, die wagen sollten, ihren Fuß ins Heilige Land zu setzen. Verflucht mit dreifachem Fluche war, wer einem solchen Eindringling diente, ein Verräter durch und durch an der Sache des Islam. Aber der Dienst bei den Kreuzrittern setzte bisher immer voraus, daß jene Muslime ihren Glauben an den Propheten verleugneten, und das taten wir nicht. Im Gegenteil, der unser Herr war, bestärkte uns in unserem Glauben und ließ uns in dessen Ausübung frei und ungehindert. Wir entschlossen uns, bei unserem König zu bleiben.

Ich weiß nicht, ob er ahnte oder ob er vielleicht sogar unterrichtet war, daß wir uns versammelt hatten. Denn es so war: Mit keinem Wimperzucken zeigte er an, daß er unseren Entschluß zu würdigen wußte. Er verhielt sich nicht anders als immer, und meinen Kummer schien er nicht zu sehen."

„Du warst ihm fern damals."

„Ich war ihm fern", bestätigt der Kämmerer leise, den Kopf noch immer auf den Armen. „Und ich weiß nicht, ob ich ihm jemals wieder so nah gekommen bin, wie ich es vordem war. Die Gewohnheit kittete den Riß, und manchmal schien es, als wäre nichts gewesen. Vor allem, als ich dann erlebte, wie klug und geschickt er in Palästina agierte, wie er sich unserer Hilfe bediente, sein Ziel zu erreichen. Als Fachr-ed-Din dann kam . . ." Er verstummt wieder. „Ich mag nicht", murmelt er tonlos, „mag diese Dinge nicht erzählen. Suche dir, wen du willst, Truda, laß mich."

„Ja, laß ihn", vernehme ich hinter mir Pietros Stimme. „Er taugt nicht zu den Themen der Politik, und zu denen, bei welchen er sich berührt fühlt, schon gar nicht. Er hat eine zarte ritterliche Seele, wenn auch nicht allzuviel im Kopf. Du siehst, er ist nicht einmal beleidigt."

„Ich bin alles andere als froh, dich wieder bei mir zu wissen", sage ich.

„Aber du brauchst mich", erwidert er schadenfroh, „denn mit ihm kommst du nicht weiter. Bei deinen Fragen! Verehrte, was willst du von ihm? Er legte seinem Herrn die Kleider zurecht und ordnete den Damen die Locken, bevor der Kaiser sie bestieg."

„Und das läßt du dir sagen, Ridwân ibn Shurai?“ hetze ich empört.

Er antwortet nicht, hat wohl überhaupt nichts gehört, ist ganz in sich versunken. Hat er das Erscheinen des Blinden überhaupt wahrgenommen? Verschwimmt er nicht in seinem Lampenlichtkreis, ist gar nicht mehr recht vorhanden?

„Komm“, sagt der hinter mir, „auf daß du begreifst, welches die Gründe sind, die uns zu Entschlüssen bewegen.“

Vor mir ist es hell. Ein Kornfeld dehnt sich bis an den flimmernden Horizont. Vinea betritt es ohne Zögern, geht vor mir her durch das Getreide, als sei es nur Gras, und ich, in jahrhundertealten Gewohnheiten befangen, zögere, meinen Fuß in das Brot von morgen zu setzen.

Pietro dreht sich um, sein entstelltes Gesicht zum Lachen verzerrt. „Was zögerst du, deine Gärten zu betreten? Es ist alles nur Schein, ein großes Panorama, aufgebaut nach deinen Wünschen, mit dir verlöschend.“

„Ich laufe nicht durchs Kornfeld.“

„Da ist kein Korn. Aber immerhin. Komm, geh in meiner Spur, wenn du so heikel bist. Da trittst du nur auf das, was ich schon vernichtet habe.“ Er lacht auf und geht los, er ist sicher, daß ich ihm folge; wenn ich etwas erfahren will, geh ich sogar durchs Korn. Nach ein paar Metern verbreitert sich der Trampelpfad zu einer Schneise, und Vinea macht eine einladende Handbewegung, die mich neben ihn ruft. So gehen wir, aber dann hört die Schneise auf, und ich bleibe trotzdem neben ihm.

Plötzlich sagt er: „Gib mir das Messer, das du aufgehoben hast“, und seine Stimme ist so herrisch, daß ich ohne Protest in mein Wams greife und ihm die verrostete Klinge reiche, während das Korn trokken raschelt unter unseren Schuhen.

Pietro nimmt sie und beginnt damit im Gehen die Ähren von den Halmen zu schlagen. Er tut es mit einer harten und schnellen Bewegung aus dem Handgelenk, als habe er, der Bücherwurm, sein ganzes Leben nichts anderes getan als Felder gemäht, auf diese urtümliche Weise, wie es die Bauern Germaniens zu Federicos Zeiten taten, so, daß der Halm zumindest in halber Höhe bleibt, Versteck der Wachteln und Dünger für die nächste Ernte.

„Was machst du da?“ frage ich beunruhigt.

„Das weißt du nicht?“ gibt er zurück. „So ging er einst durch das Feld mit seinem Jünger, dem Ezzelino da Romano, dem er die Selvaggia zur Frau gegeben hatte, und sie sprachen über die Dinge des

Staates. Ezzelino hatte ihm aber gerade Verona erobert, die Stadt, die das Tor zu den Alpenpässen war, und fragte, was er mit den widerspenstigen Nobili dieser Stadt machen solle. Der Herr sagte gar nichts darauf. Nachdem sie aber eine Weile gegangen waren, zog er seinen Dolch aus der Scheide und begann die Getreidehalme zu köpfen, und da ihn der Herr von Romano fragte, was er täte, erwiderte er lachend: ‚Das, was man mit seinen Feinden tun soll.' Und von Stund an ..."

„... von Stund an", unterbreche ich ihn aufgebracht, „ward der Ezzelino ein grausamer Tyrann, der die Köpfe rollen ließ, wie der Schnitter die Ähren köpft im Feld. – Meinst du, ich kenne diese Geschichte nicht? Sie gehört zum Arsenal der Anti-Federico-Mären. Du müßtest doch am besten wissen, daß die Brüder Romano von jeher erbarmungslose und tückische Männer waren."

„Wie ich sehe, nutzt du jede Gelegenheit, ihn zu verteidigen", bemerkt Vinea, und es klingt nicht einmal zynisch. „Jedoch bedenke, sie waren seine Familiaren." Er köpft weiter Ähren, es zischt.

„Hör auf damit", sage ich leise, „und gib mir das Messer wieder."

„Ich habe dich bereits einmal vor diesem Messer gewarnt", entgegnet er, „aber wie du willst. Hier hast du es." Der Griff ist kalt, als sei es in niemandes Hand gewesen. „Indessen, du wolltest etwas von mir wissen – die Gründe für das Kreuzzugsgelübde, über das sich die Hohlköpfe verwundern.

Vielleicht erinnerst du dich, daß er seine Regierungsjahre später von der Aachener Krönung ab rechnete – sie war gleichsam die Vorwegnahme der Kaiserkrone. Und die erste politische Tat des Gesalbten war ein genialer politischer Schachzug: Er nahm dem Papst die wichtigste Initiative aus der Hand; denn niemand hatte ihm damals einen Zug zum Heiligen Grab abverlangt. Im Gegenteil, Innozenz war ganz versessen darauf, selber der Befreier der Stätten Christi zu heißen und die Unternehmungen zu leiten. Und auf einmal schwingt sich der ‚Pfaffenkaiser' zum Schwert der Kirche auf und nimmt Sanctitas Sua, ohne zu fragen, die Arbeit ab.

Außerdem war der geplante Krieg im Orient das einzige Druckmittel, die deutschen Fürsten zu bestimmen, Heinrichs Nachfolge zu bestätigen. Das Land mußte ja verwaltet werden, auch wenn der Herrscher abwesend war.

Und, teuerste Truda, vergiß nicht: Er hatte damals fast drei Jahre Glück gehabt. So etwas hat immer Folgen. Bei ihm die, daß er an seine Sendung als Imperator, an sein göttliches Recht zu glauben begann. Mochte er noch soviel Witzchen reißen über nebulöse und vernunftlose Mythen – er selbst schwamm mittendrin. Das war das eine – das andere war, *wie* er das Gelübde einzulösen trachtete. Denn, maßlos, wie er war, hatte er nicht vor, sich wegen des einen von dem anderen zu trennen: nicht wegen des heiligen Kreuzes von den Arabern noch von den Reichsplänen. Ja, das Gelübde kam ihm oft genug ungelegen. Aber die Krone von Jerusalem war auch nicht zu verachten."

Ich kann nicht umhin, Pier zu bewundern. Seine Darlegungen, klar, präzis und ohne die Verbrämungen der Kanzlei, sind so einleuchtend. Und dennoch – irgend etwas kann nicht stimmen. Es geht alles zu genau auf, wenn Petrus erklärt, es bleibt so gar kein Rest, völlig verschwindet darunter das Bild, wie der junge König mit dem seltsamen Ausdruck von Zerstreutheit im Gesicht plötzlich vor Oliver Scholasticus steht und sich das rote Kreuz auf weißem Grund an den Mantel heften läßt. – Wieder einmal schlägt meine Anerkennung in Gereiztheit um. „Du warst nicht dabei", sage ich. „Hat er es dir erklärt?"

„Muß man immer dabeisein, um etwas zu verstehen?" antwortet er verachtungsvoll. „Ich glaube, je weiter man weg ist, um so besser versteht man."

„Und läufst du mir deshalb nach?" gebe ich zurück. „Überhaupt, wo warst du, als ich im Dunkeln allein war? Hattest du Besseres zu tun, eine andere Spur gefunden vielleicht?"

Er schweigt, schweigt auch, als ich ihm mit barschen Worten erkläre, ich wolle wieder zu Riccardo zurück, geht noch immer neben mir, den Kopf gesenkt, den Bart auf den weißen Kragen seines Talars gedrückt. Wie er hin- und herpendelt zwischen Demut und Überheblichkeit, zwischen Resignation und zynischer Besserwisserei, ein Märtyrer und ein Schelm zugleich, das erfüllt mich mit Wut und Erbarmen. „Petrus de Vinea", sage ich und bemühe mich, ruhig zu bleiben. „Geh weg. Geh dahin, wo du hergekommen bist. Warte deinen Auftritt ab. Jetzt bist du noch gar nicht da auf der Bildfläche. Ich werde dich rufen."

„Du brauchst mich nicht zu rufen", erwidert er, „genausowenig, wie du mich abbestellen mußt. Du wirst schon merken, daß du ohne mich verloren bist."

Ehe ich noch etwas sagen kann, verändert sich die Szene, als sei ich auf dem Theater, Dunkelheit läßt meinen Fuß fast straucheln. Wo ist das Kornfeld, wo ist Piero, der Sohn der Linda? Nirgendwo.

Statt dessen hockt da Riccardo, nach dessen Gesellschaft ich mich sehnte, er hält eine Laute in Händen und klimpert, ich weiß nicht, ist es vielleicht eins der Liebeslieder Firdusis, oder stammt es von Herrn Walther von der Vogelweide? Ich kann den Text nicht verstehen. Keinerlei Betrübnis scheint sein Herz anzurühren. Könnte es sein, daß er alles schon wieder vergessen hat?

„Warum hörst du dir nicht meine Geschichten an, Truda, Unbeständige?“ fragt er und lächelt mit all seinen weißen Zähnen. „Waren sie dir nicht aufregend genug?“

Mit einem tiefen Seufzer hocke ich mich neben ihn in die Kissen.

König der Deutschen

„In Rom war große Heerschau der Kirche: Zum IV. Laterankonzil, bei dem über das Kaisertum Friedrichs oder Ottos entschieden werden sollte, erschienen Erzbischöfe, Patriarchen, Bischöfe und Äbte, Könige und ihre Gesandten. Für unsere Sache plädierte Berardo, und diesmal war es nicht seiner Beredsamkeit zuzuschreiben, daß wir erfolgreich waren; das Ergebnis stand schon vorher fest. Innozenz wollte sich nur noch einmal von den versammelten Vertretern der Christenheit bestätigen lassen, was er gemacht hatte.

In den geheimen Berichten, die Berardo uns zukommen ließ, lenkte er die Aufmerksamkeit des Königs auf einen Mann, der, wie er meinte, der staufischen Sache höchst nützlich sein konnte: Hermann von Salza, Hochmeister des Deutschen Ordens. Fedrí entschloß sich gleich, den ihm völlig Unbekannten nach Sizilien zu entsenden, um Frau und Kind von ihm nach Deutschland geleiten zu lassen. Wir wurden ihn über zwanzig Jahre nicht mehr los.“

Ich muß kichern. „Du konntest ihn überhaupt nicht leiden, wie? Noch weniger als Berardo, oder?“

„Ich konnte ihn nicht ausstehen“, sagt der Kämmerer ohne Umschweife. „Er war ein Ordensritter, und das hätte schon genügt, ihn zu meinem Feind zu machen. Diese Franken, die es sich zum Ziel gesetzt hatten, sozusagen professionell uns Muslime aus Palästina zu vertreiben, waren ein abscheuliches Geschmeiß, anmaßend, barbarisch und arrogant. Während meines ganzen Lebens habe ich keinen kennengelernt, mit dem man ein vernünftiges Auskommen gefunden hätte. Hermann behandelte mich mit einem solchen Hochmut, als wäre ich Luft. Er tat es nicht aus bösem Willen: Er wäre einfach niemals in seinem Dünkel auf die Idee gekommen, ein Araber sei ein Mensch, an den man ein Wort richten könne. Dabei war ich zweifellos von älterem Adel als er, und meine Dienste für meinen Herrn bewegten sich zwar nicht auf dem Gebiet der hohen Politik, aber waren sie darum weniger wichtig? Dieser graubärtige Ordenschef, der so einen Wert auf alte ‚tiuschiu', auf völkische Sitte, legte, in einem Rost absondernden Brustpanzer herumlief und dreimal am Tag zur Messe ging, wenn es sich machen ließ, erwarb des Königs Vertrauen in einem so hohen Maße, daß ich es nie verstehen werde . . ."

Ich unterbreche ihn. „Aber er war Friedrich doch treu bis zum Tod, nicht wahr?"

„Ja, das war er", bestätigt Riccardo herablassend. „Aber das waren andere auch."

„Weniger, als du denkst", murmele ich. Er scheint mich nicht zu hören. Wenn es nach dem Bild geht, das er sich macht, müßte Hermann ein engstirniger Konservativer gewesen sein – das war er auch, aber nur ganz nebenbei. Hinter seinen melancholischen grauen Augen, hinter den schmalen Schläfen und der hohen Stirn wohnte ein überlegener diplomatischer Verstand. Durch seine Ruhe und Gelassenheit verschaffte Hermann sich in der Tat mehr Freunde, als Riccardo wahrhaben will. Was ihn aber vor allem auszeichnete, war der Umstand, daß er an der Seite seines cholerischen Kaisers niemals die Fassung verlor. Er hatte die Gelassenheit eines Tomaso d'Aquino, aber den Geist der genialischen Juristen wie Vinea und Roffredo von Benevent, und er hatte Einfluß.

„Du tust ihm unrecht", sage ich beschwichtigend zu dem Sarazenen und kann nicht verbergen, daß ich mich amüsiere.

Seltsamerweise kann Riccardo keinen Spott vertragen, zumindest nicht in dieser Angelegenheit. „Geh zum gehörnten Scheitan mit deinen Fragen!" sagt er heftig und fährt mit den Fingern so über die Saiten seiner Laute, daß sie eine harte Dissonanz von sich geben.

Ich habe Mühe, ihn zu beruhigen. „Aber Riccardo, Hermann von Salza war es doch gerade, der die Deutschritter aus dem Heiligen Land wegholte! Du müßtest ihm dankbar sein!"

„Was blieb ihm denn übrig", entgegnet der Kämmerer unversöhnlich. „Der Orden lebte in ewiger Feindschaft mit den anderen beiden, Allah in seiner unerschöpflichen Gnade hatte Haß und Neid in die Herzen der Templer und Johanniter gesät, so daß sie, statt Jerusalem zu erobern, miteinander in Fehde lagen und fast ausbluteten an ihren Intrigen. Die Deutschherren waren der zuletzt gegründete Orden, für ihn war nun wahrlich kein Platz mehr. Hermann versuchte zunächst, die Seinen in Siebenbürgen unterzubringen, um die Heiden zu missionieren, aber der König von Ungarn jagte sie wieder davon. Was ist zu tun mit so vielen militanten, aber anspruchsvollen Habenichtsen, die sich für die Auserwählten des Herrn halten? Fedrí fand auch für sie eine salomonische Lösung. Er schickte sie in den Osten und gab ihnen, was sie noch gar nicht hatten: alles Land zu eigen, das sie im Kampf gegen die Heiden erobern würden! Wie haben wir gelacht über diese weise Entscheidung!"

„Es wurde später gar nicht so lustig", bemerke ich leise. „Sie wußten ihr Privileg höchst blutig zu nutzen und trieben ihr Unwesen noch, als die Gebeine deines Herrn längst vermodert waren."

Der Araber zuckt die Achseln, lächelt, wieder versöhnt. „Truda, was geht mich das an? Wir im Orient waren sie los. Mochten sie in den Urwäldern Slawoniens zusehen, ob man sie wollte! Aber Hermann tat schon recht daran, ein treuer Diener Friedrichs zu sein. Schon aus lauter Dankbarkeit. Was hätte er sonst auch in Akkon mit dem Häuflein seiner Ordensherren anstellen sollen? So war man sie mit Anstand los, und ihr Hochmeister hatte in diplomatischer Mission alle Hände voll zu tun, so daß ihm für die Mission der Ungläubigen keinerlei Zeit mehr blieb.

Zunächst geleitete er die Regentin Siziliens und ihren kraushaarigen Enrico, den kleinen König Heinrich, über die Alpen. In ihrem Gefolge kam eine ganze Reihe höchst nützlicher Leute, darunter der scharfsinnige Jurist Roffredo von Benevent, Fedrís sangeslustiger Freund Percival Doria, die tapferen Sizilier Filangieri und Caserta. Von Wilhelm Francisius' Tod vernahmen wir und zogen seinen Sohn Tibaldo auf. Damals kam auch der piemontesische Graf Lancia nach Germanien, den Federico schon in Genua schätzengelernt hatte. Bei ihm waren seine Schwestern Isotta und Giuditta, die eine Bedeutung im Leben des Imperators bekommen sollten."

Er lächelt wohlgelaunt.

„Aber Manfred Lancia hatte ebenfalls seine Bedeutung, denke ich, und nicht nur der Schwestern wegen."

„Nicht nur der Schwestern wegen. Er gehörte auch zu den Leuten, die alles konnten, weil sie alles mußten: kämpfen und verhandeln, Geld verwalten und Gesetze machen, Lieder dichten und Burgen erobern. Sie waren hoch willkommen. In Germanien ging es nicht so voran, wie wir es uns wünschten."

„Was meinst du damit?“ frage ich. „Meinst du eure eigene Lage oder die der Leute im Land?“

„Das eine ist nicht vom anderen zu trennen“, entgegnet er. „Weißt du das nicht? Jeder Bauer in dem kalten Land hätte dir sagen können, daß seine Wohlfahrt von der Wohlfahrt des Königs abhängt. Denn daß die Ritter nicht die Finger nach dem Seinigen ausstrecken, daß er sicher die Straße fahren kann, daß, wenn Gericht gehalten wird, auch der Schwache zu Recht kommt, daß kein böser Nachbar wagt, Feuer an eine Strohhütte zu legen, das alles bewirkt des Königs starke Hand.

Aber, Truda, ich glaube, spätestens seit der bösen Polonaise der Fürsten zu Walthers ‚Wahlpropaganda‘ wußte unser Caesar es genau: Diese Fürsten und Großen konnte man für ein Weilchen bezähmen, ihrer Herr werden konnte man nie. Für sie war der König ihresgleichen, und jederzeit, wenn er ihnen nicht mehr paßte, konnten sie einen Gegenkönig aufstellen – was sie ja denn auch noch oft genug tun sollten. Soviel Geld, um diese Herren für immer gewogen zu machen, soviel Privilegien gab es auf der ganzen Welt nicht. Man hätte sie bekriegen müssen, aber ihrer waren zu viele und zu mächtige.

Auf jede Stadt, die mein Herr gründete und mit Reichsfreiheiten versah, kam eine, die gerade von ihrem Bischof unter Druck gesetzt wurde, auf jeden Rechtsspruch ein Rechtsbruch, auf jede erbaute Siedlung eine niedergebrannte, auf jeden geschlichteten Streit ein neuer Übergriff raublustiger Herren. Es war, als versänke alles Bemühen in den Sümpfen des regenreichen, morastigen Landes.

Einmal, wir waren in Speyer – oder war es Worms? –, kam ich am Abend mit den Rechnungsbüchern zu ihm. Es war in der Zeit, als ich bereits die Persönliche Kammer verwaltete.

Die Dunkelheit brach hier anders ein als in unserem Sizilien. Sie kam viel früher, aber dafür nicht schnell. Ein seltsames Dämmerlicht verweilte zögernd über der Welt und legte sich schwer wie Blei auf die Gemüter. Ich fand meinen Sultan am Kamin, den Kopf im Schoß Alaytas, oder vielmehr auf ihren Schenkeln, denn die schöne Schwäbin war wieder schwanger. Alles war geschaffen, Wohlbehagen zu verbreiten: das Feuer, die Kerzen in den großen geschmiedeten Leuchtern, die Felle, auf denen man saß, die gestickten Teppiche an den Wänden – und trotzdem schien eine unaussprechliche Traurigkeit im Raum zu hängen. Selbst das Buch, aus dem Federico der jungen Frau vorgelesen hatte, und die silbernen Weinbecher wirkten auf rätselhafte Weise beklemmend, und die beiden sanften Jagdhunde

Alaytas reagierten auf mein Kommen nicht einmal mit einem Zucken der Ohren.

‚Du siehst uns in Novemberstimmung, Herr Kämmerer', sagte mein Herr seufzend. ‚Bringst du Nachrichten, die uns aufheitern könnten?'

Ich schüttelte den Kopf. ‚Die Mittel der hiesigen Bürgerschaft sind erschöpft, Caesar. Man ersucht die Hofhaltung des Herrn Königs in aller Demut, weiterzuziehen. Nächstes Jahr im Herbst ist die Stadt mit Freuden bereit, uns wieder zu empfangen – falls das Korn gut gestanden hat und es nämlich keine Seuche in den Schweinebeständen gegeben hat.'

Alayta lachte auf und ließ Friedrichs rote Locken durch ihre Finger gleiten. ‚Solche Sorgen hatte ich nie auf meiner Veste bei Konstanz.'

‚Du hast auch nie einen König samt Gefolge durchfüttern müssen, obgleich du es einmal vorhattest', bemerkte der Geliebte friedfertig. ‚In Sizilien reift jetzt die dritte Ernte. Meinst du, da muß man die Getreidekörner abzählen?'

‚Pah, Sizilien!' murmelte die Schöne gereizt und lehnte den stets kurzgeschorenen Kopf gegen die Wandpolster. Offenbar hatte sie von dem Thema genug. Da ihr Federico auch noch aus Vergils ‚Georgica' vorgelesen hatte, wie ich an dem goldverzierten Ledereinband sah, traf ich mit meinem Thema offenbar genau ins Schwarze. ‚Gut, wir haben keine drei Ernten', fuhr sie unwillig fort, und ihre Finger schienen mit dem Haar meines Herrn eher schmerzhafte als zärtliche Dinge anzustellen. ‚Ich weiß, womit du jetzt gleich anfangen wirst. Warum wir nicht die Stoppeln abbrennen! Warum wir hölzerne Pflüge nehmen anstelle von eisernen, die tiefer reichen! Warum wir das Korn mit dem Flegel dreschen statt mit dem Göpel!'

Zwischen Federicos Brauen erschien eine kleine, Sturm ankündende Falte. ‚Und ich weiß, was du mir antworten wirst', unterbrach er Alayta und hielt ihre Hand am Gelenk fest – auch nicht gerade zart. ‚Die Stoppeln laßt ihr stehen, damit die Schafe darüber gehen können, die genausogut in die Wälder getrieben gehörten wie die Schweine – aber das darf nicht sein, weil die Herren da jagen wollen. Und die Holzpflüge nehmt ihr, weil alles Eisen im Land für die Topfhelme und Bidenhänder der Ritter gebraucht wird, damit sie ihren Bauern und Städtern noch wirkungsvoller die Schädel einschlagen können! Und mit dem Flegel drescht ihr, weil zehn Bauern billiger sind als ein Maultier hierzulande.' Er schleuderte ihre Hand von sich. ‚Aber das geht mich auch gar nichts an. Ich hab nicht vor, die Landwirtschaft Germaniens umzugestalten. Denn es würde ja auch reichen, selbst die eine Ernte in dem einen kalten Sommer würde reichen für alle, wenn nicht die Fürsten und Herren das Land so kahlfressen würden, als sei ein Heuschreckenschwarm darüber hergefallen!'

Alayta lächelte, was ihn noch mehr in Rage brachte.

‚Ich weiß, für dich sind Heuschrecken liebe kleine Dingerchen, halbfingergroße, die sitzen auf der Wiese und singen. Aber bei uns kommen sie in riesigen Schwärmen, spannenlange gewappnete Wesen, die sich auf die Ernte niederlassen und . . .' Sein Deutsch ging ihm aus, er schlug ungeduldig die Faust in die offene Fläche der anderen Hand.

Alayta stand auf, mit ihr erhoben sich ihre Jagdhunde und knurrten leise. ‚. . . und kurz und gut, sie ersetzen euch die Fürsten', sagte sie verärgert. ‚Jedes Land hat, was es verdient.'

Friedrich brach in Lachen aus. Er saß in seiner Decke aus Eichhörnchenfellen vor dem Feuer und sah auf zu der üppigen jungen Frau, die mit stolz vorgestrecktem Bauch breitbeinig vor ihm stand und die Brauen runzelte.

‚Ist es zu glauben? Ihr seid noch stolz auf die heimische Landplage, wie? Germanisches Unweib!'

‚Welscher Hungerleider! Geh woanders schmarotzen mit deinen Heiden und Ketzern!'

‚Dank es dem Kämmerer, daß ich dir deinen frechen Mund nicht stopfe, Ragazza impertinente e mal educata!'

‚Lern du nur erst die Landessprache!' Und Madonna Alayta drehte sich auf dem Absatz um, schnippte mit den Fingern nach ihren Hunden und verließ den Raum, ohne mich eines Blickes zu würdigen.

Friedrich starrte ihr nach. ‚Man müßte sie verprügeln, aber sie ist schwanger, und außerdem ist November – wer hat da Lust zu Taten . . .' Er seufzte. ‚Ich mag nicht schon wieder aufbrechen. Was meinst du? Alle brauchen Geld. Wenn wir die Bürger bezahlen würden, ob wir noch zwei Wochen bleiben könnten, bis zum ersten Frost, damit die Wagen nicht überall in den Wasserlachen steckenbleiben, die man hier Straßen nennt . . .?'

‚Zweifellos', erwiderte ich. ‚Alle brauchen Geld. Wir nicht ausgeschlossen.'

‚Womit du sagen willst, bezahlen können wir nicht. Also gut. Was schlägst du vor, wo sollen wir einfallen? Ein Kloster wäre nicht schlecht, da sind Keller und Scheuer voll, aber wohin dann mit den Weibern ...' Er sah nachdenklich vor sich hin.

‚Am besten eine waldreiche Pfalz', schlug ich vor, ‚wo wir uns das Wild selbst jagen können.'

‚Also Hagenau?'

‚Hagenau ist ziemlich weit, und Frau Alayta wird nicht mehr lange reisen können.'

‚Zum Teufel mit Frau Alayta. Sie kommt in die Sänfte und wird ja wohl mit dem Gebären so lange warten, bis wir angelangt sind ...' Er fluchte unflätig auf arabisch. ‚Wir gehn nach Hagenau.'

Es war inzwischen ganz dunkel geworden. Die graue Trostlosigkeit trat zurück, in der Finsternis flackerte das Feuer wärmer, leuchteten das Silber der Trinkbecher und die gestickten Seidenkissen freundlicher, Fedrí breitete seine Felldecke vor dem Feuer aus, winkte mich zu sich. Wir nahmen beide mit gekreuzten Beinen Platz, und ich begann, ihm meine Bücher zu zeigen. Es war eine trostlose Bilanz.

Mein Sultan saß mit hängenden Schultern. ‚Bei Allah, ich habe niemals angenommen, daß ich reich werden könnte als König des Nordens. Aber daß es *so* aussieht – was haben wir hier eigentlich vermocht? Nicht einmal ein paar Steuerzahler haben wir gewonnen – jeder Pfennig wird von den Fürsten, den eigentlichen Landesherren, abgeschöpft ...' Er schüttelte den Kopf, sagte sehr leise: ‚Es wird nichts hier, Ridwân.' Das Feuer zeichnete unruhige Flackerkringel auf sein gesenktes Gesicht."

„Du meinst, er hatte Germanien aufgegeben?" frage ich.

„Nein. Aber es gab Stunden, da verzagte er vor der Arbeit hier im Norden. Und überdies kamen alarmierende Nachrichten aus dem geliebten Süden. Natürlich hatten die alten Widersacher in Apulien und Sizilien die lange Abwesenheit des Herrn genutzt. Beängstigende Details brachte Frau Konstanze mit, die nach der Krönung eintraf."

Sie sitzen sich gegenüber, und zwischen ihnen steht der Tisch.

Konstanze ist froh gewesen, nicht gleich nach ihrer Ankunft empfangen zu werden, so hatte sie noch Zeit, sich von Ildiko sorgfältig schminken, frisieren und in Kleiderfragen beraten zu lassen. Sie trägt nun keinen Zopf mehr, sondern hat das Haar gescheitelt und geknotet, aber auch Ildikos Künste können das Doppelkinn nicht verheimlichen noch die kleinen Falten zwischen den gepinselten Brauen zumalen, sowenig, wie das gutgeschneiderte Kleid verbergen kann, daß sie um Bauch und Hüften rund geworden ist – und schon gar nicht vor diesen Augen.

Indessen erstattet sie ruhig und sachlich Bericht über die sizilischen Angelegenheiten, wie es ihr als Regentin vor ihrem Herrscher Pflicht ist. Nur ihre Hände, die nervös durch das langlockige Fell des Schoßhunds fahren, verraten sie.

Er stellt Zwischenfragen, wippt mit dem Fuß, mustert sie schonungslos.

Schließlich sagt sie errötend: „Die Jahre sind nicht courtois zu mir gewesen, ich weiß, Herr."

„Die Jahre lassen keinen unverändert", erwidert er – sie hat doch wohl nicht erwartet, daß er Süßholz raspelt.

Ja, die Jahre lassen keinen unverändert, auch dich nicht, junger König Friedrich. Einst mein Knabengatte, wild und anmutig, jetzt ein Mann, in dem sich Kräfte von einer befremdenden Stärke versammeln, daß man manchmal vergißt, an der rechten Stelle zu atmen, und ins Stocken und Stammeln kommt. Dein Stern ist im Steigen, der meine im Sinken. Sie sieht es ohne Bitternis – sie hatte Zeit genug, sich dies Wiedersehen auszumalen.

Ihr Bericht ist beendet.

„Ich danke dir, Frau Regentin", sagt er. „Du hast gehandelt, wie ich es von dir erwartet habe. Man berichtete mir bereits vom Tod unseres getreuen Magisters Francisius. Wie ich hörte, hast du seinen Sohn Tibaldo zu dir genommen?"

Sie nickt. „Er wächst an der Seite deines Sohnes auf. Ich hoffe, ich habe es recht gemacht."

„Recht und sehr königlich", bestätigt er. „Ich will die Kinder nachher sehen." Er lächelt ihr zu, es ist das erstemal. „Wie geht es Corazon?" fragt er und meint das Hündchen auf ihrem Arm.

„Es ist nicht mehr derselbe Corazon wie damals – sein Nachfolger", erklärt sie.

Er streckt die Hand aus, um ihn zu streicheln, aber Corazon II. kennt ihn nicht, knurrt und schnappt nach den fremden Fingern, und sie hält ihm erschrocken die Schnauze zu, während Friedrich lacht.

„Ich hoffe, er wird mich nicht von deinem Bett wegbeißen", sagt er, und sie senkt die Lider und erwidert: „Ich werde ihn aussperren."

Er will sich erheben und die Begegnung beenden, aber sie hat noch zwei Bitten.

Er spannt sich. „Ich höre", sagt er kurz.

Sie läßt sich nicht beirren. „Zum ersten: Mein Quartier gefällt mir nicht. Es ist zu laut, zu prächtig, zu bewegt, gleich neben den Sälen der Empfänge und den kaiserlichen Arbeitsräumen. Das möchte den beiden Knaben nicht bekommen. Zwischen dem Südflügel und dem Palais gibt es ein paar Zimmer mit einem Wandelgang zum Garten – die bitte ich für mich frei zu machen."

Federico sieht sie an. Der Südflügel beherbergt das inzwischen wieder wohlgefüllte Frauenhaus, und die Räume, die sie beansprucht, gehören eigentlich dazu, sind aber abgesondert: akkurat die Stelle, an der ein Kalif oder Sultan seine Gemahlin, die Gebieterin über den Harem, unterbringen würde.

„Auch", hört er weiter, „würde ich es für richtig und geziemend halten, vor meiner Tür zwei verschnittene Mamluken zu postieren, um der Ehre meines Herrn Genüge zu tun."

Er sagt immer noch nichts.

„Meine zweite Bitte aber ist", fährt sie fort, „daß ich bald Madonna Alayta umarmen möchte und ihre Kinder bei mir sehen."

Er atmet aus. „Deine Bitten sind dir gewährt. Und wenn eine auf der Welt würdig ist, Kaiserin zu heißen, dann bist du's. Sei gegrüßt und willkommen, Imperatrice."

Am Abend liegen sie beklommen beieinander und mißtrauen sich selbst, bis ihre Körper, wissender als ihre Köpfe, sich von allein auf den vertrauten Bahnen regen, als habe das eine nie verlernt, wie die Haut des anderen schmeckt. Konstanze schluchzt schließlich, und er streichelt beruhigend ihre Schulter und murmelt im freundlich-zynischen Volgare der alten Tage: „Nichts geht über eine Frau, die vier Jahre hat warten müssen. So gut wie neu, wenn du auch sonst ganz schön zugelegt hast."

„Du hast gut spotten", flüstert sie, das Gesicht verborgen, und er ernsthaft: „Ich spotte nicht. Verlaß dich drauf, daß ich dich entschädigen werde für die Zeit. Kaffì, genug. Genug geweint, meine Augen. Kaffì, ya yuni. Hast du wirklich befürchtet, daß deine paar Fältchen und Pölsterchen mich fernhalten könnten von dir? Drei, vier Söhne müssen wir noch zustande bringen."

Daß es mit den Söhnen nichts wurde, lag wahrhaftig nicht am mangelnden Eifer des hohen Paares. Der Arzt Meir stellte später fest, daß Konstanze nach einer überstandenen Krankheit nicht mehr empfangen konnte. Das wußte aber zu der Zeit noch niemand.

„Klug und mit leichter Hand schuf sich Konstanze inzwischen die Stellung, die ihr am Hofe ihres Mannes zukam.

Die erste Begegnung mit Alayta verlief ganz nach Wunsch – übrigens hatte die sonst so ungebärdige Dame eine schreckliche Angst vor diesem Zusammentreffen, und es hätte Federicos Ermahnungen in keiner Weise bedurft. Konstanze kam ihr huldreich entgegen, gab ihr Kuß und Umarmung, nannte sie Schwester und sprach von Federico als von ‚unserm kaiserlichen Herrn'. Ihr Vorschlag, die Kinder in einer gemeinsamen Kinderstube aufzuziehen, fand nicht nur bei Alayta, sondern auch beim König begeisterte Aufnahme, und diese Kinderstube wurde eine Einrichtung, die durch die Zeiten beibehalten wurde. Kinder gab es immer, zu den legitimen und illegitimen Friedrichs kamen meist noch welche von Familiaren und Hofbediensteten hinzu. Die kaiserliche Kinderstube stand in hohen Ehren. Um die ‚standesgemäßen' Bälger wimmelten meist noch einige Dienerkinder herum, kleine Mulatten und Araber, von denen man nie ganz sicher war, wessen Bastarde sie nun eigentlich waren, da Friedrich manche Frauen des Harems auch Gästen herzuleihen pflegte.

Alayta hatte damals Konstanze vieles voraus. Sie war eine blühende Frau, üppig, von eigenwilliger Schönheit, Friedrich war noch immer von ihr gefesselt, und vor allem, sie hatte ihm zwei Kinder geboren, von denen das zweite, Hans oder Enzio genannt, das besondere Wohlgefallen seines Vaters erweckte.

Mein Sultan war zeit seines Lebens vernarrt in seine Kinder. Er verbrachte viele Stunden bei ihnen, spielte mit ihnen wilde Spiele, die oft das Entsetzen der Mütter hervorriefen, und machte dabei zwischen Jungen und Mädchen keinen Unterschied. Einmal ließ er Enrico, Caterina und Tibaldo, den Sohn des Francisius, immer wieder von einem doppelt mannshohen Fensterbogen herabspringen, und er stand unten und fing sie auf. Da vor allem die kleine Kathrin die Sache in keiner Weise überblickte, sprang sie meist zu früh los, so daß er oft zwei Kinder fast gleichzeitig aufzufangen hatte. Der Hof war gepflastert. Hinterm Fenstervorhang auf der anderen Seite standen Konstanze und Alayta und verbargen manchmal den Kopf eine an der Schulter der anderen. Friedrich hätte sie sowieso nur ausgelacht, wenn sie Einspruch erhoben hätten.

Wie gesagt, eigentlich war Alayta im Vorteil, und niemand zweifelte daran, daß sie ihren Platz würde bewahren können, zumal Konstanze alles tat, sie darin zu bestärken.

Bei Turnieren oder höfischen Festen saßen sie entweder nebeneinander, oder Alayta hatte ihren Sitz gleich hinter den Majestäten; wenn man verreiste, wurden die Sänften der beiden Damen nebeneinander getragen, auf der Jagd hatten sie denselben Falkenier, denselben Reitknecht. Galt es höfische Ehrungen zu verteilen, so war Alayta gleich die zweite, die Kränze, Bänder, einen Kuß als Preis vergab.

Anders bei allen Regierungsangelegenheiten, versteht sich. Thronrat und Gesandtenempfang, diplomatisches Gespräch und Audienz waren Sache der Kaiserin, und sie war aus dem nach sizilischem Vorbild arbeitenden Familiarenkolleg gar nicht wegzudenken, zumal sie von den wichtigsten Beratern, nämlich Berardo und bald auch Scharfenberg, häufig vorab konsultiert wurde.

Zum stillen Erstaunen des Hofes geschah innerhalb eines Jahres, was niemand für möglich gehalten hatte: Friedrichs Beziehung zu Alayta erkaltete zusehends, während seine Besuche bei der alternden Gemahlin zunahmen. Alaytas Stellung blieb unangetastet, aber sie war manchmal viele Monate lang nicht auf Hagenau, sondern hatte sich plötzlich um die Verwaltung ihrer Güter zu kümmern oder besuchte Verwandte, von deren Existenz man vorher nie etwas gehört hatte. Ihre Kinder wuchsen in Hagenau bei Konstanze auf, bald kam die Mutter nur noch zu Besuch, und so wunderte es eigentlich niemanden, als es hieß, sie werde demnächst heiraten. Nicht einmal die Person des Ehemanns verblüffte: Es war natürlich Heinrich Sax von Pfäffers, ihr alter Widersacher. Da ihre Güter aneinander grenzten, war es ja auch weit zweckmäßiger, sich zusammenzutun, als sich zu befehden.

Das zweite Staunenswerte aber war, daß Friedrich, solange Konstanze lebte, keine neue Favoritin hatte. Daß der Serraglio weiter existierte, war selbstverständlich und wurde von der Kaiserin, die sich als Erste des Frauenhauses verstand, nicht nur geduldet, sondern gefördert. Sie pflegte, wie es die Herrin Zubaida beim Kalifen Harún-ar-Raschîd einst tat, ein Mädchen, das durch irgend etwas den Unwillen des Gebieters erregt hatte, wieder mit ihm zu versöhnen oder legte Fürsprache ein, wenn eine der Schönen einen besonderen Wunsch hatte und Federico nicht in der Laune war, ihn zu gewähren.

Was in Germanien geschah in diesen Jahren? Sehr vieles. Konstanze und ihr Sohn waren ja nicht aus familiären, sondern aus politischen Gründen aus Sizilien geholt worden. Alles lief folgerichtig ab. Zunächst stellte Friedrich seinen Sohn den Fürsten vor. Kurz danach machte er Heinrich – so wurde Enrico hier genannt – zum Herzog von Schwaben und Rektor von Burgund. In Zukunft wurden alle deutschen Acta auch mit Heinrichs Namen unterzeichnet, während die sizilischen Staatsdokumente, die ja eigentlich der kleine König von Sizilien hätte signieren müssen, ausschließlich das Zeichen Friedrichs trugen. Wer Augen hatte zu sehen, der sah – und die Priester des Kalifen in Rom hatten Augen und feine Ohren dazu.

Aus Rom hagelte es Anfragen. Aber so flinke Boten die Kanzlei meines Sultans in alle Welt zu schicken verstand – die Antworten auf Briefe aus dem Vatikan verzögerten sich unterwegs immer auf unerklärliche Weise."

Ich muß lachen. „Ich habe selbst einmal einen solchen Brief befördert", sage ich. „Ich fand ihn höchst wichtig: Glückwunsch an den neugewählten Papst Honorius den Dritten, gleichzeitig die Erneuerung des Kreuzzugsversprechens beinhaltend. Er trug mir selbst auf, mich ja nicht zu beeilen, und plante eine Reihe Umwege für mich ein, nach Bologna, nach Genua ..."

Riccardo schmunzelt. „Dabei wurde der Brief schon fast ein halbes Jahr verspätet geschrieben. Die Nachricht vom Tod des Innozenz löste große Befriedigung aus bei Hofe. Von nun an nannte sich mein Sultan nicht mehr ‚von Gottes und Papstes Gnaden', sondern ließ den zweiten Teil der Formel weg. Dreimal hatte Fedrí dem Verstorbenen gelobt, auf Sizilien zugunsten Heinrichs zu verzichten. Jetzt endlich konnte er darangehen, seine Karten aufzudecken. Übrigens bezeichnete er Honorius, den ehemaligen Kardinal Cencio Savelli, in dem Brief als jemanden, ‚den Wir von jeher für einen Unserer besten Freunde hielten' – der blanke Hohn angesichts des damals vom Kardinal-Schatzmeister bewilligten filzigen Reisegelds nach Germanien. Dazu kam noch, daß es allgemein hieß, Savelli sei in Rom vom Charme des Puer Apuliae tief beeindruckt gewesen, habe aber nichts für Federico tun können.

Es zeigte sich, daß Cencio, ich meine Honorius, wirklich nur von Finanzen eine Ahnung hatte. Im übrigen war er der gewieften Diplomatie meines Herrn in keiner Weise gewachsen, und man erlangte eigentlich alles von ihm, was man wollte, von seiner Zustimmung zur Krönung Heinrichs, die ja bekanntlich ‚in Friedrichs Abwesenheit' geschah, bis zur Verschiebung des Kreuzzugstermins. Sicher, auch der Papst forderte Zugeständnisse. Aber da ging es immer nur um Äußerlichkeiten, und du weißt ja, Truda: Unserem Herrn war es völlig gleichgültig, unter welchen Voraussetzungen er die Macht ausübte, wenn er sie nur ausübte!“ Riccardo bricht in ein fröhliches Gelächter aus.

Aber ich kann nicht mitlachen. „Und alles bereitete die Krönung in Rom vor, die Ordnung der sizilischen Angelegenheiten, den Kreuzzug – ja. Aber was war mit Germanien? Was sollte hier geschehen, wo man das Kind von Apulien begrüßt hatte wie den Messias?“

„Mehr zu erreichen war zu dem Zeitpunkt unmöglich“, redet der Araber begütigend auf mich ein. „Wir ließen Enrico zurück ...“

„Fiel dem Kaiser nicht ein, daß er einst selbst so ein verlassenes Kind gewesen war in Palermo?“

„... in Obhut der besten Erzieher!“

„Engelbert von Köln und Anselm von Justingen, ja! Sie unterschieden sich von Wilhelm Capparone und Markward von Annweiler oder Pagliara nur dadurch, daß sie mehr Geld im Beutel hatten und höhere Titel führten.“

„Du übertreibst, Truda! Und da war auch noch Herr Walther, den Fedrí persönlich bestellt hatte, sich um das Kind zu kümmern ...“

„... und der fünf Jahre später aufgab: ‚Wildwahsen chint, du bist ze krumb ...‘ Zudem, eben hast du den Vaganten noch gescholten, nun rühmst du ihn als Fürstenerzieher. Riccardo! Hat wirklich niemand von euch Sorge um das Kind Heinrich im kalten und verworrenen Germanien gehabt und niemand um Germanien unter dem Kind Heinrich?“

„Aber wer dachte denn ...“ Riccardo bricht ab.

„Was meinst du?“

„Niemand“, sagt der Sarazene mit gemessenem Nachdruck, „hatte vor, so lange im Süden zu bleiben ...“

Ich lache auf. „Lange, ja! Für immer, sieht man von der Hochzeit mit Isabella und der Verurteilung Heinrichs ab. Germanien wurde aufgegeben, in Stich gelassen, alle Hoffnungen verraten ...“

„Truda, Truda! Es ist nicht wahr. Er wollte zurückkommen, sobald Sizilien befriedet und das Heilige Grab erobert war, aber die Barone, die Lombardenstädte, die Kirche ... Es war übermächtig.“

„Vor allem war übermächtig, daß er den Süden mehr liebte.“

„Er liebte ihn. Denn das war feiner Ton, einen Staat daraus zu bilden, während dir hier der Morast nur so durch die Finger rann.“

„Feiner Ton? Die Barone, die Lombardenstädte, die Kirche ... Hier wurde alles verschenkt. Die Goldene Bulle, das Statut zugunsten der Fürsten, da gingen all jene Gerechtsame auf die Gant, um die er jenseits der Alpen kämpfte wie ein Tiger."

„Ja", sagt der Kämmerer und sieht mich an, erschöpft und haßerfüllt. „Ja. Als wir uns im August jenes Jahres 1220 auf dem Lechfeld bei Nürnberg versammelten, um nach Süden zu ziehen, zur Kaiserkrönung in Rom, als Friedrich den letzten Hoftag vor seiner Abreise abhielt, zum letztenmal die kleinlichen und unentwirrbaren Streitigkeiten der germanischen Großen zu schlichten versuchte, da waren unsere Herzen so fröhlich wie die der Zugvögel, die sich ebenfalls sammelten, in die Reiche der Sonne davonzufliegen. Und mein Herr und König entsann sich abends der Frottolas und Ballatas, die er mit Rainaldo und Percival gedichtet hatte, so daß bis spät in die Nacht hinein das Schwirren der Laute und das Lachen der Amici aus dem erleuchteten Zelt übers Lager hinschallte. Unter dem goldenen Rebengeranke und mit dem jungen Wein des gesegneten Herbstes erschien uns dies Land noch einmal so frisch und begehrenswert wie vor acht Jahren, als wir, ebenfalls im Herbst, eingeritten waren in seine dunkel bewaldeten Fluren. Ja, wir gedachten wiederzukommen! Fridericus hatte nicht vor, sein Nordreich zu verraten. Mit der Kraft und der Macht des Südens hinter uns wollten wir zurückkehren, stark genug dann, auch hier die Übermütigen zu beugen und Justitia walten zu lassen.

Jetzt aber, da wir über die Alpen zogen, ließen wir nichts zurück außer dem kleinen König, wir nahmen jedoch auch nichts mit. Hochgeehrt, aber arm, wie wir gekommen waren, verließen wir Germanien, ohne Heer, ohne Schatz, ohne alles."

„Und Konstanze? Weinte die Königin, als sie ihren Sohn zurückließ?"

Riccardo sieht mich groß an. „Die Herrin Konstanze zog mit ihrem Herrn zur Krönung nach Rom. Die Herrin Konstanze weinte nicht."

Vom großen Aufräumen

Keine Geheimpfade durch wild zerklüftetes Gebirge sind notwendig, keine Hirtenstege. Mit Sang und Klang und Gloria kommt der designierte Kaiser über den Brennerpaß, und wenn ihm nun jemand das Geleit gibt bis zur nächsten Grenze, dann, um ihn zu ehren, und nicht, um ihn zu schützen.

In Verona, an der Brücke über den Adige, machen die Leute einem knochigen Frauenzimmer in Männerkleidern Platz, das ein Pferd am Zügel hält und behauptet, sie habe es dem Imperator zuzuführen. Es ist ein hochbeiniger Dunkelbrauner mit kupfernen Nüstern, nach arabischer Art geschmückt durch troddelbuntes Zaumzeug und eine gestickte Schabracke.

In der Tat erleben die erstaunten Veroneser, daß der hohe Herr, kaum erblickt er Roß und Weib, haltmachen läßt, absitzt von seinem schönen Schimmel und das andere Pferd mit einer Zärtlichkeit begrüßt, als sei es eine wiedergefundene Geliebte.

König Friedrich, diesseits der Alpen nun wieder mehr Federico denn je, mißt die als Kerl verkleidete Frau mit kühl abschätzendem Blick, sagt aber beim Aufsteigen halblaut zu ihr, er erwarte sie am Abend, wenn Ruhe sei – der Kämmerer guckt säuerlich, denn wann ist jemals Ruhe? Vielleicht gegen Morgen.

Nachdem man den Paß überschritten hat, erreicht der neue „Sturm aus Schwaben“ wieder volle Orkanstärke, und man reist nicht nur in atemberaubendem Tempo, sondern erledigt gleichzeitig verschiedene Programme. Stundenlang reitet der Caesar neben der großen Sänfte her, in der, asthmatisch und schwergewichtig, der Rechtsgelehrte Roffredo sitzt, ihm gegenüber ein Schreiber. Federico diktiert Entwürfe zu Gesetzen, Sachen, die in Germanien vorgearbeitet wurden, und Roffredo korrigiert oder schlägt Zusätze vor.

Bei den Rasten gesellen sich zu ihnen dann noch der Ordensmeister Hermann von Salza und Erzbischof Berardo, manchmal die Brüder Aquino. Es wird vorgelesen, was unterwegs entstand, man verändert nochmals. Auch Frau Konstanze nimmt teil, sooft sie kann. Die Reise bekommt ihr nicht gut – um ihre Augen liegen tiefe dunkle Ringe, und ihr Atem geht wie der des Magisters Roffredo. Ihr Gemahl bürdet ihr dessenungeachtet alle Repräsentationsgeschäfte auf, sie empfängt bis spät in die Nacht hinein Gesandtschaften, und da sie für die Planung der Kanzlei mitverantwortlich ist, wird ihre Sänfte tagsüber ähnlich umringt wie die des Juristen.

Überhaupt, die Kanzlei wird immer wichtiger. Da müssen überall alte Privilegien bestätigt oder neue zuerkannt werden auf dieser Reise. Sogar die Pisaner, die alten Feinde, lassen sich blicken und gehen höchst befriedigt mit ihrem Gnadenbrief von dannen. Hingegen erweist sich der Caesar seinen guten Freunden, den Leuten aus Genua, gegenüber äußerst zurückhaltend. Zwar werden ihre Rechte im Reich und an der ligurischen Küste erneuert, sogar erweitert, aber nicht die für Sizilien. Man hat etwas gehört von einem Genueser Grafen, der sich zum Herrn von Syrakus erhoben und die Stadt zu seinem Fondaco erklärt habe – hieß er nicht Alaman da Costa? Der Sache muß erst auf den Grund gegangen werden.

Wutschnaubend verlassen die Genueser unter Führung des hochfahrenden Admirals Guglielmo Porcus das staufische Lager, einzig Percival Doria bleibt tapfer bei seinem König und Dichterfreund. Man läßt sie ziehen – im Gegensatz zu einigen anderen Eingeschnappten, die Konrad von Scharfenberg wieder versöhnen muß, denn es wird sehr genau hingeschaut bei aller Großzügigkeit, und Federico vergibt zwar unumschränkt Ehren, aber sehr wenig Rechte. Keine Spur mehr von der „milte", die ihn in Germanien berühmt machte. Jetzt wird genau gerechnet.

Es ist fast Mitternacht, als die letzten Wartenden beim Imperator an die Reihe kommen. Vorher gab es Audienzen und Empfänge. Nun sitzen in dem Vorzelt nur noch der Falkenier Mateo da Monreale mit des Kaisers Lieblingsfalken (einem isländischen Ger, dem die Reise in den Süden schlecht bekommt), die knochige Truda, zur Feier des Tages ausnahmsweise in Röcken, und ein scharfäugiger Mann in dunklem Talar, die rabenschwarzen Locken angegraut, das hagere braune Gesicht mit der gebogenen Nase scheint eher das eines Kriegsmanns denn eines Gelehrten zu sein. Mateo mustert ihn mehrmals von der Seite, ist auch drauf und dran, ihn anzusprechen, aber zwischen ihnen sitzt Truda, und die scheint ihn noch mit der gleichen Scheu zu erfüllen wie damals, als er vierzehn war und man über die Alpen ging.

Der im Talar würdigt niemanden eines Blickes, kreuzt die Beine, die übrigens in gespornten Reitstiefeln stecken, und spielt mit Barett und Handschuhen.

Schließlich wird der Vorhang aufgezogen. Im Schein der Fackeln leuchtet der große Mantel, der königliche Schmuck: Friedrich läßt sich gerade die Repräsentationskleidung abnehmen und kommt dann heraus zu den Wartenden. Da es draußen dunkler ist als drinnen, macht er die Augen schmal. Er steht auf der Grenze zwischen Licht und Schatten, unbedeckten Kopfes, in heller Tunika aus Leinen.

Die beiden draußen gehn ins Knie. Mateo nähert sich mit seinem Falken, und der Herr stellt genaue Fragen an ihn, untersucht Gefieder und Schnabel, beruhigt das Tier mit leisem monotonem Zuruf, sagt dazwischen, ohne die Stimme zu erheben: „Ihr da, steht auf."

Erst als Falkenier und Falke entlassen sind, wendet er sich den beiden anderen zu, sagt, immer noch beiläufig, auf Latein: „Ich grüße den Justitiar des Großhofs und Generalvikar für die Capitanata." Dann aber, den lockigen Kopf des Mannes in beide Hände nehmend, in Volgare: „Benvenuto, Taddeo." Mit einem Auflachen beugt er sich vor und küßt den einstigen Waffenmeister und Konnetabel herzhaft auf den Mund.

Der Frau reicht er die Hand, fährt fort: „Und du, Frau Truda, ebenfalls willkommen. Du gabst mir das Pferd zurück, das ich dir anvertraute, und, geduldige Botin, du bist nun wohl, wie mir mein Kämmerer sagt, endlich zu deinem Lohn gekommen. So sind wir quitt, wie ich quitt bin mit meinem vorigen Stand und ihn alsbald von mir abstreifen werde wie die Schlange die Haut. Hier, auf der Schwelle zwischen gestern und morgen, nicht mehr der, der ich war, noch nicht der, der ich sein werde, frage ich dich angesichts des ältesten Freundes, den ich habe: Willst du dem Kaiser Friedrich dienen wie dem Rex Sicaniae? So erneuere ich mein Versprechen, du kennst es ja wohl."

Die rothaarige Frau nickt trocken zu dieser feierlichen Rede, Pathos liegt ihr nicht, und der künftige Imperator legt der Hergelaufenen und dem Großhofrichter heiter besitzergreifend jedem eine Hand auf den Nacken und führt sie mit sich ins Innere des Zeltes.

„Wie lange haben wir uns nicht gesehen, Herr de Suessa? Acht Jahre, nicht wahr? Habe ich mich sehr verändert?"

Taddeo ist wie benommen. Es braucht Zeit, bis er den ersten Ton herausbringt. „Ja, du hast dich sehr verändert, Rex", er stockt nochmals, „Imperator Augustus."

Der steht da, um und um hell im hellen Licht; auf starkem Hals und breiten Schultern dieser Kopf, dessen Züge in Veränderung sind, diese Muskeln an den Mundwinkeln gab es sowenig wie die Fältchen, die von den Augen über die Schläfe verlaufen, diesen Augen, die einen unablässigen Strom kalten Lichts zu versenden scheinen.

Er scherzt aber: „Erinnerst du dich noch, wie ich dich geschunden habe wegen jenes Lateins, das wir nun beide reden, zu Frau Trudas Leidwesen. Ich weiß, du magst das nicht, aber heute nacht wirst du dich damit quälen müssen. Ich habe einen Auftrag für euch beide."

Dergleichen war zu erwarten, Aufträge um Mitternacht.

Auf den Tisch, der da eilig zusammengefügt wurde aus Blöcken und ein paar Latten und dann mit einer damastnen Decke veredelt, stapeln übermüdete Schreiber Stöße von Pergamenten. Die Diener stecken neue Kerzen auf und wechseln die Fackeln an den Wänden.

„Es gibt zwei Exemplare von dem, was ich bisher mit Roffredo erarbeitet habe. Der Tisch ist groß genug. Truda ans eine Ende, Taddeo ans andere. Seht euch die Blätter durch. Von Taddeo will ich wissen, was er als Jurist und Staatsmann dazu meint. Vergiß nie, daß du beides wirst sein müssen. Von Truda, ob die Leute hiermit etwas erhalten, wofür es sich lohnt, Steuern zu zahlen und treu zu sein – hohe Steuern übrigens, ich brauche viel Geld. Ihr habt Zeit bis morgen früh, wenn wir aufbrechen." Er geht grußlos, lächelnd, eilig. Ein paar Stunden dieser Nacht wird er noch den kranken Falken tragen.

Die Frau setzt sich ohne Umstände, zieht die Blätter zu sich heran, runzelt die Stirn.

Taddeo betrachtet sie mißmutig. „Wer bist du eigentlich?"

Und sie, heiser, wortkarg: „Eine Fahrende."

Der Jurist versucht gar nicht erst, in die Sache einzudringen. Soviel Zeit ist nicht für den Auftrag. Auch er nimmt Platz, seufzt, holt verschämt, aber entschieden eine große Brille aus der Tasche und setzt sie sich auf, womit er sein Gesicht eines Draufgängers in das eines Stubenhockers verwandelt, als maskiere er sich. Truda muß sich ein Lachen verbeißen. „Ich weiß, *er* wird Tränen lachen", sagt de Suessa eisern, „aber er muß sich auch daran gewöhnen. Was ist das eigentlich, was wir hier lesen sollen?"

Sie zuckt die Achseln. „Normen, Gesetzesvorschläge, denke ich mir."

Taddeo nickt befriedigt und wiederholt das Wort auf Volgare: „Also Assisen."

„In atemberaubendem Tempo", fährt Ridwân fort, „zogen wir nach Rom, nicht als wollten wir zu einer feierlichen Handlung, sondern als hätten wir vor, eine Festung zu nehmen, bevor der Gegner da ist. Von Umbrien ab stießen die ersten sizilischen Barone zu uns, es gab Ergebenheitserklärungen, Bitten, Fragen, Beschwerden über böse Nachbarn. Er diktierte, arbeitete mit den Juristen, fertigte Boten ab, hörte Gesandte an, alles während des Rittes. In den wenigen Stunden, in denen ich allein neben meinem Herrn herzog, während sich das Gebirge immer mehr zur Ebene öffnete, kam er mir vor wie einer seiner geliebten Jagdfalken: durch nichts aufzuhalten, mit gespannten Schwingen kreisend, bereit, sich auf die Beute zu stürzen. Den Kopf im Nacken, die Augen weit dem Licht geöffnet, so flog er auf

Krone der Könige durch die Campagna auf die Ewige Stadt zu, und das Gefolge blieb weit hinter uns."

„Und die Krönung?" frage ich.

Der Kämmerer zuckt die Achseln. „Die Krönung war die Krönung. Eine gelungene Krönung. Viel Arbeit für unsereins, und ganz gut, daß ich bei der Zeremonie nicht anwesend sein konnte; ich gehe, wie du weißt, in keine christliche Moschee. Gepränge und Getue, wir aber brannten darauf zu handeln. Der Kalif Honorius jedenfalls zeigte sich hochbefriedigt von der Zeremonie, besonders da sich Fedrí ohne besondere Diskussion zu jener Geste herbeiließ, über die es mit seinen Vorgängern immer Ärger gegeben hatte: Er hielt nach der Krönung dem Papst die Steigbügel und geleitete ihn am Zügel ein paar Schritte weit. Er hätte ihm auch die Schuhe abgebürstet, wenn es verlangt worden wäre. Es war ihm absolut gleichgültig. Er war der Imperator des Nordreichs und des Südreichs und mit der höchsten Würde der Christenheit belehnt, er hatte Macht und würde sie nutzen. Was Cencio Savelli für wichtig hielt – die liebe Zeit. Er war schon ziemlich vergreist. Sogar Grußadressen hatte er für ernst genommen, in denen ihm mein Herr versicherte, er ‚nähere sich Rom mit ständig wachsender Ergebenheit'. Die Amici hielten sich die Seiten vor Lachen.

Nach der feierlichen Handlung wurden die deutschen Herren nach Hause geschickt, einschließlich Scharfenbergs; die Vertreter der Städte, die Fürsten und Würdenträger, die als Zuschauer huldigend nach Rom gekommen waren, verliefen sich, und ohne Rast ging es weiter in den Süden, ungeachtet, daß die Kaiserin sehr mitgenommen war von den Strapazen der Reise.

‚Mit großer Macht und Herrlichkeit', schreibt ein Chronist, seien wir heimgekehrt. Die Macht und Herrlichkeit reichten gerade so weit, daß die Straße bis Capua gesichert war, danach ging es ins Gebiet aufständischer Barone. Aber nicht mit einem deutschen Heer, wie sein Vater oder sein Großvater, kam der Imperator in sein Südreich. Allein die Sarazenen der Leibwache schützten das kleine Gefolge von Familiaren und Vertrauten: Kanzlei, Bedienstete, Jäger, Meldereiter, schließlich die Imperatrice und ihren Troß. Sizilien war aus sich selbst zu gewinnen."

Noch einmal mische ich mich ein. „War damals Pietro schon in der Kanzlei?"

Ridwân runzelt die Brauen, verärgert. „Vinea? Kann sein, daß er sich schon irgendwo im Hintergrund aufhielt. Berardo hatte ihn ja protegiert, und seit Rom muß er eigentlich dabeigewesen sein. Ich erinnere mich nicht. Eine Schreiberseele mehr oder weniger, das ging mich nichts an. Damals war er ein kleines Licht, da mochte sein Latein noch so geschliffen sein. Was willst du nun eigentlich, Truda? Seine oder meine Geschichten?"

„Deine, Herr Riccardo", sage ich ehrlichen Herzens. „Ich bitte dich, fahr fort."

„Die ersten fünf Grenzcastelli wurden uns auf Forderung hin übergeben, zögernd zwar, aber immerhin. Die Sizilier hatten die letzten acht Jahre aufmerksam verfolgt und wußten, daß da einer kam, der zugriff. So bis Capua gelangt, beriefen wir sofort einen Hoftag ein. An drei Tagen wurden dem Land die neuen Gesetze verkündet, die dreißig Jahre Unordnung und Gewalt beenden sollten. Normannische Gerechtigkeit, Ragione e giustizia, klang feierlich übers Land hin: die Assisen von Capua.

Es fing an mit lärmenden Ovationen für den Heimgekehrten. Aber bereits nach ein paar Begrüßungsworten begann Roffredo von Benevent die zwanzig Kapitel der Assisen zu verlesen, und seine asthmatisch rauhe Stimme, die alle Sätze leise vortrug, wurde zu Anfang noch oft übertönt vom Jubel der Anwesenden. Da verkündete er noch den allgemeinen Landfrieden, die Gesetze über das Recht, Waffen zu tragen, und über die Verfolgung der Ketzer. Aber dann! Die Übertragung der Gerichtsbarkeit ausschließlich auf kaiserliche Beamte rief betretenes Schweigen hervor. Da waren sie im Handumdrehen ihre Justizgewalt los, die Herren Barone, und wußten gar nicht, wie. Und so ging es weiter.

Während der Verlesung saß der Imperator im vollen kaiserlichen Ornat, Konstanze neben sich, auf dem Thron und tat weiter nichts, als seine Untertanen zu beobachten. Er plauderte leise mit der Kaiserin und den neben ihm stehenden Familiaren, lehnte aber jede Diskussion über das Vorgetragene ab, obgleich an den folgenden beiden Tagen die Atmosphäre immer gespannter wurde, die Anfragen immer dringlicher.

Am zweiten Tag gab es die Gesetze ‚de resignandis privilegiis': die Reduzierung aller Lehen und Privilegien auf den Stand von 1194, die Rückgabe der Castelli an die Krone. Was Konstanze vor zehn Jahren in Catania vorgeschlagen hatte, wurde nun durchgeführt. Unter den fast schielenden Blicken Friedrichs muckte keiner auf. Der Tag endete in eisigem Schweigen.

Im nachhinein brach ein Sturm der Entrüstung los. Manche der

Magnaten reisten gleich ab, darunter der Conte de Molise, der seine Plätze und Burgen unverzüglich festmachte und sie dann zwei Jahre gegen Landolfo Aquino verteidigte. Andere ergingen sich in Schmähreden und Drohungen, und befeuert vom Wein, stürmten einige das Zelt des Roffredo und jagten ihm einen solchen Schreck ein, daß er vor Atemnot am anderen Tag nicht weiterlesen konnte. Taddeo übernahm sein Amt – allerdings mußten wir ihn erst davon überzeugen, daß seine große Brille irgendwann sowieso publik werden würde.

Denen, die geblieben waren, wurde nun in einer Atmosphäre gereizter Anspannung auch noch die wirtschaftliche Konsequenz dargelegt. Taddeo, mit der Mentalität seiner apulischen Vettern vertrauter als der sachliche Roffredo, machte bald für sich und seinen Herrn ein Gaudi draus, die neubelebten normannischen Normen mit sarkastischem Kommentar zu versehen. Die Festlegung staatlicher Zölle, die Monopolisierung des Getreidehandels, die Abgabe zum Bau einer Flotte (von Taddeo ‚Marinaria' – ‚Marinesteuerchen' genannt) – das alles ging wie Keulenschläge auf die Häupter der Versammelten nieder. Kaiserliche Lehnsträger durften nicht einmal mehr heiraten ohne Zustimmung ihres Herrn. (Taddeo: ‚Über außereheliche Verbindungen gibt es keine Assise.')

Wer sich den jungen Mann unter der Kronhaube da ansah, auf dessen Wangen die klirrenden Geschmeidegehängsel unruhige Schatten warfen, bezweifelte allerdings keinen Augenblick, daß der mit seinem Programm ernst machen würde. Der harte, kalte Blick hielt sie alle in Schach, und als Taddeo mit einem trockenen ‚So, das wär's!' schließlich seine Papiere einrollte, wurde das Schweigen durch nichts unterbrochen.

Im Schweigen erhob sich der Kaiser, nahm die Hand Konstanzes und verließ mit ihr den Raum. Schweigend ging man auseinander, entweder um zu gehorchen oder um zu rebellieren.

Ganz anders das Volk von Capua. Bereits die Verkündung des allgemeinen Landfriedens hatte die ‚Assisen' ungeheuer populär gemacht, um so mehr erst die weiteren Maßnahmen. Die Gängelung der Barone durch den Herrscher, die kaiserliche Alleinjustiz, die Suche nach verkauften oder verschleppten Untertanen, die Steuererlasse für Städter – kein Wunder, daß sie da standen und ‚Christ ist König, Christ ist Sieger' jubelten, wo immer das hohe Paar sich zeigte. Der ‚Mann aus Apulien' war heimgekehrt.

Auf dem Festland hielt sich mein Sultan übrigens nicht lange auf.

Auch die Kämpfe, die es in den nächsten zwei Jahren hier auszufechten galt, überließ er den neuernannten Generalvikaren dieser Region, den Brüdern Aquino. In Capua wurde noch eine Universität gegründet, mit Roffredo als Rektor und höchst attraktiven Studienbedingungen für Ausländer. Mit den Landeskindern machte man es sich einfacher – sie wurden verpflichtet, in Capua zu studieren, man brauchte Juristen als Beamte.

Dann zogen wir weiter in unser süßes Sizilien, in unser Palermo, das geschmückt war von Gärten und Palästen wie der Hals einer Schönen von einer Perlenkette. Nach dem uns sehnlicher verlangte als nach einem Trunk Wasser. Unser wildes, ungebärdiges Sizilien, zerrüttet von Aufständen. Auch hier war wieder Krieg zu führen.

Wir nannten uns ‚Großhof', aber das war Zukunftsmusik. Bemerkenswert, daß sich außer Berardo und seinem Neffen Rainaldo von Capua kein einziger Kleriker mehr unter den Familiaren befand.

Wenn ich vorhin sagte, wir brachten nichts aus Germanien mit, so stimmt das doch nicht ganz. Ich hatte ein paar große Truhen in Verwahrung. In der einen befanden sich die Krönungsinsignien und der berühmte Mantel König Rogers, in den anderen die Überreste des gewaltigen Normannenschatzes, der als Mitgift der Gran Costanza damals auf hundertundfünfzig Maultieren nordwärts geschleppt worden war. Das Gold der Hauteville kehrte vom Trifels heim nach Palermo. Zeit auszuruhen hatten wir keine."

Die Gerechtigkeit des Rächers

„Während wir loszogen, blieb die Kaiserin Konstanze in Palermo als Regentin zurück, so wie einst. Wie krank sie war, wußte außer ihr selbst wohl nur ihr Arzt Meir, der sie höchst besorgt an der Cala in Empfang nahm. Ein allmähliches Versagen der Nieren vergiftete ihren Körper. Sie hatte keine Ähnlichkeit mehr mit der anmutigen Frau von einst. Ihr Gesicht war durch Ödeme entstellt, Hände und Füße geschwollen. Oft war sie erst nach einem Morphiumabsud in der Lage, den Tag zu überstehen. Sie versäumte trotzdem ihre Pflichten nicht, und sie hätte sich eher die Zunge abgebissen als geklagt.

Friedrich sah natürlich, was mit ihr geschah. Aber er sprach nicht darüber, weder zu ihr noch zu anderen. Viele haben das für Gleichgültigkeit gehalten, aber, Truda, ich denke, daß es wohl eine Art war, sie zu ehren, ihren Stolz unbeschädigt von Mitleid und ungekränkt von Getue zu lassen. Konstanze war die einzige Kaiserin, die jemals an der Seite meines Herrn stand.

Auf der Insel hatte mein Herr noch einmal mit dem lebenslänglichen Kanzler Siziliens, mit dem alten Doppelzüngler Walther von Pagliara, zu tun. Zwar hatte der nie offen gegen Konstanze oder Wilhelm Francisius gezettelt, aber in den vier Jahren der Abwesenheit der Regentin war das Sagen wieder bei ihm gewesen, und die Anarchie im Land sah nach ihm aus.

Walther war ein krummrückiger Greis, gelb vor Galle, zäh und trübsinnig. Ich nehme an, er wäre höchst glücklich gewesen, hätte er in die Verbannung auf sein Bistum Catania gehen dürfen. Aber so leichten Kaufs kam er nicht davon – wenn wir schon im Moment keine Zeit hatten, das Kreuzzugsgelübde einzulösen, so konnten wir doch dem laufenden Unternehmen des Papstes ein Hilfskontingent schicken, um die jämmerlich bei Damiette festsitzenden Franken zu unterstützen. Zum Leiter der Expedition ernannte der rachsüchtige Federico seinen gelbsuchtgeplagten Kanzler, der nun wirklich alles andere als ein Stratege war. Auch bestand er ausdrücklich darauf, daß Walthers Bruder, der Signore Gentile von Manupello, der ihn als Kind auf Castellammare so treu bewahrt hatte, mit auf die Reise ging.

Nein, Fedrí vergaß auch als Kaiser nicht, und vom Verzeihen war schon gar keine Rede. Als das Geschwader schon unterwegs war, besann er sich und schickte noch den Admiral Heinrich von Malta zur Aufsicht hinterher, aber das nützte auch nichts. Das Unternehmen scheiterte ganz und gar. Der elende Pagliara wagte sich danach nicht mehr nach Haus. Seine Angst vor Fedrís Zorn war so groß, daß er mit Gentile ins Exil nach Venedig ging, wo er bald darauf starb. Heinrich von Malta, der gar nichts für den Fehlschlag konnte, fiel auch zeitweise in Ungnade, weil er ohne den Kanzler zurückkam.

Eine unserer ersten erfolgreichen militärischen Aktionen war die Rückeroberung der Stadt Syrakus, wo Alaman da Costa unumschränkt herrschte. Der Freund und Familiare aus alten Tagen hatte sich völlig in einen Seeräuber verwandelt – ein bißchen hatte er ja schon immer davon gehabt. Als wir die Stadt erstürmt hatten, verzichtete mein Sultan zu aller Staunen auf eine Verfolgung des Flaggschiffs der Piraten. Alaman entkam, und auch später, wenn wir von seinen Unternehmungen hörten, mußte sich Federico stets ein Grinsen verbeißen. Er mochte den frechen Draufgänger nach wie vor.

Ansonsten eroberten wir die Insel zurück."

„Wie denn?" unterbreche ich ihn. „Du sagst selbst, ihr hattet keine Truppen."

„Das ist richtig", sagt Riccardo unschuldig. „Die Generalvikare hatten sie zu stellen. Und wir verbündeten uns zunächst mit ein paar großen Familien, um die kleinen Barone in die Knie zu zwingen. Danach, wenn wir erst in den Castelli und Festungen der Großen saßen, sperrten wir sie aus oder wandten uns anderswo gegen sie."

„Das heißt also, der Kaiser hat seine Verbündeten hinterher verraten", konstatiere ich.

Riccardo sieht mich groß an. „Keiner unter ihnen, der ihn nicht vorher nach Kräften verraten hatte und es nicht jederzeit wieder getan hätte. Es war ein Zweckbündnis, und als das gemeinsame Interesse dahin war ..." Er zuckt die Achseln. „Außerdem – seit wann macht sich Frau Truda zum Anwalt der Großen dieser Welt?"

Ich gehe nicht auf seinen Ton ein. „Hier war schon viel von Treue und Untreue die Rede", sage ich nachdenklich. „Er fühlte sich hundertmal enttäuscht und verraten und schlug dann zu wie ein Löwe. Aber er selbst war auch verräterisch."

Der Kämmerer schweigt, murmelt kaum hörbar: „Wer nicht?"

„Du auch?"

„Ich weiß nicht." Er sieht vor sich hin. „Doch, ich auch. Einmal wollte ich ihn sogar töten. Aber davon abgesehen – denn das geschah aus Liebe –, eine Seite verriet ich immer. Ihn oder meine Glaubensbrüder. Ihn verriet ich seltener, aber bin ich darum weniger ein Verräter? Als wir mit den Baronen fertig waren, begannen wir die Bergsarazenen zu bekämpfen."

„Das waren Räuber."

„Das waren Muslime. Zweihundert Jahre lang hatte ihnen die Insel gehört.

Nach den Plänen Fedrís hatte einst mein Vater – Allah gewähre seiner Seele die Wonnen des Paradieses – den Bekennern des Islam in den Bergen einen Vorschlag gemacht, auf welche Weise sie in Frieden mit dem König leben könnten. Aber damals hatte man nicht an das dauerhafte Glück des jungen Königs geglaubt. Nun fuhr der Imberûr der Franken gegen sie, furchtbar in seinem Zorn.

Mit drei Emiren hatte er einst verhandelt. Schams-ed-Din hatte inzwischen das Land verlassen und war nach Jerusalem gegangen, wo wir bei ihm, als dem hochgeehrten Imam der Al-Aksah-Moschee, Gastfreundschaft genießen sollten. Der zweite, Kasim ibn Adi, auch der Sheik der Pferde genannt, war ein Verwandter meines Hauses. Meine leiblichen Brüder und des Kaisers Rhetoriklehrer Ibn al Djusi hatten immer mit ihm Verbindung gehalten. Kasim wehrte sich mit den Seinen höchst ehrenhaft. Als er sich schließlich ergab, wurde er mit vielen tausend Muslimen nach Apulien deportiert und dort in der Ebene am Meer, in dem alten Römercastello Lucera, angesiedelt. So entstand eine islamische Provinz mitten in Italien, ständiger Dorn im Auge der Christen, die meinen Herrn, um ihn zu beschimpfen, ‚Sultan von Lucera' nannten. So nannten auch wir ihn, denn er war es ohne Schimpf.

Die Stadt, mit Kasim als Kaid des ganzen Stammes und als Oberhaupt der neuerbauten Moschee, wurde höchst nützlich. Von hier kamen die kostbaren Teppiche, die wundervollen Waffen, die edlen Pferde. Tadsch-el-Muluk, der meinen Herrn zur Krönung getragen hatte, bemühte sich da um die Nachkommenschaft der edlen arabischen Stuten und begründete ein prächtiges Geschlecht. Von hier stammten auch die treuesten Krieger der Welt, eine Truppe, der kein päpstlicher Bannfluch etwas anhaben konnte. Und niemals, wenn ich Luceras gedenke, vergesse ich meines Vaters, denn seinem Geist entsprang einst diese Idee eines geschützten Gemeinwesens im Schatten der Gnade des Herrn, wie es dies wurde." Er lächelt.

„Und der dritte Sheik?" erinnere ich ihn.

„Ja, Ibn Abbad und seine Söhne. Porcus, der Genueser Admiral, und ein heruntergekommener Franzose namens Hughues de Fer stellten die Beziehungen zu Abbads reichen Vettern in Algier her und unterstützten ihn in seinem Widerstand. Er wußte wohl, warum er sich so lange wehrte: Fedrí wollte alte Beleidigungen an ihm rächen, hauptsächlich die Übersendung des Königsmantels an Otto.

Wir berannten erbittert die Bergfestung Gasto, wohin sich der Emir nach Monaten schwankenden Kriegsglücks endlich zurückgezogen hatte, und Friedrich nahm an der Belagerung teil.

In der rosigen Morgenfrühe eines taufeuchten Junitags stürmten wir den äußeren Befestigungsring – um diese Zeit, so hatten wir herausbekommen, waren die Wehranlagen nur schwach besetzt. Ibn Abbad verschanzte sich mit seinen Söhnen in der inneren Burg. Wir hatten den größten Teil seiner Kornvorräte erobert bei dem Handstreich, es war klar, daß er nicht sehr lange Widerstand leisten konnte. Um seiner Söhne willen ergab er sich der Gnade des Kaisers.

Schon während der Belagerung waren oft seltsame Töne zu uns über die Mauern gedrungen, Gewinsel, Gestöhn, ächzende Laute, dazwischen dumpfes Brummen, so daß wir meinten, Ibn Abbad halte sich auf seinem Castello seltene Tiere. So war es scheinbar auch.

Im Schatten der Befestigung fanden wir zwei Dutzend hintereinander aufgereihter, kotbefleckter, stinkender Käfige, darin die Menagerie des Emirs: menschliche Wesen, die uns mit Heulen, Stammeln, Schreien begrüßten, die dürren Arme durch die Stäbe reckten oder an diesen rüttelten. Wir standen erstarrt in der Mitte des eben eroberten Hofs, hinter uns loderte krachend das Feuer, das Tor und Gebälk des Eingangs verzehrte, und auch die in den Käfigen wurden auf einmal still, bis auf eins, das, offenbar schwachsinnig, weiterbrabbelnd auf allen vieren hin und her kroch.

Friedrich, verborgen hinter seinem Schild, als näherte er sich einem Feind, ging auf die Behältnisse zu und fragte leise: ‚Im Namen des Himmels, wer seid ihr?‘

Auf sein Wort hin begannen die hinter den Stäben alle eine wilde Geschäftigkeit, ein jeglicher in einer anderen Art, wozu man sie abgerichtet hatte. Manche sagten das Paternoster auf und schnitten dazu Grimassen, andere plapperten einen blasphemisch entstellten Text des Glaubensbekenntnisses, der nächste sprach das Ave-Maria und begleitete es mit obszönen Bewegungen. Wieder andere waren mit Affen zusammengesperrt, sie entblößten ihre verhungerten Leiber und begannen sich aufzuführen, als wollten sie sich mit den Tieren vermischen. Es war ein Höllensabbat. Voller Grauen kamen wir näher heran, diese entsetzlich dressierten Wesen zu betrachten.

Unter dem Schmutz und der Entstellung sahen wir: Es waren halbe Kinder, keins älter als vielleicht sechzehn oder achtzehn Jahre, viele verstümmelt, entmannt, geblendet, ohne Zunge, ohne Hände.

Plötzlich schrie mein Herr auf, so durchdringend, daß der Wahnsinn in den Käfigen verstummte darüber. Er ließ den Schild sinken, trat noch näher und wiederholte: ‚Im Namen des lebendigen Gottes, wer seid ihr?‘

Es war still. Dann sagte eins der Wesen: ‚Wir sind die christlichen Tiere des Emirs Ibn Abbad und führen auf, was zu seiner Belustigung gereicht, damit wir unser Brot bekommen. Sonst werden wir geschlagen. Aber in letzter Zeit mühen wir uns oft vergebens um Brot. Kannst du uns füttern, Herr?‘ Und eine andere Stimme murmelte verlöschend: ‚Libera nos, domine, si possis.‘

Von den gefangenen Mamluken des Ibn Abbad erfuhren wir mehr

über diese Unglücklichen. Der Emir habe sie vor ein paar Jahren als Sklaven aus den Händen von Piraten wie Hughues de Fer gekauft und, um seinem Haß gegen die Christenhunde zu frönen, zu dem gemacht, was sie jetzt seien. Es wären aber insgesamt kleine Franken gewesen, die, verblendet und in grenzenloser Narrheit, von weither gekommen seien, um das Heilige Grab aus den Händen der Muslime zu befreien, wie, das hätten sie nicht gewußt. Bereits an der Küste des Mittelmeers seien sie in die Schiffe der Sklavenhändler getappt, wie Zugvögel ins Netz des Vogelstellers einfallen. So daß also, Truda, in jenen Käfigen einige der wenigen Überlebenden des von Innozenz gesegneten Kinderkreuzzugs saßen, einige von jenen Tausenden aus Germanien, Frankreich, Ungarn, die damals über den Brennerpaß südlich gezogen waren, als wir mit dem Puer Apuliae gen Norden unterwegs waren.

Ich kannte meinen Herrn seit seiner Kindheit und war vertraut mit den Rasereien seines Zorns. Aber so hatte ich ihn noch nie gesehen. Sein Gesicht war weiß, die Muskeln um seinen Mund traten wulstig hervor, und seine schielenden Augen waren völlig ausdruckslos. Als man den Emir vor ihn führte, sah ich die Ader auf seiner Schläfe pulsieren. Ehe sich Ibn Abbad ihm zu Füßen werfen konnte, stürzte er sich auf den Gebundenen und begann ihn zu würgen, und ich glaube, er hätte ihn umgebracht, hätten sich nicht die Söhne des Gefangenen schreiend an ihn gehängt, und obgleich auch sie gefesselt waren, verhinderten sie doch die Tat.

‚Bei Gott, ich erflehe deine Gnade, König der Könige', röchelte der Emir und ließ sich zu Boden fallen.

Fedrí, rasend wie ein Tiger über der Beute, begann, auf den Gefangenen einzutreten und ihm mit seinen scharfen Sporen den Leib aufzureißen.

Der Emir brüllte und wälzte sich. Ein Tritt zerfetzte seinen Mund.

Wir standen an den Wänden, fahl und zitternd, und wagten nicht, einzugreifen. Als aber der Sporn das Gesicht des Sheiks zerriß, war mir, als rührte mich eine Hand zwischen den Schulterblättern an, und wenngleich bebend wie Laub, taumelte ich vor und warf mich gleichfalls zu Boden neben dem Mißhandelten und sprach so: ‚Beflecke dich nicht mit dem Blut dieses Unwürdigen, Imberûr, um das Angedenken des Imams Shurai willen, der ein Muslim war wie dieser! Sonst aber tritt auch mich unter deinen Fuß, damit ich an seiner Stelle und für alle anderen Allah den Einzigen bekenne!'

Da ließ er ab von dem Sheik und wandte sich und verließ den Raum. Der elende Verbrecher aber lag am Boden und verstand nichts, sondern er dachte, ich hätte es um seinetwillen getan, und wollte mir danken. Ich aber erhob mich und befahl mit unsicherer Stimme der Leibwache, ihn abzuführen, und der Emir ächzte, machte sich in übler Vertraulichkeit an mich heran und nannte mich Bruder, fragend: ‚War es wegen des Mantels, daß er mich so anging?'

‚Nein', erwiderte ich, ‚wegen der Kinder.'

Da erstaunte er. ‚Aber warum? Es waren bloß Sklavenbälger niederer Herkunft, sicher wären sie sonst anderswo verkommen. Ein kleiner Scherz . . .'

Da ging auch ich, und zwei Tage mied ich das Angesicht meines Herrn, soweit das möglich war, und auch er wandte die Augen von mir ab. Dann aber ließ er mich rufen wegen dringender Angelegenheiten der Kammer, und beiläufig bemerkte er: ‚Wolltest du den Märtyrer des Islam spielen, Ridwân ibn Shurai, da in Giato?'

‚Was wird mit dem Emir Ibn Abbad geschehen?' fragte ich dagegen, und er, die Augen verengend: ‚Willst du um Gnade für ihn bitten? Er wird gehenkt mitsamt seinen Söhnen und den Seeräubern, seinen Helfern.'

‚So soll es sein', erwiderte ich.

Er sah mich an. ‚Was soll das heißen?'

‚Möge das Angesicht meines Sultans stets im Glanze stehen', sagte ich und berührte Stirn, Mund und Herz mit der Hand.

Er ging an mir vorbei, als hätten wir nicht geredet, aber dabei streiften seine Finger leicht meine Schulter, und dieser tastende Hauch war mir teurer als manche Liebkosung und stärker als mancher Schlag von ihm.

Von den befreiten fränkischen Kindern überlebte nur die Hälfte die ausgestandenen Leiden, die anderen erlagen noch im selben Jahr dem Martyrium ihrer Gefangenschaft. Die meisten der Überlebenden ließ der Kaiser in ihre Heimat zu ihren Familien zurückbringen. Zwei oder drei aber, Waisenknaben aus Germanien, nahm er als Valetti in seine Dienste, verlieh ihnen Lehen in Apulien und verheiratete sie auf wohlanständige Art.

Nach dem Fall Giatos ging der Krieg gegen die Bergsarazenen seinem Ende entgegen. Der Imperator bekämpfte die Nester des Widerstands nun mit stählerner Härte. Keiner kam mehr nach Lucera, Gnade wurde nicht gewährt.

In der rosigen Frühe desselben Tages, als wir Giato stürmten, war, wie wir erfuhren, in Catania die Kaiserin Konstanze ihrer Krankheit erlegen."

In meinen Ohren ist ein Lachen, das leise beginnt und sich immer noch steigert, boshaft und aus tiefstem Herzen. Es ist Pietros Stimme, die mich so erfüllt, daß ich nicht mehr fähig bin, den Kämmerer zu sehen, seine Worte zu hören.

„Bravo, bravo den schönen Geschichten! Die große Dame ist tot, Friede ihren Gebeinen – wir hatten nichts miteinander zu schaffen. Aber mich wundert denn doch deine Gutgläubigkeit, Frau Truda, wie du die freundlichen Begründungen schluckst, ohne mit der Wimper zu zucken! Die Kinder! Ja, das war eine feine Sache für das christliche Europa. Und sein Tobsuchtsanfall gegen den Ibn Abbad, der auch nicht schlechter war als andere – wegen der Schändung der gottesfürchtigen Unschuldigen. Solange es nicht seine eigenen waren, blieben ihm Kinder völlig gleichgültig. Natürlich war der Tritt in den Bauch des armen Emirs ebenso wie der Sporn in dessen Visage die Rache für die Übersendung des Königsmantels an Otto. Rache war bei dem Herrn ein höchst persönliches Geschäft, und er tätigte es gründlich und lustvoll. Wo sind meine Augen geblieben? Ein Tribut an seine Rache.

Und was die Glaubwürdigkeit deines Zeugen betrifft – frage ihn doch noch einmal nach den zwei oder drei (es waren übrigens fünf) Waisenknaben aus Germanien, die als Valetti in die Dienste des Großhofs genommen wurden! Die ausgesucht hübschen Bengel hatten die gleiche Aufgabe wie die meisten kaiserlichen Valetti aus dem niederen Adel: Sie bildeten die aparte Ergänzung zum Harem. Er beschlief diese Jungen zusammen mit dem noblen Ridwân ibn Shurai, der sich also eigentlich recht genau daran erinnern müßte, daß es fünf waren. Sie schafften es nämlich, was ein paar Jahre Bestienkäfig bei Ibn Abbad nicht zustande gebracht hatten. Zwei der Kinder verloren den Verstand über den Dingen, die mit ihnen angestellt wurden. Der Kaiser nutzte sie dann noch für irgendwelche wissenschaftlichen Experimente von der Art, wie sie Fra Salimbene beschreibt, etwa: Man sperrt jemanden in ein Faß ein, bis er darin stirbt, um damit zu zeigen, daß auch die Seele gänzlich zugrunde gehe . . . Oder man schlitzt zwei Menschen den Bauch auf, die das gleiche gegessen haben, aber sich danach anders verhielten, um zu sehen, was der Verdauung förderlicher war . . ."

„Hör auf", sage ich leise, ich kann vor Entsetzen kaum sprechen, „hör auf, Verräter. Ich weiß, daß du lügst."

„Ich lüge, kann sein", erwidert er, und in der Stimme ist jetzt kein Hohn mehr, nur Traurigkeit. „Du kannst dabei bleiben. Du solltest nur begreifen, daß sie alle lügen und daß vor allem die Erinnerungen des Mannes, der des Kaisers Bettkumpan war in manchen Abenteuern, höchst einseitig sind, um es gemäßigt zu benennen. Aber höre nur weiter, was er dir zu erzählen hat! Kaum vorstellbar, daß die sanften Farben dominieren werden in den Geschichten, die jetzt kommen."

„Wen haßt du mehr", frage ich, „ihn oder deinen Herrn?"

„Warum sollte ich denn jemanden hassen?" gibt der Sohn der Linda zurück. „Ich will dir nur weiterhelfen. Wir verlieren unsere Spur unterdessen."

Ich will etwas erwidern, aber plötzlich ist das, was von ihm war, fort, und neben mir spricht der Kämmerer. Er muß die ganze Zeit über geredet haben, denn er ist schon vorgedrungen zu einem anderen Abschnitt des Geschehens, und trotz oder gerade wegen Pietros böser Worte lausche ich seiner sanften und tiefen Stimme unvermindert vertrauensvoll.

Die Opferung der Jolanta

„In Ferentino hatten sie die Sache ausgeheckt, anläßlich des Gipfeltreffens in Sachen Kreuzzug, an dem außer dem Kalifen Honorius und dem Deutschordensmeister auch die Vertreter des christlichen Jerusalem teilnahmen, der Patriarch Gerold nämlich und der Graf Johann von Brienne, der sich König von Jerusalem nannte – zwei wenig sympathische Figuren.

Gerold war jähzornig, autoritär, herrschsüchtig, ein Kahlkopf mit rotem Gesicht, dessen Glatze bei cholerischen Anwandlungen Purpurfarbe annahm. Er und Federico prallten ein paarmal aufeinander, so daß Hermann Mühe hatte, wieder Verhandlungsstimmung herzustellen.

Der Graf war zu dem Königstitel gekommen durch den frühen Tod seiner Frau, übrigens einer Base der Hauteville und somit Verwandten der Normannen. Viel mehr als ein Titel war es allerdings nicht. Das dazugehörige Reich war ein Stückchen Küste um Akkon und Tyrus, und Johann erwies sich nicht als der Mann, sich den Rest zurückzuerobern. Der lang aufgeschossene, dürre Mensch, der in seinen Kleidern hing, als gehörten sie einem andern, war ein zügelloser Säufer und Prasser, verrückt auf die Weiber, ein Raufbold, der stets Händel suchte. Mehrmals kam er betrunken zu den Verhandlungen. Daß der Kaiser trotzdem seine Kompanie nicht mied, hatte seinen Grund: Der spitznasige Johann mit dem strähnigen Haar war, wenn nicht zu betrunken, kein übler Verseschmied. Auch Rainaldo war mit in Ferentino, und sie saßen und klimperten um die Wette auf der Laute.

Mein Sultan war damals erschöpft und reizbar. Die Kämpfe mit meinen Glaubensbrüdern in seinem so sehr geliebten Sizilien fraßen an seiner Seele. Die Nachrichten aus Deutschland lauteten keinesfalls ermunternd. Und Konstanze war ein halbes Jahr tot. Die abendlichen ‚Dichterstunden‘ mit den Freunden arteten meist in Orgien aus und trugen wahrhaftig nicht dazu bei, sein Ansehen bei den Kirchenmännern zu stärken.

Übrigens hätte Johann von Brienne lange mit der Maria von Montferrat verheiratet sein können, ohne Anspruch auf den Königstitel zu haben. Nach der verdrehten Erbfolge bei diesen Ungläubigen – verzeih, Truda – fiel die Krone den Leibeserben zu, die der vorige Träger hinterließ, und der war vorhanden: eine Tochter.

Johann verwaltete den Titel also nur. Und nun hatte Hermann eine seiner Ideen. Wie, wenn man, um Friedrichs Anspruch auf Jerusalem noch stärker zu motivieren, ihn zu einer Ehe mit der jungen Dame bringen könnte? Damit wäre er nach ihrer Volljährigkeit König von Jerusalem, der Kreuzzug gleichzeitig Rückeroberung eigensten Terrains.

Der Papst und Brienne waren begeistert, Honorius wegen des ‚Kreuzzugsköders‘, Brienne wegen der guten Partie. Mein Sultan zuckte zunächst einmal die Achseln. Was sie denn so mitkriege?

‚Die Krone von Jerusalem‘, entgegnete Brienne großartig.

‚Das weiß ich schon, das ist, wie mir scheint, die Grundlage des Geschäfts‘, bemerkte mein Herr freundlich-hämisch. ‚Ich dachte an die Mitgift. Wieviel Gold, wieviel Silber, was an Ländereien und ritterlicher Mannschaft?‘

Er wußte natürlich, daß die Leute vollständig bankrott waren.

Statt einer Antwort begann Brienne in blühenden Farben die Vorzüge seiner Tochter auszumalen. Seine Beschreibung gipfelte in der Aussage: ‚Sie ist das ganze Gegenteil von mir.‘

‚Das könnte allerdings eine Empfehlung sein', entgegnete Friedrich trocken.

Bei allem blumigen Lobpreis fiel doch auf, daß Johann ein sehr verschwommenes Bild seiner Tochter entwarf. Irgendwie war sie vollkommen, aber auch nicht faßbar. Nach näherem Befragen stellte sich heraus, daß der Graf das Mädchen bisher nur zwei- oder dreimal flüchtig gesehen hatte. Sie war, nach einem Aufenthalt in Zypern bei ihrer Tante Alice, im Kloster erzogen worden, was Fedrí zu der Bemerkung: ‚Schlechter als im Bordell' hinriß.

Johann wollte auf ihn los – er war schon ziemlich angetrunken –, besann sich aber auf sein Gewerbe als künftiger Brautvater und grinste schief, alles sei nur ein Scherz. Die beiden, die sich beim Weinkrug ‚Giovanni' und ‚Federico' zu nennen pflegten, konnten sich im Grunde nicht ausstehen.

‚Was ich brauche', mein Herr ließ sich endlich zu etwas mehr Ernsthaftigkeit herbei, ‚sind legitime Söhne. Ein einziger Erbe ist zuwenig. Ist deine Tochter kräftig, gesund, taugt sie zum Gebären? Wie alt ist sie eigentlich?'

‚Sie ist erst elf, aber ich kann dich in allem beruhigen. Sie war noch niemals krank und wird dir Söhne bringen.'

‚Elf Jahre? Das ist ja ein Kind. Ich will nicht fünf Jahre warten, bis sie in den Zustand der Reife eintritt. Sie müßte noch vor Beginn des Kreuzzugs ins Beilager.'

‚Mache dir deshalb keine Sorgen', beeilte sich Brienne zu versichern. ‚Sie ist trotz ihrer Jahre kein kleines Mädchen mehr, sondern wohl fähig, eine Frau zu werden, und du wirst sie willig, gehorsam und freundlich finden.' Worauf er mit einem Fluch hinzusetzte: ‚Wenn nicht, so prügele sie windelweich!'

‚Das überlasse ich dann dir', entgegnete der Kaiser spöttisch und nahm die Laute auf.

So verlief das erste Gespräch über diese unglückselige Angelegenheit. Ich sagte dir schon, Fedrí war müde und zynisch. Das vereinte Zureden von Brautvater, Papst und Beratern und die Aussicht auf die Krone von Jerusalem machten schließlich, daß er zustimmte zu diesem Verlöbnis."

„So meinst du, daß er eigentlich wider seinen Willen in diese Ehe eintrat?"

„Wider seinen Willen tat er nichts, Truda, das solltest du doch wissen. Ich meine, daß er zwar die Vorteile dieser Sache sah – die Krone und Jerusalem und die legitimen Nachkommen –, aber daß er sie nicht mit der Leidenschaft betrieb, mit der er sonst seine Angelegenheiten verfolgte. Es lag am Rande. Einmal, es war schon beschlossene Sache, sprachen wir darüber. Er war damals mir gegenüber ziemlich zurückhaltend."

„Oder du ihm gegenüber."

„Kann sein.

‚Dir mißfällt dies Verlöbnis, nicht wahr?' fragte er geradezu.

‚Erhabner, wie sollte ich sagen, daß es mir mißfällt?' entgegnete ich. ‚Erstens steht mir dergleichen nicht zu . . .'

Er machte eine ungeduldige Bewegung mit dem Kopf.

‚Zweitens mag ja alles gut und richtig sein. Aber es ist ein bißchen wie auf dem Sklavenmarkt.'

Er sah finster vor sich hin. ‚Auf dem Sklavenmarkt sehe ich mir die Ware vorher an, das ist reeller. Du aber bist ein Heuchler, Riccardo, denn erzähle mir nicht, daß die Ehen in den Häusern der reichen Muslime auf andere Weise gestiftet werden. Und sah ich Konstanze vorher? Es ist etwas anderes, was dir mißfällt – und übrigens mir auch. Ich traue Brienne nicht. Il Rè Giovanni ist ein windiger Hund. Gott gebe, daß das Mädchen nur ein Zehntel von den Vorzügen hat, die er ihr andichtet.'

‚Nun, zumindest wird sie Kinder gebären können.'

‚Das können sie wohl alle', sagte mein Herr. Die Contessa da Theate hatte ihm gerade eröffnet, daß sie von ihm schwanger sei, was seine Laune etwas verbesserte, und zudem hatte er ein Auge auf Giuditta, die eine Schwester des Grafen Lancia, geworfen, eine graziöse langwimprige Dame, die sich nicht abgeneigt zeigte.

Die kaiserliche Gemahlin entstieg dem bewimpelten Schiff, gestützt von zwei Kammerfrauen, und es schien sehr wahrscheinlich, daß sie sonst umgefallen wäre, vor Furcht und Schüchternheit einerseits, andererseits wegen der Schwere der Kleider, in die man sie gesteckt hatte. Der starre Goldbrokat, die juwelenbesetzte Brautkrone, der gestickte Schleier wankten da auf uns zu, was darunter war, schien klein, unerheblich und überhaupt nur eine Art Ständer für die Kostbarkeiten.

Johann von Brienne lachte dummerweise auf, und der Kaiser fragte ihn böse: ‚Bist du sicher, daß unter dem Zeug da deine Tochter steckt und nicht irgendeine Magd?'

‚Na, ich hoffe doch', stammelte Brienne, und Federico, mit dem

Fuß aufstampfend: ‚So tu deine Pflicht, Herr Schwiegervater, und führe mir die Braut zu.'

Graf Johann warf ihm einen schiefen Blick voller Mißgunst zu, ging über den Bootssteg zu dem geschmückten Opferlamm, griff es bei den Händen und zog es an Land, in den freien Raum vor dem Imperator. Dann ließ er los und trat zurück, und da die Kammerfrauen gleichfalls losließen, stand das Wesen da und schwankte ein bißchen.

‚Sag ihr, sie soll den Schleier abnehmen', bemerkte der Ehemann zum Schwiegervater.

‚Du hast gehört, was der Kaiser von dir will!' Keine Regung. Johann: ‚Sie ist ein bißchen schüchtern, denke ich mir. Zier dich nicht, Jolanta, gehorche!'

‚Jolanta? Ich denke, sie heißt Isabella?'

‚Beides, Erhabner. Sie führt den ersten Namen von ihrer Mutter her, den zweiten von der Familie Brienne. Ich fand, Isabella klingt kaiserlicher, aber sie ist vielleicht nicht daran gewöhnt', salbaderte der alte Kuppler.

Indessen rührte die Figur, Isabella oder Jolanta, keinen Finger, so daß man wirklich hätte glauben können, sie sei ein Kleiderstock. Federico ging zu ihr und zog ihr ohne viel Federlesens den Schleier vom Kopf. Ein spitzes Gesicht mit rotfleckigen Wangen und allzu großer Nase (der Brienne-Nase), die Augen vor Angst kugelrund, kam zum Vorschein. Eine Maus in der Falle.

‚Was um Himmels willen haben sie ihr über mich erzählt?' fragte der Kaiser fassungslos. ‚Sie ist ja halbtot vor Angst. Wie soll sie die Brautnacht überstehen, ein Kind? Du hast mir gesagt, Giovanni, sie sei bereits ins Alter der Reife getreten!'

‚So ist es, Majestät, frage ihre Kammerfrauen', beeilte sich Johann beflissen vorzubringen, ‚seit einem halben Jahr hat sie die Weiberregel.'

‚Seit einem halben Jahr! Das Eheversprechen wurde vor fast einem Jahr gestiftet, du Betrüger!'

‚Nun, es war doch abzusehen', murmelte der Graf, durch die Beschimpfung keineswegs erschüttert. ‚Komm, Täubchen, reiche deinem Gatten die Hand. Komm, du dumme Trine, stell dich nicht an!'

Da war nichts mit höfischem Daherschreiten. Der Imperator griff zu und zog sie, die wieder von den Kammerfrauen gestützt wurde, zu ihrer Sänfte. Die Vorhänge machte er eigenhändig fest zu. Dann wandte er sich zu mir und sagte halblaut: ‚Allah sei mein Zeuge, daß ich nicht ahnte, was mir dieser kupplerische Brienne da aufgebürdet hat. Der Teufel hole ihn und seine skrupellose Seele, die sein eigen Fleisch und Blut verschachert wie einen Sack Mehl! Das gehört ins Kinderzimmer, nicht ins Brautbett.‘

Er brach mitten in der Rede ab. Unter dem Gefolge von syrischen Baronen und Hofdamen, die da an Land gegangen waren, fiel eine große weißgekleidete Frau auf, die halb orientalisch, halb fränkisch gekleidet war. Zu einem weiten Atlasmantel mit Tasselband und Vürspan trug sie Frauenhosen und Sandalen mit aufgebogener Spitze, ihr lockiges schwarzes Haar war von einer Perlenkappe bedeckt, über einem Halbschleier loderten nachtdunkle stolze Augen. Ihr Pferd tänzelte und machte ihr Schwierigkeiten beim Aufsteigen.

‚Ridwân, zu ihr!‘ keuchte mein Herr.

Ich eilte, ihr in den Sattel zu helfen, sie bedankte sich in ruhigem Arabisch, und ich erfuhr, was nötig war zu wissen.

‚Das ist Anais d'Antiochia, eine Base der Kaiserin.‘

Fedrí biß sich auf die Lippe. ‚Und? Gehört zur Dame d'Antiochia auch ein Herr d'Antiochia?‘

‚Ja, Imperator. Der Baron reitet dort neben ihr.‘ Es war ein stattlicher junger Edelmann – warum hätte so eine Frau auch ledig bleiben sollen.

‚Das erschwert die Sache, aber nicht zu sehr‘, bemerkte mein Sultan, dann schwang er sich aufs Pferd und manövrierte sich geschickt an die Seite der Schönen und ihres Gatten, bald in Gespräche über syrische Angelegenheiten vertieft. Der Palankin mit der kleinen Braut war schon fast bei den Zelten angelangt.

Nach höfischer Sitte beeilte ich mich, der Dame auch wieder aus dem Sattel zu helfen. Während sie in meine Arme glitt, fragte ich leise: ‚Wie gefällt dir der Kaiser, Madonna?‘

Sie antwortete, ohne die Stimme zu dämpfen: ‚Ich werde es im Liegen erkunden‘, und sah mich spöttisch an. Mein Herr, da ich ihm diese Replik überbrachte, erblaßte und errötete.

Noch beim Hochzeitsbankett gab es einen furchtbaren Krach. Johann von Brienne trank seinem Schwiegersohn als dem ‚künftigen König von Jerusalem‘ zu, worauf der Kaiser kühl entgegnete, dieser Titel gebühre ihm seit dem heutigen Tage. Außerdem, wenn schon keine Mitgift zu erwarten sei, fordere er die fünfzigtausend Silbermark, die der verstorbene König von Frankreich dem Rè Giovanni zur Verteidigung des Heiligen Grabes geliehen habe – denn der

Verteidiger des Heiligen Grabes sei nun er. Andernfalls könne Johann ‚das da' (wobei er das Handgelenk des neben ihm sitzenden Häufchens Unglück packte und hochhielt) gleich wieder mitnehmen, er sei nicht sehr enthusiasmiert.

Die Kleine, der die Tränen locker saßen, fing sofort an zu heulen. Der Graf hatte schon viel zuviel getrunken. Er zog blank und wollte auf seinen Schwiegersohn los, die Sarazenen entwaffneten ihn, Petrus de Vinea, der damals anfing, sich wichtig zu machen, rief ‚Majestätsbeleidigung!', irgendwer goß dem Grafen klugerweise einen Kübel Wasser über den Kopf, und Friedrich, befragt, was zu tun sei, erklärte verdrießlich, der Herr Schwiegervater solle sich davonscheren. Was der auch noch in derselben Nacht tat – beim Papst schutzsuchend vor der ‚Brutalität und Herrschsucht' Friedrichs. ‚Das da' nahm er allerdings nicht mit.

Niemand kümmerte sich sonderlich um die Tränen der Braut. Im Gegenteil, eine ganze Reihe von Rittern und Damen war der Ansicht, daß es zum guten Ton gehöre, als Braut zu weinen. Daß das nicht ein paar jüngferliche Abschiedstränen waren, sondern das verzweifelte Schluchzen eines hilflosen Kindes, nahm keiner wahr.

Fedrí hatte ihr den Rücken zugekehrt, unterhielt sich mit den syrischen Baronen, vor allem mit Balian von Sydon, zu dem er gleich Zutrauen gefaßt hatte, und schickte von Zeit zu Zeit einen Feuerblick zu Anais, die übrigens durch irgendein ‚Versehen der Kanzlei' im Frauenflügel einquartiert worden war – eine Tatsache, die sich im Augenblick, wie man ihrem Mann versicherte, im Trubel der Festivitäten nicht korrigieren lasse, wozu auch. Sie sei dort, versicherte Nizam, der Obereunuch des Serraglio, ‚so sicher wie in Abrahams Schoß, da niemand als der Kaiser selbst Zutritt zu diesen Räumen habe'. Ob das für den Baron d'Antiochia eine wirkliche Beruhigung gewesen sein mag, bleibe dahingestellt.

Während die Braut unter den üblichen Späßen ins Hochzeitsgemach geleitet wurde, ging der Bräutigam ungeniert quer durch den Raum auf die Syrerin zu und sagte mit jenem Freimut, den die Priester Schamlosigkeit nannten: ‚Du weißt, an wen ich heute nacht denke, Dame, nicht wahr?'

Anais schlug die stolzen Augen nieder.

Was dann kam, werde ich nie vergessen. Ich gab den Dienern noch Anweisung für das Bad, als ich seine helle, ein bißchen heisere Stimme nach mir rufen hörte, und ich merkte, daß er erregt war.

‚Komm und hilf mir', sagte er kurz, während ich die Tür hinter mir schloß.

Die kleine Braut saß auf der Bettkante und hielt sich mit beiden Händen fest. Sie war vor Angst so starr wie ein Hase, der auf eine Schlange stößt. Ihre krausen Locken hingen wie ein Vorhang zu beiden Seiten des spitzen Gesichts, und ihr aufgerissenes venezianisches Hemd (Fedrí schien nicht gerade in sanftmütiger Stimmung zu sein nach dem Ärger mit Brienne) entblößte einen mageren Kinderkörper mit einer Andeutung von Brust, kaum behaarter Scham und Knabenhüften. Sie schien mein Kommen gar nicht zu bemerken; der Schrecken ließ sich nicht vermehren.

Mich erfaßte ein herzliches Erbarmen mit ihr. ‚Sie kommt von den frommen Schwestern, und offenbar hat sie niemand vorbereitet', sagte ich. ‚Zudem ist sie noch ein Kind, verschone sie, Erhabner, gönne ihr ein halbes Jahr Zeit . . .'

Seine Hand brannte in meinem Gesicht. Er schlug mich häufig, wenn er im Zorn war, denn er wußte, wie sehr ich ihn liebte.

‚Du Araberhund, das ist hier kein Bordell in Kairo, sondern das kaiserliche Beilager, und ich gebe dir mein Wort, daß es heute vollzogen wird. Meinst du, das hier bereitet mir Vergnügen? Aber man hat mir gesagt, daß sie eine Frau ist, und sie wird heute empfangen, wie es das Los der Frauen ist.'

Während ich mich zu fassen suchte und meine Seele seinem Willen unterwarf, wandte er sich wieder dem Bett zu. Jolanta saß wie versteinert, aber ihre Finger schlossen sich noch enger um die Bettkante.

‚Du mußt sie festhalten', befahl er mir.

Ich setzte mich hinter dem Mädchen aufs Bett und redete sanft auf sie ein: ‚Fürchte dich nicht, kleine Kaiserin, dir geschieht, was allen Frauen geschieht. Unser Herr will dir nichts Böses. Laß dich los, laß dich fallen, öffne dich. Unser Herr wird behutsam sein.'

Ich belog sie. Er würde nicht behutsam sein. Welchen Grund Widerstand auch haben mochte, er forderte bei ihm stets Gewalt heraus. Wütend genug war er in dies Zimmer gekommen, und daß er mich zum Zeugen dieser schrecklichen Sache machte, würde ihn noch mehr aufbringen. Zudem hatte Allah meinem Herrn neben einem schier unerschöpflichen Liebesvermögen das schönste Werkzeug verliehen. Aber das, was ihm den Neid der Männer und die Anbetung der Frauen einbrachte, würde für den engen, unerschlossenen Schoß dieses Kindes zum Folterinstrument werden.

Schließlich brachte ich es durch mein Zureden so weit, daß Jolanta die Bettkante losließ, und ich konnte sie ein bißchen an mich ziehen, so daß sie nun mit geschlossenen Augen an meiner Schulter lehnte, noch immer starr vor Angst, und so, immer redend, gelang es mir, meine Arme um sie zu legen und sie damit zu fesseln, um mich dann langsam mit ihr zurücksinken zu lassen, während er gar nichts tat, sondern nur bereit und drohend vor diesem verfluchten Brautbett stand. Und vor Scham über mich und über ihn war mir die Kehle wie zugeschnürt. Ja, und er, der weithin bekannt war für seine heitere Liebeskunst und der bei Männern wie Frauen Freuden zu erwecken verstand, spreizte ihre Schenkel, als wollte er ihr die Knochen zerbrechen, und drang in dies Mädchen ein wie in eine Festung, die es zu erstürmen galt, so barbarisch, daß ich die Schreie der Braut mit der Hand ersticken mußte. Sie biß mich in die Finger und klammerte sich an meine Arme, und ich redete immerfort über ihrem Wimmern: ‚Ruhig, kleine Herrin, ergib dich, öffne dich, gleich, gleich tut nichts mehr weh, gleich ist es vorbei.' Und während des schmerzvollen Aus und Ein betete ich zu Allah, er möge uns dies hier vergeben.

Das Bett schwamm im Blut. Ich bedeckte das halbohnmächtige Kind, legte meinem kaiserlichen Herrn den Mantel um die Schultern, öffnete die Tür und verkündete den höfischen Zeugen, daß die Ehe vollzogen sei. Ins Zimmer ließ ich sie nicht, aber es bedurfte auch gar nicht des Blicks auf das Lager, denn der Caesar war über und über mit Blut besudelt wie ein Schlächter. Da beglückwünschten sie ihn und ließen Musik erklingen, um unsere Schandtat zu feiern.

Als sie aber gegangen waren, holten wir Meir, den Arzt, denn die Kaiserin lag noch immer in Starre und vergoß ihr Blut.

Der Jude untersuchte das Kind sorgfältig, stillte die Blutung und ordnete an, sie mit einem warmen Absud von Melissen, Kamillen und Kampfer abzureiben und zu beleben. ‚Mehr als das alles aber bedarf sie des liebevollen Zuspruchs und zärtlicher Worte, die ihr den Schrecken lösen, Erhabner', sprach er, ‚denn, auch wenn sie schon in der Lage ist zu empfangen – was ich nicht sicher weiß –, dies ist nicht der Körper einer Frau, sondern der unentwickelte Leib eines Kindes, den du gewaltsam zerrissen hast. Laß ihr Zeit, von den Verletzungen zu genesen, und nähere dich ihr dann erneut mit Vorsicht und Milde, auf daß sie keinen Schaden an Leib und Seele nehme.'

Mein Herr sagte nichts zu dem allen und ließ sich ins Bad führen. Als ich ihm aber seinen Mantel von den Schultern nahm, fühlte ich, daß er am ganzen Körper mit kaltem Schweiß bedeckt war, und dergleichen hatte ich noch nie an ihm erlebt, solange ich ihn kannte. Da ich ihm wünschte: ‚Möge dir das Bad gesegnet sein', wie es Sitte ist, lachte er kurz und böse auf. Danach sprach er mich sanft an mit meinem alten Namen: ‚Ridwân ibn Shurai', und ich antwortete: ‚Zu deinen Diensten, Erhabner.'

‚Verzeih mir die Ohrfeige.'

Ich aber sagte: ‚Sie ist schon vergessen, Fedrí, Geliebter. So uns Allah nicht mehr zu vergeben hat als das.'

Auch dazu schwieg er und sah mit finsteren Augen vor sich hin. Dann zog er den Kopf zwischen die Schultern und bemerkte leise: ‚Ich fühle mich nicht wohl nach diesem Bade, Riccardo.'

Ich erwiderte ihm: ‚Vielleicht solltest du dein Tier auf anderer Weide grasen lassen. Willst du den Rest der Nacht traurig sein?' So hoffte ich, ihn zu zerstreuen, mein Denken dabei war aber, daß er sich meiner bedienen sollte. Ich wünschte mir, daß er so grausam zu mir sein würde wie zu dem Mädchen, gleichsam als Sühne für das, was wir an dem Kind begangen hatten.

Nach meiner Gewohnheit streckte ich meine Hand aus, um ihn zu streicheln und zu erregen, er jedoch lächelte und sagte: ‚Laß gut sein, Riccardo. Ich habe kein Verlangen, weder nach einem Mann noch nach einer Frau.' Ich wußte aber, daß er log, da ich ihn berührt hatte. Er saß da und biß sich auf die Lippe. ‚Wenn du willst, kannst du Zumurrud besuchen.' Das war diejenige seiner Konkubinen, die ich am liebsten mochte.

Ich erwiderte: ‚Herr, ich habe kein Verlangen nach einer Frau', und er erhob sich und wünschte mir eine gute Nacht. An der Tür aber drehte er sich um und sagte: ‚Ich hätte nichts dawider, wenn du nichts Besseres zu tun hast, daß du noch einmal bei der kleinen Herrin vorbeischautest und nachsähest, wie es ihr geht, und ihr ein paar Worte sagtest.'

Ich tat es, aber ihre Kammerfrauen bedeuteten mir, daß sie schlief, und so war auch das vergebens.

Später hörte ich, daß er gegen Morgen noch zu Anais gegangen sei. Allah möge sich unser aller erbarmen.

Nach dieser bösen Brautnacht sah der Kaiser Jolanta zunächst nicht wieder. Er ließ ihr reiche Geschenke übersenden, darunter ein Kästchen mit Juwelen, das ihm Kaufleute aus Indien besorgt hatten, und ein paar zierliche Schoßhündchen mit seidigem Fell. Zu ihren zwei grämlichen Kammerfrauen gab er ihr zwei schöne, heitere Sarazeninnen zur Bedienung. Dann ließ er sie auf das Schloß Terracina bringen, wo es einen freundlichen Garten mit Wasserspielen gab, bestellte Eunuchen zu ihrer Aufsicht und vergaß sie zunächst einmal.

Neben den Geschäften gab es einen mächtigen Anziehungspunkt für ihn in diesen Monaten: Anais. Die schöne Syrerin, die das Verhältnis zunächst mit einem gewissen spöttischen Fatalismus eingegangen war, ließ sich, anders als die arme kleine Braut, als erfahrene Dame schnell davon überzeugen, welchen glücklichen Fang sie an dem hohen Liebhaber getan hatte. Nachdem der Baron d'Antiochia in höchst ehrenvollem diplomatischem Auftrag zu Verhandlungen nach Limassol geschickt worden war – es ging um die Wiedergewinnung Zyperns für das Reich –, hing der weiße Atlasmantel seiner Gemahlin fast jeden Abend über der Balustrade vor dem kaiserlichen Schlafgemach, und die Mädchen des Frauenhauses klagten über Langeweile.

Anais, deren lässiger Witz meinen Sultan entzückte (du kennst ihre Antwort auf die Frage, wie ihr der Kaiser gefalle), nannte sich selbst ‚Vizegattin' oder ‚die Alternative zu Jerusalem', was ihrer armen Base gegenüber nicht sehr liebreich war, aber die hörte es ja nicht. Die syrische Dame prangte bei Festmählern im Schmuck ihrer Perlen und Schleier neben Friedrich wie eine gekrönte Herrin. Ihre sehr bald eintretende Schwangerschaft – Federigo d'Antiochia wurde schon im Sommer des nächsten Jahres geboren – erinnerte den Kaiser allerdings an seine Pflicht, mit der Gemahlin einen legitimen Sohn zu zeugen.

Während des Winters hatte Meir die kleine Kaiserin (sie wurde niemals gekrönt, hatte also eigentlich kein Recht auf diesen Titel, sondern war nur ‚kaiserliche Gemahlin') häufig untersucht und behandelt, hatte Medizinen bereitet, die ihre Entwicklung fördern sollten, gab genau an, was sie zu essen hatte, und schickte Musikanten zur Erheiterung ihres Gemüts nach Terracina. Manchmal begleitete ich ihn bei diesen Besuchen. Obgleich wir beide Zeugen jener schlimmen Stunde gewesen waren, hatte sie zu uns ein gewisses Vertrauen gefaßt und unterwarf sich auch Meirs Untersuchungen ohne Furcht. Die Geschenke des Kaisers bereiteten ihr viel Freude. Wenn wir kamen, tändelte sie meist mit den Schoßhündchen oder spielte mit den Edelsteinen aus dem Kasten, aber nicht wie eine Frau, die ihre Schönheit erhöhen will, sondern wie ein Kind, das mit Kieseln oder bunten Knöpfen hantiert.

Auch bei näherem Umgang gewann sie leider nicht an Reizen. Aus Schüchternheit sprach sie kaum. Ihr vogelhaft spitzes Gesicht mit der zu großen Nase bedeckte sich bei der geringsten Aufregung mit roten Flecken, und trotz aller Bemühungen des Arztes blieb ihr Körper unentwickelt und eckig. Ihre einzige Zierde, den dichten Vorhang lockigen Haars, verbarg sie unter einem unkleidsamen Frauengebende.

Ob Jolanta gescheit oder dumm, aufgeweckt oder träge war, weiß ich nicht. Sie war viel zu verängstigt, als daß man etwas von ihrem wahren Wesen hätte erfahren können. Wenn wir kamen, schien sie sich zu freuen, und manchmal bat sie uns zu bleiben, ließ uns Scherbett und Obst vorsetzen und war offenbar über sich selbst erstaunt, daß sie sich getraute, Bitten oder Befehle auszusprechen. Mit leiser Stimme antwortete sie auf Fragen. Nach dem Tode der Mutter war sie eigentlich immer nur als lästiges Anhängsel betrachtet worden, hatte bald in diesem, bald in jenem Kloster Aufnahme gefunden, die immer dann endete, wenn man erfuhr, daß Johann von Brienne weder fähig noch willens war, für die Erziehung seiner Tochter einen roten Heller auszugeben. Offenbar hatte es auch niemand der Mühe wert gehalten, ihr ein bißchen Zuwendung zu geben, und manchmal fand ich, daß es nichts Traurigeres geben könne als eine zwölfjährige kleine Kaiserin im goldenen Käfig Terracina, umgeben von zwei bigotten Kammerfrauen und zwei albernen Arabermädchen, die keine anderen Vertrauten auf der Welt hatte als einen Juden und einen Muslim.

Mochten ihre Sinne stumpf sein, ihr Geist langsam, ihr Leib unentwickelt, eins besaß sie jedenfalls: ein höchst genaues Gefühl ihrer eigenen Überflüssigkeit, dem sie nichts entgegenzustellen hatte.

Sicher bewogen durch die fortgeschrittene Schwangerschaft der Anais, kam der Imperator auf den Gedanken, Jolanta mit nach Sizilien zu nehmen. Daß sich das Mädchen an den Stätten, die an die Kaiserin Konstanze erinnerten auf Schritt und Tritt, nicht vorteilhaft ausnehmen würde, war abzusehen, und der Arzt und ich versuchten denn auch, die Pause, die der Armen auf Terracina vergönnt gewesen war, zu verlängern. Aber vergeblich. Ihr Gemahl bestand sogar darauf, sie selbst abzuholen.

Ich werde nie den Augenblick vergessen, als er mit Meir, mir und zwei Pagen im Gefolge den Raum betrat, wo sie gerade die Edelsteine auf dem Tisch hin und her schob. Sie erhob sich bei seinem Anblick so langsam, als erwartete sie, zum Richtplatz geführt zu werden, die Juwelen fielen ihr aus den Händen und rollten über die

Tischplatte. Dann schloß sie die Augen, und ein unbezwingbarer Schluckauf begann ihren Körper zu erschüttern.

Fedrí wandte sich ab. Wenn er die Absicht gehabt hatte, liebenswürdig zu ihr zu sein – der Augenschein von soviel Jämmerlichkeit machte seine Vorsätze mit Sicherheit zunichte, ich kannte ihn.

Ich weiß nicht, welcher Dämon ihm eingab, nicht direkt mit ihr zu sprechen, sondern so zu tun, als bedürfte es eines Dolmetschers zwischen ihnen, und seine Fragen oder Anreden – übrigens in ihrem vertrauten Französisch – immer erst an Meir oder an mich zu richten. Ich habe nie einen Vorgang so eisiger Peinlichkeit erlebt. Es schien, als wollte er sie ganz vernichten.

‚Sag ihr', wandte er sich an mich, ‚daß ich gekommen bin, meine Gemahlin mit nach Sizilien zu nehmen.'

Ich sagte es ihr, und sie flüsterte wirklich so leise, daß es eines Übersetzers bedurfte: ‚Ich gehorche.'

‚Frag sie, ob sie sich freut.'

Statt der Antwort brach sie in Tränen aus.

‚Ich sehe schon, sie freut sich, daß es kaum erträglich ist', bemerkte mein Herr sarkastisch. ‚Das wird eine harte Arbeit geben aufs neue.'

‚Sie läßt dir sagen, daß sie dir für die Geschenke dankt.'

Er zuckte die Achseln. ‚Frag sie, ob sie irgend etwas kann, womit sie sich angenehm machen kann, zum Beispiel singen, Laute spielen, tanzen.'

Natürlich konnte sie nichts, warum hätten es ihr die Nonnen beibringen sollen. Es stellte sich heraus, daß sie nicht einmal lesen und schreiben konnte, keine Stickerei machen noch nähen oder weben, nur ein paar Gebete kannte sie auswendig.

‚So hat sie nun lange genug Ferien gehabt', sagte ihr Gemahl, ‚und es wird Zeit, daß sie etwas lernt. In Sizilien soll sie ein Magister unterrichten, damit sie nicht wie eine törichte Klosterschwester neben mir hergeht, und vielleicht hat auch jemand genug Geduld, ihr beizubringen, wie man Musik macht oder Handarbeiten anfertigt.' Er streckte seine behandschuhte Rechte aus, als erwartete er den Anflug eines Greifvogels, und da sie sich nicht rührte, fügte er bissig hinzu: ‚Sicher gibt es in diesem Kreis jemanden, der ihr zumindest erklärt, was sich ziemt.'

Ich führte das verängstigte Kind zu ihm und legte die kalte und widerstrebende Hand auf die seine, und so brachte er sie denn, die stolpernd und knicksend neben ihm herging, zu der Sänfte, die im Hof wartete, und half ihr beim Einsteigen. Ihre Hündchen, die sie kläffend umsprangen, hob er auf und setzte sie behutsam zu ihr hinein, und mir schien, als verwendete er auf die Tierchen mehr Aufmerksamkeit und Verständnis als auf seine Frau – denn das war sie ja nun einmal.

Es gab ein langes, mit medizinischen Details gespicktes Gespräch mit Meir, das darin gipfelte, daß der Arzt ihm erklärte, eine Schwangerschaft, falls sie überhaupt zustande käme, brächte Jolanta in Lebensgefahr. Der Kaiser bemerkte finster, er verlange von dem Arzt keine Theorien, sonst hätte er ihn zum Professor in Salerno gemacht, sondern Heilungen.

‚Aber die kaiserliche Gemahlin ist nicht krank!' erwiderte der andere eindringlich, ‚sie ist nur zuwenig Frau, das ist alles.'

Friedrich brauste auf. ‚So schaffe, daß sie es wird, Jude, oder . . .'

‚Du mußt mir nicht drohen, Herr', sagte Meir ruhig. Er war der Arzt Konstanzes gewesen und konnte sich einiges herausnehmen. ‚Wunder vollbringt nur die Natur, nicht der Heiler. Was ich tun kann, das tue ich, schon aus Erbarmen mit diesem Mädchen, das zu früh zu dem gemacht wurde, was sie nicht sein kann.'

‚Ja, ich weiß, in deinen Augen bin ich ein Kinderschänder.'

‚Du kannst nicht leugnen, daß du sie vergewaltigt hast.'

‚Überleg dir, was du sagst. Das ist meine Gattin. Trag wenigstens Sorge, daß sie es diesmal besser übersteht, von mir aus gib ihr Spanische Fliege.'

‚Das allein würde nichts nützen, Majestät. Ich will ihr einen Trank bereiten, der ihre Angst löst, ihre Säfte ermuntert und sie entspannt. Mehr kann ich nicht tun. Dir aber, Erhabner, möchte ich einen Trank brauen, der Geduld und Freundlichkeit in dein Herz flößt und dir Sanftmut bei dem Werke verleiht. Aber dergleichen gibt es wohl nicht. Doch ich schwöre dir beim Gott meiner Väter, finde ich sie diesmal wieder blutend und zerfetzt vor wie in der Hochzeitsnacht, so werde ich die Männer deiner Kirche anrufen, diese Ehe als eine widernatürliche und nicht vollziehbare Vereinigung zu trennen.'

Friedrich sah ihn finster an und erwiderte nichts.

Die Droge bewirkte, daß Jolanta am Abend in einer seltsamen Mischung von Müdigkeit und Angeregtheit zu Bett gebracht wurde, und so, zwischen Gähnen und Kichern, das Gesicht voll roter Flekken, wieder einmal vom Schluckauf geplagt, überließen die Kammerfrauen sie ihrem Eheherrn. Ob nur der Trank oder auch die Ermahnungen des Juden wirksam gewesen waren, weiß ich nicht. Jedenfalls wurde ich nicht wieder gerufen.

Während die kleine Syrerin im Palazzo Reale in Palermo wohnte, mußten noch viele solcher Tränke gebraut werden, denn Federico erklärte grimmig, er sei gesonnen, ‚seine Schuldigkeit zu tun', bis sie schwanger werde. Das Zeug, das Meir mischte, bewirkte, daß das Mädchen auch am Tage einherging wie eine Schlafwandlerin. Ihr Gesicht war verquollen und ihr Geist benommen, so daß auch aus dem Unterricht im Lesen, Schreiben und Musizieren wenig wurde angesichts der im Dämmerzustand befindlichen Schülerin. Eins allerdings nahm ihr der Trank nicht: die Angst vor ihrem Mann. Wenn Friedrich in ihre Nähe kam, überlief ein Zittern ihren Körper. Einmal, ich erinnere mich, als sie neben ihm saß, berührte sie aus Versehen seine Hand und zog ihre Finger zurück mit einem so heftigen Ausdruck des Entsetzens, als hätte sie einen Skorpion gegriffen.

Natürlich entging ihm dergleichen nicht. Aber was bei uns Mitleid hervorrief, erregte seinen Zorn. Ein paarmal schrie er sie an aus nichtigstem Anlaß, und sie weinte. Dann erklärte Meir eines Tages (er hatte aus Mitleid immer mehr Beruhigungsmittel in die abendliche Droge gemischt), er könne es ohne Gefahr für Leib und Geist der Kaiserin nicht mehr verantworten, ihr die Medizin zu verabreichen. Nach acht Wochen des Martyriums wurde Jolanta nach Terracina zurückgebracht, ohne gesegneten Leibes zu sein.

Kurz darauf gebar Anais ihren Sohn, den sie stolz Federigo nannte. Die leidenschaftliche Beziehung der beiden Eltern merkte man diesem Kind wohl an. Ich mochte den kleinen Fedrí vor allen anderen Söhnen – auch, weil er der einzige war, bei dem sich die staufische Blondheit nicht durchzusetzen vermochte, sondern dunkellockig und schwarzäugig, verkündete er den Sieg der schönen Anais über unsern Herrn, und den gönnten wir ihr. Sein liebenswürdiges Naturell, seine ungestüme Herzlichkeit, seine Begabung zum Dichten und Kämpfen und die tapfere Kraft, mit der er sein Gebrechen trug – du weißt ja, daß er ein zu kurzes Bein hatte –, zog alle zu ihm. Er sprang, lief, focht, ritt und schwamm wie ein Gesunder, und hatte er Schmerzen, so zeigte er's nicht. Er war wie unser Herr in den glücklichsten Tagen des Puer Apuliae, und ein kleiner Sarazene dazu. Ich liebte ihn sehr.

Mit seinen dreißig Jahren war Fedrí auf der Höhe seiner Liebesfähigkeit. Die schöne Syrerin wußte natürlich, daß er außer den Damen des Serraglio noch andere ins Bett zog: Edeldamen aus Jolantas Gefolge, dann die goldhaarige Richina von Wolfsöden, eine Verwandte des Grafen von Hohenthurm, mit der er sich über Anais' Kindbett hinwegtröstete, und die erste der Lancia-Schwestern, Isotta, die ihm bereits vor Jahren ein Kind geboren hatte und jetzt zusammen mit ihrer Schwester Giuditta, glänzend wie ein Stern, neu auftauchte. All das berührte aber höchstens Anais' Spottlust, und ihr lässiger Zynismus allein hätte genügt, unsern Herrn immer wieder für sie einzunehmen. Ich sehe sie noch bei einem Fest, als der Kaiser allzu weltmännisch um Richina bemüht war, ihren weißen Mantel ergreifen und laut sagen: ‚Ich gehe schlafen. Wenn es Madonna Richina der Majestät ermöglicht, möchte ich heute nacht zweimal gestört werden.'

Für den Abend hatte die lustige Deutsche verspielt. Wie an einer Schnur gezogen, verließ unser faszinierter Federico zehn Minuten später die Hofgesellschaft und ward nicht mehr gesehen.

Was nun den kleinen Federigo anging, so wollte die Schöne das Kind unbedingt mit nach Haus nehmen – eine Sache mit höchst ungewissem Ausgang, denn der Baron d'Antiochia war zwar nicht so ein Dummkopf, daß er nicht wußte, warum er so lange auf Zypern verhandelte, von einem Kind ahnte er jedoch nichts. Sie werde es ihm schon recht erklären, meinte Anais ruhig, und ein Kind gehöre zur Mutter. Was Federico lebhaft bestritt. Wenn der Vater der Imperator sei, gehöre ein Kind zum Vater. Nun, du kennst ja den Kult, der mit der kaiserlichen Kinderstube getrieben wurde.

Die Syrerin zuckte die Achseln. Ob da denn nicht genug seien – Madonna da Theates Riccardo, die Biancafiore des Fräulein Celano, die Beatrice der Mafalda Questina, alle in diesem Jahr geboren, und wie ihr scheine, sei Richina ebenfalls schwanger, sie esse schon zum Frühstück geräucherte Sardinen.

Es gab ein halbes Jahr Kämpfe, bis sie von der Vortrefflichkeit der kaiserlichen Kinderstube und dem Risiko ihres geplanten Schritts überzeugt worden war. So lange zögerte sich ihre Abreise hinaus, obwohl ihr Mann in Zypern auf sie wartete.

Der Imperator ließ es sich dann nicht nehmen, ihr selbst das Geleit bis auf die offene See hinaus zu geben. Eine höchst majestätische Flotte geschmückter Galeeren verließ den Hafen von Brindisi, und auf dem Flaggschiff verbrachte unser Herr die letzte Nacht mit der syrischen Schönen, von Wellen gewiegt, über sich den Schatten der Segel und die Sterne.

Nein, Truda, ihr Abschied war nicht schmerzlich. Sie lebten beide viel zu sehr dem Tag, als daß sie sich in Leid versenkten, und sie kosteten jeden Augenblick aus. Sie tranken den Becher ihrer Leidenschaft bis zur Neige und schieden ohne Wehmut.

Anais hatte viele verwandte Züge mit Fedrí. Ihr Freimut, ihr Lebenshunger, ihre geistreiche und nach nichts fragende Keckheit näherten ihr Wesen dem seinen. Sie verstanden sich weit über das Verstehen der Körper hinaus, und eins achtete das andere. Wenn du mich fragst, so glaube ich, die Dame wäre eine große Sultana gewesen, so eine, wie sie nach Konstanzes Tod nie wieder kommen sollte – auch die geliebte Bianca war das nie und wollte es nicht sein. Aber es gab ja eine Imperatrice. Sie saß zu Terracina, streichelte ihre Schoßhunde und versuchte, lesen und schreiben zu erlernen sowie auf der Gitarre klimpern. Ihr hoher Gemahl indes dichtete auf der Rückreise nach Brindisi unter demselben Sonnensegel, unter dem er Anais ein letztes Mal geliebt hatte, ein leidenschaftliches Abschiedslied an seine ‚fior di Soria', seine Blume Syriens, eins von der Sorte, die Rainaldo und Giacomino vor Neid erblassen ließen. Denn, wie du weißt, konnte er auch das.

Was er allerdings nicht konnte, war, der armen Jolanta ein verständnisvoller Gatte sein. Er ließ sie im Frühsommer des Jahres 1227 nach eurer Zeitrechnung nach Melfi holen, um sie bis zu seiner Einschiffung ins Heilige Land bei sich zu haben. Es ging um den legitimen Sohn.

Eigentlich war es ein wundervolles Jahr, ein Jahr der Fruchtbarkeit. Der Wein gedieh wie nie zuvor in diesem Land, das Korn stand hoch, Fedrí begann mit Pier delle Vigne, der damals noch kein bißchen Petrus de Vinea hieß, erste Gesetzestexte auszuarbeiten, und die schönen Frauen gebaren ihm viele Kinder, zuletzt, wie Anais richtig gesehen hatte, kam noch Richina mit einem Mädchen nieder.

Der kleine Federigo mit seinen schwarzen Augen war des Imperators Wonne – Riccardo, ein halbes Jahr älter, trat ein bißchen in den Hintergrund, zum Ärger seiner Mutter und Monsignore Berardos – sie war nämlich seine Nichte. Kein Wunder, daß bei so beschaffenen Sachen mein Herr meinte, es müsse doch mit Kräutern zugehen, wenn nicht auch Jolanta . . .

Ich holte die kleine Kaiserin aus Terracina ab. Sie war verschlossener als je zuvor. Das Vertrauen, das Meir und ich einst bei ihr besessen hatten, war nun auch dahin. Uns wurde in Melfi bedeutet, in die kaiserliche Kinderstube zu kommen. Geschrei und Gejauchze wiesen uns den Weg in den großen palastähnlichen Saal, einem gemeinsamen Spielraum der größeren Kinder.

Kissen wirbelten durch die Luft. Caterina und Enzio, vom Vater zum Abschiednehmen vor dem Kreuzzug aus Deutschland herbeigeholt, belagerten mit zwei Dienerkindern einen Wall aus Decken, aus dem ein Paar braune Augen unter rostrotem Haarschopf hervorlugten – Haar und Augen der kleinen Selvaggia, Tochter der Isotta Lancia. Vor dieser ‚Burg' sprang der Caesar Romanorum barfuß und halbangezogen wie ein Kampfleopard hin und her, fing die Kissen auf und warf sie in Verteidigung seiner ‚Dame' auf die Belagerer zurück. Alle glühten vor Spieleifer und schrien, was das Zeug hielt.

Jolanta stand vor Schreck wie festgenagelt. Ich glaube, allein die Tatsache, daß sie ihren gefürchteten Eheherrn fast unbekleidet sah, versetzte sie in Furcht. Auch hatte wahrscheinlich niemals jemand mit ihr gespielt, zumindest nicht auf diese Weise. Krampfhaft versuchte sie, ihre beiden Hunde festzuhalten, aber vergeblich. Couragierter als ihre Herrin, sprangen sie ihr vom Arm und stürzten sich ins Kampfgetümmel, daß die Federn nur so aus den Kissen stoben.

Federico hob lachend beide Arme. ‚Halt! Die Festung bittet um Waffenstillstand!'

‚Waffenstillstand wird nicht gewährt, wir bestehen auf vollständiger Unterwerfung!' krähte Enzio hingebungsvoll-fachmännisch.

Federico nahm die kleine Tochter aus dem Deckennest. ‚Da die Kampfhunde der Kaiserin als dritte Partei zu Unseren Ungunsten eingegriffen haben, ergeben Wir Uns bedingungslos und empfehlen nun Unsere Herrin Selvaggia eurer Ritterlichkeit.' Er ließ das kleine Mädchen auf den Arm ihrer Schwester Caterina gleiten und bemerkte: ‚Das Spiel ist beendet, Kinder. Dort steht Jolanta von Jerusalem, meine Gemahlin, begrüßt sie geziemend.'

Die erhitzten Kinder näherten sich, und nur ihre Blicke verrieten ihr Erstaunen über das stumme Wesen da. Caterina mußte ungefähr genausoalt sein wie die Tochter Johann von Briennes. Sie hatte anmutige weibliche Formen und ein reizendes, von blondem krausem Haar umgebenes Gesicht, war fast einen Kopf größer als die arme Jolanta und benahm sich frei und sicher. Ihre Vermählung mit dem Conte Jacopo da Caretto war beschlossene Sache, und sie würde sicher keinen Augenblick zu früh ins Brautbett steigen.

Die drei Knaben, Enzio und die Söhne der schwarzen Chatûn, die wie ihre Mutter einen herausragenden Platz in der Gunst des Kaisers einnahmen, drängten sich um die Fremde, küßten ihr die Hand und nannten sie artig ‚Augusta', aber dann hatten sie es alle eilig, sich zu verabschieden. Die Verkrampftheit der Kaiserin war ansteckend. Einzig Selvaggia wollte unbedingt mit den Hunden spielen, und die Kinderfrau hatte Mühe, sie fortzuschmeicheln.

‚Nun, Madonna', fragte Federico wohlgelaunt, ‚wie gefallen dir meine Kinder? Würde es dir nicht recht sein, selbst so schöne und wohlgeratene Söhne und Töchter zu haben?' Er legte ihr die Hand auf den Nacken, eine Berührung, unter der sie sich duckte wie ein Huhn.

‚Hat sie von Meir schon ihren Trank bekommen?' sprach er mich auf arabisch an, ohne zu bedenken, daß das wahrscheinlich die einzige fremde Sprache sein konnte, die ihr aus Jerusalem vertraut sein mußte.

‚Nein, Erhabner', sagte ich halblaut. ‚Meir ist zu einer Entbindung ins Frauenhaus gerufen worden. Ruzana steht vor der Niederkunft.'

‚Gut', erwiderte er vergnügt, ‚je mehr Kinder, desto besser, nicht wahr, Madonna?'

Sie sah zur Erde.

‚Meinst du, Riccardo, nicht auch, daß inzwischen ohne dies Hilfsmittel ... Sie ist älter geworden ...'

‚Erhabner, Meir sagt, es habe sich nichts geändert.'

‚Ach was', entgegnete er, schon ein bißchen ärgerlich, aber immer noch animiert. ‚Wir werden sehen. Man soll mir meine Gemahlin ins Schlafgemach bringen.' Womit er sich den Mantel über die Schulter warf und barfuß, beschwingt wie der Ragazzo Ruggiero, vorauslief.

Arme Jolanta! Er, der stundenlang einen jungen Falken abtrug, der ein Pferd ohne Sporn und Peitsche zuritt, junge Hunde durch zärtliches Zuflüstern zum Gehorsam erzog und seinen Kindern alle Freiheit ließ, war nicht fähig, diesem unglücklichen Mädchen mit Geduld und Freundlichkeit entgegenzukommen. Die Gereiztheit, die ihn stets im Umgang mit ihr befiel, gleich, ob sie versuchte, ihm etwas vorzulesen oder auf der Laute zu spielen (meist stand er einfach auf und ging), überkam ihn auch an diesem Tag. Ich hörte seine zornigen Kommandos bis in mein Zimmer. Es war, als erteilte er einem unbegabten Schüler eine Lektion.

Das Mädchen war nach diesem Zusammensein wieder krank, und Meir sparte nicht mit Vorwürfen. Er wiederholte seine Drohung, die Ehe als körperlich nicht vollziehbar der Kirche zur Scheidung vorzulegen.

Als der Kaiser merkte, daß es dem Juden ernst war, berief er ein Kollegium ein, bestehend aus seinem Leibarzt Salah el-Misri, den er erst vor kurzem auf meine Empfehlung hin in seine Dienste genommen hatte, einer berühmten Hebamme aus Neapel, genannt La Brandina, und zwei Medizinprofessoren von der Schule Salernos. Sie sollten Jolanta gemeinsam untersuchen und feststellen, ob Meir mit seiner Behauptung recht habe – auch mit jener, daß bei einer Geburt das Leben der Mutter in Gefahr sei. Er begann sich also zu wehren gegen die Gewissenhaftigkeit des Arztes, indem er sie übertrumpfte. Es war nun mal nicht seine Art, von einer einmal beschlossenen Sache Abstand zu nehmen, und die Krone von Jerusalem war sehr wertvoll jetzt.

Meir war nicht gekränkt, im Gegenteil. Die Bürde der Verantwortung für die kleine Kaiserin hatte schwer auf seinen Schultern gelastet. Er war seiner Natur nach eher vorsichtig und zurückhaltend, und der Mut, mit dem er Friedrich entgegengetreten war, kostete ihn große Überwindung.

Aber es kam nicht zu der Untersuchung. Das erstemal raffte sich das Opfer zu einer Willensäußerung auf. Jolanta, ihre Schüchternheit überwindend, bat durch ihre Kammerfrauen ‚jemanden der Herren Notare' zu sich. Pietro selbst ließ es sich nicht nehmen, zur Imperatrice zu eilen, und erfuhr, sie wolle etwas aufgeschrieben haben. Nach ihren Angaben setzte er den Brief auf, den sie, den Kopf schief geneigt, die Feder fest zwischen den Fingern, mit ‚Isabella Jolanta coniunx Augusta' unterzeichnete.

Der verblüffte Imperator entnahm aus dem Schreiben, daß seine ‚angetraute Kaiserin' die inständige Bitte äußere, nicht dem Ärztekollegium präsentiert zu werden. Sie sei entschlossen, ihrem Gemahl Kinder zu gebären, wozu sie sich mit Gottes Beistand wohl fähig glaube, und sehe keinen Grund, sich Untersuchungen zu unterwerfen, die ihrer Ehre als Frau zu nahe träten. Auch wolle sie hinfort nichts mehr von den Zaubertränken des ‚verwünschten Juden' wissen, sondern ihrem Gatten mit freiem Gemüt und aus freiem Willen gegenübertreten. Sie erbitte sich einen anderen Arzt christlicher Konfession und unterwerfe sich im übrigen in allem dem Wunsch des Kaisers.

Friedrich konnte es nicht unterlassen, schadenfroh zu grinsen, als er Meir den Brief zur Lektüre über den Tisch reichte. Er hatte seinen Willen, und auf die einfachste Art und Weise. Die Ärzte wurden nach Hause geschickt. Jolantas Wunsch wurde entsprochen, aber mein Sultan verhielt sich Meir gegenüber sehr anständig. Er versüßte ihm die Niederlage mit einem Ehrengewand und dem Privilegium der Steuerfreiheit. Nach Jolantas Tod gab er ihm ein schönes Haus in Melfi. Auch blieb der Jude weiterhin der Arzt des Serraglio und der adligen Mätressen. Trotzdem haftete ihm diese Sache an, und erst unter Bianca Lancia gelangte er wieder zu den hohen Ehren, die er bei Konstanze genossen hatte.

Was Jolanta bewogen hatte, ihren einzigen Verbündeten zu verraten, darüber kann ich nur Vermutungen anstellen. Vielleicht hatte sie einfach vor den Untersuchungen noch mehr Angst als vor den Umarmungen ihres Gemahls. Hätten die Mediziner Meirs Vermutungen bestätigt, so wäre ihr Platz wahrscheinlich ein Kloster gewesen, und ich denke, das hätte die beste Stelle der Welt für sie sein können. Warum also wollte sie, daß alles blieb, wie es war? Ich weiß es nicht. Vielleicht hielt sie irgend etwas in Melfi. Ob das die Liebe zu ihren Schoßhündchen war oder das Gefühl, Imperatrice zu sein, ob sie vielleicht auch nur aus Trotz so handelte – einem Gefühl, zu dem sie, wie wir erfuhren, durchaus fähig war –, das weiß niemand, denn niemand kannte sie.

Ihr neuer Arzt jedenfalls, Magister Ebardo aus Salerno, untersuchte sie kaum. Er achtete die Regeln christlicher Wohlanständigkeit. Federico, im Trubel der Kreuzzugsvorbereitungen, fand weniger denn je Zeit für das reizlose Geschöpf an seiner Seite und beschränkte sich darauf, an den Abenden, an denen er das Frauenhaus besuchen wollte, vorher bei der kleinen Kaiserin ‚seine Schuldigkeit zu tun'. Das dauerte meist nicht länger als zwei Rak'has des Siebengebets.

Unterdessen durchzogen Ritterheere und Pilgerscharen Italien von Norden nach Süden, als seien sie gefräßige Heuschreckenschwärme, und mündeten in dem großen Sammelbecken der Ebene von Brindisi. Die Engländer unter Führung ihrer Bischöfe kamen zu Schiff. Das waren uns die liebsten, sie brachten ihre Transportmittel an und kosteten keinen Unterhalt. Die Tedeschi, bis an die Zähne bewaffnet und entschlossen, den Heiden das Heilige Grab zu entreißen, wälzten sich wie zur Zeit der Invasion des Barbarossa an den italienischen Städten vorbei, die sich mißtrauisch einigelten. Jedoch ihr Anführer, Landgraf Ludwig von Thüringen, war ein Verwandter des Imperators und hütete sich, in dessen geliebtem Apulien irgend etwas zuzulassen, was seinem hohen Vetter mißfallen konnte. So lief alles ganz glatt ab.

Ende Juli standen fünfzig Galeeren der kaiserlichen Werften und noch einmal soviel genuesische und pisanische Takelage bereit.

Fedrí brach mit uns von Melfi auf, um die Einschiffung des Kreuzfahrerheers zu leiten. Jolanta kam mit.

Als uns die waldigen Hügel den Blick auf die Ebene freigaben, glaubten wir unseren Augen nicht zu trauen. Es waren weder Felder noch Wiesen mehr zu sehen. Zeltstädte, offene Lager, Strohhütten und Baracken erstreckten sich bis an das Ufer des Meeres.

Mein Sultan, das schwarze Kreuz am weißen Mantel, verhielt sein Pferd und sah sich nach seinen Räten um. ‚Gott schütze uns', sagte er halblaut, und zwischen seinen Augen erschien eine Falte, ‚wie sollen wir diese Leute alle zu Schiff bringen, bevor die Vorräte aufgezehrt sind? Es müssen Tausende mehr sein als erwartet. Die Leiter des Nachschubs, Proviantmeister, die Konnetabels nachher sogleich zu mir in das Zelt! Wo ist Lodovico von Thüringen? – Herr Vetter, ich ernenne dich zu meinem Stellvertreter. Nein, bedanke dich nicht, du wirst sehen, das ist ein entsetzliches Amt. Wann ist die Kanzlei funktionsfähig, Pietro, Roffredo? In einer halben Stunde? Sehr gut, ihr seid schnell. Und daß ich's nicht vergesse, auch die Schiffskapitäne brauche ich. Und vor allem die Ärzte.'

Dicht neben dem großen Prunkzelt des Imperators, dem allgemeinen Versammlungsraum, und Pieros nicht viel weniger prachtvoller Kanzlei etablierte man auch das kleine purpurgeschmückte Zelt Jolantas. Manchmal hob jemand aus Versehen den Vorhang auf und sah sie darin sitzen wie verloren, die Hände im Schoß oder betend. Der Blick, mit dem sie solche Eindringlinge musterte, war seltsam leer, und man beeilte sich, mit einer gemurmelten Entschuldigung wieder zu verschwinden.

Über der Ebene brütete die Augusthitze wie der Atem eines Drachens. Der Imperator leitete selbst die Einschiffung der ersten Truppenkontingente – das waren jene, die noch ankommen sollten und dann auf uns in Akkon warteten. Die Kanzlei entfaltete zum erstenmal ihren geschmeidigen Verwaltungsstil und bewältigte das schier Unmögliche, diese wild zusammengewürfelte Menschenmasse zu nähren und zu disziplinieren. Es sah so aus, als würde alles gut gehen.

Am dritten Tag wurde das Wasser knapp. Fedrí ließ alle verfügbaren Weinvorräte der Bauern ringsum requirieren. Es war nicht immer nur leichter Landwein. Die Herren Kreuzfahrer schwankten grölend durch die Zeltstädte, plünderten in den umliegenden Dörfern ‚im Namen Christi', steckten einen Heuschober in Brand.

Am fünften Tag hielt Pietro delle Vigne als Stellvertreter des Herrn Gerichtstag und verurteilte Plünderer und Brandstifter nach dem Strafrecht des Königreichs Sizilien, ungeachtet sie nicht Untertanen des Rex Sicaniae waren.

Am siebenten Tag brach die Seuche aus. Die Ärzte isolierten die Kranken von den Gesunden. Große Feuer, mit scharfwürzigen Kräutern genährt, loderten um die Zelte der Abgesonderten. Aber es war bereits zu spät. Zu viele, denen man es nicht ansah, trugen den Keim der Krankheit in sich. Bei der morgendlichen Stabsberatung wurde Ludwig von Thüringen, während der Medico capital die Zahlen der Krankheits- und Todesfälle vortrug, von einem seltsamen Husten befallen. Schweißperlen traten ihm auf die Stirn. Der Kaiser unterbrach sofort die Sitzung. Sein erster Befehl galt Jolanta. ‚Man lasse die kaiserliche Gemahlin unverzüglich nach Otranto bringen.' Dann erst befaßte er sich mit den Sachen des Kreuzzugs.

Ich selbst veranlaßte, daß das Kind in seiner Sänfte, mit seinen Hunden, Dienerinnen und Eunuchen, so schnell wie möglich dies Unglückslager verließ. Otranto war eins der kleinen Jagdschlösser im Grünen, mit Blick aufs Meer, die der Herr so mochte.

Als ich ihm sagte, wie sehr mich sein Zartgefühl angerührt habe, zuckte er die Achseln. ‚Sie ist schwanger, nur sie und ihr neuer Arzt sind zu stupid, es jetzt schon zu merken', erwiderte er kalt. ‚Ich kenne mich aus. Es wird ein Sohn werden.'

Ich schluckte. ‚Du weißt, daß Meir sagt, sie könne ihr Leben dabei lassen', stammelte ich.

‚Erst in neun Monaten', sagte er gleichmütig. ‚Was willst du? Wir riskieren unser Leben hier auch, und wahrlich um eine unwichtigere Sache als um einen legitimen Erben des Caesar Romanorum.'

Am neunten Tag nannte der Medico capital in seinem Rapport einhundertundsieben Todesfälle. Der Kaiser ließ das Lager von den Sarazenen zur Außenwelt hin abriegeln und begab sich selbst mit dem Stab und kleinem Gefolge auf die Insel San Andrea in Blicknähe des Hafens, um von dort den Fortgang der Seuche zu beobachten.

Fünfzehn Schiffe hatten Kurs auf Jerusalem genommen, zehn weitere kreuzten in Erwartung eines Signals am Horizont. Mehr Kreuzfahrer zu verladen wäre Wahnsinn gewesen, niemand wußte, wer von den scheinbar Gesunden bereits angesteckt war. Bei uns befand sich der hoch fiebernde Landgraf von Thüringen.

Am Abend des zwölften Tages erreichte uns die Nachricht, daß die in Panik geratenen Kreuzfahrer den Sarazenenkordon durchbrochen hatten und landeinwärts flohen. Das Lager befand sich in voller Auflösung. ‚Sie machen mir mein Apulien zuschanden', sagte mein Herr. Es klang eigentümlich matt. ‚Auf die Schiffe, was noch den Fuß bewegen kann. Ich will ...' Ein Husten hinderte ihn am Weitersprechen. El-Misri griff nach seinem Puls. ‚Spar dir die Mühe', keuchte der Kaiser. ‚Ich weiß es schon seit heute früh.'

Über San Andrea lag die gleiche dunstig-faulige Luftglocke wie über Brindisi. Das Wasser des Hafens roch nach Moder und Dreck. Friedrich, fiebergeschwächt, saß halbliegend im Schatten der Sykomoren, hustete und trank gierig das Zitronenwasser, das ihm der Arzt von Zeit zu Zeit reichte. Um ihn wimmelte es von Boten, Schreibern, Militärs, die seine mühsam zu verstehenden Befehle entgegennahmen. Ich hockte mit den Pagen neben ihm, als wäre ich einer von ihnen, und wechselte ständig die kalten Kompressen an seinen Handgelenken. Am Abend waren fünf weitere Leute des Gefolges erkrankt, darunter sein Lieblingsfalkenier Mateo da Monreale und der Valetto Tibaldo, Sohn des Francisius.

El-Misri sprach eindringlich zu dem Kranken. ‚Laß die Zurüstungen abbrechen, Herr. Du bist schwer betroffen. Keiner kann dir verargen, wenn du das Unternehmen verschiebst.'

Ein Lächeln verzerrte Friedrichs Lippen. ‚Und ob sie es mir verdenken werden. Sie warten nur darauf. Glücklich, Hakîm, der du nicht ahnst, welches Gewicht der Bann des Kalifen in Rom hat. Wir werden im Gegenteil noch diese Nacht in See stechen, fort aus der Fieberhölle dieses Hafens. Und mit meinem Vetter Ludwig an Bord. Die frische Meeresluft wird uns heilen.'

Aber es war zu spät, auf solche Weise Heilung zu suchen, dafür war die Seuche in den Leibern schon zu weit fortgeschritten. Der Landgraf kam mehr tot als lebendig an Bord, und er starb bereits in der folgenden Nacht.

Unser Herr versank zuzeiten in tiefe Ohnmacht, wenn er wach war, sah er entweder teilnahmslos in die Segel hinauf, oder er lag mit geschlossenen Augen, fieberglühend, von trockenem Husten geschüttelt. Manchmal schien ein anderer Grad von Wachheit über ihn zu kommen, dann blinzelte er, als hätte er einen Schleier über den Augen, und dehnte die Schultern. In einem solchen Moment sprach ihn Taddeo an, der auf diesem Unheilsschiff der einzige der Familiaren war. ‚Kannst du mich hören, Erhabner?' fragte er leise, neben dem Lager kniend.

Friedrichs Mund verzog sich zu einem schiefen Grinsen. ‚Warum nicht?' flüsterte er. ‚Ich bin ja noch nicht tot.'

‚Landgraf Ludwig ist in Gott versammelt.'

Die eingesunkenen Augen schlossen sich langsam.

‚Gib Erlaubnis, daß wir dich zu deiner Rettung an Land zurückbringen. Das Heilige Grab eroberst du auch noch nächstes Jahr früh genug, Federico!'

Die Lider teilten sich einen Spalt weit, die hellen, erloschenen Augen glitten zur Seite, faßten die Gestalt des Knienden, halb Kriegsmann, halb Gelehrter, Talar überm Panzerhemd, die schwarzgrauen Locken, das hagere Gesicht voll tiefer Falten. Wieder versuchte Federico zu lächeln. ‚Wir leben ewig, wie, Taddeo?'

‚Wir leben ewig, Herr', erwiderte der andere ernst und leidenschaftlich. ‚Der Teufel soll den Papst holen.'

‚Amen', hauchte der Kranke. ‚Der Großhofjustitiar hat das Kommando.'

Wir drehten bei und liefen Otranto an. Der Kreuzzug war gescheitert.

In einem luftigen Turmrondell, weit entfernt von den Zimmern der kleinen Kaiserin, wurde Friedrichs Lager aufgeschlagen. Seine Ohnmachten wurden immer tiefer, die Pausen dazwischen verkürzten sich. Es schien, als hinge das Leben des Imperator mundi an einem Faden.

Die Ärzte stellten zum Abend Kohlenbecken auf, in denen sie Minze, Lavendel und Fichtennadeln verbrannten, um dem Kranken das Atmen zu erleichtern und die Dünste der Nacht fernzuhalten. Die Kämmerer und Familiaren wechselten sich bei der Nachtwache ab, denn wir meinten, daß wir unseren Herrn nicht nur den Dienern und Pflegern überlassen sollten. Berardo verbrachte die halbe Nacht im Gebet am Fußende des Bettes, dann zog er sich, überwältigt von Müdigkeit, ins angrenzende Zimmer zurück, bereit, die letzte Handlung an dem Kaiser vorzunehmen, falls es so kommen sollte.

Es traf sich, daß ich kurz nach Mitternacht allein im Raum war. Mit gekreuzten Beinen hockte ich neben dem Lager und richtete meinen Blick durch die steinernen Fensterbögen auf den Wandel der Gestirne am Himmelsgewölbe, und mein Herz war in mir wie Blei.

Als die Tür vorsichtig geöffnet wurde, meinte ich, ein anderer der Amici wollte zusehen, wie es stünde. Aber zu meiner Überraschung steckte Jolanta ihr spitzes Gesicht ins Zimmer, und da sie mich allein sah mit ihm, trat sie hastig ein. Offensichtlich hatte sie sich heimlich aus der Obhut ihrer Diener davongeschlichen. Sie trug ein langschleppendes Hemd, über das sie in aller Eile einen Halbmantel geworfen hatte, wie ihn die Mägde tragen, und ihre Füße steckten in sarazenischen Pantoffeln, die ihr nicht paßten. Der wirre Lockenvorhang hing ungebändigt zu beiden Seiten des Gesichts, das nur noch aus Nase zu bestehen schien.

‚Kämmerer', sagte sie mit dünner Stimme, ‚ich habe gehört, daß es dem Kaiser sehr schlecht geht.'

‚Ja, Herrin', erwiderte ich, indem ich auf die Füße sprang. ‚Aber bei aller Sorge um deinen Gemahl solltest du hier nicht herkommen ohne deine Frauen und Verschnittenen – und auch nicht zu nahe herangehn.'

Als hätte sie mich nicht gehört, ging sie unbeirrt auf das Lager zu, durch die Dampfschwaden der Räucherpfannen hindurch, die sie mit der Hand beiseite wedelte. Als sie sich mit einem gleichsam gierigen Gesichtsausdruck über den Kranken beugte, fiel mir auf, wie sehr er da in der Mitte des Raumes, Kerzen zu Häupten und zu Füßen, bereits aufgebahrt aussah.

Unser Herr lag mit katatonisch verkrümmten Händen da, die Augen unter den geschlossenen Lidern tief in den Höhlen versunken. Sein Haar, dunkel vor Schweiß, klebte an der rotgefleckten Stirn, und die Lippen waren zurückgezogen von den zusammengepreßten Zähnen, so daß es wirkte, als lächelte er auf eine entsetzliche Weise. Sein Atem ging pfeifend und röchelnd. Manchmal erschütterte der trockene Hustenkrampf seinen Körper.

Jolanta sah mich an über das Lager hinweg, und mit einem wahnsinnigen Ausdruck von Hoffnung sagte sie, ohne die Stimme zu dämpfen: ‚Er stirbt, nicht wahr?'

Mir wurden Hände und Füße kalt. Wenn sie ein Mann gewesen wäre, hätte ich mich wohl mit gezogenem Schwert zwischen meinen Herrn und die Macht dieses Hasses geworfen. Aber sie war nur ein Kind. So suchte ich meine Seele zu sammeln und nicht zu zeigen, wie sehr Jolanta sich verriet, und sagte: ‚Leben und Tod liegen in der Hand Allahs, des Allerbarmers. Wir können nur beten.'

‚Ja, ich will beten', entgegnete sie, und ihr entflammter Blick zeigte nur zu deutlich, um was sie beten wollte. ‚Ich will die ganze Nacht beten.'

‚Tu das, kleine Herrin', versuchte ich so ruhig wie möglich zu sagen. ‚Und nun erlaube, daß ich deine Frauen und Mamluken holen lasse, die dich zurückbringen, denn es geziemt sich nicht, daß du allein durch das nächtliche Haus läufst.‘

Sie schüttelte den Kopf, trotzig und hoffärtig zugleich. ‚Nein, ich will nicht. Ich brauche die nicht.‘ Sie richtete ihren saugenden Blick auf den Kranken, faltete die Hände unterm Kinn und begann vor sich hin zu murmeln.

Ich bekenne, daß ich mich hier vor ihr fürchtete. Es schien mir, als verfügte dies vor kurzem noch schwache und willenlose Geschöpf plötzlich über Kräfte von großer Gewalt, und mir fielen die Geschichten ein von den Ghula, den menschenfresserischen Zauberinnen, die jede erdenkliche Gestalt annehmen können. Auch begann mein Herr, sich in seiner Ohnmacht unruhig hin und her zu wenden und mit den Zähnen zu knirschen, so als ginge von ihr etwas Unheilvolles aus.

‚Hier kannst du nicht bleiben‘, sagte ich, fast hilflos vor ihrem Willen, und sie entgegnete eisig: ‚Ich werde bleiben bis zum Morgengrauen. Im Morgengrauen sterben die meisten, hat man mir gesagt. Du kannst gehen, Araber. Geh nur, ich bleibe.‘

Sie befahl so sicher, daß ich, der ich gewohnt war zu gehorchen, einen Augenblick schwankte, ob ich nicht tun müßte, was sie sagte. Aber dann schien mir durchaus möglich, daß sie an meinem Herrn etwas verüben würde, das mehr war als beten, so sehnlich waren ihre Wünsche. Und ich weigerte mich, die Hände über der Brust gekreuzt, und bat sie noch einmal inständig zu gehen. Aber es war, als hätte ich gar nichts gesagt, und sie starrte weiter auf den Kranken mit diesen anderen Augen.

Ich erwog auch – wohl da sie so klein und schmal war, kam mir der Gedanke –, sie einfach aufzuheben und fortzutragen, was mir wohl zugestanden hätte, da ich als Kämmerer verpflichtet war, sie ihren Hütern zu übergeben. Aber bei der Vorstellung, sie zu berühren, überkam mich die Erinnerung an das, was diese Hände ihr schon einmal angetan hatten, und die Scham hielt mich zurück.

Da kam mir unerwartet Hilfe. Durch unser Gerede war Berardo nebenan wach geworden und trat schnell ein – offenbar war er auf das Schlimmste gefaßt. In verknitterten Kleidern, das eisgraue Haar wie Federn um den Kopf gesträubt, hatte er wenig von der eleganten Würde, auf die er sonst solchen Wert legte. Aber trotz seiner verquollenen Augenlider warf er sofort einen scharfen Blick auf die Situation und begriff. In seinem Beruf entwickelt man wohl auch einen siebenten Sinn für Befindlichkeiten, und das, was mit Jolanta vorging, war recht deutlich.

Mein alter Widersacher verständigte sich wortlos mit mir, trat an das Mädchen heran und sagte in gelassenem Befehlston: ‚Meine Tochter, Friede sei mit dir. Ich achte deine liebende Sorge um deinen Gemahl, aber dies ist nicht die Stunde noch der Ort, wo du für ihn beten kannst. Geh, sobald es Tag ist, in die Kapelle, und ich werde zwei Schwestern der Ursulinerinnen zu dir schicken, die mit dir zum Herrn flehen werden.'

Jolanta hatte vor der geistlichen Autorität das Knie gebeugt, und ihr Feuer sank in sich zusammen wie niedergebranntes Gras. Mit gesenktem Kopf duldete sie, daß der Bischof sie am Ellenbogen ergriff, hinausführte und die Tür hinter ihr schloß.

Wir sahen uns an, und das Folgende flüsterten wir, als fürchteten wir, daß unser Herr uns in seiner Ohnmacht trotz allem vernehmen könnte.

‚Sollte dem Kaiser nach Gottes unerforschlichem Ratschluß das Ende bevorstehen', sagte der Bischof ruhig, ‚so lasse ich, bevor es noch in Otranto bekannt wird, Jolanta von den beiden Ursulinerinnen ins Kloster bringen, auf daß nichts durcheinandergerät im Gefüge der Dinge.'

Ich nickte, und gleichzeitig war mir die Brust beklommen, darum, daß ich sie schon wieder verriet, und ich murmelte: ‚Der Imperator vermutete, daß sie schwanger sei.'

‚Das ist eine Vermutung, die mich gewiß nicht abhalten wird zu handeln, nein, eher im Beschlossenen bestärkt', erwiderte der Kirchenmann, und um ihn war eine große, kalte Kraft. ‚Es gibt genug Söhne und Erben, und es gibt ein Testament.'

Wieder sahen wir uns an. Ich wußte, daß in diesem Testament Riccardo von Theate, der Sohn der Manna, reich bedacht worden war. Manna aber war eine Nichte Berardos.

‚Allah helfe unserm Herrn zum Leben', stieß ich hervor.

‚So sei es', sprach der Bischof.

‚Wenn er gesundet, Monsignore . . .', fuhr ich fort, und er ergänzte: ‚Wenn er gesundet, wird niemand außer uns beiden jemals wissen, mit welchen Augen die Kaiserin hier in diesem Raum stand. Hüter des Herrn, Kämmerer.'

Er wandte sich und ging. Da ich aber nach meinem Sultan sah, lag er zwischen den Kerzen und Dämpfen, sein Atem ging ruhiger, er hatte die Lippen geschlossen und schlief. –

Im September, während der Kaiser noch in den Schwefelquellen von Puzzuoli badete, um völlige Genesung zu erlangen, traf ihn der Bann des obersten Hirten der Kirche. Niemand war überrascht, am wenigsten Friedrich selbst. Da die Gesandten des Kaisers, die die Gründe für den Abbruch des Kreuzzugs darlegen sollten, in Rom gar nicht vorgelassen wurden, war jedermann klar, wie Gregor handeln würde.

Sicher, wir waren empört ob der Ungerechtigkeit und besorgt ob der politischen Folgen. Betroffen und entsetzt war nur eine einzige: Jolanta. Sie nahm die Nachricht ähnlich auf wie die Mitteilung der Hebamme La Brandina über ihre Schwangerschaft: geduckt, mit vorgerecktem Kopf, als erwartete sie, im nächsten Moment beim Nacken gegriffen und geschüttelt zu werden.

Am Abend kamen ihre Kammerfrauen. Die Herrin weigere sich, zu Bett zu gehen, vielmehr habe sie vor zu beten, wie lange, sage sie nicht. Berardo fand sie in der Kapelle, mit gebreiteten Armen in Kreuzesform auf dem Boden ausgestreckt. Da sie auf seine Ansprachen und Ermahnungen nicht Antwort gab, hob man sie schließlich auf und trug sie zu Bett. Sie befand sich in einem ähnlichen Zustand der Starre wie in jener entsetzlichen Hochzeitsnacht und schien nicht zu verstehen, was man ihr sagte.

Der Bischof ging dann gleich morgens früh zu ihr, um sie, wie er sagte, vor dem sinnlosen Lagern auf dem kalten Stein zu bewahren, und sprach lange mit ihr. Ich glaube aber, er sprach nur auf sie ein. Seit der Nacht in Otranto begegnete sie ihm genauso ängstlich und feindlich wie allen anderen am Hofe, obgleich sie vordem die ehrfürchtige Scheu vor ihm gehabt hatte, die sie allen Kirchenmännern gegenüber bewies. Vielleicht faßte ihr schlichter Geist nicht, was er sagte. Vielleicht aber hörte sie auch gar nicht hin. Er hatte aufgehört, für sie verehrenswert zu sein, war trotz Tonsur und Albe nur mehr ein anderer Diener des Gefürchteten.

Berardos Treue zu unserem Herrn war höchsten Ruhmes wert, denn eigentlich saß sein Meister ja in Rom, und wenn er trotzdem unbeirrt bei dem Imperator blieb, unerschüttert in Glauben und Liebe, so zeugte das von hohem Mut. Aber es mag sein, daß seine Argumente bei Jolanta weniger für sie bestimmt waren, daß er sich vielmehr vor sich selbst rechtfertigte.

Freilich tat sie, was man ihr sagte, beschränkte ihre Gebete auf ein vernünftiges Maß, folgte genau den Anweisungen der Brandina und des Arztes.

Seit ihre Schwangerschaft unumstößlich feststand, tat Friedrich alles Erdenkliche für sie. Die Beweise seiner Besorgnis um sie oder vielmehr um die Frucht ihres Leibes erneuerten sich täglich. Es kamen bestimmte Speisen und Speisevorschriften nach Andria, wo sich die kleine Kaiserin jetzt aufhielt, eine Schar neuer Diener, zwei zusätzliche Ärzte, Musikanten zu ihrer Erheiterung, kostbar-komfortables Gerät und Geschirr aus dem Morgenland, Teppiche, Kissen, Schmuck, ein Zelter, der sie sanft spazierentragen sollte, da es hieß, Reiten fördere eine gesunde Entwicklung des Kindes.

Das größte Geschenk, das er ihr machte, bestand allerdings in seiner Abwesenheit. Nicht nur, daß er nicht mehr zu ihr einging, nein, bis auf drei oder vier Hoffeste mußte sie ihn nicht sehen. Ob das seinem Zartgefühl zu verdanken war oder seiner Gleichgültigkeit, weiß ich nicht. Zudem, er war beschäftigt. Wir alle waren beschäftigt. Der vom Kirchenbann geschlagene ‚Schützer der Christenheit' hatte höchste Aktivitäten zu entfalten, seine Position in Europa zu wahren, und rüstete zudem unbeirrt für das nächste Kreuzzugsunternehmen, das er durchzuführen vorhatte, gleich, ob er bis dahin losgesprochen war oder nicht. Es war eine Zeit höchster Anspannung der Kräfte, und wir alle vergaßen Jolanta fast.

Ich sah sie auf den Hoffesten. Es ging ihr jammervoll schlecht. Kaum ein Anblick, der ihr nicht Übelkeit verursachte, kaum eine Speise, die sie bei sich behalten konnte. Sie war geisterdürr, und ihr sich wölbender Leib hing an ihr wie ein Ding, das ihr fremd war. Einmal wurde ich Zeuge, wie ein plötzlicher Schmerz oder auch nur eine Bewegung des Kindes bemerkbar wurde. Die Hände abgespreizt wie jemand, der fürchtet, sich zu beschmutzen, sah sie mit einem Ausdruck von Ekel und Entsetzen auf ihren Körper herab, als trüge sie ein Nest von Schlangen in sich.

Ach, Frau Truda! Sie muß verlassen durch die Hölle gewandelt sein. Ein einziges Mal das Licht der Freiheit vor Augen, der glänzende Bedrücker schon so gut wie tot, wurde sie in doppeltes Elend zurückgestoßen. Die Schwangerschaft kettete sie fester ins Joch, das Interdikt nahm ihr, der frommen Tochter der Kirche, auch noch die Hoffnung auf himmlische Gnade, da sie ja die Gefährtin eines Verruchten war. So ging sie unwissend im Finstern, fassungslos den Vorgängen in ihrem Körper ausgeliefert, Tag und Nacht mit seiner Gegenwart, in ihr festgesaugt, gestraft. Ungeduldig wartete sie auf den Tag der Niederkunft. Hätte sie gewußt, daß dieser Tag vielleicht ihr Todestag war, sie hätte ihn deshalb nicht weniger ersehnt.

Ich versuchte ein paarmal, sie zu besuchen. Sie ließ mich nicht vor. Ihr war inzwischen wohl alles gleichgültig. Sie spielte nicht einmal mehr mit ihren Schoßhunden.

Am 4. Mai 1228 überbrachte ein Bote aus Andria die Nachricht, daß die kaiserliche Gemahlin in den Wehen liege.

Der Imperator ließ Meir zu sich rufen. ‚Nun, Jude, jetzt gilt es. Ich befehle dir, nach Andria zu gehen, das Gesindel von Hebammen und Ärzten fortzujagen und die Sache zu einem guten Ende zu bringen.'

Der Arzt war bleich wie ein Laken. ‚Erhabner, das kann ich nicht. Die Herrin ist gut aufgehoben bei La Brandina, die eine Meisterin ist und ihr sagen wird, wie sie die Glieder ordnen, das Kinn halten und atmen muß. Wenn aber, wie ich befürchte, ihr Schoß zu eng ist, dann werde ich, um das Kind zu retten, schneiden, und – dein Zorn verschone mein Haupt! – es kann sein, daß sie mir unterm Messer verblutet.'

‚Fürchte nichts für dich', entgegnete der Herr sachlich. ‚Was du sagst, hört sich verständig an. Wir wollen warten, gut. Aber es darf nicht zu spät werden für das Kind.'

Im Morgengrauen des 5. Mai kam dringende Botschaft aus Andria. Jolanta lag seit vierundzwanzig Stunden in den Wehen. Das Kind war sehr rege, die Mutter jedoch schien unfähig, es zur Welt zu bringen. La Brandina ließ berichten, daß viele Ohnmachten das gutbegonnene Werk der Kreißenden unterbrächen, da ihre Schmerzen zu stark seien.

Meir packte seine Instrumente und bestieg das schnellfüßige Maultier, das im Stall für ihn bereitstand.

Ab jetzt informierte uns ein stündlicher Patrouillendienst über die Vorgänge in Andria. Der Kaiser hielt eine Beratung über Steuerfragen mit Vinea, de Suessa und den Hofjuristen ab. Jedesmal, wenn der nächste Bote den Raum betrat, unterbrach er sich im Wort und wandte ihm den Kopf zu, und an seiner Schläfe begann jene Ader zu pochen, die sich im Zorn zeigte.

Die Beratung war nach Mitternacht beendet. Die Diener hatten die Vorhänge von den Fenstern zurückgezogen. Verwirrende süße Mailuft drang in den Raum, in dem mein Herr unruhig auf und ab ging. Wir hörten den Hufschlag des Pferdes, das aus Andria kam, von sehr weit her.

Es hieß, das Kind sei weiterhin sehr lebhaft. Meir zögere noch einzugreifen. Glaubte er an ein Wunder?

‚Wie geht es der Gebärenden?' fragte Friedrich. Er erfuhr, daß man ihr Herz mit Massagen belebe und ihr Salze und Öle zu riechen gebe, um sie bei Besinnung zu halten. Vom Schreien sei ihre Stimme bereits heiser.

Der Kaiser wandte sich zum Fenster. ‚Meir soll ein Ende machen', sagte er in die Nacht hinaus, als könnte der ihn hören. Und dann: ‚Ridwân, laß satteln. Wir reiten nach Andria. Es ist nur billig, daß du nun auch dabei bist wie damals.'

Während des Rittes sprachen wir kein Wort. Der apulische Frühling duftete durch die Nacht, als wären wir im Paradies.

Wir erreichten Andria vor dem Morgengrauen. Die Vögel sangen noch nicht. Es war sehr still, und das Licht hinter den Fenstern flakkerte trübe.

Als wir in das Zimmer eintraten, war gerade alles vorüber. Das Kind, ein ungewöhnlich großer Knabe mit einem hellen Haarschopf, lag bereits gewickelt in der Wiege, die Fäuste vorm Mund, mit einem so ernsten, männlichen Gesichtsausdruck, als wüßte er um den Kampf, in dem er soeben Sieger geworden war. Die Mutter atmete noch schwach.

Der Raum schien förmlich von Blut zu triefen. Blutige Leintücher lagen überall umher, Becken mit blutigem Wasser standen da und dort, La Brandina und Ebardo, die Meir nicht fortgeschickt hatte und die sich nach seinen Worten als ‚wissende und gewissenhafte Helfer' erwiesen hatten, waren besudelt und bespritzt bis zu den Augen. Der Arzt selbst sah aus, als hätte er eine Verwundung erlitten, und erinnerte mich an meinen Herrn in der Hochzeitsnacht, ja, es schien mir, als wäre mit diesem Tag nun die Hinmetzelung des Opfers vollbracht, Blut zu Beginn und Blut am Ende und nichts dazwischen als Quälerei.

‚Herr', sagte Meir, und seine Stimme versagte fast, ‚die Kaiserin hat mit unserer Hilfe einen Sohn geboren. Ich habe den Schnitt vermeiden können, nur stürzte so viel Blut nach, daß keine Hoffnung besteht, ihr Leben zu retten.'

‚Du meinst', erwiderte Friedrich grimmig, ‚nicht du hast sie nun umgebracht, sondern ich war es. Mit dem Unterschied, daß sie dafür länger leiden mußte.'

Der Jude hielt seinem Blick stand. ‚Solange eine Hoffnung war, daß sie es allein tat, war da auch eine Hoffnung auf Leben!'

‚Gut', sagte der Kaiser. ‚Gut, Arzt. Nur wirf mir nicht Grausamkeit vor. Dazu hast du nun kein Recht mehr.'

Er trat an die Geopferte heran. Ich konnte sie kaum ansehen. Ihr

Haar, in das sie sich während der Wehen so gekrallt hatte, daß noch jetzt die Fäden zwischen ihren Fingern hingen, lag wie Schlangengeflecht auf den Kissen. Der Mund stand offen, die zerbissene Zunge fand keinen Platz mehr darin, ihre Lippen waren blau und gedunsen. Ein Priester hatte ihr bereits die Letzte Ölung erteilt, die Tropfen lagen auf ihren geschlossenen Augen wie schwere gelbe Tränen, die durch die Lider hindurchgedrungen waren.

La Brandina, die Wehmutter, leidlich gesäubert, näherte sich dem Kaiser, um Bericht zu erstatten, wie es Sitte war. Sie sprach gelassen über das Schrecknis.

Die Herrin habe zunächst mit erstaunlicher Kraft mitgearbeitet und, die Füße gegen das Holz des Bettes gestemmt, mit ‚einer Art Zorn' die Anweisungen befolgt. Nach ein paar Stunden aber habe ihr Mut versagt, denn sie sei nur noch ‚geschüttelt' worden von den krampfigen Wehen, so daß nichts mehr auszurichten war. In den Atempausen sei das Herz der Kreißenden schon so schwach gewesen, daß man für ihr Leben bangte. In erneuten, leider nichts befördernden Wehen habe sie wild ‚Nein, nein!' geschrien, sich an die Arme der Hebamme, des Arztes, der Frauen geklammert und jedermann angefleht, ihr zu helfen. Auch Gott und den Herrn Christus habe sie mehrfach um Beistand gebeten und die selige Nothelferin Maria mit Schreien und Schluchzen angerufen. Auch habe sie die Heiligen gebeten, es sie nicht entgelten zu lassen. Was sie damit gemeint habe, wisse sie, La Brandina, nicht. Tiefe Ohnmachten hätten sie zeitweise von der Marter der fruchtlosen Wehen erlöst. Schließlich, kurz vor der Ankunft des Juden, sei sie nicht mehr ganz bei sich gewesen, habe mit ihrer Mutter gesprochen und sie angefleht, den Antichrist aus ihr fortzunehmen.

Meir habe sie dann für einige Stunden durch einen Trank von den Schmerzen befreit, obwohl Ebardo eingewendet habe, daß während dieser Zeit das Kind ersticken könne. Sie selbst habe den Trank gebilligt, da das Herz des Kindes kräftig schlug und so nichts von der Stelle kam. Schneiden wäre immer noch möglich gewesen. Jolanta habe geschlafen. Beim Erwachen sei sie des Juden ansichtig geworden und habe nur gesagt: ‚Mach, daß ich sterbe.' Er aber habe ihr freundlich zugesprochen und sie ermuntert, mit frischen Kräften ans Werk zu gehn, das kurz vor der Vollendung stehe. Tatsächlich habe die Herrin daraufhin noch einmal ‚mit Wildheit' die Arbeit begonnen und, so erschöpft sie war, es zu Ende gebracht, so daß man das Kind holen konnte, freilich nicht, ohne sie greulich zu zerreißen, dergestalt, daß es nicht möglich war, das Blut zu stillen, und so stehe der Caesar nun vor einer Aufgegebenen. Das Kind sei, wie der Augenschein zeige, groß, wohlgestalt und gesund.

Federico versprach der Frau Lohn und Ehre, und während sich La Brandina bedankte, trat Meir heran und sagte: ‚Die kaiserliche Gemahlin Isabella lebt nicht mehr, Erhabner.' Seltsamerweise nannte er jenen Namen, als wäre sie durch den Tod eine andere geworden.

‚Nun', sprach mein Herr mit einem halben Auflachen, ‚das Fegefeuer werden sie ihr da ersparen können nach dem, was wir ihr hier bereitet haben.' Und im Befehlston: ‚Ihre Brautgewänder, die Totenkerzen, die Litaneien. Sie wird hier in Andria beigesetzt. Nein, keine Überführung nach Palermo, es wird die nächsten Tage sehr heiß. Auch haben wir zu tun, die Zeit wird knapp. Die Wiege mit dem Prinzen Konrad zu mir ins Zimmer. Komm, Ridwân, es ist Schlafenszeit für die, die schlafen können.'

Friedrich trennte sich von nun an kaum von dem Knaben Konrad. Die Wiege, bewacht von der schwarzen Chatûn, die hier, ein eignes Kind an der Brust, zum erstenmal Ammendienste versah, wurde ihm oft sogar auf Beratungen und Hoftage nachgetragen, und er selbst spottete, daß ihm zu einer Mutter nichts fehle, als daß er auch noch stille. Ich sah ihn häufig das Kind, wenn es unruhig war, im Zimmer auf und ab tragen, wobei er die hohen, monotonen Rufe ausstieß, mit denen er seine jungen Falken beruhigte. Die ganze Überredungskunst Hermann von Salzas war notwendig, ihn davon abzuhalten, Konrad, oder wie er ihn nannte, Corr'dò, mit auf den Kreuzzug zu nehmen.

Als wir schließlich ‚mit Christus, dem Führer' den Hafen von Brindisi in Richtung Zypern verließen, hatte mein Herr zweierlei gewonnen: eine Krone und einen Sohn. Das fünfzehnjährige Opfer schlief in der Kathedrale von Andria, die Tropfen Öles auf den Augen, zerbissene Zunge, gedunsener Mund, ausgeblutet, verstummt.

Allah vergebe uns. Dir, Truda, danke ich, daß du mir zuhörtest, ohne mich zu unterbrechen."

„Gregor hieß der neue Papst, vormals Ugolino d'Ostia, und es zeigte sich von Anfang an, daß er sich nicht so leicht an der Nase würde herumführen lassen wie der gute Cencio Savelli.

‚Wir wissen nicht, welche teuflische List ihn verführte, ohne Buße und Absolution den Hafen von Brindisi insgeheim zu verlassen, ohne daß man mit Sicherheit wüßte, wohin er ging.' So erklärte er anläßlich unserer Ausfahrt in Richtung Ägypten, und so manch einer wird ihm im stillen zugestimmt haben, auch wenn er auf der kaiserlichen Seite war.

Die vierzig Galeeren aus unseren neuen Werften waren wohlausgerüstet, aber nur ein Zehntel der Besatzung bestand aus Rittern und Söldnern, hauptsächlich waren Pilger mitzuschleppen, die nach erfolgreicher Rückgewinnung Jerusalems am Heiligen Grab beten wollten. Mit dem päpstlichen Bannfluch im Nacken hatte man selbst als Imperator keinen leichten Stand, besonders wenn man als Schützer des Glaubens auftrat. Vor allem aber hatte sich die Ausgangsposition im Osten entscheidend verschlechtert. Der Plan meines Sultans war gewesen, in den Streit der drei Söhne des großen Salah-ed-Din einzugreifen, und zwar zugunsten des Al-Kamil, der in Jerusalem herrschte, und er hoffte so, das Anliegen der Kreuzfahrt gleichsam nebenher zu erledigen. So war es besprochen worden."

„Besprochen mit wem?" unterbreche ich Riccardo.

Er sieht mich unwillig an, aber das weiß er nun wohl, daß ich nicht lockerlasse. „Mit dem Emir Fachr-ed-Din", sagt er langsam. „Du weißt ja, daß er im Jahr sechsundzwanzig zu Verhandlungen nach Apulien kam."

„Ja, das weiß ich. Ich bin oft genug mit Briefen unterwegs gewesen in dieser Angelegenheit. Also, wie war das? Er wollte das Heilige Grab befreien, indem er dem Al-Kamil Waffenhilfe leistete, der das Heilige Grab besetzt hielt?" In meiner Kehle gluckst das Lachen.

„Nun ja", gibt der Kämmerer widerstrebend zu. „So sah es wohl aus. Zwischendurch wollte er allerdings auch einmal mit dem feindlichen Bruder des Al-Kamil anbandeln, um mit ihm gemeinsam . . ." Er hüstelt. „Wir waren von vornherein gegen diese Allianz. Und Al-Muazzam erklärte dann auch, er sei kein Pazifist, und gegen die Franken gäbe es nur den Dschihad, den Heiligen Krieg . . . Aber schließlich mußte mein Herr seine Krone von Jerusalem in Besitz nehmen. Al-Kamil war da der bessere Partner."

Jetzt lache ich los. „Willst du damit sagen, daß die Befreiung der Stätten der Christenheit eigentlich eine Art Nebenprodukt sein sollte bei dem Streit um Einflußsphären im Orient?“

Riccardo scheint meine Version keineswegs komisch zu finden, sondern ist gekränkt. „Was ist dir denn lieber?“ fragt er hitzig. „Daß er wegen so einem Unsinn wie dem Zugang zum Heiligen Grab Tausende von Franken und Muslimen gegeneinandergeschickt hätte?“

Ich versuche, mich zu beruhigen, und habe ein starkes Bedürfnis, diesen Nichtlebenden in meine Arme zu schließen, wie man ein großes Kind umarmt. „Verzeih mir, Herr Riccardo“, sage ich. „Ich gebe dir im Gegenteil durchaus recht. Fahr fort, denn du wolltest mir berichten, daß sich etwas verschlechtert hatte.“

„Ja. Die zwei Sultane hatten sich auf Kosten des dritten geeinigt. Als wir schließlich in Ägypten ankamen, gab es für Al-Kamil keinen Grund mehr, ein Bündnis abzuschließen. Die Waffenhilfe des Imberûr war im Gegenteil sehr unwillkommen. Zehntausend wehrhafte Franken landeten da in Akkon. Das war einerseits allerhand, andererseits natürlich in keiner Weise geeignet, dem Landesherrn ernsthaft mehr zu bereiten als ein paar Scherereien. Und Fedrí wußte das genau, zumal die Tempelritter, der Patriarch von Jerusalem und das Kreuzfahrerheer, das noch in Akkon war, ihm zwar stürmische Ovationen bereiteten, aber mehr oder weniger taktvoll erklärten, daß sie schlecht unter einem Exkommunizierten zu Felde ziehen könnten.

Es war wirklich eine seltsame Sache, Truda. Als unsere Flotte die hohe See gewonnen hatte, als wir so dahinschwebten unter der glühenden Junisonne und dem warmen Wind, Ungewißheit im Rücken und Ungewißheit vor uns, da war mir kaum anders zumute als damals, als wir mit dem Kind von Apulien aufgebrochen waren, eine Krone zu erobern, die ihm nun mit großer Würde und Bürde auf der Stirn lag. Alles war unsicher, und was sicher schien, wurde mit dieser Aktion gefährdet. Unserem Herrn jedoch schienen auf dieser Seereise weder Zweifel am Ausgang der Sache noch Schwanken oder gar schwindendes Selbstvertrauen etwas anzuhaben. In stoischer Ruhe las er mit Ibn al Djusi arabische Klassiker, löste Mathematikaufgaben oder spielte Laute. Während der Überfahrt begann er auch mit der Arbeit an einem Buch über die Falken.

Nach der Landung wurden Berardo und Heinrich von Malta zurückgeschickt, um in Rom zu melden, daß der Gebannte nun bereit sei, die Stätten der Christenheit zurückzuholen – jedenfalls stehe er vor Ort. Ich glaube schon, daß er annahm, nun losgesprochen zu werden. Hatte er nicht sein Gelübde eingelöst? Vor dem Handeln mußte nun wohl die Absolution stehen, sollte er nicht vor der ganzen Christenheit kompromittiert werden. Doch da hatte er noch keine Vorstellung von der verbohrten Wut des Ugolino d'Ostia.

Während das gesamte christliche Heer vor Unruhe fieberte, setzte sich Federico in aller Gemächlichkeit in Akkon zurecht und begann mit Verhandlungen in jenem Stil, den man bei uns gewohnt war, ohne die Hast und die Unhöflichkeit, welche die Franken sonst oft an sich haben. Kostbare Geschenke wurden zwischen den Herrschern ausgetauscht, Gesandtschaften gingen hin und wider. Al-Kamil und mein Herr haben sich nie gesehen, aber sie waren einander ungemein zugetan, denn sie waren sich ähnlich, sowohl in ihrer Zuneigung zu Kunst, Wissenschaften und Philosophie als auch im Freimut der Seele. Jemand sagte, es sei nicht verwunderlich, daß ein Mann, der, wäre er nicht Sultan, ob seiner Lässigkeit im Glauben die größten Schwierigkeiten mit dem Kadi El-Islam bekommen würde, wohlgesonnen sein müsse einem, der, wäre er nicht Kaiser, sicher als Ketzer verbrannt würde."

Seine Stimme klingt verändert, dann stockt er.

„Wer sagte das?" frage ich wachsam. „Der Emir Fachr-ed-Din?"

„Ja, er", bestätigt Riccardo.

„Und es ist so, daß du nicht einmal seine Worte zitieren kannst, ohne bewegt zu sein?" Er schweigt. „Ridwân", dringe ich auf ihn ein, „siehst du nicht, daß es nicht gehen wird, diese Geschichte zu erzählen und seinen Anteil daran zu verschweigen? Ich beschwöre dich . . ." Ich breche ab. Bei seiner Liebe wollte ich ihn beschwören, aber es tut nicht mehr not. Er hebt abwehrend die Hände, beginnt zögernd, bald jedoch stürzen die Worte aus ihm hervor wie ein Gießbach, und mit der Wollust des Schmerzes spricht er und spricht.

„Er ging im Hause meines Vaters aus und ein, und zwischen meinen Brüdern und den Vertrauten und Freunden war er wie der Mond vor den Sternen oder der Leu vor der Herde. Er war jung und weise, anmutsvoll und berühmt. Als der Sohn des allmächtigen Großwesirs des Salah-ed-Din trat er früh in den Staatsdienst, und väterlicher Ruhm wie eigenes Verdienst stellten ihn bald an den Platz, dessen er würdig war. Kaum dem Jünglingsalter entwachsen, hatte er die Vermittleraufgabe zwischen den Muslimen des Kalifats und denen Siziliens inne und erfüllte diesen Dienst mit all seiner Klugheit.

Als ich ihn kennenlernte, war ich den Knabenschuhen noch nicht entwachsen, aber von Zeit zu Zeit war mir schon vergönnt, bei den gelehrten Gesprächen um den Diwan meines Vaters teilzunehmen, und da sah ich ihn, dunkellockig unter den Weißhaarigen, glatt unter den Runzligen, glutäugig unter den erloschenen Blicken, schlank und sanft und feurig beredt, und mir war, als sähe ich einen der Prinzen aus den Geschichten von Tausendundeiner Nacht. Als er nun bemerkte, daß ich fortwährend verzückt an seinen Lippen hing, trat er eines Tages zu mir, legte den Arm um mich und fragte: ‚Junger Sohn meines Gastgebers, was siehst du denn an mir, wenn ich rede?'

Und ich erwiderte, stammelnd und errötend – denn von dieser Stunde hatte ich geträumt in den Nächten –: ‚Den Geist des Korans und die Betörung der Liebe.'

Er erwiderte: ‚Willst du, kleiner Ridwân, während ich in Palermo bin, mein Page und vertrauter Freund sein, so soll es mich erfreuen, denn auch du ziehst mich an dich.'

So nahm er meine Hingabe an, und wir waren beieinander, aber wenn er fortging, sehnte ich mich nach ihm wie nach einem Trunk Wasser am Abend eines heißen Tages.

Nach meiner Knabenzeit sahen wir uns viele Jahre nicht wieder. Er ging nach dem Tod des Salah-ed-Din nach Jerusalem, um dem Al-Kamil zu dienen, mich aber bestimmte mein Vater für das Kind von Apulien, an dessen Seite ich die Schlachten durchkämpfte, die Alpen überquerte und in dem kalten Land ausharrte. In Foggia, zwei Jahre vor dem Kreuzzug, sahen wir uns wieder, nach fast einem Vierteljahrhundert.

Ach, Truda, die alten Schlingen lagen noch bereit! Der Mann, der da im blauen Mantel des Gesandten zu uns kam, geschmückt mit dem diamantenbesetzten Schwert, das ihm sein Sultan als Ehrengabe verliehen hatte, den leichten Seidenturban der Söhne des Propheten um die Stirn geschlungen, verfügte in weit höherem Maße über den Zauber als damals. Kein Alter hatte seine hohe schlanke Gestalt erreicht, das Grau in Haar und Bart verlieh dem schmalen Gesicht die Würde der Weisheit, die Augen leuchteten in verschleierter Glut. Da er mich so herzlich als den kleinen Pagen von einst begrüßte, war mir, als kehrten die alten Gefühle auch bei ihm zurück.

Von Stolz erfüllt, als wäre er ein Teil meines Selbst, brachte ich ihn vor meinen Sultan. Narr, der ich war! Ich hätte wissen müssen, was geschehen würde. Mit Genugtuung stand ich daneben und sah, wie sich Interesse in Staunen, Staunen in Zuneigung, Zuneigung in Bezauberung verwandelten. Freute mich dessen, ohne zu fragen, was für ein Platz wohl für mich bleiben sollte in diesem Funkenflug zwischen den Polen.

Als ich merkte, was geschehen war, da war es schon zu spät. Da hatten mein Herr, der mir teurer war als mein Leben, und der Geliebte meiner Knabentage bereits einer die Flügel um den anderen geschlungen, und ich stand in der Kälte draußen. Stolz und töricht, hatte ich versucht, meine beiden Schätze zu vereinen. Sie verschmolzen, und ich blieb als Bettler zurück.

Wie sich ihre Stimmen veränderten, wenn sie miteinander sprachen! Wie sich das warme, tiefe Lachen des Fachr entfaltete, als wäre es ein seidener Mantel, und er, der sonst kaum heiter war, sondern von würdigem Ernst, lachte soviel in der Gegenwart meines Herrn, als wäre er ein Kind. Aus Fedrís Rede aber wichen in den Gesprächen mit dem Emir alle Kälte und aller Spott.

Sie überschütteten einander mit Geschenken. Sie trennten sich von ihren kostbarsten Pferden, ihren Falken, Büchern und Waffen, um einer den anderen zu ehren. Fedrí machte den Fachr zum kaiserlichen Ritter und verlieh ihm als Wappenzeichen den staufischen Adler. Der wiederum schenkte ihm ein silbernes Astrolabium, eins der Wunderwerke der Welt – einst hatte es sein Vater von Salah-ed-Din bekommen. Sie kamen keine Stunde mehr ohne einander aus, schien es. Sie ritten zur Jagd, sie übten sich im Bogenschießen, sie lasen die arabischen Weisen, sie diskutierten über Gott und die Welt – stets gemeinsam.

Ich stand daneben. Ihre Blicke glitten mit einer Gleichgültigkeit über mich hinweg, als wäre ich ein Diener. Und wie in den Träumen, wo man gebannt ist, tat ich, was zu tun war, und wartete auf den Tag seiner Abreise, bang und ungeduldig zugleich.

Als er dann fort war, schien es, als wäre zwischen meinem Herrn und mir das alte Einvernehmen wieder da, als wäre nie etwas gewesen. Fedrí schien ungerührt, und kein Betrüben kam ihm bei. Er wußte ja, daß sie sich wiedersehen würden. Auch ich wußte das. Während der Überfahrt nach Ägypten machte ich tausend Pläne, wie ich den Emir zurückgewinnen konnte. Hoffend, der Zauber sei zu Ende, wußte ich doch, das es nicht so war. Trotzdem malte ich mir aus, wie er mich mit alter Zärtlichkeit aufnehmen würde im Land seiner Väter, als wäre das vorige ungeschehen. Und je näher wir dem ersehnten Land kamen, desto klarer wurde mir, daß meine Gedanken eitel waren, und das Herz zitterte mir in der Brust vor Erwartung.

Er kam als Gesandter seines Sultans, mit den Gaben Al-Kamils, ein hoher Bote. Und er führte auf Schild und Gambeson den Stauferadler und trug am Gebinde seiner Stirn die goldene Agraffe mit den Rubinen, den Vürspan, den mein Herr ihm verehrt hatte. Ich wußte, daß alles wie in Apulien sein würde, spätestens, als ich ihn empfing. Seine Augen weilten nicht länger auf mir, als notwendig war, sondern sie eilten ihm voraus, und er sagte ungeduldig und voller Gleichgültigkeit zu mir: ‚Führe mich zu deinem Herrn, Freund Ridwân.'

Ich öffnete das Zelt, und sie sanken sich in die Arme. Da war ein glühendes Messer in meiner Brust, und der Dämon Eifersucht packte mich und machte mich zu seinem Sklaven.

Sicher, die beiden wußten, was mit mir geschah. Aber sie waren so einer in dem anderen, daß sie für mein Leiden keine Zeit hatten. Ich nehme an, sie zuckten nicht einmal die Achseln über mich. Zweifellos hätte ich, wäre ich darum eingekommen, Urlaub vom Inneren Dienst der Kammer erhalten können. Es gab genug zu tun, vor allem mit den leidigen Finanzen, um das vor den Leuten des Gefolges zu rechtfertigen. Ich aber wurde von dem Dämon gezwungen, sogar Aufgaben zu übernehmen, die einem Valetto oder Leibwächter besser angestanden hätten als dem Ersten Kämmerer. Ich war um sie, wann es nur ging, sie zu begleiten, zu beschützen, zu belauern. Sie duldeten es mit Sanftmut. Es war ihnen gleichgültig. Sie wollten mir nicht weh tun.

Einmal erfuhr ich, wie sehr ich störte. Das war, als ich eines Vormittags unversehens in den Raum trat, in dem auf Gestängen die verkappten Jagdfalken saßen, die der Fachr meinem Herrn zum Geschenk gemacht hatte. Es ist wahr, daß ich die beiden belauerte, Truda, aber Allah ist mein Zeuge, daß ich sie dort nicht erwartet hatte. Ich wollte nicht in ihre Heimlichkeit einbrechen. Soviel Ehre war mir in all der Pein noch geblieben.

Als ich nun dort hereinkam, war der Emir vor einem der Vogelrecks und sprach mit dem Falken. Hinter ihm stand der Imperator, den Kopf geschlossenen Auges an den Rücken des Fachr gelehnt, mit einem mir fremden Ausdruck zärtlicher Demut und streichelte ihm die Schulter. Ich stand und konnte nicht entfliehen. Unterdes fuhr mein Herr herum, und verwandelten Angesichts schrie er mich an: ‚Halunke, was stöberst du hier herum? Niemand hat dich gerufen.'

Der Zorn, mit dem er mich anblitzte, den konnte ich verwinden –

denn wer zürnt, der fühlt. Furchtbarer war mir die gleichgültige Freundlichkeit des Emirs, der begütigend lächelte und mich wegschickte, wie man ein lästiges Kind hinausschickt: Man werde nach mir rufen lassen, wenn man mich brauche.

Ich sah ihn an, in seinen Augen waren Mitleid und ein kleiner Spott über diese Szene, ich aber empfand seinen Blick als grausamen Hohn. Ich stürzte fort, ohne zu wissen, wohin, und draußen, in einer der dunklen und winkelreichen Gassen Akkons, wo mich niemand kannte, lehnte ich meine Stirn gegen die Mauer und weinte.

Mied ich sie nun aber? O nein. Ich ritt ihre Jagdausflüge mit, ich geleitete sie ans Meer und in die Berge, ich diskutierte mit ihnen und Ibn al Djusi über Dialektik oder richtete ihnen den Tisch, immer mit dem Messer im Herzen und sie und mich verfluchend, und sie duldeten mich.

Auch als mein Kaiser das Oberhaupt der höchst gefürchteten Sekte der Assassinen besuchte, war ich in ihrer Begleitung. Noch keinem Franken war jemals so ein Zusammentreffen vergönnt gewesen, und natürlich hatte es der Emir zustande gebracht.

Die Assassinen lebten in den Bergen, und ‚der Alte vom Berge' hieß auch der Anführer dieser besessenen Jünglinge, dem sie blind vertrauten und auf dessen Befehl hin sie das Leben geringachteten, ja den Tod suchten, um bald in Allahs Paradies zu gelangen. Diese Knaben wuchsen in Entbehrungen und Kasteiungen auf. Eines Tages, wenn der Alte sie für reif dazu hielt, versetzte er sie mit einer Dosis Haschisch in einen Rausch, in dem sie sich von den Freuden der Liebe und den Herrlichkeiten Reicharabiens umgeben sahen und selbstvergessen schwelgten in dem, was ihnen der Alte als Paradies vorgaukelte, eine Phantasmagorie mit schönen Frauen, die die Huris abgaben – und dies sei es, was sie nach dem Tode erwarte. Zur trostlosen Wirklichkeit zurückerweckt, erstrebten diese Jünglinge nichts sehnlicher, als um jeden Preis wieder an diesen Ort der Seligkeit zu gelangen. Und lächelnd starben sie für das, was ihnen der Alte vom Berge als paradieswürdig zeigte: tötend, die Feinde des Islam tötend, ohne sich selbst zu schonen.

Fedrí brachte diesem Schreckensmann höchstes Interesse entgegen – ein Herr über Leben und Tod dem anderen. Unterwegs äußerte er zu Fachr-ed-Din: ‚Das ist eine große Sache, stets eine Schar bedingungslos ergebener Meuchelmörder bei der Hand zu haben. Vielleicht sollte man seine Leute bei ihm ausbilden lassen. Was meinst du, Herrlichkeit?‘ (Denn so redeten sie miteinander, mit schönen Titeln, um sich ihre Achtung zu beweisen.)

Der Emir aber schüttelte den Kopf und lächelte. ‚Nein, Majestät, denn der Alte vom Berge, die Leuchte des Islam, wird niemals einen seiner Dolche einem Ungläubigen in Dienst geben.‘

‚Eine feine Leuchte des Islam‘, spottete der Kaiser, ‚der trickreiche Ausbilder von Halsabschneidern. Bin ich Christenschwein überhaupt meines Lebens sicher bei diesen Assassinen?‘

‚Du bist bei mir, Majestät‘, erwiderte Fachr sanft.

Der Alte vom Berge war alt nur dem Namen nach. Es war ein kleiner, unscheinbarer Wüstensheik in schmuddligem Burnus; ihn unter einem Haufen kameltreibender Beduinen herauszufinden wäre schwer gewesen. Höflich führte der Mächtige die Unterhaltung mit leiser Stimme. Seine dressierten Jünglinge bekamen wir nicht zu sehen; aber da Fedrí nach dem langen Gespräch forderte, auch einen Blick ins Paradies zu tun, führte man uns in den Raum, wo wir in wohlabgemessener Dosis das Haschisch zu uns nahmen.

Von da an weiß ich nichts mehr. Als hätte ich nicht Haschisch, sondern betäubendes Bendsch gegessen, sank meine zermürbte Seele in die Tiefen des Vergessens wie ein Stein, der in tiefes Wasser geworfen wird. Falls ich träumte – mir blieb nichts in Erinnerung. Als ich erwachte, fand ich ein paar forschende Augen auf mich gerichtet. Der Alte vom Berge stand über mich gebeugt und beobachtete mich.

‚Wo sind sie?‘ rief ich und sprang auf die Füße.

‚Da drüben‘, erwiderte er, ‚und sei beruhigt. Sie haben nichts von deinem Zustand gesehen. Sind sie das Paradies, das du ersehnst? Das sind fürwahr bittere Freuden. Höre, Ridwân, diese Droge wirkt nur auf jene, die ihrer bedürfen, und du scheinst sie sehr nötig zu haben. Du als einziger von den Ankömmlingen wärest reif für mich, und das ohne Gaukeleien von der besseren Welt, sondern mit sehenden Augen. Wenn du in meinen Dienst treten willst, so wisse, daß ich dich erwarte, und du sollst mir willkommen sein, ganz gleich, was immer du vorher getan hast.‘

Ich sah ihn an und antwortete nicht. Mir war, als drückte er mir schon den Dolch in die Hand, aber gegen wen?

‚Wie ergeht es meinem Herrn?‘ fragte ich dann.

Er blinzelte. ‚Höchst wohl. Der Imberûr der Franken ist gefeit gegen das Gift. Wenn er Paradiese sucht, so offenbar nicht in Rausch und Vergessen. Ihm kann kein Haschisch etwas anhaben.“

Als ich zu ihnen trat, saßen sie in ruhiger Plauderei bei Scherbett und Früchten. ‚Wie kommt das, Herren, daß ich euch so sehe?‘ fragte ich verwirrt, und sie lachten.

‚Willkommen, Riccardo‘, sagte mein Sultan mit klaren Augen. ‚Wohin hat es dich verschlagen?‘ Ich wußte nicht zu antworten vor Scham, er aber fuhr fort: ‚Ich glaube, in diesem Paradies wächst kein Baum der Erkenntnis, und so ist es mir auf die Dauer langweilig. Ich habe es ferngehalten. Was aber die Herrlichkeit des Emirs betrifft, so hat er wohl schon andere Süßigkeiten ausprobiert, als daß ihn diese Dosis anrühren könnte.‘

Ich sah sie an und gedachte des Angebots, das mir der Alte vom Berge gemacht hatte, und es grauste mich.

Ach, Truda, Unruhestifterin, warum bist du nur gekommen und hast gefragt, so daß mir das Herz erzittert und ich in Zweifel gerate, weshalb ich hier sitze? Du willst eine Frage beantwortet haben, und mir erwachsen tausend neue daraus. Muß ich mich ewig quälen mit der vergangenen Qual?“

„Erzähle“, sage ich ungerührt. „Erzähle deine Geschichten. Geschichten vermögen das Verworrene zu entwirren, so wie man den Faden vom Rocken spinnt. Sie vermögen zu heilen, ja, sie vermögen – denke an Scheherezâd – den Tod fernzuhalten.“

„Den Tod? Ach“, sagt er und lächelt matt. „Was weißt du schon. Und keine Geschichte der Welt vermag zu entwirren, was damals in Ägypten geschah. Alles, alles war vertauscht, und nie habe ich es für möglich gehalten, daß ein Mann in diesem Durcheinander in aller Ruhe mit jemandem die Spitzfindigkeiten der Dialektik und Grammatik erörtert, wie er damals.

Eigentlich war es lachhaft. Da schickte der Papst eine Wiederholung seines Bannfluchs über das Meer nebst zwei Franziskanerpatres, die gegen den Kaiser zu predigen hatten und eine Reihe von Briefen an die Ordensritter und den Patriarchen von Jerusalem überbrachten: Man solle dem ‚Schüler Mohammeds‘, dem gebannten Teufelsbündler, keinerlei Unterstützung geben. Hingegen nannte Malik Al-Kamil ihn seinen Freund und überhäufte ihn mit Geschenken.

Da zog eine Bande christlicher Templer aus, den christlichen Imperator zu ermorden, und sein muslimischer Gegner warnte ihn vor dem Anschlag. Da fielen ausgehungerte Kreuzfahrer, da der Nachschub aus Sizilien ausblieb, in die ägyptischen Dörfer ein und wurden hinterher von ihrem eigenen Oberbefehlshaber zum Tode verurteilt, der zudem noch nach diesem Vorfall dem Al-Kamil seine eigenen Waffen zur Versöhnung übersandte: Er legte sein Leben in die Hand des Sultans, seines Feindes! Und Schach und Diskussionen über die beste Art, Jungfalken abzutragen, alles natürlich in meiner Sprache, der Sprache der Feinde, im Befehlszelt des christlichen Erobererheers, und lächelnde Ruhe inmitten der Wogen des Hasses."

„So waren es die Christen, die den Kaiser haßten, und die Muslime, die ihn liebten?"

Er schüttelt den Kopf. „O nein. Der Großteil meiner Glaubensbrüder haßte und verachtete ihn mehr, als sie einen geradlinigen Streiter für die christliche Sache jemals verachtet hätten. Sie wollten den Dschihad, den Heiligen Krieg – und er streckte ihnen die Hand hin! Doppelzüngler, Heuchler und Pazifisten nannten sie ihn, und ich weiß wohl, daß ein Chronist wegwerfend über ihn schrieb: ‚Bartlos, rothaarig und schielend – wäre er ein Sklave, würde ich keine zweihundert Dirham für ihn zahlen.'

Lieben oder zumindest achten mußte ihn wohl der Hof des Al-Kamil, die Gelehrten auf seinen Diwanen, die Meister der Philosophie und Rhetorik und die hochgebildeten Wesire des Sultans, obgleich auch sie manchmal die Achseln zuckten über diesen seltsamen Franken und seine Freigeisterei.

Wirklich, es war alles durcheinander. Es war der Verhandlungen kein Ende abzusehen. Zum Glück für Friedrich bekam Al-Kamil schließlich wieder Schwierigkeiten mit seinem rauhbeinigen Verwandten in Damaskus, und der ungebetene Verbündete hatte Gelegenheit, seine militärische Präsenz zu demonstrieren, indem er sein Heer nach Jaffa ziehen ließ – ein Heer übrigens, über das der Gebannte den offiziellen Oberbefehl niedergelegt hatte, um die Gläubigen nicht in Gewissenskonflikte zu bringen: Die Tagesbefehle wurden im Namen Jesu Christi erteilt.

Aus Sizilien kamen ungute Nachrichten: Es gab Aufstände, und päpstliche Söldner drangen in die Terra di Lavoro ein.

Falls mein Herr unruhig oder unsicher war in dieser Zeit – anmerken konnte man ihm nichts. In gleichbleibender Gelassenheit spielte er seine Partie gegen Al-Kamil zu Ende. Der Emir leistete ihm unschätzbare Dienste. Die abschließenden Verhandlungen fanden unter strengster Geheimhaltung statt. Die hohen vertragschließenden Seiten wußten, daß ihr Pakt Stürme der Entrüstung bei Gläubigen und Ungläubigen hervorrufen würde. Federico garantierte dem Sultan einen zehnjährigen Waffenstillstand. Dafür erhielt er Jerusalem, mit Ausnahme des Haram-esch-Scharif, des Heiligen Bezirks des Islam, und freien Zugang vom Meer zur Stadt, einen Korridor durch Wüste und Land. Ebenfalls sollte ein Austausch von Gefangenen stattfinden.

Am 18. Februar 1229 überbrachte der Bevollmächtigte Fachr-ed-Din Jussuf dem Imberûr der Franken Eid und Siegel des Sultans Malik Al-Kamil. Die Zugeständnisse, die er von seinem Herrn erreicht hatte, grenzten ans Wunderbare. Niemals verlor er ein Wort darüber, wie es ihm gelungen war, diese Fassung des Vertrags durchzusetzen. Angesichts der Großen des Heerlagers unterzeichnete Federico, und während die hohen Herren als Zeugen unterschrieben, umarmte er den Emir und fügte den Schwur hinzu, eher wolle er das Fleisch seiner Linken essen denn jemals diesen Frieden brechen.

Frieden, ja. Es war Frieden. Jerusalem war unser ohne einen Schwertstreich, die heiligen Stätten der Christenheit, um deren Erlangung das Abendland Kreuzzug auf Kreuzzug unternommen hatte, sie waren das erstemal seit der Zeit des Saladin wieder frei zugänglich.

Aber so hatte sich das niemand vorgestellt. Die Wogen der Empörung gingen hoch, auf beiden Seiten. Die Imams und Muezzins von Jerusalem riefen die Gläubigen zum Trauergebet auf und traten klagend vor das Zelt des Sultans. Der Kalif in Bagdad protestierte. Der Kalif in Rom protestierte. Er sah den Vertrag für null und nichtig an, da der Patriarch von Jerusalem nicht an den Verhandlungen teilgenommen hatte. Der Al-Kamil konnte nicht mehr ungehindert durch die Straßen von Nablus ziehen, ihn beschimpften seine eigenen Untertanen. Die Ordensritter sahen es schon als Schande an, daß ein christlicher Kaiser überhaupt mit den heidnischen Hunden redete. Mönche und Krieger hielten die Zugeständnisse für ungenügend, opponierten gegen die Überlassung des Haram-esch-Scharif, während die Imams gegen die Überlassung des Landstreifens zur Passage Protest einlegten. Niemandem war etwas recht gemacht. Es war ein Toben aller gegeneinander und gegen die Friedensstifter.

Anfang März zog der König von Jerusalem ein in seine Stadt, gegen das wütende Verbot des Patriarchen Gerold, der allen Pilgern untersagte, mit dem Exkommunizierten zu gehen, den Friedensvertrag ‚ein unsinniges Verbrechen' und meinen Herrn als ‚voller Falschheit, Niedertracht und Betrügerei' bezeichnete.

Der Einzug nach Jerusalem! Niemand legte ihm Palmenzweige unter den Fuß, keiner sang ‚Seht, er kommt mit Preis gekrönt'. Die

Hufe unserer Pferde klapperten auf den Straßen einer Stadt, die verlassen schien. Tatsächlich waren die meisten Muslime den Hetzereien der Imams gefolgt und aus der Stadt gegangen, und die Christen schlossen sich in ihre Häuser ein. Neugierige Pilger, die fluchend vor den geschlossenen Tavernen standen, waren die ganze Population der Hochgebauten Stadt, deren Schlüssel uns feierlich von unserem alten Bekannten Schams-ed-Din übergeben worden waren. Um die heiligen Stätten streunten ein paar Katzen.

Am Abend versuchten die italienischen und deutschen Kreuzzugsteilnehmer, die Stadt zu Ehren des Kaisers zu illuminieren, aber das endete kläglich. Der heiße Wüstenwind, der den Sand über die Mauern trieb und den Dreck auf den Straßen vor sich her fegte, löschte Kerzen und Fackeln aus.

Zwei ganze Tage blieb der Imperator in der Stadt. Nachdem der glatzköpfige Gerold das Interdikt über Jerusalem verhängt hatte, ließ der Enthusiasmus der Gläubigen ungemein schnell nach. Betreten stahlen sich die meisten davon. So konnte denn die Krönung mit der geheimnisvollen Krone von Jerusalem, um die das Christenvolk mystische Geschichten spann, nicht in einem Gottesdienst erfolgen, wie es sich gebührte. Ein paar im Gefolge waren der Meinung, man solle trotzdem Berardo oder irgendeinen anderen Geistlichen den Akt vollziehen lassen – ein schrecklicher Bruch mit der Autorität in Rom, und wie ich meinen Herrn kannte, gefiel ihm der Gedanke nicht übel. Aber der besonnene Hermann von Salza und auch Berardo rieten dringend ab. Was sie sich ausgedacht hatten, war denn auch geschickt und wirkungsvoll. Der Kaiser krönte sich in der von allen Klerikern verlassenen Grabeskirche selbst.

Es war die dritte und letzte seiner Krönungen, die einzige, der ich beiwohnte. Trotz allem war die kleine Kirche gedrängt voll. Überwiegend sah man die weißen Mäntel der Deutschritter, die dem Beispiel ihres Ordensmeisters gemäß treu am Kaiser hingen. Kein Weihrauch oder Lobpreis, keine Gesänge oder Psalmen. Auf dem Altar lag die Krone, nackt, unverbrämt, Verheißung und Beute.

Mein Sultan kam schnell herein, und seine gespornten Tritte klirrten auf den Steinfliesen der Kirche, als er, ohne seinen Gang zu verlangsamen, auf den Altar zuging. Er trug den Kreuzfahrermantel über dem schwarzen Panzerhemd und hatte zum Zeichen des errungenen Friedens sein Schwert abgelegt. Da vorn griff er ohne jede Feierlichkeit nach der Krone und setzte sie sich mit einer so alltäglichen Bewegung auf, als drückte er sich eine Jagdkappe aufs Haar.

Wandte sich um, während sie in die Knie gingen, wartete, bis sie wieder standen, sprach.

Du kennst sie sicher, Truda, die Friedensrede, und wenn die Kanzlei später behauptete, er habe sie improvisiert, so kann ich nur lachen. Ich hatte ihn memorieren hören, und jede Wendung war mit dem diplomatischen Hermann besprochen worden. Es war eine Ansprache voller Versöhnungsbereitschaft und Entgegenkommen. Schlicht und souverän kamen die großen Sätze vom eigenen Verschulden, das er als katholischer Fürst und treuer Sohn der Kirche an ihr zu sühnen bereit sei. Den fränkischen Großen stand das Wasser in den Augen, die Ordensritter schnieften vor Rührung.

Währenddessen arbeitete die Kanzlei bereits an den Kopien des großen Kreuzzugsmanifestes, und da wurde eine andere Sprache geführt. Der Papst kam darin ebensowenig vor, wie er in den Mosaiken der palermischen Kirchen Platz hatte zwischen Herrscher und Christus. In majestätisch dahinrollenden Sätzen bezeichnete sich der Imperator als direkter Nachfolger König Davids, unmittelbar von Gott eingesetzt. Der Bannfluch, der Streit mit Gregor – das gab es alles gar nicht, ebensowenig wie Selbstanklagen oder Demutsbezeigungen. Pilger und Ritter besahen mit Staunen den kaiserlichen Prunk bei der Verlesung dieses Dokuments im Lager, wozu alles Gold Siziliens und der rotseidene Mantel herhalten mußten.

Wir besichtigten dann noch den Heiligen Bezirk des Islam – hohe Stunde für alle Bekenner des Propheten in der Nähe des Imberûr. Mein Herr studierte genau die Architektur der Omar-Moschee, die ihr den Felsendom nennt. Castello del Monte wurde nach diesem Vorbild erbaut. Übrigens schockierte er die orthodoxen Vertreter meiner Religion aufs tiefste durch die despektierlichen Bemerkungen, die er über seine eigene machte, und außer dem Emir und ein paar Philosophen fand niemand seine Ironie erheiternd. ‚Aus seiner Redeweise ersah man‘, schreiben unsere Chronisten, ‚daß er ein Materialist war und mit dem Christentum nur ein Spiel trieb.‘

Und nun wollten wir nach Haus, so schnell es ging, in unser vom Papst schon halbokkupiertes Apulien, auf die abermals abtrünnige Insel, Ordnung zu schaffen, indes wir Verwirrung zurückließen, wo immer wir gewesen waren im letzten Jahr – Verwirrung vor allem auch in den Herzen und Sinnen der Menschen. Für keinen gab der Imperator das Bild ab, das sie erwartet hatten, und das erzürnte die Leute und machte sie unsicher. Schillernd in vielen Farben, erklärte er, Gott unmittelbar und Davids Erbe zu sein. Ach, die Unruhe. Was er gemacht hatte, paßte niemandem, und was er sagte, noch weniger. Aber der Ärger ringsum störte ihn gar nicht.

Die Anwürfe in den letzten Tagen in Akkon gingen so weit, daß direkt unter unserem Fenster Wanderprediger gegen ‚die Heiden und ihren schlimmsten Vertreter, den Kaiser Friedrich', hetzten. Der famose Gerold von Jerusalem versuchte, das gesamte Kreuzfahrerheer in Sold zu nehmen, um den Heiligen Bezirk endlich richtig zu befreien. Halb Akkon war auf den Beinen, um unseren Auszug zum Hafen zu begaffen – was wurde da auch alles eingeschifft! Schöne Frauen und edle Pferde, Falken und Falkenier, Kamele der berühmten Mehari-Zucht und Schatztruhen gingen da zu See. Der Emir überwachte selbst die Einquartierung des weißen Elefanten und der Tschitas, der Kampfleoparden, die der Sultan seinem fränkischen Vertragspartner verehrt hatte.

Der christliche Mob bedachte den Imperator mit einem Regen von faulem Obst, das mit dumpfem Laut an den erhobenen Schilden der Leibwache abprallte. Hohngelächter der Bürger, aber auch er lachte, wenn auch fluchend. Zu anderen Zeiten hätte ihn dergleichen sicher in rasenden Zorn versetzt. Jetzt verlor er seine Gelassenheit nicht: Noch war Fachr bei uns, bis Sidon. Dann verließ er das Schiff.

Nein, er sagte mir nicht Lebewohl. Ich zeigte mich auch nicht bei diesem Abschied. Irgendwann, wenn auch sehr spät in diesen Monaten im Heiligen Land, hatte ich denn doch die Kraft gehabt, mich fortzuschleppen aus dem Teufelskreis. Bis auf die großen offiziellen Zeremonien war ich nicht mehr um meinen Herrn. Nicht, daß ich dadurch besser schlief, aber wenigstens ersparte ich mir die Demütigung, vor ihren Augen als einer ohne Gesicht zu erscheinen.

Unten im Schiff hörte ich, wie das Boot zu Wasser gelassen wurde, hörte die sich entfernenden Ruderschläge, und statt aufzuatmen, daß der Gegenstand meiner Leiden davonging auf immer, war mir, als würde ein Licht ausgelöscht. Der Schmerz blieb derselbe.

Und er? Ich glaube, er hatte gehofft, daß er diese Trennung mit der gleichen Seelenruhe ertragen würde wie die von Anais. Aber da hatte er sich in sich selbst verschätzt. Auch er war in Schatten getaucht, als der Emir fort war. In allen Wirren des Kreuzzugs war er ruhig geblieben. Nun überfiel ihn eine melancholische Gereiztheit, eine dumpfe Stille, wie schwelende Glut unter einer Ascheschicht.

Vor Zypern rauschte ein Schnellruderer aus Akkon heran mit Post und nahm Briefe mit, in denen sich der Caesar ungeachtet des offiziellen Charakters dieser Epistel keinerlei Verstellung auferlegte.

Einen kenne ich, darin hieß es: ‚Nicht gedenken Wir den Kummer zu künden, den Uns Liebe leiden ließ, nicht die schlimme Schwermut, die Uns beschlichen hat, noch, wie Wir die Rückkehr ersehnen zu der beglückenden Gesellschaft des Fachr-ed-Din . . .' Ach, genug davon.

Indessen erfuhren wir, daß der Papst hatte in Sizilien ausposaunen lassen, Friedrich sei tot. Vielleicht wußte er einfach nicht, daß sein Mordanschlag durch Al-Kamil vereitelt worden war. Totgesagt, verbannt, verlassen, kehrte der Imperator vom Frieden des Ostens zurück in sein fast schon verlorenes Reich."

Das verschmähte Herz

„Exschwiegervater Johann von Brienne kommandierte des Papstes ‚Schlüsselsoldaten', die mit den Lombarden um die Wette in die Terra di Lavoro vordrangen. Auch ihm war, scheint's, die Rache süß. Rainaldo da Spoleto, Statthalter der Mark Ancona, war mit seinem Latein fast am Ende, seine Heeresgruppe von der Hauptmacht unter 'mas Aquin' abgeschnitten. Es sah trostlos aus.

Unsere Galeere hatte nach einem kurzen Zwischenaufenthalt in Zypern die Flotte überholt und brauste mit vollen Segeln auf Brindisi zu. Am 10. Juni 1229 des Morgens fuhren wir unter kaiserlicher Flagge in den Hafen ein – von dem Volk von Brindisi mit verwunderten Blicken angesehen. Das Staunen schlug in Jubel um, als sie ihren Imperatore Federico heil und unversehrt, wenn auch, der Lage entsprechend, bis an die Zähne bewaffnet, dem Schiff entsteigen sahen. Palmenzweige und Teppiche, auf die wir in Akkon wie Jerusalem vergeblich gewartet hatten, fanden sich hier reichlich an und genauso am nächsten Tag in Barletta.

Von nun an wendete sich das Blättchen. Mit dem Kaiser war auch seine Buona fortuna an Land gegangen. Rainaldo befreite sich aus der Umzingelung, brach nach Barletta durch und vereinte seine Kräfte mit denen des Generalvikars, und als uns der Sturm einige heimsegelnde Schiffe voll deutscher Kreuzfahrer an Land warf, bildeten sie gleich eine willkommene Verstärkung der kaiserlichen Streitmacht.

Federico wartete nicht lange und schlug los, und die Bauern der Terra di Lavoro und der Capitanata nahmen ihre Sicheln und Winzerhippen und jagten die Soldaten des Heiligen Vaters zum Teufel, denn sie hatten genug von Besatzern aller Art und wollten ihren Imperatore behalten.

Es kam zu keinem Gefecht mit Jean de Brienne, er zog sich schon vorher über die Grenze zurück. Die Nähe des verhaßten Schwiegersohns war ihm unheimlich, er kannte ja dessen Energien. Wir eroberten ein paar widerspenstige Städte zurück. Der Rest ergab sich der Gnade des Kaisers. Innerhalb von zwei Monaten war Apulien in unserer Hand.

Ich befehligte die Lancieri, die sarazenische Lanzenreiter-Leibgarde, denn der Capitano Moab-el-Amîn war in den ersten Kämpfen gefallen. Bei offenen Schlachten ritten wir stets die ersten Angriffe, wir stürmten durch die geborstenen Mauern einer Stadt oder Burg und brachen den letzten Widerstand. Zweimal wurde ich verwundet, aber Allah wollte, daß ich am Leben blieb.

Jeden Tag fanden sich die neuen und alten Amici, die Kriegsführer, Generalkapitäne und Justitiare im Zelt des Herrn ein, Rat zu halten und Befehle zu empfangen. Es war die buntgemischteste Gesellschaft, die jemals ein kaiserliches Konsilium abgab. Zu den ritterlichen Männern im Waffenrock gesellten sich zumindest zur Hälfte solche in Gelehrtentracht, und am merkwürdigsten nahmen sich jene aus, die wie Taddeo den Juristentalar offen überm Panzerhemd trugen und, wenn sie ihn zurückzogen, das Waffengehenk mit dem Langschwert enthüllten. Dazwischen standen die im Burnus und mit der Djambija und die Kleriker, denen man ihren Stand oft nur am violetten Handschuh und an dem Kreuz auf dem Kettenpanzer ansah.

Neben dem Stuhl unseres Herrn hockte an der Erde die verschleierte Chatûn, auf den Armen den kleinen Konrad, von dem sich mein Sultan nach seiner Rückkehr nur noch trennte, wenn er selbst eine Burg erstürmte – aber das überließ er meist den Statthaltern. Wenn das Kind unruhig wurde, unterbrach der Kaiser sich oder andere im Vortrag, wandte sich ihm zu und beruhigte es mit monotonen hohen Falkenierzurufen, oder er bewegte seine Finger vor den Augen des Kleinen. Der Emir hatte ihm eine muslimische Gebetsschnur geschenkt, gefertigt aus Perlen, Achaten und Elfenbeinkugeln, die er damals fast immer bei sich trug, am Gürtel oder auch um die Handknöchel geschlungen. Diese Schnur vor allem schien, wenn er sie vor Konrads Blick tanzen ließ, eine magische Beruhigung auszuströmen; das Kind lächelte und griff danach, und wenn es sie festhielt, fuhr er fort, mit uns zu reden und Pläne zu machen, während seine Hand ruhig dort verharrte, eine Hand voll großer Ringe, oft mit Armreifen oder goldbordiertem Bund geziert.

Half alles nichts, so wechselte er ein leises Wort mit Chatûn, und die Frau, die ihr Gesicht niemals einem Mann außerhalb des Serraglio zeigen würde, sie stürbe denn, entblößte unbefangen ihre ebenholzfarbenen Brüste, Corrado zu stillen, während ein Zelt voller Kriegsleute kaum wagte, zu ihr hinzusehen, und die Augen gesenkt hielt. Der Kaiser indes fand selbstverständlich, was da geschah, vergab Kommandostellen, entwickelte Schlachtpläne und rügte manchmal die Unaufmerksamkeit seiner Kommandanten.

Bei einem solchen Zusammentreffen enthob er mich meines Kommandopostens. Er sprach, ohne mich anzusehen: ‚Für die bevorstehenden Kämpfe enthebe ich Riccardo seiner Aufgabe als Capitano der Lancieri. Denn er ist höchst tapfer, aber ich brauche ihn für die Persönliche Kammer, und ein Mann, der bei Sturmangriffen keinen Panzer trägt, erscheint mir allzusehr der Gnade Gottes anheimgegeben, mögen ihn auch Fortuna und Geschicklichkeit im Fechten bisher am Leben erhalten haben.‘

Ich hatte, wie ich merken sollte, allen Grund, ihm dankbar zu sein. Wir gingen nach Sizilien. Schreckliches stand bevor.

Päpstliche Soldaten hatten die Insel nicht angegriffen, weder Lombarden noch Araber hatten den Frieden jenseits des Stretto gestört. Flink waren die einheimischen Barone in die alte geliebte Anarchie zurückgekehrt, kaum daß der Herr sein Antlitz abgewandt hatte, und eine Reihe von Städten, die nie etwas mit den Staufern, aber viel mit Genua oder Venedig im Sinn hatten, folgte ihrem Beispiel. Sizilien befand sich im Aufstand.

Friedrich hatte die Nachricht in finsterem Schweigen aufgenommen. Nachdem die Sachen in Apulien einigermaßen überschaubar waren, setzten wir über mit allem, was verfügbar war, darunter alle sarazenischen Truppenteile. Wir nahmen uns keine Zeit, erst in Palermo Station zu machen. Mein Herr, dessen Melancholie vorübergehend gemildert schien durch die schnellen Siege in Apulien und die Anwesenheit des kleinen Corrado, wütete los wie ein Orkan. Es war, als sei er in Feindesland eingefallen, nicht, als versuche er, sein eigenes Reich zu befrieden.

Castelli brannten, Städte wurden geschleift, Weinberge zerstört. Ölbaumgärten abgehackt, Einwohner getötet oder in die Sklaverei deportiert. Im Dunst des Blutes und der Brände raste der Kaiser durch sein, durch mein Sizilien und ließ keinen Stein auf dem anderen, wo er Widerstand vorfand. Wir alle, die wir gleich ihm sengend, mordend, brennend durch den holdseligen Garten zogen, folgten ihm, versteinert vor Entsetzen, wie in einem dunklen Traum befangen.

Unter den Städten, die sich den rebellierenden Baronen angeschlossen hatten, befand sich auch Catania, hochbegünstigt von Genua und Pisa, von jeher dem Staufer nicht zugetan. Federicos Vater hatte die Straßen schleifen lassen. Nun hatten sich die Bürger etwas davon versprochen, aufzubegehren, aber als ringsum Adelssitz auf Adelssitz in Flammen aufging, bekamen sie es mit der Angst zu tun, flehten die Gnade des Imperators an und öffneten ihm die Tore auf seine Zusage hin.

Als wir kurz vor den Mauern standen, schon im Begriff, in die Stadt zu gehen, wurde von dort ein Pfeil abgeschossen. Ob der Schütze eine persönliche Rache austragen wollte, ob er vielleicht einfach nicht mitbekommen hatte, daß Waffenstillstand war – wer weiß. Jedenfalls fuhr der unselige Pfeil, keine zehn Schritt vom Kaiser entfernt, in einen der runden Schilde der Leibwache.

Man war ein bißchen erschrocken, einige lachten auch und drohten scherzhaft zur Mauer empor, es war ja nichts geschehen. Aber an den Schläfen Friedrichs begannen die Adern zu pochen, und um seinen Mund traten die furchtbaren Muskeln hervor. ‚Ist das die Art, wie man in Catania bedingungslos kapituliert?' fragte er seidenweich den Bürgermeister. ‚Nun, mit der Münze kann zurückgezahlt werden, wir haben sie vorrätig.' Und er gab einen arabischen Befehl an den Capitano der Lancieri.

Der Podestà, der meine Sprache nicht verstand und nur sah, daß der Kaiser lächelte, gab das Lächeln unterwürfig zurück. Mir erstarrte das Blut in den Adern, denn der Befehl lautete: ‚Warte, bis ich am Castello bin. Dann laß Feuer in die Häuser legen, die Rammböcke gegen die Mauern fahren und die Bogenschützen in Stücke hauen.'

Kaum war der Vorplatz erreicht, als ein entsetzlicher Laut die Luft erschütterte: Die schweren Köpfe der Belagerungsmaschinen dröhnten gegen die Stadtmauern. Mit gellendem Ruf jagten die Lanzenreiter durch das offene Tor, Brände flogen in die Häuser. Schreiend versuchten die Menschen zu flüchten, die im Vertrauen auf die versprochene Gnade in ihren Wohnungen geblieben waren.

Der aschfahle Podestà stammelte: ‚Wir haben das Wort der Kaiserlichen Majestät . . .'

‚Ja. Auch ich hatte das eure, zuletzt, bevor ich auszog, das Heilige Land zu befreien, und mit Brief und Siegel. Seid ihr nicht an Katastrophen gewöhnt hier am feuerspeienden Berg?' fragte er hohnvoll. ‚Und heißt nicht euer Wahlspruch wie der des Phönix: Schöner erhebe ich mich aus der Asche? Die Asche will ich euch geben, so gut wie der Mongibello da oben.' Und kalt zu der Leibwache: ‚Hängt ihn an die höchste Zinne des Campanile, damit er eine gute Sicht auf seine brennende Stadt hat, und hängt die Nobili seines Senats dazu. Nein, ein Stockwerk tiefer, damit alles standesgemäß zugeht.'

Wir folgten ihm in das Castello, und ich glaube, wir waren alle so grau und verstört wie der unglückliche Podestà, und das Entsetzen lähmte uns die Knochen. Von draußen kamen Schreien und Krachen und Staub und Brandgeruch. Er befahl die Zerstörung der gesamten Stadt.

Von da aus zogen wir nach Castrogiovanni, das nicht abgefallen war, und wohnten im Turm der Winde, wo vor fast zwanzig Jahren der König Heinrich zur Welt kam. Er befahl, das Castello noch machtvoller aufzurichten als vorher, und entwickelte mit den Baumeistern Pläne für ein Netz von Zwingburgen, die nach den Vorbildern in Akkon und Jerusalem errichtet werden sollten. Die Grundrisse hatte der Emir jüngst geschickt. Alle alten Stauferburgen, alle Normannencastelli und Sarazenentürme wurden damals verstärkt und ausgebaut, in alle wurde eine Besatzung gelegt, ein Knebel im Mund Siziliens, eine Fessel um Hände und Füße.

‚In Deinem Königreich', schrieb der Kalif in Rom vorwurfsvoll, ‚wagt niemand Hand oder Fuß zu regen ohne Deinen Willen.'

Eine Reihe von Verfügungen wurde ediert, über die sich alle Welt den Kopf zerbrach. Catania zum Beispiel durfte wieder erbaut werden, aber kein Haus höher als zwei Stockwerke. War das nun, um den Übermut der Catanesen zu steuern oder um der Einsturzgefahr bei Erdbeben und Vulkanausbrüchen vorzubeugen? Dann wurde bestimmt, daß kein Sizilier außer Landes heiraten dürfe. Um die Konspiration mit dem Ausland zu verhindern oder um das Land zu strafen? Niemand verstand ihn, und wir lebten in Furcht und Zittern vor ihm, wie er da finster und kalt von seinem Turm ins Land starrte, keiner wußte, welcher Dinge eingedenk. Und uns war, als könnte er keine Mauer ansehen, ohne zu überlegen, wie sie zu zerstören sei, und keine Stadt oder Burg, ohne zu denken, ob sie gut brennen würde.

Ich hatte in dieser Zeit alle Hände voll zu tun, die Finanzen der Persönlichen Kammer zu sanieren, so gut es ging. Am ersten Abend in Castrogiovanni saß ich über meinen Berechnungen, sie wurden wahrhaftig nicht einfacher mit der Zeit, und ich verstand von Colletta und Münze, von Zoll und Steuern inzwischen soviel wie mancher Hofjustitiar. Und es kam, daß ich spät in der Nacht aufstand und an den Fensterbogen trat, da draußen zogen die Sterne vorbei auf ihrer von Gott bestimmten Bahn. Ich neigte meinen Kopf gegen den noch sonnenwarmen Sandsteinbogen des Fensters und verharrte so im Übermaß meines alten Kummers, der nicht linder wurde. Die Schritte vernahm und kannte ich wohl, so leise sie waren, aber ich mochte mich nicht umdrehen, sondern blieb hingelehnt an mein Fenster und sagte nichts, hoffend, er würde wieder gehen. Und auch als er stehenblieb und nichts sagte, dachte ich: Soll er sich die Sterne ansehn über meine Schultern hinweg, wenn ihm danach ist, und verschwinden.

Schließlich hörte ich ihn flüstern, er sagte auf arabisch eine Sure des Korans und ob ich auch an Jerusalem denke. Und ich hätte wohl immer noch nicht geantwortet, als ich plötzlich seine Berührung spürte, tastende, streichelnde, demütige Finger an Arm und Schulter, die sanfte Begegnung seiner Wange mit meinem Rücken, eine Art von Liebkosung, die nicht mir zugedacht war, so daß ich auflachte und rauh sagte: ‚Du irrst, Erhabner. Ich bin jemand anders.'

Er aber flüsterte heiser und fremd: ‚Siehst du auch dahin, wo er wohnt?'

Unfähig zu einer Erwiderung, stützte ich mich gegen das Fensterkreuz.

‚Bei deiner Treue, Ridwân, kannst du denn nicht vergeben?'

Sowenig wie du, wollte ich sagen, aber wie denn, bei Allah, wie denn? Da er seine tastenden Finger an meinen Schultern herumführte, als sei er erblindet. Und so wandte ich mich denn um, in meine Arme zu schließen den sehr verlassenen Herrn vieler Titel und Unnahbarkeiten, Imperator mundi mit schütter werdenden Locken und Falten um die Augen und auf der Stirn von Zorn und Sorgen. Um ihn scheint noch immer der Brandgeruch seines gezüchteten Landes zu sein, und ich kenne ihn sehr gut, mit allen Unzulänglichkeiten und den alten Falkennarben auf den Händen und den frischen des Feldzugs am Leibe, und er stöhnte an meiner Brust: ‚Mach, daß ich ihn vergesse, Ridwân, und auch ich will dir so sein, daß du seiner nie mehr gedenken mußt.'

,Weißt du', sagte ich über seinen Kopf hin, ,daß ich euch beide töten wollte da auf der Mole bei Akkon?', und er erwiderte: ,Ja, ich weiß es. Vergib mir meine Schuld.'

Es war aber, daß wir zu dritt an das Ufer des Meeres gingen, ich weiß nicht, warum ich dabei war, jeder Reitknecht wäre gut gewesen dazu. Heller Mittag, die Sonne brannte, und sie wollten schwimmen. Sie zogen sich aus und gingen von der Mole ins Wasser, und ich saß bei den Kleidern wie ein Diener, zwar hatten sie mich aufgefordert mitzukommen, aber ich war versperrt. Ich saß und brütete vor mich hin in der Bitternis der Kränkung und der Not des Verschmähten.

Dann kamen sie wieder ans Ufer und halfen sich gegenseitig über die Steine, bis sie auf der Mole standen, und ungeachtet sie wußten, daß ich da hockte, umarmten sie sich froh und zärtlich. Als ich sie so stehen sah, Nacktheit an Nacktheit gelehnt, kam der Dämon Eifersucht mit Gewalt über mich, daß ich nicht mehr wußte, was ich tat, und ich wollte sie umbringen. Danach, so dachte ich, gehst du zum Alten vom Berge, da ist der Tod ohne das Paradies, da doch keine Hölle so schrecklich werden kann wie die, in der meine Seele gefangen ist.

Ich stand auf und lief auf die Mole zu und zog im Laufen mein Krummschwert, dabei malte ich mir aus, daß ich zuerst meinen Herrn töten wollte, um zu sehen, was mit dem Fachr geschah, und danach, wenn die höhnische Ruhe aus seinen Zügen gewichen war, wollte ich auch ihn ermorden.

Da sie mich so kommen sahen mit blanker Waffe, rief mir der Emir zu: ,Gibt es irgendeine Gefahr, Ridwân, vor der du die Majestät des Sultans beschützen willst, daß du mit gezogener Klinge auf uns zukommst?' Und gleichzeitig stellte er sich vor Fedrí auf eine solche Weise, daß mir klar wurde, ich müsse zuerst ihn in Stücke hauen, ehe ich an Leib und Leben des anderen könne.

Da blieb ich stehen, bat Gott um Beistand und erwiderte: ,Ja, es gab eine Gefahr, aber nun ist sie vorüber.'

Während ich meine Waffe fortsteckte, sah ich an mir hinunter und wurde gewahr, daß ich, ohne es zu wissen, die Mäntel der beiden wohlgefaltet überm Arm hielt, so wie ich es zu tun hatte bei großen Zeremonien, wenn es meines Amtes war, sie den Würdenträgern über die Schultern zu legen vor aller Augen. Und ich sagte: ,Es ziemt sich nicht, Herren, daß ihr entblößt steht vor den Augen aller Christen und Muslime in Akkon. Bedeckt euch!' und warf ihnen die Mäntel über die nackten Körper, die kristallen glänzten vom trocknenden Meersalz. Aber in meiner Verwirrung verwechselte ich die Kleidung, so daß der Emir den weißen Kreuzfahrermantel des Kaisers trug und Fedrí den blauen Brokatburnus des Fachr.

Da kam aufs neue der Wahnsinn über mich, und ich dachte: Die Mäntel passen nicht zu den Köpfen, wie, wenn ich sie abschlüge und umtauschte, damit das richtige Haupt über dem richtigen Kleid sitzt? Meine Hand tastete wieder zum Griff der Djambija, als führte sie ein böser Geist.

Aber der Emir sagte mit Lächeln: ‚Ich entdecke kein einziges Augenpaar, das uns betrachtet, es sei denn das deine und der allgegenwärtige Blick Allahs.' Und sie gingen an mir vorüber, der ich inmitten der Sonne stehenblieb wie ein Hund, vergiftet vor Wut, Demütigung und verletzter Liebe.

Da ich mich jetzt dieser Sache erinnerte, kam die alte Verzweiflung über mich. ‚Wie konntet ihr', stammelte ich, ‚da ihr wußtet, wie es um mich bestellt war . . .', und es überwältigte mich, daß ich begann, ihn zu beschimpfen. ‚Kommst du nun zu mir, großer Herr und starker König, und kannst wieder einmal nicht unterscheiden zwischen Brunst und Liebe, wie es deine Art ist? Was willst du von mir, das dir andere nicht genausogut geben können?'

Als ich ihn so abwies in der Bitternis meines Herzens, löste er seine Arme von mir und wich zurück bis auf den Stuhl, auf dem ich vorhin gesessen hatte, und murmelte traurig: ‚So büße ich nun, denn wie er dich verließ, so bin auch ich nun verlassen.'

Plötzlich jedoch sah ich, daß sein bis dahin leerer Blick Halt gewann, er warf gleichsam Anker auf den Papieren, die auf dem Tisch ausgebreitet waren, er rückte näher heran und begann zu lesen. ‚Was denn', fragte er sachlich, ‚du hast drei Prozent mehr für den Weizen herausgeholt, wie machst du denn das?'

‚Ich habe vorübergehend den Verkauf auf den Krongütern angehalten und verbreiten lassen, die Ernte sei eine Mißernte', hörte ich mich selber ganz normal antworten.

Er schlug vor Vergnügen mit der flachen Hand auf das Blatt. ‚Jetzt müssen wir nur noch die Münzen ein bißchen ausdünnen, und wir sind für dies Jahr die Sorgen los', fuhr er fort, und mir schien, als hätte er das, was ihn eben noch bis in die Tiefe bewegte, einfach vergessen, und gab verdutzt meine Antworten, und dabei dachte ich, mehr erheitert als erschrocken: Wie schnell verwindet man Liebesleid, wenn man der Caesar Romanorum ist!

Wir versenkten uns so in die Arbeit, daß die Kerzen herabbrannten. Plötzlich aber sah er auf und sagte unvermittelt: ‚Du findest, daß ich mich hier in Sizilien in einen Barbaren verwandle, ist es nicht so, in einen Deutschen?'

‚Das steht mir nicht an. Die Rache ist dein.'

‚Ja, die Rache. Es gibt nichts auf der Welt, was ich mehr liebe als dieses Land, das mich nun von sich weist. Rache für verschmähte Liebe, Ridwân, solltest du das nicht verstehen, der du das Schwert zücktest auf der Mole von Akkon?'

Ich gedachte des Brandes von Catania und des Schicksals seiner Bürger, und für einen Moment durchfuhr mich der Gedanke, daß es vielleicht gut gewesen wäre, wenn ich es getan hätte damals.

Er aber streckte mit halbem Lächeln die Hand aus nach der letzten Kerze und erstickte die Flamme, so daß uns tiefe Dunkelheit umfing. ‚Bin ich dir sehr verhaßt geworden, Sohn des Shurai?'

Selbst im Dunkeln fiel mir das Reden schwer, als ich schließlich sagte: ‚Wie denn verhaßt, mein Herr, Geliebter? Allah lasse dich im Glanze stehen.'

Von Vergebung war keine Rede in diesen schrecklichen Wochen auf Sizilien. So wie in Catania wurden auch weiterhin die, die sich der kaiserlichen Gnade ausgeliefert hatten, gehängt, verbrannt, gemartert wie zu den Zeiten Heinrichs des Grausamen, und zu alldem überschüttete Friedrich die Opfer noch mit Hohn. Er behandelte seine Brüder wie Feinde. Als endlich die Nachricht zu uns kam, Berardo und Hermann hätten Erfolge erzielt in San Germano, wo sie mit dem Unterhändler des Papstes verhandelten, verließ er die Insel auf Nimmerwiedersehen."

„Du meinst, er war niemals mehr in Sizilien?"

„Niemals. Apulien wurde der ständige Aufenthalt. In Apulien lernte er auch jene Frau kennen, die nicht zu vergessen war."

„Bianca."

Riccardo nickt. Offenbar will er schnell den bösen Geschichten entfliehen, will hin zu jenen Jahren des Friedens – aber er hat sie doch gar nicht mehr erlebt! Er starb, ich weiß es genau, auf jener Reise, die Federico mit Bianca nach Venedig unternahm, jenem seltsamen, nie dagewesenen „Ferienausflug", der die Staatsmänner in Verwirrung brachte, starb an irgendeiner Seuche der fieberschwangeren Lagunenstadt; das ganze Jahr davor hatte er, als ahnte er seinen Tod, sich den Nachfolger herangezogen, den einstigen Pagen, Kämmerer, Rechnungsmeister Giovanni, genannt Il Moro, einen Sohn des Kaisers und der schwarzen Chatûn, auf daß denn alles in der Familie bliebe ...

„Du willst zu Ende kommen?“ frage ich, bedrückt von seinen Geschichten.

Er sieht mich erstaunt an. „Nein, warum? Ich sitze gut hier bei dir, ich sagte es dir doch. Zu welchem Ende sollte ich kommen wollen? Allzugern will ich sprechen. Es erleichtert mein Herz, du hast recht.

Die Süße Apuliens nahm uns auf. Die germanischen Fürsten ließen sich herbei, beim Kalifen in Rom Bürgschaft für ihren Kaiser zu leisten – frage mich nicht, was das wieder kostete. So wurde denn mein Sultan am 28. August 1230 eurer Zeitrechnung in San Germano feierlich losgesprochen. Kaiser und Papst hielten ein Liebesmahl, dem als einziger Hermann von Salza beiwohnte. Ich beneidete ihn um diese Rolle wahrhaftig nicht, denn Gregor war böse und mißtrauisch und Federico zu schwer gekränkt, um stets seine lächelnde Miene zu bewahren. Immerhin glaube ich, daß es der kleine Graf Ugolino d'Ostia, der in Sanctitas Sua steckte, als unendlich schmeichelhaft empfand, mit dem Träger höchster Namen und Erben ältester Kronen das Brot zu brechen. Aus dem ‚verdammten Schüler Mohammeds‘ war wieder der ‚geliebte Sohn der Kirche‘ geworden, und wir konnten mit den Dingen anfangen, die uns am Herzen lagen.“

„Warte, eine Frage: Was war mit dem Orient?“

„Die Verbindung riß niemals ab. Es gab Gesandtschaften hin und her, Geschenke wurden ausgetauscht, Al-Kamil übersandte meinem Herrn seinen Lieblingsfalkenier, den Moâmin ...“

„Ridwân ibn Shurai, du weißt sehr wohl, was ich meine.“

Er erwidert gemessen: „Sie sahen sich nie wieder. Aber niemals hörten die Briefe auf, jene Botschaften voller Wehmut, voller zarter Ehrungen. Niemals.“

Während er so vor sich hin starrt, überlege ich, ob er wohl weiß, daß Federico spät, als ihm alles unter den Händen zu zerfallen schien, den Gedanken hatte, für immer in den Orient zu gehen, das Kaisertum aufzugeben, ein zweites Leben zu beginnen, mit dem Schwert in der Hand vielleicht ein neues Königreich zu erobern, an der Seite des Fachr-ed-Din Jussuf, der damals das Heer des Sultans befehligte ... Ich will ihn nicht danach fragen. Es reicht vielleicht aus, das von Dort. Man muß den Schmerz im Hier nicht vermehren.

„Erzähle mir von Bianca", bitte ich, um ihm einen Gefallen zu tun.

Er kreuzt die Arme über der Brust, lächelt. „Ja", sagt er, „denn Bianca bedeutete Frieden."

Die Langwimprigen

„Von Bianca zu erzählen heißt zunächst, über die Lancias zu sprechen – eine alte ghibellinisch gesonnene Familie aus dem Piemontesischen. Den Marchese hatte Federico schon während seines Aufenthalts in Genua kennengelernt und sich verpflichtet. Manfred Lancia war ein begabter Diplomat und Stratege, vor allem aber verstand er etwas von Verwaltung und war darin dem König sehr willkommen. Im Gefolge Konstanzes ging er mit nach Germanien, mit ihm seine Schwestern, die Zwillinge Giuditta und Isotta, junge Damen von ungewöhnlicher Schönheit und unvermählt. Die Älteste, Bianca, war damals nicht dabei. Sie hatte einen genuesischen Nobile geheiratet, aus Zuneigung, wie Manfred betonte, denn das war eigentlich eine Mesalliance. Aber er legte Wert darauf, seinen Schwestern freie Wahl zuzugestehen."

„Es gibt Gerüchte über ihre Abstammung", unterbreche ich ihn, „nach denen sogar die Heirat mit einem Genueser Nobile für sie noch ein Griff nach den Sternen war."

„Die gleiche Sorte Gerüchte machte auch meinen Herrn zum Sohn des Fleischers von Jesi", antwortet er empört. „Ich weiß. Nach den bösen Zungen sollte Bianca das Kind einer Stallmagd sein, von ihrem Vater, dem alten Marchese, erst legitimiert, nachdem ihre Mutter gestorben war, und ihre Stiefschwestern, die Marchesine, hätten sie immer nur wie eine Kammerzofe gehalten. Überhaupt sei Lancia froh gewesen, sie durch die Heirat aus dem Haus zu haben, und sie sei nur notgedrungen an den Hof geholt worden, weil sie, verwitwet, in Piemont die größten Schwierigkeiten gehabt habe. Die Lehnsleute hätten sich geweigert, einer Dame gehorsam zu sein, deren Wiege im Kuhstall gestanden habe. Aber das sind Verleumdungen, Truda. Manfred Lancias Schwester war von edler Art."

Ich bemühe mich, meine Belustigung zu verbergen. Sein Eifer, mir etwas zu beweisen, was mich nicht kümmert, zeigt mir, wie sehr auch ihn diese Frau berührt hat, von der manche reden wie von einer Heiligen, andere als von der schamlosesten Kurtisane, der keine Odaliske des Serraglio habe das Wasser reichen können – ich weiß nicht so genau, welche Variante mir leid und welche mir lieb ist.

Indessen fährt Riccardo fort: „Es wurde damals auch viel geredet, daß Manfred seine Schwestern mit der klaren Absicht nach Germanien gebracht habe, sie dem Herrn ins Bett zu legen, um seine Stellung am Hof zu festigen, kurz, daß er ein Kuppler sei. Allah allein kennt die Herzen der Sterblichen, doch ich glaube das nicht. Der Marchese hatte genug Qualitäten, um für sich allein zu bestehen, und er war nicht versessen auf Erfolg. Es machte ihm Vergnügen, seine Fähigkeiten auszuprobieren, und dazu gab ihm Friedrich hohe Gelegenheit. Der Piemonteser behielt selbst bei den schwierigsten Aufgaben eine gewisse spielerische Leichtigkeit, die den Umgang mit ihm verschönte. Er genoß das Leben. Ich habe ihn kein einziges Mal verdrossen oder wütend gesehen. Später, als ihm, dem Vertrauten und Verwandten des Herrn der Welt, Gunst und Ehren in den Schoß fielen, verlor er doch nie sein umgängliches Wesen, konnte sich freuen, lachen, war stets höflich.

Ich denke mir, daß er Giuditta und Isotta mitnahm, damit er sie am Hof günstig verheiraten konnte und damit sie sich nicht langweilten. Sie brachten die besten Voraussetzungen mit. Zart gebaut und langwimprig, mit lockigen Haaren und heller Haut war jede für sich reizvoll. Aber dennoch war die eine das Spiegelbild der andern. Sie schienen wirklich geschaffen, *einen* Mann zu beglücken, und Fedrí war der einzige Mann der christlichen Welt, der es wagen durfte, mehr als ein Weib zu haben, ohne daß sich die Damen dadurch erniedrigt fühlen mußten, im Gegenteil, seine Gunst erhöhte sie beide. Mein Sultan behauptete entzückt, daß er allein in der Lage sei, sie zu unterscheiden, und irrte sich doch zu unserer Erheiterung viele Male. Im Wesen waren sie verschieden. Isotta, die Launischere, fesselte den Imperator stärker als die ruhige Giuditta, er kehrte auch später noch einmal zu ihr zurück und hatte von ihr die reizende Tochter Selvaggia.

Bianca reiste also auf Drängen ihres Bruders nach Apulien, da sie bereits nach kurzer Ehe verwitwet war. Sie kam zu der Zeit, als wir auf dem Kreuzzug waren, und trug damals noch ihre Trauerkleider. Die Schwestern überredeten sie dann aber, diese düstere Farbe abzulegen, um das fröhliche Bild des Großhofs nicht zu stören, und sie, in Gedanken wohl noch immer mit dem geliebten Mann beschäftigt, entschloß sich zu jenem Braun, das sie beibehielt und das ihr den Zunamen La Bruna verlieh. Die Zwillinge sahen sie an, als wäre sie eine nonnenhafte Heilige, und behandelten sie halb zärtlich, halb launisch, sie aber war still und stets beschäftigt – vielleicht kam so das dumme Gerücht von ihrer illegitimen Herkunft auf. Sie nahm sich sehr ihrer kleinen Nichte Selvaggia an, gelangte dadurch in die kaiserliche Kinderstube und kümmerte sich bald auch um Corrado.

Später sagte sie, daß sie sich sofort in Federico verliebt habe, als sie ihn das erstemal sah, er aber habe, als sie ihm präsentiert wurde, nur ihr erdfarbenes Kleid gemustert und dann gesagt: ‚Oh, noch eine von dem langwimprigen Lancia-Volk.'

Bianca aber konnte warten auf ihre Stunde. Sie tat nur eins: Jeden Morgen brachte sie eine einzige Blume in einem Glas und stellte sie in Foggia auf die Terrasse vor das Arbeitszimmer meines Herrn. Federico war gewohnt, daß ihm die Damen Winke gaben. So etwas fiel kaum auf. (Später wurde allerdings dies auch eine von Pietro übernommene Sitte, stets eine Blume auf dem Arbeitstisch zu haben, sogar im Feldlager.) Aber eines Tages sagte er zu mir: ‚Sag mal, Kämmerer, stand diese blaue Lilie vorhin schon auf der Terrasse?' Und da ich verneinte, bemerkte er mit gerunzelter Stirn: ‚So habe ich sie also nicht geträumt – jene Frau im braunen Kleid, die ganz leise kam und das Glas hinstellte, ohne mich zu sehen.'

‚Nach deiner Beschreibung hast du die Marchesa Lancia gesehen, die dritte Schwester deines Vertrauten Manfred. Sie bringt öfter Blumen hierher. Sie verehrt dich.'

Er seufzte. ‚Sie hätte sich eine andere Art aussuchen sollen, mir ihre Verehrung zu zeigen. Blumen! So etwas sehe ich nicht. Wie kann ein Mensch nur so leise gehen. Wenn heute abend ein Tanz ist, so sorge, daß die Dame in Braun dabei ist.'"

Riccardo sitzt mit übereinandergeschlagenen Beinen, die Augen geschlossen, leicht lächelnd. Ich begreife, daß wir eintreten in das Reich der Legenden, die unserem Herzen tröstlich sind und die wir als die Wahrheit erzählen, auch wenn wir sie nicht selbst erlebt noch erfunden haben. Ich gönne ihm den Balsam, wenn auch mit ein bißchen Ungeduld.

„Da waren keine Überredungskünste anzuwenden, und eigentlich wäre kein Tanz nötig gewesen. Er holte sie gleich zu Beginn an seine Seite. Sie war mit jener Sorte blauer Blumen bekränzt, die sie auf die Terrasse gestellt hatte. Als sie neben dem Kaiser stand, war sie mit ihrer blauen Blütenkrone genauso groß wie er unbedeckten Hauptes. Ihre bloße Hand lag auf seinem Handschuh so leicht, daß er ihn auszog, denn, so sagte er, sonst spüre er sie nicht.

‚Wie kommt es, Dame', sagte er, als sie die Figuren des Schreittanzes zueinander führten, ‚daß ich dich vorher nie bemerkt habe?' Der Tanz trennte sie, und Federico mußte für die Antwort ihre nächste Tanzfigur abwarten.

‚Zweifellos, weil du deine Augen woanders hattest, Erhabner', sagte sie einfach.

‚Und du? Sahst du mich?'

Wieder war sie fort. Die Welle bunter Kleider verdeckte das braune, ließ es wieder frei. ‚Ich habe dich immer gesehen und auf Gott vertraut, daß du eines Tages meine Blicke erwiderst.'

Trennung und Wiederfinden.

‚Du führst eine offene Sprache, Dame.'

‚Mein Herz ist offen, Majestät.'

Da war der Tanz zu Ende, und sie stellten sich nebeneinander auf zu einer Caccia, bei der man außer Atem gerät und nicht reden kann. Und nach den ersten Takten traten alle zurück und sahen, wie der Kaiser mit Bianca Lancia tanzte, und alle sahen, daß er ihr hinterher eine Haarsträhne vorsichtig von der erhitzten Wange hob und unter die Blumenkrone zurücksteckte. Dann gingen der Kaiser und Bianca hinaus in den Garten.

Bianca lehnte gegen einen Baum, und er hob die Hand und legte sie an ihren Hals. ‚Du bist noch glühend von dem Tanz.'

‚Ja, Erhabner.'

‚Hast du einen Mann oder Verlobten?'

‚Ich bin Witwe und will niemanden neben mir wissen, den ich nicht liebe.'

‚Aber liebst du jemanden?'

‚Ja, das tue ich.'

‚Madonna, das ist eine erstaunliche Sprache, die du führst, ich sage es noch einmal.'

‚Gefällt sie dir nicht?'

‚Mehr, als man sagen kann. Heute nacht . . .'

‚Nein, Erhabner.'

‚Warum nicht?'

‚Laß es mich selbst bestimmen, wann, caro Federico', sagte sie, und so, wahrhaftig, nannte ihn niemand, so daß er ganz atemlos forderte: ‚Sag es noch einmal, wie du mich nennst.'

‚Caro Federico, mio ben', wiederholte sie so selbstverständlich, als seien sie zwei Hirtenkinder auf der Wiese, und ohne den leisesten Versuch, seine Berührung von vorhin zu erwidern, löste sie sich von jenem Baum und ging an ihm vorbei, braun wie die braune Nacht, das Dunkel schien Licht genug für ihre leisen und sicheren Schritte."

„Dauerte es lange, bis sie ihn erhörte?"

„Lange? Nein, lange dauerte nichts", sagt er. „Es ging alles so schnell, alles." Mir scheint, er fröstelt in dem ungewissen Licht. „Als sie das erstemal zu ihm kam, hatte er mich gebeten, noch ein Weilchen zu warten, falls die Marchesa irgendwelche Wünsche habe, so daß man nicht auf einen Diener oder Valetto angewiesen war. So blieb ich in dem Raum neben dem Schlafgemach des Kaisers, und das Einschlafen wurde mir sehr schwer gemacht. Schließlich hörte ich seine Stimme, von der ich immer wach wurde, mehr flüstern als rufen, und ich vermeinte, kaum einen Moment die Augen zugetan zu haben. Aber es war schon Morgen.

Als ich eintrat, stand die Marchesa im Licht und lächelte mir entgegen. Sie trug ein durchsichtiges Kleid aus arabischer Baumwolle, und die Sonne war hinter ihr. Ich konnte meine Augen kaum abwenden, denn sie war von einer sonderbaren Schönheit, die daher rührte, daß es bei ihr nichts Überflüssiges oder Unnützes gab, sondern alles im Gleichmaß und in sanftem Verhältnis zueinander sich befand, nichts zuviel und nichts zuwenig, ein zierliches Marmorbild, wie sie in den Gärten Siziliens stehen aus den Tagen der Alten.

Fedrí aber lachte und sagte: ‚Dolze mia donna, bedecke dich, denn der kaiserliche Kämmerer wird durch dich in Verlegenheit gebracht. Er ist kein Eunuch des Frauenhauses, sondern ein Mann mit männlichen Wünschen', und er nahm seinen eigenen Mantel und legte ihn um ihre Schultern, während seine Augen blitzten wie zu der Zeit, als er noch das wundersame Kind war.

Die Marchesa jedoch sagte: ‚Das war eine große Huldigung für mich. Der Kaiser hat dich aber gerufen, Herr Riccardo, weil ich finde, wir sind in deiner Schuld, denn wir haben dich am Abend vergessen. So wollen wir dich bitten, mit uns zusammen zu essen, bevor die anderen wach sind, um dich zu ehren.'

Der Tisch mit den Speisen vom Abend stand unberührt, und die huldreiche Frau ergriff meine Hand und führte mich hin. Und während wir aßen, verwehrten sie mir, sie zu bedienen, und wir waren heiter, und mein Sultan lachte diesen Morgen mehr als sonst an vielen Tagen zusammen.

Ich konnte ihr ins Gesicht sehen, und es war auf ähnliche Weise vollkommen wie ihr Leib; niemals vorher hatte ich gewußt, daß es so lieblich sein kann, die Knochen unter dem straffen Fleisch und der glatten Haut zu ahnen; die Lippen bedeckten gerade die Zähne, die Nase war weder zu klein noch zu fleischig, die Brauen schmal und das Haar glatt und genauso braun wie die Augen. Und obgleich sie blaß war, schien doch ein Schimmer, eine Verheißung von Braun wie ausgegossener Honig über ihr zu liegen.

Federico sah sie ebenfalls vergnügt an und summte vor sich hin, während sie an einer Melone lutschte, und er sagte: ‚Bei mir zu Hause ist es üblich, daß sich ein Mann nach seiner Hochzeitsnacht in Versen äußert, man nennt diese kleinen Anreden, die gedichtet werden, ›rispetti‹.'

‚Das macht man im Piemontesischen auch, und es ist Sitte, daß die Frau antwortet', bemerkte sie, und ich hörte verwundert, mit welcher Selbstverständlichkeit sie ihr Beisammensein als Hochzeitsnacht bezeichneten.

Auch später fiel mir auf, daß Bianca den Kaiser mit den Ausdrükken einfacher Zärtlichkeit anredete, wie es die Leute in den Städten und auf dem Lande tun, nicht wie die Adligen. Sie sagte ‚dolcietto, mio ben, drudo, tesoro' und immer wieder, auch vor aller Ohren, ganz schlicht Federico oder caro Federico.

‚Also', sagte mein Herr, ‚wie gefällt dir das: Blühende Nelken / Madonna Biancas Reiz wird niemals welken.'

‚Schwach für einen Dichter', entgegnete sie. ‚Ich antworte: Blasse Reseden / ich weiß schon, solche Verse machst du jeden.'

‚Jeder', verbesserte er, und wir lachten wieder.

‚Herr Riccardo soll auch einen Rispetto dichten!' sagte die Marchesa, und meine Weigerung, ich verstünde dergleichen nicht, nützte mir gar nichts. So improvisierte ich denn: ‚Bianca la bruna / in se congiunge sole e luna.'

‚Darf ich ihn küssen?' fragte sie daraufhin, und mein Sultan entgegnete vergnügt: ‚Wenn es nur einmal ist.'

So empfing ich den Kuß der schönen Bianca an diesem Morgen.

Später, als sie damit beschäftigt war, ihre Haare aufzustecken, fragte er mich halblaut auf arabisch: ‚Nun, was meinst du, Ridwân?'

‚Es ist etwas geschehen mit dir, Herr, was dich verändert hat.'

‚Das ist sicher', erwiderte er ernst. ‚Nur was? Da haben wir nun kein Auge zugetan, und das Begehren nach ihr ist noch immer in mir wie eine Krankheit. Ich habe nie verstanden, daß dergleichen sein kann wie der Mongibello, der die Erde erbeben macht. Bin ich nicht zu alt dafür?‘

Ehe ich antworten konnte, trat die Marchesa heran und sagte: ‚Wenn die Männer in Gegenwart einer Frau in fremder Sprache sprechen, so reden sie über deren Fehler.‘

‚Im Gegenteil‘, erwiderte ich, ‚wir haben von deiner Vollkommenheit gesprochen, Dame‘, und er ergänzte: ‚Und von den Wolken, in die wir diese Nacht entschwebt sind – verzeih, wie das so Männerart ist. Möge Gott dir zu einem schönen Sohn verhelfen.‘

‚Amen‘, sagte sie ruhig und bekreuzigte sich.

Mit Bianca begannen die guten Jahre. Es war, als hätte sie, eine gute Göttin wie Fortuna, all das mit sich gebracht: Lieder und heitere Feste, die Wissenschaft und Künste, die wir pflegten, die Schlösser, die wir bauten, den Frieden, der das Reich beherrschte.“

„Was geschah im Norden während dieser Zeit?“ frage ich, ein bißchen ungeduldig.

Riccardo zuckt die Achseln. „Ich sage dir freiheraus, Truda, daß mich die Dinge im Norden nie sonderlich bewegt haben. Ich fürchtete das kalte Land, und der Gedanke, daß mein Sultan irgendwann einmal wieder mit mir über die Alpen reisen würde, war mir grauslich. Es ging da oben nie so, wie wir erwarteten, und es war nur zu hoffen, daß man zumindest nicht eingreifen mußte. Dem Sohn und Regenten wurden ja genug Reformanden erteilt.

Ich hatte alle Hände voll zu tun mit der Verwaltung des kaiserlichen Vermögens. In Apulien wurde gebaut, und mein Hauptumgang waren seit neuestem die frommen Brüder der Zisterzienser – lächle nicht, Truda! Sie waren die geschicktesten und erfahrensten Architekten und Bauleute weit und breit, und bei ihnen wurden Jagdschlösser und Palazzi in Auftrag gegeben. Übrigens waren die Herren Patres höchst umgänglich. Sie nahmen genausowenig Anstoß an meinem ‚Salam!‘ wie ich an ihrem ‚Dominus vobiscum!‘.“

„Es wurden auch Gesetze gemacht damals.“

„Die machten die Justitiare.“

„Du weißt nichts darüber?“

„Truda, Teuerste. Nachdem wir Apulien zurückgewonnen, hatte mein Herr das Schwert aus der Hand gelegt, und ich war froh darüber. Was erwartest du von mir? Ich war zu ihm gekommen als der oberste seiner Diener. Was ritterliche Sitte anging, den Schutz des Herrn und seine ureigensten Dinge, dazu war ich angetreten, ausgesandt von meinem Vater, dem Imam Shurai. Die Überlegungen des Staates und der Politik waren mir fremd, auch wenn ich in diesen Dingen mitunter tätig war, und ebensowenig war ich ein Jurist. Andere Leute gelangten da zu großem Ruhm, solche, die nicht einmal zum niederen Adel gehörten, sondern aus der Gosse aufgestiegen waren. Zu jener Zeit hatte ich mich auch aus dem persönlichen Dienst zurückgezogen, und mein Sultan wußte das zu respektieren. Nur die großen Zeremonien oblagen mir noch, und natürlich war es mir eine Ehre, den hohen Damen aufzuwarten, denen der Imberûr seine Gunst schenkte. Die Finanzen machten Arbeit genug."

Mir fällt Pietros boshafte Bemerkung ein, daß er den Damen die Locken zurechtlegte, bevor der Kaiser sie bestieg, er erscheint mir seltsam läppisch auf einmal, er hält mich auf.

„Deine Schmerzen, Ridwân ibn Shurai, deine Zweifel und Leiden, waren sie denn vorüber? Er, der deine Liebe verschmäht hatte, was bedeutete er deinem Herzen?"

Leise erwidert er: „Er hatte mich um Vergebung gebeten."

„Als ich dich hörte, war mir so, wie wenn du ihm nachgegeben hast, halb genötigt, halb aus Mitleid."

Er schweigt.

„Und jene Dinge in Sizilien, die dich mit Entsetzen erfüllten – wie brachtest du sie in Einklang mit dem Bild des Mahdi, das dir dein Vater erbaut hatte? Du hast selbst gesagt, daß Federico grausam und tückisch handelte, daß du ihn töten wolltest damals auf der Mole ..."

„Das ist nicht wahr."

„Du hast es gesagt."

„Das hast du falsch verstanden."

„Pietro hat mir erklärt, du seist der Spießgeselle deines Herrn gewesen bei all den üblen Dingen, die er aus Neugier oder Verderbtheit anstellte."

„Pietro lügt. Er lügt immer. Er ist ein Verräter."

„Liebtest du Federico noch nach dem, was er dir getan hatte?"

„Ich war ihm getreu."

Ja, er war ihm getreu. Aber was für eine zahme, alles zudeckende Treue ist das eigentlich? Ist sie wirklich mehr wert als der Verrat de Vineas, was immer er auch bezweckt haben mag?

Ich sehe forschend in sein Gesicht mit den gesenkten Augenlidern. Was mir vorhin so wundersam, so glückverheißend erschien, die Jugend dieses alterslosen Antlitzes, seine sanfte Schönheit – bedeutet sie vielleicht Stillstand, Verharren, Krebsgang, Sichbescheiden? Ich will es wissen. Hier ist meines Bleibens nicht mehr. Er hockt da und bewacht eine Pforte. Weshalb baut er sich auf vor den Wegen und glaubt noch, er erfülle den Dienst an seinem Herrn, Ridwân, Wächter vor dem Paradies? Ich erhebe mich.

„Wohin willst du?" fragt er aufblickend, und mir scheint, er wird blasser, fahl wie ein Kirchenfenster, wenn die Sonne hereinscheint.

„Ich muß weiter", entgegne ich. „Sei bedankt, lieber Sarazene, für die Geschichten, die du mir erzählt hast." Und ich verneige mich tief.

Er sieht mich an, verwirrt. „Ich bin nicht zu Ende. Was ist? Hältst du meine Geschichten für unwahr?"

„Es gibt keine unwahren Geschichten, wenn man sie ehrlich erzählt", sage ich ernst. „Aber manchmal ist die Zeit vorbei." Und damit gehe ich direkt auf ihn zu, bleib oder erlisch, da ist er schon gar nicht mehr da, und mit ihm ist seine Welt verschwunden, keine Wand mehr, die mich abprallen läßt, offenes Dunkel, in das ich hineingleite, die Hand am Degengriff, bis es sich erhellt.

Dahinter steht Pietro, und eigentlich habe ich es so erwartet.

Noch eine Rothaarige

„Mit wem du dich aufhältst und wie lange", sagt er mißbilligend. „O der schönen Histörchen! Mit dem Ohr an der Wand bei den kaiserlichen Liebesnächten! Es gäbe einiges zu korrigieren in diesen Geschichten."

„Das denke ich mir", sage ich friedlich. „Aber du brauchst das nicht zu tun."

„Gewiß nicht", erwidert er ironisch. „Das würde all dein Tun sinnlos machen. Vielleicht doch so viel, daß der Herr Oberkämmerer das Kommando über die Lancieri erst abgenommen bekam, als die blutigen Aktionen in Sizilien vorbei waren, nicht vorher. Er ist ein bißchen gedächtnisschwach, vor allem in der Chronologie. Catania geht auf seine Kappe zum Beispiel."

„Auch das dachte ich mir", bemerke ich. „Aber vielleicht kannst du mir etwas Neues erzählen, etwas über die Gesetze zum Beispiel, die ihr machtet! Melfi ist doch dein Werk, oder?"

Er hat ein feines Ohr für Nebentöne. „Heißt das, daß wir jetzt gemeinsam weitergehen wollen, dahin, wo . . ."

„Wenn du mir über dich erzählst?"

„Das war doch wohl ausgemacht, daß über mich nicht gesprochen wird, oder?" entgegnet er scharf.

„Auch nicht über deinen Anteil an den Jahren des Friedens?"

„Frieden? Ich kann mich immer nur an Schlachten erinnern, sehr viel verlorene übrigens, und an Ärger mit dem Papst und Streit im Norden und Abfall in Germanien und an das, was die Griechen Hybris nennen."

Wir gehen nebeneinanderher, irgendeinen Hang hinab, es wird immer sumpfiger. Über uns dunkelt es. „Wohin führst du mich?" frage ich.

„Du führst", gibt er prompt zurück.

Mir gefällt der Weg nicht, aber Pietros Thema fesselt mich. „Hybris, göttliche Anmaßung also? Und bei wem? Bei ihm oder bei dir?"

„Bei uns beiden", sagt er mit Selbstverständlichkeit. „Komm schneller."

Ich rutsche fast.

„Komm, komm weg von dieser Stelle. Hier ist eine Gegenwart, die mir entgegensteht."

Jetzt spüre ich es auch. In der Luft ist ein Geruch, so vertraut, ich glaubte ihn lange vergessen zu haben. Was war das nur, wo war das nur . . .?

„Komm", zischt er heftig. „Ich hasse diesen Geruch."

„Ich nicht", sage ich und schließe die Augen wie ein Tier, das wittert. „Im Gegenteil, mir ist er sehr lieb."

„Billiges Hurenparfüm."

„Ja, Parfüm. Ich erinnere mich."

„Schweißiges, ranziges Weiberparfüm."

„O nein. Ein sehr genauer Geruch, unverwechselbar, weder schweißig noch ranzig. Linda!" Ich schreie es fast, öffne die Augen, als hätte ich ein Rätsel zu lösen gehabt.

Da kommt sie hervor aus den Dunkelheiten, Linda, wie sie leibt und lebt, klein, handfest, das leuchtendgelbe Kleid wie immer hochgeschürzt, die Faust keck über Stilett und Almosentasche in die Hüfte gestützt, die runden Brüste hüpfen fast aus dem Mieder, und um die Schultern wallt kraus und ungekämmt die Gloriole ihrer Unbotmäßigkeit, ihr rotes Haar.

Linda, Schrecken der Scheinheiligen und Greuel der Braven, heitere Venus aus Capua, wilde Gefährtin von einst, Mutter dessen, der neben mir steht, betritt die Bühne festen Tritts, ungeachtet ihr Sohn sie anfährt: „Was habe ich zu schaffen mit dir, Weib! Hebe dich weg!"

„Na, na, na", sagt Linda, die Respektlose, „denkst du, ich bin die arme Mama Matea, mit der man so umspringen kann? Nicht, daß ich wüßte, daß du nun der Logothet und Großhofjustitiar der Unterwelt geworden bist, mein lieber Sohn, an dem ich nur bedingt Gefallen finde. Hast du nichts in deiner Kanzlei zu tun, während ich mit Truda plaudere?"

„In was mischst du dich ein, Weib?"

„In alles, was mich angeht. Nicht wahr, Truda? Und du, Herr Sohn, kommandiere nicht rum. Sie kommt schon zu dir zurück, wenn sie will."

„Linda!" schreie ich noch einmal. Ganz vergessend, wo ich bin, stürze ich vor, sie an mich zu drücken und – halte sie in meinen Armen, greifbar, fühlbar, warm und riechend, und schreie ihren Namen noch einmal, außer mir vor Freude.

„Ja, so heiß ich, zuletzt allerdings auch anders", bemerkt sie.

„So lebst du?"

„Frag nicht. Du hast mich doch, faßt mich doch."

„Ja, aber ..."

„Das Wort ward Fleisch oder so was", sagt sie unbekümmert und lacht ihr Lachen, das immer mit einem kleinen Kreischen beginnt. „Mußt du denn immer alles so genau nehmen?"

„Ja", entgegne ich betrübt, und sie kreischt wieder. Unendlich getröstet durch ihre leibhaftige Gegenwart, habe ich Pietro fast vergessen. Als ich mich nun umwende, ist er weg. „Du hast ihn verjagt?" frage ich.

„Och", entgegnet sie, „der geht von allein, wenn er mich sieht. Wir kümmern uns nicht umeinander. Zu seinen Lebzeiten hat er auch keinen Wert auf mich gelegt, mich gab's nicht, für ihn war ich tot. Aber das ist ganz in Ordnung so. Wie bei den Tieren. Oder hast du schon mal erlebt, daß sich zwei ausgewachsene Hunde nach ein paar Jahren zärtlich als Mutter und Sohn begrüßen? Da haben die ganz andere Gründe für Zärtlichkeit."

Das ist so ein Linda-Vergleich, unverkennbar. Aber ich will wieder alles genau haben. „Wohnst du", frage ich stockend, „eigentlich Hier oder Dort?"

„Blöde Frage", gibt sie zurück, aber ich setze gleich noch eine drauf: „Und wie hast du mich gefunden?"

„Das war nicht schwierig", entgegnet sie vergnügt, „du hast ja genug Wind gemacht. Überall hat sich's herumgesprochen, daß da eine gekommen ist auf der Suche nach ihrem süßen Herrn. Ich hab mich gleich aufgemacht. Ich hab schon mal jemandem geholfen, dem Florentiner, dem Dichter, er war mir schon auf der Erde nachgestiegen."

„Nannte er dich Beatrice?"

„Ja, Bice", bestätigt sie kopfnickend.

„Das warst du?"

„Ich weiß, in seinen Werken sehe ich anders aus. Aber das war ich. Es ist nicht so wichtig. Komm."

„Wohin?" frage ich, froh und erschrocken.

„Hier in diesen Klüften kannst du nicht bleiben. Du hast dich verirrt, oder er hat dich in die Irre geführt, Piero, der Halunke. Komm schon!" Sie packt meine Hand. „Oft genug hast du mir Beistand geleistet. Jetzt geht es einmal umgekehrt." Sie zieht mich vorwärts.

Was ich für irgendein Dunkel gehalten habe, erweist sich als Felsen, glitschig und rund unterm Fuß, und wir steigen und steigen. Es wird heller. Ich stolpere, ringe nach Atem. Was hat mich so erschöpft? Hängt sich das Dunkel mit Bleigewicht an mich, um mich zu behalten? Der Fels wird trockener, Moos und Flechten überdekken das Gestein, Wind kommt auf.

„So", sagt meine Führerin und läßt mich endlich los. „Hier oben ist es besser. Laß uns ausruhen." Sie setzt sich neben mich, schlägt die Beine übereinander und summt eine Frottola. Wie immer hat sie ihre Schuhe mit Bändern um die Knöchel befestigt, um den Blick auf ihre Waden zu lenken.

Ich hole mühsam Luft. „Was war das, Linda? Was hat mich verschlagen in diese Klüfte?"

Sie zuckt die Achseln. „Keine Ahnung. Vielleicht das, was dein Zeuge erzählt hat? Vielleicht Pietro, der dich bei sich behalten will?"

„Ist er so gefährlich?"

Sie sieht mich erstaunt an. „Was verstehst du darunter? Natürlich ist er gefährlich. Und du bist gefährlich und ich. Und der, den du suchst, der ist höchst gefährlich. Es kommt immer darauf an, für wen, nicht wahr? Was erwartest du? Eine Herde Bählämmer?"

Sie greift in ihr Täschchen und holt eine Handvoll Haselnüsse hervor – Nüsse zu essen war eine gemeinsame Leidenschaft von uns beiden, und wie immer knacke ich sie, indem ich zwischen den Handflächen zwei Nüsse gegeneinanderdrücke, sie aber macht es einfach mit den Zähnen.

Nüsse essen mit Linda! Ach, was einem da einfällt!

II. Botschaft
Bianca la Bruna
1. Kapitel

Ich armes Weib, an einen Sperber hängte
ich bis zum Herzzerbrechen meine Liebe.
Ich gab ihm Nahrung, daß er bei mir bliebe,
und zähmte ihn, bis er mir alles schenkte.

Aus einem Sonett der Nina Siciliana, einer jungen Dichterin am Hofe Federicos, um 1230

Wir sitzen auf der Piazza in Capua im Schatten, hinter uns rieselt der Brunnen, und das Kind Piero, ausnahmsweise einmal nicht bei seinen Pflegeeltern in den Weinbergen, hockt zu unseren Füßen und wartet drauf, von uns mit Nußkernen gefüttert zu werden. Linda besteht darauf, sie ihm mit den Lippen zu reichen, denn, so sagt sie, beim Aufknacken bekommt sie sie sowieso zwischen die Zähne. Infolgedessen rutscht das blasse großköpfige Kind immer näher zu mir, um aus meinen Händen zu bekommen, was ihm aus dem Mund seiner Mutter zuwider ist, und Linda neckt ihn, indem sie ihn bedrängt und kichernd versucht, ihr Gesicht dem seinen zu nähern.

Mit unserem Vergnügen sind wir ziemlich allein. Ab und zu grüßt uns ein junger Milchbart, der keck seine Bekanntschaft mit Linda zur Schau stellen will, aber die ehrbaren Kaufleute, Beamten und Priester der Stadt machen einen Bogen um uns, denn sie wissen, daß die da am Brunnen sich nicht scheuen würde, sie fröhlich anzureden; und ihre Gattinnen oder Töchter drehen wieder ab, sobald sie gewahr werden, wer da in aller Schamlosigkeit auf der Piazza hockt, und nehmen lieber einen Umweg. So essen wir unsere Nüsse, werfen die Schalen in die Gegend und warten voller Übermut darauf, daß irgend etwas passiert. Früher oder später holt sicher jemand die Stadtwache, oder ein frommer Pater, der Linda selbstverständlich nicht näher kennt, aber alles über sie weiß, nimmt Ärgernis und verweist uns des Platzes.

Da aber überhaupt nichts geschieht, fängt Linda an, ein bißchen herauszufordern, damit es nicht langweilig wird. Quietschend verlangt sie von mir, einen Floh an ihrem Busen zu fangen, und öffnet dazu das Mieder, oder sie bedenkt die wenigen Passanten mit Liedanfängen wie: „Wenn ich dich sehe, werd ich taub und blind / Ich sehe weiter nichts mehr auf der Straße" oder: „Jüngling, du aus Großvaters Zeiten / Möchtest du mit mir Liebesfäden spinnen?", und der Knabe Pier rückt mißbilligend und ängstlich noch ein Stückchen weiter von ihr ab.

Eben biegt eine Gruppe junger patrizischer Stutzer auf den Platz ein, alle beritten, obwohl das eigentlich im Stadtinnern nur für Senatoren gestattet ist, und Linda begrüßt sie mit einem gellenden Pfiff auf zwei Fingern.

Nun ist so ein Vormittag eine Sache für sich. Man kommt von einem Ausritt, hat voreinander geprahlt, ist hier und da ein bißchen angeeckt und ist eigentlich mehr in der Stimmung zu randalieren, als sich mit der Stadthure gemein zu machen, zumal wenn sie sich auch noch in Gesellschaft dieser scheußlichen Fahrenden in Männerhosen befindet.

Piero hat die Situation als erster erfaßt. Er ist wie ein Schatten hinterm Brunnenrand verschwunden, als die Kavalkade in voller Karriere auf uns zukommt. Wir müssen die Beine schnell auf die Stufen ziehen, die Pferdehufe sind dicht vor uns.

Eine kalte, hämische Stimme sagt: „Wenn wir unsere Pferde hier tränken wollen, habt ihr Dreckstücke zu verschwinden; ihr versaut uns das Wasser."

„Hoi, Cavuccio", erwidert Linda und schielt nach oben, „abends redest du anders mit mir."

Dieselbe Stimme: „Halt das Maul. – Wollen wir den beiden Fetzen mal zeigen, was ihnen zukommt?"

Zwei, drei sitzen ab und kommen mit ihren Reitpeitschen auf uns zu, und Linda schreit und versteckt sich hinter mir. Einen Augenblick zögere ich. Das ist ja kein Anlaß, so was, na gut, sie werden uns verprügeln, das werden wir überstehen. Aber dann geht mir die Empörung wie eine Welle über den Kopf; weiß schon, Bruch des Stadtfriedens, so eine Unvernunft von dir, Truda; und trotzdem greife ich neben meinem linken Ohr über die Schulter und ziehe den langen spanischen Degen.

Die jungen Herren grölen, aber sie weichen erst mal zurück, zwischen ihnen und uns entsteht ein freier Raum, besät mit Nußschalen, und dann wird es gefährlich still. Ich sehe aus den Augenwinkeln: Nun sammeln sie sich auch schon an den Häusern und in den Mündungen der Gassen, eine feine Sache zuzugucken, wie zwei Sorten von Störenfrieden aufeinander losgehen, und fest steht, daß am Ende der Sieger die Sympathien haben wird. Der Sieger, das werden wir zwei Weiber kaum sein. Ich lange mit der Linken nach dem Dolch – es ist sowieso egal, und mit beiden Waffen kann ich ihnen eine Zeitlang Paroli bieten.

Da geschieht das Unerwartete. In den freien Raum zwischen den Parteien hüpft wie ein Eichhorn auf allen vieren ein kleiner Junge und singt mit gellender Stimme eins der hierorts so beliebten Ritornelle: „Taub sind die Nüsse / doch Monna Linda liefert dafür Küsse."

Allgemeine, zunächst höchst ärgerliche Verblüffung. „Nehmt den kleinen Narren da weg!" ruft Cavuccio, und Linda vergißt ihre Angst vor den Peitschen und springt zu ihrem Sohn, um ihn zu holen, aber der hopst beiseite, wir wußten gar nicht, daß der stille Bengel so beweglich ist, und plärrt: „Welkende Rosen / Madonna Truda ist ein Weib in Hosen." Jetzt lacht schon jemand, und Piero setzt gleich noch eins drauf: „Blühende Wiesen / mit ihrem Degen kann sie Mücken spießen."

Wir sind in Capua, und es kann nicht ausbleiben, daß irgendwem ein weiteres Ritornell einfällt, und ebensowenig kann er's bei sich behalten, ob es nun zur Lage paßt oder nicht. Da sprüchelt einer dieser bedrohlichen Stutzer: „Rote Korallen / ihr seid zu frech, um allen zu gefallen."

Aber das Kind entgegnet sogleich bissig: „Duftende Veilchen / wenn ich dich seh, dann denk ich mir mein Teilchen."

Applaus und beifälliges Gelächter. Ritornell. Frage von hinten rechts: „Bräunliche Kuchen / was hast du Knirps hier eigentlich zu suchen?" Pietro: „Blasse Medusen / bei meiner Mutter gehst du manchmal schmusen." Und gleich noch: „Grünende Myrten / die ist besonders scharf auf solche Hirten."

Keine Rede mehr davon, daß man uns etwas tun will. Wir sind schon fast vergessen. Die bösartigen Herrchen haben ihre Peitschen weggesteckt, und hin und wider fliegen die Ritornelle, Herausforderungen an das Kind Piero, der, wie ein Jongleur mit vielen Bällen hüpfend und springend, keine Antwort schuldig bleibt und alle rupft, die Bürger, die Stutzer, seine Mutter und mich. Es ist eine Art Volksfest.

Schließlich betritt eine hochgewachsene, knochige Frau, eine Holzbütte auf dem Rücken, den Schauplatz, stellt sich vor den Knaben hin und fragt in die Runde: „Was macht ihr denn da? Laßt euch bloß nicht auf Wortgefechte mit ihm ein, da zieht ihr sowieso den kürzeren. Wenn er frech ist, sagt's mir, ich geb ihm eins hinter die Ohren."

Das ist Evalina, die Winzerin, Pflegemutter des Kindes, in die Stadt gekommen, es wieder zu den Weinbergen zu holen. Sie macht vor Linda einen Knicks und sagt ehrerbietig: „Entschuldige, Madonna, wenn er dir lästig geworden ist."

„War nicht der Rede wert", erwidert die, ein bißchen matt, und muß sich räuspern. „Eine Handvoll Nüsse auf den Weg?"

Nüsse, warum nicht, auch Nüsse werden dankend angenommen; Linda zahlt pünktlich, also ist sie bei Evalina eine respektable Person. Die Winzerin nimmt Pier an der Hand, der ist auf einmal wieder farblos und folgsam, als könne er kein Wässerchen trüben, reicht seiner Mutter mit deutlicher Abneigung die Wange zum Kuß und folgt der Frau.

Die Menge auf der Piazza verläuft sich nach beendeter Vorstellung, man hat ja noch mehr zu tun, als herumzuhocken und Maulaffen feilzuhalten.

Linda fährt sich mit beiden Händen übers Gesicht. „Der verdammte Bengel", sagt sie.

„Er hat uns gerettet", erwidere ich.

„Ja, indem er sich lustig gemacht hat über uns. Und über ganz Capua. Der hat's faustdick hinter den Ohren."

Endlich können wir wieder lachen.

„Weißt du noch, als dein Sohn die Ritornelle machte in Capua?"

„Inzwischen hat er ja einen Haufen Zeugs mehr gemacht als ein paar Ritornelle, und es war solches und solches dabei", entgegnet meine neue Führerin, unsentimental wie immer. „Aber ihm steigst du ja nicht nach, oder?"

„Im Gegenteil", sage ich seufzend, „eher er mir."

„Auch was Neues", bemerkt Linda trocken. „Er war sonst nicht gerade wild auf Weiber, außer sie waren von meiner Profession. Die billigste Sorte war ihm gerade recht. Armes Hurenkind, ist an den Huren hängengeblieben."

„Die Isabella von England soll in ihn verliebt gewesen sein."

„Da muß sie sich aber mächtig gelangweilt haben."

Sie summt wieder ihre Frottola und lehnt sich an mich, und ich streichle ihren warmen, lebendigen Leib und summe ein bißchen mit in der zweiten Stimme, ausruhend in dem würzigen Windhauch, ehe ich mich bequeme, den Faden wiederaufzunehmen: „Er steigt mir ja auch nicht um meiner Beine willen nach, sondern wegen des Weges, den sie gehen."

„Euer Federico? Du gibst dir ganz schön Mühe um einen Mann, in den du verschossen bist, wie?"

„Ich bin nicht in ihn verschossen!" verwahre ich mich heftig.

Linda stöhnt und schüttelt ihr wirres Haar. „Meine Liebe, wenn ich überhaupt von einer Sache Ahnung habe, dann ist es *die*, dazu laufe ich sozusagen rum. Deine Gründe mögen ja alle gut ausgedacht sein, und wahrscheinlich sind sie sogar richtig, aber wenn eine Frau einem Kerl so verbissen nachstellt, daß sie ihn sogar Hier sucht, dann ist da noch was anderes im Spiel: ebendas. Dieser Dichter aus Florenz . . ."

„Komm nicht immer mit dem!" murmele ich.

„Bestimmt nicht. Aber der hörte wenigstens auf mich."

„Hab ich gesagt, daß ich nicht auf dich höre, Linduccia?"

„Gesagt nicht, aber ich kenne dich halsstarriges Biest. Eher dreimal mit dem Kopf durch die Wand als ein Stück weitergegangen, ob da vielleicht eine Tür ist!"

„Bist du anders?"

Sie sieht mich an. „Nein, kein bißchen." Dann kreischt sie.

„Linda, mein Liebling", sage ich, „du hast mich hierhergeführt, aus dem Dunkeln fort, Fleisch und Blut, die du bist, und fütterst mich mit den süßen Nüssen von einst . . ."

„Die Nüsse von einst", unterbricht sie mich, „die sind längst aufgegessen, oder es sind Nußbäume draus gewachsen, höher als Häuser. Meine Nüsse sind frisch. Alles, was ich habe, ist frisch." Sie schlenkert mit den Beinen.

„Auch frische Ratschläge?"

„Ratschläge an dich?" Sie seufzt wieder. „Nimmermehr! Aber vielleicht – vielleicht Geschichten."

„Geschichten?" schreie ich beinah und richte mich auf, hellwach. Nichts mit der Ruhepause. „Was für Geschichten?"

„Denk bloß nicht, *ich* erzähl sie dir. Aber kann ja sein, sie wohnen hier irgendwo um mich rum, hüpfen vielleicht aus meinem Täschchen am Gürtel, krabbeln im Moos . . ."

„Dir trau ich es zu."

„Mit Recht", sagt sie sachlich. „Frag mal was."

„Bianca Lancia . . .?" erkundige ich mich aufs Geratewohl.

Linda schlägt feierlich das Kreuz. „Ehre ihrem Angedenken."
„Du weißt etwas von ihr? War sie eine Heilige? Eine Kurtisane?"
„Sie war eine Liebende, also beides", entgegnet die Venus der capuanischen Gassen ruhig.
„Was stimmt an der Geschichte, daß sie das Kind einer leibeigenen Magd war?"
„Alles. ‚Die Marchesa vom Misthaufen' nannten sie ihre bösen kleinen Schwestern, ‚die Marchesine', wenn sie über sie herzogen landauf, landab. Das war natürlich der pure Haß, aber es entsprach der Wahrheit."
„Haß, wieso?"
„Mein Gott, Truda. Da hatte ihnen doch diese Illegitime den Liebhaber ausgespannt, und was für einen! Fama ist ja nicht immer zu trauen. Aber in ganz Italien wurde behauptet, daß der Imperatore Federico von allen Rittern und Herren seines Hofs und ein paar Meilen im Umkreis das wohlgestalteste Liebeswerkzeug habe. Dergleichen kann man glauben oder nicht, was aber sicher sein dürfte, ist, daß er höchst trefflichen Gebrauch von seinen Gaben zu machen verstand. Kein Wunder, daß sich Monna Bianca der Sache mit großem Feuer annahm, oder sie hätte ein Stockfisch sein müssen. Der Imperator war sechsunddreißig Jahre, als er sie kennenlernte, ein vorzügliches Alter für Männer, das kann ich dir versichern, und noch jetzt packt mich der Neid, wenn ich bedenke, daß es mir nicht gelungen ist, einen so weitberühmten Liebhaber jemals auf meinem Laken zu haben."
„Hör mal", unterbreche ich sie kichernd, „ich fürchte, du hättest da mit deinen Prinzipien brechen müssen. War es nicht so, daß du die Männer zu besteigen pflegtest, und nicht umgekehrt? Nach dem, was ich gehört habe, soll er auf die männliche Oberherrschaft kaum verzichtet haben, zumindest nicht beim erstenmal, damit klar war, wer der Herr ist."
„In diesem einen Fall", entgegnet Linda hoheitsvoll, „hätte ich wohl einmal meine Gewohnheiten hintangestellt." Und dann kreischt sie los. Gutgelaunt fährt sie fort: „Wir sind auf dem besten Weg zu den Geschichten, die im Gras rumkrabbeln. Vielleicht, daß es so aussieht, als finge ich an zu erzählen, aber nachher gehen sie von allein weiter. Los, frag was!"
„Es heißt, sie waren ein berühmtes Liebespaar, er und Bianca."
„Ja, von der Sorte soll es angeblich viele geben, aber wenn du genau hinsiehst . . ., selbst dieser Orpheus . . ."

„Hast du mit dem etwa auch zu tun?"

Sie winkt ab. „Uralte Geschichten. Der Florentiner . . ."

„Linda, nicht schon wieder."

„Na ja, ich bin ein bißchen stolz auf ihn. Er kam schließlich meinetwegen her, wenn er es auch nicht so sagte. Genau, wie du es machst."

Ich werfe ungeduldig den Kopf zurück. „Ja doch, schon gut."

Madonna Bianca verliert eine Schlacht

„Du hast recht, wenn du sagst, sie waren ein großes Liebespaar, oder vielmehr, sie wurden es im Gang der Zeit. Zumindest gab es darüber eine Reihe von Mißverständnissen."

„Mißverständnisse zwischen wem?" frage ich.

„Na, zwischen ihm und ihr. Federicos Vorstellungen von Liebe entsprachen genau dem, was eine meiner Zunft glücklich gemacht hätte. Miteinander weinen und lachen, zürnen und sich versöhnen, den Geliebten vorzeigen, ihn beschenken und erfreuen und natürlich viel Fornicare, das waren so seine Ideen, dazu kamen noch einige Freuden des Verstands, die zu teilen Bianca durchaus in der Lage war, denn sie war weder dumm noch ungebildet. Aber da war noch etwas darüber hinaus, was Madonna Lancia unter Liebe verstand, und das war dem Kaiser durchaus unbekannt. Der versierte Liebhaber zerbrach sich seinen gescheiten Kopf über das, was er Biancas Eifersucht nannte, und tatsächlich waren die Formen, in denen sich ihr Mißverständnis offenbarte, täuschend ähnlich den Symptomen der Eifersucht."

Es begann, als nach den ersten drei Wochen zerbissener Lippen, blauer Male am Körper und dunkel umschatteter Augen Bianca einen Schwächeanfall bekam. Mitten in der Liebesumarmung wurde sie ohnmächtig.

Federico war höchst erschrocken. Der in Eile aus dem Serraglio herbeigeholte Arzt (es war zufällig Meir, der dann bis zu ihrem Lebensende ihr Medicus bleiben sollte) konnte ihn indes beruhigen: Obgleich die Marchesa zart und zierlich schien, war sie doch in keiner Weise kränklich und so elastisch wie eine stählerne Feder. Es war nur, daß das Feuer ihrer Seele ihrem Leib Dinge abverlangte, denen er sich manchmal durch die Flucht entzog – so drückte es der Arzt aus. Und in der Tat war Bianca, deren Schönheit oft etwas nahezu Durchscheinendes hatte, wenn es darauf ankam, so zäh wie eine Bauernkatze – das glückliche Erbteil von ihrer Mutter.

Der so beschiedene Imperator beschloß nach dem Rat Meirs, der erschöpften Geliebten ein paar Tage Ruhe zuzugestehen, aber selbst nicht zur Ruhe gekommen, besuchte er noch am selben Abend seinen darüber höchst erfreuten Harem.

Nach einer halben Woche wohlgemut zur Dame Lancia zurückkehrend, fand er die schönen Augen gerötet vom Weinen, Tränen an den langen Wimpern, das Gesicht geschwollen – kurz, Bianca war fassungslos, daß er zu den Frauen gegangen war. Federico lachte zuerst los vor Verblüffung. Deshalb heule sie sich ihr süßes Frätzchen zuschanden? Was das denn mit *ihr* zu tun habe?

Biancas Tränen trockneten, die Feuchtigkeit gefror zu Eis. So also sehe seine Liebe aus, die er ihr so glühend versichert habe.

Er zuckte die Achseln, versuchte, sie zu streicheln, sie saß erstarrt. Seine Argumente waren Zeugen seiner Hilflosigkeit: Sie habe doch gewußt, daß es so etwas gäbe, es habe nichts zu bedeuten, es gehöre unter anderem zur Repräsentation, sie könne doch nicht erwarten, daß er die Mädchen wegschicke. Eis und Stein. Dann, mit dem unschuldigen Zynismus der alten Tage: Sie brauche sich nicht zu sorgen, er werde sie ficken, sooft sie wolle und so gut er es könne (und er könne es).

Offenbar entsprach dies Angebot nicht dem, was Bianca erwartet hatte. Ihre Mundwinkel gingen nach unten und machten ihr Gesicht zu einer antiken tragischen Maske. Sie erhob sich und verließ kurzerhand das Zimmer, ungeachtet die hohe Person des Imperators Fridericus Semper Augustus ihr ein „Du bleibst!" nachblaffte.

Erprobte Strategien blieben der gekränkten Schönen gegenüber wirkungslos. Geschenke kamen zurück, bei Hoffesten ließ sich die Marchesa Lancia wegen Unpäßlichkeit entschuldigen, kaiserliche Wutausbrüche ließen nur die Schnecke noch tiefer ins Haus kriechen, Süßholz raspeln war vergebens, der erprobte Charme der einmaligen Persönlichkeit war verschossen. Schließlich vergaß sich der verstörte Liebhaber so weit, daß er Gewalt gebrauchen wollte. Die Frau leistete keinen Widerstand. Alles schien nach Wunsch zu gehen. Triumphierend fühlte er, daß selbst unter seinem harten und zornerfüllten Zugriff die Brüste zu erblühen, der Schoß zu strömen begann.

Da traf ihn Biancas Blick. Ihre Augen waren erfüllt von einem grenzenlosen Erstaunen, einer Frage ohne Ende. Es war nicht einmal Entsetzen.

Der Herr der Welt zog seine Finger zurück, als hätte er sich verbrannt, murmelte eine Entschuldigung und griff seine bereits am Boden liegende Garderobe, wollte gehen. Während er mit flattrigen Händen den Gürtel seiner Dalmatica zu schließen versuchte, sah Bianca, daß ihr caro Federico vor Wut, Scham, Verlangen und hilfloser Verzweiflung weinte.

Damit hatte er, ohne es zu wollen, das Gefecht zu seinen Gunsten entschieden. Es war Bianca klar, daß er seinen Sieg mißverstehen würde, wie er sie schon einmal mißverstanden hatte: als ob die Sinne das Spiel gespielt hätten. Aber sie war keine Taktikerin. Sie traf ihre Entschlüsse von innen, ohne nach den Folgen zu fragen.

So zog Frieden ein, aber das Mißverständnis war nicht beseitigt worden; schon an der Art, wie sich der erhörte Liebhaber diesmal vergnügt pfeifend gürtete, konnte die Liebende sehen, daß er ihre zärtliche Barmherzigkeit nicht begriffen hatte und nicht den Triumph der Liebe, sondern den der Triebe feierte.

In der Tat blieb es für Federico noch lange Zeit unverständlich, was eine Frau, die unter seinen Stößen vor Wonne fast die Besinnung verlor, eigentlich noch für Wünsche haben konnte. Zumal, es wurde ja alles getan. Bereits als Bianca zum erstenmal schwanger war, und das war sehr bald, wurde eine sogenannte Ehe in articulo mortis vollzogen, was besagte, daß im Falle eines Todes der Frau ihre Kinder als legitime Nachkommen, sie selbst als legitime Gattinnenleiche gelte. Diese von der Kirche speziell für gekrönte Häupter ersonnene Raffinesse mochte den Rechtssinn eines Justitiars und die Frömmigkeit einer Nonne zufriedenstellen, und Federico kam sich sehr gut vor, so was hatte er noch keiner Favoritin geboten. Da aber dieser Kniff eine andere Ehe „rechter Hand" nicht ausschloß, war es Bianca völlig gleichgültig, ob die Sache stattfand oder nicht, ja, wenn ihr Liebster sich selbst sein ganzes Serraglio in articulo mortis angetraut hätte, würde sie wahrscheinlich nicht einmal mit der Wimper gezuckt haben. Für dergleichen Acta fehlte ihr jeder Sinn.

Ebensowenig erachtete sie es für einen Liebesbeweis, daß ihr Friedrich das Jagdschloß Gioia del Colle schenkte. Sie hatte an den Plänen für den Bau lebhaft Anteil genommen, genau wie bei Gravina di Puglia, hatte Vorschläge gemacht und die klaren, konkreten Handzeichnungen ihres hohen Liebhabers mit ein paar maßvoll-anmutigen Details geschmückt. Sie freute sich, daß eins dieser Lustschlößchen nun ihr gehörte, es fehlte ihr auch keineswegs der praktische Blick für den Wert des Geschenks, aber es rührte sie nicht weiter an.

Da gab es andere Dinge. Kurz nach der Versöhnung des Paares erkrankte der kleine Konrad an einem Fieber, das auch seine Amme Chatûn ergriff. Die kaiserliche Kinderstube stand kopf, zumal da zwei verschiedene Ärzte auch verschiedene Therapien verordneten.

Bianca klärte das Durcheinander mit ein paar ruhigen Anweisungen, setzte die Mediziner ohne viel Worte vor die Tür, isolierte das kranke Kind von den anderen und übernahm selbst die Pflege nach den Anweisungen des Meir, der sich auch auf diesem Gebiet bewährte.

Jeden freien Augenblick kam Friedrich, nach seinem Sohn zu sehen, und immer war La Bruna da, Tag und Nacht das braune Kleid, die tiefbraune Flut glatten Haares, die leisen, niemals überflüssigen Bewegungen um die Wiege des Kindes, die dunkle, weiche Stimme, die leise ein Lied zur Beruhigung sang. Sie sah zu, wie er die Gebetsschnur, die er aus dem Orient mitgebracht hatte, über dem Gesicht des Knaben pendeln ließ, und als sie merkte, daß Konrad davon still wurde, bat sie, er möge ihr das Ding dalassen, damit auch sie ihn so besänftigen könne. Er zögerte einen Augenblick, seit seiner Rückkehr aus dem Heiligen Land hatte er sich nie von der Schnur getrennt. Dann gab er den Talisman stumm in ihre Hände.

Oft wachten sie nachts gemeinsam an dem Krankenbett. Wenn Bianca vor Erschöpfung einschlief, tat er, was nötig war, wechselte die Kompressen, gab dem Kind Orangensaft und den Kräuterabsud, den Meir verordnet hatte, schaukelte die Wiege. Schrie Konrad, so erwachte die Frau sofort, nahm ihn aus den Kissen, um ihn hin und her zu tragen, hypnotisierte ihn mit der Schnur. Wurden ihr die Arme lahm, nahm er ihr das wimmernde Kind ab und trug es unter Falkenierrufen weiter umher.

Während dieser Tage wurde zwischen ihnen kein Wort gewechselt, was nicht mit der Pflege des Kindes zu tun hatte. Es war nicht notwendig. Manchmal lächelten sie.

Am Morgen der Krisis, nachdem Konrad in einen tiefen, heilenden Schlaf gesunken war, fand man auch sie beide schlafend vor, den Imperator an die Wiege gelehnt, die Marchesa neben ihm, den Kopf, Gesicht nach unten, in seinen Schoß gebettet, ihr seidendunkles Haar war wie eine Decke über seinen Knien.

Danach erschien Bianca la Bruna auf allen Hoffesten wieder an der Seite des Kaisers. Binnen kurzem fiel auf, daß die Damen des Großhofs sich Ton in Ton zu kleiden begannen, auf Brokate und Stickereien verzichteten und weite, weichfließende Gewänder bevorzugten, die um die Knöchel endeten, so daß das ewige Gestolper und Schleppenraffen bedeutend abnahmen. Einige ganz Mutige begannen sogar mit Blumenkronen und schmalen goldenen Fußspangen, aber nachdem Friedrich einmal bemerkte, die meisten sähen mit den Blüten um den Kopf aus wie preisgekrönte Zuchtkühe, blieb die Mode das Vorrecht der Marchesa Lancia, die nie wie eine Zuchtkuh aussehen konnte, dazu war sie zu dünn. Auch der Brauch, an Ausritten in Pagenkleidung und im Männersitz teilzunehmen, war ihr allein vorbehalten. Friedrich war hoch entzückt, wenn sie an seiner Seite dahingaloppierte und ihn ihre dunklen Augen verwegen unterm Hutrand hervor anblitzten.

Seine Begeisterung stieg noch, als er von ihrer Schwangerschaft erfuhr – sehr spät, denn Bianca war keine Schwätzerin, und ihrem zierlichen Leib sah auch der große Frauenkenner so schnell keine Veränderung an. Federico zerriß sich fast um sie. Er bat sie inständig, nicht mehr, wie sie gern tat, barfuß zu laufen, damit sie sich nicht erkälte, versuchte sie mit Veilchenkonfekt zu füttern, was neuerdings am Großhof als medizinisches Dessert in Mode kam, und überschrieb ihr die Einkünfte einer Grafschaft als Vorschuß für den Sohn – es wurde übrigens eine Tochter.

Dann, keine zwei Monate vor der Entbindung, tauchten plötzlich die Schwestern der Marchesa, die Zwillinge Giuditta und Isotta, in Foggia auf – ob aus eigenem Antrieb oder von Bruder Manfred auf höheres Geheiß herbestellt, war nicht auszumachen. Sie begrüßten Bianca überschwenglich, wünschten ihr Glück und bekundeten, in ihrer Nähe bleiben zu wollen, um ihr beizustehen in ihrer schweren Stunde – daß es eine solche werden müsse, versuchten sie ihr unablässig einzureden, schließlich war sie schon über fünfundzwanzig und hatte noch nie geboren.

Der Großhof kicherte hinter vorgehaltener Hand. Federicos Gewohnheit, während des letzten Teils der Schwangerschaft einer Favoritin und über die Entbindung hinweg seine Gunst einer anderen Dame zuzuwenden, war allgemein bekannt. Diesmal waren es also zwei, und alles blieb hübsch bei den Langwimprigen.

Bianca begriff die Fortsetzung des Mißverständnisses über Liebe erst, als sie nach einem Abendspaziergang mit ihrer Zofe ihrem caro

Federico noch einen kurzen Besuch abstatten wollte, auf einen Gutenachtkuß.

Riccardo gab sich große Mühe, sie aufzuhalten. Es war auch nicht notwendig, daß sie weiterging. Auch im Vorzimmer erkannte sie gut genug die Stimmen ihrer Schwestern, vor allem, wenn sie so laut kreischten, und das Schnurren des Mannes, sein helles, heiseres Lachen, das kannte sie auch.

La Bruna war eine sehr beherrschte Frau. Sie ging erst in ihre Zimmer und schloß die Tür hinter sich, ehe sie umfiel. Die Ohnmacht dauerte nur Minuten, und Bianca untersagte der Kammerfrau, einen Arzt zu holen. Ihr und dem Kind gehe es gut. Sie legte sich zu Bett und konnte schlafen.

Am nächsten Morgen wurde sie durch die Meldung geweckt, der Imperator stehe vor der Tür. Natürlich war er nach Beendigung seines vergnügten Abends noch vom Oberkämmerer unterrichtet worden, wer da zu unerwarteter Stunde im Vorzimmer aufgetaucht war, und als kühner Stratege begab er sich in die Höhle der Löwin. Mit schiefem Grinsen erklärte er sich bereit, ihren Zorn zu ertragen. Sie erwiderte ruhig, sie sei nicht zornig. Wenn er ihre Schwestern fortschicke und sich bereit erkläre, nicht von ihrer Seite zu weichen, bis „alles vorbei ist", wolle sie ihm verzeihen.

Ihm blieb der Mund offen, und er fragte zunächst ganz tölpelhaft, warum.

Die verletzte Schöne verwies ihn mit langsam erglühenden Wangen auf die alte Geschichte von den beiden Schwestern, die ihre dritte Schwester beneideten und ihr nach der Geburt ein Rudel junger Hunde unterschoben, um sie aus der Gunst des Geliebten zu verdrängen.

Er: „Du hast ja eine feine Meinung von deinen Schwestern!"

Und sie: „Ich kenne sie!"

Er lächelte nachsichtig, aber die Augen der Marchesa sprühten, und sie beharrte auf der aberwitzigen Forderung: Giuditta und Isotta nach Haus, der Kaiser bei ihr von früh bis spät, bis auf die Geschäfte. Gereizt fragte er, ob sie ihn in Eisen legen oder wie einen Tschita verkappt mit sich führen wolle und ob er sich, da sie geruhe niederzukommen, nun ein halbes Jahr die Natur versagen solle.

Bianca, die dunklen Augen bis zu den Wimpern voll Tränen: „Ich schweige ja schon über die Mädchen im Frauenhaus, sowenig es mir gefällt."

Er durchmaß den Raum ein paarmal, die Ader auf der Schläfe

pochte, dann sagte er beiläufig: „Gibt es eigentlich irgend etwas, was ich möglicherweise vergessen habe? Ich meine, eine Abmachung, die dir Rechte über mich einräumt? Hältst du dich für die Imperatrice, nur weil dir der Bauch wächst? Das ist schon anderen vor dir passiert."

Bianca erbleichte, und einen Augenblick sah es aus, als wollte sie wieder umfallen. Dann wandte sie sich ab und ging hinaus. Am selben Tag reiste sie ab nach Gioia del Colle.

Federico zuckte die Achseln und fluchte auf den Weiberkram. Die Zwillingsschwestern wurden nach Piemont zurückexpediert. Der Marchesa schickte er Meir nach, der von ihr aufgenommen wurde, und als Parlamentär Francesco Tibaldo, der abgewiesen ward. Auch Bruder Manfred mußte unverrichteterdinge wieder abziehen.

Erst nach der Botschaft, ein Mädchen sei geboren, reiste der Vater zur Taufe in die Berge der Murgie. Aber auch er bekam die Wöchnerin nicht zu sehen. Man teilte ihm mit, La Bruna sei einverstanden mit seinem Vorschlag, das Kind Konstanze zu nennen. Später sagte Bianca, dieser Name und auch, daß Federico nicht versucht habe, gewaltsam zu ihr vorzudringen, hätten den ersten Balsam auf ihre Wunde geträufelt.

Konstanze wurde im März geboren. An einem Maiabend, der in feurigen Farben glüht, nähert sich ein einsamer Reiter dem Schloß Gioia. Bianca sitzt im Garten, das Kind neben sich in einem Korb, wie ihn die Frauen der Gegend, an vier Seilen aufgehängt, als Wiege benutzen. Sie ist barfuß und in dem abgetragensten der braunen Baumwollkleider, und die Milch, die ihr häufig aus den Brüsten tritt, hat dunkle Flecke darauf gemacht. Ohne sich zu regen, beobachtet sie, wie der Reiter im grünen Jagdhabit langsam näher kommt, um eine Wegbiegung verschwindet, wieder auftaucht.

Es fängt an zu dämmern, als er die Auffahrt erreicht und im Tor verschwindet, und Bianca deckt das Kind noch einmal zu, denn die Luft wird etwas kühl. Seine Stimme von der Gartenhecke her ist leise und rauh: „Ist es erlaubt, näher zu kommen, Madonna?"

Sie macht eine kleine Handbewegung, und er ist sehr schnell bei ihr und kniet, ein bißchen Courtoisie, ein bißchen Spott, ein bißchen Ergriffenheit, wer weiß, wieviel, und er grinst. „Ich versäume drei Gesandtschaften, den Kanzleibericht, und das Familiarenkolleg wartet auch vergeblich."

„Ja", erwidert sie. „Weck das Kind bitte nicht auf."

Er kniet noch immer. „Falls es irgendwie wichtig ist für dich", bemerkt er leise, und sie weiß, daß er wieder etwas Belangloses sagen und ihr Herz mit einer Torheit rühren wird, „ich war ein paarmal im Serraglio, aber es hat mir nicht sonderlich gefallen. Nicht der Rede wert in der ganzen Zeit. Und sonst habe ich nicht . . ." Er bricht ab mit einem halben Auflachen. „Du lieber Himmel, ich tu wie im Beichtstuhl."

„Mio ben", sagt sie. „Dolcietto mio, ti voglio bene." Und weiß, daß er immer noch nicht begriffen hat, was sie mit dem meint, von dem er da gerade flüstert, die Hände um ihre Hüften geklammert, aus aufrichtiger Seele: „Ti amo, ich liebe dich, vita mia." Aber es ist sehr süß, es zu hören.

„Wann brechen wir auf, gleich?" fragt er, und sie: „Es ist vielleicht besser, morgen früh. Die Nachtluft ist der Kleinen vielleicht nicht zuträglich."

Bianca hatte kapituliert. Nie zog eine Besiegte mit größeren Ehren ein, als sie ihr der Großhof bei ihrer Rückkehr erwies. Mit glanzvollen Festen feierte Federico den Triumph über die Ungnade seiner Geliebten.

Was für eine Zeit! Frieden im Lande, und die ersten Knospen des Goldenen Zeitalters schienen zumindest am Großhof von Foggia schon unterm Wintergrün hervorzublinzeln. Wie ein Magnet zog die apulische Residenz alles an. Die Adelsfamilien des Landes wetteiferten, ihre jungen Söhne als Valetti zum Kaiser zu schicken, und es gab keine internationale Größe von Wissenschaft und Kunst, die nicht eine Einladung nach Foggia für das Schmeichelhafteste gehalten hätte, was einem überhaupt passieren konnte.

Träger glanzvoller Namen tauchten auf: Fibonacci, in dessen Rechenbuch mit den arabischen Zahlen Federico schon als Kind studiert hatte, war jahrelang ständiger Gast. Er wurde zweimal vom Imperator bei einem mathematischen Wettkampf besiegt („an die Wand gerechnet" nannte der es spitzbübisch) und widmete ihm sein neues Buch „Liber Quadratorum". Der Magister Teodoro, konvertierter Sarazene aus dem Kreis des Al-Kamil, ein universaler Kopf, Übersetzer, Philosoph, Mathematiker und Mediziner, von Pietro ironisch „der Erfinder des Veilchenkonfekts" genannt (das war er außerdem), blieb ständig im Dienst des Kaisers, wie auch der große Schotte Michel – Michael Scotus, der den Aristoteles in viele Sprachen übersetzte, aber auch Erfindungen machte und dem Kaiser das Horoskop stellte. Er ließ sich gern als Magier bezeichnen. Sie alle langweilten sich niemals, denn abgesehen davon, daß sie sich untereinander stritten, hielt der Caesar sie mit bohrenden Fragen über Gott und die Welt in Atem und gab sich selten mit einer Antwort zufrieden.

Weithin berühmt wurden die poetischen Wettstreite in Foggia oder Melfi. Es gab zwei „Schulen". Die eine, die höfisch gelehrt daherkam, mit ihrer Eleganz, ihrem Formenreichtum und ihren grandiosen Metaphern brillierte, wurde von dem sprachgewaltigen Vinea geleitet. Die andere gehorchte keinem Chef. Aber ihr ungekrönter Meister war Rainaldo d'Aquino, dessen „Mädchenlied", die Klage einer jungen Frau, deren Geliebter zum Kreuzzug aufbricht, damals auf allen Gassen gesungen wurde. Aus der Gasse kamen auch die Anregungen zurück zu diesen Dichtern, die die Tanzlieder und Ritornelle, die Rispetti und Balladen in Form und Inhalt imitierten. Alle Welt klimperte auf der Laute und versuchte sich bald im „hohen", bald im „niederen" Stil.

Groß in Schwang war die Frottola, ein Strophenlied in wiegendem Rhythmus, wie es Bianca la Bruna auf Bitte des Kaisers an einem festlichen Abend vortrug. Sie hatte eine klare tiefe Stimme und kannte keine Ziererei. Einmal in den Mittelpunkt gestellt, agierte sie, die sonst so Zurückhaltende, mit Grazie und Schelmerei. „Si mi piace il dolce foco" oder „Ogni amor vol esser vero", vorgetragen in ihrem reinen Toskanisch, erregte die Begeisterung der jungen Leute. Ihr Vorrat an Frottole erschien unerschöpflich, bis man dahinterkam, daß sowohl Federico als auch sein hochbegabter Sohn Enzio, der Falconello, sie mit neuen „Volksliedern" versorgten.

Ein ganzes Nest junger Poeten wurde großgezogen. Die Nachkommen der Caserta, Amici, Filangieri, Morra und Ruffo lernten da das Singen, und sie lernten es häufig von den unadligen Richtern und Beamten delle Vigne, delle Colonne und Lentini. Später wurden sie Große im Staat und in der Kunst. Sie waren wie kaiserliche Söhne aufgezogen worden, ehe sie Friedrich verrieten.

Verrat, Verrat! Da ist es wieder, das Wort, das immer wieder durch die Geschichten geistert, ein fernes Wettergrollen am Horizont. Ich starre Linda an; ungerührt reicht sie mir auf der flachen Hand eine neue Portion Nüsse.

„Was ist das für ein finsterer Hintergrund, auf dem die Bilder stehen?"

Sie zuckt die Achseln. „Verrat hin, Verrat her. Das ist ein Thema, für das möglicherweise mein Sohn kompetenter ist als ich – fürchte ich. Aber abgesehen davon, eins will mir nicht in den Kopf: Alle haben *ihn* immerzu verraten. Hat *er* niemanden verraten – oder nannte man es bei ihm bloß anders? Vielleicht fand sich der Bauer in Germanien auch verraten, dem versprochen worden war, daß der Kaiser die großen Herren zügelt. Aber er konnte natürlich seinem Caesar dafür nicht die Augen ausreißen lassen. All diese großen Herren, die dich triezen, bis dir das Blut untern Nägeln vorkommt, und wenn du dich wehrst, schreien sie Verrat! Na, laß gut sein!“ Linda prustet, so hat sie sich in Hitze geredet, und ich schweige betreten und knacke Nüsse.

„Also, laß die Verräter von Verrat reden, als sei es etwas Großes. Er ist ganz leicht. Leichter jedenfalls als standhaft sein“, fährt Linda fort. „Bianca war standhaft. Sie verriet ihre Liebe nicht. Es wäre, zumindest am Anfang, sehr einfach gewesen. Sie hätte nur die Achseln zucken und lachen müssen zu den Seitensprüngen ihres Liebsten, schließlich war er nicht mit gewöhnlichem Maß zu messen, ein klein bißchen sticht es vielleicht zu Anfang, aber man kann sich dran gewöhnen. Man kann sogar neben der Kaiserin sitzen, ein bißchen tiefer vielleicht, nun ja. Sie wäre eine der kaum zählbaren Favoritinnen gewesen, eine von der Art sicher, die erwähnenswert war, an der er ein paar Jahre klebenblieb und die Kinder gebar. Ein vergnügtes Leben in Saus und Braus, fürstliche Geschenke, schließlich eine hochnoble Heirat mit einem etwas entfernter wohnenden Conte oder Baron, der sich sehr geehrt fühlt, passé, die nächste bitte; Feuer, das zu Asche wird. Statt dessen diese Flamme über den Tod hinaus, das Sichverzehren, aber nicht Verlöschen, Schmerzen, die man hätte abwenden können; getreu bis zuletzt, sich, ihm, der Würde der Liebe. Aber nehmen wir keine Apotheosen voraus!

Es wurde also gesungen, philosophiert, geschrieben, gejagt und gebaut, was das Zeug hielt: wenig Dome und viel Castelli. Aber das war noch nicht das Eigentliche dieses heißen Sommers einunddreißig, in dem der Großhof in die kühlenden Kastanienwälder Melfis verlegt wurde. Viele hatten beraten und vorgeschlagen, zugearbeitet und korrigiert, aber schließlich war es das Werk von zweien: Federico und sein neuer Erster Minister, der Jurist Petrus de Vinea, gaben dem Land Recht und Gesetze. Liber Augustalis, auch Konstitutiones, Verfassung von Melfi hieß das Werk, und Ruhm und Ehre ihnen beiden für das, was sie da schufen!“

Seit seiner Rückkehr vom Kreuzzug hatte Friedrich im ganzen Land forschen und fragen lassen nach den ungeschriebenen normannischen Gesetzen. Alte Leute mußten alles, was sie von Gewohnheitsrecht und fast vergessenen Bräuchen wußten, den Juristen in die Feder erzählen. Vierzig Vertreter der einzelnen Landesteile hatten schließlich die Ernte dieses Wissens nach Foggia gebracht, zu ihm, der Herr und Knecht der Justitia, ihr Vater und Sohn zugleich und Lex animata in terris, das beseelte Gesetz auf Erden, sein wollte.

Die gewaltigen Ströme, teils rein und klar, teils voll Schlamm und Geröll der Zeiten, waren zu leiten, zu filtern, in die Flußbetten der bekannten Codices zu führen, zu mischen mit dem kirchlichen, dem justinianischen Recht, mit den Leges des Augustus. Alles strömte schließlich zusammen bei Petrus, dem Fels des Herrn. Er destillierte aus dem Unübersehbaren das Einsehbare, fing, der Gesetzesfischer, es auf im Gefäß seines klaren, köstlichen, musikalischen Lateins.

Seit Mai weiß keiner mehr, wann er eigentlich schläft. Tagsüber in der Kanzlei formulierend, diktierend, redigierend, disputierend, zieht er sich zur nächtlichen Hauptarbeit in sein kahles, winziges Kabinett zurück, das bei zunehmender hochsommerlicher Hitze von den vielen Kerzen zu einer kleinen Hölle aufgeheizt wird. Stapel von Papieren häufen sich um ihn. Die Rose im Kristallglas welkt, und die eisgekühlten Scherbette, die zur Erfrischung bereitstehen, sind gegen Morgen lauwarme süßliche Brühen, von denen er und sein Herr gleichwohl gierig trinken, wenn ihnen die Kehle trocken wird. Kein Diener, nicht einmal ein Schreiber, stört bei diesen Arbeiten.

Da sitzt er, der Sohn der Linda, hemdsärmelig, den großen blassen bärtigen Kopf schräg geneigt über die Pergamente, der Gelehrtentalar hängt über der Stuhllehne. Pietro gegenüber sehr häufig Federico, leger bekleidet ebenfalls. Sie tauchen ihre Federn in ein gemeinsames Tintenfaß, und der größte Stolz, den sie haben, ist, wenn einer einen Gedanken einleuchtender, prägnanter, klarer als der andere hat formulieren können.

Sie reden, vergleichen, verbessern. Manchmal, in einem Moment des Überlegens, versenken sich die grauen und die hellen Augen ineinander, ohne zu blinzeln, und es ist, als fließe *ein* Gedankenstrom durch die beiden Hirne, als erhelle *ein* Blitz gleichzeitig die Dunkelheit. In einer Art Rausch nimmt einer dem anderen das Wort aus dem Mund, führt weiter, ergänzt. Es gibt Texte, bei denen es nachher unmöglich ist, die Urheberschaft festzustellen. Pietro sagte später einmal, er sei in diesen Sommermonaten so ungeheuer wach gewesen, daß er geglaubt habe, nie wieder schlafen zu müssen. Tatsächlich wurde sicher in jenen Nächten der Grundstein für seine spätere berühmte Schlaflosigkeit gelegt, eine Krankheit, die aus der Sorge um den gewaltigen Apparat des Imperiums entstand, für den die Verantwortung dann einzig auf seinen Schultern lag.

Allein Bianca wird manchmal Zeuge der schöpferischen Räusche dieser Nächte. Als man sich über eine Textstelle nicht einigen kann, sagt Federico plötzlich: „Was wohl Madonna Bianca dazu meint?" Und ehe Pietro noch einen Einwand vorbringen kann, springt er auf, verläßt das stickige Zimmerchen und läuft durch die Gänge, die Pergamentbögen mit der noch tintennassen Schrift in der Hand. Ungeduldig weckt er sie, rüttelt an ihrer nackten Schulter. „Wach auf, mio ben, wach auf. Hör mal zu, was sagst du dazu?"

Sie hat die Eigenschaft, sofort hellwach zu sein, setzt sich ohne Erstaunen auf und hört und erwidert. Manchmal liegt sie noch wach, wenn er gegangen ist, und bewegt die Worte: „. . . und obgleich denen, die die Wahrheit und die Natur der Dinge beobachten, dies fabelhaft erscheinen dürfte, daß der Sinn der Menschen durch Speisen oder Tränke zu Liebe oder Haß bewegt werden kann, sofern nicht bei dem, der sie zu sich nimmt, eine bestimmte Neigung dazu führt, so wollen wir doch die leichtfertige Anmaßung, mit der sie zu schaden wünschen, wenn sie auch nicht schaden können, nicht ungestraft dahingehen lassen . . ." Oder irgend etwas läßt sie nicht wieder einschlafen, etwas stört, sie memoriert leise vor sich hin: „. . . daß jeder, der begierig nach Ruhe und Sicherheit in unser Königreich kommen will, hier zu wohnen, nach Übersiedlung sicheres Glück genieße . . ., nach Übersiedlung mit seiner ganzen Familie sicheres Glück genieße . . ." Und sie springt auf, läuft barfuß und kaum bekleidet durch die Gänge zu dem kleinen Zimmer.

Vinea, der höchst skeptisch blickte, als Friedrich das erstemal zu ihr ging, hat sich nun an ihre von praktischer Vernunft diktierten Ratschläge ebenso gewöhnt wie an ihr Kommen, er erhebt sich halb vom Stuhl, deutet eine Verbeugung an und taucht dann die Feder ein, schreibt auf, was sie vorbringt.

Und der Marchesa, wenn sie wieder in ihrem Zimmer ist, kommt es manchmal gar zu unwahrscheinlich vor, was in diesen Nächten geschieht, so daß sie lächelnd einschläft, vor sich das Bild zweier Jungen, die mit Feuereifer einen Damm am Bach bauen . . .

Übrigens ist ihr Rat meist so gut und klärend, daß Pietro jetzt oft selbst bemerkt: „Wenn man nun wüßte, was die Frau Marchesa dazu meint ..."

In der letzten Juliwoche begann Pietro mit dem Diktat. Auch in diese Fassung korrigierten die beiden besessenen Arbeiter nachtsüber noch Änderungen, Ergänzungen, Kürzungen hinein. Manchmal mußte eine ganze Pergamentlage noch einmal geschrieben werden, weil dem Kaiser oder seinem Ersten Juristen eine Formulierung nicht gefiel.

Seit dem 10. August 1231 quälten sich die gewundene Bergstraße zur alten Normannenburg Melfi empor: Bischöfe und Prälaten, Grafen und Barone mit ihrem Gefolge, Juristen und Gelehrte – die wichtigsten Männer des Königreichs Sizilien. Wer nicht im Castello selbst unterkam, siedelte in farbenprächtigen Zelten ringsum auf der Hochebene.

Ab 15. August bekam man zu hören, was die Majestät und ihr neuer Günstling, der „Notar aus dem Nichts", da ausgeheckt hatten. Es war staunenswert.

Pietro selbst las vor. Seine wohltönende, geschulte, anscheinend unermüdbare Stimme umhüllte wie ein Samtmantel die höchst nüchterne Realität des schockierenden Stoffes.

Nicht der Sündenfall Adams und Evas, wie die Kirche behauptete, sondern der Zwang innerer Notwendigkeit im Zusammenleben der Menschen habe das Königtum hervorgebracht, auf daß „die Freiheit zu Verbrechen eingeschränkt werde" – so erklärte der hohe Verfasser sachlich in der Präambel. Weshalb sich denn der König als Lex animata in terris, Beseeltes Gesetz auf Erden, zu fühlen habe. Pax et iustitia, Friede und Recht, zu wahren, sei er auf die Welt gekommen, und zwar habe die Gerechtigkeit für alle Untertanen, ob hoch oder niedrig, gleich auszusehen.

Gleich also. Wie denn, gleich? Hieß das, daß ein Baron vor dem Richter genausoviel galt wie ein Bauer? Ein Gottesmann soviel wie ein Grünkrämer von der Herberia? Hier bereits wurde es den Herren schwarz vor Augen. Aber keiner wagte mehr aufzumucken wie noch vor ein paar Jahren in Capua. „Alle beugten ihre Nacken", schrieb ein gewisser Ritter Ryccardi. Er mußte es wissen, er war dabeigewesen.

Um diese für einen Untertan gehobenen Standes ungeheuren Zumutungen wirksam werden zu lassen, hatten sich die Majestät und sein großer Justitiar eines uralten Dinges besonnen, das aber in den letzten Jahrhunderten zugunsten von Gewalt, Willkür, Anmaßung und Einzelherrschaft ziemlich in Vergessenheit geraten war. Es hieß Öffentliches Ding oder auch Res Publica: Staat. So daß auf einmal in einer einzigen wundersamen Wandlung, wie wenn ein Gaukler die Hand umdreht und aus Schwarz ist Weiß geworden, Staat gleich Lex animata in terris war und dies wieder gleich Kaiser – und Kaiser also gleich Staat ...

Da nun der Kaiser nicht überall zugleich sein konnte, wollten die Würdenträger schon erleichtert aufatmen. Neue philosophische Spitzfindigkeiten in der Begründung des Herrscheramts, nun gut, das konnte einen ja kaltlassen. Indes trauten sie kaum ihren Ohren, als sie als nächstes erfuhren: Doch, er konnte überall zugleich sein!

Die bevollmächtigten Vertreter des Öffentlichen Dings würden ihre Nase in jeden Winkel des Landes stecken und nach genau vorgeschriebenen Normen allüberall für die wundersame Gegenwart des Beseelten Gesetzes auf Erden sorgen. Diese Vertreter waren nicht die Barone oder Bischöfe, wie es Sitte war. Es waren die Juristen.

Ein Heer von Beamten, ausgebildet an den Fakultäten von Bologna, Ravenna, aber vor allem Capua, ein Aufgebot unadliger oder gerade erst geadelter Staatsdiener, ergoß sich auf die zehn Provinzen, in die man beide Sizilien der besseren Übersicht wegen aufgeteilt hatte, wohlgestaffelt vom Justitiar (in dem Rang und der Machtvollkommenheit eines Gouverneurs) über Notare, Sekretäre, Castellani bis zum Bajulo, dem Dorfvorsteher. Ihnen zur Seite für Finanzen zuständige Kämmerer. Und nun Buona fortuna, Öffentliches Ding!

Die Barone waren mit einem Schlag entmachtet worden. Sie hatten keine Rechte mehr außer denen über ihre Leibeigenen, aber viele Pflichten, von hohen Steuern bis zur Verantwortlichkeit vor den Beamten.

Arme Justitiare! Für das Jahr ihrer Amtsführung waren sie keine Privatpersonen mehr. Nicht nur, daß peinlich darauf geachtet wurde, daß kein Justitiar eine Provinz zugewiesen bekam, aus der er etwa stammte. Er durfte auch dort weder heiraten noch Grundbesitz erwerben oder Verträge abschließen. Zu leben hatte er von seinem kleinen Gehalt, das keineswegs fürstlich bemessen war, und während dieses Jahres hatte er nicht nur zu verwalten und zu richten, sondern unermüdlich unterwegs zu sein, um selbst Unrecht aufzufinden und vor Gericht zu bringen – ein Öffentlicher Ankläger also, obgleich man doch in beiden Sizilien froh war, wenn der Dreck in der Familie vertuscht werden konnte! Nach der Amtsführung galt es, vor dem Großhof Rechenschaft abzulegen, und wehe dem, der sich Rechtsbeugung oder Korruption nachweisen lassen mußte! Auf schwere Fälle stand die Todesstrafe.

In diesem Licht besehen, machte die gesamte Jurisdiktion keinen rechten Spaß mehr, man konnte froh sein, sie los zu sein. Da wurde doch das Gottesurteil als Mittel der Wahrheitsfindung rigoros verboten und als „lächerlicher Unsinn" bezeichnet, so schöne Sachen wie Folter und Zweikampf diskriminiert und, damit auch ja alle Bescheid wußten, eine öffentliche Rechtsberatung für Witwen und Waisen eingerichtet, denn, so der hohe Verfasser: „Die Unterdrükkung der Armen durch die Reichen ist hassenswert."

Als höchst empörend, ja ehrenrührig empfanden die adligen Herren auch das generelle Verbot, Waffen zu tragen; nur auf Reisen oder mit besonderer Genehmigung des Provinzjustitiars gab es eine Sondergenehmigung. Und nicht einmal in der Notwehr durfte man einfach zuhauen, wenn man nicht vorher die „invocatio" durchgeführt hatte, eine Neuerung, die offenbar anstelle des Stoßgebets treten sollte: eine Beschwörung des kaiserlichen Namens, auf die hin der Gegner zurückschrecken sollte. Falls das nichts half, durfte man endlich angreifen, nicht vorher! Das Oberste Gericht, gegen das es keine Berufung gab, nahm sich nämlich solcher Fälle an.

Was aber wie ein Blitz einschlug und die „geduckten Nacken" fast noch einmal in eine Rebellion getrieben hätte, wären sie nicht ausgeblutet gewesen von den rigorosen Aderlässen, die ihnen der Imperator bei letzten ähnlichen Versuchen verpaßt hatte, was wie ein Stich ins Wespennest wirkte, war die simple Einrichtung der Colloquia, halbjährlicher Versammlungen all derer, die weder geistlich noch adlig waren. Da konnten sich Bürger und Bauern die neuesten Verordnungen ihres Federico anhören, darüber öffentlich disputieren und eventuelle Beschwerden gegen die Beamten vorbringen. Nein, da hatten die Herren recht: Dergleichen hatte es noch nie vorher gegeben. Da hatten sich der Ragazzo von der Uferstraße in Palermo, der Sohn der Hure Linda und die Frau Marchesa vom Misthaufen wirklich etwas Schönes einfallen lassen.

Um diesen ehernen Kern schlang sich nun das Fruchtfleisch der vielen einzelnen Verfügungen, Anordnungen, Verbote. Nichts schien vergessen. Gebühren- und Studienordnungen für Ärzte gab es da genauso wie Verfügungen über die Reinerhaltung der Gewässer, die Anlage der Schlachthäuser außerhalb der Stadt, Begräbnisordnungen und Schutzbestimmungen für alleinstehende Frauen. Der Handel wurde weiter monopolisiert, die Steuerschraube angezogen.

Es gab keine Lücke. Wie ein Panzerhemd aus elastischem Toledaner Stahl, fest, aber weich, jeder Bewegung des lebendigen Körpers folgend, aber niemals nachgiebiger, als der Zweck es gestattete, Schutz und Beengung zugleich, so legte sich das Gesetzwerk übers Land.

Die Kirche war alarmiert. Schon vorher schnappte Papst Gregor wütend: „Es kam uns zu Ohren, daß Du aus eigenem Antrieb oder verführt durch die üblen Räte Verderbter neue Gesetze herauszugeben im Sinne hast, aus denen notwendig folgt, daß man Dich einen Verfolger der Kirche und Umstürzler der staatlichen Freiheit nennt, der Du selbst solchermaßen Dir entgegenwütest . . . Wahrlich, wenn Du etwa von Dir aus bestimmt wardst, fürchten wir sehr, Dir sei die Gnade Gottes entzogen, da Du so offen Deinen eigenen Ruf verwirkst wie das Heil.“

Pietro antwortete so souverän und geschickt für seinen Herrn, daß Gregor, sicher nicht beruhigt, aber außer Gefecht gesetzt, Frieden gab.

Ich seufze tief auf. „Diese Gesetze in Germanien wider den Fürstenhochmut durchgesetzt, ach, Linda! Davon kann man nur träumen!“

„Jeder bekommt, was er verdient“, sagt Pietros Mutter hartherzig, und das hätte auch ihr Sohn sagen können. „Die Deutschen kriegten ja auch etwas ab. Bei ihnen wurden die Ketzergesetze gültig, das Finsterste, was es nach den Konstitutiones gab. Friedrich schuf sie sich als eine Waffe gegen alle Feinde der Res Publica, das heißt seiner gottgesandten Person, Lex animata in terris, und setzte einfach Rebellion gleich Ketzerei. Die Kirche griff zu, es war das einzige, was ihr gefiel an Gesetzen, die aus Sizilien kamen, und sagte freundlich Dankeschön für diese präzis und mit teuflischer Intelligenz ausgearbeiteten Verfolgungsrichtlinien. Das Spitzelwesen blühte im Nordwie im Südreich. Jeder konnte seinen Nachbarn, weil der ihm mal scheel in die Suppe geguckt hatte, wegen Majestätsbeleidigung oder Gotteslästerung (was auf eins hinauslief) anzeigen, und das Gegenteil war erst mal zu beweisen! Allerdings gab es einen Unterschied:

In Sizilien kam man vor einen Richter, in Germanien landete man in den Kellern der Inquisition.

Und erzähl mir bloß nicht, daß der riesige Apparat der Geheimpolizei allein auf die Kappe von Pietro ging! Federico wollte alles wissen, und Federico erfuhr alles. Wenn in Agrigento ein Floh geniest hatte, wußte man es drei Tage später in Foggia. – Du hast da nie mitgemacht bei diesem Unternehmen?"

„Ich?" Ob des unerwarteten Angriffs meiner Linda verschlucke ich fast einen Nußkern.

„Na, na", sagt sie achselzuckend. „Es liegt doch nahe. Zieht durchs Land, redet mit den Leuten, kennt alle Welt, bringt schnelle und geheime Botschaften, hat Privilegien . . ."

„Welche denn?"

„Och, gar keine. Bloß, daß du als rechtlose Vagantin in beiden Königreichen offen eine Waffe führen durftest und von Zeit zu Zeit mal mit dem Imperatore unter vier Augen plaudertest."

„Linda", stammele ich, noch immer an dem Nußkern würgend. „Wie kannst du denken, daß . . ."

Plötzlich packt sie meinen Kopf mit beiden Händen. „Truda, dummes Weibsbild! So wie dir jetzt bei mir, so erging es Tausenden von Angeklagten und Verdächtigen im Land. Wie willst du dich reinigen von solchen Anklagen! Selbst wenn es dir gelingt – der Schatten des Verdachts bleibt. Du, Truda, kannst aufstehn, fortgehn und mich hier sitzen lassen, wenn es dir zu dumm wird; du bist mir nichts schuldig. Aber auch das konnte keiner. Die Grenzen beider Sizilien waren schon seit den capuanischen Assisen geschlossen, um die Steuerzahler nicht fortzulassen, denn die Kopfsteuer nach Vermögen war eine Goldgrube. – He, Mädchen! Bist du empfindsam!"

Den Kopf an Lindas Schulter, kann ich meine Tränen nicht zurückhalten.

„Heul nicht die Steine weich", sagt die Freundin. „Es war nur so ein Exempel. Unser Stamm macht so was in den seltensten Fällen mit. Womit kann ich dich trösten, mit Nüssen?"

„Die stecken mir noch im Hals."

„Und mein Verdacht auch. Es war gar keiner, ich sag es doch. Die Ehre, die Ehre, ich weiß. Aber eine Geschichte zu hören bist du doch bereit, wie?"

„Immer", sage ich schniefend.

„Also, Heulsuse, eine, die man sich damals erzählte von Jesi bis Barletta. Sie geht so: Der Kaiser hielt Tafelrunde ab und disputierte, wie es seine Art war, mit den Gelehrten seines Hofes. Da stellte er zwei Weisen diese Frage: ‚Kann ich nach dem Gesetz ohne Begründung einem meiner Untertanen etwas wegnehmen und einem anderen geben? Da ich doch der Herr bin, und was dem Herrn gefällt, Gesetz der Untertanen ist?'

Der eine sagte darauf: ‚Herr, wenn es dir so gefällt, kannst du von Rechts wegen so mit deinen Untertanen verfahren.'

Der andere wiegte den Kopf und sprach dann: ‚Nein, Herr, das scheint mir nicht recht zu sein. Denn das Gesetz ist die Gerechtigkeit und muß Gerechtigkeit stiften. Und zumindest müßtest du erklären, warum dem einen genommen und dem anderen gegeben wird.'

Wer hatte recht? Alle beide, denn beide Antworten waren möglich nach den herrschenden Gesetzen. Weil beide die Wahrheit gesagt hatten, beschenkte der Kaiser Friedrich sie beide. Aber höchst unterschiedlich war der Lohn. Denn der, der gesprochen hatte, um dem Herrn zu gefallen, bekam ein weißes Pferd und einen Hut aus Scharlach, als sei er ein Spielmann, und wurde so ohne Worte aufgefordert weiterzuziehen. Der aber, für den die Justitia der höchste Wert war, wurde dadurch geehrt, daß er ein Gesetz machen durfte."

Bin ich nicht liebenswert, wie soll ich leben?

In diesem heißen Spätsommer in Melfi erlebte Federico zum erstenmal das andere. Es war aber so, daß er sonst nach dem Liebeswerk aufgestanden war und fortgegangen in seine Einsamkeit oder zu den Geschäften, und auch die, die zu ihm kamen in sein Eigen, verabschiedete er, wenn sie zu Ende gespielt hatten. Bei Bianca gab es etwas Neues: Sie schliefen nebeneinander ein. War es die Hitze oder die Ermüdung nach dem wachen Rausch der Konstitutiones, war es, daß er ihr seinen Schlaf anzuvertrauen wagte, weil das Band so fest war und so verschieden von allem vorherigen.

In der Tat war sie häufig noch länger wach als er, und, aufgestützt auf den Ellenbogen, besah sie im blauen Licht der Nachtlampe ihren Geliebten, die Falten um Augen, Mund und Stirn, das von ersten weißen Fäden durchzogene Haar, schon ein bißchen schütter, den starken Hals, den muskulösen Körper. Sein schönes blondes Geschlecht erschien ihr, wenn es schlief, wie eine Blume, und mit der zärtlichen Heiterkeit einer Mutter, die ihr Kind wiegt, murmelte sie

Federico zu: „Schlaf, mein normannischer Leopard, so ist's recht, wach nur nicht auf ..."

Umgekehrt jedoch geschah es, daß er morgens vor ihr die Augen öffnete. Meist lag sie dann, bedeckt von ihren Haaren, an seiner Schulter oder in die Grube am Hals geschmiegt, und ihr leiser gleichmäßiger Atem schien ihn mit einer Wärme zu durchglühen, ungleich den Ätnaausbrüchen ihrer Leidenschaft, stetiger, tiefer, bis ins Innerste vordringend. Wenn dann seine Männlichkeit erwachte als ein Tier, das es gewohnt war, auf die Weide geführt zu werden, versagte er seiner Hand doch, zwischen die Schenkel der Frau zu fahren, sondern er lag still und sah zur Decke, lauschend auf diesen Atem dicht neben ihm, dunkle liebe Frau, die „in se congiunge sole e luna". Und so, zwischen Verlangen und Entsagen, schien es ihm, als verstünde er plötzlich Dinge, über die er sonst hinwegsah oder die er belächelte; und das morgendliche Zimmer schien pulsierend zu schweben im Rhythmus des Atems der Geliebten.

Damals sah er, daß zwischen Begehren und Zugreifen noch vieles liegt, was die Liebe ausmacht: das Warten, das Bitten, das Opfer. Sehr vieles aber blieb unbegriffen.

Aus Germanien kam überhaupt nichts Gutes damals. Die Böcke, die der unbesonnene und hoffärtige Heinrich schoß, machten einen Hoftag in Norditalien nötig, wo es auch gleich um das „Wohl der Lombardei" gehen sollte, aber die alten Widersacher, die Lombardenstädte, hatten kaum erfahren, daß der Caesar Romanorum nicht mit einem großen Heer (woher nehmen?), sondern nur mit sogenannter Pracht und Herrlichkeit, das heißt mit üppiger Hofhaltung, daherkam, da hatten sie schon nichts Besseres zu tun, als die Alpenpässe abzuriegeln.

Ein Teil der deutschen Fürsten, vor allem die, die etwas wollten, kamen trotzdem durch: über venezianisches Gebiet oder als Pilger verkleidet – worüber Federico lachte, bis ihm die Tränen kamen; seine deutschen Hochmutsapostel schleichen im demütigen braunen Rock über die kalten Berge!

Wer aber aufgrund der erschwerten Lage vorzog, lieber gar nicht erst den Versuch der Anreise zu unternehmen, war der König der Deutschen selbst, der in keiner Weise neugierig war auf die väterlich-kaiserliche Reformande, die seiner Eigenmächtigkeit bevorstand.

In jenen Septembertagen kommen die Bürger von Chieti, Ancona, Rimini und anderen Städten und Dörfern an der Straße nach Ravenna aus dem Staunen nicht mehr heraus. Die Leute stehen an den Landwegen, drücken sich ein Tuch vor Mund und Nase wegen des aufwirbelnden Staubes, oder wer das Glück hat, in der Stadt zu wohnen, sieht zu, daß er irgendwo einen Fensterplatz ergattert, um Durchzug oder gar Bewillkommnung der hohen Reisenden zu erleben. Es ist wie in den Geschichten des Kalifen Harun-ar-Raschid.

Der exotische Zug kündigt sich an durch die sarazenische Leibwache des Herrn Kaisers. Die Reiter in den Pluderhosen, Kopftuch oder Turban ums Haupt geschlungen, reiten unwahrscheinlich zartgliedrige, bewegliche Pferde, durchweg Schimmel oder Füchse. Ein Trupp ist mit kleinen Bogen, ein anderer mit buntgefiederten Lanzen bewaffnet, sie sehen nicht nach links noch rechts und sind leise wie Geister. In ihrer Mitte traben lautlos die berühmten falben Kamele der Zucht Mehari, aufgezäumt mit Gold und Edelsteinen. Auf ihren Rücken schwanken geflochtene, mit Seidenvorhängen verkleidete Palankine, enthaltend den Harem des Herrn Kaisers, so sagt man, und man ist gern bereit, es zu glauben, denn neben den Kamelen sitzen furchterregend aussehende Verschnittene zu Pferde, schwarze oder dunkelbraune Eunuchen, starrend in Waffen. Wenn man Glück hat, wird wohl auch mal ein Vorhang beiseite geschoben, man sieht eine goldbehangene Hand, einen Fuß im Pantoffel oder gar ein paar neugierige Augen zwischen Kopfschmuck und Gesichtsschleier. Dann kommen noch einmal Lancieri, und danach ist erst mal Pause, damit sich der Staub legen kann, bevor es richtig losgeht.

Dann kann man langsam anfangen, in Hochrufe auszubrechen, denn was nun kommt, ist mit Sicherheit höchst illuster. Die Ritter und Herren, die sich da auf ihren schönen Pferden nähern, stammen alle aus der unmittelbaren Umgebung des Kaisers, und irgendwo unter diesen ersten fünfzehn oder zwanzig muß er selbst sein. Nun sucht mal! Geistliche Herren oder die stolzen Männer in schwarzem Gelehrtentalar, die das meiste zu sagen haben, wie man hört, scheiden von vornherein aus, ebenso die drei oder vier stattlichen Reiter in orientalischer Tracht, deren Waffen und Kopftücher nur so flimmern von Edelsteinen. Aber der da auf dem schwarzen Pferd, der Ungeputzte, der wie ein Jäger angezogen ist, ja, der Stämmige da, hat er nicht einen Kronreif um die Jagdkappe und die unverwechselbare Haarfarbe? Der muß es sein. Und man jubelt, wie es sich gehört, indes er gelassen, die Augen ein bißchen zusammengekniffen (es heißt, er sieht nicht mehr so gut wie früher), die behandschuhte Rechte hebt und zurückwinkt, ohne sein Gespräch zu unterbrechen.

Mit wem redet er denn da, der Imperatore? Mit Herrn Lancia, wissen Kenner der Szene beizusteuern, und der ist kenntlich an dem hübschen Gesicht mit den Weiberaugen und dem lockigen Haar. Und der zierliche Page rechts von ihm, na, guckt mal genau hin, dem fliegt ein Schweif langen dunklen Haars nach. Das ist La Bruna, die Konkubine des Caesar und so gut wie die Kaiserin, denn eine solche gibt's nicht. Leider nicht, obwohl auch noch eine Reihe hochgeborener Damen zu Pferde oder in der Sänfte zu bestaunen ist.

Kein Gedanke übrigens, daß nun schon alles vorbei sei. Jetzt kommen überhaupt erst die Hauptattraktionen, sieht man mal vom Kaiser ab. Ein ganzer Pulk junger Bengel, die Valetti, die sich durch extravagante Kleidung, wie zweifarbene Strumpfhosen, und besonders wilde Pferde glauben hervortun zu müssen und den Mädchen am Straßenrand Frechheiten zurufen, dann die Falkeniere mit den Falken, die Knechte mit den dünnen, gepflegten Jagdhunden, die paarweise an der Leine geführt werden, sodann – man weicht beeindruckt zurück – besonders dressierte schwere Pferde, auf denen die Tschitas, die mit einer Kappe verblendeten Jagdleoparden, sitzen, hinter jedem sein Pfleger, der ihn am vergoldeten Stachelhalsband hält.

O Wunder über Wunder! Man steht nicht umsonst am Straßenrand. Die Gassenjungen sausen vorweg und schreien: „Jetzt kommt er! Er kommt!" Er, das ist das nie gesehene Ungetüm, der weiße Elefant, geschmückt wie eine Braut zur Hochzeit, auf seinem Rücken schwankt der Gefechtsturm mit sarazenischen Bogenschützen, aber seine kleinen Augen blicken weise und freundlich in die Menge, die ihm beinah genauso stürmische Huldigungen darbringt wie seinem Herrn, dem Imperatore Federico. Und nun die Menagerie: in Käfigen auf großen Wagen Löwen und Giraffen, Luchse und weiße Bären, Pfauen und Affen ... Es bleibt einem vor Staunen die Sprache weg, was es alles gibt auf der Welt und was der Kaiser alles mit sich rumschleppt auf Reisen.

Wenn die schönen Sachen vorbei sind, kann, wer will, noch eine gute Stunde lang zugucken, wie die Packpferde und Mulis mit dem Gepäck vorüberziehen, darunter sind die Bibliothek Friedrichs und der ganze Kanzleikram, und wie die armen Diener, Sekretäre, Schreiber und Kanzlisten fluchend und schwitzend durch den Staub hasten – genau wie die Zuschauer ein Tuch vor Mund und Nase –, um alles in Ordnung zu halten und aufzupassen, daß nichts zurückbleibt. Wenn man nämlich Quartier macht, muß die Kanzlei, sobald die Majestät gebadet, sich umgekleidet und einen Schluck verdünnten Weins getrunken hat, sofort funktionsfähig sein. Zeiten sind das! Bei den anderen Kaisern war es meistens die Küche, die gleich gebraucht wurde.

In Ravenna wurde es gemütlich. Kein Gedanke an einen Reichstag bei der mangelnden Beteiligung. Aber während Amici, Justitiare, Räte und Kanzlisten nur so fieberten vor Nervosität des Wartens, tat Federico, als sei es völlig normal, ein paar Monate herumzusitzen. Seine glückliche Gabe, dem Augenblick zu leben, kam besonders Bianca la Bruna zugute.

Ein alter deutscher Ritter wurde damals vor den Kaiser geführt, es hieß, er sei als Knappe noch mit Barbarossa über die Alpen gezogen, und er berichtete, nicht weit von Ravenna befänden sich Monumente aus der Zeit römischer Glorie, aber damals hätten Überschwemmungen die Wunderwerke verschüttet. Friedrich ging der Sache nach und ließ graben, und auf diese Weise legte man das Grabmal der Galla Placidia frei, Tochter eines römischen Imperators.

Die alte Begier nach den schönen Dingen der Antike wurde dadurch neu angefacht. Er begann überall Ausschau zu halten nach alten Bildwerken, sei es, daß sie in der Erde versteckt oder in Gärten und Bauernanwesen vergessen herumstanden, sei es, daß man sie herauslösen mußte aus den Kirchen und Häusern. Alles, was transportabel war, wurde nach Apulien geschafft, um die kaiserlichen Bauten zu verschönen, und bei einer Gruppe von Marmorfiguren untersagte er sogar den Transport auf Eselskarren, sondern er ordnete an, daß sie auf den Schultern von Trägern mittels eines Gestells vorsichtig nach Foggia gebracht werde.

Der Winter ging hin, die Fürsten, die gekommen waren, warteten auf die, die nicht gekommen waren, Federico ging Enten jagen in den Sümpfen und arbeitete an dem Buch über Falken oder besprach mit den Professoren von Salerno die neue Ärzteordnung und diskutierte die neue arabische Weise, Operationen unter Narkose mittels eines Schlafschwamms durchzuführen.

Ebenso nüchtern wie boshaft erkundigte er sich bei Michael Scott nach der Beschaffenheit von Paradies, Fegefeuer und Hölle und hielt ihn mit naturwissenschaftlichen Fragen in Atem. „. . . wie Gott auf dem Himmelsthron sitzt, wie er umringt ist von Engeln und Heiligen; und was tun die Engel beständig vor dem Angesicht Gottes ...? Ob eine Seele im jenseitigen Leben die andere erkennt und ob irgendeine zu diesem Leben zurückkehren kann, um zu sprechen oder sich jemandem zu zeigen, sei es bewegt durch Liebe oder sogar durch Haß oder als sei gleichsam nichts geschehen? Oder scheint es, daß sie sich überhaupt nicht mehr um die zurückgelassenen Dinge bekümmert, gleichgültig, ob sie selig ist oder verdammt ...? Wir möchten auch wissen, wie es mit dem Feuer ist, daß aus vielen Stellen der Erde hervorbricht, welche Kraft es ist, die es hervortreibt am Ätna, Vulcan, Lipari und Stromboli ...

Warum sieht man Ruder, Lanzen und alle geraden Körper, von denen ein Teil in klares Wasser taucht, nach der Wasserfläche zu gekrümmt ...? Warum sieht der, bei dem der Star beginnt, schwarze Fäden wie Fliegen und Mücken außerhalb des Auges, obwohl sich nichts außerhalb des Auges befindet und derjenige bei vollkommen gesundem Verstand ist ...? Wie kann man etwas in der Pupille sehen, während man doch das, was der Pupille nahe ist oder ihr anhaftet, nicht sieht ...?"

Der arme Astrolog gab sich redliche Mühe bei der Beantwortung, war er sich doch nie klar, ob der hohe Neugierige wirklich Auskunft erwartete oder den Befragten nicht bloß in eine hinterhältige Falle tappen ließ, um ihn höhnisch auszulachen. –

Inmitten fruchtloser Verhandlungen mit päpstlichen Legaten, die immer aufs neue darlegten, daß der Heilige Vater so gar keinen Einfluß auf das Wohlverhalten der Lombarden habe und andererseits auch keinen Anlaß zu deren Exkommunikation sehe, sagte Madonna Bianca, daß sie die Luft in Ravenna nicht vertrage. Der Kaiser bekam daraufhin seinen zerstreuten Blick und erklärte, er vertrage diese Luft ebensowenig.

Am folgenden Tag teilte der Großhofjustitiar Taddeo de Suessa den wartenden Gesandten Sanctitatis Suae mit, die Zusammentreffen mit der Majestät des Imperators könnten leider nicht fortgesetzt werden, da diese nicht mehr in Ravenna weile. Über Grund und Ziel der Abreise könne er keine Auskunft erteilen. Als die höchst brüskierten Kleriker fragten, wann die Verhandlungen wiederaufgenommen würden, traf sie ein nachdenklicher Blick über den Brillenrand hinweg. Darüber habe er, Taddeo, keine Aussage zu machen. Der Hoftag allerdings sei abgesagt.

Es waren kaum mehr als zwanzig Leute, die im Seehafen Classis an Bord einer kaiserlichen Galeere gingen, darunter überhaupt nur sechs Personen von Stande: der Deutschordensmeister, der oberste Richter, der Chef der Kammer, der junge Giovanni il Moro (ein Bastard des Kaisers), die Marchesa Lancia und der Caesar selbst. Man nahm Kurs auf Venedig.

„Ich hoffe, dir ist wohl, mein Kleinod, schließlich bist du das erstemal auf dem Wasser", sagt die Majestät zärtlich zu La Bruna, und sie erwidert: „Mir ist sehr wohl, und mir gefällt es."

Sie liegt ausgestreckt am Bug, ihre nackten Füße hängen über Bord und werden manchmal vom Gischt benetzt, und in dieser Lage wölbt sich ihr Bauch – sonst verbergen ihre weiten Kleider meist noch, daß sie im sechsten Monat ist.

„Trotzdem hätten wir einen Arzt gebraucht", erklärt Federico unter Grinsen – der arme Hermann verschwindet, kaum daß die Galeere Fahrt bekommt, mit grünbleichem Gesicht in der Kajüte. Das passiert dem Weitgereisten jedesmal, wenn er sich zu Schiff begibt, obwohl er vor jeder Seereise den Gedanken, ihn könne die Krankheit befallen, weit von sich weist.

Bianca ist zu träge, einen Blick nach dem Ordensmeister zu senden. Nachdem sie erfahren hat, daß dies Unwohlsein ohne Spuren vergeht, sobald man festen Boden unter den Füßen hat, ist ihr Mitgefühl doch mäßig.

„Es war ein bedeutender Hinweis, Tesoro mio, daß du Venedig noch nie gesehen hast und recht begierig nach der Wasserstadt seist", sagt ihr Liebhaber, höchst unkaiserlich bäuchlings an der Reling liegend, um einen Fischschwarm in größerer Tiefe zu beobachten. Die Bemerkung trägt ihm einen langen lächelnden Blick der Schönen ein, den er nun leider verpaßt.

„Es war bloß ein Wunsch, zum bedeutenden Einfall hast du es gemacht, mio ben", sagt sie und schüttelt einmal mehr ihren Kopf über ihren politischen Freund.

„Gleichviel", erwidert er.

Ach, was für ein seltsames Ding, mit einem zu sein, der nichts einfach läßt, sondern alles für seine Gebäude verbaut, der alles deutet und darum von manchem so wenig versteht. Bianca wünschte sich oft, der Caesar Romanorum wäre ein klein wenig weniger genial. Ihr Ausflug ist auch nur ein Vorwand für hohe Ziele. Was wird einmal rein angenommen werden in dieser Liebe? Vielleicht der Tod? Sie schließt schnell die Augen. Die Sonne blendet auf dem Wasser.

„Wenn ich auch etwas wünschen dürfte", fährt er indessen fort und verrenkt sich noch immer den Hals überm Wasser, „so ist es, daß du dich in der Stadt den Vertretern der Signoria gegenüber, mit denen wir's ja zu tun bekommen werden, recht schön machst – daß du den Mantel mit den Stickereien umtust und das Haar schmückst mit dem großen hellen Edelstein, den ich dir gegeben habe. Ich will, daß alle deine Schönheit nach Gebühr bewundern."

„Weil sie dir gehört", ergänzt sie, und er bestätigt ohne Hintergedanken: „Ja natürlich!" Dann muß er sich wieder um die Fische kümmern, und er bedauert lebhaft, kein Angelgerät an Bord zu haben.

In Loreo, auf dem Territorium der Serenissima, staunt man nicht schlecht, als eine Galeere mit dem kaiserlichen Adler auf goldenem Grund in den Hafen einläuft, und der überstürzt herbeieilende Gesandte der Stadt hält den Atem an, als er an Bord gebracht wird. Freundlich gelassen erklärt ihm der Imperator mundi, er wünsche, dem heiligen Markus seine Verehrung zu bezeigen und dessen Stadt zu besichtigen – auf inoffizieller Basis, oder doch nahezu inoffiziell.

Das ist ein Stil, von dem ein Venezianer sogar noch lernen kann! Nahezu inoffiziell, fein! Eingeladen ist er nicht, ein Staatsbesuch ist es nicht, aber man kann ja nicht so tun, als ob er es nicht sei, er hat nichts von „incognito" erklärt. Andererseits, kein Gefolge, und diese Konkubine ihm zur Seite mit dem Gebaren einer Legitimen – mal sehen, was er eigentlich will, die Serenissima wird auch dieser Situation Herr werden. Denn daß er was will, ist ja wohl eindeutig. So die geschmeidigen Diplomaten der Republik San Marco.

Auf dem Canale Orfano kommt dann dem kaiserlichen Schiff so unerwartet der Bucintoro, die Staatsgaleere der Serenissima, entgegen, mit dem Dogen an Bord, geleitet von einer Gondelflottille, daß Riccardo ins Schwitzen gerät, seinen überraschten Herrn noch rechtzeitig ins Staatskleid zu bringen. Und die Handschuhe noch nicht mal übergezogen, muß der Kaiser auf den vergoldeten Thronsessel am Schiffsheck, wo er sich noch gestern mit La Bruna leger herumgeflegelt hat, dann ist der Illustrissimo Jacopo Tiepolo schon in Sichtweite.

Austausch der üblichen Höflichkeiten, Überreichen von Geschenken für den Schatz von San Marco, Besichtigung des Domes („Der reinste Orient, woher beziehen die ihre Baumeister?") und der aus Byzanz mitgenommenen berühmten Bronzepferde („So was fehlt uns noch in Foggia!"), kleines Arbeitsessen im Dogenpalast, Hafenrundfahrt.

Auf Wunsch des hohen Gastes wird der Empfang im Großen Rat um eine Woche verschoben, in dieser Woche möchte die Majestät sich erholen, zum Heiligen beten und die Stadt besuchen „als ein Fremder unter Fremden". Was natürlich leichter gesagt als getan ist. Man wohnt im Palazzo Loredan, und Federico kann nicht ans Fenster treten, ohne daß sich da unten ein kleiner Volksauflauf bildet und man, den Kopf im Nacken, emporstarrt.

Riccardo ist außer sich, daß sein Sultan mit Madonna Lancia ohne Leibwache spazierengeht und sich ins dichteste Gewühl der Merceria mischt, aber es geschieht nicht das geringste, abgesehen von den Klumpen von Gaffern, die sie vom Juwelenhändler zum Seidenbasar, vom Mosaikenleger zum Glasbläser und wieder zurück begleiten. Der grünseidene Mantel der Majestät und La Brunas gestickter Schal tauchen immer wieder unbeschädigt aus dem Gewühl auf, und die beiden bewegen sich so ungezwungen, als gelte die Neugier nur Biancas aparten Ohrringen.

Amüsiert sehen die beiden zu, wie sich die schimpfenden Lastträger über die geländerlosen Bögen der Rialtobrücke quälen – manchmal fällt sogar einer ins Wasser und wird zum Gaudi der Venezianer mit einer Gondelstange herausgefischt.

Überall wird gebaut, überall rammt man Pfähle in den Schlick, legt Fundamente, schachtet Fahrrinnen aus. Am meisten ist Federico vom Hafen fasziniert. Er balanciert mit Bianca auf den Bootsstegen, redet mit den Schiffsleuten, besichtigt Fondachi.

Pietro macht sich Notizen. „Ein genialer Mann, der Doge Enrico Dandolo", bemerkt er zu seinem Herrn. „Welch eine Idee, vor dreißig Jahren die Kreuzfahrer erst einmal Byzanz erobern zu lassen, bevor er ihnen Transportraum nach Jerusalem gab. Nun hat die Serenissima das Stapelmonopol für den gesamten Levantehandel."

Solche Sätze werden lateinisch geredet, aber die Marchesa kann so weit folgen, daß sie ihm lächelnd mit dem Finger droht: Es war ausgemacht, die Geschäfte aufs Ende des Besuchs zu verschieben.

Der Kaiser besichtigt die Inseln in der Lagune, betet im Dom zu Torcello, äußert sich anerkennend über die hygienischen und umweltschützenden Maßnahmen der Stadt.

Man bekommt wirklich alles zu sehen, bis auf eins: Das Arsenal, die Waffenkammer und -schmiede, die Werft der Republik San Marco, bleibt ihnen streng verschlossen, soviel Überredungskünste

Meister de Vinea auch aufwendet. Sie sehen früh den Strom der Arbeiter, die zum Teil mit Booten von den Inseln kommen, in den Toren verschwinden, sie hören den Lärm, sie sehen sie abends heimkehren — das ist alles. Es sind unzählige.

Nun, so bleiben die Gärten, üppig grünende Gärten, die ganz anders aussehen als die auf der Terra Ferma. Irgendwo ist da immer gleich Schilf, und seltsame, macchiaähnliche Wälder, die aber aus Weiden, Erlen, Myrten bestehen. Dann kommt der Sumpf.

Am Abend verblassen die Farben, die Bäume werden zwischen den Palazzi schwarz, alles ringsum wird weich, gedämpft. Dunkle, schmale Nachen bringen die Schiffer und Arbeiter zurück in die Lautlosigkeit der dunstigen Inselwelt. Die Luft ist feucht.

„Es ist merkwürdig", sagt Federico, „ich dachte nie, daß sie so wenige Paläste haben und so viele unscheinbare Häuser und daß die größten Geschäfte offenbar in den kleinsten Hütten abgewickelt werden."

„Und daß es mehr Land ist als Stadt", setzt Bianca hinzu. „Diese staubigen Schlängelwege neben den Kanälen, die immer zu Ziegenweiden führen! Dieser Wald! Nichts, nichts ist fertig."

„Doch, ihr Staat", sagt Pietro. „Vor ein paar Jahren haben sie beschlossen, keine neuen Mitglieder in den Großen Rat aufzunehmen, es sei denn aus den Fünfzig Familien! Und welch glückseliges Volk! Es leidet keine Not und spielt in den Zünften und Sekretariaten Regieren . . ."

„Das gefällt mir nicht", sagt der Imperator stirnrunzelnd.

Pietro lächelt. „Aber Herr! Sie haben kein Stäubchen von der Macht. Die hat die Signoria."

„Hoffentlich erreichen wir unsere Ziele", sagt Hermann von Salza.

Riccardo sieht empor ins Dunkel der Bäume. „Es riecht nach der fauligen Lagune", murmelt er. „Es riecht wie damals im Hafen von Brindisi, als wir nach Jerusalem aufbrechen wollten." Er fröstelt. „Gestatte, Imberûr, daß ich dir Il Moro schicke. Mir ist nicht wohl."

In Venedig ist es Gesetz, daß Kranke in die Hospitäler gebracht werden, auf ferner liegende Inseln. Dem unterliegen auch Gäste. Die Barke, die den Fiebernden fortbringt, liegt wie ein Schatten auf dem Wasser. Sie sehen Ridwân nicht wieder.

In der festlichen Sitzung des Großen Rates wurden drei Reden gehalten.

Die erste, von Friedrich unter Mitwirkung Pietros ausgearbeitet, versetzte die Nobili etwas in Unruhe, weil – es wurde nichts gesagt. Verehrung für San Marco, Freundschaft mit der Serenissima, Bewunderung für dies Gemeinwesen in den Lagunen – deswegen war er doch nicht gekommen!

Hermann von Salza hielt die zweite Rede und ließ endlich die Katze aus dem Sack. Die hohe Signoria spitzte die Ohren. Handelsfreiheiten in allen Häfen Siziliens, Unterstützung in der Levante durch die weitreichenden kaiserlichen Beziehungen zum Orient, Devisenaustausch steuerfrei – das waren höchst großzügige Angebote. Die Gegenleistungen minimal: keine Handelsbeziehungen zu den ohnehin nur mit der Serenissima konkurrierenden Lombardenstädten, ein kleiner Boykott.

Die hochadligen Kaufleute seufzten. Ein Jammer, aber das würde nicht gehen. Es lag auf der Hand. Man konnte es schließlich nicht mit dem gesamten Hinterland verderben und sich in die Gewalt des Großen begeben. Viele kleine Freunde, die man gegeneinander ausspielen kann, sind viel besser als ein großer, der einen womöglich eines Tages bei aller Zuneigung verschluckt. Außerdem kam die Sache zu spät: Der Sohn des Dogen, Pietro Tiepolo, ging als Podestà nach Mailand, das war ohnehin nicht rückgängig zu machen.

Die Beratung der Signoria war nur kurz. Dann wurde die dritte Rede des Tages gehalten: vom Dogen Tiepolo. In Anbetracht der besonderen Lage Venedigs und der Verpflichtungen der Stadt könne man leider das vorgeschlagene, höchst ehrende Abkommen nicht eingehen. Zum Zeichen tiefer Verehrung überreiche man dem Imperator jedoch eine wahrhaft einzigartige Reliquie: einen Splitter vom Kreuz Christi. Es folgte das übliche Brimborium. –

Mit sehr gemischten Gefühlen sehen die Reisenden vom Heck ihrer Galeere aus die Republik San Marco im Dunst verschwinden.

„Das verfluchte Fiebernest nimmt mir meinen Ridwân und vermacht mir dafür ein Stück Holz in goldner Fassung“, murmelt Federico finster, spuckt in das schäumende Wasser und zeigt der Stadt, da er sich unbeobachtet glaubt, echt sizilisch die Feige. Als er sich umdreht, stößt er auf Pietros Lächeln. „Was findest du komisch an diesem Besuch?“ braust er auf.

„An dem Besuch – nichts“, entgegnet Pietro sachlich. „Aber alles an der Art, wie diese Krämer uns abgefertigt haben.“

Die beiden sehen sich an, und dann bricht der Kaiser in befreiendes Gelächter aus. „Die sind uns über! Ein Splitter vom Kreuz Christi!“ Er lacht, bis ihm die Tränen kommen. „Was meinst du, Pier, hatten wir überhaupt eine Chance?“

Der Gelehrte schüttelt den großen Kopf. „Ich glaube, es war zu spät. Man hätte sie nur gewinnen können, bevor der Ärger mit den Lombarden ausbrach. Aber Salzas Gedanke war trotzdem sehr gut.“

„Ich werde ihm diese Reliquie schenken“, entscheidet Friedrich. „Er kann sie bestimmt besser würdigen als ich.“

Bianca hat verweinte Augen. „Ich wollte, sie hätten uns wenigstens gestattet, Riccardos Leib mitzunehmen, um ihn in Palermo zu begraben.“

„Nein“, entgegnet ihr Liebster. „Sie haben recht. Man gibt keine Typhusleiche heraus. Laßt die Toten ihre Toten begraben, heißt es in der Schrift. Ich will dich gesund haben, Tesoro mio, mit deinem Kind.“

Ein paar Nußschalen treffen mich an der Stirn. „Paß auf“, ruft Linda lachend, „daß dir deine Geschichten nicht weglaufen! Da, guck mal, da huscht eine unter die Steine!“

Der grüngeflammte Leib einer Eidechse verschwindet lautlos in einer Erdspalte. Auch ich lache.

„Diese Städte – was hatte er eigentlich mit ihnen oder sie mit ihm?“ fragt Linda dann ernsthaft.

„Sie lagen sich schon zu Zeiten seines Großvaters in den Haaren, die Lombarden und die Kaiser“, erwidere ich.

„Na ja“, sagt Linda, „das verstehe ich ja auch. Diese stumpfsinnigen Tedeschi kamen da vom hohen Norden und wollten absahnen. Daß sich die reichen Krämer das nicht gefallen ließen, liegt ja auf der Hand. Aber mit *ihm* – das leuchtet mir nicht ein. Er konnte rechnen und die doch auch. Hätten sie kein Geschäft machen können?“

Ich schüttele den Kopf. „Warum sollten sie? Alle Vorteile waren auf ihrer Seite. Ihre Kommunen blühten, die Handelsherren spielten die Aristokraten, die Handwerker die Popularen, sie hatten ihre städtische Selbstverwaltung, die er ihnen mit Sicherheit genommen und dafür seine Justitiare hingesetzt hätte, und warum sollten sie um Gottes willen Truppen stellen und Steuern zahlen und durchreisende Hofhaltungen verköstigen, wenn man auch genausogut einfach die Stadttore schließen und nein sagen konnte? Sie hatten genug mit sich selbst zu tun.“

„Soviel ich weiß, bestand ihre Hauptbeschäftigung darin, sich gegenseitig die Beine wegzuhauen, und wenn sie mal davon ausruhten, machten sie Krieg im Innern und legten ihre Mitbürger um", bemerkt Linda boshaft-geruhsam. „Geh mir weg mit den Pfeffersäkken, ich kann sie nicht ausstehen. Capua reichte mir. Sie hatten längst nicht soviel Lebensart wie die adligen Herren – dafür aber mehr Geld." Sie kichert. „Dein Imperator machte sogar Gesetze für unsereinen, die waren gar nicht schlecht."

Ja, ich erinnere mich. In den Konstitutiones werden zwar Prostituierte wie Juden und Muslime gezwungen, sich äußerlich zu kennzeichnen, und haben auch einen hohen Steuersatz zu zahlen, aber sie genießen Rechtsschutz, und Gewaltanwendung gegen sie ist strafbar. Mütter, die zum Beispiel ihre Töchter aus Not zu diesem Gewerbe gezwungen haben, werden deswegen nicht belangt, und ihre Kinder können, wenn sie wollen, eine Arbeit im staatlichen Tiraz zugewiesen bekommen.

Linda redet weiter. „Die verflixten Lombarden! Jede Stadt ihr eigenes Königtum und alle gegen alle wie die Wölfe."

„Sie waren reich und freiheitlich."

„Reich, freiheitlich und zänkisch, ja. Was, zum Teufel, hatten sie sich eigentlich mit dem Papst zu liieren? Hatten sie nicht gerade ihre Bischöfe davongejagt?"

„Aber Linduccia! Sie verbündeten sich mit jedem, der ihnen gerade nützte."

„Eben. Die Schweinehunde."

Ich lache los. „Ich wußte gar nicht, daß ich in dir einen so guten Anwalt für den Kampf Federicos gegen die Lombardische Liga finden würde."

„Überhaupt nicht", protestiert sie. „Es war die unsinnigste Dummheit. Hätte er sie nicht einfach in ihrem Eigensinn lassen können, mit einem Achselzucken passieren und . . ."

„Sie ließen ihn ja nicht passieren!"

„Ach was. Er hätte nur vernünftige Verträge anbieten müssen."

„Wer duldet schon einen Staat im Staate. Oder gleich mehrere."

„Weiß ich nicht", sagt sie starrköpfig, „geht mich nichts an. Wenn sie ihre Schwerter wegen nichts Gewichtigeren ziehn als wegen solchen Zeugs . . ."

„Na, Linda, Zeug – er hätte ein einheitliches Italien herstellen können damals für alle Zeit, wenn die da oben nicht wider den Stachel gelöckt hätten."

„Und das ist was, ja?" entgegnet die Freundin zweifelnd und lehnt sich gegen mich. „Ein einheitliches Italien, na schön. Eins unter seiner Fuchtel. Zehn Jahre, Truda mia, zehn Jahre hat er sich festgebissen da oben, wie eine Bulldogge am Hals einer anderen. Sie kann einfach die Kiefer nicht mehr auseinanderbekommen. Meinst du nicht, er hätte in der Zeit etwas anderes anfangen können, in Germanien oder Sizilien, etwas wirklich Vernünftiges, was ihm auch lag, mehr als das alberne Kriegspielen? Aber nein. Das ganze Elend, der Krach mit Rom, alles ging von da aus."

„Seit zwei Generationen führten Kaiser und Lombarden Krieg miteinander."

Linda zuckt die Achseln. „Na und? Der Erbfeind, was? Sonst war er doch nicht so versessen drauf, zu erben, weder den Kriegsfanatismus des Rotbarts noch die Verbohrtheit seines Vaters Enrico il Crudele. Aber dieser Kampf wurde brav übernommen. Es ging ihm gegen den Strich, daß da einer gegen ihn war, weiter nichts. Wogegen trat er an, den sie in Deutschland den ‚Arzt aus Salerno' nannten? Gegen die ‚lombardische Pest', nicht wahr?"

Ich zitiere: „Die Keime der verhaßten Willkür auszurotten . . ."

Linda richtet sich auf und sagt nüchtern: „Falsch. Heißt es nicht: die Keime der verhaßten Freiheit?"

Ich blinzele. „Wie kommst du darauf?"

„Ihr werdet noch in so viele Zungen übersetzen, daß am Schluß gar nichts mehr stimmt. Und dein Gedächtnis ist auch eine Hure, sie redet deiner Neigung nach dem Mund. Er hat's überhaupt nicht verbrämt: Verhaßte Freiheit hat er gesagt, denn er war ein Tyrann, und auch daraus hat er kein Hehl gemacht. ‚Sizilien ist der Tyrannen Mutter' – mit Bezug auf sich selbst. Oder?"

„Woher weißt du das?" frage ich einigermaßen verblüfft.

„Denkst du, weil du dir einen Wohnwagen voll alter Schwarten zusammengekramt hast, du allein hast die Weisheit mit Löffeln gefressen?"

„Linduccia, weißt du eigentlich, wie sehr ich dich liebe?" frage ich, und ich möchte sie, die kläräugige und robuste Sachwalterin des Realen, so in meine Arme nehmen, daß sie für immer bei mir bliebe, aber sie kommt mir zuvor, stürzt sich auf mich, daß ich umkippe, küßt mich auf Hals, Wange und Mund, strampelt mit den Beinen: „So? Ein Jammer, daß du kein Kerl bist, sonst könnte man solchem Geschwätz auf den Grund gehn und erkunden, ob was Wahres dran ist." Sie kreischt und zappelt, wir wälzen uns auf Moos und Steinen wie zwei spielende Katzen.

„Mir ist", sage ich, da wir endlich still liegen, zerrauft, mit offenen

Mündern und geröteten Wangen, „als wäre es gerade erst ein paar Tage her, seit wir uns trennten in Capua oder Barletta. Als habe sich nichts verändert.“

„Es hat sich aber“, fällt sie mir nachdrücklich ins Wort. „Alles hat sich verändert, Truda, alles. Vor allem du, vergiß das nicht.“

„Zum Guten oder zum Schlechten?“ frage ich schnell, und sie antwortet prompt: „Sowohl als auch.“ Sieht mich nachdenkend an. „Zumindest scheinst du noch immer dieselbe Kratzbürste zu sein, wenn's darauf ankommt.“

„Gut oder schlecht?“

„Ganz ausgezeichnet. Kann sein, du wirst es noch brauchen. – Noch Nüsse?“

„Wenn sie mit Geschichten serviert werden – bis ich dran ersticke.“

Auch diesmal erging es Bianca während ihrer Schwangerschaft ausgesprochen wohl. Die geheimnisvollen Ohnmachten, die sie sonst von Zeit zu Zeit plagten, waren vorbei, die honiggoldne Blässe wich in der Frühsommersonne einem warmen Braun. Dieselbe Sonne hellte ihr das Haar auf, so daß die Frau mehr denn je aus einer Farbe gemacht schien, La Bruna vom Kopf bis zum Zeh; sie war schön und glücklich.

Ungeachtet des Gewitters, das sich im Norden zusammenbraute, war es ein glücklicher Sommer. Man begann in Bari, Oria, Lucera zu bauen, und Friedrich gab das Brückencastello von Capua in Auftrag, jenes große Eingangstor ins Königreich Sizilien. Antikes, Orientalisches und Zeitgenössisches verschmolzen miteinander. In den Bildnischen thronte über dem Kaiser Justitia, und manche behaupteten, sie trüge die Züge Biancas. Zur Rechten und Linken des Herrn hatten Petrus de Vinea und Thaddäus de Suessa ihre Plätze.

Als der Sohn der Linda diesen Entwurf das erstemal zu Gesicht bekam, wurde er bleich vor Bewegung. Von seinem Caesar um ein Sgraffito, eine Inschrift, für die Justitia befragt, improvisierte er in wenigen Minuten einen Vierzeiler, unter den der Kaiser ohne Zögern sein Placet setzte: „Caesaris Imperio Regni Custodia Fio / Quam Miseros Facio Quos Variare Scio / Intrent Securi Qui Querunt Vivere Puri / Infidus Excludi Timeat Vel Carcere Trudi.“ – Ich bin eingesetzt zur Wächterin in des Kaisers Reich, kenne die Elenden und weiß sie zu strafen. Sicher mögen eintreten, die rechtschaffen leben wollen; fürchten soll der Ungetreue Kerker und Tod.

Immer mehr Zelebritäten drängten sich zum Großhof in Melfi,

immer feuriger entbrannte der Wettstreit der Dichter, und höchsten Ruhm genossen die Hoffeste, von deren orientalischer Prachtentfaltung man Sagenhaftes in ganz Europa zu berichten wußte. Wer allerdings in Apulien üppige Fressereien oder Saufgelage nach germanischem Vorbild erwartete, kam nicht auf seine Kosten. Zum Erstaunen der Gäste wurde nur einmal am Tag getafelt. Es hieß, der Kaiser nehme morgens nur Obst und Brot zu sich, und auch das abendliche Mahl bestand aus leichten Kleinigkeiten, womit sich anderwärts die Fürstlichkeiten gerade den hohlen Zahn füllten. Wählerisch, aber enthaltsam speiste man zu Abend mit Parmaschinken, Salaten aus Kresse und Endivien, Spargel, Brokkoli und Gurken und einer palermischen Spezialität, die Scapece hieß: einer Art Aspik aus feinen Fischen, Succhini und Auberginen, mariniert mit Weinessig und Safran.

Zu den unzähligen Obstsorten, über deren bloßem Anblick nordische Gäste Maul und Nase aufsperrten, gab es ebenso viele Arten Käse und leichten Wein aus Gallipoli, der überhaupt nicht zu Kopf stieg – und selbst den trank der Imperator noch verdünnt. Was die Köpfe anging, die wurden an dieser Tafelrunde mehr als die Bäuche gebraucht. Den ganzen Abend mußte man auf der Hut sein vor den teils echt neugierigen, teils sarkastisch gemeinten Fragen des Caesar, dem geistreichen Geschwafel seiner Familiaren und dem witzigen Wortwechsel, der einem abverlangt wurde, und so manchem braven Schwaben oder Franken, der die Ehre hatte, brach der Schweiß aus allein ob des babylonischen Sprachgewirrs, bei dem man vom Lateinischen ins Griechische oder Französische, dann blitzschnell ins Volgare oder Arabische überging, und er schickte ein Stoßgebet gen Himmel, daß ihn die Majestät möglichst keiner Anrede würdigte oder doch einer, die er verstünde.

Zum Abschluß solcher Gastmähler gab es hin und wieder eine andere staunenswerte Spezialität: mitten im Sommer süßes Gefrorenes; das Eis dazu, hieß es, werde im Winter aus den Bergen der Murgie geholt und in einem tiefen Schacht, dem Neviere, im Keller des Palazzo verwahrt.

Danach erhob sich meist die Marchesa Lancia und gab damit für die anwesenden Damen das Zeichen zum Aufbruch, und die glücklichen Gäste fühlten ein verheißungsvolles Prickeln. Nun war es soweit, nun kamen die besonderen Attraktionen, um derentwillen diese Hoffeste bei der Kurie in so schlechtem Ruf standen. Die dunkelhäutigen Tänzerinnen und Akrobatinnen, die sich zu den Klängen östlicher Musik produzierten, entsprachen denn auch durchaus den Erwartungen. Bis auf ihren Schmuck waren sie nämlich nackt. Das seltsame aber war, daß ihre Nacktheit auf keine Weise aufreizend wirkte durch die herrlichen Künste, die sie vorführten. Sie tanzten auf rollenden Kugeln durch den Saal und warfen sich dabei Bälle oder gar Fackeln zu, deren Licht ihre Haut golden aufstrahlen ließ, sie balancierten auf Seilen mit großen Federbüschen oder unbekannten Blüten in der Hand, sie ließen gezähmte Leoparden durch brennende Reifen springen und tanzten mit weißen Bären, und schließlich schwebten gar zwei schlanke Mädchen auf einer einzigen Kugel in den Raum, sich umeinander biegend und schmiegend, ohne sich auch nur mit dem kleinen Finger zu berühren, und nichts schien so unsinnlich zu sein wie ihr betörendes Umeinanderkreisen, als seien sie ein Abbild des Planetentanzes.

Andere Dinge bekam vielleicht ein kleiner Kreis von Auserwählten zu sehen. Die meisten der Herren, die gewürdigt wurden teilzunehmen, vertauschten nach dem offiziellen Abendessen die Hoftracht mit dem bequemen arabischen Burnus. Scherbette wurden gebracht; wer wollte, konnte eine Opiumpfeife rauchen, die das Gemüt besänftigt und die Brust befreit von den Sorgen des Tages.

Man kauerte nunmehr auf Kissen an der Erde, und die Frauen, die jetzt kamen, zeigten niemals ihr Gesicht, wenn auch ihre Brüste kaum verborgen waren unter den Gehängen aus klirrenden Goldmünzen und ihre Hosen aus Schleierstoff bestanden. Manchmal trat zuerst eine Lautenistin oder Sängerin auf, in Seide und Zindel gehüllt, die respektvoll von zwei Verschnittenen geleitet wurde. Das war dann eine von des Kaisers Lieblingsfrauen, und man durfte ihr höflich lauschen. Aber dann erhob sich eine, deren goldgestickter Gürtel tief auf den Hüften auflag, trat in die Mitte zwischen die Musikanten und begann in langsamem, aufreizendem Rhythmus ihren nackten Leib zu drehen, und auf einmal schien ihr Nabel für alle der Mittelpunkt der Welt zu sein.

Die Musik wurde schneller und so auch ihre Bewegungen, die Münzen klirrten über ihrer Brust, und der illustre Gast, der diesem beiwohnen durfte, sah mit Staunen nicht nur die Frau, sondern auch die Sizilier, die da mit gekreuzten Beinen auf der Erde hockten und geröteten Gesichts in die Hände klatschten, und den Caesar, dem das Haar in die Augen hing, der mit den Fingern schnippte wie ein Ochsentreiber und die Tänzerin mit heiseren arabischen Zurufen anfeuerte: „Schneller, Lalait, schneller, Suliko, habibite, ya chalbi, ya ámari!"

Genausogut aber konnte inmitten des Taumels ein Valetto auftauchen und dem Herrn was ins Ohr flüstern, und der eben noch orgiastisch beschwingte Imperator erhob sich, warf einen lächelnden Blick in die Runde, die sich nicht stören ließ, und ging, mit Vinea einen wichtigen Brief zu redigieren, bei Michael Scott eine Sternkonstellation zu überrechnen, nach einem Jungfalken zu sehen oder La Bruna gute Nacht zu wünschen.

Das wundersame Ereignis dieses Sommers war, daß Federico bis zur Niederkunft nicht von Biancas Seite wich, ja, daß er, als ihre Stunde nahte, sie sogar nach Venosa, eine halbe Stunde von Melfi entfernt, geleitete. Keine reizenden Schwestern hatte Manfred diesmal herbeizitiert, keine anmutige Contessa oder Baronin hatte das Bett des begehrten Liebhabers erobert, während die Favoritin ihrer Rolle nicht gerecht werden konnte, und es gab darüber weit mehr Gerede, als wenn der Imperator nach altem Brauch verfahren wäre. Wenn man gewußt hätte, was in Venosa geschah, hätte das Gerede wahrscheinlich nie aufgehört.

Sie machen einen kleinen Spazierritt, das Pferd trägt Bianca sanft, es geht ihr gut, sie hat noch fast eine Woche Zeit. Es ist sehr heiß, aber diese Wälder kühlen: Dicke, schwarzschattende Kastanien, Eichen und Buchen vermischt, man kann den Himmel nicht sehen. So dicht sind die Kronen verschlungen, daß Federico spaßhaft meint, man könne von Melfi bis Nicastro durchs Geäst klettern, ohne einmal den Boden berühren zu müssen. Der Mittag umfängt sie schwül und windstill, sie reden dies und das. Später sagte Federico, daß es eigentlich für einen Jäger wie ihn unverzeihlich gewesen sei, es nicht gespürt zu haben. Aber auch der Reitknecht merkte es nicht, Juligewitter brauen sich nun einmal ungeheuer schnell zusammen.

Blitz und Donner sind eins, so jäh und dröhnend über ihnen, daß sich die Pferde bäumen. Federico will Bianca in den Zügel fallen, aber sein „Drache" macht, was er will, der Reitknecht wird fast heruntergebuckelt. Als sie die Tiere wieder in der Hand haben, sehen sie, daß Bianca im Gras liegt. Oben im Geäst trommelt der Regen.

„Was ist dir, mein Leben?" ruft der Liebende besorgt.

Sie lächelt. „Nichts. Ich kann nur nicht aufstehn. Nicht gleich. Warte ein bißchen." Und flüsternd: „Das Kind."

Federico sieht sich um. Unweit wölbt sich – nicht gerade eine

Höhle, aber doch ein lehmiger Überhang, unter dem es ein bißchen geschützter ist. Die Bäume halten diesen Regen nur noch kurz ab. Den Reitknecht schickt er mit den nötigen Instruktionen nach Venosa: Eine Sänfte, den Arzt, und schnell, um Himmels willen!

Vorsichtig hebt er die Frau auf und trägt sie unter die Lehmwand, sie stöhnt nicht, aber schlingt die Arme sehr fest um seinen Hals, und er spürt ihre Fingernägel im Nacken.

Als er sie absetzen will, krallt sie stärker zu. „Halt mich noch", sagt sie leise. „Es ist sehr heftig. Ich glaube nicht, daß sie's schaffen, von Venosa hierher."

„Was soll ich tun?" fragt er hilflos.

„Nichts weiter als mich festhalten, wenn ich darum bitte. Es ist nichts Schlimmes." Langsam gewinnt sie die Gewalt über sich zurück, und auf ihre Bitte läßt er sie behutsam zu Boden gleiten. Sie hockt, über ihre Knie gebeugt, die Stirn an ihn gelehnt, und ihre Nägel fahren ihm immer häufiger in Arme oder Hände. Dann wieder steht sie auf, geht an seinem Arm taumelig hin und her, hockt sich wieder hin. „Es ist schön, daß du bei mir bist", sagt sie atemlos. „So wie es Adam bei Eva war in ihrer Stunde." Sie sieht auf zu seinem schweißfeuchten Gesicht, die Muskeln um seinen Mund sind verkrampft, die Ader auf der Stirn pocht. „Du fürchtest dich?"

Er nickt stumm.

„Ich sag dir doch: nichts Schlimmes. Die Frauen bei uns zu Haus entbinden während der Feldarbeit, und dann machen sie weiter. Es heißt, nicht viel anders soll auch ich zur Welt gekommen sein." Sie lacht, stöhnt.

Er preßt die Zähne aufeinander. „Ich mag nicht ansehen, wie eine gefoltert wird, die ich liebe."

„Keine Folter", sagt sie sanft. „Komm, erzähl mir was."

Er sieht um sich. „Dido und Äneas", fällt ihm ein. Sie nickt aufmunternd. „Dido und Äneas fanden sich bei der Jagd, in einer Höhle, bei einem Gewitter. Wie diesem hier. Nur, sie taten etwas anderes."

„Das tun wir auch bald wieder", tröstet sie. „Halt mich. O caro, caro Federico. Ich liebe dich. Halt mich fest." Jetzt kommt der Regen durchs Blätterdach. Tränen fallen nicht auf. „Ich sag dir, was du machen mußt. Hab keine Angst, es wird schnell gehn. O mein Leben, halt mich fest."

„Mein Kleinod", ächzt er, „meine Frau, mia moglie, mia sposa. Dido und Äneas . . ."

„Ja, erzähl weiter."

„Infandum regina jubes renovare dolorem . . ."

„Was heißt das?"

„So befiehlst du, o Königin, den greulichen Schmerz zu erneuern . . ."

„Nein, jetzt nicht mehr. Fürcht dich nicht, wenn ich schreie." –

Der Arzt Meir und seine Helfer finden unter dem dürftigen Schutz der Lehmwand zwei nasse, blut- und dreckverschmierte Menschen und ein Neugeborenes dazu; Bianca hat ihren Sohn in ihr Oberkleid eingewickelt und lehnt lächelnd an der Schulter des Mannes, sie ist sehr ruhig. Der Sohn schreit herrlich, aber weder seine Stimme noch der strömende Regen können verbergen, daß der Imperator dasitzt, den Arm um Weib und Kind, und vor Glück und Ergriffenheit Rotz und Wasser heult.

Niemand erfuhr diese Geschichte, aber so kam Manfred auf die Welt, der schönste und geliebteste der Friedrich-Söhne, staufisch blond, aber mit der langwimprigen Grazie des Lancia-Geschlechts, umgeben von Hoffnungen und Segenswünschen, bereits bei seiner Geburt mit dem Fürstentum Tarent belehnt, jener Manfred, der noch fast zwanzig Jahre nach dem Tode seines Vaters Glanz und Macht Siziliens in seiner Hand vereinte, Manfred, auf den sich mehr als auf die legitimen Erben des Imperators die zärtliche Anhänglichkeit Italiens richtete, denn er war ganz und gar ein Kind dieser südlichen Erde, und für die von Capua bis Syrakus wurde er *der* Sohn Federicos. –

In diesem Sommer bewährte sich das neugeschaffene Verwaltungssystem. Die Staatskassen waren gut gefüllt, die Informationen der Geheimpolizei liefen prompt ein, und die erste Ablösung der Justitiare brachte einigen Beamten, die dachten, es sei alles nicht so wild, sehr unangenehme Überraschungen. Pietros Kanzlei funktionierte perfekt. Die großen Gerichtstage liefen von Sonnenaufgang bis Sonnenuntergang öffentlich ab, vor den Augen und Ohren des Volkes der Terra di Lavoro und seinem begeisterten Applaus, denn natürlich nahm es die Sache primär als ein großes Spektakel.

Es gab eine einzige Panne, die aber dank dem Genie de Vineas zur Absicht umstilisiert wurde: Am Abend des zweiten Tages hatte sich Federico in zwei großen Wutausbrüchen über Veruntreuungen völlig heiser geschrien.

„Teurer Herr", bemerkte sein Großhofrichter kopfschüttelnd, „der

Arzt sagt, du darfst zehn Tage nicht einmal flüstern. Hast du denn keine Sprechtechnik? Wohlberechnetes Schreien schadet im allgemeinen der Stimme nicht. Deine Majestät beherrsche seine Leidenschaften besser. Ja, ich weiß, daß du mich jetzt anfahren möchtest, aber du kannst nur fauchen wie deine Leoparden, wenn man zu nahe kommt. Was die Fortsetzung der Gerichtstage angeht, so hätte ich da einen Vorschlag, wenn du geneigt wärest, mich anzuhören ..."

Wie immer hatten Pietros Ideen nicht nur Sinn und Verstand, sondern verrieten auch seinen Sinn fürs Theatralische. So erlebte die erstaunte Menge am nächsten Tag einen Imperator, der nicht sprach. Auf einem durch Stufen erhöhten, baldachinbeschatteten Thron saß in unnahbarer Majestät das Beseelte Gesetz auf Erden, angetan mit Purpurmantel und Krone, hoch über dem profanen Geschehen der Verhandlungen, nur zugänglich seinem Ersten Juristen, der sich flüsternd mit ihm verständigte und im übrigen das Geschehen lenkte. Kam es zur Urteilsverkündung, erhob sich der „Herr und Diener der Justitia" von seinem Thronsitz, alles fiel auf die Knie, und gleichzeitig begannen die Glocken zu läuten. Über die wuchtigen Klänge hinweg verkündete der Großhofjustitiar (der niemals heiser wurde) am Fuß des Throns den „höchsten" Willen, gegen den es keine Berufung gab.

Friedrich gab zwar zu, daß das eine äußerst wirkungsvolle Demonstration von Macht und Gerechtigkeit war, aber er bekannte auch, daß es ihn ständig reizte, selbst in die Sachen einzugreifen, und daß ihn vor allem das Stillsitzen peinigte. Aber Pietro war unerbittlich. Zunächst fragte er beleidigt, ob er es dem Herrn etwa nicht gut genug mache? Ihm tue nachgerade auch bald der Hals weh. Dann könne doch vielleicht Magister de Suessa ...

Federico mußte sein empfindliches Alter ego loben, mit dem Geschenk von ein paar schöngeschnittenen Gemmen besänftigen und erklären, daß Taddeo bei all seinen Verdiensten dazu nie in der Lage sei, damit der große Akteur überhaupt bereit war weiterzuspielen.

Sodann, führte der Sohn Lindas streng aus, seien nach seiner Ansicht die Zeiten ohnehin vorbei, da der Imperator mundi herumzappeln könne, als sei er noch der Puer Apuliae. Sondern allezeit haben sich die Würde und Hoheit der Könige vor dem Volk offenbart durch deren Unnahbarkeit, denn nichts außer Gott sei über den Herrschern, und in Verehrung vor ihnen niederzufallen sei inniges Bedürfnis der Menge.

All das schien dem Kaiser sehr einleuchtend, und er war durchaus gewillt, Pietros Konzept zu befolgen, aber dennoch empfand er die Stilisierung ins Würdige als eine große Beschwernis seines ohnehin nicht gerade leichten Berufs. Jedoch er gewöhnte sich an das Stillsitzen, indem er über ein Problem nachdachte oder die Vorgänge sehr genau beobachtete. Im nachhinein wurden dann die Beteiligten mit Sturzbächen von Fragen überschwemmt, und nur das minutiös speichernde Gedächtnis des Großhofjustitiars war den Anforderungen gewachsen, Prozeßphasen vollständig zu rekapitulieren.

Im abendlichen Kreis der Amici wurde das Redeverbot des Caesar weidlich ausgenutzt. Man war mehr als übermütig und erging sich in dreisten Scherzreden auf die am Thron festgeklebte Majestät. Federicos halb ärgerliche, halb amüsierte Versuche, die Sache zu steuern, gingen unter in den heuchlerisch besorgten Bitten der Freunde, er möge sich um Gottes willen schonen, sonst könne er nicht einmal mehr seinem Kammerdiener erklären, welche Schuhe er anziehen wolle. Die Eifersucht auf Pietro inspirierte das boshaft-äffische Talent des graulockigen Taddeo zu einer Glanzleistung, indem er einen Kaiser auf dem Thron vorführte, der von einer Mücke umkreist wird und schließlich, um sich selbst am Gebrauch seiner Hände zu hindern, völlig verknotet dasitzt.

Die Amici lagen fast unterm Tisch. Der Frechheiten und Anzüglichkeiten war kein Ende, als ausgerechnet während dieser Tage eine Diätvorschrift des Magisters Teodoro für den Kaiser bekannt wurde, worin unter anderem empfohlen wurde, den Beischlaf einmal in der Woche auszuüben. Die Freunde machten Korrekturvorschläge dieser doch sicher nur durch Unkenntnis eines Schreibers verdorbenen Stelle, vielleicht sei etwas weggelassen worden wie „einmal in der Woche mit jeder der zehn Frauen“, oder es hätte ursprünglich geheißen „einmal in der Stunde“.

Federico tat, als hörte er nichts, obwohl er sich ein paarmal vor Lachen die Serviette vors Gesicht hielt. Als er wieder reden konnte, änderte sich auch nicht viel am Stil der Abendgesellschaften, nur daß seine funkelnden Repliken nun wieder die ironischen Sentenzen von Taddeo, Rainaldo, den Caserta, Filangieri und der Justitiare kreuzten, so daß die geistig weniger Beweglichen der Runde kaum zum Atemholen kamen.

Pietro nahm selten teil. Er hatte an derlei Wortgefechten wenig Interesse und war meist so mit Arbeit überlastet, daß er bis spät in die Nacht in der Kanzlei saß. Auch zog er das Gespräch unter vier Augen mit seinem Herrn vor. War er aber einmal dabei, setzte seine bissige Wendigkeit alle anderen außer Gefecht, und es war gar nicht richtig lustig, wie sich auch im Dichterwettstreit keiner mit ihm in der Kunst der Form messen konnte.

Noch bevor er in höchster diplomatischer Mission nach Rom gesandt wurde, kam er auf ein Vorhaben zu sprechen, daß er, wie er sagte, nur zögernd vorzutragen wage: Es sei unabdingbar notwendig, daß der Kaiser sich wieder vermähle. Man könne nicht ein so wichtiges Mittel der Politik ungenutzt lassen, oft sei durch eine vorteilhafte Partie mehr zu erreichen als durch jahrelange Verhandlungen – er denke da vor allem an den welfischen Norden; bei der instabilen Lage in Germanien sei es gut, dort Sicherheiten zu schaffen, abgesehen davon, daß nie genug legitime Söhne dasein könnten.

Zu Pietros Erstaunen schien es, als hätte Friedrich nur auf einen solchen Plan gewartet. Er brachte dergleichen offenbar in keinen Zusammenhang mit den persönlichen Dingen. An wen man denn gedacht habe? Als Vinea die Tochter des englischen Königs vorschlug, nannte er das einen vorzüglichen Einfall. Pietro wagte insgeheim zu bezweifeln, daß die Marchesa Lancia der gleichen Meinung sein würde, sagte aber nichts.

Von den Verhandlungen mit England erfuhr sie beiläufig durch jemanden, der annahm, sie wüßte längst alles. Sie ließ sich nichts anmerken, der Kaiser war gerade sehr beschäftigt, zwei Tage lang hatte er für La Bruna keine Zeit, vollauf genügend für Bianca, einen Entschluß zu fassen, keinen Entschluß zu fassen, zu lächeln, eine Blume ins Glas zu stellen – die Kinder, ja, auch die muß man dann wohl verlassen. Sie ist viel in der Kinderstube. Auf einer Abendunterhaltung trägt sie mit klarer tiefer Stimme eine Frottola vor.

Am Tage drauf kommt er zu ihr, wohlgelaunt, den Kopf voll, wie genial Pietro die Briefe an den böhmischen König abgefertigt hat, und die Gesandtschaft aus Syrien ... Da sagt sie ihm, daß sie davon gehört habe.

„Ach, du weißt es schon", sagt er gleichmütig, „na, um so besser. Nicht traurig sein. Es hat nichts zu bedeuten." Und küßt sie beiläufig auf den Hals.

„Aber du hast mich ‚sposa' genannt", erwidert sie ernst.

„Dummchen", entgegnet er, schon ein bißchen ungeduldig, „das bist du ja auch. Begreif doch, daß es nichts mit uns zu tun hat. Ein politischer Vorgang, sonst nichts."

Biancas Mundwinkel verziehen sich nach unten. Nein, das könne sie nicht begreifen. Ob es denn bei Personen königlichen Standes anders sei, als daß sie heiraten würden, um gemeinsam zu leben und Kinder in die Welt zu setzen?

Hier seufzt Federico leidvoll und murmelt, er sei eigentlich zu etwas anderem gekommen, als sich La Brunas Ansichten über das Eheleben gekrönter Häupter anzuhören, und überhaupt habe er keinen Bedarf an Gardinenpredigten.

„Ich auch nicht", sagt Bianca still und geht, und er zuckt die Achseln. Es ist akkurat die gleiche Situation wie vor ein, zwei Jahren, und keiner hat vom anderen etwas gelernt.

Der kleine Federigo brachte mit tränenerstickter Stimme die Nachricht, daß La Bruna weg sei. Sie habe sie alle geküßt und über Konstanze und Manfredino geweint, und dann sei sie weg, in aller Frühe. Und: „Hol sie zurück, Vater!"

Worauf er sich verlassen konnte. Die Lancieri schwärmten in alle Himmelsrichtungen aus, das Königreich Sizilien nach der Ausreißerin zu durchkämmen. Ihr Bruder Manfred, der sie ja kannte, schlug gleich den Weg zum nächsten Hafen ein und holte sie denn auch richtig in Neapel von einem Kauffahrer, der nach Genua segeln sollte – natürlich wollte sie nach Hause.

Es war gegen Abend, als er sie vor den Herrn brachte, am Handgelenk zog er sie hinter sich in den Raum. „Hier hast du sie, Erhabner."

Sie war in den Pagenkleidern, in denen sie zu reisen pflegte, den Umhang über den Schultern, im Gesicht das unverkennbare Mal einer Ohrfeige.

Federico hatte sich in Stunden des Wartens wollüstig ausgemalt, wie er sie würgen, prügeln, an den Haaren durchs Zimmer schleifen, mit Fußtritten traktieren wollte. Nun, da sie so vor ihm stand, fuhr er wütend auf Manfred los: „Schurke, was zerrst du sie her, als sei sie deine Sklavin, und redest mir wie ein alter Kuppler! Laß ihre Hand los! Wie siehst du aus, mein Kleinod! Wenn er gewagt hat, dich zu schlagen, soll er es bereuen!"

Da begann Bianca das erste- und letztemal in ihrem Leben zu schreien, unbekümmert um die Dienerschaft im Zimmer und die Ohren, die sich zweifellos im Vorzimmer spitzten, und ihre Stimme klang noch dunkler von den ungeweinten Tränen. „Ingrato, ingiusto!" schrie sie. „Ungerechter, Undankbarer! Was tobst du nun gegen Manfred, der getan hat, was du ihm befahlst, und der mich geschlagen hat aus Schmerz und Liebe, wie es einem Bruder ansteht, denn ich wollte ihm nicht gehorchen. Er achtet mich mehr als du, der du mich Gattin nennst, solange niemand zuhört, und mich sonst Tag für Tag kränkst, ohne es überhaupt zu merken! Wer bin ich denn? Der Spucknapf des großen Kaisers, das Handtuch, an dem er sich abtrocknet, wenn er naß ist, und das stolz darauf sein darf, weil es ein paarmal mehr benutzt wird als die anderen! Ich aber liebe dich! Und ich kann mich selbst nicht so zerteilen, wie du es tust: Bei mir bist du der und bei anderen jener. Ich kann's nicht. Ich bin unzerteilt dein. Und ich fühle eine glühende Nadel im Herzen, wenn du mich verachtest und nicht einmal verstehst, daß ich leide. Wie kannst du mich denn lieben, ohne mich zu achten? Weißt du nicht, daß du mehr als mich die Liebe besudelst, die doch der Achtung mehr bedarf als alles andere in der Welt? O Traditore! Traditore! Verräter!"

Er hörte ihr zu von Anfang bis Ende. Dann, als sie sich in Manfreds Arme warf, das Gesicht an der Schulter des Bruders, sagte er leise: „Aber schmerzt es nicht genauso, zu gehen?"

„Stärker", erwiderte sie, ohne ihn anzusehen. „Aber der Schmerz ist ein anderer, und die Wunde kann eines Tages heilen."

Behutsam löste er sie von ihrem Bruder, nahm sie mit sich, ohne daß sie sich sträubte, sie waren allein. Er versuchte nicht, sie zu überrumpeln, führte sanfte und traurige Rede. Bat sie, bei ihm zu bleiben, bis diese Heirat, an deren Beschluß nicht zu rütteln sei, wirklich zustande komme, vielleicht noch ein Jahr oder länger, wer weiß . . .

„Ich gebe dich frei, sobald du es forderst. Du mußt nicht fliehen, dolze mia donna."

Erst als er die Kinder erwähnte, brach sie in Tränen aus.

Sie liebten sich stumm, eilig, in den Kleidern, als seien sie auf der Flucht vor etwas.

Dann ging es eine Weile, als sei nichts geschehen. La Bruna saß bei Festen wieder an der Seite der Majestät, ritt in Männerkleidern mit ihm aus, stellte die Blume ins Wasser, besorgte die kaiserliche Kinderstube, ohne Unterschied, ob es ihre leiblichen Kinder waren oder nicht, sang Frottole, schlief im Bett des Mannes.

Manchmal sagte sie Dinge, die Federico das Staunen lehrten. Die Amici hatten kurz den Raum verlassen, und da sie sich flüchtig an ihn schmiegte und fühlte, daß sein Körper sie sofort hart und verlangend bedrängte, löste sie sich lächelnd. „Jetzt nicht, mio ben."

„Warum nicht?" erwiderte er. „Ich lasse sie fortschicken."

„Aber sie wüßten, weshalb." Und, da er die Achseln zuckte: „Ist dir die Würde deiner Dame nichts wert?"

Er sah sie erstaunt an.

Am Abend, liebesgesättigt nebeneinander liegend, gedachte er dieses Augenblicks und murmelte schläfrig, sie solle nicht denken, er achte sie gering. Aber sei es nicht schade um jede versäumte Gelegenheit? Ihr Lachen machte ihn wieder munter.

„Ach, liebster Mann", sagte sie kopfschüttelnd, „du irrst wahrhaftig. Oft habe ich schon denken müssen, ob wir denn im Krieg miteinander leben und du nur darauf aus bist, mich zu durchdringen und zu durchbohren, und wir können nicht ein Vaterunser lang zu zweit in einem Zimmer sein, daß du nicht bereit bist zum Gefecht. Du fragst mich nie, ob ich bereit bin."

„Es gefällt dir nicht?" sagte er begriffsstutzig und dachte an die Anbetung, die ihm diese seine Fähigkeit im allgemeinen und in seinem Harem im besonderen eintrug.

„Es gefällt mir, denn ich liebe dich", erwiderte sie und fuhr mit jener ruhigen Offenheit fort, die ihm öfter den Atem nahm: „Aber manchmal denke ich, du verwechselt ‚coito' und ‚amore', und statt ‚mio core' könnte ich auch ‚cazzo mio' zu dir sagen."

Er schluckte.

„Nicht böse sein, Erhabner", sagte sie schnell, und wie immer, wenn sie ihm seinen Titel gab, klang das nach vollem Ernst und aufrichtiger Zärtlichkeit.

„Nein", entgegnete er, aber die Falte auf seiner Stirn blieb. „Wie hättest du es denn gern, daß ich dir wäre, Madonna? Vielleicht ist *dir* einmal nach Befehlen, und ich sollte bei dir betteln kommen – wie der Minnesänger bei der Dame: ‚Frôwe erlôse minen lîp ...'"

„Ich kann kein Deutsch, und nun bist du doch böse", sagte sie, und ihre Mundwinkel senkten sich. „Ich will auch nicht befehlen."

„Es macht aber viel Spaß, ich übe es zeit meines Lebens mit großem Vergnügen aus", konnte er sich nicht versagen, noch einzuwerfen.

Sie sah ihn ruhig an, da war er still. „Tesoro mio, ich will keinen anderen Mann als dich und will dich nicht anders, als du bist, und liebe dich sehr, sehr. Nur manchmal denke ich, daß ich dich einfach weich finden müßte statt hart. Daß du manchmal eine Frau wärest – ach, du lachst. Du verstehst mich falsch. Ich meine doch ..."

Er hielt ihr die Hand über den Mund und erwiderte ernst: „Ich weiß allzugut, was du meinst."

Sie seufzte und bewegte sich an seiner Seite, und ihre Finger suchten das Tier, und sie schwiegen.

Dann sagte er mit halbem Lachen. „Ach, dolzessa, wie weise du bist, und nicht nur im Reden. Darf ich denn, liebe Herrin, fragen, ob es recht, genehm und an der Zeit wäre?"

„Recht, genehm, an der Zeit und sehr erwünscht dazu."

„Cazzo und core geloben dir ihren Dienst für alle Zeit."

Dazu sagte sie nichts, sei es, daß sie Schwüren nicht traute, sei es, daß sie anderwärts beschäftigt war.

La Bruna zog die kleine Brut auf und teilte treulich ihres Liebsten Sorgen um den aufsässigen Sohn in Germanien. Federigo d'Antiochia machte ihr mit seinen acht Jahren schwärmerische Augen, und Enzio dichtete sie heimlich an, gut, daß das der Vater nicht wußte. La Bruna steckte auch mal ihre Nase in Baupläne, da sie so hübsch zeichnen konnte, wie ihr Herr behauptete, und da sie nicht schwanger war, empfing sie auch mit großer hausfraulicher Liebenswürdigkeit ihre Schwestern zu Besuch.

Die ganze Zeit über taten sie gegeneinander, so gut sie nur konnten, als wüßten sie nichts über Vineas höchst geschickte Verhandlungen mit England, bis es denn ein Verlöbnis war und Magister Pietro aus der Gosse Capuas, „Unser lieber Freund und Vertrauter", als Stellvertreter seines Herrn nach der nebligen Insel aufbrach, als Alter ego des Imperators der Braut den Ring aufzustecken und die Formel zu sprechen.

Da konnte man die Augen vor der Sache nicht mehr verschließen. Eingedenk alter Absprachen sagte Bianca: „Ich will gehn", und Federico: „Du bist frei."

Aber sie ging nicht, und sie war nicht frei. Ihrer beider Vorsätze brachen jämmerlich zusammen. Immer noch eine Woche wurde erbeten und gewährt, die Begleitung in den Norden, da könne sie gleich nach Piemont abbiegen; noch bis zu den Alpenpässen; soll ich dich jetzt allein lassen, da du vor Zorn und Kummer um deinen Heinrich nicht weißt, wohin; mein Liebster, ja, noch über die Alpen; hier in Wimpfen, in dem Leid um meinen Erstgeborenen, ach, sei nicht grausam; noch bis Regensburg.

Oft genügt schon, daß er, am Türpfosten stehend, den Kopf an die Füllung lehnt: Ich kann dich nicht so sehen, caro mio, als einen Leidenden; daß sie ihn mit einem Kosenamen anredet, und er stammelt: Noch bis morgen. Noch zwei Tage, noch einen. Noch bis morgen.

Sie fällt wieder häufig in Ohnmacht, sie streiten beide um Nichtigkeiten, Bianca weint, er nimmt sie, als wolle er sie pfählen, bittet hinterher um Verzeihung, Schwüre, ach, unsere wahrhaftigen Schwüre, immer finsterer wird ihr Beisammensein. Dimmi, crudel amore, e quale il contento ...

Als sie schließlich, fürstlich geleitet von hundert Lanzenreitern, abreist, ist es einen Tag vorm Gericht an Heinrich, die Braut ist schon seit zwei Wochen in Germanien, wartet in Köln auf Abruf, dann wird gleich geheiratet.

Bin ich nicht liebenswert, wie soll ich leben?

Arme Bianca. Arme Elisabeth.

Der Imperator erteilt Lektionen

Der Aufwand war beträchtlich, ein Hochzeitsfest von europäischen Ausmaßen, vier Könige, elf Herzöge, dreißig Grafen, zahllose Kirchenfürsten und Ritter hatten sich versammelt, um dabeizusein, wenn Guelfen und Ghibellinen zusammen ins Bett steigen sollten und die alte Feindschaft begraben wurde unter einem Berg von Gold, Silber und Ländereien, die man sich gegenseitig verehrte. Vineas Diplomatie hatte in England Triumphe gefeiert – die Mitgift der Prinzessin war ungewöhnlich hoch, und was sie an Ausstattung mitbrachte, immens: eine ganze Schiffsladung Hausrat, Kleider, Schmuck, Juwelen, eine Krone aus Feingold, Pelze, ein Brautbett aus Elfenbein und Ebenholz, mit Damast bezogen, sogar silbernes Tafelgeschirr. („Die scheinen zu denken, in Sizilien ißt man von der Erde", kommentierte Taddeo.)

Die Morgengabe Friedrichs beschränkte sich auf die traditionellen Ländereien, die den Königinnen Siziliens überschrieben werden: Monte Sant' Angelo in der Capitanata mit allen Städten, Besitzungen und Burgen – und einiges auf der Insel.

Elisabeth kam nicht nur mit einem Berg von Reichtümern an, sie war dazu auch noch angenehm anzusehen, freundlich, gebildet, von guten, höfischen Manieren, kurz, sie hätte das Entzücken eines jeden Freiers sein müssen, sofern dieser nicht gerade seinen erstgeborenen Sohn zu lebenslänglichem Kerker verurteilt und seine einzige Liebe davongeschickt hatte.

Mit dem Selbstbewußtsein einer ebenbürtigen Fürstin war die

Engländerin nach Germanien gekommen, hatte sich in Köln als Kaiserin feiern lassen, war endlich in einer herrlichen, siebentägigen Reise nach Worms geleitet worden, umringt von Huldigungen aller Art. Ihre festliche Stimmung verging schnell unter dem kalten Feuer der metallischen Augen, die gleichsam durch sie hindurchzusehen schienen, als ihr Gemahl sie mit einer förmlichen Verneigung begrüßte und dann, ohne sie anzurühren, den neben ihr stehenden Vinea umarmte: „Das hast du sehr gut gemacht, Pier."

Weder beim Festmahl noch beim Tanz machte er die geringsten Anstalten, ihr näherzukommen oder über das notwendige Maß hinaus Ehre zu erweisen. Er bat sie nur, zum Tanz ihren mit einem hohen Perlenaufsatz geschmückten Hut abzunehmen. Da die Bürger von Köln sie ebenfalls gebeten hatten, Schleier und Gebende fortzutun, damit sie ihre Schönheit und ihr herrliches blondes Haar bewundern könnten, gehorchte sie ohne Arg. Erst als sie sich mit ihrem Bräutigam in der Mitte des Saales befand, wurde ihr mit Schrecken klar, daß sie mit dem Putz gut einen Kopf größer gewesen wäre als er. –

In einer ruhigen Ecke sitzen zwei bewährte Sizilier, den Weinbecher in der Hand, und beobachten die Pavane. Großhofrichter Taddeo de Suessa, die gekreuzten Beine von sich gestreckt, bequem in die Kissen gelümmelt, kneift die funkelnden Augen schmal und sagt zum Consilius Familiaris Tomaso d'Aquino: „Schmuck, was unser Peterchen da aus London mitgebracht hat, alle Achtung."

„Na, na", bemerkt 'mas Aquin' mit gewohnter Bedächtigkeit, „obwohl *er*, glaube ich, nicht auf Blondinen wild ist."

„Bisher war er auf alles wild, was einen Rock trug."

„Vergiß nicht La Bruna. Das hat sich ein bißchen geändert."

„Hm", stimmt der andere zu.

„Und dann – hast du deine Brille nicht mit? Schade. Frauen mit so einer zarten Haut kriegen leicht Flecke, sie schleppen die Liebesmale wochenlang mit sich rum und laufen rot an im Gesicht."

„Du bist in einer sehr kritischen Laune, Aquino, wie?"

„Ach was. Ich bin bloß ein Parteigänger der Marchesa, wenn du es wissen willst. Sie hätte Besseres verdient."

„Parteigänger der Marchesa bin auch ich. Aber was kann die arme Engländerin dafür?"

„Nichts", bestätigt 'mas Aquin' und seufzt. „Übrigens, das siehst sogar du, daß sie eine lange Latte ist, was wir in Palermo eine ‚faba' nennen. Meinst du, daß sie damit viel Chancen hat, an der Seite ihres zwar erhabenen, aber trotzdem höchstens mittelgroßen Gemahls zu repräsentieren?"

Vor Lachen verschluckt sich Taddeo fast am Wein. –

Die Hochzeitsnacht verbrachte Elisabeth, die sich nun daran gewöhnen mußte, Isabella genannt zu werden, allein auf ihrem wundervollen Brautbett. Ihr Gemahl beobachtete mit Michael Scott die Sterne und errechnete mit ihm die günstigste Konstellation für die Zeugung eines Knaben – aufgrund welcher Festlegung er sich erst nach Sonnenaufgang zu seiner Angetrauten verfügte.

Während er sich entkleidete, fragte er sie beiläufig nach dem Stand ihrer Aufgeklärtheit, nannte sie schön und reizvoll und versprach ihr (alles höchst sachlich und ohne die geringste Zärtlichkeit), er werde es ganz behutsam machen.

In der Tat ging er mit Vorsicht und Geduld vor, aber ohne jede Spur von Gefühl, als gälte es, eine gemeinsame Arbeit möglichst gut zu verrichten, und die fassungslose Bella, die wohl doch auf so etwas wie ein Bemühen um Zuneigung gehofft hatte, folgte gleichsam betäubt seinen Anweisungen und nickte sogar auf die Frage, ob es ihr angenehm sei, obwohl sie nichts empfand außer ein bißchen Schmerz.

Nach getanem Werk war aber kein Ruhen, sondern die neue Kaiserin mußte sich noch belehren lassen, wie sie sich ihrem Gemahl am erfreulichsten zugesellen könne, sowohl was die Stellungen als auch was die Reden anging – zu letzterem empfahl er, sich von seinem Kämmerer Giovanni ein paar arabische Worte beibringen zu lassen, denn diese Sprache eigne sich besonders für Liebesdinge.

Sich erhebend, maß er sie mit einem durchdringenden Blick, vor dem sie die Augen niederschlug, und sagte: „Du bist ein tapferes, königliches Mädchen, Isabella. Ich habe natürlich bemerkt, daß es dir keinerlei Freude bereitet hat. Aber das wird sich ändern. Die Lüge dieser Stunde ehrt dich, versuche aber sonst nicht, mich zu belügen. Ich bin wirklich froh, daß du mir gewonnen wurdest. Wir werden uns aneinander gewöhnen. Im übrigen gib gut acht auf dich, du bist jetzt schwanger, und wenn die Sterne nicht lügen, wird es ein Sohn."

Erst als die Zeugen den Vollzug der Ehe bestätigt und die schwarzen Verschnittenen, von denen Pietro ihr bereits erzählt hatte, sie in ihre Obhut genommen hatten, fiel ihr auf, daß ihr Mann nicht einmal versucht hatte, sie zu küssen.

Sie blieben den Rest des Sommers und den Winter über in Germanien, in Friedrichs geliebtem Hagenau – eine Erholung vor allem für die durch die vielen Reisen völlig erschöpfte Kanzlei, die Vinea nun noch einmal gründlich ordnen und auf künftige Aufgaben vorbereiten konnte – der Verschleiß an Schreibern und Kanzlisten war in der letzten Zeit hoch gewesen.

Trotz aller Sternkonstellationen war Isabella nicht schwanger, sondern erwies sich als ein dürrer Acker, der reichlicher Bearbeitung bedurfte, um Frucht zu tragen – erst nach zweieinhalb Jahren wurde die Tochter Margarethe geboren.

Federico machte seine Frau mit der kaiserlichen Kinderstube bekannt und beobachtete sie genau. Sie behandelte die Kinder mit einer Mischung von Verachtung und Herablassung, die aus Angst resultierte, und bekam mehrfach rote Flecke. Der freche Knabe Konrad, der sich seiner Vorrangstellung durchaus bewußt war und viel mehr um den Vater war als die anderen, nannte sie ganz ungeniert „faba“, ohne daß ihr Gemahl etwas dagegen unternahm.

Gleich nach der Hochzeit hatte Friedrich sie sehr gekränkt, als er ihr englisches Gefolge bis auf zwei Zofen und eine Stickerin nach Hause schickte und freundlich erklärte, er habe kein Interesse an einer anglikanischen Enklave am Kaiserhof. Im übrigen werde es ihr an nichts mangeln, und weder ihre Würde noch ihre Bequemlichkeit würden leiden, was stimmte, wenn man davon absah, daß die Imperatrice keinen Schritt außerhalb ihres Zimmers tun konnte, ohne zwei schwarze Eunuchen an ihrer Seite zu haben, und daß man ihr nahelegte, zumindest in Gegenwart der Sarazenen einen Schleier vors Gesicht zu tun – da aber um den Kaiser ständig irgendwelche Sarazenen waren, hieß das: immer.

Isabella war nicht nur schön, sondern auch gebildet. Sie musizierte vortrefflich, sprach ein sauberes Latein und hatte einiges gelesen. Ein Außenstehender konnte den Eindruck einer Familienidylle gewinnen, wenn die blonde Frau im gestickten hellgrünen Seidenkleid neben ihrem Gemahl im Garten saß und sich mit ihm über Poesie unterhielt oder sang. Federico benahm sich untadelig. Er war weder zornig noch ungeduldig noch ironisch, sondern widmete ihr jede höfliche Aufmerksamkeit. Aber sie hätte genausogut eine Fremde sein können. Seine Haltung war frei von Gefühlen, weder freundliche noch unfreundliche schien es zu geben.

In ihren Nächten war es manchmal, daß er sich zu verwandeln schien; geschlossenen Auges war er in der Lage, den Moment der

Lust immer weiter hinauszuzögern, sein harter und gleichsam glühender Körper war dann von größter Geduld, sein Gesicht sanft, und er flüsterte Unverständliches. Sie konnte nicht wissen, daß er dann weit fort war von ihr: glattes braunes Haar, die Linie von den Augenbrauen zum Haaransatz, der offene Mund, das winzige Ohr . . .

Hinterher, ehe sie ihn halten konnte, war er in seine Gestalt zurückgekehrt, küßte ihr die Hand, dankte, ging. Sie war viel zu stolz, ihm ihre Tränen zu zeigen.

Einmal brachte er ihr ein Lied mit, einen Vagantenreim, den sie in Köln gemacht hatten, wo sie das Ende ihrer Mädchenzeit gefeiert hatte und durch ihre Schönheit und Leutseligkeit die Bürger bezauberte: „Were diu werlt alle mîn / von dem mere unz an den rîn / des wolt ih mih armen / wân die künegin von Engellant / Lege an mînen armen."

„Nun, wie gefällt dir das, Bella? Du bist schon der Lieder würdig", sagte er freundlich.

Sie lächelte, sagte nichts. Er würde sie trotz aller Lieder so leichtherzig weggeben wie eine Bohnensuppe, dessen war sie sicher. Als Gegenleistung für das Lied nahm sie ihre Laute und sang: „Sumer is enkumen", ein Reigenlied aus England.

In der Nacht hatte sie einen so heftigen Heimwehanfall, daß ihre Kammerfrauen sie kaum zu trösten wußten.

Sooft es ging, suchte sie die Gesellschaft Vineas, der mit ihr die Ringe gewechselt hatte. Aber der war meist noch mehr beschäftigt als sein Herr. –

Es gab einen Fall. In Fulda und den umliegenden Ortschaften hatte sich etwas für Federicos Justitia Unglaubliches ereignet. Man hatte Juden ohne Rechtsspruch erschlagen, verbrannt, vertrieben, ihre Häuser geplündert und angesteckt. Als die Kanzlei Nachforschungen anstellte, drehten die Bürger Fuldas den Spieß um und erhoben Anklage gegen die „verfluchten jüdischen Mordhunde", die anläßlich der blutigen Feier ihres Passahfestes zwei Christenknaben hingeschlachtet hätten!

Friedrich raste vor Wut über die tierische Dummheit dieser Leute und hätte am liebsten sofort drakonische Strafen über das christliche Mordgesindel verhängt, aber Pietro schüttelte den Kopf: So sei der Sache nicht beizukommen. Die Majestät möge bedenken, daß hier nicht Sizilien sei, wo Christen, Sarazenen und Juden gleichberechtigt lebten vor dem Gesetz, wenn es letztere auch eine gepfefferte

Steuer kostete. (Hier lächelten sich Imperator und Erster Jurist verschwörerisch zu.) In diesen finsteren Gegenden aber, führte sein Berater aus, sei man gewohnt, die Bekenner des Alten Bundes als Freiwild anzusehen und zu behandeln – was könne bestimmten Blutsaugern geistlichen oder weltlichen Standes angenehmer sein, als so ein bequemes Opfer der Volkswut bei der Hand zu haben, eine Kehle, die man hinhalten konnte, wenn die Bedrückten um sich zu beißen begannen. Man müsse also ein großes Exempel statuieren, mit einem Aufwand, der den Beteiligten ein für allemal klarmachte, daß der Caesar Romanorum in dieser Sache nicht spaßte.

Also zunächst: Anhörung der Klage.

Die Bürgerschaft von Fulda, angeführt von einem schieläugigen Dominikanermönch, der offensichtlich die treibende Kraft bei den Pogromen gewesen war, brachte vor dem Kaiser und seinem Großhofrichter haarsträubende Geschichten über die jüdische Gemeinde vor, zum Beispiel, daß sie jede Sabbatnacht eine in der Kirche entwendete Hostie schändeten (Friedrich: „Wie macht man das? Und schlafen die Priester in Fulda, daß sie sich alle Sonnabende eine Hostie stehlen lassen?"), daß sie den heiligen Namen durch Ausspucken entehrten und zur Ausführung ihres verruchten Götzendienstes (Friedrich: „Ist Christi Vater ein Götze?") ständig Christenblut benötigten, um damit zu hexen.

Erregter Protest unter den Teilnehmern der Anhörung, vor allem bei jenen Männern, die die braven Fuldaer schon von Anfang an mit Mißtrauen betrachtet hatten: dunkelhaarige Männer mit Vollbärten und in talarähnlichen Kleidern, Käppchen oder Turbane auf dem Kopf – des Imperators jüdische Finanzberater, Hofgelehrte und Ärzte. Sie erdreisteten sich, Einspruch zu erheben mit Behauptungen wie: Ihre Religion untersage jede Art von Blutopfer.

Einer ging sogar soweit, sich dem Kaiser zu Füßen zu werfen, und wurde von ihm mit der arabischen Bemerkung: „Aber ehrenwerter Rabbi, mich brauchst du doch nicht zu überzeugen!" huldvoll aufgehoben.

Ein ehemaliger Kreuzfahrer, der als Gefangener im Orient gelebt und vom Kaiser freigekauft worden war, verstand die Worte und übersetzte sie den Seinen, worauf nun die Kläger ihrerseits mächtig in Wallung gerieten und verlangten, der Caesar möge geruhen, die als Beweis vorliegenden Leichen der beiden geschlachteten Christenknaben in Augenschein zu nehmen!

Die Majestät zog die Brauen hoch: Leichen vom Passahfest, jetzt im Herbst? Ob man sie denn den Sommer über in einen Eisblock versenkt habe? Als der wortführende Dominikaner hektisch etwas von einem Wunder stammelte, ließ ihn der gefürchtete Basiliskenblick verstummen. Dann sagte Friedrich hohnvoll: „Wenn die Kinder tot sind, so begrabt sie. Zu etwas anderem taugen sie nicht mehr." Sodann, sich erhebend: „Der Fall soll genauestens untersucht werden. An alle christlichen Könige werden Boten ausgesandt, um ein internationales Zeugnis bekehrter Juden – bekehrter, wohlgemerkt, und guter Christen – über ihre ehemalige Religion einzuholen. Bischöfe, Äbte, Kirchenfürsten sollen nach Hagenau gerufen werden und befragt, ob sie Fälle von solchen Ritualmorden eidlich bezeugen können. Euch soll jede Gerechtigkeit widerfahren."

Die Fuldaer entfernten sich recht erstaunt – so was erledigte ein markiger Herrscher doch im Handumdrehen zu christlichen Gunsten!

Der Rest (das heißt die Arbeit) war Pietros Werk. Durch den Schlamm des Herbstes und den Schnee des beginnenden Winters zogen Gesandtschaften an die europäischen Königshöfe und kehrten mit unter allerhöchstem Schutz stehenden, exotisch aussehenden Männern nach Hagenau zurück, und aufwendige Versammlungen und Beratungen bezeugten, welcher Rang der offiziellen Lösung des Problems beigemessen wurde, dessen Ergebnis ja bei allen Verständigen von Anfang an festlag.

So beurkundete denn der Kaiserliche Gerichtshof schließlich feierlich, daß den Juden nicht ein einziger Ritualmord nachzuweisen sei, ja, daß solche Behauptungen unsinnige Verleumdungen darstellten, da die jüdische Religion jedes Blutopfer untersage. Auch die anderen Beschuldigungen wurden als haltlos verworfen. Dann verkündete Pietro die Verurteilung der Rädelsführer von Pogromen, soweit man ihrer habhaft werden könne, und des Dominikaners aus Fulda – der ja eigentlich vor einen geistlichen Gerichtshof gehöre. In allen Städten Germaniens wurde ein Erlaß proklamiert, demzufolge es bei strengen Strafen untersagt wurde, Juden in solcher Weise zu beschuldigen. –

„Denk bloß nicht, daß uns das irgend jemand dankt in diesem finsteren, abergläubischen Land", sagt Vinea seufzend nach der Urteilsverkündung zu seinem Imperator. „Nach ihren Blicken zu urteilen, hätten sie mich am liebsten auch gleich am Bart gezerrt, angespuckt und ins Feuer des eigenen Hauses geworfen. Das sind Barbaren."

Friedrich nickt. „Ja, meine Barbaren. Und ich will sie lehren, es nicht zu sein, sollten darüber auch ihre Bierkrüge und Köpfe in Scherben gehen. Verdammt, wo bleibt der Umgang miteinander, wenn sie jeden, der sich den Scheitel von links nach rechts zieht statt von rechts nach links, gleich auf den Scheiterhaufen schicken? Ich werde ..."

„Du kannst ihnen auch keine Toleranz mit der Rute beibringen, Erhabner", bemerkt Pietro sorgenvoll. „In Sizilien leben die Völker schließlich seit vielen Jahrhunderten miteinander und haben Eintracht gelernt ..."

„Und die hier haben ihre Juden seit den Zeiten Karls des Großen!" fährt der Kaiser auf. „Laß mich nur. Ich weiß, daß ich mich nicht beliebt mache. Aber wenn wir die Sache mit den Lombarden erledigt haben, muß ich wieder mehr im Norden sein. Es hilft alles nichts."

Daß die Sache mit den Lombarden zehn Jahre dauern würde, ahnte keiner der beiden.

„Sag mal", rede ich Linda an, „König Heinrich ist schon verurteilt, wie, und fortgeschickt auf Nimmerwiedersehen und wird nur in einem Nebensatz erwähnt?"

„Wer sagt das?" entgegnet die Freundin. „König Heinrichs Lektion war die schlimmste, für ihn und für den, der sie erteilte, aber ich muß dir sagen, Heinrich ist nicht nach meinem Geschmack, und bei mir wirst du kaum etwas finden, was ihm zum Guten gerechnet werden kann."

„Was hast du gegen ihn?"

Sie zuckt die Achseln, fragt dagegen: „Was hast du für ihn? Ein Jüngling, der sich nicht zu zähmen wußte, einer, der den Meister spielen wollte und sich selbst kein Meister war, an dessen zügellosem Hof Herzoginnen wie Huren traktiert wurden ..."

„Was dich stört?"

„Mir wären Gegenden lieb, wo Huren wie Herzoginnen geachtet würden", erwidert sie einfach.

„Ich kannte ihn gut", sage ich nachdenklich, „und, Linduccia, schimpf nicht auf ihn. Er war der unrechte Mann auf einem Weg, der vielleicht der rechte hätte sein können, und sicher, er war zügellos, aber er war allein gelassen worden und zu stolz, nicht das Höchste zu wollen ..."

„Ich sehe schon", unterbricht sie mich, „du bist wild darauf, ihn zu rechtfertigen oder seine Rechtfertigung anzuhören. Warum tust du's nicht?"

„Wie denn?" frage ich.

„Himmel, bist du dumm. Wo bist du denn Hier? Du brauchst es nur zu wollen, und schon wird er dir unfehlbar in die Arme laufen, gierig, wie sie alle sind, ihr Elend um und um zu kehren. Alle hoffen doch, du kannst sie rehabilitieren, falls du es doch noch schaffst hinzukommen." Sie lacht.

„Meinst du?" frage ich verwirrt, und sie erwidert achselzuckend: „Ich bin ganz sicher. Mach dich nur auf! Bloß hoffe nicht auf mich bei deinen Abenteuern. Du bist kein Mannsbild, das man an der Hand führen muß. Du findest dich selber zurecht."

„Und verliere dich dabei."

„Vielleicht kann ich anderweitig was für dich tun, damit du zu deinem Ziel kommst", sagt sie und erhebt sich.

„Aber deine Geschichten?"

„So richtig meine sind das doch nicht", erwidert sie. „Aber immerhin. Ich denk mir schon, daß wir noch mal zusammen sind. Hier und Dort."

„Nicht erst in hundert Jahren!" protestiere ich. Einerseits ist mir zum Heulen, sie zu verlieren, andererseits zucken mir die Beine aufzubrechen.

„Du hattest noch nie Sitzfleisch", bemerkt sie grinsend. „Find mich nur wieder hier bei den Nußschalen."

„Und wie find ich die Nußschalen?"

„Na", erwidert sie, „nichts ist einfacher als das. Du brauchst bloß *nicht* dahin zu gehen, wohin mein teurer Sohn dich führt. Oder dachtest du, den bist du los?" Sie klopft sich das trockne Moos vom Ärmel und schüttelt die Unterröcke.

„Du hast Grasflecke am Kleid", sage ich.

„Die hatte ich immer", entgegnet sie würdig, zwinkert mir zu und entschwindet, die Faust auf die Hüfte gestützt. Wie kann man nur so schnell weg sein, ach, hätte ich sie nur noch einmal umarmt, bevor ich mich erneut unter die Schatten wage. Linduccia, ich komme wieder, wegen Nüssen, Geschichten und deinem lebendigen Leib.

„Ich möchte bloß wissen, wohin du mich verschleppen wolltest", sage ich kopfschüttelnd zu Pietro – keine Frage, daß er wieder neben mir hertrottet.

„Wo du ohnehin noch hingelangen wirst", entgegnet er dunkel. „Was sollen die Umwege. Sind dir deine Kräfte nicht zu schade?"

„Sie reichen schon noch aus", antworte ich trotzig.

„Ja, wir waren immer erstaunt, wie zäh du bist, das ist schon wahr", bemerkt er plaudernd, mit boshaftem Unterton. Die Begegnung mit Linda verzeiht er mir nicht. „Gleich, in welche Fährnisse man dich hineinsteckte, du kamst wieder heraus. Weder Feuer noch Wasser konnten dir etwas anhaben. Wie ein Salamander, den man in die Glut wirft, wie ein Aal im Wasser – immer war Truda wieder da, komisch anzusehen oft, mit versengten Brauen oder triefenden Kleidern, aber sie war da. Wir mußten herzlich lachen darüber."

„Was soll das heißen?"

„Hast du nicht gemerkt, daß er und ich, daß wir dich mit Absicht an die Stellen gesandt haben, wo deine Himmelfahrt in den Bereich des Wahrscheinlichen rückte? Meist war der Auftrag gar nicht so wichtig. Uns kam's auf das Experiment an."

„Das machst du mich ohne weiteres glauben", sage ich mit der Trockenheit der alten Truda von damals. „Ein Glück, daß ich immer meine eigenen Geschäfte zu besorgen hatte neben den euren, die Adams und Evas."

„Adams und Evas, ach ja", wirft er seidenweich ein. „Wir hörten schon länger nichts von ihnen. Wir hörten auch nichts von deinen wilden und merkwürdigen Träumen, von all den Bildern, die dich heimsuchten und die du aufsuchtest hier unten, zwischen den Büchern vom wundersamen Kind . . ."

„Alles zu seiner Zeit", entgegne ich nüchtern und fühle froh, wie mich die Begegnung mit Linda gestärkt hat, „und nichts wird vergessen werden, Herr Magister."

„Du bist nicht schnell zu irritieren, wie?" fragt er und dreht mir sein Gesicht zu, so daß ich das meine abwenden muß, um seine Augenhöhlen nicht zu sehn.

„Nicht so schnell, wie du möchtest", erwidere ich. „Und halt, *den* Weg will ich nicht."

„Warum nicht?"

„Weil du ihn einschlägst. Ich suche den Sohn."

„Was ist das schon wieder für ein unsinniger Umweg? Ich kann dir andere Dinge geben, entscheidende, richtungweisende . . ."

„Piero, ich suche den Sohn!"

Er, der schon ein paar Schritt weitergegangen war, hier, wo sich die Wege gabeln, kehrt mit mir um.

III. Botschaft
Der arme Heinrich

Welcher Sohn wider den Vater zu dessen Feinden schwört ..., der sei ehrlos und rechtlos in Ewigkeit, also daß er nimmer wieder zu seinen Rechten kommen möge ...

Mainzer Landfrieden von 1235

Der Sohn. Carissimus Filius. Bei dem sich das Braun der Augen Konstanzes mit denen des Vaters zu einem sanften Aurikelton vermischt hat. Der freundliche, üppige Mund, meist leicht geöffnet, ein bißchen schmollend. Gekraustes blondes Haar. Als Kind sah er aus wie ein Engel des Himmels. Nur, da fand er nicht allzuviel Beachtung. Bis zu seinem fünften Lebensjahr sah ihn sein Vater nicht, und nach dem zehnten sah ihn keins mehr seiner Eltern und er sie nicht; sie ließen ihn im Norden zurück, er hatte König zu sein, das ist unsere Bestimmung. Überhaupt leben Königskinder höchst gefährlich, wie festzustellen ist, manche entkommen mit knapper Not den wilden Deutschen oder anderen Bestien, manche werden ihnen nicht entrinnen. Darüber ist einiges zu sagen oder zu verschweigen in der Zukunft. Wissen sie eigentlich, was nach ihrem Tode geschehen ist? Können sie Hier diese Geschichten zur Kenntnis nehmen? Die Probe wäre zu machen.

Ich wende mich zu Pietro um, der unhörbar hinter mir hertrottet, wer weiß, ob ihm der Weg Beschwerde macht wie mir, sicher nicht: „Kennst du das Testament des Kaisers, Herr Logothet?"

Er weiß sogleich, woher der Wind weht, und lacht boshaft. „Das würde die Sache vereinfachen, wie? Die meisten kümmern sich nicht mehr darum und vergessen alles, da es ihnen nicht mehr nützt, zu wissen. Wenn wir einfach aufhörten zu erfahren, dann, wenn wir aufhören zu sein? Es genügt ihnen, wiederzukäuen, was sie dereinst taten. Das Testament des Kaisers? Ja, es ist nicht besonders fein formuliert, und es hat auch gar nichts geholfen, das Erbe unter den Söhnen aufzuteilen. Wahrhaftig gar nichts. Die Ungebärdigen, die alles durften, für die es keine Verbote gab, um die nur der Falkenflug war und das Lachen der Troubadoure und das Herumstreunen bei Nacht, Abenteuer wie am Hof Harun-ar-Raschids, und die dann plötzlich Könige sein mußten und Provinzen verwalten, Heere führen und die großen Taten tun!"

„Aber Pier", sage ich überrascht, „du bist ja eifersüchtig!" Es wird still hinter mir. Für eine Weile höre ich nur das weiche Geräusch des Samts, in den der Wind fährt. Ich fahre fort: „Du sagst es, als sei die Wildheit der Söhne schuld am Untergang des Imperiums. Pietro, sie waren wild, solange sie es waren, und dann wurden sie die Heerführer, Generalcapitani und Könige, wie es die Stunde verlangte, und trugen mehr auf ihren Schultern, als man es für möglich hielt. Du müßtest doch besser als alle anderen wissen, wie das war."

„Ich weiß gar nichts. Ich wußte nur, daß es die ungeheuerlichste Vermessenheit war, das alles auf den Kopf eines einzigen zu bauen, daß sie recht hatten, die vom Vatikan, wenn sie ihn ins Reich der Dämonen verwiesen – ihm galt ja gut und böse gleich, und die Justitia war schließlich eine Chimäre –, daß man ihm irgendwann zeigen mußte, wie hinfällig dies ganze Gebäude war, ein Zeichen setzen mußte; aber es war ohnehin schon zu spät."

„War es das, hing damit zusammen, was er deinen Verrat nannte?"

„Truda, Truda, daß du es nicht lassen kannst! Meine Schuld oder meine Unschuld geht dich nichts an, wir haben es verabredet. Außerdem weißt du ja: Ich habe den Stab der Gerechtigkeit in eine Schlange verwandelt, indem ich – und so weiter. Jetzt gleich, jetzt bekommst du es mit einem handfesteren Verräter zu tun, wenn du denn wirklich auf eine Begegnung aus bist. Einen, der nicht zögerte, seine Schuld zu bekennen, und sie für alle offenbar machte, deutlicher ging's nicht mehr."

„Er dauert mich."

„Er war unfähig."

„Beschimpfe ihn nicht."

„Nein, wozu? Er mag für sich selbst sprechen."

Wir waren stehengeblieben. Seine Hand deutete auf einen großen Stein am Weg, ockergelb, bestaubt, unter einem gleichfalls bestaubten Olivenbaum, von dem sich nun eine Gestalt erhob, genau so bestaubt, so ockergelb, so verdorrt wie die Landschaft, die Hand aufs Herz gepreßt, die Lippen bläulich verfärbt.

„Ich hatte wieder – wieder diese Schmerzen, es geht vorüber", sagte er ängstlich. „Truda, was für Botschaften bringst du? Du kommst mir immer vor wie eine Eule, die Unheilvolles zu mir trägt von jenseits der Alpen. Nichts mache ich dem Herrn recht, nichts."

„Ich habe keine Botschaften mehr für dich, König Heinrich", erwiderte ich. Er sah schlimm aus. Sein schäbiges, grob gewirktes Hemd, wie es die schwäbischen Bauern tragen, starrte vor Schmutz, seine Schuhe waren zerrissen. Neben Pietro wirkte er wie ein Bettler. Übrigens schien er den erst jetzt zu bemerken.

„Oh, einer der hohen Herren vom Hofe, einer von den Ohrenbläsern und Einflüsterern, den Mistkäfern am Hintern des Gottes. Willkommen, Signore Notaro, was gibt's? Kaiserliche Entscheidungen von höchster Tragweite, vermute ich, das Imperium betreffend. Nichts für uns Narren im Norden."

„Das ist Petrus de Vinea, kennst du ihn nicht?"

Der König führte die Hand zur Stirn. „Nein. Keine Erinnerung. Ich bin so vergeßlich, Truda. Also, was hast du in deiner Tasche? Gibt es irgendwas zu widerrufen, sind Ergebenheitserklärungen abzugeben oder Reverse gegen mich selbst zu unterzeichnen? Immer her damit. Nur den Trifels, den gebe ich nicht heraus. Die Reichskleinodien nicht. Sie gehören dem deutschen König."

„Heinrich, weißt du, wo du bist?"

Er hob wieder die Hand zum Kopf, lächelte. „Ja, ich bin tot. Dies ist der Weg von Rocca San Felice nach Nicastro, wo ich vom Pferd stürzte. Aber das macht nichts. Ich war schon lange vorher tot. Lange, lange vorher."

„Wann starbst du, König Heinrich?"

„An dem Tag, als ich vor dem Divus Augustus, der zufällig mein Vater ist, an der Erde lag, und er hob mich nicht auf. Da starb ich. Oder nein, früher. In Cividale, als ich all das zusagte, was ich sowieso nicht halten wollte, nicht halten konnte. Oder noch früher? Habe ich vielleicht gar nicht gelebt? Bin ich immer nur hier gewesen, und das alles sind Irrgänge von Träumen?"

„Du hast gelebt und geliebt und gesungen und singen lassen, König Heinrich."

„Ja, das habe ich." Sein Gesicht gewann freundlichen Liebreiz, der volle Mund verzog sich zu einem holden Lächeln, ein Grübchen erschien auf der linken Wange: ein Kindergesicht. „Wol hoeher dannez rîche / bin ich al di zît / sô sô güetliche / di guote bî mir lît! – Ja, ich weiß, die denken, das stammt von meinem Großvater, dem anderen Heinrich, Enrico il Crudele. Der konnte nicht dichten, obwohl es hieß, alle Staufer können es. Ach, wie sie sangen an meinem Hofe! Botenlauben, Neifen, Hohenfels . . ."

„Auch dies", sagte ich: „Des kuniges tôt / schuf mir die nôt / daz mir vröude kunde entwîchen / ich meine kunig Heinrichen."

Er schien verwundert und erfreut. „Ja, sangen sie so? Hatten sie mich nicht vergessen? Ich wundere mich, ja, ich wundere mich."

Wir waren, während wir redeten, weiter bergauf gestiegen, in sehr langsamer Gangart, Pietro hinter uns, und Heinrich blieb nun stehen, mühsam atmend, die Lippen verfärbt. Ich besah mir das. Warum müssen sie so leiden, fragte ich mich, wo doch alles vorbei ist?

„Seit wann hast du das? Schon immer?"

Er hob abwehrend die Hände. „Nein, nein, in meiner Kindheit gab es keinen, der gesünder war als ich. Ich konnte auch später vierundzwanzig Stunden im Sattel bleiben und zog das Eisenhemd eine Woche nicht aus, wenn es sein mußte. Es ist erst, seit ich – seit ich vor ihm auf dem Boden lag."

Hier ließ sich Pietro vernehmen, der die ganze Zeit gegen seine Art noch kein Wort gesprochen hatte. „Er meint", sagte er hohnvoll, „als er die verdiente Strafe für seine Untreue hinnehmen mußte, brach ihm das Herz. Justitia hat für Herzen keine Verwendung, und Strafe ist Strafe."

Heinrich sah ihn von der Seite an, in seinen großen Augen stand eindeutig Angst. „Das sind sie, die Herren der Kammer und des Großhofs, ja, das sind sie. Hermann von Salza war auch so einer. Er redete mir zu, mich zu unterwerfen, er versprach mir die väterliche Gnade . . ."

Pietro lachte auf. „Die väterliche Gnade bei einem Fall von Hochverrat! Das sind sie, die verwöhnten Kaisersöhnchen, die die Welt kennen wie Hasen den Wald: vom Durchrennen. Truda, das ist ein unfähiger Narr."

„Truda, ich werde nicht weiter mit dir reden, wenn dieser Höfling dabei ist. Schick ihn weg."

„Du hörst es", sagte ich zu Pietro. Er zuckte die Achseln. „Was willst du von ihm? Er hält dich nur davon ab, zu deinem Ziel zu gelangen. Ich sage es dir, er ist einfältig und verlogen. Ein Gespräch mit ihm hat keinen Wert."

„Ich will den König sprechen, Petrus de Vinea", sagte ich ernst. „Ich weiß nun schon, daß ich dich nicht zu rufen brauche, wenn du zu mir kommen sollst, du bist von allein da. Laß uns. König Heinrich, wir wollen den Weg fortsetzen. Wir gehen nach Rocca San Felice?"

„Wir gehen nach Rocca San Fele", sagte er dankbar. „Ja, das tun wir. Von da aus werden wir den Weg zurück nehmen."

„Welchen Weg zurück?"

„Den von Rocca nach Nicastro, den letzten Weg eben, welchen sonst sollten wir gehen? Ich habe mich heimisch gemacht auf jenem Stein, ich will dann zurück."

Ich wendete mich um. Piero ging, in der Sonnenglut einen langen Schatten werfend, als wäre er am Leben, bereits zurück zu jener Wegbiegung, wo wir den anderen getroffen hatten. Dort würde er mich finden.

„So läufst du nur hin und her auf dem Stück Weg?"

„Was sollte ich sonst tun?" Er lachte atemlos. „Ich bin der arme Heinrich, zu lebenslangem Kerker verurteilt, der Staatsverbrecher. Ich gehe hier hin und her."

Wir waren noch langsamer geworden. „Schmerzt dich dein Herz wieder?" fragte ich.

„Nein", erwiderte er leise. „Ich habe solche Angst vor dem Kerker. Weißt du, wie schrecklich es ist, zehn Jahre allein zu sein?"

„Du empfingst Besuche."

„Die waren das schlimmste. Die Brüder zum Beispiel und Enzio. Er hat das mit den Kleidern verursacht . . ., daß man unserem Sohn anständige Kleidung machen lasse . . ."

„Aber du trägst sie nicht."

„Wozu? Niemand sieht mich. Ich nehme an, sie wurden mir für den Weg nach Nicastro gesandt. Und eine Laute, die zweite. Enzio hatte mir schon eine gebracht. Sollte ich unter die Gaukler gehen?"

Wir stiegen schweigend weiter bergauf.

Ich war dabeigewesen, als Enzio wegen der Kleider kam, nun ja, und wegen anderer Dinge. Es war ein Zufall. Davor aber lag der Besuch.

Der Geburtstag im Gefängnis

An allem war die lächerlich-liebreiche Idee des kleinen Federigo d'Antiochia schuld, der meinte, man müsse den Bruder zu seinem dreißigsten Geburtstag besuchen. Irgendwie hatte er es von Berardo erfahren, dem er anhing wie eine Klette, und war mit dem Vorschlag gleich zu Enzio gelaufen, der damals zufällig am Großhof war. Enzio, Il Rè Enzio, hatte beim Vater die weitreichendste Lizenz, er würde das durchsetzen, einen brüderlichen Besuch auf Rocca San Felice – Herr, er ist unser Erstgeborener und dein Sohn aus kaiserlichem Ehebett, zwei deutsche Ritter waren auch kürzlich bei ihm und der Bischof von Monreale und der Notaro Jacopo. Worauf der Kaiser die Brauen runzelte und bemerkte, das sei ohnehin schon zuviel.

Immerhin, den Söhnen wird sehr selten etwas abgeschlagen, und Berardo hilft bitten. Es ist ein frommer Wunsch und dem Himmel wohlgefällig, dem Gefangenen sein Los zu erleichtern, indem man ihn des Gedenkens der Verwandten versichert. Schließlich wird eine Erlaubnis erteilt; de Vinea überbringt sie mit gewohntem Hochmut und einer Reihe von Auflagen: Sie seien nicht befugt, Wünsche oder Bitten des Gefangenen zu übermitteln, hätten nur eine Erlaubnis ohne Gesandtschaft, Gespräche über Politik in Germanien seien zu vermeiden, Mitteilungen auf ein Mindestmaß zu beschränken. Die Mitnahme der Söhne des Häftlings, die am Großhof aufwachsen, ist nicht gestattet, ebensowenig dürfen Mädchen mitreisen – Enzio hatte im stillen gehofft, Caterina könne mit, die große Schwester. Außerdem ist natürlich der kleine Carlotto von der Fahrt ausgenommen und, zu seiner maßlosen Enttäuschung, der zehnjährige Manfred, der vor Neugier fast vergeht. Bleiben schließlich außer Enzio nur Federigo und Riccardo, die den Ausflug mitmachen dürfen. Den Ausflug!

Wer zuerst den Gedanken ins Spiel brachte, es sei so etwas, ist nicht festzustellen. Jedenfalls hat sich sogar Enzio davon anstecken lassen, der nun wirklich alt genug sein müßte zu wissen, in was er sich einläßt; eine törichte Vorstellung von Abenteuer, so als besuche man jemanden, der vielleicht für eine gewisse Zeit in abgelegenem Außenquartier Posten bezogen hat. Sie belasten ein Maultier mit Tragkörben und geben dem Reitknecht Anweisungen für weißes Leinen und Blumen, letzteres stammt von Federigo.

Das Wetter ist herrlich, als sie losziehen, schließlich ist es nur eine halbe Tagesreise, man ist angemeldet beim Castellano, die beiden Jüngeren trällern Troubadourweisen unterwegs. Je näher sie allerdings Rocca San Fele kommen, desto ruhiger werden sie. Das Castello erhebt sich immer dunkler, immer schwerer vor ihren Augen. Irgendwo läßt Enzio anhalten und die Blumenkränze wegwerfen. „Warum?“ fragt der ein bißchen schwerfällige Riccardo, und der gleichaltrige Federigo sagt beklommen: „Weil man Gefangene nicht mit Kränzen ziert."

Der Castellano hat inzwischen seinen Häftling vorzubereiten versucht, aber es ist ihm nicht recht gelungen. König Heinrich hat sich beim Hinweis auf seinen dreißigsten Geburtstag und das Kommen der Brüder erbleichend ans Herz gegriffen und brauchte kaltes Wasser und einen Stuhl, um sich einigermaßen zu fassen. Er hat sich dann, als wäre er ein Kind, von seinem Diener mit dem einzigen bekleiden lassen, was in der Truhe ist: einem dunklen Waffenrock ohne Abzeichen und einem Reisemantel, und steht so unbedeckten Hauptes, mit hängenden Armen mitten im Hof, während die Torwache unter einer Reihe von umständlichen Kommandos die Zugbrücke herunterläßt.

Die Wachmannschaft ist stattlich, weniger, weil man annimmt, der Gefangene könnte entweichen, als um seine Wichtigkeit zu bezeichnen, aber die restliche Burgbesatzung beschränkt sich auf den Castellano, einen Diener, der auch kocht, und den Beichtvater des Königs, einen finsteren Basilianerpater namens Girolamo.

Sie werden mit allen Ehren begrüßt, militärisches Gerassel und Seine Majestät König Enzio von Torre und Gallura, die Hoheiten, Fürsten Federigo d'Antiochia und Riccardo da Theate.

Den jungen Herren bleibt angesichts der finsteren Hofmauern das Wort im Hals stecken, und vollends schnürt es Enzio die Kehle zu, wie er den Gefangenen da stehen sieht, mit einem Gesicht zwischen Furcht und Hoffnung, aber viel zuviel Hoffnung, und die verzweifelte Frage hört: „Was bringt ihr mir, Brüder?"

Nichts bringen sie außer ein paar Picknickkörben und Reden, die versiegen wie das Wasser einer Quelle bei Dürre. Wie waren sie nur auf den Gedanken verfallen, man könne ihn zum Geburtstag beglückwünschen, welches Glück besteht denn in diesem gnadenlosen dreißigsten Jahr, etwa die Aussicht auf weitere dreißig Jahre in San Felice, das nun auch noch den Glücksnamen führt, und all das weiß er.

Enzio kommt es zu, das Wort zu ergreifen, und so sagt er schließlich: „Wir sind gekommen, weil wir dir heute unsere Liebe zeigen wollen und daß wir dich nicht vergessen, wo immer du auch sein mußt."

Die beiden anderen sehen zu Boden und wünschen sich ein paar Klafter tief in die Erde.

Über Heinrichs Gesicht breitet sich eine große Stille aus, als habe man ihm plötzlich eine Maske aufgesetzt, er hebt die Arme ein wenig und sagt dann formelhaft: „Das ist sehr freundlich von euch", und seine aurikelfarbenen Augen sind wie unter Asche, so daß Enzio seine Zuflucht zu lauter Betriebsamkeit nimmt und Befehl gibt, gleich da draußen auf dem Hof, im Halbschatten eines Feigenbaums, die Tafel zu richten mit dem, was sie mitgebracht haben. Da müssen die Jungen das Innere der Burg gar nicht sehen, sie schauen sowieso schon drein wie geprügelte Hunde.

So setzen sie sich denn zu Tisch unterm Baum und essen, der Gefangene mit einem wilden Heißhunger alles durcheinander, was gerade vor ihm steht, Birnen in Zucker und scharfe Saucen zu Fleisch und Fisch, die beiden Jüngeren sind befremdet, aber dann vergessen sie's und fangen an zu erzählen, von ihren Falken und der Jagdmeute, und lachen, und während der ungewohnte schwere Zyperwein Heinrich und den Knaben die Wangen rötet, erzählt Enzio, um nur auch irgendwas zu sagen, von der Tafelmusik, die man jetzt am Großhof habe, Trompeten, Flöten und Lauten, und erntet einen aus solchen Fernen kommenden Blick der Verständnislosigkeit, daß er schnell das Thema wechselt. „Hast du, Bruder, wohl noch deine Laute gegen die Traurigkeit des Abends und für die Hoffnung des Morgens?" fragt er leise, und zu den Jüngeren: „Enrico versteht zu singen, wißt ihr das?"

„So wie du?" fragt Federigo, der selber schon heimlich dichtet, und erhält die Antwort, viel besser, und Enzio zitiert und übersetzt auch gleich für die Brüder: „Ich grüeze mit gesange die süezen / die ich vermîden niht wil noch enmac . . . Saluto col canto la dolzietta / ke nom po lasciare n'volglio . . .", und die staunen. „Was ist mit deiner Laute?" Federigo springt schon auf, sie zu holen, aber Heinrich sagt matt: „Die Saiten waren gesprungen, da habe ich sie dem Castellano zum Heizen gegeben." Und dann, mit einem boshaften Zug um den Mund: „Wollt ihr mir nicht erzählen, was es gibt in der weiten Welt?", worauf alle drei betreten vor sich hin sehen.

„Ich habe gehört, der Papst sei gestorben, und du, Enzio, hättest dich an irgendwelchen Prälaten vergangen, die zum Konzil über See fuhren?"

Jetzt beleben sie sich, die Geschichte von der Seeschlacht bei Monte Cristo kann ja nicht unter das Verbot fallen, zumal da Heinrich bereits davon weiß, und sie erzählen mit Vergnügen, sich gegenseitig ins Wort fallend, wie die Genueser gegen teures Geld und hohe Zinsen dem Heiligen Vater eine Flotte zur Verfügung gestellt hätten, damit er sein Konzil abhalten könne, denn der Imperator hatte den Klerikern das freie Geleit aufgekündigt. „Am 27. April verließen die mit Kirchenmännern überladenen Galeeren den Hafen von Genua – wir wußten alles genau, schließlich ist unser Admiral Ansualdo de Mari Genueser von Geburt! Unsere Kampfgaleeren, verstärkt durch die Pisaner, nahmen Aufstellung zwischen den Inseln vor Civitavecchia. Enzio leitete die Operation vom Festland aus, mit allen Vollmachten ausgestattet.

Am Fest der Kreuzerhöhung, am 3. Mai, stoßen unsere Galeoten in breiter Front auf den genuesischen Geleitzug – die glaubten sich schon in Sicherheit, Civitavecchia war in Sicht! Wir hatten die Übermacht, keine Kunst, wenn man so gut informiert ist. Das Gefecht war kurz und wild. Drei Genueser in Grund gebohrt, drei entkommen, der Rest gekapert, viertausend Gefangene, darunter viele Prälaten und Kardinäle, ein gutes Pfand für Verhandlungen. Die sitzen immer noch in den Kerkern Apuliens."

„So, tun sie das?" fragt Heinrich und lächelt. „Hier wären auch noch ein paar Zimmer frei." Wieder herrscht betretene Stille. Der Gefangene fährt fort: „Wie man hört, hat uns die Sache im ganzen sehr geschadet."

Enzio zuckt die Achseln. „Nun ja, wir sind einmal wieder alle exkommuniziert. Kein Staufer, der nicht von Zeit zu Zeit im Interdikt ist."

Heinrich nickt. „Dafür bin ich durchaus im Stande der Gnade."

Wieder Schweigen. Dann sagt Riccardo stolz: „Weißt du, daß Enzio jetzt Generallegat für ganz Italien ist?" und erntet von Federigo einen Fußtritt unterm Tisch.

Enzio sagt schnell: „Nun ja. Ich habe keine Vollmachten, außer schnell überall da zu sein, wo es brennt, um zu löschen."

„Was ist denn", fragt Heinrich und stockt, lächelt, „was ist denn in Germanien?" Seine Finger zerkrümeln ein Stück Brot auf dem Tisch.

„Deiner Frau geht es gut", erwidert Enzio schnell, und der andere gleichgültig: „Das dachte ich mir. Ihr ging es immer besser ohne mich."

„Deine Kinder ...", fängt Federigo an, bekommt den ersten Tritt unterm Tisch, verhaspelt sich, fährt fort: „Unser kleiner Bruder Heinrich ...", bekommt den zweiten Fußtritt, verbessert sich: „Ich meine, Carlotto ..." und gibt es auf.

Heinrich sieht ihn mitleidig-boshaft an, gießt sich noch einmal von dem schweren Wein nach. „Wie geht es Konrad, meine ich?"

„Es geht ihm sehr wohl“, antwortet Enzio gemessen.

Heinrich lacht auf. „O ja. Ich kann es mir denken. Sie werden ihn schon zausen, dies hochmütige deutsche Fürstenpack. Er wird kaum wissen, in welche Ecke er sich ducken soll, das arme Kind.“

„Nachdem du ihnen das Statutum in favorem principum hingeschmissen hast, haben sie ja allen Grund zum Hochmut“, sagt Enzio scharf, sich vergessend.

„Das Statutum hat nichts zu besagen. Es hat nur festgeschrieben, was längst Usus war.“

„Hat nichts zu besagen? Und der Verzicht auf die königliche Gerichtshoheit? Das Münz- und Geleitrecht? War das längst Usus? Heinrich, laß uns aufhören!“

„Man muß die Städte groß machen wider die Fürsten!“

„Aber das tut der Kaiser ja! Die Privilegien für Gelnhausen, die Wormser ...“

„Hör auf mit Worms, Enzio!“

Am Tisch senken sie die Augen und verstummen wieder. Federigo will unbefangen tun. „Wie fing das Lied an? ‚Saluto col canto ...‘“

Heinrich hört nicht auf ihn. Auf seinem Gesicht kommt und geht die Farbe. „Die ganze Ketzergesetzgebung ist ein einziger Unsinn. Dieser Konrad von Marburg war ein Wahnsinniger.“

„Enrico, wir sind nicht gekommen, mit dir über den Staat und die Gesetze zu streiten.“

„Wozu seid ihr überhaupt gekommen?“

„Dein Bruder Federigo hatte den liebreichen Einfall, dich in deiner Einsamkeit besuchen zu wollen, und die Erlaubnis des Vaters ...“

„Des Kaisers, willst du sagen!“

„Richtig, des Kaisers ... Heinz, wir wollen nicht streiten.“

„Nein, wir wollen nicht streiten“, sagt König Heinrich leise. Er sieht vor sich hin. „Brüder, ich danke für euer gütiges Kommen. Nun möchte ich euch bitten, wieder zu gehen.“

In Schweigen bereiten sie sich zum Aufbruch vor. Heinrich steht wieder mit hängenden Armen mitten auf dem Hof. Beim Abschied kann der leidenschaftliche Federigo sich nicht zurückhalten und umarmt den großen Bruder, aber der steht wie ein Stock und rührt sich nicht.

Als sie schon jenseits der Zugbrücke sind, nimmt Enzio noch einmal sein Pferd herum und späht zurück in den halbdunklen Hof. Er weiß es nicht, daß er in diesem Augenblick, von der Art, den Kopf zu wenden, bis zur Manier, zu sitzen und die Zügel zu halten, von den flatternden Haaren bis zum gespannten Gesichtsausdruck, völlig dem Vater von damals gleicht, dem, den Heinrich kennt, in Hagenau, in Regensburg, keine fünfundzwanzig Jahre alt.

Der König hebt die Hand und ruft: „Hans!“ Er streckt den Arm aus wie einer, der nach einem letzten Halt fassen will, wandelt dann die Geste in ein Winken, lächelt.

Enzio wendet das Pferd auf der Hinterhand und stürmt in einem halsbrecherischen Tempo den Weg hinunter, die Brüder kommen kaum nach. Hinter ihnen hebt sich die Zugbrücke, schließt sich das Tor.

Enzios Laute

Keine zehn Tage später hetzt Enzio, als sei er noch der „Falconello“, ganz allein sein Pferd wieder nach Rocca San Fele, nichts im Gepäck als eine Laute, sinnloser geht's nicht.

Am Tor gibt's Schwierigkeiten, man muß erst erklären und tatsächlich „im Namen der Erhabenheit des Kaisers“ sagen, das Erröten können sie dem Ärger über die Verzögerung zuschreiben. Und Enzio läßt sich überhaupt nicht aufhalten und läuft Treppen empor. Das Zimmer – er denkt erst, es ist das des Dieners –: nackte Steine, Tisch, Bett, Stuhl, Kruzifix und Betpult, eine Truhe.

Heinrich steht am Fenster und sieht hinaus, den Kopf an den Stein gelehnt auf eine Weise, als wolle er eins damit werden.

Die Brüder stürzen sich in eine Umarmung, und Enzio fühlt den rauhen Stoff dieses schwäbischen Bauernhemds, die Bartstoppeln im Gesicht des verwahrlosten Gefangenen, riecht seinen Geruch nach Schweiß und Alleinsein. „Es kommt die Zeit des Steigens und des Stürzens“, ein Sonettanfang fällt ihm ein, er murmelt ihn mehr für sich, aber Heinrich hört ihn sehr wohl. „Wenig Sinn, Elegien darüber zu dichten“, sagt er ruhig und macht sich los.

„Ich glaube, ich würde trotzdem immer weitersingen“, erwidert der andere, und Heinrich: „Ja, du, Falconello, Falkenknabe, mit den raschen Füßen, dem raschen Herzen, der raschen Zunge. Die ersten zwei, drei Jahre ging's auch bei mir. Es hat sich gegeben.“ Er lächelt auf seine liebenswerte, kindliche Weise. „Du bist da, Lieblingsbruder, und müde vom Weg. Wir wollen essen.“

Er geht zur Tür und gibt ein paar Anweisungen, und alsbald wird ihnen der Tisch gedeckt mit dünnem Landwein, altbackenem Brot,

Feigen und saurer Milch, das ist Alltag auf Rocca San Fele. Enzio gibt sich alle Mühe, daß ihm die Bissen nicht im Hals steckenbleiben. Heinrich, der längst begriffen hat, daß der Besuch des Bruders ohne Erlaubnis ist, fragt nichts, wirft nur einen spöttischen Seitenblick auf die Laute, die am Betpult lehnt. Beim zweiten Becher Wein hat sich der Jüngere so weit gefaßt – er kam nicht zum Schweigen her –, daß er seinen Becher hebt und ernst sagt: „Fortuna rota volvitur. Du bist unten, möge die Göttin dich bald wieder hinauftragen, Heinz."

König Heinrich sieht ihn an. „Du vergißt, Bruder, daß es eine andere Macht ist, die mich unten hält, als Fortuna." Und beide wissen, daß sie etwas anderes meinen, denn was der Ältere vielleicht starre Grausamkeit nennt, das heißt bei Enzio Richterspruch und Schuld.

Aber Enzio läßt sich nicht irremachen. „Vielleicht könnte ich etwas für dich bewirken, Bruder."

Die sanft gefärbten Augen gleiten über ihn weg in weite Fernen, als habe er nichts gesagt. Statt einer Antwort steht Heinrich auf. „Komm, Bruder, ich zeige dir mein Königreich." An der Tür sucht er plötzlich Halt an der Schulter des anderen. Die Farbe seines Gesichts verändert sich, und er greift mit der freien Hand zur linken Schulter.

„Was hast du, Heinz", fragt Enzio erschrocken, „bist du krank?"

Der schüttelt den Kopf. „Es ist nichts. So ein Druck, ein Schwindelgefühl. Es ist wirklich nichts."

„Da muß ein Arzt vom Großhof . . ."

„Ich brauche keinen Arzt. Mir fehlt nichts", sagt der Gefangene gepreßt. Auf seiner Stirn bilden sich feine Schweißtropfen. „Komm nur, es ist vorbei."

Sie gehen im Halbdunkel eine spindelförmige Treppe hinauf, es raschelt. „Was ist das?" fragt Enzio und hat die Hand am Dolch, aber der Bruder lacht nur. „Das sind Ratten. Die Katze des Castellano wird nicht mit ihnen fertig. Mich stört es nicht. Im Gegenteil. Wenn ich nachts wach liege, höre ich sie gern tollen. Ich bin dann nicht so allein."

Seine Stimme klingt noch immer atemlos. Sie haben das nächste Geschoß erreicht. Hier ist es hell, die Sonne dringt durch breitere Fenster, dafür sind sie vergittert. Auch hier nur nackter Stein, wenige roh gezimmerte Möbel. „Hier bin ich winters", erklärt der Gefangene, „wegen des Kamins und der Helligkeit. Sonst ist es mir zu weit."

„Zu weit?"

„Ja. Sieh hier." Er weist auf die Fenster. „Osten, Westen, Norden,

Süden. Zum Bangewerden weit. Da irgendwo ist das Meer. Da müßte Foggia liegen. Da Rom. Da die Insel. Und so weiter. Ein gewöhnlicher Wohnturm eigentlich; der Donjon, in dem ich geboren sein soll in Castrogiovanni, war sicher nicht viel größer."

Die Treppe zur Plattform ist vermauert. „Man fürchtet, ich könnte hinunterspringen", sagt er verachtungsvoll. „Wozu? Du kennst ja den wundervollen Innenhof, der mir jeden Tag zur Verfügung steht, wenn ich will. Ich könnte sogar mit der Wachmannschaft würfeln. Nur weiß ich nicht, um was, ich habe keinen Einsatz zu bieten."

Die Brüder sitzen nebeneinander. Durch die bis auf die Gitter offenen Fenster weht der Wind. „Wind gegen Wind, immer nur Wind hier oben", sagt Heinrich erschaudernd. Seine Lippen haben keine Farbe. „Ich steh in den Winden wie ein Schatten ohne Licht, wie ein verlassener Kommandoturm, mich erwartet keiner, um mich wirbeln die Winde. Nunc a summo corrui gloria privatus." Er lächelt wieder. „Wir hätten alle bessere Dichter werden können, als uns mit der Herrschaft einzulassen."

„Deine Lieder wird man nicht vergessen", sagt Enzio leise.

„Meine Lieder wird man auch vergessen", erwidert Heinrich.

„Rîtest du nun hinnen / der allerliebste man . . .", zitiert der Jüngere.

Heinrich streicht sich über die Stirn. „Ja, das war für die Loz. Erinnerst du dich an die Loz? Das war doch zu der Zeit, als du mit Schwester Kathrin und deiner Mutter an meinem Hof warst."

„Die Loz, ja natürlich."

„Und die Urach? Und die Soynshof? Und die Berglingen? Utta von Berglingen mit dem großen Busen, die bei der Beizjagd in Hagenau vom Pferd fiel?" Die Brüder geraten ins Lachen. „Weißt du, Hans, daß sie eigentlich auf dich aus war?"

„Wer? Die Berglingen?"

„Natürlich, Kleiner. Hanselîn dort und Hanselîn hier, und immer wollte sie, daß ausgerechnet du ihr aus dem Sattel halfst. Du warst noch keine Zwölf. Schwerenöter." Er verstummt. Dann fragt er leise: „Hast du einmal etwas von Agnes gehört?"

Enzio schüttelt den Kopf. „Wer ins Kloster geht, ist der Welt verloren."

„Ja, wie der, der ins Gefängnis geht. So sind wir beide gestorben, sie dort, ich hier. Sie ist die einzige, die ich geliebt habe."

Enzio schweigt. Trotzdem, könnte er sagen, hast du sie fortgeschickt, als dir der Reichsverweser die Engländerin schmackhaft gemacht hatte, und dann, als du mit der Österreicherin verheiratet warst, wolltest du diese verstoßen und Agnes nehmen, die längst einem andern versprochen war ... Er schweigt. „Deine Kinder sind am Großhof", sagt er dann. „Soll ich versuchen, ob sie zu dir können?"

Heinrich sieht ihn verständnislos an. „Meine Kinder? Was um Himmels willen sollen sie hier? Zusehen, wie ich verschimmele?"

„Heinz!"

„Laß gut sein, Hanselîn. Ich denke, es ergeht ihnen wohl. Man war am Großhof von jeher sehr besorgt um Kinder."

„Sie wachsen gemeinsam mit den kaiserlichen Kindern auf. Er liebt sie sehr."

„Er liebt überhaupt nichts", entgegnet Heinrich schroff. „Laß uns wieder hinuntergehn. Der Wind ängstigt mich."

In dem anderen Raum nimmt Enzio die Laute auf, fährt mit der flachen Hand über die Saiten, der Sonettanfang geht ihm nicht aus dem Kopf. „Tempo venne ki sale e ki discende", beginnt er, aber der Bruder legt ihm die Finger auf den Mund. „Nicht. Ich habe keine Lust auf Verbrämung."

„Was tust du den ganzen Tag?"

„Nichts", sagt der Gefangene böse. „Ich langweile mich nicht einmal mehr. Das war auch nur anfangs. Und Fra Girolamo kommt jeden zweiten Tag, dann darf ich ihm meine Sünden beichten. Was meinst du, was sich da anhäuft. Viele fleischliche, trotz der knappen Kost. Und erst die im Geiste – unzählbare böse und hoffärtige Gedanken. Oft findet er mich unbußfertig."

„Enrico!" Der Jüngere ist aufgesprungen. „Laß mich dein Mittler sein. Ich werde dem Vater sagen, daß du dich ihm zu Füßen werfen und um Gnade bitten willst."

Auch König Heinrich erhebt sich. „Ich bitte nicht um Gnade, Enzio. Ihm zu Füßen geworfen habe ich mich bereits einmal. Wenn mir Girolamo die Strafen der Hölle androht und ich sie mir vorstellen will, denke ich an jenen Augenblick." Aus seinem Gesicht ist alles Ängstliche, alles Unfertige geschwunden. Die freundlichen vollen Lippen sind zu einer Grimasse des Hohns und Trotzes verzogen, die Augen sind schmal zwischen den Lidern.

„Bruder, versöhne dich mit ihm!"

„Niemals." Heinrich geht zum Fenster, steht als dunkler Schatten vorm Licht. „Setz dich", sagt er mit herrischer Geste, „ich will dir etwas erzählen, was niemand weiß." Er spricht gelassen. „Als schon alles vorbei war, einen Tag, bevor ich nach Heidelberg und dann nach Süden gebracht wurde, bat ich ihn noch einmal um eine Unterredung, eine Unterredung zwischen Vater und Sohn. Der Strafe des Kaisers hatte ich mich ja unterworfen. Ich wollte nichts erlangen, Enzio. Ich weiß nicht, warum ich es tat. Vielleicht, um zu erproben, ob er nur ein Gott sei oder vielleicht doch ein Mensch. Er erwies sich als keins von beiden. Er ließ mir sagen – ach, lassen wir es lieber. Etwas jedenfalls, was mich bewogen hat, mich glücklich zu schätzen, wenn ich ihn nie mehr wiedersehen muß." Er löst sich vom Fenster, geht im Raum hin und her, seine Hände sind geballt. „Dieser Kaiser der Pestilenz ließ mir sagen, während er mit der einstmals mir bestimmten Braut Hochzeit hielt, ließ er mir sagen ..." Er bricht wieder ab.

Enzio tritt zu ihm. „Bruder!"

„Ja, Bruder." Heinrich lächelt, er beginnt zu lachen. Und fortwährend im Lachen, legt er dem anderen die Arme um den Hals, bringt seinen Mund an dessen Ohr und flüstert: „Er ließ mir sagen, wenn ich zu ihm käme, mit ihm zu sprechen, würde er mir die Antworten mit der Hundepeitsche geben."

„Rico! Das ist acht Jahre her! Der Vater war zornig, und dein Vergehen ..."

„Mein Vergehen war, daß ich der König Germaniens war und bleiben wollte."

„Das ist nicht wahr. Du hast rebelliert, Enrico."

„Du mußt es wissen, Falconello, du warst noch ein Knabe und jagtest zu der Zeit Wildenten in den Pontinischen Sümpfen, dich hatte er nicht mitgenommen, damit ich keinen Fürsprecher in dir hätte. Man hat dir nur etwas erzählt."

„Heinz, du bist ungerecht."

„Ja, Hanselîn. Das wundert dich, nicht wahr. Wo es doch keine größere Stätte waltender Gerechtigkeit gibt für euch Könige als einen Kerker."

„Für uns Könige? Was bist denn du, Heinrich?"

„Ich bin, da ich nicht sein kann, was ich bin, der arme Heinrich, Häftling auf Rocca San Fele in Apulien, niemands Kind."

Sie halten sich noch immer aneinander fest. Dann läßt der Ältere den Jüngeren los, stößt ihn leicht vor die Brust und sagt mit wehmütiger Zärtlichkeit: „Geh, Enzio, König von Torre und Gallura. Und Dank für deine guten Dienste, die ich nicht annehmen kann. Ich möchte jetzt ausruhen." Er legt sich auf das Bett, verschränkt die Arme über der Brust, schließt die Augen.

Enzio, auf dem Ritt zurück, kann nicht verhindern, daß er von Zeit zu Zeit einen Schleier über den Augen hat. Zornig wischt er sich mit dem Handschuh übers Gesicht. O Fortuna, velut Luna statu variabilis.

Wie gesagt, es war ein Zufall, daß ich dabei war, als er wegen der Kleider kam. Der Kaiser gab mir Instruktionen, ich glaube, es war wegen der Mongolengefahr in Ungarn, ich sollte mit Nachrichten zu König Bela reisen, als Enzio eintrat – die Söhne hatten stets Zutritt –, sich schweigend hinkniete und so blieb.

Er war der erste gewesen, der auf den Gedanken kam, auf diese Art etwas zu erbitten oder eine Verzeihung zu erlangen, und die anderen Kinder hatten es ihm später erfolgreich nachgemacht. Es wurde immer verziehen und fast immer gewährt; die Großmut den Kindern gegenüber kannte kaum Grenzen.

Der Kaiser warf einen Seitenblick auf den Generallegaten für Italien und sagte belustigt: „Falconello, aus dem Alter für Kinderstreiche dürftest du heraus sein. Was gibt es? Ich bin beschäftigt. Steh auf, laß den Unfug. Um was geht's? Schwert oder Spindel, Schiff oder Roß?" Das war auch so eine Kinderstubenformel. Aber Enzio stand nicht auf, neigte den Kopf noch tiefer. „Größere Dinge?" fragte der Vater, ernst werdend.

„Ich war bei meinem Bruder Heinrich", sagte der Sohn schnell und hob die Augen.

Die Hand mit den großen Ringen neben dem Schriftstück auf dem Tisch bekam weiße Fingernägel. Es war still.

„Hat er dich dazu angestiftet?"

„Nein, Vater. Er hat nur beim Abschied meinen Namen genannt auf eine Weise, daß ich glaubte, das Herz müsse mir zerspringen."

„Ja, ja, dein Herz, König Enzio. Wenn das deinem Verstand davonläuft, wird es immer schlimm. Ich war nie sehr eingenommen von dem Gedanken dieses Besuchs. Wie bist du ein zweites Mal hineingekommen?"

„Ich habe gesagt, es sei in deinem Namen."

Jetzt wurden auch die Falkennarben auf dem Handrücken weiß. „Der Castellano ist zu entsetzen."

„Vater! Bestrafe niemanden außer mir. Aber erst, nachdem du mich angehört hast."

„Eine Bestrafung mit Bedingungen auch noch, Herr Generallegat? Seltsame Dinge denkst du dir aus." Ich sah, daß er den Kopf ein wenig zur Seite drehte, um sein Lächeln zu verbergen, und Enzio sah es auch. „Rede! Soll ich Truda wegschicken?"

„Nein", entgegnete der Sohn mit verachtungsvoller Offenheit und erhob sich, „Truda ist so gut wie niemand. Bitte, laß mich drei Sätze über Heinrich sagen."

„Drei Sätze, Enzio, und nicht einen mehr."

Der junge Mann errötete über die Abweisung, aber zwang sich zur Beherrschung. „Der erste Satz: König Heinrichs Tisch ist mit Dürftigkeit gedeckt."

Friedrichs Stimme war sachlich. „Hat er Polenta und Wasser, oder hat er Brot und Wein?"

„Er hat Brot und Wein, Vater, und Käse und Milch und die Gaben des Feldes."

„Und ab und zu einen Lammbraten, denke ich. Rocca San Felice ist ein Gefängnis und gehört nicht zu den Loca solatorium. Erwarte nicht, daß ihm das Wildbret des Großhofs geschickt wird noch die schönen Frauen zu seiner Ergötzung. – Dein zweiter Satz."

„Der zweite Satz: König Heinrich geht in zerrissenen Kleidern wie die Poverelli des Francesco."

Zwischen den Brauen des Kaisers erschien eine Falte. „Er soll nicht verwahrlosen in seinem Gefängnis. Ich werde anordnen, daß ihm geziemende Kleidung zukommt."

„Und eine Laute?"

„Wenn ihm nach Musikmachen ist, auch eine Laute."

„Und Bücher?"

„Keine Bücher und kein Schreibzeug. Die Bibel und sein Beichtiger mögen ihm genügen. Das war schon dein dritter Satz, Sohn."

„Vater, höre mich! Ich glaube, Heinrich ist krank."

„Weshalb glaubst du das?"

„Er schwankt, greift sich ans Herz, wird blaß . . ."

„Hat er dir selbst gesagt, er sei krank?"

„Nein. Er hat gesagt, ihm fehle nichts."

„So wollen wir ihm trotzdem einen Arzt schicken in die andere Haft, in die er verlegt wird."

„In die andere Haft?"

„Ja. Wie ich merke, ist Rocca San Felice zu nah an Melfi, an Foggia, an Lagopesole gelegen, zu bequem für Besuche."

„Vater!"

„Was noch, König Enzio?"

Der junge Mann war wieder in die Knie gesunken. „Gnade für meinen Bruder Heinrich."

Der Kaiser stand auf. Er trat an den Knienden heran und drückte dessen Kopf an sich. „Dein Bruder Heinrich, mein erstgeborener Sohn, ist ein Staatsverbrecher, den ich genausowenig begnadigen kann, wie Gott der Sonne befehlen kann, nicht unterzugehn."

„Aber Gott hielt die Sonne auf im Tal Josaphat!"

Friedrich lächelte trübe. „So heißt es. Aber das glaube ich nicht. Ihn binden die Gesetze der Natur, mich die der Justitia. Außerdem: Heinrich ist schon im Zustand der Gnade, soweit ich sie gewähren kann. Nach dem Recht wäre er tot." Er zog noch einmal den Kopf Enzios fest an sich, dann sagte er kalt, mit veränderter Stimme: „Steh auf und höre."

Der Sohn war sofort auf den Füßen, sehr blaß, er stand Auge in Auge mit dem Vater.

„Du wirst dies Gespräch vergessen."

„Ja, Herr."

„Heinrich wird nach Nicastro gebracht. Versuche nicht, ihn noch einmal gegen meinen Willen zu besuchen, oder dich trifft schwere Strafe."

„Ja, Herr."

„Und nun sage mir eins: Hat dich Heinrich selbst um etwas gebeten? Etwa um diesen Kniefall eben?"

„Ich schwöre dir, Erhabner, daß er mich um nichts gebeten hat. Gott gebe mir, wenn ich einmal gefangen sein sollte, seine Würde im Unglück."

„Amen", sagte der Kaiser und, sich abwendend, beiläufig: „Obwohl ich mir schwer vorstellen kann, daß jemand den König von Torre und Gallura gefangensetzen würde."

„Ich auch nicht, Herr", erwiderte Enzio ehrlich und sorglos.

Da lächelten sie beide bereits wieder.

Weil Enzios Herz seinem Verstand davongelaufen war, hatte also Heinrich auf den Weg nach Nicastro gemußt und bis zu jenem okkerfarbenen Stein. Da waren wir in Rocca San Fele, das Felice zu nennen manche sich weigern, und der Geleitzug gepanzerter sarazenischer Reiter war da, mit ihm irgendeiner mit geschlossenem Visier, der die Rolle mit dem kaiserlichen Befehl brachte, es mußte einer der Großen des Reichs sein, wer, wußte ich nicht, ich wollte es nicht wissen, Lancia vielleicht oder einer der Notare, und Heinrich, plötzlich mit einer wunderbaren Leichtigkeit, trotz seines stinkenden Bauernhemds und der zerrissenen Schuhe so sehr König Germaniens wie nie zuvor, ging durch sie hindurch zu dem Pferd. Es war sehr schön, eins aus der Zucht, die Tadsch-el-Muluk einst begründet hatte, und reich gezäumt, und er saß auf mit Anmut und Schnelligkeit wie jemand, der sich auf einen heiteren Morgenausritt begibt. Alles war, wie es gewesen war, nur daß ich nun an seiner Seite war, als wir über die Zugbrücke aufs neue auszogen in das winddurchwehte staubgelbe Land und unter die grellen Sonnenpfeile, die uns blinzeln ließen. –

„Erzähle“, sagte ich ungeduldig und trieb mein Tier an seine Seite, „der Weg ist kürzer, als wir denken.“

Er lachte. „Nein, Truda. Der Weg wird so lang sein, wie ich erzähle. Es gibt ihn ja nicht. Ich kann ihn dehnen und kürzen nach Belieben. Immer werde ich wieder meinen Stein erreichen, was dazwischen liegt, zählt nur für dich.

Welch schöner Tag, um seinen Kerker zu wechseln, findest du nicht? Irgendwer trägt mir die zwei Lauten nach, von denen ich keine berührt habe, und die Truhe mit den Kleidern, die ich nicht anziehe. Vielleicht bekomme ich in Nicastro einen anderen Beichtiger? Girolamo ist mir gründlich verleidet.“

„Einige sagen, deine Begnadigung hätte kurz bevorgestanden.“

„Wer sagt das?“ fragte er und bekam seine ängstlichen Augen.

„Die Engländer zum Beispiel, die einiges vom Hof wußten, schließlich war ihre Königstochter die Kaiserin. Du solltest das Königtum Arelat erhalten ...“

„Das sind alles dumme Gerüchte“, sagte er heftig und trieb das Pferd voran. „Es gibt nur ein Königtum, das man mir geben kann, wenn ich jemals – wenn man eingesehen hätte, daß man mir unrecht getan hat. Germanien ist mein Erbteil, das weiß die ganze Welt. Was soll mir das Arelat? Flausen.“ Auf seiner Stirn brach der Schweiß aus. „Wie auch immer du einem begegnest, Truda, du bringst nichts Gutes, und wenn es nur Dinge sind, die ... Was brauche ich zu wissen, was gewesen wäre, wenn ... Du bist grausam.“

„Ich bin begierig auf deine Erzählung“, erwiderte ich, „und darauf, daß du dich erinnerst. Wo fangen wir an? Bei der Ermordung des Gubernators? Bei deiner Ehe mit Margarethe? Als du Gerichtstag halten wolltest, ja?“

„Ja, gut. Als ich Gerichtstag halten wollte. Als ich Gerichtstag hielt. Ich war Engelbert sehr zugetan gewesen, weißt du."

„Aber er hatte dir die Ehe mit Agnes ausgeredet."

„Ich verstand es nicht besser damals. Ich dachte, man heiratet, wie man eine Unterschrift unter irgendein Papier setzt, es gehört zum Regieren. Daß ich Agnes damit verlöre, verstand ich nicht."

Langsam zieht der Weg an uns vorbei.

Waldmärchen

Ich weiß nicht, war es in Hagenau, Speyer, Goslar? Ich erinnere mich nur, daß wir in meiner Kindheit viel umherzogen und daß überall Pfalzen waren, die aus grauen oder sandfarbenen Steinen geschichtet schienen, mit klobigen Türmen und den runden Bögen der Tordurchfahrten, in denen sich der Hall der Hufe dumpf fing, als ritten wir in einen Keller. Und überall wurde gebaut. Da gab es auch Dörfer und Städte, aber sie schienen so klein in den riesigen Wäldern. Ringsum waren Wälder, und überall ritten wir zur Jagd aus, so daß ich dachte, König sein bedeutet umherziehen und jagen. Daß man umherzog, weil sonst die Lebensmittel nicht reichten, und jagte, weil das nicht nur Vergnügen machte, sondern auch noch den Tisch deckte, das mußte mir erst Engelbert, mein Kanzler, erklären.

Was wollte ich erzählen? Ich bin so vergeßlich. Die Jagd, war es nicht so? Ja, das war ein Herbst. Der erste Herbst, den ich bewußt in Germanien erlebte, und er wollte und wollte kein Ende nehmen, als sei die Welt verzaubert, als sei in diesem Land immer Herbst, nach einem heißen und nassen Sommer, der den Bäumen jetzt verwehrte, das Laub abzuwerfen. Es ging schon auf den November zu, glaube ich, und trotzdem war es noch so warm, als seien wir in Sizilien. Wir waren auf dem Vogelfang, also ohne die Pferde unterwegs, und plötzlich sahen sie den großen Hirsch mit den sechzehn Enden – ich weiß nicht, ob man sie gezählt hatte.

Wir liefen los, das heißt, eigentlich schwärmten wir aus, und die Herren waren so vom Jagdfieber gepackt, daß man nichts Vernünftiges ausmachen konnte, wo und wann man sich wieder treffen wollte. Ich war mit Tibaldo, meinem Freund und Ziehbruder, unserem Valetto Mateo und dem Hofmeister Oswald von Wolkenstein unterwegs sowie mit *ihm* und seinem Leibjäger, einem gewissen Thido, der später von sich reden machte, weil er versuchte, die Jagdtrophäen seines Herrn in klingende Münze zu verwandeln. *Ihm* waren Hirschgeweihe und Eberzähne gleichgültig, aber Thido versuchte das Zeug auf den Märkten der deutschen Städte sozusagen als Reliquien loszuwerden, nach der Losung: „Von König Friedrich eigenhändig in Thüringen erlegter Hirsch . . .", und das mit Erfolg, bis ich ihm das Handwerk legte.

Das heißt, wir Kinder liefen mit unseren Begleitern eigentlich nur *ihm* hinterher, wie die jungen Hunde. Die beiden da vorn waren schnell, kletterten und sprangen, und wir ermüdeten bald. Von Zeit zu Zeit hörten wir das Horn des Thido und auch die Antwort anderer Jäger von jenseits der Schlucht, und so folgten wir. Als wir nicht mehr weiterkonnten, nahmen uns Mateo und Oswald auf den Rükken und trabten unverdrossen dem Klang nach.

Offenbar glaubten sie immer noch, sie würden den Hirsch erlegen, aber von dem ward nichts mehr gesehen. Thido machte dann eine Saufährte aus, und obwohl sie nur leicht bewaffnet waren, ohne Armbrust und Saufeder, beschlossen sie, ihr zu folgen, wir immer hinterher, solange das Horn tönte. Dann verloren sie auch diese Spur, und auf die Signale kam keine Antwort mehr, aber wenigstens holten wir sie nun ein; wir riefen und schrien, denn wir hatten Angst, allein zu bleiben mitten in der Wildnis; Mateo war ein hervorragender Falkenier, aber kein Waldläufer, und der dickliche Oswald, der Gedichte schrieb und so wenig Ahnung hatte, daß er Schmaltier mit Rehbock verwechselte, schnaufte zum Gotterbarmen unter der Last des Tibaldo.

Schließlich sahen wir sie auf einem Hügel, zuerst den Thido in seinem scharlachroten Überwurf und mit dem blinkenden Horn, dann *ihn*, denn seine Farben verschmolzen so vollkommen mit denen dieses Herbstes, daß er fast darin verschwand. Wir stiegen also ab von unseren höchst ermüdeten Begleitern und rannten mit Jubelgeschrei los, und *er* kam uns entgegen und fing uns in seinen Armen auf, und lachend erklärte er uns, daß wir uns allesamt verlaufen hätten.

Das war eine ernste Sache. Du kennst ja Germaniens Wälder und weißt, daß einer da tagelang gehen kann, ohne auf eine menschliche Behausung zu stoßen, und wilde Tiere gab es mehr als genug. Die Sonne war schon übern Zenit und vergoldete den Wald, wir aber wußten nicht, nach welcher Seite wir uns wenden sollten, und kein Hifthorn war weit und breit zu hören. Natürlich, sie würden uns suchen, aber das konnte dauern, zumindest würde es Nacht werden darüber.

Wir hatten Hunger und Durst. *Er* befahl dem Thido, die Äpfel und das kalte Geflügel, die in der Jagdtasche waren, uns Kindern zu geben. Dann, nachdem sie beraten hatten, beschlossen sie, noch eine Strecke zu gehen, in der Richtung, von der sie annahmen, sie führe zur Pfalz. Er bestimmte, die Geschwindigkeit uns Kindern anzupassen, und untersagte zunächst, daß wir getragen würden, denn wir hätten mehr Ausdauer, als man annehme, und wir, angespornt von seiner hohen Meinung über uns, gingen tapfer voran. Von Zeit zu Zeit horchte Thido, aber alles blieb still, nur der Wind rauschte in den Baumkronen.

Wir kamen aus dem Tann in einen Buchenwald und sahen ein Rudel Rehe, und natürlich wollten Mateo und Thido hinterher, aber *er* verbot es ihnen: „Wollt ihr etwa auch noch ein Reh schleppen? Bald habt ihr den kleinen König und Tibaldo wieder auf dem Rücken!" Wir aber blieben standhaft und gingen, bis Tibaldo vor Müdigkeit stolperte und fiel, und es schien, daß er sich den Knöchel geprellt hatte.

Darauf befahl *er*, Rast zu machen, denn, so meinte er, wir wüßten ohnehin nicht, ob wir recht gingen, und es sei unsinnig, die Knaben weiter zu ermüden. Er schickte Oswald und Mateo auf den nächsten bewaldeten Hügel, die Gegend zu erkunden, und seinen Jäger in das Tal hinunter und weiter, ob wohl eine menschliche Wohnung in der Nähe sei. Falls es dunkel würde darüber, so wollte *er* ein Feuer entzünden, um ihnen den Rückweg zu weisen.

So blieben wir zu dritt zurück. Tibaldo saß und verbiß sich die Tränen, denn sein Knöchel tat ihm so weh, daß ihm, wie er mir zuflüsterte, manchmal schwarz vor Augen wurde. *Er* zog ihm vorsichtig Stiefel und Strumpf aus und machte ein bedenkliches Gesicht. Dann sagte er, der Fuß müsse gekühlt werden, er wolle ins Tal gehen, um Wasser zu suchen. Wir wagten nicht zu widersprechen, obwohl uns der Gedanke, allein zu bleiben, schrecklich war. Die Schatten wurden immer länger. Tibaldo und ich hielten uns umschlungen, und mein Ziehbruder schimpfte leise auf sich selbst: Lieber hätte ihm der Fuß abfallen sollen, als daß er und ich nun hier allein in der Wildnis säßen. Ich fand das auch und hätte ihn am liebsten geschlagen, aber er war alles, was ich hatte, und so hielt ich mich an ihm fest.

Als wir so saßen, raschelte es im Gebüsch. Ich denke, es wird eine Amsel gewesen sein oder ein Eichhörnchen. Aber in unserer Angst kam es uns so laut vor, als sei es ein Bär oder zumindest ein wildes Schwein. Ich wollte schreien, aber Tibaldo hielt mir den Mund zu, damit ich die Bestie nicht auf uns lenkte. Er war der Ältere, es stand ihm zu. Wir saßen da wie gelähmt, wir hätten nicht einmal weglaufen können. Es raschelte von neuem, und wie ein Echo begannen wir beide zu weinen – Tibaldo war zehn, ich keine acht Jahre alt.

In diesem Augenblick sah ich *ihn* im Licht der schräg stehenden Sonne den Hang heraufkommen.

Ich hatte dir ja wohl gesagt, daß es so ein langer und sonnenwarmer Herbst war. Der Buchenwald war ein einziges Meer aus hellem Gold, Gold am Boden und Gold in den Zweigen, und dazwischen gab es immer wieder Grasbüschel und Sträucher und Äste, die der Herbst gleichsam vergessen hatte und die in einem so frischen, frühlingsjungen Grün standen, als hätte das Jahr erst begonnen. Und in diesem lauteren Glanze kam *er* leichtfüßig auf uns zu, sein Haar und sein grünes Jagdkleid machten ihn zu einem Teil dieses Waldes, und mir war, als sei er ein Wesen aus den Geschichten, die mir Oswald und der Vogelwaydt und die deutschen Kammerfrauen erzählten: ein Herr der Waldelben und ein König der Alten Welt, wie Sifrit oder Balder.

Er brachte Wasser in seiner ledernen Flasche für den Knöchel meines Gefährten, und als er unsere tränenverschmierten Gesichter bemerkte und unser Schluchzen, das wir nicht so schnell beherrschen konnten, schalt er uns liebreich und tröstete uns, während er Tibaldos Bein mit einem leinenen Tuch umwand und dies mit dem Wasser tränkte.

„Denn“, so sagte er, „Tibaldo ist der Ältere von euch beiden und muß schon deshalb ein tapferes Herz bewahren. Du aber, König Heinrich, weißt du nicht, daß dies dein Land ist und das Kleinod deiner Seele? Sieh, ich gebe dir, liebster Sohn, dies alles zu eigen, und du willst dich vor einem Rascheln in Germaniens Büschen fürchten? Golden und grün ist dieser Wald, und auch in den Schatten der Nacht wird er dein sein, denn ich belehne dich damit für immer, und du wirst hier Herr sein und hast dafür zu sorgen, daß die Pfade und Wege sicher sind – wie aber, wenn du dich fürchtest?“ So sprach er, über die Verletzung meines Freundes gebeugt, und warf mir manchmal einen Blick zu, und ich war so verzaubert, daß ich immer wieder dachte, er ist ein Elb, einer derer der Alten Welt, und jene Götter sind die seinen.

Es war dämmrig geworden, und wir begannen bereits, totes Holz für ein Feuer zusammenzutragen, und die ersten Nebel zogen auf. *Er* aber scherzte mit uns und sang mit seiner hellen angenehmen Stimme die schönen Lieder der Leute und solche, die Walther im „niederen Stil“ geschrieben hatte, wie „Unter der linden, uf der heide“.

Aber bevor wir den Holzhaufen anzündeten, kamen die Gefährten zurück, zuerst Mateo und Oswald, die nichts entdeckt hatten, dann aber Thido, und er hatte einen Rauch jenseits der Kuppe gesehen, der auf eine menschliche Behausung schließen ließ.

So zogen wir in die beginnende Nacht hinein, der Falkenier und der Jäger trugen abwechselnd meinen Freund, ich aber ging mit *ihm*, er hatte meine kleine Hand in seiner festen und warmen und schlang seinen großen Mantel mit um mich, und so ganz und gar geborgen, ließ ich mich führen wie in einem Traum. Der Mond stieg gelb und klein hinter den Bergen auf, während der Himmel noch rosig war, die ersten Käuzchen riefen. Auf halbem Weg ins Tal begann ich zu stolpern, mir fielen die Augen zu im Gehen, und ich spürte gerade noch, wie *er* mich aufhob, um mich zu tragen, und meinen Kopf auf seine Schulter bettete, dann schlief ich.

Ich wurde wach, als er mich absetzte. Wir waren angelangt bei einem Kohlenmeiler, daneben stand eine Borkenhütte, in der bei unserem Kommen die Hunde wild anschlugen. Thido hieb seinen Jagdspieß gegen die Tür, und als Antwort brummte eine wütende Männerstimme: „Schert euch zum Teufel, oder ich lasse die Hunde auf euch los!“

Oswald holte schon Luft zu einer gewaltigen Erwiderung, aber *er* gebot ihm zu schweigen und sagte leise: „Kein Wort, wer wir sind!“ und dann: „Gebt uns ein Obdach um Gottes willen, wir sind verirrte Jäger, und es sind zwei Kinder von hohem Rang bei uns, deren eins verletzt ist!“

Ein mißtrauisches Murren hinter der Tür.

Er strich mir das Haar zurecht und flüsterte: „Jetzt, kleiner König Heinrich, sprich du zu ihnen“, während er mich vorschob.

Ich war halb im Schlaf, aber auch auf eine besondere Art wach, denn es war wie ein getroster Traum, in dem *er* dabei war. Und ich rief: „Im Namen des Königs, öffnet uns!“, und er hinter mir: „Gut. Weiter nichts.“

Die Tür ging einen Spalt auf, aus dem der Köhler seine Nase heraussteckte, und zugleich schossen wie Schatten zwei große graue Hunde hervor, die uns lautlos beschnüffelten, aber wir hielten still, wie um Obdach Flehende zu tun pflegen, und rührten uns nicht, weder, um sie abzuwehren, noch, um zurückzuweichen. Dann öffnete der Köhler vollends die Tür, sagte: „Gott schütze uns vor Standespersonen, noch dazu vor so vielen“ und beugte ächzend das Knie.

Es war aber so, daß wir Kinder in dieser Jagdgesellschaft als einzige Schmuck und ritterliche Kleidung trugen, auch Reifen im Haar, wie es Brauch ist bei vornehmen Leuten, und den Thido konnte man erkennen als Leibjäger eines großen Herrn vom Hofe. Unsere Begleiter jedoch und *er* selbst waren in Grün gekleidet und machten nichts her, und er hatte seine Kapuze fast bis zur Nase gezogen.

„Meine Hütte ist klein, Herren, wie ihr seht“, fuhr der Mann indessen fort, „und sicher wollt ihr eine Speise zur Nacht und werdet uns die Nahrung einer Woche fortzehren, wovon sollen wir dann leben?“

„Kannst du nichts erjagen, Mann?“ fragte Oswald erstaunt, und der Mann sah ihn schräg an: „Willst du mich versuchen? Du weißt ja wohl, daß die Jagd Herrenrecht ist und unsereinem nicht zusteht, auch wenn uns die Hasen vorm Hausplatz tanzen. Und sage jetzt nicht, daß ihr's mir in Gold lohnen wollt. Das zieht nur die Räuber an, und zudem glaubt einem niemand, daß man es mit rechten Dingen erworben hat.“ Er hätte wohl noch so fort gesprochen, doch da erschien in der Türöffnung der zerzauste Kopf einer Frau, ihre Brüste sprengten fast das Hemd, und sie sagte mit dunkler Stimme: „Aber Adam, lieber Mann, du siehst doch, wie ermüdet die kleinen Herrlein sind. Laß sie herein und das Gefolge auch, und dann werden wir weitersehen.“

Sie entzündete das Feuer von neuem und hantierte in ihrem Hemd aus Nessel, und die Flammen schienen ihr durch den Stoff, daß alle ganz still wurden. Dann wärmte sie uns Hirsebrei auf und behandelte Tibaldos geschwollenen Knöchel mit einem Kräuterabsud, und *er* mußte gleich fragen, woraus denn das bestünde. Der Mann indessen brachte Holz und Kohle von draußen, betrachtete uns dann aus dem Schatten heraus und begann zu fragen: „Woher seid ihr gekommen?“

Und als wir die Pfalz nannten und fragten, wie man zurückkomme, erbot er sich, uns am Tage hinzuführen. Dann erkundigte er sich, wer wir denn seien, und Oswald sagte, eingedenk der Absprache: „Wir sind die Erzieher, Diener und Jäger dieser beiden jungen Herren, die zum Kreis um den König gehören.“

„Es scheint mir“, erwiderte der Mann und zeigte dabei auf *ihn*,

„daß der hier unsere Sprache mit einem fremden Ton spricht", und *er* lachte und erwiderte: „Du paßt genau auf, Köhler Adam. Ich und dieser Falkenier (er zeigte auf Mateo) gehören zum sizilischen Gefolge des Königs."

Der Köhler sah ihn zweifelnd an. „Du siehst nicht aus wie ein Welscher, Jäger."

„Das kann wohl sein", gab *er* zurück, „denn ich bin ein halber Normanne."

Die Frau hob den Kopf, ihn unter ihrem zerzausten Haar hervor anblickend, und dann sah sie mich an und lächelte. Der Mann indessen redete weiter und fragte: „Da mußt du ja den König recht gut kennen", und *er*: „So ziemlich."

„Sie sagen, er soll es mit dem Volk halten gegen die Fürsten."

„Das mag wohl stimmen, aber er kann auch nicht so, wie er möchte."

„Warum gibt er ihnen keins übern Schädel?"

Er seufzte. „Ja, warum wohl. Immerhin, ich werde ihm deinen Rat sagen, wenn ich mal wieder mit ihm jage."

An dieser Stelle des seltsamen Dialogs konnte Tibaldo sich nicht mehr halten und prustete los, und *er* fuhr ihn auf Volgare an: „Halt dich zurück, Dummkopf", und dann zu mir: „Jetzt merk auf, Enrico." Dann wandte er sich wieder dem Köhler zu: „Wenn du drei Dinge vom König erbitten könntest, nicht für dich, wohlgemerkt, sondern für alle, was würde das sein?"

„Darüber brauchte ich nicht lange nachzudenken", erwiderte der Mann knurrig, „denn bei meiner Kohlenbrennerei habe ich den Kopf unbeschäftigt. Ich würde ihm raten, die Fürsten zu kürzen, die Pfaffen zu beschränken und die falschen Ratgeber fortzujagen, aber all das ist wohl schwerer, als es uns vorkommt."

„Möglich", erwiderte *er* darauf, und zu mir: „Hai ascoltato, Enrico." – Du hast's gehört, Heinrich. Und ich behielt es für immer.

Dann brachte die Frau die Hirse, die war ohne Butter und Salz, nur mit ein bißchen wildem Honig gewürzt, und wir aßen, indem wir den einzigen Holzlöffel reihum gehen ließen, aber wir Kinder durften ihn zweimal eintauchen. Dazu tranken wir Wasser.

Als wir fertig waren, dankte Oswald der Hausfrau, und *er* meinte: „Was würdest du dir wünschen, Eva?"

Sie aber lachte. „Warum nennst du mich Eva?"

Und er: „Wie soll ich dich anders nennen, da doch dein Mann Adam heißt!"

„Gut, soll es dabei bleiben", erwiderte sie und warf einen Blick. Aber da er sie drängte, die Frage zu beantworten, sprach sie: „Ich habe nicht soviel Zeit zu denken wie der Adam hier. Auch hast du nicht gesagt, ich solle nichts für mich wünschen. Hin und wieder eine Handvoll Salz für die Speisen, eine Docke Flachs, um Hemden zu machen, und eine Ziege auf dem Hausplatz wären für mich hohe Güter. Aber vielleicht kämen diese minderen Dinge von allein, wenn sich die Wünsche meines Mannes erfüllten, wer weiß? Jedoch während wir hier reden, fallen den kleinen Herren schon fast die Augen zu. Es wird Zeit, zur Ruhe zu gehn."

„Die Hausfrau bestimme, wie geschlafen wird", sagte Oswald.

„Das will ich tun", gab sie zurück. „Wie ihr seht, ist unsere Hütte klein und bietet keine Bequemlichkeit außer dem Heulager. Darauf sollen die erlauchten Kinder ruhn, ich selbst werde mir vor dem Herdfeuer die Schlafstelle richten. Damit ich gut behütet bin, sollen die Hunde bei mir hier drinnen bleiben, Adam aber und die Herren des Gefolges müssen, so gut es geht, mit den gebrochenen Tannenästen hinterm Kohlenmeiler vorliebnehmen unter dem Schoberdach. Die Nacht ist ja mild."

So geschah es. Tibaldo sank alsbald in Schlummer. Ich aber lag sehr wach, und der Mond schien in die Hütte.

Dann quietschte die Tür trotz aller Vorsicht, und die Hunde begannen zu knurren, aber *er* beschwichtigte sie mit leisen Worten. Das Licht lag auf seinem Haar. Mein Herz klopfte. Sie hatten mir erzählt von dem Serraglio, und ich war sehr gierig, es zu wissen.

Eva richtete sich auf am Feuer und flüsterte: „Willst du nach den Kindern sehen, Jäger? Sie schlafen."

Und er: „Ja. Dein Mann schläft auch."

„Ich will dir nur sagen, daß ich mir wenig daraus mache, bei Standespersonen zu liegen."

„Ich bin ein Jäger, nichts weiter."

„Das bist du nicht, halber Normanne. Du hast die ganze Zeit geredet als der Herr dieser Männer, wenn du auch nicht zuließest, daß sie dich so betitelten, und auch zu den Knaben war dein Ton der eines Befehlenden, nicht eines Dieners, selbst zu dem kleinen Prinzen, oder wer immer er ist."

„Du hast feine Ohren. Und wie steht es mit den anderen Sinnen?"

„Sie sind, wie es sich gehört. Was mir gefällt, ist, daß du den Hunden gebieten kannst, nicht nur den Menschen, wie es von den Söhnen der alten Götter heißt. So einer vermag meist mehr als das."

„Wir können es ausprobieren."

„Redest du immer soviel, ehe du ..." Dann war sie still, ich hörte ihr Kichern, das Rascheln des Strohs und wie sie unter ihm stöhnte, und einen Augenblick hatte ich Lust, hinauszulaufen und den Köhler zu wecken mit den Worten: Der Jäger treibt's mit deinem Weib als Lohn der Gastfreundschaft!

Ich stand auf und näherte mich den beiden, die ermattet lagen, und er sah mich zuerst; in seinen Augen war Mondschein und die Ferne der Elben, er flüsterte: „Hast du uns zugehört?" Darauf zu der Frau: „Siehst du, so sehen die Söhne von mir aus."

Sie betrachteten mich völlig ruhig und ohne Scham, und die Frau lächelte und streckte die Hand aus. „Komm!" Sie zog mich auf das Lager zwischen sich und ihn an ihre schweißfeuchten Brüste und streichelte mich. So schlief ich ein an ihr, ganz schnell, wie gestillt, als hätte mir jemand Mohnsaft gereicht; das letzte, was ich fühlte, war, daß sie sich zu bewegen begann unter seiner erneuten Berührung, aber mein Schlaf war wie ein Strudel.

Die Sonne stand hoch am Himmel, als ich erwachte. Außer uns Kindern waren sie schon alle draußen. Mir fiel die Nacht ein, und ich meinte, es sei sicher ein Traum gewesen – nur daß ich nicht mehr neben Tibaldo lag, sondern auf der zerwühlten Strohschütte vor der Feuerstelle. Lachen und Stimme der Frau kamen von draußen. Ich stand auf und trat blinzelnd durch die Tür, da sah ich sie, jetzt Rock und Tuch überm Hemd, bei ihrer Arbeit, und ich fühlte, wie mir das Blut ins Gesicht schoß.

Sie sah mich lachend an. „Guten Morgen, schönes Herrchen, mein Engel! Hast du von mir geträumt, daß du rot wirst, wenn du mich siehst?" rief sie, umarmte mich und preßte meinen Kopf zwischen ihre Brüste.

Oswald lachte und *er* auch. Die anderen waren, wie ich hörte, mit dem Köhler schon bei Morgengrauen zur Pfalz aufgebrochen, um Pferde zu holen und was sonst noch nötig war, damit wir Tibaldo nicht tragen mußten und bequem reisen konnten.

Er war in aller Frühe auf der Jagd gewesen. Eva weidete den Hasen aus, die Hunde umschwänzelten sie begierig, während *er* und Oswald über ihren ausgebreiteten Mänteln in der Sonne saßen und halblaut über Dichtkunst parlierten.

Nachmittags kamen sie mit den Pferden, da hatten wir schon gegessen, aber die Frau hatte für den Köhler auf *sein* Geheiß ein gutes Rückenstück aufgehoben. Wenn es auch ungesalzen war, hatte Eva es doch mit würzigen Kräutern wohlschmeckend gemacht.

„O weh“, sagte Adam, „Standespersonen bringen nur Scherereien, ich wußte es ja. Was, wenn der Jägermeister unseres Herrn vorbeikommt und findet das Fell? Ich bin kein Wilddieb.“

Wir lachten und beschlossen, das verdächtige Fell mitzunehmen.

Im Gefolge unserer Pferde kam auch, am Strick geführt, eine tragende Ziege, und Mateo übergab der Frau einen glänzenden Rokken Flachs und ein Säckchen mit Salz. Adam bekam einen Beutel mit Kupfergeld, nicht so viel, ihn in Gefahr zu bringen, aber gut gefüllt.

„Die Wünsche Evas waren einfacher, und so konnte der König sie gleich erfüllen. Dank an die Hausfrau, und hoffentlich ist sie mit uns zufrieden“, sagte *er*, und sie erwiderte: „Das kann man sagen“ und warf einen Blick.

Er aber fuhr fort: „Was die deinen angeht, Adam, so dauert es vielleicht noch ein bißchen mit der Erfüllung, aber ich werde den König schon treffen.“

„Da bin ich sicher, hoher Herr Jäger“, antwortete der Köhler mit einem Blick auf das Pferd, das *er* gerade bestieg: Es war ein arabischer Glanzrappe, auf das prächtigste aufgeschirrt, Rubine im Stirnband, ein goldfädiges Netz um den Schweif. Dann half er mir auf meinen Schimmel, und Tibaldo an der Seite, sagte ich meinen Dank, während die Leute knieten. Unter Hundegebell und Hörnerklang verließen wir das Tal.

„Gedenke der Wünsche des Köhlers“, sagte er mir. Später, als ich sie erfüllen wollte, da tat er, als verstieße ich gegen seinen Willen, und hatte alles vergessen.

Er schweigt neben mir, sein weiches Gesicht erinnert an das Kinderantlitz, das da einmal war. Wohin entgleitet er mir?

„So hast du denn“, dringe ich behutsam in ihn, „an jene Jahre keine andere Art von Erinnerung? War er nie der Strafende, der Gestrenge, als der er später aus der Ferne kam?“

Er starrt mich einen Moment wie geistesabwesend an, dann lacht er auf. „Aber Truda, das war ein anderer! Ich hatte ihn endgültig verloren, als er mit seinem kleinen Gefolge vom Lechfeld aufbrach und meinen Augen entschwand, und ich blieb zurück an der Hand Engelberts von Köln, meine Augen waren blind von den Tränen, die ich unterdrückte, weil der König Germaniens nicht weint. Ich war neun Jahre.“

„Auch deine Mutter ging von dir."

„Meine Mutter, ja", sagt er zerstreut.

„Du sprichst nie von ihr."

„Nein. Meine Mutter war wie Brot, *er* aber war wie Himmelslicht. Ich weiß nicht, ob du mich verstehen kannst. Meine Mutter war leise, freundlich, maßvoll, sie überlegte stets, was sie machte. Und es gab neben ihr andere Frauen, die Ähnliches an mir taten wie sie. Er war einmalig. Väter und Mütter ringsum waren gesetzte Leute, nicht mehr jung, wie sie auch. Nur er war anders; fast selbst noch ein Knabe, spielte er mit uns wilde und herrliche Spiele, und trotzdem gehorchte seiner hellen Stimme, wer sie vernahm. Alles, was er begann, bekam den goldenen Grund seines Haars. Er war ein Ritter, ein Kind und ein König zugleich. Und es bedurfte einer Reihe von Jahren, bis ich begriff, daß neben dem Elbenfürsten, der mir das Land zu eigen gab, in ihm noch der Imperator mundi steckte, ein Herrscher voller Machtgier, kalt, höhnisch, grausam. – Was siehst du mich so an?"

„Auch du hast dich gewandelt."

„Ja, das mußte ich wohl, um zu bestehen hier in meinem Land, wenn es denn meins sein sollte. – Aber du hast nach jenen fünf Jahren gefragt, als er da war. Es waren glückliche Jahre, obgleich ich immer viel mehr lernen und tun mußte als meine Geschwister und Gefährten. Ich hatte mehr Lektionen in weltlichen und geistlichen Künsten als sie, Oswald und der Erzbischof Engelbert führten mich in meine späteren Pflichten ein, und manchmal mußte ich, angetan mit sehr unbequemen steifen Kleidern, auf Reichstagen und Fürstenversammlungen stundenlang stillsitzen, aber da ich neben ihm oder zu seinen Füßen saß und sah, daß es ihn freute, ließ ich es über mich ergehen – es war ein Spiel, das ‚König sein' hieß.

Dennoch ist mir, als sei ich die meiste Zeit herumgetobt mit Tibaldo, den Bälgern aus dem Serraglio und meinen süßen Geschwistern Caterina und Enzio, oder Kathrin und Hans, wie sie damals noch genannt wurden, den Kindern der Nebenfrau Alayta. Kathrin war schön und kräftig und spielte immer mit uns Knaben, wir machten gemeinsam die dümmsten Streiche; der kleine Hans, wegen seiner Grazie und Anmut von *ihm* ‚Falconello', Falkenjunge, genannt, ließ sich ebenfalls nicht abschütteln, obwohl er viel jünger war. Ich liebte ihn vor allen anderen, damals wie heute. Einmal, es war kurz bevor *er* auf den Kreuzzug ging, wurde ich gestraft, und Enzio . . ." Er unterbricht sich. „Ja, ich wurde also doch gestraft", sagt er, gleichsam erstaunt. „Ich kann mich aber nur an das eine Mal erinnern. Ob es das einzige Mal war?“

„Was hattest du getan?“

„Ach“, sagt er widerstrebend, „ich hatte mich über Oswald geärgert und ihm sein Roß lahm gemacht mit einem Nagel, und Enzio hatte mir geholfen, er tat alles, was ich sagte. Der Stallknecht hatte uns gesehen. Es wurde dann schlimmer, als wir es gewollt hatten, das Pferd mußte für lange aus dem Stall. Oswald nahm mich ins Gebet, bis ich die Sache zugab, und der brachte es vor *ihn*. Als ich aber vor ihm stand voller Verstocktheit und Trotz, sagte ich, wie Kinder manchmal tun: ‚Ich war's nicht allein. Der Falconello war mit dabei.‘

Er sah mich an, seine Augen so unerbittlich gerade auf mich gerichtet, sie schillerten und schienen fast zu schielen, und ich fürchtete mich. ‚So‘, sagte er. ‚Das ist wenig königlich, Heinrich, daß du es nicht allein tragen kannst, und feige dazu. Wem willst du wohl später die Mitschuld an deinem Tun in die Schuhe schieben, wenn du erst auf dem Thron sitzt? Man hätte dich vielleicht ermahnen und dir verzeihen können, aber wenn es so aussieht, mußt du deine Züchtigung bekommen, und dein kleiner Bruder soll zur Strafe zusehen.‘

Ich war außer mir vor Scham und Angst, als sie mich zu den Roßknechten brachten. Denn er hatte bestimmt, daß mir derjenige, in dessen Pflege das Pferd gestanden hatte, die Rute geben sollte nach seinem Ermessen. Der kleine Hans hing weinend an mir und bat alle Welt, seinem Bruder nichts zu tun, und vermehrte mit seiner zärtlichen Liebe meine Schande.

Der Roßknecht, der das Pferd sehr liebte, nahm gleich die Peitsche vom Nagel, aber die anderen redeten ihm zu und sagten: ‚Willst du den kleinen König Heinz zuschanden schlagen? Du sollst ihn abstrafen, nicht dein Mütchen an ihm kühlen, und der Herr hat befohlen, ihm die Rute zu geben, vom Peitschen war nicht die Rede. Wir wollen gehn und eine grüne Haselgerte für ihn schneiden, das wird genügen.‘

So taten sie, mir aber ward abwechselnd rot und schwarz vor Augen, und etwas Dunkles ging mir über den Kopf, in meinen Ohren war die ganze Zeit nur das Jammern und Wehklagen meines Brüderchens, das ich verraten hatte und das hier bettelte, seinen Heinz zu schonen und ihm nicht weh zu tun, und die Streiche schienen mein Herz zu treffen, nicht meinen Leib. Dann wußte ich nichts mehr.

Als ich meine Augen aufmachte, sah *er* mich an. Seine Augen waren noch genauso drohend und unerbittlich wie vorher, und sein Gesicht war dicht über mir, so daß ich nicht entfliehen oder mich verstecken konnte, und dazu hörte ich Enzios Stimme: ‚Vater, wenn er geschlagen wird, will ich auch geschlagen sein, es ist ja wahr, daß ich es mitgetan habe.'

Er jedoch sagte zu mir: ‚Lerne, mein Sohn, daß keine Schande mehr brennt als die des Verrats an einem, der dich liebt.' Und er nahm Enzio bei der Hand, obgleich der flehte, bei mir bleiben zu dürfen, und ging fort von mir."

Heinrich hält inne und sieht mich mit einem verwirrten und ängstlichen Lächeln an. „Das wollte ich nicht erzählen, Truda, nein, nicht das. Vergiß es. Es ist nicht wahr. Doch, es ist wahr, aber es ist nicht wichtig. Ich schwatze Unsinn, wahrhaftig. Von Engelbert wollte ich dir erzählen, von seinem Tod, von dem Gerichtstag – ach, warte. Ich bin ganz durcheinander."

Wir reiten eine Weile schweigend nebeneinanderher. Der heiße Wind fährt mir unter die Achselhöhlen. Ich bin trauriger, als es vielleicht nötig wäre.

Die ersten Schritte

„Ich war noch keine zwölf Jahre alt, da fing ganz Europa an, mir Bräute zu offerieren. Kein Fürstenhof, der nicht ein Frauenzimmerchen in heiratsfähigem Alter für mich bereithielt. Mir war das gleichgültig. Jagen, Falkenabrichten und Reiten fand ich damals bei weitem wichtiger. Irgendeine würden sie schon finden.

Mein Vormund, der Gubernator Bischof Engelbert von Köln, war ein strenger und aufrechter Mann und ließ sich nicht von seinen Vorsätzen abbringen. Bei aller Loyalität den Staufern gegenüber ging es ihm vor allem um Germanien. Was südlich der Alpen war, das konnte ihm gestohlen bleiben. Ihm war es überhaupt nicht recht, daß ich zum Beispiel eine Französin angeboten bekam, sondern er erläuterte mir, Einigkeit und Ruhe für mein Land seien nur zu finden, wenn wir endlich zu einem Bündnis mit dem Norden kämen, das heißt, wenn der alte Ärger zwischen Staufen und Welfen begraben würde. Deshalb war sein Heiratstip die englische Prinzessin Elisabeth, die man im Süden dann zu Isabella latinisierte.

Es war ein wildes Hin und Her, auch ein paar Herzöge hatten

noch Töchter feilzubieten, und Gubernator wie Kaiser verlegten sich aufs Hinhalten und Vertrösten.

Von all den angebotenen Damen kam nur eine an meinen Hof: Ihr Vater, König Ottokar Przemysl von Böhmen, schickte sie uns sozusagen unverbindlich zur Ansicht zu. Das war Agnes.

Es gibt bestimmte Bilder, Truda, an die darf ich nicht denken, sonst möchte ich gleich in die Schlucht springen. Eins davon ist, wie meine Agnes am Tag ihrer Ankunft aus der Hand eines Truchsessen einen Becher Milch entgegennimmt, das Kreuz darüber schlägt und trinkt. Sie war ein Kind wie ich, das dunkle Haar streng gescheitelt und zurückgekämmt aus dem runden Gesicht. Sie richtet ihre klaren fragenden Augen auf mich und errötet dabei – wie Wolken steigt es auf in ihrer zarten Haut –, und ich fühle, daß auch ich erröte, wir sagen irgend etwas, was man uns geheißen hat zu sagen.

Wir haben dann kaum ein Wort miteinander gewechselt, was uns nicht eingeübt worden war, und doch erscheint es mir, als hätten wir uns süß und herzlich unterhalten. Wenn ich sie sah, wollte ich immer am liebsten wegrennen. Ich hatte das Gefühl, in heißes Wasser gesteckt zu werden. Sie grüßte befangen, und ich antwortete ihr in einer Art, die ich für königlich hielt. Dabei hatte ich den dringenden Wunsch, sie am Zopf zu reißen und ihr die Zunge herauszustrecken – aber auch, sie nie wieder wegzulassen.

Einmal richteten sie es so ein, daß wir uns in einem Rosenhag trafen. Agnes war sehr folgsam; ihr war aufgetragen worden, so zu tun, als würde sie von ungefähr einen Kranz winden, und das tat sie denn auch. Mich machte das ganze Theater wütend und verlegen, am liebsten hätte ich gesagt: Gib dir nicht solche Mühe, du dumme Trine, ich durchschaue alles!

Aber zugleich war das Bild des blassen Kindes zwischen den Rosen so süß, daß ich wieder glutrot dastand und nicht wußte, wie weggehen. Natürlich stach sie sich in den Finger, und ich lachte schadenfroh. Sie lutschte an ihrem blutenden Daumen und verzog das Gesicht zum Weinen, wohl weniger wegen des Schmerzes als wegen der Kränkung, ausgelacht zu werden. Darauf zog ich mein Seidentuch aus der Tasche, legte es vorsichtig über ihre Hand und rannte weg, als säße der Teufel mir auf den Fersen.

Meine Agnes – Milch und der Kranz aus Rosen und der blutende Daumen –, ja, und doch war ich bereit, das Welfenmädchen von der Insel zu heiraten, als Engelbert mir das ernsthaft vorschlug. Daß ich die andere damit verlieren würde, war mir nicht so ganz klar. Ich wollte es einfach seiner Eminenz recht machen, denn abgesehen davon, daß mir seine blauen, von Tränensäcken umgebenen Augen sehr viel Respekt einflößten, mochte ich ihn. Er tat nicht, als sei ich ein Kind, dem man nur eine Unterschrift abverlangte, wie das Scharfenberg gemacht hatte. Er legte mir ein Problem dar, ausführlich, als sei ich ein Erwachsener, und ich nickte, damit er denken sollte, ich verstünde alles. Und dann sagte er ernst: ‚Deine Majestät entscheide' und wiederholte noch einmal, was zu entscheiden war, und an seinem Stimmklang merkte ich, was er für wünschenswert hielt, so wie ein junger Hund an der Stimme seines Herrn lernt, und so tat ich dann.

Ja, ich mochte ihn. Nach der Kaiserkrönung, als wir allein waren, ließ er mir sofort ein anderes Siegel anfertigen. Darin hieß es nicht mehr: ‚Zum römischen König erwählter Herzog von Schwaben', sondern: ‚Heinrich, von Gottes Gnaden römischer König, immer erhaben'. Er ließ mich in Aachen krönen. Er war für mich. Und durch ihn lernte ich auch, daß man viel mehr allein entscheiden konnte, als so angenommen wurde, und daß der Großhof weit war.

Auf welche Weise Leopold von Österreich, der eigentlich für Agnes sprechen sollte, dann in Italien auf einmal seine eigene Tochter Margarethe ins Spiel brachte und wie der verdammte Fuchs es anstellte, daß man meine Heirat mit *der* befahl, ist mir immer ein Rätsel geblieben. Als die allerhöchste Anweisung kam, waren alle ziemlich verwirrt. Beinah jeder hatte falsch gesetzt in dem Spiel – und die absolute Niete zog ich, wenn mir das damals auch noch nicht so klar war. Die Engländerin wäre die große Partie gewesen, und jung und hübsch war sie außerdem. Und meine kleine Agnes verschwand sang- und klanglos. Nicht einmal adieu durften wir uns sagen.

Engelbert versuchte mich zu trösten, indem er mir ein glanzvolles Hochzeitsfest in Nürnberg versprach. Die Pfalz dort war gerade fertig geworden. Daß er selbst an der Feier nicht mehr teilnehmen würde, ahnte niemand. Freilich hatte er sich durch seine schroffe aufrechte Art und seine königstreue Politik damals schon überall unbeliebt gemacht, so unbeliebt, daß er ohne Leibwache nicht mehr vor die Haustür treten konnte."

„Was meinst du mit königstreu?" frage ich dazwischen.

„Nicht staufertreu. Für Germanien, also für mich."

„Und für die Fürsten?"

Heinrich erwidert ungeduldig: „Meinst du, das durchschaute ich damals? Ein ewiges Tauziehen, ein großes Hin und Her zwischen Fürsten und König und Fürsten und Kaiser und Reichsministerialen und Stadtbürgern ... Laß mich weitererzählen.

Meine Braut Margarethe von Österreich sah ich das erstemal am Morgen des Hochzeitstages, als ich sie zum Kirchgang abholte. Engelbert war seltsamerweise noch nicht da, aber da die Trauung sowieso vom Trierer Erzbischof vorgenommen wurde, war das kein ernstlicher Grund, die Zeremonie zu verschieben. Ich weiß noch, wie stolz ich auf die weißseidene, mit silbernen Lilien bestickte Dalmatica war, die ich trug – ein Geschenk aus Palermo ebenso wie die mit Gold verzierten Stiefel aus weichem Leder und das Schwert mit dem Achatgriff. Daß die Mitgift von achttausend Silbermark noch nicht ausgezahlt war, kümmerte mich weniger als die Tatsache, daß meine Braut dicklich und nicht gerade jung war – für meine Verhältnisse. Sie war Mitte Zwanzig und neigte zu Bauch und fetten Hüften, und man brauchte sie später nur ‚Kuh' zu nennen, schon fing sie an zu heulen. Ich nutzte das aus, sooft es ging. Ich haßte sie."

„Du hattest zwei Kinder mit ihr."

„Was will das besagen? Ich mußte ja wohl, wollte ich mir nicht auch noch für ein Versäumnis auf diesem Gebiet ein Donnerwetter aus Apulien einhandeln. Ich haßte sie, je mehr mir klar wurde, daß ich Agnes liebte, später.

Wir gingen zur Trauung, und die Nürnberger jubelten, wir warfen Silbermünzen in die Menge und gingen zur Tafel; immer noch kein Engelbert; ich führte meine Braut zum ersten Tanz, wir waren bei der Pavane, als draußen der Tumult losbrach und das Geschrei: ‚Wafnâ, wafnâ, mordio!'

Die blutigen Fetzen der violetten Stola, die nun dunkelrote, vormals weiße Casel mit den gestickten Säumen, die man da hereinbrachte und vor mir auf den Boden legte, kannte ich wohl: Sie hatten dem Gubernator gehört. Engelbert war auf dem Weg zu einer Kirchenweihe ermordet worden. Einer seiner Verwandten, mit dem er in Streit lag, hatte ihn überfallen und in Stücke gehauen.

Ich war entsetzt. Wie ich schon sagte: Ich hatte ihn wirklich gemocht, und ich glaube, er beriet mich in Wahrheit gut. Aber während ich noch stand und auf die blutigen Fetzen zu meinen Füßen starrte, fuhr es mir auch durch den Kopf: Dein Vormund ist tot. Du bist frei. Es ist genau, wie es bei *ihm* war: Mit vierzehn Jahren verheiratet und König. Wirklich König. Jetzt galt es, jetzt oder nie. Ich reckte mich gerade auf und ordnete mit Ernst und Ruhe an, daß das Fest abzubrechen sei und die Gäste sich statt dessen zum Gericht versammeln sollten, welches abzuhalten ich bereit war.

Es war eine erwartungsvolle Stille, als ich zu meinem erhöhten Sitz ging und mit tränenerstickter Stimme den Versammelten die Frage vorlegte, ob der feige Mörder des Reichsgubernators sofort in die Acht zu erklären sei. Daß alle dem Vorschlag zustimmen würden, wenngleich Engelbert nicht beliebt gewesen war, das nahmen auch meine Ratgeber an, mit denen ich mich besprochen hatte."

„Wer war das?"

„Die Grafen von Neifen und mein Marschall, Anselm von Justingen. Sie waren bis zuletzt mit dabei. – Als ich nun fragte, stimmten mir sofort die fürstlichen Herren und Kirchenmänner zu, und sicher wäre auch der Dienstadel dafür gewesen, hätte nicht ein schwäbischer Ritter sich widersetzt – er hieß Friedrich von Truhendingen, ich werde seinen Namen nie vergessen, obwohl er vergessen gehört. Dieser Schurke erklärte, daß der Mord eine schreckliche Tat sei und Gottes Zorn herausforderte, daß aber nach deutschem Recht, welches ich als gebürtiger Welscher und in Anbetracht meiner Jugend vielleicht noch nicht so genau studiert habe, es ganz und gar unmöglich sei, einen Mann zu verurteilen, für was auch immer, ohne ihn vorher gehört zu haben.

Und schon brach der Tumult los. Die meisten schrien dawider, denn der Fall sei zu schwer, solchen Formkram zu beachten. Aber einige, vor allem unter denen vom niederen Adel, ließen sich die Gelegenheit nicht entgehen. Ihnen war es recht, wenn Engelbert tot war, und sie konnten bei der Sache gleich auf ihre alten Gerechtsame pochen. Manche lachten, und irgendeiner rief in den Krawall hinein: ‚Weh dem Land, dessen König ein Kind ist!'

Meine Stimme ging unter im Lärm der gegeneinander Tobenden. Wer zuerst das Schwert zog, weiß ich nicht zu sagen. Ich glaube, es war Sayns oder einer der Botenlauben. Jedenfalls gingen sie aufeinander los, während ich ohnmächtig vor meinem Stuhl stand und schrie, sie sollten aufhören, ohne daß es jemanden kümmerte.

Und dann krachte es, und der Saal füllte sich mit erstickendem Staub und furchtbarem Geschrei. Eine kürzlich errichtete Treppe, auf der die Streithähne herumgesprungen waren, brach zusammen und begrub ein halbes Hundert Menschen unter sich.

‚Böses Omen', murmelte jemand neben mir. Es war Justingen, er stand da, die Arme verschränkt, und hatte die Stirn gerunzelt. Aber gleich lächelte er mir ermunternd zu und flüsterte mir ins Ohr: „Die

Majestät lasse sich nicht abschrecken. Das wird wohl die Gemüter besänftigt haben. Bleib standhaft und verlange noch einmal die Ächtung des Übeltäters!'

So geschah es, nachdem sie die Toten und Verwundeten fortgeschafft hatten, und die Versammlung beschloß, was ich gewollt hatte. Aber in meinen Träumen höre ich manchmal das entsetzliche Krachen dieser Treppe; es vervielfacht sich in einer Weise, als breche der ganze Weltenbau zusammen, und auffahrend ist mir, als sei in meinen Ohren eine Stimme, die spricht: Weh dem Land, dessen König ein Kind ist!

Er gab mir einen neuen Vormund! Er, der selbst vierzehnjährig sich die Hände eines Innozenz von den Schultern geschüttelt und Sizilien unter seine Botmäßigkeit gezwungen hatte, er hielt mich für so unbegabt zum Herrschen, daß er mir den hochfahrenden Bayernherzog Ludwig vor die Nase setzte als neuen Gubernator, und kein Wort fiel darüber, wann die lästige Gängelei aufhören sollte, wann ich endlich das sein durfte, wozu ich bestimmt war: König Germaniens.

Mit dem Bayern lag ich mir ständig in den Haaren wegen irgendeines Hundedrecks, aber meine Freunde bestärkten mich, in nichts nachzugeben, und scheine es noch so belanglos, Schritt für Schritt hätte der ehrgeizige Ludwig sonst seine Stellung ausgebaut. Im nachhinein war es ja dann klar, daß man mit ihm den Bock zum Gärtner gemacht hatte, und als *er* ihn auf der Donaubrücke kurzerhand umbringen ließ ..."

„Was sagst du da, Heinrich?"

„Was alle Welt behauptet. Seine arabischen Mordhunde, die Assassinen, die er gedungen hatte, schnitten Ludwig die Kehle durch."

„Und das glaubst du?"

Er zuckt die Achseln. „Hältst du es für unmöglich?"

„Man gab damals auch dir die Schuld an dem Anschlag."

Jetzt lacht er. „Und? Hältst du *das* für unmöglich?"

„Ich habe die Landesherren nie als Meuchelmörder sehen mögen, Heinrich von Hohenstaufen."

„Liebe Truda, du warst viel unterwegs, du müßtest die Zustände doch bestens kennen. Im wilden Germanien hatte man schnell die Hand am Schwertgriff, und die Fehde galt noch immer als die ehrenhafteste Art, ein Problem zu lösen. Das ewige Tauziehen um Privilegien, die man mir abzuluchsen versuchte, und kaum hatte einer was, da lief er Gefahr, an der nächsten dunklen Ecke eins übern Schädel zu bekommen. Es gab keine Sicherheit! Kennst du die schöne Zeile nicht, die der alte Besserwisser Walther geschrieben hat: ‚Fride unt reht sint sêre wunt.' Damit hatte er wahrhaftig nicht gelogen. Wohl dem, der die Kraft hatte, als erster zuzuschlagen."

„*Du* warst der Landesherr. Deine Arbeit war es, Pacem et iustitiam, Friede und Recht, zu heilen, wenn sie verwundet waren!"

„Du hast, scheint's, die kaiserlichen Predigten auch auswendig gelernt, die du mir in der Tasche zuzustellen pflegtest."

„Was lerntest du im Wald, als du ein Kind warst?"

„Sicher habe ich dir da irgendeinen Unsinn erzählt, oder du hast es falsch aufgenommen, wie es ja deine Art ist, um es vor den höchsten Ohren auszublasen. Meinst du, wir wußten nicht, daß du eine Zuträgerin warst, nicht nur in dem Sinne, daß du die geheimen Papiere herumschlepptest? Vergiß nur nicht, was ich gesagt habe, damit du nachher einen schönen Bericht liefern kannst, wenn du *ihn* zu sehen bekommst!"

Sein Gesicht ist verzerrt. Ich zwinge mich zur Ruhe. Wie empfindlich ich geworden bin! Seit mir keiner mehr das Fell ritzt und ich friedlich vor mich hin lebe, kann ich kaum mehr schlucken, wenn jemand versucht, mich zu beleidigen, und Dinge, die mir früher wie das tägliche Brot serviert wurden, versetzen mich jetzt in Aufruhr. Ich würde kaum noch leben, wenn ich früher so töricht gewesen wäre, mir dergleichen zu Herzen zu nehmen.

„Niemanden werde ich zu sehen bekommen", sage ich freundlich, „und selbst wenn – was sollte es denn bezwecken, lieber Heinrich? Alles ist vorbei. Du, laß deine Gesinnung gegen mich nicht von Zorn verdunkeln. Ich frage, um es zu wissen, nicht, um es auszuplaudern. Was hat dich gehindert, König Germaniens, Friede und Recht unter deinen Schutz zu stellen?"

Er wölbt trotzig die Lippen vor. „Du kannst dir kein Bild machen, wie es war. Niemand kann sich offenbar ein Bild machen. Es gab nur zwei Parteien, die ein König hätte unterstützen dürfen: Das waren die Ministerialen, der schwäbische und fränkische Dienstadel, und die Stadtbürger, weil das die einzigen waren, die Interesse an einem starken Königtum hatten! Aber unterstütze mal die Ritter, wenn deine ganze Kanzlei voller Fürsten und Prälaten sitzt und sich bei der geringsten Kleinigkeit auf die Zehen getreten fühlt! Gleich hagelt es wieder Beschwerden in Richtung Süden, und die Befehle, die du, liebe Truda, von Zeit zu Zeit in deinen Taschen zu mir bringst, zwingen mich, alles wieder rückgängig zu machen.

Und wenn ich empfehle, Rat und Bürgerschaft einer mir ergebenen Stadt gegen ihren Bischof zu stärken, versteht man in Apulien immer nur so etwas wie die Signoria einer trotzigen Lombardencivitá darunter, die ich gegen den für Ruhe und Ordnung sorgenden geistlichen Hirten ausspielen will, aus welchen Gründen auch immer! Ich kam nicht voran mit dem, was ich wollte, denn *er*, der die Verhältnisse von weitem nicht so durchschaute wie ich, durchkreuzte ständig meine Politik."

„Wieso kannte er die Verhältnisse nicht? Er war acht Jahre in Germanien gewesen!"

„Ja, mit den Augen gen Süden! – Manchmal fragte ich mich tatsächlich, wie er so törichte Entscheidungen fällen konnte. Er mußte alles vergessen haben, sobald er die Alpen hinter sich gelassen hatte. Wir im Norden waren höchstens das Reservoir an Kriegern, und die gottverdammten Fürsten, die ihm hier die Hölle heiß gemacht hatten, schätzte man nun als helfenden Rückhalt im Kleinkrieg mit dem Papst. Wir waren unwichtig geworden, verstehst du? Wir sollten Ruhe halten. Ich hätte ja nun bloß mit den Achseln zu zucken und auf die Direktiven aus dem Süden zu warten brauchen. Aber dazu hätte ich nicht aus dieser belasteten Familie stammen dürfen, in der ein jeglicher den Stachel zum Herrschen in sich fühlte . . ." Er seufzt. „Du wirst mir zugestehen, daß vieles richtig ist, was ich sage. Und immer wenn ich versuchte, meinen eigenen Kopf durchzusetzen, war ich im Recht, das lasse ich mir nicht ausreden. Aber es stellte sich allzu vieles quer zu meinem Willen. Allzu vieles."

Wieder verdüstert sich sein Gesicht. Wir reiten eine Weile schweigend nebeneinanderher. Dann hebt er wieder an: „Als *er* dann endlich gen Jerusalem abgesegelt war, atmeten wir hier oben regelrecht auf. Endlich keiner mehr in Reichweite, bei dem man sich über mich beschweren konnte. Ich konnte schalten und walten." Trotz der Hitze und des Staubs treibt er sein Pferd zu einem kleinen Galopp an. Sein Haar flattert, und er sieht lächelnd geradeaus. „Natürlich versuchte Seine Heiligkeit sofort, in Germanien Ärger zu machen. Du weißt ja: Kein Papst kann einen Staufer leiden. Wenn der Vater gebannt war, mußte man auch gleich noch dem Sohn eins aufs Haupt geben. Ein Kardinallegat wurde eigens zu diesem Zweck über die Alpen geschickt, er sollte Synoden ausschreiben lassen und gegen uns intrigieren.

Ich untersagte ihm die Einreise und verbot die Synoden, zum Zähneknirschen der Fürstbischöfe, die mir nach außen hin recht geben mußten, wollten sie nicht ihre königsfeindlichen Karten gar zu offen auf den Tisch packen. Und dann kam die Stunde, da ich mein Herz mit süßer Rache stillen konnte. Der verfluchte Bayer, offiziell noch immer mein ‚Vormund' (ich war inzwischen achtzehn!), machte Miene, sich auf die Seite des Papstes zu stellen! Wir waren ganz schnell. Justingen und die Neifen-Brüder mobilisierten die schwäbischen Ritter, und bevor sich Ludwig überhaupt nur die Augen ausgerieben hatte, saß ich ihm schon im Nacken und hatte ihn besiegt."

„Du zogst später noch einmal gegen Bayern."

„Ja, gegen Ludwigs Sohn."

„Warum eigentlich? Doch nicht wegen der paar Weiler, um die ihr euch offiziell strittet?"

„Ich mußte den Süden voll in die Hand bekommen. Elsaß, Schwaben – Österreich wäre mir als Erbschaft zugefallen, da ich ja die Margarethe doch behalten mußte –, eine starke Front gegen die Alpen ... Ich war auch beim zweitenmal siegreich, und Ludwigs Enkel wurde mir als Wohlverhaltenspfand übergeben. Aber *er* zwang mich, die Sache rückgängig zu machen. Er hatte kein Interesse daran, daß ich stark wurde."

Seltsam, muß ich denken, daß da einer ständig Aktionen unternimmt, um sich unabhängig zu machen und sich dann das Erreichte wieder aus der Hand winden läßt durch einen bloßen Wink dessen, von dem er sich befreien will ...

„Ich erinnere mich, daß du Straßburg belagertest, das den Legaten aufgenommen hatte?" werfe ich schnell ein, denn ich sehe, daß er ins Grübeln gerät.

„Straßburg, sicher", sagt er zerstreut, „und ebenfalls erfolgreich. Die päpstliche Propaganda gegen uns konnte keinen Fuß fassen in Deutschland, und während man sich im Fernen Orient um Ziele abstrampelte, deren Sinn nicht gleich jedem verständlich ist, war hier oben für Ruhe gesorgt. Auch die Aktionen bei der Heimkehr in Apulien und Sizilien waren nur möglich, weil ich hier oben ..., *er* konnte ganz anders zupacken, verstehst du?"

„Niemand will deine Verdienste leugnen, Heinrich."

„Nicht? Ich dachte. Ich dachte, jeder will sie leugnen. Aber was noch seltsamer ist – keiner betrachtet als Verdienst, was ich für mich oder Germanien unternommen habe. Immer nur, was für *ihn* nützlich sein konnte."

„Du hast recht und nicht recht“, widerspreche ich, aber er redet weiter. „Die Ketzergesetze zum Beispiel! Das hast du auch vergessen!“

Ketzer und Kräuter

„Weißt du noch“, fragt Heinrich und lacht schelmisch, „daß ich dir einmal das Leben gerettet habe? Oder bist du so schnell im Vergessen?“ Er tätschelt dem Pferd den Hals. „Du sahst aus, als du zu mir kamst! Noch schlimmer als sonst.“

Ich bin gewohnt, daß man mir keine Komplimente macht. Die Röte steigt mir den Hals hoch, weil ich es tatsächlich vergessen hatte, zumindest als eine unwichtige Sache abgetan, ein alltägliches Ereignis, einmal eben auch in Verbindung mit König Heinrich. Aber sieh da, er erinnert sich. Sein Lachen klingt mir noch in den Ohren, als er mich damals erblickte.

Sie waren nachts in den Kerker gekommen, genau wie die Schergen Marburgs zu tun pflegten, vermummt, mit Fackeln. Die alte Frau lag bereits im Todeskampf, sie merkte nichts mehr von ihrem Erscheinen. Friderun warf sich ängstlich über Jeschute und klammerte sich an ihr fest, und eine der beiden flüsterte, sie wolle nicht brennen. Aber man hatte es auf mich abgesehen. Sie stülpten mir einen stinkenden Sack über den Kopf, und ich versuchte trotzdem zu schreien, schlug um mich, trat, biß und kratzte, solange meine Kräfte reichten. Nie ohne Kampf. Sie trugen mich die Treppe hinauf, und als sie mich verschnürten wie eine Teppichrolle und mit dem Gesicht nach unten quer über ein Pferd legten, begriff ich, daß es nicht Konrad von Marburgs Inquisition war, die mich aus dem Kerker geholt hatte, denn in dem Fall hätte man den bischöflichen Palast nicht verlassen. Ketzer und Sünder, die hingerichtet wurden, schleifte man natürlich am hellichten Tag vor aller Augen durch die Straßen, nachts gab es nur Verhöre.

Es war ein Scherz König Heinrichs, ein boshafter Lebensrettungsscherz. Vielleicht meinten auch seine Hauptleute, eine Entführung habe nun einmal mit ein paar Püffen stattzufinden, wenn sie Spaß machen sollte, und sicher war auch, daß mich von denen bestimmt niemand leiden mochte.

Immerhin fand ich mich, aufgeschnürt und befreiten Hauptes, im königlichen Haus zu Treysa in einem Raum mit Bett, vor mir auf dem Tisch Speisen und Getränk zwischen silbernen Leuchtern. Ich aß und trank und gedachte dabei der sterbenden Hexe Magdalis und der Kinder, und der Zorn staute sich in meinem Hals wie ein Klumpen Gift. Da traf mich Heinrichs Lachen.

Leise war er gekommen, lehnte an einer Säule, sah mich an und lachte von Herzen. „Gegrüßt, Frau Truda, werte Botin", sagte er lässig. „Es freut mich, dir gefällig sein zu können, nachdem du mir so unzählige Male Botschaften zugetragen hast, wenn auch selten Gutes darunter war."

Er trat an den Tisch, schenkte sich Wein ein und goß auch mir den Becher voll. „Auf deine Auferstehung", bemerkte er leichthin, „wenn du auch aussiehst wie schon dem Grabe zugehörig." Er begann wieder zu lachen. „Wirklich, Truda, schrecklich. Und du stehst auch nicht in gutem Geruch." Er hielt sich ein gesticktes Tüchlein vor die Nase. Sein Wams war aus schillernder Seide, die weiten Ärmel innen mit Silberzindel ausgeschlagen.

Ich hätte ihm danken müssen. Statt dessen fragte ich: „Und die anderen? Die mit mir im Kerker waren, was ist mit denen?"

Er sah mich einen Augenblick verblüfft an, dann lachte er wieder. „Willst du, daß ich Seiner Bischöflichen Gnaden den Kerker leer rauben lasse? Denn wie ich dich kenne, bleibt es ja nicht bei ein paar Kräuterhexen aus dem Stübchen, in dem du warst. Du bist unersättlich."

„Die alte Frau'", sagte ich, und der Klumpen schwoll in meinem Hals. „König Heinrich, ihr einziges Verbrechen ist, daß sie die Kranken besser heilt als der Quacksalber des Bischofs. Und die beiden Kinder des Bürgermeisters, unschuldig wie der Tag. Der Major civium hat nur seine Gerichtsbarkeit von der Konrads abgegrenzt, das war der Grund. Majestät! Rette sie!"

Heinrich zog die Schultern hoch. „Über kurz oder lang muß sowieso etwas geschehen gegen diesen Bischof des Satans, was meinst du? Er fängt schon an, sich an meiner nächsten Umgebung zu vergehen!"

„Handle, je schneller, desto besser."

„Daß ich dich auch einmal zum Verbündeten habe gegen die Gesetze des Kaisers, Truda, das freut mich! Das ist es mir wert, deinen Kerker ganz ausräumen zu lassen. Diesem Spuk muß ein Ende gesetzt werden. Der Marburger ist im Kopf krank. Meine arme Tante Elisabeth von Thüringen hat er auch schon verrückt gemacht, sie legt sich zu den Leprösen ins Bett und küßt die Schorfe der Aussätzigen.“ Er erregte sich immer mehr. „Kürzlich war die Solms bei mir und erzählte, daß zwei verdächtige Dominikaner ihr Haus beobachteten. – Schluß damit!“

Kopfschüttelnd, erneut grinsend, ging er um mich herum, als wäre ich ein Ausstellungsstück auf dem Jahrmarkt. „Eine Truda im Büßerhemd! Ich hatte nicht gedacht, daß mir einmal dieser Anblick zuteil wird. Ein Wunder eigentlich, daß sie nicht mit der Schere in deinen Haaren gewesen sind. – Wenn du satt bist, laß dich ins Bad führen, und ein paar Lederhosen und ein Koller werden sich finden, damit du rumlaufen kannst, wie du's gewohnt bist. Himmel, der Marburger wird platzen vor Wut, wenn er erfährt, daß du ihm vor der Nase weggeschnappt wurdest ...“

„Warum hast du deinen Kriegern Befehl gegeben, mich zu behandeln wie die Sau den Habersack?“

Auf seiner Wange erschien das Grübchen. „Je nun, ich mußte ihnen doch ihre Aufgabe ein bißchen versüßen. Sei nicht kleinlich, auf einen Nasenstüber mehr oder weniger kommt es doch nicht an, da du jetzt frei bist. Und bitte, geh ins Bad, den Kerker abzuspülen. Sonst riecht noch das ganze Haus wie Konrads Kasematten.“

„Der Kerker! König Heinrich, ich habe dein Wort, daß du die drei Frauen ...“

„Hör auf“, bemerkte er unwillig, „und geh dich waschen! Du hast mein Wort, ja doch.“

Von dem ungewohnten Essen und dem Wein war mir schlecht. Ich mußte mich an der Tischkante festhalten, als ich aufstand, und er sah nicht ohne Schadenfreude zu, an seine Säule gelehnt, schlank und geputzt, den vergoldeten Weinbecher in der Hand.

Wie lange ich schlief unter dem quastenbesetzten Betthimmel, in dem stillen Gastzimmer des Königshauses, weiß ich nicht. Als ich erwachte, ging meine erste Frage nach den Frauen im Kerker. Niemand wußte etwas zu sagen.

Schließlich, am Abend (ich durfte das Zimmer nicht verlassen, war also wieder, wenn auch auf sanftere Weise, Gefangene), kam Guntram von Graudenz, einer der Vertrauten des Königs, mit einem Stapel versiegelter Briefschaften zu mir. Ob ich mich wohl genügend erholt habe, um meinen Geschäften nachzugehen – wohlgemerkt, ohne mich wieder erwischen zu lassen, es wäre höchst unangenehm, wenn diese Schreiben in fremde Hände fielen.

Ich war matt wie eine Fliege, nach ein paar Schritten im Zimmer brach mir der Schweiß aus, aber ich bejahte. Das sei gut, meinte

Graudenz, denn der König fühle sich außerstande, mich zu beschützen, falls ich länger bliebe. Mein Ausbruch aus dem Kerker (er sagte nicht „Entführung“) errege die klerikale Partei höchlich, man habe die Majestät davon überzeugen können, daß es wenig staatsklug sei, mich noch länger zu verbergen.

Offensichtlich hatten die Räte dem König Germaniens Vorhaltungen gemacht wegen seiner allzu kecken Herausforderung der Kirche. Marburg war nun gewarnt, konnte sich denken, daß da noch einiges kommen würde. Mein Zeugnis und die Depeschen sollten zweifellos beim Kaiser vorbauen, Heinrichs Vorgehen sanktionieren.

„Ich verlasse Treysa nicht, bevor der König sein Versprechen einlöst. Sind meine drei Mitgefangenen befreit?“

„Ach, die drei“, sagte Graudenz mit unverhohlenem Ärger.

Ja, tatsächlich sei es der Majestät eingefallen, noch einmal jemanden loszuschicken. Sie fanden den bischöflichen Palast in heller Aufregung. Da man die Türen offengelassen hatte (die Schließer waren solide zum Verstummen gebracht worden), waren die beiden Kinder des Bürgermeisters trotz ihrer Schwäche und ihrer von der Folter zerbrochenen Glieder langsam fortgekrochen, wie die Schnecken ihren Korb verlassen und die Kellerwände entlangschleichen. Aber sie hätten sich verirrt in den Gängen des weitläufigen Palastes und den Ausgang nicht gefunden, und schließlich seien sie der bischöflichen Miliz genau in die Arme gelaufen. Auf dem Rückweg wären auch die Kaiserlichen noch auf die Miliz gestoßen und hätten sich mit knapper Not fechtend zurückziehen können. Man habe sie erkannt, und die Kanzleiarbeit eines ganzen Tages bestehe nun in der Herausgabe von Dementis und Ergebenheitsbezeigungen. Ja, natürlich befänden sich die Mädchen wieder im Gefängnis. Die alte Kräuterhexe sei sowieso schon tot gewesen.

Der Schmerz fuhr in mich mit tausend Messern, und trotz meiner Mattigkeit packte mich der Zorn. Fluchend schwur ich, daß ich, wäre ich nur in leidlichem Zustand, mit einer Handvoll entschlossener Kerle gewiß nicht Fersengeld gegeben hätte wie die königlichen Helden, sondern die Mädchen bestimmt geholt hätte, dazu den Leib der alten Magdalis, um ihn vor der Entehrung durch den Schindanger zu bewahren. Schande über Heinrichs Mannen, die wie die geprügelten Hunde abgezogen seien . . .

Ich wurde immer maßloser in dem, was ich sagte, mir schäumte der Mund über von bitteren und wütenden Reden, obwohl ich wußte, was für ein Widersinn es war, sich vor den Ohren dieser Schranze zu erregen, dieses Herrn, der mich mit verächtlich verzogenem Mund toben ließ und nicht einmal eine Erwiderung gab vor Ekel. Aber der Klumpen in meinem Hals mußte herausgespien werden in diesen würdelosen und wilden Schmähungen. Magdalis war tot, ich wortbrüchig. Ich hatte ihr versprochen, sie in geweihter Erde bestatten zu lassen.

Erschöpft brach ich ab, saß, nach Luft ringend, auf dem feinen Bett, und Herr von Graudenz wartete ab, ob ich vielleicht weiterschimpfen wollte, ehe er mich fragte, ob ich nun bereit sei, mit den Botschaften nach Süden aufzubrechen, und ich bejahte, ausgeblutet und leer, und hatte plötzlich Heimweh nach dem Kerker.

Ich war so schwach, daß ich kaum aufs Pferd kam, das sie mir vorsorglich an einem Seitenausgang bereitgestellt hatten, und von Zeit zu Zeit ließ ich mich vornüber sinken und hielt mich am Pferdehals fest. Unbehelligt verließ ich das Marburger Gebiet. Man errichtete überall Scheiterhaufen für die Ketzer. Meiner hätte gewiß dabeisein können. Nun ritt ich dahin in Schwäche und Verzweiflung, jeden Augenblick gewärtig, daß sich wieder jemand hinterrücks auf mich stürzen würde, meine Arme fesseln, mir ein Tuch in den Mund stopfen, wie es auf dem Marktplatz von Marburg geschehen war, als ich versuchte, das Lied zu singen, weil es dort so still war, so eisig still.

Dabei, es ist so ein schöner, sonniger Tag, leichter Wind weht die Fliegen fort, die sich dir sonst aufs Essen setzen, und der Platz ist keineswegs leer, durchaus nicht. Aber es scheint, als spräche keiner. Sind mir denn die Ohren zugegangen? Da verkauft man Hühner und Kirschen und bietet sie nicht feil, der Bäcker ruft seine Striezel nicht aus, und der Metzger preist seine Kalbskeule nicht an. Die Leute huschen aus den Gassen hervor und überqueren den Platz, nachdem sie sich vorher umgesehen haben, als seien sie Ratten, die jedermann totzuschlagen beabsichtigt.

Und was da um mich herum an den Wirtshaustischen sitzt, senkt seine Nase trübsinnig in den Bierkrug, ohne zum Nachbarn hinzusehen. Keiner erzählt eine Schnurre, niemand lacht, und vor allem, niemand singt. Gibt es denn keine Themen mehr, sich darüber aufzuhalten, weder die Ernte noch die Steuern? Es ist klar, daß sie Angst haben, aber wovor denn bloß? Voreinander?

Der Wirt sieht mich scheel von der Seite an, wenn ich laut nach einem zweiten Becher Wein verlange, und die neben mir rücken ein

Stück beiseite. So was ist mir noch nicht vorgekommen. Ich war doch vor einem halben Jahr hier, im Winter, da klang die Luft von Schlittenglocken und den heiteren Rufen der Kinder, man wärmte sich die Finger am Feuer, erzählte sich den neusten Tratsch und lachte. Es müssen doch dieselben Leute sein! So daß ich es denn einfach ausprobieren muß, was das bedeutet, es entrüstet mich zu sehr, und immer lauter werdend, versuche ich die Leute anzureden: „He, wovor habt ihr Angst? Warum sprecht ihr nicht?" Und lache, rufe, bis ich schließlich aufspringe, nach Art der Reitersknechte in den Herbergen mit einem Fuß auf die Bank, mit dem anderen auf den Tisch trete, die Augen schließe und eins der frechen alten Lieder von Walther singe.

„Wo Kräuter gut gewachsen sind / in einem grünen Garten / da lasse sie ein kluger Mann / nicht ohne gute Hut. / Er mag sie schützen wie ein Kind / nach ihren Eigenarten / das regt die Lust des Herzens an / und leiht ihm hohen Mut. / Sprießt Unkraut in den Beeten / so muß er kräftig jäten ..."

Weiter komme ich nicht, denn eine Hand packt mich am Ellenbogen und zieht mich herunter, und ich denke immer noch, einer knurrt mich an, ich solle das Maul halten, dann könnte ich ihn fragen: Warum? Aber da ich die Augen aufmache, sind es Bewaffnete.

Es ist keinerlei Überlegung dabei, daß ich meinen Dolch ziehe – auch ein Stier senkt die Hörner, wenn die Hunde auf ihn losgehen. Erst als ich überwältigt und gefesselt bin, kommt mir der Gedanke, daß es vielleicht glimpflicher abgegangen wäre, wenn ich mich nicht gewehrt hätte. Vielleicht hatten sie neue Gesetze gegen Fahrende, und man hätte mich bloß aus der Stadt gejagt.

Daß nicht die Stadtwachen, sondern die bischöfliche Miliz mich ergriffen hat, verstehe ich erst, als ich die Anklagen gegen mich höre: Ketzerei, Ausübung von Zauberkünsten und Gotteslästerung wirft mir da ein blaßgesichtiger Dominikaner vor, da ich doch erwartet hatte, vom Stadtschreiber auf Landstreicherei, Singen aufrührerischer Lieder und Widersetzlichkeit angeklagt zu werden. Und auf diesem verfluchten Marktplatz muß man von vornherein gewußt haben, was mir bevorsteht, ja, wahrscheinlich ist einer der guten Leute hingegangen und hat mich angezeigt.

Sie durchsuchen mich höchst gründlich, aber ich habe zum Glück meine Briefschaften schon am Tag vorher auf Treysa abgegeben und warte darauf, andere Aufträge weiterzuleiten, deshalb habe ich nichts bei mir, was verräterisch wäre. Und so nehmen sie mir denn meine „sündhaften" Männerkleider fort, stecken mich in ein Büßerhemd und werfen mich in einen der Kellerräume des bischöflichen Palastes, in dem ich noch drei Frauenzimmer vorfinde, ein sehr altes und zwei sehr junge.

Es fiel mir eine ganze Weile sehr schwer, zu begreifen, in was ich da hineingeraten war. Im Norden Italiens hatte es seltsame Dinge gegeben; schwärmerische Laienprediger, gegen die der Poverello Francisco gar nichts war, hatten die Gemeinschaft aller Güter verkündet und versucht zu leben, als gäbe es keine Herren auf der Welt, und ein bißchen war von dieser Bewegung wohl auch über die Alpen gedrungen. Der Papst hatte Konrad von Marburg zum Großinquisitor gegen die „Ketzerei" eingesetzt, und er und seine Dominikaner waren wie ein paar Hunde auf der Spur des Wildes. Die Ketzergesetze des Kaisers kamen ihnen dabei ungemein zupaß. Und ich war direkt in das Nest der Ketzerjäger gefallen.

Der finstere Konrad war höchst gründlich. Er sah endlich die Gelegenheit gekommen, mit allen unliebsamen Figuren seiner Umgebung aufzuräumen und reinen Tisch in Germanien zu machen. Er und seine Hetzhunde liebten das Geld zu sehr. Sie wagten sich an immer reichere, immer höhergestellte Personen, um deren Leib auf den Scheiterhaufen zu bringen und ihr Vermögen zu konfiszieren. Das wurde ihnen schließlich zum Verhängnis.

Die Frauen, die mit mir zusammen in dem feuchten, stinkigen Kellerloch lagen, sah ich nur, wenn der Schein der Fackeln in unser übrigens winzigkleines Verlies drang, weil jemand zum Verhör geholt wurde. Ich hörte nur ihre Stimmen und wußte, wie sie sich anfaßten: Magdalis, die alte Bäuerin aus dem Vorwerk, die mit ihren Kräutern und Sprüchen die Kranken so vortrefflich heilte, daß sie dem Arzt des Bischofs wegliefen, wurde auf Veranlassung dieses Mannes der Zauberei angeklagt. Ketzerische und heidnische Umtriebe warf man den beiden Kindern, Friderun und Jeschute, vor, Mädchen von zwölf und vierzehn Jahren, den Töchtern des Bürgermeisters, der beim Bischof Protest eingelegt hatte, daß in den Ketzerprozessen seine Stadtgerichtsbarkeit übergangen werde. Die Mädchen hatten wie viele junge Leute aus der Stadt an einer Sonnwendfeier vor den Toren teilgenommen, wie jedes Jahr. Man hatte alte Lieder von Freya, der Huldin, und dem hellen Balder gesungen und war übers Feuer gehopst mit Jauchzen und Schreien. Aus der großen Zahl der Teilnehmer an diesem unschuldigen Fest waren nur sie beide von der bischöflichen Miliz festgenommen worden.

Die Kinder waren gefoltert worden und hatten, wie es nicht anders sein konnte, alles gestanden, was man ihnen vorsagte. Trotz alldem zog man sie immer wieder zu Befragungen aus dem Kerker, deren Protokolle man jedesmal ihrem Vater zuleitete, „um seine Befugnisse nicht zu übergehen". Ich weiß bis heute nicht, ob man ihn mit seinen Töchtern erpressen wollte, noch wozu, oder ob es nur ein Akt der Rache des finsteren Konrad war, ob die Mädchen tatsächlich zum Feuertod verurteilt wurden oder ob es dem Vater gelang, sie, wie auch immer, freizukaufen.

Zu der Zeit, als man mich als vierte in den Keller steckte, waren die Kinder bereits wochenlang eingesperrt. Sie waren halb irrsinnig, wimmerten, heulten, beteten und sangen, und ihr einziger Trost war, daß sie sich aneinander festhalten konnten.

Die alte Magdalis war bereits so schwach, daß ich sie tränken und füttern mußte. Deshalb holte man sie nicht mehr zum Verhör – man nahm wohl an, daß sie den Befragern unter den Händen sterben würde. Sie zum Scheiterhaufen zu schicken war nicht möglich. Sie hatte nichts gestanden. Mit zerquetschten Daumen und gebrochenen Füßen, von Feuerbränden versengt, ließ sie sich nicht bewegen zu sagen, ihre Kunst sei teuflischen Ursprungs, noch heile sie die Kranken durch Zauberei, sondern sie blieb dabei, daß alles mit rechten, christlichen Dingen zugegangen und ein Werk der Kenntnis, nicht der Magie gewesen sei.

Mich holte man viermal hinauf, nächtens in eine Kammer voller Geräte der peinlichen Befragung, die mir das Herz in der Brust erzittern ließen, aber man unterwarf mich keiner Tortur, sondern verhörte mich nur, abgesehen davon, daß mich die Schergen der Dominikaner ins Gesicht schlugen, wenn ihnen meine Antworten nicht gefielen, an den Haaren rissen oder in den Bauch traten. Natürlich wußten sie, wer ich war, und sie wußten auch, daß König Heinrich wußte, wo ich steckte. Es war wohl so ein Spiel: Eine kaiserliche Botin, die es offiziell nicht gab, verschwand vom Erdboden. Nachfragen der Kanzlei nach dieser suspekten Botin hätten staunende Empörung beim Bischof ausgelöst: Was denn diese Fahrende für eine Rolle spiele? Es war eine Frage der Zeit, wann der König etwas zu unternehmen gedächte. Der Imperator war weit, und die Ketzergesetze die seinen. Vielleicht würde ich auch schon verfault sein, ehe eine Intervention kam.

Zeit war meßbar an dem Napf mit gekochtem Weizen und dem Krug Wasser, der uns, so dachten wir, jeden Tag in den Moder gestellt wurde. Die Mädchen wimmerten leise vor sich hin und redeten unsinniges Zeug. Ich weiß nicht, wie lange ich da unten war. Es war der beste Ort der Welt, den Verstand zu verlieren, und wahrscheinlich hätte ich irgendwann versucht, mich bei einem Verhör töten zu lassen, man kann sie ja schnell reizen. Wer mich am Leben erhielt, war Magdalis.

Es war am zweiten oder dritten Tag dieser Gefangenschaft, man hatte mich befragt und ein bißchen geprügelt, ich lag in dem dunklen Dreck und heulte vor mich hin, fast schon so wie die Kinder, als sie mich anredete: „Frau, so darfst du nicht sein." Ihre Stimme hatte etwas Geisterhaftes, aber bei aller Kraftlosigkeit war ein solcher Klang von Würde in ihr, daß ich aufhorchte. Und sie fuhr fort: „Von allen, die wir hier sind in diesem Keller, kannst nur du vielleicht bestehen. Nicht weil du stärker bist als wir – das kann sich schnell ändern –, sondern weil du dich wehrst, wenn sie dich holen. Ich habe dich angesehen dabei, und ich glaube, du wirst nie aufhören, dich zu wehren, solange ein Atemzug in dir ist. Ich werde sterben in diesem Verlies. Aber wie alle guten Hexen muß ich vor meinem Tod versuchen, die Kunst weiterzugeben, wie ich sie gelernt habe von denen vor mir. Ich will versuchen, so lange am Leben zu bleiben, bis du das Wichtigste weißt."

Ich verstand nicht recht, was sie meinte, aber sie sagte fast streng: „Rücke zu mir. Höre. Willst du es erfahren?"

„Ich will", murmelte ich, „aber ..."

„Du wirst leben", sagte sie bestimmt. „Ich aber bitte dich um eins. Wenn es dir gelingt, zu entkommen, wie auch immer, so suche zu erlangen, daß mein Leib in geweihter Erde zu liegen kommt. Ich bin eine gläubige Christin und will im Tode vereint sein mit all meinen Kindern, Eltern und Verwandten und mit denen, die ich sonst liebte, im Schoße des Herrn."

Ich versprach es, ganz und gar zweifelnd daran, daß es möglich sein sollte, jemals diesem Verlies zu entfliehen.

Sie aber begann: „So tut man gegen Blutfluß: Man brüht Hirtentäschel, Schafgarbe und Sauerklee, frisch gebrochen, zu gleichen Teilen. Und wenn man die Wunde behandelt, so spricht man: Christ wurde verwundet / da wurde er heil und auch gesund. Das Blut blieb stehen. So tu auch du, Blut! / Und dreimal amen und drei Vaterunser. Nun sprich mir nach!"

Und ich tat es.

So saßen wir, die sterbende Alte und ich, uns aneinander festhaltend, Tag um Tag und Nacht um Nacht, und sie flüsterte mir die Sprüche und die Kräuter mit schwindenden Kräften zu, und ich prägte sie mir ein in Dunkel und Gestank: uralte, vergessene Worte von den vergangenen Göttern: Donerdutigo! Gütiger Donar. Da quam des Tiufeles sun uf adames bruggon und sciteta einen stein ... gegen die Fallsucht ... Bärlapp, Natterkopfwurzel, Arnika, Seeblume ... Krist ward geboren ... Wodan ward geboren ... ben ze bene ... Melisseblätter, Rainfarn, Graswurz gegen das Fieber ...

Selbst immer schwächer werdend, hielt ich mich aufrecht an den Sprüchen, lernte, wankte die vier Schritte zwischen unseren glitschigen Wänden: Dietewigo, Allgütiger, gegen die Schwäche des Leibes, Tausendgüldenkraut ...

Dann, als sie starb, holten sie mich heraus.

„Ruhm und Ehre dir, König Heinrich", sage ich, uneingedenk der Bosheit, mit der er damals meine Befreiung in Szene setzte, „denn du schrittest ein gegen das Wüten des Marburgers!"

Er schürzt die Lippen, sieht mich zweifelnd an, aber seinen Augen merkt man an, daß er sich freut. „Was du mir da als Ruhm und Ehre anrechnest, das war einer der Fäden, aus denen man mir den Strick drehte. Diese wahnsinnigen Ketzeredikte! *Er* und der große Pietro haben sie in Melfi ausgeheckt. Aber das ist sein Ton: ‚... daß sie bei lebendigem Leibe vor aller Augen verbrannt werden, und nicht soll Uns schmerzen, daß Wir hierbei so verfahren nach ihrem eigenen Wunsche!' Niemals hat jemand der Kirche eine so feine Waffe in die Hand gegeben. Zwei Hoftage mußte ich einberufen, um die Sache in Ordnung zu bringen. Nach dem ersten erschlugen sie den Konrad von Marburg kurzerhand – damit war man ja in Germanien immer fix, und ich mußte zusehen, daß ich die Legalität herstellte, bevor die Verfolgten zu Verfolgern wurden und die Dominikaner auf ihren eigenen Scheiterhaufen brannten. Mit dem großen Friedensgesetz von 1234 übergab ich dann die Ketzerfrage ordentlichen weltlichen Gerichten. Ohne Zustimmung des Kaisers."

„Aber er tat in diesem Fall nichts, deinen Erlaß rückgängig zu machen."

Nun ist unverhohlener Spott in seinem Blick. „Truda, warst du nicht bei ihm gewesen? Du warst zweifellos in der Lage, ihm das Ungemach bischöflicher Kerker höchst eindrucksvoll vor Augen zu führen."

„Weißt du, Truda", sagt er vertraulich, „ich glaube, eigentlich konnte man mir gar nicht soviel zur Last legen. Ich hatte auf eigene Faust Politik gemacht – nun gut, das war Familienerbteil. Meine Unternehmungen waren von Glück und Erfolg begünstigt, und das Reich profitierte manchmal sogar davon. Aber was *er* mir nicht verzeihen konnte, war, daß ich versuchte, eine Hofhaltung ähnlich der seinen einzuführen. Dabei, es war ja alles sehr bescheiden. Hatte ich etwa einen Harem ungläubiger Weibsbilder oder er? Ich unterhielt ein paar Mätressen, zugegeben, aber jede saß hübsch für sich allein auf einer Burg, ich versammelte sie in den seltensten Fällen auf den Pfalzen.

Daß ich mich mit Sängern und Dichtern umgab und selber Lieder machte, konnte er mir schlecht zur Last legen; ich hatte das Vorbild vor Augen. Und meine Lieder waren nicht schlecht, oder? Du sagst es selbst. Wer weiß, vielleicht neidete er mir die kleinen Erfolge?" Er lacht bösartig auf. „Aber so richtig ging der Ärger los, als ich versuchte, Margarethe loszuwerden. Ich hatte ja schließlich meine Pflicht erfüllt, es gab zwei Söhne. Hätte er nicht zustimmen können, daß ich mir jetzt die Agnes von Böhmen holte? Und was war schon dabei, daß ich ihr drei oder vier Briefe geschrieben und um sie geworben hatte? Alles war im Grunde nur, weil er Margarethe die Mitgift bezahlt hatte."

„Wer – wie – welche Mitgift?" frage ich verwirrt.

„So besonders hörst du nicht zu, was?" gibt er gereizt zurück. „Ich bilde mir ein, daß ich dir erzählt hätte, daß der Österreicher das Geld für die Mitgift seiner Tochter nicht aufbringen konnte oder wollte und sich die Summe vom Kaiser hatte vorstrecken lassen. Natürlich dachte er nicht ans Zurückzahlen. Wozu auch. Ich fand es wie er recht und billig, daß *er*, der mir diese Frau besorgt hatte, sie auch aussteuerte. Und ich hatte ja auch brav ausgehalten, schon über sechs Jahre. Aber die Agnes – nein, bloß nicht. Überhaupt nichts für mich. Gar nichts."

„Heinrich!" mahne ich leise.

Er sieht mich wieder verängstigt an. „Jetzt kommt Cividale, nicht?" fragt er.

„Bevor Cividale kam, hast du die Fürsten beschenkt."

„Beschenkt? Ich habe sie nicht beschenkt. Ich haßte sie immer. Sie haben mich erpreßt. Auf einmal waren sie alle einig gegen mich, alle nahmen mich in die Zange in Frankfurt auf dem Hoftag wegen der Begünstigung der Städte, wegen ... Ich dachte, wenn ich es tue, würde ich sie endlich los sein. Ich weiß, es war schädlich, den weltlichen Fürsten das zu gewähren, was sich die geistlichen gerade ertrotzt hatten ..."

„Und mehr."

„Mehr? Nun ja doch, es war mehr. Der König hatte Münz- und Gerichtsrecht verloren auf dem fürstlichen Gebiet, durfte keine Städte gründen. – Wozu erzähle ich dir das?" Er lacht auf. „Ich habe so vieles widerrufen müssen. Wenn es so schädlich war, warum konnte nicht auch *er* dies widerrufen auf dem Hoftag in Cividale? Es wäre das einzige Mal gewesen, daß ich ihm dankbar gewesen wäre für eine Umkehrung meiner Politik. Aber nein, er brauchte sie ja, die Herren, die ich nicht gebrauchen konnte. Sie mußten beim Papst um gut Wetter bitten und ihm Truppen schicken wider die Lombarden.

Nach Ravenna war ich geladen worden – und war nicht gegangen. Nach Cividale wurde ich befohlen. Warum hätte ich gehen sollen? Ich war der deutsche König. So versuchte ich, mich den spähenden Augen zu entziehen. Die Wälder waren tief."

„Meinst du, du hast dich versteckt?"

„So ist es. Ich habe mich versteckt, und wenn du glaubst, daß es aus Feigheit geschehen ist, so kann ich dir nicht widersprechen, nur sagen, daß man das auch anders nennen kann: Vorstellungskraft und Vorahnung rieten mir, die Begegnung zu meiden. Ich ging in die Wälder. Es reichte, wenn mich die heischenden Boten des Herrn nicht vorfinden würden."

„Ich kann dich nicht verstehen."

„Warum nicht? Sieh, im Morgengrauen verließ ich die Pfalz, angetan mit Kleidern, ähnlich denen, die du nun an mir siehst, bewaffnet nur mit Armbrust und Dolch, und mit mir kam nur Botenlauben, jener unter den Dichtern, der mir am liebsten war. Warum sollte nicht wenigstens einmal im Norden gehen, wovon in den Geschichten des Südens soviel die Rede war, daß sich nämlich die Herrscher eines Landes unerkannt unters Volk begaben? Auch erinnerte ich mich ..." Er streicht sich über die Stirn. „Nein, ich erinnerte mich an nichts. Woran auch? Meine Kinderzeit war weit.

Ich ritt mit Botenlauben einen halben Tag, ohne daß ich wußte, wohin – wie sich später zeigte, wußte er es sehr gut, und wie in den Kindergeschichten, wo sie Erbsen ausstreuen, um den Weg zu markieren, hatte er Zeichen an die Bäume gemacht, damit man uns auch ja fände. Vielleicht wäre ich sonst noch heute in den Wäldern verschollen, und man würde Geschichten von mir erzählen wie, daß ich in einem Berge sitze und schlafend den Tag meiner Rückkehr abwarte.

Mir war so wohl wie lange nicht. Ich beneidete die fahrenden Sänger, ja sogar Leute wie dich, um ihr Leben – ungezwungen, frei, nur sich selbst verantwortlich.

Gegen Mittag machten wir Rast und aßen von unseren mitgebrachten Vorräten, und dann legte ich mich auf meinen Mantel und schlief ein in der Sonne. Mir träumte aber, ein weißes Schlänglein mit einer silbernen Krone auf dem Haupt kam zu mir und zischelte in mein Ohr, was ich nicht verstand, und sah mich dann an mit klugen Augen, und danach verschwand es in einer Felsspalte zwischen dem Blaubeerkraut. Als ich aufwachte, gedachte ich des seltsamen Traumes und untersuchte den Fels hinter mir. Tatsächlich war da die Spalte, so breit, daß sich ein Mann hindurchzwängen konnte, und drin konnte man sich aufrichten und im Dunkel stehen.

Ich rief den Botenlauben, daß er mir folge und eine Fackel entzünde, und wir drangen weiter vor ins Innere der Erde, immer tiefer, die Felswände glitzerten seltsam. Nach einiger Zeit aber ging es noch steiler abwärts, so daß dem Botenlauben fast das Licht erloschen wäre beim Klettern. Dann jedoch standen wir in einer weiten Halle, und niemals in meinem Leben habe ich so etwas Schönes gesehen wie das, denn es war, als hätte der Fels sich in zarteste Spitzen verwandelt, und dünne Säulchen, mächtige Pfeiler, durchbrochenes Maßwerk wie im schönsten aller Dome beleuchtete unsere Fackel und ließ es im Wunderglanz von Kristallen, Gold und Silber erstrahlen. Und ich dachte: Wahrlich, der Herr Laurin, König Unter dem Berg und Meister der Zwergenwelt, hat einen Palast, um den ihn jeder Imperator beneiden würde. Hierher werde ich ziehen als in mein zweites Königreich, in dies Andere Germanien, wenn alles vorbei sein wird.

Was ich aber damit meinte, verstand ich selber nicht. Ich gebot meinem Begleiter, gegen jedermann davon zu schweigen, und wir gingen zurück und löschten draußen die Fackel und waren still und nachdenklich bis zum Abend. Und manchmal in meinen Träumen vermischt sich die Erinnerung an meine Agnes wundersam mit der an die Halle unterm Berg, und ich denke, daß ich ihr da begegnen könnte, leiblich oder als Geist, und bedaure, daß ich *ihm* nichts davon erzählt und ihn gebeten habe, mir das dort unten als Gefängnis zuzuweisen, auf ewig begraben unter meinem Land.

Damals aber holte man mich listig zurück mit der Stimme der Liebe: Man schickte meinen Bruder Enzio nach mir aus, dem ich nichts abschlagen konnte, und der Knabe bat, ich möge doch nach Süden gehn zum Vater und ihn mitnehmen, und ich tat es, und man entriß mir auch ihn, der sonst nur Gast gewesen war in Apulien, und untersagte ihm, an meinem Hofe zu sein.

An jenem Tag aber, da er so liebreich an meinem Hals hing, dachte ich: Ob ich ihm die Herrlichkeiten im Schoße der Nacht zeige? Aber gleichzeitig mahnte mich eine Stimme in meinem Innern, dies Kind des Lichts und der Lüfte nicht mit den Abgründen vertraut zu machen, einem Reich, das vielleicht nur meins war, und ich verriet dem Falconello nichts. So blieb mein zweites Land allein in meinem Wissen bewahrt, denn Botenlauben fiel ja in den Kämpfen gegen die Kaiserlichen, und jetzt, wenn ich durch den Staub und die Hitze dieses fremden Reiches dahinreite, ist mir der grüne Wald über den Hallen aus Stein genauso märchenhaft wie diese, und auch, daß ich im Kleid eines Bauern aus Schwaben dort gestanden habe, ein König ..."

Er bricht ab, wieder wechselt sein Gesicht sehr schnell die Farbe. Ungeduldig treibt er sein Pferd an. Das Eisenzeug der Begleiter klirrt.

„Nein, ich werde dir nichts von Cividale erzählen. Ich hatte dort zwei Eide zu schwören, oder waren es drei? Jedenfalls besagten sie alle dasselbe. Ich bat für mich den Kaiser um Ächtung, den Papst um den Bann und die Fürsten um die Abwählung, falls ich mich jemals wieder gegen Kaiser und Reich ungehorsam zeigen würde." Er beginnt plötzlich zu lachen. „Dabei, das hatte ich ja noch gar nicht getan! Das kam ja alles erst noch! Das wurde doch erst richtig schön! Erst nachdem er mir diesen Knebel in den Mund und diese Fessel um die Füße gelegt hatte, konnte ich überhaupt rebellieren! Denn vorher – sollte mir erst einmal einer nachweisen, daß ich im Unrecht war! Ich war gewählter Römischer König, und daß meine Maßnahmen staatsrechtlich mit denen des Königs beider Sizilien kollidierten, das konnte mir nicht einmal so ein Fuchs wie Hermann von Salza oder dieser andere Wichtigtuer, de Vinea, nachweisen. *Er* jagte mich in die Falle, und er mußte mich gut genug kennen und wissen, daß ich es nun tun *mußte*. Ich war kein Duckmäuser wie der kleine Konrad. Ich mußte mich gegen *ihn* beweisen und dran kaputtgehen."

„Aber du hast diese Eide geleistet im Bewußtsein, daß ..."

„Truda!" unterbricht er mich, fast schreiend. „Verstehst du nicht!

Wir standen uns gegenüber! Er sah mich an mit den Augen, die ich kannte und die ich nicht kannte, dieser veränderte Mann, dem ich zu entfliehen wünschte nach Hause, so schnell wie möglich, und er ließ mich nicht fort ohne das!

Als ich den Hoftag verließ, dachte ich, ich würde mich in keinem Spiegel wiedererkennen. Es wird von Leuten berichtet in Germanien, die nach dem Anblick eines Oger oder eines anderen Ungeheuers in den nachtschwarzen Wäldern heimgekommen waren mit völlig weißen Haaren, entstellt vor Entsetzen. So, meinte ich, müßte ich aussehen, und fand mich doch ganz unverändert und sogar in der Lage, Lieder zu singen und Frauen zu umarmen. Aber ich war in der Falle, Truda. Ich war in der Falle."

Ich spüre, daß er es so erlebt haben muß. Und in der Tat, wenn ich an die wahnwitzigen Unternehmungen der nächsten zwei Jahre denke, dies Hin und Her von Aktionen und Reaktionen, von Erlaubnissen und Widerrufen, von kleinlichem Gezänk und törichter Aufsässigkeit, so erinnern sie mich an das verstörte Hinundherfahren eines Tiers im Kreis der Treiber, das sieht, wie sich das Netz um sein Versteck immer enger zusammenzieht.

In Regensburg versucht er einen Bischof gegen die Wahl des Domkapitels einzusetzen und muß ihn auf Intervention des Papstes wieder abberufen. Als ihn die Bürger dafür anklagen, bietet er ihnen an, sie sollten sich in seine Gnade durch eine größere Summe wieder einkaufen, andernfalls würde er ihr Vermögen konfiszieren.

In Worms werden erst Privilegien gewährt, dann widerrufen, dann wieder gewährt, bis die geplagte Bürgerschaft endgültig beschließt, nur noch den Kaiser und nicht mehr den König anzuerkennen – worauf eine Belagerung beginnt.

In Metz stärkt er die Bürger, schließt ein Bündnis mit dem eben noch von ihm bekämpften Straßburg ab, weil die Stadt einen Rechtsstreit mit dem Imperator hat, erpreßt ein paar Grafen, deren Streit er als oberster Richter schlichten soll, um Tausende von Mark und läßt sie Geiseln stellen.

Endlose Fehden erschüttern das Land. Alle, die beim König ihre Sache nicht durchsetzen konnten, versuchen nun, sie mit der Waffe zu erlangen. Heinrich tut munter mit. Unter dem Vorwand, die kaisertreuen Grafen Hohenlohe hätten Raub verübt, läßt er ihre Burgen zerstören und muß ihnen dann auf väterliche Anordnung Schadenersatz leisten.

Die armen Bürger von Verdun erhalten folgendes königliche

Schreiben: „Ihr Bürger habt ein in Aachen erhaltenes Privileg vorgewiesen, in dem Euch städtische Rechte, die Euer Bischof und seine Vorgänger besaßen, zugesprochen, diese Rechte als Unseren lieben Fürsten dadurch verringert und entzogen werden, was Wir doch keineswegs bezweckten. Da Wir jetzt erkannt haben, daß ein solches Privileg nur infolge der Zudringlichkeit der Bittsteller und Unserer Überbürdung durch Geschäfte wider die Ehre des Reiches und wider die Treue, durch die Wir Unseren Fürsten verbunden sind wie Uns selbst, verliehen wurde, übersenden Wir Euch eine Urkunde, durch die jenes Euer Privileg, sofern es verdient, ein Privileg genannt zu werden, deutlich widerrufen wird ..."

Ach, arme Stadt Verdun! Armes Land und armer Heinrich, gehetztes Wild im Garn; zu stolz und ehrgeizig, um nicht zu handeln, zu töricht, um recht zu handeln!

Und die geharnischten Schreiben aus dem Süden häufen sich, und Justingen bastelt die Rechtfertigungsbriefe, mehr oder weniger geschickt, lau und windig wie eine verfrühte Sommernacht im April, denn jeder weiß, es gibt noch mal Frost. „Politik der Maske" den scharfen Augen in Apulien gegenüber, den durch hundert Zuträger verstärkten Ohren, der unerbittlich zupackenden Hand! Welch ein unsinniges Unterfangen.

„Was geschah weiter, Heinrich?"

„Ach, Kleinigkeiten. Am 5. Juli 1234 wurde ich auf väterlichen Rat hin vom Papst gebannt. Sie hatten einige Mühe, die Sache in Germanien verkünden zu lassen, so ganz ohne Einfluß war ich denn doch nicht. Und nun ging es auf das Ende zu. So oder so. Als der Bann ausgesprochen wurde – übrigens wegen meines von dir so hochgerühmten Einschreitens gegen die Ketzergesetze, Truda! –, fühlte ich mich erleichtert. Endlich offenes Spiel! Aber Justingen riet mir zu, noch eine Weile mit verdeckten Karten zu arbeiten. Wir verfaßten Rechtfertigungsschreiben und Entschuldigungsbriefe, wie wir's nun schon gewohnt waren, und betrieben das Gegenteil. Ich brauchte jetzt Verbündete um jeden Preis, und mir war gleichgültig, ob es die alten Feinde waren oder nicht. Privilegien, Schenkungen, Versprechungen mußten sie alle binden. Der Süden des Landes sollte eine starke militärische Bastion gegen die Alpen sein, damit ich endlich ungestört mein Reich verwirklichen konnte.

Vielleicht war ich ein Narr, daß ich annahm, sie würden sich an ihre Zusage halten, die überstolzen Fürsten, noch vorgestern meine Gegner, die empfindsamen Ritter und Herren, die wankelmütigen

Städte. Aber wenn wir zusammen saßen auf dem Trifels, dem uneinnehmbaren, über unseren Reichskleinodien, wahrhaftig, so dachten wir, es würde uns gelingen mit diesem Land – es frei zu machen von der Abhängigkeit zum Süden, der ihm das Blut aus den Knochen sog und für den Norden nicht mehr Liebe hatte als eine Spinne für ihr Opfer.

Es gab die ersten Kämpfe gegen die Kaisertreuen. Wir waren siegreich. Ach, wie wir lachten und träumten damals! Weder Papst noch anderswer sollte uns je wieder über die Alpen kommen. Agnes von Böhmen würde meine Königin sein und ..."

Dies irae

„Oh, wir standen nicht schlecht da, wahrhaftig nicht", sagt Heinrich. Auf seinen Wangen liegt eine ungesunde Röte. „Die Städte waren auf unserer Seite – oder doch viele Städte. Ich konnte den ganzen Süden gegen *ihn* abriegeln. Ich tat es. Truda, was wollte er mit Germanien? Es war nicht sein Land. Italien lag ihm am Herzen, der Norden hatte nur das Heer zu stellen für die Kämpfe, die er da unten führte. Er liebte hier nichts. Warum konnte er es nicht lassen, sich in meine Angelegenheiten zu mischen? Ich war der König der Deutschen. Und eigentlich, weißt du, eigentlich glaubte ich, er würde mich lassen. Ich war exkommuniziert, geächtet, gebannt, verflucht – alles, wie es sein mußte, gut, gut. Konnte es damit nicht sein Bewenden haben? Er hatte doch genug zu tun mit seinem Südreich. Später, wenn er gesehen hätte, daß es gut ging, was ich wollte, hätten wir uns versöhnen können, ein Fürst dem anderen die Hand reichen ..."

„Ein Fürst dem anderen, dein Vater und du? Heinrich!"

Er lacht. „Meinen Vater, den hatte ich schon in Cividale vergeblich gesucht. Er war es gewesen, der mit mir über die Stadtgrenze hinweg verhandelt hatte wie mit einem fremden König, nicht wie mit dem Sohn. Warum sollte ich auf einmal das Kind herauskehren? In Cividale, als ich ihn sah – ich konnte nicht glauben, daß dies eisige Gesicht dem Mann gehörte, in dessen Arme ich einst vertrauend von einer Mauer sprang und der mich auf seinem Pferd nach Hause trug, wenn ich auf der Jagd müde geworden war, ich schlief an seiner Brust, ja."

„Du hattest ein Bündnis mit den Lombarden geschlossen, seinen ärgsten Feinden."

„Richtig. Das hatte er mich selber gelehrt: Die Feinde deiner Feinde seien deine Freunde."

„So war er denn dein Feind?"

„Ja, denn er wollte mein Reich."

„Herrschbegierde und Übermut, so schrieb er, haben dich getrieben. Hatte er nicht recht?"

Heinrich lacht, bis ihm die Augen voll Tränen stehen. „Herrschbegierde und Übermut, ja, er hatte recht. Wie würdest du das nennen, was ihn damals über die Alpen getrieben hat, den Puer Apuliae, ohne Heer, ohne Geld, ohne Freunde? Herrschbegierde und Übermut. Und seine Sache stand schlechter als meine."

Ich schweige. Was soll ich ihm sagen? Daß seinem wahnwitzigen, von Trotz und Inkonsequenz bestimmten Unternehmen jenes politische Augenmaß fehlte, das der künftige Kaiser damals schon hatte? Daß es sinnlos war? Es war ja vorbei. „Was wurde aus deinem Heer?" frage ich statt dessen.

Er dreht den Kopf beiseite. „Das weißt du nicht? Die deutschen Fürsten, diese feigen, bestechlichen Hunde, liefen zu dem größeren Futternapf, sobald der in Sicht kam, und die wankelmütigen Bürger liefen hinterher. Er kam über die Alpen mit aller Pracht und Herrlichkeit und brachte keinen einzigen Krieger mit bis auf die Handvoll Lancieri der Leibwache. Keinen einzigen, Truda! Dafür die Persönliche Kammer, seine sizilische Staatskasse, wohlgefüllt durch eine hohe Sondersteuer, die er dem Erbland aufgeladen hatte. Da war es leicht, ‚milte' zu üben! Dagegen kam ich nicht an, zudem hatte ich weder Magier noch Kampfleoparden in meinem Gefolge, keine sarazenischen Mädchen zogen vor mir her, keine Pfauen und Affen wurden mir nachgetragen, und auch Dromedare und Kamele waren bei mir nicht zu finden.

Ich war nur der König Germaniens und lief von Burg zu Burg, von Stadt zu Stadt, um die Einlösung der noch vor Wochen gegebenen Versprechungen zu erbitten. Ich beschwor, drohte, machte neue Zugeständnisse. Es half alles nichts. Sie gingen alle zu ihm über, zu diesem Hexenmeister mit den Verlockungen und dem Gold des Südens. Sie machten ihre Stadttore dicht vor mir, oder sie gingen ihm sogar entgegen, um ihm zu huldigen und ihn ihrer niemals wankenden Ergebenheit zu versichern.

Die Wormser vor allem, oh, wie ich die hasse. Mit welchen Wohltaten hatte ich nicht diese Stadt überschüttet – nun sagten sie mir ein kaltes Nein. Ihr Bischof Landulf war der einzige, der noch zu mir hielt. Aber er allein konnte nichts ausrichten. Ich war so rasend vor Zorn, daß ich sogar versuchte, sie zu belagern – weniger um sie zu erobern, als um sie einzuschüchtern. Es half nichts. Und wenn *er* gesagt haben soll, daß er, stünde er auf der Schwelle des Paradieses, seinen Fuß zurückziehen würde, könne er Rache an Viterbo nehmen – nun, das kann ich verstehen. Ich würde es mit Worms genauso machen.

Auf dem Trifels, wo meine Reichskleinodien lagen ..."

„Deine Reichskleinodien?"

„Die Germaniens, ja." Er bleibt unbeirrt. „Dort sammelten sich die letzten Getreuen, die Freunde um Justingen."

„Aber war Justingen denn treu, Heinrich? Hing der wetterwendische Königsmacher nicht immer seinen Mantel dahin, wo der günstigste Wind wehte? Er hatte schon einmal einen deutschen König ‚geholt' und war dafür Reichsmarschall geworden und zudem verschwenderisch belohnt worden. Nun setzte er eben auf eine andere Karte."

„Er stand zu mir. Ich mochte ihn nicht, du hast recht, Truda, wenn du ihn berechnend nennst und wetterwendisch. Aber wer von den Fürsten war nicht Geschmeiß. Er war gewandt, er half mir, ich nutzte ihn."

„Du verrietest ihn schließlich an den Kaiser."

„Ich verriet niemanden. Sie alle hatten mich verraten. Die Namen, die ich nannte, wußte *er* ohnehin. – Was willst du von mir?"

„Daß du erzählst, König Heinrich."

Wir treiben unsere Pferde weiter. Der Weg erstreckt sich endlos, weder der Stein noch der Feigenbaum sind zu sehen.

„Ich selbst empfing den Unterhändler des Herrn, den betrügerischen Hermann von Salza."

„Warum nennst du ihn betrügerisch?"

Heinrich schweigt. Dann sagt er leise: „Er machte mir Hoffnung auf Gnade. In dieser Hoffnung ging ich nach Wimpfen."

„Es heißt, du wolltest dich *ihm* zu Füßen werfen?"

„Nein. Nein und nein, Truda, das wollte ich niemals. Ich wollte ihn nur sprechen. Irgendwie hatte ich die verrückte Hoffnung, daß ich den kalten Mann mit dem maskenhaften Gesicht aus Cividale nur geträumt hatte, daß es ihn nicht gab. Daß einfach mein Vater dasein würde, der von damals, den ich kannte, offen, edelmütig, ein Ritter, ein bißchen wie mein Bruder Hans, daß wir uns umarmen würden und alles vergessen wäre, dieses ganze finstere Spiel."

„Und Germanien?"

„Germanien war mein Recht. Ich würde es nie aufgegeben haben."

„Was geschah in Wimpfen?" frage ich und unterdrücke einen Seufzer.

Heinrich muß wieder lachen. „Ich bekam ihn gar nicht zu Gesicht, verstehst du? Er geruhte nicht, mich vorzulassen. Statt dessen kam der Heimtücker Hermann mit seinem Biedermannsgesicht und seinem grauen Bart und wollte den Trifels von mir. Mein Trifels mit den Reichskleinodien! Aber doch nicht so! Da hätte man mir Sicherheiten bieten müssen, Garantien, daß ..." Er bricht ab. „Ich war ihnen in die Falle gegangen. Das begriff ich erst, als sie mir die Waffen und die königlichen Kleider nahmen. Erst konnte ich noch lachen. Am Abend, als sie mir das Essen brachten, weinte ich. Ich weinte nicht über den Verlust der Königswürde. Ich weinte über den Verlust jenes Vaters, von dem ich gedacht hatte, es gäbe ihn noch irgendwo.

Es war Juli, als wir durch das Neckartal zogen, und es regnete ununterbrochen. Ich wurde hinter dem Troß mitgeführt und ritt in einem Karree sarazenischer Bogenschützen, die kein Wort Deutsch verstanden und die sich verwundert ansahen, wenn ich Lieder vor mich hin trällerte. Hatte ich nicht Grund genug zur Freude? Durch die Hofschranzen war mir mitgeteilt worden, daß der Imperator in seiner Güte darauf verzichte, mich in Ketten legen zu lassen.

Wir zogen nach diesem Worms, das Gott verfluchen möge, und er ließ in aller Eile die Fürsten und den Hof zum Gerichtstag zusammenrufen. Größere Untersuchungen wurden nicht mehr angestellt, es hatte schnell zu gehen. Er wollte nämlich heiraten, meine ehemalige Braut Isabella von England, damit denn endgültig klar sei, wem alles gehöre, ihm oder mir. Die Braut traf gleich nach meiner Aburteilung in Worms ein, ich hatte das Vergnügen mitzufeiern, wenn auch nur indirekt, im Turmzimmer des Luginsland, wo ich gefangen saß. Ja, eh ich es vergesse: In dem Moment, als wir durch die Tore dieses verdammten Worms einzogen, kam die Sonne durch die Wolken, und von da ab schien sie ununterbrochen bis zu dieser Hochzeit. So mußte es sein.

In Wimpfen sah ich die Konkubine des Kaisers, die er gerade in Anbetracht der bevorstehenden Vermählung nach Apulien verabschiedet hatte."

„Meinst du Bianca? Ich glaube, er wollte nicht, daß sie fortging. Sie tat es, weil sie . . ."

„Mir ist das gleichgültig. – Wir trafen uns durch Zufall auf einer engen Wendeltreppe; sie wartete auf dem Absatz, um mich mit meiner Wache vorbeizulassen. Ich wußte sofort, wer sie war: eine kleine, unscheinbar gekleidete Frau von großer Schönheit – und ich machte ihr eine ritterliche Verbeugung. ‚Dame, du mußt die Marchesa Lancia sein', sagte ich galant, ‚denn niemand sonst kann so aussehen.' Sie hob ihre Augen zu mir auf und sagte ernst: ‚Gott schütze dich, König Heinrich.' – ‚Der Wunsch ist ein Segen', erwiderte ich. ‚Gott schütze auch dich und bewahre dich vor Kindern, denn die Kinder von gekrönten Häuptern haben oft nicht die gewünschten Schicksale.' "

„Wußtest du nicht, daß sie bereits zwei Kinder vom Kaiser hatte um diese Zeit?"

„Sollte ich meine Geschwister nicht kennen?"

„Was hatte sie dir getan, daß du so grausam zu ihr warst?"

„Ich verstehe dich nicht. Sie tat mir nichts. Ich tat ihr nichts. Sie litt unter ihm wie alle, denke ich. Konnte man es ihr nicht sagen?"

„Und was erwiderte sie?"

„Gar nichts. Sie sah mich an und lehnte an der Wand, während sie mich vorbeiführten. Lassen wir das. Kommen wir zur großen Feier in Worms. Ich meine nicht die Hochzeit. Ich meine das Gericht."

Er faßt wieder mit der Hand an die linke Schulter. Sein Gesicht wird feucht von Schweiß. „Laß uns einen Moment anhalten", sagt er gepreßt. „Wir sind noch nicht da. Ich kann mich noch nicht hinunterfallen lassen auf der richtigen Seite. Ich muß dir noch erzählen, wo ich dies hier, dies Übel, herbekommen habe. Es war jener Tag in meinem geliebten Worms, dieser herrlichen Stadt. Komm, es geht weiter." Er wischt sich die Stirn mit dem Ärmel ab. „Als ich befragt wurde, in welchem Aufzug ich vor ihm erscheinen wolle, forderte ich meine königlichen Kleider zurück. Das wurde mir aber nicht gestattet. Da ich denn, sagte ich, nicht im Armsünderhemd erscheinen will, wie weiland mein Namensvetter im Schloßhof zu Canossa, so will ich Hemd, Bruch und Bundschuh eines schwäbischen Bauern tragen, wie ich sie um die Burg Staufen herum gesehen habe, denn unsere Ahnen sollen Bauern gewesen sein, und vielleicht kehre ich zu ihnen und ihrer Erde zurück. So siehst du mich hier."

„Erwartetest du ein Todesurteil?"

„Ich weiß nicht. Ich glaubte an keine Gnade mehr, und sie redeten mir zu, durch bedingungslose Unterwerfung mein Leben zu retten."

„Wer redete dir zu?"

„Hermann von Salza und die anderen der Kammer. Heute weiß ich, daß es falsch war. Es wäre besser gewesen, gleich zu sterben, findest du nicht auch? Würdiger, nicht wahr. Und, Truda, als ich hineinging zu diesem Gericht, war ich zu gar nichts entschlossen. Nicht zu dem, was ich tat. Dies irae! Ach, wie schön und sonnig war er, der Tag des Zorns. Die Fenster standen weit offen, Luft und Licht drangen herein, und die Versammlung war glanzvoll genug. Als sie mich durch die Stadt brachten, die in wilder Geschäftigkeit die Hochzeit vorbereitete, zeigten die Leute mit Fingern auf mich und lachten. O könnte ich diese Stadt einäschern bis auf die Grundmauern, ihre Männer töten, ihre Knaben entmannen und ihre Weiber und Töchter in die Sklaverei verkaufen! – Ja, Truda, ich weiß. Königssprache willst du nicht von mir hören, du stehst auf *seiner* Seite.

Ich wurde also in den Saal geführt, wo sie versammelt waren – und er. Ich erkannte ihn nicht. Ich wußte, daß er es sein mußte, denn er saß als einziger, und sie standen im Halbkreis um ihn. Aber ich erkannte ihn nicht. Er war gekrönt und geschmückt, seine brokatne Dalmatica glitzerte von Edelsteinen, überhaupt ging ein großer Glanz von ihm aus – von dem, was er trug.

So richtete ich meine Augen auf sein Gesicht, während ich durch den leeren Raum auf ihn zuging, aber da war kein Gesicht, sondern eine Maske, und sein Blick war so starr wie der einer Schlange und faßte mich nicht, sondern lief immer vor mir her, als zeigte er mir den Weg, den ich zu gehen hatte. Es war ein sehr weiter Weg durch diesen Saal.

Als ich dicht vor ihm war, spürte ich, daß ich diesen starren, funkelnden und nichts fassenden Blick nicht mehr ertragen konnte, ohne zu schreien, und senkte meine Augen in der Hoffnung, daß ich vielleicht seine Hände wiedererkennen würde, die mir höchst vertraut waren, breite, kräftige Hände mit den Narben von Falken auf dem Handrücken. Aber er trug Handschuhe, die mit Diamantkreuzen und Borte besetzt waren, und Ringe darüber, und ich mußte denken, daß solche roten Handschuhe auch von Henkern getragen werden. Nur aus dem Grund, die Handschuhe nicht mehr zu sehen, aus keinem anderen, ließ ich den Kopf sinken, aber das half nichts, ich mußte auch auf die Knie, die Augen waren auf mir, erst ging ich auf ein Knie, dann, weil es unbequem war, auf beide, und nun sah ich seine Schuhe aus Saffian, verziert mit Gold, und den schweren Saum seines Kleides, und auch dieser Anblick mißfiel mir. So ließ ich mich vornüber fallen und verbarg mein Gesicht in den Händen – es kam nicht mehr darauf an.

Durch die offenen Fenster hatte sich ein Rotkehlchen in den Saal verflogen, ich hatte es schon vorher bemerkt. Es fand den Ausgang nicht mehr und flog immer im Kreis herum und stieß mit dem Kopf gegen das geschlossene Oberlicht.

Als ich so lag, waren Flug und Anprall dieses Vogels die einzigen Geräusche, die es im Raum gab, und da ich nichts Besseres zu tun hatte, zählte ich seine Runden. Er stieß einmal, zweimal, dreimal, viermal gegen das Fensterglas.

Dann wuchs in meiner Brust eine glühende Kugel und wurde zu feurigem Schmerz, der bis in die Fingerspitzen der Linken hinabfuhr, und um mich war es schwarz für eine Weile.

Als es wieder hell wurde, hörte ich noch ein anderes Geräusch. Es war ein Schluchzen. Und es bedurfte einiger weiterer mühsamer Herzschläge, bis ich begriff, daß ich selbst, der gekrönte König Germaniens, angesichts der Fürsten und Herren vor dem Imperator am Boden lag und weinte.

Und er, der Antichrist auf dem Thron, er schwieg. Da lag er, der Rebell, der Eidbrüchige, der Hochverräter, wo er hingehörte.

Ich hatte nichts anderes erwartet. Truda, nein. Dennoch, möge Gott ihm verzeihen, daß *er* mich nicht aufhob. Ich kann es nicht. Ich nicht.

Einige der Fürsten baten schließlich für mich, sie nannten das, was da geschah, eine beschämende Erniedrigung und mich einen Bejammernswerten. Ich weiß nicht, ob er es vorher mit ihnen abgesprochen hatte – jedenfalls waren es genau die Worte, die er hören wollte, ich bin sicher. Und er sagte: ‚Ihr habt recht. Beenden wir diese peinliche Szene. Er soll sich erheben.'

Sie mußten mir aber helfen, wegen der Schmerzen in meiner Seite, ich sah nichts, und sie mußten mich stützen, damit ich stehen blieb, ich wäre sonst wieder zu Boden gefallen, da unten fühlte ich mich wohl.

Und er erhob sich ebenfalls von seinem Thron, klirrend in Schmuck und Waffen, und fuhr auf mich los, rot und golden gleich dem Höllengeist, und ergoß seinen Zorn über mich. Dies irae! Ja, er war furchtbar. Aber, Truda, der Schmerz gönnte mir eine Atempause, ich stand da, nach Luft ringend und tränenüberströmt, und ich erkannte ihn wenigstens wieder.

So war er im Zorn, der ‚Sturm aus Schwaben', vor dem sie zitterten, der Mann, der einmal mein Vater gewesen war – und jetzt hätte ich erneut hinknien mögen, nur weil er für ein paar Augenblicke wieder ein Mensch war. Und als er sagte: ‚Nenne Uns nun diejenigen, die dir geraten haben, gegen Uns aufzustehen', da nannte ich, bebend vor Schmerz und vor Glück darüber, daß er mit mir redete, alle Namen, alle.

Dann geschah erneut etwas Entsetzliches. Er sah ja immer alles, hatte sicher längst bemerkt, daß in meine Zerknirschung andere Mächte wirkend eingegriffen hatten und daß das Schauspiel, zu dem ich ihm und den Großen des Reichs verholfen hatte, von einer dunklen Hand gelenkt worden war. Als ich nun so, atemlos und halbgelähmt vor Schmerz, die Namen hervorstammelte, unterbrach er sich plötzlich in seinem Zorn.

Du weißt ja, Truda, daß er das immer vermochte – wir haben es oft mit Staunen oder Lächeln gesehen (wenn es uns nämlich nichts anging) –, daß er seine Furia lenken konnte, hervorrasen lassen wie einen Gießbach oder die Schleusen schließen nach Belieben.

So jetzt, indem er plötzlich, den schrecklichen Blick höchst sachlich auf mich gerichtet (so daß ich den Kopf drehen mußte wie jemand, den das Licht blendet), also sagte: ‚Ruhig, besonnen. Komm zu dir. Man bringe Unserem Sohn einen Trunk Wasser. Setze dich, bis dir besser ist. Man helfe dem König Heinrich, daß er zu Kräften gelange.'

Und auf einmal fand ich mich denn gesetzt, auf den einzigen Stuhl im Raum – es war der seine, Truda. Sie brachten mir Wasser, und ich trank es wie betäubt, und sie warteten. Nach einer Weile fragte er: ‚Ist dir besser?', was er nicht hätte tun müssen, denn ich war die ganze Zeit in seinem Blick gewesen, ich spürte es auch bei gesenktem Kopf, und er wußte es natürlich, daß mir besser war. Da ich nickte, fuhr er leichthin fort: ‚So steh denn wieder auf', und kaum daß ich stand, brach er los: ‚Eidbrüchiger, Verräter, Aufrührer', daß mir wieder taumelig wurde unter der Wucht seiner Anklage.

Ach, Truda, ich weiß, du bist darauf aus, das, was er tat, menschlich zu nennen. Aber es war das Unmenschlichste von allem, und er selbst wußte es auch. Es war, wie wenn der Folterer für einen Augenblick die glühende Zange absetzt, um sich auszuruhn, und sein Opfer währenddessen freundlich nach dem Wohlergehen von Frau und Kindern fragt.

Das Jüngste Gericht wurde zum Theaterstück, König Heinrich hing am Faden des kaiserlichen Spielleiters, wobei das Spiel so eins war wie das zwischen Katze und Maus. Das letzte Fünkchen Nähe, das mir gerade wiederkam, als er begann, gegen mich zu wüten, nun hatte er es ausgetreten, ein für allemal.

Meine Unterwerfung war perfekt, wie alles, was er inszenierte. Ich bekannte alles, was zu bekennen war und wonach er mich fragte (die Federn der Schreiber knirschten auf dem Papier), verzichtete auf die königlichen Insignien und mein Gut und hoffte im stillen auf den Trifels. Aber dort hatten sie sich am selben Tag ergeben, wie ich dann erfuhr.

Danach mußte ich noch einmal knien auf dem höchst bekannten Fußboden und meine Strafe anhören. Ich wurde zum Tode verurteilt, aber ‚die Barmherzigkeit des Vaters', so hieß es, verwandelte den Spruch in lebenslänglichen Kerker. Mir wurde der gestickte Handschuh hingehalten, und ich hatte mein Gesicht den vielen Ringen zu nähern, ganz verwundert darüber, daß sich unter soviel Zierat wirklich eine Hand verbergen sollte.

In der Auswahl meiner vornehmen Kerkermeister und Wächter tat er sich gütlich. Der neue Herzog von Bayern fand hier alle Gelegenheit, mich zu drangsalieren. In Venedig nahm mich dann der Marchese Lancia in Empfang."

„Hat er dich auch – drangsaliert?"

Heinrich zuckt die Achseln. „Er war vermutlich nur korrekt. Auch übergab er mir etwas von seiner Schwester. Ein kleines silbernes Kreuz an einer Kette."

„Was tatest du damit?"

„Ich ließ es ins Meer fallen, Truda, als gerade keiner hinsah. Was sollte dergleichen? – Indessen, jetzt saß ich noch in Worms im Luginsland, lugte vor Langeweile ins Land und sah zu, wie sie Hochzeit machten. Von Zeit zu Zeit kam der feurige Schmerz in Arm und Schulter wieder, und ich spürte, wie sich mein Herz benahm, als sei es ein müdes Pferd, das beim Trab stolperte, und wartete aufs Stehenbleiben, damit ich absteigen konnte – aber so schnell stirbt sich's nicht, wie ich inzwischen weiß.

Es hieß, es sei eine laute und prächtige, aber keine fröhliche Hochzeit gewesen. Der Bräutigam habe der Braut nicht ein einziges Mal zugelächelt, sondern sei ernst und gedankenvoll neben ihr gewesen.

Die arme Isabella! Noch dazu soll sie sich unsterblich in den Mann verliebt haben, der ihr in Stellvertretung des Kaisers drüben in England den Ring angesteckt und die Eheformel gesprochen hatte."

„In Pietro?"

„Irgendeine dieser Schranzen war es. Kann sein, Pietro. Sie wechselten später sogar Sonette über die Vorzüge von Rose und Veilchen. Natürlich errang das Veilchen den Preis." Heinrich lacht, das Grübchen spielt auf seiner Wange. „Die Isabella hatte wundervolles blondes Haar – das war alles, was ich da oben von ihr zu sehen bekam. Auf Wunsch der Bürgersfrauen hatte sie nämlich ihren großen Hut und ihr Gebende abgenommen, damit man sie besser bewundern könne. Eine hellhäutige Schönheit, so wurde berichtet. Schade um sie."

„Warum schade, König Heinrich?"

„Als die von Eunuchen bewachte Gemahlin eines Wüstlings, der nicht einmal bereit war, das arme Mädchen anzulächeln, obwohl es ihr vielleicht not getan hätte . . ."

Ich verschweige, was mir Ridwân vom „zügellosen Hof" in Germanien erzählt hat, wo sich Staatsgeschäfte und Liebesaffären vermengten und der König zu Reichsgräfinnen und Herzoginnen ging, als seien es Kurtisanen, und vom Leiden Margarethes. „Du sprichst von deinem Vater", bemerke ich beklommen.

„Ich spreche vom Imperator Fridericus. All die Zeit bemühe ich mich, dir zu erklären, daß er und mein Vater zwei verschiedene, zweifellos wichtige Wesen waren, die denselben Körper bewohnten. Ich versuchte ihn noch einmal zu finden, diesen Vater, aber lassen wir das. Er war weiter weggezogen, als ich annahm. – Es hat sich auserzählt, Truda. Wir sind gleich da."

Vor meinen Augen tauchen Feigenbaum, Stein und Abhang auf, als laufe der Film nun weiter, der die ganze Zeit über stillstand, kommen uns mit ungeahnter Schnelligkeit entgegen.

„O nein, Enrico!" rufe ich, vergesse, wo ich bin, und will seinem Pferd in den Zügel fallen, greife ins Nichts, und er lacht. „Heinrich, es ist so vieles nicht gesagt, nicht erklärt. Warte, nicht so eilig!"

„Was ist zu sagen und zu erklären? Es geht zu Ende. Hat es dir nicht gefallen, Truda? Schade, aber da geht's dir wie mir. Auch mir gefiel es schließlich nicht. Da ist der Stein, siehst du, wir sind gleich da.

Eins vielleicht noch: Als ich es kommen fühlte mit jener feurigen Gewalt wie beim erstenmal in Worms, als ich fühlte, daß mir gleich schwarz vor Augen würde und ich mich nicht länger würde halten können auf dem Pferderücken – da, Truda, war ich noch soweit bei mir zu überlegen, nach welcher Seite ich mich fallen lassen würde. Ich hätte nach links fallen können, auf den Weg, siehst du, hier, wo der Fels leicht ansteigt und mit Thymian bewachsen ist. Aber rechts war der Stein und darunter der verlockende Steilhang.

Als wir Kinder waren, gab es ein Spiel: Wir sprangen von einer Mauer, und der Vater fing uns auf. Jeder machte es anders. Tibaldo, mein Spielgefährte aus Palermo, sprang immer ganz gerade, als sei unten ein Wasser, in das man eintauchen könne, und jauchzte dabei vor Vergnügen. Enzio konnte nie die Zeit abwarten und war meist schon in der Luft, wenn der vor ihm Gesprungene gerade ankam. Seine Schwester Kathrin zählte bis sechs, ehe sie absprang. Ich aber, wenn ich an der Reihe war, machte einfach die Augen zu und ließ mich fallen in seine Arme. Ich war gewiß, er würde mich auffangen.

Genauso, mit geschlossenen Augen, warf ich mich jetzt vom Pferd, noch ehe der Schmerz seinen Höhepunkt erreicht hatte – auf der richtigen Seite.“

Ich schreie auf. Er ist fort. Alles ist fort, die Pferde, die Begleiter. Nur der staubige Stein ist da, und auf ihm sitzt, malerisch umhüllt von dem im Wind wehenden Gelehrtentalar, der Blinde und sagt mit seinem hämischen Unterton: „Na, fertig? Reich an neuen Erkenntnissen und gewinnbringenden Einzelheiten?“

Ich erwidere nichts und blinzele gegen die helle Sonne, die meinen Augen weh tut.

IV. Botschaft
Petrus de Vinea
1. Kapitel

Es steigt aus dem Meer die Bestie voller Namen der Lästerung, mit eisernen Klauen und Zähnen begehrt sie alles zu zermalmen und mit ihren Füßen die Welt zu zerstampfen ...

Aus dem Manifest des Papstes Gregor IX. gegen Federico

„Wo sind wir?“ fragt er mich.

„In Apulien, so scheint es“, antworte ich keuchend. Meine Zunge klebt am Gaumen. Es ist unerträglich heiß. Der Himmel sieht aus wie Blei. Auf dem Boden Eidechsen und Schlangen, sonst nichts.

„Was scheint dir wie Apulien hieran, das doch alle Länder der Welt übertrifft an Süßigkeit? Dies ist eine Wüste. Apulien, scheint es dir? Lug und Trug. Welche andere Erscheinung erwartet dich hier noch außer dem Schatten eines toten Hundes, einer etruskischen Steinlarve unterm trockenen Lehm und ein paar Ameisen? Hoffst du auf die himmlischen Heerscharen, Cherubim und Seraphim?“

„Wohin gehen wir?“

„Du hast darauf bestanden, den Weg zu nehmen. Frage dich selbst, Botin. Ich bin nicht dein Vergil.“

„Geht's hier zur Hölle?“

„In deinem Beruf sollte man mehr Phantasie haben. Es ist eben dürr um die kleinen Verräter.“

„Und um die großen weht der Wind.“

„Der Wind weht um alle. Es ist das einzige Unvergängliche. Du wolltest ja zu diesem Scharlatan aus Germanien, der nicht die Kraft gehabt hat, seinen Verrat durchzustehen.“

„Du sprichst, als sei Verrat eine Tugend.“

„Langsam wirst du klug, Truda. Es könnte sein, daß Verrat eine Tugend ist, ja. Zumindest ist sie ein nützliches Allgemeingut in den Kreisen, in denen wir uns bewegen. Du verstehst mich nicht? Also: Im Umkreis gewisser dämonischer Wesen – darf ich es einmal so sagen? – ist Verrat die einzige Möglichkeit, sich zu bewahren. Sieh sie dir an, die Amici, die Getreuen, die Weggefährten: Nur jene, die vorher starben, verrieten nicht. Sie kamen nicht mehr dazu, das ist alles. Es war die einzige Waffe gegen eine Übermacht. So wie dich eines Tages auch der demütigste Hund in die Finger beißt. Und du stehst da, entsetzt und ratlos, vor dem Undankbaren, den du füttertest und hegtest und in kalten Winternächten zu dir ins Bett nahmst. Schweifwedelnd sah er zu dir auf, du warst sein Gott. Und nun: Verrat! Warum hat er dich gebissen? Die Antwort ist einfach: Eben weil die Anwesenheit eines Gottes auf die Dauer nicht zu ertragen ist."

„Legst du deine Verteidigungsrede vor, Piero?"

Er lacht hochmütig. „Aber Truda, wovon sprichst du? Ich entwickle ein Theorem, du aber witterst schon wieder ein Bekenntnis, wie es dir überall so freimütig gemacht wird. Nie gelingt es dir, zu abstrahieren. Kannst du wirklich annehmen, ich hätte zu ihm das Verhältnis eines Hundes zu seinem Herrn gehabt? Ich war das Alter ego. Wir standen beide auf *einer* eisigen Höhe."

Er ist verrückt, denke ich – und kann nicht nachlassen: „Und doch sah ich dich, die Hände gebunden, verkehrt auf einem Esel sitzen, und hattest die Augen nicht mehr."

„Es war abgemacht, nicht davon zu sprechen", sagt er wild.

„Wer hält hier Diskurse über Verrat?"

„Ich bin kein Verräter."

„Was bist du denn?"

„Ich bin doch ein Verräter."

„Ach, Pier, großer Komödiant, mir wird es zu bunt. Verschon mich mit den Gaukeleien. Wo sind wir?"

„Wo du es wünschst", sagt er, es klingt fast servil.

Ich gebe es auf. „Wo auch immer, bring mich ins Kühlere, wenn du mir dabei erzählst."

„Ich soll . . .?" fragt er, und plötzlich ist die Freude eines Kindes in seiner Stimme.

Ist das auch wieder nur Maskerade, oder liegt ihm wirklich soviel daran?

„Ja, du sollst", erwidere ich, „und denke nicht, daß du mich abbringst auf deine Pfade. Ich passe schon auf."

„Ich brauche nicht so lange wie diese Schwätzer", sagt er trocken. „Ich bin persönlich nicht engagiert."

Da ich keine Lust habe, wieder mit ihm zu streiten, lasse ich der Sache ihren Lauf.

Cortenuova oder die häßliche Fortuna

„Das erste Kriegsjahr in der Lombardei war ein stümperhaftes Unternehmen. Ich hatte absichtlich meine Finger von der Sache gelassen; denn es gab Strategen genug und übergenug, Herren, die das Panzerhemd unter dem Gelehrtentalar trugen und nur auf eine Gelegenheit warteten, die Feder mit dem Schwert zu vertauschen. Admirale, Capitani und Konnetabels waren überzeugt, diese ‚Exekution des Rechts' – der Imperator weigerte sich ja, es offiziell Krieg zu nennen – im Handumdrehen zu erledigen. Wir rückten mit einer buntgemischten Truppe aus; Hilfskontingente aus Ungarn, Frankreich, Spanien, der Provence, aus Böhmen und Österreich demonstrierten eine paneuropäische Präsenz, in Wahrheit mußten wir für alles zahlen, die gesamte sizilische Jahressteuer sowie die Mitgift Elisabeths gingen drauf. Die deutschen Ritter sahen sehr schön aus, aber nützten wenig, sie waren bei Belagerungen, um die es ja schließlich ging, nur Dekor und stellten ungeheure Ansprüche.

Zu Anfang sah es ja noch ganz gut aus. Unsere neugewonnenen Bundesgenossen, die Brüder Ezzelino und Alberigo da Romano, hatten sich bereits in einem Handstreich Veronas und der Klausen versichert. Die beiden ‚Fratelli del diavolo', die Teufelsbrüder, waren als Persönlichkeiten nicht gerade nach unserem Geschmack; ihr Hauptwesenszug war eine allerdings höchst phantasievolle Bestialität, und Folterungen genossen sie so wie unsereiner Tafelmusik. Aber auf ihre Treue war zu bauen – wo sonst sollten sie hingehen? – und auf ihre Tatkraft auch.

Wir vereinigten uns also mit den Streitkräften der Herren Romano – damit waren noch zwei Köpfe mehr in den strategischen Rat gekommen, und von nun an ging es eigentlich schief. Planlose Einzelaktionen gegen diese oder jene Stadt, Belagerungen, die meist wieder abgebrochen wurden, weil es mit dem Nachschub nicht klappte oder die Belagerungsgeräte defekt waren – solcherart waren die Heldentaten des kaiserlichen Heers in diesem ersten Sommer.

Der Imperator war kein Feldherr. Kriegführen machte ihn ungeduldig, wie ihn Schachspielen oder Rätselraten ungeduldig machten, und er meinte, in einer einzigen Sache sich wohl einmal auf Fachleute verlassen zu können. Ich war nicht dieser Meinung gewesen, aber wer nicht hören will . . . Außerdem war das Kriegslager seinen Lebensgewohnheiten völlig entgegengesetzt, und es muß auch gesagt werden, daß der Troß, mit dem er reiste, die Frauen, die Menagerie, die Bibliothek, das Jagdzubehör, eine flexible Taktik sehr erschwerte. Wir, die Kanzlei, waren darauf eingestellt, in einer Stunde aufzubrechen und in einer halben Stunde nach Ankunft wieder funktionsfähig zu sein! Trotzdem war der Wasserkopf des kaiserlichen Komforts genauso hinderlich wie die Tatsache, daß unsere Arbeit zu einem Drittel aus seinen persönlichen Korrespondenzen bestand, ob es nun um die Beschaffung von Falken und Hunden oder um die Dispute mit Gelehrten ging.

Je nun. Auch ich war nicht bereit, auf mein tägliches Bad und die Rose auf meinem Schreibtisch zu verzichten wegen der Dickköpfigkeit der Lombarden. Sollten das andere tun.

Als sich herausstellte, daß sich die Sache nicht würde in einem Sommer bereinigen lassen, raste der Caesar vor Wut! Ich schlug ihm vor, die deutschen Angelegenheiten völlig zu ordnen und dann erneut mit vernünftigem Programm hier vorzugehen. Ersteres hieß: Konrad als Statthalter (nicht als König) in Germanien einzusetzen – der zweite Königssohn wurde dem Norden geopfert – und sich mit Österreich und Bayern zu arrangieren.

Nachdem das geschehen war, wurden neue Pläne für die Lombardei entwickelt."

„Wer entwickelte sie? Du?"

„Wer sonst?" fragt er geringschätzig. „Aber mir liegt nichts an Kriegsruhm. Ich gebe höchst bereitwillig zu, daß Jacopo von Morra, Taddeo und Enzio zum Stab gehörten, militärische Details interessierten mich wenig."

„Du sollst sogar einmal eine Schlacht geleitet haben?"

„Mehr als eine. Das ist keine große Sache, sofern man den Überblick nicht verliert. Wer sich einmal die Strategie des großen Juliers angesehen hat, kann nur den Kopf schütteln über den Niedergang der Kriegskunst seit den Tagen der Römer. Ritterhaufen aufeinanderschicken ist ein bißchen wie gepanzerte Echsen gegeneinanderhetzen: Wer auf dem Rücken liegt, kommt nicht wieder hoch. Zum Glück gab es noch ein paar wendige Truppenteile, wie die Lancieri und die Bogenschützen, so daß es doch ein wenig Vergnügen bereitete, Feldherr zu spielen."

„Es heißt aber, du habest niemals eine Waffe getragen?"

„Der braucht sich nicht viel auf seinen Kopf zugute zu halten, der jemals eine Waffe benötigt", sagt er verachtungsvoll und fährt fort: „Aber die Vorbereitung dieser Kampftaten war ja nur die eine

Seite der Sache. Der Imperator sah es nicht so klar wie ich: daß es uns hineinzwang in die große Auseinandersetzung mit dem Papst, daß irgendwann das zweite Anathema ins Haus stand, mit dem der hochgereizte oberste Priester in Rom den allzu ketzerischen, allzu selbstherrlichen Fürsten zu Kreuze kriechen lassen wollte. Diesmal konnte man nicht absegeln nach Jerusalem. Diesmal mußte man standhalten und etwas entgegensetzen.

Nicht ohne Grund hatte ich den Caesar bei den Urteilssprüchen des Gerichtshofs erhöht und verfremdet, nicht ohne Grund bestand ich darauf, daß die byzantinische Sitte der Proskynese, des Fußfalls vorm Thron, bei feierlichen Gelegenheiten zur Gewohnheit am Großhof wurde: Friedrich mußte in eine gleiche, ja in eine höhere Weihe hineinstilisiert werden, als sie die Kirche der Figur des Bischofs von Rom verlieh, ja, die Gloriole des Gottgesandten, die ihn zu umgeben hatte, mußte das Bestehen der Kirche gleichsam für nutzlos erklären.

Das bedurfte einer großen sprachlichen Neuformierung unseres Kanzleistils, einer hymnischen Hoheit und pathetischen Würde, wie es sie vordem noch nicht gegeben hatte, und daran arbeitete ich vor allen Dingen. Das Rüstzeug dazu gab uns die gleiche Quelle, aus der auch die Gegenseite schöpfte: die Heilige Schrift, die Verkündigung eines, der da kommen wird zu erlösen."

„Der Antichrist!" rufe ich aus.

„Natürlich würde uns die Kurie so nennen, das war zu erwarten. Aber es gab noch eine andere Waffe, die sie gegen sich selbst geschliffen hatte – das waren die Lehren des heiligen Franziskus, seine Forderung nach Armut und gottgefälligem Wandel der Geweihten des Herrn. Freilich hatte man sofort versucht, ihn zu vereinnahmen, und nie ist ein Abtrünniger so schnell zum Heiligen geworden wie der Poverello, aber die Waffe war nicht abgestumpft, das hatte in Germanien der Sänger Walther mit seinen beißenden Pfaffensprüchen bewiesen. Von hier bezogen wir unseren Anspruch und unsere Polemik.

Mein Konzept lag fest, schon lange Zeit, bevor der Kampf begann – ich meine das Ringen der Geister, nicht die lächerlichen Duelle von Eisen und Feuer. Es bedurfte großer Geduld und schrittweisen Vorgehens, um den Imperator mit seiner neuen Rolle vertraut zu machen. Erhabenes, Getragenes lagen diesem blitzschnell Zufahrenden, geistig und leiblich Agilen, Unbeherrschten und Spöttischen sehr wenig. Zum Glück war er von seiner eigenen Größe so überzeugt, daß er sich schließlich auch einreden ließ, dies sei das gebührende Gewand dafür."

Ich sehe Piero von der Seite an, sein Ton ist hämisch, aber nicht wegwerfend. „Und du? Warst du auch von seiner Größe überzeugt?"

Er seufzt. „Truda, ich war es. Der Unterschied zwischen uns war, daß ich auch von meiner eigenen Größe überzeugt war, vielmehr davon, daß er mir allerhöchstens ebenbürtig war. Ich glaube, manchmal ahnte er es. Aber so etwas kompensierte er mit dem größten Geschick. Was er nicht kompensierte, waren persönliche Kränkungen, und als eine solche faßte er den Streit mit den Lombarden auf.

Im nächsten Jahr bewegten wir uns mit weitaus größerem militärischem Feingefühl in den Fluren Norditaliens. Da wir diesmal durch das starke sizilische Aufgebot zahlenmäßig den Lombarden überlegen waren, nahmen die bedauerlicherweise keine offene Feldschlacht an: Das war nämlich das Terrain, wo man noch etwas mit dem Kopf erreichen konnte, im Gegensatz zu den stumpfsinnigen Belagerungen, bei denen man immer nur auf Hunger oder Verrat hoffen konnte.

Ich habe keine Lust, dich mit der Beschreibung von Kriegslisten zu langweilen. Genug, wenn wir bei Cortenuova siegten, so war das kein dummer Zufall, sondern ein Triumph der Strategie. Die Sarazenen, Lancieri und Bogenschützen hatten schon eine tiefe Bresche in das feindliche Heer geschlagen, als der Imperator mit der schweren Truppe dazukam. Um den Carroccio, den Fahnenwagen der Mailänder, sammelte sich der Widerstand der Lombarden. Ich habe, wie du dir denken kannst, mein Zelt nicht verlassen. Aber es heißt, daß sich der Imperator und sein Sohn Enzio Seite an Seite schlugen wie die Kampfleoparden und bei Einbruch der Dunkelheit, die alles entschied, sogar dem Ezzelino da Romano um den Hals fielen – beides Vergnügungen, um die ich niemanden beneiden kann.

Wir hatten viertausend Gefangene gemacht, darunter war auch der Anführer des Heeresaufgebots, Pietro Tiepolo, Sohn des Dogen von Venedig und Podestà von Mailand."

Er zitiert geläufig einen mir bekannten Brief Federicos an den Schwiegervater in England: „So legten wir nur die Schwerter ab, aber zogen die Eisenhemden nicht aus, doch fanden wir den Carroccio bei Anbruch des Tages verlassen. Dies teilen Wir Dir zu deiner Freude mit, auf daß Du siehst, daß alles dem Reiche zum Heile gereicht."

„Der Sieg war vollkommen. Wir hätten mit etwas Geschick die Sache ad acta legen können, ja, sogar zu einer gütlichen Einigung mit dem Papst wäre noch Zeit gewesen – zumindest hätte man das Unheil ein paar Jahre hinausschieben können und inzwischen prachtvolle geistige Bastionen gewonnen. Aber ich hatte eins nicht eingeplant: Er vertrug den Triumph nicht. Das höchste Ziel lag greifbar vor den Händen: Germanien, Italien, Sizilien vereint zu einem Reich. Die Lombardei war reif zur Unterwerfung, die Krönung eines Vierteljahrhunderts listenreicher und gewandter Politik erreicht: Fridericus Imperator mundi. Statt dessen begann er sich wie ein Unsinniger, wie ein Verblendeter aufzuführen.

Nicht nur, daß er überhaupt darauf verzichtete, die Mailänder zu verfolgen – ich nehme an, man hätte gleichzeitig mit den Fliehenden in die Stadt eindringen und die Lombardische Liga im Herzen durchbohren können, nein, er begann auch, mit den siegestrunkenen Seinen die Viktoria auf eine Weise zu feiern, daß sich einem die Haare sträubten. Die notwendige ‚Exekution des Rechts' war im Handumdrehen zu einem Sieg übers Weltverderben geworden, und mit der werwölfischen Wollust seines Wikinger- und Schwabenbluts tobte der entfesselte Tyrann, ein wahrer Bruder der Herren Romano, seinen Sieg aus.

Daß man Gefangene abschlachtete – ich habe mir sagen lassen, daß das so Brauch ist im Krieg, auch wenn die siegenden Parteien es immer empört leugnen. So weit, so schlecht. Aber daß er, den ich gerade versuchte, auf den Messiaskaiser hin zu überhöhen, nun als römischer Triumphator in Cremona einziehen mußte, das war unverzeihlich. Sicher, das muß ihn gejuckt haben: in die Stadt zu kommen, die ihn als Puer Apuliae einst unterstützt hat, nun als der Herr der Welt, auf einem von vier weißen Rossen gezogenen Streitwagen, und einer hielt ihm den Lorbeerkranz übern Kopf.

Dazu die Mengen der Gefangenen, bespuckt und beschrien von den jubelnden Cremonesen, die Trophäen, die Beutewagen, in Ketten die besiegten Capitani der Lombarden. Das schlimmste Stück allerdings war die Schau, die mittels des Carroccio aufgeführt wurde: Gezogen von des Imperators berühmten Elefanten, wurde Pietro Tiepolo durch die Straßen gebracht. An den umgebrochenen Fahnenmast hatte man den Sohn des venezianischen Dogen gebunden. Er hatte sich tapfer geschlagen, aber die ‚hochherzigen Sieger' hatten sich nicht einmal die Mühe gemacht, seine Wunden zu verbinden, so daß er fast unkenntlich war von verkrustetem Blut. Die Soldaten – ich will niemandem unrecht tun, Truda, nein, vielleicht waren es auch die Herren Romano gewesen – hatten sich den Spaß gemacht, seinen Namen und Titel über ihn zu schreiben wie über Christus am Kreuz, allerdings gingen sie noch ein bißchen weiter und schändeten ihn zu einem obszönen Witz. Sie schrieben nämlich statt ‚Pietro Tiepolo, Podestà di Milano' – ‚Potta di Milano'. Der Imperator lachte darüber."

„Und du selbst schriebst: ‚Frohlocken möge der gesamte Erdkreis über den Sieg eines solchen Herrn! Zerschmettert werde der Wahnwitz der Empörer, und angesichts dieser Schlacht mögen die feindlichen Völker erzittern ... Vor allem jedoch möge das unglückliche Mailand seufzen und jammern und sich daran gewöhnen, dem Herrn der Welt zu gehorchen!'" werfe ich ein.

„Sicher", sagt er ruhig. „Oder hältst du es für ausreichend als Anlaß zum Verrat, wenn man mit der Methode des anderen einmal nicht übereinstimmt?"

„Hast du versucht, mit ihm zu sprechen?"

„Er konnte nicht hören. Er flog dahin und machte seinen Wahnwitz voll, indem er nach dem Brauch römischer Triumphatoren den Carroccio nach Rom schicken ließ, auf daß er auf dem Kapitol öffentlich ausgestellt würde, mit einem so dumm-hochtrabenden, so provozierenden Begleitschreiben an den Papst, daß du es nun wirklich nicht auf meine Kanzlei abschieben kannst: ‚Empfanget dankbar, Quiriten, das Siegeszeichen Eures Imperators!'

Nicht nur, daß der Papst den blutigen Hohn dulden mußte, die Trophäe der von ihm unterstützten Besiegten vor Augen zu haben, nein, da war auch noch dieser Unterton: Warte, bald bin ich selbst da und mache Rom zu meiner Hauptstadt!

Noch einmal hielt die Glücksgöttin ihr Lächeln parat: Die Mailänder baten um Frieden. Aber er mußte auch diesmal Fortuna ins Gesicht schlagen. Er verlangte völlige Unterwerfung, bedingungslos, auf Gnade oder Ungnade. Es war Wahnsinn. Das Angebot der Mailänder war redlich, sie boten genug Sicherheiten. Noch immer wäre alles zu heilen gewesen. Er aber wollte nicht Gott spielen, wie ich ihm stets vorschlug, nein, er wollte Gott sein.

Nach dem, was die Lombarden bisher von seinen Siegen gesehen hatten, wäre es einem Selbstmord gleichgekommen, sich bedingungslos zu unterwerfen. Und sie taten recht daran, ihr Angebot zurückzuziehen, denn wenn er auch gewillt gewesen wäre, vernünftig zu handeln, hätte doch der Rausch des Hasses und Triumphes wieder über ihn kommen können, und sinnlose Zerstörung hätte er um sich verbreitet.

Die verzweifelten Mailänder und die restlichen Städte der Lombardischen Liga schlossen sich aufs neue zusammen. Es ging ums Leben. Die Liga war stärker als je gegen den Tyrannen."

Im Stil der Apokalypse

„Der Bannfluch aus Rom ließ nicht auf sich warten. Vielleicht hätte Hermann von Salza, wäre er wie sonst als Unterhändler im Lateran gewesen, ihn noch etwas hinausschieben oder mildern können. Aber Hermann zog es in diesem Frühling vor, in Barletta für immer Abschied von dieser Welt und seinem anstrengenden Dienstherrn zu nehmen. – In den Begründungen der Exkommunikation fiel übrigens kein Wort über die lombardische Angelegenheit. Die Vorwürfe Seiner Heiligkeit waren alle aus den Fingern gesogen.

Der Kampf war also eröffnet, und da unsere Strategie festlag, konnten wir sehr schnell handeln.

Gesagt sei übrigens, daß Niederlagen dem Imperator immer ausgesprochen gut bekamen. Sie schärften seine Verstandeskräfte, mobilisierten seine vitalen Energien und ließen ihn, nachdem der erste cholerische Zornesausbruch vorbei war, meist zugänglicher für Argumente werden, geduldiger, geschickter in der Taktik. Außerdem entwickelte er im Unglück einen schönen Zug der Selbstironie, die ihm in Zeiten der Hochstimmung meist recht schwerfiel.

Zunächst einmal galt es, den Feind im eigenen Hause auszuschalten. Was uns die Bannbulle vorwarf, taten wir nun: In ganz Sizilien wurden Geistliche, die sich weigerten, im Land des Gebannten Messen zu lesen und das Sakrament zu spenden, abgesetzt, enteignet und eingesperrt, ihre Posten durch Kaisertreue besetzt. Der fast siebzigjährige Berardo, dessen kluge Hilfe man gar nicht hoch genug einschätzen kann, fungierte als Primas unserer sizilischen Kirche.

Manifeste gingen an alle Fürsten Europas, widerlegende Rechenschaftsberichte nach Rom. Und in der Zwischenzeit machten wir unser Schiff sturmfest. Noch einmal wurde die Verwaltung des Südens durchorganisiert, vor allem das Steuersystem. Alle Grenzbefestigungen wurden verstärkt, die Castelli ausgebaut, die Besatzungen verdoppelt. Niemand konnte unsere Häfen ohne Kontrolle verlassen oder anlaufen, Korrespondenz mit dem Ausland war bei Strafe verboten. Meine Geheimpolizei war wie eine eiserne Faust an der Gurgel des Landes. Nur mit Terror war zu erreichen, was wir allen in den nächsten Jahren auferlegen würden an Lasten.

Sizilien war dicht gemacht. Überall, wo wir die Oberhand hatten in Norditalien, wurden vertraute Sizilier als Statthalter eingesetzt, alle Söhne und Schwiegersöhne Federicos waren in diesen Positionen beschäftigt, und zu den Brüdern Romano kam noch der einäugige Marchese Uberto Pallavicini dazu, der sich von Ezzelino und Alberigo nur durch seine Vorliebe für stramme germanische Söldner unterschied. ‚Das apulische Joch' nannte man unsere Verwaltung treffend.

Alle Fäden liefen am Großhof zusammen, in der Kanzlei. Und während der Caesar sich in aller Ruhe anschickte, in den Kirchenstaat einzumarschieren, begannen die beiden Großen der Christenheit, sich in den Schreckensvisionen der Schrift gegenseitig als Verderber und Antichrist zu begeifern."

Pietros Gesicht scheint zu leuchten, während er genußvoll skandierend das päpstliche Manifest zitiert: „Es steigt aus dem Meer die Bestie voller Namen der Lästerung, mit eisernen Klauen und Zähnen begehrt sie, alles zu zermalmen und mit ihren Füßen die Welt zu zerstampfen . . ., blicket Haupt, Mitte und Ende dieser Bestie Friedrich, des sogenannten Kaisers, an . . ." Er bricht in schallendes Gelächter aus.

„Aber wir konnten mit gleicher Münze zurückzahlen: ‚Der da sitzt auf dem Lehrstuhl verkehrten Dogmas, der Pharisäer, gesalbt mit dem Öle der Bosheit, er begehrt sinnlos zu machen, was aus Nachahmung himmlischer Ordnung herabgestiegen ist.' Da hat er, der Papst bloß dem Namen nach, geschrieben, wir seien die Bestie, mit des Pardels Buntheit übermalt. Und wir behaupten, er sei jenes Ungetüm, von dem man liest: ‚Es ging heraus ein ander Pferd, ein rotes, aus dem Meere, und der darauf saß, nahm den Frieden von der Erde, daß die Lebenden sich untereinander würgen . . .'"

Vinea macht eine kleine triumphierende Pause, als warte er auf Applaus. Dann sagt er sachlich-bescheiden: „Damals verlieh mir der Imperator den Titel Logothet. Er kommt aus dem Byzantinischen und bedeutet: der die Worte setzt, oberster Mund des Herrn. Er wurde niemals wieder vergeben. Manche Gewänder werden auf den Leib geschneidert." Er lächelt. „Mit der Antwort auf das Papstmanifest hatte sich mein neuer Stil endgültig durchgesetzt. Einmal so begonnen, konnten wir nicht wieder zurück. Wir hatten nun erklärt, daß wir es besser wüßten als die dazu bestallten Priester, daß wir die wahre Kirche bildeten, daß die Erlösung von uns kommen würde ...

In Jerusalem hatte der Gebannte noch ohne Messe und kirchliche Weihen sich selbst gekrönt, um sich keines Sakrilegs schuldig zu machen. Jetzt begingen die anderen das Sakrileg, niemals wir. Wir begannen von den Kanzeln der Kirchen aus zum Volk zu sprechen. Ich hatte das schon öfter gemacht, es erhöhte die Wirkung des zu Sagenden ungemein. Jetzt übernahm auch er, der neue Messias und Friedenskaiser, diese Sitte. Zu seinem Geburtstag, am Weihnachtstag 1240, predigte er dem Volk im Dom zu Pisa seinen Anspruch. Es war sehr geschickt. Sein Geburtsnest Jesi nannte er ‚Unser Bethlehem, wo Uns die göttliche Mutter gebar', und er sprach: ‚So bist du, Bethlehem, Stadt der Marken, nicht die Geringste Unter Unseres Geschlechts Fürsten: denn aus dir ist der Führer kommen, des Römischen Reiches Fürst.'

Selbstverständlich, daß auch er sehr schnell firm war im hohen Stil. Beim friedlichen Einzug in den Kirchenstaat ließ er sich das Kreuz und Palmenzweige vorantragen, ging segnend durch die Straßen, las selbst die Messe. So hörte sich das Sendschreiben an: ‚Bereitet den Weg des Herrn und machet richtig seine Steige, nehmet fort die Riegel Eurer Türen, auf daß Euer Caesar komme, den Rebellen furchtbar und Euch hold, bei dessen Ankunft die Geister schweigen, die Euch so lange plagten.' Nicht mehr zu unterscheiden, was von ihm und was von mir war, nicht?"

Er stolziert ein paar Schritt vor mir her, ein eitler Komödiant, der sich in seinen Erfolgen sonnt – die Einführung eines neuen Stils, welch ein Triumph! Während die Menschen, aufgescheucht wie von einem Erdbeben, ziellos umherirren, nicht wissend, welcher der großen Mächte sie ihr Seelenheil und ihres Leibes Sicherheit anvertrauen sollen ...

Indessen hat er längst meine Stimmung bemerkt und reagiert mit der Wendigkeit eines Fechters. „Soweit der Stand von Propaganda und innerer Sicherheit", sagt er nüchtern. „Natürlich zerfiel der große Gedanke im politischen Alltag. Die Kaiserlichen machten genau das, was die Päpstlichen machten: Raubzüge, Racheakte, Schrekkensherrschaft in den Städten, Belagerungen mit mehr oder weniger Erfolg – Krieg eben. Der Staat Sizilien stöhnte wie ein gepeitschtes Tier unter der Last der Kontributionen, Kollekten, Steuern. Das, was wir vor nicht einmal zehn Jahren in Melfi ersonnen hatten, die musterhafte Res Publica, geschaffen für Wohlergehen und Wohlverhalten ihrer Bürger, wurde nun zum Instrument grausamen Raubbaus. Wir konnten uns unsere Verbündeten nicht aussuchen. Die, welche da in der Lombardei saßen und auf unserer Seite standen, waren meistens von der Art, daß man, wenn man ihnen die Hand gab, befürchten mußte, nur den Armstumpf zu behalten.

Die Herren Stadttyrannen, ob sie nun Liberieri, Aste, Ebulo, Pallavicini hießen, glichen sich, was Gesinnung und Roheit anging, wie ein Wolf dem anderen. Nicht jeder entwickelte freilich solche Raffinesse, wie sie Ezzelino bewies, der in Verona die Gefangenen niedrig henken ließ und ihre Frauen so nahe vor sie hinstellte, daß sie ihnen in ihren letzten Zuckungen ins Gesicht spritzten. So ein Ingenium mußte man ja dann auch mit der Hand einer Kaisertochter an den Thron fesseln – Selvaggia war übrigens vier Jahre später tot.

Viel Freude bereitete mir auch der König von Torre und Gallura, kaiserlicher Generallegat für ganz Italien, der als Räuberhauptmann mit seiner schnellen Eingreiftruppe die Gegend unsicher machte ..."

„Du sprichst von Enzio?" frage ich erstaunt, und er weidet sich an meiner Verblüffung.

„Vom ritterlichen, ruhmgekrönten Enzio, ja, ‚an Gestalt und Angesicht des Vaters Ebenbild', vom Falconello. Er hätte bei seiner Zither und den Kanzonen bleiben sollen, statt in die Politik umzusteigen. Leider war sein Kopf nur äußerlich der des Vaters. Nie hat jemand so viele und entscheidende Fehler gemacht in der Lombardei wie er in den fünf Jahren, als ihm die väterliche Blindheit unbegrenzte Kompetenzen ohne Appelationsmöglichkeit beim Großhof eingeräumt hatte. Ich rede vor allem von den zivilrechtlichen Böcken, die er schoß, von den großzügigen Schenkungen, den unüberlegten Bestrafungen und willkürlichen Verwaltungsmaßnahmen. Er zeigte höchst gefährliche Ähnlichkeit mit seinem Bruder Heinrich. Zum Glück hatte er weder dessen Ehrgeiz noch das Talent zu großen Aktionen und war seinem Vater in nahezu sklavischer Hörigkeit ergeben.

Sein stehendes Heer, eine mobile, höchst exklusive Söldnertruppe, in der sich für meinen Geschmack viel zuviel der teuren und nutzlosen schweren Ritter befanden, verschlang Unsummen aus dem Königreich Sizilien, denn die Löhnung mußte pünktlich kommen, sonst lief der Haufen zu den Päpstlichen über. Dabei waren die militärischen Erfolge gleich Null."

„Was sagst du da? Enzio, der mit größter Tatkraft überall dort zur Stelle war, wo ..."

Pietro unterbricht mich mit einem Stöhnen der Ungeduld. „Des Vaters Ebenbild hatte es dir wohl angetan, wie, daß du nicht mehr klarsehen kannst? Ungeheure Tatkraft, ja, vor allem, was Plünderungen und Verwüstungen der Stadtgebiete der Liga anging. Soll ich dir zum Beispiel mal seine Taten im Jahr 1242 darstellen? Im Juli, nach der Papstwahl, rückte er mit den Seinen ins Gebiet von Piacenza ein, das im März bereits einmal von Manfred Lancia heimgesucht worden war. Er eroberte La Brigida, zog verwüstend durch das Tal der Chiavenna, ging westlich nach Paderna, welches verbrannt wurde, zerstörte Montale, Mucinasso, San Boncio und zog über Turro, Podenzano, Verano bis Vigolzone, hinter sich nichts lassend als rauchende Trümmer und eingeäscherte Felder. Dann zerstörte er die Burg von Roncarolo und Pontenure und die Befestigungsanlagen der umliegenden Dörfer.

Sogleich wandte er sich gegen Brascia, zog verwüstend bis Flamacurto, wurde durch einen Pfeilschuß an der Hüfte verwundet, was einen Haudegen wie ihn überhaupt nicht kümmerte, und unternahm vor Beginn des Winters noch einen kleinen Brand- und Plünderungszug durch Misano, Gusano, Triviglio und andere Ortschaften im Mailändischen. Nachdem er sechs Tage lang das Gebiet von Crema verheert hatte, zog er sich, wahrscheinlich sehr mit sich zufrieden, für den Winter nach Cremona, dem Hauptstützpunkt der Kaiserlichen, zurück. – Noch mehr dergleichen?"

Ich schweige, und Pier fährt boshaft fort: „Du siehst, ein Heros, wie er im Buche steht. Abgesehen davon, daß er wie ein Narr stets unter den ersten der Kämpfer sein mußte und so ein paarmal nur um ein Haar schwerer Verwundung oder Gefangenschaft entging, fehlte ihm auch jedes Gespür für Möglichkeiten. Wohl zehnmal zog er mit den Cremonesen – Carroccio und alles Klingklanggloria dabei – gegen Piacenza, und jedesmal marschierten sie unverrichteterdinge wieder ab, teils weil die Leute von Piacenza nicht so dumm waren, sich zu einem Ausfall verleiten zu lassen, teils weil die Cremonesen nicht das geringste Interesse an einer Erstürmung und an verlustreichen Straßenkämpfen hatten. Die waren nicht versessen auf Ruhm, eine Demonstration ihrer Kaisertreue genügte ihnen völlig.

Nach fünf Jahren hatte ich dem Imperator endlich begreiflich machen können, daß der junge Held da oben herumtappte wie der Bär im Blumengarten. Enzios Generalvollmacht wurde reduziert, er mußte sich für zivilrechtliche Entscheidungen das Placet des Kaisers holen, und um ihn vor militärischen Tollheiten zu bewahren, gaben wir ihm den Marchese Lancia an die Seite.

Das alles konnte nicht verhindern, daß ihm Parma entglitt, der strategisch wichtigste Punkt im gesamten italienischen Norden, weil er, statt aufzupassen, mal wieder einen kleinen Raubzug ins Gebiet von Brescia unternahm. Nur siebzig parmesische Exilierte hatten sich der Stadt bemächtigt! Aber vor vollendeten Tatsachen war der kühne Ritter wie gelähmt, und statt zu handeln, blieb er stehen und schrie nach dem Papa. Der wollte gerade dem Papst in Lyon die Hölle heiß machen. Er kehrte um, aber bis er herankam, war alles zu spät.

Übrigens, da du vorhin so glühende Lobreden auf die herrlichen Söhne hieltest: Das Kind Konrad in Germanien erwies sich als echter Staufer. Er begann in ähnlicher Weise wie seine großen Brüder über die Stränge zu schlagen: Eigenwilligkeiten, Tendenz zu losem Lebenswandel, Leichtsinn, Hochmut – alles bekannte Symptome, nicht wahr? Der väterlichen Mahnbriefe flatterten genug über die Alpen: ‚Wenn Du zu wissen begehrst, begehre, belehrt zu werden. Daß Du als weiser Sohn den Vater froh machest, habe Neigung zum Wissen und keinen Abscheu vor der Zucht, und nicht genüge Dir, Herr nur durch die Würdigkeit des Namens zu sein, sondern durch Tüchtigkeit der Herrschaft ein Herrschender.‘ Oder: ‚Den Großen der Erde reicht die berühmte Abkunft allein nicht, wenn dem ausgezeichneten Geschlecht nicht adliges Wesen beisteht und erlauchte Tätigkeit das Fürstentum verherrlicht; und nicht deshalb, weil sie höher gesetzt sind, unterscheidet man Könige und Kaiser von anderen, sondern weil sie tiefer blicken und tüchtiger handeln. Außer dem nämlich, daß sie den Menschen durch ihr Menschsein gleichstehen, rechnen sie nicht Vornehmliches sich selbst zu, wenn nicht jeder durch die Tugend der Klugheit die übrigen Menschen überglänzt. Herrscher fürwahr hören wir auf zu sein, wenn wir aus Mangel an herrscherlicher Klugheit uns durch die Minderen beherrschen lassen.‘ “

„Das gefällt mir!“ rufe ich. „Von ihm oder von dir?“

„Wäre es von mir, so würde es besser ausformuliert sein. Er diktierte solche Briefe ganz schnell, ohne auf die Kunst zu achten. Ich habe mir aber gedacht, daß dergleichen Wasser auf Trudas Mühle ist – damit du mal eine Freude hast.“

Ich will auffahren, da sehe ich, daß um seine Mundwinkel in den

Ecken des Bartes ein fast spitzbübisches Lächeln steht, und seufze tief. „Wie faß ich dich, Proteus! Deine Rede sei: Ja, ja – nein, nein ..."

„Das glaubst du doch selbst nicht!" unterbricht er mich spöttisch. „So sei die Rede der Einfältigen. Keine Rede, die auch nur entfernt etwas mit den wirklichen Dingen zu tun hat, kann sich so festlegen lassen. Wenn du dergleichen Brunnengeplätscher hören willst, darfst du mich nicht befragen ...

Um noch kurz bei Konrad zu bleiben: Er wurde von den Ereignissen einfach so in die Zange genommen, daß ihm keine Zeit mehr für Flausen blieb. Eine ganze Reihe von Kirchenfürsten, darunter auch der Reichsverweser, fiel vom Kaiser ab, als der Bann und ein paar Silberbeutel sie von der Nichtswürdigkeit der Treue überzeugt hatten, und vom Osten näherten sich die Scharen der Mongolen. Festgebissen an der Kehle der Lombarden, wie wir waren, konnte der eigentliche Verteidiger Europas, der Caesar Romanorum, nichts weiter tun, als beschwörende Rundschreiben und Manifeste in die Gegend schicken und die Fürsten und Könige anflehen, sich mit Konrad gegen die Gefahr zu liieren, was sie denn auch notgedrungen taten.

Es war zum Verzweifeln. Leider hatte Gott selbst einer so bedeutenden Persönlichkeit wie Fridericus Imperator nicht mehr als zwei Hände verliehen. Wenn er bei den Mongolen zupacken wollte, mußte er in Norditalien loslassen und bekam das Messer in den Rükken, denn auf so eine Gelegenheit hatte der Papst nur gewartet. Trotzdem, es hätte unserem Ansehen sehr genützt, wenn wir gegen die Okkupanten gezogen wären ..."

„Es heißt, der Chan habe bereits Boten nach Apulien geschickt und dem Kaiser, falls er sich unterwerfe, ein Hofamt angetragen ..."

„Und er soll geantwortet haben, er verstünde zur Not etwas von Falknerei – ich weiß. Aber das war nur ein bitterer Witz in einer ausweglosen Lage. ‚Der Dinge zwingende Notwendigkeit', einer seiner Lieblingsaussprüche, ja, die hatte uns wahrhaftig gepackt und beutelte uns ohne Erbarmen. Fortuna war aus dem Spiel. Nicht einmal der Einmarsch in Rom glückte uns beim zweiten Versuch, denn der tückische Gregor tat mit seinen neunzig Jahren etwas völlig Unerwartetes: Er starb. Wenn wir nicht den Eindruck erwecken wollten, unsere Aktion richte sich gegen die gesamte heilige Kirche statt gegen die Person des höchsten Priesters, mußten wir umkehren.

Dann kam die zweijährige Sedisvakanz, und alles blieb in der

Schwebe. Kein neuer Papst – keine neue Politik. Der Falke mußte verkappt werden, statt daß er niederstieß, und der kaiserliche Jagdherr konnte sich in der Jäger- und Herrschertugend der Geduld üben. Sie war nie seine starke Seite.“ Er lächelt. „Ich weiß, Truda, eine umgetriebene Person wie du kennt die Welt. Damit ich aber nicht bei dir in den Verdacht gerate, unsere Seite schwarz zu malen, möchte ich dir zum Ausgleich auch einmal erzählen, was auf der anderen Uferpromenade geschah, damit du siehst – wir waren ziemlich harmlos.

Der zweifellos unter die Seligen versammelte Gregor hatte sich in Rom einen Handlanger aufgezogen, der ihm seine weltlichen Ziele durchsetzte: den Senator Mateo Orsini, genannt Il Rosso wegen seiner roten Haare, einen Mann, der es an Skrupellosigkeit durchaus mit den Herren Romano und Pallavicini aufnehmen konnte. Nach dem Tod des großen alten Mannes beschloß also Il Rosso, die Dinge in eine ihm genehme Richtung zu prügeln, und zwar auf eine Weise, die ihm neben der höchsten Zweckmäßigkeit auch noch ein Maximum an Spaß garantierte – was er so darunter verstand.

Das bedeutete, daß möglichst schnell ein neuer Papst gewählt werden sollte, und zwar einer, der die antikaiserliche Politik der Kirche fortsetzen würde. Also wartete Orsini nicht erst ab, bis die Kardinäle ein Wahlkonsilium einberufen hatten. Er ließ die gerade in Rom anwesenden Kardinäle (es waren ihrer zehn) von seinen Söldnern wie Diebe ergreifen und in den Wahlraum, ins baufällige Septizonium des Severus, bringen; wer sich weigerte, wurde mit Fußtritten und Faustschlägen hingeschleift. Dann ließ er abschließen und schwur, der Raum werde erst wieder geöffnet, wenn eine seinen Vorstellungen entsprechende Papstwahl durchgeführt worden sei.

Zehn alte Männer Ende August unter einem baufälligen Dach, der glühenden römischen Hitze ausgesetzt, ohne Diener, ohne Arzt, im bestialischen Gestank des sich bald in eine Kloake verwandelnden Raums, unter dem Hohn ihrer Wächter, die sich eine Lustbarkeit daraus machten, die Eminenzen durch die rissige Decke anzupissen, sollten unter sich den Papst wählen – mit der nötigen legalen Zweidrittelmehrheit, versteht sich.

Nach wenigen Tagen war die Hälfte der Kardinäle krank, nach einem Monat lagen bereits zwei in einem Winkel, den Il Rosso als die ‚Totenecke‘ bezeichnete. Nach einem Monat, Truda! Denn die Starrköpfigkeit – oder soll ich es Prinzipienfestigkeit nennen? – der Gefolterten ging so weit, daß sie trotz allem nicht bereit waren, ihre

Überzeugungen aufzukündigen, und Wahlgang auf Wahlgang zwischen Kaiserfreunden und Kaiserfeinden verlief ergebnislos.

Ich kann dir versichern, daß die beiden Kardinäle, die sich seit Monte Cristo in unseren Gefängnissen befanden, von diesen hier um ihr Los beneidet wurden.

Als sie sich endlich auf einen Kandidaten einigten, fand er nicht die Billigung Orsinis, der erklärte, wenn sich diese krepierenden Mumien nicht bald einigen würden, wolle er die Leiche Gregors ausgraben und mitten in den Wahlraum setzen, vielleicht würde diese Gesellschaft ihre Anstrengungen beschleunigen.

Nach zwei Monaten und drei Tagen fiel die Wahl der Märtyrer auf Goffredo von Sabina.

Er war nur siebzehn Tage Papst, dann erlag er den Leiden seiner Gefangenschaft. Daß er als erste Amtshandlung Orsini exkommuniziert hatte, quittierte der mit Hohnlachen. Immerhin waren ihm die Kardinäle nun entwischt, ein zweites Mal konnte er niemanden einschließen. So dauerte es diesmal fast zwei Jahre, bis sich die Kurie, darunter auch unsere inzwischen freigelassenen Gefangenen, auf einen neuen Papst einigte. Sinibaldo Fiesco, Mitglied des staufisch gesinnten genuesischen Adelshauses, nannte sich als Papst Innozenz, und das hätte uns eigentlich bedenklich stimmen müssen. Aber der Imperator *wollte* im neuen Papst den Freund sehen. Wir hofften auf Frieden. Daß wir anstelle des wilden Fanatikers den kühlen Kalkulator, den Juristen, hatten, bedeutete leider nicht, daß er bereit war, den Kampf zu beenden. Er trat mit frischen Kräften an, da wir schon müde waren."

„Mit allzu großen Schritten, Piero mio, steuerst du dem Ende und dem Untergang entgegen", sage ich kopfschüttelnd. „Verzeih, wenn ich nicht länger mit dir Schritt halten mag. Willst du denn schon alles in Trümmer geschmissen sehen, bevor du selbst dahingestreckt wirst, wie es die Art der stürzenden Titanen ist, alles mit sich zu reißen und aus dem Brand ihres Hauses den Weltenbrand zu machen?"

„Du sprichst ja fast, als hättest du in meiner Kanzlei gelernt", erwidert er spöttisch, „und befleißigst dich nun auch des hohen Stils, Truda, wie? Wenig fehlt, und wir werden zum Lateinischen übergehen."

„Wir werden es sicher nicht so bald", sage ich und muß lächeln. „Fuchs, der du bist, verstehst du, dich wie immer um eine Antwort zu drücken, sobald dir die Frage unangenehm ist. Aber bei alldem haben deine Füße nicht aufgepaßt, und so habe ich deinen Kopf überlistet. Wir sind im Kreis gegangen, Figlio della Linda, denn mich gelüstet es nach der süßen Stimme der Liebenden, und irre ich mich nicht, so sind hier die Schalen der Nüsse und ..."

Er ist stehengeblieben. „Wahrhaftig!" sagt er erstaunt. „Als ich dich fand oder du mich, wie man will, dachte ich, all die alten Krebsschalen seien abgefallen von dir, und du seist vom Gang der Zeit weichgemacht und so leicht zu handhaben wie ein Kinderball. Aber du hast dich weniger verändert, als ich dachte. Sollte doch etwas daran sein an den alten Geschichten vom Unruhvollen Stamm?"

„Willst du denn deine Abkunft ganz verleugnen?"

„Das will ich", sagt er würdevoll mit komödiantisch klingender Stimme und ist Sohn der Linda mehr denn je, „denn man ist nur das, was man aus sich macht. Meinst du, es hat mir geholfen, das Kind meiner Eltern zu sein? Ganz im Gegenteil."

Ich lache. „Soll ich bei der Mutter für dich bitten?"

„Weiberkram", sagt er und verzieht den Mund.

„Pier, sag mal: Warst du eigentlich gegen Bianca Lancia?"

„Nein, warum. Ich schätzte sie als eine angenehme und kluge Person. Ich war nur für Ordnung. Und das Ehebett eines Kaisers ist nun mal nicht der Ort privater Gefühle, sondern eine politische Institution, falls du das meinst."

„Ja, das meine ich", erwidere ich.

II. Botschaft
Bianca la Bruna
2. Kapitel

In dir da liegt gefangen
mein Anfang und mein Ende.
So hebe deine Hände,
zerbrich der Knechtschaft Siegel
und stille dies Verlangen,
auf daß mein stetes Hoffen,
befreit von Schloß und Riegel,
die Türe zur Erlösung findet offen.

Aus einem Gedicht Federicos

Die Taube kehrt wieder zum Nest

Brescia ist klein, aber seine Mauern sind stark, sie trotzen den Belagerungsmaschinen, und Gott hat die Stadt ausersehen, den Hochmut der Hoffärtigen zu dämpfen – so frohlockt der Papst in Rom anno Domini 1238, wenn er Nachrichten vom lombardischen Kriegsschauplatz erhält. Von seinem Fenster aus blickt er noch immer auf das verhaßte Siegessymbol des anderen, auf den Mailänder Carroccio, und das ist ihm stets ein Stich im Herzen gewesen, nun aber kann er beruhigt darauf schauen, denn Brescia ist klein, aber Gott ist groß.

Gott tut noch mehr für das Wohlbefinden seines obersten Priesters: Er läßt eine verheerende Viehseuche ausbrechen in den Herden, die dem Heer dieses Antichristen zur Verpflegung dienen sollen, und schickt einen solchen Winter, daß sogar die Brunnen zufrieren. In Brescia gibt es feste Häuser, aber in den Zelten werden die Belagerer wohl beben. Papst Gregor kann mit Gott zufrieden sein.

Angestachelt vom Beispiel Brescias, erheben sich die schon Niedergeworfenen und schöpfen neuen Mut. Alessandria, Bologna, Faenza, Piacenza wehren sich weiter wie Mailand. Schon eroberte Städte fallen wieder ab vom erzwungenen Gehorsam. Venedig und Genua schließen sich machtvoll zusammen. An Brescia holen sich die buntgemischten Hilfstruppen des Kaisers nichts als blutige Köpfe. Der Krieg geht weiter. Te deum laudamus. –

Während die eisigen Januarwinde an den Zeltbahnen rüttelten und die leeren Kochtöpfe im Wind klapperten, näherte sich von Südwesten her dem kaiserlichen Belagerungsring langsam ein Ochsenkarren, auf dem, tief im Heu vergraben, eine Frau und ein Kind saßen. Mehrfach passierten sie mailändisches Gebiet, wurden angehalten und befragt, aber immer kamen sie durch. Die Liga ahnte nicht, welch kostbares Pfand ihnen davonfuhr.

Manfred Lancia störte eine Stabsberatung im Zelt des Kaisers mit der unklaren Mitteilung, Bianca sei im Lager, aber es war keine Zeit für große Fragereien, denn was da hinter ihm hertappte, vermummt in Wolltücher wie eine Bauersfrau, überhob die Herren der Diskussionen. Auf der Hüfte der Person saß, in Pelze vermummt, ein lebhaftes Kind, das versuchte, der Mutter das Kopftuch abzureißen, und ungeachtet der Stille im Zelt weiterlachte, quietschte und plapperte. Als Bianca es hinuntergleiten ließ, zappelte es sich aus der Verhüllung und lief, ohne jemanden zu beachten, auf den Tisch mit der Stabskarte zu. Es hatte goldflammendes Haar und bernsteingelbe Augen, die Augen einer Kröte.

„Das ist Violante", sagte die Mutter in zärtlichem Ton, „geboren im Frühjahr, nachdem ich Germanien verließ. Nein, mein Bruder wußte nichts davon. Niemand war seitdem bei mir in Piemont."

Das Kind zog die Karte vom Tisch und begann, sie mit Händen und Zähnen zu zerfetzen. Als die Generale eingreifen wollten, winkte der oberste Kriegsherr ab. „Violante", wiederholte er leise.

Beim Klang der fremden Stimme, die sie beim Namen nannte, sah die Kleine auf und lächelte. Es war ein hinreißendes Lächeln, fast unglaubhaft auf dem rotwangigen Kindergesichtchen, das halb weise, halb schelmische Lächeln der Lancia-Frauen.

„Violante braucht Milch, wenn es welche gibt, und ein Stück Brot", fuhr die Mutter fort. „Unser Vorrat hat nicht ganz gereicht, weil uns die Mailänder ein paarmal aufhielten." Noch immer hatte niemand für etwas anderes Augen als für dieses Kind, das sich ungezwungen wie ein zahmes Vögelchen zwischen den Kriegern bewegte.

„Und wenn es das Letzte wäre", sagte Federico leise. „Wer nimmt sich ihrer an?"

Drei sprangen hervor, das Kind aufzuheben: Manfred, Giovanni, der Kämmerer, und der junge Graf Riccardo da Caserta, ein begabter Mechaniker, der die ballistischen Maschinen konstruiert hatte. Das Kind sah ruhig von einem zum anderen und streckte dann Caserta die Arme entgegen.

Es bedurfte keines Winkes, daß sie alle gingen. Einer wollte die Fetzen der Karte zusammensuchen, aber Friedrich schüttelte den Kopf. „Laß, wir brechen die Belagerung ab."

Sie standen sich gegenüber, die Frau noch immer in der unförmigen Verhüllung, schwiegen. Dann sagte er, mit einem tiefen, stokkenden Ausatmen: „Ersehnte, jenseits aller Hoffnung Ersehnte. So bist du doch noch gekommen."

„Ich denke, in den dunklen Zeiten soll eine Frau bei ihrem Mann sein", sagte sie leise.

Er schloß die Augen. „Halten sie an, die dunklen Zeiten, mio ben, nun, da du zurück bist?"

„Ach, mein Liebster. Du hast das Schwert aufgenommen und versäumt, es rechtzeitig wieder fort zu tun. Wie soll es da gut werden? Es wütet weiter gegen dich und alle."

Er erwiderte nichts.

Sie streckte ihre roten, von Frost gesprungenen Hände unter dem Umhang hervor, berührte sanft sein Gesicht.

„Wie kalt du bist", flüsterte er. Vorsichtig nahm er ihre Finger in die seinen wie in ein Nest, führte sie zum Mund, hauchte darauf, sie zu wärmen.

Die Taube sei zum Nest zurückgekehrt, so sang schwärmerisch „Il Notaro", der Begabteste der jungen Dichterschule, Giacomo da Lentini. Aber das Leben war schwer.

Die Lombarden spotteten schadenfroh: Wie ein Hund, dem man eiserne Knochen vorgeworfen habe, ziehe sich der Kaiser zurück von Brescia. Für den Rest des Winters quartierte sich die sieglose Majestät im Kloster Santa Justina bei Padua ein – man konnte es eher eine Heimsuchung nennen, denn mit dem Herrn kamen Hof, Kanzlei, Dienstleute, der Troß. Auf der Ebene vor dem Kloster schlugen die Sarazenen ihre bunten Zelte auf, und die Menagerie des Imperators, vom Falken bis zum Elefanten, stellte hohe Ansprüche ans Futter. Abt Arnold konnte sich allerdings durch reiche Geschenke, Privilegien und Grenzbestätigungen als entschädigt ansehen für den teuren Besuch.

Im Brentatal, in Noventa, wohnte Isabella mit ihrer Hofhaltung. Sie hatte endlich den schon so lange prophezeiten Knaben, Enrico Carlotto, geboren. Dort befand sich auch die kaiserliche Kinderstube.

Wohin nun also mit La Bruna? Eine Zeitlang stand ihr Zelt unter denen der Lancieri, was Federico unwürdig fand. Sie hingegen fand es unwürdig, in die Nähe der Kaiserin zu ziehen, etwa gar nach Noventa, zwei Häuser weiter sozusagen, damit der Herr es schön bequem habe. Die Bitterkeit war mit der Süße von Anbeginn im Becher vermischt.

Bianca sehnte sich nach den Kindern, nach Manfred, Konstanze und den anderen. Enzio hatte die Nachricht von der Wiederkehr La Brunas mit der süßen Violante nach Noventa gebracht, und eines Tages wimmelte das Sarazenenlager von kaiserlichen Kindern – auf Federigo d'Antiochias Anstiften hin hatte man einfach Betreuer und Wächter zu einem Ausflug überredet und war zu Bianca gefahren, sie willkommen zu heißen und das neue Geschwister zu begrüßen. Ihre Fahrt im Ochsenkarren durch Feindesland wuchs sich in den Augen der Kinder zum größten Abenteuer der Welt aus.

Ein väterliches Donnerwetter jagte die kleinen Herren und Damen wieder nach Noventa zur „faba" zurück; allerdings ohne Konstanze und Manfred. Die Marchesa bestand ruhig darauf, daß diese zu ihr gehörten. Der Imperator, wieder einmal hilflos vor ihrem sanften Willen, zog es vor, zunächst einmal auf Großwildjagd in die Hochebene zu flüchten, um die Leoparden loszulassen.

Als er zurückkam, hatte sie alles in ihrem Sinne geordnet. Mit ihren Kindern war sie in eine Wohnung in Vigodarzere gezogen, eine halbe Tagereise weiter entfernt als Noventa. Hier konnte sie von den Geschwistern besuchen, wer wollte, ohne daß der Vater es sehen mußte, und hierher konnte er selbst kommen, ohne daß es in Noventa auffiel.

Es blieb nicht aus, daß sich eine kleine separate Hofhaltung um sie scharte, daß eine Reihe der Paladine und Familiaren ihr häufig aufwartete. Federico tat, als merkte er es nicht. Übrigens war sie nicht die Frau, dergleichen als einen Triumph anzusehen. Als ihr Liebster einmal eine abfällige Bemerkung über den Hochmut der englischen Lady machte, sagte sie ernst: „Du setzt *mich* herab, wenn du schlecht über sie sprichst." Von da an taten sie, als gäbe es die Frau in Noventa nicht.

Natürlich ging das nicht auf die Dauer. Man konnte nicht ständig die eine vor der anderen verstecken. Im Frühling, am Sonntag Jubilate, erschien die Kaiserin unerwartet in Padua und wünschte, an der Messe teilzunehmen, die ihr Gemahl eigentlich mit Bianca besuchen wollte – ob es ein Zufall war oder ob man ihr die Sache hinterbracht hatte, war nicht klar.

Federico ließ die Marchesa stehen und eilte, seiner Frau aus dem Sattel zu helfen. Isabella war auf das prachtvollste gschmückt, ihr goldenes Haar fiel von dem perlenbesetzten Kopfschmuck gelockt bis auf die Schultern, Kleid und Mantel flimmerten von Kleinodien. Der Kaiser ergriff ihre Hand und führte sie zum Dom.

Die arme Bianca hatte nicht die Kraft fortzugehen. Sie stand in der Menge, die dem hohen Paar huldigte, und hätte sie nicht das wilde Mädchen Violante bei sich gehabt, wäre wohl der Blick der Kaiserin zunächst über sie hinweggegangen, braun und klein, wie sie da stand, die Marchesa vom Misthaufen. Aber ihr fiel zu spät ein, daß sie in die Knie gehen mußte, sie tat es erst, als alle schon gebeugt waren.

Der Fuß der Engländerin stockte, rote Flecke erschienen auf ihren Wangen, sie öffnete den Mund – aber der Imperator ließ einen kalten Blick über die Frau am Weg gleiten und sagte herrisch: „Komm, Bella, halt dich nicht auf."

Ach, bitterer Becher. Statt hernach Trost zu finden in den Armen ihres Liebsten, mußte Bianca harte Vorwürfe anhören. Sie habe auf törichte Weise provoziert. Ob sie offenen Krieg wolle mit der Imperatrice? Weinend und verzweifelt hing sie an seinem Hals. Ihm war es lästig, es gab größere Sorgen.

Auch sonst war Grund zum Streit. Bianca entsetzte sich darüber, daß ihre süße Nichte Selvaggia dem gewaltsamen Ezzelino zur Frau gegeben wurde. Ob Federico nicht wisse, daß er das Kind sehenden Auges in die Hölle geschickt habe? Er zuckte die Achseln. Selvaggia sei stark und selbstbewußt, und Ezzelino würde sich hüten, die Tochter seines Herrn zu kränken. Was sie denn wolle? Das sei nun einmal die Bestimmung der Fürstenkinder. Unbegreiflich war ihr auch, daß er seinen Liebling Enzio mit der um dreißig Jahre älteren Fürstin von Sardinien vermählte, um auf diese Weise dem Papst das Königreich Arelat abzulisten. Er hingegen verstand ihr Grauen nicht, als sie das erstemal aufgeknüpfte Gefangene sah. Wenn sie schwache Nerven hätte, solle sie nicht in ein Kriegslager kommen.

Sie fand ihn schroffer, kälter, zwischen Ungeduld und Zärtlichkeit hin- und hergerissen, betroffen von ihrer Geradlinigkeit. In einem Atemzug konnte er sie seinen Engel und seine Hoffnungsgöttin nennen und eine störrische Närrin aus Piemont, wo die Dickschädel zu Haus sind.

Einige Wochen nach Federicos Exkommunikation kam Bianca mit einer Frühgeburt nieder. Sie bat Meir inständig, es zu verschweigen, und da der Arzt sehr um ihren Zustand besorgt war, fand er gar keine Gelegenheit, ihre Bitte nicht zu erfüllen. Inmitten der Hektik, mit der regiert, organisiert, beurkundet und Krieg geführt wurde, wäre es Federico um ein Haar nicht zu Ohren gekommen, wenn nicht Manfred die Schwester besucht hätte.

Friedrich ließ alles liegen und stehen und eilte nach Vigodarzere.

„Läßt du mein ein und alles hier sterben und verderben und wagst auch noch, es mir zu verschweigen, Jude?" fuhr er den Arzt an.

„Es war der Wunsch der Marchesa", sagte Meir gefaßt. Er ging an ihm vorbei.

Bianca war so matt, daß sie kaum die Hand heben konnte, aber dank der wunderbaren Kraft, die in ihr war, saß sie am Abend bereits wieder aufrecht im Bett, blaß, lächelnd, da er auf sie zustürzte wie ein Greifvogel auf die Beute und seinen Kopf an ihrer Brust barg.

„Mach so etwas nicht noch einmal, hörst du!" befahl er wild. „Hörst du, Bianca!"

Seine Umarmung schnürte ihr fast die Luft ab. „Tesoro", murmelte sie, „das Kind saß falsch in mir. Meir kann es dir erklären. Es war schon abgestorben und hätte meinen Körper vergiftet."

„Was gehen mich ungeborene Kinder an", sagte er wild. „Mia moglie. Ich wußte von nichts." Er begann, sie zu küssen, zwischen seinen Lippen und ihrer Haut war der Stoff des Hemds, er schien es nicht zu merken.

Sie legte die Arme um ihn, um nicht ohnmächtig zu werden. –

Während des Zuges durch den Kirchenstaat und weiter nach Apulien war es dann so, daß die Hofhaltung der Kaiserin Isabella eine Tagereise hinter dem Troß des Imperators herzog – aus Gründen der Sicherheit, hieß es. Für La Bruna und ihre Kinder jedoch brauchte man offenbar weniger Sicherheit, sie reisten direkt mit dem Gefolge. Das Lancia-Zelt stand meist neben dem des Caesar. Isabella erfuhr auch das. Sie hatte inzwischen zwei Kinder geboren, das half alles nichts. Ihre Post nach England wurde kontrolliert. So ließ sie denn schreiben.

Federico war weniger über die Beschwerde des englischen Königs erstaunt als darüber, wie der diese Dinge erfahren habe. Schließlich hatte er konsequent alles Englische vom Großhof entfernt, und der Umgang der Kaiserin war bekannt.

„Irgendeine Feder muß sie gefunden haben", sagte er zu Pietro, „aber wer ist es?"

Der zuckte die Achseln. Er könne doch wohl kaum die Geheimpolizei auf die Kemenate der hohen Frau ansetzen? Im übrigen gäbe es Mittel und Wege genug, die Engländer zu beschwichtigen, und was die Imperatrice angehe, so sei er, Petrus, gern bereit, noch eine weitere Serie von korrespondierenden Sonetten mit ihr zu verfassen, wie über die Vorzüge des Veilchens vor der Rose, damit sie beschäftigt werde. Er sagte das sehr ernst, aber Federico fand es ungeheuer komisch, die „faba" mit Piero im Sonettduell über Rose und Veilchen ...

Der Schwiegervater warf dem Kaiser vor, daß man die erhabene Elisabeth wie eine Gefangene halte, daß sie seit ihrer Eheschließung noch nie „unter Krone gegangen", das heißt repräsentativ aufgetreten sei und daß sie zugunsten einer Konkubine vernachlässigt werde – diese zu verstoßen war die dringendste Forderung aus London.

Anstelle langwieriger Erörterungen lud Friedrich den Bruder der Kaiserin, Richard of Cornwallis, nach Apulien ein. Der junge Mann befand sich ohnehin auf Südkurs, er wollte zum Heiligen Grab. So konnte er ein halbes Jahr in Foggia Station machen und sich alles mit eigenen Augen ansehen.

Isabella war froh über die Gesellschaft des Bruders, obwohl sie sich niemals allein miteinander besprechen konnten. Die Eunuchen-Wächter der Kaiserin waren immer dabei, und es war durchaus möglich, daß sie inzwischen Englisch konnten. Abgesehen davon – es gab wenig, worüber sie sich unterhalten konnten. Richard unterlag schnell der Faszination des Imperators, dem so gar keinen bekannten Regeln entsprechenden Umfeld dieses Mannes, und hatte kein Verständnis mehr für die Lage der „kleinen Betsy". Er begann, mit den jungen Dichtern des Hofes gemeinsam für das Orientalische zu schwärmen, lief im Burnus umher, genoß die Abende mit exotischer Musik, Tänzerinnen und Opiumpfeife. Nach ein paar Wochen erregte die Forderung seiner Schwester, Bianca möge verschwinden, nur noch sein Lächeln – hatte er doch selbst schon eine Kanzone an La Bruna gerichtet. Der Gedanke, die Imperatrice müsse öffentlich auftreten, war ihm fremd geworden.

Nachdem Federico als „Friedensfürst" ohne Schwertstreich das Patrimonium Petri besetzt und Rom verschont hatte um der alten Glorie der Stadt willen, die er nicht durch Kampf, sondern auf Wunsch der Quiriten erhalten wollte, war der Sommer in Foggia heiß und schön. Es gab Abende, an denen die kaiserliche Residenz verwaist schien. Dann war alles auf das Jagdschloß Gioia del Colle hinausgezogen, wo die Marchesa residierte. Man machte Musik und dichtete, bis die Sonne unterging, und unter den Sternen wurde getanzt. Es konnte geschehen, daß die Majestät mit La Bruna zu einer Caccia antrat, und sie trug einen Kranz aus blauen Blumen auf dem Kopf, als sei die Zeit stehengeblieben.

An solchen Abenden ging die einsame Frau aus dem Norden durch die Räume des Palazzo, in ihrer Begleitung ein Fackelträger und eine ihrer Kammerfrauen, und sie ging, bis sie ein anderes Licht fand in den Räumen der Kanzlei und auf einen anderen Einsamen stieß, der schlaflos über seine Bücher und Papiere gebeugt saß.

Meist hatte sie sich schön geputzt; was sollte sie sonst mit ihrer Zeit anfangen? Wenn sie die Tür zu dem kleinen Zimmer des Arbeiters aufstieß und er die Augen hob, stand sie da in leuchtender Seide und Perlen, Edelsteine im wohlgeordneten Haar, so schön wie nutzlos und, wenn sie nicht gerade ein Kind bekam, beiseite getan und fallengelassen, so daß er, der sie gefunden, hergebracht und erhöht hatte in den leeren Raum hinein, fast ergrimmte darüber, wie die edle Gabe mißachtet wurde. Und er erhob sich mit großer Ehrerbietung, nicht fragend, was sie wolle, denn das hätte sie nicht zu sagen gewußt, ohne sich und ihn zu demütigen, und er beugte das Knie und sprach: „Hohe Herrin und Majestät, du erweist mir mehr Huld, als ich würdig bin zu empfangen, durch dein Kommen. Geruhe, Platz zu nehmen, Erhabne."

Und sie: „Wenn ich störe, Meister de Vinea, so gehe ich fort."

„Es gibt nichts, was mir wichtiger wäre als du", erwiderte er, und sie schlug die Augen nieder, wenn sie sagte: „Ich werde dich für alles belohnen, was du an mir tatest und noch tust, Herr Pietro", wohl wissend, daß sie keinerlei Macht hatte, zu lohnen oder zu strafen an diesem Hof.

Sonette über Veilchen und Rose, Dichtergeschwätz – zwei, die allein waren.

Sie vermochte nichts. Sicher hätte sie, wenn sie gekonnt hätte, versucht, Bianca umzubringen, nicht aus Eifersucht oder gekränkter Liebe, sondern aus Stolz und Zorn, aber da sie wußte, daß sich auch Vineas Ergebenheit nicht würde zu einem solchen Dolche schmelzen lassen, schwieg sie.

Sie schwieg, als es wieder in die Lombardei ging, der Troß der Imperatrice dem Heerzug hinterher, das Zelt La Brunas neben dem des Kaisers, der illegitime Sohn Manfred an der Hand des Vaters, während Enrico Carlotto bei ihr zu bleiben hatte, er war ja noch zu klein. Was ging sie überhaupt das rothaarige Kind mit den fast schielenden

Augen an, ihr waren Kinder gleichgültig. Schwieg, als sie im Frühling zurückgeschickt wurde ins Königreich, gesegneten Leibes zum drittenmal, in der Ruhe Apuliens das Kind auszutragen. Niemand da, den man abends aufsuchen konnte, die Kanzlei mit auf Reisen.

Alles auf Reisen. Die paar Diener in Foggia, die Kammerfrauen und eine Hebamme, Meir war schließlich bei Bianca. Zudem lehnte Isabella ärztliche Hilfe ab, bisher war ja alles gut gegangen, warum nicht auch diesmal. Am ersten Tag des Dezember war die Niederkunft. Am dritten kam die Botschaft im Kriegslager vor Faenza an: Die kaiserliche Gemahlin Isabella war verschieden. In, wie es heißt doch: in Kindsnöten. Nein, auch der Knabe konnte nicht gerettet werden.

Bianca war ihr, vom Sonntag Jubilate in Padua abgesehen, zwei- oder dreimal begegnet, sie wußte kaum, wie sie von nahem aussah. Nun erschien ihr die Tote im Traum, weißgewandet, das lange blonde Haar umwallte sie wie Rauch, lächelnd, nickend, schloß sie die Rivalin zärtlich in die Arme.

Sie erwachte von ihrem eigenen Schluchzen, setzte sich auf, versuchte, sich zu fassen. Der Mann neben ihr schlief, sein müdes Gesicht, gezeichnet von Falten, war sehr ruhig, in seinen Mundwinkeln schien sogar ein Lächeln versteckt zu sein. Vorsichtig wischte sie ihre Tränen von seinem Hals, legte sich zurück. Ohne zu erwachen, regte er sich, schob seine Hand auf ihren Körper. Sie blieb offenen Auges bis zur Dämmerung.

Am nächsten Tag bat sie ihren Bruder, die Jahreseinkünfte einer kleinen Grafschaft zu verpfänden, die sie geerbt hatte. Sie wolle Messen lesen lassen für die verstorbene Kaiserin. Manfred sah sie erstaunt an. Sie übte religiöse Pflichten sonst zwar korrekt, aber ohne besonderen Eifer aus. „Nicht ihretwegen, meinetwegen", sagte sie, das machte es ihm noch rätselhafter.

Noch vor Ablauf des Jahres beurkundete die Kanzlei eine Schenkung an die Marchesa Lancia. Der Kaiser vermachte ihr Monte Sant' Angelo in der Capitanata mit allen Städten, Besitzungen und Burgen und einige Ländereien auf der Insel – die traditionellen Morgengaben an die sizilische Königin.

Niemand verlor ein Wort darüber.

In der Lombardei spielte Fortuna wie üblich Blindekuh. Ferrara fiel an die Liga, Ravenna an die Kaiserlichen. Vor Bologna wollte Friedrich noch schnell Faenza nehmen und biß sich fest wie seinerzeit an

Brescia. Genua und Venedig griffen offen in den Kampf ein und wollten die kleine zähe Stadt entsetzen, aber der Kaiser mobilisierte nicht nur seine orientalischen Freunde gegen die Serenissima, sondern sogar die Piraten, und er verhöhnte die abziehende venezianische Flotte, indem er den Mailänder Podestà, den bei Cortenuova gefangenen Dogensohn Tiepolo, vor den Augen seiner Landsleute aufhängen ließ.

Faenza war allein, und rundum saßen die Kaiserlichen, acht Monate lang. Zuletzt kochten sie in der Stadt das Leder ihrer Schuhe. –

Eines trüben Morgens öffnet sich das Tor. Langsam wie eine Raupe kommt ein grauer Zug auf das kaiserliche Lager zugekrochen: Frauen und Kinder der Stadt, still, schwankend wie Schatten, selbst die Kleinsten zu schwach zum Schreien.

Enzio und der Bischof Berardo geleiten sie zum Lager, zum weitgeöffneten Prunkzelt des Imperators, der starr auf erhöhtem Sitz thront. „Nun, wollen die Bürger von Faenza jetzt handeln mit mir, und was für merkwürdige Legaten haben sie sich erkoren?"

Ihm zu Füßen wirft sich eine lange schwarzäugige Frau und reckt die dürren Arme auf. „Erhabner, nicht als Legaten oder Unterhändler kommen wir, sondern als Schutzflehende. Ich bin Francesca Perri, die Frau des Podestà dieser geprüften Stadt. Höre mein Flehen: Nicht gegen Weiber und Kinder führe du Krieg, sondern als ritterlicher Herrscher gewähre uns Asyl, dann tu deinen Willen an der Stadt. So ist es der Wunsch unserer Männer, die nicht mit ansehen können, wie wir vor ihren Augen sterben, und der unsere um dieser unschuldigen Kinder willen. Gnade und Zuflucht nicht für Faenza, für uns, Majestät!"

Die hellen Augen gehen kalt über sie und die anderen hinweg. „Sehr gut, daß ihr kamt, so kann ich an eurem Zustand den eurer Männer ablesen. Ich denke, keiner kann mehr kämpfen. Die Stadt ist reif zum Sturm. Meine Antwort auf eure Bitte aber ist: Faenza möge sich auf Gnade oder Ungnade ergeben und sehen, ob Feuer und Schwert oder Vergebung und Milde ihr Teil sein wird. Diese Nachricht überbringe deinem Mann, Francesca Perri, diesem Podestà, der zu feige ist, selbst aus seiner Hungerhöhle herauszukriechen. Im übrigen: Fort mit euch und zurück! Die Frauen gehören zu ihren Männern in der Stunde der Not."

Nichts regt sich auf dem Platz vor dem Zelt. Auch die Frau steht nicht auf – ob sie ihre Bitte stumm wiederholt, ob sie sich vor Entkräftung nicht erheben kann, wer weiß.

Da sagt plötzlich eine helle, freundliche Kinderstimme: „Du da, willst du mit mir spielen?"

Angelockt von der Nachricht über diese seltsame Gesandtschaft, ist Bianca unbemerkt aus ihrem Zelt gekommen, mit ihr die kleine Violante, die nun fröhlich und goldlockig auf eins der Kinder dieses Leidenszuges zuspringt und dem erkorenen Spielgefährten einen Apfel hinhält.

Bianca, eben noch willens, ihr Kind zurückzuholen, sieht die vielen Hände, die sich nach diesem Apfel ausstrecken. Sie steht einen Augenblick zögernd zwischen dem Zelt mit den Männern des Krieges und diesen Frauen und sieht von einem zum anderen. Dann sagt sie leise: „Wartet", dreht sich um und geht mit großer Selbstverständlichkeit an Friedrich vorbei ins Zelt. Dort steht immer ein kleiner Tisch mit Erfrischungen, von dem sich die Generalstäbler hin und wieder etwas nehmen: Obst, Brotfladen, Süßigkeiten, kaltes Fleisch. Sie rafft die Ecken des Tischtuchs, macht alles zu einem Bündel und schleppt es hinaus, ohne sich umzusehen, Filangieri und Caserta, die ihr im Weg stehen, schiebt sie mit der Schulter beiseite, und alle starren auf sie, als seien sie gebannt.

Dann, vor den Frauen, bemerkt sie wieder wie zu sich: „Aber das ist zuwenig" und drückt das Tuch mit den Lebensmitteln dem in die Hand, der ihr am nächsten steht, es ist der König von Torre und Gallura. Darauf in ruhigem Befehlston: „Verteil das zunächst an die Kinder, Enzio, aber mit Verstand." Dann streckt sie ihre Arme nach der am Boden liegenden Frau aus, und obwohl ihre Stimme ganz sicher klingt, sieht man, daß ihr die Hände zittern. „Steh auf, Schwester. Bevor ihr in eure Stadt zurückkehrt, sollt ihr gegessen haben. Der Kaiser ist nicht der Herr der Mongolenhorden, sondern ein christlicher Fürst, er kennt Barmherzigkeit. Ihr seid La Brunas Gäste." Sie sieht sich um. „Caserta und du, Eminenz, ihr geleitet sie in allen Ehren zu mir. Giovanni, Giacomino, helft mir! Wir brauchen Milch für die Kinder, helles Brot und eine leichte Suppe. Besorgt das!"

Die so Beorderten sehen zögernd nach dem Zelt, aber die Vorhänge haben sich geschlossen, der Imperator ist verschwunden. La Bruna, den Arm stützend um Francesca Perri gelegt, geleitet den Zug zu ihrem Zelt.

Als die Frauen nach Stunden das Lager wieder verlassen, wollen ihnen die Wachen verwehren, Lebensmittel mitzunehmen. Aber die Marchesa ist zur Stelle. „Jede, was sie trägt. Das ist nicht viel, Faenza wird sich darum keinen Tag länger halten." Man wagt nicht, sich ihr zu widersetzen. –

Binnen achtundvierzig Stunden bot die Stadt bedingungslose Kapitulation an. Als sich die Stadttore öffneten, um die kaiserlichen Truppen einzulassen, zogen als erstes mit Säcken und Fässern beladene Ochsenkarren ein, die Mehl und Fleisch aus dem Feindeslager in die verzweifelte Stadt transportierten.

Faenza wurde begnadigt. Violante mit den Krötenaugen nahm an der Hand ihres Freundes Caserta die Schlüssel der Stadt entgegen, ihr hoher Vater stand nur daneben. Bianca ließ sich nicht sehen.

Die Zeit zu sprechen und die Zeit zu schweigen . . .

Als die Nachricht von Heinrichs Tod den Hof erschütterte, konnte Bianca ihren Liebsten nicht trösten. Sie war in Piemont und verheiratete ihre kleine Schwester Isotta, und die Nachrichten brauchten lange bis ins Bergland hinter der Lombardei.

Zurückkommend, fand sie ihn verändert, das Gesicht hagerer, der Mund nicht nur im Lächeln schief, die Augen zurückgesunken in den Höhlen, noch mehr Grau im Haar, und sie nahm ihn in die Arme wie eine Mutter ihr Kind.

„Was wird man mir noch alles wegnehmen?" flüsterte er heiser, mit geschlossenen Lidern. „Wie zwischen großen Mühlsteinen wohne ich, sie reißen mir die Haut vom Leibe."

„Es ist dieser Krieg", sagte sie, „der saugt uns das Blut aus und läßt die Herzen erstarren. Alles Übel hat seine Wurzel in dieser einen Sache. Tu das Schwert beiseite!"

„Aber das kann ich nicht, dolze mia donna. Leg ich das Schwert fort, so wird man mir unweigerlich die Hand abschlagen. Es steht nicht mehr bei mir."

„Es steht bei dir", erwiderte sie fest. „Siehst du nicht, daß du nur verlieren kannst, wenn es so weitergeht? Wo ist deine Klugheit und wo die deiner Räte, daß ihr keinen klugen Frieden macht, statt euch und die anderen zu zerreiben. Was soll dir deine Rache, wenn wir darüber sterben?"

Es kam kein Friede, nein. Aber während zweier Jahre, in der Zeit nach dem Tod des grimmigen Papstes Gregor, hielt der Krieg gleichsam den Atem an. Federico, bereit zu Verhandlungen in einem ungewohnten Maße, hielt mit äußerster Geduld an sich, die Schwertspitzen schwebten, ohne sich zu berühren – vielleicht kann man hoffen, daß alles anders wird, ein neuer Papst, man einigt sich, ist es nicht zuletzt ein persönlicher Zwist von zwei Großen der Welt, keiner zwischen weltlicher und geistlicher Macht, Hoffnungen und Schauder vor dem Abgrund, der jenseits aller Hoffnungen sich auftut. Eine Atempause.

Während die Löwenpranken der Zeit den Liebsten zausten, entging das Äußere La Brunas noch immer diesem Zugriff. Eine Frau von fast vierzig Jahren, war sie doch noch immer windhauchzart und grazil, straff die Haut, ohne Grau die seidigen, glatten Haare, faltenlos Stirn und Hals. Nur wer genauer hinsah, bemerkte, daß ihre Fingernägel weißfleckig nachwuchsen, daß braune Male auf ihren Handrücken entstanden, daß die Spitzen des Haars brüchig wurden. Morgens vorm Spiegel fuhr sie manchmal mit den Händen über die Schlüsselbeine, über denen sich am Hals immer tiefere Höhlen abzeichneten, über die Brüste, die nicht mehr straff am Leibe standen, lächelte, verhüllte sich.

In dieser Zeit wichen die zartgliedrigen, langwimprigen und wilden Kinder La Brunas dem Kaiser kaum von der Seite. Manfred, zehn Jahre alt, ließ seinen ersten selbstgezähmten Falken steigen im Hochland Tavoliere, und wie mitgehoben sahen Vater und Sohn dem schönen Flug nach, das Kind sprachlos vor Jubel, als das Tier auf den Ruf herabkam wie ein Engel Gottes, den das Gebet beschworen.

Manfreds Leidenschaft für die Falknerei und seine Bitten vermochten Federico denn auch, endlich das oft begonnene und fortgesetzte Traktat über die Kunst, mit Vögeln zu jagen, zu vollenden, ein kühnes, glänzendes Buch, vollkommen in allem. Es begann mit einer vollständigen Vogelkunde, wobei eigene Beobachtungen und Experimente die alten naturkundlichen Spekulationen des Aristoteles und seiner Nachfolger verdrängten. Die hohe Kunst, mit Vögeln zu jagen, ihnen durch menschliches Ingenium eine „zweite Natur" zu verschaffen, hieß es, sei würdiger und edler als alle anderen Arten der Jagd.

Bianca ließ das Buch heimlich abschreiben und mit Miniaturen versehen. In Gold- und Silberbeschlägen gefaßt, wurde es eine Geburtstagsgabe für Manfred, über die sich der Vater beinah mehr freute als der Sohn, dessen Lateinkenntnisse damit auf eine harte Probe gestellt wurden.

Mehr als in den Jahren zuvor war Friedrichs Blick in dieser Zeit der Schwebe wieder nach dem Orient gerichtet. Fast jeden Monat kam Post von dem Emir Fachr-ed-Din aus Kairo. Gesandtschaften aus Ägypten, Tunis, Algier erreichten den Hof, der Kaiser konsultierte einen hochberühmten jungen arabischen Wissenschaftler über Fragen der Natur und Weltweisheit und ertrug dessen arrogante Antworten mit Langmut.

Der Imperator erneuerte auch seine Beziehungen zu dem byzantinischen Kaiser Johannes Vatatzes. Er suchte den Byzantiner eng an sich zu binden und versprach ihm die Hand Konstanzes – gar nicht zur Freude der Mutter, die nun auch ihre Kinder einbezogen sah in das diplomatische Verwirrspiel der Heiratspolitik.

Sie hingegen machte einen Vorschlag, der den Imperator zunächst befremdete, dann amüsierte und schließlich sogar begeisterte. Wenn überhaupt jemand verheiratet werden müsse, erklärte sie, so sei das Violante. Ob denn der Vater nicht bemerkt habe, erklärte sie, daß die „Krötenäugige", seit sie sprechen könne, an Richard von Caserta hänge, daß der geduldige junge Kriegsmann mit der Ergebenheit eines Geweihten im Dienste dieses achtjährigen Mädchens stehe und die beiden unzertrennlich seien, auffallend unzertrennlich! Caserta, so Bianca, verdiene Violante.

Federico verlobte dann die Tochter dem Chef seiner Ballistiker, was zur Folge hatte, daß der fast dreißigjährige Mann glühend errötete, wenn er des Kindes ansichtig wurde, daß er ihr die Puppe nachtrug wie ein Ritter seiner Dame den Fächer und sie mit einem Handkuß begrüßte. Seine Anbetung machte Violante vor der Zeit zur Frau. Kaum war sie empfängnisfähig geworden, stieg sie ins Brautbett. Goldhaarig, goldäugig und mit dem Temperament eines ungezähmten Fohlens, war sie mit ihren zehn Jahren die anmutigste Person der Welt, obgleich sie kaum Brüste hatte und ihrem Bräutigam gerade bis zur Schulter reichte. Es kostete ihre Mutter einige Mühe, sie davon abzuhalten, aller Welt die Einzelheiten ihrer Hochzeitsnacht zu erzählen, da die Kleine meinte, dergleichen überwältigende Dinge könne sie unmöglich für sich behalten.

Violantes Hochzeit war einer der heiteren Höhepunkte am Hof zu Foggia. Bald danach kamen Boten aus Germanien. Der päpstliche Bann hatte nun doch seine Wirkung getan, eine Reihe der Kirchenfürsten war den Argumenten und Geldbeuteln aus Rom nicht unzugänglich gewesen und fiel vom Kaiser ab. Ein Gegenkönig zu Konrad wurde aufgestellt. Man mußte sich der deutschen Machthaber versichern. Konrads Vermählung allein reichte nicht aus. Ein Imperator, der, verwitwet, nicht bereit war, sich eine deutsche Fürstentochter und damit eine weitere Loyalität im Norden zu erheiraten, der mußte ja töricht sein.

Als die Werber auszogen, erfuhr es Bianca. Es war immer das gleiche Spiel. Er meinte, nun diesmal, nun endlich müsse es doch anders sein. Sie, nun diesmal, nun endlich müsse er sie verstehen.

Sie stehen zwischen den Körben herum, Bianca läßt gründlich pakken. „Es ist also wahr", sagt er grimmig, ohne sie anzusehen. „Du willst fort, ohne einen Ton zu sagen, fort wie ein trotziges Kind, mit dem man nicht jeden Tag zu spielen bereit ist."

„Ich wußte nicht, daß es Spielen ist", erwidert sie und verbirgt ebenfalls ihre Augen vor den seinen.

Plötzlich lodert er auf. „Es könnte auch sehr ernst werden. Vielleicht sollte ich dich meinen sarazenischen Lancieri schenken, damit sie an dir tun, worin ich dir wohl nicht mehr genüge."

Ihre Augen füllen sich mit Tränen. „Deine Lancieri würden mich nicht anrühren aus Ehrfurcht vor dir, mein armer Liebster. Du mußt nicht so Sinnloses sagen. Ich wollte, du wärst gekommen, um in aller Freundlichkeit Abschied zu nehmen, wenn du das könntest. Aber das kannst du wohl nicht."

„Nein, das kann ich nicht", sagt er mit verzerrten Lippen. „Und du weißt das. Du weißt auch, daß ich seit fast fünfzehn Jahren immer wieder zurückkehre zu dir wie ein Sklave zu seiner Herrin und daß ich so an den Geruch deines Fleisches gefesselt bin inzwischen, daß es ein Staunen ist und daß sie sagen, es sei ohne Beispiel, weil ich für keine mehr Augen habe. Alles das weißt du, crudelissima."

„Erhabner", sagt sie. „Ich will und werde keine neue Kaiserin mehr erdulden. Ich habe nicht mehr die Kraft, mich selbst zu verleugnen, das ist alles. Ich wollte, es würde uns weniger schmerzen. Aber ich muß gehen."

„Gut", erwidert er hart. „Geh denn. Ich habe mich an Verluste gewöhnt. Es kommt auf einen mehr oder weniger nicht an. Wohin willst du, nach Piemont?"

„Nein", antwortet sie ruhig. „Nach Monte Sant' Angelo. Ich will mich der Güter erfreuen, die du mir geschenkt hast."

„Ja, als Mitgift einer Königin." Er lacht auf.

„Wenn ich sie zurückgeben soll, mußt du es mir sagen."

Um seinen Mund treten die Muskeln hervor. Langsam geht er auf sie zu.

Sie steht da mit hängenden Armen, sieht ihn an. „Federico“, sagt sie schwach, „tu es nicht, mio ben. Rühr mich nicht an. Bitte.“

Er dreht sich um, geht.

Sie steht eine Weile mit gesenktem Kopf, bevor sie eins ihrer Kleider nimmt, die über dem Deckel eines Korbes hängen, und es sorgfältig zusammenlegt. Dann ruft sie nach ihren Frauen, ihr beim Pakken zu helfen.

Bevor sie abreist, erreicht sie noch ein kaiserliches Handschreiben, in dem der Imperator der Marchesa Lancia glückliche Fahrt und ein segensreiches Leben wünscht. Allerdings müsse er darauf bestehen, daß die Kinder Konstanze, Manfred und Violante ausschließlich am kaiserlichen Hof und nicht zu Monte Sant' Angelo sich aufzuhalten hätten, daß Besuche der Erlaubnis bedürften – weiter liest Bianca nicht. Als ordentliche Frau legt sie den Brief zu ihren Papieren. Sie hat keine Lust, Krieg zu spielen.

In Monte Sant' Angelo hat man einen wunderbaren Blick auf die Adria, und im übrigen ist der kleine Palazzo, eigentlich ein Landhaus, in ziemlich schlechtem Zustand, es gibt viel Arbeit, man muß einen neuen Majordomus einsetzen, bei dem alten stimmen die Rechnungen nicht.

Die Marchesa hockt in der Vorhalle ihres Hauses zwischen ein paar umgetopften Orangenbäumen und berät sich mit dem Gärtner, welche an die Nordseite und welche an die Südseite gebracht werden sollen, als sie den Hufschlag draußen hört.

Gegen den bewölkten Himmel hebt sich das hochberühmte fuchsrote Pferd, der „Drache“, mit seinem Reiter ab, sie machen da Volten und Zirkel auf dem sandbestreuten Vorplatz.

Bianca rennt die Treppe hinunter mit wehenden Haaren, sie ist barfuß, ihre Hände sind voll Erde, und erst auf den letzten Stufen hält sie inne, geht langsam zu dem Pferd und umfängt seinen Hals mit beiden Händen. „Gegrüßt, Drago, bestes aller Pferde“, sagt sie atemlos, „gegrüßt auch sein Herr“, und verbirgt ihr Gesicht in der Mähne des Tiers, und das schnaubt zärtlich und reibt seinen Kopf an ihrer Schulter.

„Gegrüßt, Madonna, die mein Leben hält“, erwidert der Reiter im grünen Jagdhabit leise. „Ergeht es dir wohl?“

„Ja, es ergeht mir wohl. Und dir?“

„Wie dem Vogel im Käfig, der noch aufs Entkommen hofft. Erlaube mir, ein Stück mit dir spazierenzugehn."

„Es wird regnen."

„Das macht nichts."

„So will ich zuerst den Drago versorgen lassen und – ja, und mir Schuhe anziehen."

Als sie zurückkommt, hat sie nicht nur Schuhe, sondern auch Mantel und Tuch angetan, als müsse sie einen Schutz umlegen. Schweigend gehen sie miteinander eine Spitzeichenallee entlang, aufs Meer zu, halten Abstand, bemessen ihre Schritte, sehen sich nicht an. Dann sagt er unvermittelt: „Sie hat mich abgewiesen, die Babenbergerin Gertrud. Sicher haben sie ihr gesagt, ich sei der Antichrist. So ist es indirekt sogar mein Verdienst." Er lacht mit schiefem Mund.

„Um wen willst du nun als nächste werben?" fragt sie.

„Ich bin bereits dabei", erwidert er. Der Ton seiner Stimme läßt sie den Kopf wenden, er aber sieht weiter vor sich hin. „Ob mich die nächste auch abweisen wird? Sie könnte allerdings nie die Kaiserin sein. Es ist nicht viel wert, was ich ihr da anbiete. Nur eine Art Sicherheit, daß der Platz nicht anders vergeben werden kann. Ich weiß, daß ich den Vorschlag schon vor Jahren hätte machen sollen."

Noch immer gehen sie nebeneinanderher, und Bianca sieht wieder zu Boden.

Der Kaiser beginnt zu lachen. „La Bruna, kannst du mir nicht wenigstens nein sagen? Du brauchst keine Gründe zu nennen, die kenne ich alle. Es geht um die Würde, ich weiß. So weise mich denn ab, auf daß ich ein zweites Mal Abschied nehme, und für immer. Aber eins sollst du wissen, dolze mia donna: daß es nicht in meinem Willen steht, dich zu vergessen. Mein Wille ist gefangen, und für immer."

Sie macht den Mund auf und sagt etwas, aber in diesem Moment öffnet der graue Himmel seine Schleusen, und der Regen beginnt so wild und jäh herabzustürzen, als schieße man mit Pfeilen. Bianca ist nicht zu verstehen. Vorhänge aus Wasser, silbrige Schnüre vor den Augen, es rauscht und prasselt.

„Was sagst du?" schreit Federico, packt sie am Arm und zieht sie zu sich heran. Er muß ihr die Worte fast von den Lippen ablesen im Getöse dieses Regens.

„Ich habe gesagt, daß ich dich nicht abweise, Erhabner."

In den wenigen Sekunden sind sie ganz und gar durchnäßt. Jetzt mildert das Wetter seine Wut, wandelt das wilde Lärmen in ein sanftes Rauschen, und sie stehen und sehen sich an. Dann fährt er sich mit der Hand übers Gesicht und sagt heiser: „Gut.“ Er schluckt. „Ich bin dem Gefolge vorausgeritten. Berardo ist dabei. Er ist bereit, es zu tun, falls du – falls du es wünschen solltest. Wir können dann sofort zurück nach Foggia.“

„Sofort?“

„Wie du gehst und stehst, Madonna.“ Er lächelt. „Dieser Regen – weißt du noch, im Wald bei Melfi? Ich habe von Dido und Äneas geredet bei Manfreds Geburt, im Gewitter.“ Sie schweigt. „Ich rede dummes Zeug, wie?“

„Nein, du redest kein dummes Zeug.“

Das Wasser strömt an ihnen herunter. Sie machen keinerlei Anstalten, sich zu schützen, noch, sich zu bewegen. So finden sie ihre Diener, und in ihren nassen Sachen, feuchte Spuren überall am Boden, traut sie Berardo in der Vorhalle zwischen den halbumgetopften Orangenbäumchen, während sich unter seinen Füßen bei der heiligen Handlung ebenfalls eine Regenlache sammelt.

Dann allerdings besteht Madonna Bianca darauf, daß man die Kleider wechselt, sich trocknet und an ihrem Tisch zumindest einen Imbiß einnimmt, ehe man zur Residenz zurückkehrt.

In Foggia erlaubt sich der Imperator vor den staunenden Augen des Großhofs, La Bruna vom Pferd weg durch das Tor zu tragen, durch den Innenhof und die Treppe hinauf. Selbst Pieros dringende Angelegenheiten werden abgewiesen. „Ich muß Madonna Bianca davon überzeugen, daß sie nicht wieder fortgehen darf.“

Der Erste Jurist bringt verhalten und schmallippig seinen ergebenen Glückwunsch dar.

Die Frau lächelt. „Ich weiß, Herr delle Vigne, daß es dir nicht recht ist. Ich verstehe dich. Aber gönne mir meine Zeit.“ Da ahnt sie noch nicht, wie kurz die bemessen ist.

Am Abend nennen sie sich mit all den Namen dieser Jahre, aber am liebsten hört sie „mia moglie“ und er „sposo mio“, und sie werden nicht müde, sich zu wiederholen. Und als sie schläft, ist ihm, als sei das einzige Warme zurückgekehrt, das um ihn ist in dieser beginnenden Kälte: der warme Atem neben ihm, „Unsre liebe Frau“, dunkle Sonne, und wieder versagt er sich, nach ihr zu greifen, durchdrungen von der sanftmütigen Glut der Stille, schwebend und doch geborgen wie der Falke auf den Schwingen des beständigen Südwinds. –

Am Tag nach ihrer Rückkehr nach Foggia hatte Bianca leichtes Fieber, das sie selbst lächelnd „der Aufregung und dem dummen Herumstehen im Regen" zur Last legt. Abends glühte sie wie eine Rose.

Meir maß ihr den Puls und machte ein bedenkliches Gesicht. „Du solltest das Barfußlaufen lassen, Dame", bemerkte er, „du bist aus dem Alter heraus." Sie versprach es reumütig, und er verschrieb ihr kühlende Obstsäfte und eine Mixtur zum Einreiben, die sie beiseite legte, weil sie nicht an der Seite ihres Mannes nach Kampfer und Pinien riechen wollte wie eine Kranke.

Sie stürzte sich mit einer solchen Unersättlichkeit in die Umarmung, daß sich an diesem Abend die Rollen verkehrten und der Liebende sie bat, sanft zu sein, zu warten, auszuruhen . . .

Als sie schließlich voneinander abließen, wies er ihr mit heiterem Vorwurf die Spuren ihrer Nägel und Zähne. „Sie werden mich auslachen morgen im Regentschaftsrat. Was ist mit dir, tesoro?"

„Nichts. Ich liebe dich", flüsterte sie lächelnd. „Bitte gib mir zu trinken. Granatapfelsaft."

Er stand auf und holte ihr, was sie wollte. „Du hast mir schwache Knie gemacht, Madonna!" rief er lachend. „Was für eine Tigerin steckt in dir?"

Sie antwortete nicht. Mit verdrehten Augen, in tiefer Bewußtlosigkeit lag sie quer über die Kissen hingestreckt.

Der Arzt fand sie hoch fiebernd, der Puls raste, ihr Atem kam schnell und flach. Immer wieder versank sie in Ohnmacht. „Es ist eigentlich nur eine Erkältung", sagte er zögernd zu Federico. „Aber — es ist, als seien ihre Kräfte alle auf einmal entwichen. Als habe sie sich endlich erlaubt, einer Müdigkeit nachzugeben, und sei nun in einen allzu tiefen Schlaf versunken."

„Wann wird sie daraus erwachen?" fragte der Imperator.

Meir sah ihn ernst an. „Gott der Allmächtige möge geben, daß sie überhaupt daraus erwacht."

Sooft es ging, saß Federico an ihrem Bett, manchmal versuchte er, mit Worten bis zu ihr vorzudringen, aber sie war weit fort. Ihr von den Fieberschauern geschüttelter Körper, ihr stummer, gleichsam ausgetrockneter Mund, ihr jagender Atem, ihre kraftlosen Hände — das war alles, was von ihr auffindbar war in diesen Tagen. Manchmal schlief er, von Erschöpfung und Schmerz überwältigt, neben ihrem Lager ein, hoffte erwachend, alles sei nur ein dunkler Traum gewesen, aber sie lag im Dämmerzustand, sah nichts, hörte nichts.

Am fünften Tag erteilte Berardo der Bewußtlosen die Sterbesakramente. In der Morgenfrühe des sechsten wich das Fieber von ihr, und sie verlangte zu trinken. „Willst du beichten, meine Tochter?“ fragte der Bischof.

„Nein“, erwiderte sie ein bißchen verwundert. „Ich will meinen Mann sehen.“

Meir fühlte ihr den Puls. Hinter ihr stehend, bedeutete er dem hereinstürzenden, übernächtigen Imperator mit ernstem Kopfschütteln, daß kein Grund zur Hoffnung sei.

Bianca richtete sich mit seiner Unterstützung auf. „Verzeih, mio ben, wenn ich dich aufgeweckt habe“, sagte sie einfach. „Ich hatte solche Sehnsucht, dich zu sehen.“ Sie reckte ihm die Arme entgegen, ergriff ihn beim Kopf und zog ihn zu sich herab zu einem so wilden, lebensgierigen Kuß, daß die anderen im Raum sich abwendeten. Dann sank sie zurück in die Kissen. „Du bist mein Leben“, sagte sie atemlos, mit glänzenden Augen.

„Du darfst nicht fortgehen, Bianca“, befahl er.

„Aber das will ich ja nicht“, erwiderte sie, verwundert lächelnd. „Ich habe Durst. Wolltest du mir nicht Granatapfelsaft bringen, irgendwann, vorhin, bevor ich schlief? Nein, kein anderer. Du.“

Der Diener gab ihm das Glas. Als Federico sich wieder zum Bett hinwendete, schlug Berardo bereits das Kreuz über ihrem Gesicht.

Intermezzo V

Mir träumte, ich stieg. Zuerst waren es noch Stufen aus Stein, sie versanken im Gras, je höher ich kam, Mauern stützten die Ebenen, bewachsen mit Grün. Noch waren die Bäume kahl, aber es wurde wärmer.

Je weiter ich ging, desto leichter wurde mir das Steigen. Ob ich schon freudig aufgebrochen war, erhöhte sich mein Vergnügen am Gehen mehr und mehr, und ich hätte mir gewünscht, den Mund voll Lerchengezwitscher zu haben, um zu lobsingen.

Bald berührten meine Fußsohlen kaum noch die Stufen, ich hüpfte gleichsam auf Zehen und wußte, daß nur noch die Schuhe die Schwere der Erde ausmachten. Dennoch tat ich zunächst, da die Wärme zunahm, erst mein Degengehenk von mir, dann Lederkoller und Wams und ließ alles am Weg liegen. Ich bedurfte dergleichen nicht mehr. Schließlich drückte ich meine nackten Füße ungeduldig gegen das trockene Gras, da erhob ich mich auch schon und schwebte den Weg entlang. Nebel fing mich auf, und ich erinnerte mich, daß es die Wolken waren, die den Garten schützend umgaben. Ich zog aufwärts mit ihnen, durch sie hindurch.

Dann hörte ich schon die Stimmen, die mich begrüßten, sie lachten und sangen. Der Garten war schöner denn je. Feuerlilien und blaue Iris sprossen zu unseren Füßen, Jasmin und Rosen wuchsen miteinander verschlungen empor.

Zwei traten auf mich zu, nahmen mich an der Hand und zogen mich in den Kreis, ich erkannte sie. Auf La Brunas Schulter saß das Taubenpaar, das Einhorn stapfte sanft neben ihr, bereit, den Kopf ihr in den Schoß zu legen. Linda führte ein Lamm und einen Löwen am selben Band mit sich.

„Willkommen, Eva", sagte eine Stimme, und ich erwiderte fröhlich verwirrt: „Aber ich bin nicht Eva."

„Hier sind alle Eva, weißt du das nicht?" rief eine andere, und sie lachten.

Es waren viele, umwimmelt von den Tieren des großen Gartens, der ihnen zu eigen gehörte, und ich kannte sie alle, wenn ich sie auch nicht alle erkannte. Sie trugen weiße Tücher so oder so um den Kopf geschlungen, manche hielten auch Schlangen in den Händen oder hatten sie als glänzend gemusterten Schmuck auf Busen, Hals und Nacken liegen. Ihre Haut war teils braun, teils weiß oder schwarz, und alle waren sie barfuß wie ich. Inmitten der Wiese aber stand der Baum, seine eine Hälfte in Blüten, die andere aber war voll dunkelgrünen Laubes, und darin hing die Frucht, so verlockend, daß mir sogleich der Mund danach wässerte.

„Ich habe Hunger auf die Frucht dieses Baumes!" rief ich. „Warum essen wir nicht?"

„Wir alle!" riefen sie und lachten wieder, daß es klang wie Musik. „Wir alle werden essen. Aber warte noch. Erst muß das Brot gebakken werden für unsere Kinder. Unsere Kinder haben Hunger. Laßt uns beginnen."

Da sah ich abseits unter Kastanien den großen Backofen aus Lehm, rund wie eine Brust, und die Frau des Köhlers kniete davor und heizte an, Chawa im weißen Rock aber fegte die Backhöhle mit Birkenreisern und wischte sie mit ihrem Tuch, dann streute sie Asche über die Steine. Die Frau des Köhlers rief uns herzu, Linda und mich, und bat uns, mit in die Glut zu blasen, denn uns würde das Feuer wohl gelingen, da es uns schon aus den Haaren herauszüngelte. Da bliesen wir zu, bis uns schwarz vor Augen wurde und die Flamme aufstieg, und die Frauen lachten beifällig.

Dann trug man den Backtrog herbei, Mehl und Sauerteig, Salz und Würze, und wir krempelten alle die Ärmel auf und begannen den Teig zu kneten, daß uns der Schweiß von Stirn und Hals troff und sich mit dem Teig vermengte, und die weißen und braunen Arme wurden voll Mehl bis über die Ellenbogen hinauf.

Als die runden Brotlaibe geformt waren, schoben Francesca Perri aus Faenza und Magdalis aus Marburg sie in den Ofen, und dann setzten wir uns ins Gras unter den Baum und ruhten aus von der Arbeit.

Indes begann die Frucht über unsern Häupten zu klingen und mit süßer Stimme zu singen: „Schüttle mich, schüttle mich, ich bin reif und voll Saft!"

Da trat Linda zum Baum und schüttelte, und die Frucht fiel herab in Biancas ausgebreitetes erdbraunes Kleid, und Alayta grub als erste ihre Zähne hinein und reichte sie dann weiter an Anais. Wir alle wurden teilhaftig und aßen davon, ohne daß die Frucht zu Ende ging. Auch ich bekam meinen Bissen, und er schmeckte mir so süß wie nichts vorher.

Als ich aber gegessen hatte, sah ich um mich und sagte: „Aber wo ist Adam, unser Mann? Sollte er nicht bei uns sein, auf daß wir mit ihm teilen?"

Magdalis antwortete: „Hast du nicht selbst bei mir gelernt, daß es heißt: Der Teufel trat auf Adams Brücke und warf einen Stein? Wie sollte Adam denn herkommen, da er doch seine Brücke bewachen muß, daß sie nicht vom Teufel betreten werde?"

„Und so lange soll er nicht von der süßen Frucht essen?" fragte ich.

„Noch nicht, aber bald", raunten die Frauen.

Da rief das Brot im Ofen: „Nimm mich heraus, nimm mich heraus, ich bin schon braun und knusprig."

Und sie öffneten die Tür und zogen die Laibe heraus, wohlgeraten und duftend. Während sie aber die Brote aufreihten unter dem Baum, entstand Unruhe in mir, denn da waren viele Stimmen weit unten, und ich fragte die anderen danach.

„Ja", sagten sie, „das sind die Kinder, die nach Brot verlangen. Wir müssen den Garten verlassen und ihnen zu essen geben."

„Aber da ist noch anderes!" rief ich. „Ich höre Schreie und Schüsse und die tiefen Glocken einer großen Stadt, bevor sie in Flammen aufgeht. Wer kann mir das deuten?"

„Niemand denn du selber", erwiderten sie, und Linda lachte und sagte: „Truda hört das Gras wachsen und wittert das Feuer im Getreide und sieht das, was wir nicht sehen, für uns alle."

Sie hoben das Brot auf und sprachen: „Wir gehen, die Kinder zu füttern. Dem Feuer und den Schüssen hat Adam zu wehren auf der Brücke."

„Aber die Glocken?"

„Wir haben die Kirchen nicht gebaut", sagten die Schwestern und zogen vorbei an mir, und ihre Schlangen leuchteten metallisch.

„Ich will es wissen!" rief ich. Und unversehens hatte ich den Rest der Frucht in der Hand und biß ein zweites Mal hinein.

„Oho!" hörte ich Linda lachend sagen. „Sieh zu, daß dir kein Bissen im Hals steckenbleibt! Der zweite soll gefährlich sein. Vergiß nicht den Garten und die Anrufung der Mutter und auch nicht, daß sie immer noch mehr vermag als die anderen."

Dann wurde mir schwarz vor Augen, und ich sank hin in die Feuerlilien, deren betäubender Duft über mir zusammenschlug.

IV. Botschaft
Petrus de Vinea
2. Kapitel

Seht nun also, wie uns unser teuerster Vater liebt! Seht den löblichen Eifer und die Sorge des Hirten! Seht die würdigen Werke des Fürsten der Priester! Wie schwillt in unserem Herzen der Kummer ob solcher Hinterlist! Wie groß ist die Bestürzung, da Mordtat ersonnen wird, wo Wohltat in die Welt kommen sollte!

Aus dem Manifest Friedrichs an die Könige und Völker, 1249

Pier sieht böse auf mich. „Das möchte ich einmal kennenlernen: so zu schlafen, daß man nicht mehr merkt, was einem zustößt. Wenn du nun aufgewacht wärest Dort, wo du hergekommen bist?“

„Irgendwann werde ich das bestimmt tun“, antworte ich und richte mich auf, und es kostet mich Mühe, nicht aufzuschreien. Ich treibe mitsamt meinen Moosen, Steinen und Nußschalen wie auf einem schmalen Boot inmitten von Sumpf.

„Jetzt wirst du *mich* fragen, wie du dahin gekommen bist“, mutmaßt er schadenfroh. „Ich weiß es nicht. Genausowenig, wie ich weiß, was in deinen Träumen passiert. *Ich* kann nämlich nicht träumen. Genausowenig, wie ich schlafen kann ...“

„Pietro“, unterbreche ich ihn taktlos, „ich würde herzlich gern mit dir über deine berühmte Schlaflosigkeit lamentieren, wenn ich wüßte, wie ich hinunterkomme.“

Er zuckt die Achseln.

„Ich habe hier kein Hausrecht. *Du* hast dich verfahren. Wo warst du denn eigentlich?“

Verwirrt bemerke ich, daß ich nur undeutliche Erinnerungen habe. „Bei La Bruna“, murmele ich, „bei Linda und bei den feurigen Lilien ...“

„Weiberkram“, zischt er. „Hilf dir selbst.“ Und wendet sich doch wahrhaftig um und geht, er, der überall geduldig wartend am Wegrand hockte und sich von mir kommandieren und herumstellen ließ, wie ich wollte.

Verblüfft sehe ich ihm nach, dann muß ich lachen. „Bleib!“ rufe ich ihm hinterher, „und tu, was du zweifellos kannst! So bin auch ich bereit, dir etwas abzukaufen.“

Wie ein Händler auf dem Markt von Capua beim Feilschen dreht er sich herum und wartet auf das nächste Angebot, die Arme verschränkt.

„Du siehst sehr echt aus", sage ich. „Ich bin bereit, dich noch einmal zu hören, was auch immer ich von deinen Erzählungen halte."

Es scheint ihm nicht zu genügen. Er rührt sich nicht.

„Wie hoch sind deine Forderungen?" Keine Antwort. Ich beschließe, mich entsprechend den Marktsitten zu verhalten, seufze und sage: „Nun gut, dann muß ich sehen, wohin es mich treibt. Da man keine Absicht hat, mich Hier zu behalten, werde ich mich schon irgendwie herauswinden."

„Du redest, als seist *du* der Notaro, nicht ich. Herauswinden! Was verstehst du darunter?" Er hat angebissen.

„Irgend etwas zieht mich zweifellos an Land", erwidere ich in gleichgültigem Ton. „Ich habe gehört, daß man sich Hier sehr für mich interessiert."

„Höre, fühle und sieh!" sagt er anzüglich. „Bis jetzt sitzt du noch auf deinem Floß."

„Vinea, was willst du?" frage ich ungeduldig.

Der Wind zerrt ihm am Talar. „Nimm mich mit bis ans Ziel", sagt er so leise, daß ich die Worte fast nur errate, und wieder einmal erfaßt mich Mitleid mit ihm.

„Ich fürchte, es geht nicht, selbst wenn ich es wollte", bemerke ich zögernd. „Nach dem, was ich bisher gesehen habe, scheint es gewisse Regeln zu geben, zum Beispiel, man kann nicht weiter mitgehen, als man Dort mitgegangen ist."

„Unsinn", sagt er schroff, wiederholt: „Unsinn." Und plötzlich: „Ich wäre bereit, alles noch einmal zu erdulden, um hindurchzukommen."

„Wir könnten es versuchen", sage ich, staunend über dies Angebot. Es ist doch anders als auf dem Markt in Capua. Da würde mir der Händler nun seine Ware mit Glückwünschen über das vorteilhafte Abkommen einwickeln und mich vom Platz komplimentieren. Hier werde ich zuerst einmal mit Spott bedacht, der verwischen soll, daß Pietro sich mir offenbarte.

„Wahrlich kein gewaltiges Zugeständnis, denn ich wäre dir ohnehin nicht von den Fersen gegangen. Was mich verwundert, ist, daß du es nicht *weißt*. Sind dir die alten Meister denn ganz und gar abhanden gekommen? Kleingläubige, was zagst du?" deklamiert er mit geschultem Gauklerklang.

Ich sehe ihn einen Augenblick an, starr vor Verblüffung – natürlich hätte mir das in dieser Welt der Tricks und Verweisungen von allein einfallen können. Zögernd schiebe ich mich an den Rand meiner schwimmenden Insel, schließe die Augen und setze die Füße ins Leere. Irgend etwas ist da, es sackt ein bißchen weg, als wäre es Bettzeug, aber ich gehe einfach drauf zu und fühle auch schon Boden unterm Tritt. Schnaufend lasse ich mich fallen. Meine Schuhe sind bis zu den Knöcheln schlammschwarz.

„Na", fragt Pietro trocken, „können wir los? Ausgeschlafen hast du ja wohl."

Ich sehe zu ihm auf, in sein entstelltes Gesicht, an das ich mich im Lauf dieser Wanderung gewöhnt habe, und mir ist, als grinse er. Auch ich muß lächeln.

„Wir passen möglicherweise gar nicht so schlecht zueinander, wie?"

„Was soll das nun wieder heißen?" frage ich mißtrauisch, und sein Lächeln wird deutlicher. „Ich hatte dich als eine gänzlich humorlose Person in Erinnerung, zumindest im Umgang mit dem Großhof. Aber du bist anders geworden. Selbst wenn man dich an der Nase herumführt, machst du noch leidliche Miene. Außerdem bist du das einzige Frauenzimmer meiner Bekanntschaft, das sich in einer solchen Lage nicht zuerst die Schuhe abzuputzen versucht."

Ich zucke die Achseln und reibe mir die Kanten der Stiefel am Gras ab, ehe ich aufspringe. Er geht mir ein paar Schritte voraus. „Halt mal, Pier", sage ich. „Noch eine Frage."

„Eine?" gibt er spöttisch zurück. „Tausend, wie ich dich kenne."

„Warst *du* das, der für Elisabeth von England geschrieben hat?"

„Erraten", antwortet er. „Ich weiß nicht, was du da in den Gefilden der Weibsbilder erfahren hast, es waren offenbar mehr die kleinen Intrigen des Betts und des Schminktisches. Daß ich nach London schrieb, war meine staatspolitische Pflicht. Für die korrekte Einhaltung eines von mir gestifteten Bündnisses fühlte ich mich verantwortlich."

„Dein Kopf war nie um eine Ausrede verlegen, bis zum Schluß, wie?"

„Ja, ganz zum Schluß versagten sie", bestätigt er zynisch, und ich weiß, daß ich jetzt eine ganze Weile wieder nur giftige Redensarten zu erwarten habe. „Wo also ist es dir gefällig, fortzufahren, Frau Truda? Und welchen Weg beabsichtigst du zu nehmen?"

Ich lasse mich nicht von ihm provozieren. „Da der Weg sicher nicht besser wird, überlasse ich dir die Führung. Mir ist es gleich, ob es nach oben oder nach unten geht. Du hast ja das Interesse anzukommen. Was die Geschichten angeht, so ist La Bruna nun tot."

Er geht sehr zielstrebig. Wir sind in einer Art Erlenwald, der Boden schwankt noch ein bißchen unter den Füßen, das Land ist eben. Plötzlich bedeutet er mir stehenzubleiben. Ein Zug Wildenten gleitet am fahlen Horizont dahin, und über ihnen erhebt sich wie ein von der Bogensehne geschnellter Pfeil ein gewaltiger Greifvogel, verharrt in der Luft, justiert die Richtung mit ein paar langsamen Flügelschlägen und saust dann in rasendem Sturzflug auf die Enten herab, die mit lautem Geschrei hierhin und dorthin entweichen. Einen Moment Stille, langsam bildet sich die Entenkette aufs neue, entschwindet.

Ich sehe zu Pietro. Er steht leicht geduckt, die Ellenbogen abgespreizt, schweratmend, als erwarte er, daß der Greifvogel als nächstes auf ihn herabstoßen und ihn packen würde.

„Pier", sage ich leise. „Er hat längst seine Beute."

Er antwortet nicht. Langsam setzt er sich wieder in Bewegung, sagt mit belegter Stimme: „Damals jagte er wie ein Besessener."

Die Absetzung

„Der neue Innozenz machte den Anweisungen seines Meisters alle Ehre. Er war sanft wie Tauben und klug wie Schlangen. Man verhandelte. Der Imperator zeigte sich nachgiebig wie noch nie; er wollte sich damit begnügen, den Zustand vor der Exkommunikation wiederherzustellen. Zu den Gesprächen wurden die drei wichtigsten Männer ausgesandt: Erzbischof Berardo, Thaddäus von Suessa und ich. Um verhandeln zu können, wurden wir zuvorkommenderweise vom Bann losgesprochen."

Ich unterbreche ihn: „Wie vertrugst du dich mit den beiden?"

„Vertragen?" wiederhole er sarkastisch. „Verwechselst du uns mit Kindern im Sandkasten? Ich schätzte beide sehr, es waren kenntnisreiche und engagierte Fachleute. Im übrigen stand ich so viele Fuß über ihnen wie der Kaiser, der mir einzig den Titel voraus hatte. –

Gregors Vorarbeiten waren übrigens seinem Nachfolger von hohem Nutzen. Der schreckliche Rosso wütete, wo er konnte, und in Kardinal Rainiero hatte Innozenz nicht nur den Verfasser wundersamer Pamphlete im apokalyptischen Stil, sondern auch einen Kriegsmann, wie er im Buche steht. Schließlich stammte er aus Viterbo, und das war nach Mailand und Brescia die Hochburg guelfischer Gesinnung. Überhaupt wurden die alten Begriffe wieder hervorgeholt und mit neuem Leben versehen. Ghibellinisch war, wer kaiserlich gesinnt, guelfisch, wer auf den Papst eingeschworen war.

Nun hätte sich eigentlich jeder sagen müssen, daß der Heilige Vater schwerlich seine treuesten Söhne verärgern und etwa mit dem Antichristen Frieden machen würde – aber der Kaiser traute einem Fiesco aus Genua alles zu, nur keine antistaufische Haltung. Er machte sich vor, Innozenz taktiere nur, um die Kurie hinzuhalten und seine Parteigänger langsam an den Gedanken der Wandlung zu gewöhnen. Daß die Maske nach der anderen Seite gewandt war, kam ihm nicht in den Sinn.

In diesem Jahr gab es ohnehin genug seltsame Begegnungen mit Kirchenleuten. Die kurioseste Sache war, daß 'mas Aquin's Neffe und Patensohn, der junge Tomaso, vor seine Familie trat und den Entschluß kundtat, Bettelmönch zu werden. Die Eltern des jungen Menschen waren in heller Aufregung, und 'mas Aquin' auch. Die Sache war in vieler Hinsicht anstößig. Einmal, daß jemand aus dieser vornehmen Sippschaft unter die Niedrigen gehen wollte. Nichts gegen eine kirchliche Karriere mit vorgeplantem Weg zum Abtssitz einer reichen Pfründe oder ins Kardinalskollegium hinauf! Aber nicht so etwas Radikales! Zum anderen wollte der Bursche ausgerechnet auch noch zu den Dominikanern, die den kaisertreuen Prinzipien der Grafen Aquino nun so ganz und gar entgegenstanden! Man appellierte sogar an den Papst, er solle die Sache unterbinden, und bat den Kaiser, mit dem jungen Mann zu reden.

Federico ließ ihn vor sich kommen, einen ochsenhaften Klotz von Kerl mit dem Gesicht eines Kleinkinds, sanftmütig und unerschütterlich. Höflich und mit jener Art von Geistesabwesenheit, die beleidigend wirkt, hörte er sich die temperamentvoll-ironischen Attacken des Kaisers an – der gab übrigens bald auf; Feuer zündet nur, wenn es auf etwas einwirken kann. Es war klar, diesen hier konnte nichts und niemand beirren. Der arme 'mas Aquin' war völlig am Boden, er tat mir leid."

„Dieser ochsenhafte Klotz", werfe ich belustigt ein, „wurde später heiliggesprochen: einer der großen Lehrer der Kirche."

„Sieh, ein Heiliger unter den Aquinos, wer hätte das gedacht", sagt Pietro spöttisch und unbeteiligt. „Kannst du über Fra Elia di Cortona auch so umwerfende Informationen liefern? Er ist nämlich das zweite Kuriosum, das ich dir präsentieren möchte."

„Zur Heiligkeit hatte er wohl das wenigste Talent."

„Du sagst es. Schon vor Jahren hatte ihn Gregor als Generalminister der Franziskaner abwählen lassen, weil er sich zu kaiserfreundlich aufführte – dabei war Elia von Franziskus selbst zum Nachfolger bestimmt worden. Was der Poverello allerdings kaum voraussehen konnte: Fra Elia hatte eine unüberwindbare Neigung zum Leben der großen Welt. Der Chef der ‚Armen im Herrn' kleidete sich wie ein Fürst, hielt sich schöne Pagen und edle Pferde und leitete den Orden, ohne sich im geringsten dreinreden zu lassen. Fünf Jahre nach seiner Abwahl war er mit den Mitteln zu Ende und kam deshalb endgültig zu uns.

Fra Elia war ein hochgebildeter und gewandter Mann, mit der dunklen Anmut eines Orientalen, und er wurde uns höchst nützlich, denn er kannte die kirchlichen Praktiken und die franziskanische Subversion im Königreich Sizilien genau. Der Imperator fand Gefallen an ihm und machte ihn zu seinem Tischgenossen, zur Eifersucht der alten Amici. Vor allem Berardo war äußerst skeptisch einem anderen ‚geistlichen Berater' gegenüber, auch befürchtete er ein Verhältnis, das dem mit Fachr-ed-Din ähnlich würde. Aber der Kaiser war nicht in Stimmung für dergleichen, und der elegante Elia interessierte sich zudem mehr für Valetti unter zwanzig.

Mein Herr veränderte sich sehr in dem Jahr vor dem Lyoner Konzil. Er war schon immer cholerisch gewesen, aber jetzt erreichte er in seinem Jähzorn das Format seiner großen Vorbilder, der römischen Caesaren. Einem Schreiber, der in einem lateinischen Text statt ‚Fridericus' – ‚Federicus' notierte, ließ er die Daumen abhacken – wenn das nicht in die Nähe von Caligula und Nero kommt! Dann gab es auch Akte kalter, berechnender Grausamkeit. Wenn sich ihm eine Stadt auf Gnade und Ungnade unterwarf, konnte sie ziemlich sicher mit letzterem rechnen, und mit seinen hübschen Experimenten in Kastrieren, Handabschlagen und Augenausstechen (Pietro sagt es ohne Stocken) bewirkte er, daß sich sobald niemand mehr freiwillig ergab.

Die Kanzlei, der Hof, die Familiaren zitterten vor seinem Mißtrauen, seinen Launen und jäh umschlagenden Stimmungen."

„Du auch?" frage ich.

Er lächelt geringschätzig. „Ist dir so schwer begreiflich zu machen, daß es zwischen mir und ihm andere Gesetze gab als zwischen ihm und jenen unter ihm? Mir ist immer, als sollte ich einem Regenwurm die Umgangsformen der Götter erklären ..."

„Welcher Art waren die Gesetze zwischen euch?" unterbreche ich ihn, denn sein Gerede wird mir mal wieder unerträglich.

„Die Gegenstände unserer Unterhaltung bestimmten unser Verhalten, auch hier noch einmal mehr ‚rerum necessitas', der Dinge zwingende Notwendigkeit. Der Grad der Durchdringung, mit dem wir Probleme lösten, machte Floskeln im Umgang unnötig. Wenn du so willst: Ich gab in höherem Sinne keinen Anlaß. Zufrieden?"

Ich nicke und denke mir mein Teil über Größenwahn.

„Wenn er morgens zurückkam von irgendwelchen seltsamen Abenteuern in Melfi oder Lucera ..."

Ich kann nicht umhin, ihn nochmals zu unterbrechen. „Wovon redest du?"

Er lacht boshaft. „Von den seltsamen Formen, die seine Trauer um Madonna Lancia annahm. Er ergab sich nämlich den wüstesten Ausschweifungen, und sein Serraglio genügte ihm keinesfalls, sondern er besuchte wie einst Harun-ar-Raschid, die Kaffiyeh vorm Gesicht, die Vorstadtbordelle. Oft nahm er jemanden von den Vertrauten mit, etwa Manfred Lancia oder auch Enzio. Sie kamen bedrückt und geduckt von diesen Exzessen zurück. Er selbst ging meist zuerst in die Kanzlei, und während er wartete, daß ihm der Leibarzt einen Trunk brachte, der ihm die Kopfschmerzen vertreiben sollte, unterzeichnete er die Papiere, die wir in der Nacht vorbereitet hatten, oder besprach mit mir den Tagesplan und den Ablauf der Kabinettssitzungen.

‚Schlaflos bin ich wie du', sagte er einmal zu mir, ‚nur daß deine Schlaflosigkeit etwas Nützliches hervorbringt.'

‚Nun, die deine bringt dein Vergnügen hervor', erwiderte ich. Er lachte mit verzerrtem Mund und entgegnete in Volgare – wir sprachen sonst nur Latein miteinander –: ‚Vergnügen? Das reicht nicht einmal, um den Salat damit anzumachen.'

Wenn er mich verließ, um ins Bad zu gehen und den Tag zu beginnen, hob ich manchmal die Augen und sah ihm nach. Er ging leicht gebeugt wie jemand, der Schmerzen hat und es nicht zeigen will, und sein Haar war fahl durch die vielen grauen Fäden unter den blonden." Er schweigt einen Moment.

„Das ist das erstemal", bemerke ich, „daß du über ihn sprichst wie über jemanden, der dir nahesteht."

Sogleich gibt er zynisch zurück: „Entschuldige. Ich weiß, du erwartest von mir nur die Fakten."

„Pier", sage ich sanftmütig. „Es heißt, du hattest die Schlüsselgewalt zu seinem Herzen. Woher kam die denn? Nur von den Sachzwängen?"

„Sachzwänge?" wiederholt er wegwerfend. „Was für ein unsinniges Wort. Eine Ausrede. Oder erwartest du, daß ich es als eine Übersetzung akzeptiere von ‚rerum necessitas'? Das ist nämlich Beobachtung der Natur und des Lebens. Ich weiß, alle haben sich den Kopf zerbrochen über das, was sie meine Macht nannten. Manche haben sogar behauptet, ich wäre mit ihm ins Bett gegangen. Was für eine absurde Idee? Dieser leidige Versuch, die Welt von unterhalb des Gürtels zu erklären. Wenn ich recht überlege, habe ich ihn überhaupt nie berührt, nicht einmal seine Hände, wenn er ohne Handschuhe war. Der intimste Kontakt, den wir je hatten, war, die Federn gleichzeitig in ein Tintenfaß einzutauchen. Manchmal allerdings sahen wir uns in die Augen. Das war sehr aufregend." Er stockt, und ich fürchte einen Moment, er könne die Fassung verlieren. „Weshalb ich sein Herz öffnen und verschließen konnte? Nun, gleich ihm betrieb ich eine Wissenschaft, die erst in späteren Jahrhunderten aufkam: Ich beobachte und richtete mein Verhalten so ein, daß ich die Wirklichkeit steuern konnte. Ich berechnete. Auch ihn."

„Hattest du Angst vor ihm? Wenn deine Berechnungen einmal nicht stimmten?"

„Ich hatte Angst. Um so genauer mußten meine Berechnungen sein. Aber du verleitest mich zu Abschweifungen. –

Wir verhandelten mit dem Genueser auf dem Papststuhl, und am Gründonnerstag sollte der Imperator wahrhaftig losgesprochen werden. Taddeo und Berardo waren in Hochstimmung, ich jedoch blieb skeptisch. Und tatsächlich, obwohl das Anathema bereits aufgehoben war, erklärte Innozenz auf einmal, es müsse erneut geredet werden. Die Lombarden hatten Einspruch erhoben, und Seine Heiligkeit annullierte die besiegelten Abmachungen. Neue Termine zu einem Gipfeltreffen. Immer schien noch alles möglich.

Da kam Nachricht, daß Viterbo, angestiftet von Kardinal Rainiero, rebelliert habe. Die kaiserliche Besatzung war im Castello eingeschlossen. Die Stimmung verschlechterte sich. Innozenz versuchte zu vermitteln, aber mit einer solchen Halbherzigkeit, daß seine wahren Sympathien klar zutage traten. Als man schließlich einen freien Abzug unserer Stadtbesatzung ausgehandelt hatte, ließ Rainiero die

Waffenlosen ans Stadttor führen und bis auf den letzten Mann niedermetzeln.

Ich weiß nicht, warum Friedrichs Enttäuschung eigentlich so groß war. Er, der sonst die Dinge so kläräugig einschätzte, hatte wohl immer noch auf den Frieden gehofft, obwohl er den Genueser inzwischen auch durchschaute. All seine Rachegelüste sammelten sich jetzt unter dem Namen Viterbo. Wenn er den Fuß schon im Paradies hätte, sagte er, und man stellte ihm frei, Rache zu nehmen an der Stadt, so würde er umkehren.

Wir sausten in gewohntem Reisetempo in die Lombardei – das heißt, er selbst war vierundzwanzig Stunden ohne Unterbrechung im Sattel und erreichte die Belagerer unter Enzio und Lancia bereits einen Tag vor uns.

Ich selbst befehligte den Sturm auf Viterbo. Er wollte mitstürmen. Riccardo da Caserta hatte neue Belagerungstürme im Einsatz und fuhr Wagen mit offenem Feuer gegen die Stadtbefestigungen. Alles ließ sich gut an, aber dann schlug plötzlich der Wind um und lenkte das Feuer gegen unsere eigenen Maschinen und Zelte. Das Heer verwandelte sich in eine Löschkolonne. Caserta, schwarzverrußt wie ein Teufel, heulend vor Wut und Jammer, warf sich dem Kaiser zu Füßen und bat um Bestrafung für das, wie er meinte, von ihm verschuldete Mißgeschick. Aber Friedrich hob ihn auf und sagte müde: ‚Wieso du, Riccardo! Bist du der Wettergott? Was du tatest, war wohlgetan. Fahr nach Hause zu Violante und erhol dich.‘ Mit der Rache wurde es nichts. Wir brachen die Belagerung ab.

Und noch einmal, immer wieder mit der gleichen hartnäckigen Nachgiebigkeit, als gelte es, ein Vermächtnis zu erfüllen: neue Vorschläge nach Rom, neue Termine, neue Zugeständnisse. Zwei Tage vor dem erneut abgesprochenen Gipfeltreffen endlich die entscheidende Meldung: Der Genueser war abgereist, zuerst nach Hause, nach Genua, dann zu Schiff fort aus Italien, nach Lyon.

Es war ein Schachzug, dem Sohn dieser listenreichen Stadt würdig. Natürlich sei er aus Angst vor der Gewalttätigkeit des Kaisers geflohen, das Schwert habe ihm schon an der Kehle gesessen, es sei ums nackte Leben gegangen. Genauso natürlich, daß er sofort ein antikaiserliches Konzil einberief. Endlich hatte er sich der Welt gegenüber ins rechte Licht gesetzt.

Friedrich war müde, so müde wie noch nie. Nie hatte es ihm so ferngelegen, dem obersten Hirten etwas anzutun. Er machte ungeheuerliche Zugeständnisse, den Frieden zu erhalten. Was er zu tun versprach, hieß alle errungenen Positionen aufgeben. Ich hinderte ihn nicht, wissend, daß es sowieso nichts helfen würde. Soviel er auch anbot, immer würde der Papst ein Stück mehr haben wollen.

Indessen kam mir eine Korrespondenz mit dem Emir Fachr-ed-Din in die Hände, und mir sträubte sich das Haar. Hinter den Angeboten steckte ein geheimer Sinn. Der vorgeschlagene neue Kreuzzug gegen die Choresmier, die inzwischen Jerusalem besetzt hielten: ein Vorwand, um mit guter Art in den Osten zu entkommen. Das Anerbieten, sich in der Lombardenfrage ganz Rom zu unterwerfen, den Kirchenstaat und das Patrimonium Petri zu räumen: Konrad sollte eine ruhige Ausgangsposition haben, nicht durch allzu viele Konflikte unsicher werden. Die Ehe Konstanze Lancias mit dem Kaiser Vatatzes von Byzanz: Die Positionen im Orient sollten gesichert werden. ‚O glückliches Asien', schrieb der Imperator an den neuen Schwiegersohn, ‚o glückliche Machthaber des Ostens, die der Untertanen Waffen nicht fürchten und die Erfindungen der Priester nicht scheuen!' Denn, der Kaiser wollte abdanken. Er plante, zu dem Emir zu gehen; vielleicht, später einmal, konnten sie ein neues Reich in Ägypten erbauen. Nur fort aus Europa! Ich war ratlos."

„Wie kamen diese Briefe an dich?" frage ich hinterhältig.

Das trifft ihn nicht. „Ein Erster Minister und Chef der Geheimpolizei, der nicht allwissend ist, hat seinen Beruf verfehlt. Jeder Schreiber war beauftragt, die Handschreiben des Kaisers vor Absendung zu öffnen und für mich zu kopieren." Ungerührt fährt er fort: „Schließlich zog ich Berardo zu Rate. Er kannte seinen Herrn und die Beziehung zu dem Araber gut genug und wußte, daß es ihm ernst war mit dem phantastischen Plan. Aber auch Berardo fiel nichts ein, wie aus diesem Dilemma herauszukommen war.

Unterdessen konnte Innozenz nicht umhin, er mußte auf das neue Friedensangebot eingehen. Für den 6. Mai 1245 versprach er die Absolution und wartete sehnsüchtig auf einen Fehler in der kaiserlichen Taktik, um sein Versprechen rückgängig machen zu können. Ich besprach die Lage mit Fra Elia, dem Kenner kirchlichen Verhaltens. Er zuckte die Achseln. ‚Die Angelegenheit ist so heikel, so auf der Kippe – ein Windhauch kann alles umblasen. Und fast', so der Franziskaner, ‚wünschte ich mir den offenen Sturm. Man wagt nicht zu husten, aus Angst, dies Friedenskartenhaus fällt zusammen. Es ist sowieso nur eine Frage der Zeit. Sanctitas Sua wird schon noch Ärgernis nehmen, ehe wir uns von unseren besten Positionen getrennt haben.'

Wir brauchten nicht lange zu warten. Die satanischen Untiefen im Charakter Friedrichs kamen einmal wieder zum Ausbruch und machten allem politischen Kalkül ein Ende.

Im April zogen wir nach Verona, wo ein Hoftag mit König Konrad und den deutschen Herren anberaumt war. Möglicherweise sollte der junge Sohn bereits testamentarisch zum Nachfolger eingesetzt werden. – Als wir uns dem Gebiet von Viterbo näherten, erschienen auf einer Anhöhe ein paar Bewaffnete mit dem Gonfalon der Stadt, riefen etwas zu unserem Zug herunter (was, war nicht zu verstehen) und machten höhnische Gebärden. Kein Mensch hätte auf eine so plumpe und alberne Provokation einsteigen müssen. Aber sie war der Tropfen, der das Faß zum Überlaufen brachte. Unglücklicherweise ritten neben dem Kaiser der Tollkopf Enzio und Nizam-al-Wadi, der Capitano der Lancieri, ein berüchtigter Draufgänger.

Fra Elia von Cortona, der in der Nähe war, berichtete mir später, es habe nur ein paar halblauter Worte zwischen Vater und Sohn bedurft. Dann sammelte Enzio bereits seine Elitetruppe um sich, während die Lancieri zur Verfolgung der Provokateure ansetzten. Bevor ich noch bis zum Imperator vorgedrungen war, um zu retten, was zu retten war, stürzten sich die Kaiserlichen auf die erste Ortschaft vor Viterbo, um zu brennen, zu rauben und zu morden. Der große Frieden war geplatzt wie eine Seifenblase, weil ein lombardischer Söldner der Majestät die Feige gezeigt hatte.

Damit war der Stein ins Rollen geraten. Einmal bei der Mordbrennerei, verfuhr man weiter im gewohnten Stil. Vierzehn Tage lang verwüsteten Enzios Männer das Gebiet um Viterbo, und den Sarazenen waren ein paar päpstliche Landstriche zur Plünderung freigegeben worden.

Innozenz hatte, was er brauchte: den Kaiser als Friedensbrecher. Der Vernichtungsfeldzug konnte beginnen. Der Ton, den Kardinal Rainiero jetzt in seinen Pamphleten anschlug, machte selbst abgebrühten Polemikern wie mir eine Gänsehaut: ‚Habt kein Mitleid mit dem Ruchlosen! Werft ihn hinaus aus dem Heiligtum Gottes, daß er nicht länger herrsche über das christliche Volk! Rottet aus Namen und Leib, Sproß und Samen dieses Babyloniers!' Keine Frage, das war wörtlich gemeint, und es zeigte sich wenig später auch, daß es Leute gab, die durchaus gewillt waren, dieser Aufforderung Folge zu leisten.

Es war still geworden in unserer Hofhaltung. Die meisten der jungen Dichter und Sänger waren inzwischen in hohe Staatsämter aufgerückt, verwalteten Provinzen oder wichtige Städte – so zum Beispiel Tibaldo Francesco, der Ziehbruder König Heinrichs, der in Parma höchst umsichtig arbeitete. Was er nebenher tat, erfuhren wir zu spät. Er war nicht das einzige unter den hochfahrenden ‚Ziehkindern' des Imperators, das verführbar und von politischem Ehrgeiz besessen war.

In Lyon begann das Konzil über die Absetzung des Kaisers zu beraten. Innozenz müssen die Knie geschlottert haben bei dem Gedanken, der Imperator selbst könne erscheinen und die kirchlichen Würdenträger vielleicht auf seine Seite bringen. So verbot er strikt die Teilnahme des Gebannten. Als Vertreter der ghibellinischen Sache wurde Thaddäus von Suessa zugelassen. Ich weiß nicht, wie er die Sache führte ..."

„Höchst geschickt", unterbreche ich ihn. „Ich war dabei."

Er runzelt die Stirn. „Du? Wie konntest du dabeisein, ein Weib?"

„Daß ich ein Weib war, fand man nicht so leicht heraus damals, wenn ich nur den Mund hielt und das Haar nicht zeigte", entgegnete ich lachend. „Ich war als Schreiber des Großhofjustitiars anwesend."

„Ich erinnere mich an nichts", sagt er abweisend. „Wie konnte solch ein Arrangement zustande kommen ohne Wissen der Kanzlei?"

Ich sehe, daß er sich ärgert, und kann nicht umhin, ihn noch ein bißchen zu vexieren. „Die Kanzlei bist *du*, nicht wahr? Nun, *ihm* war es bekannt und erst recht Taddeo. Es ging um die Sicherung der Anreise. Man hätte den Legaten des Kaisers sicher gern außer Gefecht gesetzt, bevor es überhaupt losging. Als Zugabe zum Preis verlangte ich, die große Sache mitzuerleben."

„Billig warst du ja nie", bemerkt Pietro giftig. „Aber da du alles so gut weißt, ist es sicher überflüssig, daß ich erzähle."

Ich halte meine Heiterkeit mit Mühe zurück. Da ist er doch einfach beleidigt, weil jemand mehr weiß als er! Ich beschließe, ihn zunächst zu versöhnen, indem ich meine Fähigkeiten herabsetze. „Ich muß dir gestehen, daß mein Aufnahmevermögen stark herabgesetzt war. Ich erwies mich nämlich als denkbar unfähig für mein Amt. Da ich nicht schnell genug war, denn ich beherrschte die Mönchskürzel nicht, hinkte ich ständig dem Geschehen hinterher. Einmal stieß ich vor lauter Hektik das Tintenfaß um und wäre um ein Haar hinausgeworfen worden. Zudem weißt du, wie es um meine Lateinkenntnisse bestellt ist."

Er lacht boshaft auf. „Ich möchte wissen, was du da aufgeschrieben hast!"

„Ich auch“, sage ich bekümmert.

Er ist befriedigt. Er, der sich rühmt, einen Kaiser lenken zu können, ist nicht in der Lage, meine kleinen Manöver zu durchschauen, wenn seine Eitelkeit im Spiel ist.

„Du weißt ja, wie geschickt Taddeo war“, nehme ich den Faden wieder auf.

„Geschickt! Nun, das möchte ich einem Großhofjustitiar wohl zusprechen!“ Er hat auf einmal die Seite gewechselt. „Vor allen Dingen war er nicht einzuschüchtern. Er hatte von Natur aus ein feuriges Temperament, und außerdem wußte er ja, daß nichts zu verlieren war in diesem Spiel. Mit Wendigkeit und bissiger Ironie fertigte er eine Reihe der Anklagen ab, so zum Beispiel, daß der Kaiser Verträge gebrochen habe: Das tue der Papst auch! Die ketzerischen Reden, die der Majestät unterstellt wurden, seien erfunden und erlogen, daß der Kaiser die Gebote der Kirche mißachte, aus der Luft gegriffen. Im Gegenteil: Im Königreich Sizilien sei der Wucher verboten, daran solle die Kirche sich ein Beispiel nehmen! Die Verbindung mit den Fürsten des Ostens diene der Sache der Christenheit, die Ehe Konstanzes mit dem Kaiser der Abtrünnigen sei darauf gerichtet, das Schisma zu beenden, und Jerusalem wolle er zurückerobern. Seine ironische Bemerkung, der Imperator halte sich die sarazenischen Frauen nicht zum Beischlaf, sondern ‚wegen der Geschicklichkeit ihrer Finger‘, rief lautes Gelächter hervor. Wir hatten ja auch einige Verbündete unter den Klerikern.“

Mit Verblüffung lasse ich mir von ihm erzählen, was ich miterlebt habe. O Pietro!

„Am zweiten Tag ging es um die Gefangennahme der Prälaten vor Monte Cristo. Suessa erbat Bedenkzeit, um seine Argumente noch einmal mit der Majestät abzustimmen, aber der Papst, der sonst so fürs Aufschieben war, feilschte nun um jeden Tag. – Warum wollte Taddeo eigentlich Bedenkzeit?“ herrscht er mich plötzlich an, als sei ich vorm Hofgericht in Foggia.

„Na, du sagst es doch“, erwidere ich verdutzt, „um Rücksprache zu halten . . .“

Pier schüttelt den Kopf. „Das glaube ich nicht. Bestimmt hatte er noch irgendeinen Trick in der Tasche, den er uns nie verraten hat. Aber das half auch nichts mehr. Der Genueser, mit tränenerstickter Stimme, verkündete die Absetzung des Kaisers . . .“

„Es war wie das Ende der Welt“, nehme ich leise Pietros Worte auf. „Dergleichen hatte es in der Christenheit noch nicht gegeben. Selbst die radikalsten Prälaten saßen in dieser Stunde da wie unter einer dumpfen Last. Niemand sagte ein Wort. Ich wandte meine Augen zu Taddeo, der als einziger aufgesprungen war. Sein Blick funkelte vor Zorn, und unter den grauschwarzen Locken wirkte sein unerschrokkenes Profil wie das eines Raubvogels. ‚Schande über dies Konzil!‘ rief er vernehmlich. ‚Dies irae! Tag des Zorns, Tag des Unglücks! Tag des Elends!‘

Man übertönte ihn mit einem schallenden Tedeum, und Papst und Prälaten löschten die Fackeln auf dem Steinfußboden der Kathedrale zum Zeichen der Verdammnis. Ich nutzte die Dunkelheit und das allgemeine Durcheinander, um zu Suessa zu gelangen und ihn einfach an der Hand durch eine Seitenpforte nach draußen zu ziehen. Ich traute dem freien Geleit des Innozenz nicht bis vor die Kirchentür.“

„Daran tatest du recht“, bestätigt Vinea gemessen. „Die ohne den Legatus Caesaris heimwärts ziehende Delegation wurde viermal angehalten unterwegs, und zwei Mitglieder verschwanden in den Kellern der Dominikaner. Ihr zoget also wieder deine berühmten Seitenwege.“

Es ist eine trostlose Reise, die sie da beide unternehmen, der Mann im Panzerhemd eines einfachen Ritters und die Frau im Lederkoller der Fahrenden. Kaum ein Wort fällt da. Sie reitet vornweg, er hinterher, den Kopf gesenkt, in tiefem Sinnen. Wenn sie Pause machen, wirft er sich sogleich ins Gras und tut, als sei er todmüde, und den Mund macht er nur zum Essen auf.

Mitten in den Alpenpässen, sie haben gerade in Montmélian eine guelfische Veste umgangen, ersteht die Bergführerin in einem kleinen Nest ein Kräuterdestillat und macht damit den Versuch, den schweigsamen Reisenden aufzumuntern. Er trinkt das scharfe Zeug, ohne eine Miene zu verziehen, aber aufmunternd ist die Wirkung nicht. Im Gegenteil. Wie aus heiterem Himmel beginnt der Großhofjustitiar zu weinen.

Truda fühlt sich einem weinenden Beamten des Kaisers gegenüber ziemlich hilflos, und ihr fällt offenbar nicht so recht ein, wie man ihn beruhigen könnte. Schließlich sagt sie ruppig: „Soviel ich weiß, ist Herr de Suessa von Haus aus eher Krieger als Federfuchser. Vielleicht sollten wir mal einen Waffengang tun? Vor rund dreißig Jahren wollte unser nun abgesetzter Herr auf dem Gebiet etwas von mir lernen.“

In der Tat hebt Taddeo den Kopf und kneift ein paarmal die Augen zusammen, um den nassen Schleier loszuwerden. „*Er* wollte von *dir* etwas lernen?" fragt er mißtrauisch und wischt sich die Nase. „Das sollte mich ja wundern. Und wieso überhaupt vor dreißig Jahren? Wie alt bist du denn?" Er mustert sie befremdet.

„Ist doch egal", erwidert sie unwirsch. „Ich kann mit Dolch und Degen zugleich kämpfen."

Er lacht auf. „Brauch ich nicht. Ich kann mich immer noch ohne solche Kniffe verteidigen. Aber wie steht's denn mit ganz normalem Fechten?" Dabei hat er sich nun endlich aufgerappelt und seine Klinge gezogen, und der Wald tönt wider von ihren Degen, bis die Frau mit erhobner Hand anzeigt, daß sie sich besiegt gibt. Taddeo, ziemlich knapp mit Luft, aber höchst befriedigt, bemerkt gnädig: „Nicht schlecht. Na ja, das bleibt uns noch, bis sie uns die Hände abschlagen. Seltsam, auch wenn man nicht viel sieht, man wittert irgendwie, woher der Hieb kommt."

Er setzt sich wieder ins Gras und schneidet eine Grimasse wie in alten Zeiten; seine trübe Laune ist dem Trotz gewichen. „Wenn man bedenkt, wie wir damals angefangen haben unten in Sizilien, die Opfer, die Mühen, die Güte und List, Klugheit und Gewalt. Und dann kommt ein Genueser daher und erklärt der Christenheit in aller Ruhe: Abgesetzt! Schmach und Schande! Was können wir nun noch tun, außer uns zu verteidigen? Kein freier Zug mehr auf dem großen Schachbrett, nur noch Reaktionen auf die Angriffe der Gegner! Ah questo papa maledetto!" Er sieht die Fahrende scharf an. „Im übrigen, wenn du meinem Rex, ich meine, dem Imperator, ein Sterbenswörtchen erzählst von dem, was hier im Walde los war, reiße ich dir deine Männerhosen vom Leib und ..." Er verstummt, runzelt die Stirn. „*Wie* alt bist du, hast du gesagt?"

„Ich hab gar nichts gesagt. Der Großhofrichter braucht die Augen nicht so kleinzukneifen, es gibt nichts zu sehen."

Er seufzt. „*Er* sieht auch schon viel schlechter", sagt er mit einer gewissen Genugtuung.

Sie satteln auf und besteigen wieder ihre Maultiere. Das Kräuterelixier holt die Führerin aber nicht noch einmal aus der Tasche.

„Nun", sagt Pietro. „Zumindest konnte man nun nicht mehr in den Orient auf und davon, ohne dem Papst recht zu geben und der Christenheit das klägliche Schauspiel eines Besiegten zu bieten. Da die Würfel gefallen waren, entfaltete der Kaiser wieder seine alte Energie. Die Kanzlei hatte Manifeste in alle Welt zu versenden, es fehlte nicht an den großen Gesten und dem Material für die Historiker. Wir sprachen meist vorher ab, was da geschah. So war es meine Idee, daß er auf die Nachricht von der Absetzung hin seinen Staatsschatz herbeischaffte, sich eine Krone aufs Haupt setzte und mit lauter Stimme verkündete: ‚Noch habe ich meine Krone nicht verloren! Sollte sich der niedrige Übermut zu solcher Höhe erheben, daß es ihm gelänge, mich, den höchsten der Fürsten, dem keiner gleichkommt, vom Gipfel kaiserlicher Macht herabzustürzen?' Und so weiter. Das war großes Theater. Wir waren ja gewappnet gegen das, was kam: Ausbrüche jedenfalls provozierten *diese* Neuigkeiten nicht."

Die Söhne des Großhofs

„Man rief zum Kreuzzug wider den Antichristen auf. Dem wüsten Propagandafeldzug der Kirche waren wir in keiner Weise gewachsen. Für Seine Heiligkeit wurde die antighibellinische Hetze noch zur Einnahmequelle, der Ablaßhandel blühte, Sündenerlaß gegen Bargeld – man merkte, daß da ein lombardischer Papst am Ruder war.

Das Königreich Sizilien verblutete indessen weiter in diesem Kampf. Die Zinken des Kamms, mit denen wir das Land nach Steuern durchkämmten, wurden noch enger. Beamte, die ihre Auflagen nicht erfüllten, setzten wir mitten in der Amtsperiode ab. Der Kaiser holte kurzerhand die alten sarazenischen Kadis und Sheiks aus Lucera wieder in ihre alten Gebiete; die kannten sich aus und wußten das Netz eng zusammenzuziehen. Einwohner des Königreichs zu sein war kein Vergnügen.

Mit Staatsmonopolen, Einfuhrzöllen, Ausfuhrverboten und Handelsboykotten versuchten wir, unsere zerrütteten Finanzen ein bißchen zu sanieren. Unser Kredit im Ausland sank rapide – nicht nur wegen des Prestigeverlustes durch die Papstmaßnahmen, sondern auch, weil wir ständig unsere Münzen beschnitten, verdünnten, legierten. Der Kurs zum venezianischen Dukaten stand vier zu eins. Zeitweise wurde uns das Geld so knapp, daß wir (es war vor Parma) Lederstücke kursieren ließen, die einen bestimmten Münzwert darstellten und die eingelöst werden konnten, wenn die nächste ‚colletta' aus Sizilien heran war. Die Leute waren verblüfft über diesen

Trick, aber sie brachten dem Ledergeld fast weniger Mißtrauen entgegen als unseren Augustalen, die jedermann erst einmal zwischen die Zähne nahm, wog, abschätzte oder mit dem Messer anritzte.

Im übrigen wehrten wir uns, so gut wir konnten. Das neue Strategem, das ich dem ‚Messiaskaiser' (davon gingen wir nicht ab) jetzt unterbreitete, hieß: nicht mehr Kampf gegen den Papst als einen unrechten Vertreter Christi, sondern Kampf gegen die gesamte Kirche als eine korrupte, heuchlerische und ungerechte Einrichtung, die mit den Lehren ihres Gründers nichts mehr gemein hatte. Elia von Cortona leistete hier wertvolle Hilfe. Dem Imperator fielen die beißenden Verse jenes Poeten ein, die er vor fast einem Menschenalter in Germanien gehört hatte und die uns nun gute Dienste leisteten. Unsere Manifeste tönten kräftig. ‚Diese Geistlichen, der Welt ergeben, von Genüssen trunken, setzen Gott hintan. Ihnen wird durch den Zustrom der Schätze die Frömmigkeit erstickt. Solchen also die schädlichen Schätze zu entziehen, mit denen sie sich fluchwürdig beladen, ist ein Werk der Liebe. Darauf, daß sie alles Überflüssige abtun und, mit mäßiger Habe zufrieden, Gottes Knechte sind, müssen wir unser Augenmerk richten.'

Im Winter wurde Pandolfo von Fasanella, Generalcapitano der Toscana, abgelöst und an den Großhof gerufen. Gegen ihn liefen Ermittlungen wegen Korruption. Seinen Posten nahm der liebenswürdige und tapfere Friedrich von Antiochia ein."

„Ach", sage ich überrascht, „du lobst einen der Kaisersöhne?"

„Wie du hörst", erwidert er ärgerlich. „Unterbrich mich jetzt nicht. – Wir bereiteten zu Ostern 1246 in Grosseto ein Hoffest vor, das den alten Glanz zurückrufen sollte. Es galt, der Welt zu zeigen, daß wir bei den Anschlägen unserer Feinde heitere Gelassenheit bewahrten. In Germanien hatten die geldgierigen Fürsten unter dem Einfluß päpstlicher Silbermünzen einen Gegenkönig gegen Konrad aufgestellt, aber wir schoben die schlimmen Nachrichten erst einmal zur Seite.

Noch heute ist mir unverständlich, wieso die Beamten meines Geheimdienstes von dem, was sich zusammenbraute, kein Sterbenswort in Erfahrung gebracht haben. Wahrscheinlich lag es an der unerhörten Schnelligkeit, mit der sich diese Verschwörung zusammenballte wie eine Gewitterwolke. Auch die Agenten des Papstes verstanden schließlich ihr Handwerk. Geld aus den Kassen der Kurie gab den Ausschlag.

Ich weiß auch nicht, wie Caserta Wind von der Sache bekommen hatte. Ich denke mir aber, daß sie versucht haben werden, ihn zu gewinnen, und daß er zunächst darauf einging, um alles in Erfahrung zu bringen. An seiner Loyalität ist kein Zweifel, er war viel zu abhängig von Violante. Die Informationen, die er uns durch einen Schnellsegler aus Sizilien zukommen ließ, retteten uns im letzten Augenblick.

Beim Festmahl am Ostersonntag sollte der Imperator durch Fasanella und Jacopo Morra ermordet werden. Die anderen zehn Verschwörer hatten dann Enzio, den Ezzelino und meine Wenigkeit zu erledigen. Das Attentat war gleichzeitig das Signal zum Aufstand für Tibaldo Francesco in Sizilien. Das Dutzend Namen, das der Brief Casertas enthielt, ließ an Exklusivität nichts zu wünschen übrig. Die höchsten Würdenträger des Reichs, fast alle hervorgegangen aus der kaiserlichen Kinderstube, an der Seite der Söhne und Töchter aufgewachsen am Großhof und vom Kaiser oft als seine Ziehkinder bezeichnet, die jungen Pagen, Dichter und Sänger und Falkeniere von einst – gekauft vom Feind.

Zum Glück behielt *ich* einen klaren Kopf. Friedrich fiel nämlich zunächst aus. Ich hatte einen Ausbruch erwartet. Das Gegenteil trat ein. Das schreckliche Dokument in Händen, saß er still und abwesend am Tisch und sah vor sich hin. Kein Befehl, keine Meinung, nichts.

Ich ließ zunächst die Sarazenenwache verstärken, den Hafen sperren und die Zufahrtsstraßen abriegeln. Dann rief ich den Großhof zusammen, in der Hoffnung, der Kaiser habe sich inzwischen so weit erholt, wie es nötig war. Was zutraf und auch nicht zutraf. Kalt und ruhig, als handelte es sich um irgendeine belanglose Angelegenheit, besprach er mit mir die Maßnahmen, bestätigte meine Anordnungen. Von Zeit zu Zeit hob er die Hände an die Schläfen, als drückte sie ihm ein Schmerz zusammen. Als der junge Manfred hereinstürzte und sich ihm schluchzend an den Hals warf, konnte er sogar lächeln.

Es gelang mir, innerhalb eines Tages alle Verschwörer verhaften zu lassen. Auch die, die nicht am Hof waren, wurden ergriffen. Caserta schlug noch vor unserer Ankunft im Süden die Revolte im Königreich nieder. Tibaldo hatte sich ergeben – ich frage mich heute noch, wie er darauf verfallen konnte. Rechnete der Sohn des Mannes, der einst dem Kind von Apulien die gefesselten Hände befreite, wirklich mit Gnade, nachdem er seinen ‚zweiten Vater‘ verraten hatte? Er mußte doch das Schicksal seines Ziehbruders Heinrich kennen. Sie alle kannten den Imperator, und sie kannten die Gesetze. Man schleifte sie verstümmelt unter Martern durch das ganze Königreich und brachte sie furchtbar ums Leben."

Er redet ohne Stocken, dabei erzählt er von dem, was ihm bevorgestanden hatte. Plötzlich wird mir bewußt, daß er sich mit dieser Erzählung wahrscheinlich auf einen zweiten Vollzug seines Untergangs vorbereitet; sagte er nicht, daß er noch einmal hindurchmüsse, wenn er weiterwolle. Ich kann nicht umhin, seinen Mut und seine Gelassenheit zu bewundern.

„Die Verschwörung wurde niedergeschlagen wie eine Palastrevolte, denn beim Volk hatten die Aufrührer keine Sympathien. Es jubelte seinem Imperatore Federico zu wie einst, als er in Barletta vom Kreuzzug an Land ging, totgesagt und lebendig. Aber diesmal winkte er nicht strahlend zurück. Mit gebeugtem Rücken, den Blick auf die Mähne des Pferdes gerichtet, den Mund schief, ritt er inmitten der Leibwache durch die Straßen des Landes, als hörte und sähe er nichts.

Die Sache hatte auch ihr Gutes. Das Ansehen des Papstes litt sehr, da durch vorgefundene Briefe und Anweisungen klar erwiesen werden konnte, daß er das Attentat angestiftet hatte. Seine gesamte Politik erschien fragwürdig. Wir hatten zudem jetzt große militärische Erfolge in der Lombardei. Die Verwaltung des Imperiums war fest in den Händen der kaiserlichen Familie – Pallavicini war der einzige nicht Verschwägerte.

In Deutschland schien es auch nicht ganz so gefährlich zu werden. Der Kaiser zog wieder nach Norden, in die Lombardei zunächst, danach war Waffenhilfe für Konrad vorgesehen.

Nur die in Friedrichs nächster Nähe sahen, wie sehr er verändert war. Eine tiefe Niedergeschlagenheit, die meist einherging mit Schlaflosigkeit, Stechen in den Schläfen und Gliederschmerzen, bemächtigte sich seiner. Die wilden Entschlüsse von einst, die Wutanfälle waren wie Blitze aus der Wolke gewesen, danach hatte er sich wieder in der Hand. Nun uferten seine Stimmungen aus, Rasereien von verkrampfter Hilflosigkeit. Die Richtung des Handelns bestimmten unsere Feinde, das wußte er. Wir waren nicht mehr frei.

Der Zug nach Lyon, um den Papst mit militärischer Präsenz zum Umdenken zu zwingen, scheiterte durch den Verlust Parmas. Und vor Parma verlor er dann noch etwas viel Kostbareres: die gerade mit Mühe erworbene Glorie des Messiaskaisers, der unter Gottes Schutz stand und, vielleicht, gekommen war, die Welt zu erlösen.

Wenn er den Mund doch nicht so voll genommen hätte bei dieser Belagerung! Die Parmesaner kauten schon ihre Schuhriemen. Es hätte alles normal erledigt werden können. Aber da mußte es statt eines Lagers eine völlige Gegen-Stadt sein, mit Mauern und acht Toren, Kirche, Palast, Markt und Wasserleitung (alles aus Holz, das brannte gut), mit dem hochtrabenden Namen der Siegesgöttin: Vittoria. Und jeden Tag wurde auf Beizjagd ausgeritten in die Sumpfniederung des Taro, Manfred und die Amici an der Seite – und leider oft auch ich, um gleichzeitig die Geschäfte abzuhandeln, obgleich mich die Vogelbeize soviel interessierte wie die neuen Stickmuster der Haremsdamen.

An jenem klaren Februartag, dem 18. im Jahre 1247, hatte ich auch mitgemußt, was sehr schade war, sonst hätte ich es da schon in Ehren überstanden gehabt." Er beginnt wie toll zu lachen, verstummt schnell wieder. „Sie lenkten die Wachen durch einen vorgetäuschten Ausfall ab, dann stürzten sie sich auf Vittoria. Wir waren früh aufgebrochen, die meisten in der Stadt schliefen noch, als die Parmesaner wie ein Rudel ausgehungerter Winterwölfe einbrachen und die Straßen im ersten Ansturm durchtobten. Als die Sturmglocke uns zurückrief, war dieses Lager der Hybris schon ein Flammenmeer. Wir waren noch nicht in den Weinbergen von Grola, da hörten wir schon das Geheul – das Triumphgeschrei der Sieger und das Wehklagen der Besiegten. Vittoria existierte nicht mehr. Der Harem und der Staatsschatz, die Münze und die Kanzlei, der Tierpark und die Hofhaltung waren Beute der Rasenden aus Parma.

Ein Trupp Fliehender kam uns entgegen. Friedrich hielt sie auf. „Zurück nach Vittoria und lernt siegen!" schrie er mit verzerrtem Gesicht. Sie gehorchten, folgten uns. Aber wo war Vittoria? Flammen und letzter verzweifelter Widerstand. Die Plünderer kehrten zum großen Teil bereits zurück nach Parma.

Er hätte sich in die brennende Stadt gestürzt, aber eine zweite Abteilung Flüchtender raste heran, unter ihnen Folco Ruffo, der Marschall des Großhofs, und der Graf von Hohenburg. ‚Zurück, Erhabner! Es ist alles verloren! Zurück! Wer uns nicht folgt, wird unfehlbar erschlagen! Sie sind wie die Bestien!' Als der Kaiser den ‚Drachen' erneut spornte, fiel ihm der Marchese Lancia in den Zügel und riß wortlos das Pferd herum. Die Erde dröhnte unterm Schritt der herannahenden Parmesaner.

Einmal im Rennen, waren wir nicht so schnell wieder aufzuhalten. Wir ritten bis spät in die Nacht hinein, bis Borgo San Donnino bei

Cremona. Mir fiel mancherlei ein auf dieser Reise, auch Stellen der Schrift wie: ‚Du zerschlägst sie zu Scherben wie des Töpfers Gefäße ...‘

Er richtete während des Rittes an niemanden ein Wort, befahl nur Manfred und dem Marchese Lancia, neben ihm zu bleiben.

Am nächsten Tag erfuhren wir Einzelheiten. Unser ohnehin in letzter Zeit ausgebluteter Hof hatte nun noch einmal eine Reihe hoher Beamten verloren, meine Kanzlei war personell und aktenmäßig nicht mehr vorhanden, dreitausend Gefangene und eintausendfünfhundert tote Kaiserliche konnten die Parmesaner dem Papst melden und sich an unserer Staatskasse gütlich tun. Vom lang entbehrten Essen fast genauso berauscht wie vom ungewohnten Wein, rasten die Parmesaner, angetan mit kostbaren Gewändern aus der Beute, durch die Straßen der Stadt. Die guten Leute hatten mit unserer Bibliothek hübsche Feuerchen angemacht, denn so ein Februarabend ist kühl. Und in den Vorzimmern der Bordelle lagen die Luxusdamen des Serraglio wie Fußabtreter, jeder konnte drüber gehen. Ein krummbeiniger Krüppel, genannt Cortopasso, hatte die Krone des Imperators erbeutet und aufgesetzt und hinkte damit grölend durch die Gassen; ein verständiger Nobile kaufte im letzten Augenblick einem wackeren Familienvater die Prachtausgabe des Falkenbuchs ab, aus dem der gerade die Bildchen herausreißen und seinen Kindern zum Angucken geben wollte.

Folco Ruffo wußte auch vom Tod des Großhofrichters Thaddäus von Suessa zu berichten. Als er inmitten eines Haufens erlegter Feinde weiterkämpfte, wurde ihm erst die rechte Hand abgeschlagen, aber er versuchte, den Degen links zu führen. Da man ihm auch die Linke abgehauen hatte, wartete er nicht darauf, was man mit ihm in Gefangenschaft machen würde, sondern stürzte sich in die auf ihn gerichteten Speere. Ich dachte später einmal an ihn.

Das schlimmste war, daß wir keinen Soldo mehr hatten. Sizilien mußte mal wieder eine Sondersteuer tragen, Kirchen und Klöster wurden doppelt belastet ...“

„Wo sind wir?“ unterbreche ich ihn. Es ist auf einmal finsterer. Unter meinen Füßen splittert etwas, als würde ich über die dünne Eisdecke auf einer Pfütze gehen.

Seine Stimme klingt gefaßt. „Truda, es hilft nichts, wir müssen da hindurch. Es gibt keinen anderen Weg.“

In dem Augenblick fühle ich den kalten Zugriff an den Handgelenken, die gesichtslosen Wesen tragen jetzt die schwarzweiße Vermummung der Dominikanermönche, kein Auge schimmert unter der tief herabgezogenen Kapuze hervor. Ich wehre mich, sehe zwischen dem wie Wolkenfetzen wandernden Dunkel, daß man Pietro auf die gleiche Weise behandelt, ihn, den ich schon bereit war, für den Logotheten der Unterwelt zu halten, wie einen Mehlsack beutelt und verschnürt, und schreie: „Pier, was ist das?"

„Die päpstliche Inquisition", ächzt er, und dann, trotz allem triumphierend: „Da hast du den Beweis, daß ich nie mit dem Papst im Bunde war, wie man mir unterstellte!"

Das wird ihm auch nichts nützen, diesem armen Gaukler, fährt mir durch den Kopf, während sie mich routiniert durchsuchen und die Augustale trotzdem nicht finden, die hab ich in den Mund gesteckt. Aber natürlich entdecken sie das rostige Messer, vor dem mich Vinea die ganze Zeit über gewarnt hat; tatsächlich war es zu nichts nutze, als daß er mir damit die makabre Vorstellung mit den geköpften Ähren geliefert hat. Gibt es unerlaubten Waffenbesitz im Jenseits? frage ich mich erheitert, und ungeachtet ich ja sehe, daß er hier wohl wenig Einfluß haben kann, rufe ich: „Pier delle Vigne, gedenk unseres Versprechens, hilf mir."

Er aber antwortet nicht. Nur eine dumpfe Stimme murmelt aus einer der Kapuzen heraus, die heilige Inquisition des Ordens habe uns festgenommen, dann geht es mit Holterdipolter irgendwelche Stufen hinunter, in eine Art Trichter, wie mir scheint. Von Pietro ist nichts mehr zu sehen.

Offenbarung
1. Kapitel
Violante von Caserta

... daß Wir, vom Glanze der Caesaren umstrahlt, es dennoch nicht für unrühmlich halten, Mann aus Apulien zu heißen; und solange glauben Wir außerhalb des eigenen Hauses gleichsam zu pilgern, als Wir, von des Reiches Pflichten überall hingerufen, fern von den Höfen und Häfen Siziliens segeln.

Aus einem Brief Federicos

diese höhlen und gruben
beherbergen uns
diese spalten und galerien
verbergen uns
die balken und brücken
führen uns in die irre

vor diesen werkzeugen
die uns übertreffen
erscheinen wir
winzig und stumm
schlaflose träumer
gefangene
nicht besiegte

Aus: Hans Magnus Enzensberger, Carceri d'invenzione

„Wessen bin ich angeklagt?“ schreie ich aufs Geratewohl. Ich habe keine Antwort erwartet. Dennoch höre ich nicht auf herumzubrüllen. „Wo bin ich, was wollt ihr, wo seid ihr?“ Und dann schreie ich, da ich allein bleibe: „Pietro! Petrus de Vinea, Pier delle Vigne, wo bist du?“

„Dieser Name soll hier nicht genannt werden“, sagt jemand von weit her. Dann höre ich Schritte, unter denen der Boden splittert wie unter den meinen, und die tiefe klare Frauenstimme, jetzt ganz nahe, spricht: „Loco è in Inferno detto Malebolge.“

Ich strenge meine Augen an und erkenne die Umrisse einer schmalen aufrechten Gestalt, da frage ich geradezu: „Woher kennst du den Dante?"

„Ich kenne keinen Dante", erwidert sie, näher kommend, „aber ich kenne dich. Du warst manchmal am Hof meines erhabenen Vaters. Ich habe dich bewundert."

Sie steht vor mir, doch ich weiß nicht, wer sie ist. Ihr weißes Kleid ist streng geschnitten und schmucklos, den Kopf umhüllt ein Tuch. Da sie meine Ratlosigkeit sieht, lächelt sie, es ist ein Lächeln, das man eigentlich wiedererkennen müßte, zugleich schelmisch und weise. „Ich habe mich verändert, ja. Sieh mich nur an." Sie hebt die langen Wimpern, ihre Augen sind bernsteingelb, und sie enthebt mich der Mühe, sie bei Namen zu nennen, indem sie es selbst tut: „Die mit den Krötenaugen. Violante."

Ich habe sie anders in Erinnerung, ein Mädchen wie eine Feuerlilie, Gold in Gold, unbesieglich. „Du hast mir einmal geholfen", sage ich beklommen.

Sie nickt.

Ich war damals schon nicht mehr in Gnade. Meine Fürbitte für Vinea hatte mir einen grellen Blick des Basilisken eingetragen, und fast ein Jahr lang durfte ich mich mit Bagatellaufträgen langweilen, wie sie jeder beliebige Bote erledigen konnte; mich fertigte nur noch die Kanzlei ab. Der nach dem Tode der beiden Ersten Juristen ernannte Oberste Justitiar, der rundgesichtige und stets freundlich-unverbindliche Montenero, gab sich nicht einmal die Mühe, mich persönlich anzuhören, geschweige denn mir eine Audienz zu verschaffen. Ich war der Sache recht überdrüssig, als ich plötzlich in heikler Mission ausgesandt wurde, direkt ins Herz des Kirchenstaates, um einem geheimen Mittelsmann Papiere zu überbringen – eine Sache in alter Abenteuermanier.

Mir mißlang die Arbeit, und ich war gezwungen, kurz vor dem Ziel die Briefschaften zu vernichten.

Diesmal wurde ich sogleich vorgelassen, und Federicos gegen mich angestauter Unwille entlud sich. Er erklärte mir mit harten, kalten Worten, mein Mißerfolg sei ein Beweis, daß ich mit den von mir offenbar so geschätzten Verrätern unter einer Decke gesteckt habe und auch weiterhin versuchen wolle, ihm durch schlechte Dienste zu schaden. Die Leute, die das hörten, ein paar von der Kanzlei und Caserta, der ihm die Zeichnung einer neuen Kriegsmaschine vorlegte, wurden blaß und still ob dieser Anschuldigungen. Ich wagte zu widersprechen, was sich zu der Zeit niemand am Großhof erlaubte, und sah mich schon von einem Flammenblitz aus Melfi davongeweht oder gar genötigt, an alte Abmachungen zu erinnern, als mir unerwartet Hilfe kam.

Der Raum öffnete Bogenfenster zu einer Terrasse, und von draußen sagte jemand: „Aber du tust der Botin unrecht, Erhabner." Lächelnd wie ein Kind, schwang sie, die nun vor mir steht, eidechsenschnell ihre Beine über die Fensterbrüstung, als sei sie ein Knabe, eilte lebhaft auf den Erzürnten zu, nahm ihn am Arm.

Ich hatte schon davon gehört, und vergnügt zwinkernde Dienerschaft und erstaunte Höflinge bestätigten mir, daß Violante ihrem Vater öffentlich widersprach, daß er hilflos wurde vor ihrem Gesicht und vor ihrer Stimme, die die Stimme Biancas war, daß sie in den paar Monaten, in denen sie sich am Hof aufhielt, die finstere Stirn des Herrn glättete wie die Sonne die Meereswogen.

Jetzt redete Violante unbefangen auf ihren Vater ein, als merkte sie dessen gereizte Stimmung gar nicht. „Was wirfst du Truda vor, Vater? Wenn sie diese Briefe mit ihrem Leben verteidigt hätte, dann wäre sie jetzt tot und die anderen hätten die Papiere. Sie hat doch nur getan, was nötig war."

„Daß es dir schwerfällt, an Treue zu glauben, das kann ich verstehn, Erhabner", sagte ich leise. „Aber du müßtest wissen, daß die meine andere Ursprünge hat und deshalb von anderer Art ist."

„Laßt mich mit Caserta allein", sagte er unvermittelt.

Das schöne Mädchen lächelte, küßte erst ihn, dann ihren Mann auf die Wange und zog mich hinaus ins Freie. –

„Damals nahmst du mich mit in den Garten", erinnere ich mich, „und pflücktest mir eine Hibiskusblüte."

„Du stecktest sie an dein Lederhemd", bestätigt Violante. „Ich fand dich bewundernswert."

„Damit warst du zweifellos an diesem Hof allein. Die meisten haßten mich um so unverhüllter, je mehr die Gnade des Herrn von mir wich."

„Sie wich nie ganz von dir."

Ich zucke die Achseln. „Schöne Violante", frage ich, „wo sind wir?" und sehe mich um.

„Ich hab dir doch gesagt: in den Unheilsbuchten", erwidert sie. „Bei Dante sind in ihnen die großen Sünder."

„Ich kenne diesen Dante nicht", wiederholt die Frau. „Aber es mag sein, daß sich die Kunde von manchen Dingen erhält und verwandelt auf die Nachwelt kommt. Malebolge, Unheilsbuchten, nannte man die Kerker in Castello del Monte, dem Bergschloß, das mein Vater in den letzten Jahren erbauen ließ."

Sie spricht ernst, sachlich, da ist nichts mehr von der einstigen Heiterkeit des Mädchens. „Zu seinen Lebzeiten standen die Kerker leer. Das Castello wurde bewohnt, und es war alles andere als ein Ort des Unheils. Es war schöner als jedes andere Schoß, das ich kannte. Bist du auch einmal da oben gewesen?"

Ich nicke und sehe in Gedanken das große Achteck vor mir, das wie eine Krone über den Bergen Apuliens steht, eine gigantische Terrasse, achtmal der achteckige Turm als Begrenzung, vom flachen Dach bis zum achteckigen Schwimmbad im Hof voller Bequemlichkeit, zweckmäßiger Eleganz und orientalischer Schönheit. Es dokumentierte die Baugesinnung seines Architekten: Federico hatte es selbst entworfen. Castello del Monte ein Kerker?

„Ein Kerker", sagt Violante nüchtern, „für die letzten Nachkommen des Antichristen. Und wenn also Malebolge in den Kanon der Hölle aufgenommen wurde – nun, ich weiß, warum. Ich will dir alles zeigen. Ich kenne sie alle, und ich bewahre sie hier, die Kinder und Enkel, die starben und verdarben. Den Frauen erging es noch wohl, ihre Ehen schützten sie, oder sie konnten ins Kloster fliehen, so überlebten sie. Ich habe sogar noch Konstanze gesehen, Tochter meines Bruders Manfred, die Gemahlin Pedros von Aragon, als sie 1282 in der Martorana gekrönt wurde mit der alten Normannenkrone. Sie war die letzte. Ich gab mich nicht zu erkennen."

Ich sehe sie an, und da sich meine Augen inzwischen an das schwache Licht gewöhnt haben, merke ich, daß dies weiße Gewand aus ungebleichtem grobem Zeug besteht, in das sich jene kleiden, die wie einst Elisabeth von Thüringen in freiwilliger Armut leben, Kranken beistehen und Sterbenden das Leintuch glattstreichen, ohne einem Orden anzugehören.

Violantes Augenbrauen und Wimpern scheinen mir sehr hell, und sie bemerkt meinen Blick und nimmt lächelnd ihr Kopftuch ab. Ihr Haar ist weiß, und die Konturen des Gesichts sind aufgeschwemmt. Das ist eine alte Frau. Sie beantwortet meine Frage, ehe ich sie ausspreche. „Ich bin fünfundachtzig Jahre alt geworden, älter als meine Schwester Margarethe, die Tochter der englischen Isabella, die in

Germanien verheiratet war, älter auch als meiner Mutter ältestes Kind Konstanze, das als griechische Kaiserwitwe im Kloster starb.

Bleib bei mir. Sieh dich um. Dies ist Malebolge, der staufische Teil der Hölle. Ich habe sie versammelt, wenn du so willst, mitsamt ihren Kerkern. Meine Bestimmung war, ihnen beizustehen in ihrer letzten Stunde, so wie ich schon meinem erhabnen Vater beim Sterben geholfen hatte. Lauf nicht weiter, Truda. Hier sind sie, alle meine Verwandten. Du, die du die Dinge vom Fleck rücken willst – wenn ich dich damals recht verstanden habe –, du wirst vielleicht die Achseln zucken über diese Grüfte und fragen, ob ich denn nichts Besseres zu tun hatte, als mich um meine Familiengeschichten zu kümmern. Und ich sage dir: nein. Ich hatte nichts Besseres zu tun, seit er in meinen Armen zugleich mit der Sonne unterging. In jedem Gesicht der staufischen Männer suchte ich diese Züge. Und nun folge mir!"

Um mich erheben sich Wände, teils aus rotem Porphyr wie die Sarkophage im Dom zu Palermo, teils aus unbehauenem Sandstein oder schwarzer Lava. Eingelassen in diese Steinwälle sind wie in einem Kolumbarium, einer der Begräbnisstätten früher Christen, rundwandige Höhlen, aber größer als Urnengräber und vergittert. In was für einen Bestienkäfig bin ich da geraten! Es scheint sich zu bewegen da hinter den Stäben. Bin ich auf die Veste des Ibn Abbad zurückbefördert worden, der sich Christenkinder hielt zu schandbarer Belustigung?

Violante spricht ganz ruhig weiter, unberührt von meinem Entsetzen. „Fürchte dich nicht. Sie leiden nicht mehr. Es sind ja Schatten. Nichts schmerzt mehr. Wen willst du zuerst sehen – die Gefallenen oder die Gefangenen?" Ich antworte nicht. „So will ich dich zuerst zu denen bringen, die ehrenhaft für das Recht starben."

Sie geht voran auf dem knirschenden Boden, ich folge ihr, und plötzlich bewegt sich rechts von mir im fahlen Licht der Höhlen eine Gestalt. Fast schreie ich auf, denn der Schemen sieht dem, den ich suche, so ähnlich, daß ich drauf und dran bin zu glauben, ich sei am Ziel. Dann sehe ich, daß es Enzio ist, aber auch er ist es und ist es nicht. Sein Gesicht ist vergröbert, gedunsen, dicke Tränensäcke unter den Augen; sein Körper, der da drin gleichsam zu schwimmen scheint, hat die stählerne Grazie verloren, er wirkt weich und plump zugleich.

„Des Vaters Ebenbild, der Falconello", bemerkt Violante ohne Erregung. „Ich habe ihn nicht ganz herholen können. Die Bologneser, die ihn gefangenhielten bis zu seinem Tode, geben ihn auch jetzt nicht frei. So scheint er hier zu sein und auch wieder nicht, und ich weiß nicht, ob er mich braucht oder nicht, ich kann ihn nicht erreichen. Damals mußten wir ihn vergessen. Nicht einmal *ich* habe ihn besuchen können, da war zuviel anderes. Aber ich glaube, wenn man die Augen anstrengt, kann man sehen, daß er sein Gedichtheft bei sich hat. Er schrieb bis zuletzt, es machte ihn glücklich. Er weiß nicht, daß die meisten Verse später verlorengingen."

„Er sieht entsetzlich aus", murmele ich.

„Ja", bestätigt sie. „Ein Zerrbild seiner selbst und seines Erzeugers. Du kannst ruhig laut sprechen, es dringt nichts zu ihm. So sieht man eben aus, wenn man ein Vierteljahrhundert im Kerker verbringt, Truda. Dabei, seine Haft war erträglich. Er hatte einen Garten, in dem er spazierengehen konnte, er empfing Besuche, auch Frauen, er hatte Bedienstete. Nur wir, die Staufer, konnten nicht zu ihm. Manfred versuchte noch zweimal, ihn gegen Lösegeld zu befreien. Vergebens."

Ich denke an den leidenschaftlichen, gleichzeitig drohenden und demütigen Brief seines Vaters an Bologna, um die Freigabe des Falconello zu erwirken, ein Schreiben voll maßloser Versprechungen. Einen Ring von Silber wollte er um die Stadt legen und sie vor allen anderen in der Lombardei erhöhen, wenn sie den geliebten Sohn losließe. Die dachten nicht daran. Auch kleine Hunde könnten einen Eber festhalten, antworteten sie, und von Haß und Hochmut berstend, schrieb die erzürnte Majestät: „Da aber die Ereignisse der Kriege ungewiß sind und der Schoß Unserer Hoheit Überfluß an Söhnen hat, ertragen Wir derartige Neuigkeiten mit Gleichmut . . ."

Die Frau scheint meine Gedanken zu kennen. „Als wir damals erfuhren, daß Enzio beim Angriff auf Fossalta gefangengenommen war, glaubte niemand, daß seine Haft länger als ein halbes Jahr dauern könne, dann wäre er entweder befreit oder Bologna erobert. Unser Vater konnte spöttisch lachen über die Narren in der Lombardei, die glaubten, ihn erpressen zu können. Aber er war tief getroffen. Er hing sehr an Enzio. Kurz zuvor war schon in Spoleto mein Bruder Riccardo von Theate gestorben, der Großneffe Berardos. Nun dies.

Nein, es gab keine Freiheit wieder für den König von Torre und Gallura. Einmal, Manfred lebte schon nicht mehr, versuchte er zu fliehen. Ein Küfer wollte ihn in einem großen Faß aus der Stadt bringen. Aber es heißt, daß eine seiner langen blonden Locken aus dem Spundloch des Fasses gequollen sei und eine Frau auf der Straße diese Locke gesehen habe. Niemand in Bologna hatte sonst solches

Haar. Die Frau schlug Alarm, und man bewachte Enzio danach noch strenger.

Ich glaube aber, irgendwann wollte er auch gar nicht mehr fort. Er hatte die bekannten Gesichter um sich und sein Liederbuch, und die Bologneser liebten ihren Gefangenen auf eine Weise. War es zuerst Sitte gewesen, nach dem Kirchgang zu seinem Kerker zu wandern und den bösen Ghibellinen anzustarren wie eine Bestie in der Falle, pilgerten die Städter in späteren Zeiten zu ihm, dem unglücklichen Gefangenen guten Tag zu wünschen, mit ihm durch die Stäbe Konversation zu machen oder sich sein neustes Lied zur Laute vortragen zu lassen. Man war höflich zueinander. Es fiel auch nicht schwer, denn Enzio war unbefangen und irgendwie einem Kinde gleich, mal heiter, mal traurig, ein sanftes Käfigtier, von dem man wußte, daß es einst ein ritterlicher Held gewesen war. Er wurde alt, ohne es recht zu merken, die Welt begriff er nicht mehr und starb, ohne zu klagen. Sieh ihn dir an. Ich glaube nicht, daß er sehr unglücklich war.“

Ja, ich sehe, dies Gesicht, in dem kein Erlebnis mehr seine Spuren hinterlassen konnte, seit Enzio neunundzwanzig war, dieser nutzlose Körper, verunstaltet vom Nichtstun, lebender Leichnam. Falconello: ein Falke, der zweiundzwanzig Jahre aufgebockt im Keller sitzt, während draußen Winde und Wolken vorbeieilen. Es graust mich.

„Fürchte dich nicht“, sagt Violante zum zweitenmal. „Ich will dir, um deinem Herzen Zeit zur Gewöhnung zu geben, zuerst jene zeigen, die das Glück hatten, zu fallen und zu sterben, ohne in die Hand ihrer Feinde zu geraten.“ Sie hebt die Hand, deutet nach oben.

Ich lege den Kopf in den Nacken. Die Nischen dort sind höher als die anderen, dunkel formen sich Kreuzgewölbe, die roten Porphyrzierate an den Einfassungen scheinen zu flammen. Es ist zu weit weg, als daß man erkennen könnte: Sind es Statuen da oben, sind es Mumien, Wachsfiguren oder im Schlaf Erstarrte, mit Pferden, Waffen und Wunden, in ritterlichen Posen?

„Kannst du etwas sehen? Das ist mein sehr geliebter Bruder Federigo, Friedrich von Antiochia mit den dunklen Locken, dem heißen Herzen, dem hinkenden Fuß. Er fiel, als er Foggia gegen die Soldaten des Papstes verteidigte. Er war der erste in der Reihe derer, denen ich sterben half nach meines Vaters Tod. Sein Haupt hatte ich in Händen wie damals in Fiorentino das des Erhabnen, zwischen uns flossen starke Kräfte hin und her, und so mußt du mir verzeihen, Truda, daß er so weit vorn steht, deutlicher sichtbar vielleicht als jene, die vor ihm dahingingen, ohne gekämpft zu haben: Carlotto, das Kind; Friedrich, der Sohn König Heinrichs; Konrad schließlich, den die Malaria hinraffte, als er hierher zu Manfred kam, um mit ihm gemeinsam das Südreich zu behaupten. – Als wir Foggia verteidigten, kämpfte ich an Federigos Seite als sein Page."

„Du? Wie kamst du dazu?"

Sie lächelt. „Habe ich dir nicht gesagt, daß ich dich bewunderte? Ich fand eine Zeitlang nichts größer und schöner, als wie ein Mannsbild in den Krieg zu ziehen. Auch erzählte man mir, daß meine Mutter in Knabenkleidern mit dem Kaiser unterwegs gewesen sei, um weniger Aufsehen zu erregen. Fechten hatte ich von Caserta gelernt. Es war nicht schwierig, dich nachzuahmen."

„Ich habe aber niemals an einer Schlacht teilgenommen, jedenfalls nicht an einer dieser Art."

„Denk sie dir nicht zu verschieden von den deinen", sagt sie einfach. „Auch wir verteidigten unser Recht. Im übrigen muß ich dir sagen, daß mich in dem entsetzlichen Getümmel schnell sowohl Mut als auch Kraft verließen und ich, hingeduckt unter meinen Schild, keineswegs eine Amazone abgab, sondern mich dicht neben meinem Bruder hielt, bis er taumelte, von einem Pfeil im Hals getroffen, und mir in die Arme sank. Ich warf meine nutzlosen Waffen beiseite und führte den Blutenden, Verstummten aus dem Kampf, an irgendeine Ecke des Gemäuers. Um uns tobte die Schlacht, aber er hätte ohnehin nichts mehr sagen können und fiel vor mir auf die Knie, als erbitte er etwas von mir, und ich nahm seinen Kopf in meine Hände und sagte, Auge in Auge mit ihm, die Sterbegebete und daß ich bei ihm sei, und sein Blut ergoß sich über mich.

Als ich sah, daß sich seine Augen verschleierten, küßte ich ihn auf den Mund und nahm seinen letzten Hauch von ihm entgegen. Und ich begriff in dem Toben um Foggia, daß dies mein Teil war und daß die Stunde mit meinem Vater mich darauf vorbereitet hatte.

Ich ließ den Bruder zu Boden gleiten und lief in die Burg, wo Vannina, seine junge Frau, mit den beiden Söhnen saß, wir rafften die Knaben an uns und entflohen, bevor die Päpstlichen die Residenz stürmten. Später verbarg sich Vannina in einem Dorf in der Madonie, die Kinder brachte sie in ein Kloster, und so hat es Gott gefügt, daß ein Nachfahre Federigos, als Konstanze gekrönt wurde, als Bischof in Palermo amtierte.

Bald darauf starb Pallavicino, der letzte der ghibellinischen Herren im Norden, und das, wofür mein erhabner Vater die besten Jahre seiner Herrschaft darangegeben hatte, war für immer verloren. Die Lombardei war guelfisch. Wir aber in Sizilien begriffen, was wir waren: Sizilier. 1257 wurde mein Bruder Manfred in Palermo zum Rex Sicaniae gekrönt, mit der normannischen Krone. Siehst du die Zakken da oben über seiner blonden Stirn? Zehn Jahre regierte er, wie er es gelernt hatte an der Seite des großen Imperators Fridericus. Zehn Jahre Aufschub. Daß das Verhängnis sich nicht abwenden ließ, das wußten wir alle. Zu mächtig war der Haß in Rom, zu laut die Stimme, die da unablässig weiter forderte, Sproß und Samen des Babyloniers auszurotten. Aber zehn Jahre lang durften wir im Schatten des Adlers und der Leoparden lebendig sein und herrschen. Dann fand der Papst jemanden, dem er unser Königreich schenken konnte – er mußte es nur noch erobern. Der finstere Charles von Anjou übernahm das.

In der Schlacht bei Benevento, wo wir dem Verrat und der Übermacht erlagen, empfing der Rex Sicaniae Manfred zwei Wunden in die Brust. Ein dritter Hieb hätte seinen Kopf gespalten, denn wie unser Vater kämpfte er unbedeckten Hauptes, aber mein vorgereckter kleiner Schild milderte den Schlag, der ihn nur an Stirn und Braue verletzte. Ich brachte ihn aus der Schlacht, und alles wiederholte sich wie die Geschehnisse in Träumen: die Stille inmitten des tobenden Kampfes, das Blut, das mich befleckte, der an mir festgeklammerte Bruder in seiner Todesnot, meine Gebete, meine Hände, mein Kuß, schließlich der Friede.

Ich konnte ihn nicht bestatten, denn ich eilte, einem anderen zu helfen, und Truda, du wirst es nicht unbillig finden, daß er hier seinen Schrein hat neben den leiblichen Söhnen: Riccardo von Caserta, mein Gemahl und väterlicher Freund, Anbeter schon des Kindes, Kampfgenosse der sterbenden Staufer. Ich kam gerade noch zurecht. Die Pferde hatten ihn überrannt, er lag auf der Erde und flüsterte meinen Namen, und ich küßte ihm das bittere Sterben ab. Ich fand mich wieder in der Nacht zwischen soviel Toten und war verwundert, daß die Sterne noch scheinen konnten. Benevento hat gemacht, daß ich mich schon auf Erden heimischer fühlte unter den Dahingegangenen denn unter den Lebenden.

Der vierte, den du da siehst, das war der letzte. Fast noch ein Kind, zog Corradino, der Sohn König Konrads, aus, sein Reich zu gewinnen, wie einst der Puer Apuliae, nur daß er es im Süden suchte. Es war alles vergebens. Hätte ich ihn erreichen können, ich hätte ihm zugerufen, er solle sich nicht umbringen. Unsere Sterne waren hinunter.

Ihn hielt ich nicht im Arm. Ich konnte nur alle meine Kräfte sammeln und zu ihm senden, als ich zu Füßen seines Schafotts stand, auf dem der scheußliche Anjou den Knaben wider alles Recht unter den Völkern ermorden ließ. Und vielleicht half es ihm zu seinem tapferen und sanften Tod, daß da unten die Tochter des Hohenstaufen stand und fest hinaufsah zu dem goldroten Haar überm Büßerhemd und nicht die Augen abwandte und ihren Schutzmantel um ihn breitete.

Damals kannte mich niemand mehr. Ich war nicht mehr Madonna Violante da Caserta, sondern die Beghine Viola, eine Frau, die nach dem Vorbild der Heiligen und Königstochter Beggha alles von sich getan hatte und, ohne einem Orden anzugehören, wie eine Bettelnonne lebte in ihrem Weidenhäuschen am Rande Palermos, zwischen den Orangenbäumen des Parks Gennoard, der meinen Vorfahren gehört hatte – bereit, Tote zu waschen und Blinde zu führen. Aber sieh meine Glorie, dort oben!"

Ich starre noch immer hinauf zu den seltsamen Gestalten dieses Mausoleums.

„Die Dominikaner, die hier Aufsicht führen, haben mir erlaubt, sie vor Motten und Zerfall zu schützen", sagt sie sachlich. „Einmal im Jahr schließen sie die Gitter auf, daß ich den Staub fortblase vom Gold und sie neu bekleide und herrichte." Sie sieht mich forschend an. „Es kommen noch die anderen", sagt sie, „aber deine Kräfte sind schwach, wie?"

Ich schüttele den Kopf, obwohl mir kalt ist vor Entsetzen.

„Vielleicht fordere ich zuviel von dir, Sterbliche?"

Es ist das erstemal, daß mich jemand Hier so nennt. Meint sie denn, das, was sie Hier behütet, die Katakomben, seien das Unsterbliche? „Was immer du mir zeigen willst", bitte ich, „vergiß nicht, daß ich *ihn* suche."

„Das ist nur recht und billig. Aber uns gab man auch eine Pause im Königreich Sizilien, eh es zu Ende ging. Setze dich, Truda, ich werde erzählen. Aber wundere dich nicht, wenn es so klingt, als spräche ich gar nicht von mir. Jene Violante ist weit von mir fort. Es war jenseits der Schwelle."

Der Mann aus Apulien

Von den Stätten der Kriege und des Unglücks, der Mißerfolge und der Kränkungen ging er fort und bestieg mit den Seinen die Schiffe, um bei gutem Aprilwind nach Haus zu fahren, ins Königreich Sizilien, nach Apulien, in die große Capitanata. Hinter sich ließ er Rauch und Brand, Unordnung, Aufsässigkeit und viele tote Verräter. Der letzte, der noch bis San Miniato im Gefolge gewesen war, preisgegeben in seiner Schändlichkeit dem Hohn der Straße, hieß de Vinea und war in ehrenvoller Feigheit dem Rächer entflohen. Sein Bildnis am Brückentor zu Capua blieb unzerstört – seiner wurde nur nicht mehr Erwähnung getan. Aber dann gab es noch die ersäuften, erhenkten, verbrannten, zu Tode geschleiften und verstümmelten Großen, einen vom Papst bestochenen Arzt, der Gift in den Heiltrank gegeben hatte. Auch wenn sie tot waren, lebten sie weiter wie Narben, die schlecht verheilt sind.

Ringsum Verluste, zuletzt Taddeo, davor die anderen. Die sanften Winde Apuliens trugen den Duft der Wälder schon übers Wasser herbei, machten das Atmen anders. Zärtlich empfing die Landschaft den fast verlorenen Sohn. Gleich in Neapel erwarteten ihn Caserta und dessen junge Frau, bereit, mit nach Melfi zu kommen, wie er befohlen hatte.

Federico hatte Violante seit ihrer Hochzeit nicht mehr gesehen. Das Knospenkind von damals war nun ein blühender Garten. Schmal, beweglich, unruhvoll, brachte sie Unruhe, erschreckte den Mann durch das Lancia-Gesicht, das Lancia-Lächeln, die Stimme, die vollkommen der verklungenen glich. Das krötenäugige Mädchen wirkte wie ein Heilbad, aufreizend und wohltätig zugleich. Er schlief anders, geheimnisvolle Träume, an die er sich nicht zu erinnern vermochte, bestimmten die Launen seines Tages, machten ihn heiter, doch ohne Geduld. Verblüfft stellten die Freunde und Vertrauten fest, daß der Imperator tat, was Violante sagte.

In diesem wind- und lichterfüllten April und dem sommerwarmen Mai kam ein wenig von der alten Atmosphäre des Großhofs wieder nach Melfi. Es gab Feste und Lieder, und mit der Contessa Caserta an seiner Seite gewann Federico etwas von dem überlegenen Witz zurück, mit dem er einst die Gespräche der Tafelrunde gesalzen hatte.

Dann kam die Nachricht von der Gefangennahme Enzios. Der Kaiser ließ niemanden vor. Eine Woche lang ritt er im Morgengrauen mit ein paar Dienern auf die Jagd, arbeitete nachts mit dem neuen Ersten Juristen in der Kanzlei, schwieg. Die stechenden Kopfschmerzen kamen zurück, Krämpfe im Leib, alle seine Eingeweide schienen sich gegen ihn zu empören. Zwei Tage lang erbrach er schwärzliches Blut, lag dann ermattet, die Ärzte wies er zurück. Um ihn waren nur sein Sohn Il Moro, der Kämmerer, und dessen Mutter, die schwarze Chatûn, die mit Kräutern und afrikanischer Zauberei ihren Gebieter zu heilen versuchte. Magische Zeichen mit Sesamöl über Brust, Bauch und Beine, Hahnenblut und Hexenkram, Dinge, über die er gelächelt hätte, wäre er nicht so schwach gewesen. Er erduldete es, wollte diese getreuen Seelen nicht kränken.

Am vierten Tag durchbrachen die Verwandten, Manfred, Lancia, Caserta und die Tochter diese seltsame Klausur. Er war zu matt oder zu gleichgültig, um etwas zu erklären, seine Augen gingen spöttisch hin und her, erst als er der Frau ansichtig wurde, kam etwas Weichheit in seinen abweisenden Blick, er duldete ihre Hand auf seiner, wenn er auch den Mund verzog.

Sein junger Leibarzt, Giovanni da Procida, einer aus der Schule von Salerno, den er wegen seiner derben Geradlinigkeit schätzte, setzte schließlich durch, daß er sich an eine von ihm verordnete Diät hielt. Der Kaiser tat gleichgültig, was man verlangte, ohne daß die Entrücktheit von ihm gewichen wäre. Das erstemal sahen ihn seine Vertrauten müßig, die Akten in der Kanzlei blieben ohne Durchsicht.

Schließlich ging Chatûn zu Violante. Vor der goldenen Frau stand die schwarze wie ein nächtlicher Baum; einst, als der Imperator noch der Ragazzo von der Uferstraße war, hatte er sie schon geliebt, länger als sie kannte ihn nur Berardo.

„Seit dem Tod deiner Mutter, Madonna, liegt dieser Mann im Banne. Du hast ihm die Gartentür geöffnet. Nun erlöse ihn auch und laß ihn eintreten, erhelle diese allzu lange Nacht. Caserta ist *auch* dein Vater, sage nicht, es sei anders. Es wird sehr gut sein. Die Welt hat dergleichen öfter gesehen, als du denkst."

Violante blickte sie an, die unbewegliche ebenholzfarbene Gestalt mit dem Münzenschmuck am dunkelblauen Kopftuch und den magischen Augen, und Chatûn sah, wie der jungen Frau das Blut unter die Haut schoß. Es kam in rosigen Wolken Nacken und Hals emporgestiegen, färbte Wangen und Stirn, ließ feuchte Tropfen auf dem Nasenrücken erscheinen, weitete die Augen, öffnete die Lippen.

„Aber ich muß mit Caserta sprechen“, flüsterte Violante, und die Afrikanerin nickte.

„Gott und die Götter wollen, daß diese Flamme im Wind steht“, sagte sie ernst, „und nur du kannst sie entfachen. Vielleicht bleibt nicht mehr viel Zeit.“

Federico schlief nicht, als Il Moro leise die Tür öffnete und sie einließ. Er hatte die Arme unterm Kopf verschränkt und sah zur Decke hinauf. Neben ihm auf dem Bett lag aufgeschlagen der Catull, den er seit seiner Knabenzeit liebte. Sie klappte das Buch zu und legte es auf den Boden, dann hob sie die Hand und löschte mit den Fingern den Docht der Lampe.

Er empfing sie wie ein Vogeljunges die Mutter. – Am Tag darauf reiste sie mit Caserta zurück nach Neapel. Der Imperator und sein Schwiegersohn hatten ein langes Gespräch ohne Violante, aus dem sie beide mit geröteten Augen hervorgingen.

Den Sommer über ließ Friedrich den Falken steigen und hetzte die Jagdleoparden auf Bären und Wildschweine rings um den Monte Vulture. Mit dem neuen Ersten Juristen ordnete er das empfindliche Verwaltungssystem, das in Bürokratie zu versanden drohte, nachdem die beiden Lenker Vinea und Suessa nicht mehr die Zügel in der Hand hatten.

Das neue Jahr brachte Erfolge. Es schien, als gewännen die Kaiserlichen auf allen Gebieten an Boden. Erfolge in der Lombardei. Erfolge in Germanien. Für das Jahr 1251 waren der damals abgesagte Zug nach Lyon, dann der nach Deutschland vorgesehen. Die seltsamen inneren Schmerzen, die Federico zwangen, leicht vornübergebeugt zu gehen oder einen Ritt nach zwei, drei Stunden abzubrechen, schienen ebenfalls erträglicher zu werden. Montenero schlug eine neue Heirat vor, eine sächsische Prinzessin, warum nicht, schließlich mußten die germanischen Angelegenheiten endlich dauerhaft geordnet werden.

Ende November anno Domini 1250, an einem nebligen Vormittag ohne Jagdglück, gab Federico seinen Gerfalken auf die Faust eines begleitenden Jägers, fuhr sich mit dem Handrücken über die Stirn und sank ohnmächtig vom Pferd.

Sein Stallmeister Pietro Ruffo und dessen Neffe Folco, einer der jungen Poeten am Hof, brachten den Fieberglühenden in das kleine Wachcastello Fiorentino am Rand der Sümpfe bei Lucera; es war das nächst gelegene. Die sarazenische Besatzung räumte die winzige Stube frei.

Dem eilig herbeizitierten Giovanni da Procida erklärte der Kaiser mit schiefem Grinsen, er habe, was alle Tedeschi im Süden bekämen und woran einst sein Vater das Zeitliche gesegnet habe: die große Scheißerei.

„Aber doch nicht im November, Erhabner", sagte Procida humorlos. „Außerdem neigst du nicht zu dergleichen, du bist Sizilier, einer von hier . . ." Ein Blick auf das klumpig erbrochene Blut im Becken ließ ihn verstummen. Arzt und Patient sahen sich an. „Ach so, das", sagte der Arzt leise und fuhr dann nüchtern fort: „Ich kann dich in diesem Zustand nicht nach Foggia führen lassen, es bringt nichts ein außer unnötigen Schmerzen."

„Gut, gut", flüsterte der Kranke. „Irgendwer hat mir mal prophezeit, ich würde sub fiore, unter der Blume, sterben. Fiore Fiorentino. Ecco! Aber ich will aufs Dach oder auf eine Terrasse dieses elenden Castello, von wo ich ins Land sehen kann."

Das Lager Federicos stand in einem überdachten Portikus mit großen Fensterbögen. Nachts wurde es kalt. Immer wenn ihm das Fieber oder die Kolikanfälle eine Atempause gönnten, heftete er seinen Blick auf den wolkenreichen Dezemberhimmel, auf die leuchtendbunten Herbstwälder seiner apulischen Berge, sah die Kraniche ziehen, die Wildenten und Reiher. Der November war mild gewesen, ein paar Winzer sangen noch im Tal und lasen Nikolauswein.

Aus Palermo herbeigerufen, kam Berardo, fast neunzigjährig, noch immer die schönen dunklen Augen im verschrumpelten Gesicht; da sollte er doch tatsächlich seinen Kaiser überleben! Bei aller Trauer eine große Genugtuung; ihm hatte Gott Treue und Liebe gelohnt. Mit Manfred erschienen Caserta und Violante. Dem Kaiser ging es besser, er scherzte mit den Seinen. „Das ganze Geheimnis dieser Krankheit ist, daß man nichts essen darf. Wenn ich mich daran erst gewöhnt habe, werde ich wahrscheinlich schnell gesund." Mit Berardo las er lateinische und griechische Klassiker und Die Schrift. Der Arzt gab ihm viel Betäubungsmittel.

Am 10. Dezember trafen Montenero und eine Reihe von Notaren und Hofrichtern in Fiorentino ein. Die arabische Besatzung war in Zelte ausquartiert worden. Der Imperator verfaßte sein Testament, teilte das Reich unter die Söhne auf, gab der Kirche, sofern sie das Imperium anerkannte, Rechte und Besitzungen zurück, erließ eine Generalamnestie, bestimmte: „Alle Menschen Unseres Königreichs sollen frei sein und ausgenommen von allgemeinen Steuern, wie sie es waren zur Zeit des Normannenkönigs Wilhelm II."

Am 11. Dezember kleidete man den Geschwächten auf seinen Wunsch in die graue Kutte der Zisterzienser. Berardo nahm ihn wieder in die kirchliche Gemeinschaft auf, erteilte ihm Absolution in articulo mortis und spendete die Sterbesakramente.

Am 12. Dezember erschien eine große bleiche Wintersonne am Himmel, und dem Kaiser ging es besser. Er lag den ersten Tag ohne Narkotika und hatte quälenden Hunger. „Ich will etwas essen", sagte er zu Procida, „gezuckerte Birnen sollen gut sein für den Magen."

Der Arzt zuckte die Achseln. „Ich glaube nicht, daß für deinen Magen überhaupt noch etwas gut ist."

Federico lächelte. „Ich schätze deine Offenheit, Giovanni. Aber ist es nicht egal, ob ich verhungere oder an ein paar Birnen draufgehe?"

Am Abend stieg das Fieber wieder. Ein paarmal nannte er Violante „Bianca", aber sie sagte jedesmal fest, wer sie sei, und er nickte benommen. Dann folgte Kolik auf Kolik, unstillbares Erbrechen von schwarzem Blut; Procida gab so viel Opium, daß die Anwesenden schon glaubten, der komaähnliche Schlaf, in den der Kaiser gegen Mitternacht sank, werde der letzte sein. Mehrmals hatte der Arzt versucht, die Contessa Caserta zu entfernen, aber jedesmal hatte die heiße Hand des Sterbenden krampfhaft nach der Tochter gesucht, und die junge Frau hatte den Kopf geschüttelt: Sie werde bleiben.

Im Morgengrauen erwachte der Kranke, atmete tief, reckte sich. Seine hager gewordenen Arme streckte er nach der Tochter aus und zog sie nah zu sich heran, und indes sich die beiden tief in die Augen sahen, hörten die anderen einen geflüsterten Dialog des Einverständnisses, den sie nur halb begriffen und der sie erschauern ließ vorm Unbekannten.

„Nun, Violante Krötenauge, Tochter deiner Mutter, wir müssen es angehen, wie?"

„Ja, mein Fürst und Bräutigam."

„Es ist besser, in Apulien zu sterben als anderswo."

„Es ist nirgendwo gut. Aber hier vielleicht am besten."

„Ruf mich zurück, solang es geht."

„Versprochen, Vater, Erhabner."

Procida sah, wie die Handknöchel des Kranken weiß wurden, und kam mit seinem Opiat, aber Federico schüttelte den Kopf. „Nein, Giovanni. Ohne das Mittel."

Dann sahen sie, starr vor Schmerz, Bewunderung und Entsetzen, einen langen Tag zu, wie er starb. Immer wenn es ihn wieder wegwehen wollte ins Nirgendwo, rief Violante ihn zurück, sein Gesicht zwischen ihren Händen: „Wer bin ich? Wer bist du? Ich bin Violante, du bist Federico! Erinnere dich! Bleib, geh nicht!"

Manchmal, in einer Atempause, lächelten sie sich zu, fast verschwörerisch. Als die Schatten zunahmen, die Ohnmachten tiefer wurden, trat Berardo hinzu. „Im Namen des allbarmherzigen Gottes", sagte er mit zitternder Stimme, „laß ihn gehn. Es ist vollbracht."

„Nur wenn es sein Wille ist!" erwiderte die Frau streng. Dann sah sie, wie sich seine Augen verschleierten. Sie beugte sich über ihn und preßte ihre Lippen auf seinen offenstehenden Mund, nahm den metallischen Geschmack von Tod und Blut in sich auf und empfing seinen letzten Hauch, und Berardo, obgleich ihm war, als sündige sie oder tue etwas, was die Aufgabe der Frauen in uralten Heidenzeiten gewesen war, schlug das heilige Kreuz groß über die beiden.

Manfred ließ die Leiche mit großem Pomp nach Palermo überführen und schrieb an Konrad in Germanien: „Untergegangen ist die Sonne der Welt, die über den Völkern leuchtete, untergegangen die Sonne der Gerechtigkeit und der Stifter des Friedens." Es klang nach dem Stil des großen Kanzlisten, der vorausgeeilt war.

Hundskinder

„Nachdem wir bei Benevento geschlagen waren, versuchte Helena, König Manfreds zweite Frau, mit ihren kleinen Kindern zu fliehen, aber der furchtbare Anjou fing sie alle ein. Sie standen unterschiedlich in Gottes Gnade. Helena selbst, höchst glücklich, starb schon nach fünf Jahren Kerker. Beatrice, die Tochter, wurde nach zwei Jahrzehnten freigelassen – auf die Frauen fiel ja die Hand nicht so schwer, da wir den Namen nicht weitergaben. Man gestattete ihr sogar, sich zu vermählen. Die drei Söhne brachte man nach Castello del Monte."

Die Frau im weißen Haar spricht leidenschaftslos, fast trocken. Die Beghine Viola ist wahrhaftig schwer mit jener Violante in Übereinstimmung zu bringen, die dem Kaiser sterben half. Sie geht wieder vor mir her. „Komm, ich zeige es dir." Es raschelt in den Höhlen, Stroh knistert, Ketten klirren, Füße tappen.

„Komm, du bist doch Kerker gewohnt. Das ist Malebolge. Hier lebten sie, und hier lebten sie lange. Als man sie herbrachte und in

Ketten schloß, war Ruggiero sechs Jahre alt, Tancred vier und Enrico drei. Man ließ sie nicht einmal beieinander. Jeder bekam eine eigene Bucht. Ich weiß nicht, warum sie angekettet wurden. Vielleicht, um zu zeigen, daß sie nichts Besseres waren als Hunde. Aber selbst Hunde läßt man frei herumlaufen in einem Zwinger, es waren ja Gitter davor, viele Gitter. Sie bekamen einmal am Tag die Reste aus der Küche, und ihre Wärter machten sich einen Spaß daraus, sie bellen und nach den Knochen springen zu lassen.

Es waren nicht besonders kräftige Kinder, aber das Lancia-Volk ist zäh. Jedenfalls blieben sie alle drei am Leben. Sehr lange, Truda.

Als ich erfahren hatte, wo sie sich befanden und unter welchen Umständen, suchte ich von Palermo fort nach Castello del Monte zu kommen. Das war, als Corradino schon enthauptet worden war. Ich brauchte dazu sehr lange. Das gesamte Castello war zum Gefängnis gemacht, und man hatte schon seinen Namen fast vergessen, es hieß nur Malebolge in der Gegend – die Leute sagten, weil es das Schloß des Antichrist gewesen sei. Keine zwanzig Jahre nach dem Tod meines immer erhabnen Vaters, weißt du, nannten ihn seine Apulier den Antichrist. Ich zürnte ihnen nicht. Man hatte es ihnen so gesagt.

Es gelang mir, mich in der Küche des Castello als Magd zu verdingen. Die Leute waren mißtrauisch gegen mich, weil ich andere Worte benutzte, und sie verlangten, daß ich ihnen meine Hände zeigte. Als sie die Narben an meinen Fingerkuppen sahen, die daher rührten, daß ich manchmal die Jungfalken ohne Handschuh geatzt hatte, nahmen sie an, das sei von meiner Arbeit als Küchenfrau, und glaubten mir. Ich lernte schnell, was zu tun war, vielleicht, weil meine Großmutter noch eine Stallmagd gewesen sein soll und weil mein Vater sehr geschickt zu aller Handarbeit war; er und Caserta tüftelten manchmal an ballistischen Modellen, und er übertraf meinen Mann bei weitem an Fingerfertigkeit.

Nach Jahr und Tag durfte ich das erstemal die Essensreste hinuntertragen zu den Hundskindern, meinen Neffen, den königlichen Prinzen und Enkeln des Kaisers Friedrich. Sie waren inzwischen fast fünf Jahre im Kerker. Es hieß gerade, Helena sei in Neapel gestorben.

Ich versuchte, zu ihnen zu sprechen, und sie lauschten ohne einen Ton, kleine Tiere, dürrer als Straßenköter, sie verstanden nicht. Enrico, der Jüngste, hatte die Sprache ganz verlernt, er konnte nur noch bellen, winseln und knurren. Ihr Essen verschlangen sie, ohne ihre Hände zu gebrauchen, und leckten das auf, was in den Kot fiel.

Länger als zwei Jahre stieg ich zu ihnen hinab, vielleicht jede Woche einmal, ich mußte zusehen, daß niemand mißtrauisch wurde. Beim zehntenmal erwiderte Ruggiero meinen Gruß. Mir blieb das Herz fast stehen vor Glück. Jedesmal sprach ich sie erneut mit Namen an, gab ihnen ihre Titel, versuchte, ihre Erinnerung zu wecken. Nach ein paar Monaten weinten sie, wenn ich ging. Und sage du nicht, daß ich ihre Leiden vermehrte, indem ich versuchte, sie wieder zu Menschen zu machen. Menschen haben menschliche Leiden zu tragen, und keiner soll ihren Schmerz auf den eines Hundes verkleinern, der um seinen täglichen Knochen bangt.

Nach einem Jahr konnten zwei der Enkel Federicos das Vaterunser sprechen, und selbst Enrico, dem die Worte nicht wiederkamen, vermochte mit seiner angeketteten Hand ein Kreuz zu schlagen und ‚Vio' zu lallen, wenn er mich sah. Ich versuchte weiter, sie wissend zu machen von den einfachsten Dingen, die über das Tiersein hinausgehen. Dann, vielleicht hatte jemand etwas gemerkt, wurden in Malebolge Dienerschaft und Bewachung ausgewechselt. Ich blieb noch eine Weile in der Nähe, dann kehrte ich nach Palermo zurück."

Ich starre auf die furchtbaren Boxen, in denen sich etwas regt, was nur, und vermag vor Grauen weder Hand noch Fuß zu rühren.

Violante nähert sich den Unheilsbuchten, flüstert sanfte Worte, und mir ist, als höre ich ein dünnes, pfeifendes Reden, als gebe es Schluchzen da drin und Gemurmel, Hundelaute auch und ihre Stimme darüber: „Ich bin bei euch. Alle eure Verwandten sind bei euch. Seid ruhig."

Sie wendet sich wieder zu mir, und ihre goldgelben Augen sind so starr, als seien sie aus Glas. „Es heißt, irgendwann habe man sie nach Neapel übergeführt, aber das Gefängnis dort war um keinen Deut besser. Tancred war damals schon blind, Enrico ganz schwachsinnig. Dann, es war fast zehn Jahre später, flüsterte man sich in Sizilien unter vorgehaltener Hand zu, daß Prinz Ruggiero, König Manfreds ältester Sohn, aus dem Kerker entkommen sei. Wie, wußte niemand.

Damals war ich wie von Sinnen. Ich vergaß alle Vorsicht, fragte offen die Kaufleute, Pilger und Reisenden aus, versuchte, ihn ausfindig zu machen. Immer wieder andere, unsichere Nachrichten täuschten mich. Aber es war wohl so, daß Ruggiero krank, halbblind und unfähig, außerhalb des Kerkers zu leben, durch Apulien geirrt war, daß die Leute aus Furcht nicht wagten, ihn aufzunehmen, daß sie aber aus Haß gegen den Anjou den Hilflosen nicht verrieten oder gefangensetzten. Schließlich gelangte er an Bord eines sarazenischen Seglers, und man brachte ihn nach Ägypten, denn nicht vergessen war unser Name bei den Bekennern des Propheten, und die Araber handelten eingedenk der alten Liebe zwischen meinem Vater und den Muslimen.

Aber alles war zu spät. Ich hörte, er sei kurz nach seiner Ankunft verschieden, als Gast eines greisen Wesirs namens Fachr-ed-Din, königlich geehrt.

Zwei Jahre vor dem sizilischen Aufstand gegen Anjou, nach dem man Konstanze als legitime Erbin staufischer und normannischer Macht ins Land zurückrief, starben auch die beiden anderen Hundskinder, die man nach der Flucht des Bruders wieder nach Malebolge zurückgebracht hatte. Aber, so erfuhr ich, sie starben nicht als Hunde. Tancred hatte das Vaterunser und das Paterpeccavi behalten, und alle Welt verwunderte sich darüber. Und selbst Enrico konnte das Kreuz noch schlagen, so wie er nicht verlernt hatte, aus einem Becher zu trinken und sein Essen als Mensch zum Mund zu führen."

Ich weiß nicht, wie lange wir so bleiben, ich wie festgebannt vor Entsetzen, sie mit einer sanften, unverständlichen Geschäftigkeit von Bucht zu Bucht gehend, etwas ordnend und rückend auf diesem Friedhof. Mühsam durchbreche ich die Starre. „Violante, wo ist dein Vater?"

„Natürlich nicht hier", sagt sie mit ihrer klaren, nüchternen Stimme. „Oder glaubst du, daß ihm dergleichen gefallen könnte? So eine Familiengruft, das ist nur für uns gut, die wir übrigblieben. Er ging in andere Sphären ein."

„In welche?"

Nun lächelt sie. „Da war ein Mönch, er hatte ein Gesicht, und das ging so: Er kniete betend am Ufer, als der Kaiser von der Erde schied, dort, wo der Mongibello zum Meer abfällt, aus dem er vorzeiten hervorgegangen. Da schreckte ihn ein großer Lärm aus seinen frommen Exerzitien, und er sah einen fast endlosen Zug von bewaffneten Reitern, die ritten hinein ins Meer. Das Wasser wehrte sich und zischte auf, als wären diese Reiter in feuerglühendes Erz gekleidet, und er fragte einen der Berittenen, was das bedeute. Da gab der Mann mit bleichem, erloschenem Gesicht zur Antwort, er gehöre zu dem Imperator Fridericus, der mit den Seinen in den Ätna einreite, um dort Wohnung zu nehmen bis zu seiner Wiederkehr."

„Ich weiß“, sage ich ungeduldig, „ich kenne die Geschichte. Wie also komme ich weiter?“

Violante schüttelt den Kopf. „Durch welche Schreckenspforten willst du noch gehn, durch Feuer und Wasser auf deiner Wanderschaft? Bleib bei mir; von hier aus könntest du leicht umkehren. Es ist alles vollbracht.“

Indessen erschüttert ein Schrei wie der eines Tiers diese Grüfte.

„Was ist das?“

Die Frau hebt den Kopf und sagt streng: „Jener ist nicht zugelassen, ich sagte es schon. Seiner soll nicht gedacht werden.“

„Pietro!“ rufe ich, und sie: „Nenn ihn nicht.“

„O doch“, erwidere ich, „denn er und der, die waren fast eins für lange Zeit, und ich bin mit ihm im Bunde. Wie er auch war und was er tat, ich habe nicht vor, Versprechen zu brechen.“

Wieder ein Ächzen, es kommt von weiter da unten. Vorsichtig taste ich mich in die Richtung.

„Wie du willst“, sagt die klare, tiefe Stimme, „obwohl ich dich gern geduldet hätte hier. Aber es geht abwärts, und soviel ich weiß, gibt es kein Zurück.“

Ich klettere hinab, springe, rutsche. Schlimmer als Malebolge kann es kaum mehr kommen.

Der Raum ist erfüllt von Maschinen, konstruiert dazu, menschliche Körper zu dehnen, zu zerren, zu verrenken und zu verbiegen. Pietros schöner Samttalar hängt in Fetzen. Der Logothet und Großhofjustitiar zittert wie Espenlaub und sagt mit klappernden Zähnen: „Bei uns in Sizilien war die Folter nahezu abgeschafft.“

„Nahezu gefällt mir“, entgegne ich höhnisch. „Die Inquisition hat sich offenbar nichts aus euren Gesetzen gemacht. Sie scheinen gerade Frühstückspause zu halten. Was haben sie denn mit dir vor?“

Er ächzt. „Die Dominikaner fangen den Ersten Minister des Antichristen, und du erwartest, daß sie ihm eine Messe zelebrieren, oder?“

„Aber“, sage ich begriffsstutzig, „was wollen sie denn von dir wissen?“

„Dasselbe, was du hier alle Welt fragst“, gibt er zurück und rappelt sich langsam auf. „Nur, daß sie sich einbilden, ausgerechnet *ich* müsse wissen, wo er ist. Übrigens, was du so launig ‚Frühstückspause‘ nennst, kann nicht lange dauern. Sie wurden irgendwohin abberufen; jemand ist gekommen, vielleicht wird eine neue Taktik beraten. Ich bin heilfroh, daß du da bist. Ich denke, man kann ihnen verständlich machen, daß es erfolgreicher ist, sich an dich zu halten."

„Bist du wahnsinnig?" frage ich und fühle eine Gänsehaut. „Was habe ich mit diesen Späßen zu tun?"

„Alles", sagt er ruhig. „Durch dich sind diese Dinge in Fluß gekommen. Das ist längst kein Blendwerk und Gaukelspiel mehr, was die lieben Geister etwa zu deiner Belustigung aufführen. Du hast da etwas aufgeweckt, und was einmal da ist, geht nicht so schnell wegzublasen. Du bist mittendrin, und sie werden vor dir nicht haltmachen. Du wußtest doch, daß es gefährlich wird, oder? Na also."

„Willst du sie auf mich hetzen?"

„Hetzen wird nicht nötig sein. Die kennen dich. Sie werden nicht sanft sein, und leider hast du nicht mein letztes Mittel, mit dem Kopf gegen die Wand."

„Nein?"

„Nein. Du willst ja zurückkommen."

Da er das mit höhnischem Grinsen sagt, fühle ich das erstemal, wie sehr er recht hat. Ja, ich will zurückkommen. Aber erst will ich hindurch. Ich gehe im Raum auf und ab, besehe mir die Torturinstrumente, indem er weiterredet.

„Hier ist es richtig, ich bin sicher, alles, was dein Freund Dante aufgeschrieben hat, haben die hier zur Verfügung, gleich um die Ecke den See mit dem siedenden Pech, den heißen Blutstrom, die lodernden Särge, und eine Bleikutte oder brennende Füße kannst du kriegen, ehe du danach fragst. Truda, wir müssen zusehen, daß wir fortkommen. Dir muß etwas einfallen."

„Wieso mir? Ich bin dir gefolgt."

„Ja. Weil ich wußte, nur du kannst etwas tun. Ich schon gar nicht. Es mußte zum Äußersten kommen mit dir, sonst hättest du noch Zeugen befragt, wenn die Posaune des Jüngsten Gerichts erschallt. *Dir* muß es einfallen, wie es zu ihm geht. Wurdest du nicht gerufen?"

„Wer weiß", sage ich. „Und du? Du willst dich sozusagen an meine Rockschöße hängen?"

„Es ist das einzige, was vielleicht geht", sagt er gefaßt.

Mir ist der Schweiß ausgebrochen ob der Gerätschaften hier. Leise sage ich: „Du bist kühn, wenn du tatsächlich annimmst, mir fiele angesichts dieser Folterhölle etwas ein."

„Ich habe Vertrauen zu dir."

„Was riskierst du schon!" schreie ich.

„Mein Herr, um den wir das ganze Theater hier veranstalten, sagte immer, du wärest einmalig. Man müsse dich nur in eine Katastrophe hineinschicken, und du würdest eine Lösung finden, die meist auch gleich die Katastrophe mit vernichtet. Darauf baue ich nun, obwohl ich große Angst habe."

Ich sehe ihn an. „Das klingt gar nicht nach Vinea."

„Ich fühl mich auch nicht wie Vinea", gibt er zurück. „Ich fühl mich wie Pier aus Capua. Gehetzt, aber mit der Eigenschaft, überall durchzukommen."

„An den Rockschößen anderer."

„Auch das. Immerhin war es meine Idee, dich in die Tinte zu bringen. Wie du uns rausziehst, fällt dir spätestens am Wippgalgen ein." Er lacht.

Mir bleibt die Entgegnung im Hals stecken, denn von draußen nähern sich Geräusche.

„Sie kommen", sagt er, und seine Stimme ist verändert. „Verdammt, Truda mia, um Vaters und Mutters willen mach schnell, eh sie uns das Fleisch von den Knochen schneiden."

Wie auf Verabredung weichen wir beide in die äußerste Ecke zurück, denn es tut sich was an der Tür. Eine hohe monotone Stimme sagt von draußen: „Habt kein Mitleid mit den Ruchlosen, den Verächtern der Schlüsselgewalt, den Dienern dessen, der da umstülpen will den kirchlichen Glauben, des Verwandlers der Zeiten und Verwirrers des Erdenrunds, des Hammers der ganzen Erde ..." Und dazu rasselt es.

„Ich glaube, die meinen uns", flüstert Pietro mit grimmigem Scherz. Die Tür springt auf, ein Gang in flackerndem rotem Feuerschein wird sichtbar und ganz hinten eine schwarze Gestalt, von der ein unsagbares Grauen ausgeht. Ich vergesse, wo ich bin, und fasse nach Piers Hand, und im ersten Augenblick begreife ich noch gar nicht, was da geschehen ist: Diese Hand nämlich ist da, sie klammert sich um meine, schweißfeucht und kalt und zitternd, Pietro, der Schatten, hat Gestalt! Wer war das doch, der mir schon begegnete hier unten in Fleisch und Blut? Er schwitzt, er riecht vor Angst nach Mensch, und das ist ungeheuer tröstlich und erschreckend zugleich.

Die Gestalt kommt näher. Was hat er gesagt: um Vaters und Mutters willen ... Ich klammere mich an ihn. Auf dem Marktplatz von Capua, als ihm die Ritornelle einfielen ... Plötzlich weiß ich meinen Traum wieder, die Feuerlilien und die Iris und was sie sagte.

„Pietro, die Mutter", flüstere ich, hinter ihm verkrochen. Daß man auch nicht die geringste Waffe hier unten hat.

„Ja", sagt er, fast, ohne die Lippen zu bewegen, „bloß, mir paßt das wenig, weißt du. Ich hab da kaum Chancen mitzukommen."

„Figlio di Linda!" flehe ich. „Weißt du, wie es geht? Hilf uns!"

„Höchstens dir", entgegnet er. Dahinten tauchen mehr schwarze Gestalten auf.

„Ich halt dich ganz fest!" verspreche ich.

Er lächelt, beginnt leise: „Aeneadum genetrix, hominum divumque voluptas ..."

Und nun weiß ich auch, wie's weitergeht, spreche mit ihm zugleich: „Alma Venus, o du, die unter des Himmels gleitenden Lichtern / auf das besegelte Meer und die Früchte gebärende Erde / freundlichen Glanz ausstrahlt, denn alle lebendigen Wesen / werden gezeugt durch dich und schauen die Strahlen der Sonne ..." Nun spreche ich schon allein, meine Stimme gewinnt Kraft: „Wenn du, Göttin, erscheinst, dann fliehen die Winde, die Wolken / weichen vor dir ..." Ich wußte gar nicht, daß ich die Verse des Lukretius auswendig kann.

Der flackernde Feuerschein da wird schwächer, oder weiche ich nur zurück, die Gestalten erscheinen blasser, oder bin ich entrückt, und die Hand in meiner – ist sie noch da?

„Pietro, bleib!" rufe ich, aber da ist schon das andere Feuer, das Gegenfeuer gegen die Kraft des Todes, und ich rufe weiter, fast jubelnd, die Beschwörung: „Denn du allein kannst mit süßem Frieden erfreuen / unser Menschengeschlecht ..."

Der Weggefährte ist fort. Im weißen Licht ihres Tages kommt sie mir entgegen, die Faust in die Hüfte gestemmt, Venus-Linda, und lächelt mir zu.

Offenbarung
2. Kapitel

Auf daß wir noch zu leben scheinen, auch wenn wir dem irdischen Leben entrückt sind.

Aus Federicos Testament

Verborgenen Todes wird er die Augen schließen und fortleben; tönen wird es unter den Völkern: Er lebt und lebt nicht.

Die Prophezeiung der erythräischen Sibylle

„Armer Pietro!" sage ich, und Linda, rigoros wie immer, gibt zurück: „Ach was, der erreicht schon noch, was er will. Um den gräm dich nicht." Ihr Schritt ist leicht und stetig. „Ein hübsches Durcheinander, das alles! Überall, wo du hinkommst, verursachst du Durcheinander. Darum lieb ich dich. Ein Glück, daß unsereins hier und da ein Wörtchen einzuwerfen hat, sonst sähe es für dich nicht gut aus. Und ein Glück, daß du gerufen hast."

„Pier hat mir geholfen."

„Das hat ihn bestimmt einiges gekostet."

Wir gehen engumschlungen vorwärts, die Köpfe geneigt gegen den Wind, der uns am Haar zerrt. Ich habe die Augen gesenkt und sehe nicht, wohin der Weg führt, nur unsere Füße sehe ich, meine in verschlissenen Stiefeln, ihre in geschnürten Schuhen. Nach all der Glut fröstele ich.

Sie bemerkt mein Zittern. „Ist dir kalt?" Ich nicke. „Was erwartest du? Hast du vergessen, wann du aufgebrochen bist? Schließlich ist es Weihnachten."

„Und da komme ich jetzt an?" sage ich, schon bereit, die Füße gegen den Boden zu stemmen und anzuhalten.

Linda kichert, und der Griff um meine Schultern wird fester. „Nicht direkt, außer du hast dein Vorhaben aufgegeben."

„Hab ich nicht."

„Das dachte ich mir. Nein, das Zurückkommen ist deine Sache. Ich versuche nur, dir den Umweg zu ermöglichen."

Der Wind weht. Ja, das erkenne ich wieder, diesen Keller mit den Schuttbergen und den Brennesseln, die darauf wachsen; die Kaffeetassen stehen noch immer unabgewaschen in dem gußeisernen Bekken ohne Wasserhahn, und das Aktendurcheinander in den Bananenkartons ist kein bißchen gemindert. Die Frau klappert auf der Schreibmaschine, aber da sie uns kommen sieht, nimmt sie den Bogen heraus, zerknüllt ihn und wirft ihn beiseite, die Zugluft wirbelt ihn weg.

Ich bleibe stehen wie angewurzelt. „Was, zum Teufel, soll ich hier, Linduccia?“

Sie zuckt die Achseln. „Wart's ab.“

„Ja“, sagt die Frau und hüstelt. „Schließlich wurde inzwischen etwas erreicht für Sie.“ Ohne mich anzusehen, deutet sie auf einen Stuhl in der Ecke vor dem Schutt.

Ich recke den Hals, gehe näher. Ordentlich über die Lehne gelegt, hängen da ein leinenes Hemd mit goldenen arabischen Lettern an den Säumen und eine purpurne Dalmatica. Zusammengefaltet auf dem Sitz liegen ein schwerer Mantel aus hellroter Seide, bestickt mit staufischen Adlern und den Leoparden der Hauteville, und eine Spange, ein Vürspan mit Smaragden und Amethysten. Unterm Stuhl stehen ein paar weiche, mit Rehen verzierte Schlupfstiefel und ein abgewetzter Koffer. Alles ist säuberlich mit bezifferten Banderolen versehen, die mittels Klammern angeheftet sind.

„Das ist die Kleidung, in der Kaiser Friedrich begraben wurde“, sagt die Frau feierlich.

„Ich weiß“, erwidere ich. „Und bestimmt liegen in dem alten Köfferchen Krone, Schwert und Reichsapfel, transportfähig verpackt.“

Die Frau nickt, hält mir Stift und Papier hin. „Bitte quittieren Sie.“

„Ich? Was soll ich mit dem Plunder? Das Zeug gehört nach Malebolge.“

Stift und Papier bleiben vor meiner Nase. Ich drehe mich nach Linda um. Sie hat sich auf das klapprige Tischchen gesetzt, baumelt mit den Beinen und spielt an der Schreibmaschine herum. Vorsichtig nehme ich den großen Mantel auf, halte ihn mit einer Hand. Gleich erfaßt ihn der Wind, und es scheint, als bilde sich ein reißender Strudel der Luft. Das wehende Kleidungsstück entschwindet meinen Fingern, ohne daß ich recht weiß, wie, wird davongeweht ins Dunkel.

Linda kichert. „Das hätte ich dir gleich sagen können, daß das nichts wird, Clio.“

„Ich hatte einen Auftrag“, sagt die Frau trocken und läßt Stift und Blatt gleichgültig zur Erde fallen, während sie zu ihrem Platz zurückgeht.

„Schwester", sagt Linda plötzlich lebhaft, und all ihr Licht scheint um sie versammelt. „Du allein kannst es tun." Sie schwingt die Beine zur anderen Seite, sitzt dicht vor der Sekretärin. „Die großen Stabilisatoren beraten noch lange, und mag sein, es fällt ihnen nichts Rechtes ein. Diese Dominikaner überall und das andere Gesindel – das sind doch nicht deine Leute. Du bist zurück, ehe sie's merken, und wenn nicht – mich gibt's ja auch noch."

„Was soll sie denn tun?" frage ich mißtrauisch und weise auf Clio.

Die Freundin hüpft vom Tisch, schüttelt das Haar. „Sie kennt den Weg", sagt sie. „Sie fährt dich hin. Komm." Sie ergreift meine Hand und zieht mich nach draußen, und ich folge wie betäubt. Rückblikkend sehe ich, daß die Frau ihr Tuch um die Schultern legt, nach ihren Papiertaschentüchern greift und nach der kleinen Handtasche, die neben ihrem Stuhl steht.

Draußen erstreckt sich nach allen Seiten eine neblige Ebene. Vor der Tür steht mit laufendem Motor der wohlbekannte Jeep, der Schlüssel steckt im Zündschloß. Ich kann noch immer nichts sagen. Linda schlingt fest ihre Arme um mich, küßt mir Hals und Wange und schließlich mit der Wildheit einer Liebenden den Mund. Ihre Zähne graben sich in meine Lippen.

„Ich riskier Kopf und Kragen wegen meiner Schwäche für Rotköpfe!" sagt Clio hinter uns. „Außerdem garantiere ich für nichts. Ich bin kein Taxi. Und die Sache ist ohne Rückfahrt." Ein Hustenanfall schüttelt sie, während sie einsteigt.

Linda läßt mich los. „Buona fortuna, Truda mia", sagt sie. „Und vergiß nicht: Umgucken ist verboten!" Sie schiebt mich auf den Beifahrersitz.

Der Wagen startet mit einem Ruck und dröhnt davon in den Nebel. Meine Lippe blutet von Lindas Kuß. „Wenn du ein Taschentuch brauchst", sagt die Frau, ohne mich anzusehen, „da rechts hab ich sie hingelegt." Auf einmal duzt sie mich.

Ich schüttele den Kopf und presse den Handrücken gegen den Mund.

Allmählich zeigt sich der Weg.

Die Frau fährt wie gehetzt durch die Kurven, schaltet hektisch, bremst und gibt Gas, wir schlenkern hin und her. Der Wind pfeift über uns hinweg. Es ist eisig kalt. Sie starrt auf den Weg.

Wir steigen unaufhaltsam. An den Wegrändern, auf den Felsnasen, zwischen den Bäumen liegt der erste Schnee. Schwere graue

Wolken treiben uns entgegen, dann fallen Flocken, lautlos und sehr groß. Sie schaltet Scheinwerfer und Scheibenwischer ein. „Das ist gleich vorbei", sagt sie, und es ist das erste, was sie redet, seit wir abfuhren. Unsere Haare und Schultern sind weiß.

Dann sind wir durch. Sonnenlos, aber in blendender Schneehelle dehnt sich eine Hochebene, hier und da die Schwärze von Wäldern, grauer Himmel. Die Straße ist eisglatt, wir schlingern, der Motor dröhnt. Deutlich erkenne ich Rad-, Ski- und Fußspuren. „Wer fährt hier?" frage ich, und sie antwortet: „Niemand, hier kommt nichts vorbei."

Die Straße überwindet einen letzten Hügel, taucht in einen Wald; Tannen, Buchen und Eichen mit vorjährigem Laub. Die Frau preßt ein Taschentuch vor den Mund, hustet. Noch eine Kurve. Sie stellt den Fuß so heftig auf die Bremse, daß der Jeep sich quer stellt, schaltet den Motor aus. „Wir sind da."

Direkt neben der Straße, als sei es ein Rasthaus, erhebt sich ein achteckiger Turm aus rötlichem Backstein, ein Donjon wie in Castrogiovanni hier in den vereisten Wäldern. Die kleine hölzerne Tür ist angelehnt.

Ich lege den Kopf in den Nacken. Ganz oben über den Wipfeln der Bäume ist nichts mehr erkennbar. Der Turm ist sehr hoch.

„Mach schnell, ich muß zurück", spricht sie. „Vielleicht gelingt es mir, daß sie nichts merken. Wie du hier wegkommst, ist deine Sache. Wie gesagt, hier kommt nichts vorbei."

„Warum haben Sie das getan?" frage ich.

Sie sieht mich auch weiter nicht an. „Die alte Ordnung taugt nicht mehr. Wenn Lohn und Strafe neu verteilt werden: Ich bin schreibgewandt und fleißig, und ich kenne viele." Abrupt schließt sie: „Mach, daß du rauskommst aus diesem Auto, Schwester."

Während ich in den Schnee springe, heult neben mir der Motor auf, Eisbrocken umstieben mich. Der Jeep wendet kreischend und fährt zurück. Ich blicke ihm nicht nach, sondern stoße die Tür auf und eile mit großen Sätzen die kantigen, hohen Steinstufen hinauf; der Turm scheint nichts zu enthalten als diese Treppe ohne Geländer, in Abständen Lichtluken, so angebracht, daß man nicht hinausschauen kann; es riecht nach Staub und Kälte, und es geht aufwärts, bis mir schwindlig wird. Meine Knie zittern, längst springe ich nicht mehr, sondern gehe langsam Stufe für Stufe. Endlich ist da die Tür, die alles begrenzt.

Ich drücke die Klinke runter, trete ein und lehne mich schweratmend an den Pfosten. Durch vier Fenster kommt graue Helligkeit in den Raum, glanzlos, aber durchdringend. Die Wände sind bis zum steinernen Kreuzgewölbe hinauf bedeckt mit Regalen voller Bücher, auf dem Dielenboden stehen Globen, Astrolabien, Fernrohre. In einer Ecke ein dunkelgrüner Kachelofen, vor dem ein paar Armvoll Scheite liegen. Es ist warm. Der große kiefernhölzerne Tisch, auf dem ein Schreibpult als Aufsatz montiert ist, liegt voll aufgeschlagener Bücher und beschriebener Papiere. Der Mann, der daran sitzt, das stumpfe Schneelicht auf Haar und Hand, schreibt seinen Satz zu Ende, bevor er kurz zu mir herüberschaut. Dann taucht er die Feder ein und setzt neu an auf dem Blatt.

„Fridericus Imperator", sage ich, „Erhabner."

Die Augen gehen noch einmal über mich hin, ohne daß die Arbeit unterbrochen wird.

Ich will fortfahren: Du hast mich gerufen; aber ich weiß, daß das nicht wahr ist. Er hat mich nie gerufen. Meine sehnlichen Wünsche zu wissen haben nur diese Gestalt angenommen. Wozu um Gottes willen sollte er mich zu sich bescheiden, hierher? Ich störe.

Sei's drum. Eine Ewigkeit ist sein, er wird mir die Minute geben müssen, ohne die ich nicht fortgehen werde.

„Federico Ruggiero", sage ich fest, „hoher Herr und Bruder."

Er schreibt seinen Absatz zu Ende. „Nicht übel als Beschwörung und als Anrede durchaus möglich, so nannten mich einige", bemerkt er und blättert eine Seite um.

„Du erkennst mich?"

„Nicht, daß du dich so sehr verändert hättest, Truda. Was führt dich her in Fleisch und Blut?"

„Du führst mich her. Es war nicht leicht, zu dir vorzudringen."

„Dabei sitze ich immer hier, solange es kalt und hell ist. Ich habe mich nicht versteckt. Allerdings, wir sind alle lieber allein."

Ich verwehre mir zu fragen, wen dieses „wir" umfaßt. Noch immer stehe ich am Türpfosten, und der Schnee taut auf meinem Haar. „Da du nun hier bist", sagt er, „könntest du Holz in den Ofen legen."

Verwirrt gehe ich hin, hocke mich nieder und schiebe einige von den Scheiten in die Glut. „Das Holz ist gleich zu Ende", sage ich. „Wird dir neues gebracht?"

„Warum sollte es?"

„Aber was dann?"

„Dann“, erwidert er, und in seiner Stimme ist der blanke Hohn, „wird es ohne Zweifel kälter werden im Raum.“

Entschlossen richte ich mich auf. Die Buchenscheite brennen schnell. „Bis ich zum zweitenmal nachlege und den Vorrat erschöpfe, gestatte mir zu bleiben und mit dir zu sprechen. Das ist eine kurze Zeit.“

„Zeit gibt es hier nicht. Du meinst einen Vorgang.“ Er seufzt. „Laß mich nur den Abschnitt beenden.“

Ich trete an den Tisch. Das Papier, auf dem er schreibt, ist bedeckt mit Zahlen, Formeln, Zeichnungen und Anmerkungen in einer mir unbekannten Schrift. „Was tust du da und zu welchem Zweck?“

Seine Stimme bleibt höhnisch. „Was ich tue, kannst du nicht verstehen. Es hat mit dem zu schaffen, was ihr, glaube ich, das Ewige nennt, wir aber das Alte Dunkel. Ich versuche hindurchzusehen. Wozu ich es aber tue, will ich dir sagen: Ich will es wissen.“ Unvermittelt trifft mich das kalte Feuer der Augen, und erschauernd halte ich stand, bis er die Lider senkt. „Setze dich“, fügt er hinzu, es klingt versöhnlicher, und er deutet mit der Schreibfeder auf einen Hocker gegenüber dem Tisch. „Ich würde dir auch hiervon anbieten, aber ich fürchte, es wird dir nicht bekömmlich sein.“ Er lächelt boshaft und hebt eine Schale aus rauchigem Glas an die Lippen, in der sich ein bräunlicher Saft befindet.

Ich frage nicht, was er da trinkt. Meine Augen gehen zu dem Fenster, dem ich nun nahe bin. Helles Grau, Nebel. Nichts. Seine Stimme: „Was hast du erwartet? Die ganze Welt zu unseren Füßen?“

Ich nicke verwirrt.

„Dies genügt mir. Ich weiß ja, was sich darunter befindet.“

„Niemals eine Aussicht, kein freier Blick ins Land?“

„Niemals.“

„Und kreisende Falken?“

Er sieht mich an, berührt, die Lippen geöffnet. „Falken? Wahrhaftig, die hatte ich völlig vergessen. Falken, ja. Nun, die kreisen wohl tiefer. Hierher verirrt sich keine Beute mehr.“

„Federico ...“, will ich anheben, aber er schneidet mir das Wort ab. „Und du, Truda, bist du dem Paradies ein Stück näher gekommen inzwischen? Ich denke mir, in Anbetracht deiner Verdienste wirst du in der Signoria einer hochgemuten Cività sitzen oder gar im Familiarenrat einer Res Publica deiner Fasson, über und über behangen mit Ehrenketten? Nein? Warum nicht?“

„Ich ziehe noch immer mit Adam und Eva in den Kampf", sage ich trotzig.

Er lächelt. „Nun, nach meiner Erfahrung kann man das eine mit dem anderen vereinen. Rebellentum als Beruf, ist es nicht hin und wieder auch etwas lächerlich? Von der Anstrengung mal abgesehen?"

Ich schweige, beiße mir auf die Lippen.

Er, ernst und kalt: „Ihr braucht sehr lange, wie?"

„Zu lange."

„Findest du?" bemerkt er, und in seiner Stimme ist wieder Hohn und ein mitschwingender Schmerz, der mich aufhorchen läßt. Dann, eisig nüchtern: „Was willst du?"

Ich lege mir die Hände auf die Knie, um sie ruhig zu halten, und blicke vor mich hin. „Wissen will ich, Federico, wer du bist. Denn mehr Liebe, als vielleicht gut war, habe ich für dich gehabt, und mehr getan, als ich hätte tun sollen. Nun bin ich hierhergekommen durch Nasses und Trockenes, durch Helles und Dunkles und habe auf dem Weg mit vielen gesprochen, die dich zu kennen vorgaben, und mag sein, sie kannten dich wirklich. Aber ich weiß es immer noch nicht, denn sie konnten mir genausowenig glaubwürdig machen, du seist ein Ungeheuer, wie, du seist der verkündete Erlöser. Es war unterwegs sehr mühsam, und mein Wunsch, zu dir zu kommen, war mächtig. Also: Wer bist du?"

„Ich bin, der ich bin", sagt er, grausame Ferne in den Augen, den Mund verzogen von Spott und Hoheit, Entrückung zwischen sich und mir.

„Natürlich", erwidere ich, denn keine andere Antwort war zu erwarten. „Dies dein Leben zwischen Eis und Feuer, eingespannt auf dem Folterbett von Wollen und Nichterreichen, von Wissen und Nichterlangen, dies Gebäude, das schon zu krachen begann, kaum daß der Baumeister die Hand abzog . . ."

„Wenn du *mein* Leben meinst – das war etwas anderes. Du wirst es nicht verstehen, das ist dir nicht anzulasten. Es war eine Bewegung, etwas Kreisendes um einen Kern. Und es war sehr gut."

„Aber was war dieser Kern?"

„Ja, was?" fragt er belustigt. „Was meinst du, Truda?"

„Die Sehnsucht", sage ich, „das Streben?"

Er hält den Kopf ein bißchen schief, als gälte es, die Vorschläge zu erwägen, höflich-ironisch. „Aha", murmelt er, „so etwas vielleicht."

Macht dann selber Angebote: „Der Verstand? Der Schmerz? Die Liebe?"

„Die Liebe?"

„Der Haß? Der Kampf?"

Wir werfen uns Begriffe zu, als spielten wir ein Spiel, und ich sehe, daß er mich höhnisch und amüsiert an der Nase herumführt. Unvermittelt breche ich ab; so geht es nicht. „Warum verachtest du mich so?" frage ich und bewahre meine Beherrschung höchst mühsam.

Jetzt ist er ernst. „Ich habe dich niemals verachtet, Frau Schwester, im Gegenteil. Aber du fragst unsinnig. Mein Leben? Den Spruch darüber, den fälle, wer mag. Das geht mich nichts an. Frag nach anderem. Die Scheite sind weit herunter."

Ich werfe einen Blick zum Ofen. Sie brennen noch. Es ist noch Zeit, und ich hätte wissen müssen, daß solche Fragen nicht zulässig sind, doch die über andere, vielleicht auch über mich.

„Was hat Pier delle Vigne getan, Federico, dein Alter ego?"

Er lacht. „Dummheiten begangen, die mir klarmachten, daß er nicht mein Alter ego ist. Er hat ständig England über die Vorgänge am Großhof informiert, eine völlig unsinnige Sache, denn die Engländer konnten nichts anfangen mit diesen Geschichten. Erst tat er es wegen Isabella, dann konnte er schlecht zurück. Und er hat unterschlagen, riesige Summe, auch Leute erpreßt, sich bestechen lassen. Es war ungeheuer töricht. Er brauchte doch nur zu wünschen."

„Er läuft herum als der große Verräter", sage ich atemlos zwischen Lachen, Zorn und grenzenlosem Erbarmen mit dem überklugen, törichten Sohn der Linda, „und philosophiert über den Sinn des Verrats."

„Verrat, ja, da kann man nur den Kopf schütteln. Es war so unsinnig, von so mangelndem Tiefgang, das machte mich rasend. Das Maul voll von der göttlichen Justitia und sich die Taschen gefüllt wie der simpelste Langfinger, so eine Verirrung!"

„Armer Pietro."

Federico zuckt die Achseln. „Ich wollte, ich hätte ihn hier", sagt er ruhig, „mir gegenüber auf dem Platz, wo du jetzt sitzt. Wahrhaftig, das ist der seine, und wir würden unsere Federn wieder in dasselbe Tintenfaß eintauchen, wie Dort auch. Ein solcher Kopf wie der seine, ein solches Ingenium, heller als ein Stern, wäre mir höchst willkommen bei dem, was ich tue."

„Ich habe ihn gesehen."

„So?" fragt er lebhaft. „Warum hast du ihn nicht mitgebracht? Nun, vielleicht, wenn du das nächste Mal vorbeikommst." Schon wieder wird die Hand nach dem Federkiel ausgestreckt.

„Wen haßtest du am meisten?" frage ich und komme mir vor wie ein Jagdhund, der am Ohr des fliehenden Ebers hängt.

„Zu viele Namen, um ein Buch zu füllen", entgegnet er gleichgültig.

„Und die Gerechtigkeit?"

Er sieht mich an, als höre er das Wort zum erstenmal.

„Justitia", sage ich drängend, „deine große Herrin."

„Eine Chimäre, meine Herrin? Truda, du träumst." Er lacht auf.

Ist er das überhaupt oder nur ein Vexierbild, mit dem man mich getäuscht hat? Ich sehe ihn an. Da sitzt er, und tiefer, ruhiger Atem, Lebenshauch, wölbt die Brust unter dem gestrickten grauen Ding, das er da trägt, eine Art Sweater, so was sah man an ihm nie; den starken Hals umschließt ein enger Kragen, als trüge er eine Uniform, die Uniform der seligen Geister vielleicht, denke ich grimmig. Über seinen Schultern liegt eine ebenfalls graue wollene Decke. Auf der Fensterbank ein paar Handschuhe mit Stulpen und goldenen Fingerkuppen. Über der Stirn glänzt ein Edelstein.

„Was tun die Engel eine Ewigkeit lang vor Gottes Thron?" wiederhole ich eine der boshaften Fragen, die er einst Michael Scott stellte, er aber erwidert nachdenklich: „Das frage ich mich auch immer noch. Ich nehme aber stark an, daß sie rechnen. Ähnliches, was ich hier tue." Er weist auf sein Buch.

Gehetzt von seiner Ruhe, jage ich weiter: „Was liebtest du außer dir selbst?"

„Nach mir", antwortet er ohne jeden Zynismus, „eigentlich nichts. Jemanden: den Emir Fachr-ed-Din Jussuf."

„Und Bianca?"

Er hebt langsam die breiten, von Falkennarben gezeichneten Hände vor Stirn und Augen. Als er sie wieder sinken läßt, ist sein Blick unverändert kalt und klar. „Ach, das. Ja, das gab es." Er wendet den Kopf zum Fenster. Auch ich blicke hinaus. Draußen ist die stumpfe Helligkeit des wattigen Nebel-Nichts, aber mir will scheinen, als werde es leise bewegt, als komme ein Lufthauch auf, beileibe nicht stark genug, es zu durchdringen oder aufzulösen, aber etwas rührt sich . . .

Seine Stimme reißt mich aus der Versunkenheit: „Du mußt Holz nachlegen."

Ja, ich sehe, es ist höchste Zeit. Ich stehe auf und spüre, wie ich schwanke, als wollte mich ein Sturm wegblasen. Ich bin sehr müde, und ich muß noch zurück. Es ist das erstemal, daß ich daran denke. Unsicheren Schrittes gehe ich zur anderen Seite des Raums und werfe die restlichen Scheite ins Feuer. Während ich da hocke, wird mir schwarz vor Augen, ich muß meine Stirn an die Kacheln legen. Und ich höre mich sagen: „Nein, ich gehe noch nicht."

Kein Widerspruch vom Tisch. Ist er überhaupt noch da? Ich richte mich auf, wende mich. Da sitzt er, die hellen Augen sind auf mir.

„Du warst eine große Macht und von Bestand, wenn auch dein Reich nicht von Bestand war. Ich habe dir gedient, und so will ich denn wissen, wer du warst, aus dem einen Grund: Kann ich noch bestehen vor den Augen Adams und Evas, nachdem ich das getan habe? Oder soll ich mich vom Unruhvollen Stamm loslösen?"

Er seufzt. „Dieser Unruhvolle Stamm, dessen Existenz sowieso äußerst fragwürdig ist, der ..."

„Aber es gibt ihn, und du selber gehörtest dazu!" unterbreche ich ihn.

„Du neunmalkluges Frauenzimmer weißt mehr, als mich interessiert", sagt er fast böse. „Eins sollst du von mir erfahren: Das alles ist ein Irrtum. Du hast mir niemals gedient. Selbst wenn du guten Willens warst, hast du zumeist durch Aufsässigkeit, eigenwillige Auffassung von deiner Arbeit, zu genaue Kenntnis der Botschaft, die du trugst, und das Aufsehen, das du erregtest, mehr geschadet als genützt. Von der Stunde an, da du mich über die Alpen führtest und ich versprach, dich zu schützen, habe ich mehr für dich getan, als du aufrührerische Wanderin je erahnt hast, denn alle Welt war begierig, dich zu fangen und umzubringen, als seist du der Hase, auf den die jungen Falken zum Üben abgeworfen werden. Du hast mir nicht gedient. Du warst ein Dorn in meinem Fleische, und auch, weil ich über dich die Hand hielt, hießen sie mich den Antichrist."

Wir sehen uns an. Im Grunde seiner Augen scheint das Feuer einer wilden, ganz irdischen Heiterkeit zu schwelen, ein Vergnügen, das unsterblich ist in seiner Sterblichkeit.

Mir ist plötzlich ganz leicht und ruhig. „Bin ich dir also noch etwas schuldig?" frage ich.

„Um Gottes willen", wehrt er ab, „nur keine Verbindlichkeiten. Alles, was du tust, geschieht auf eigene Gefahr."

„In diesem Fall", sage ich und gehe noch einmal auf den Tisch zu, „habe ich dir dies hier zurückzugeben. Du hast es mir damals bei Erneuerung unserer Abmachung gegeben." Ich senke die Hand in die

Tasche, nehme die Augustale und lege sie auf die Kante des Schreibpults.

Er wirft einen flüchtigen Blick darauf. „Es ist gut." Dann, plötzlich: „Du wolltest mich immer noch lehren, wie man gleichzeitig mit Dolch und Degen kämpft. Nun, es eilt nicht. Vielleicht beim nächsten oder übernächsten Mal." Wir stehen uns stumm gegenüber. „Es ist soweit", sagt er. „Ich habe zu tun, und, Truda, wenn das Holz verbrannt ist, wird es hier wirklich *sehr* kalt. Kälter, als sich einer von Dort vorstellen kann."

Ich denke an den Schnee draußen und daß niemand vorbeikommt. Aber da waren die Spuren, und ich glaube, Clio hat wieder nicht die Wahrheit gesagt, aus Absicht oder Unwissenheit. Ich werde zurückkehren. Ich bleibe nicht Hier.

Er scheint meine Gedanken zu kennen. Wieder greift er die rauchige Schale. „Du hast noch einiges vor dir", bemerkt er. „Wenn du doch einen Schluck willst . . ." Um seinen Mund spielt ein schiefes Grinsen.

„Nein", sage ich. „Ich schaffe es auch so."

Er nickt. „Gut. Aber ein bißchen wärmer solltest du dich kleiden." Dabei nimmt er die graue Decke ab, legt sie mir über die Schultern, reicht mir die seltsamen Handschuhe mit den Fingerkuppen aus Gold. „Für unterwegs."

„Aber du in der Kälte . . ."

Er schüttelt den Kopf. „Das ist doch sowieso nur Dekor." Er taucht die Schreibfeder wieder ein und führt sie schnell, mit einem kratzenden Geräusch übers Papier. Mich scheint er sofort zu vergessen.

Von der Decke scheint wohlige Wärme in mich einzuströmen. Worauf warte ich noch? Ich bin frei zu gehen. Ich gehe.

Während ich die lange Wendeltreppe hinunterlaufe, kommt es mir vor, als erklinge in dem Turmzimmer Musik.

Aber ich kann mich auch irren.

Inhalt

ZWEITER TEIL